Elizabeth Gage ist das Pseudonym einer bekannten amerikanischen Bestseller-Autorin.

Vollständige Taschenbuchausgabe April 1990
Droemersche Verlagsanstalt Th. Knaur Nachf., München

Titel der Originalausgabe »A Glimpse Of Stocking«

Umschlaggestaltung Claus-J. Grube Design, München
Umschlagfoto Alberto Rizzo
Druck und Bindung Ebner Ulm
Printed in Germany 10 9 8 7
ISBN 3-426-03002-0

Elizabeth Gage

Ein Hauch von Seide

Roman

Aus dem Amerikanischen von Klaus Berr

Knaur

Für Maile

Danksagungen

Obwohl die letztendliche Verantwortung für historisches und dokumentarisches Material, das in *Ein Hauch von Seide* Verwendung gefunden hat, natürlich bei mir liegt, möchte ich doch den folgenden Einrichtungen meinen aufrichtigen Dank für ihre unschätzbare Kooperation und ihren Rat bei der Vorbereitung dieses Romans aussprechen:

The San Francisco General Hospital Trauma Center

The Peter Brent Brigham Hospital Trauma and Burn Center, Boston, Massachusetts

The U.C.L.A. Pain Management Clinic

Dr. Edward Falces
The Plastic Surgery Medical Group, San Francisco, California

The California Historical Society

The New York State Historical Society

The Hollywood and Beverly Hills Chambers of Commerce

Columbia Pictures Corporation

Metro-Goldwyn-Mayer/United Artists Entertainment Company

Warner Brothers, Inc.

Universal Studios

Twentieth Century-Fox Film Corporation

Schließlich geht mein Dank auch an Dr. Ernst H. Huneck für seine unentbehrliche Hilfe in jedem Stadium meiner Arbeit; an Michael Korda, Patricia Lande und William Grose, meine Lektoren bei Simon & Schuster/Pocket Books, für ihren fachmännischen Rat und unerschöpflichen Beistand; an Jay Garon, weil sie an *Ein Hauch von Seide* glaubte und ihm Bedeutung zumaß; und an meine Lieben, Joan, Daisy, Arthur und Spring, die von Anfang an bei mir waren und die auch heute bei mir sind.

Elizabeth Gage

In olden days a glimpse of stocking
Was looked on as something shocking.
Now, Heaven knows,
Anything goes.
The world has gone mad today,
And good's bad today,
And black's white today,
And day's night today ...

Cole Porter

PROLOG

1974

Im Zuge der Ermittlungen über die Tragödie, die am Vorabend der diesjährigen Verleihung des Academy Award die Filmwelt entsetzte, fand die Polizei unter den privaten Papieren einer jungen Frau namens Margot Swift den folgenden Brief. Obwohl er an ihre enge Freundin Annie Havilland adressiert war, die zum Zeitpunkt der Niederschrift kurz vor dem Gewinn ihres ersten Oscar stand, scheint es doch offensichtlich, daß er nie abgeschickt werden sollte; und Miss Havilland hat ihn auch nie gesehen.
Gewisse Veränderungen in Miss Swifts normalerweise ordentlicher Handschrift legen nahe, daß diese Zeilen nur wenige Stunden vor ihrem frühzeitigen Tod entstanden sind.

Liebe Annie,
ich weiß, daß Du dies nie lesen wirst. Ich verabschiede mich von Dir auf die Art, die mir am besten erscheint, hier in meiner Einsamkeit, aus der meine Worte Dich nie erreichen können.
Eigentlich tut es mir leid, daß ich in der Zeit, die wir gemeinsam verbrachten, nie die Gelegenheit fand, Dir zu sagen, daß ich Dich liebe und auf welche Art ich Dich liebe. Aber andererseits ist es auch jetzt, so kurz vor dem Ende, meine größte Hoffnung, daß Du nie erfährst, wie sehr – und warum.
Mir ist nur wichtig, daß wir zueinandergefunden haben, und zu Damon. Daß wir überhaupt zusammen waren, bedeutete für mich schon mehr Glück, als ich je verdient hatte.
Leider war ich weniger klug, als ich dachte. Unser Glück war so verführerisch, daß ich mir zum erstenmal in meinem Leben zugestand, es zu empfinden und zu wollen. Ich wurde unachtsam und muß jetzt dafür bezahlen.
Ich habe drei Menschen getötet, um uns zu schützen. Aber ich weiß, daß es nicht funktionieren kann. Ich ließ mich lange von der Wirksamkeit meiner Fähigkeiten über mein wahres Schicksal hinwegtäuschen. Du kannst es natürlich nicht wissen, aber ich habe in meiner Zeit so viele Männer durch den Reifen springen lassen, daß ich mir nicht vorstellen konnte, so bald selbst ein Opfer zu sein.
Aber die größte Ironie liegt darin, liebe Annie, daß zwei Frauen, so unterschiedlich wie wir, dazu ausersehen waren, zu Traumfrauen der Männer zu werden – Du, ohne es zu wollen, und ich, weil es zu mir paßte und weil es der kürzeste und einfachste Weg zum Ziel meiner Wünsche schien.
Am Anfang, vor langer Zeit, machte es mir auf perverse Weise Spaß.

Weil ich wußte, daß es passierte. Ich hatte so viele Sklaven, daß es manchmal so aussah, als würde mir die Erde selbst zu Füßen liegen. Aber jetzt, da sie sich unter mir öffnet, und unter dem Baby in mir – ach, wäre ich doch eine Totgeburt gewesen, hätte ich nie existiert und würde dieses kleine Leben in Deinem gesunden Körper wachsen –, bin ich dankbar, daß wir verschiedene Wege gingen und daß ich Dir die Zukunft überlassen darf. Du hast schwer dafür gearbeitet, gut zu sein, während die Schlechtigkeit für mich etwas Natürliches war. Du hast Qualen erlebt, die ich nie durchleiden mußte, weil ich nie etwas fühlte. Du hast Dich aus Deiner Asche erhoben. Ich will in meiner versinken.

Sei die Beste, Annie. Damon würde sagen, es sind so viele Annies in Dir, die nur darauf warten, daß Du sie zum Leben erweckst, während Du wächst und lernst. Dein Weg führt in unbekannte Gegenden und zu schmerzvollen Herausforderungen – aber Du wirst es durchstehen, denn auch in der düstersten Fremde bist Du immer noch Du selber.

Ich bin am Ende. Es tut mir leid, daß ich nicht mehr sehen kann, was Du träumst und was Du erschaffst, aber ich drehe meiner eigenen Zukunft mit Erleichterung den Rücken zu. Ich gehe in die Wüste zu unserem Dad. Er wird wissen, was zu tun ist.

Ich dachte, ich hätte Regeln gelernt, die so unveränderlich sind wie das Leben selbst. Ein offenes Herz muß brechen. Eine ausgestreckte Hand greift ins Leere. Der feste Boden, auf dem wir gehen, ist ein gefrorenes Meer von Lügen. Worte, Küsse, Stimmen entstammen diesen Lügen.

Vor allem habe ich gelernt – leider etwas spät –, wie falsch die Menschen die Zeit sehen. Die Zukunft ist bereits unerreichbar vergangen. Und die Vergangenheit erwartet uns, sie kommt immer näher, ganz gleich, wie sehr wir auch darum kämpfen, ihr zu entgehen. Wir haben die Zukunft in uns getötet. Und wenn die Zeit gekommen ist, wird die Vergangenheit uns töten.

Das waren meine Wahrheiten. Aber jetzt, da ich Dich kenne, weiß ich, daß sie nur für mich bestimmt waren. Nicht für jeden.

Sei glücklich! Dein Leiden liegt hinter Dir, da, wo es hingehört, und die Zeit ist wirklich auf Deiner Seite. Ich weiß es.

Du wirst es nie hören, wenn ich Abschied nehme, deshalb sage ich es jetzt hier alleine:

Leb wohl, Annie.

ERSTES BUCH

Sensation

Annie

1

20. Oktober 1947 – 15.13 Uhr

Das Hotelzimmer war verdunkelt. Schmutzige Jalousien dämpften das nachmittägliche Licht. Das Dröhnen des Stadtverkehrs draußen bildete einen trägen Kontrapunkt zum Murmeln des Radios.
Das Kind schlief im Nebenzimmer. Ihre Mutter hatte versprochen, daß es nicht aufwachen würde.
»Sie schläft wie ein Stein«, hatte sie gesagt, während sie die Strümpfe auszog. »Wenigstens etwas Gutes an ihr.«
Er hatte sich von ihr beruhigen lassen, denn er wußte so gut wie nichts über Kinder. Er merkte zwar, daß sie alles sagen würde, wenn es um ihre Triebbefriedigung ging, aber das Kribbeln in seinen Lenden nahm ihm den Mut, ihr zu mißtrauen.
Schließlich war es ja ihre Sache. Sie, eine verheiratete Frau mit einem kleinen Kind ... sie mußte ja wissen, was sie tat.
»Na, komm. Es wird sicher lustig«, hatte sie in dem Café lächelnd gesagt und den Blick nicht von ihm gewandt, während das Kind mit den Zuckerwürfeln auf dem Tisch spielte. »Es ist Schicksal, daß wir uns wiedergetroffen haben. Es wäre doch nicht fair, sich die Gelegenheit entgehen zu lassen.«
Das altbekannte halbe Lächeln des Hungers und des Triumphes hatte ihre Lippen umspielt, und er hatte gespürt, daß sich in seiner Hose etwas regte, während er sie ansah.
»Du hast mir gefehlt«, ergänzte sie.
»Ich dachte, du hättest es dir bei deinem – wie hast du ihn genannt: deinem Herrn vom Lande – bequem gemacht«, hatte er ihr entgegengehalten. »Und was ist mit ...?« Er hatte mit hochgezogenen Brauen auf das Kind gewiesen.
»Was er nicht weiß, macht ihn nicht heiß.« Ihre Stimme klang verächtlich. »Hier kennt mich niemand. Wir sind sechzig Meilen von zu Hause weg. Und es ist sowieso Zeit für ihren Mittagsschlaf.« Mit einem kalten Grinsen griff sie dem Kind unter das Kinn. »Oder, Baby?«
Und jetzt waren sie hier.

Sie lag nackt neben ihm, ihre Hände erforschten mit der Raffinesse alter Vertrautheit seinen Körper. Seine Erregung wuchs schnell, verstärkt noch von den großen Drinks aus seinem Flachmann, mit denen er das angeschlagene Hotelglas vollgeschenkt hatte.
Er hörte ihr schüchtern bewunderndes Murmeln, als sie seine Erektion bemerkte. Sie kannte jeden Zentimeter an ihm. Zwei Finger glitten an seinen Schenkeln entlang und spazierten fast spöttisch durch die dichten Schamhaare.
Einen Augenblick lang dachte er an ihren Ehemann. Er fragte sich, warum sie sich an einen Provinzanwalt ohne Zukunft gehängt hatte. Sie könnte es doch viel besser haben. Alle Betten bis zur absoluten Spitze würden ihr offenstehen, wenn sie es nur versuchte. Es ergab einfach keinen Sinn.
Und warum das Kind? Sie war doch eigentlich schlau genug, es gar nicht erst auf die Welt kommen zu lassen. Hatte sie damit ihren Ehemann an sich gefesselt? Oder war es nur ein Resultat ihrer komischen Perversität, die sie etwas unwirklich machte, ein wenig zu erschreckend für die Wirklichkeit?
Als sie im Dunkeln ihr Höschen ausgezogen hatte, hatte er gesehen, wie die Geburt ihre Figur verändert hatte. Und auch, daß sie alles tat, um die Veränderung so gering wie möglich zu halten.
Schon komisch, dachte er, daß die Frauen die Spuren des Kinderkriegens tragen müssen, die Männer aber nicht. Ein Mann kann tausend Kinder zeugen, und er sieht doch immer noch so aus, als hätte er nie seine Unschuld verloren.
Auf jeden Fall hatte ihre Attraktivität tiefere Gründe als nur die Kurven ihres Körpers.
Sie lag in ihren Augen. Es waren die klarsten, selbstsüchtigsten Augen, die er je gesehen oder sich vorgestellt hatte.
Ihr Machthunger, viel wichtiger als ihr Verlangen nach Sex, war es, der sie so verführerisch machte. Da nichts in ihr war außer Gier, waren ihre raffinierten Berührungen erstaunlich sinnlich. Sie zu lieben hieß, strikt an der Oberfläche zu bleiben, wo es keine Höhen und Tiefen gab, kein Gut und Böse, nur den Wahnsinn der Berührungen.
Was für ein glücklicher Zufall, überlegte er, daß sich ihre Wege wieder gekreuzt hatten. Wie lange war es jetzt her? Drei Jahre? Zwei? Er wußte es nicht mehr, denn er lebte seit langem nur in seiner Phantasie und ließ sich von ihr in fremde Höhen tragen, die vom alltäglichen Leben Welten entfernt waren.
Aber vielleicht hatte sie recht, und es war Schicksal. Er wäre wahr-

scheinlich nie mehr in diese Stadt zurückgekehrt, wenn ihn nicht diese Woche seine Neugier hierher getrieben hätte, um die Produktion am Civic Theatre zu überwachen.
Und da war sie nun wieder, gierig nach seinem Geschlecht. Wie sie an seinem Bauch hinunterglitt, um es in den Mund zu nehmen. Überrascht und wiedererkennend reagierte sein Fleisch auf ihre Berührungen.
Erstaunlich, überlegte er. Er hatte geglaubt, er würde sie nie wiedersehen. Aber selbst die divergierendsten Lebenswege kreuzten sich irgendwo wieder.
Und die Vergangenheit blieb ja nie für immer vergangen. Sie schlich heimlich in die Gegenwart, lauerte in der Zukunft. Alles, was geschah, war zuvor schon einmal geschehen, wie diese Lippen, die an seiner Eichel leckten.
Dann gab es also nichts Neues unter der Sonne? Vielleicht. Aber auf die Rückkehr des Alten war man dennoch nie richtig vorbereitet. Es hatte die eigentümliche Eigenschaft, einen unverhofft zu überrumpeln.
Doch langsam wurden diese Gedanken in seinem Verstand zu hohler Lust, denn sie hatte jetzt die Hände auf seinen Hintern gelegt und führte ihn mit sanft wogenden Bewegungen in sich ein.
»Mmm«, flüsterte sie theatralisch, eine Schauspielerin durch und durch. »Komm, Liebling. Komm, mach's mir.«
Was ihre Finger an seinem Geschlecht begonnen hatten, schienen nun unsichtbare in ihr drinnen fortzuführen. Er kannte keine Frau, deren Sehnen einen Mann so perfekt umschlossen, ihn erregten und ihm den Samen im Rhythmus unverblümter Herrschaft herauspreßten.
Sie wand sich behende unter ihm. Er genoß ihre Leere. Sie war die Verkörperung der Lüge. Keine Faser ihres Körpers war ehrlich. Aber genau deshalb war sie so sexy, und deshalb hatte es ihm früher auch eine so perverse Freude bereitet, bei ihr zu sein.
Aber sie war auch die Wahrheit, in ihrer verachtenswerten Art – wie ihr Name so ironisch verkündete. Und die Wahrheit betraf ihn, immer schon. Sie war das Katapult, das ihn in seine eigene Zukunft schleuderte. Und ihn im nächsten Augenblick dazu brachte, daß er sich in ihre hungrigen Lenden ergoß.
Warum auch nicht, dachte er. Das Vergnügen eines Mannes ist schließlich keine Sünde.
»Ja, mein Liebling ...« Die Worte tanzten heiser in ihrer Kehle. »Komm ...«
Aber plötzlich verstummte sie, ihr Körper versteifte sich. Die Finger auf

seiner Hüfte hielten ihn fest. Er spürte, daß sie ihm über die Schulter sah. Eine Tür quietschte.
Zu spät erkannte er, daß das Kind hinter ihm stand.
Er spürte den schweigend drohenden Blick in den Augen der Mutter, als sie an ihm vorbeisah. Aber er wagte nicht hinzusehen. So etwas war ihm noch nie passiert.
Schockiert wartete er. Er wußte nicht, was er tun sollte.
Dann hörte er wieder die Angel quietschen. Die Tür hatte sich geschlossen.
Er war in ihr schnell zusammengeschrumpft. Sein Penis war beinahe schlaff.
Aber sie bewegte sich schon wieder, sie drückte und streichelte, ihre Hände lagen auf seinem Körper.
»Mmm, guter Junge.« Sie kicherte fast vor Freude, als er in ihr wieder wuchs und seine Schuldgefühle in ihrem nackten Wahnsinn untergingen. »Komm jetzt, komm ... nur für mich.«
Einen ekstatischen Augenblick lang spürte er ihre Finger zwischen seinen Schenkeln, drückend und streichelnd, während ihr Lachen in seinen Ohren hallte.
Dann verspritzte er seinen Samen in sie, und er stöhnte laut auf, nur noch heftiger wegen dem Kind, das jetzt unsichtbar hinter der Tür wach lag, und der Gier der Mutter, die jede Wirklichkeit verdrängte.
Weich lagen ihre Schenkel unter seinen Lenden, er fühlte sich satt und siegreich.
Na, was soll's, dachte er. Schließlich war es ja ihre Sache.
Aber unter dem heißen Glühen seiner Sinne stieg, ohne daß er etwas dagegen tun konnte, wie bei einem schuldbewußten Jugendlichen der Wunsch in ihm hoch, daß er sie besser nie wiedergetroffen hätte.
So etwas konnte nicht gut sein für einen Mann.

2

Los Angeles, 5. Juni 1967 – 21.30 Uhr

Das Haus stand weit von der Straße zurückgesetzt. Hinter hohen Toren ragte es in die Dunkelheit, im Schutz von dunklen Eukalyptusbäumen, Akazien und immergrünen Eichen in ästhetisch angeordneten Reihen, Schöpfungen eines längst verstorbenen Gärtners.
Zwölf Morgen unbezahlbaren Hügellandes umgaben seine fünfunddrei-

ßig Zimmer. Vom Rasen vor dem Haus aus, wo in den letzten vierzig Jahren unzählige verschwenderische Partys ihre Echos in die nach Chapparal duftende Nacht geworfen hatten, sah man, vielleicht mit einem Glas Dom Pérignon in der Hand, über die dunklen Golfbahnen des Los Angeles Country Club bis zu den glitzernden Lichtern der Stadt.

Rechts vom Haus lag, von den Hügeln verdeckt, der ausgedehnte Campus der UCLA, der Universität von Los Angeles, die in den Zwanzigern, als sich hier schon die Stummfilmstars versammelten, noch eine winzige Ansammlung unscheinbarer Hütten gewesen war. Dahinter glänzten die Lichter des San Diego Freeway vor dem dunklen Himmel.

Links lagen Beverly Hills und Hollywood. Man konnte den Blick über den Rodeo Drive schweifen lassen, am Fuß des Gebirges entlang bis zu den belebten Boulevards, Wilshire und Santa Monica, deren parallele, nach Osten führende Arme die Flats umarmten wie lecke Rinnsale, die ihren Verkehr in die Stadt ergossen.

Vom hinteren Teil des Gartens mit seinen fast dreißig Meter hohen Sandpalmen, dem riesigen Marmorschwimmbecken, den Ställen und der Koppel, sah man nach Norden über die Cañons zum San Fernando Valley, dessen Ranches und Zitronenhaine, vor Jahrzehnten von allen Gästen bewundert, fast vollständig von den ausgedehnten Vorstadtsiedlungen verdrängt worden waren, die jetzt einen Großteil der besserverdienenden Angestellten der Stadt beherbergten.

Was man von dort nicht sehen konnte und auch gar nicht zu sehen brauchte, war die unmittelbare Nachbarschaft des Landsitzes, von Beverly Glen zum Benedict Canyon Drive. Die Häuser dort hatten ihre eigenen Schutzwälle aus Bergsträuchern, die sie vor dem Vergleich mit diesem Besitz zu schützen schienen, ihrem stolzen Anführer und dem nach allgemeiner Übereinkunft schönsten Anwesen in Holmby Hills, dem reichsten Viertel Hollywoods.

Es hatte ein Dutzend Besitzer überlebt, die alle nicht erfolgreich genug gewesen waren, um es lange halten zu können. Die meisten waren Filmstars oder Produzenten gewesen; einer sogar der berühmteste Filmkomponist seiner Zeit. Wer dort wohnte, hatte den Gipfel seiner Karriere erreicht.

Die geräumigen Zimmer hatten einige Selbstmorde gesehen, einen mutmaßlichen Mord, eine Menge marktschreierisch veröffentlichter Romanzen und Streitereien und mindestens ebenso viele unveröffent-

lichte Zusammenkünfte unerhörter sexueller Gier, unter Beteiligung jeder erdenklichen Kombination von menschlichen Körpern, Drogen und ausgewählten Instrumenten der Perversion.
Hier waren Geschäfte abgeschlossen worden, deren Auswirkungen ein Teil der Filmgeschichte waren, denn sie hatten nicht nur die Karriere einzelner gefördert oder zerstört, sondern die ganzer Studios.
Es war ein Haus, dessen Kalksteinwände und wuchernder Efeu, dessen Parkettböden und gepflegte Rasenflächen der Nimbus der Legende umgab.
Aber an diesem Abend war es still und dunkel. Die lange, gewundene Zufahrt war leer. Die Garagen waren verschlossen, ihre Sammlung von Rolls Royces, Ferraris und Maseratis versteckt.
Ein einzelner Silver Shadow stand auf dem Asphalt unter dem Sternenhimmel. Der Chauffeur war bereits im Haus verschwunden. Der Besitzer selbst hielt die Tür auf, als ein Mädchen aus dem Fond stieg.
Er war mittleren Alters, gebräunt und offensichtlich athletisch trotz seines übergewichtigen Körpers, den der maßgeschneiderte Tausend-Dollar-Anzug von Parini aus Rom verbarg. Das schwache Mondlicht warf Schatten unter seinen ergrauenden Brauen.
Das Mädchen war höchstens einundzwanzig, aber der Glanz ihres schwarzen Haars und das Selbstbewußtsein in ihrem Schritt ließen sie für eine Studentin oder eine junge Arbeiterin zu raffiniert aussehen. Ihr Kleid umschloß perfekte Schenkel und Hüften. Der klare Bogen von Schultern und Rücken unter ihrer Bluse harmonisierte mit der Wölbung fester, junger Brüste.
Eine kleine Handtasche hing über ihrer Schulter. Sie lächelte, als ihr Gastgeber zu einer Seitentür am Ende eines Weges wies.
Einen Augenblick lang sah sie fragend die leere Auffahrt hinunter, als würde sie jemanden erwarten. Dann ging sie ihm voraus.
Er hielt ihr die Tür auf. Das Haus schluckte ihren schlanken Körper wie ein Raubtier.

»Haben sich Ihre Kollegen verspätet?« fragte sie, während sie durch den langen Korridor zu den Salons gingen.
»Die kommen schon noch«, sagte er. »Wir werden sie gemeinsam begrüßen.«
Sein Verhalten war behutsam – väterlich, das Ergebnis eines Selbstvertrauens, das sie bisher nur bei wenigen Männern erlebt hatte.
Er konnte es sich leisten, selbstsicher zu sein.
Sein Name war Harmon Kurth. Er besaß dieses Haus seit sieben Jahren,

aber die enormen Grundsteuern und der Unterhalt des Anwesens konnten seinem Einkommen nicht viel anhaben.
Kurth war zweifellos der mächtigste und angesehenste Filmmanager in Hollywood. Als Präsident von International Pictures hatte Kurth in einer Ära, die unter der Wolke der McCarthy-Prozesse begonnen und die beinahe vollständige Zerstörung des Kinofilms durch das Fernsehen erlebt hatte, sein Studio zu einer Reihe von Kassenerfolgen geführt, die seit der Hochblüte des alten Hollywood ihresgleichen suchten.
Die Verluste, die er auf seinem Weg erlitten hatte, waren mehr als wiedergutgemacht worden durch Einkünfte von International aus Fernseh-Sondersendungen, Situationskomödien, Seifenopern und sogar Varieté-Shows für das Fernsehen. Als einziger unter den Filmmoguln hatte Harmon Kurth von Anfang an die Dollars gesehen, die in den Fallgruben, die die Filmindustrie bedrohten, verborgen lagen.
Für die Filmgemeinde war Kurth ein Genie, dessen untrügliches Gefühl für den öffentlichen Geschmack einherging mit seiner unübertroffenen Fähigkeit, die zu manipulieren, die geschäftlich mit ihm zu tun hatten. Jedem Projekt, das er unterstützte, waren augenblicklich Gelder von Leuten, die er auswählte, sicher. Und kaum eins, das er ablehnte, sah je das Tageslicht.
Kein Mann seit Mayer hatte so viel Einfluß besessen. Eine Laune von Kurth konnte Karrieren aufbauen oder zerstören. Keiner, der auf eine seiner verschwenderischen Partys eingeladen wurde, würde auch nur im Traum daran denken, abzulehnen. Und jeder, der nicht eingeladen wurde, spürte den Stich eines solchen Ausschlusses bis tief ins Mark.
Für die große Öffentlichkeit war Kurth eine Säule der Verantwortlichkeit und des sozialen Engagements mit einer Aura der Würde, die keiner der Filmproduzenten in der Geschichte je erreicht hatte.
Er hatte im Laufe der Jahre dafür gesorgt, daß International Pictures eine beträchtliche Anzahl ernsthafter, sozialkritischer Filme produzierte – Filme, die dem Studio weit mehr Kritikerlob und Oscars einbrachten als den Produkten seiner Konkurrenten.
Kurth selbst war Berater zweier Präsidenten im Kultur- und Medienbereich gewesen, ein einflußreicher Gesprächspartner sowohl der wichtigsten Informationsdienste als auch von etwa einem halben Dutzend Kongreßausschüssen, Ehrendoktor mehrerer Universitäten und wichtigster Mäzen unzähliger Wohltätigkeitsveranstaltungen. Klassenräume auf dem Campus der UCLA trugen seinen Namen ebenso wie die Krebsabteilung des Pacific Children's Hospital.
Kurth dinierte mit Staatsmännern und Botschaftern, wenn er nicht seine

Freunde und Konkurrenten aus Hollywood bewirtete. Biografien seines Lebens und seiner Karriere gab es in jeder Bibliothek des Landes, und neue waren in Vorbereitung, während seine Erfolge wuchsen. Harmon Kurth war schon zu Lebzeiten eine Legende.

An diesem Abend ging es Kurth um ein wichtiges Projekt des Studios. Und das junge Mädchen, das vor ihm den Korridor entlangging, war ein Teil davon.
Sie hieß Annie Havilland und war nur eine Anfängerin. Der Film sollte eine romantische Komödie werden, mit dem vorläufigen Titel *Three in One*. Carol Swains, Mark Devanys und Jennifer Wises Agenten hatten bereits Verträge für das Projekt unterzeichnet. David Hoffman war als Produktionsleiter vorgesehen. Ira Lattimer und Kurth selbst wollten produzieren.
Die Geschichte stammte von Saul Bernstein, einem der besten Ideenlieferanten im Geschäft. Regisseur und Drehbuchautor wollte Kurth erst bestimmen, wenn er die Schauspieler gefunden hatte, die seinen Vorstellungen entsprachen.
Und hier kam Annie Havilland ins Spiel.
Ihre New Yorker Modellagentur hatte Bilder geschickt, die bei International großen Eindruck gemacht hatten. Man hatte sie nach Hollywood bestellt, und die Probeaufnahmen der letzten drei Tage waren eine kleine Sensation gewesen. Kurths Berater waren überzeugt, daß sie trotz ihrer Unerfahrenheit die wichtige Nebenrolle der unbezähmbaren jüngeren Schwester der Heldin meistern könne.
Die Rolle verlangte eine Menge fotogener Sexualität. Nachdem Kurth die Aufnahmen gesehen hatte, mußte er zugeben, daß der fesselnde, erotische Blick in Annie Havillands silberglänzenden Augen zusammen mit der natürlichen Anmut, die die Kamera zu liebkosen schien, sie zu einer Idealbesetzung machte.
Es blieb nur noch eine Sache zu tun, bevor er den Auftrag gab, sie endgültig zu engagieren, und ihr damit vielleicht den Weg zum Star ebnete.
Und deshalb war sie an diesem Abend hier.

»Einen Drink?« fragte er. »Oder Kaffee?«
Sie hatten im *Le Provencal* ausgezeichnet gegessen, zusammen mit David und Ira, die mit einem unmerklichen Nicken ihre Zustimmung zu Kurths Begleiterin andeuteten. Erfreut über den Lauf der Dinge, war Kurth jetzt in Stimmung für einen Brandy.

»Kaffee bitte«, sagte das Mädchen und blieb neben ihm vor der Tür zu der großen Bibliothek stehen.
Er wandte sich nach rechts, wo lautlos ein Schatten erschien.
»Einen Kaffee für Miss Havilland bitte, Juan«, sagte Kurth in die Dunkelheit. »Und einen Armagnac für mich.«
Er wies auf das Zimmer vor ihnen. Das Mädchen drehte dem Korridor voller impressionistischer Meisterwerke den Rücken zu und ging voraus in die Bibliothek.
Diskret verteilt in dunklen Winkeln der Bibliothek hingen Ehrendiplome und Urkunden, die Kurth im Laufe der Jahre erhalten hatte, und auch Fotos, die ihn händeschüttelnd mit einem Gouverneur, einem Präsidenten, einem Autohersteller, einer Gruppe UN-Delegierter und dem Vorsitzenden eines Senatskomitees zeigten, mit dem er bei einer Untersuchung über die Armut in amerikanischen Städten zusammengearbeitet hatte.
Weitere Zeichen der öffentlichen Dankbarkeit waren über das ganze Haus verteilt, denn in einem einzigen Zimmer wären sie zu überwältigend spektakulär erschienen.
Hier und dort, fast scheu auf einem Sims, einem Bücherregal oder einem Tisch plaziert, standen Oscars, die International für Kurths Filme errungen hatte. Es war in Hollywood inzwischen allgemein bekannt, daß International mehr Preise gewonnen hatte als irgendein anderes Studio in der Geschichte.
Der Teppich war dick, der Kamin riesig, die Möbel ausladend und in üppigem Leder gepolstert. Es war ein an der Oberfläche freundliches Zimmer, hatte aber doch etwas so Eigenartiges, daß das Mädchen sich erstaunt umsah.
»Ungewöhnlich, nicht?« fragte Kurth, während er sie zu der hochlehnigen Couch führte. »Alles Möbel aus dem neunzehnten Jahrhundert, angefertigt für eine Familie namens Gudmundson, die im Valley lebte. Es waren Farmer, und es müssen Riesen gewesen sein. Ich entdeckte sie bei einer Auktion und ließ sie restaurieren.«
Das Mädchen betrachtete ein Foto, das zwischen Büchern auf einem Regal stand. Es zeigte eine gutaussehende Frau mittleren Alters mit zwei hübschen Töchtern, etwa zehn und zwölf Jahre alt.
»Meine Frau und die Mädchen«, erklärte Kurth stolz, als sein Blick dem ihren folgte. »Meine Augäpfel.« Eine Zärtlichkeit, die schon fast Verehrung war, schien sich in seine tiefe Stimme zu schleichen, während er das Bild betrachtete. »Sie sind diese Woche alle in Genf, wo Tess und Maggie zur Schule gehen. Es tut mir leid, daß Sie sie nicht kennenlernen können.«

Er wies auf die tiefe Ledercouch. Das Mädchen sah selbst wie ein Kind aus, als sie sich auf eins der Polster setzte und ihre Tasche neben sich auf den Boden stellte.
Kurth spürte die Vorfreude. Das Geplänkel über die Gudmundsons und seine angebetete Familie hatte sie gar nicht bemerken lassen, daß es hinter den schweren Vorhängen keine Fenster gab und daß die Tür, durch die sie das Zimmer betreten hatten, die einzige war.

Einen Augenblick später erschien ein kleiner, außergewöhnlich dunkler Hispanier mit einem Tablett, stellte Kaffee vor das Mädchen und einen Schwenker mit fünfzig Jahre altem Brandy vor den Gastgeber. Sie erkannte ihn als den Chauffeur, der nun eine Hauslivree trug. Er sah aus wie ein Federgewichtsboxer oder ein anderer Athlet.
»Nun«, sagte Kurth und hob sein Glas. »Worüber wollen wir reden?«
Sie lächelte. »Es war so freundlich von Ihnen, daß Sie mich eingeladen haben, Mr. Kurth. Es war ein ausgezeichnetes Abendessen.«
»Ich wollte Sie näher kennenlernen. Ihre Aufnahmen haben uns alle sehr interessiert, wie Sie sich vorstellen können. Natürlich gibt es noch einige Verzögerungen, da wir noch kein Drehbuch haben. Aber wir müssen einen Vertrag ausarbeiten, der Ihre Agentur zufriedenstellt, wie wir es schon bei den Hauptrollen getan haben. Glauben Sie persönlich, daß Sie die Rolle schaffen werden?«
Als sie nickte, glänzte ihr Haar in dem schwachen Licht. »Wenn Sie sich für mich entscheiden, werde ich mein Bestes tun. Es ist eine große Chance, da ich wenig Erfahrung habe ...«
»Aber«, warf er ein, »Sie haben das Aussehen, den Stil. Das ist wichtig. Daria – angenommen, wir bleiben bei dem Namen für die jüngere Schwester – muß spritzig und aufgeweckt sein, schelmisch, wenn Sie so wollen – und ziemlich sexy.«
»Ich weiß, was Sie meinen«, erwiderte sie und schlug die Beine übereinander. »Sie ist sinnlich auf eine kindliche Art. Wie ein frecher Teenager.«
»Genau.« Kurth schwenkte seinen Brandy. »Als Nebenrolle besitzt sie etwas mehr von der direkten Sexualität, die die weibliche Hauptrolle vor dem Helden nicht zeigen kann. Sie müssen Ihren erotischen Charme herausbringen, wie Sie ihn schon in den Aufnahmen gezeigt haben.«
Sie errötete leicht und sah auf ihren unberührten Kaffee hinunter. Kurth wußte, daß sie inzwischen schon sehr nervös war und sich wunderte, wo die anderen blieben. Ihre bewußte Anstrengung, nicht auf die Uhr zu sehen, konnte er beinahe spüren.
Das schmale Uhrband schmeichelte den schlanken Armen, die aus der

Bluse heraussahen, so wie die feinen Lederbänder ihrer Sommerschuhe ihre wohlgeformten Knöchel betonten. Sie hatte eine geschäftsmäßige Miene aufgesetzt, die auf erregende Art mit dem Glanz ihrer silbernen Katzenaugen und dem sinnlichen Körper unter ihrem Kleid kontrastierte. Er hatte sie sich zuvor genau angesehen, während sie vor ihm durch den Korridor ging, und seine abgestumpften Sinne waren zum Leben erwacht, als er sah, wie die winzige Handtasche gegen ihre Hüfte schlug.
»Natürlich«, sagte er, »werden Sie nicht der Star sein. Aber Ihre Publicity wird beträchtlich sein. Und Ihre Anwesenheit ist wichtig für die Ausgewogenheit des Films. Es ist das, was wir die smarte Rolle nennen. Man wird Sie darin bemerken, vor allem eine Menge Leute, die wichtig sind.«
Er hatte darauf geachtet, daß man sie einlud, allein zu diesem zwanglosen Abend zu kommen. Ihre Agentur hatte das sofort verstanden und sich bei seiner Sekretärin dafür bedankt, daß das Studio sich herabließ, eine Unbekannte für eine so wichtige Rolle zu testen.
Er sah sie wieder an. Ihre Beine waren wirklich ein Wunder. Aber vor allem ihre geraden Schultern über den festen, kleinen Brüsten hatten es ihm angetan. Die Bluse betonte ihre Schlüsselbeine. Es war seine Lieblingsstelle bei einer Frau. So fein, so zerbrechlich.
Er bemerkte, daß sie an ihm vorbei zur Tür sah. Sie stand natürlich einen Spalt offen.
Er spürte das altbekannte Prickeln in seinen Lenden.
Es wurde Zeit.

»Das ist aber ein wirklich hübsches Kleid, das Sie da tragen«, sagte er. »Es steht Ihnen ausgezeichnet. Sogar noch besser als Darias Kleider, wenn ich das sagen darf.«
»Danke.« Sie errötete.
Ohne den Blick von ihr abzuwenden, nippte er langsam an seinem Brandy.
»Warum ziehen Sie es nicht aus?«
Mit dem weichen Klang seiner Stimme war auch seine väterliche Art verschwunden. Er beobachtete sie genau. Sie sah entsetzt aus. Er hatte es erwartet. Aber da war noch mehr. Ihre Gefühle waren so komplex wie die Farben hinter ihrer silbernen Iris.
Eine Spur von Erkennen. Natürlich. Sicher ahnte sie, warum sie hier war.
Und etwas Angst. Ganz offensichtlich, vor allem bei ihrem zweiten Blick zur Tür, als fragte sie sich, ob sie von dort Hilfe erwarten könne.

Aber noch etwas anderes. War es Wissen? Erinnerung? Ein verbotener Funken von Ergebenheit?
Gleichgültig, was es war, es hatte nichts gemein mit dem gierigen, willigen Blick eines jungen Starlets. Wie ein Blitz vor einem Sommerhimmel glühte es hinter ihren Augen, ein Geheimnis, das sie selbst nicht kannte.
Der Anblick erregte Kurth.
»Verzeihung.« Sie war blaß geworden.
»Ich sagte«, wiederholte er, »,warum ziehen Sie sich nicht aus, junge Dame, und bewegen Ihren Arsch hier herüber, bevor ich Ihre Karriere zerdrücke wie eine Walnuß und in den Rinnstein werfe, wo sie hingehört?«
Sie drückte sich gegen die ausladende Rückenlehne des Sofas. Ihre nackten Arme waren milchigweiße Konturen vor dem dunklen Leder.
»Sie – das können Sie doch nicht ernst meinen«, sagte sie.
Er lehnte sich im Sessel zurück. Ein grausames Lächeln kräuselte seine Lippen.
»Sie bringen mich zum Lachen«, erwiderte er. »Sie haben sich doch nicht in dieses enge Kleid gezwängt und sich während eines teuren Essens den ganzen Abend an meinen Arm gehängt, ohne zu wissen, was man von Ihnen erwartet. Ihr Spatzenhirn weiß doch ganz genau, warum es heute abend in diesem Haus ist. Aber nur zur Information will ich es noch einmal wiederholen: Wenn du nicht innerhalb der nächsten Minute aus deinen Kleidern und auf meinem Schoß bist, wirst du in Hollywood nie mehr arbeiten, auch wenn du hundert Jahre alt wirst.«
Ihre Hand schnappte nach ihrer Tasche. Dann war sie auf den Beinen. Zum erstenmal sah er ihren Körper unter Anspannung. Es war großartig.
Ihre Augen waren voller Wut und Verachtung. Kurth war verblüfft. Sie hatte ja wirklich Selbstachtung.
»So etwas brauch' ich mir von niemand gefallen zu lassen«, sagte sie. »Von keinem einzigen.«
Sie ging auf die Tür zu. Mit überraschender Behendigkeit stand Kurth auf und versperrte ihr den Weg. Sie blieb stehen und spitzte verwirrt die Lippen, während sie an ihm vorbei in den Korridor sah.
»Bitte, gehen Sie mir aus dem Weg«, sagte sie bestimmt, trotz ihrer offensichtlichen Angst.
Kurth bewegte sich nicht.
»Merkst du denn nicht«, fragte er, »was du aufgibst, wenn du jetzt durch diese Tür gehst? Ich bin bereit, dir eine Filmkarriere zu bieten, für

die tausend andere talentierte Frauen ihre Seele opfern würden. Du hast Talent. Mit mir auf deiner Seite wirst du ein Star. Ohne mich nichts. Ist das klar?«

»Vollkommen.« Der eigenartige Blick flackerte noch immer in ihren Augen. »Bitte, ich möchte gern gehen.«

Kurth betrachtete sie einen Augenblick lang. Dann lachte er, und seine väterliche Wärme kehrte so schnell zurück, wie sie verschwunden war.

»Es tut mir leid, daß ich Sie erschreckt habe«, sagte er. »Ich mußte wissen, aus welchem Stall Sie kommen – wie ihr jungen Leute sagen würdet. Sie haben nichts zu befürchten, Miss Havilland. Bitte setzen Sie sich. Trinken Sie Ihren Kaffee. Unsere Gäste werden jeden Augenblick hiersein.«

Sie sah ihn verwundert an und schüttelte den Kopf. Ein Prozent von ihr war von dieser Kehrtwendung überzeugt, vielleicht zwei.

»Ich verstehe nicht«, sagte sie.

»Hollywood ist nicht mehr, was es einmal war.« Sein Lachen klang beruhigend. »Wir erwarten nicht, daß jede junge Schauspielerin – oder Schauspieler – Sie wären überrascht, wenn Sie wüßten, was in dieser Stadt im Laufe der Jahre alles passiert ist – sofort ins Bett springt, sobald ein Produzent mit einem Vertrag winkt. Heutzutage brauchen wir Profis, Annie. Leute mit Talent, mit entsprechender Ausbildung und Repräsentation. Der Film ist ein Geschäft. Keine Horde von Perversen. Ich mußte einfach wissen, daß Sie das auch erkannt haben. Jetzt weiß ich es, und ich respektiere Sie deswegen.«

Sie stand vor ihm, mit der Tasche über der Schulter. Sie duftete sensationell. In ihrer Wut war sie so jung und aufrecht, so zerbrechlich und argwöhnisch.

»Ich glaube, ich habe Sie verstanden«, sagte sie und ging einen halben Schritt zurück. »Aber ich muß trotzdem gehen. Wenn Sie mich wiedersehen wollen, zusammen mit den Leuten von meiner Agentur, so würde ich mich freuen. Oder vielleicht einer Ihrer Vertreter ...«

»Habe ich Ihnen einen solchen Schrecken eingejagt?« Er lachte. »Bitte, Annie. Es war doch nur ein Test. Ich wollte Sie nicht beleidigen.«

»Wirklich«, beharrte sie. »Jederzeit, wenn es Ihnen paßt. Aber ich muß jetzt wirklich gehen ...«

Er hob in gespielter Unterwerfung die Hände und trat zur Seite.

»Es tut mir leid, daß ich Sie beunruhigt habe. Ich war viel zu grob. Ich kann Sie durchaus verstehen. Wenn Sie erlauben, werde ich Sie von meinem Fahrer nach Hause bringen lassen.« Er wies auf die halbgeöffnete Tür. »Nach Ihnen, bitte.«

Sie ging mit vorsichtigen Schritten um ihn herum.
Im gleichen Augenblick holte er aus und schlug ihr mit der Faust auf die empfindliche Stelle zwischen Schlüsselbein und Brustansatz.
Ihr Schmerzensschrei hallte hohl in dem schalldichten Raum wider. Die Gewalt des Schlages hatte sie von der Tür weggeschleudert. Sie wäre hinterrücks auf den dicken Teppich gefallen, hätte sie es nicht dank ihres ausgezeichneten Gleichgewichtssinnes geschafft, rückwärts zum Sofa zu taumeln. Ihre Tasche fiel auf den Boden.
Kurth war auf ihr, bevor sie aufstehen konnte. Ein zweiter Schlag traf sie schmerzhaft am Ohr, ein dritter auf den Rücken. Seine Gewalt warf sie auf den Bauch in die Tiefen der Couch und nahm ihr einen Augenblick lang den Atem.
Bevor sie schreien konnte, drückte Kurths schwere Hand ihr Gesicht in das beißend riechende Leder.
»Du kleine Schlampe«, flüsterte er ihr grob ins Ohr, während er die Finger in ihren Haaren vergrub und sich mit seinem ganzen Gewicht auf sie legte. »Hast du geglaubt, ich lass' dich hier raus, ohne dir eine Lehre zu erteilen?«
Er sah die Tränen der Angst in ihren Augen. Gedämpfte Worte irgendwo zwischen Bitten und Befehlen erstarben im Polster.
»Du weißt ganz genau, wie du dich anziehen mußt«, flüsterte er, während er ihr den Ellbogen ins Kreuz drückte. »Zwängst deinen hübschen kleinen Körper in einen engen Rock und glaubst dann, du kommst davon, ohne den Preis zu zahlen, hm?«
Er grub sein Knie tiefer in die weiche Stelle zwischen ihren gespreizten Beinen.
»Aber du wirst doch bezahlen, oder?« knurrte er. »Der große, gemeine Mann wird seinen Spaß mit deinem kleinen, weichen Körper haben, bis du grün und blau bist. Und niemand, kein Mensch wird dir helfen. Ist das nicht nett?«
Sie weinte verzweifelt in die Couch. Kurth genoß die Panik in ihren angespannten Gliedern. Es war ganz offensichtlich, daß sie sich nicht fügte.
Aber es ärgerte ihn, daß sie so in ihrer Verzweiflung versunken war. Er mußte ihre Augen sehen.
Sein Knie weiter zwischen ihre Schenkel gepreßt, drehte er sie brutal um. Seine Fäuste umklammerten ihre Handgelenke. Ihr tränenüberströmtes Gesicht war wunderschön in ihrer Angst, eine richtige Maske des Entsetzens. Sie trug kaum Make-up, das die perfekte Linie ihrer Wangen hätte verderben können.

Fasziniert von ihrer milchigweißen Haut, schlug Kurth sie brutal und sah zu, wie Blut aus ihren Mundwinkeln sickerte. Dann wieder am Handgelenk.
»Du wirst heute nacht mein kleines Spielzeug sein, oder?« fragte er. »Mit jedem Zentimeter deines Körpers werde ich tun, was ich will, und du wirst dich noch auf den Knien bei mir bedanken, daß ich nicht das Hirn aus deinem Schädel prügle und es den Hunden zum Fraß vorwerfe. Jaja, mein Liebling, du wirst deine Medizin schlucken, und du wirst sie mögen, denn deswegen bist du doch hier, oder?«
Das Blut an ihrem Mund erregte ihn, und er schlug sie wieder, mit einem leisen, wüsten Lachen in der Kehle. Rotes Blut verteilte sich über Kinn und Wange. Er streichelte es zärtlich. Dann plötzlich krallte seine große Hand nach ihrer Brust unterhalb des Schlüsselbeins, riß die Bluse auf und grub tiefe Spuren in ihre Haut.
Der Schrei ihrer Qualen war Musik in seinen Ohren. Sie kämpfte vergebens gegen sein auf ihr lastendes Gewicht. Ein dunkler Fleck färbte ihre Bluse, er beugte sich lächelnd darüber und betrachtete ihn. Sie wimmerte, als er näher kam.
Das Geschlecht zwischen seinen Schenkeln war hart und schlüpfrig. Diese winzigen Verletzungen waren nichts im Vergleich zu dem, was seine erfahrenen Partnerinnen mit sich tun ließen. Aber die Schreie dieses Mädchens waren ehrlich und rein. Er hatte sie nicht im voraus bezahlt, sie verhalf ihm nicht für Geld zu seinem Vergnügen. Sie wehrte sich gegen ihn. So erregt war er seit Jahren nicht mehr gewesen.
Er setzte sich auf und betrachtete sie. Sie sah an ihm vorbei zur Decke und den hohen Vorhängen, Entschlossenheit mischte sich mit Entsetzen in ihren Augen. Sie dachte offensichtlich noch immer an Flucht, rechnete sich ihre Chancen aus. Sie war wirklich intelligent. So leicht würde sie nicht aufgeben.
»Suchst wohl 'nen Fluchtweg?« lächelte er. »Nicht so schnell, Annie. Nicht, bis jeder Zentimeter von dir ordentlich bestraft wurde. Ja, meine Kleine: Du wirst mich in all deinen kleinen, geheimen Stellen spüren. Und du wirst um Erbarmen winseln, nicht?«
Hoffnungslosigkeit schimmerte in ihren Silberaugen und verdrängte ihren sturen Stolz.
Kurth amüsierte sich wie nie.
Ihr Körper wurde schlaff. Er hob die Hand, um sie wieder zu schlagen. Er mußte sie weinen hören.
Aber ihre Passivität hatte ihn getäuscht. Die kleine Faust, die er losgelassen hatte, kam wie aus dem Nichts und traf ihn mitten auf die gebräunte

Nase. Er schmeckte sein eigenes Blut. Im gleichen Augenblick schnellte der schlanke Schenkel, der zwischen seinen Beinen eingesperrt war, heftig gegen seine Hoden.
Er heulte auf vor Schmerz, die ganze Gewalt seiner Wut war bereit zu explodieren, und er ließ sich nach vorne fallen, er wußte, daß sein Gewicht sie in die Couch drücken würde.
Aber mit einer akrobatischen Behendigkeit, die ihn erstaunte, rollte sie im Bruchteil einer Sekunde unter ihm weg, und er fiel so schwer auf die Couch, daß es ihm fast den Atem nahm.
Ihre Flucht war so schnell gewesen, daß er einen Augenblick brauchte, bis er sein Gleichgewicht wiedergefunden hatte. Er drehte sich um. Was er sah, war atemberaubend.
Sie stand vor ihm, mit wirren Haaren, Gesicht und Brust fleckig von ihrem und seinem Blut. Die nackten Arme hingen ihr an den Seiten herab. Tränen liefen ihr über die Wangen, aber sie sah ihn an, ohne zu blinzeln.
Aber das Erstaunlichste war, daß sie sich nicht umdrehte und floh. Wie ein in die Ecke getriebenes Beutetier stellte sie sich ihrem Jäger, bereit zum Kampf.
In vollkommenem Gleichgewicht stand sie auf ihren schlanken Beinen. Wut und Verachtung blitzten aus den silbernen Augen, mit denen sie auf ihn heruntersah. Sie wartete, daß er aufstand und auf sie zukam. Ohne Angst vor dem ungleichen Kampf sah sie fast begierig aus.
Ihre Schönheit war zuviel für Kurth. Laut aufstöhnend kam es ihm in der Hose, und seine großen Hände huschten über sein Geschlecht.

Er sah sie an, lange und erstaunt, er genoß das neue Gefühl, daß ihre Rebellion ihm ein solches Vergnügen bereitet hatte. Es war, als hätte sie, nicht er, das Spiel in der Hand.
Sie stand über ihm wie die Vision eines Engels, befleckt mit ihrer beider Blut, Entsetzen und Herausforderung in ihren sanften Schlafzimmeraugen, das dunkle Haar um ihre Schultern.
Und sie rührte sich immer noch nicht, um zu fliehen.
Kurth war ein starker Mann, der oft trainierte. Er freute sich auf die Jagd, denn er würde sie ohne Zweifel fangen und unterwerfen.
Er holte ein letztes Mal tief Luft, als das Zittern in seinen Lenden nachließ.
Dann sprang er mit weit ausgestreckten Armen von der Couch hoch.
Aber er griff ins Leere.
Er wirbelte überrascht herum und sah, daß sie vor der Couch stand. Sie

hätte die Chance gehabt, zur Tür zu stürzen, aber sie war nur mit der Schnelligkeit einer Maus zur Seite getreten, ohne die Fluchtmöglichkeit zu beachten. War sie so entsetzt, daß sie nicht mehr wußte, was sie tat? Aber er dachte nicht weiter darüber nach, sondern sprang wieder, um sie auf die Couch zu werfen.
Diesmal hüpfte sie einfach über das Möbelstück, und wieder verlor Kurth das Gleichgewicht und taumelte in die Polster.
Brüllend vor Wut stand er auf und lief auf das Mädchen zu. Im letzten Augenblick entschlüpfte sie ihm und wich dem Tisch aus, den er auf sie zugeschoben hatte.
Aber jetzt steckte sie in einem Winkel des Zimmers, zwischen zwei falschen Fenstern. Kurth schob einen Sessel vor, um ihr den Weg abzuschneiden. Sein Atem kam immer heftiger, während er mit ausgestreckten Armen auf sie zuging.
Ihre wachsamen Augen leuchteten hell wie Sterne in dem trüben Licht. Jetzt hab' ich sie, dachte er. Sie war wirklich in die Enge getrieben, denn die Wände waren seine Verbündeten.
Aber als er mit der Faust nach ihrem Magen zielte, war sie schon wieder verschwunden. Er drehte sich wütend um und entdeckte sie hinter sich, eine Peinigerin wie ein Wirbelwind, die ihn mit ihren perfekten, jugendlichen Gliedern reizte, während sein alternder Körper immer schwächer wurde.
Noch immer stand der gleiche Blick von Angst und Abscheu in ihren Augen. Aber nun entdeckte Kurth auch Triumph.
Er ging langsam auf sie zu. So langsam, wie sie zurückwich, sich orientierend im Raum umsah und ihre Reflexe auf eine plötzliche Flucht vorbereitete.
Kurth spürte das Heiße, Klebrige seines Orgasmus in der Hose. Jetzt hatte sie den Spieß wirklich umgedreht. Waren am Anfang Kraft und Überraschung auf seiner Seite, so waren jetzt Jugend, Ausdauer und, ja, das Recht auf der ihren. Von Augenblick zu Augenblick wurde sie stärker und er schwächer.
Und sie wollte es so! Wie sonst war es zu erklären, daß sie nicht geflohen war, als sie die Gelegenheit hatte?
Mit seiner ganzen Kraft schleuderte er ein Sofatischchen nach ihr; er hoffte, daß der Aufprall sie überwältigen würde. Aber sie wich behende aus und stand mitten im Zimmer.
Seine Wut gewann jetzt die Oberhand über die Berechnung, und er verfolgte sie mit wütenden, frustrierten Hieben wie ein gequälter Stier, er krächzte Worte, die er selbst kaum hörte.

»Schlampe ... kleine Schlampe ... Ich werd's dir heimzahlen ...«
Aber sie entschlüpfte ihm immer wieder, glitt aus seinem Griff, ein wildes, wunderbares Wesen, von der Natur mit einer unmenschlichen Schnelligkeit ausgestattet, die es ihm unmöglich machte, sie zu fangen und zu zermalmen.
Und als er schließlich vor ihr auf die Knie fiel, gedemütigt vom Samen in seiner Hose, nach Atem ringend, zu schwach, um noch nach ihr zu greifen, da sah er zum letztenmal das komplexe Leuchten hinter ihren Augen, mit denen sie auf ihn herunterblickte, atemlos, voller Schmerz und Befriedigung.
Dann floh sie durch die Tür wie ein Reh.

Der Korridor lag vor ihr wie ein Tunnel, eingerahmt von schwach beleuchteten Bildern und dekorativen Tischchen. Der Läufer rutschte unter ihren Füßen. Nur mit Mühe konnte sie das Gleichgewicht halten. Sie wußte, daß die Schlüssel noch im Auto steckten, denn sie hatte gesehen, daß der Chauffeur sie dort gelassen hatte. Sie wußte auch, daß das Tor verschlossen sein würde. Gleichgültig: Wenn nötig, würde sie es einfach durchbrechen oder aus dem Auto steigen und darüberspringen. Namenloses Entsetzen packte sie, während die Wände an ihr vorbeistürzten. Kurths sadistische Drohungen fielen ihr wieder ein.
»... und es den Hunden zum Fraß vorwerfe ...«
Sie zwang sich, klar zu denken. Sie hatte keine Zeit zu überlegen, was sich hinter der Seitentür befinden mochte. Wichtig war nur, daß sie hindurch und aus dem Haus kam.
Die Zimmer links und rechts des Ganges beachtete sie nicht. Sie sah nur die Tür immer näher kommen, der große Messingknauf funkelte in der Dunkelheit. Das Schloß war geöffnet.
Die Freiheit winkte verführerisch. Sie war viel zu verzweifelt, um die Schmerzen an Brust, Rücken und Schlüsselbein zu spüren.
Vor der Tür blieb sie schlitternd stehen und packte den Knauf.
Bevor sie ihn drehen konnte, legte sich ein Arm um ihren Hals. Sie wurde mit Gewalt zu Boden gerissen. Heißer, männlicher Atem strich an ihrem Ohr vorbei.
»Momentito«, sagte eine leise Stimme. *»Momentito, puta.«*
Sie erinnerte sich an den geschmeidigen Boxerkörper des Mannes namens Juan, der sich vom Chauffeur in den Butler verwandelt hatte, um ihr den Kaffee zu bringen.
Sie wußte, daß sie verloren war.

Ihr Bewußtsein kämpfte mit rettender Ohnmacht, als man sie über den Korridor in einen Raum schleppte, den sie zuvor noch nicht gesehen hatte.
Stählerne Arme hefteten sie auf den Boden. Kurth stand drohend vor ihr, von der Hüfte abwärts nackt. Lächelnd beugte er sich zu ihr hinunter.
Schläge trafen sie an Schultern, Bauch und Beinen. Kurth knurrte unmenschliche Obszönitäten, während er auf sie eindrosch.
Man riß ihr das Kleid vom Leib, den Slip. Kurth kicherte vor makabrer Fröhlichkeit, während er ihr die Beine spreizte, an ihren Schenkeln leckte, an dem weichen Fleisch dazwischen zwickte und saugte und nach dem Blut aus den Wunden gierte, die er ihr beibrachte. Sie schrie vor Qual, wie außer sich.
Die unsichtbaren Hände drehten sie grob auf den Bauch. Von hinten trieb Kurth mit aller Kraft sein Geschlecht in sie. Ein reißender Schmerz durchfuhr sie. Monströse Stöße durchbohrten sie, während Kurth auf ihre Hüften, ihren Rücken eindrosch. Seine Finger zerrten an ihren Haaren und wühlten in ihrem zarten Fleisch.
Seine Stimme klang ihr noch in den Ohren, als sie ohnmächtig wurde.

In einem Auto kam sie wieder zu sich. Süße Nachtluft, die nach Jasmin und Chapparal duftete, strömte durch die Fenster.
Zu ihrer Verwunderung war sie ordentlich angezogen. Man hatte ihr die Haare gekämmt.
Die Taubheit in den Gliedern war unnatürlich. Sie vermutete, daß sie sie unter Drogen gesetzt hatten.
»Wo wohnen Sie, Señorita?« Es war Juans Stimme. »Ich werde Sie jetzt nach Hause bringen.«
Sie antwortete nicht.
»Jetzt bekommen Sie Job«, ermutigte er sie. »Mr. Kurth mag Sie. Hat er gesagt. Keine Sorge. Er macht Star aus Ihnen. Sie morgen reden mit Agenten.«
Sie sah stumm aus dem Fenster. Eine der Hauptstraßen Hollywoods, die ihr entfernt bekannt vorkam, tauchte vor ihr auf.
Juans Worte klangen, als würden sie von einem anderen Planeten kommen.
»Mr. Kurth, er ist wichtiger Mann. Sí, Señorita? Bekommt immer, was er will. Sie bekommen jetzt Rolle. Okay, Señorita? Ihre Adresse, bitte?«
Sie schüttelte den Kopf. Juans tröstende Worte zeugten von einem Entsetzen und einer Absurdität, die sie nicht begreifen konnte. Als

undurchdringlicher Schleier lag die Zukunft hinter ihr, von ihrem Verstand nicht mehr faßbar.
Dann entdeckte sie das Polizeiauto.

Es stand neben einer Vierundzwanzigstunden-Tacobude. Die beiden Beamten saßen darin und aßen aus Styroportellern.
Annie stieß die Tür des Rolls Royce auf. Juan bremste instinktiv. Ohne auf die gellenden Hupen hinter ihr zu achten, taumelte sie auf den Bürgersteig und lief auf die Polizisten zu, die neugierig von ihrer Mahlzeit aufsahen.
»Man hat mich vergewaltigt«, keuchte sie, mit den Händen an der Scheibe. »Zusammengeschlagen ... vergewaltigt ...« Sie drehte sich um und wies auf das Auto, dessen hintere Tür Juan eben ohne Eile schloß. »Er half dabei«, sagte sie und zeigte auf ihn. »Er ... hat mich festgehalten. Helfen Sie mir, bitte ...«
Ihr wurde schwarz vor Augen, als die Stimmen an ihr Ohr drangen. Starke Arme stützten sie. In der Entfernung ging ein Uniformierter auf den Rolls Royce zu. Juan wartete ruhig neben dem Auto, sehr selbstsicher in seiner grauen Livree.
Es ist vorbei, dachte sie, während sich der Nachthimmel über ihrem Kopf drehte.
Aber die Stimme hinter ihren Augen sagte ihr, daß sie hier in etwas verwickelt war, das eben erst begann.

»In Ordnung, Miss Havilland. Sie können sich den Bademantel wieder anziehen. Ich werde jetzt meinen Bericht schreiben und ihn an Lieutenant Hernandez weiterleiten. Man hat Sie ganz schön verprügelt, aber gebrochen ist nichts.«
Dr. Russell war eine junge Assistenzärztin, deren Sachlichkeit Annie beinahe tröstete. Sie hatte den Eindruck, jetzt in fähigen, kompetenten Händen zu sein – um so mehr, als Officer Barbara Tauer vom Vergewaltigungsdezernat vor der Tür wartete.
So sicher, wie die Ärzte die medizinische Wahrheit ihrer Schändung hatten, würde auch die Polizei die Entsetzlichkeit des Geschehens hinter den Wänden von Harmon Kurths Haus in Holmby Hill in ihre Akten aufnehmen.
Mit schmerzenden, steifen Gelenken verknotete sie den Bademantel, legte sich dann auf die kühlen Laken und betrachtete die antiseptischen Wände und den Boden des Krankenzimmers.
Sie war verwirrt und gereizt. Das Schmerzmittel, das man ihr in der

Notaufnahme gegeben hatte, half nur wenig gegen ihre Beschwerden, verstärkte aber das Gefühl der Orientierungslosigkeit. Sie hatte den Eindruck, als würde ihr Verstand durch Wattebäusche taumeln.
Als Officer Tauer in der Tür erschien, lächelte sie schwach. Hinter ihr im Korridor waren mehrere Männer zu sehen.
»Sind Sie klar genug, um ein paar Probleme besprechen zu können?« fragte Barbara Tauer und kam zu ihr ans Bett.
Annie nickte. Ein Polizist, den sie zuvor nicht bemerkt hatte, betrat das Zimmer.
»Mein Name ist Officer Campion, Miss Havilland«, sagte er ohne ein Lächeln. »Es tut mir leid, Sie zu stören, aber leider geht es nicht anders. Ich fürchte, es ist meine Pflicht, Ihnen mitzuteilen, daß Sie verhaftet sind.«
Er zögerte und spielte mit dem Haftbefehl in seiner Hand.
»Ich?« fragte Annie, die krampfhaft versuchte, einen klaren Gedanken zu fassen. »Weswegen? Das muß ein Versehen sein.«
Er schüttelte den Kopf. »Kein Fehler. Sie werden der Prostitution beschuldigt. Beschwerdeführer ist Martin Farrow, der Anwalt von Mr. Kurth. Nach Mr. Farrows Angaben gibt es drei Zeugen für den Vorfall. Ich bin hier, um Sie von Ihrer Verhaftung in Kenntnis zu setzen, Sie über Ihre Rechte zu informieren und sicherzustellen, daß Sie in Untersuchungshaft kommen, sobald Sie transportfähig sind.«
Annie schüttelte konsterniert den Kopf.
»Hier sind wohl alle verrückt«, sagte sie. »Sehen Sie mich an, Officer. Glauben Sie, daß ich die Schläge provoziert habe? Ist es denn ein Verbrechen, das Opfer einer Vergewaltigung zu sein?«
Er hob verlegen die Schultern. »Ihre Verletzungen haben auf Ihre Verhaftung keinen Einfluß. Die Anklagen, die Sie gegen Mr. Kurth vorgebracht haben, stehen auf einem anderen Blatt. Das Gericht muß die ganze Sache entscheiden.«
Annie wandte sich an Barbara Tauer.
»Was soll ich jetzt tun?« fragte sie.
»Das erste, was Sie brauchen«, sagte die andere Frau, »ist Ihr Anwalt. Haben Sie einen?«
Annie schüttelte den Kopf.
»Kennen Sie einen, der auf solche Probleme spezialisiert ist?«
»Ich kenne hier überhaupt niemand«, antwortete Annie. »Bis auf Beth Holland, das Mädchen, bei dem ich wohne. Ich sollte ja nur für ein paar Tage hierherkommen ...«
»Gibt es jemanden, den Sie anrufen und um Rat fragen wollen?«

Annie schwieg. Ihr Wille schien sie zu verlassen. Der Raum drehte sich vor ihren Augen.
Während sie darum kämpfte, bei klarem Verstand zu bleiben, dachte sie an Beth, ein vielbeschäftigtes, arbeitendes Mädchen, deren Eltern nicht weit von ihrer Wohnung im Valley lebten. Mit Sicherheit kannten weder sie noch ihre Eltern einen Rechtsanwalt, der sich auf die Verteidigung von Frauen gegen Prostitutionsvorwürfe spezialisiert hatte. Schon der Gedanke war absurd. Außerdem kannte Annie Beth nur flüchtig und hatte nicht die Absicht, ihr von diesem Wahnsinn zu erzählen.
Es wäre logischerweise nahegelegen, Renée Greenbaum, Annies persönliche Agentin bei Cyrena, telefonisch um Hilfe anzugehen. Sie war es gewesen, die den Kontakt zu Beth hergestellt hatte, nachdem sie ihren Einfluß geltend gemacht und International Pictures Annies Fotomappe gesandt hatte. Seit drei Jahren war Renée ein unermüdlicher Förderer von Annies Karriere als Modell gewesen, ihr Mentor und ihre engste Freundin.
Aber diese außergewöhnliche Situation lag weit außerhalb von Renées Erfahrung. Ein verzweifelter Anruf würde ihr nur eine Menge Sorgen bereiten und sie in Verlegenheit stürzen, weil sie sich selbst die Schuld dafür geben würde, Annie in die Lage gebracht zu haben, die der Grund für ihr entsetzliches Unglück war.
Bei diesem Gedanken traf Annie die Schande, ein Opfer zu sein, plötzlich mit aller Macht. Sie schreckte davor zurück, sich die Wirklichkeit der entsetzlichen Ereignisse einzugestehen, ebensowenig wie die Demütigung, daß sie verhaftet war.
Langsam schüttelte sie den Kopf. Seit dem Tod ihres Vaters vor drei Jahren war sie allein auf der Welt. Keiner ihrer Freunde stand ihr so nahe, daß sie sich in einer Situation wie dieser an sie hätte wenden können. Schon die Vorstellung, sie um Hilfe zu bitten, entsprach ganz und gar nicht ihrem Wesen.
»Nein«, sagte sie mutlos. »Niemanden.«
»In diesem Fall«, sagte Barbara Tauer sanft, »werde ich Ihnen einen öffentlichen Anwalt besorgen. Der weiß, was zu tun ist.«
Aber in ihren freundlichen Augen war mehr Mitgefühl als Hoffnung.

»Ich weiß, wie grausam das klingt«, sagte Jerry Steinberg und legte eine gelbe Jurismappe auf seine abgenutzte Aktentasche, während er sich auf den Stuhl neben Annies Bett setzte. »Aber unter den gegebenen Umständen können Sie nur eine vernünftige Sache tun. Nämlich die Anklage gegen Kurth und Juan Carera fallenzulassen. Ich habe mit Martin

Farrows Vertreter gesprochen. Sie würden dann dafür sorgen, daß im Gegenzug der Prostitutionsvorwurf fallengelassen wird.«

»Aber das ist eine Lüge!« rief Annie. »Glauben die denn, sie kommen durch mit tätlichem Angriff und Vergewaltigung, einfach indem sie der Polizei etwas vorlügen?«

Der junge Anwalt hob die Schultern.

»Vergewaltigung ist ein kompliziertes Verbrechen«, erwiderte er. »Annie, Sie sind eine ehrgeizige Schauspielerin. Ein Starlet, wird Kurths Anwalt sagen. Und Sie gingen zu Kurth nach Hause, um mit ihm über eine wichtige Rolle zu sprechen. Ebensogut wie Sie sagen können, daß Kurth Sie gezwungen hat, kann er sagen, Sie hätten sich angeboten.«

Er seufzte. »Außerdem hat er drei Zeugen, lauter Stützen der Gesellschaft, die für den Wohltätigkeitsfonds der Polizei spenden und jede Woche mit den wichtigsten Richtern der Stadt zum Essen gehen – und alle drei werden beschwören, daß sie die ganze Zeit dabei waren, Ihr Angebot gehört und gesehen hätten, daß Sie das Haus unverletzt verließen. Ihr Wort steht gegen fünf, wenn Sie Juan mit dazunehmen.«

»Aber meine Verletzungen ...« Annie dachte an ihre bandagierte Brust und die schmerzenden Glieder.

Jerry Steinberg nickte. Das medizinische Gutachten in seiner Aktentasche bestätigte menschliche Bisse, schwere Tätlichkeiten und Vergewaltigung.

»Die Verletzungen sind echt«, sagte er. »Aber Kurths Alibi wird von vier Leuten gestützt, Annie. Er wird ganz einfach behaupten, das sei alles passiert, nachdem Sie gegangen waren, und daß Sie ihm die ganze Sache vorwerfen, um Geld herauszuschlagen.«

»Was ist mit ... Was ist mit seinem Samen ... Seinem Speichel?« fragte sie, wobei sie sich zwang, die Worte auszusprechen und sich an die Szene zu erinnern. Jerry schüttelte den Kopf. »Wenn Kurth unschuldig wäre, könnte man so beweisen, daß er nicht der Mann gewesen sein konnte, der in Sie eingedrungen ist. Aber so beweist der Test nur, daß er oder eine Million anderer Kerle mit einer ähnlichen Blutgruppe Sie vergewaltigt haben. Das bringt nichts.«

Er schloß die Aktentasche.

»Hören Sie, Annie. Man hat Sie verletzt. Sie müssen jetzt nur zusehen, daß Sie wieder auf die Beine kommen. Werden Sie wieder gesund, machen Sie sich Gedanken über Ihre Zukunft, und vergessen Sie Harmon Kurth. Wenn Sie die Sache mit meiner Hilfe oder sogar mit der eines Experten durchkämpfen, bringen Sie im besten Fall Kurth in gewisse Verlegenheit. Aber da springt nichts für Sie dabei heraus. Ich rate Ihnen, lassen Sie die Anklage fallen und kommen Sie nicht mehr in seine Nähe.«

Zorn blitzte durch den Schmerz in Annies Augen.

»Ich soll ihm die Sache durchgehen lassen, das meinen Sie wohl.«

Der junge Anwalt senkte die Stimme.

»Versuchen Sie, folgendes zu verstehen«, sagte er. »Harmon Kurth ist nicht irgendein Hollywood-Produzent. In den Augen der Welt *ist* er Hollywood. Er hat seit mehr als einer Generation einen makellosen Ruf. Er führte Hollywood fast spielerisch aus der Talsenke der McCarthy-Ära wieder zu einer gewissen gesellschaftlichen Respektabilität. Annie, wir wissen alle, daß in dieser Stadt eine Menge unappetitlicher Dinge passieren. Aber Kurth ...«

Er schüttelte den Kopf. »Können Sie sich vorstellen, was er eigentlich darstellt? Wie er die Fäden der kalifornischen Justiz in der Hand hat? Können Sie sich vorstellen, wieviel Geld er der Stadtverwaltung jährlich bringt? Wieviel Steuern er zahlt? Es tut mir leid, das zu sagen, aber Sie könnten ein Dutzend Zeugen aufbieten und müßten trotzdem einen juristischen Krieg führen, bis Sie einen Richter und Geschworene finden, die Ihnen Ihre Geschichte glauben.«

Seine Worte verklangen, als er merkte, daß sie ihn mit Blicken durchbohrte.

»Glauben Sie mir wenigstens?« fragte sie.

»Ich bin Ihr Anwalt, Annie.« Er sah verlegen aus. »Wenn Sie mir sagen, daß Kurth Sie vergewaltigt hat, dann hat er Sie meinetwegen eben vergewaltigt. Aber ich rede ja nicht von der Wahrheit, sondern von juristischen Möglichkeiten und Beschränkungen. Verstehen Sie den Unterschied?«

Der Ausdruck in ihren Augen ließ ihn wegsehen.

»Hören Sie, Annie«, sagte er. »Es ist jetzt nicht die Zeit, an Gerechtigkeit zu denken, sondern ans Überleben. Denken Sie an Ihr persönliches Leben und an Ihre Karriere.«

Annie ließ eben seine letzten Worte auf sich wirken, als sich die Tür öffnete und ein großer Mann in einem teuren Anzug Jerry winkte, der daraufhin aufstand und ihm auf den Gang folgte.

Ein paar angespannte Minuten lang saß Annie wie auf Kohlen.

Schließlich kehrte Jerry allein zurück. Er sah zugleich erfreut und beschämt aus.

»Also«, sagte er. »Wir haben folgendes vereinbart – ich hoffe, Sie werden es akzeptieren. Beide Seiten lassen ihre Vorwürfe fallen. Kurth zahlt Ihre Krankenhausrechnung. Er bedauert das Mißverständnis und hofft, daß Sie es als ebenso wichtig ansehen wie er, daß die Sache ab heute begraben und vergessen ist.« Jerry zog nervös an seiner Krawatte. »Ein Betrag von zehntausend Dollar wird sofort auf einem Konto Ihrer Wahl deponiert.«

Annie starrte ihn an. Einen langen Augenblick lag sie schweigend da. Dann holte sie tief Luft.

»Ich habe mich entschieden«, sagte sie. »Ich werde die Anklage fallenlassen. Aber sein Geld soll er behalten.«

Jerry betrachtete die Konturen ihrer zarten Glieder unter der Decke. Man hatte sie geschlagen, das schon, aber ganz und gar nicht besiegt. Ein dunkles Glühen lag in ihren Augen, das ihn fast erschreckte.

Er gab ihr die Hand und ging.

Endlich war sie alleine.

Die Zeit verging nur zögernd. Erschöpfung kämpfte mit Wut und Verzweiflung in ihren angespannten Nerven. Die nächtliche Stille des Krankenhauses schien ihre Nervosität nur noch zu verschlimmern.

Sie versuchte, ihre Situation leidenschaftslos zu sehen. Sie wußte, daß es nicht das Ende der Welt bedeutete, ein Vergewaltigungsopfer zu sein. Die Wunden würden Narben hinterlassen, aber der Schmerz würde vergehen.

Einen Moment lang gab sie ihrer Müdigkeit nach und schloß die Augen. Schläfrigkeit schob sich wie ein Schirm vor die Erinnerung an die drei Jahre in der Cyrena-Agentur – glückliche, unabhängige Jahre, die sie bis an die Schwelle zu wirklicher Berühmtheit als Mannequin gebracht hatten – und Bilder ihrer mutterlosen Kindheit blitzten in ihrem Gedächtnis auf.

Sie kristallisierten sich in der Gestalt des ruhigen, warmherzigen Harry Havilland, das Bollwerk ihres Vertrauens in die Welt, bis der Tod ihn ihr vor drei Jahren entriß, als sie erst achtzehn war.

Tränen liefen ihr aus den brennenden Augen. Sie spürte den archaischen Wunsch, sich wie ein bedürftiges Kind im Schoß des Vaters einzurollen, wo Schutz und Sicherheit früher etwas Selbstverständliches waren. Äonen schienen seit der Zeit vergangen, da sie es gewagt hatte, auf die Stärke eines anderen zu vertrauen.

Was bringt es denn, schwach zu sein?

Ihr eigenes unnachgiebiges Wesen erinnerte sie daran, wie fruchtlos es war, sich nach Sicherheit und Geborgenheit zu sehnen, da sie einem doch so sicher entrissen wurden, wie dünnes Eis unter einem unvorsichtigen Schlittschuhläufer bricht. Als der plötzliche Tod ihres Vaters sie zu einer Waise gemacht hatte, hatte sie sehr schnell erkannt, daß Schmerz und Verlust Feinde waren, die einen auffressen konnten, wenn man sie nicht mit der festen Absicht, glücklich und produktiv zu sein, bannte. So hatte sie Karriere gemacht aus der Weigerung, unglücklich zu sein, auch und gerade als sie sich die Fähigkeit antrainierte, dezente, verhaltene Botschaften in Richtung der Kameras auszustrahlen, vor denen sie die neuesten Kreationen europäischer und amerikanischer Designer präsentierte. Das überzeugende Lächeln für den Modekäufer war ebenso bewußt wie das Lächeln, mit dem sie sich den täglichen Herausforderungen ihres geschäftigen neuen Lebens stellte.

Ihr Plan hatte funktioniert. Ihre beruflichen Anstrengungen in New York waren von Erfolg gekrönt, und bald lief ihr Leben so glatt, daß es ihr nie in den Sinn kam, sie sei ein Mensch mit unerfüllten Bedürfnissen oder unsichtbaren Narben.

Aber in dieser Nacht konnte sie das Offensichtliche nicht mehr leugnen. Das Unglück in seiner brutalsten Form hatte sie an Körper und Seele getroffen. Ungerechtigkeit, triumphierend in ihrer Grausamkeit, legte sich auf sie in der Dunkelheit des Zimmers.

Der Reflex, in dem sie so fröhlich auf sich selbst vertraut hatte, als sie annahm, daß die Welt nicht ihr Feind war, ließ sie jetzt in der Patsche sitzen. Ärgerliche innere Stimmen riefen nach Gerechtigkeit für das, was man ihr angetan hatte, denn mit dem Abscheu und der Ohnmacht, ein Opfer zu sein, konnte sie nicht leben.

Sie warf sich im Bett herum, bis die Mischung aus Schmerz, Betäubungsmitteln und Erschöpfung jede Selbstbeobachtung unmöglich machte. Ohne den Widerstreit ihrer Gedanken entschieden zu haben, versank sie in Schlaf.

Sie konnte nicht sehen, daß ihre Persönlichkeit auf dem schmalen Grat zwischen zwei Lebenswegen schwankte, die nicht miteinander zu vereinbaren waren. Der eine lag in der Fortführung des ruhigen, disziplinierten Lebens, das sie seit dem Tod ihres Vaters geführt hatte. Der andere war Neuland und nur zu begehen von einem Menschen, der anders war als die unbeschwerte junge Frau, die sie bis heute abend gewesen war.

Ohne einen Gedanken an die Zukunft im Gleichgewicht ihres Schicksals schlief sie ein. Sie konnte nicht wissen, daß noch vor Morgengrauen dieses Gleichgewicht kippen und sie in eine Einbahnstraße treiben würde, auf eine Annie Havilland zu, die sie nicht mehr wiedererkannte.

3

Eine Stunde vor Sonnenaufgang klingelte das Telefon.
Der leise, aber beharrliche Ton konnte Annie nicht wecken. Das Lämpchen neben der Wählscheibe blinkte, ohne daß es jemand beachtete. Emotionale Erschöpfung und die Beruhigungsmittel in ihrem Körper blockierten das Erwachen.
In ihrem Traum war sie wieder ein kleines Mädchen. Die Decken um ihren Körper gehörten zu dem Bett ihrer Kindheit.
Ein eigenartiger Geruch weckte sie. Sie merkte, daß das Haus in Flammen stand.
Sie stürzte aus dem Bett. Treppen und Korridore schienen endlos, als sie nach unten lief. Sie erstreckten sich lang in der Dunkelheit, nur um sie zu entmutigen, aber sie eilte trotzdem weiter.
Schließlich fand sie sich im Wohnzimmer wieder. Ihr Vater saß in seinem alten Lehnstuhl und schlief.
Ein kleines Mädchen war bei ihm, auch sie schlief. Annie wußte, daß sie die beiden aufwecken mußte, bevor die Flammen sie erfaßten.
Sie zerrte an der Hand ihres Vaters. Aber es war zu spät. Er rührte sich nicht, und eigentlich sah er auch gar nicht mehr aus wie Vater.
Sie wandte sich dem kleinen Mädchen zu. Es war sie selber. Das war also ihre letzte Chance.
Aber als sie das Mädchen berühren wollte, überfiel sie plötzlich ein schrecklicher Verdacht. Die Wahrheit traf sie, als ihre Hände sich berührten.
»Sie ist *nicht* ich.«
Die Tatsache ließ die Hoffnung zur Verzweiflung werden.
Sie betrachtete die friedvollen, geschlossenen Augen des Mädchens. Doch plötzlich klappten sie auf. Ein entsetzlicher Gestank füllte das Zimmer, und Annie merkte, zu spät, daß die Flammen diesen Augen entsprangen – Augen, deren Funken des Wissens zu monströsen Feuerzungen wurden.
Annie wollte fliehen, aber sie konnte sich nicht bewegen. Das kleine Mädchen hielt sie an beiden Händen fest.
Sie zerrte mit aller Kraft, aber je heftiger sie kämpfte, desto mehr Kraft floß von ihr in die fremden Hände.
Ihr Schrei war nur ein gedämpftes Stöhnen, unhörbar, als die Flammen sie verschlangen.

Sie erwachte jäh. Das schwache Echo ihrer Schreie hallte im Gleichklang mit dem Läuten des Telefons neben ihrem Bett.
Verwirrt starrte sie den Apparat an. Allmählich machte der Traum der Wirklichkeit Platz, und der heftige Schmerz in der Brust erinnerte sie an ihre Umgebung.
Sie hob den Hörer.
»Hör zu«, sagte eine barsche Stimme. »Du hast mich heute nacht mehr als einmal beleidigt. Ich würde dir raten, daß du das Geld nimmst.«
Einen langen Augenblick hörte sie schweigend zu und maß die Stärke des menschlichen Willens am anderen Ende der Leitung.
»Sie kennen meine Antwort«, erwiderte sie schließlich. »Ich komme sehr gut ohne Ihr Geld aus.«
»Ich will, daß du eins verstehst«, kam die Stimme. »Du wirst nie und unter keinen Umständen in Hollywood Arbeit finden. Nie. Und wenn du irgendwann in der Zukunft in meine Nähe kommst, werde ich es mir zur Aufgabe machen, dich zu zerstören. Ist das klar?«
Sie legte auf.
Das Kopfkissen war noch warm, als sie sich wieder zurücklegte. Eigenartigerweise beunruhigte sie das Echo von Kurths Stimme nicht. Statt dessen kehrte der Traum zurück und mit ihm das Wissen, daß es kein unbekannter war. Sie hatte ihn in der Vergangenheit oft geträumt und immer wieder vergessen.
Es war schön, am Leben zu sein, obwohl das Erwachen nur bestätigt hatte, daß Harry Havilland sie für immer verlassen hatte und sie nur in ihren Träumen besuchen konnte. Die Zeit bewegte sich vorwärts, nie rückwärts. Was verloren war, blieb verloren.
Aber aus dem gleichen Grund, überlegte sie, waren auch Kurths Quälereien ein Ding der Vergangenheit. Um es ganz hinter sich zu bringen, brauchte sie ihren Verstand nur auf die Zukunft zu richten und dort zu lassen.
Gleichgültig, was auch geschah.
Eine eigenartige Fröhlichkeit flammte in ihr auf. Jetzt, erst jetzt verstand sie die Verzweiflung, die sich in der vergangenen Nacht an ihre Fersen geheftet hatte, als sie auf das Polizeiauto zugegangen war. Schon da hatte sie gewußt, daß die Polizei ihr nicht helfen konnte.
Sie war alleine.
Aber in der Einsamkeit lag eine wertvolle Selbständigkeit. Sie würde nie von jemand anderem abhängig sein.
Aber da war noch mehr. Sie erkannte, daß die Ruhe, die sie jetzt verspürte, nicht nur von einem Gedanken kam, sondern von einer

Entscheidung. Sie mußte sie irgendwann zwischen dem Beginn des Schlafes und dem jetzigen Augenblick getroffen haben.
Sie wußte, was sie zu tun hatte. Wie hätte sie je daran zweifeln können?
Natürlich konnte sie es niemand anderem anvertrauen. Es würde zu absurd erscheinen. Aber trotzdem gehörte es zu ihr – oder ergriff von ihr Besitz – und gab ihr die Richtung an.
Ein ungleicher Kampf stand ihr bevor, und ihr Sieg war lächerlich unwahrscheinlich.
Aber genau diese Ungleichheit war ihre Waffe und das Elixier einer okkulten Macht, die sie sogar jetzt besänftigte und ihr den Willen stärkte. Das kleine Mädchen aus dem Traum fiel ihr ein, dessen schwacher Griff so übermenschlich fest geworden war, weil es die Kraft aus seinem überraschten, verzweifelten Opfer saugte.
Annie würde eine berühmte Frau werden. Und zwar in Hollywood. Das wußte sie jetzt.
Und wenn die Zeit dafür reif war, würde sie Harmon Kurth zur Rechenschaft ziehen.
Bei diesem Gedanken schlug sie im Geiste eine Tür vor seinem Bild zu, denn sie wußte, daß es sie sonst nicht mehr schlafen lassen würde.
Sie schloß die Augen. Während die Vergangenheit zurückwich, nahm die Zukunft sie in die Arme und heilte sie mit einem Balsam, der bald zu tiefem Schlaf wurde.

4

New York, 8. September 1967

Es war ein kalter, regnerischer Sonntag. Das Dröhnen eines Lastwagens draußen auf der Straße hallte durch das Studio. Der Geruch des marokkanischen Restaurants nebenan erfüllte Roy Deran mit einer altvertrauten Mischung aus Hunger und Abscheu.
Er haßte diese Jahreszeit. Sie hatte keinen Charakter. Weihnachten war noch fern. Und auch Thanksgiving – obwohl dieser Tag seit dreißig Jahren keine Bedeutung mehr für ihn hatte. Der Sommer, die Jahreszeit, die er in New York am liebsten mochte, war vorbei, im Regen ertrunken. Ihm fehlte der Mut, sich auf die wenigen klaren Herbsttage zu freuen, die manchmal, wenn er im Washington Square Park spazierenging oder in den Läden seiner West-Village-Nachbarschaft einkaufte, Erinnerungen an die wenigen Augenblicke des Friedens und der Sicherheit hervorriefen.

Roy war einsam, kalt bis ins Mark, und der Regen, der die 37th Street mit einem glänzenden Film überzog, war ein harscher Kontrapunkt zu seiner eigenen Leere.

Er wollte an diesem Abend ins Theater gehen. Drei seiner Schüler spielten in der Albee-Produktion im Threepenny. Keiner von ihnen würde brillieren, aber seine Gegenwart würde ihre Nerven beruhigen. Der eine oder andere der Schwulen, die in dieser Stadt als Theaterkritiker durchgingen, würde nur darauf warten, ihn nach seiner Meinung zu fragen.

»Was halten Sie von der Produktion, Mr. Deran? Hätten Sie als Regisseur die Schauspieler in eine ähnliche Richtung geführt?«

Die Fragen würden übertrieben respektvoll sein und Roy auffordern, den Guru zu spielen, da seine Meinung immer eine große Auflage garantierte. Aber dahinter würde Roy die übliche Verachtung in ihren Blicken entdecken, die gekräuselten Lippen schmutzigen Wissens.

Nicht, daß ich es nicht verdient hätte, sagte er sich. In der New Yorker Theaterszene gab es kaum eine Schwuchtel, die nicht aus erster oder zweiter Hand von Roys Schwäche für schnelle, nächtliche Abenteuer mit hübschen jungen Schwulen wußte, die ihm ihre Körper anboten in der Hoffnung auf eine berufliche Gunstbezeigung.

Und weil es Roy rührte, wie großzügig sie mit ihrem Körper umgingen, versuchte er immer, ein gutes Wort bei Weinstein, Allgauer, Tate oder einem anderen Produzenten für sie einzulegen.

Aber alle wußten, daß er sowohl in der Liebe als auch in seinem Beruf ein Verlierer war. Sie wußten, daß er sie nur benutzte, um ein totes Organ zu beschäftigen, und so stiegen sie mit einer Herablassung, die fast schon an Mitleid grenzte, hier im Hinterzimmer oder bei ihm zu Hause zu ihm ins Bett.

Wie er ihren Eifer haßte, ihre Bereitwilligkeit, die ihnen in ihren sauberen Gesichtern geschrieben stand! Nicht weil es ihre bestechlichen Herzen so offen darlegte – nein, deswegen nicht mehr. Roy glaubte schon lang nicht mehr, daß er über menschliche Schwächen erhaben wäre.

Nein, es war, weil ihre Augen ihre Jugend verkündeten und ihre unerschöpfliche Fähigkeit zur Hoffnung. Ihren Hunger auf das Morgen, das ungeduldige Warten auf den Glanz, mit dem es ihr Leben krönen konnte.

Wie lächerlich war es doch, anderen zuzusehen, wie sie einen Walzer tanzten, dessen Schritte man selbst schon längst vergessen hatte!

Das Telefon klingelte. Roy hob ab.
»Mr. Deran, ich bin gleich gegenüber in dem Feinkostgeschäft. Ich wollte nur sichergehen, daß Sie mich auch erwarten.«
»Kommen Sie herauf.« Ohne ein weiteres Wort hängte er ein.
Es war dieses Havilland-Mädchen, das ihn mit ihren Anrufen verfolgt hatte, bis er versprach zu überlegen, ob er sie in seiner bereits überfüllten Klasse noch unterbringen könne.
Ihre Beharrlichkeit hatte ihn ebensosehr gegen sie eingenommen, wie sie ihn mürbe gemacht hatte. Ihre klare und unschuldige Telefonstimme ärgerte ihn. Sie war ein unerfahrener Amateur, wenn er sich nicht stark täuschte. Ein Mannequin oder so ähnlich; und das konnte nur heißen: viel Bein und kein Talent.
Er ging zum Fenster und sah durch die verdreckten Scheiben auf die Straße hinaus. Er dachte an seine Schüler. Melancholisch ließ er ihre Gesichter an sich vorbeiziehen.
Die launische Alchimie der Umstände hatte es so eingerichtet, daß seine Leere im Unterricht zu einer Stärke wurde. Weil die Illusion der Hoffnung in ihm schon längst abgestorben war, konnte er sich mit klarem Verstand durch die natürlichen Schutzwälle seiner Schüler bohren, bis er auf ihre Verletzlichkeit stieß, das eigentliche Wesen jedes großen Charakters.
Und weil die Quelle ihrer Hoffnung sehr tief lag, überlebten sie Roys Chirurgie und wurden so zu besseren Schauspielern. Sie kamen in seine Klassen, um sich seiner Scharfsicht zu unterwerfen, und verließen sie, gestärkt in ihrer Jugend und ihrem Vertrauen in die Zukunft, wieder.
Es war natürlich ein sehr zerbrechliches Gleichgewicht, das fast immer wieder in die Mittelmäßigkeit zurückschwang, denn nur einer unter tausend Schauspielern war besessen von dem gefährlichen Drang, sich auf Kosten seines eigenen Egos in eine Rolle zu versenken.
Roys Schüler waren zu gesund, zu bereit, vorwärtszukommen und Erfolg zu haben, zu lieben und geliebt zu werden. Sie würden nie sein wie die Booths, die Barrymores, deren Augen vor Selbstmord und Zerstörung funkelten, wenn sie sich Hals über Kopf in Charaktere stürzten, die nie existiert hatten.
So verbrachte Roy sein Leben damit, mittelmäßige Schauspieler etwas besser zu machen. Und für seine Mühe nannte man ihn den besten Schauspiellehrer der englischsprachigen Welt. In den letzten fünfundzwanzig Jahren war sein Ruhm in dem gleichen Maße gewachsen, wie seine Haare grau wurden und er im Innersten immer leerer. Unterdessen beklagten Beobachter in der ganzen Welt, was der Berufsstand doch verloren habe, als er ihn aus den Reihen der Darsteller ausschloß.

Aber sie verstanden ihn ganz und gar nicht. Das Exil war Roys idealer Lebensraum. Vor Jahren hatte man ihm Angebote gemacht, die es ihm erlaubt hätten, in wichtigen Produktionen aufzutreten und seinen ihm angemessenen Platz unter den großen Schauspielern der Zeit einzunehmen. Roy hatte eins nach dem anderen abgelehnt, denn er wußte, daß er nichts mehr hatte, womit er eine Rolle füllen konnte, keine menschliche Wärme, die er einem Publikum geben konnte.
Hätte er die Wahl gehabt, so hätte er seinen hageren, alternden Körper mit Freuden getötet, denn er war nur noch ein grobes Instrument der Erinnerung.
Aber sein Glaube erlaubte ihm keinen Selbstmord. Als im Innersten tiefreligiöser Mann konnte ihm die Zukunft seiner Seele nicht gleichgültig sein, ganz gleich, wie lächerlich er auch die Frage seines persönlichen Überlebens empfand.
So klammerte er sich ohne großes Interesse an die immer geringer werdende Vielfalt der Erfahrung, geplagt von der Ironie, daß er mit neunundvierzig noch so lange bis zum Ende hatte. Er wartete, bis seine Zeit kommen würde, roch die schmutzige Reife der 37th Street und der fauligen Gasse, spazierte in der Abenddämmerung durch den Washington Square Park und unterrichtete seine Klassen mit den Überresten des glühenden Scheits, das früher in ihm gebrannt hatte.
Ein totes Organ.

Es klingelte. Leichte Schritte hallten auf der Treppe.
»Mr. Deran. Vielen Dank, daß ich Sie besuchen darf.«
Das Mädchen kam über den Parkettboden auf ihn zu. Sie trug eine weite, bequeme Hose und einen blauen Pullover. Die Jeansjacke hatte sie über den Arm gelegt. Eine fransenbesetzte Tasche hing ihr von der Schulter.
Sie war eine wirkliche Schönheit: die fremdartigen Katzenaugen, die gertenschlanke Figur, die glänzenden schwarzen Haare. Sie hatte gesagt, sie arbeite für Cyrena; jetzt erinnerte er sich an ihr Gesicht in Zeitungsanzeigen und Magazinen.
Ihre Aktien fielen weiter in seinen Augen. Sie erwartete zweifellos, daß ihr Aussehen ihr eine Karriere garantiere.
»Setzen Sie sich«, sagte er und wies auf die altertümliche, üppig gepolsterte Couch, die während der Stunden als Requisit diente und ansonsten als Sitzgelegenheit für jeden, der die Stiche ihrer Sprungfedern aushielt.
Sie setzte sich vorsichtig. Er deutete auf drei zerfledderte Taschenbücher

auf dem Beistelltisch. Er hatte nicht die Absicht, ihr die Zeit zu geben, sich zurechtzufinden.
»Sie kennen *Hedda Gabler*?«
Sie schüttelte den Kopf.
»Was ist mit *Phaedra*?«
»Ich – habe es in der Schule gelesen. Im Französischunterricht.«
»Gut«, entgegnete er. »Das ist eine alte Übersetzung. Versuchen Sie die Seite 96. Phaedras Dialog mit Hippolyt.«
Sie berührte das Buch, als wäre es etwas Fremdes. Ihr Gesicht wurde noch blasser als zuvor. Sicher hatte sie gemerkt, daß er versuchte, sie einzuschüchtern.
Er beobachtete, wie sie zu der Seite blätterte. Ihre Augen hüpften hin und her, während sie die Seite überflog.
Roy kannte Hippolyts Einsätze auswendig.
Sie runzelte die Stirn. In zehn Sekunden mußte sie sich darauf vorbereiten, eine Mutter zu spielen, die ihren eigenen Sohn verführte.
Roy wußte, daß es unmöglich war.
Aber ihr Kampf auf verlorenem Posten würde lehrreich sein – für ihn, ihn zu beobachten, für sie, ihn zu erleben.
Plötzlich wurde ihr Blick leer. Sie sah krank aus. Er fragte sich, ob sie wohl vor Entsetzen ohnmächtig würde.
Aber nein. Ihr Gesicht gewann seinen früheren Ausdruck wieder, zugleich offen und undurchdringlich.
Sie begann zu lesen.
Noch bevor sie bei der dritten Zeile angelangt war, blieb Roy fast das abgestumpfte Herz stehen.

Annie hatte von Anfang an gewußt, daß sie bei Roy Deran nur eine einzige Chance haben würde. Und wie das Schicksal eben so spielte, war es möglicherweise ihre einzige Chance, die Tür zu der Zukunft zu öffnen, die sie für sich geplant hatte.
Vor allem, da die Brücken zu ihrer Vergangenheit schon beinahe eingerissen waren.
Ihr Körper trug noch die Male ihrer Erlebnisse in Kalifornien. Ihr Arzt hatte ihr versichert, daß die Narbe auf ihrem Busen mit der Zeit verschwinden würde, genauso wie ihr steifer Rücken. Ihr Schlüsselbein würde wieder so gut wie neu sein.
Bei der Rückkehr nach Manhattan hatte sie Renée Greenbaum erzählt, daß die Probeaufnahmen bei International Pictures zu einem »Rufen Sie nicht an, wir rufen Sie an« geführt hatten.

Da Gesicht, Arme und Beine unversehrt geblieben waren, konnte sie, bis auf Badeanzüge und Unterwäsche, alles vorführen.
Aber sie begann fast augenblicklich mit einem Vorhaben, das von ihr verlangte, ihre Mannequin-Karriere drastisch zu beschneiden. Sie verließ die CUNY, die Universtität von New York, wo sie drei Jahre lang Abendkurse für Theater und Design besucht hatte. Ein unpersönlicher Brief von der Registratur nahm ihre Entscheidung zur Kenntnis.
Annie zählte ihre Ersparnisse, eine beträchtliche Summe nach drei erfolgreichen Jahren als Katalogmodell und auch in der Haute Couture, die sie schließlich zu immer wichtigeren Engagements für die Editorials der Hochglanzmagazine geführt hatte.
Sie fand einen der besten Sprechlehrer in Manhattan, bei dem sie ihre Stimmbänder sowohl für Gesang als auch für Bühnensprache trainierte. Sie schrieb sich in einem Tanzkurs für Profis ein und begann mit den anstrengenden Übungen für Gruppen- und Einzeltanz, für den Fall, daß sie diese Fähigkeiten einmal nötig haben sollte. Sie fand diese strenge Disziplin überraschend einfach, weil sie fast ihre ganze Schulzeit in Schwimm- und Gymnastikteams verbracht hatte.
Ihr Tanzlehrer, ein sonst eher mürrischer Mann, war überrascht von ihrer Fähigkeit, sich voll auf jede Bewegung, die er vorschrieb, zu konzentrieren und sie, wie die meisten Profis, ohne jede Befangenheit auszuführen.
Die ersten Stufen ihres Vorhabens funktionierten wie geplant. Nur Renée Greenbaum nahm, wie erwartet, ihren Beinaherückzug von der Modellkarriere nicht widerspruchslos hin.
»Hör zu, Annie«, warnte sie mit einem Blick über ihre Bifokalgläser, »ich hoffe, du weißt, was du da aufs Spiel setzt. Du kannst eine wirklich großartige Karriere machen, wenn nur der Zeitplan stimmt. So langsam wird den Verlegern der Shrimpton-Look langweilig, und sie sind offen für ein neues Gesicht in der Haute Couture. Ich glaube, du hast nur noch ein paar Monate bis zu einem Bild in der *Vogue*, wenn du es richtig angehst. Aber du mußt verfügbar sein und dein Gesicht in der Öffentlichkeit halten. Wenn du jetzt zurücksteckst, bricht deine Karriere zusammen wie ein Kartenhaus. Ich habe so etwas schon erlebt.«
Annie war höflich, aber bestimmt.
»Ich bin dankbar für alles, was du für mich getan hast, Renée. Aber ich habe im Augenblick wirklich einige Verpflichtungen, und ich glaube, ich sollte sie durchstehen.«
Renée hatte sich stirnrunzelnd über Stapel von Layouts und Hochglanzabzügen gebeugt, als Annie das Büro verließ. Sie hatte Annies Einzigar-

tigkeit sofort erkannt, als sie mit achtzehn zum erstenmal das Büro der Cyrena betrat. Es war fast zu einfach gewesen, eine packende Fotomappe zusammenzustellen, die ihre eigenartige Mischung typisch amerikanischer Gesundheit und verdeckter Sinnlichkeit zum Ausdruck brachte. Bei jeder Kameraeinstellung schien eine ganze Vielzahl von Geheimnissen aus diesen sanften, silbernen Augen zu springen.
Und jetzt gefährdete sie das alles. Für die meisten Models gab es nur eine Chance. Mit ihrer Intelligenz sollte Annie das doch erkennen.
Auf der anderen Seite funkelte in ihren wunderbaren Augen in der letzten Zeit eine Entschlossenheit, deren Ursprung vielleicht über den gesunden Menschenverstand hinausging.

Ohne sich von den Risiken, die sie einging, abschrecken zu lassen, gab Annie ihre kleine Wohnung im Village auf und zog in eine geräumige Mansarde, die sie mit drei Stewardessen teilte, von denen sie zwei erst nach zehn Tagen das erste Mal sah. Alle drei waren nur Schattengestalten für sie, und sie kommunizierte mit ihnen fast ausschließlich über Notizzettel am Kühlschrank. Es war so privat, als würde sie alleine leben, nur viel billiger, und die Fahrt in die Innenstadt war nur halb so schlimm, wie sie erwartet hatte.
Sie gestand sich nur wenige Wochen zu, um sich an ihr neues Leben zu gewöhnen, bevor sie den schwierigsten Schritt unternahm. Sie wußte, daß sie sich an Roy Deran wenden und ihn überrden mußte, sie als Schülerin aufzunehmen – ganz einfach aus dem Grund, weil er der Beste war. Ohne ihn oder jemand Vergleichbaren würde sie es nie schaffen, ihr ungeschultes Schauspieltalent zu einer marktfähigen Ware zu machen.
Zunächst hatte schon der dünne, verärgerte Klang seiner Stimme am Telefon genügt, um sie nervös zu machen. Aber sie zwang sich, weiterzumachen, bis sein Entschluß, sie nicht zu sehen, schwächer wurde, obwohl sie spürte, daß sich dabei seine Antipathie gegen sie von Anruf zu Anruf verstärkte.
Und jetzt saß er vor ihr in dem Leinenstuhl und starrte sie aus eisigen Augen erbarmungslos an.
So sah also die Gelegenheit aus, dachte sie. Das mürrische Gesicht eines feindseligen, voreingenommenen Mannes und eine barsche innere Stimme, die flüsterte: *Jetzt oder nie.*
Aber sie war vorbereitet.

Ihre Augen wurden leer.
Im Geiste sah sie eine schwarze Wand mit unvorstellbarer Geschwindig-

keit an sich vorbei nach oben fliegen. Die Wand flog nach oben, weil sie nach unten sank, in etwas Dunkles und Unbekanntes, in einen Ozean, der über ihr zusammenschlug.
Übelkeit wühlte ihr den Magen auf. Sie ließ sie sich über die Arme bis zu den Fingern ausbreiten, über die Seiten und in die gedruckten Worte. Als sie den Eindruck hatte, daß sie bis zu den Lippen und der Luft in ihrer Lunge von ihr besessen war, begann sie, mit äußerster Ruhe zu lesen, ohne jeden vorsätzlichen Ausdruck.
Roy Deran sah sie mit gehobenen Brauen an.
»Lesen Sie es noch einmal«, sagte er.
Annie sah wieder auf die Worte. Sie wußte, daß sie kein Teil von ihr waren, ebensowenig wie der Atem in ihr, den man nicht halten konnte, sondern der herausströmte, immer heraus, wie ein Tod, dem sie Körper und Form gab.
Und wieder las sie die Zeilen ohne Betonung, sie versuchte nicht, ihnen Farbe oder Motivation zu geben. Jedes Wort war durchtränkt mit der Übelkeit, die von ihr Besitz ergriffen hatte.
Roy Deran unterbrach sie.
»Sie streichelt ihn eigentlich«, sagte er. »Genau zwischen den Beinen, sehen Sie – mit ihren Worten. Aber sie hört das selber gar nicht, weil sie das Bedürfnis in ihr nicht akzeptieren kann. Versuchen Sie das mal auszudrücken.«
Sie las ein drittes Mal. Er lächelte und schüttelte den Kopf, noch bevor sie zum Ende gekommen war.
»In Ordnung«, sagte er.
Er stand auf, streckte eine ausgezehrte Hand aus und half ihr auf die Füße. Das Buch fiel auf den Tisch.
»Es kostet Sie 25 Dollar pro Stunde«, sagte er. »Wir treffen uns dreimal die Woche ab sechs, bis wir uns nicht mehr ertragen können. Paßt Ihnen das?«
Sie schluckte, wenn sie an den Preis dachte. Schon die anderen Stunden kosteten eine Menge, und trotz der geringen Miete schrumpften ihre Ersparnisse ständig.
»Mein bestes Angebot«, sagte er. »Sie zahlen, was Sie können. Die Differenz begleichen wir dann später.«
Sie strahlte. Die sinkende Trance in ihr flaute ab. Er nahm sie!
»Aber eins müssen Sie sich merken«, sagte er. »Sie haben einen sehr, sehr langen Weg vor sich. Sie haben keine Technik. Überhaupt keine. Keine Kontrolle, kein Timing. Entweder Sie entwickeln es, oder Sie werden nie eine Schauspielerin. Keine falschen Hoffnungen, okay?«

Sie lächelte gehorsam.
»Und noch etwas«, fuhr er fort. »Die Arbeitslosenrate liegt in unserem Beruf bei über 95 Prozent. Es ist schon lange so und wird in der nächsten Zukunft auch so bleiben. Wenn Sie es nur wegen dem Geld machen, können Sie es gleich vergessen.«
Als Antwort streckte sie ihm die Hand entgegen; ihre Augen strahlten. »Vielen Dank, Mr. Deran. Sie werden es nicht bereuen, daß Sie mich genommen haben. Ich verspreche es.«
»Na, wir werden schon sehen.« Sein eigenes Lächeln war nur ein Schatten, verdrängt von seiner argwöhnischen Haltung. Wie winzig er war, wie konzentriert! »Dann bis Montagabend.«

Annie trat auf die 37th Street. Der Regen prasselte ihr auf die Schultern, aber sie dachte überhaupt nicht daran, ihren Regenschirm aufzuspannen.
Sie war wirklich ein Mitglied des Studio 37.
Sie war Roy Derans Schülerin.
Ohne auf den vorbeirauschenden Verkehr zu achten, lief sie auf die U-Bahn zu. Zu ihrer Freude und ihrer Überraschung kam ein drittes Gefühl, so geheim, daß sie kaum wagte, es sich einzugestehen.
Schon bevor sie die Treppen zu diesem Studio hinaufgestiegen war, hatte sie gewußt, daß Roy Deran sie nehmen würde.

5

New York, 2. Februar 1968

»Durch die Rolle findet ihr euch selbst.«
Roy Deran lief über den Parkettboden, Stimme und Körper gespannt wie eine Feder. Eine schweigende Gruppe Schüler saß in verschiedenen Posen der Erschöpfung herum und beobachtete ihn.
»Glaubt keinem Schauspieler«, fuhr er fort, »wenn er sagt, ihr sollt euch selbst in die Rolle einbringen. Eure Erinnerungen, Gefühle, Erfahrungen und so weiter. Nein.«
Er musterte die Gruppe eingehend. »Laßt euch selbst weg. Ihr tötet ein Stückchen von euch zugunsten der Rolle. Und wenn ihr es gut genug macht, wird die Rolle euch etwas zurückgeben. Etwas, an das ihr euch halten könnt – eine Zeitlang.«
Er drehte sich plötzlich um und warf einen boshaften Blick auf Annie,

die mit einem Script in der Hand neben einer jungen Klassenkameradin stand.

»Da«, sagte er und wies mit dem Finger in ihre Richtung, »hier seht ihr eine Schauspielerin, die glaubt, daß sie bereits weiß, wer sie ist. Ihre Rolle ist für sie nichts anderes als ein neuer Mantel, den sie ausprobiert, oder ein paar neue Schuhe für ihre hübschen Beine, in denen sie auf der Fifth Avenue ihre Frühlingsgarderobe kaufen geht.«

Verlegenes Lachen schallte durch das Studio. Roys Sarkasmus erschreckte die Schüler, Annie tat ihnen leid.

»Ich will euch sagen, was ich glaube«, sagte er. »Ich glaube, unsere kleine Annie will ein Star in unserem Geschäft werden. Ein Sexsymbol vielleicht. Sie will, daß Leute sie mögen und bewundern. Und sie erwartet von Maggie und Ophelia und Inez und all ihren anderen Rollen, daß sie ihr passen wie ein neues Kleid, nur damit sie noch besser aussieht. Aber was hat sie denn diesen Rollen zu verdanken, da sie nur Ausstaffierung ihres Ego sind?«

»Das reicht.«

Beim Klang der Stimme drehte er sich überrascht um. Mit weit aufgerissenen Augen starrte sie ihn konzentriert an. Sie schien überhaupt nicht wütend, und das machte ihren Einwurf nur noch zermürbender.

»Ich möchte es noch einmal durchgehen, bitte«, sagte sie.

Wortlos winkte Roy mit seinem Exemplar des Stücks Nick Marciano, dem aufgeweckten jungen Schauspieler, der die Szene mit ihr gespielt hatte. Es war sein Signal für den Neuanfang.

Nick wandte sich zu Annie und gab ihr das Stichwort. Es war eine ruhige, aber verzweifelte Szene aus *Die Katze auf dem heißen Blechdach*. Annie mußte Tennessee Williams' Maggie im Augenblick äußerster sexueller und persönlicher Frustration spielen.

Es entstand eine geladene Stille im Studio. Nick bemerkte, daß die Augen seiner Kollegin für einen Augenblick glasig zu werden schienen. Er wartete unbehaglich, während die anderen zusahen.

Aber sie konnten nicht sehen, daß Annie in einer anderen Welt war. Die vertraute herabfallende Schwärze hatte sie eingehüllt. Sie erinnerte sie an die schrecklichen Ohrenschmerzen, unter denen sie als Kind gelitten hatte. So unnachgiebig, so unausweichlich.

Aber sie war ihr jetzt schon vertrauter, sie wußte, daß sie nicht darin ertrinken würde. Ein kurzes Eintauchen in diesen privaten Mahlstrom tränkte ihre Zeilen in einem Gebräu wahnsinniger, unnennbarer Gefühle, die sich vermischten und gegenseitig vergifteten wie katalysierte chemische Substanzen, scharfe Säuren, die ungeschütztes Fleisch verbrennen konnten.

Sie erlebte das nur unter Streß, und es erschreckte sie immer wieder. Aber sie hatte entdeckt, daß es, sobald der schreckliche Auftakt vorüber war, zu einem Schatten hinter ihren Worten wurde, der sie prägnant und neu auf ihren Lippen machte.
Mit einem fremden Lächeln in den Augen wandte sie sich Nick zu und sprach Maggies erste Zeile. Die Worte überwältigten alle im Studio wie das Zischen eines nahen Blitzes.
Sie spielten die ganze Szene durch. Erst nach dem Ende wachte sie wieder aus ihrer Trance auf.
Die Klasse schwieg, als Nick sich auf die Couch fallen ließ und Annie sich, den Kopf zwischen den Händen, mit überkreuzten Beinen an die Wand setzte.
»Gut«, sagte Roy Deran. »Das war besser. Nicht schlecht. Wenn du das am Mittwoch wieder bringst, sind wir im Geschäft. Gut.«
Er sah auf Annie hinunter. Man merkte ihr an, wie erschöpft sie war.
»Man muß sie wütend machen, um etwas aus ihr herauszubekommen«, bemerkte er trocken zu den anderen, während seine scharfen Augen voll echter Zuneigung zu dem Mädchen vor ihm strahlten. »Aber wenn sie zeigt, was sie da unter ihrem hübschen Gesicht hat, dann spüre ich etwas dabei. Und ihr?«
Applaus ertönte in dem großen Saal, kurz, aber ehrlich und enthusiastisch. Annie bedankte sich mit einem müden Lächeln, schüttelte verlegen den Kopf und hielt sich dann wieder die Schläfen.
»Und was Nick angeht«, fuhr Roy fort und wandte sich zu dem muskulösen jungen Schauspieler mit den lockigen dunklen Haaren und der Adlernase, »der ist eine ganz andere Geschichte.«
Seine Bemerkungen wurden technischer, als er von Nicks Darstellung sprach. Aber insgeheim blieben seine Gedanken bei Annie.
Ihre Kommilitonen waren aufrichtig und sehr motiviert. Aber sie waren nur menschlich. Annie war etwas anderes. Schon bei der ersten Begegnung hatte Roy das gemerkt.
Sie konnte einem mit einer einzigen Zeile die Haare aufstellen. Allein die Erinnerung an ihre Darstellung konnte einem Schauspielerkollegen den Schlaf rauben.
Aber es kam immer nur in Ausbrüchen. Sie konnte es offensichtlich nicht kontrollieren.
Wenn sie je lernte, es willkürlich an- und abzuschalten, würde sie eine große Schauspielerin werden.
Zumindest wenn es sie nicht vorher verzehrte.
Es war ein subtiler Wettlauf, den Roy da beobachtete, wenn Annie in

seine Stunden kam und ihre Technik sich heftig und sprunghaft entwikkelte, während das unsichtbare Leiden, das sie zur Schauspielerei trieb, sich unter ihrer hübschen Oberfläche regte.
Ach, und was für eine Schönheit sie war! Wenn Roy hetero gewesen wäre, überlegte er, er wäre ihr vom ersten Augenblick an mit Leib und Seele verfallen.
Auch so war er halb verliebt in sie, und wenn er zusah, wie sie sprach und sich bewegte, kribbelte jede Faser in ihm vor Erinnerung an die kurze Zeit in seinem Leben, als er die Frauen angebetet hatte.
In jeder ihrer Gesten steckte eine geballte Ladung sublimer Sexualität. Ihr zuzusehen, wie sie sich die Haare aus dem Gesicht strich, war viel erregender als der Striptease einer anderen. Und dennoch war die klare, frische Aufrichtigkeit ihres Auftretens noch genauso eindrucksvoll wie vor fünf Monaten.
Diese komische Verbindung aus weiblicher Sinnlichkeit und erfrischender Ernsthaftigkeit schwang in jeder ihrer Darstellungen mit und machte sie unvergeßlich.
Ja, sie hatte noch einen weiten Weg vor sich. Aber wohin sie ging, dorthin konnte ihr keiner der Schauspieler in diesem Zimmer – vielleicht keiner aus dem ganzen Berufsstand – folgen.

Annie saß gegen die Wand gelehnt und beobachtete drei Kommilitonen, die eben eine schwierige, aber amüsante Szene begannen.
Sie bewunderte ihr Können. Aber ihre Gedanken waren weit weg.
Die Monate mit Roy Deran hatten die letzten Verbindungen zu ihren früheren Zielen durchtrennt.
Ihr Gesicht, den New Yorkern von Plakatwänden, aus lokalen Zeitungs- und Zeitschriftenanzeigen wohlbekannt und wegen ihrer Modearbeit auch der nationalen Öffentlichkeit vertraut, wurde immer weniger öffentlich sichtbar. Denn viele der Angebote, die Renée und Cyrena für sie fanden, konnte sie nicht annehmen. Sie widmete ihre ganze Zeit den Übungsstunden.
Jedesmal, wenn sie durch das Büro ging, warf Renée ihr einen schmerzlichen Blick zu. Annie zwang sich zu lächeln und ging weiter, die selbstauferlegte Entfremdung von der Frau, die ihr so viel geholfen hatte, tat ihr weh, aber sie war weder willig noch fähig, den Lauf der Dinge zu ändern.
Auf der anderen Seite war sie ja nicht allein. Auf dem Weg, den sie sich gewählt hatte, traf sie täglich neue Gesichter, während er mehr und mehr von ihrer Zeit und ihren Fähigkeiten in Anspruch nahm.

Blane Jackson, ihr Tanzlehrer, hatte sie erst kürzlich beiseite genommen.
»Ich sag' das nicht gern zu einem Anfänger«, meinte er, »weil ich nicht gern jemand den Kopf verdrehe. Aber ich glaube, du solltest dich langsam nach einem guten Tanzagenten umsehen. Arbeite noch ein Jahr mit mir und stell dann das Tanzen in den Mittelpunkt deiner Karriere.«
Ihre immer ausgefeiltere Technik hatte die Natürlichkeit der Bewegung, die sie am Anfang gezeigt hatte, nicht verdrängen können. Sie legte so viel Charakter und Dramatik selbst in die einfachsten Schritte, daß er nicht daran zweifelte, daß sie als Tänzerin Karriere machen könnte. Außerdem war sie unbeschreiblich sexy.
»Wenn du dich von nichts anderem ablenken läßt und täglich zwölf Stunden mit mir arbeitest«, sagte er, »dann bist du in zwei Jahren ein Star am Broadway. Ich sag' das nicht, um dir zu schmeicheln, sondern um dich zu informieren. Was du jetzt brauchst, ist ein Karriereberater.«
Sie lächelte und dankte ihm höflich.
»Ich werde darüber nachdenken. Aber darf ich in der Zwischenzeit wie bisher zu deinen Stunden kommen?«
»Natürlich.«
Blane Jackson konnte nicht wissen, daß das Tanzen nur ein Mittel zum Zweck war, wie ihre Gesangsstunden, die Arbeit als Model – und sogar Roy Deran.

Nick Marciano stützte sich auf den Ellbogen und sah zu, wie Annies Augen das Trio auf der Bühne verfolgte. Die schwarzen Haare fielen ihr auf die Brust wie die Mähne einer Mythengestalt.
Vom ersten Tag an, da sie ins Studio 37 gekommen war, hatte ihr komplizierter Charme Nick in den Bann geschlagen. Er hatte sich sofort mit ihr verabredet. Sie waren ins Kino gegangen, hatten sich über Schauspielerei unterhalten und einige Off-Broadway-Produktionen angesehen, und er hatte sie seinen Freunden vorgestellt, mit denen er seine Freizeit verbrachte. Lauter Schauspieler, die untertags jobbten und sich abends mit langen, gerüchteschwangeren Gesprächen über das Showbusiness die Zeit vertrieben.
Als leidenschaftlicher, verblüffend attraktiver junger Mann mit einem großen Hunger nach Sex wie nach Erfolg machte Nick kein Hehl aus seinen Absichten in bezug auf Annies wunderbaren Körper. Er wußte, daß sein kantiges Gesicht und die starken Glieder ihre Wirkung bei ihr nicht verfehlten. Und wirklich waren beim ersten Kuß ihre zärtlichen Finger in seinen Haaren wie aufgeladen mit weiblicher Leidenschaft gewesen.

Aber zu seiner Überraschung und Enttäuschung hatte sie sich ihm verweigert.
»Ich glaube, ich kann mich im Augenblick an niemand binden«, hatte sie erklärt. »Ich hoffe, du verstehst das.«
Und ohne auf seine frustrierte Ungläubigkeit zu achten, hatte sie aus der Angelegenheit einen liebenswerten Witz gemacht; sie begleitete ihn fröhlich in Restaurants, bei Spaziergängen durch den Park, in Museen und Galerien und zu vielen Abenden im Theater.
Sie war jetzt seine gute Freundin, aber doch nicht ganz platonisch in ihrer Vertrautheit mit ihm, denn mit der Art, wie sie seine Hand hielt oder ihm durchs Haar fuhr, gestand sie, daß sie ihre Küsse nicht vergessen hatte und daß sie sehr wohl wußte, wie sehr er sie begehrte.
Nick, der Zurückweisungen nicht gewöhnt war, wußte nicht, was er von ihr halten sollte. Obwohl sie ihn ganz offensichtlich mochte, konte er doch nicht vergessen, daß unter ihrer ungezwungenen Raffinesse eine kleinstädtische Herkunft lag. Vielleicht hatten sie Geschichten seiner gelegentlichen Exzesse nach großen Erfolgen oder Niederlagen angewidert. Als hochsensibler Schauspieler waren ihm einige unschuldige Joints bei Partys oder hin und wieder ein Kater nach zu viel billigem Wodka nicht fremd.
Und er war natürlich ein berüchtigter und schamloser Ladykiller.
Aber Annie gab sich nicht den Anschein, als würde sie das in irgendeiner Form mißbilligen. Trotz ihrer seltsamen Distanziertheit schien sie voll auf seiner Seite zu stehen. Ja, die Kameradschaft, die sie ihm bot, war nie ohne den subtilen Schatten von etwas Intimerem. Aber dennoch wußte er, daß gerade diese zutrauliche Freundlichkeit ihrer Weigerung einer eisernen Entschlossenheit entstammte.
Mit einem verwirrten Achselzucken akzeptierte er, was er von ihr bekam, und bewunderte ihre Charakterstärke.
»Baby«, sagte er, »ich weiß nicht, was Roy in dir sieht, wenn du dein Zeug liest. Aber ich bin jetzt schon eine ganze Weile in dieser Stadt, und ich kann dir eins sagen: Du hast es. Das Talent und den Elan. Du bringst es zu was.« Er lachte. »Ich hoffe nur, daß du mich mitziehst.«
»Sehr lustig«, lächelte sie mit spitzen Lippen. »Ich werde mir immer noch für Komparsenrollen die Hacken ablaufen, während du schon deine eigene Serie hast, und du weißt das ganz genau.«
Sie wußte sehr wohl, daß sein Ziel das Fernsehen war. Obwohl Nick ein engagierter Schauspieler war, machte er sich keine Illusionen über sein Talent für klassische Rollen oder überhaupt die Bühne. Sein Ehrgeiz war ein kommerzieller, und er machte auch kein Hehl daraus.

Diese Tatsache verstärkte nur noch die Mißbilligung seines strengen, puritanischen Vaters, der ihn offiziell aus dem Marciano-Clan in Newton, Massachusetts, verstoßen hatte, als Nick sich vor vier Jahren geweigert hatte, in den Familienbetrieb einzutreten, und statt dessen nach Manhattan gezogen war.
Als Annie ihn fragte, ob die Zeit den Bruch nicht gemildert habe, schüttelte er den Kopf.
»Da ist nichts zu machen«, sagte er. »Für einen Mann wie ihn sind alle Schauspieler ganz einfach Huren. Das ist kein Beruf für einen Mann, sondern für einen Dieb. Ich werde ihn nie ändern, und er mich auch nicht. Deshalb legen wir ein paar hundert Meilen zwischen uns, und alles ist in Ordnung.«
Nick akzeptierte sein Exil wie die Last seiner Berufung mit offen zur Schau getragener Unbekümmertheit. Aber Annie war nie so recht überzeugt. Er war leicht erregbar und verletzlich, und diese Eigenschaften wurden zusammen mit schauspielerischen Anforderungen und der chronischen Arbeitslosigkeit zu einem explosiven Gemisch.
Da Annie seine inneren Kämpfe spürte, umsorgte sie ihn bald mit fast mütterlicher Wärme, während sie ihm den Eindruck gab, sie sei von seiner größeren Erfahrung im Gewerbe abhängig.
Es dauerte nicht lange, bis Nick in ihrer Gegenwart die Maske selbstverliebter Männlichkeit fallen ließ, denn die so schmerzlich vermißte Unterstützung und der einfühlsame Rat, den er bei ihr fand, taten ihm gut – obwohl das Feuer, das sie in seinen Lenden entzündet hatte, ihn nie ganz losließ.
»Ich weiß nicht, wie ich in dieser verrückten Stadt überleben konnte, bevor du kamst«, sagte er, als er, den Arm um ihre Schultern, mit ihr durch die Kälte zur U-Bahn lief.
»So, wie du es können wirst, wenn ich wieder weg bin«, lachte sie. »Du wirst der attraktivste Schauspieler in der ganzen Stadt sein, und die Mädchen werden dir die Bude einstürmen.«
Klar, dachte er hinter seinem Lächeln. *Alle bis auf dich.*
Und er dachte an ihren unabsichtlichen Hinweis, daß sie nicht ewig hiersein würde.
Seine eigenen Worte waren zutreffender gewesen, als er dachte. Sie würde es wirklich weit bringen – aber sie sagte nicht, wo.

Die Stunde war zu Ende.
Annie stand auf, um zu gehen. Auf dem Weg nach draußen sah sie Roy in die frostigen, haselnußbraunen Augen. Sie hatten ihren üblichen

herrischen Glanz, zusammen mit einem zögerlichen Leuchten der Anerkennung – und, wie immer, die eigenartige Intensität, die von persönlichen Leiden zeugte, von denen sie nie etwas erfahren würde, denn er behielt sein Privatleben absolut für sich.
Nicht einmal in den schlimmsten Augenblicken während der Stunden, wenn er sie absichtlich erniedrigte, vergaß sie die Tragik in seinen Augen, und sie spürte dann eine Verbundenheit mit ihm, die viel tiefer ging als ihr gelegentlicher Unmut.
Aber es war an der Zeit, sich seinen Wünschen zu widersetzen.

Ihr Zeitplan erlaubte keine Verzögerungen. Schon während der ganzen Zeit ihrer Arbeit mit Roy hatte sie die Augen offengehalten nach Chancen für eine Bühnenrolle.
Roy hatte keine Schwierigkeiten, ihre Gedanken zu lesen.
»Ungeduld«, sagte er eines Tages, »ist die Schwäche, die die Götter für dich reserviert haben. Du bist zu gierig. Wenn du dir nicht Zeit läßt, zerbrichst du dein Talent wie ein rohes Ei.«
Sie wußte, daß sie in seinen Augen noch mindestens ein Jahr brauchte, bis sie sich einem wirklichen Publikum aus Broadwaykennern und strengen Kritikern stellen konnte.
Aber in der letzten Woche war plötzlich eine Gelegenheit aufgetaucht. Und ob mit oder ohne Roy, sie wollte sie nutzen.

6

New York, 8. Februar 1968

Das Stück hieß *White Lady*.
Die Produktion sollte in vier Wochen beginnen. Nach seinem sensationellen Erfolg im Londoner West End und einer unaufwendigen, aber erfolgreichen britischen Verfilmung war das Stück inzwischen fast zu einem Klassiker des modernen Boulevardtheaters geworden.
Was die New Yorker Wiederaufführung besonders auszeichnete, war natürlich ihr Star. Rima Baines war mehr als ein Jahrzehnt lang Hollywoods führende Dame gewesen, die jeden Film zu einem absoluten Kassenschlager machte.
Gerade zwanzigjährig, hatte sie, eine erstaunlich attraktive Unbekannte, in einem romantischen Stück mit dem Titel *To Know by Heart* die Szene betreten, und man hatte sie augenblicklich für einen Oscar nominiert.

Obwohl sie den Preis dann doch nicht erhielt, weil sie ein Neuling war, hatte Rima Baines über Nacht den Sprung zum Superstar geschafft.
Annie war ein elfjähriges Mädchen gewesen, als *To Know by Heart* in die Kinos kam. Obwohl sie eigentlich noch zu jung für den Film war, hatte Harry Havilland ihrem Drängen nachgegeben und war mit ihr in die Vorstellung gegangen. Von da an ließ Annie keinen Film mit Rima Baines aus.
Die Filmographie des großen Stars schmückten bald renommierte Titel aus verschiedenen Genres, von romantischen Komödien über Abenteuerfilme bis hin zu Thrillern. Sie war eine sehr wandelbare Schauspielerin, aber auch sehr anspruchsvoll und oft schwierig. Sie stritt sich regelmäßig mit Regisseuren und Drehbuchautoren über ihre Filme, und als Resultat trugen diese Filme dann den Stempel einer Perfektion, die fast so deutlich ins Auge sprang wie ihre eigene launische und höchst sinnliche Leinwandpräsenz.
Als junges Mädchen sah Annie oft in den Spiegel und wünschte sich, das Gesicht, das sie dort fand, wäre das von Rima Baines. Üppige Wellen natürlich goldenen Haars und eine perfekte Gesichtshaut umrahmten Rimas rauchig braune Augen. Sie waren ihr berühmtestes Merkmal, mit denen sie nach Belieben ihr verführerisches Lächeln in einen Ausdruck schwelenden Zorns, harter Intelligenz oder völligen Wahnsinns verwandeln konnte.
Obwohl Rima zu komplex war, um sich auf eine bestimmte Rolle festlegen zu lassen, hatten doch alle Charaktere, die sie schuf, eine gewisse Exzentrizität und eine fast beunruhigende Sinnlichkeit gemeinsam. Die besten Talente Hollywoods hatten Rollen für sie geschrieben, und jeder Film mit Rima Baines in der Hauptrolle war ein Ereignis.
Zwischen ihren Filmen arbeitete Rima am Broadway, denn sie beharrte darauf, daß ihre schauspielerischen Instinkte von der unpersönlichen Kamera und den aus dem Zusammenhang gerissenen Aufnahmen ausgezehrt würden, wenn sie ihre Kunst nicht vor einem lebendigen Theaterpublikum auffrischte.
Als Schulmädchen hatte Annie es sehr bedauert, daß sie nicht nach New York fahren und diese Aufführungen besuchen konnte.
Sie hätte sich nie träumen lassen, daß sie eines Tages eine Rolle in einem Stück mit Rima Baines ins Auge fassen würde.

White Lady sollte Rimas Abschiedsvorstellung werden. Es war eine romantisch-phantastische Geschichte, abwechselnd fröhlich und dunkel, über einen gutaussehenden Schriftsteller, der einen Studienurlaub in

einem Haus verbringt, in dem der Geist einer leidenschaftlichen Dame aus dem neunzehnten Jahrhundert spukt, der Liebhaberin des größten Dichters dieser Zeit.
Der verzauberte Held, der sich hoffnungslos in den wunderschönen Geist verliebt hat, schreibt einen neuen Roman über sie, wird schließlich, weil die Dame Mitleid mit seinem liebeskranken Zustand hat, von ihr freigegeben, und er erinnert sich nicht mehr an sie, als er mit seinem Roman, dessen Entstehung für ihn ein Geheimnis bleibt, in die normale Welt zurückkehrt.
Die vornehme, sinnliche Rima Baines war ideal für die Rolle des romantischen Geistes. Obwohl die Besetzung der männlichen Hauptrolle noch nicht gefunden war, nahm man allgemein an, daß es eine Berühmtheit sein würde, denn der Produzent, der Hollywood-Veteran Sam Spector, war ein Perfektionist, der keine Kosten sparte, um seine Produktion zu einem Ereignis zu machen.
Man sprach ernsthaft über eine Neuverfilmung des Stücks, falls die jetzige Aufführung Erfolg haben sollte, und über Rima Baines' offensichtliche Chancen auf einen Oscar für die Hauptrolle. Die Geschichte enthielt auch leidenschaftliche, rührende Rückblicke, in denen die Heldin vergangene Liebschaften und Tragödien wiedererlebte. Niemand zweifelte an Rimas Fähigkeiten, dies alles hervorragend darzustellen.
Annie wäre nie darauf gekommen, daß sie je die Bühne mit ihrem jahrelangen Idol teilen würde, wäre da nicht folgender Umstand gewesen.
In *White Lady* gab es die kleine, aber aussagekräftige Nebenrolle einer Nachbarin, eines launischen, aber attraktiven Mädchens, das sich im jugendlichen Überschwang in den berühmten Dichter verliebt, den das Schicksal in das Spukhaus verschlagen hat. Ihrer beider Szenen, voller Komik und einer frechen Sinnlichkeit, bilden den Ausgleich zu den ernsteren Episoden mit dem Geist selbst.
Annie hatte *White Lady* als Kind gesehen und las jetzt das Stück sehr sorgfältig. Es war ein brillant konstruiertes Stück mit vielen witzigen Formulierungen, und die Rolle der Jill, der Nachbarin, paßte ausgezeichnet für sie. Mit ihren faszinierenden Augen und schwarzen Haaren würde sie den exotischen Charakter des Stücks noch unterstreichen. Ihre außergewöhnliche Schönheit würde den romantischen Reiz der Rolle noch stärker hervortreten lassen.
Sie zweifelte nicht, daß sie die Jill spielen konnte, und noch dazu gut. Das einzige Problem war nur, die Rolle zu erhalten.

Es war eine schwierige Aufgabe.
Das Broadway-Theater war im Niedergang, denn Mieten, Gagen und Kartenpreise waren gestiegen, und das Risiko einer Neuproduktion war viel größer als in den glücklichen Jahren vor dem Fernsehen, das Hollywood schwer, dem Broadway aber noch mehr geschadet hatte.
Auch von einem Mann wie Sam Spector, dessen Stücke den Investoren trotz der schwierigen Zeiten Geld einbrachten, konnte man kaum erwarten, daß er für die Vergabe einer so wichtigen Rolle wie die der Jill an eine völlig Unbekannte großes Interesse zeigte.
Annie bereitete sich auf den ungleichen Kampf vor. Daß Roy Deran, ihr einziger möglicher Verbündeter in einer solchen Situation, ihr ins Gesicht lachen würde, wenn er wüßte, was sie vorhatte, verringerte ihre Chancen nur noch.
Aber sogar Roys Autorität mußte sich beugen vor dem herrischen Drängen von Annies Zeitplan. Sie konnte nicht länger warten.
Doch Talent und Mut, das sollte sie zu ihrem Kummer lernen, sind manchmal nicht genug.

Am Dienstagmorgen um 11.45 Uhr machte sich Sam Spector, pünktlich wie jeden Tag, auf den Weg von seinem Büro bei Bell Theatre Associates über den mit Kork ausgelegten Korridor zum Aufzug, der ihn hinunter zur 43rd Street und zum Mittagessen mit einer Handvoll seiner Theaterfreunde bringen würde.
Annie hatte ihren Auftritt sorgfältig geplant. Im Aufzug war sie allein mit Spector. Er beachtete sie überhaupt nicht, sondern sah der altmodischen Nadel zu, die sich gegen den Uhrzeigersinn über die Stockwerksnummern bewegte.
»Mr. Spector?« Annie zwang sich zu sprechen. »Es tut mir schrecklich leid, Sie zu belästigen. Ich würde es nicht tun, wenn ich eine andere Möglichkeit hätte. Sehen Sie, ich bin ein Model hier in Manhattan für Cyrena und eine Schülerin von Roy Deran. Ich – nun, ich habe keinen Theateragenten, aber ich würde alles geben, wenn ich für die Jill in *White Lady* vorspielen dürfte. Ich will Ihnen wirklich nicht zur Last fallen, aber wenn ich vielleicht jemand vorlesen dürfte, nur ein paar Minuten ...«
Mit einem resignierten Seufzen wandte sich Spector ihr zu. Die Fotos von ihm in der Theaterpresse hatten sie nicht auf seine Größe vorbereitet. Nun sah er von seinen mindestens Einsneunzig über die gebogene Nase auf sie herunter.
»Hören Sie, junge Dame«, sagte er, während der Aufzug nach unten

ächzte. »Was glauben Sie, wie oft mich junge Schauspieler und Schauspielerinnen während einer Produktion anrufen, in meinem Büro herumhängen oder mich in Aufzügen ansprechen. Ich würde sie ja gerne alle unterbringen, auch Sie, aber ich bin auch nur ein Mensch. Können Sie das verstehen? Also, suchen Sie sich einen Agenten, lassen Sie ihn bei der nächsten Produktion, die Ihnen zusagt, mit dem Besetzungsteam Kontakt aufnehmen, und dann lassen Sie es drauf ankommen, wie jeder am Broadway. Anders geht es nicht. Ist das klar? Beim Theater wird man heutzutage nicht mehr über Nacht zum Star, junge Dame, ebensowenig wie beim Film. Sie müssen schon Ihre Pflicht erfüllen. Verstanden?«

Offensichtlich hatten Hunderte von Wiederholungen vor ehrgeizigen jungen Schauspielern diese Rede geschliffen. Er brachte sie mit müder Schlagfertigkeit.

Aber während er sprach, glitt sein Blick anerkennend über ihr Gesicht und ihre Haare. Mit den Augen eines Kenners betrachtete er ihren geschmeidigen Körper, und er übersah das enganliegende Kleid nicht, das sie extra für dieses Treffen angezogen hatte.

Das Funkeln in seinen Augen konnte nur das eine bedeuten.

Er hatte sie als Frau bemerkt.

Und genau diesen erhofften Effekt wollte sie nicht ungenutzt lassen. Sie zwang sich dazu, eng neben ihm zu gehen, während er durch die Lobby auf die Straße eilte.

»Es tut mir wirklich leid, Sie auf diese Art zu belästigen«, sagte sie. »Aber ich glaube, ich habe genau die Eigenschaften, die die Jill braucht. Wenn ich schon einen Agenten hätte, würde ich Sie nicht bemühen ...«

Vor der Drehtür blieb er abrupt stehen und wandte sich ihr zu.

»Wie heißen Sie?«

»Annie. Annie Havilland.«

»Havilland«, murmelte er mit spitzen Lippen. »Und Sie sind bei Roy. Wie geht's ihm denn eigentlich?«

»Gut, soweit ich das sagen kann. Ich sehe ihn nur im Unterricht. Er ist sehr ...«

»Ja, das ist er«, ergänzte Spector mit einem verschmitzten Zwinkern. Aber in seinem Blick lag mehr als nur Humor. Der Augenblick schien sich immer mehr auszudehnen, während die Leute auf dem Weg zum Mittagessen Spector auswichen.

Annie kannte diesen Ausdruck in den Augen der Männer, seit sie ein Mädchen war. Es war ein eigenartiger, verschwimmender Blick, unpersönlich und fast unmenschlich, als hätte etwas Enormes sie gepackt, das ihrem Willen und ihrer Persönlichkeit überlegen war.

Sie hatte gelernt, die Wirkung, die sie auf das andere Geschlecht hatte, zu akzeptieren. Eine andere Wahl hatte sie ja kaum, denn der Körper, den das Schicksal ihr gegeben hatte, war ganz offensichtlich etwas, das andere mit lüsterner Ehrfurcht betrachteten.
Die meisten Männer versteckten eilig ihre Empfindungen hinter dümmlichen Witzen und männlicher Prahlerei, wenn sie ihr begegneten, als hätte man sie mit heruntergelassenen Hosen überrascht, und sie müßten nun schleunigst eine Abwehr errichten gegen ihren bloßen Anblick.
Sam Spectors Blick war außergewöhnlich erschreckend. Er sah aus wie ein riesiges Raubtier, das sie in einem Stück verschlingen könnte.
Doch als sie den Blick erwiderte, bemerkte sie, daß Unentschlossenheit ihn färbte. Sie schöpfte Hoffnung.
»Na«, sagte er, »grüßen Sie Roy von mir. Und sagen Sie ihm, er soll Ihnen einen Agenten besorgen.«
Ohne ein weiteres Wort machte er auf dem Absatz kehrt und verschwand durch die Drehtür.
Annies Mut sank.
Einen langen Augenblick stand sie da und sah der Masse der gestreßten New Yorker zu, die sich an ihr vorbeischoben.
Sie hatte einen wichtigen Moment lang Sam Spectors volle Aufmerksamkeit besessen – und sich diese Chance entgehen lassen.
Und ihr Versagen hätte durchaus ihre gesamte Zukunft verändern können.

Den ganzen Nachmittag grübelte sie traurig darüber nach, was passiert war.
Sie wußte, daß sie die Jill spielen konnte. Aber Sam Spector stand sowohl als Hindernis als auch als Gelegenheit zwischen ihr und dieser Rolle.
Wäre sie ein anderer Typ Frau gewesen, hätte sie gewußt, wie sie mit ihrer Stimme, ihren Augen und ihrem Körper Sam Spector dazu hätte bringen können, genau das zu tun, was sie wollte.
Aber sie war eben nicht dieser andere Typ Frau. Die Sinnlichkeit, die sie bei ihrer kreativen Arbeit so professionell zeigte, entsprach nicht ihrem eigentlichen Wesen in der Gesellschaft von Männern. Sie konnte nicht damit spielen, wie andere Frauen es taten.
Über Jahre hinweg war ihre disziplinierte Persönlichkeit eine Festung gewesen, die sie beschützte. Sie hatte ihre Umklammerung fraglos akzeptiert. Aber heute war sie ein Gefängnis gewesen, das sie von Sam Spector und ihrer eigenen Zukunft aussperrte.

Verwirrt schüttelte sie den Kopf. Was hätte sie denn tun sollen mit ihrer flüchtigen Herrschaft über ihn? Sich billig verkaufen wie ein unmoralisches Starlet? Noch so ein Desaster riskieren wie das mit Harmon Kurth? Nein, ihre Unbescholtenheit erlaubte das nicht.
Aber trotzdem blieben ihr die Türen zur *White Lady* verschlossen, denn sie war mit ihren Tricks am Ende.
Dachte sie zumindest.

Nach neun kehrte sie in ihre Mansarde zurück und freute sich auf ein heißes Bad und das Bett. Während sie die Schuhe auszog, schaltete sie den Anrufbeantworter ein und hörte im Dunkeln die Nachrichten ab.
Die erste kam von Sam Spector.
»Miss Havilland, ich habe Ihre Nummer von Cyrena. Wenn es Ihnen paßt, dann kommen Sie doch bitte morgen um vier zum Vorsprechen für die Jill in White Lady *ins Bell Theatre. Man wird Sie am Eingang an der 43rd Street erwarten. Bitte lassen Sie es mich wissen, wenn es Probleme gibt. Ich nehme an, Sie haben meine Nummer. Bis morgen also.«*
Der Rekorder schaltete sich aus. Die Stimme hatte müde, aber bestimmt geklungen.
Annie hatte keine Ahnung, was passiert war. Ihr Glück hatte sie überrumpelt.
Den ganzen nächsten Vormittag studierte sie die *White Lady* und versuchte, ihre Nerven zu beruhigen, indem sie sich in die launische, jugendliche Persönlichkeit der Jill hineinversetzte.
Um drei war sie überzeugt, daß sie dieses verrückte, verfrühte Risiko nie hätte eingehen dürfen – aber auch, daß sie, wenn sie erst im Bell auf der Bühne stand, perfekt sein würde.

Sie traf pünktlich um vier ein. Ein junger Mann mit Brille und einem gelben Klemmbrett führte sie den Mittelgang entlang. Der kleinen Gruppe Leute, die im Dunkeln saßen, stellte er sie gar nicht vor, sondern führte sie selbst auf die Bühne.
»Ich bin David«, sagte er, ohne zu lächeln. »Ich werde mit Ihnen lesen. Entspannen Sie sich einfach.« Er wandte sich der unsichtbaren Gruppe hinter den Bodenscheinwerfern zu. »Meine Herren: Miss Havilland.«
Eine Stimme, die Annie nicht kannte, rief: »Versuchen Sie einmal Ihre erste gemeinsame Szene.«
Es war die Szene, in der sich Jill keck und voller Humor dem neuen Nachbarn vorstellt und dann ziemlich schnell ihr weibliches Interesse an ihm hervorsprudelt.

Der junge Mann las die erste Zeile de

Annie zögerte den Bruchteil einer Sekunde. Wohl zum hundertstenmal spürte sie die Übelkeit und das kurze Schwindelgefühl, die stets den innersten Kern ihrer Darstellungen bildeten. Dann tauchte sie, aller Unsicherheit entledigt, wieder auf und las Jills Text.

Während sie sprach, bewegte sich ihr Körper wie aus eigenem Antrieb. Sie ging um den jungen Mann herum, sah ihn frech an und blickte sich auf der Bühne um, als wäre sie wirklich nur im Nachbarhaus. Ihre Worte streichelten und neckten ihn. Sie schienen von tief drinnen zu kommen, von einem rauchigen weiblichen Herzschlag, frisch, heiter und unreif, und gerade deshalb um so provozierender.

Der junge Mann las den Text des Helden, ohne auf den sinnlichen kleinen Geist zu achten, der sich um ihn zu wickeln schien, ohne ihn je zu berühren.

In der Zwischenzeit sagte Annie ihr sechster Sinn, daß die Stille hinter den Scheinwerfern von wirklichem Interesse zeugte. Das kleine Publikum war ein kalt professionelles, das nicht hier war, um sich unterhalten zu lassen, sondern um harte, geschäftliche Entscheidungen zu treffen. Trotzdem gewann Annie seine Aufmerksamkeit, und sie hatte nicht die Absicht, es wieder loszulassen.

»In Ordnung«, kam eine körperlose Stimme. »Erster Akt, fünfte Szene, bitte.«

»Letzter Akt, bitte. Seite 193.«

»Zweiter Akt, erste Szene.«

»Den ersten Akt noch einmal, bitte.«

Sie gingen alle fünf Szenen Jills zweimal durch. Mit jedem Lesen wurde Annies Darstellung sicherer und stärker. In jedem ihrer Worte schwang etwas zwischen einem Kinderlachen und dem Girren einer geschlechtsreifen Jungfrau. Sie war lustig, sexy, ein wenig traurig über ihr vergebliches Mühen, die Aufmerksamkeit des Helden von der Geistfrau und deren immer stärker werdender Inanspruchnahme seiner Phantasie abzulenken – und am Ende war sie entzückend menschlich und unschuldig.

Als sie fertig war, sprach das Schweigen im Theater Bände.

Sie hatte sie in der Hand, und sie wußte es.

Sie war am Zug.

»In Ordnung, Miss Havilland. Wir wissen, wie wir Sie erreichen können. Vielen Dank, daß Sie so kurzfristig kommen konnten.«

Das war's dann also. Der junge Mann wies auf die Treppe. Annie suchte ihre Sachen zusammen und verließ die Bühne.

Sie war zufrieden. Sollen sie doch jemand anderen nehmen, dachte sie. Vielleicht bekam sie die Rolle nicht, aber niemand würde sie besser spielen können. Das hatte sie bewiesen.
Während sie den Mittelgang entlangging, stand plötzlich Sam Spector auf und versperrte ihr den Weg.
Zum erstenmal sah sie ein Lächeln auf seinem rötlichen Gesicht. Wie er so in dem ansteigenden Mittelgang vor ihr stand, wirkte seine Größe beängstigender denn je.
»Sie waren ausgezeichnet, Annie«, sagte er. »Wirklich eine Überraschung. Ich gebe zu, daß dieses Vorsprechen von meiner Seite her ein Glücksspiel war. Ich hätte nicht erwartet, daß Sie in Jill soviel hineinlegen. Es war hervorragend.«
»Vielen Dank.« Annie legte sich die Jacke um die Schultern und warf die Haare zurück. »Danke, daß Sie mir die Chance gegeben haben.«
»Ich möchte gern mit Ihnen noch etwas mehr über die Rolle sprechen«, sagte er. »Ich glaube, ich könnte Ihnen ein paar Dinge sagen, die Ihnen helfen würden, noch ein paar Unebenheiten auszubügeln.«
Annie sah ihn mit höflichen Augen an, die ihre Gedanken nicht preisgaben.
»Ich ... Natürlich«, erwiderte sie.
»Wie wäre es morgen mit einem Abendessen?« fragte er, während er sie durch die Brille musterte. »Warum treffen wir uns nicht um 21 Uhr und unterhalten uns ein bißchen? Es macht vieles einfacher.«
Sei kein Dummkopf.
Die Gelegenheit kommt kein zweites Mal.
Denk nach.
Hinter Annies freundlichem Gesicht kämpften ihre Gefühle eine wilde Schlacht.
»Natürlich«, ergänzte Sam Spector, der ihr Zögern spürte, »kann ich verstehen, wenn es Ihnen so kurzfristig nicht paßt. Schließlich haben wir alle sehr viel zu tun. Aber für mich wäre es sehr günstig ...«
Ihr Gesicht erhellte sich, aus ihren Augen strahlten Aufrichtigkeit und Charme.
»Ich würde mich sehr freuen. Vielen Dank.«
»Gut«, sagte er laut. »Ich bin mir sicher, Sie werden es nicht bereuen. Ich möchte Sie näher kennenlernen. Alice soll mir den Termin notieren.« Er deutete auf eine Frau mittleren Alters mit krausen grauen Haaren und einer Bifokalbrille, die von ihrem Stuhl aufsah und sein Nicken mit einem kurzen Blick auf Annie erwiderte. »Wie wär's mit sieben?«

Noch bevor Annie antworten konnte, kam eine weibliche Stimme aus dem Gang hinter Sam.
»Das ist ja alles sehr schön für dich, Sammy. Aber morgen ist morgen. Wenn ich Miss Havilland überreden kann, mich heute abend zum Dinner zu besuchen, dann können wir hinter deinem Rücken über dich reden, und ich werde sie über deine Schwächen aufklären.«
Annie wäre beinahe das Herz stehengeblieben, als sie sah, wer gesprochen hatte.
Prächtig in einem pelzgefaßten Kostüm, den schwarzen Pelzmantel über dem Arm und mit Augen, die im Halbdunkel samtig glühten, kam Rima Baines den Gang entlang und küßte Sam Spector leicht auf die Wange.

»Rima! Was für eine Überraschung. Ich dachte, du wärst das ganze Wochenende weg.«
»Ich hasse es, berechenbar zu sein.« Rima Baines streckte Annie eine behandschuhte Hand entgegen. »Man weiß ja nie, was die Mäuse treiben, wenn die Katze aus dem Haus ist. Wo hast du zum Beispiel diese hervorragende junge Schauspielerin aufgetrieben?« Sie lächelte Annie freundlich an, während sie Sam Spectors Überraschung sarkastisch zur Kenntnis nahm.
»Ich hatte die Ehre, sie gestern in meinem Büro kennenzulernen«, erwiderte er. »Hast du das ganze Vorsprechen gesehen?«
»Da kannst du dich drauf verlassen«, sagte Rima. »Und ich bin froh, daß ich dabei war, sonst hättest du sie irgendwo versteckt, und ich hätte nie gesehen, wie gut sie ist.«
»Ich bin froh, daß sie dir gefällt.« Sam strahlte Annie väterlich an.
»Ich versuche dem da dauernd zu erklären«, sagte Rima verschwörerisch zu Annie, »daß wir für die Jill eine Schauspielerin mit etwas Pep brauchen. Ich glaube, Sie haben ihn schließlich doch noch überzeugt.« Sie drückte Annie herzlich die Hand.
»Na.« Sam sah auf die Uhr. »Ich muß ins Büro. Miss Havilland, ich freue mich auf morgen abend. Rima, ruf mich später an und sag mir, was du vorhast. Wir haben viel Arbeit vor uns.«
»Immer noch ein Sklaventreiber«, scherzte Rima. »Geh doch zurück zu deinen Salzminen. Ich rühr' mich.«
Er gab Annie die Hand, sah ihr mit einem Seitenblick in die Augen und eilte über den Gang zu seiner Sekretärin, die auf ihn wartete.
»Also«, sagte Rima Baines. »Ich wohne mit meinen Stieftöchtern im Plaza. Ich würde mich freuen, sie Ihnen vorzustellen. Danach können

wir miteinander essen, nur wir beide, und ich werde Sie über Mr. Spector und seine vielen Fehler ins Bild setzen. Was halten Sie davon?«
Sprachlos in der Gegenwart eines so großen Stars, stammelte Annie ihren Dank.

Auf dem Weg zum Plaza erinnerte sich Annie an das, was sie von Rima Baines berühmtem Leben wußte.
Nach ihrer einzigen, von einer schweren Infektion gefährdeten Schwangerschaft hatte sie einen hübschen Jungen geboren, konnte aber danach keine weiteren Kinder mehr haben. Der Junge war inzwischen zwölf Jahre alt und besuchte eine Privatschule in Kalifornien. Rimas Stieftöchter stammten von ihrem dritten Mann, einem Filmmanager.
Ihre verhältnismäßig stabile letzte Ehe wurde fast täglich von der Sensationspresse angegriffen, die sich ausdauernd über tatsächliche oder erfundene Affären zwischen Rima und jedem in Frage kommenden Mann der Filmwelt ausließ, die Hauptdarsteller der jeweils aktuellen Filme natürlich inbegriffen.
Mehr als ein Jahrzehnt lang war Rima eine lebende Sensation gewesen, und mit jedem Tag wurde sie etwas mehr zur Legende. Annie meinte deshalb auch zu träumen, als der Portier des Plaza sie zu der luxuriösen Suite führte, wo ihre Gastgeberin sie mit einer Umarmung und einem Kuß begrüßte und nach ihren Kindern und dem Kindermädchen rief, damit sie den Gast kennenlernten.
In ihrem einfachen Abendkleid sah Rima erstaunlich wirklich aus. Sie war fröhlich und direkt, mit einem quirligen, fast mädchenhaften Enthusiasmus. Gleichzeitig sah sie älter aus als auf der Leinwand, aber auch menschlicher und entgegenkommender. Sobald man sich an den Unterschied gewöhnt hatte, machte sie ihre strahlende Persönlichkeit nur noch mehr zum Star.
»Das ist wirklich sehr nett von Ihnen, daß Sie es so kurzfristig einrichten konnten«, sagte sie. »Tina, Gerry, fragt Annie, was sie trinken will. Wenn ihr nett zu ihr seid, schaut sie sich vielleicht euer Stück an.«
Die Mädchen waren reizend und sehr artig, während sie Annie ein Glas Sherry brachten und dann das Stück aufführten, das sie mit Rimas Hilfe für die Schule einstudierten.
Als die beiden Frauen alleine in einem privaten Speisezimmer saßen und sich von wenigen Angestellten des Plaza bedienen ließen, bestand Rima darauf, daß Annie ihr alles über ihre Karriere und ihre Ziele erzählte.
»Sie müssen wirklich sehr gut sein, wenn Sie mit Roy arbeiten«, sagte sie über dem Krabbencocktail. »Er ist der einzige Mann im Geschäft, der

die Frauen wirklich versteht. Außerdem ist er ein großartiger Lehrer. Sie dürfen sich nur am Besten orientieren, Annie. Der Broadway ist ja heutzutage so ein Durcheinander ... Die Scarsdale-Anwälte haben ihn übernommen. Seit Jahren hat es kein anständiges Stück mehr gegeben. Und für Hollywood gilt das gleiche. Dort haben jetzt diese Konzerntypen das Sagen, und die haben vom Film keine Ahnung.«
Sie spitzte die Lippen. »Es ist eine schmerzliche Zeit für Schauspieler. Aber wenn Sie Talent haben – und das haben Sie ganz bestimmt – und einen guten Agenten, und wenn Sie es nur lange genug aushalten, dann bekommen Sie Ihre Chance.«
Beim Kaffee fragte sie Annie anzüglich, was sie über Sam Spector wisse.
»Eigentlich nichts«, gab Annie zu. »Außer daß er großen Erfolg und einen sehr guten Ruf hat.«
Rima wurde ernst.
»Ich will Ihnen etwas sagen. Ich bin froh, daß ich gerade im richtigen Augenblick aufgetaucht bin. Sam ist ein unberechenbarer Mann, man sollte ihn nur mit Glacéhandschuhen anfassen.« Sie drehte ihr Weinglas. »Sie sagten, Sie hätten keinen Agenten ...«
Annie schüttelte den Kopf. Sie hatte keinen eigenen Theateragenten. Cyrena war alles, was sie hatte.
»Na, das ist ein Handikap.« Rima verzog die sinnlichen Lippen. »Sie werden einen brauchen, und zwar sehr bald. Wenn Sie wollen, kann ich Ihnen ein paar Leute vorschlagen und, wenn nötig, ein gutes Wort für Sie einlegen. Aber die Sache ist die, Annie, daß genau zum jetzigen Zeitpunkt Ihr Agent es sein sollte, der den nächsten Zug für Sie macht. Alles, was Sam von Ihnen gesehen hat, war das Mädchen im Fahrstuhl – ein bißchen übereifrig, aber sicherlich professionell – und das Mädchen heute auf der Bühne. Das ist so weit, so gut.«
Sie fuhr sich zerstreut durch die Haare.
»Man weiß nie, was ein Produzent im Sinn hat, Annie. Sie sind mächtige Männer, Annie, und sie können gefährlich sein. Sie brauchen wirklich jemand, der sich für Sie einsetzt ...«
Sie klatschte entschlossen in die Hände.
»Also«, sagte sie. »Ich will Ihnen mal einen guten Rat geben. Ich glaube nicht, daß Sie diese Verabredung mit Sam für morgen abend einhalten sollten. Auf keinen Fall alleine. Verdammt – wenn ich nicht nach Hollywood müßte, würde ich am liebsten selbst mitgehen. Es ist jetzt wesentlich, daß Sie ihn mit Coolness und Professionalismus beeindrukken. Er weiß bereits, daß Sie die Rolle wollen und brauchen, und er hat gesehen, was Sie auf der Bühne können. Es liegt jetzt an Ihnen, sich ein

bißchen zurückzuziehen und ihn zeigen zu lassen, daß er es mit seinem Engagement ernst meint. Verstehen Sie?«

Annie nickte. Was Rima andeutete, so nett, wie sie nur konnte, war, daß ein zu gemütlicher Abend mit Sam Spector nur darauf hinauslief, daß sie die Rolle verlor – und nicht, daß sie sie erhielt.

»Aber wir dürfen ihn nicht wütend machen«, ergänzte Rima nachdenklich. »Und Sie haben keinen Agenten, der für Sie anruft ...«

Sie schnippte mit den Fingern und lächelte. »Warten Sie! Lassen Sie mich anrufen! Er kennt mich ... Er akzeptiert alles, was ich ihm sage.«

Sie nahm Annie bei der Hand. »Soll ich? Angenommen, ich sage ihm, daß ich Sie morgen abend brauche. So gewinnen wir Zeit, und Sie haben etwas mehr Freiraum. Sagen Sie's ruhig, wenn Sie es nicht wollen. Aber ich halte es für den einzig sicheren Weg.«

Annie warf im Geiste eine Münze. Dann nickte sie.

Rima winkte dem Kellner, der ihr ein Telefon brachte. Mit schnellen Bewegungen wählte sie eine Nummer und wartete.

»Ist Sam noch da, Alice?« fragte sie und grinste Annie an.

»Nein? Na, dann hören Sie zu. Ich habe eine Nachricht für ihn. Sagen Sie ihm, Rima hat angerufen. Ich bin eben beim Abendessen mit Annie Havilland, dem Mädchen, das heute nachmittag vorgesprochen hat. Ja, genau – mit zwei l. Nun, sie hat morgen mit mir zu tun und kann die Verabredung mit Sam nicht einhalten. Sagen Sie ihm, er soll sie wegen einem anderen Termin anrufen. Und sagen Sie ihm ja alles, was ich Ihnen jetzt gesagt habe. Er kann mich fragen, wenn er will. Wir werden schon etwas arrangieren. Ja, sie ist jetzt im Augenblick bei mir.«

Einen Augenblick später legte sie auf und lächelte Annie strahlend an, während der Kellner das Telefon wegbrachte.

»Jetzt ist alles in Ordnung«, sagte sie. »Er wird das verstehen. Ich bin ja verantwortlich dafür. Und lassen Sie mich von jetzt an mit Sam reden. Diesmal verhandle ich für Sie. Er darf nicht glauben, daß Sie zu gierig sind, aber er darf auch nicht auf den Gedanken kommen, daß Sie schon woanders engagiert sind. Es ist eine delikate Situation; beim nächstenmal haben Sie einen Agenten, der das für Sie erledigt. Aber im Augenblick brauchen Sie einen Freund.«

Annie mußte ihre Rührung verbergen. Es war schwer zu begreifen, daß ihr Idol, die große Rima Baines, nicht nur neben ihr saß, sondern von ihrer Darstellung so beeindruckt gewesen war, daß sie sich persönlich um sie kümmerte.

Sie war wie im siebten Himmel, als Rima ihr unter dem berühmten Baldachin des Plaza einen Gutenachtkuß gab. Jetzt war sie nicht nur ihre

Sorgen los, welche möglichen Komplikationen ein gemeinsamer Abend mit Sam Spector bringen könnte – sie hatte gar nicht gewagt, darüber nachzudenken –, sondern sie hatte auch eine Freundin fürs Leben gefunden, die auf ihrer Seite stand.
Rima hatte natürlich nichts zu gewinnen oder zu verlieren, wenn sie ihr half. Sie war der Star der Produktion, ja überhaupt deren Daseinsberechtigung. Die Wahl eines unbekannten, naiven Mädchens konnte Rima kaum etwas anhaben, sondern half nur der ausgewählten Schauspielerin, auf die vielleicht ein wenig vom Glanz des Stars abfiel.
Mit diesen Gedanken eilte Annie nach Hause, um die *White Lady* noch einmal zu lesen und sich auf einen geschäftigen nächsten Tag vorzubereiten.

Drei Tage vergingen.
Annie ging wie auf einer Wolke, es wurde ihr erst langsam klar, daß sie wirklich mit Sam Spector und der großen Rima Baines Freundschaft geschlossen hatte.
Einesteils erwartete sie, daß Sam Spector oder seine Sekretärin mit einer Einladung zum Dinner anriefen, sie war aber auch erleichtert, als das nicht geschah. Vielleicht hatte Rima Sam höflich gewarnt und ihm mitgeteilt, daß sie bei seinem nächsten Zusammentreffen mit Annie dabeisein wollte. Und da Rima im Augenblick in Hollywood war, mußte dieses Treffen natürlich aufgeschoben werden ...
Bei der Arbeit im Studio 37 ließ sie sich vor Roy ihre Aufregung nicht anmerken, obwohl seine Radaraugen sie eingehend beobachteten. Ihre Szenen spielte sie mit größerer Zuversicht, denn sie wußte, sie hatte bewiesen, daß sie, gleichgültig was jetzt noch geschah, fähig war, das härteste Broadway-Publikum in ihren Bann zu schlagen.
Und das bei ihrem ersten Vorsprechen!
Aus den drei Tagen wurde eine Woche.
Aus der Woche zehn Tage.
Annie machte sich allmählich ernstlich Sorgen, warum sie überhaupt nichts gehört hatte.
Dann plötzlich fiel es ihr wie Schuppen von den Augen.
Sie las in einem Branchenblatt, daß die Rolle der Jill in *White Lady* vergeben worden sei. Die Schauspielerin war eine junge Broadway-Akteurin, die bereits ein paar Werbespots gedreht hatte und deren Höhepunkt bis jetzt eine Nebenrolle in einer Familienserie gewesen war, die man nach halber Spielzeit wieder abgesetzt hatte.
Patty McClure war ihr Name. Sie war hübsch, frech und voller Energie.

Aber man konnte sie nicht eigentlich attraktiv nennen, geschweige denn schön. Natürliche Freundinnenrollen paßten zu ihr, Schwestern, Babysitter, Nachbarinnen ...

Plötzlich verstand Annie alles.

Patty McClure würde die Rolle der Jill ganz ordentlich spielen. Aber ihr würde Annies Intensität fehlen und vor allem ihre faszinierende Schönheit und Sinnlichkeit. Pattys Jill würde ein amüsanter, geschlechtsloser Teenager sein, während Annie aus ihr ein provozierendes Nymphchen hätte machen können, die nur um so rührender wirkte, weil sie dem stürmischen Geist im Kampf um das Herz des Helden unterlag.

Annie saß bis zum Morgengrauen wach und überlegte, was geschehen war. Als sie schließlich das Licht ausmachte, lag ein bitteres Lächeln auf ihren Lippen.

Schuld hatte nur sie selbst. Sie war in ein Spiel von Profis geraten, das weit über ihren Horizont ging, und sie hatte, wie erwartet, verloren – aber aus einem Grund, den sie nun wirklich nicht erwartet hatte.

Sie mußte ganz einfach noch ein letztes Mal mit der *White Lady* in Verbindung treten, nur um ihre Neugier zu befriedigen.

An einem windigen Februarnachmittag sah sie sich eine Probe des Stücks an, nachdem sie eine freundliche Platzanweiserin bestochen hatte, sie ins Bell zu lassen. Ihre Voraussage über Patty McClure traf ziemlich genau zu. Sie spielte die Rolle der Jill ganz ordentlich, aber nichtssagend.

Doch Annies Lektion war noch nicht zu Ende.

Während sie im Dunkeln in den hinteren Reihen des Theaters saß, hörte sie plötzlich eine ruhige Stimme neben sich.

»Sie hätten diese Rolle bekommen müssen, junge Dame.«

Es war Sam Spectors bebrillte Sekretärin, die eben von der 43rd Street mit einer Tüte voller Kaffee und Sandwiches für die Leute von der Bühne zurückkehrte.

»Ich will Ihnen etwas sagen«, sagte sie und setzte sich einen flüchtigen Augenblick lang neben Annie. »Sie können nicht den größten Produzenten am Broadway sitzenlassen und dann erwarten, daß er Sie mit einer saftigen Rolle belohnt.«

Annie schwieg, sie nickte nur und lächelte schwach.

Die andere Frau sah sie über ihre Bifokalgläser hinweg scharf an.

»Ach so«, sagte sie. »Dann war's wohl komplizierter. Ich war bei Ihrem Vorsprechen dabei, Miss Havilland. Ich sah, wie Rima über den Gang kam, als man sie gar nicht erwartete.« Sie schüttelte sarkastisch lächelnd den Kopf. »Wissen Sie, Annie, Miss Baines steht an einem Punkt ihrer Karriere, wo der Übergang zu Charakterrollen immer bedrohlicher näher rückt. Es würde mich nicht überraschen, wenn sie nicht eben scharf drauf war, von jemandem mit Ihrem Sex-Appeal in den Schatten gestellt zu werden.«

Sie kniff die Augen zusammen.

»Was ist passiert? Hat sie Ihnen gesagt, Sie sollten alles ihr überlassen? Es ist ein alter Trick, meine Liebe – aber er funktioniert.«

Annies Gesichtsausdruck zeigte ihr, daß sie den Nagel auf den Kopf getroffen hatte.

»Na«, seufzte sie. »Sie können ja nicht alles wissen. Aber denken Sie beim nächstenmal daran: Wenn Sie zum Vorsprechen gehen, müssen Sie auf *die Leute*, mit denen Sie es zu tun haben, ebenso vorbereitet sein wie für die Rolle, die Sie spielen wollen. Verstanden?«

Annie nickte. Die andere Frau stand auf.

»Sam mochte Sie«, schloß sie. »Wir alle mochten Sie. Sie haben uns wirklich was gezeigt auf der Bühne. Bleiben Sie dran.«

Beladen mit ihrer großen Handtasche und der duftenden Tüte mit Essen und Kaffee, verschwand sie im Mittelgang.

Annie verließ das Theater, ohne sich noch einmal umzusehen.

Irgendwie sah die 43rd Street weniger abweisend aus als beim Betreten des Theaters. Sie fühlte sich gereinigt, aber auch gedemütigt.

Mit einem ironischen Kopfschütteln stellte sie sich die letzte noch offene Frage. Mit wem hatte Rima Baines in ihrem privaten Speisezimmer telefoniert?

Mit dem Wetterdienst?

Der Zeitansage?

Es war ja eigentlich gleichgültig.

Ja, dachte Annie. Sie hatte einen großen Fehler gemacht. Aber es sollte ihr letzter sein.

Seien Sie vorbereitet auf die Leute, mit denen Sie es zu tun haben.

Es war eine bittere Lektion, aber sie hatte sie jetzt verstanden. Sie würde sie nie wieder lernen müssen.

Christine

7

New York, 8. April 1968

Man muß außerhalb seiner selbst reisen, um zu sich selbst zu finden.

»Auf die Knie, Baby. So ist's schön.«

Das Mädchen war kaum zwanzig Jahre alt. Ihre blonden Haare waren frisch und natürlich. Sie fielen in sanften Wellen auf ihre nackten Schultern.

Sie trug nur einen durchsichtigen BH und einen Slip. Mit einem schlanken Arm griff sie hinter sich, um den BH aufzuhaken, während sie den Mann anstarrte, der vor ihr kniete.

Perfekte Brüste lugten aus dem gelockerten Kleidungsstück hervor. Die Warzen richteten sich auf, als sie mit den Fingerspitzen über die milchigweißen Kurven ihres Körpers fuhr.

Sie hatte eine schmale Taille und lange, geschmeidige Beine. Es war nicht zu übersehen, daß sie Diät hielt und viel Sport trieb.

Sie schüttelte sanft den Oberkörper, und der BH rutschte ihr in die Hand. Ihre Lippen spitzten sich zu einem spöttischen Lächeln, während sie ihn vor ihrem Körper baumeln ließ.

»Was ist los?« fragte sie. »Siehst du etwas, das dir gefällt?«

Sie fuhr sich mit einer schlanken Hand durch die Haare und schob kaum merklich die Hüften vor.

Mit einem abwartenden Blick sah sie auf ihn hinunter. Ihre klaren blauen Augen funkelten.

Er kniete vor ihr, nackt bis auf die dünnen Strümpfe, die sie sich Augenblicke zuvor ausgezogen und ihm gegeben hatte, damit er sie überstreifte. An den Männerbeinen sahen sie absurd aus.

Er hatte die Hände mit einem Seidenband, das sie extra zu diesem Zweck mitgebracht hatte, auf dem Rücken zusammengebunden. Sie hatte den Knoten schmerzhaft fest angezogen, so wie er es wollte.

Seine gefesselte, gekrümmte Haltung ließ Bizeps und Brustmuskeln hervortreten. Er hatte einen festen Bauch und große, kräftige Schenkel. Der erigierte, pulsierende Penis zwischen den Beinen schien wachsam wie eine Kobra, die gierig auf Beute wartete.

Seine Haare waren ordentlich und kurz geschnitten, die Augen dunkel

unter schöngeformten Brauen. In aufrechter Haltung war er über einsachtzig groß.
Vielleicht zum hundertstenmal dachte sie mit gleichgültiger Verwunderung, daß er eigentlich jemand war, den alle Frauen als gutaussehenden Mann bezeichnen würden.
»Baby hat einen Steifen«, girrte sie und hob spöttisch bewundernd die Augenbrauen. »Baby hat einen Steifen.« Sie trällerte es wie ein Kinderlied.
Sie hörte, wie sein Atem bei ihren Worten immer schneller ging. Mit weit aufgerissenen Augen starrte er sie an.
Ein Beobachter, der ihr Gesicht entspannt sah, mochte beeindruckt sein von der ruhigen Intelligenz ihrer Züge. Aber im Augenblick sprach aus jeder Faser die Parodie wissender Geilheit, die sie hier vollführte.
»Tz tz«, machte sie leise. »Was bist du doch für ein schmutziger Junge.«
Jedes Wort, das sie sagte, hatte sie schon Dutzende Male wiederholt, jede Bewegung war bis auf die Sekunde geplant. Wenn nötig, hätte sie die ganze Routine auch im Schlaf abspulen können. Und wirklich waren ihre Gedanken im Augenblick weit weg.

Man muß außerhalb seiner selbst reisen, um zu sich selbst zu finden.

Während sie langsam, mit dem BH in der Hand, auf ihn zuging, dachte sie über dieses Paradox nach.
Wie soll ich mich selbst verlassen und mir begegnen, wenn ich bereits ich selbst bin? Der Gedanke bereitete ihr Schwierigkeiten. Aber sie behandelte ihn mit Geduld, denn sie war zuversichtlich, daß sie ihn verstehen würde. Es ging einfach nur darum, die Gedanken in die richtige Reihenfolge zu bringen und die Frage vom richtigen Blickwinkel aus zu betrachten.
Der BH baumelte über der Schulter und vor der breiten Brust des Mannes, so daß der Verschluß leicht gegen seinen steifen Penis schlug, der sich als Antwort noch mehr anspannte.
Sie kniete sich hinter ihn.
Langsam und behutsam zog sie den BH zwischen seinen Schenkeln hin und her; das dünne Gewebe streichelte seine Hoden. Seine gefesselten, blutleeren Hände zitterten leicht. Der BH streichelte weiter sein Geschlecht, bis ein ersticktes Keuchen ihr sagte, daß er soweit war.
»Ungezogenes Baby«, sagte sie und ließ das Elastikband plötzlich gegen seine geschwollenen Hoden schnellen, nicht so heftig, daß es ihn ernsthaft verletzt hätte, aber doch heftig genug, um ihn vor Schmerzen

ächzen zu lassen. »Ich glaube, du hast ein paar sehr ungezogene Gedanken über mich!«
Sie legte ihm den BH um die Taille, verschloß ihn und zog ihn grob zu seiner Brust hoch, die er, grotesk ausgedehnt, bedeckte.
»Ich weiß schon, was du willst«, tadelte sie. »Du willst meine ganze Wäsche für dich selbst. Damit du aussiehst wie ich, oder, Baby?«
Sie stand auf, ging um ihn herum, spreizte die Schenkel und strich mit ihrem Schoß leicht über seine Lippen, damit er sie durch den Slip hindurch riechen konnte.
»Ich armes, kleines Ding«, flötete sie. »Dann bin ich ganz nackt, dann hab' ich überhaupt nichts mehr anzuziehen!«
Einen gnädigen Augenblick lang wiegte sie sich vor ihm, ihr Geschlecht reizte seine erregten Sinne. Seine Zunge leckte nach ihr.
»Tz tz«, strafte sie ihn, als ein dumpfes Stöhnen tief aus seiner Kehle drang. »Schäm dich.«
Sie trat einen Schritt zurück, außer seiner Reichweite, aber ließ weiter sanft die Hüften kreisen.
»Mmmm«, murmelte sie, während ihre Finger unter das Elastikband ihres Slips glitten und ihn bis zu den Knien hinunterstreiften. Einen Augenblick hing er dort und zeigte dem Mann den goldenen Pelz ihrer Schamhaare.
Dann zog sie, wie erschreckt, den Slip wieder hoch.
»Du schmutziger Junge!« sagte sie. »Schau, was ich jetzt fast wegen dir getan hätte.«
Sie ging zum Bett. Der Schottenrock und die weiße Bluse, die sie erst wenige Augenblicke zuvor ausgezogen hatte, lagen ordentlich zusammengelegt auf dem Überzug. Das Band, mit dem sie die Haare zusammengebunden hatte, lag daneben, ebenso ihre Handtasche und eine Plastiktüte, die sie nun aufschnürte.
Während sie ihm den Rücken zudrehte, glitt eine glänzende schwarze Peitsche langsam aus der Tüte. Und als sie sich zu ihm umdrehte, sah er, daß die Lederriemen in kleinen, festen Knoten endeten. Sein Geschlecht spannte sich erwartungsvoll.
»Du ungezogener Junge«, sagte sie und begann ihn mit kurzen, harten Hieben auf Schultern, Brust und Rücken zu schlagen. »Du ungezogener, kleiner Junge.«
Sie peitschte seine Schenkel und sah, wie sich die Strümpfe mit Laufmaschen überzogen. Sie schlug ihm auf die Hüften und hörte ihn ächzen, als die Knotenenden seine Genitalien trafen.
Er keuchte lustvoll. Seine verdrehten Augen hatten die gemarterte Schönheit eines Heiligen.

Wo, so fragte sie sich zum tausendstenmal, fanden nur die Männer diese Frauen so fremde Fähigkeit, gebannt in makellose Gefilde moralischer Rechtschaffenheit zu starren und gleichzeitig in dem abscheulichen Schmutz zu waten, den sie selbst erschaffen hatten?
Warum bereitete ihnen Schmerz soviel Lust? Wen mußten sie mehr erniedrigen – sich selbst oder die Frauen?
Dieses Rätsel hörte nie auf, sie zu beschäftigen, denn es war die Rechtfertigung ihres Berufs.

Sie betrachtete die Ergebnisse ihrer Arbeit. Sein Gesicht war unverletzt, wie es wegen seiner Geschäftskollegen bleiben mußte. Die roten Striemen auf Beinen und Körper hatte er selber zu verantworten, und sie wollte auch gar nicht wissen, wie er sie seiner Frau erklärte.
An seinem Penis glitzerten Tropfen, die an dünnen Fäden zu Boden glitten.
»Mein Baby wird langsam feucht«, sagte sie mit gespielter Überraschung und Mißbilligung. »Wirst du feucht, wenn du so schlimme Sachen über mich denkst?«
Sie ließ die Peitsche zu Boden gleiten und kniete sich vor ihn.
»Lauter unanständige Gedanken? Hmm? Erzähl sie doch Mama!«
Sie führte seinen Penis zwischen ihre Beine. Sie rieb sich an seinem Bauch und massierte seinen harten Schaft mit geschickten Schenkelmuskeln. Sie spürte, wie seine Erregung ihren Slip näßte.
»Kommt's dem Baby schon?« trällerte sie weiter und drückte und knetete seinen schlüpfrigen Penis, während ihre Hüften gegen ihn schlugen. »Dem Baby kommt's also schon.«
Sie hatte ihm die Sprache seiner Phantasien in mehr als einem Dutzend Sitzungen herauslocken müssen. Sie hatte ihn betrunken gemacht und sich die Worte dann ins Ohr flüstern lassen, hatte seine Verlegenheit mit gemeinsamen Ausbrüchen wilden Lachens bezwungen und dahinter die wachsende Macht verborgen, die sie über ihn bekam. Es hatte alles spielerisch und unschuldig gewirkt, bis sie seine Skrupel zum Schweigen brachte und es ihn wirklich tun ließ.
Seit der ersten Nacht hatte sie gewußt, daß ihre Unterwäsche der Schlüssel zu ihm war. Sie hatte sehr schnell beschlossen, sie nach jedem Treffen bei ihm zu lassen.
»Stell dir vor«, sagte sie immer. »Wenn ich nach Hause gehe, merkt niemand, daß ich drunter nichts anhabe.«
Die nächsten Schritte waren einfach. Sie wußte, noch bevor er es wußte, daß es ihm die größte Lust bereitete, ihre Unterwäsche anzuziehen,

während sie zusah, sie sich dann von ihr anziehen und sich gleichzeitig für seine Lust strafen zu lassen. Seine Fetische konnten sie nicht überraschen. Sie sorgte sich nur um den Rhythmus und den Zeitplan seiner Verführung.
Nicht daß sie Angst hatte, einmal ernstlich zu patzen. Sie war ein ausgebuffter Profi, und mit dem kühlen Perfektionismus eines Profis hatte sie ihn geködert und an Land gezogen.
Nun stand sie auf und zog den Slip aus. Das goldene Dreieck zwischen ihren Schenkeln strich über seine Lippen. Bevor er es küssen konnte, legte sie ihm die Hand auf die Stirn und drückte ihn auf den Teppich.
»Komm schon, Baby«, girrte sie, während sie ihm den Slip über die Beine streifte. »Jetzt wirst du ein böses Mädchen sein.«
Der Zeitpunkt war da, daß sie ihn berühren mußte. Es ekelte sie nicht davor, obwohl sie es vorzog, wenn möglich jeden Kontakt zu vermeiden, der ihre Kleider beschmutzte oder ihr körperliche Beschwerden bereitete. Sie hielt sich für eine Expertin, die einen Mann mit jedem Teil ihres Körpers zum Orgasmus bringen konnte. Aber inzwischen konnte sie sich ihre Kunden aussuchen, und sie zog die vor, die sie gar nicht berühren wollten – eine überaschend große Anzahl. Häufig genügten den Männern schon Worte und Bilder für ihre Lust.
Der Slip spannte sich um seine Hüften. Sie glitt mit der Hand unter das seidige Gewebe und legte sie um seine Genitalien. Mit seinem eigenen Saft befeuchtete sie seine Hoden und begann seinen steifen Penis zu masturbieren.
»Was ist denn los?« fragte sie, als sie merkte, daß er zu zittern begann. »Kannst du's nicht mehr halten? Ist es zu schön?«
Sie merkte an jedem Keuchen, jedem Stöhnen, wie nahe er am Ziel seiner Wünsche war, und darauf stimmte sie ihr Streicheln präzise ab; erst langsam und zögernd, dann wieder triumphierend rhythmisch.
»Nur ein bißchen zu schön?« wiederholte sie. »Zu sexy? Komm, erzähl's Mama.«
Er zitterte. Seine Hüften spannten sich. Zwei Sekunden blieben ihr noch.
Plötzlich spürte sie, wie er ruckte. Sein Penis pulsierte wild in ihrer Hand.
»Tz tz.« Ihre Stimme liebkoste ihn. »Tz tz.«
Noch eine kurze, spannungsgeladene Verzögerung. Dann spritzte sein Samen über ihre weichen Finger in ihren Slip, der an ihnen klebte wie ein Spinnennetz.
»So ist's schön«, hauchte sie. »Braver Junge.«

Sie betrachtete die Wände der Wohnung mit ihren Spiegeln, Postern und Kleiderständern.
Sie hatte gewartet, bis das Ritual gut eingeübt war und er sich genauso verhielt, wie sie es wollte, bevor sie ihn hierherlockte.
Hinter den Wänden klickten lautlos Kameraverschlüsse, summten Videomotoren und lauschten empfindliche Mikrofone.
Die Vorbereitungen hatten acht Wochen gedauert. Obwohl er nicht so oft in die Stadt kam, wie sie es sich wünschte, hatte sie ihn doch fast über Nacht von sich abhängig gemacht.
Ihre Honorare hatte er mit einer Bereitwilligkeit gezahlt, die sie auf seine Familie und seine Herkunft neugierig machte. Ein paar Nachforschungen hatten den Rest erledigt.
Für das große Geld war er eigentlich noch schrecklich jung. Gerade zwanzig. Auf der anderen Seite machte ihn seine Jugend ängstlich. Er hatte eine Frau, ein Kind und einen mächtigen Vater.
Im großen und ganzen war er ein akzeptables Ziel.
Sie streichelte ihn zärtlich, während sein Atem langsam regelmäßiger wurde. Wie er so bewegungslos in dem grotesken Fummel, der an ihr so verführerisch gewirkt hatte, auf dem Teppich lag, sah er aus wie eine lebendige Maschine, deren Motor sie noch immer in der Hand hielt. Je nach Laune konnte sie ihn an- und wieder ausschalten, ihm große Geldbeträge entlocken und ihn vielleicht sogar zur Selbstzerstörung programmieren.
Und dennoch war es nicht Freude über ihre Macht, die sie jetzt empfand. Es war Neugier.

Man muß außerhalb seiner selbst reisen, um zu sich selbst zu finden.

8

New York, 10. April 1968

Tony Pietranera trug seine Aktentasche aus Alligatorenleder, als er die Lobby des kleinen Hotels betrat, in der Christine ihn erwartete.
Die Tasche hatte er vor vier Jahren vom Capo der Corona-Familie aus Miami geschenkt bekommen, als Anerkennung für einige kleine Gefälligkeiten. Seitdem trug er sie wie eine Art persönliches Warenzeichen und Glücksbringer. Ihre distinguierte Aura paßte zu den dunklen Nadelstreifenanzügen, die er bevorzugte.

Ja, wenn man ihn nicht sein ungebildetes Brooklynesisch sprechen hörte, konnte man Tony für einen erfolgreichen jungen Anwalt oder Banker halten. Auf seine Verbrecherkollegen und die Opfer seiner vielfältigen Gaunereien, von Kreditwucherei über Drogenhandel bis zu Erpressung, an der er an diesem Abend arbeitete, machte sein Auftreten zwar keinen Eindruck; aber zumindest gab es ihm die Selbstachtung, die er als Teil seiner öffentlichen Persönlichkeit betrachtete.
Und die brauchte er an diesem Abend mehr denn je.

An diesem Abend enthielt die Aktentasche die Früchte von Christines achtwöchiger Arbeit mit einem gutaussehenden jungen Kunden aus dem westlichen New York. Es waren Negative, Kassetten und Videobänder mit Beweisen für komplizierte transvestitische Rituale, die Tony mit Sicherheit fünfstellige Beträge einbrachten, wenn das Opfer erst einmal von ihrer Existenz wußte.
Die Wohnung in der Park Avenue war inzwischen leer und Christines Namen vom Briefkasten verschwunden, wo man ihn erst vor drei Tagen aufgeklebt hatte. Die Ausrüstung blieb in den Hohlräumen hinter den Wänden, bis Tony oder ein anderer aus dem Gewerbe sie wieder brauchte.
Er hatte das Beobachtungsteam lächelnd und mit einigen Flaschen hervorragenden alten Barolos – auch eins seiner Markenzeichen – bezahlt und wollte jetzt mit Christine feiern.
Er nickte dem schläfrigen Portier hinter dem Tresen zu und stieg in den Aufzug. Der verschrumpelte, alte Fahrstuhlführer schwieg, während sie nach oben fuhren.
»Hier, für Ihre Mühen, Pop«, lächelte Tony, faltete einen Fünfdollarschein zusammen und drückte sie ihm in die runzlige Hand. Der alte Mann sah überrascht auf und lächelte.
»Ich freue mich immer, Sie zu sehen, Sir.«
Tony klopfte ihm glucksend auf die Schulter, und seine rauhe Lässigkeit wirkte so natürlich, wie sie in Wirklichkeit erzwungen war.
Die vereinte Wirkung von Tonys vielen Posen konnte die Wahrheit nicht verbergen, die nur er alleine kannte. Während er auf das Zimmer zuging, in dem Christine auf ihn wartete, war er alles andere als der sorglose Zuhälter-Macho, der er sein wollte und mußte.
Als Zuhälter einer Frau sollte er eigentlich ihre Seele beherrschen und über ihren Körper verfügen können, wann immer er wollte. Sie sollte sein Besitz sein, er ihr Herr.
Aber im Augenblick schwankten seine Gefühle zwischen denen eines

Schuljungen beim ersten Rendezvous und denen eines Spielers, der seinen letzten Dollar auf ein hohes Risiko setzt.
Er war erregt, nervös und mehr als nur ein bißchen ängstlich. Drei Jahre lang hatte er es nicht geschafft, diese Gefühle zu dämpfen. Im Gegenteil, sie wurden jede Woche schlimmer.
Er konnte es nicht leugnen. Christine hatte diese Wirkung auf ihn.
Und das machte Tony Sorgen.

Als er die Tür aufschloß, sah er sie in dem Sessel neben dem Fenster sitzen.
Sie hatte sich den Fernseher in ihre Richtung gedreht, aber den Ton abgeschaltet. Nur bei den Nachrichten hörte Christine den Sendungen zu. Ansonsten sah sie sich lieber die stummen Bilder an, weil es ihr half, den Kopf klar zu bekommen, wie sie sagte. Und oft wirkte sie auf Tony wie in Trance, wenn das blaue Licht über ihr Gesicht huschte.
Sie trug einen knappen Rock und ein Stricktop, ihre kleinen Ohrringe paßten zu dem Anhänger an ihrem Hals. Ihre Haut, gebräunt nach einer Woche in Miami, wirkte warm und lebendig. Die Sandalen betonten das mädchenhafte Aussehen ihrer schlanken Waden und Fesseln.
Er hatte noch nie eine Hure gesehen, die weniger aussah wie eine Hure, überlegte er zum tausendstenmal. Nicht daß Huren nicht ehrbar aussehen konnten, wenn sie wollten. Aber Christine hatte eine Art, sie selbst zu bleiben, so voller ruhigem Stolz und Selbstbeherrschung, die ihn erstaunte. Sie sah aus wie eine junge Geschäftsfrau, eine Tänzerin, eine frischgebackene Ehefrau – alles, nur keine Hure.
Auch das machte Tony Sorgen.

Sie drehte sich um und sah ihn aus klaren, blauen Augen an.
»Alles in Ordnung?« fragte sie.
»Phantastisch«, entgegnete er und klopfte auf die Aktentasche. »Am Mittwoch werde ich zu ihm nach Hause fahren und es ihm zeigen. Ich treffe dich dann in Boston. Das funktioniert bestimmt.«
Das Opfer kam aus einer Kleinstadt und würde sicher entsetzt sein, wenn es merkte, daß sein Manhattaner Abenteuer mit Christine ihn plötzlich in Gestalt eines gutgekleideten italienischen Erpressers bis hierher, direkt unter der Nase seiner Familie und Freunde, verfolgte. Wenn alles nach Plan lief, würde er alles zahlen, was Tony verlangte, einfach damit er wieder aus der Stadt verschwand.
Tony hatte es vermieden, Christine zu ihrem Teil der Arbeit zu gratulieren. Sie hatte den Blick wieder auf den Fernseher gerichtet, ihr schöner Körper lag entspannt da.

»Einen Drink?« fragte er, während er eine Flasche 12jährigen Scotch aus der Tasche zog. Er hatte ihn gekauft, um zu feiern.
»Nein danke«, antwortete sie, ohne ihn anzusehen.
Er goß sich einen großen Schluck in einen der Plastikbecher des Hotels und lockerte die Krawatte.
Sie stand bereits und hielt die Augen weiter auf den Bildschirm gerichtet, während sie auf das Gerät zuging.
Ihre Schenkel waren schlank und elegant wie die einer Katze. Er sah die braunen Beine unter dem Rock und seine Augen wanderten zu dem feinen Umriß ihrer Schultern, als sie sich streckte. Sie hatte feste Brüste unter dem engen Top.
Ihr Gewicht auf ein Bein verlagernd, berührte sie den Rock. Er glitt zu Boden, während sie den Fernseher ausschaltete. Sie sah Tony noch immer nicht an, sondern zog sich einfach das Top über den Kopf und legte es mit dem Rock ordentlich zusammengelegt auf den Sessel.
Tony mußte sich zwingen, nicht verzückt ihre langen Schenkel anzustarren. Es waren die schönsten Schenkel der Welt, und sie trafen sich in ihrem Schoß in einer scheuen Rundung wie ein Lied, das in den klaren Linien ihrer Knie und Waden fortklang.
Das Haar wehte ihr um die Schultern, als sie den Kopf schüttelte. Einen Augenblick lang stand der volle Bogen ihrer Wimpern gegen den Himmel vor dem Fenster.
Merkte sie, wie steif er schon allein von ihrem Anblick war? Er hoffte nicht.
Aber eine Hure bemerkt alles bei einem Mann, dachte Tony, während er den Schnaps in seinem Glas schwenkte.
Und auch das machte ihm Sorgen.

Christine verschränkte die schlanken Arme hinter dem Rücken und rückte die Elastikbänder ihres BHs zurecht. In Ruhe war sie die Quintessenz geschmeidiger Weiblichkeit, ihre Glieder perfekt geformt wie die der schönsten Mannequins.
Mit ihren langen Fingern strich sie sich das Haar glatt und seufzte leise. Es war ein Seufzen der Müdigkeit, denn der Tag war zu Ende. Aber auf Tony wirkte es auch wie ein geflüstertes Zeichen, das ihn unweigerlich erregte.
Er trank verlegen aus seinem Glas, als sie in der Unterwäsche auf ihn zutappte. Eine freudige Erregung schien ihn zu überwältigen, und er mußte sich anstrengen, um ruhig zu bleiben.
Beim Näherkommen roch er ihren süßen Duft. Ihr Bild auf dem Film in

seiner Aktentasche blitzte vor ihm auf, ihre milchigweiße Nacktheit so wunderschön wie jetzt, aber entblößt vor dem gierigen, erbärmlichen Gesicht des jungen Kunden in der Wohnung.
Enttäuschung und Verlangen befeuerten sich gegenseitig in Tonys Herz. Sein Atem kam schneller.
Ohne ein Wort ging Christine an ihm vorbei ins Badezimmer und schloß die Tür.
Er stand alleine im Zimmer, die Erektion, eine verfluchte Demütigung, in seiner teuren Hose, der Plastikbecher in seiner Hand leer.

Nur er wußte, wie mächtig sie in Gedanken vor ihm stand, wenn er untertags seinen Geschäften nachging, und wie sehr sie ihm fehlte, wenn ihre Arbeit sie für ein Wochenende oder mehr von ihm trennte. Es war sein schuldbewußtes Geheimnis, und er genoß es ebensosehr, wie es ihn quälte.
In den ersten fünfunddreißig Jahren seines Lebens hatte Tony nichts als Habgier und tierische Lust empfunden. Aber als dann vor drei Jahren Christine zu ihm kam, eine abgebrühte Professionelle, die aussah wie ein Schulmädchen und die die schmutzigsten Jobs wie ein Chirurg erledigte, änderten sich die Dinge.
Für sie und ihre Karriere hatte er einem einflußreichen Zuhälter aus Miami, der behauptete, er wolle sich von ihr nur trennen, weil sie ihm zu unabhängig sei, ein kleines Vermögen bezahlt.
Aber dessen Warnung kam für Tony zu spät. Als er endlich merkte, daß Christines Willensstärke die seine bei weitem übertraf, war der Schaden schon angerichtet, und sie brachte ihn bereits auf fremde und beunruhigende Gedanken.
Angefangen hatte es ganz langam. Eines Tages kam sie nicht zu einem vereinbarten Treffen. Dann lehnte sie einen Kunden ab, den er für sie ausgesucht hatte, dann noch einen und noch einen. Sie erklärte die professionelle Berechtigung ihrer Entscheidung und ertrug seine Schläge mit leerem Blick, dessen Gleichgültigkeit und Verachtung ihn erschreckte.
Tony war es ziemlich gleichgültig, daß ihre Entscheidungen vorausschauend und umsichtig gewesen waren. Er wußte nur, daß es eigentlich seiner Stellung entspräche, sie zu unterdrücken und zu kontrollieren, und daß sie ihn auf hundert kleine Arten spüren ließ, daß sie ihm dieses Recht nicht zugestand. Christine gewann die absolute Vorherrschaft über die Freiheit seiner Handlungen und Gedanken, und vor allem in dieser Hinsicht war sie ganz und gar keine Hure.

Aber schon bald beendete ihr gemeinsames Wissen über die Kunst der Erpressung und ihre Gefahren den Streit, sie wurden ein blendendes Team. Aber etwas an Christine erinnerte Tony immer daran, daß dieser Waffenstillstand eigentlich ihr Sieg war. Er spürte das Aufbegehren hinter ihrem sanften Verhalten in seiner Gegenwart. Die ruhige Diszipliniertheit, die alle ihre Handlungen bestimmte, zeugte von einem Selbstwertgefühl, das seines bei weitem übertraf. Und gegen diese Waffe konnte er sich nicht verteidigen.

Aber die subtile Art seiner Niederlage verwirrte ihn.

Natürlich wußte sie, daß er von ihr erwartete, mit ihm zu bumsen, und wenn es ihr paßte, dann tat sie es auch. Sie ertrug seine schmerzhaftesten Liebkosungen, ließ ihn an Stellen in sie eindringen, die ihm jede italienische Frau verwehrt hätte, und brachte ihn mit einer Behendigkeit zum Höhepunkt, die seine Autorität zu verspotten schien.

Doch blieb sie auch bei seinen gröbsten Umarmungen um Armeslänge von ihm entfernt, und der Blick in ihren kalten Augen sagte ihm, daß der körperliche Kontakt mit ihm, eine reine geschäftsmäßige Höflichkeit, ihre Gefühle nicht berührte.

Bevor er es selbst merkte, machten seine Wut und sein Argwohn hinterhältigeren Gefühlen Platz. Wenn er über Christines verblüffende Schönheit und ihren stillen Stolz auf ihren Körper und ihre Fähigkeiten nachdachte, öffnete sich sein Herz für sie. Ihre seidigen blonden Haare verzauberten ihn, ihre sanften Lippen und intelligenten Augen, die süße Aufrichtigkeit ihres Körpers

Christine hatte Tony den Kopf verdreht, und er wußte es. Er sehnte sich danach, diesen weichen, stolzen Körper wie ein Liebhaber in die Arme zu schließen, sie zu beschützen wie eine Geliebte.

Der Wahnsinn dieses Gefühls ließ ihn über sich selbst lachen. Aber es verschwand nicht, und gleichzeitig wußte er, daß er eine solche Beziehung mit ihr nie würde haben können. Wie eine Obsession wurde es immer zwanghafter, es verwirrte seinen Geist und reizte seine Sinne.

Christine lebte vom Schmutz. Aber Jugend und Stolz machten sie sauber, frisch und schön. Tony sah bewundernd zu, wenn sie die Haare bürstete, Make-up auflegte, mit graziösen Schritten ein Zimmer durchquerte. Sie war ein Engel.

Mit der Zeit wurde Tony immer gieriger auf sie, und gleichzeitig zögerte er immer mehr, sie ins Bett zu zwingen. Auch wenn er beim Bumsen versuchte, den potenten Draufgänger zu spielen, wußte er, daß sie seine Sehnsucht und sein Flehen hinter seinen Berührungen spürte. Er hielt es nicht aus, zu bitten, wenn er doch eigentlich befehlen sollte. So unwahr-

scheinlich es auch war, aber er sehnte sich nach ihr. Und je mehr er seine Leiden verfluchte, desto heftiger verlangte sein Herz nach ihr.
Sie schien überhaupt keine Ahnung zu haben, was sie ihm antat, einfach indem sie so war, wie sie war. Sie tat, was sie zu tun hatte, ohne sein Leiden überhaupt zu bemerken.
Und das machte ihm die größten Sorgen.

So stand er da, stürzte seinen zweiten Drink hinunter und hoffte, er würde das Feuer löschen, das zwischen seinen Beinen brannte.
Er schenkte sich nach und legte sich aufs Bett, als er hörte, daß die Dusche im Badezimmer abgedreht wurde.
Gleich würde Christine in ihrem kurzen Pyjama herauskommen und einfach schlafen gehen, während er dazu verdammt war, wach zu liegen und die Qual ihrer Nähe zu ertragen.
Er hatte den Verdacht, daß sie mit voller Absicht den Rhythmus festlegte, in dem sich die vielen Nächte züchtigen Schlafes mit den immer selteneren Liebesnächten mit ihm abwechselten. Aber er konnte nichts dagegen tun, denn er hatte den Mut verloren, sich ihr zu nähern.
Leise Geräusche kamen aus dem Badezimmer, häuslich und beruhigend und voller Ironie, die Tony in seinem Stumpfsinn nicht erkennen konnte.
Im Augenblick beschäftigte ihn nur das Drehen der Schraube in seinem Verstand, die sich immer tiefer in brüchige Wände grub.

Er hörte, wie sich die Badezimmertür öffnete, und das entfernte Summen des Ventilators. Er versuchte, die Augen zu schließen, denn er wollte nicht, daß sie sein Verlangen sah.
Außerdem konnte er ihren Anblick nicht ertragen.
Aber er konnte ihm auch nicht widerstehen.
Er drehte sich um und sah sie an. Sie kam auf ihn zu, nur in ein Handtuch gewickelt. Ihre nackten Füße glitten lautlos über den Teppich.
Sie setzte sich auf die Bettkante, nahm ihm das Glas aus der Hand und stellte es auf das Nachttischchen.
Sie roch frisch nach Seife und Badeöl. Das Handtuch öffnete sich an ihren Brüsten und entblößte den schmalen Brustkorb und die Hüften.
Er sah das süße Büschel goldener Haare zwischen ihren Beinen.
Ein unergründliches Lächeln auf den Lippen, beugte sie sich zu ihm hinunter und küßte ihn. Ihre Haare fielen ihm über Augen und Wangen.
Er spürte, wie sich ihr Körper bewegte, und plötzlich saß sie auf ihm.
Sie beugte sich zurück, ein herrliches junges Tier, und ihr Geschlecht

zwischen ihren Schenkeln hing über dem seinen. Ihre Hände fanden seinen Gürtel, der sich wie verzaubert öffnete.
Er starrte sie an. Im Licht der Nachttischlampe strahlte ihr üppiges, blondes Haar wie ein Glorienschein. Der Bogen ihrer Lippen lag im Dunkeln. Wie eine überirdische Silhouette ragte sie vor ihm auf.
Unbeschreibliche Erleichterung durchströmte ihn zugleich mit der Flamme seiner Begierde, denn er wußte, daß er in wenigen Augenblikken in ihr sein würde, sein Geschlecht zu Hause in ihrer Wärme, während ihr Geheimnis es zu immer heftigeren Zuckungen trieb und ihm sein Wesen aussaugte.
Und er wußte, wenn es geschah, dann war nicht er der Nehmende. Er hatte nicht die Oberhand.
Plötzlich schien Christine sein Segen und sein Fluch zu sein, wie die Heilige Jungfrau, die ihn als Jungen in seinen Gebeten vor der Beichte verfolgte, die Scham in seine Seele pflanzte und gleichzeitig Vergebung versprach, leidenschaftslos in ihrer herrlichen Entferntheit.
Er spürte, wie Christine ihn umgab und ihn erstickte mit dem Atem des Lebens.
Entsetzt über seine Unterwerfung gab sich Tony ihr hin.

9

New York, 11. April 1968

Am nächsten Morgen war Christine wieder in ihrer eigenen kleinen Wohnung in der Nähe des Central Park West, nachdem sie Tony nach ihrer obligatorischen Zeit mit ihm verlassen hatte.
Sie wachte früh auf und begann die Routine, die jeden ihrer Tage kennzeichnete, eine Routine, die kein Zuhälter, kein Kunde und keine äußeren Umstände ändern konnten.
Zunächst trainierte sie, schnelle Aerobic-Übungen, die ihren Puls eine Viertelstunde lang auf das Doppelte der Normalfrequenz beschleunigten. Sie dehnte und streckte Nacken, Rücken, Arme und Finger und schaffte ohne Mühe über hundert Kniebeugen. Denn obwohl sie sehr zart und zerbrechlich aussah, war sie außergewöhnlich stark und hatte die Absicht, es auch zu bleiben.
Danach setzte sie sich mit überkreuzten Beinen auf den Teppich und meditierte zwanzig Minuten lang, wobei sie ihre Atmung kontrollierte. Die Übung machte ihr den Kopf klar für den Tag, der vor ihr lag. Sie

verwendete kein Mantra und hatte auch für die augenblickliche mystizistische Mode nur Verachtung übrig. Aber die bewußte Steuerung der Gedanken mit ihrem Willen fand sie sowohl entspannend als stärkend. Sie atmete flach, und ihre Haut war kühl, als sie die Augen öffnete. Noch im Schneidersitz dachte sie an den Tag, der vor ihr lag. Zum Mittag- und Abendessen war sie mit reichen Kunden verabredet, und am späten Nachmittag traf sie sich mit einem Bankpräsidenten und Mitglied des *Control Board*, der sie als seine Geliebte betrachtete. Für den jungen Manager, den sie eben ausprobierte, würde sie wohl keine Zeit haben.
Auch Tony würde sie nun einige Tage nicht sehen. Aber sie hatte auch kein Bedürfnis nach seiner Gegenwart oder seinem Schutz. Die lange Erfahrung hatte sie gelehrt, mögliche Probleme mit ihren Liebhabern vorauszusehen und sich gegen sie abzusichern.
Bei den komplexen Abläufen ihres Gewerbes, wenn sie neue Kunden angelte, sie in ihre Abhängigheit brachte und vielleicht sogar dazu verleitete, sich in sie zu verlieben, und ihnen dann soviel Geld wie möglich aus der Nase zog, behielt sie immer ihre Kaltblütigkeit und ihre natürliche psychologische Schärfe. Sie war seit langem eine Meisterin ihres Gewerbes und betrieb es mit einem Verantwortungsgefühl, das ihrem Stolz entsprang.
In vielen Städten hatte sie Stammkunden, die sie auf je nach Jahreszeit wechselnden Touren besuchte. Alle ihre Kunden waren wie wahnsinnig von ihr abhängig, und sie vergrößerte diese Abhängigkeit nur noch, indem sie immer weniger verfügbar und immer teurer wurde.
Ihre Ankunft in New York vor ein paar Wochen hatte eingeschlagen wie eine unverhoffte Ladung Heroin bei ausgehungerten Süchtigen. Zwei Dutzend der reichsten Männer der Metropole erwarteten ihre weiche Haut und ihre leise Stimme wie auf glühenden Kohlen.
In Boston, Chicago, Philadelphia, Baltimore, Miami und natürlich auch in Washington war es das gleiche. Jede Nacht Christines war tausend Dollar wert. Als Geldbeschaffer war sie gut über eine Million Dollar im Jahr wert, und sie wußte das auch.
Und Tony wußte, daß sie es wußte.

Während Christine Fruchtsaft und Müsli mit Milch frühstückte, blätterte sie sorgfältig durch die *New York Times* und das *Wall Street Journal*. Sie achtete sehr auf ökonomische und politische Ereignisse, die ihre Kunden und auch sie selbst beeinflussen konnten. Mehr als einmal hatten sie im vergangenen Jahr Streiks, Börseneinbrüche und Kongreß-

untersuchungen zur Änderung ihrer beruflichen Pläne gezwungen, weil außergewöhnliche Aufgaben, ein Bankrott oder das Gefängnis einen reichen Kunden ihrem Charme entrissen.
Heute las sie, daß die Rassenunruhen nach der Ermordung Martin Luther Kings in Baltimore, Chicago und anderen Städten anhielten. Gold wurde in London bei 34 Dollar notiert. Eugene McCarthy hatte Präsident Johnson bei den Vorwahlen in Wisconsin geschlagen; aber diese Nachricht war natürlich ohne Bedeutung, da Johnson bereits erklärt hatte, er würde für eine zweite Präsidentschaft nicht mehr zur Verfügung stehen.
In der Zwischenzeit hatte Richard Nixon jede Vorwahl gewonnen, der er sich gestellt hatte.
Die Belagerung von Khe Sanh war aufgehoben worden, nachdem Washington alle Bombardierungen oberhalb des zwanzigsten Breitengrads eingestellt hatte. Beide Seiten streuten Gerüchte über offizielle Verhandlungen, möglicherweise in Paris, aus. Dies konnte nur bedeuten, daß die außergewöhnlich erfolgreiche Tet-Offensive – die Johnson und Westmoreland als Fehlschlag bezeichnet hatten – die Amerikaner an den Verhandlungstisch gezwungen hatte.
Zwei Dinge schloß Christine aus diesen Nachrichten. Zum einen, daß Nixon die Wahl gewinnen würde. Da Johnson aus dem Rennen war und Rockefeller Angst hatte, sich zu engagieren, konnte ihn niemand mehr stoppen.
Eine Präsidentschaft Nixons wäre gut für Christine. Nixon würde zusehen, daß die Reichen soviel von ihrem Geld behielten wie möglich – und genau dieses Geld war es ja, das Christine unterstützte.
Zum anderen konnte es über Vietnam keine Zweifel mehr geben. Der Norden würde gewinnen, der Süden verlieren.
Wie Nixon Amerika aus dem Krieg herausholte, war Christine gleichgültig. Ganz und gar nicht gleichgültig war ihr aber, daß Amerikas Prestige nach dem Verlust Vietnams einen noch nie dagewesenen Einbruch erleiden würde. Und ob nun mit oder ohne Nixon, das bedeutete eine Finanzkrise, der auch die amerikanische Oberschicht nicht entgehen würde.
Während Christine nun die beiden Zeitungen zusammenfaltete und weglegte, drehten sich ihre Gedanken um die Frage, wie sie ihr Geld am besten schützen konnte.
Denn sie war nicht ohne Vermögen, das Schutz nötig hatte.
Für ihren Zuhälter wie für ihre Kunden war sie die teuerste Hure. Sie hatte nicht nur ein Kleider-, Reisen- und Spesenbudget, sondern auch

eins für Ersparnisse. Sie verlangte einen genau abgemessenen Prozentsatz des Geldes und erlaubte keinen Zahlungsverzug.
Alles, was ihr blieb, investierte sie in erstklassigen Wertpapieren, steuerfreien Pfandbriefen, Immobilien und Versicherungen. Sie wußte, daß ihr als Top-Callgirl noch maximal zehn Jahre blieben, und so bereitete sie sich für die Zukunft ein sicheres Nest.
Im Gegensatz zu den meisten anderen Frauen ihres Gewerbes ließ sie sich von ihrem Leben nicht ausnutzen. Sie profitierte davon, so wie sie glaubte, daß sie es verdiente.
Es war eine Haltung, die kein Zuhälter freiwillig tolerierte. Aber Tony hatte lernen müssen, daß er dazu gezwungen war, weil er zu der Zeit, als er es merkte, bereits in sie verliebt war und mehr als nur ein bißchen Angst vor ihr hatte.
Genauso hatte Christine es natürlich geplant.

Es war Viertel vor elf.
Es blieb ihr noch eine Stunde bis zu ihrer Verabredung zum Essen.
Sie ging zum Bücherregal. Es enthielt nur eine kleine Sammlung von Taschenbüchern, alle zerfleddert und mit Eselsohren übersät, und jedes voller provisorischer Lesezeichen. Daneben stand ein liniertes Notizbuch mit einem Spiralfederrücken.
Es waren die einzigen Bücher, auf deren Besitz Christine Wert legte – obwohl sie Tausende anderer gelesen und sogar studiert hatte.
Sie hatte vor Jahren beschlossen, sich so gründlich zu bilden wie eine College-Absolventin. Sie wußte, daß ihre Zukunft letztendlich von ihrer Fähigkeit abhängen konnte, so belesen zu erscheinen wie ein Mitglied der Oberschicht.
Schon von Natur aus ein unersättlicher Leser, hatte sie die Seminarleselisten in den Universitätsbuchhandlungen der Städte, durch die sie reiste, studiert und kannte so schon bald alle Schlüsselwerke der Geistes- und Sozialwissenschaften. Obwohl sie von höherer Mathematik kaum eine Ahnung hatte, begriff ihr logischer Verstand auch schnell die Terminologie der exakten Wissenschaften – zumindest genug, um als College-Absolventin durchgehen zu können.
Eine Zeitlang stachelte der neue Reiz des Selbststudiums Christines Perfektionismus an und befriedigte ihr Bedürfnis nach Unterhaltung. Aber mit der Zeit wurde das Lesen für sie mehr zur Gewohnheit denn zur Leidenschaft, und ihr Wunsch, als Frau mit Kultur und Bildung zu erscheinen, wurde stärker als der, wirklich eine zu sein.
Das kam zum Großteil auch daher, daß die Bücher und die Schriftstel-

ler, die alle Welt respektierte, in Christines Augen voller offenkundiger Lügen waren.
Sie hatte ein gutes halbes Dutzend Biografien und Autobiografien von Männern gelesen, mit denen sie persönlich geschlafen hatte. Sie lächelte, wenn sie merkte, wie ihre Karrieren aufgebläht, ihre bedeutenden Gedanken dokumentiert wurden, während sie doch wußte, daß ihre sexuellen Wunschträume sie bei ihr zu kleinen Kindern machten.
Und wenn sie über die großen Männer der Geschichte nachdachte, deren Taten die Welt verändert hatten, mußte sie sich unwillkürlich ausmalen, was wohl ihre Achillesferse gewesen war. Da sie aus erster Hand wußte, daß die öffentlichen Handlungen der männlichen Rasse nur die verzerrten Abbilder ihrer geheimen Wünsche waren, kam sie ohne Mühe zu dem Schluß, daß die Wahrheit über die Vergangenheit wohl kaum in der äußeren Sicht der Dinge zu finden war, die die Historiker so liebten.
Im hellen Licht ihrer nüchternen Intelligenz erging es auch den großen Literaten nicht besser. Sie hatte Tolstoi gelesen, Joyce, Flaubert, Faulkner, und es bereitete ihr ein bitteres Vergnügen, zu sehen, mit welcher Arroganz sie sich in die Seele der Frauen versetzten, in ihrer Herablassung gegenüber dem anderen Geschlecht so anmaßend wie in ihrer Unwissenheit darüber.
Am Ende verlor Christine das Interesse an dem, was die Welt der Männer als Wahrheit bezeichnete, denn es war offensichtlich nur eine Sicht der Dinge, die dem männlichen Streben nach Macht und Bedeutung schmeichelte und die bequemerweise blind war für alles, was ein unwillkommenes Licht auf ihre Schwächen werfen konnte.
Illusionen reizten sie nicht – vor allem, da sie wußte, daß sie ihr Untergang sein konnten. Während die meisten Huren ihren Zynismus über die Gesellschaft mit einer fast religiösen Gutgläubigkeit an ihre Zuhälter verbanden, verließ sich Christine auf niemand anderen als sich selbst. So konnte sie Dinge und Menschen mit erbarmungsloser Unbeteiligtheit betrachten.
Aber ihre intellektuelle Neugier blieb so frisch wie je, trotz ihrer Enttäuschungen.
Und deshalb hatten diese wenigen, abgenutzten Taschenbücher auch einen Ehrenplatz auf ihrem Regal.

Jetzt zog sie ein Buch heraus und legte es zusammen mit dem Notizbuch auf den Couchtisch.
Sie setzte sich mit überkreuzten Beinen auf den Boden und schrieb langsam einen einzelnen Satz ab.

Man muß außerhalb seiner selbst reisen, um zu sich selbst zu finden.

Sie dachte lange über den Satz nach. Dann las sie konzentriert weiter und schrieb noch einen Satz darunter.

Der Ausgangspunkt der Reise ist zugleich auch das Ziel.

Das zweite Paradox war noch widersprüchlicher und poetischer als das erste. Christine stellte sich vor, wie sie blindlings in eine Schwärze vor sich griff. Dann spürte sie eine fremde, warme Berührung, die nichts anderes war als ihre eigenen Finger, die von nirgendwo nach ihr griffen und sie ins Leben führten – als ein neuer Mensch, nicht wiederzuerkennen und dennoch sie selbst.
Christine legte den Stift weg und dachte nach.
Diese Paradoxa reizten ihren fruchtbaren Verstand schon lange. Ein Teil in ihr wehrte sich gegen sie: der Teil, der nur an sie selbst glauben wollte, an ihre Initiative, den starken Willen und die Macht, Ereignisse kontrollieren zu können. Dieser Teil hatte wenig Geduld für die Vorstellung, daß das persönliche Schicksal eines Menschen von außen kommen konnte.
Aber ihre angeborene Sturheit ließ Christine die Gedanken nicht einfach als unverständlich verwerfen. Sie konnte es nicht ertragen, daß ihr möglicherweise nützliche Tatsachen oder Gedanken entglitten. Deshalb verlegte sie auch kaum etwas, vergaß keine Verabredungen oder ließ Dinge in ihrer Wohnung unrepariert. Sie entdeckte das mechanische Geheimnis fast jeden Geräts und erfand einfallsreiche Provisorien, wenn sie manche Ersatzteile nicht bekam. Die Beherrschung der Welt, die sie bewohnte, wurde ihr fast zur Besessenheit.
Aber darüber hinaus sah ein anderer Teil in ihr die inhärente Logik dieser fremdartigen Aussagen.
War denn nicht schließlich ihr eigenes Leben eine vollständige Metamorphose gewesen, die aus einem schutzlosen Kind eine starke Frau gemacht hatte, die die Welt unter ihre Gewalt bringen konnte? Und war denn nicht die Naivität ihres kindlichen Geistes vollkommen von der Intelligenz der stolzen Jägerin, die sie nun war, verdrängt worden?
Aber wer hatte ihr denn geholfen auf ihrer Reise von ihrem ursprünglichen Selbst in die Haut der Frau, die sie jetzt war? Niemand. Sie hatte es alleine geschafft, wie ein Wurzelstock, der sich in fremde Erde grub und härter und stärker wurde, während er die Nahrung aus dem Unbekannten saugte.

Ja, sie war sie selbst geworden, indem sie sich selbst zurückgelassen hatte. Sie hatte dem Neuen erlaubt, das Alte in ihr zu verschlingen, und daran war sie gewachsen.
Und genau dies trennte sie von den anderen.
Gewöhnliche Menschen blieben oft ein ganzes Leben lang immer die gleichen, sie glaubten, daß es für sie nichts Neues unter der Sonne gebe, daß nichts sie zwingen könne, sich zu verändern oder zu wachsen.
Diese Menschen waren die Trottel dieser Welt, eine leichte Beute für jeden, der sie ausnehmen wollte, und Christines Lebensunterhalt.
War es denn nicht eigentlich ihre Aufgabe, ihren Kunden Neues und Interessantes über sie selbst beizubringen? Sie neue Bedürfnisse spüren zu lassen, verzweifelte Sehnsüchte, die sie nie für möglich gehalten hätten und die sie sich im hellen Tageslicht auch nicht eingestehen konnten?
Ja, Christine lebte von der Oberflächlichkeit und natürlichen Trägheit ihrer Kunden. Aber nur deshalb, weil sie kein Teil ihrer Welt war.
Daran gab es keinen Zweifel: Die Einsamkeit war ihre Stärke.
Aber es war nicht nur die Vergangenheit, die diese Paradoxa vor ihr so faszinierend machten. Es war die Zukunft, die so unheimlich in ihnen glitzerte – eine Zukunft, so unerforschlich wie faszinierend.
Christine glaubte fest daran, daß ihr eigentliches Schicksal, das wahre Ziel ihres Lebens, noch vor ihr lag. Es war ein beinahe schon religiöser Glaube.

Der Ausgangspunkt der Reise ist zugleich auch das Ziel.

Sie hatte sich nicht umsonst aus einer hilflosen Kindheit zum Gipfel ihres Gewerbes hochgearbeitet. Ihre herausragende Stellung in so jungen Jahren konnte doch nur die Vorbereitung für etwas Größeres sein.
Aber was?
Sie konnte es nicht wissen. Die Zukunft war ein dunkler Kristall. Aber trotzdem war ihr Gesicht darin eingeritzt, und sie hatte keine Angst, ihre Schritte darauf zu richten.
Die Gleichförmigkeit der Welt, in der sie auf Beute lauerte, wurde ihr langsam langweilig. Sie wußte, daß sie fähig war, an mehr zu glauben als nur an das Geld und die relativ einfachen Techniken, die man brauchte, um den Männern das Geld aus der Tasche zu ziehen.
Irgendwo, irgendwo wartete eine Identität auf sie, die mit alldem nichts zu tun hatte. Eine Identität, die schöner war und unentrinnbarer als alles, was sie bis jetzt kannte – und deshalb ein Geheimnis.

So kam es, daß nur diese dunklen, geheimnisvollen und inzwischen altvertrauten Paradoxa für Christine Wirklichkeit besaßen, während die unveränderliche Außenwelt gewichtslos und blaß wurde.
Mit diesen Gedanken im Hinterkopf betrachtete Christine die beiden Sätze in dem Notizbuch vor ihr und schrieb in ihrer persönlichen Kurzschrift dazu, was ihr eben in den Sinn kam. Sie schlug andere Stellen in dem Buch nach, die sie mit Papierstreifen markiert hatte. Dabei fiel ihr auf, daß der Buchrücken zerbrochen war und die Seiten herausfielen.
Sie würde das Buch bald ersetzen müssen, wie sie es schon zweimal getan hatte.
Schließlich stellte sie es auf das Regal zu den anderen, die sich alle in dem gleichen zyklischen Zustand von Zerfall und Ersetzung befanden.
Obwohl sie der einzige Besitz waren, der ihr wirklich am Herzen lag, fürchtete sie weder Feuer noch Diebstahl.
Denn sie kannte sie ja alle auswendig.

Wenige Wochen, nachdem er sie übernommen hatte, entdeckte Tony ihr Notizbuch.
Am Morgen saß sie immer mit überkreuzten Beinen vor einem Tisch, schlank und hübsch wie ein Schulmädchen, und schrieb mit einer Hingabe auf die linierten Seiten, die Tony erstaunte. Ihre Gesichtszüge waren ruhig und ihre Augen unter den langen Wimpern ausdruckslos, während der Stift über das Papier huschte.
Tony hatte ihr das Heft aus der Hand gerissen und es untersucht. Was er fand, verschlug ihm die Sprache. Erwartet hatte er kindischen Unsinn oder Bemerkungen über ihre Kunden, ihr Einkommen, ihre Familie. Er mußte wissen, ob das Heft Informationen enthielt, die ihn kompromittieren konnten.
Aber was er fand, waren sorgfältig strukturierte logische Abhandlungen in einer Sprache, deren Dichte weit über seinen Verstand hinausging.
»Was soll denn diese Scheiße?« fragte er verächtlich. »Was, zum Teufel, ist bloß mit dir los, Kleines?«
Sie sah ihn stumm an und wartete, bis er das Heft auf den Tisch gelegt hatte. Der Stift in ihrer Hand bewegte sich nicht.
Diese Konfrontation war ein Wendepunkt, und Tony wußte es. Seine Zuhälterinstinkte sagten ihm, daß er eigentlich die Seiten eine nach der anderen herausreißen, Christine ohnmächtig prügeln und sie dann ficken sollte, bis sie sich ihm unterwarf. Das Buch bedeutete einen gesonderten und unergründlichen Bereich des Denkens, in dem sie sich

frei und von ihm unabhängig bewegte und in dem ihre Privatheit von der abstrusen Sprache, die sie benutzte, nur noch unterstrichen wurde. Rechtmäßig dürfte nur er ihre Gedanken und Vorstellungen beherrschen. Alles andere war ein Verrat an seinem Gewerbe.
Aber es hatte ja keinen Zweck. Die Art und Weise, wie sie geduldig wartend mit überkreuzten Beinen dasaß und mit ihren klaren Augen durch ihn hindurch- und an ihm vorbeisah, war einfach zuviel für ihn. Ihr Wille war stärker als der seine.
Man hatte ihn ja gewarnt. Sie war keine gewöhnliche Hure.
Es war seine erste bedeutende Kapitulation, als er ihr das Buch zurückgab und in die Küche ging, um sich einen Drink einzugießen.
Wenigstens führt die kleine Fotze nicht Buch über mich, dachte er mit der Dummheit eines Mannes, der glaubt, nachdem er eine Gefahr vorausgesehen hat, warteten keine anderen mehr auf ihn.

Es war Zeit zu gehen.
Christine stellte das Notizbuch auf das Regal, ging zu dem bodenlangen Spiegel und betrachtete sich.
Sie trug ein weißes Band im Haar. Die blonde Mähne fiel ihr in Wellen auf den Rücken und glänzte nach hundert zusätzlichen Bürstenstrichen. Der BH unter ihrem weißen Pullover war weiß, ihr Slip ebenso. Auch die weiten Hosen waren schneeweiß. Brüste und Hüften zeichneten sich unter den dünnen Stoffen ab.
Sie warf einen kurzen Blick in ihre Plastiktüte. In der Tüte lagen zwei Packungen Kondome, ein Slip zum Wechseln für sie, eine Rolle starker Zwirn, drei Lippenstifte in verschiedenen Farben, eine Packung Rasierklingen und eine vergrößerte Farbfotografie aus ihrem Vorrat.
Es war eine vierzig Jahre alte Studioaufnahme einer reichen Familie aus Long Island. Der Vater und der einzige Sohn standen zu beiden Seiten der Mutter, einer etwa vierzigjährigen Frau mit sanftem Gesichtsausdruck. Der Vater sah aus wie ein ehrbarer Hohlkopf voller Arroganz. Der kleine Junge, der in späteren Jahren so viel erreichen sollte, sah fast fromm zu seiner Mutter auf, er vergötterte sie offensichtlich.
Mit den Rasierklingen schnitt sie die Mutter aus dem Bild, bevor sie mit ihnen das Fleisch des Sohns bearbeitete. Alkohol und Verbandszeug für die Wunden warteten an ihrem Bestimmungsort auf sie.
Soviel zum Vizepräsidenten des *Control Board*.

10

New York, 13. April 1968

Am Mittwochnachmittag fuhr Tony über die George-Washington-Brücke nach Fort Lee und folgte dann der Route 80 durch New Jersey bis zur New York 17, auf der er schließlich über Binghamton und Elmira zu der kleinen Stadt in Western New York gelangte.
Es war eine angenehme Fahrt durch von Frühlingsschnee leicht überzuckerte Hügel. Aber der Ausblick konnte das Fieber in Tonys Hirn nicht lindern.
Immer wieder sah er auf seine Uhr. Er wußte, daß Christine genau in diesem Augenblick in einem Hotelzimmer war und einem reichen Kunden Lust und Schmerzen beibrachte. Ihr spöttisches Lächeln, ihre kreisenden Hüften und lockenden Finger waren soviel wert wie der Körper jeder Frau in diesem Land.
Ihre Zeit war so kostbar! Gerade jetzt fuhr Tony, ein Laufbursche, über Land, um zu Ende zu bringen, was sie bei ihrem hübschen jungen Opfer begonnen hatte. Er mußte die groben Arbeiten erledigen, die ihr dank ihrer Raffinesse erspart blieben.
Zum wohl tausendstenmal spürte Tony, wie sich die Demütigung plötzlich in Wut verwandelte. Wenn er Christine nur einmal weh tun könnte, richtig weh tun! Einfach, um ihrer Vorherrschaft die schreckliche Spitze zu nehmen oder wenigstens den Schmerz seiner Fesselung etwas zu lindern.
Aber Christines dunkle Vergangenheit machte es zu gefährlich, diesem Impuls nachzugeben.
Obwohl sie sich nie dazu herabgelassen hatte, mit ihm über die Zeit, bevor sie ihn kennenlernte, zu sprechen, kannte er doch Gerüchte über ihre früheren Zuhälter und ihre Rache, weil sie sie schlecht behandelt hatten.
Als sechzehnjähriges Mädchen hatte ein Mann namens Ray D'Angelo sie unter seinen Fittichen gehabt; er hatte versucht, ihr ihren Anteil zu verweigern. Ohne daß er es wußte, so ging das Gerücht, hatte sie den mächtigsten Capo in der Detroiter Hierarchie, in der Ray nur eine unbedeutende Rolle spielte, verführt und ihn davon überzeugt, daß Ray seine Geheimnisse an eine rivalisierende Bande verriet.
An einem heißen Julinachmittag verschwand dann Ray D'Angelo aus einem kleinen Restaurant im Süden Detroits. Seine Leiche wurde nie gefunden, und niemand mit Einfluß fragte je nach ihm.

Einige Zeit später arbeitete Christine unter Nunzio Lunetta, einem riesigen, brutalen Schläger des Syndikats in Miami, der einige Mädchen laufen hatte und sehr an Christine hing. Als gläubiger Mann mit Familiensinn behandelte er sie wie eine Tochter, bewunderte ihre Garderobe, ging nur zu besonderen Gelegenheiten mit ihr ins Bett und wachte eifersüchtig über ihr Wohlergehen.
Aber nach Nunzios Ansicht verlangte es die Disziplin, daß er sie einmal im Monat grün und blau schlug. Sie haßte die Verletzungen, die er ihr mit seinen riesigen Händen beibrachte, denn sie schränkten ihre Berufsausübung ein.
Eines trüben Montags im Dezember brach er ihr eine Rippe, verstauchte ihr den Nacken und fesselte sie dann bis zum nächsten Morgen ans Bett.
Zwei Wochen später wurde Nunzio Lunetta getötet, wie es aussah, von einem Exekutionskommando der Unterwelt. Die Unterwelt war verwirrt, denn er hatte zu diesem Zeitpunkt keine nennenswerten Feinde, und die Bruderschaft der Killer wußte von keinem Auftrag für seinen Tod.
Vagen Gerüchten zufolge hatte Christine ihn selbst getötet, seine massige Leiche irgendwie in den Kofferraum eines Autos gehievt und ihn an einer Stelle wieder ausgeladen, an der die Polizei ihn finden würde. Daran glaubten nur wenige, denn sie war ja kaum mehr als ein Mädchen, mit schwachen, dünnen Gliedern, und Nunzio war erdrosselt worden, bevor man ihn erschoß.
Tony teilte die Skepsis. Aber dennoch genügten zwei solcher Geschichten über eine einzelne Hure, um ihn davon abzuhalten, mit ihr ein Risiko einzugehen.
Und die stählerne Ruhe ihrer Augen während der ersten Zeit ihres Konflikts hatten ihm den Rest gegeben. Er akzeptierte, daß Gewalt gegen sie sein Untergang wäre.

Tony schüttelte den Kopf, denn er wußte trotz allem, daß seine Situation, wenn er sie weiter bestehen ließ, wie sie jetzt war, möglicherweise zu einem Schicksal führte, das schlimmer war als der Tod.
Er hatte den Verdacht, daß Christine, wie alle Raubtiere, so lange mit seiner Begierde spielte, bis sie ihn zerstört hatte wie ihre Kunden, denen sie das Blut aussaugte.
Das war also seine letzte Begegnung mit dieser erbärmlicher Rasse und vielleicht der Samen für seine Vernichtung.

Ja, Christine war sein Gift und ironischerweise auch das Gegengift, das alleine wenigstens zeitweise seine verheerende Wirkung lindern konnte. Eine unheilbare Krankheit und die freundliche, stille Schwester, die ihn sanft zu seinem Tod führte.
Wenn er sie nicht irgendwie, irgendwann stoppen konnte.
So brauste das Auto also durch die duftenden Täler voller schmelzendem Schnee, und der Fahrer biß unentschlossen die Zähne zusammen.

Annie

11

New York, 2. Mai 1968

Annie wußte, daß es Monate dauern würde, bis sie wieder eine Chance wie die der Jill in *White Lady* bekam.

Und schlimmer noch, vom professionellen Blickwinkel her stand sie wieder an ihrem erbärmlichen Ausgangspunkt. Sie hatte weder Bühnenerfahrung noch einen Agenten.

Wenn sie in Geldnöten gewesen wäre, hätte Roy Derans Einfluß natürlich genügt, um ihr jederzeit einen beliebigen Job zu besorgen. Aber es war ja nicht Geld, auf das sie so verzweifelt hoffte.

Sie hörte auf jedes Gerücht, gleichgültig wie weit hergeholt, über Gelegenheiten im Showbusiness. Die Branchenblätter studierte sie sorgfältig. Ihre Freizeit verbrachte sie mit Nicks Freunden in ihrem Lieblingscafé und lauschte wachsam dem Szenengeplauder über bevorstehende Produktionen.

Sie hörte Dutzende von Geschichten über aufregende neue Off- und Off-Off-Broadway-Stücke, Musicals, Fernsehsendungen, Serien, Radio-City-Galas, Wohltätigkeitsveranstaltungen – aber alle schienen entweder offenkundige Luftschlösser zu sein oder irgendwie ihren Fähigkeiten nicht angemessen.

Doch dann ergab sich etwas.

Geplant war ein aufwendiger und ehrgeiziger Werbespot für ein beliebtes Parfüm mit dem Namen Daisy, das von vielen Frauen benutzt wurde, die sich teurere Düfte nicht leisten konnten. Der Hersteller versuchte nun, für sein Produkt ein etwas eleganteres Image zu kultivieren.

Der Schlüssel zu Annies Eignung für den Spot war die Sinnlichkeit, die die weibliche Hauptrolle verlangte. Ursprünglich eine triste Hausfrau in Bademantel und Lockenwicklern sollte sie sich plötzlich in eine sexy Tänzerin in einem knappen Kostüm verwandeln, deren provozierende Bewegungen von einer Gruppe junger Bewunderer begleitet wurden – und alles dank Daisy.

Die Rolle verlangte schauspielerische Fähigkeiten, Tanzen, Singen, Sex-Appeal und vor allem eine große bildwirksame Präsenz.

Annie war überzeugt, daß sie es schaffen konnte.
Während sie dem sehnsüchtigen Geplauder ihrer Freundinnen über die Rolle zuhörte, rekapitulierte sie ihr bisheriges Tanztraining, ihre kleine, aber wirkungsvolle Stimme und vor allem, was sie bei Roy Deran über Timing und Darstellung gelernt hatte. Für die Rolle brauchte sie jedes Gramm ihres Talents und ihres Wissens – und noch einiges mehr.
Aber es gab noch eine weitere Hürde.
»Ich glaube, es ist schon zu spät«, bemerkte ihre Freundin Judy. »Ich habe gehört, daß sie gestern das richtige Mädchen gefunden haben. Sie haben eine ganze Woche gesucht.«
»Wer ist der Produzent? Welche Agentur?« fragte Annie.
»Birnbaum and Smith heißt die Agentur«, antwortete Judy. »Als Regisseur haben sie einen alten Knaben namens Hal Parry engagiert. Der hat früher Musicals im Busby-Berkeley-Stil gemacht. Ein großer Name.« Sie seufzte. »Schade, daß er das Mädchen schon gestern ausgesucht hat. Na ja – da kommt schon mal wieder was anderes.«
»Sicher«, lächelte Annie. »Das tut's ja immer.«
Aber in ihrem Kopf drehten sich die Rädchen.

Hal Parry war zu seiner Zeit in Hollywood eine Institution gewesen, mit einem Haus am Coldwater Canyon Drive, einer Sammlung von Autos, allen Frauen, die er wollte, und unbeschränktem Vorrat an Jack Daniel's Bourbon, den er liebte.
Aber als er dann begann, zum Frühstück, Mittagessen und Abendessen zu trinken, konnte man bei den ermüdenden Kostümproben im Studio und den komplizierten Soundchecks auf der Bühne nicht mehr auf ihn zählen – geschweige denn bei dem subtilen Lavieren zwischen Integrität und Kompromiß, das zu jedem großen Filmprojekt gehört.
Und wie das Schicksal so spielt, hatte zu dieser Zeit die Ära der großen Musicals ihren Höhepunkt bereits erreicht und befand sich inzwischen auf dem absteigenden Ast.
Mit Hal, einem rundlichen, kleinen Mann mit einer Brille, hinter dessen eulenhaftem Aussehen sich ungeheure Energie und Humor verbargen, ging es abwärts. Seine Frau ließ sich von ihm scheiden, bevor er auch noch den letzten Rest seines Geldes für Schnaps und die langbeinigen Mädchen, die er anbetete, verpulvern konnte. Die Alimentezahlungen sprengten den Rahmen seiner finanziellen Vorstellungskraft.
Das Haus im Coldwater Canyon ging bei einer Auktion an einen aufstrebenden jungen Drehbuchautor. Hal arbeitete einige Jahre lang ohne großen Erfolg als Drehbuchberater, Choreografieassistent oder

einfach als Laufbursche für andere Regisseure und wohnte in einem winzigen Bungalow in den Hollywood Flats. Schließlich versiegte die Quelle vollends, und er fand sich hinter dem Tresen einer kleinen Imbißstube in San Bernardino wieder.

Hal, ein sinnenfroher Mensch mit wenig Hang zur Reflexion, jammerte nicht über sein Pech. Er habe gute Zeiten gesehen und schlechte, meinte er, und im Augenblick seien es eben schlechte. Und die würden wahrscheinlich bis zu seinem Tod anhalten.

So lebte er fünfundzwanzig Jahre lang. Er amüsierte seine Kunden aus San Bernardino mit Geschichten über die großen Musicalstars der Dreißiger und langweilte sie schließlich, weil er die gleichen Geschichten wieder und wieder erzählte.

Hal war ein vergessener Mann.

Aber dann tauchte eines Tages ein redegewandter, etwas verweichlichter Fremder in dem kleinen Laden auf und stellte sich als Filmkritiker und Autor vor, der an einem Buch über die großen Musicals arbeitete und die Absicht hatte, Hals etwa einem Dutzend Hits ein eigenes Kapitel zu widmen.

Bei einer Tasse Kaffee umschwärmte er den jungen Mann, er protzte mit seinen detaillierten Erinnerungen aus der Geschichte Hollywoods und schwelgte im Intimleben der weiblichen Stars, der angebeteten Heldinnen des offensichtlich homosexuellen Kritikers.

Am Ende vergaß der Besucher Hal nicht. Nach seiner Rückkkehr nach Hollywood erwähnte er seinen Namen bei mehreren Partys. Nicht wenigen kam er bekannt vor.

Choreografie und Bühnentechnik hatten seit den Musicals der Depressionszeit keine großen Fortschritte gemacht, aber sie hatten neue Betätigungsfelder gefunden: Varietés fürs Fernsehen und Werbespots.

Zufällig war zu dieser Zeit ein nostalgischer Spot im Stil des Musicals der dreißiger Jahre in Vorbereitung, mit Mae Samson in der Hauptrolle, einem großen Star der Zeit und noch so gut erhalten, daß sie mit 65 bereit und fähig war, zu tanzen und zu singen. Ein freundlicher Agent überredete die Produzenten, Hal von San Bernardino einfliegen zu lassen und ihm die Oberaufsicht über das Projekt zu geben.

Hal umarmte Mae Samson und verbrachte den ersten Abend mit ihr; sie tranken und weinten und lachten, während sie die alten Zeiten wiederaufleben ließen.

Am nächsten Morgen erschien er am Drehort, plump und diktatorisch, sein professionelles Gebaren unverändert trotz der dreißig Jahre ohne

Rampenlicht. Er drillte die Tänzer, bis sie stöhnten, und polierte mit kühnem Schwung die Choreografie auf. Er bekam den Job und produzierte den Job in kürzerer Zeit und mit weniger Geld als geplant.
Das fertige Produkt war ein umwerfender Erfolg. Die Verkaufszahlen sprangen in die Höhe, die Werbeagentur konnte sich eine neue Feder an den Hut stecken, Mae Samson bekam eine Hauptrolle in einem Broadway-Revival – und Hal Parry eine neue Karriere. Er machte die Runde bei Talkshows und Fernsehen und Radio, gab ausführliche Interviews in Filmmagazinen, führte noch bei zwei weiteren Werbespots Regie und unterzeichnete einen Vertrag als Choreograf eines neuen Musicals.

Im Augenblick ritt Hal auf der Welle seines unerwarteten Erfolgs mit epikureischer Selbstzufriedenheit. Von seinen Honoraren und Einkünften mietete er sich ein opulentes Penthouse an der Park Avenue, das er sich eigentlich gar nicht leisten konnte. Er mietete sich auch hübsche Möbel und zahlte einem Importeur ein kleines Vermögen, damit der ihm einen Weinkeller einrichtete.
Wie vorauszusehen war, begann er nun auch, verschwenderische Partys für die Leute vom Broadway und aus der Werbung zu geben. Er betrachtete sich selbst als Berühmtheit und warf sich mit dem gleichen törichten Überschwang in diese Rolle, wegen der ihn seine Freunde schon in der guten alten Zeit aufgezogen hatten.
Er trank wieder Jack Daniel's bis zum Exzeß, in Mengen, die er sich gar nicht leisten konnte, und er vertrug ihn so schlecht wie eh und je.
Außerdem tat er sein Bestes, so viele New Yorker Models, Tänzerinnen und Schauspielerinnen zu verführen, wie er nur kriegen konnte.
All das war den Leuten allgemein bekannt, die ihre Ohren nach der Manhattaner Gerüchteküche ausrichteten.
Bekannt war auch, daß Hals neuer Spot für Daisy, das beliebte Damenparfüm, in allen wichtigen Rollen besetzt und praktisch drehfertig war.
Annie wußte all das. Sie wußte auch, daß Hal genau an diesem Abend mit einer seiner chaotischen, prahlerischen Partys die Produktion des neuen Spots eröffnen würde.
Sie hatte die Absicht, dabeizusein.

12

New York, 2. Mai 1968

Um elf klingelte das Telefon.
Der junge Mann hatte einen anstrengenden Tag damit zugebracht, gleichgültigen Geschäftspartnern kleine Kredite abzuringen, und lag jetzt in seiner Unterwäsche auf dem Hotelbett, nachdem nicht einmal eine heiße Dusche seine Nerven hatte beruhigen können.
Zehntausend Dollar waren eine Menge Geld. Für die Familie vielleicht nicht, aber für ihn mit Sicherheit, denn Dad hielt sein Gehalt absichtlich klein, um Steuern zu sparen.
Nach dem entsetzlichen Besuch des Mannes, Tony, in seinem Büro hatte er keine andere Wahl gehabt, als seinen größten Pfandbrief zu liquidieren und den Strafzins zu zahlen. Das rettete ihn vor der unmittelbaren Bedrohung. Sein Problem bestand nun darin, das Geld zu ersetzen und gleichzeitig zu verschleiern, daß es je ausgegeben worden war.
Die Familie erwartete von ihm im kommenden Sommer eine Anzahlung auf das Foster-Haus. Sein Vater hatte ihm den letzten Weihnachtsscheck nur unter der Bedingung gegeben, daß er das Geld für ein Haus verwende, damit er mit Ginny endlich eine größere Familie gründen könne.
Aber jetzt war alles anders.
Er erinnerte sich an die lässige Art, mit der Tony die schrecklichen, unglaublichen Bilder auf den Konferenztisch gelegt hatte. Einige Tage später, nach seiner furchtsamen Kapitulation, waren die Hochglanzfotos, Vergrößerungen und Negative ganz beiläufig mit der gewöhnlichen Post eingetroffen, zerschnitten und wahllos zusammengeheftet.
Während er sie in verzweifelter Eile verbrannte, hatte er nicht daran gedacht, sie zu zählen und zu überlegen, ob er sie auch wirklich alle bekommen hatte.
Dazu war keine Zeit.

Seufzend hob er ab.
»Ja?«
»Hallo«, kam eine vertraute Stimme. »Ich bin's.«
Einen langen Augenblick saß er mit zusammengebissenen Zähnen da. Am liebsten hätte er wieder aufgelegt. Aber er war neugierig, was sie zu sagen hatte.

»Ich kann mir vorstellen, wie du dich jetzt fühlst«, sagte sie.
»Was, zum Teufel, soll denn das heißen?«
»Bitte hör mir zu«, erwiderte sie. »Was passiert ist, war für mich ebenso überraschend wie für dich. Ich habe es eben aus Tony herausgebracht. Es ist schrecklich.«
»Du machst wohl Witze«, sagte er. »Christine, ich bin doch nicht von gestern.«
»Bitte glaub mir«, beharrte sie. »Eine Frau wie ich braucht einen wie Tony, der sie beschützt. Er ist ein notwendiges Übel. Aber er wußte und weiß es immer noch, daß er kein Recht hat, Leute mit dem zu erpressen, was sie mit mir tun. Ich tue einfach meine Arbeit und werde dafür bezahlt. Und damit hat sich's. Wenn ich gewußt hätte, was er vorhatte, dann wäre ich mit dir nie in diese Wohnung gegangen. Ich hätte wie gewöhnlich auf einem Hotelzimmer bestanden.«
Er seufzte. »Gib mir einen Scheck über zehntausend Dollar«, sagte er, »und ich glaube dir.«
»Genau das will ich tun.« Ihre Stimme klang ruhig. »Er ist mit dem Geld für ein paar Tage aus der Stadt verschwunden, aber wenn er zurückkommt, nehme ich es ihm wieder ab. Wenn er Schwierigkeiten macht, weigere ich mich einfach, weiter für ihn zu arbeiten.«
Obwohl er als Erpressungsopfer noch ein Neuling war, ließ er sich nicht täuschen. Sie versuchte nur, ihn bei der Stange zu halten. Bald würde sie behaupten, daß sie Tony nun doch nicht kontrollieren könne, daß noch weitere Zahlungen notwendig seien. Ihr Ziel war es, ihn in ihrer Abhängigkeit zu halten, bis sie sein ganzes Geld und das seines Vaters hatte. Es war ihm jetzt alles klar.
»Ich schwöre es«, sagte sie. »Ich werde es dir beweisen. Und dann wird es zwischen uns wieder genauso sein wie zuvor. Du hast immer gezahlt, was du mir schuldig warst, und mehr verlange ich nicht. Ich bringe es wieder in Ordnung. Deine Freundschaft ist mir viel wert ... und deine Achtung.«
Es entstand eine Pause.
»Und?« fragte er argwöhnisch.
»Warum treffen wir uns nicht?« fragte sie mit einem scheuen Lächeln in der Stimme. »Ich werde dir beweisen, daß ich es ernst meine.«
»Du machst wohl Witze, Christine. Wofür hältst du mich denn?«
»Wenn du warten willst, bis ich dir das Geld zurückbringe, kann ich das verstehen. Mein Vorschlag ist nur, daß wir auf der Basis meines Versprechens in der Zwischenzeit trotzdem zusammensein können. Wenn ich nicht halten kann, was ich versprochen habe, bist du deswegen auch nicht schlechter dran.«

Er wog die Möglichkeiten ab. Er wußte, daß es Selbstmord war, auch weiterhin mit ihr zu tun zu haben. Aber etwas in ihrer Stimme erinnerte ihn an den schimmernden, unaussprechlichen Ort, an dem er mit ihr gewesen war. Er spürte ein verzweifeltes Drängen.

»Und wieviel soll mich das kosten?« fragte er.

»Wenn ich zu dir aufrichtig bin, solltest du es auch mit mir sein. Soviel wie immer.«

»Plus wieviel für Tony?« Obwohl Sarkasmus in seiner Stimme lag, saß er wie auf Kohlen.

»Sag so was nicht.« Ihre Stimme wurde noch sanfter. »Es würde so sein wie immer. Ich weiß, daß ich nicht billig bin. Aber ich bin stolz auf meine Arbeit.«

Er schwieg. Sie mußte wissen, daß er in Versuchung war, weil er noch nicht aufgehängt hatte.

»Außerdem«, sagte sie, und ein neuer, honigsüßer Ton färbte ihre Stimme, »wenn du ein schlimmer Junge sein willst, dann mußt du dafür zahlen.«

Ihre Worte kamen wie Zärtlichkeiten aus dem Apparat. Er spürte ihren Willen, ihn zu lähmen.

»Willst du denn nicht mehr mein schlimmer Junge sein?« Ein winziges Seufzen zitterte in ihrer Stimme.

Er schwieg und starrte auf die Erektion, die seine Unterhosen spannte.

»Ich mag es, wenn du schlimm bist«, sagte sie zärtlich.

Seine Nacktheit schien sich auszudehnen und das Zimmer zu füllen. Die Unterhose war feucht. Sein Atem ging flach. Gedanken wurden zu Lust, und Lust zu verrückter Gerissenheit.

»Ich kann in zwanzig Minuten bei dir sein«, flüsterte sie. »Ich bin jetzt ganz nackt, aber ich könnte mir meinen Slip, meinen BH und Strümpfe anziehen ... Es dauert nur einen Augenblick.« Wieder seufzte sie. »Ich will's ja eigentlich gar nicht sagen, aber mein kleiner Vogel erzählt mir, daß du dir im Augenblick sehr unanständige Gedanken über mich machst.«

Er hatte die Zähne zusammengebissen und die Augen fest geschlossen.

»Was ist denn los?« fragte sie. »Erzähl's Mami doch.«

Mit einem fatalen Gefühl der Erleichterung gab er ihr seine Zimmernummer.

13

2. Mai 1968

Annie war mit der U-Bahn zur Ecke 59th und Lexington gefahren und eilte jetzt in nördlicher Richtung auf das unbekannte Gebäude zu, auf dessen Dach Hals Penthouse lag.
Sie trug ein seidenes, enges Abendkleid mit dünnen Trägern, passende Schuhe, deren Absätze gerade hoch genug waren, um die sanfte Wölbung ihrer Waden zu betonen, und ihren Glücksbringer, einen Elfenbeinanhänger in Form einer aufgehenden Sonne.
Ihr Parfüm mischte sich fast zu verführerisch mit ihrem natürlichen Duft, eine Mischung aus kultivierten englischen Gärten und brünstigen Dschungelschreien.
Es war spät: 23.30 Uhr. Sie kannte Hals Trinkgewohnheiten und wollte ihn nicht ansprechen, solange er noch nüchtern war.
Obwohl die Upper East Side gelassen und still in den dunklen Himmel ragte, sah sie sich sorgfältig um, wenn sie die Straße überquerte, und hielt sich von Hauseingängen fern.
Trotzdem hörte sie mehr als einmal das Pfeifen unsichtbarer Nachtschwärmer. Einen Block von ihrem Ziel entfernt hielt ein Auto neben ihr, und der Fahrer versuchte, ihr eine Einladung zuzurufen. Ohne darauf zu hören, drehte sie sich um und ging mit schnellen Schritten weiter.
Aber in ihrer augenblicklichen Unaufmerksamkeit stieß sie voll mit jemandem zusammen.
»Entschuldigung«, sagte sie, als sie ein erstaunlich hübsches Mädchen bemerkte, etwas jünger als sie selbst, das sich eben bückte, um die Plastiktüte aufzuheben, die sie bei der Kollision verloren hatte.
Das Mädchen, in einem steifen Regenmantel und mit blonden Haaren, die im Nachtwind wehten, sagte nichts. Annie kniete sich spontan neben sie und wollte ihr helfen, die Gegenstände aufzuheben, die aus der Tüte gefallen waren.
Ihre Hand blieb mitten in der Bewegung stehen, als ihr Blick auf ein Stück Nylonschnur neben dem schwarzen Ledergriff irgendeines Instruments fiel. Weiter unten im Dunkel der Tüte lag ein zusammengefaltetes seidenes Gewebe, das nur zu einer Damenunterwäsche gehören konnte.
Das Mädchen stopfte alles in die Tüte und stand auf. Ihre klaren, blauen Augen zeigten nicht das geringste Anzeichen von Verlegenheit und lächelten Annie kurz an.

»Tut mir leid«, sagte Annie. »Ich habe nicht auf den Weg geachtet.«
Das Mädchen schwieg. Aber als sie Annie einen letzten Blick zuwarf, regte sich etwas tief in ihren Augen.
Achselzuckend ging Annie weiter. Sie war Hunderten von New Yorkern begegnet, deren Augen komplizierte, faszinierende und vielleicht gefährliche Geschichten erzählten. Man sah sie in einem plötzlichen, kurzen Aufblitzen, und es war meistens besser, wenn man die Einzelheiten nicht kannte.
Einen Augenblick später hatte sie das Mädchen schon wieder vergessen, denn sie konzentrierte sich voll auf die Herausforderung, die vor ihr lag. Aber trotzdem ließ sie ein flüchtiges Bild von glatten blonden Haaren und jungen, geschmeidigen Gliedern überlegen, mit wie vielen hübschen Mädchen sie an diesem Abend um Hal Parrys Aufmerksamkeit würde kämpfen müssen. Schließlich war er ein berüchtigter Frauenheld, und es war wenig wahrscheinlich, daß er seine persönliche Gala in trister Enthaltsamkeit verbrachte.
Sie mußte schon ihr Bestes geben.

Um halb neun hatte Hal Parry seinen Schwips gehabt, und er gab sich jetzt alle Mühe, wenigstens bis Mitternacht halbwegs nüchtern zu bleiben. Danach, nachdem er der *noblesse oblige* ihren angemessenen Tribut gezollt hatte, wollte er es dem Butler und dem Barkeeper überlassen, mit der Menge der Tänzer, Schauspieler, Regisseure, Produzenten, Werbeleute und Schnorrer, die im Penthouse ein und aus gingen, fertig zu werden.
Es war ein ungleicher Kampf, denn die Beschwingtheit des Anlasses und Hals Verbundenheitsgefühl mit den Anwesenden verlangten eigentlich, daß er einen Bourbon nach dem anderen hinunterkippte, während der gesunde Menschenverstand ihn zwischen den Drinks an Champagnergläsern nippen und Canapés verdrücken ließ, nur um nüchtern zu bleiben.
Er hatte keine Ahnung, wie spät es war, als ein Wesen von fast übermenschlicher Schönheit in einem schulterfreien Abendkleid vor ihm erschien.
Wellen schwarzen Haares fielen auf diese nackten Schultern, und die vollkommene Wölbung ihrer Brust schmeichelte seinen Augen, wie ihr unvergeßlicher Duft seine Nüstern reizte.
Es dauerte einen Augenblick, bis er genug Gelassenheit aufbringen konnte, um ihr in die silbernen Katzenaugen zu blicken. Dann war es um ihn geschehen. Ihr Blick war klar und freundlich, aber er kam aus

Schlafzimmeraugen, einladend und voller subtilem Charme, und sie sendeten Dutzende verführerischer Botschaften, bevor sie noch ein Wort gesagt hatte.
»Freut mich, Sie zu sehen«, sagte er lärmend und gab ihr die Hand. »Wie war gleich wieder der Name, Darling?«
»Aber Mr. Parry, ich muß mich doch wundern. Wir haben uns letzte Woche bei Julius Mearas Party kennengelernt.« Sie sah ihn leicht spöttisch an. »Haben Sie mich vergessen? Oder machen Sie nur wieder Spaß?«
Hal konnte sich nicht erinnern, sie schon einmal gesehen zu haben. An diese trällernde Stimme, so scheu und doch so schlau, hätte er sich bestimmt erinnert, und an diese fremdartige Mischung aus gesunder Frische, Offenherzigkeit und schwüler Erotik, die für gewöhnlich auf mindestens zwei Exemplare ihres Geschlechts aufgeteilt, aber nie in einem vereint waren.
Auf Mearas Party war er aber sturzbesoffen gewesen. Da war alles möglich.
Und trotzdem, etwas an ihr kam ihm bekannt vor.
Er sah sie mit seinen erfahrenen Choreografenaugen an und stellte die logische Frage: »Sind Sie Tänzerin, Herzchen?«
»Unter anderem«, lächelte sie. »Ich singe gern. Aber wissen Sie nicht mehr, Mr. Parry? Wir haben doch letzte Woche über mich gesprochen. Können wir denn nicht einmal zur Abwechslung über Sie reden?«
Ihre Worte machten Hal stutzig, denn er wußte sehr wohl, daß er ausschließlich über sich redete.
Auf der anderen Seite war es sehr nett von ihr, daß sie so höflich war.
Er ließ sie seinen Arm nehmen. Während sie von Zimmer zu Zimmer gingen, versuchte er sie zu einer Wiederholung der Grundinformation über sie zu bringen, die er letzte Woche gehört und wieder vergessen hatte. Ihre Worte verschwammen im Alkoholnebel in seinem Kopf, aber auch in dem betörenden Zauber ihres schnippischen Wesens und ihres phantastischen Körpers. Aber als sie ihre Arbeit als Mannequin erwähnte, erkannte er ihr Gesicht als das des anonymen Models, das die Modemagazine geziert hatte.
Er hatte ein gutes Gedächtnis für Gesichter. Sogar in den Zeitschriftenanzeigen hatte er sich an der Schönheit ihrer Beine und Hüften berauscht. Sie war wie Dynamit auf diesen Aufnahmen, kühl an der Oberfläche, aber heiß wie der Teufel darunter. Fast zu heiß für Modearbeit.
Und jetzt stand sie leibhaftig neben ihm, hing an seinem Arm und

behandelte ihn wie einen angebeteten Vater.
Dieses eine Mal hingen seine kleinen Augen nicht mehr an all dem weiblichen Fleisch im Penthouse. Der Whiskey schien nun endlich unter Kontrolle, er gab ihm ein angenehmes, warmes Gefühl. Die Verwirrung verschwand, und er ließ sich von seiner Begleiterin durch die Menge führen.

Der Abend war ein beachtlicher Erfolg.
Hal war bis weit nach drei Uhr wach. Zu seiner Freude war das Mädchen nie von seiner Seite gewichen. Er hatte ihr alles von seiner illustren Vergangenheit und seiner aufregenden Zukunft erzählt. Sie hing an seinen Lippen.
Er erzählte von der Daisy-Produktion, den lästigen Vorarbeiten und den Problemen mit der Rollenbesetzung, und er zermarterte sich das Hirn, weil er sich nicht an ihren Namen erinnern konnte, obwohl er sicher war, daß sie ihn ihm gesagt hatte.
Aus alter Gewohnheit nannte er sie einfach Darling. Sie schien hocherfreut.
Er versteckte seine wachsende Erregung, während sie ihm half, die Gäste zu verabschieden und später auch noch den Barkeeper und den Butler beim Aufräumen zu überwachen.
Hal war im Himmel, und dieses wunderbare Mädchen war seine Gefährtin, sein privater Engel. Verlangen durchzuckte seine Sinne. Er wagte gar nicht sich vorzustellen, was passierte, wenn sie dieses enge Kleid auszog und und sich ihm anbot. Währscheinlich würde er vor Glück sterben.
Aber dennoch war er nicht enttäuscht, sondern fast ehrfürchtig und von einem Gefühl inneren Friedens erfüllt, als er sich schließlich hinlegte und zu ihr aufsah, während sie ihn zudeckte und ihn, bevor sie ging, wie eine Mutter auf die Stirn küßte.
Er erinnerte sich dunkel daran, daß er darauf bestanden hatte, sie müsse tags darauf um eins ins Studio kommen und für die Hauptrolle in dem Werbespot vorsprechen. Er hatte sich mit großer Gebärde den Termin in seinem Kalender notiert, während sie zusah.
Aber sie war wie Cinderella. Sicherlich wurde sie bei Tagesanbruch zu einem ganz gewöhnlichen Wesen, ihrer übermenschlichen Schönheit beraubt. Sicherlich vergaß sie die Verabredung. Sie war zu unglaublich, um wirklich zu sein.
Während Hal noch ihr umschattetes Lächeln im Glorienschein des Lichts vom Korridor sah, glitt er in angenehme Träume.

Und dabei merkte er überrascht, wie ihr Name wie aus eigenem Antrieb ihm wieder auf die Lippen kam. Dort hing er dann die ganze Nacht. Annie Havilland.

14

3. Mai 1968

Der junge Mann spürte, wie sich Christine neben ihm in der Dunkelheit bewegte. Von draußen vor dem Fenster kam das Murmeln der Stadt, ein stiller Komplize.
Warm und weich in ihrer Nacktheit, kuschelte sie sich eng an ihn. Sie würde noch ein paar Minuten in seiner Umarmung liegen bleiben, bevor sie aus dem Bett schlüpfte und verschwand.
Eine halbe Stunde nach ihrem Anruf war sie gekommen, in hübschem Rock und Bluse, und darunter die dünne Unterwäsche, das wußte er, mit der sie ihn necken und erregen würde, bis sein Samen wieder einmal ihr gehörte.
Und so war es dann auch.
Aber die Schicksalhaftigkeit der ganzen Angelegenheit hatte aus dieser Nacht etwas Besonderes gemacht. So besonders, daß er sie danach nackt in sein Bett gezogen und in den Arm genommen hatte. Er hatte die Wirklichkeit ihres Körpers in sich einsinken lassen und ihr Brüste, Schultern und Wangen geküßt, während sie ihn mit unergründlichen Augen ansah.
Er merkte, wie dankbar und erleichtert er war. Denn bis zu ihrem Anruf hatte er geglaubt, er würde sie nie wiedersehen. Und er hatte gewußt, daß etwas in ihm sterben würde, wenn er sie nicht wiedersah. Ihr Anruf war wie eine Begnadigung gewesen.
Aber jetzt war er um fünfhundert Dollar ärmer. Und war doch nach New York gekommen, um sich Geld zu beschaffen.
Er wußte, daß es noch nicht zu Ende war. Dieses wunderbare blonde Wesen würde ihn aussaugen, bevor sie ihn fallenließ. Ihre unermeßliche Böswilligkeit, ihr mörderisches Wesen waren Teil ihrer unerträglichen Attraktivität.
Schon während er mit ihr am Telefon sprach, hatte er erkannt, daß er den qualvollen Weg zu seiner Zerstörung einschlug.
Aber im gleichen Augenblick hatte er auch plötzlich gesehen, wo die Rettung lag.

Das weiche Fleisch, das er jetzt im Arm hatte, würde ihn bis zu seinem Tod verfolgen, ja, seinen Tod verursachen, wenn er sich von seiner Begierde beherrschen ließ.
Aber genau für die Begierde lebte er jetzt.
Seine Qual würde erst mit Christines Tod enden.
Und ohne sie gäbe es keinen Grund zum Weiterleben.
So hielt er sie zärtlich im Arm und wunderte sich, daß einfaches, warmes menschliches Fleisch ein solch mystisches Instrument des Schicksals sein konnte. Es beruhigte ihn zu wissen, daß seine Tage mit ihr gezählt waren. Ihm war es auch gleichgültig, daß die Zukunft, die er für sich geplant hatte, in nichts zerrann.
Nur noch ein paar Wochen, ein paar Monate, in denen er sie so hielt, ihr zusah, wie sie sich auszog, ihre Stimme hörte ... dann würde er es für sie beide beenden.
Er hatte Zeit, es vorzubereiten. Und wenn die Zeit gekommen war, würde er ruhig und ergeben sein. Seine Hand würde ruhig sein.
Mit Christine zu sterben machte selbst aus dem Tod noch eine Lust.

15

3. Mai 1968

Am folgenden Nachmittag pünktlich um eins legte Annie vor einem verkaterten, aber beeindruckten Hal Parry jedes Gramm ihres Talents und ihres Ehrgeizes in die Sprechprobe für die Hauptrolle in dem Daisy-Spot.
Hal hatte die ganze Nacht von ihr geträumt, jetzt saß er wie auf glühenden Kohlen. Obwohl er entsetzt war über seine impulsive Entscheidung, sie zu testen, sehnte er sich danach, sie noch einmal leibhaftig vor sich zu sehen.
Er wurde nicht enttäuscht. Im hellen Licht der Bühne war sie ebenso schön wie im Penthouse. Und als sie sich für den Farbtest der Tanzsequenz bis auf das Trikot auszog, nahm ihm der Anblick ihrer milchigweißen Glieder den Atem.
Während er ihr Anweisungen gab oder in den Pausen mit ihr redete, lag in ihren Silberaugen noch immer dieser besondere Blick für ihn. Er verführte ihn vollkommen und stürzte ihn in angenehmste Verwirrung.
Ihr lebhaftes, damenhaftes Auftreten war so voller Selbstachtung und natürlicher Würde, daß man kaum davon zu träumen wagte, sie anzufas-

sen. Aber die kribbelnde Andeutung einer Aufforderung, die unter der kalten Oberfläche ihrer Augen leuchtete, war zu deutlich spürbar, um sie zu vergessen.
»Ich weiß, was du denkst«, schien ihr Lächeln auszudrücken. »Du denkst, ich bin eine Frau – und du hast recht bis zur Wurzel deiner männlichen Triebe. Ich mag dich sehr gern, aber ich mag es nicht, daß du mich berührst. Ich wäre schockiert und verletzt, wenn du es tätest. Aber ich *denke* daran – und ich weiß, daß du ...«
Hal war die ganze Zeit wie in Trance. Er konnte den Blick kaum lange genug von ihr abwenden, um sich die Videobänder ihrer Tests anzusehen. Aber als er es dann doch tat, waren die Bänder eine Erleuchtung. Ihre ganze provozierende Vieldeutigkeit sprang ihn durch die Kamera an – beim Tanz, in der Großaufnahme, sogar im tristen Morgenmantel der Hausfrau. Es gab keine Nuance der Darstellung, die Annie Havilland nicht mit ihrem frischen, erotischen Charme füllte.
Während Hal innerlich eine moralische Münze warf, ließ er sie die Szenen dreimal vorspielen.
Gegen Abend hatten die Bänder die Entscheidung für ihn getroffen. Sie war ganz einfach zu heiß, um übergangen zu werden.
»Darling«, sagte er. »Du hast die Rolle.«
Sie warf ihm die Arme um den Hals, bat, am Wochenende für ihn kochen zu dürfen, und versprach, tags darauf um sechs für die Kostümprobe im Studio zu sein.
Hal seufzte resigniert und insgeheim erfreut. Er würde den Leuten von der Agentur die Lage schon erklären. Die würden dann irgendeine Geschichte für den Agenten des anderen Mädchens zusammenbrauen. Frühere Vereinbarungen mit Annie – etwas in der Richtung.
Aber mit Annie würde der Spot zu Dynamit werden.
Und das war das Wichtigste.

Am nächsten Tag fand Annie schon beim ersten Versuch einen Theateragenten.
Es war einfach. Sie ging in das Manhattaner Büro von Continental Artist Management, Inc., erzählte der Sekretärin, sie habe bereits einen Vertrag für einen bedeutenden Werbespot und brauche jetzt Hilfe für die weiteren Verhandlungen. Dann setzte sie sich und wartete.
Ein halbe Stunde später wies man ihr Barry Stein zu, einen jungen Angestellten der großen Agentur, der sie unter Vertrag nahm, ihr die Hand gab und dann die naheliegende Frage stellte:
»Wie haben Sie das geschafft, Annie?«

Sie lächelte. »Na, sagen wir einfach, ich war zur richtigen Zeit am richtigen Ort.«
Barry brachte sie zur Tür und sah ihr nach, wie sie mit festen Schritten den Korridor entlanggging. Sie sah ja wirklich gut aus. Und Talent mußte sie auch haben, als Schülerin von Roy Deran ...
Aber er hatte doch gehört, daß die Hauptrolle in dem Daisy-Spot bereits vergeben war.
Irgend etwas stimmte hier nicht.
Barry wußte natürlich von Hal Parrys Alkoholismus und seiner Lüsternheit.
Aber Annie schien so ein sauberes Mädchen zu sein, so aufrecht.
Na, was soll's, dachte er mit einem Blick auf den Vertrag vor ihm auf dem Tisch. Wie sie die Rolle bekommen hatte, war ihre Angelegenheit. Was ihn anging, so hatte er eine neue Klientin.

Die Kampagne für Daisy war bedeutend. Der Kunde war bereit, 30- und 60-Sekunden-Versionen des Einführungsspots während der Hauptteinschaltzeiten zu plazieren und für den Fall positiver Publikumsresonanz neue Folgen zu produzieren. Die häufigen Sendungen würden Annie eine Menge Tantiemen einbringen.
Natürlich interessierte sie das Geld bei weitem nicht so sehr wie die Tatsache, daß die Öffentlichkeit, der ihr unbewegliches, anonymes Bild bereits aus Zeitschriften bekannt war, sie jetzt sprechen, singen und tanzen sehen würde.
Annie stürzte sich mit vollem Engagement in die Dreharbeiten. Zusammen mit den Agenturmanagern sah sie sich die Tagesaufnahmen an. Als die Tanzszene auf der Leinwand aufleuchtete, sah sie, wie sie sich aufsetzten und mit konzentriertem Ausdruck zusahen.
Annie verstand. Die Männer vor ihr waren die Manager. Und der Anblick ihres spärlich bekleideten Körpers hatte seine Wirkung auf sie nicht verfehlt.
Sie lächelte innerlich. Bei Rima Baines und Sam Spector hatte sie ihre Lektion gelernt. Diesmal hatte sie sich über Hal Parry erkundigt, bevor sie ihn ansprach. Sie hatte sich gerüstet und genau gewußt, worauf sie abzielen mußte.
Es war einfach gewesen.
Fast zu einfach.

Ein Ereignis überschattete ihren Triumph.
Einige Tage nach Drehbeginn war sie im Büro der Werbeagentur an der

Madison Avenue, um mit dem Produktionsleiter des Spots ein paar Worte zu wechseln.
Während sie in seinem geräumigen Vorzimmer wartete, hörte sie von drinnen laute Stimmen.
Schließlich kam eine attraktive junge Frau in Jeans und Pullover mit einem kleinen Mann im Schlepptau aus dem Büro. Wütend warf sie sich das kastanienbraune Haar über die Schulter. Sie hatte Tränen in den Augen.
Annie erkannte sie sofort als Schauspielerin und gelegentliches Model, das bei den Nachrichten im Channel 5 als Wetteransagerin ausgeholfen hatte. Sie war ein glatter Profi mit einer fröhlichen, gesunden Ausstrahlung.
Aber jetzt war sie erregt und schämte sich nicht, sehr laut mit dem Mann hinter ihr zu reden, der offensichtlich ihr Agent war.
»Sie wollen's einfach nicht zugeben«, sagte sie, während sie sich die Jacke überwarf und die hochmütigen Blicke der Sekretärin ignorierte. »Die verdammten Feiglinge. Laß uns nur von hier verschwinden, Sandy.«
»Jetzt beruhig dich wieder, Tina«, erwiderte der Mann. »Es ist ja nicht das Ende der Welt. Wir reden in meinem Büro darüber.«
Sie drehte sich frustriert zu ihm um, ihre Augen blitzten.
»Ich hatte die Rolle bereits, Sandy«, sagte sie. »Ich habe wie eine Wahnsinnige dafür gearbeitet, und ich hatte sie! Du hast die Bänder gesehen.«
»Aber natürlich, Kleines«, sagte er leise, um sie zu beruhigen. »Aber laß uns unten drüber reden. Okay, Liebling? Jetzt komm.«
»Du weißt, was sie für mich bedeutete«, warf sie ihm vor. »Ich halt' diese Scheiße einfach nicht mehr aus. Wenn die damit durchkommen, dann kann man sich auf gar nichts mehr verlassen.«
Die propere Sekretärin spitzte bei der vulgären Sprache des Mädchens die Ohren, aber in Annies Augen schien sie ihre erdige Weiblichkeit noch zu betonen.
Einen Augenblick später waren sie verschwunden. Als sie dann das Büro betrat, gab sie sich alle Mühe, ihren Verdacht, was in der Szene, die sie eben miterlebt hatte, auf dem Spiel gestanden hatte, zu unterdrücken. Es war nicht leicht.

Als Annie einige Tage später in Hal Parrys unordentlichem Büro auf seine Rückkehr von einer Konferenz mit den Produzenten wartete, bemerkte sie ein Regal voller Videobänder, darunter auch ihr Testband für den Werbespot. Eine der Schachteln trug einen Namen, der ihr bekannt vorkam.

Tina Merrill stand auf dem Etikett.

Da sie wußte, daß Hal noch eine Weile aus sein würde, fädelte sie das Band in den Rekorder und sah es sich auf Hals Monitor an. Sie erkannte die junge Schauspielerin, die im Produzentenbüro eine solche Szene gemacht hatte. Es war deren Testband für die Rolle, die dann schließlich Annie erhalten hatte.

Annie war schockiert und ernüchtert. Tina brachte einen einzigartigen Charme und Energie in die Rolle ein. Annies provokative Blicke fehlten ihr, aber sie war auf ihre Art sehr sexy oder wirkte zumindest so, mit ihren subtilen Rhythmen und Akzentuierungen. Als Sängerin und Tänzerin war sie wunderbar professionell. Sie strahlte eine Gelassenheit und Selbstbeherrschung aus, die Annie faszinierte. Und sie verlieh der ganzen Darstellung einen Hauch von Witz, an den Annie noch gar nicht gedacht hatte.

Am Ende der Aufzeichnung hatte Annie mehr als einen Kniff von dieser brillanten Schauspielerin gelernt. Kniffe, die ihr bei ihrer eigenen Darstellung sicher sehr hilfreich waren.

Der Augenblick war eine unangenehme Enthüllung.

Sie hatte für die Verführung des armen Hal mindestens ebenso viele schauspielerische Fähigkeiten aufgeboten wie für den Spot selbst. Sie hatte das getan, weil sie wußte, daß es für ihre Zukunft notwendig, ja wesentlich war.

Und sie hatte die Rolle bekommen.

Aber sie hatte auch Tina im Büro der Agentur gesehen, mit ihrer berechtigten Wut und ihren Tränen, weil sie eine Rolle verloren hatte, die ihr fest versprochen war. Tina war keine Konkurrenz mehr. Sie war eine müde, verzweifelte junge Frau, die sich trostsuchend an ihren Agenten wandte, weil Leute, die viel zu mächtig für sie waren, ihr übel mitgespielt hatten.

Annie fühlte sich wie eine Verbrecherin.

Sie dachte spontan daran, die Rolle abzulehnen und Hal und die Produzenten zu zwingen, sie Tina zurückzugeben. Aber sie wußte auch, daß eine so kapriziöse Handlung unprofessionell wäre und ihrer Karriere ebenso schaden würde wie der augenblicklichen Produktion, die bereits so viel Zeit und Geld gekostet hatte.

Frustriert überlegte sie sich, warum ihre Schuldgefühle so außergewöhnlich stark waren. Schließlich paßte sie perfekt für die Rolle und gab ihr eine sinnliche Spannung, zu der Tina nicht fähig war. Wenn Tina

mehr Gelassenheit und Humor ausstrahlte, so besaß Annie eine größere Intensität.
Es war eine Frage des subjektiven Urteils.
Und Annie hatte eben die richtige Betonung auf die richtigen Stellen gelegt und so dieses Urteil zu ihren Gunsten ausfallen lassen.
War das ein Verbrechen?
War es Annies Schuld, daß die Leute von der Agentur ihr Versprechen Tina gegenüber gebrochen hatten? Lag das nicht in deren Verantwortung?
Aber der Gedanke tröstete sie nicht lange. Schließlich hatte sie erst die Entwicklung ins Rollen gebracht, die zu Tinas Unglück führte. Sie hatte sich ihre Chance zum Vorsprechen erschlichen.
Also war Tina die Verliererin. Annie erkannte in ihr eine sich abmühende Mitstreiterin, eine Frau, die, wie sie, alles gab, um im Showbusiness zum Erfolg zu kommen. Unter anderen Umständen wären ihre gemeinsamen Anstrengungen, Hoffnungen und Enttäuschungen eine natürliche Grundlage für eine Freundschaft gewesen.
Unter anderen Umständen.

An diesem Abend ging Annie nach Hause und versuchte zu schlafen, denn sie wußte, daß man tags darauf sehr früh mit den Dreharbeiten begann.
Während sie wach lag und überlegte, ob es wirklich notwendig war, daß man sich die Hände schmutzig machte, um zu bekommen, was man verdiente, zwang sie ihr Schuldbewußtsein zu analytischen Anstrengungen, die ihre praktische Persönlichkeit sonst selten nötig hatte. Ungerechtigkeit, das sah sie jetzt, war ein wesentlicher Bestandteil des Geschäfts – zumindest im Showbusiness. Einer muß verlieren, vielleicht sogar ungerechtfertigt, damit ein anderer gewinnen kann.
Traf das auch auf alle anderen Berufe zu?
Hoffentlich nicht. So grausam konnte die Welt nicht sein.
Vielleicht war es sogar im Showbusiness denkbar, daß der Erfolg als direktes Ergebnis reinen Talents kam, ohne diesen entsetzlichen Beigeschmack der Amoralität ...
Aber ihre Erfahrung mit Rima Baines hatte Annie gezeigt, daß es wenig Sinn hatte, einfach untätig auf ein Happy-End zu warten. Man mußte sich seine Chancen selber schaffen, sich die Türen selber öffnen ...
Auf Kosten von Kolleginnen wie Tina Merrill.
Aber dies alles quälte Annie so, daß sie erst einschlief, nachdem sie beschlossen hatte, Tina nicht zu vergessen und ihre Schuld bei ihr eines

Tages wiedergutzumachen. Auch wenn es Jahre dauern sollte, sie würde Mittel und Wege finden, ihr zu helfen, wenn sie es brauchte.
Aber als strenge Moralistin fragte sich Annie, ob eine solche Wiedergutmachung genügte – für Tina und für sie selbst.

Während Träume sich langsam in ihr Bewußtsein schlichen, stand plötzlich dunkel drohend ein Bild vor ihr, das sie seit Monaten nicht mehr gesehen hatte.
Das Gesicht Harmon Kurths.
Lange Zeit war Kurth ein so intimer Alptraum gewesen, daß sie nie direkt über ihn nachgedacht hatte. Er stand immer knapp links oder rechts von ihrem Blick, der fest auf den Weg, der vor ihr lag, gerichtet war.
Aber Kurth war es gewesen, der sie erst auf diesen Weg gebracht hatte und der an seinem Ende wartete. Er war die treibende Kraft ihres Ehrgeizes. Der Tag des Zusammentreffens mit ihm war der Anfang ihres Zeitplans. Und auf dem Weg zu ihm war sie über Tina Merrill gestolpert.
In Kurths Welt also war Tina verletzt worden und hatte Annie ihren ersten großen Erfolg errungen.
War das die wirkliche Welt? Die einzige Welt? Waren ihre ersten Jahre bei Cyrena nur ein behütetes Leben gewesen, das unweigerlich zu Kurth führte und in den beängstigenden Wald der Gefahren, den sie eben jetzt betrat?
Der Schlaf schützte sie vor den Antworten auf ihre Fragen. Aber mit dem Schlaf kamen auch Erinnerungen an eine Zeit lange vor Harmon Kurth, lange vor Cyrena, an eine Zeit, in der ihr kindlicher Verstand an Erfolg und Karriere überhaupt noch nicht gedacht hatte.
Es waren schmerzliche Erinnerungen. Mit einem schiefen Lächeln kamen sie zu ihr, wie ungeliebte alte Freunde. Sie warf sich im Bett hin und her, nicht einmal im Schlaf wollte sie sich mit ihnen abgeben, denn ihre Gedanken waren auf die Zukunft gerichtet und verabscheuten die Vergangenheit.
Weil sie aus ihren wachen Gedanken verbannt waren, legten die Erinnerungen sich leise über die Landschaft ihrer Träume. Sie konnte nicht wissen, daß diese Erinnerungen ihr die Antworten auf ihre Fragen hätten liefern können, wenn sie nicht schon vor langer Zeit eine schwere Tür vor ihnen geschlossen hätte.

16

Lange Zeit hatte sie geglaubt, sie hätte ihre Mutter bei der Geburt getötet.
Deshalb, so dachte sie, war sie allein mit Daddy.
Aber Harry Havilland war ein guter, mitfühlender Vater. Schon vor ihrem sechsten Lebensjahr spürte er die unbewußten Sorgen seiner kleinen Tochter und erzählte ihr genug von der Wahrheit, um sie von den Hirngespinsten über ihre Schuld abzubringen.
Hätte er aber den wahren Grund gekannt, hätte er ihr wahrscheinlich noch mehr erzählt.
»Deine Mutter war eine sehr schöne Frau«, sagte er, »und sie liebte dich sehr. Aber sie starb, als du noch ein Baby warst. Sie mußte ins Krankenhaus, und dort starb sie dann.«
Er lächelte; seine Augen waren müde, aber nicht ohne das Funkeln liebevoller Schalkhaftigkeit hinter den horngerahmten Gläsern. Annie saß auf seinem Schoß, den winzigen Rücken gegen seinen großen, weichen Bauch gedrückt, und ließ die Beine von seinen Knien baumeln.
Sie nahm ihn bei der Hand und fragte: »Warst du traurig, als sie starb?«
Er nickte, gerührt über ihre Offenheit. »Ich war sehr lange traurig. Aber ich hatte ja dich, meine Prinzessin, und da wurde ich wieder fröhlich.«
Sie drehte sich in seinem Schoß und sah ihm in das gütige Gesicht. Für sie war es so verläßlich und tröstend wie die Erde unter ihren Füßen. Sie merkte nicht, daß er, obwohl noch ein junger Mann, an den Schläfen bereits grau wurde und jeden Tag mehr alterte.

Das einzige Bild von ihrer Mutter war eine winzige Schwarzweißaufnahme in einem Rahmen auf Harrys Toilettentisch. Solange Annie noch klein war, stand es so weit oben, daß sie fast nicht hinaufsehen konnte. Während sie wuchs, kam es immer näher, und wenn ihr Vater im Büro war und Mrs. Dion in der Küche, schlich sie sich oft ins Schlafzimmer und betrachtete es.
Sie verstand nie, warum er gerade ein Foto aufbewahrt hatte, das ihre Mommy nur im Profil zeigte.
Auf dem Bild lächelte sie freundlich. Sie hatte eine gerade, zarte Nase und feingeschwungene Wangenknochen. Ihre Bluse hatte Rüschen an der Brust, man sah ihre runden, hübschen Schultern.
Aber das Profil beschattete die Augen. Annie entdeckte nur ein winziges Funkeln klarer, amüsierter Intelligenz in der blassen Iris, deren Farbe sie nicht kannte.

Mutter war sehr schön gewesen. Das war klar.
Und daß sie so jung, so tragisch hatte sterben müssen, erfüllte Annies kindlichen Geist mit romantischen Träumen. Mutter war wie eine mythische Heldin, die das Schicksal weit von dieser Welt weggetragen hatte. Wie das Profil einer fast übermenschlichen Kaiserin auf einer römischen Münze. Ihre Schönheit und ihre Güte waren aus einem Stoff, der viel feiner war als menschliches Fleisch.
Das war Annies Mythos. Sie hielt ihn tief in sich verborgen, aus Angst, er könnte an Wahrheit verlieren, wenn sie ihn anderen mitteilte.
Wie alle Mythen behielt auch dieser seinen Glanz, bis Zeit und Neugierde ihn verblassen ließen.

Nach sorgenlosen Jahren in der Grundschule wurde ihr bei Beginn der High School allmählich klar, daß sie in der kleinen Stadt Richland zum Gegenstand ungewöhnlicher und beunruhigender Aufmerksamkeit wurde.
Richland war ein idealer Ort für die Kindheit. Idyllisch in dem hügeligen Gebiet der Finger Lakes fünfzig Meilen südlich des Lake Ontario gelegen, war es von Rochester, Syracus und Buffalo nur wenige Fahrstunden entfernt und blieb gleichzeitig bezaubernd ländlich.
Aber wie alle Kleinstädte war es nach außen hin sorgfältig abgeschottet, und das kollektive Auge bemerkte auch die kleinste menschliche Schwäche innerhalb ihrer Grenzen.
Annie hörte eigentümliches Flüstern und unnatürliches Schweigen, das hinter ihren Schritten nachhallte, wenn sie durch die Schule ging, in der Nachbarschaft spielte oder in den alten Läden an der Main Street einkaufte.
Allmählich verstand sie, daß, obwohl Harry Havilland ein angesehener Bürger von Richland war und aus einer der beiden ältesten und einflußreichsten Familien der Stadt stammte, seiner Heirat, die im Tod der jungen Frau endete, etwas Unfreundliches, ja Skandalöses anhaftete.
Annie war natürlich die letzte, der man die Wahrheit über so etwas gesagt hätte. Und sie wagte es auch nicht, das Thema vor Harry anzuschneiden, dessen Verehrung für seine tote Frau so strikt wie zärtlich war.
Außerdem machte Annies eigener, wohlgehüteter Glaube schon den bloßen Gedanken unmöglich.
So drehte sie also der Wahrheit, die stur ihren Schritten folgte, den Rücken zu, bis sie ihr eines Tages nicht mehr ausweichen konnte.

Sie fuhr Rad mit Jeannine Spencer, ihrer einziger engen Freundin aus der Nachbarschaft. Jeannines Mutter stand vor dem Haus, zusammen mit Marian Blandish, einer alten Jungfer und Klatschtante, die ihre Nachmittage mit Vorliebe damit zubrachte, dem einen oder anderen widerstrebenden Bekannten die Ohren vollzuquasseln.

Nach einer Weile ließen die Mädchen ihre Räder am Fußweg stehen, und Jeannine ging voraus zum hinteren Teil des Hauses. Annie folgte, während die Küchentür hinter Jeannine zufiel, erinnerte sich aber dann plötzlich, daß sie die Schultasche auf dem Rasen vergessen hatte, und kam wieder hinter dem Haus hervor, um sie zu holen.

Die Stimmen der beiden Frauen ließen sie stehenbleiben, denn sie klangen vertraulich. Sie stellte sich hinter eine Hecke und horchte bewegungslos, aus Angst, man könnte sie entdecken.

»Sie ist schon ein hübsches kleines Ding«, hörte sie Miss Blandish' harsche Stimme. »Und sie bekommt ja auch schon Figur. Denk nur an meine Worte.«

»Ach, Marian ...«, erwiderte Jeannines Mutter tadelnd, als hätte sie die Geschichte ihrer Freundin schon öfters gehört.

»Du siehst es doch ebenso wie ich, also leugne es nicht.« Miss Blandish' Stimme klang hartnäckig, fasziniert. »Die wird wie ihre Mutter. Blut ist dicker als Wasser. Diese Frau, die Harry vor den Augen der ganzen Stadt Hörner aufgesetzt hat. Ich darf gar nicht daran denken, wie viele Männer die in- und auswendig kannten.«

Sie schnalzte mit der Zunge. »Und jetzt wird er bei seiner Tochter ernten, was sie gesät hat. Wart nur, bis die Jungs anfangen, um sie herumzuschwirren. Das wird eine ganz Schnelle. Das seh' ich ihr doch schon an ihren Schlafzimmeraugen an.«

Mrs. Spencers unwillig zustimmendes Seufzen klang um die Ecke, während Annie, ohne an die Schultasche zu denken, verstohlen auf die Küche zuschlich. Als Jeannine ihr sagte, sie sei blaß wie ein Gespenst, zwang sie sich zu einem Lächeln und akzeptierte ein Erdnußbutterbrot, während die Mädchen der neuen Platte von Elvis Presley zuhörten.

Zu Hause sah sich Annie ihre Augen sehr genau im Spiegel an. Sie waren silbrig violett, mit einem Hauch von Magentarot und Jadegrün an den Strahlen der Iris. An der Oberfläche waren sie klar und zutraulich, aber in ihren Tiefen lag etwas geheimnisvoll Verlockendes.

Sie beunruhigten sie, denn sie hatte sie noch nie so genau untersucht, und als sie es jetzt tat, schienen sie einer Fremden zu gehören.

Schlafzimmeraugen.

Sie schlief schlecht in dieser Nacht und auch in der folgenden.

Sie begann über etwas nachzudenken, was sie zuvor nie bemerkt hatte, nämlich daß ihr Vater mit keinem seiner vielen Havilland-Verwandten Kontakt hatte, ausgenommen nur Tante Celeste, die Exzentrikerin der Familie, die unausweichlich Tee und selbstgebackene Krapfen servierte, wenn er mit Annie zweimal im Jahr zu Besuch kam, und die Annie zu Weihnachten und zum Geburtstag immer Fünfdollarnoten in kleinen Glückwunschkarten schickte.

Es gab Dutzende anderer Havillands. Es waren reiche Männer, deren Gesichter oft auf den Titelseiten der Lokalzeitungen erschienen, denn sie waren Gemeinderäte und spendeten Zeit und Geld für wohltätige Zwecke. Und es waren hübsche Frauen, die mit ihren begehrten Töchtern zu schicken Partys bei den Dowlings, den Pattersons und vor allem den Macmillans gingen – wohlhabende Familien, in die sie eines Tages einheiraten würden.

Aber Annie war nie in den stattlichen Häusern der Havillands an der Main Street gewesen. Sie erkannte, daß das baufällige Haus an der Elm Street, das sie mit ihrem Vater teilte, wenig mit denen seiner Verwandten gemein hatte. Ja, es war sogar noch eins der unansehnlichsten in diesem eindeutig wenig vornehmen Viertel, das die Richlander in Erinnerung an die irischen Einwanderer, die es vor einem Jahrhundert besiedelt hatten, »Dublin« nannten.

Annie betrachtete auch ihre Kleidung mit neuen Augen. Mit dreizehn war sie bereits Meisterin in der Kunst, sich ihre Sachen nach Schnitten, die Mrs. Dion aus dem Supermarkt mitbrachte, selber zu nähen. Meistens gab es nur bescheidene Baumwollstoffe. Die Kleider waren recht ansehnlich, aber nichts im Vergleich mit den hübschen Sachen der anderen Havilland-Mädchen aus dem *Crenshaw's Fashion Center* oder dem *Style Shop* oder den eleganten Läden in Ithaca, Rochester oder sogar New York.

Zum erstenmal sah sie sich ihr Fahrrad aus zweiter Hand genau an, die veralteten Möbel ihres Vaters, sein gebrauchtes Auto, die abgenutzten Installationen im Haus. Es war ein schäbiges Leben, das Harry in der Verbannung fern von seiner Familie führte.

Seine Heirat hatte diese Verbannung verursacht. Annie war sich dessen sicher.

Fast über Nacht wurde sie verstohlener, neugieriger auf Kleinigkeiten. Wenn sie alleine zu Hause war, kletterte sie auf den Dachboden und durchsuchte die alten Schachteln und Koffer, die dort oben Staub ansammelten.

Noch bevor sie wußte, was sie eigentlich suchte, fiel es ihr in die Hand. Ganz unten in einem großen Koffer fand sie eine Schuhschachtel mit Fotos von ihrer Mutter. Sie waren alle mit der gleichen Kamera aufgenommen worden, offensichtlich im Verlauf weniger Wochen eines lange vergangenen Sommers, denn die junge Frau hatte auf vielen der Fotos das gleiche Kleid an.
Es war eine billige Kamera gewesen, mit der man keine scharfen Nahaufnahmen machen konnte, aber Harry hatte sie mit liebevoller Versunkenheit auf Alice Havillands Gesicht eingestellt. Sie hatte mittellanges, wallendes Haar, das anmutig auf ihre zarten Schultern fiel. Ihre Hände waren lang und gepflegt, sie hatte eine helle Haut und sinnliche Lippen.
Schließlich sah Annie die Augen ihrer Mutter.
Wie die ihren waren sie hell und anziehend. Aber unter ihrer Oberfläche lag ein scharfer, ironischer Glanz, der Glanz einer Intelligenz, die zu scharf war, um nur freundlich zu sein. Ein Schatten der Gerissenheit, eine raubtierähnliche Fähigkeit zu verletzen, lag hinter diesem Lächeln. Annie dachte an die Gerüchte, die sie zufällig in Richmond aufgeschnappt hatte, mit kindlichen Ohren, die ebenso unwillig waren, ihnen zuzuhören, wie neugierig auf verbotene Informationen.
Ein unbehaglicher Schauer überlief sie hier in der Einsamkeit des Dachbodens.
Alice Havilland war keine Frau aus Richland gewesen. Harry hatte sie auf irgendeiner Geschäftsreise kennengelernt. Die Heirat hatte seine Eltern verärgert und einen Bruch provoziert, der nie mehr repariert wurde.
War Alice eine schlechte Frau gewesen? Der undurchdringliche Vorhang der Zeit verhüllte die Antwort. Aber irgendwie – Annie konnte oder wollte nicht verstehen, wie – hatte Alices Zeit in Richmond für Harry eine schicksalhafte Erniedrigung bedeutet. Sie haftete ihm noch immer an.
Und Alice war nicht einfach gestorben, wie Harry sich das in seinen frommen Erinnerungen ausmalte. Sie war davongelaufen, und ihr Verschwinden hatte Harrys Schande erst vollendet. Ihr Tod war erst später gekommen.
Das war alles, was Annie wußte. Die Einzelheiten verloren sich im verschlossenen Schweigen der Richlander, ihrer offensichtlichen Weigerung, über das, was sie wußten, in Gegenwart eines neugierigen kleinen Mädchens zu sprechen – und in Annies eigener Unfähigkeit, die Fetzen, die sie aufschnappte, zu begreifen und zusammenzusetzen.

Aber Annie wußte genug, um zu erkennen, daß ihr Mythos über ihre Mutter falsch war. Alice Havilland war keine aus der Welt geschiedene Märchenprinzessin. Statt dessen war sie Anlaß und Ursprung von Harrys Einsamkeit und ihres Unglücks.

Aber warum?

Während Annie über die Frage nachdachte, fiel ihr Blick auf ein Bild, das noch erschreckender war als die anderen. Es zeigte Alices Augen mit einem besonders hypnotischen Blick, der durch die Kamera hindurch wissend direkt in das Herz ihrer Tochter gerichtet schien.

Annie sah sich das Foto lange und eingehend an. Ihre Haut fing an zu jucken. Der Atem kam immer schneller. So wie ihre Augen im Spiegel einer Fremden zu gehören schienen, so stahlen die Augen in dem Schnappschuß ein bißchen von ihrem Wesen und präsentierten es ihr stolz und auf zynische Weise verändert wie einen bösen Talisman.

Noch bevor sie den Blick abwenden konnte, sprang sie ein Aufblitzen von Farbe und Bewegung an, zu unvermittelt, um es fangen und identifizieren, aber viel zu wirklich, um es leugnen zu können. Sie schauderte. Sie krallte sich am Boden fest, als würde die Erde unter ihr beben.

Es war lebendig, dieses kleine Zucken – es war lebendig in ihr, und es versuchte auszubrechen. Sie spürte es winken aus einer Zeit, bevor sie die vertraute Annie war, deren Haut sie jetzt so selbstverständlich bewohnte – aus einer Zeit, in der sie noch kein wirkliches Selbst hatte, das sie beschützen mußte, und auch keine Verteidigungsmittel, mit denen sie es hätte beschützen können.

Aus einer Zeit, in der die einzige Schwelle zur äußeren Welt und auch der einzige Schutzwall gegen sie ihre Mutter gewesen war.

Erschüttert schloß sie für eine kleine Ewigkeit, wie ihr schien, die Augen.

Dann legte sie das Bild zu den anderen zurück und verschloß die Schachtel hastig in dem Koffer.

Nachdem sie vom Dachboden heruntergestiegen und in ihr Zimmer zurückgekehrt war, dachte sie nicht mehr an Alice Havilland.

Als Harry Havilland an diesem Tag nach Hause kam, fand er seine Tochter genauso wie am Tag davor – ein freundliches, fröhliches Mädchen am Beginn der Pubertät. Sie begrüßte ihn, setzte sich neben ihn auf die Couch, während er die Zeitung las – für seinen Schoß war sie schon viel zu groß –, und half Mrs. Dion, das Abendessen zu kochen.

Aber als sie sich an diesem Abend das Gesicht wusch und die Haare bürstete, vermied sie einen direkten Blick in die Katzenaugen im Spiegel, mit ihrer sanften Oberfläche und der schimmernden, kaleidoskopartigen Iris.

Für die Außenwelt war Annie noch immer Annie. Und auch in ihrem Inneren gestand sie sich keine Veränderung ein, denn die scharfen Instinkte ihres dreizehnjährigen Herzens wollten sie nicht erkennen lassen, daß sie sich zum erstenmal in ihrem Leben nicht alleine in ihrem Körper fühlte.

So gab es also keine Zeugen dafür, daß sie in der Intimität des Badezimmers begonnen hatte, den Blick in die eigenen Augen zu vermeiden.

Von diesem Tag an wurde Annie zur größten Expertin der Welt im Leugnen von Traurigkeit – und zur größten Schauspielerin der Welt.

In der Schule arbeitete sie hart, und als ihre Noten etwas schlechter schienen, als sie sein sollten, fragte sie ganz offen ihre Lehrer nach den Gründen. Deren unverbindliche Antworten verschleierten die Tatsache, daß ein Mädchen mit ihrer Familiengeschichte im statusbewußten, inzestuösen Richland einfach nicht an die besten Schülerinnen heranreichen durfte.

Annie hob die Schultern, setzte ihr frisches, junges Lächeln auf und ging ihres Wegs.

Aber über Nacht verdoppelte sie ihre Anstrengungen in Mathematik, Naturwissenschaften und Geschichte – wo präzise Antworten nicht durch ein subjektives Urteil verfälscht werden konnten – und verbesserte bald ihren Notendurchschnitt mit glatten Einsern in diesen Fächern.

Sie trat den Schwimm- und Gymnastikteams bei und kämpfte sich gleich im ersten Jahr den Weg in die Universitätsmannschaft frei.

Es war ihr gleichgültig, daß ihre Leistungen von deutlich weniger Beifall von der Richlander Tribüne begleitet waren als die ihrer Teamkolleginnen.

Wenn es sie schmerzte, daß Harry Havilland in der Menge stand und deren Kühle ihr gegenüber spürte, dann zeigte sie es nicht.

Und sie merkte auch nie, daß auf der Tribüne der gegnerischen Schule, wo man den Makel ihrer sozialen Stellung nicht kannte, Hunderte von Augenpaaren bewundernd auf ihr Gesicht und ihren Körper gerichtet waren.

Denn Annie war früh erblüht und ohne Zweifel das hübscheste Mädchen, das die High School von Richland in den letzten dreißig Jahren hervorgebracht hatte.

Ihre Schönheit war offensichtlich. Aber eigenartigerweise blieb sie ihr selbst verborgen. In den Augen von Richland waren ihre körperlichen Vorzüge eine schändliche Erinnerung an die Vergangenheit ihrer Mutter. Und wenn sie in den Spiegel sah, wandte sie den Blick ab von ihren perfekten jungen Gliedern wie von den betörenden Augen, die wie gespenstische Teiche wirkten, deren Geheimnisse man besser nicht kannte.

Schließlich wandte sie sich ganz vom Spiegel ab und konzentrierte sich voll auf die alltägliche Welt, deren Feindseligkeit zu akzeptieren sie sich weigerte.

Da man ihr den Zutritt zu den beliebten Cliquen der Macmillan- und Dowling-Mädchen verweigerte, blieb sie viel zu Hause, wenn sie nicht gerade trainierte. Die picklige Jeannine Spencer blieb ihre einzige Freundin.

Für Harry hatte sie fröhliche Ausreden, wenn man sie nicht zu Partys und Tanzveranstaltungen einlud, und sich selbst lenkte sie von der Tatsache ab, daß sie in den drei Jahren in der High School noch kein Junge um ein Rendezvous gebeten hatte.

Mit Arbeit, Sport und häuslichen Pflichten war sie beschäftigt genug – und sie hatte noch eine weitere Ablenkung. Sie trat der Theatergruppe der Schule bei und spielte Nebenrollen in *Barfuß im Park* und *Arsen und Spitzenhäubchen*. Schließlich, am schönsten Abend ihres jungen Lebens, spielte sie die Laura in *Die Glasmenagerie.*

Die unermüdliche Leiterin der Gruppe, Miss O'Keefe, hatte es irgendwie geschafft, bei Tennessee Williams selbst ein Telegramm für diesen Abend herauszuschinden. *Viel Glück bei Ihrer Aufführung* lautete die freundliche Nachricht, und die kleine Truppe war begeistert.

Der Abend verging wie im Traum. Annie stand nicht nur im Mittelpunkt der Aufmerksamkeit eines großen Publikums – in dem auch Harry Havilland irgendwo saß –, sondern sie entdeckte auch, daß sie diese Aufmerksamkeit mit den Variationen ihrer Darstellung steuern konnte.

Der Applaus war enthusiastisch, als sie vor den Vorhang trat – vielleicht weniger aus Sympathie denn aus Bewunderung –, aber sie hörte ihn kaum. Sie war im siebten Himmel. Zum erstenmal in ihrem Leben hatte sie sich, in der Rolle einer anderen Person, vollkommen frei gefühlt.

Es kam ihr nie in den Sinn, daß sie während der ganzen Pubertät ihre schauspielerischen Fähigkeiten auf einer viel persönlicheren Bühne verfeinert hatte. Sie war eine Meisterin im Verstecken ihrer Traurigkeit und ihres Wissens über deren Grund vor Harry Havilland, dessen sich

verschlimmernde Kreislaufbeschwerden ihn von Monat zu Monat blasser und schwächer werden ließen.
So verging für Annie die Zeit. Wirklich traurig war sie nur, als man ihr zu Beginn des zweiten Semesters trotz des guten Notendurchschnitts, den sie den widerstrebenden Richlander Lehrern in drei langen Jahren abgerungen hatte, die Aufnahme in die *National Honor Society* verweigerte.
Obwohl ihr Durchschnitt besser war als der der meisten Mitglieder, erklärte man Annie in geheimer Abstimmung als nicht tauglich zur Mitgliedschaft wegen ihres fehlenden »sozialen und gesellschaftlichen Engagements«.
An diesem Abend, und nur an diesem Abend, sah Harry ihre Tränen. Als er sie fragte, warum sie weine, erzählte sie ihm, sie habe einen Liebesroman mit traurigem Ende gelesen, und umarmte ihn, um ihre Rührseligkeit zu verharmlosen.
Harry, blasser denn je hinter seinen Bifokalgläsern, klopfte ihr auf die Schulter. Er war von ihrer Geschichte nicht überzeugt, aber er hatte auch keine Macht, ihr zu helfen.
Zwei Wochen vor ihrer Abschlußprüfung mußte er ins Krankenhaus. Die Medikamente, mit denen er fast ein Jahrzehnt gegen sein chronisch schwaches Herz gekämpft hatte, mußten nun doch ihre Niederlage eingestehen.
Zur Prüfung schenkte er ihr einen Elfenbeinanhänger in Form einer aufgehenden Sonne.
»Du warst doch mein Sonnenschein, Prinzessin«, sagte er. Erschreckend dünn war seine Hand, als er die ihre umfaßte. »Das soll dein Glücksbringer sein.«
Sie ging ohne ihn zur Prüfungsfeier. Als sie nach Hause zurückkehrte, weinte Mrs. Dion. Das Krankenhaus hatte angerufen.
Harry war tot.

Annie wußte nie so recht, welcher furchtlose Geist nach diesem Moment von ihr Besitz ergriffen hatte.
Als die Havilland-Verwandtschaft zum Begräbnis zusammenkam, war sie ruhig und höflich. Das Haus an der Elm Street ließ sie von einem ortsansässigen Makler verkaufen. Die Möbel wurden versteigert.
Annie suchte die wenigen persönlichen Dinge, an denen Harry etwas gelegen war, zusammen und deponierte sie in einem Safe der Richland State Bank. Darunter war auch der Schuhkarton mit den Bildern von Alice Havilland aus einem lange vergangenen Sommer.

Annie sah sie nicht an. Sie brauchte es nicht.
Die Augen auf diesen Schnappschüssen hatte sie nie vergessen. Und auch dieses plötzliche Aufblitzen nicht, das sie auf dem schweigenden Dachboden angesprungen hatte und ihr zeigte, daß sie irgendwie, irgendwo tief in sich mehr über Alice Havilland wußte, als sie zugeben wollte. Aber das lag hinter ihr. Harry und Alice gehörten der Vergangenheit an. Es war Zeit weiterzugehen.
Mit überraschender Schnelligkeit kappte Annie alle Verbindungen zu Richland und stieg, nur mit einem einzigen Koffer, in den Zug nach New York.
In einem schäbigen, aber ehrbaren Hotel für Damen fand sie ein Zimmer und ging dann sofort zur Fifth Avenue, um sich das hübscheste Kleid zu kaufen, das sie finden konnte.
Obwohl der Preis sie entsetzte, kaufte sie es trotzdem und zog es gleich am nächsten Tag an, als sie sich etwas furchtsam auf den Weg zu den Modellagenturen in Manhattan machte.
Sie war selbst erstaunt, daß ihre Entschlußkraft die Angst besiegte. Sie wußte, was sie wollte. Hatte ihr gutes Aussehen sie in der Vergangenheit verfolgt, so wollte sie jetzt damit ihre Zukunft aufbauen.
Eine Stunde, nachdem sie das Büro von Cyrena betreten hatte, fand sie sich in einem vollgestopften Studio wieder und ließ sich von einer emsigen Gruppe von Visagisten, Fotografen, Agenten und Managern anstarren. Sie sprachen leise in unverständlichem Fachchinesisch miteinander, machten Probeaufnahmen und ließen sie schließlich allein.
Zwanzig Minuten später kam eine freundliche Frau mittleren Alters mit einer Bifokalbrille herein und setzte sich neben sie.
»Ich bin Renée«, sagte sie. »Sie wollen also wirklich Mannequin werden, hm?«
»Ja«, erwiderte Annie. Sie hätte ebensogut einen Studienaufenthalt auf dem Mars akzeptieren können, so unergründlich war ihre Zukunft für sie.
»Na, dann herzlichen Glückwunsch«, sagte Renée Greenbaum und streckte die Hand aus. »Sie sind angenommen. Nun kommen Sie. Wir haben eine Menge Arbeit vor uns.«
Noch bevor Annie wußte, wie ihr geschah, hatte sie einen Vertrag unterzeichnet, unter Renées Anleitung eine umfangreiche Fotomappe zusammengestellt, Hunderte von Sehenswürdigkeiten in Manhattan abgeklappert und gesehen, wie ihr Gesicht in Anzeigenlayouts für große Kaufhäuser auftauchte.
Annie machte ihren Weg.

Im Gegensatz zu allem, was sie über die Schrecken der großen Stadt gehört hatte, war New York für sie eine Offenbarung an Freundlichkeit und Charme.

Renée besorgte ihr zusammen mit einem anderen Mannequin eine Wohnung. Sie erkundete die Sehenswürdigkeiten der Stadt. Sie schrieb sich an der CUNY ein, genoß die Kurse und fand die anderen Studenten mit ihrem barschen New Yorker Gehabe und den Dialekten der Bronx und aus Brooklyn sehr interessant.

Sie schloß sehr leicht Freundschaft. Fast über Nacht fühlte sie sich in der geschäftigen, vibrierenden Welt Manhattans mehr zu Hause als je in der Elm Street in Richland.

Bald luden sie auch junge Männer ihres oder eines anderen Gewerbes ins Kino, ins Theater, ja sogar ins Ballett ein. Zunächst erstaunte sie das neue Erlebnis, plötzlich als normal, interessant und begehrenswert betrachtet zu werden, aber bald akzeptierte sie das als eine der angenehmen Seiten des Lebens.

Drei wunderbare Jahre lang sonnte sich Annie in dem Gefühl, sie selbst zu sein in einer Welt, der nichts daran lag, sie mit anderen zu vergleichen, sich um ihren sozialen Status zu kümmern oder in ihrem Privatleben herumzuwühlen. Die Anonymität New Yorks paßte ihr ausgezeichnet.

Mit einundzwanzig war sie auf dem Weg zu einer erfolgreichen Mannequinkarriere und zu einem Universitätsabschluß. Sie war glücklich und mit sich selbst im reinen und machte sich auch keine Gedanken über ihre letztendliche Zukunft, denn die Gegenwart war es wert, sie voll auszukosten.

Und so kam es denn auch, daß sie, als Renée sie für Probeaufnahmen für eine wichtige Rolle in dem neuen Film des großen Harmon Kurth von International Pictures nach Hollywood schickte, ohne böse Vorahnungen und voller Abenteuergeist ins Flugzeug stieg.

Sie war es nicht mehr gewohnt, mit Ungerechtigkeiten zu kämpfen. Dank Harmon Kurth würde sie nie mehr so naiv sein.

17

Annie bekam immer mehr Rollen. Der Daisy-Spot war nur der Anfang gewesen.
Sie sammelte Informationen über jede Produktion, die in New York geplant war, sowohl in den offiziellen Ankündigungen in den Branchenblättern als auch durch die Gerüchte, die sie von ihren Mitstreitern im Gewerbe hörte.
Jede Produktion war eine Herausforderung für sie. Sie suchte soviel wie möglich über die jeweiligen Verantwortlichen in Erfahrung zu bringen. So erfuhr sie, welcher Produzent promiskuitiv war, welcher Star schwul, welcher Regisseur die Mädchen sexuell belästigte. Sie erfuhr, wer zuviel trank, wer spielte, wen Wehwehchen plagten und wer sich über Wechseljahre mühte, wessen Karriere auf dem aufsteigenden und wessen auf dem absteigenden Ast war.
Sie suchte nach Schwachstellen: jemand mit Einfluß in der Produktion, der sich von ihrem Charme beeinflussen ließ, ohne sie zu einer sexuellen Konfrontation zu zwingen, in der sie dann zwischen ihrer Unschuld und der Chance auf die Rolle wählen mußte.
In vielen Produktionen gab es keine Schwachstellen. Dann sah sich Annie in aller Ruhe nach etwas anderem um.
Aber sie entdeckte Gelegenheiten bei ihrer sorgfältigen Suche, und die zahlten sich auch aus.
Im Sommer und im Herbst erhielt sie Rollen in zwei weiteren Werbespots. Sie spielte kleine Sprechrollen in zwei allgemein beachteten Off-Broadway-Stücken, die beide leider nur kurze Spielzeiten hatten – aber Spielzeiten, in denen man sie bemerkte.
Als Ergebnis ihrer erhöhten Präsenz in der Öffentlichkeit erhielt sie über Cyrena auch wieder mehr Angebote als Mannequin. Sie akzeptierte soviel sie konnte, denn es waren lukrative Aufträge für Editorials in Modemagazinen, bei denen ihre Mischung aus Eleganz und verhüllter Sinnlichkeit wieder verstärkt gefragt war.
Mit Hal Parry produzierte sie einen zweiten erfolgreichen Daisy-Spot sowie eine Anzeigenkampagne für das Parfüm. Hal betrachtete Annie als wesentlichen Bestandteil seiner neuen Karriere, als seinen »Glücksbringer«, und er lud sie zum Essen ins 21 oder den Russian Tea Room ein, sooft es ihre engen Terminpläne erlaubten. Er liebte es, sie als seinen angebeteten Schützling vorzuzeigen, und er genoß es, daß die Leute, die sie zusammen sahen, sich sicher fragten, wie nahe er Annie eigentlich stehe.

Auch jetzt noch spürte er in ihrer Gegenwart eine starke männliche Erregung. Aber sein Verlangen verwandelte sich auf geheimnisvolle Weise in einen Beschützerinstinkt, sie zu behüten und zu umsorgen, anstatt niedrigeren Trieben nachzugeben.

Doch wenn sie ihn liebevoll bemutterte und ihm spöttisch seine Unverbesserlichkeit vorwarf, lag das vertraute Funkeln geheimer Sinnlichkeit nie weit unter der Oberfläche ihres Charmes. Sie liebkoste ihn wie eine alte Bekannte, und die Art, wie sie seinen Puls beschleunigte, war mehr wert als ein Orgasmus mit einer anderen Frau. Es lag ein Privileg in der Achtung, die sie verlangte, und in der galanten Geste, sie zu gewähren. Er war ihr mit Leib und Seele verfallen – und er mochte das Gefühl.

Was Hal nicht wissen konnte, war, daß ihr Zauber nicht für ihn allein reserviert war. Jede Woche fand er neue Opfer, die Annie nach deren Empfänglichkeit dafür sorgfältig auswählte. Hal selbst war das Muster, nach dem sie ihre anderen Errungenschaften formte – und sie waren für die Engagements, die sie bekam, ebenso verantwortlich wie ihr Talent.

In der abgestumpftesten aller Städte und dem grausamsten aller Gewerbe wurde Annie schon bald zum Frühlingshauch für alle. Voller Jugend und Vitalität, frisch und sinnlich wie eine duftende Knospe, war sie einfach unwiderstehlich.

Eine Ausnahme war natürlich Roy Deran, für den Annie nie zum Sexualobjekt werden konnte, aber für den sie die Tochter war, die er nie gehabt hatte.

Seine väterliche Sorge um sie wuchs beständig, denn er sah seinen Einfluß in ihren Darstellungen, und er hatte sie doch schon gekannt, als ihr brennender Ehrgeiz noch von keinem schauspielerischen Stil begleitet wurde.

Er sagte nichts zu ihren unabhängigen Aktivitäten, legte aber großen Wert darauf, alle ihre Werbespots und Bühnenauftritte zu sehen, deren Brillanz ihn beeindruckte.

Er war stolz auf sie. Aber er sorgte sich auch immer mehr um sie. Er sah ihr großes Talent, sah aber auch, daß etwas sie zu der Verbissenheit und dem Einfallsreichtum trieb, mit denen sie Rollen bekam, die man ihr sonst verweigert hätte.

Etwas nagte an ihr. Roy merkte das. Eine alte Enttäuschung? Ein privater Schmerz? Ein gebrochenes Herz ...

Was immer es auch war, es war unersättlich. Sie sauste nach oben, ohne sich je umzusehen, ohne Sextanten oder Anker, und in ihrer Unschuld konnte sie gar nicht wissen, daß der Konkurrenzkampf an der Spitze

einen bei lebendigem Leibe auffraß, gleichgültig, wie schlau oder talentiert man war.
Roy wußte das, denn vor fünfundzwanzig Jahren war es ihm genauso ergangen.
Eine unüberlegte schwule Beziehung mit einem falschen Freund – einem Freund, den er liebte – in Verbindung mit dem Ehrgeiz dieses Freundes, der Intervention eines gefährlichen Produzenten und den Bedürfnissen des mächtigsten PR-Mannes in Hollywood hatten Roys Filmkarriere beendet, bevor sie überhaupt anfing. In den leeren Jahren seit dieser Zeit hatte er vor seinen inneren Wunden Zuflucht gesucht, indem er jeder Gefahr aus dem Weg ging, sowohl privat wie auch beruflich.
Natürlich hatte es ihm nichts genützt, denn seine Fähigkeit zur Unschuld war mit seiner einzigen Liebe gestorben. Aber Annie war keine ausgebrannte Schale wie er.
Nur, Roy kannte Gefahren, die sie nicht voraussehen konnte. Er hätte sie gerne beiseite genommen und sie gewarnt. Doch er erkannte, daß sein Rat auf die tauben Ohren eines Mädchens fallen würde, die nur ihre eigene Zukunft rufen hörte.
In seiner heimlichen Frömmigkeit betete er deshalb für Annie. Als Vorbereitung seiner regelmäßigen persönlichen Beichte betete er, daß Annies Bestimmung sie am Leben lassen möge, unbefleckt und noch fähig zu dem Glück, das sie verdiente.
Erfolg im Showbusiness paßte schlecht zu persönlichem Glück. Roy wußte das so gut wie kein anderer.
Er hatte bis jetzt noch keine Ausnahme erlebt.
Vielleicht wurde Annie die erste.

Er tat ihr einen konkreten Gefallen.
Nach einem kurzen Telefongespräch zu ihren Gunsten schickte er sie zum Vorsprechen bei den Century Players, einer Off-Off-Broadway-Repertoiretruppe unter der Leitung des exzentrischen, aber brillanten Regisseurs Teague MacInnes.
Teague, ein riesiger, polternder Schotte mit einem opulenten Bart, verliebte sich augenblicklich in Annie und gab ihr die Rolle der Ophelia in einer Avantgardeinszenierung des *Hamlet*, die seine Truppe in ihrem betagten Theater an der 14th Street auf die Bühne brachte.
Annie füllte die Rolle mit einer sagenhaften Mischung aus tragischer Unschuld und spielerischer Sinnlichkeit, und Teague behielt sie, er gab ihr Rollen in Stücken von Albee, Genet, Pirandello, Tschechow, Ibsen und einigen Dramenautoren der Avantgarde, deren Arbeit er unterstützte.

Sie hatte sogar Gelegenheit, die Laura in der *Glasmenagerie* noch einmal zu spielen, und sie war überrascht zu sehen, was ihre professionelle Ausdrucksfähigkeit aus ihrem einfachen Vortrag der Williamsschen Zeilen als Schulmädchen machte.
Natürlich liefen die Produktionen des Century nie lange, das Haus war nur selten voll und die Gage schrecklich. Aber für Annie war es eine wertvolle Erfahrung. Und Teague MacInnes war auf seine Art eine lauterere und leichter erregbare Version von Roy Deran – ein großartiger Lehrer.

Die Arbeit auf der Bühne gab Annie ein immer größeres Verständnis für das Schreiben der Stücke, für Struktur, Rhythmus und die Magie der Worte. Während sie lernte, ihre Darstellung mit tausend Kniffen der Akzentuierung, die Roy und Teague ihr beibrachten, zu verfeinern, entwickelte sie ein Gefühl für die unsichtbaren Hände des Stückeschreibers, der das Werk geformt hatte, ob nun vor drei Jahrhunderten oder im vergangenen Jahr.
So machte sie auch eine Entdeckung, die ihr bald zur Leidenschaft werden sollte. Teagues Truppe inszenierte die Wiederaufführung eines fünfundzwanzig Jahre alten Stückes mit dem Titel *Parabola* von einem damals noch unbekannten Autor namens Damon Rhys, der aber in der Zwischenzeit für seine Stücke und Romane mehrere Pulitzer-Preise, National Book Awards und Tonies gewonnen und mit seinen originellen Drehbüchern in New York wie eine Bombe eingeschlagen hatte.
Parabola war eine Offenbarung für Annie. Rhys hatte das Stück als Zwanzigjähriger geschrieben, aber es war bereits so reich an subtilen psychologischen Kräften und Bedeutungen wie die Werke der Meister. Man spürte die geheimen Fäden von Komplizenschaft, Ambivalenz, von unterdrückter Liebe und Haß zwischen den Figuren, auch wenn sie nur nebensächliche, scheinbar bedeutungslose Worte sprachen.
Was *Parabola* mit Rhys' bekannteren, nachfolgenden Stücken gemeinsam hatte, war sein dunkler und tragischer Ton. Die Leidenschaften seiner Figuren führten sie unweigerlich zu einer Zerstörung, die sie beinahe ersehnten. Und doch verließ man das Theater – oder, in Annies Fall, die Bühne – mit einem eigenartigen Gefühl der Heiterkeit. Noch das Verhängnis hatte bei Rhys eine fremdartige Schönheit, denn sein Genie bestand in der Aufdeckung der kosmischen Konflikte hinter gewöhnlichen Menschen – Konflikte, die ein gewaltsames Schicksal heraufbeschworen.
Nach Ende der Laufzeit von *Parabola* sah Annie Rhys' fünf sehr

erfolgreiche Hollywood-Filme und las so viele Bücher von ihm, wie sie finden konnte.
Eines Tages entdeckte Annie in einem Antiquariat an der 44th Street eine alte Taschenbuchausgabe von *Parabola* mit einem Foto von Rhys auf der Rückseite, das zur Zeit der Entstehung des Stücks aufgenommen wurde.
Das Gesicht auf dem Umschlag beeindruckte sie. Es war voller jugendlichem Stolz und Arroganz hinter dem struppigen Bart, aber in den Augen brannte eine ätzende Intensität, die nur vom Akt der Schöpfung selbst stammen konnte. Sie gaben ihr das gleiche unheimliche Gefühl wie seine Werke.
Und gleichzeitig merkte sie zu ihrer Überraschung, daß sie sich von Rhys bis zu diesem Augenblick nie bewußt ein Bild gemacht hatte, obwohl er doch allgemein als das Genie der amerikanischen Literatur anerkannt war. Sie hatte doch sicher Fotos von ihm in Buchläden, Zeitschriften oder sogar im Fernsehen gesehen, dachte sie. Daß sie nur eine undeutliche Vorstellung von ihm hatte, kam ihr eigenartig vor.
So aufwühlend seine Kunst auch war, beschloß sie doch, sie zu erkunden, denn sie spürte, wie alle, die im Bann eines Genies stehen, daß er in seinen Geschichten etwas an die Oberfläche brachte, das sie in sich selbst wiedererkannte, obwohl es dauernd unter den Schutzschichten ihrer Persönlichkeit begraben lag.

»Ausgezeichnet, Annie«, sagte Barry Stein immer, wenn sie ihm einen neuen Vertrag brachte. »Mach weiter so.«
»Das habe ich vor«, kam dann unweigerlich die Antwort.
Barry mußte zu seiner Verlegenheit feststellen, daß er kaum der richtige Agent für Annie Havilland war, sondern nur ein Schreiber, der ihre Verträge las und gegenzeichnete. Mit einem Unternehmungsgeist, der ihn erstaunte, suchte sie sich ihre Engagements selber. Es war eine schlechte Zeit für junge Schauspieler, das wußte er – und doch bekam sie immer wieder Rollen.
Ihm fehlte die Zeit und die Neugier, sich zu wundern, wie sie es schaffte, alle ihre beruflichen Verpflichtungen unter einen Hut zu bringen. Und wirklich produzierte ihr hektischer Stundenplan bei ihr einen Zustand der Erschöpfung, den sie nur mit radikalster Strategie kontrollieren konnte.
Sie kam mit fünf Stunden Schlaf pro Nacht aus, schluckte Vitamine, fiel zwischen den Auftritten bei den Century Players in schlafähnliche Ruhe und schlief sogar im Sitzen in der U-Bahn.

Was sie vorantrieb, war die Unerbittlichkeit ihres Zeitplans und die dauernde Vorwärtsbewegung, die er verlangte. Sie sah nie zurück, hielt den Blick nur immer fest auf die Herausforderung gerichtet, die vor ihr lag.

Aber dennoch konnte sie nicht verhindern, daß ihre Gedanken in eine beunruhigende Richtung abschweiften. Im Lauf der Zeit merkte sie, daß sie alles andere als frei war vom Gespenst der Tina Merrill und anderer junger Frauen wie sie.
Sie wußte, daß sie mit jedem Sieg über einen Produzenten oder einen für die Besetzung Verantwortlichen auch anderen hoffnungsvollen Schauspielerinnen Niederlagen beibrachte, die die Rolle ebensogut wie sie oder, das mußte sie sich ehrlicherweise eingestehen, vielleicht sogar besser gespielt hätten.
Immer wieder grübelte sie über die Grausamkeit dieses Wettbewerbs nach, bei dem es immer Verlierer geben mußte. Und es machte ihre Verwirrung nicht geringer, daß sie stets Siegerin blieb.
Sie dachte an ihre Konkurrenzerfahrungen aus der Schule, an die Erfolge in der Theatergruppe und beim Sport, die sie auf Kosten anderer Schüler errungen hatte, deren Anstrengungen für den Sieg nicht ausgereicht hatten. Warum, so überlegte sie, hatte sie damals nicht auch diese nagende Schuld gespürt?
Natürlich ging es damals nicht um den Lebensunterhalt ...
Aber der Unterschied ging tiefer, und Annie erkannte das trotz ihrer Verwirrung.
Damals hatte sie stolz und verletzlich auf Gerechtigkeit gehofft und überlebt, so gut sie konnte, wenn Ungerechtigkeit alle ihre Anstrengungen zunichte machte. Aber jetzt rechnete sie die Ungerechtigkeit mit ein und sah zu, daß sie eine andere traf. Denn wie sonst war ihr klug geplantes Herantreten an Leute zu erklären, die eine Schwäche für ihren Charme hatten, Leute, die ihr einen Gefallen taten, ohne dafür Gegenleistungen zu erwarten, die sie nicht geben konnte?
Und welche andere Rechtfertigung gab es gegenüber den hart arbeitenden jungen Schauspielerinnen, die ihr im Talent vielleicht durchaus ebenbürtig waren, denen aber das feine Gespür für die Strategie des Angriffs und der Verführung fehlte?
Ja, die Zeit hatte sie verändert. Die alte Annie hatte ehrlich gekämpft und mehr verloren, als sie gewann. Aber dank Harmon Kurth und Rima Baines spielte die heutige Annie mit harten Bandagen – und gewann.
Annie glaubte an ihr Talent. Aber das Showbusiness war eine Welt, in

der das Überleben der Stärksten nicht notwendig das Überleben der Besten bedeutete.
Und sie mußte überleben – ohne Rücksicht auf die Folgen.
Auch wenn diese Folgen vielleicht schwerwiegend waren.
Die Gleichung war wie ein helles Licht, das ihren Intellekt blendete. Es überfiel sie immer spätnachts, auf den Spuren der zermürbenden Arbeit des Tages, es quälte sie kurz und trieb sie dann in einen tiefen Schlaf.
Gott sei Dank kam es gegen ihre Müdigkeit nicht an.
Andererseits ging es aber auch nicht weg.

Aber inzwischen gab es so viele Annies und sowenig Zeit, mit ihnen allen ins reine zu kommen ...
Über ein Jahr war vergangen seit dem Tag, als sie auf Roy Derans abgenutzter Couch zum erstenmal diese schwarze Tiefe der Übelkeit erlebt hatte, in die sie hinabsteigen mußte, wenn sie eine Rolle mit Leben erfüllen wollte. Sie hatte gelernt, in ihrer Umklammerung zu atmen und zu funktionieren, anstatt von ihrer schrecklichen Macht zerstört zu werden.
Aber das Schwindelgefühl der Erfahrung hatte sich langsam in allen Winkeln ihrer Schauspielerpersönlichkeit ausgebreitet. Und jetzt war es wie ein kosmischer Kaninchenbau, in den sie jeden Tag versank, ein Ort, an dem berauschende Zaubertränke sie in Wesen fremdartiger Proportionen verwandelten und an dem sie ihre Identität weit hinter sich ließ.
Diese unheimlichen Metamorphosen waren die Rollen, die sie spielte.
Jeden Abend setzte sie ihr persönliches Wesen gegen die verführerische Leere der fiktiven Charaktere, die sie schuf. In diesem gefährlichen Spiel konnte sie nur ihr Selbst als Künstler finden oder sich für immer verlieren.
Das Gefühl war so berauschend, so sinnlich greifbar, daß sie danach wie ein Schlafwandler vor dem Vorhang stand, wie betäubt von der Intensität ihrer Darstellung.
Sie dachte an Roys oft wiederholtes Sprichwort: *Ihr tötet ein Stückchen von euch selbst zugunsten der Rolle. Und wenn ihr es gut genug macht, wird euch die Rolle etwas zurückgeben. Etwas, an das ihr euch halten könnt.*
Sie hoffte, daß er recht hatte. Aber sie merkte immer mehr, daß sie sich nach dem Spiel selbst sehnte. Es war zu ihrem Herzblut geworden.
Annie wurde bald zu einer Meisterin der Illusion. Es war eine gefährliche, unpersönliche Meisterschaft, denn je mehr sie ein Publikum mit

ihrer Schönheit, ihrer geheimnisvollen Sexualität, ihrer perfekten Technik in den Bann schlagen konnte, desto weiter trat die wirkliche Annie Havilland zurück, ein bleicher Schatten, der für ewig zwischen der Rolle und dem Publikum gefangen war.

In der Zwischenzeit warf sie die geballte Kraft ihrer Energie und eine Gerissenheit, die sie zuvor nie besessen hatte, in den Kampf, Arbeit zu finden.

Sie stürzte sich mit wütender Besessenheit in die Suche nach Rollen und gestand sich das auch ein. Es schien wirklich etwas Blutdürstiges und Unmenschliches hinter dieser Besessenheit zu stehen, so als sei es gar nicht der Erfolg, den sie suchte, sondern die reine Macht, die Macht, Dinge geschehen zu lassen, Leute zu bewegen, andere und sich selbst zu verändern.

Die verzehrende Zwanghaftigkeit hinter ihrer Arbeit erschreckte sie. Manchmal fragte sie sich verzweifelt, ob es wirklich diese Berg-und-Tal-Fahrt war, die sie vom Leben erwartete. Tief drinnen sehnte sie sich vielleicht nach dem beruhigenden Gefühl privaten Friedens, das sie seit Harry Havillands Tod nicht mehr gespürt und eigentlich noch nie vollkommen erfahren hatte. Ein Frieden, der gerade außerhalb ihrer Reichweite lag, hinter der nächsten Rolle, der nächsten Errungenschaft, der nächsten Herausforderung ...

Aber sie wagte es nicht, bei solchen Gedanken zu verweilen, denn sie störten das zerbrechliche Gleichgewicht, das ihr noch geblieben war.

Suche Arbeit, eine neue Rolle. Erschaffe einen neuen Charakter. Mach dich bemerkbar. Arbeite weiter! Sollten die Produzenten sie ruhig aus den verkehrten Gründen engagieren, wenn es ihnen gefiel – solange sie sie nur engagierten! Gleichgültig auch, aus welchen geheimen Gründen die Zuschauer applaudierten, solange sie nur ins Theater kamen und ihr die kostbare Gelegenheit gaben, in einem Charakter zu versinken und so ihren Zauber zu spinnen.

Arbeit, Arbeit, Arbeit. Such dir noch mehr Arbeit. Arbeite weiter. Alles andere unterwarf sich Annies einzigem und unteilbarem Streben. Sie war wie eine Rakete, angetrieben von einer Kraft, die sie nicht verstand. Ihr Talent brannte ihr ein Loch in die Tasche, und es wuchs so schnell, daß sie es herauslassen mußte, koste es, was es wolle.

Und zu ihrer Überraschung entdeckte sie, daß es in diesem Mahlstrom, in dem sie herumwirbelte, eine ironische Gegenstimme gab, die ihr zu eben der Entwicklung, die sie verzehrte, gratulierte.

Es waren die Kritiken.

Alle ohne Ausnahme waren enthusiastisch, und ihre Wirkung wurde nur von der Bedeutung der Rolle oder der Produktion, in der sie spielte, abgeschwächt.

»Von betörender Schönheit ...«

»Eine Schauspielerin von erstaunlicher Reife und großem Talent ...«

»Die vielversprechendste Schülerin, die Roy Derans exklusives Studio 37 in zwei Jahrzehnten hervorgebracht hat ...«

»Aus ihren Augen strahlen fremdartige Energien bis zur letzten Reihe des Theaters ...«

»Eine Schauspielerin mit großer Zukunft. Wir werden ein Auge auf sie haben ...«

Annie achtete nicht auf die Einzelheiten der Artikel, nicht nur, weil Roy sie immer wieder davor gewarnt hatte, Rezensionen zu lesen, sondern weil die glatten Worte der Kritiker nichts über das aussagten, was sie in die Rolle zu legen versucht und was sie ihrem Gefühl nach erreicht hatte. Aber allein die Tatsache, daß man sie begeistert rezensierte und ihr einstimmig eine glänzende Zukunft prophezeite, bedeutete noch etwas ganz anderes. Denn Annie erkannte, daß ihre Karriere eine Ebene erreicht hatte, auf der sie nicht mehr lange bleiben durfte. Ihr Zeitplan erlaubte keine Verzögerungen.

Und ob nun mit oder ohne Kritiken, ihre Arbeit brachte sie keinen Schritt näher an Hollywood heran, wo, wie sie wußte, die nächste Wende ihres Schicksals lag.

Auf ihr Beharren hatte Barry Stein seine Fühler nach Hollywood ausgestreckt.

Sie sei bereit, jede Rolle anzunehmen, sagte sie ihm, gleichgültig wie klein, vorausgesetzt, sie komme von einer Produktionsfirma aus Hollywood. Fernsehen sei genausogut wie Kino, solange sie nur endlich vor eine Kamera komme. Sicherlich würde ihr Ruf ausreichen, damit er für sie etwas finde.

Als er mit leeren Händen zurückkehrte, schien sie mehr nachdenklich als ärgerlich.

»Du mußt Geduld haben, Kleine«, tröstete er sie. »Zur Zeit findet niemand Arbeit in Hollywood. Entspann dich und bleib in New York. Hier bist du bekannt.«

»Genau hier täuschst du dich.« Annie schüttelte den Kopf. »Die Leute hier kennen mein Gesicht aus Werbespots und Anzeigen. Aber sie wissen nicht, wer ich bin. Ich bin nur ein Gesicht. Ich bin anonym. Nicht einmal die Leute, die mich im Theater gesehen haben, bringen mich mit meinem Namen in Verbindung – ich bin einfach noch nicht präsent genug.«

Barry seufzte. »Annie, unter Agenten gibt es ein altes Sprichwort: Zuerst das Gesicht, dann der Name. Du mußt nur dein Gesicht immer wieder der Öffentlichkeit präsentieren. Die finden dann früh genug heraus, wer du bist. Das passiert dann über Nacht, bei einem Engagement. Es wird dir auch passieren, mach dir deswegen keine Sorgen!«

Aber er hatte ihre Besorgnis falsch verstanden. Sein erfolgloser Versuch, in Hollywood Arbeit für sie zu finden, war ja nur der Lackmustest gewesen, der ihre Befürchtungen über die unsichtbaren Hindernisse, die ihr dort im Weg lagen, bestätigte.

Nicht einmal der einflußreichste Agent hätte Erfolg gehabt, wo Barry versagt hatte. Nein, dort gab es keine Arbeit.

Das würde sich auch nicht ändern, wenn sie es am Broadway bis zur absoluten Spitze schaffte und ihr jeder Kritiker zu Füßen läge. Sie würde trotzdem in Hollywood keine Arbeit finden.

Zumindest solange nicht, wie die Arbeit aus den Kanälen der Hollywood-Hierarchie kam – eine Hierarchie, die Harmon Kurth dominierte.

Aber ihre Lage erschreckte sie nicht. Sie war statt dessen ein Problem, das ihren scharfen Intellekt reizte.

Sie verbrachte ihre Freizeit damit, die entfernten, festen Mauern, die sie überwinden wollte, nach Rissen abzusuchen.

Ich muß klein anfangen, beschloß sie. Ohne Zweifel noch kleiner als bei Hal Parry, der sie ja schließlich für einen wichtigen, aufwendigen Spot engagiert hatte.

Noch kleiner.

Was für eine Herausforderung. Sie mußte so weit kommen, daß man sie bemerkte, aber auf eine so unauffällige Weise, daß die mächtigen Herrscher Hollywoods nicht bemerkten, daß man sie bemerkte!

Zumindest so lange nicht, bis sie sie nicht mehr aufhalten konnten.

Aber wie?

Ihr Mut bereitete sich auf den Kampf vor, aber noch hatte sie den Schlüssel zur Lösung nicht gefunden.

Wochen vergingen. Sie fragte jeden, den sie kannte, nach Möglichkeiten bei Film oder Fernsehen. Sie überdachte alles noch einmal, was sie über Hollywood wußte oder vermutete.

Die Burg schien uneinnehmbar. Es war eine in sich geschlossene Welt, in der jeder jeden kannte. Wer aus ihr verbannt war, konnte sich nirgends

zeigen, ohne daß man ihm die Tür vor der Nase zuwarf. Sogar heute noch fanden viele der McCarthy-Opfer keine Arbeit.
Doch plötzlich hatte sie die Lösung.
An einem verschneiten Dezembermorgen saß sie in ihrer Mansarde, dreitausend Meilen von ihrem Ziel entfernt, und las die Ausgabe der *Los Angeles Times* vom Vortag.
Immer und immer wieder hatte sie die lokalen Nachrichten über Rassenunruhen, Smog und Verkehrsprobleme überflogen. Ironischerweise blieb ihr Blick an einem Artikel über die beabsichtigte Verleihung des Verdienstordens an Harmon Kurth wegen seiner herausragenden Verdienste um die Gemeinschaft hängen.
Annie lächelte und nickte anerkennend über die Stärke des Feindes. Aber ihr Vergnügen war nur von kurzer Dauer, denn die Durchsicht der kalifornischen Nachrichten hatte ihr auch nicht den Funken einer Idee gebracht.
Aber dann wanderte ihr Blick ziellos über die Anzeigenseiten.

18

Los Angeles, 3. Januar 1969

Al Cantele hatte Sorgen.
Cantele und Beale, Inc., mehr als zwölf Jahre lang der erfolgreichste Händler für Importautos in Los Angeles, verlor Geld. Und zwar ziemlich schnell.
Verkaufsanreize für amerikanische Autos, billiges Benzin, geringe Arbeitslosenzahlen und hohe Einkommen hatten Cantele und Beales Umsatz in den vergangenen beiden Jahren um dreißig Prozent schrumpfen lassen. Die Vorbehalte der Amerikaner gegen ausländische Produkte als Folge der andauernden Vietnam-Krise machten die Sache nur noch schlimmer.
Al hatte sich auf den Importhandel verlegt, als die hübschen kleinen Importautos eben in Mode kamen. Für einen schlauen Händler schien das damals das einzig richtige.
Aber nun flaute die Mode wieder ab.
Die drei Filialen der bedrängten Firmen in Los Angeles konzentrierten sich in dem verzweifelten Versuch, die Verluste aufzufangen, auf den Verkauf von Gebrauchtwagen. Aber wenn es nicht bald eine Wende zum Besseren gab, mußte eine der Filialen geschlossen werden, vielleicht sogar zwei.

Auf den Rat seiner Buchhalter hin hatte Al Cantele seinen Partner Jerry überredet, die Werbung zu intensivieren. Ihr traditioneller Werbespot erschien nun häufiger und zu ungewöhnlichen Zeiten in den Fernsehprogrammen. Diese zusätzlichen Schaltungen ergänzten die üblichen Sendezeiten während des Spätfilms am Samstag und Sonntag im Channel 4, den die beiden Autohändler schon seit fast einem Jahrzehnt sponserten.

Der Spot, fast schon eine Institution für die Zuschauer, zeigte zwei korpulente Herren mittleren Alters, die neben einem glänzenden Importwagen mit einem riesigen Preisschild standen, die Vorzüge des Autos priesen und am Ende einstimmig riefen: »Cantele und Beale – Ihr Autoziel!«

Al Cantele und Jerry Beale waren feste Größen in Los Angeles.

Aber jetzt ging es mit ihnen den Bach hinunter.

Jerrys Ehe mit Doris Beale lag seit Jahren auf Eis, wie die schwachen Drinks, an denen Doris im Country Club nippte. Bei Al, vor 54 Jahren als Alonzo Cantele in Detroit geboren, standen die Dinge kaum besser. Seine Frau Shirley war in den Wechseljahren, nörgelte beständig und hatte ihn seit fast einem Jahr nicht mehr zu sich ins Bett gelassen.

Ihr Sohn David, ein Schauspielschüler, zeigte alle Anzeichen des Schwulseins und fuhr jedes zweite Wochenende in einem Cantele-Auto mit Händlerschildern nach San Francisco.

Die Tochter Lia, mit 13 noch ein Engel, war zu einem entsetzlichen Teenager geworden, die mit dem unnützen Sohn der reichen Nachbarn, der Lagadons, herumhing. Der Junge war ein verzogenes Würstchen und rauschgiftsüchtig, wie Al vermutete. Er war blaß, dauernd verschnupft und sah sehr hinterhältig aus, trug alle möglichen Amulette, die zu seinen schmutzigen langen Haaren paßten, und zeigte Al mit einem wissenden Lächeln immer dieses lächerliche Friedenszeichen, wenn er Lia abholte.

Die Familie brach auseinander. Wenn es nicht bald besser wurde, mußte die Firma mit großem Verlust verkauft werden, und Al konnte sich mit seinen fünfzig Jahren nach einer neuen Karriere umsehen.

Diese trüben Gedanken gingen Al eines Donnerstagvormittags durch den Kopf, während er seinen Kaffee wie gewöhnlich mit Sahne und Zucker trank und den Stapel Rechnungen anstarrte, der deutlich zeigte, wie schlecht die Geschäfte gingen.

Jerry war wie gewöhnlich beim Golfspielen. Es war seine Antwort auf alles.

Die Sekretärin erschien in der Tür und sah ihn über ihre Bifokalbrille hinweg skeptisch an.

»Da ist ein Mädchen für Sie, das Sie sprechen will. Ist wichtig, sagt sie. Sie will mir nicht sagen, um was es geht.«
Al stand mürrisch auf und sah durch die Glastür ins Vorzimmer. Mißtrauen mischte sich mit dem erfolglosen Versuch, seine Bewunderung zu verbergen, als er das Mädchen musterte, das auf dem Vinylsofa neben dem Wasserbehälter saß und den Blick gleichmütig auf den Fernsehschirm gerichtet hielt.
Sie sah auf und schenkte ihm ein sonniges Lächeln. Es paßte eigenartig zum sinnlichen Glanz ihrer Augen. Sie winkte ihm zu und warf sich die üppigen, schwarzen Haare über die zarten Schultern unter der Lederjacke.
Er warf im Geist eine Münze. »Führen Sie sie herein, aber machen Sie es schnell«, sagte er zu Margaret, die, wie er wußte, mindestens zweimal pro Woche mit Shirley telefonierte und die auf keinen Fall etwas von seinen sexuellen Beziehungen erfahren durfte, die er unterhielt, um nicht verrückt zu werden.
Auf einen Wink der Sekretärin stand das Mädchen auf und kam flott, mit der Tasche über der Schulter, in sein Büro.
»Miss ...?« fragte Al und wies auf einen Sessel neben seinem Schreibtisch.
»Havilland«, ergänzte sie. »Vielen Dank, daß Sie Zeit für mich haben, Mr. Cantele.«
»Nun.« Al legte die Fingerspitzen aneinander und sah ihr vorsichtig in die Augen. »Was verschafft mir das Vergnügen?«
»Ich will gleich zur Sache kommen«, entgegnete sie und schlug die Beine übereinander. »Ich glaube, wir können uns gegenseitig helfen. Ich suche nach einer interessanten Arbeit in der Werbung, und wenn meine Vermutung richtig ist, dann können auch Sie in diesem Bereich Hilfe brauchen.«
»Ich verstehe nicht«, sagte Al. »Unsere Interessen werden von Fiore und Associates angemessen vertreten, und das seit Jahren. Ich weiß nicht, was Sie zu mir geführt hat, Miss ...«
»Nennen Sie mich Annie. Was mich zu Ihnen führte, ist die Tatsache, daß Sie in den letzten beiden Jahren fast eine Million Dollar verloren haben und daß das Geld, das Sie für diese müden alten Spots ausgeben, zum Fenster hinausgeworfen ist.«
Al wurde rot.
»Hören Sie zu, junge Dame«, sagte er. »Ich brauche keinen dahergelaufenen Niemand, der mir etwas von meinen Geschäften erzählt. Aber wenn Sie natürlich ein Auto kaufen wollen ...«

Sie stand unvermittelt auf. Der Anblick ihrer Schenkel, die sich in ihrer Hose bewegten, nahm Al fast den Atem. Er beschloß, höflicher zu ihr zu sein.
»Genau um das geht's mir«, sagte sie, und die Umrisse eines festen jungen Busens zeichneten sich unter ihrer Bluse ab, während sie sich eine Locke von der Wange strich. »Wenn ich mir ein Auto kaufen wollte, würde ich mich bei einem Händler umsehen, dessen Ambiente zu mir paßt. Ihre Spots präsentieren Cantele und Beale als ein Paar übergewichtiger Gebrauchtwagenhändler auf der Suche nach Tölpeln. Ich persönlich würde eher etwas Schnittigeres, Modernes, etwas weniger Stereotypes bevorzugen.«
Sie lächelte auf ihn hinunter.
»Das mit dem Übergewicht habe ich nicht so ernst gemeint«, sagte sie. »Sie sind ja eigentlich ein sehr attraktiver Mann, Mr. Cantele. Ich meinte nur den Spot.« Während Als Verstand überlegte, auf was sie eigentlich hinauswollte, konzentrierte sich sein Gefühl auf ihren phantastischen Körper. Schöne Mädchen wie dieses kannte er nur von Bildern.
»Was schlagen Sie vor?« fragte er.
»Ich habe lange darüber nachgedacht«, antwortete sie. »Ich glaube, Sie brauchen ein Mädchen in Ihren Spots. Jemand, der ein jüngeres, mehr spielerisches Image rüberbringt.«
»Jemand wie Sie«, sagte Al mit spitzen Lippen.
Sie nickte, und die Haare tanzten ihr um die Schultern.
»Ich möchte Ihnen etwas zeigen, wenn Sie einen Augenblick Zeit haben. In Ihrem Ausstellungsraum.«
Er stand schulterzuckend auf und folgte ihr, den Blick unverwandt auf ihre Hüften gerichtet, während sie ging.
Im Ausstellungsraum öffnete sie die Tür einer seiner neuen Limousinen und setzte sich hinter das Steuer. Sie legte den Sicherheitsgurt an und sah zu ihm hoch.
»Kommen Sie zu Cantele und Beale«, sagte sie mit rauchiger Stimme, und ein leichtes Lächeln kräuselte ihre Lippen, »und machen Sie sich's bequem – so wie ich.«
Der Sicherheitsgurt lag sanft an ihrer schlanken Taille und schien fast ihre Brust zu streicheln. Al sah sie fasziniert an.
»Cantele und Beale bringen mich in Schwung wie nie«, flüsterte sie und sah ihn von unten her an, während ihre Knie sich unter dem Lenkrad bewegten. »Warum nicht auch Sie?«
Sie wirkte so sinnlich, daß Al fast rot geworden wäre.

Sie lächelte weiter, ihr Blick hypnotisierte ihn fast.
»Und?« fragte sie. »Habe ich Sie überzeugt?«
Al holte tief Atem. Sein Seufzen verriet eine Erregung, die er nicht dämpfen konnte.
»Gut«, sagte er resigniert. »Sie haben mich überzeugt, daß ich Sie zum Mittagessen einladen sollte.«
»Abgemacht«, sagte sie, öffnete den Sicherheitsgurt und glitt behende aus dem Sitz. Al nahm ihre schmale Hand und half ihr heraus.
Er spürte einen Hunger in seinen Lenden, der hundertmal stärker war als der in seinem Magen. Er wollte das Mädchen bis zu Ende anhören, beschloß er. Wenn nichts dabei herauskam, hatte er wenigstens eine Stunde in ihrer Gesellschaft verbracht. Eine Stunde wie diese reichte einem Mann für tausend Träume.
Aber vielleicht führte sie auch zu etwas Größerem.
Seit elf Monaten hatte er seine Frau nicht mehr geliebt.

Al Cantele wußte nicht, was über ihn gekommen war.
Wie angetrieben von dem unerklärlichen Zwang, das wunderbare junge Mädchen zu beeindrucken, das in die Enge seiner geschäftlichen Probleme eingedrungen war, führte er sie in eines der intimsten Restaurants am Wilshire Boulevard.
Sie sprachen über ihren Plan für Cantele und Beales neues Image. Es widersprach in jeder Hinsicht Als eigenen Vorstellungen, nicht nur von sich selbst und der Firma, sondern auch von dem angemessenen Image der unromantischen, robusten wirtschaftlichen Importwagen, die er verkaufte.
Aber nach zwei Martinis und langen Blicken in die großen Silberaugen seiner Begleiterin klang die ganze Sache dann plötzlich doch einleuchtend.
Als er etwas später am Nachmittag wieder nüchtern wurde, sah er in der Herrentoilette seines Ladens in den Spiegel und beschloß, Fiore und Associates von seiner neuen Idee zu informieren und ihnen die junge Frau zu präsentieren, die er persönlich für die Schlüsselrolle entdeckt hatte.
Martin Fiore schien zunächst skeptisch. Schließlich hatten er und seine Agentur Cantele und Beale zu einer Institution in Los Angeles gemacht. Die Öffentlichkeit verband die lächelnden, verschmitzten Gesichter mit dem Spätprogramm und tausend alten Filmen. Ihr Slogan »Cantele und Beale – Ihr Autoziel!« war Martin Fiore so lieb wie seine Familie, denn er hatte ihn vor fast einem Jahrzehnt selbst kreiert.

Auf der anderen Seite machte er sich über seinen Vertrag mit Cantele und Beale seit geraumer Zeit Sorgen. Er kostete seinen Kunden viel Geld, und dessen Geschäfte brachten von Tag zu Tag größere Verluste. Wenn das so weiterging, würde er bald zu einer anderen Agentur wechseln oder ganz einpacken.

Martin Fiore war also in der Stimmung, sich alles anzuhören, was Al Cantele zu sagen hatte.

Und das Mädchen, Annie Havilland, sah so wundervoll aus, daß auch Martin von ihr fasziniert war. Er überlegte sich, wie Als Beziehung zu ihr wohl aussah. Jeder wußte, daß Shirley Cantele Al schon vor Monaten aus ihrem Bett geworfen hatte, und Al, ein anständiger Familienvater, war sich für ein paar Seitensprünge nie zu schade gewesen.

So hörte Martin Fiore zu, während sein Blick zwischen Al und dem Mädchen hin- und herwanderte.

Am Ende lächelte er.

»Machen wir doch ein paar Probeaufnahmen«, sagte er und nickte. Er war bereit, alles zumindest einmal auszuprobieren.

Jerry Beale, für einen zweiwöchigen Golfurlaub in Palm Springs, wußte nichts von den neuen Plänen seines Partners, bis er bei seiner Rückkehr die Nachricht vorfand, er solle sich mit Al bei Fiore und Associates wegen »einer kleinen Überraschung« treffen.

Noch brauner als sonst unter den schütteren blonden Haaren, saß Jerry in Martin Fiores Büro, als das Licht ausging und der Videorekorder anlief.

Was er sah, ließ ihn blinzeln.

Annie Havilland saß hinter dem Steuer eines flotten kleinen Importwagens, die geschmeidigen Hüften und Schenkel in Designerhosen und mit einem engen Top, das den Ansatz ihres festen Busens zeigte, während sie mit nackten, schlanken und milchigweißen Armen das Steuer hielt.

»Ich kam zu Cantele und Beale, weil ich was Bequemes wollte«, lächelte sie, ihre Stimme sinnlich und einladend. »Und glauben Sie mir, ich bin zufrieden. Wenn Sie Freude am Fahren haben wie ich, dann kommen Sie doch zu uns. Cantele und Beale bringt Sie mit Schwung zum Ziel.«

Sie legte sich den Sicherheitsgurt um die Taille. Er hob sanft ihren Busen.

Sexy Autos für Leute mit Pep, lautete der Slogan am Ende des Spots.

Al Cantele wandte sich seinem erstaunten Partner zu. Jerry Beale war blaß geworden unter seiner Palm-Springs-Bräune.

»Na?« fragte Al. »Den Feind kennen wir jetzt, und der sind wir selber, Partner. Warum nicht mal was Neues ausprobieren?«

Jerry dachte fieberhaft nach. Er hatte von Al Cantele wirklich die Nase voll. Seit Jahren hoffte er, Al würde ihn auszahlen, damit er sich ganz dem Golf widmen konnte. Aber jetzt, da das Geschäft so viel Geld verlor, stand dieser Traum ganz außer Frage.

Und jetzt, dachte er, war da dieses Mädchen, mit den wehenden Haaren, den Schlafzimmeraugen und dem verführerischen Lächeln, wie aus dem Nichts. Es war kaum zu glauben.

Wenn es auf Gottes Erde etwas gab, das in ein lahmes Geschäft wieder Schwung bringen konnte, dann nur sie.

»Ich glaube, daß es funktioniert, Al«, sagte Jerry vorsichtig. »Es kann nichts schaden, es einmal eine Weile auszuprobieren.«

Al lächelte. »Dann sind wir im Geschäft, Marty.«

Sie gaben sich die Hände. Voller Stolz führte Al Annie aus dem Zimmer. Seit zwei Wochen hing er beständig an ihrem Arm oder telefonierte mit ihr. Aber ihrem wunderbaren Körper, den sie ihm vor die Augen hielt wie einen Talisman, war er noch keinen Zentimeter näher gekommen. Irgendwie machte das auch gar nichts aus. Was sie auf Film vollbrachte, war so gigantisch, daß seine Hoffnungen für das Geschäft seine verzweifelte Sehnsucht nach ihrem Körper linderten.

Der Spot ging Ende Februar zum erstenmal in Sendung. Man hatte ihn so gelegt, daß er gleichzeitig mit einem Film erschien, der bei jungen Leuten sehr beliebt war.

Eine augenblickliche Sensation war die Folge.

Die Ausstellungsräume von Cantele und Beale waren am folgenden Morgen so voll wie seit sechs Jahren nicht mehr.

Martin Fiore war so schlau gewesen, lebensgroße Pappfiguren von Annie drucken zu lassen und sie zwischen den Autos aufzustellen, vor denen sich jetzt die Kunden drängten.

Ein Dutzend Verkäufer hatten von den drei Filialleitern Anrufe erhalten mit der Bitte, doch ihre freien Tage aufzugeben und bei der Bewältigung des Kundenansturms zu helfen.

Keiner hatte Zeit für eine Mittagspause oder wenigstens einen Kaffee. In einem hektischen Chaos von klappernden Schlüsseln, zuschlagenden Türen, Testfahrten, Bestellungen und Finanzierungsvereinbarungen verging der Tag.

Es wurde zu Cantele und Beales erfolgreichstem Samstag.

Innerhalb von vierundzwanzig Stunden hatte das neue Image das alte vollkommen verdrängt.

Der Spot wurde am Samstagabend und während der Sportsendungen am Sonntag wiederholt.

Nachrichten verbreiten sich schnell im Automobilgeschäft, und jeder größere Händler im Umkreis der Stadt, von Malibu bis San Bernardino, schaltete den Fernseher ein, um sich den Spot anzusehen. Alle waren beeindruckt von Cantele und Beales Mut, ein bewährtes altes Image aufzugeben. Ihre Initiative war lobenswert, gleichgültig, wie verzweifelt sie auch schien angesichts der Verluste, die sie machten.

Niemand wußte, daß drei Autohändler sich den Spot mit besonderem Interesse ansahen. Denn die drei hatten kaum die Absicht, ihren Kummer publik zu machen.

Don McCarthy von Pacific Motors erkannte Annie Havilland sofort. Sie war vor vier Wochen mit der gleichen Idee zu ihm gekommen, aber er hatte sie von seiner Sekretärin höflich zur Tür bringen lassen.

Paul Piotrowski von West Side Importers identifizierte Annie als die hübsche junge Frau, die vor einem guten Monat in seinem Vorzimmer aufgetaucht war und die er nicht empfangen wollte, weil er Frau und Tochter im Büro hatte.

Dean Ferratin von Ferratin Motors wurde rot wie eine Tomate, als er den Spot sah. Annie Havilland hatte ihm exakt die gleiche Vorstellung geboten, bis hin zu dem sinnlich engen Sicherheitsgurt.

Und er hatte sie einfach abgewiesen.

19

Los Angeles, 16. April 1969

An einem Freitagabend sechs Wochen später spazierte Annie mit Beth Holland über den hellerleuchteten Fußweg an der Südseite des Santa Monica Boulevard. Sie wollten nach La Cienega, wo Beth ihren Freund Michael in einer Bar treffen sollte, während Annie zu Hause einen ruhigen Abend über einem Buch verbringen wollte.

Seit der überraschend erfolgreichen Ausstrahlung des ersten Spots von Cantele und Beale Imports war Annie noch zweimal an die Westküste zurückgekehrt, um neue Folgen vorzubereiten, und sie hatte Beths Angebot, deren Wohnung zur Basis ihrer Operationen in L.A. zu machen, dankbar angenommen.

Annies Gesicht hatte bereits eine anonyme, aber provozierende Wirkung bei zweieinhalb Millionen Angelenos gezeigt, denn viele von ihnen überlegten sich gerade, daß ein sparsamer Importwagen ein ideales Transportmittel für die Autobahnen sei – trotz der bekannten Warnung,

kleine Autos seien bei Auffahrunfällen mit hoher Geschwindigkeit gefährdeter als große.
Al Cantele schwebte im siebten Himmel; er hatte es seinem faulen Partner gezeigt und den Umsatz drastisch gesteigert.
Jerry Beale überdachte inzwischen seinen alten Plan, sich von Al auszahlen zu lassen, sich nach Palm Springs zurückzuziehen und ganz dem Golfspiel zu widmen. Das Geschäft war einfach zu verlockend, um es jetzt zu verlassen.
Und Annie betrachtete ihren strategischen Auftritt in der Öffentlichkeit an der Peripherie Hollywoods mit vorsichtigem Optimismus. Sie hatte zwar mit Erfolg auf sich aufmerksam gemacht, aber nicht bei den richtigen Leuten. Nun, da sie sich als Sprecherin von Cantele und Beale etabliert hatte, überlegte sie bereits ihren nächsten Zug.
In der Zwischenzeit genoß sie die Gelegenheit, ihre Bekanntschaft mit Hollywood aufzufrischen. Wenn sie nicht mit Martin Fiore und seiner Filmcrew arbeitete, erkundete sie in einem Auto, das Al Cantele ihr großzügig zur Verfügung gestellt hatte, die Gegend. Nur langsam überwand sie ihre Angst vor den Autobahnen, denn sie war in einer ruhigen Kleinstadt aufgewachsen und in New York City nie Auto gefahren.
Aber der dichte Verkehr auf den großen Boulevards schreckte sie nicht, und sie liebte es einfach, die ruhigen, alten Straßen in den Flats und den wohlhabenden Wohngebieten in den Hügeln zu erkunden.
Beth hatte erstaunt zugehört, als Annie ihr wenig bekannte Sehenswürdigkeiten von Hollywood zeigte, wie etwa das alte, graue Gebäude am North Laurel, in dem F. Scott Fitzgerald wenige Monate vor seinem Tod an *Der letzte Tycoon* geschrieben hatte, und das Haus an der Hayworth Avenue, wo er, ausgezehrt von Alkohol und Verzweiflung, in der Wohnung der Kolumnistin Shielah Grahams gestorben war.
»Mädchen«, rief Beth und warf das sandfarbene Haar zurück, »du weißt ja jetzt schon mehr über den Ort, als ich je wissen werde. Und dabei bin ich gleich hinter den Hügeln aufgewachsen. Ich bin froh, daß du mich hierhergebracht hast. Ein ganz schöner Unterschied zu Sherman Oaks, was?«
Beth schüttelte den Kopf, wenn sie an die langweiligen Vorortstraßen und die barackenähnlichen Wohnblocks dachte, in denen sie wohnte, seit sie vor sechs Jahren ihre Familie verlassen hatte. Dieser Teil West-Hollywoods war für sie nie mehr gewesen als ein städtischer Bezirk, an dem man auf dem Weg nach Beverly Hills vorbeifuhr. Da mußte erst Annie, eine Fremde, kommen, um ihr zu zeigen, daß hinter den

vertrauten Fassaden, die man durch die Windschutzscheibe sah, eine faszinierende Geschichte schlummerte.

»Wer weiß?« lächelte Annie und schwang ihre Tasche beim Gehen. »Vielleicht ziehst du eines Tages hier ein, nur so zum Spaß.«

»Bei diesen Mieten? Du träumst ja wohl«, erwiderte Beth und überschlug in Gedanken ihr Sekretärinnengehalt und die Hoffnung, mit Michael – oder einem anderen Michael – eine Familie zu gründen und sich, im Valley zweifellos, niederzulassen. »Aber es ist trotzdem eine hübsche Vorstellung. Wie findest du bloß diese abgelegenen Winkel?«

»Mir macht es Spaß, neue Städte zu erkunden. Das macht sie für mich dann wirklicher«, antwortete Annie. »Manchmal habe ich das Gefühl, nicht in ihnen leben zu können, wenn ich sie nicht irgendwie in der Zeit einordnen kann. Du weißt schon – sie mit Ereignissen aus der Zeit in Verbindung zu bringen, als diese Gebäude neu waren. Ich bin eine geborene Touristin.«

Das entsprach mehr der Wahrheit, als Beth wissen konnte. In ihrem ersten Jahr in New York hatte Annie jedes Wochenende damit zugebracht, jede Straße, jede Gasse und jedes Viertel vom Battery Park bis zu den Cloisters zu erkunden, ohne auf die Gefahren zu achten, vor denen man sie in diesen Gegenden gewarnt hatte.

Und jetzt, da ihre Entschlossenheit, in Hollywood Arbeit zu finden, sie regelmäßig hierher brachte, war sie fest entschlossen, ihre furchtlosen Wanderungen auch hier fortzusetzen, obwohl sie natürlich merkte, daß sie viel mit dem Auto fahren mußte, da es eine U-Bahn wie in New York nicht gab und auch wahrscheinlich nie geben würde.

Aber es war mehr als nur touristisches Interesse, das sie die Gegend so gründlich erforschen ließ. Sie war überzeugt, daß sie in nicht allzu ferner Zukunft ihre vielen Verbindungen zu New York abbrechen und hier ihren Lebensunterhalt verdienen würde.

Den Sunset Boulevard war sie schon ein Dutzend Male abgefahren, von den entfernten Stränden von Pacific Palisades durch die Hügel zum schrillen, grotesken Sunset Strip und weiter durch die Ebene bis zum verrückten Gewirr der Autobahnen.

Überall, wo sie hinsah, erkannte sie die Zeichen der Filmgeschichte, wenngleich auch nur in den elenden Silhouetten zerfallener und verlassener Studios, einstürzender Wahrzeichen und den Boulevards und Kreuzungen, die ihren legendären Glitzer verloren hatten und jetzt Schnellimbißbuden und Supermärkte beherbergten.

Hollywood war eine Stadt der Relikte. Von dem bröckelnden HOLLYWOOD-Schild am Mount Lee, bei dem ein O bereits fehlte, über die

unheimlichen Fußabdrücke im Zement vor Grauman's Chinese Theater, die an längst verstorbene oder längst vergessene Stars erinnerten, bis zu den berühmten Requisiten und Kostümen, die die großen Studios jetzt versteigerten, schienen sich die Gerätschaften eines goldenen Zeitalters nach den berühmten Leuten zu sehnen, die sie überlebt hatten.
Hollywood war ein deprimierender Ort, wie jeder sagte. Annie konnte es nicht leugnen. Aber während sie das alles in sich aufnahm, fühlte sie eher die begeisterte Neugier eines Wissenschaftlers als die staunende Ehrfurcht eines Touristen oder die Enttäuschung eines Kritikers.
Die Gegenwart Hollywoods erinnerte sie an die geologischen Querschnittzeichnungen aus den Schulbüchern ihrer Kindheit, die die Erdschichtungen zeigten, mit Erde und Vegetation an der Oberfläche, dem verfaulenden organischen Material darunter und schließlich dem Urgestein als unterster Schicht – Strukturen, die Zeit und Erosion permanent veränderten.
Natürlich bedeuteten die grünen, braunen und grauen Schichten in ihren Schulbüchern Entwicklungen von Hunderttausenden von Jahren. Aber war denn nicht die mystische Landschaft Hollywoods wie eine solche geologische Struktur, die sich nur millionenfach schneller entwickelt hatte?
Schließlich drängte sich seine Geschichte, von den ersten, primitiven Filmemachern, die in die stillen Straßen der Ortsansässigen eingebrochen waren, zu den großen Jahren Hollywoods und seinem Verfall nach dem Krieg, innerhalb so weniger Jahrzehnte, daß viele der Zeugen aus den Anfängen des Films heute noch lebten.
Einige von ihnen waren ehrwürdige Stars, die in den monumentalen Häusern in den Hügeln wohnten. Andere wiederum waren kränkelnde Achtzigjährige, die in kleinen Bungalows, weit ab vom Rampenlicht, in armseligen möblierten Zimmern in den Flats oder im Country House, Hollywoods berühmten Altenheim, auf ihren Tod warteten.
Fast alle waren natürlich inzwischen ohne Arbeit, und das, seit die Macht der Studios in den Fünfzigern zu Ende ging. Aber sie waren noch da, viele von ihnen, in Fleisch und Blut, wie die Bäume und die Gräser auf der obersten geologischen Schicht in Annies Büchern. Noch immer lebendig, trotz des unausweichlichen Zerfalls, der ihre Zeit auf der Erde bald beenden würde – und voller lebendiger Erinnerungen an diejenigen, die bereits von der Bühne abgetreten waren.
Sie erinnerten sich! Annie sah sie bei Interviews im Lokalfernsehen, hörte sie im Radio und las ihre Erinnerungen in Branchenblättern und Boulevardblättern. Ihre Worte flößten ihr Ehrfurcht ein. Waren sie auch

oft selbstgerecht und hatten ein ungenaues Gedächtnis – sie waren dennoch leibhaftige Zeugen für das Leben der Barrymores, der Harlows, der Lombards, Namen, um die sich Glanz, Größe und unbeschreibliche Romantik rankten.
Aber wie lange noch? Wann verschwand der letzte Zeuge?
Denn vergänglich waren die menschlichen Wesen, die das majestätische, flüchtige Hollywood von damals erbaut und bevölkert hatten. Und doch war es bittere Ironie, daß die ewigen, unsterblichen Zeugnisse für die hervorragende Arbeit dieser Leute – zweifellos die großartigste kollektive Leistung in der Geschichte des Kinos – schneller verfaulte als ihre Erschaffer.
Denn sie waren auf vergänglichem Zelluloid, auf Filmspulen, verstümmelt vom häufigen Vorführen, verloren oder weggeworfen, weil sie den Studios keinen Profit mehr einbrachten.
Annie stimmte der Gedanke traurig, daß in vielen Fällen die verschrumpelten Überlebenden noch existierten, während die Zeugnisse ihrer frischen Jugend, ihres fast übermenschlichen Talents und ihrer Schönheit zerfallen und für immer verloren waren.
Verloren im Urgestein, während die gefallenen Blätter, bevor sie welkten und sich mit der Erde vermischten, noch wach an der Oberfläche lagen, voller lebendiger Erinnerungen, alter Liebe und Haß – hartnäckig trotz schwindender Hoffnung.
Denn Hollywood war immer ein Ort unausrottbarer Hoffnung gewesen, ein Traumland, das unermüdlich neue Träume schuf – bis heute.
Mit etwa fünf Prozent ihrer Armee von Schauspielern, Regisseuren, Designern und Technikern produzierte die Stadt weiter Filme. Und die Verzweifeltsten unter ihren Anhängern und Ehemaligen setzten ihr bestes Lächeln auf, während sie sich eine Zukunft vorstellten, in der wie durch ein Wunder die Welt der Stars und damit ihre Karriere wieder zum Leben erwachte.
Dieses tapfere Lächeln ging Annie mehr als alles andere zu Herzen. Es zeugte von der fast wahnsinnigen Hoffnungsfähigkeit, mit der sich Menschen noch an die Zukunft klammern, auch wenn deren grausame Tentakel schon das Leben aus ihren Körpern und ihren Träumen pressen.
Aber es war trotz allem eine Zukunft voller vibrierender Stimmen und leuchtender, wißbegieriger Augen. Mit jedem Tag drängten mehr ehrgeizige junge Schauspieler in die Stadt, sie belegten die Wohnungen in den Flats neben hispanischen und orientalischen Immigranten, die mehr Interesse am Überleben denn am Ruhm hatten, oder sie kamen aus dem Valley zu ihren Vorsprechterminen.

Ohne sich der Geschichte um sie herum bewußt zu sein und furchtlos trotz der Armseligkeit ihrer Lebensumstände, kamen die Hoffnungsvollen mit ihrer Jugend und ihrem Talent und wollten den Gipfel der Filmindustrie erklimmen.
Fast alle verließen die Stadt ernüchtert. Nur wenige schafften es bis zum Gipfel, nur um dann vielleicht herunterzufallen. Aber keiner war bereit, jetzt schon aufzugeben.
Annie war eine von ihnen.

Natürlich machte sie sich nie so recht deutlich, daß sie zu dieser hastenden Menge gehörte. Denn ihr Vertrauen in ihr Talent und ihr fast religiöser Glaube an ihre Zukunft sagten ihr, daß sie anders war.
Obwohl sich Annie der vielfältigen Ebenen, die Hollywood so faszinierend machten, sehr wohl bewußt war, fragte sie sich nie, auf welcher sie selbst eigentlich stand.
Sie ließ sie nebeneinander existieren, ohne daß die eine von der anderen wußte, so wie die armen Ladenbesitzer und Restaurantangestellten in den Flats jetzt Wohnungen belegten, in denen früher junge Schauspieler gelebt hatten, die zu den großen Stars der Zwanziger und Dreißiger werden sollten.
Sie konnte einfach nicht innehalten und sich ihrer eigenen Komplexität bewußt werden. Und so sah sie auch nie den jugendlichen Idealismus neben ihrem kühlen, scharfen Zynismus, der sie vor den Fallen schützte, die das Leben für die Arglosen auslegte.
Sie erkannte auch nicht, daß sie das archaische, aber wesentliche Bedürfnis nach Liebe, Geborgenheit und Trost ebenso besaß wie den abgebrühten Realismus ihres Charakters, der davor zurückschreckte, von einem anderen abhängig zu sein.
Unter ihrer ruhigen Oberfläche lagen brutaler Ehrgeiz, unterdrücktes Entsetzen, Mädchenträume, Angst vor der Einsamkeit, ein verzweifeltes Bedürfnis nach Glück und eine Sehnsucht nach etwas, das mehr war als Glück.
Alle diese Kräfte behaupteten ihren Anspruch, ohne die anderen anzuerkennen, und so konnte Annie, wenn sie sich fragte, warum sie in dem von Verfall und Arbeitslosigkeit bedrohten Showbusiness weiter auf Erfolg hoffte, dem Angriff ihrer Angst ausweichen und beruhigt feststellen, daß, gleichgültig, wie sehr die Welt sich verändert hatte und immer noch änderte, sie immer Unterhaltung brauchen würde.
Die Leute würden immer Schauspieler und Schauspielerinnen brauchen, die für sie Figuren erschufen und ihnen ihre Träume und Phantasien

vorspielten – die glorreichen Erfolge und entsetzlichen Strafen, die sie im täglichen Leben Gott sei Dank nie befielen, mit denen sie sich aber mit Hilfe des Theaters identifizieren wollten und mußten.
Und Theater hieß in der modernen Welt Film.
Die Geschichte von Hollywoods Aufstieg und Untergang schloß nicht nur die Vergangenheit ein. Sie brauchte auch eine Zukunft. Und wo es eine Zukunft gab, mußte es notwendigerweise auch Chancen geben.
Das hatte Annie schnell begriffen. Aber eine wichtige Frage war noch offen.
Warum sollte gerade Annie Havilland, aus den Tausenden junger, talentierter Leute, die jetzt, brennend vor Ehrgeiz und Hingabe an ihren Beruf, Hollywood überschwemmten und doch zum Scheitern verurteilt waren – warum sollte gerade sie den Weg zum Erfolg finden?
Weil sie mußte.
Die Antwort war einfach und blieb unausgesprochen, denn ihr gesunder Menschenverstand hatte fanatischer Überzeugung und Entschlossenheit Platz gemacht.
Und diese stumme Verwandlung fand jede Nacht statt, wenn Annie, in ihrer Mansarde in Manhattan oder in Beths Wohnung, aus der Geschäftigkeit der wachen Stunden in die kurze Zwielichtspanne der Selbstbetrachtung hinübertrieb, die schließlich zum Traum führte.
Sie würde Erfolg haben, weil sie mußte. Sie würde nie ihre Mission verraten oder von ihrem Zeitplan abweichen.
Es gab noch einen weiteren Grund.
Beth Holland konnte nicht wissen, als sie neben ihrer hübschen Zimmerkollegin herging, daß Annies Touren durch Hollywood nicht nur die einer Touristin waren.
Sie fuhr jeden Tag zu Harmon Kurths Besitz in Holmby Hills und parkte ihr Auto auf der anderen Straßenseite vor dem schmiedeeisernen Tor.
Während sie die Abgrenzung durch die Windschutzscheibe betrachtete, wiederholte sie immer wieder die Worte, mit denen Harmon Kurth versuchte hatte, ihr die Zukunft zu versperren.
Du wirst nie und unter keinen Umständen in Hollywood Karriere machen. Nie.
Das Klingeln von Kurths Anruf war ihr noch deutlich in Erinnerung.
Wenn du irgendwann in der Zukunft in meine Nähe kommen solltest, werde ich es mir zur Aufgabe machen, dich zu zerstören. Ist das klar?
Sie wiederholte die Worte langsam und nachdrücklich, während sie die abweisenden Tore zu seinem Herrschaftsbereich anstarrte. Er jagte ihr

keine Angst ein. Im Gegenteil, schon das Echo seiner Worte auf ihren Lippen gab ihr ein Gefühl der Stärke, während Kurths behütete Welt schwach und arglos wirkte.
Dann wendete sie und fuhr weg – bis zu ihrem nächsten Besuch. Aber sein Schatten lauerte im Rückspiegel und drängte die Vergangenheit in die Gegenwart.
Sie war noch nicht fertig mit Harmon Kurth.

»Komm, Mädchen, es wird langsam Zeit«, sagte Beth mit einem Blick auf die Uhr, als sie vor einer Ampel an der La Cienega warteten. »Wir wollen doch mal sehen, ob Michael heute pünktlich ist.«
»Er wird schon kommen«, lachte Annie. »Er ist doch ganz verrückt nach dir.«
»Schön wär's ja«, entgegnete Beth sarkastisch. »Ich glaube, der will erst ein Haus mit zwei Autos in der Garage, drei Hunden, einem Wellensittich und einem voll eingerichteten Kinderzimmer, bis er einem Mädchen einen Heiratsantrag macht.«
»Na, wart's mal ab«, beharrte Annie.
Sie warf einen schnellen Blick auf ihre große, attraktive Freundin und dachte an die grundlegenden Unterschiede zwischen ihnen beiden.
In bescheidenen Verhältnissen im San Fernando Valley aufgewachsen, war Beth während der High School zu einer solchen Schönheit geworden, daß sie beschlossen hatte, die Santa-Monica-Berge zu überqueren und ihr Glück im Showbusiness zu versuchen.
Aber die leicht vorspringende Nase und die etwas zu nahe beieinanderstehenden Augen hatten ihre Karriere vereitelt, und nach ein paar unbedeutenden Rollen richtete sie ihr Hauptaugenmerk mehr und mehr auf die Suche nach passender männlicher Begleitung auf einer dauerhaften und finanziell sicheren Grundlage.
Obwohl sie noch einen Agenten hatte und ab und zu auch für Rollen vorsprach, war doch klar, daß ihr Herz nicht mehr bei der Sache war und ihr Bankguthaben nur von ihrem Sekretärinnengehalt abhing.
Annie konnte nicht wissen, daß es zum Teil auch dieser schrittweise Rückzug war, der Beth ihre Gesellschaft so angenehm machte. Seit Annie vor über sechzehn Monaten aus dem Krankenhaus zurückgekehrt war und sich leise, aber bestimmt weigerte, die verdächtigen Umstände ihrer Verletzungen zu erklären, staunte Beth über das Leuchten zielstrebiger Entschlossenheit in ihren vielschichtigen Augen.
Annies lakonische Briefe seit dieser Zeit hatten bescheiden von ihrem beständigen Fortschritt in New York berichtet. Und jetzt, da die Arbeit

sie nach Hollywood geführt hatte, war deutlich zu sehen, daß ihr Ehrgeiz zu einer Rüstung geworden war, die auch den heftigsten Schlägen standhalten konnte. Sie hatte wirklich Ausdauer.
Beth fragte sich oft, ob ein solch ehrgeiziges Vorhaben im todkranken Hollywood wohl Erfolg haben konnte. Außerdem war sie fasziniert von dem Rätsel Annie, deren klare, aufrichtige Persönlichkeit einen geheimen Punkt verbarg, ein geheimnisvolles inneres Wesen, das sie selbst vielleicht gar nicht kannte.
Aber was es auch war, es machte sie nur noch attraktiver. Wie an jedem Abend waren auch heute wieder die Boulevards voll von hübschen Mädchen, die Hollywood seit zwei Generationen im Übermaß bevölkerten. Und trotzdem war nicht zu übersehen, daß die abgestumpften Augen der Männer nur an Annie hingen.
Trotz ihrer saloppen und ziemlich konservativen Jeans, des knappen Baumwolltops, das ihren Busen umspannte, und der entschieden gewöhnlichen Turnschuhe an ihren Füßen machte sie einen außerordentlichen Eindruck.
Ein paar Passanten erkannten sie als die heiße neue Sprecherin von Cantele und Beale, und einige baten sie sogar um ein Autogramm. Als sie es ihnen gab, mußte sie lachen, denn ihren Namen konnten sie ja nicht kennen.
»Sie sind großartig«, meinte ein junges Mädchen, offensichtlich von ihrem Ruhm begeistert. »Habe ich Sie nicht schon in etwas anderem gesehen?«
»Unwahrscheinlich«, erwiderte Annie. »Ich bin ja noch ein Anfänger. Aber ich habe schon als Mannequin gearbeitet. Vielleicht war es das.«
»Machen Sie weiter so – Annie«, sagte das Mädchen mit einem Blick auf das Autogramm.
»Ich werde mein Bestes tun.«
Als das Mädchen gegangen war, klopfte ihr Beth auf die Schulter.
»Na, das nenne ich Berühmtheit«, sagte sie. »Du bist doch jetzt schon auf halbem Weg zu einem Oscar.«
Aber noch während sie das sagte, wußte sie, daß Annie ihren bescheidenen Ruhm gar nicht brauchte, um Aufmerksamkeit zu erregen. Auch als vollkommen Unbekannte wäre sie das Ziel all der bewundernden Blicke auf diesen Bürgersteigen gewesen.
Annie war etwas Besonderes. Ob im Film oder in Wirklichkeit, sie hatte etwas, was sie von anderen unterschied. Beth genoß es, sich in der Öffentlichkeit ein wenig in ihrem Glanz zu sonnen.
Näher kam sie an eine so außergewöhnliche weibliche Anziehungskraft

wahrscheinlich nie heran, oder auch an einen Menschen, der sich auf dem Weg zu wirklichem Ruhm und einer großartigen Zukunft befand. Denn Beth glaubte daran, daß Annie in Hollywood Erfolg haben – oder bei dem Versuch sterben würde.

Sie erreichten das Tangerine, die Musikbar, in der Beth Michael treffen sollte. Die Klänge einer von der beliebten Creedence Clearwater Revival inspirierten Hardrockband drang in rhythmischen Stößen aus der vollen Bar.

»Komm mit, Annie«, bettelte Beth halbherzig. »Komm doch mit uns. Vielleicht triffst du jemand, der dir gefällt. Es sind immer nette Leute da.«

»Ich muß gehen«, lehnte Annie lächelnd ab. »Schöne Grüße an Michael.«

»Wirklich, Mädchen«, protestierte Beth. »Du amüsierst dich nie. Du kannst doch nicht das ganze Leben lang nur arbeiten und alleine herumspazieren. Du brauchst Gesellschaft.«

Annie hob höflich ablehnend die Schultern. »Ich mach's mir zu Hause gemütlich«, erwiderte sie.

»Wart nicht auf mich«, sagte Beth, die in ihrer großen Handtasche alles dabeihatte, was sie für eine Nacht in Michaels Wohnung brauchte. Sie kannte dort jedes Laken und jeden Kissenbezug. »Und paß auf. Es gibt eine Menge Perverse.«

»Viel Spaß«, sagte Annie mit einer Andeutung wissenden Humors. Sie winkte Beth ein letztes Mal, während sich die Türen des Tangerine hinter ihr schlossen. Dann drehte sie sich um und machte sich auf den Weg zu einem ruhigen Abend alleine.

Sie ging eben auf den Santa Monica Boulevard zu, wo sie Al Canteles roten Kleinwagen abgestellt hatte. Ihre Schritte waren flott und sportlich trotz des langen Spaziergangs mit Beth.

Läden, Restaurants und alle möglichen Bars wechselten sich in dieser Gegend ab, die von reichen Vorstädtern und Städtern, von vielen Schwulen und jungen Leuten besucht wurde, die sehen und gesehen werden wollten. Es war ein bevölkertes und lautes Viertel, aber kein besonders gefährliches.

So schlenderte Annie gemütlich an einer unbekannten Taverne vorbei, als etwas Unvorhergesehenes passierte.

Ihr Blick war an der Mischung von Art-deco-Charme und schäbigem Kommerz hängengeblieben, der in dieser Gegend so häufig war, und sie sah deshalb nicht, daß die Tür vor ihr unvermittelt geöffnet wurde.

Ein ziemlich kräftiger Mann in verwaschenen Khakihosen und einer karierten Jacke stolperte aus der Bar, stieß gegen sie und hätte sie beinahe umgerissen.
Während sie um ihr Gleichgewicht kämpfte, merkte sie, daß der Mann sehr betrunken war. Er schwankte unsicher und lehnte sich gegen die Mauer der Kneipe, offensichtlich wacklig auf den Beinen, obwohl doch sein beträchtliches Gewicht das schwache Mädchen, mit dem er zusammengestoßen war, viel mehr aus dem Gleichgewicht hätte bringen müssen als ihn.
Einen Moment lang sah er Annie an. Er hatte die fremdartigsten Augen, die sie je gesehen hatte. Klein und von einem so hellen Blau, daß sie von innen heraus erleuchtet schienen, wirkten sie trotz seiner Trunkenheit wach und eigenartig gequält. Die Intensität ihres Blicks ließ ihn aussehen wie ein Wesen von einem anderen Stern.
Aber vielleicht war nur Wut der Grund für dieses komische Leuchten, überlegte Annie, denn in diesem Augenblick kam ein junger Barkeeper aus der Kneipe und packte den Mann an der Jacke.
»Verschwinden Sie«, sagte er. »Sie haben genug. Da drinnen sind drei Kerle, die Ihnen das Hirn aus dem Schädel prügeln wollen. Also verschwinden Sie, okay? Soll ich Ihnen ein Taxi rufen?«
Der Mann antwortete überraschend klar verständlich.
»Noch einen Drink«, sagte er. »Sie bekommen ein Trinkgeld, daß Sie Ihre Mutter einen Monat nicht auf den Strich zu schicken brauchen.«
Der junge Mann wurde rot. »Schnauze«, sagte er. »Leck mich. Was glaubst du eigentlich, wer du bist.«
»Liberace, mit einer Hand auf den Rücken gebunden«, grinste der Mann. »Und Manns genug, um deinen Zuckerarsch um den Block zu schleifen, sooft du willst.«
»Hör mal«, erwiderte der Barkeeper. »Ich kenne deine Sorte, Kumpel. Du gehst nicht gern, bevor dir nicht einer was drübergegeben hat. Tu mir den Gefallen und laß dich woanders verprügeln. Schwierigkeiten kann ich hier nicht gebrauchen.«
»Mit Vergnügen«, sagte der Mann.
Mit einem scheuen Blick in den Augen schwang der Mann plötzlich unbeholfen den Arm vor, der seine geballte Faust überraschenderweise genau an das hübsche Kinn des Barkeepers brachte. Betrunken wie er war, legte er genug Gewicht in den Schlag, um den jungen Mann aus dem Gleichgewicht zu bringen. Aber der reagierte sofort mit einem gut getimten Hieb in den aufgeblähten Magen seines Gegners.
Der Mann klappte zusammen, während Annie wie versteinert dastand und zusah, entsetzt über die Brutalität.

Der Barkeeper ging fluchend wieder hinein.
Der Betrunkene setzte sich schwerfällig mit dem Rücken gegen die Wand auf den Bürgersteig. Leises Lachen vermischte sich in seiner Kehle mit schmerzverzerrtem Stöhnen.
Er war schwer getroffen worden.
Als Annie auf ihn hinuntersah, fiel ihr auf, daß die psychologische Beobachtung des Barkeepers zutraf. Der Mann wirkte jetzt sichtlich gelöster, ja sogar siegreich, nachdem er diesen Angriff auf sich provoziert hatte.
Ihr Blick wanderte von der zusammengesunkenen Gestalt zum Fenster, hinter dem der Barkeeper telefonierte.
Etwas an dem stolzen, ironischen Verhalten des verletzten Mannes ließ sie zögern.
Er sah langsam zu ihr hoch. Die blauen Augen hatten noch immer ihren fremden Glanz, aber jetzt waren sie ohne Ausdruck. Wahrscheinlich erkannte er sie gar nicht als das Mädchen, mit dem er zusammengestoßen war.
Dann hob er spöttisch die Brauen.
»Concepĉión?« fragte er mit theatralischer Stimme. »Du? Hier? Was für eine Überraschung. Wie geht es den Mädchen im Waisenhaus? Bist du um ihrer Rettung willen in diesem schändlichen Zustand?«
Annie bückte sich und half ihm auf.
»Der Barkeeper ruft die Polizei«, sagte sie, ohne auf sein Gestammel zu achten. »Wenn Sie nicht bald von hier wegkommen, werden Sie die Nacht im Gefängnis verbringen.«
»Großartig«, sagte er, und sein Gewicht zog sie fast auf den Bürgersteig, als sie versuchte, ihn zu stützen. »Wir werden gemeinsam gehen, meine alte Liebe. Da können wir über unsere toten Leidenschaften reden. Der Knast ist ein ausgezeichneter Ort für eine Unterhaltung. Der Herzbube und die Pikdame, hm? Nimm meinen Arm.«
Er torkelte so plötzlich rückwärts, daß Annie beinahe über ihn gefallen wäre. Er war offensichtlich zu betrunken, um zu Fuß zu gehen. Der Schnaps überwältigte seine Reflexe. Und der Schlag hatte ihm noch die letzte Kraft genommen.
Spontan drehte Annie den Kopf und entdeckte gerade noch eines der in Hollywood seltenen Taxis, das in einigen Metern Entfernung auf eine verkehrsreiche Kreuzung zufuhr. Sie winkte ihm, und es hielt am Straßenrand.
Sie ließ den Fahrer aussteigen und half ihm, den Betrunkenen aufzurichten.

»Bitte, beeilen Sie sich«, sagte sie. Sie spürte, daß der Mann wahrscheinlich darauf brannte, verhaftet zu werden, und womöglich auch noch einen Polizisten angreifen würde, wenn er Gelegenheit dazu bekam. Gemeinsam verfrachteten sie ihn auf den Rücksitz. Während der Fahrer sich hinter das Steuer setzte, schloß Annie die Tür.
»Fahren Sie jetzt nach Hause«, sagte sie zu dem Mann. »Für heute abend hatten Sie genug.«
»Genug?«
Plötzlich richtete er die Augen mit einer Klarheit auf sie, die aus seinem Rausch eher noch Kraft zu schöpfen schien. Sie sah eine furchteinflößende Intelligenz und einen ebenso furchteinflößenden Hang zur Selbstzerstörung – und noch etwas anderes, das ihr tief im Innern düster vertraut vorkam und ihr angst machte.
»Sag nie dieses Wort, mein Kind«, sagte er. »Du bist ein Gnadenengel, und du wirst mich anständig in meinen Tod führen – aber sag nie dieses Wort.«
Er drohte ihr spöttisch mit einem langen Finger und hob die Augenbrauen.
Der Fahrer drehte sich um.
»Ich habe Sie schon einmal gefahren, Mr. Rhys«, sagte er. »Benedict Canyon, nicht?«
Der Mann nickte abwesend. Als Annie durch das offene Fenster sah, hing sein Blick auf ihren wehenden Haaren, und wieder spielte ein dünnes, ironisch triumphierendes Lächeln um seine Lippen.
Doch plötzlich, wie auf ein unsichtbares Zeichen, trübten sich seine blauen Augen, und er schien sie weder zu erkennen noch sich an sie zu erinnern. Sie spürte, daß er im Geist eine Tür vor ihr verschloß, verletzt von ihrem Versuch, ihm zu helfen. Er wollte keine Erlösung.
Sein krauser Hinterkopf sah aus wie der einer Leiche, als er sich mit absichtlicher Passivität in den Verkehr davontragen ließ.
Annie hatte das Ende des Blocks bereits erreicht, als ein Polizeiauto mit einem kurzen Aufheulen der Sirene vor der Bar hielt. Sie drehte sich um und bemerkte den Schriftzug *Harvey's* in pinkfarbenen Neonlettern auf dem Fenster.
Sie lächelte, als sie an ihre so zufällige und wenig gewürdigte gute Tat dachte. Wahrscheinlich hatte sie dem Fremden eine Nacht im Gefängnis erspart.
Doch dann vergaß sie ihn, ging schnell zu ihrem Auto und fuhr nach Hause.
Nachdem sie geduscht hatte und mit dem Roman, den sie eben las, im

Bett lag, war der Name, den der Taxifahrer genannt hatte, schon vollkommen aus ihrem Gedächtnis getilgt.
Später fiel sie in einen tiefen, erholsamen Schlaf, ohne sich je bewußt geworden zu sein, daß sie eben die schicksalsträchtigste Begegnung ihres jungen Lebens gehabt hatte.

20

Einige Monate vergingen.
Für Annie waren es schmerzliche Monate. Ihr Zeitplan wurde immer knapper, aber sie machte keine erkennbaren Fortschritte.
Wieder in New York, setzte sie ihre Tanz- und Stimmübungen fort, ihre Arbeit mit Roy Deran und die aufregende, aber sehr anstrengende Repertoirearbeit mit den Century Players. Sie nahm genug Mannequinaufträge an, um das Geld für die Miete und ihre regelmäßigen Abstecher nach Los Angeles zu haben, wo Beth sie als Freundin begrüßte und kaum nach ihrer Karriere fragte.
Aber vor allem fragte sie sich, wie sie weitermachen sollte.
Sie hatte gesehen, wie Nick Marciano den Absprung gewagt hatte, indem er Roy Deran und die Szene in Manhattan verließ und sich in Hollywood eine Wohnung nahm.
Ihr letztes Treffen hatte einen bittersüßen Beigeschmack. Obwohl Nick noch keine direkten Verbindungen in Hollywood hatte, war er von fast grenzenloser Zuversicht. Als Annie ihm gestand, wie sehr sie seinen Mut bewundere, lachte er.
»Bewundere mich nicht, Baby. Diese Trottel in Hollywood können mich einfach nicht zurückhalten. Wirst sehen, bis zur ersten Serienrolle dauert's nicht mehr lange. Ich werde ein *Mod Squad* machen, ein *Hawaii Five-O*, ein paar *FBIs* – und bevor du dich umdrehst, bin ich der beste Kidnapper und Vergewaltiger im ganzen Fernsehen.«
Sie betrachtete seine schwarzen Augen und das kantige Kinn unter seiner gebogenen Nase. Er war so flott, so schelmisch in seiner muskulösen Vitalität – aber auch so verletzlich hinter seiner verwegenen Fassade.
Sie hatte Angst um ihn, denn er hatte etwas fast zu Zartes und Sprödes an sich. Und im Showbusinnes brauchte er genau das Gegenteil: die Härte und Gelassenheit, die er glaubte zu besitzen, aber in Wirklichkeit nicht hatte.

»Nein, Annie«, lächelte er und zog sie enger an sich. »Bewundere mich nicht. Aus der Klasse bist du die einzige mit Zukunft. Du bist die einzige wirkliche Schauspielerin in dem Studio, und Roy weiß das.«
»Sag das nicht«, tadelte sie ihn. »Du weißt, daß es nicht stimmt.«
Als Antwort hielt er sie auf Armeslänge von sich und sah ihr tief und plötzlich sehr konzentriert in die Augen. Die Hände auf ihren Schultern waren so stark, daß sie sich in seinem Griff wie ein Kind fühlte.
Einen Augenblick glaubte sie, er sei wütend. Aber dann bemerkte sie den fiebrigen, gequälten Glanz in seinen Augen.
»Baby«, sagte er zärtlich. »Ich liebe dich.«
Sie hatte Mitleid mit ihm, als er das sagte. Denn sie wußte, daß er es ehrlich meinte und daß sie es nie würde erwidern können.
»Ich weiß nicht, wann ich dich wiedersehen werde oder was passieren wird«, sagte er. »Ich mußte es dir einfach sagen. Sei jetzt nicht verlegen, weil du es weißt. Und mach dir keine Sorgen – ich sag's nicht wieder. Aber ich werde immer dasein, wenn du mich brauchst. Okay?«
Sie nickte und lehnte den Kopf gegen seine Brust. Er küßte sie auf die Stirn, hob dann ihr Kinn und fuhr mit seinen Lippen sanft über die ihren. Seine Berührung war wie ein Rückzug. Er wußte, daß er sie nie besitzen würde, und er akzeptierte es.
Sie hätte den Augenblick im Gefühl wehmütiger Traurigkeit verstreichen lassen, hätte sie nicht befürchtet, daß ihre Unfähigkeit, sein Gefühl zu erwidern, ein Teil seiner tiefen, unausgesprochenen Enttäuschung war, die hinter seinen großen Hoffnungen lauerte. Sie wußte, daß seine unbekümmerten Schritte durchs Leben von einer geheimen Verzweiflung belastet wurden, die zu nichts Gutem führen konnte.
Aber was konnte sie schon geben, das diesen hübschen, zerbrechlichen Mann gegen die brutalste aller Welten wappnete? Sicherlich nicht ein Herz, das gar nicht ihr gehörte. Und sicherlich auch nicht die Lust an ihrem Körper, ohne daß ihr Herz daran teilhatte.

So ließ sie ihn also an diesem Abend gehen; sie ordnete ihm den Kragen und zupfte eines ihrer Haare von der Schulter seiner Lederjacke. Mit dem strahlendsten Lächeln seiner blitzenden Piratenzähne machte er sich auf den Weg.
Zwei Tage später breitete sich eine Leere in ihr aus, als sie merkte, daß sie ihn nun nicht mehr wie früher zu Hause anrufen, mit ihm zum Kaffeetrinken ins Village odr zur neuesten Off-Off-Broadway-Inszenierung gehen konnte. Sein Telefon war unterbrochen, seine Wohnung wahrscheinlich schon von neuen Mietern besetzt. Nick war verschwunden.

Eine knappe Woche später erhielt sie eine Postkarte mit einer grellen Abbildung des *Tail O' the Pup*, der berühmten Hotdog-Bude in Form einer riesigen Wurst in einem Brötchen.
Auf der Rückseite stand eine neue Adresse und eine Nachricht in Nicks stolzer Handschrift.
Mir geht's ausgezeichnet, hieß es da. *Die von* MGM *wollen mich für ein Remake von* Vom Winde verweht. *Ich soll Mammy spielen, aber ich beklage mich nicht. Setz dich ins Flugzeug, Baby. Ich werde meinen Einfluß geltend machen und Dir die Scarlett verschaffen.*
Unterschrieben war sie mit *Dein Freund* und der Initiale *N*.
Er hielt also Wort.

Ohne Nick fühlte sich Annie in New York schrecklich alleine. Er war ihr engster Freund und Vertrauter gewesen, der einzige Mensch, der ihre geheimsten Ängste vor dem Leben, das sie gewählt hatte, kannte.
Es gab niemanden, der die Lücke füllen konnte. Ihr fast unmenschlicher Arbeitsplan hatte ihr nie die Zeit gelassen, sich mit einem von Roys Schülern oder ihren Kollegen bei Century, die alle ebenso beschäftigt waren wie sie, anzufreunden.
Die Beziehungen zu ihren Mannequinfreundinnen waren bei der zielstrebigen Verfolgung ihrer neuen Karriere eingeschlafen. Und die jungen Schaupieler und Schauspielerinnen, die bei Vorsprechterminen ihren Weg kreuzten, waren trotz aller kameradschaftlichen Wärme die Konkurrenz. Sie gingen weiter ihrer Wege ohne großes Interesse, sie näher kennenzulernen.
Annie verstand, warum Nick gegangen war. Es war sinnlos, Zeit abzusitzen, wenn die Zukunft in dreitausend Meilen Entfernung wartete. Man mußte den Absprung wagen.
Aber noch zögerte sie und fühlte sich immer unbehaglicher dabei, weil ihr wertvolle Zeit durch die Finger glitt. Sie versuchte sich mit dem Wissen zu trösten, daß die Daisy-Werbung ein großer Erfolg war und ihr Gesicht in jeder Frauenzeitschrift erschien. Und in Hollywood hatte sie ja eine eigene und ähnlich präsente Identität als sexy Sprecherin von Cantele und Beale.
Präsent, aber anonym.
Sie wußte, daß sie mehr brauchte, einen großen Sprung vorwärts – aber sie wußte nicht, wie sie ihn schaffen sollte.

21

In Manhattan war es später Frühling, als Fiore Associates Annie wegen neuer Zeitschriftenanzeigen für Cantele und Beale nach Hollywood rief.

Al Cantele begrüßte sie wie eine Tochter und bestand darauf, daß sie zum Abendessen zu ihm nach Hause komme, wo seine Frau Shirley, die früher so kühl gewesen war, sie wie eine mitfühlende Nichte behandelte, bei der man sich über die ungeratenen Kinder beklagen konnte.

Die große Neuigkeit war, daß Beth und Michael sich schließlich doch verlobt hatten. Annie freute sich für die beiden, obwohl sie wußte, daß es das Ende ihrer bequemen Unterkunft im Valley bedeutete und sie sich nach etwas anderem umsehen mußte.

Sie würde Beths sarkastischen Humor vermissen und die Mischung aus Verläßlichkeit, Freundlichkeit und Distanz, die sie zu einer so perfekten Zimmerkollegin gemacht hatte.

Daß sie Beth vermißte, setzte natürlich voraus, daß sie auch in Zukunft Gründe hatte, nach Hollywood zurückzukehren. Doch im Augenblick schien es ihr verschlossener denn je, obwohl ihr Gesicht ein kleiner, aber sichtbarer Teil davon war.

Sie freute sich für Al Cantele und Jerry Beale, aber sie hatte keine Vorstellung, welcher Weg von ihrer Werbung zu anderer Arbeit führte. Der Übergang verlangte von ihr Findigkeit und Einfallsreichtum, für die sie im Augenblick einfach zu müde war.

Nick traf sie zweimal in dieser Woche. Er sah braun und glücklich aus, als er sie bei Musso und Frank's am Hollywood Boulevard mit einer langstieligen Rose und einer freundschaftlichen Umarmung begrüßte.

Aber je näher sie sein hübsches Gesicht betrachtete, desto gequälter schien es. Er sagte, er sei für eine Serienepisode eines aufstrebenden Produzenten namens Bob Romero im Gespräch – ein Job, der »zu Größerem führen« würde, wenn er es richtig anstellte –, aber er wirkte nicht eben aufgeregt oder stolz auf seine Errungenschaft.

Er wohnte in einem Gebäude im maurischen Stil in den Flats südlich von Santa Monica. Die Wohnung war oberflächlich attraktiv, mit einer kleinen Klimaanlage, die im Fenster summte, aber kaum weniger verlottert als die Wohnung in Soho.

Annie arbeitete sehr intensiv mit Martin Fiore und lenkte sich dadurch von dem Gefühl des Sinkens ab, das an ihren Eingeweiden nagte. Alles

um sie wirkte irgendwie unheilvoll. Sie versuchte sich der Unausweichlichkeit ihrer Rückkehr nach New York und der Suche nach neuen Initiativen, die nie kamen, zu stellen.
Dann geschah das Unerwartete.
Die Stimme auf Beths Anrufbeantworter klang angenehm vertraut.
»Darling«, sagte Hal Parry, »zieh deine Tanzschuhe an. Bin eben aus New York gekommen. Ich wohne im Beverly Wilshire. Wir beide gehen auf eine Party. Eine große! Bei Harry Gold. Er ist heute einer der größten Produzenten im Geschäft. Jeder, der etwas darstellt, wird dort sein, also siehst du besser top aus – das heißt, komm, wie du bist. Ich schick dir morgen um acht meinen Fahrer. Ruf mich zurück.«
Als sie anrief, bestätigte er seine Einladung. Dank seiner neuen Berühmtheit in New York war er plötzlich wieder überall gut im Geschäft. Er hatte Angebote für Varietéserien und TV-Sonderprogramme. Es gab sogar Gerüchte über eine aufwendige Verfilmung eines seiner berühmten Musicals, mit Hal als Choreograf.
Hal hatte Geld und viel Spaß.

Er holte sie in einem riesigen Leihwagen ab, mit sehr eleganter Innenausstattung und einem Chauffeur, der nicht einmal die Andeutung eines Lächelns zeigte, als Hal Annie in den Arm nahm und vor Freude über sein augenblickliches Glück grölte.
»Willst du auch was, Darling?« fragte er strahlend und holte eine Flasche Jack Daniel's aus der kleinen Bar zwischen den Sitzen.
»Nein, danke.« Sie schüttelte den Kopf. »Und du bist auch vorsichtig mit diesem Zeug, Hal. Du mußt heute abend auf mich aufpassen.«
»Blödsinn«, erwiderte er achselzuckend und füllte sein Glas. »Es ist nichts Besonderes an einer Hollywood-Party. Du gehst einfach herum.« Mit einem dicken Finger beschrieb er eine Spirale, um zu demonstrieren, was er meinte. »Und einsam wirst du bestimmt nicht sein. Nicht in diesem Kleid.«
Die Augen hinter seiner Brille waren feucht vor Bewunderung, als er ihr leichtes grünes Kleid ansah. Die dünnen Träger und das tief ausgeschnittene Oberteil betonten ihre milchigweißen Arme und Schultern. Ein winziger Jadeanhänger, passend zu den Ohrringen, zierte ihre Brust. Die Haare flossen ihr anmutig über den Rücken. Ihr Duft war betörend.
»Ich hoffe, ich mache keinen Narren aus mir«, sagte sie. »Ich kenne doch keinen Menschen auf dieser Party.«
»Um so besser«, sagte Hal und nahm einen kräftigen Schluck aus seinem Glas. »Es wird dir gefallen, die Einheimischen zu beobachten. Es ist

leichter, ihnen bei ihren Gaunereien zuzusehen, wenn man ihnen nichts schuldet. Aber vergiß nicht«, ergänzte er ernsthafter, »alles an einer Hollywood-Party ist Geschäft. Jedes Wort, jedes Lächeln. Verstanden? Die Leute kommen nicht, um sich zu amüsieren. Sie suchen nach Geschäften und nach Leuten, die sie auf dem Weg zu diesen Geschäften übers Ohr hauen können. So ist unsere Stadt eben, Darling.«
Sie nickte, sehr nervös trotz ihrer Sicherheit, daß Hal mit seinen Ermutigungen recht hatte. Aber was konnte denn heute abend schon passieren, das sie persönlich betraf?

Wie präzise Hals Voraussagen gewesen waren, sollte sie sehr bald merken.
Harry Gold lebte in einem Herrenhaus an der Stone Canyon Road in Bel Air, einer neugotischen Monstrosität mit mindestens dreißig Zimmern auf fünf Morgen Land, die aber immer noch nicht auszureichen schienen. In der riesigen, kreisrunden Auffahrt standen mehr Rolls Royces, als Annie sich auf einem Fleck vorstellen konnte. Hals gemieteter Mercedes sah in solcher Gesellschaft fast schäbig aus.
Das Herz klopfte ihr bis zum Hals, als Hal sie ins Haus führte. Er zog sie an einer finster dreinblickenden Hostess vorbei, drückte ihr schnell die Hand und ließ sie stehen.
Sie sah hilflos zu, wie sein rundlicher kleiner Körper auf einen Mann zueilte, den sie nicht kannte. Die beiden verschwanden in einem geräumigen Garten und ließen sie allein.
Von einem fast zu hübschen Kellner bekam sie ein Glas Champagner und schlenderte dann durch die beiden Hauptsalons im Erdgeschoß. Die Möbel waren Louis XVI., die Teppiche erschreckend üppig, die Wände bedeckt mit Landschaften und Porträts von Malern, die Annie aus ihren Kunstvorlesungen am College kannte. Skulpturen unbekannter Herkunft und Alters zierten Sockel und Bücherregale in beredtem Schweigen.
Die Gäste waren so exotisch wie die Umgebung. Sie trugen alle ungewöhnliche Pastellfarben und subtile Muster, die Herren in schicken Anzügen, die Frauen in hautengen Kleidern oder Pluderhosen. Alles war nach der neuesten Mode, aus ungeheuer teuren Stoffen und mit exquisiten Accessoires.
Annie fühlte sich arm in ihrem hübschen Kleid. Die Prachtentfaltung um sie herum war erstickend. Bei jedem Aufblitzen der gedämpften Farben spürte man die Nähe zum Rodeo Drive. Bei jedem Rascheln eines Stoffs, jedem Klirren eines Schmuckstücks spürte man die Aura von Giorgio, Van Cleef, Gucci und Cartier.

Annie fiel vor allem die gedämpfte Ruhe unter den versammelten Gästen auf, obwohl die Einzelgespräche recht lebhaft waren. Alle sprachen sehr leise und kontrolliert, mit behutsamen Gesten und Bewegungen.
Sie besaßen nicht nur Reichtum und Muße, sie stellten sie richtiggehend dar, diese berühmten und beinahe berühmten Leute. Und so wirkten sie denn eher wie Treibhausgeschöpfe, die mit gewöhnlichen Menschen wenig gemein hatten.
Und die gebräunten Gesichter! Sie waren so allgegenwärtig wie die Rolls Royces, die Nippesfiguren und die Champagnergläser von Waterford. Glänzend und gleichförmig bestätigten sie den Eindruck, daß eine exotische Rasse stiller, stattlicher Wesen, veredelt von Sonne und Geld, in diesen Hügeln entstanden war.
Annie bewegte sich sehr unsicher unter ihnen, sie hatte Angst, daß sie auffiel wie ein Penner bei einer Rockefeller-Gala.

Zu ihrer Überraschung kam nur wenige Minuten nach Hals Verschwinden ein sehr selbstbewußt aussehender Mann in einem teuren Freizeitanzug auf sie zu.
»Stan Rusin«, stellte er sich vor, und sein Armband klirrte, als er ihr die Hand gab. »Freut mich sehr, Sie zu sehen. Ich kenne Ihre Spots für Cantele und Beale – wirklich Dynamit.«
»Wirklich?« fragte Annie. »Nett, daß Sie darauf geachtet haben.«
»Oh, ich halte meine Augen offen. Darf ich erfahren, wie Sie heißen?«
»Annie. Annie Havilland.«
»Hätte ich eigentlich wissen müssen. Und wie gefällt es Ihnen in Kalifornien, Annie?«
»Oh, sehr gut. Ich ...«
»Hören Sie, Annie – ich darf Sie doch Annie nennen? –, Sie sind genau das, was die Stadt braucht.« Stan Rusins Stimme war ruhig, aber in seinen Worten schwang ein beunruhigendes Drängen, das zu seinen unnatürlich strahlenden Augen paßte. »Sie haben die Frische, den Sex-Appeal, die hier einer Menge Leute den Kopf verdrehen werden. Ich bin Jack Seatons Agent, und wir beide haben uns über einige Projekte unterhalten, für die Sie wie geschaffen sind.«
Ohne auch nur das winzigste Detail auszulassen, beschrieb er einige Szenarios, die eine attraktive weibliche Hauptrolle verlangten, und erzählte eifrig vom vollen Terminkalender seines Klienten. Jack Seaton war ein Name, den Annie mehr als einmal im Vorspann von Fernsehfilmen gesehen hatte. Sie nahm an, daß es sich bei den fraglichen Projekten um TV-Drehbücher handelte.

Stan Rusin schien es ausgesprochen ernst zu meinen. »Hören Sie«, sagte er, »lassen Sie mich morgen mit Jack reden. Wenn Sie Zeit haben, können wir sicher für nächste Woche einen Termin vereinbaren. Sind Sie verfügbar?«

»Nun ja«, erwiderte Annie. »Es ist sehr nett von Ihnen, daß Sie Interesse zeigen ...«

»Ach, kommen Sie«, schalt er sie. »Es ist ja mein Beruf, bei aufstrebenden Leuten das Talent zu erkennen. Jack wird sich sehr freuen, Sie kennenzulernen. Er liebt Ihre Spots.«

»Vielen Dank ...«, stammelte sie. Sie schaffte es einfach nicht, mit der gedämpften, aber dennoch hektischen Art seiner Unterhaltung mitzuhalten.

»Hören Sie«, unterbrach er sie, während er flink über ihre Schulter sah. »Ich hasse es ja, mich hetzen zu lassen, aber da ist noch jemand, den ich unbedingt begrüßen muß, bevor er geht. Geschäfte, Sie wissen schon.« Er gab ihr wieder die Hand. »Hat mich sehr gefreut, Sie kennenzulernen. Jack wird begeistert sein. Ich rufe Sie an. Einen schönen Abend noch.«

Mit einem plötzlich abwesenden Stirnrunzeln ließ er sie stehen.

Wenige Augenblicke später sah sie ihn in einer konzentrierten Unterhaltung mit zwei Männern, die sie nicht kannte. Sein Verhalten, obwohl immer noch beherrscht und gedämpft, wirkte plötzlich unterwürfig. Der Blick in seinen aufmerksam Anteil nehmenden Augen, das bereitwillige Lächeln und das leichte Glucksen, wenn er ihnen zuhörte, zeigten deutlich, daß er Ehrfurcht vor ihnen hatte.

Später erzählte sie Hal von ihrem Zusammentreffen. Er war nicht überrascht.

»Ich kenne Stan«, sagte er. »Das war alles Blödsinn. Jack Seatons Name hat einen schlechten Ruf in dieser Stadt. Seit sechs Jahren hat das Fernsehen keinen Pfennig mehr an ihm verdient. Der kriegt ja kaum noch Nebenrollen. Stan hat sich nur an dich herangemacht, um mal die Temperatur zu fühlen, sozusagen.«

Er beugte sich zu ihr.

»Vergiß nicht: Hör nie auf das, was die Leute in Hollywood sagen. Wichtig ist nur, was sie tun. Na, wenn Jack Seaton einen Produzenten dazu bringen könnte, daß der deinen Agenten anruft, mit dir Probeaufnahmen macht und dir einen Vertrag schickt, dann würde das etwas bedeuten. Dann wärst du ihm was schuldig. Aber nichts, was Stan Rusin auf einer Party sagt, hat irgendeine Bedeutung, außer daß er herausfinden will, wie heiß du bist und was du vorhast.«

Er hob die Schultern. »Außerdem ist er drogensüchtig. Niemand achtet auf ihn. Aber das heißt nicht, daß die anderen nicht auch drücken.« Stolz hob er sein Glas mit Bourbon. »Wenigstens kann meine Wenigkeit von sich behaupten, daß sie sich nur an den ehrlichen Stoff hält.«
Ein Winken aus der anderen Ecke des Saales unterbrach ihn. Als er davoneilte, sah Annie, daß seine Schritte nicht mehr die sichersten waren. Schlimmer noch, als er vor dem Mann und der Frau, die ihm gewinkt hatten, seine bewährte, gefühlsbetont nervöse Masche abspulte, entdeckte sie ein wenig von Stan Rusins Unterwürfigkeit auch in ihm.

Im Verlauf des Abends traf Annie noch mehr Stan Rusins.
Sehr bald ermüdeten sie die falsche Liebenswürdigkeit, die schüchternen Fragen, wie es ihr in der Stadt gehe, und der Übereifer, mit ihr wegen eines Geschäfts, eines Projekts oder eines Plans zusammenzukommen.
Dem, was sie bereits über die menschliche Fauna Hollywoods wußte, fügte sie nun ein neues Detail hinzu. Jeder in Harry Golds Haus trug im Grunde die gleiche Maske. Es war die unschlagbare Mischung aus Jugend, Erfolg und nicht zu unterdrückender, angenehmer Aufregung. Allem Anschein nach amüsierte sich das Hollywood-Wesen köstlich, und zwar permanent, und es unterbrach seinen geschäftigen Arbeitstag gerade lange genug, um sich einen Augenblick lang auf eine endlose Zukunft voller künstlerischer Erfolge, Reichtum und Spielen in der Sonne zu freuen.
Aber man brauchte leider nur wenige Minuten, um hinter diesen Masken ein gerüttelt Maß an Erschöpfung, leiser Verzweiflung und oft genug auch gefährlichen Chemikalien zu entdecken.
Es war auch für Annie kaum zu übersehen, daß sich neben diesen hübsch gebräunten Gesichtern, höflichen Umgangsformen und unbezahlbaren Garderoben überall auch ein leichtes Lallen der Stimmen und eigenartig glänzende Augen zeigten, Folgen einer komplexen Mischung aus Drogen und Alkohol, die Annie zwar nicht beurteilen, aber unmöglich ignorieren konnte.
Annie waren die sogenannten Halluzinogene nicht fremd, die das hektische Klima der letzten Jahre so beliebt gemacht hatte. Viele ihrer New Yorker Freunde, auch Nick, hatten sporadisch mit LSD, Meskalin und Peyote experimentiert, und der süßlich-herbe Geruch von Marihuana war ein fester Bestandteil der meisten Partys in Manhattan.
Aber im Gegensatz zu diesen jugendlichen Potrauchern aus ihrem

Bekanntenkreis, deren Trips sich auf verrücktes Lachen, plötzliche Hungeranfälle und schließlich einen betäubten Schlaf bei Rockmusik beschränkten, nahmen diese Kalifornier offensichtlich den ganzen Tag Drogen und machten sie zu einem ebenso wesentlichen und selbstverständlichen Bestandteil ihres Lebens wie die sonnengebräunte Haut.
Gott bewahre mich vor den Drogen, dachte sie mit leichtem Schaudern, weniger aus Abscheu vor diesen Leuten als aus Mitleid. Sie dankte ihrem Schicksal, daß die Arbeit die einzige Sucht in ihrem Leben war. Und die war verzehrend genug.
Annie sah auf die Uhr. Erstaunt stellte sie fest, daß erst zwei Stunden vergangen waren. Sie hatte das Gefühl, schon ein ganzes Jahr hierzusein. Es war unaussprechlich deprimierend zu hören, wie Harry Golds Gäste miteinander sprachen. Hal hatte nur zu recht gehabt: Hinter jedem Wort, jedem Lächeln lauerte kalte Angst und räuberische Gier.
Viel Sympathie brachte sie nicht auf für die Leute, die an ihr vorbeizogen, denn in ihrer Hoffnungslosigkeit waren sie immer noch bereit, den anderen ins Verderben zu stürzen. Sie waren das Resultat der fünfundneunzigprozentigen Arbeitslosigkeit in einer Industrie, die trotzdem einige wenige mit Ruhm und riesigem Reichtum überhäufte.
Man mußte fast die Bewunderung eines Biologen entwickeln für ihre Überlebensfähigkeit in einer so unfruchtbaren Erde, für diese braunen, gelassenen, verzweifelten Geier, die nur zu bereit waren, sich auf den Kadaver des anderen zu stürzen. Es war ein Überleben, für das die meisten den besten Teil ihres Wesens opfern mußten, und ihre Herzen waren dabei gebrochen.
Eigentlich war es ihre unendliche Traurigkeit, die Annie am meisten beeindruckte, und ihr matter, hohler Mut, mit dem sie geschäftig durch Harry Golds Zimmer flatterten.

Eine willkommene Ausnahme war Norma Crane, eine gutaussehende Frau in den Siebzigern, der Hal Annie auf einer ruhigen Sonnenterrasse vorstellte.
Ihr freundliches Gesicht, faltig vom Alter und von vielen Jahren in der Sonne, sah so vertraut aus, daß Annie höflich ihre Begeisterung über das Kennenlernen zeigte, noch bevor Hal erwähnte, daß sie ein Stummfilmstar gewesen sei.
»Norma Crane«, verkündete er, »war und ist die größte Dame in dieser rückständigen Stadt.«
Tränen traten ihm in die Augen, als er sie umarmte, und trockneten sofort wieder, als er sich verabschiedete.

»Lernt ihr beiden euch mal kennen«, sagte er.
Zu Annies Überraschung und Erleichterung war Norma wie ein frischer Luftzug in dieser klaustrophobischen Umgebung.
»Ich bin hier nur Dekoration«, sagte sie und nippte an ihrem Drink. »Harry mag es, bei solchen Gelegenheiten ein halbes Dutzend abgetakelter Stars als Ausstellungsstücke zur Hand zu haben. Und es gibt uns alten Leuten die Chance, sich für einen Abend wieder ein wenig wichtig zu fühlen.«
Annie hätte Norma gerne über ihre aufregende Vergangenheit ausgefragt, aber die alte Dame richtete ihren scharfen Witz auf die Gegenwart. »Sehen Sie sich um, Annie«, sagte sie. »Was Sie hier sehen, ist ein Friedhof. Voller Leichen wie ich, mit beiden Beinen im Sarg, und ein paar Gespenstern, die durch die Nacht streunen. Wir schweben alle zwei Schritt über dem Boden und beklagen eine Zeit, die seit zwanzig Jahren nicht mehr existiert.«
»War denn das Fernsehen daran schuld, wie die Leute sagen?« fragte Annie.
»Ja, das Fernsehen«, stimmte Norma kopfnickend zu. »Ach, man spricht über einen Geschmackswandel nach dem Krieg und darüber, daß nach den Antitrustgesetzen der Vierziger die Studios ihre Filme nicht mehr wie Billigfraß an das Publikum verfüttern konnten. Und man redet immer noch über die Auswirkungen der McCarthy-Ära. Aber es war doch einfach so, daß die Leute zu Hause blieben, weil es billiger war, fernzusehen als ins Kino zu gehen.«
Sie lächelte.
»Natürlich war das Fernsehen nicht halb so lustig wie ein guter Kinofilm, und die Werbespots machten es nur noch schlimmer. Aber es hatte eben Auswirkungen: Es tötete das Kino, und Hollywood dazu. Das alte Hollywood, zumindest. Das Studiosystem.«
Sie lachte leise.
»Verdammt, Annie, unsere Studios sind doch nur noch Erinnerung. MGM und Warner und Fox sind doch nur noch dazu gut, ihre Räumlichkeiten an unabhängige Produzenten für das Fernsehen zu vermieten.«
Annie nickte. »Die Leute vermissen eben Stars wie Sie, Mrs. Crane.«
»Um Himmels willen, nennen Sie mich Norma. Na, sehen Sie, Leute wie ich sind inzwischen ausgestorben. Wir und die Welt, in der wir lebten. Und warum auch nicht? Alles muß sterben.«
Sie berührte Annies Hand.
»Auf Partys spricht man ja jetzt immer von diesem Kabelfernsehen.

Jeder glaubt, daß es die Vergangenheit zurückbringt und uns allen wieder Arbeit verschafft. Aber das wird es nicht. Es ändert vielleicht ein paar Dinge, wenn es überhaupt kommt, aber es wird unsere verrückte Zeit nicht zurückbringen, als wir behandelt wurden wie gehätschelte Sklaven, überarbeitet und verwöhnt und ausstaffiert wie Puppen auf einem Hochzeitskuchen. Nein, diese Welt ist Vergangenheit. Sie war grausam und lustig, aber das meiste davon ist einfach verschwunden.«
Als sie Annies bedauernden Blick sah, lächelte sie entschuldigend.
»Hören Sie nicht auf mich, meine Liebe. Vermutlich hatte ich einfach zuviel Zeit für meine düsteren Gedanken. Man sollte nicht traurig sein über die Vergangenheit. Wofür ist sie denn da, wenn nicht, um den Weg in die Zukunft zu ebnen? Stars wird es immer geben, so überlebensgroß wie eh und je. Die Leute brauchen sie. Denken Sie nur an diese englischen Jungs, diese Sergeant-Pepper-Typen. Das sind Götter.«
Annie dachte sorgfältig über Normas Worte nach. Ein Hollywood war verschwunden und würde nie zurückkehren. Norma hatte dazugehört, und sie trug es noch unversehrt in sich, wie einen Geist in einer Flasche. Nur in der Erinnerung konnte es wieder zum Leben erwachen.
Aber auch heute wurden noch Filme gemacht, und mit ihnen Karrieren. Stars wie Warren Beatty, Dustin Hoffman, Faye Dunaway und Barbra Streisand strahlten hell am einsamen Firmament des leeren, einsamen Hollywood. Mit einer Handvoll von talentierten Regisseuren, Autoren und Produzenten war es ähnlich.
Hollywood war ein Land, in dem wertvolle Gelegenheiten wuchsen wie widerspenstige Sprößlinge in der Wüste der Gegenwart, ein Land, in dem eine unvorhersehbare Zukunft sich aus den angehäuften Erinnerungen der verloschenen Stars erhob.
»Was ist mit Ihnen, Norma?« fragte Annie.
»Ich habe meine Enkeltöchter, mein Haus, meine Sammelalben«, lächelte die alte Frau und zog an ihrer Zigarette. »Und«, lachte sie, »meinen Agenten. Ich wette, Sie wußten nicht, daß die großen Agenturen noch immer einige von uns Alten in den Karteien haben, nur damit wir unseren Freunden zeigen können, daß wir noch vertreten sind. Natürlich arbeiten sie nicht mehr für uns, weil es ja keine Jobs mehr gibt und keiner mehr nach uns fragt. Aber ein wenig von unserem verlöschenden Glanz fällt noch auf sie ab, und wir fühlen uns nicht ganz so vergessen. Es tut beiden Seiten gut.«
Ein schelmisches Funkeln trat in ihre Augen.
»Ich rufe sie alle paar Monate an«, sagte sie, »nur um mich ein wenig mit ihnen zu amüsieren.«

Sie drückte die Zigarette aus.
»Nein, Annie, ich bin eine glückliche alte Schachtel, deren Zeit vorbei ist, und damit hat sich's. Wenn es eins gibt, was ich gelernt habe, dann, daß man noch etwas Selbstachtung haben sollte, wenn sein Stern verlöscht. Viele von uns in Hollywood haben das erst begriffen, als es schon zu spät war. Ich bin verdammt froh, daß ich Jim, Gott sei seiner Seele gnädig, geheiratet und mir mein Leben eingerichtet habe.«
Sie drückte Annies Hand.
»Wenn Sie einen Rat von einer alten Ehemaligen annehmen wollen, Annie, dann machen Sie es so wie ich: Suchen Sie sich einen Mann, der Sie liebt, und halten Sie immer zu ihm, gleichgültig, wie hoch Sie steigen oder wie tief Sie fallen.«
Für Annie waren das die ersten Worte von Bedeutung, die sie an diesem Abend gehört hatte. Trotzdem machten sie sie besorgt, denn ihr warnender Ton fiel nicht auf taube Ohren.
Es hatte fast den Anschein, als würde Norma, trotz ihrer zynischen Haltung dem Gewerbe gegenüber, instinktiv glauben, daß Annie darin eine Zukunft hatte, obwohl sie sich doch kaum kannten.
Und Norma schien auch zu spüren, daß Annie weit von einer romantischen Beziehung entfernt war, die sie von ihrer fanatischen Mission hätte ablenken können. Ihre freundlichen Worte deuteten an, es sei noch nicht zu spät, um einen Kurs zu ändern, der ins Verderben führen konnte – unter der Voraussetzung, daß Annie zu einer solchen Änderung fähig war.

Norma ging früh, mit der humorvollen Entschuldigung, sie brauche ihren Schönheitsschlaf und wolle jetzt brav zu Hause bleiben, bis man sie das nächste Mal aus den Mottenkugeln hole.
Sie versprach Annie, sie in der nächsten Woche anzurufen und sie zum Mittagessen einzuladen, damit sie ihre Enkelinnen kennenlernen könne.
Für Annie war es das einzige Versprechen auf dieser Party, von dem sie sicher war, daß man es halten würde.
Nachdem Norma gegangen war, überfiel sie eine tiefe Mattigkeit, die durch ihr Bemühen, in einer so deprimierenden Umgebung mit vollkommen fremden Leuten Konversation zu machen, nur noch verschlimmert wurde.
So vermied sie die Gruppen der sich unterhaltenden Gäste und schlenderte von einem luxuriösen Salon in den nächsten; sie bewunderte die Bilder und Skulpturen und Antiquitäten, mit denen Harry Gold sich umgab und die ihm eine ähnliche Respektabilität verliehen wie die

gemieteten Möbel und der auf die Schnelle eingerichtete Weinkeller Hals in dessen Manhattaner Penthouse.
Zum Schluß kam sie in eine Bibliothek mit verglasten Bücherwänden und protzig ledernen Clubmöbeln. Die dunklen Porträts an den Wänden verstärkten die schattige, höhlenartig beschützende Aura des Raumes.
In einem Winkel stand auf einem Tisch aus dem achtzehnten Jahrhundert eine kleine Bar, wie offensichtlich in jedem Zimmer dieses Hauses. Unter den Kristallkaraffen mit Spirituosen entdeckte Annie eine einladende Flasche Sodawasser. Sie gab Eis und eine Zitronenscheibe in ein Glas und goß etwas von dem prickelnden Wasser darüber, bevor sie sich umdrehte, um sich die ledergebundenen Bücher etwas genauer anzusehen.
Sie blieb wie angewurzelt stehen, als sie merkte, daß sie nicht alleine war.
In dem Ledersessel neben dem Fenster saß, ein Buch auf dem Schoß und ein großes Glas puren Whiskeys auf dem Tisch neben sich, kein anderer als der Mann, mit dem sie auf dem Santa Monica Boulevard zusammengestoßen war und den sie vor einer Nacht im Gefängnis bewahrt hatte.
Er sah nicht auf, das Buch schien ihn zu fesseln. Eine Zigarette verbrannte in dem Aschenbecher neben ihm. Er hatte die Lippen gespitzt, die schmalen Augen huschten über die Zeilen.
Während Annie ihm zusah, blätterte er sehr schnell eine Seite um. Sein Kopf, mit einem krausen, melierten Haarschopf, den sie jetzt zum erstenmal bemerkte, nickte fast unmerklich. Seine Finger waren gelbfleckig von den Zigaretten – Lucky Strike, der Packung auf der Marmortischplatte nach zu urteilen.
Plötzlich wurde Annie entsetzlich verlegen, denn die Stille in dem Raum, von der Konzentration des Fremden nur noch verstärkt, war vollkommen. Er hatte sie offensichtlich nicht hereinkommen hören, und auch das Klappern der Eiswürfel in ihrem Glas störte ihn nicht, obwohl sie nur einen knappen Meter von ihm entfernt stand.
Er las weiter, und seine Hände umklammerten das Buch mit gebändigter Kraft.
Annie überlegte vergebens, was sie sagen könnte, und wollte eben auf Zehenspitzen das Zimmer wieder verlassen, als er plötzlich auflachte.
Es war ein kurzes, tiefes Bellen, und er schloß einen Augenblick die Augen. Dann legte er den Finger an die Stelle des Buchs und trank einen erschreckend großen Schluck aus dem Glas, das fast leer war, als er es wieder abstellte.

»Ha!« lachte er wieder. »O Mann ...«
Doch dann, als er wieder nach dem Glas griff, bemerkte er Annie.
Einen Augenblick lang sagte er nichts, sah sie nur mit hochgezogenen, buschigen Brauen an. Nichts in seinem Gesicht verriet, daß er sie wiedererkannte.
Er sah verhältnismäßig nüchtern aus im Vergleich zu der Nacht, als sie ihn gerettet hatte, aber ein hektisches Zwinkern seiner Augen wies entweder auf eine nervöse Erregung hin oder auf die Wirkung des Whiskeys. Annie fragte sich, wieviel er wohl schon getrunken hatte.
Der Augenblick zog sich hin. Es schien ihn nicht verlegen zu machen, daß er sie einfach anstarrte. Sie wußte nicht, was sie sagen sollte. Die Furcht vor den Gästen, die Stille des Zimmers und die Konzentration des erst einmal gesehenen Fremden hatten ihre Sinne träge gemacht.
Schließlich öffnete er lächelnd das Buch und räusperte sich. Mit amüsiert erregter Stimme las er laut vor.

> »Da viele der Frauen mit zunehmendem Alter ihre Schönheit verloren hatten, versuchten sie herauszufinden, ob sie mit dem Gesicht, das ihnen noch geblieben war, nicht in irgendeiner Form eine neue errichten konnten. Indem sie das Zentrum der Schwerkraft ihres Gesichts veränderten und darum ihre Züge auf neue Weise anordneten, probierten sie mit fünfzig eine neue Art der Schönheit, mehr oder weniger so, wie man im mittleren Alter einen neuen Beruf ausprobiert oder auf einem Feld, der als Weinberg nichts mehr taugt, Rüben pflanzt.«

Er warf einen bitteren Blick an Annie vorbei auf die Tür, hinter der Harry Golds Party noch in vollem Gange war. Sie verstand seine Andeutung auf eine ganze Kategorie von weiblichen Gästen, die sie an diesem Abend kennengelernt hatte.
Bevor sie zur Bestätigung nicken konnte, hob er den Finger und las weiter.

> »Andere versuchten, noch Verbindung zu halten mit dem Aspekt ihres Charmes, der früher ihr individuellster gewesen war, aber oft verweigerte sich da das neue Rohmaterial ihres Gesichts. Der Frau, deren vieldeutiges, melancholisches Lächeln ihre Hauptattraktion gewesen war, gelang es nicht mehr, die anmutigen Linien an die Oberfläche ihres alternden Gesichts steigen zu lassen. Sie gab den Kampf auf und erkünstelte eine neue Maske, diesmal die

einer fröhlichen, vergnügten Ausgelassenheit, zu der sich ihre Falten so bereitwillig hergaben – und, wie der Zufall so spielte, es gelang ihr, einen vollkommen neuen Kreis von Verehrern anzuziehen, die zu jung waren, um ihr ursprüngliches Aussehen zu kennen – es sei denn aus Bildern –, die in ihr aber nun den neuen Mittelpunkt des Festes sahen, eine alterslose, feengleiche Patin, die dazu noch, das konnte niemand leugnen, mit ihrem Geld mehr als großzügig umging.«

Nun sah er Annie an, und die harte Flamme in seinen kleinen, blauen Augen leuchtete heller denn je.
»Proust«, sagte er und hob den dicken Band hoch.
Annie lächelte zögernd. Eine Herausforderung lag in seinem Verhalten, aber auch echte Liebenswürdigkeit. Er schien stolz auf die beißend satirischen Worte, die von seinen Lippen geflossen waren, und er lud sie ein, sein Komplize zu sein.
»Aber Sie wissen schon«, ergänzte er mit nachdenklich gerunzelter Stirn, »das war lange vor dem Liften von Gesichtern.«
»Eigentlich glaube ich nicht, daß ein Liften ihn beeindruckt hätte«, sagte Annie, die Proust nie gelesen hatte, die aber hinter den einfachen Worten des Fremden die ätzende Ironie seiner Gedanken erkannte.
Bei ihren Worten hob er anerkennend die Brauen. Aus den Augen darunter sprach erfreute Bewunderung.
»Na«, sagte er, »Sie werden sich noch lange Zeit keine Sorgen über Ihr Gesicht zu machen brauchen.«
Sie spürte den leichten Spott in seinem väterlichen Ton, glaubte aber nicht, daß er böse gemeint war. Ihr freundliches Lächeln blieb, und er erwiderte es mit einem warmen Leuchten seiner Augen.
Dann sah er sein Glas an. Es schien ihn zu erschrecken, daß es leer war. Er versuchte aufzustehen, merkte aber, daß das schwere Buch und die Zigarettenpackung, aus der er eben eine Lucky Strike gezogen hatte, ihn behinderten. Verwirrt, wie er so viele Handlungen auf einmal bewältigen sollte, sah er Annie an.
»Seien Sie so freundlich«, sagte er, »und gießen Sie es für mich voll.«
Er trank schnell den letzen Schluck und gab ihr dann das Glas. Jetzt merkte sie auch, daß er leicht betrunken war, denn er bewegte unsicher die Hand.
Sie brachte das Glas zu der kleinen Bar und deutete fragend auf eine der Kristallkaraffen. Er hob in einer theatralisch zustimmenden Geste die Hand. Sie goß zwei Finger hoch ein, sah seinen tadelnden Blick, goß

weiter, sah, wie er die Lippen warnend spitzte, und füllte schließlich das Glas so weit, wie es bei ihrem Eintreten gewesen war.
Sie kehrte zu ihm zurück und gab ihm das Glas. Er prostete ihr zu, trank einen großen Schluck und stellte das Glas dann auf den Tisch zurück. Einen Augenblick schien er in Gedanken verloren. Dann sah er sie an, und seine durchdringenden Augen und buschigen Augenbrauen hatten etwas eindeutig Mephistophelisches. Sein Blick war distanziert und vertraut zugleich, als würde er sie durch ein Teleskop betrachten.
»Ich will nicht schuld sein, wenn ...«, fing sie an.
Aber sein Blick hatte sich verdüstert. Ihre Worte verklangen, als sie merkte, daß er sie nicht länger sah.
Einen Augenblick später schlug er das Buch auf und begann wieder zu lesen, wobei er ihre Gegenwart so vollkommen vergaß, daß sie sich gar nicht erst die Mühe machte, sich für die Unterbrechung zu entschuldigen, sondern sich auf dem Fuß umdrehte und leise lächelnd aus dem Zimmer ging.

Als sie einige Zeit später die Party verlassen wollte, sah sie den Fremden würdevoll durch ein überfülltes Zimmer schwanken, ohne auf die Gäste um ihn herum zu achten. Sie fragte ihren nächsten Nachbarn, wer er sei.
»Mein Gott, Liebling«, sagte man ihr. »Das ist Damon Rhys. Der Unvergleichliche. Wo kommen denn Sie her? Er hatte diese Stadt in der Tasche. Wer hätte gedacht, daß so ein Eierkopf wie der mit seinen komischen Filmen in dieser Stadt über dreißig Millionen macht? Wissen Sie, ich habe gehört, daß er jetzt was Neues vorhat. Es soll die heißeste Sache sein, die er je gemacht hat. Jeder spricht darüber, aber er will nicht sagen, worum es geht. Aber wirklich, meine Liebe, Damon Rhys müssen Sie einfach kennen. Rhys. Wer könnte dieses Gesicht vergessen?«
Die Frage verfolgte Annie auf ihrem ganzen Heimweg.

22

Als sie bei Beths Wohnung ankam, sah sie überrascht, daß Nick Marciano an der Tür eines dunklen Mustang lehnte, der auf dem Parkplatz vor dem Gebäude stand.
»Was ist, Baby?« fragte er. »Wie wär's mit einer kleinen Spazierfahrt?«

»Nick!« rief Annie. »Was machst du denn hier? Willst du nicht hereinkommen?«
Er schüttelte den Kopf. »Beth sagte mir, du seist auf einer Party. Ich habe gewartet, hatte aber keine Lust, mit ihr zu reden. Was ist jetzt?«
Etwas Drängendes in seinem Verhalten ließ sie zustimmend nicken.
»Ist das deins, Nick?« fragte sie, als er die Tür geschlossen hatte. Der Mustang roch sauber und frisch poliert.
»Aber nicht doch«, antwortete er und gab Gas. »'n Firmenwagen sozusagen. Ein kleines Privileg für geleistete Dienste.«
Ein harter, bitterer Ton schwang in seiner Stimme mit. Er fuhr etwas zu schwungvoll aus dem Parkplatz und raste dann über die Vorstadtstraßen zur Autobahn.
Annie merkte, daß er nicht er selbst war, wußte aber nicht, wie sie das Gespräch darauf bringen sollte. Sie versuchte ruhig zu bleiben, während er zehn Meilen schneller als der übrige Autobahnverkehr fuhr und dauernd die Spur wechselte.
Erst nach ihrer Rückkehr nach Hollywood zwang sie sich zu sprechen.
»Nick, was ist los?« fragte sie. Ihr Haar wehte im Nachtwind. »Komm schon. Mir kannst du es doch sagen.«
Er schüttelte den Kopf.
»Aber genau das ist es ja, Liebling. Ich kann's eben nicht.« Er grinste düster. »Wenn ich es tue, verlierst du die Achtung vor mir.«
Annie dachte über ihn nach. In den wenigen Monaten hatte er sich von einem forschen, zuversichtlichen Schauspieler in einen blassen, gequälten, irgendwie gedemütigten jungen Mann verwandelt. Und an diesem Abend hatte er etwas eindeutig Wildes an sich. Obwohl er sie gesucht hatte, ließ es die enorme Spannung in ihm nicht zu, daß er sich ihr anvertraute.
»Schon gut«, sagte sie. »Du mußt es mir nicht sagen. Warum gehen wir nicht irgendwo eine Cola trinken?«
Plötzlich blitzte er sie unter seinen hübschen Brauen heraus argwöhnisch an. Dann sah er wieder auf die Straße.
Seine Augen machten ihr angst. Sie hatte erwartet, daß die Aussichten beim Fernsehen ihn aufmunterten, aber offensichtlich war genau das Gegenteil passiert.
Sein Schweigen war unerträglich.
»Halt irgendwo an, Nick«, sagte sie. »Ich will dich in den Arm nehmen.«
Er schüttelte matt den Kopf.

»Ach, Kleine«, sagte er. »Wenn du es nur getan hättest, als ich es wirklich brauchte.«
»Nick, bitte.« Sie berührte seinen Ärmel.
»Ist ja egal.« Seine Stimme war dünn. »Bob Romero mag keine jungen Männer, die sich zuviel mit dem anderen Geschlecht abgeben.«
Annie verstand. Sie hatte tiefes Mitleid mit ihm, während sie sich überlegte, wie schlimm es wohl war.
Sie suchte nach taktvollen Worten, um ihn zu trösten und zu ermutigen. Aber noch bevor ihr etwas eingefallen war, bog er plötzlich in den Hollywood Boulevard ein und fuhr auf den Sunset Strip zu.
Sie fuhren an Bürgersteigen vorbei, auf denen in langer Reihe Prostituierte, Drogensüchtige und Strichjungen standen. Zwischen den Ampeln beschleunigte Nick wie ein Verrückter.
»Schöner Ort für einen Besuch ...«, sagte er wild.
»Nick ...«
Annie wußte nicht, was sie sagen sollte. Sie sah Harmon Kurth, Sam Spector, Rima Baines und andere Mächtige des Showbusiness vor sich. Es gab so viele Wege, einen jungen Schauspieler unter Druck zu setzen. So viele Steine, über die man stolpern konnte. Hatte denn nicht sogar ihre eigene, vorsichtige Lebensweise es einmal nicht geschafft, sie vor der Katastrophe zu bewahren?
Und Nick war so ehrgeizig, so zerbrechlich ...
Er bremste plötzlich und kam vor einer Bar zum Stehen, vor der einige Männer herumstanden. Er zog sie hinein.
Die Bar war dunkel. Man hörte leise Rockmusik. Annie bemerkte Stammgäste mit hängenden Vietnamesenbärten und Schlüsselbunden an den Gürteln. Sie sahen sie und Nick neugierig an.
In seiner heftigen Erregung bestellte Nick sich einen doppelten Wodka. »Cola für dich?«
Annie nickte. Sie sorgte sich, als sie sah, wie er seinen Drink hinunterstürzte.
»Nun, meine Liebe«, sagte er zu laut, »hier in der Bar gibt es keinen, der sich nicht fragt, wo ich diese wunderschöne Begleitung aufgetrieben habe. Oder was sie heute nacht noch tun wird, und mit wem.«
Nick gab dem Barkeeper ein barsches Zeichen, woraufhin er ihm mit vorsichtigem Blick einen zweiten Drink brachte.
Annie legte Nick die Hand auf den Arm. Er wandte sich ihr zu. Zum erstenmal bemerkte sie entsetzt, daß seine Augen den gleichen betäubten Glanz hatten, den sie in so vielen Gesichtern auf Harry Golds Party gesehen hatte.

»Um Himmels willen, Nick«, flüsterte sie. »Was ist denn los mit dir? Bitte, laß uns gehen.«
»Cola«, lallte er und stürzte seinen Wodka hinunter. »Eine Cola für die kleine Dame. Sie braucht eine kleine Stärkung.«
Während er sprach, bemerkte sie, daß hundert Augenpaare auf seine muskulöse Gestalt gerichtet waren. Und auch sie, in dem auffälligen Kleid, das sie zu der Party getragen hatte, war Ziel eines anderen kollektiven Starrens, dessen sexuelle Absichten Welten von dem entfernt waren, was sie je erlebt hatte. Sie sah Nick flehend an.
Mit einer Miene ärgerlicher Zufriedenheit knallte er sein Glas auf den Tisch, warf einen Geldschein auf die Theke und schleppte sie aus der Bar.
»Laß mich fahren«, sagte sie, erschreckt über die Unsicherheit seines Schritts.
»Nein, Ma'am.« Er legte den Gang ein und raste durch den Verkehr auf die Hügel zu. Bevor Annie richtig zur Besinnung kam, hatten sie den Mulholland Drive schon hinter sich und fuhren auf schmalen Cañonstraßen entlang.
»Bitte, Nick, fahr langsamer«, sagte sie, während sie nach dem Sicherheitsgurt tastete und ihn anlegte. »Laß uns doch anhalten und reden.«
»Aber gern, meine Liebe.« Seine Stimme wurde zu einem befremdlichen Lachen. »Worüber sollen wir denn reden? Liebe und Kunst? Über die jeweiligen Verdienste von Stanislawski und Raquel Welch? Ich frage mich, was Roy wohl zu diesem Thema zu sagen hätte ...«
Versunken in seine Bitterkeit drückte er aufs Gas. Im gleichen Augenblick kam ein anderes Auto aus der Kurve auf sie zu, und seine hellen Lichter blendeten Annie.
Als sie einen Augenblick später wieder sehen konnte, war die Straße plötzlich links von ihnen.
Nick war vom Weg abgekommen und stürzte in den Cañon.
Federn und Gummi machten einen enormen Satz. Kies prasselte auf das Auto, dann dichtes Gebüsch. Sie fiel nach vorn, spürte einen heftigen, zweifachen Schlag auf Kopf und Knie und verlor das Bewußtsein.

23

Drei Stunden später saß Annie im Hollywood Presbyterian Medical Center an Nicks Bett. Der verlassene Korridor war ein grauer Fleck hinter der halbgeschlossenen Tür.

An der Stelle, wo sie mit der Stirn gegen die Windschutzscheibe geprallt war, klebte ein einzelnes Heftpflaster. Der Arzt in der Notaufnahme hatte sie röntgen lassen und festgestellt, daß sie nicht ernsthaft verletzt war. Ein Busch hatte den Aufprall des Autos gedämpft und ihr Sicherheitsgurt Schlimmeres verhindert.

Nick hatte weniger Glück gehabt, denn er war ohne Sicherheitsgurt gefahren. So blaß wie nie zuvor lag er im Bett, den Arm in Gips, die Brust mit Heftpflaster beklebt, den Kopf mit der gebrochenen Nase und der aufgerissenen Wange eingebunden.

Schmerz sprach aus seinen Augen. Die Ärzte hatten ihm die starken Medikamente, die seine Verletzungen eigentlich erforderten, verweigert, weil sich bei der Untersuchung herausgestellt hatte, daß wahrscheinlich eine gefährliche Mischung aus Alkohol und Beruhigungsmitteln für den Unfall verantwortlich war.

»Die Ärzte meinen, du hast großes Glück gehabt«, sagte Annie und hielt seine Hand »Schade, daß du dich nicht angeschnallt hast. Sonst wärst du vielleicht ganz ohne Verletzungen davongekommen.«

Er schüttelte den Kopf und sah schuldbewußt auf ihr Pflaster.

»O Gott, Baby. Es tut mir so leid. Wenn es nur ich gewesen wäre ... Aber daß ich dir weh getan habe. Kannst du mir verzeihen?«

»Natürlich, du dummer Junge«, verspottete sie ihn schwach. »Du darfst es nur nicht wieder tun!«

Sie drückte seine Hand fester, als sie sah, daß sein Blick wieder trüb wurde. Aber anscheinend konnte sie ihn nicht in die Wirklichkeit zurückholen. Er versank immer wieder in eine Gleichgültigkeit, die sie erschreckte.

»Es ist Zeit, daß du nach Hause gehst«, sagte er. »Beth macht sich inzwischen sicher wahnsinnige Sorgen.«

»Ich habe sie angerufen.« Annie lächelte. »Und ich werde nicht gehen, bevor du mir versprochen hast, daß du von jetzt ab besser auf dich aufpaßt. Morgen früh komme ich wieder – aber ich kann nicht die ganze Zeit in Hollywood sein und mich um dich kümmern. Also versprich's mir jetzt.«

Er nickte der Form halber.

»Nick«, sagte sie ruhig. »Nichts ist ewig. Verstehst du das? Auch ich hatte Zeiten, wo ich mich am liebsten verkrochen hätte, um nie mehr aufzutauchen. Aber solche Zeiten vergehen. Immer. Bitte versprich mir, daß du auf dich aufpaßt, wenn ich nicht bei dir bin.«
Sein Gesicht zuckte, als er das Heftpflaster an ihrer Stirn ansah. Dann zwang er sich zu lächeln.
»Na«, sagte er, »vielleicht bin ich mit der gebrochenen Nase glaubwürdiger als Bösewicht in *The FBI*.«
»So ein Quatsch«, lachte sie. »Du wirst sehr sexy Privatdetektive spielen.«
Er nickte, und in seinen Augen spiegelten sich unterschiedliche Regungen, von denen die einen sprunghaft auf sie zukamen, während ihn die anderen immer tiefer in sich hineinzogen, weg von ihren Bemühungen, ihn zu erreichen.

Im Taxi fuhr sie durch die leeren Straßen nach Hause; sie wollte etwas schlafen, bevor sie Nick wieder besuchte.
Sie bekam plötzlich Angst, als sie sah, daß die Rücksitze des Taxis keine Sicherheitsgurte hatten.
»Haben Sie in diesen Autos keine Sicherheitsgurte?« fragte sie den Fahrer.
»Sind nicht gesetzlich vorgeschrieben«, antwortete der. »Deshalb macht sich die Firma auch nicht die Mühe. Die Leute schnallen sich sowieso nicht an.«
Annie schluckte ihre Angst hinunter und sah zu, wie die Hügel zurückblieben und The Valley vor ihr auftauchte.
Etwas setzte sich plötzlich in ihren Gedanken fest, verschwamm wieder und stand plötzlich in eigenartiger Deutlichkeit vor ihr.
Ohne auf den aufsteigenden Schimmer im Osten zu achten, dachte sie darüber nach.
Sicherheitsgurte, überlegte sie.
Was in dieser Nacht passiert war, hatte sie auf eine Idee gebracht.

24

Es war nicht schwer, die Werbeagentur herauszufinden, die für das Verkehrsministerium die Öffentlichkeitsarbeit machte.
Bernard Euer, der Leiter der Agentur, gab Annie einen Termin und hörte sich höflich an, was sie zu sagen hatte.
Danach sah er sie mit einem unverbindlichen Ausdruck in den Augen an. Ja, sagte er, er kenne ihre Werbung für Cantele und Beale und sei beeindruckt.
Auf der anderen Seite schien aber das Image, das sie präsentiere, kaum geeignet für etwas so Ernsthaftes wie eine Kampagne zur Benutzung von Sicherheitsgurten.
»Ich stimme Ihnen durchaus zu«, erwiderte Annie, »bis auf einen Punkt: Die Leute schnallen sich deshalb nicht an, weil sie Sicherheitsgurte als beengend empfinden. Sie wollen, daß Fahren Spaß und Abenteuer bringt – vor allem in Kalifornien –, und sie glauben, daß die Gurte nicht zu ihrem Stil passen. Was man also tun muß, Mr. Euer, ist, Spaß und Sicherheit miteinander in Verbindung zu bringen. Und genau das macht mein Konzept.«
Trotz ihrer Argumente schien er skeptisch.
»Außerdem«, fügte sie hinzu, »etwas muß getan werden, und zwar schnell. Die Todesrate auf kalifornischen Autobahnen steigt beständig. Ihr Staat ist der gefährlichste im Land.«
Bei diesen Worten räusperte er sich.
»Ich verstehe, was Sie meinen«, sagte er kühl, ohne sich in die Karten sehen zu lassen. »Ich werde wohl besser mit Jim McEwen darüber sprechen.«
McEwen, das wußte Annie von der Unterschrift auf jedem kalifornischen Führerschein, war der Minister.
Sie studierte die ergrauende und distinguiert managerhafte Persönlichkeit Bernard Euers. Ihr Charme schien ihn kaltzulassen. Seine Höflichkeit verbarg vielleicht nur seine Absicht, sie möglichst bald loszuwerden.
Aber sie hatte keine Waffen mehr. Deshalb verabschiedete sie sich lächelnd und fuhr nach Hause.
Dort überlegte sie, ob sie sich vielleicht direkt an den Minister wenden sollte. Aber wenn sie zu sehr drängte, konnte das mehr schaden als nützen. Schließlich war Jim McEwen ein vielbeschäftigter Beamter.

Am Ende machte die Zeit ihre Überlegungen hinfällig, denn sie mußte nach New York zurück.
Sie konnte nur abwarten und sehen, was passieren würde.

Drei Wochen später war sie wieder in New York und arbeitete hart an der Century-Inszenierung eines frühen Stückes von LeRoi Jones.
Nick war inzwischen aus dem Krankenhaus entlassen worden; sie rief ihn dreimal pro Woche an und achtete sehr auf die Modulationen von Optimismus und Depression in seiner Stimme.
Ihre diversen beruflichen Verpflichtungen nahmen sie mehr denn je in Anspruch. Mit einem innerlichen Achselzucken entschied sie, daß man ihre Idee einer Sicherheitsgurtkampagne in Kalifornien entweder fallengelassen hatte oder sie irgendwo in der Bürokratie steckengeblieben war.
Aber an einem düsteren Mittwochabend fand sie bei ihrer Rückkehr eine Nachricht auf ihrem Anrufbeantworter.
»Miss Havilland, hier spricht Bernard Euer«, sagte eine humorlose Stimme. »Wir haben über Ihre Idee mit den Sicherheitsgurten nachgedacht, und der Minister ist persönlich sehr interessiert. Wir möchten gern ein paar Tests mit Ihnen machen. Wenn es Ihnen nächste Woche passen würde ...«

Am 15. Juni, kurz vor den Sechs-Uhr-Nachrichten, erschien im Fernsehen in ganz Kalifornien der erste Spot.
Das Mädchen mit dem provozierenden Sex-Appeal, das die Angelenos bereits als Sprecherin von Cantele und Beale kannten, saß hinter dem Steuer eines Autos und legte sich mit sinnlichen Bewegungen den Sicherheitsgurt an. Der Gurt umspannte ihr enges Schlauchtop, während sie sprach.
»Wenn ich fahre«, sagte sie in die Kamera, »will ich Spaß haben. Und nicht verletzt werden. Machen Sie es doch wie ich, wenn Sie sich das nächste Mal hinters Steuer setzen! Machen Sie es sich bequem – und sicher.«
Ihre Darstellung war so sinnlich, daß es fast unmöglich war, den Blick abzuwenden. Das Auto selbst schien sie zu umarmen, mit dem Sicherheitsgurt zu streicheln.
Ein Schriftzug lief über das Bild.

MEHR SPASS AN DER SICHERHEIT.
SCHNALLEN SIE SICH AN.

Der Spot war zu Ende.
Seine Wirkung war verblüffend, denn er nahm dem Gedanken der Sicherheit seinen langweiligen und konservativen Beigeschmack. Und er war den Kaliforniern wie auf den Leib geschnitten, für die ja das Autofahren zu einem bestimmten Lebensstil gehörte.
An dem Abend der Sendung drückten viele den Daumen – vor allem Annie.
Die Reaktion der Öffentlichkeit war augenblicklich und überwältigend. Innerhalb weniger Wochen kannte jeder von San Diego bis Oregon das verführerische Mädchen von Cantele und Beale als Anschnallgirl und Sexsymbol des Verkehrsministeriums. Ihr Gesicht erschien in Magazinen und Zeitungsanzeigen, und man sah es auf riesigen Anzeigentafeln an den Autobahnen, während ihre rauchige Stimme die verführerische Aufforderung zur Sicherheit aus den Autoradios flüsterte.
Es dauerte nicht lange, bis sich die erhofften Ergebnisse zeigten. Statistiker berichteten, aufgrund der verstärkten Benutzung der Sicherheitsgurte sei die Zahl der Verkehrsopfer in Kalifornien gesunken.
Der Minister war begeistert. Er hoffte, seinen bevorstehenden Gouverneurswahlkampf auf diesen Erfolg aufbauen zu können.
Bernard Euer ging mit einem ungewohnten Lächeln auf den Lippen umher. In den fünfundzwanzig Jahren ihres Bestehens hatte seine Agentur noch keinen solchen Coup gelandet.
Und Annie Havilland war, wenngleich noch kein fester Begriff, so doch ein bekanntes Gesicht an der ganzen Westküste.

25

Es war schon fast wieder Herbst.
Mehr als zwei Jahre waren vergangen, seit der Vorfall in Holmby Hills Annies Zeitplan in Gang gesetzt hatte.
Mit gespitzten Lippen sah sie auf ihren Kalender. Sie hatte alles getan, was ihr Talent, Anstrengung und Phantasie erlaubten, um ihren Plan rechtzeitig zur Erfüllung zu bringen. Sie hatte keine Mühen gescheut, um ihre Fähigkeiten zu verfeinern und andere zu zwingen, sie zu erkennen – mehr als einmal gegen deren Willen.
Und sie hatte es beinahe geschafft.
Sie war eine Schauspielerin am Vorabend echten Erfolgs. Alles, was sie jetzt noch brauchte, war eine große Chance, eine Gelegenheit, der

Öffentlichkeit zu zeigen, was sie wirklich konnte, mit genügend Werbung, damit das Publikum auch erfuhr, wer sie war.
Aber so eine Chance war nicht in Sicht. Wieder einmal war ihre Karriere an einem Punkt steckengeblieben, von dem aus sie nicht mehr weiterzukommen schien.
Zugegeben, ihr langer Kampf hatte ihr Leben wesentlich verändert. Vor zwei Jahren war sie ein mäßig ehrgeiziges Mannequin gewesen, mit Aussicht auf eine notwendigerweise kurze Karriere und eine unsichere Zukunft danach. Heute konnte sie ein lukratives und aufregendes Leben in der Werbung erwarten, mit guten Chancen für ein erfüllendes und zeitlich unbegrenztes Wirken im Theater. Konnte man sich über ein solches Schicksal beklagen?
Ja, man konnte, dachte Annie bitter. Man konnte sich sicherlich betrogen vorkommen, wenn einem die ganze Welt des Films verschlossen blieb.
Annie hatte trotz widrigster Voraussetzungen ihr Bestes gegeben. Und dennoch war die solide Basis, die sie an der Westküste gesucht hatte, einfach nicht vorhanden.
Auf der anderen Seite schienen trotz dieses Mangels immer mehr Anzeichen darauf hinzudeuten, daß die Zeit für den nächsten großen Schritt reif war.

Jim McEwen und Bernard Euer waren übereinstimmend der Meinung, daß Annie ganz nach Kalifornien ziehen sollte.
»Wenn Sie diese Kampagne wirklich bis zum Ende duchziehen wollen«, sagte Bernard Euer, »sollten Sie ein kalifornisches Nummernschild haben und ein Bürger unseres Staates sein. Den Kaliforniern wäre es sehr peinlich, wenn sie erführen, daß Sie New Yorkerin sind. Außerdem ist dieses Projekt eine längerfristige Sache. Das läuft vielleicht noch viele Jahre. Wir brauchen Sie hier. Sie sind gut für unseren Staat, man verlangt Sie hier.«
Annie konnte die Logik dieses Arguments nicht leugnen. Auch konnte sie sich des verlockenden Gefühls nicht entziehen, an einem Ort willkommen zu sein, an dem man sie bereits kannte.
In der Zwischenzeit machten sie ihre häufigen Gespräche mit Nick besorgter denn je seit dem Unfall.
Seine Telefonstimme klang hohl und oft undeutlich. Trotz der etwas reizbaren Leichtfertigkeit, die er ihr zuliebe aufbrachte, spürte sie, daß er die Wahrheit über sich und seine Lage verheimlichte.
Die Episode der TV-Serie, in der er letzten Winter eine Rolle gefunden

hatte, war vor kurzem zur besten Sendezeit ausgestrahlt worden. Seine Darstellung verwirrte Annie, nicht nur weil sie leer und unmotiviert schien, sondern auch, weil sein Bild auf dem Fernsehschirm, nur wenige Monate nach seiner Abreise aus Manhattan aufgenommen, viel blasser und ungesünder aussah als der Nick, den sie gekannt hatte.

Mit Nick ging es schnell bergab. Sie mußte sich um ihn kümmern. Denn sonst wagte sie an die Zukunft gar nicht zu denken, die ihn erwartete. Und er schien zu merken, daß sie sein Rettungsanker war, denn bei seinem letzten Anruf war er sehr aufgeregt gewesen. Er wisse eine ideale Wohnung für sie, hatte er gesagt. Ein befreundeter Schauspieler wolle aufgeben und habe ihm im Vertrauen erzählt, daß die Wohnung in wenigen Wochen frei sei.

»Das ist geschenkt, Baby«, sagte Nick. »Du brauchst nur ja zu sagen, und sie gehört dir. Die Wohnung ist ein großartiger Ausgangspunkt für dich. Du kannst sogar Paramount und Warners von dort zu Fuß erreichen – wenn die sich erst mal über deinen Vertrag geeinigt haben.«

Eine angsterfüllte Woche lang dachte Annic an die vielen Verbindungen, die sie in New York hielten, und die absolut unergründliche Zukunft, die sie in dreitausend Meilen Entfernung erwartete.

Aber schließlich beschloß sie, mit dem tiefsten Seufzer ihres Lebens, den Sprung zu wagen.

Sie erwischte eine ihrer drei Zimmerkolleginnen zwischen einem Flug und dem Freund und sagte ihr, daß sie die Mansarde verlassen wolle. Sie gab ihre Stimmübungen auf und verabschiedete sich herzlich von Blane Jackson, der ihr nie ganz verziehen hatte, daß sie seinen Vorschlag einer Tanzkarriere abgelehnt hatte.

Das gleiche galt auch für Renée Greenbaum, obwohl die Trennung hier schmerzhafter und Annies Schuldgefühle stärker waren. Fünf Jahre lang hatte Renée alles getan, was in ihrer Macht stand, um Annies Mannequinkarriere zu fördern, ja, sie hatte ihre eigenen persönlichen und beruflichen Hoffnungen damit verknüpft. Sie hatte gesehen, wie ihr Annie trotz ihrer Ermahnungen aus den Händen glitt, und betrachtete jetzt den Verlust für Cyrena und das ganze Gewerbe als kleine Katastrophe.

Es war auch Zeit, Teague MacInnes auf Wiedersehen zu sagen, der dröhnend seinem Mißfallen an Annies verrückter Idee, ins gottlose Hollywood zu ziehen, Ausdruck gab, dessen Stimme aber heiser wurde, als er sie in den Arm nahm und ihr den Erfolg wünschte, den sie verdiene.

»Du bist wirklich eine Schauspielerin, meine Kleine«, brummte er. »Sieh zu, daß diese dreckigen Zuhälter da drüben das nicht vergessen. Nicht einen winzigen Augenblick lang. Und komm zurück zu Papa Teague, wenn du genug hast von ihrer blöden Sonne und ihren Schweinereien. Bei mir bist du immer willkommen.«
Annie bemerkte interessiert, daß die lautesten Klagen über ihre Entscheidung von keinem anderen als von Barry Stein kamen.
»Es ist verfrüht«, meinte er kopfschüttelnd. »Du hast dort drüben keine Sicherheiten, Annie. Um Himmels willen, kannst du denn nicht ein bißchen geduldiger sein? Wir können dir hier alles mögliche besorgen, wenn es dich juckt. Aber Hollywood ist nichts für dich.«
Während Annie seinen Rat höflich ablehnte, überlegte sie, daß Barry, zumindest unbewußt, zeigte, daß auch er von den mächtigen Hindernissen wußte, die ihre Karriere in Hollywood erschwerten. Wahrscheinlich war seine Sorge um sie zum Teil der echte Wunsch, sie zu beschützen, zum Teil aber auch ein Bedauern über die Provisionen, die er verlieren würde, wenn sie jetzt ging.
Seine Einwände bestärkten ihren Entschluß nur noch. Diesen letzten Kampf hatte sie jetzt lange genug aufgeschoben. Sie konnte nur siegen oder verlieren, aber sie wollte, daß es jetzt geschah.

Der schmerzlichste Abschied war der letzte.
Am Tag ihrer Abreise, nachdem all ihre Sachen in einem Anhänger, den ihr Al Cantele besorgt hatte, verstaut waren, verabschiedete sie sich von Roy Deran in der Einsamkeit seines Studio 37.
Er sah ihr lange und eindringlich in die Augen, den Blick voller Zuneigung und Warnung.
»Hör auf mich«, sagte er schließlich. »Ich kenne dich. Ich weiß, was dich innerlich auffrißt. Nicht nur, weil ich Augen und Ohren offenhalte und weil ich lange genug im Geschäft war – sondern weil ich vor vielen Jahren auch Hoffnungen hatte und Prügel abbekam. Hör auf einen, der einmal die falsche Entscheidung traf und dafür bezahlen mußte: Laß dieses Feuer in dir nie ausgehen. Auch wenn man dir Wunden schlägt, die nie verheilen.«
Er nahm ihre Hände in die seinen.
»Und vergiß nicht, Annie: Die können dir deine Seele nicht nehmen, außer wenn du sie freiwillig aufgibst.«
Er hob die Schultern.
»Aber jetzt keine Ratschläge mehr von einem Untoten«, sagte er. »Ich habe gesagt, was ich zu sagen hatte. Aber eins darfst du nie vergessen:

Wenn du je Hilfe brauchst oder eine Schulter, um dich auszuweinen, auch wenn du es dir nicht eingestehen willst – und du bist nicht der Typ, der gern zugibt, daß er jemand braucht –, ich werde für dich dasein. Du hast eine große Zukunft vor dir. Der Schmerz wird so groß sein wie die Freude, glaub's mir. Wenn du damit leben kannst, dann kann dich nichts aufhalten. Laß dich mal wieder sehen. Okay?«
Sie drückte ihn, so fest sie konnte. Er brachte sie zur Tür. Als sie die Treppe zur 37th Street hinunterstieg, hörte sie seine Schritte über den Parkettboden unter der alten Stuckdecke hallen.
Jetzt konnte sie nur noch vorwärtsgehen. Sie stieg ins Auto und fuhr auf die George-Washington-Brücke zu.
Weit hinter ihr in der Stille des Studios beklagten die ersten Tränen auf Roy Derans Wangen seit zwanzig Jahren ihren Verlust.

26

Die Fahrt schien endlos.
Annies Nonstopflüge nach Los Angeles hatten sie nicht auf die flachen, ländlichen Gegenden des Mittleren Westen, auf die unendlich weit ausgedehnten Great Plains und schließlich auf die bedrückenden Berge vorbereitet, durch die sie ihr kleines Auto mit dem Anhänger mit ihren Sachen fuhr. Bei jeder Steigung heulte der Motor protestierend, und sie mußte dauernd anhalten, um Wasser in den Kühler zu füllen.
Sie fuhr so lang und so schnell, wie sie konnte, aber sie brauchte dennoch sechs Tage von Manhattan bis Los Angeles. Als sie endlich ankam, war sie froh, daß sie mit Al Canteles Autos das Autobahnfahren gelernt hatte, aber die ungeduldigen Fahrer, die zu dicht auf ihren kleinen Importwagen mit dem Anhänger auffuhren, ängstigten sie trotzdem.
An der Franklin Avenue bog sie ab und fuhr direkt zu Nick. Er begrüßte sie mit offenen Armen, gab ihr eine Tasse Kaffee und fuhr dann ihr Auto zur malerischen Anita Street, nicht weit von Melrose, wo ihre neue Wohnung lag.
Das Gebäude stand in einer Reihe von architektonisch sehr unterschiedlichen Häusern aus den zwanziger und dreißiger Jahren. Nick hatte Glück und fand einen Parkplatz nicht weit von der Numer 317, und ein paar Minuten später schüttelte Annie ihrer kleinen, unwahrscheinlich dicken, aber sehr würdevollen Hauswirtin Mrs. Hernandez die Hand.
»*Diós*«, murmelte die Frau, als sie mit weit aufgerissenen Augen Annie ansah. »Sie sind ja noch schöner, als er sagt.«

Sie führte Annie zu einer bescheidenen Zweizimmerwohnung im dritten Stock. Sie hatte eine Klimaanlage und war mit einigen unscheinbaren, aber recht ordentlichen Möbeln eingerichtet. Die Küche war etwas antiquiert, aber alles funktionierte. Das Schönste war das helle Licht von den Eckfenstern, die auf die Hills hinaussahen.
»Keine Schaben, keine Ameisen, kein Lärm«, meinte Mrs. Hernandez lächelnd. »Wir sind ein ehrbares Haus. Nur ordentliche Mieter. Sie werden sehr zufrieden sein.« Sie sprach bestimmt, aber sehr höflich.
Die Miete war erwartungsgemäß hoch, aber auch nicht schlimmer als in Manhattan. Die Anita Street lag ruhig zwischen Reihen von Pfeffersträuchern und Palmen, und Mrs. Hernandez war offensichtlich eine sehr verläßliche Hauswirtin.
»Mir gefällt sie«, sagte sie zu Nick. »Lieb von dir, daß du sie mir besorgt hast.«
»Na, irgendwie mußte ich dich doch hierherbringen.« Nick schaffte ein spöttisches Lächeln trotz des sorgenvollen Blicks in seinen dunklen Augen. »Du wirst diese Stadt im Sturm nehmen, Baby. Du wirst schon sehen.«
Annie versuchte, ihre Besorgnis zu verbergen, als sie den Blick von seinen fahlen, trotz des sonnigen Klimas viel zu blassen Wangen über seinen viel zu dünnen Körper schweifen ließ.
»Na«, verkündete sie, »du könntest mir mit deinen starken Armen eigentlich helfen, mein Zeug heraufzubringen. Danach gehen wir einkaufen, und ich koch' dir ein Abendessen. Seit sechs Tagen habe ich fast nur Thunfischsandwiches gegessen, ich bin am Verhungern.«
»Also dann, hübsches Mädchen.«

Später am Abend saß sie alleine in ihrer neuen Wohnung und lauschte den noch unvertrauten Geräuschen des fernen Verkehrs und der nahen Nachtvögel und Grillen vor dem Fenster. Mrs. Hernandez hatte nicht gelogen: Von den Wohnungen über und unter ihr und vom Gang kam wirklich kein Laut.
Das Bett war weich, Couch und Sessel nur wenig ausgefranst, Tisch und Stühle in der Küche fest. Es war eine hübsche Wohnung.
Aber nun, da Nick gegangen war, fühlte sich Annie bedrückend alleine. Nick sah so schlimm aus wie nie. Hollywood schien in seiner Seele eine Wunde geöffnet zu haben, die jeden Tag lebensbedrohender wurde. In ihrem unsicheren Zustand hätte sie sich gern an ihn gehängt, aber er war gar nicht richtig da. Sie fürchtete, daß er mit einem Bein bereits im Grab stand, und sie war sich nicht sicher, ob sie stark genug war, ihn wieder ganz ins Leben zurückzubringen.

Sie beschloß, mit aller Kraft gegen das anzukämpfen, was ihn verzehrte, gleichgültig was es war. Aber ihr Realismus ermahnte sie, daß sein Leben letztendlich nur ihm gehörte. Und neben seinem Wohlergehen mußte sie sich auch noch um ihr eigenes kümmern.

In dieser Stimmung hatte sie sich auf dem Weg vom Lebensmittelladen eine Ausgabe der *Daily Variety* gekauft. Nun setzte sie sich auf den Boden vor dem Couchtisch, überkreuzte die Beine und blätterte die erste Seite auf.

Ihre Hand erstarrte in der Luft, als sie die Überschrift auf Seite 3 las.

RHYS' NEUES »SUPERHEISSES« PROJEKT

Damon Rhys, Bestsellerautor und allgemein anerkanntes Schwergewicht des amerikanischen Films, hat ein neues Drehbuch mit dem Titel A MIDNIGHT HOUR *fertiggestellt. Produktionsvorbereitungen und Rollenbesetzung sollen in Kürze beginnen.*

Wie Rhys bekanntgab, ist die Antiheldin seines neuen Werkes ganz anders als seine früheren Frauenfiguren. Als heiße, räuberische femme fatale *wird Liane, so ihr Name, den Helden des Films mit ihren Verführungskünsten in den Untergang treiben – in einem brutalen Finale, das dem Publikum den Atem nehmen wird.*

Man wird darauf achten müssen, wer diese Rolle erhält, denn sie bringt der Schauspielerin, die Rhys auswählt, eine explosive Publicity.

»Jung, böse, schön«, so Rhys' lakonische Charakterisierung seiner Heldin. Gerüchten nach haben sich bereits einige Topstars für die Rolle beworben.

Viel Glück, meine Damen (und Agenten), und eine erfolgreiche Jagd.

Ohne weiterzulesen, faltete Annie die Zeitung zusammen. Beim Lesen des Artikels war etwas in ihr zum Leben erwacht, das jetzt immer stärker von ihr Besitz ergriff.

Wie in Trance duschte sie und ging ins Bett, ohne auf die Fremdheit der neuen Umgebung zu achten. Die Erschöpfung brachte ihr Träume, aber die kämpften ohne Erfolg gegen den unwiderstehlichen Drang, der jetzt ihre Gedanken beherrschte.

Sie mußte Rhys' neues Drehbuch sehen.

Sie war kein abergläubischer Mensch. Aber die Vorzeichen auf Kalifornien und ihre Zukunft waren in den letzten Wochen zu zahlreich gewesen, um sie ignorieren zu können. Nun kreuzte zum viertenmal Damon Rhys ihren Weg – nun nicht mehr der brillante junge Autor von

Parabola, der streitsüchtige Betrunkene auf dem Santa Monica Boulevard oder der mürrische Proust-Leser in Harry Golds Bibliothek, sondern ein Fremder, der ihr eine Gelegenheit bot, die ihren Namen trug.
Denn vor dreiundzwanzig Jahren war sie auf den Namen Liane Virginie Havilland getauft worden.

27

3. September 1969

Sie wußte, daß es nicht einfach sein würde, aber die Kraft, die sie vorwärtstrieb, verbannte alle Furcht.
Zwei Tage nach ihrer Ankunft in Hollywood zog sie sich ordentlich an, hängte sich ihre größte Handtasche über die Schulter und fuhr zu International Pictures, wo, wie sie erfahren hatte, Damon Rhys seit zehn Jahren ein Büro unterhielt.
Sie schloß sich einer Besichtigungsgruppe an, um in das Gebäude zu gelangen. Dann trennte sie sich von der Gruppe und ging auf das Verwaltungsgebäude zu, in dem sie vor drei Jahren die erforderlichen Formulare für ihre unglücklichen Probeaufnahmen zu *Three in One* ausgefüllt hatte.
Das Gebäude hatte sich nicht verändert. In seiner Nüchternheit unterschied es sich in nichts von den Bürogebäuden in anderen amerikanischen Citys oder Vorstädten. Aber jeder Name in seinem Verzeichnis war unzählige Dollars wert und Millionen von Menschen bekannt.
Es lag eine gewisse Ironie in der Tatsache, daß von der Spitze eben dieses Gebäudes Harmon Kurth nicht nur International Pictures, sondern ganz Hollywood kontrollierte.
Wörtlich und bildlich gesprochen, saß Annie direkt unter seiner Nase.
Ohne Probleme fand sie ihr Ziel im Namensverzeichnis.

Rhys, Damon. 6C

Mit einem tiefen Seufzer betrat Annie den Aufzug.

Der sechste Stock war mit einem gedämpft orangefarbenen Teppich ausgelegt.
Im Korridor war es vollkommen still. Die Walnußtüren waren alle

geschlossen. In keiner war ein Fenster. Offensichtlich war Ungestörtheit für die Produzenten, Regisseure, Autoren und Abteilungsleiter, die hier arbeiteten, sehr wichtig.
Sie fand die Tür, die sie suchte, am Ende des Korridors.

DAMON RHYS

Die erhabenen Buchstaben waren gerade und einfach.
Annie öffnete die Tür.
Das Vorzimmer enthielt eine kleine Couch, einen Tisch mit Zeitschriften, einen großen Aktenschrank und einen Schreibtisch, an dem die Sekretärin saß und telefonierte.
»Es tut mir leid wegen der Verzögerung«, sagte sie in den Hörer, während sie Annie ruhig musterte. »Ich bin mir sicher, daß er heute dazu kommen wird. Versuchen Sie es doch einmal gegen vier. Ich glaube, bis dahin sollten wir etwas für Sie haben. Gut. Auf Wiederhören.«
Sie legte auf und sah Annie mit Augen an, die lange Erfahrung argwöhnisch gemacht hatte. Annie lächelte, und der Ausdruck erwartungsvoller Schüchternheit war beabsichtigt.
»Kann ich Ihnen helfen?« fragte die Sekretärin.
»Ich bin etwas spät dran«, erwiderte Annie. »Der Verkehr war einfach schrecklich. Ich hoffe, Mr. Rhys hat mich nicht vergessen.«
Die Sekretärin war unverhohlen argwöhnisch. »Es tut mir leid, Miss – wie war der Name gleich wieder?«
»Annie Havilland. Wie gesagt, ich wäre schon früher ...«
»Haben Sie eine Verabredung mit Mr. Rhys?« Die Frau blätterte in ihrem Terminkalender, eine Unsicherheit vortäuschend, die sie sicher nicht hatte.
»Aber natürlich.« Annies gespielte Überraschung war überzeugender. »Hat er nicht – ich meine, haben Sie keine Notiz darüber?«
»Offen gesagt, nein.« Die abgebrühte Sekretärin kannte sicher schon alle Ausreden.
»Nun ich – ich weiß nicht, was ich sagen soll«, stammelte Annie. »Mr. Rhys hat mich letzten Dienstagabend gebeten, heute morgen zu ihm zu kommen. Er war ... Ich meine, er hat das sehr ernst gemeint ...«
Die Sekretärin hob eine Braue.
»Natürlich«, sagte Annie dramatisch, »wenn Sie nichts davon wissen, muß wohl ein Irrtum vorliegen. Es war ja auch bei einem gesellschaftlichen Anlaß. Vielleicht meinte er es unverbindlich ...«

Ein kurzes Aufblitzen von Erkenntnis in den Augen der Sekretärin zeigte Annie, was sie wissen wollte. Die Frau nahm an, daß Rhys betrunken oder zumindest fast betrunken gewesen sein mußte, als er die attraktive junge Fremde zu sich ins Büro bestellte. Wahrscheinlich hatte er es längst vergessen.
Und nun stand die Besucherin ungläubig hier, offensichtlich verletzt von Rhys' Gedankenlosigkeit, aber zu stolz, um seiner Sekretärin ins Gesicht zu sagen, daß ihr Arbeitgeber betrunken gewesen war, als er sie einlud.
»Vielleicht«, sagte Annie mit verletzter Stimme, »wenn ich ihm vielleicht eine Nachricht hinterlassen würde, hier bei Ihnen ... Vielleicht ein andermal ... Es würde natürlich an ihm liegen. Aber ich möchte ihn doch wissen lassen, daß ich hier war.«
Die Sekretärin seufzte.
»Setzen Sie sich doch bitte, Miss Havilland. Ich werde mit Mr. Rhys sprechen und versuchen, der Sache auf den Grund zu gehen. Worum geht es denn bei Ihrer Verabredung?«
»Natürlich um *Midnight Hour*«, erwiderte Annie, als würde sie die Frage überraschen.
»Nun gut.« Die Sekretärin spitzte die Lippen. »Bitte setzen Sie sich.«
Sie verschwand im Büro und schloß die Tür hinter sich. Dabei hörte Annie eine brummige Männerstimme. Sie erkannte Rhys' ungewöhnliches Timbre. Wahrscheinlich telefonierte er.
Im Vorzimmer war alles still. Annie klopfte das Herz bis zum Hals. Ihr Plan reichte nur bis zu diesem Augenblick.
Sie sah flüchtig auf den Tisch der Sekretärin. Bis auf ein Schreibset und den Terminkalender war er leer.
Dann blieb ihr Blick an dem großen Aktenschrank hängen.
Mit verzweifelter Entschlossenheit sprang sie um den Tisch herum und öffnete den Schrank. Sie hoffte, daß ihr noch ein paar Sekunden blieben, bis Rhys zu telefonieren aufhörte und seine Sekretärin mit ihm sprechen konnte.
Annie fand, was sie erwartet hatte. In den Schubladen lagen Stapel von fotokopierten Manuskripten, die meisten vermutlich von Produzenten oder Agenten, die Rhys für eine Zusammenarbeit gewinnen wollten.
Aus einer spontanen Eingebung heraus suchte sie in den Stapeln nach neu aussehenden Exemplaren von der gleichen Größe und Dicke.
Im untersten Fach fand sie dann wirklich ein gutes Dutzend Kopien, die offensichtlich von demselben Original stammten.
Sie öffnete den Aktendeckel. Es war eine Kopie von *A Midnight Hour*,

zweifellos bestimmt für einen von Rhys' Mitarbeitern oder für den Agenten eines der Schauspieler, die für die verschiedenen Rollen getestet werden sollten.
Mit einem stillen Gebet nahm Annie die Kopie, versteckte sie in der großen Handtasche, die sie extra für diesen Zweck mitgebracht hatte, lief dann wieder um den Tisch herum und setzte sich auf die Couch.
Die Sekunden schienen dahinzuschleichen. Annie versuchte, wieder zu Atem zu kommen.
Schließlich kehrte die Sekretärin zurück.
»Es tut mir leid, Miss Havilland. Aber Mr. Rhys weiß wirklich nichts von Ihrer Verabredung. Sie können eine Nachricht hinterlassen, wenn Sie wollen, oder jederzeit bei uns anrufen.«
Annie stand auf und spielte weiterhin niedergeschlagene Aufrichtigkeit.
»Ach, das macht doch nichts«, sagte sie. »Es ist ja eigentlich meine Schuld. Ich hätte gestern oder vorgestern anrufen sollen. Ich weiß ja, wie beschäftigt er ist. Wahrscheinlich weiß er gar nicht mehr, wer ich bin. Es tut mir leid, daß ich Sie belästigt habe.«
Sie klang so überzeugend, daß die Sekretärin sie mit echtem Mitleid ansah.
»Sie brauchen sich nicht zu entschuldigen«, sagte sie. »So etwas passiert andauernd.« Eine wehmütige Resignation schwang in ihrer Stimme mit. »Scheuen Sie sich nicht, ihn anzurufen, wann immer Sie wollen.«
»Ich werde es tun.« Annie lächelte tapfer, obwohl sie genau wußte, daß Damon Rhys für sie auch in einer Million Jahren nicht zu sprechen sein würde. »Auf Wiedersehen. Und vielen Dank.«
»Auf Wiedersehen, Miss Havilland.«

Im Aufzug seufzte Annie erleichtert auf.
Sie hatte das Drehbuch von *A Midnight Hour*.
Sie wußte noch nicht, was sie damit anfangen sollte, aber zumindest war es jetzt in ihrem Besitz.
Auf dem Heimweg lächelte sie über ihr verzweifeltes Manöver. Sie fragte sich, was sie wohl zu einer so melodramatischen Handlung getrieben hatte.
Aber bald vergaß sie ihre angespannten Nerven, denn beim Fahren bemerkte sie, daß das Skript auf dem Sitz neben ihr irgendwie unheimlich war. So beharrlich lockte es in dem unschuldig aussehenden Aktendeckel, daß Annie kaum die Augen auf der Straße halten konnte.
Es war wie ein Flaschengeist, bereit herauszuspringen und ihr die Zukunft zu zeigen.

Mit wachsender Ungeduld fuhr sie immer schneller. Nervosität überfiel sie urplötzlich. Sie mußte nach Hause.

28

Zu Hause in ihrer Wohnung zog sie die Schuhe aus, setzte sich mit untergeschlagenen Beinen auf die Couch und fing an zu lesen.

Nach zwei Seiten stockte ihr der Atem. Sie las über eine Stunde, ohne einmal von dem Manuskript aufzusehen.

Als sie schließlich die letzte Seite umblätterte, stand sie wie unter Schock.

A Midnight Hour war ein Meisterwerk, das größte Drama, das sie je gelesen hatte.

Aber im Gegensatz zu Rhys' anderen Stücken war es eine Geschichte von sexueller Gewalt, so einfach und doch so entsetzlich, daß sie einen nicht mehr losließ.

Ohne daran zu denken, sich einen Tee aufzubrühen oder wenigstens die Strümpfe auszuziehen, fing sie wieder von vorne an.

Terry hieß Rhys' Held. Die Geschichte begann mit seiner Rückkehr aus dem Militärdienst in eine kleine Stadt im Süden, wo man allgemein annahm, daß er eine gute Ehe eingehen und das landwirtschaftliche Imperium seiner Familie übernehmen würde.

Aber zufällig traf er auf dem Weg vom Bahnhof ein einheimisches Mädchen namens Liane, die sich während seiner Abwesenheit von einem Teenager in eine sinnliche, raubgierige junge Frau verwandelt hatte, hinter deren Schönheit sich ein giftiges Wesen verbarg.

Annie las fasziniert, wie Liane ihn mit ihren Verführungskünsten von seiner glänzenden Zukunft weglockte und in eine totale Abhängigkeit brachte, aus der nur der Tod der letzte Ausweg war. Mit einer Schlauheit, die aus Verzweiflung rührte, richtete Terry es so ein, daß sein bester Freund ebenfalls von Liane verführt wurde. Aus fehlgeleiteter Eifersucht brachte der Freund die Geschichte schließlich zu ihrem tragischen Abschluß, indem er Terry umbrachte, wobei er allerdings nie merkte, daß eben dies Terrys Absicht gewesen war.

Die Geschichte bewegte sich mit subtiler Feinheit auf ihr entsetzliches Ende zu. Der Selbstmord des Helden mittels seines Freundes war mehr als nur das Ergebnis der Leidenschaft, die von ihm Besitz ergriffen hatte. Er kam aus einer unsichtbaren Schwäche in seiner ansonsten freundli-

chen, liebenswürdigen Persönlichkeit. Diese Schwäche war auch der Grund seiner ursprünglichen Anfälligkeit für Liane gewesen.
Das Stück hinterließ einen eigenartigen Nachgeschmack, ebenso unangenehm wie betörend. Man konnte nur Verzweiflung über das Schicksal des Helden empfinden – vor allem, da es ihn an der Schwelle zu einem glücklichen und produktiven Leben einholte.
Und doch entwickelte sich dieses Schicksal mit einer tragischen Schönheit, die so perfekt wie ein Sonnenuntergang war. Rhys hatte ein besonderes Geschick, den Zuschauer schuldbewußt zu machen, weil er ein Beispiel solchen Entsetzens bewunderte.
Und Liane!
Wie ein Todesengel stand sie bedrohlich im Mittelpunkt von *A Midnight Hour*, schön, scheu, sinnlich, egozentrisch und durch und durch böse. Für eine Schauspielerin bedeutete die Rolle eine furchteinflößende Herausforderung und eine große Chance. Es wäre die Rolle ihres Lebens.
Eine Stunde lang saß Annie in Gedanken versunken. Dann las sie den Text ein drittes Mal und staunte über Rhys' meisterhafte Beherrschung von Ton und Sprache. Wie eine Schlange schien die Bedeutung hinter einfachen Dialogen zu lauern. Sogar die von Rhys vorgeschriebenen Kamerabewegungen brachten verborgene Schwingungen zum Vorschein.
Annie merkte nicht, daß das Licht schwächer wurde. Sie merkte auch nicht, daß sie die Tischlampe einschaltete. Als sie nach dem letzten, vierten Lesen auf die Uhr über dem Kamin sah, war es beinahe elf.
Ihre untergeschlagenen Beine schmerzten, als sie aufstand und in die Küche ging. Vor Müdigkeit wollte sie nichts mehr essen. Sie zog sich aus und stellte sich unter die Dusche.
Das Wasser lief ihr über die Haut. Während sie sich die Schulter einseifte, sah sie an ihrem nackten Körper herab. Das nackte Fleisch sah irgendwie fremdartig aus.
Was wäre, wenn ich die Liane spielte?
Der Gedanke platzte plötzlich aus ihrem Unterbewußtsein. Noch bevor sie genügend Abstand hatte, um seine Unwahrscheinlichkeit zu kritisieren, hatte er von ihrem Herzen so sicher Besitz ergriffen, wie das heiße, seifige Wasser ihren Körper umspülte.

Natürlich, sagte sie sich, war es nur eine verrückte Laune.
Eine bekannte Hollywood-Schauspielerin würde die Rolle erhalten,

oder vielleicht ein explosives ausländisches Talent – aber auf jeden Fall jemand, dessen Agent Macht und Verbindungen hatte.
Ihr, deren Filmerfahrung nur aus ein paar Werbespots bestand und deren Namen in Hollywood einen Makel hatte, würde man die Rolle nie anbieten.
Sie lächelte, als sie an das Büro im Herzen des Verwaltungsgebäudes von International Pictures dachte, nur wenige Stockwerke unter Harmon Kurths Privatgemächern.
Nein, Annie Havilland würde man die Rolle der Liane in *A Midnight Hour* nicht anbieten.
Aber eben die Absurdität des Gedankens nagte an Annies festem Willen und quälte sie mit ungewollten Vorstellungen.
Es sind schon ungewöhnlichere Dinge passiert.
Sie erinnerte sich an unbekannte Schauspielerinnen, die mit einer einzigen, wichtigen Rolle zu Stars geworden waren. Sie dachte an Jean Seberg in *Jeanne d'Arc*, an Julie Christie in *Doktor Schiwago* und an Faye Dunaway in *Bonnie und Clyde*. Alle diese Schauspielerinnen hatten nur eine Gelegenheit gehabt, um zu zeigen, was sie in einer Hauptrolle konnten, und sie waren mit ihrem Talent und ihrer intensiven Leinwandpräsenz zu Stars geworden.
Wenn die es schafften, dann konnte sie es auch.
Mit oder gegen Harmon Kurth.
Ihr gesunder Menschenverstand protestierte gegen den letzten Gedanken. Aber die Besessenheit, die in ihr wuchs, ließ sich nicht eindämmen.
Sie stand nackt vor dem noch unvertrauten Spiegel im Schlafzimmer. Wie schon so oft betrachtete sie ihre silbrigen Katzenaugen. Sie sahen so fremd aus wie nie, aber dennoch versenkte sie den Blick in ihr Spiegelbild.
Und plötzlich, wie ein Irrlicht, eine Sternschnuppe im Sommerhimmel, leuchtete Liane in den Augen auf.
Sie verschwand sofort wieder, zu scheu, um sich fangen zu lassen. Aber in wenigen, wimpernschlaglosen Augenblicken war sie wieder da, hübsch, verführerisch, böse, fast kindlich in ihrer unschuldigen Zerstörungswut.
Fasziniert glitt Annies Blick von den nackten Hüften und Brüsten zurück zu dem von nassen Haaren umrahmten Gesicht.
Sie beobachtete, wie ein listiges Lächeln ihre Lippen kräuselte. Eine Hand fuhr durch die Haare, die träge auf den Nacken fielen. Der Kopf hob sich in scheuem Narzißmus. Sie bewunderte ihren Körper, das

milchigweiße Fleisch, die geschmeidigen, wie zur Liebe geschaffenen Glieder – kein Mann konnte dem widerstehen ...

Liane war jetzt im Spiegel, selbstsüchtig, frech und gefährlich. Sie schien aus einem winzigen Samen zu wachsen, der tief in einem verborgenen Winkel von Annies Persönlichkeit verborgen lag, ein Samen, der bis zu dieser Nacht und diesem Augenblick in fruchtbarer Erde geschlafen hatte.

Zuerst blühte sie nur schwach, aber mit jedem Augenblick, den Annie sie ansah, wurde sie stärker.

Ja, das war es: Liane zog Kraft und Gestalt aus den Augen, die sie ansahen. Augen, die gefangen waren von ihrem Charme und ihrer Drohung.

Und Annie, wie Dr. Jekyll, der sich selbst im Spiegel suchte und Mr. Hydes triumphierendes Lächeln fand, erblickte eine Fremde, die in ihrem Körper lebte.

Sie kam sich wie ein Transvestit vor, als sie zum Kleiderschrank ging und ein einfaches Kleid herausholte, das am ehesten Rhys' Beschreibung für Liane entsprach. Sie schlüpfte nackt hinein und tapste barfuß zum Spiegel zurück.

Die Augen sahen sie mit einem gespenstischen Leuchten an. Worte, die sie unbewußt aus Rhys' Drehbuch behalten hatte, kamen ihr auf die Lippen.

»Es ist so heiß. Warum hast du es denn so eilig?«

Die melodiöse Stimme war nicht die ihre.

»Komm. Ist dir nicht auch heiß?«

Das Echo der Worte umspielte verführerisch ihre Lippen. Jede Faser ihres Körpers war ein lockender Finger.

Annie war aus dem Spiegel verschwunden. Es gab nur noch Liane.

Die Würfel waren gefallen.

29

Annie brachte soviel sie konnte über Damon Rhys' Persönlichkeit und Vergangenheit, seine Arbeitsmethode und seinen Tagesablauf in Erfahrung.

Dabei merkte sie sehr schnell, daß sie es bei Rhys mit einem der bizarrsten Genies zu tun hatte, die je die amerikanische Szene beherrschten.

Rhys verbrachte die Hälfte des Jahres in Hollywood, wo er ein weitläufiges, unkrautüberwuchertes Haus in einer Sackgasse beim Benedict Canyon Drive besaß. Seine langjährige, treue Haushälterin sorgte dafür, daß das Haus unter den sorglosen Händen seines Besitzers nicht vollkommen verfiel.

Den Rest des Jahres verbrachte Rhys in seinem geliebten Haus in der entfernten Mojave-Wüste westlich von Las Vegas, in der Nähe des Lake Mead im nordwestlichsten Winkel Arizonas. Die Vielfalt des Lebens in der Wüste und der Grand Canyon waren seine großen Leidenschaften. Beide Häuser, so hieß es, seien mit fremdartigen Kunstwerken bestückt, die zu Rhys' dunkler Phantasie paßten. Darunter waren mittelalterliche Waffen und Folterinstrumente, ein echter Schrumpfkopf, antike Fruchtbarkeitsstatuen und andere Kuriositäten.

Aber noch makabrer war das Gerücht, in beiden Häusern gäbe es Selbstmordkammern, ausgestattet mit aller notwendigen Technik, um Rhys' Leben schmerzlos zu beenden, wenn er den Augenblick für gekommen hielt.

Das war die befremdlichste Schrulle des Mannes. Vor einigen Jahren hatte er in einem Interview seine Vorstellungen über Selbstmord öffentlich gemacht, und das mit einer Beiläufigkeit, als ginge es um Nebensächlichkeiten des Lebens.

Er glaube, so sagte er, mit dem Altern und dem Tod im reinen zu sein, aber wenn er unheilbar krank werden sollte oder das Leben ihn nicht länger interessiere, dann wolle er nicht auf den Tod warten. Er wolle den Augenblick selbst bestimmen.

Die genaue Methode des Selbstmords war unbekannt, aber es gab Gerüchte über Sprengstoffe, Kanister mit tödlichem Gas, ja sogar über ein bizarres Sortiment von Giften, mit denen Rhys sich seinen eigenen »Cocktail« mischen wolle.

In den frühen Siebzigern hatte er geheiratet, sich aber gleich danach wieder scheiden lassen. Seitdem war er der Ehe aus dem Weg gegangen. Er hatte keine Kinder.

Viele Jahre lang hatte er ein wildes Sexualleben geführt, aber seit seinen späten Vierzigern hatte er sich mit Absicht von den jungen Starlets und Mitläuferinnen ferngehalten, die ihm nur zu gerne alle seine Neigungen befriedigt hätten. Er hatte hintereinander mehrere langfristige Geliebte, alle etwa in seinem Alter, und er hatte in Interviews erklärt, er habe keine Angst vor dem Altwerden und wolle Frauen in reiferem Alter um sich haben.

Er war Mäzen einer Handvoll amerikanischer Maler und Bildhauer.

Seine Häuser waren voll von Arbeiten des abstrakten Expressionismus und Surrealismus.
Er mied die literarische Szene, die seine Werke vergötterte, aber er hatte ein ironisches Vergnügen an protzigen Hollywood-Partys wie etwa die bei Harry Gold.
Autos haßte er, und wenn er irgendwo hinmußte, ließ er sich fahren. Deshalb haßte er auch Los Angeles, die vom Auto abhängigste Stadt der Welt; aber es blieb ihm nichts anderes übrig, als dort einige Monate im Jahr zu verbringen.
Paradoxerweise liebte er Flugzeuge wegen der Gefahr, die hinter ihrem schnittigen Äußeren lauerte, und er genoß den Nervenkitzel bei Starts und Landungen.
Und er liebte das Paradoxe an sich, wie auch die Gewalt und das Groteske. Er genoß das Lächerliche an der Tatsache, daß eine Londoner Brücke, die 1967 abgebaut worden war, jetzt wie ein Fisch auf dem Trockenen in Lake Havasu City, Arizona, stand. Er freute sich über den protzigen Reichtum des Westens, die Lächerlichkeit eines Großteils der amerikanischen Kultur und über die Falschheit Hollywoods.
Er machte sich den teuflischen Spaß, seine Begeisterung für Dinge öffentlich zu verkünden, die andere Intellektuelle als ihrer nicht würdig betrachteten: Schnellimbisse, Profiringen, Pornografie, die *Grand Ole Opry* und sogar das nationale Fernsehen, das er als »den größten amerikanischen Beitrag zum Surrealismus« bezeichnete.
Und er hatte ein Laster, mit dem Annie bereits Bekanntschaft gemacht hatte: den Schnaps.
Seit vielen Jahren war er als schwerer Trinker und Raufbold bekannt. Wenn er nicht gerade konzentriert an einem Roman, einer Geschichte, einem Drama oder einem Drehbuch schrieb, drehte er durch, trank tagelang in abgelegenen Kneipen und prügelte sich mit anderen Trinkern oder sogar der Polizei.
Unzählige Male war er schon wegen Trunkenheit verhaftet worden, und er hatte es nur seinen hochbezahlten Anwälten zu verdanken, daß man ihn lediglich wegen kleinerer Vergehen verurteilte und nicht wegen schwerwiegender Verbrechen wie tätlichem Angriff und schwerer Körperverletzung, wie er es eigentlich verdient hätte.
Aber wenn er arbeitete, schien er, was den Alkohol betraf, einen Schutzengel zu haben. Nach einem arbeitsreichen Tag betrank er sich dann still zu Hause, schlief von elf bis vier und machte sich dann sofort wieder an die Arbeit, weil diese Zeit die produktivste sei, wie er sagte. Ohne einen einzigen Tropfen arbeitete er fieberhaft bis zum Morgen-

grauen und fiel dann in einen tiefen Schlaf. Nach drei oder vier Stunden ließ er sich zum Frühstück ein in Gemüsesaft verquirltes rohes Ei bringen, trank ein Dutzend Tassen Espresso und machte sich erneut an die Arbeit.

Gegen Mittag aß er grünen Salat mit Anchovis, mit vier steifen irischen Whiskeys als Vorspeise und einem halben Dutzend Espressos danach. Am Nachmittag ging er ins Studio oder arbeitete zu Hause und begann pünktlich um halb sechs mit seiner Cocktailstunde. Er vertrug die monströsen Drinks gut genug, um nach dem Essen am frühen Abend noch einige Telefongespräche führen zu können. Aber gegen elf hatten Brandys und Cocktails ihre Wirkung getan, und er fiel in einen betäubten Schlaf.

Der nächste Tag verlief ebenso.

Es sah aus, als würde er im Kampf mit dem Alkohol immer knapp die Oberhand behalten. Aber man nahm allgemein an, daß seine Weigerung, Auto zu fahren, ganz sicher mit der verständlichen Angst zu tun hatte, was passieren würde, wenn er plötzlich in einem solchen Zustand hinter dem Steuer saß.

Das war also Rhys' Leben.

Im Augenblick verbrachte er jeden Vormittag und jeden Nachmittag in seinem Büro bei International Pictures, wo er sich in den mühseligen Vorbereitungen zur Produktion von *A Midnight Hour* nicht nur mit Produzenten und Studioleuten wegen der Finanzierung herumschlug und die Starrollen des Films besetzte, sondern sich auch um die »niederen Chargen«, vom Beleuchter bis zum Kulissenschieber und Handlanger, kümmerte.

Rhys nahm seine Arbeit sehr ernst, und er hatte sich über die Jahre ein verläßliches Team von Designern, Tontechnikern, Kameraleuten und technischem Personal aufgebaut. Deshalb hatten seine fünf erfolgreichen Filme auch alle einen einheitlichen »Look«, der ihre unverwechselbare intellektuelle und künstlerische Verwandtschaft kennzeichnete. Es war allgemein bekannt, daß Rhys hinter der Kamera mit Mark Salinger, seinem Lieblingsregisseur, arbeitete und daß er sowohl von Schauspieler- als auch von Kameraführung sehr viel verstand.

Annie studierte dieses Material sorgfältig und versuchte zu überlegen, welche Chancen sie hatte, mit Rhys in Kontakt zu kommen.

Aber nach einer Woche Nachdenkens beschloß sie, das Naheliegende zu versuchen.

Wieder gelangte sie mit einer Besuchergruppe auf das Gelände von

International. Als Rhys zum Mittagessen von seinem Büro in die Kantine ging, lief sie ihm absichtlich über den Weg.
»Hallo«, sagte sie strahlend. »Kennen Sie mich noch?«
Er verlangsamte seinen Schritt und sah mit seinen kleinen, durchdringenden blauen Augen, die sie bei ihren früheren Begegnungen so fasziniert hatten, durch sie hindurch.
»Sie haben mir bei Harry Golds Party im letzten Frühjahr eine Passage aus Proust vorgelesen«, sagte sie. »Es war sehr interessant.«
Mit einem Blick, der alles andere als wiedererkennend war, musterte er sie, ohne von seinem Weg zur Kantine abzuweichen. Sie ging ein paar Schritte neben ihm her und warf sich dann mit einem hübschen Achselzucken die Haare über die Schulter.
»Na«, sagte sie. »Wahrscheinlich erinnern Sie sich nicht mehr an mich. War trotzdem nett, Sie zu sehen.«
Ohne ein Wort gesagt zu haben, ging er weiter, so als wäre sie nur eine Ameise, der er ausgewichen war, weil er sie nicht zertreten wollte.
Auf dem Nachhauseweg sagte sie sich, daß er wahrscheinlich sehr in Eile und alles andere als erfreut gewesen war, von einer vollkommen Fremden aufgehalten zu werden.
Außerdem nahm Rhys sicher an, daß jedes hübsche Mädchen, das behauptete, ihn zu kennen, wahrscheinlich nur etwas von ihm wollte.
Aber sie war entschlossen, nicht aufzugeben, und schmiedete neue Pläne.

Sie versuchte, ihm an seinen Stammplätzen über den Weg zu laufen.
Im Foyer des mexikanischen Restaurants, in dem er oft zu Mittag aß, ging sie an ihm vorbei und sah ihm zwar in die Augen, schwieg aber.
Sie traf ihn auch in dem Park vor International Pictures, wo er manchmal während der Arbeitszeit kurze Spaziergänge machte. Wieder strahlte sie ihn mit ihrem hübschesten Lächeln schweigend an. Ein Blick in seine abgewandten Augen sagte ihr, daß er sie zwar gesehen hatte, aber von ihr keine Notiz nehmen wollte.
Sie ging sogar allein in seine Lieblingskneipe in Hollywood und belauschte seine Gespräche mit anderen Stammgästen und dem Barkeeper, der ihn mit einer in langen Jahren gewachsenen Vertrautheit behandelte.
Rhys wechselte zwischen launischem Schweigen und Ausbrüchen einer brummigen Geschwätzigkeit. Seine Stimme dröhnte dann durch die dunkle Kneipe mit ihrer Uhr, die für Bier warb, und ihrer bunten Mischung von Stammgästen.
Als Rhys eines Abends mäßig betrunken aus der Kneipe kam, stieß sie mit ihm zusammen.

»So treffen wir uns wieder«, lächelte sie.
Diesmal hatte sein Blick eine Spur von Wiedererkennen, und sie erkannte Verärgerung dahinter wie auch den festen Willen, sie nicht zu bemerken. Er wandte sich ab, sie völlig ignorierend.
Annies Verwirrung wuchs. Sie hatte sich ihm in nüchternem und in betrunkenem Zustand genähert. Betrunken sprach er vielleicht mit ihr, aber er erinnerte sich nicht an sie. Betrunken würde er ihr nicht einmal die Zeit sagen.
Seine Bücher und Stücke machten deutlich, daß er an den Zufall nicht glaubte. Offensichtlich merkte er, daß sie ihn verfolgte. Und das verstärkte nur noch seinen Widerstand.
Sie wußte auch, daß sie ihn mit ihrem Lächeln oder dem Anblick ihres Körpers nicht verführen konnte, denn sein Desinteresse an Frauen, die nur halb so alt waren wie er, war ja allgemein bekannt.
Sie mußte zu einer verzweifelten Maßnahme greifen.

Als Rhys eines Morgens sein Haus verließ, vor dem ein Taxi stand, das ihn zum Studio bringen sollte, stellte sich Annie ihm in den Weg.
»Bitte, Mr. Rhys«, fragte sie. »Können Sie mich mitnehmen?«
Wut rötete seine verquollenen Augen. Einen Moment lang glaubte sie, er würde sie schlagen.
Dann hob er die Schultern, lächelte säuerlich und brachte sie zum Taxi.
Er sagte nichts, während sie nach Norden zur Mulholland und dann in östlicher Richtung zum Studio fuhren. Auch Annie saß schweigend, sie hoffte, er würde ihr wenigstens Vorhaltungen machen, damit sie etwas darauf sagen konnte.
Sie spürte fast seinen Kater, seine Ungeduld, die Arbeit zu beginnen, und das Verlangen nach den Whiskeys, die er zum Mittagessen trinken würde. Er war ein gehetzter Mann, sein Leben ein Hochseil, und ihre Unterbrechung störte womöglich das fragile Gleichgewicht.
»Es tut mir leid, Sie zu belästigen«, sagte sie schließlich.
Er sah an ihr vorbei auf die Hügel hinter dem Fenster, so als wäre sie überhaupt nicht da.
»Ich nehme an, es ist Ihnen kein Geheimnis«, sagte sie aufs Geratewohl, »daß ich schon länger versuche, mit Ihnen zu sprechen.«
Er schwieg weiter.
»Vor kurzem habe ich in einer Off-Broadway-Inszenierung von Teague MacInnes die Sarah in *Parabola* gespielt«, sagte sie vorsichtig. »Es ist ja so ein ausgezeichnetes Stück, Mr. Rhys. Seitdem geht mir Ihre Arbeit nicht mehr aus dem Sinn. Die verschiedenen Ebenen, die Sie Sarahs

Charakter gaben, und ihre Vieldeutigkeit ... Es war ein Vergnügen, das darzustellen.«
»Das ist lange her.«
Wenigstens hatte er etwas gesagt. Es waren seine ersten Worte seit der kurzen Begegnung in Harry Golds Bibliothek.
Einen Moment lang schwieg sie, dann zwang sie sich weiterzusprechen.
»Aber ich glaube, Ihre Technik war damals schon bewundernswert«, sagte sie. »Ich muß gestehen, zuvor kannte ich Ihre Werke nicht, aber inzwischen habe ich alles gelesen und bin ein großer Bewunderer von Ihnen geworden.«
Er fixierte sie mit hartem Blick.
»Sie sind nicht die Richtige für sie«, sagte er.
Sie war betroffen.
»Es tut mir leid, daß Sie so denken«, erwiderte sie. »Ich habe mein Bestes gegeben, und wir hatten gute Kritiken. Ich dachte eigentlich, daß ich mit Sarah einiges gemeinsam hätte. Ihren Familiensinn, ihren Glauben ...«
Er schüttelte den Kopf.
»Ich meine Liane.«
Sein dünnes Lächeln war grausam. Während sie ihn anstarrte, fiel ihr ein, daß er den Namen *Lee-Ann* ausgesprochen hatte, wie es wahrscheinlich in der Stadt im Süden, in der *A Midnight Hour* spielte, üblich war.
»Sie ist eine Blondine«, sagte er, während er sie fast angewidert musterte. »Etwas mehr Busen. Mehr Sex.«
Er hob die Schultern. »Aber Sie haben hübsche Augen. Ihr Agent soll Ihnen etwas im Fernsehen besorgen. Eine Rolle in *Mission: Impossible* oder *FBI*. Mit ein bißchen Glück haben Sie eines Tages dann eine eigene Serie.«
Er hatte ihre Gedanken erraten und sie dann zertreten wie ein gemeines Ungeziefer. Sie hatte keine Möglichkeit mehr, sich zu rechtfertigen.
»Tut mir leid«, sagte sie. »Fahrer, würden Sie bitte hier anhalten? Ich werde hier aussteigen.«
Sie waren kurz vor der Autobahn. Auf den Straßen wimmelte der morgendliche Verkehr. Von hier aus mußte sie selbst nach Hause finden.
Rhys versuchte nicht, sie aufzuhalten. Das Taxi hielt.
Sie legte die Hand an den Türgriff und sah ihn an. Er sah in die Ferne hinter dem Kopf des Fahrers.
»Es tut mir leid, Sie belästigt zu haben«, sagte sie. »Ich halte Sie wirklich für einen großartigen Schriftsteller.«

Als sie die Tür schloß, sah er zu ihr hoch. »Danke«, sagte er kühl. »Ich werde mich jetzt immer anschnallen.«
Das Taxi fuhr an.
Er hatte die ganze Zeit gewußt, wer sie war.

Die Tage vergingen, und der Druck in Annies Kopf wurde immer stärker.
Jedesmal, wenn sie in den Spiegel blickte, sah sie Liane.
Sie dachte an die vielen guten Schauspielerinnen, die nie die Chance bekommen hatten, die Rolle zu spielen, die ihre Karriere gekrönt hätte, einfach weil sie zu jung oder zu alt waren, als diese Rollen geschaffen wurden. Wie enttäuscht mußten diese Schauspielerinnen gewesen sein! Sogar diejenigen, die, wie Annie, Elizabeth Taylor in *Wer hat Angst vor Virginia Woolf* bewunderten, mußten sich verwundert fragen, was Bette Davis zehn oder fünfzehn Jahre früher aus dieser Rolle gemacht hätte. Jetzt konnte diese Besetzung nur noch in der Phantasie stattfinden.
Und wie glücklich waren die Schauspielerinnen, die zur richtigen Zeit und mit den entsprechenden Fähigkeiten am richtigen Ort waren, wenn die Rolle ihres Lebens auftauchte. Wie Joanne Woodward in *Three Faces of Eve* oder Vivien Leigh in *Vom Winde verweht* ...
Annie spürte beinahe, wie Liane darauf drängte, daß sie sie zum Leben erwecke. Jede Faser ihres Schauspielerkörpers verlangte nach der Verkörperung dieses wichtigen Charakters.
Liane zu verlieren war, als würde man ihr ein Stück ihrer selbst nehmen. Ohne einen letzten verzweifelten Versuch konnte sie sich nicht geschlagen geben. Sie würde explodieren, wenn sie es nicht noch ein letztes Mal versuchte.

An einem dunklen Mittwochabend, an dem Rhys, wie Annie wußte, zu Hause aß, fuhr sie zum Benedict Canyon Drive, parkte ein paar Meter von seinem Haus entfernt und schlich leise durch das dichte Gebüsch zu seiner Veranda.
Sie wollte erst durchs Fenster schauen, bevor sie ihren ganzen Mut zusammennahm und an der Türe klingelte. Aber im gleichen Augenblick hörte sie, wie die Haustür aufging. Es war die Haushälterin, eine attraktive hispanische Frau in den Vierzigern, die ihre Arbeit bis zum Morgen beendet hatte.
Rhys war also wahrscheinlich alleine.
Annie schlich an der Veranda entlang zu den hinteren Fenstern. Der Geruch von Chapparal und nächtlichem Jasmin vermischte sich mit dem der Eukalyptusbäume, die das Haus umstanden.

Überraschenderweise war das Wohnzimmer dunkel.
Annie hatte nur einen Augenblick, um das zu erkennen, bevor das Licht hinter den Fenstern anging und sie in die Dunkelheit zurückspringen mußte. Sie spähte um die Ecke und sah, wie sich Rhys keine zwei Meter von ihr entfernt in einen Sessel setzte.
Sie bemerkte, daß die Schiebetüren zur Veranda geöffnet und die Fliegengitter nicht vorgezogen waren. Anscheinend sah Rhys gern zu, wenn die Insekten ins Haus flatterten.
Rhys war viel zu nah, als daß Annie sich hätte bewegen können, ohne von ihm bemerkt zu werden. Sie mußte warten, bis er das Zimmer verließ.
Ein großes Pilsglas voll Brandy, dessen Geruch bis zu Annie drang, stand auf dem Tisch neben ihm. Dort lag auch eine Geige, die er jetzt in die Hand nahm und geräuschvoll mit zupfenden Bewegungen stimmte. Er legte ein Taschentuch zwischen Kinn und Instrument und begann mit geschlossenen Augen zu spielen. Es war ein langsames, getragenes Barockstück. Obwohl er kein technisch versierter Musiker war, hatte er sein Spiel in langer Vertrautheit mit dem Stück verfeinert, denn er spielte es mit Verständnis und Hingabe.
Das Glas stand unberührt auf dem Tisch. Rhys wirkte fast unheimlich vertieft in sein Spiel, und das Stück ergriff Annie, während sie im Dunkeln stand und ihm zusah.
Die Möbel in dem geräumigen Zimmer waren alt und fadenscheinig, aber bequem. Vor der Couch stand ein riesiger, runder Kaffeetisch, übersät mit Büchern, Notizzetteln, lose beschriebenen Seiten, Aschenbechern und anderen ungewöhnlicheren Dingen.
So zum Beispiel ein gefährlich aussehendes Harakirimesser, eine mittelalterliche Garrotte mit Ledergriffen, ein Bambusstückchen, das Annie für ein Folterinstrument hielt, und einen ungeheuerlichen, steinernen Fruchtbarkeitsgott, dessen erigierter Penis fast so groß war wie der restliche Körper.
Rhys hatte sein Stück beendet. Nun saß er da und starrte müde in einen Teil des Zimmers, den Annie nicht sehen konnte. Er seufzte und legte sich Geige und Bogen auf den Schoß. Sie wagte kaum zu atmen, denn in diesem Augenblick hätte man eine Stecknadel zu Boden fallen hören können. Plötzlich klingelte das Telefon. Sie erschrak und hielt sich die Hand vor den Mund, um nicht laut aufzuschreien.
Brummelnd hob Rhys mit der einen Hand ab und griff mit der anderen nach seinem Brandy.
»Ja«, sagte er und brachte das Glas an die Lippen. »Ja, hallo.«

Einen Augenblick lang hörte er zu und versuchte unbeholfen, zu trinken und gleichzeitig den Hörer an den Lippen zu halten. Dann gab er es auf, knallte das Glas mit plötzlicher Wut auf den Tisch und unterbrach den Anrufer.

»Jetzt hör mir mal zu«, sagte er. »Ihr Kerle bringt mich noch um. Ich habe dir schon zweimal gesagt, daß Rima die Rolle nicht bekommt. Geht das in deinen dummen Schädel? Rima bekommt die Rolle nicht. Sie ist zu alt. Verstanden?«

Seine Stimme war belegt vom Schnaps und voller Bitterkeit. Er lachte und schüttelte den Kopf, während er dem Anrufer zuhörte.

»Ihr Leute«, sagte er. »Ihr glaubt, ein Schriftsteller ist so schäbig, daß er für euch aus dem Pazifik die Sahara macht, nur damit eure Fotze von Schauspielerin bei den Dreharbeiten keine nassen Füße bekommt. Wenn es nach eurem Kopf ginge, hätte Shakespeare seinen *Kaufmann* nach Pacoima versetzen und aus Othello einen Albino machen müssen, nur damit er zu eurem schwulen Star paßt, und aus Romeo und Julia wären Ozzie und Harriet geworden. Verdammt, hast du mich verstanden? Gib's endlich auf! Gib's auf!«

Er wütete betrunken ins Telefon, und sein Sarkasmus wurde von Wort zu Wort gemeiner. Annie merkte überrascht, daß seine Stimme um so deutlicher wurde, je wütender er wurde. Jetzt erkannte sie die rasende Wut wieder, in der er an dem Abend, da sie ihm zum erstenmal begegnet war, den Barkeeper geschlagen hatte.

Nach einer Weile knallte er den Hörer auf die Gabel. Aber dann hob er ihn wieder ab und legte ihn neben den Apparat.

»Gottverdammte ...« Unter Flüchen hob er den Brandy an die Lippen. »Rima«, rief er verächtlich. *»Rima!«* Er verspottete den Namen, und sein vernichtend sarkastischer Tonfall hätte Annie in ihrem Versteck beinahe zum Lachen gebracht.

Und nun hörte sie sein Lachen, leise zuerst, angetrunken amüsiert über seinen Witz, dann immer lauter. Er leerte das Glas in einem Zug, stellte es auf den Tisch zurück und lachte wieder, wobei er sich fast verschluckt hätte.

»Rima!« brüllte er, so laut, daß das Zimmer zu erzittern schien. Er versuchte aufzustehen, aber sein Lachen zwang ihn in den Sessel zurück. Es schwoll an zu einem Dröhnen der Ausgelassenheit, flaute ab, schwoll wieder an und wurde am Ende zu einem Schluckauf, unter dem der massige Körper im Sessel zuckte.

Er nahm die Geige wieder zur Hand, zupfte eine Note und legte sie dann mit einem leisen, hohlen Krachen wieder auf den Tisch; offensichtlich glaubte er, zu betrunken zum Spielen zu sein.

Er beugte sich zur Seite und hob einen Notizblock vom Boden auf. Von einer plötzlichen Inspiration gepackt, suchte er fluchend nach einem Stift und führte ihn zum Papier.
Einen endlosen Augenblick lang blieb er bewegungslos. Der Stift erstarrte über dem Block. Rhys hatte die Augen halb geschlossen, die Lippen gespitzt. Er atmete schwer.
Der Stift berührte das Papier. Rhys' Finger bewegten sich unsicher, während er einige wenige Worte schrieb. Dann strich er sie mit einem unterdrückten »Scheiße« wieder durch, warf Block und Stift auf den Boden und ließ sich in den Sessel fallen.
»Scheiße«, wiederholte er monoton.
Er wandte sich dem leeren Glas zu und seufzte. Dann bemerkte er das Taschentuch, auf das er die Geige gestützt hatte. Es hing noch an seinem Hemd. Er nahm es und hielt es sich vors Gesicht.
»Mein Getreuer«, sagte er theatralisch. »Du bleibst mir.«
Dann ließ er es in den Schoß fallen.
Mit quälend langsamen Bewegungen legte er Geige und Bogen auf den Boden und deckte das Taschentuch wie ein Leichentuch darüber.
»Fackel, leih mir deinen Schein«, murmelte er, und seine Worte verwirrten Annie.
Offensichtlich hatten ihm die Macht seines Zorn und der Alkohol nun auch den letzten Rest seiner Kraft genommen. Sein plötzlicher Versuch zu schreiben schien ihn deprimiert zu haben.
»Auf«, seufzte er. »Auf.« Er sah das leere Glas an.
»Auf. Auf.« Er lächelte matt. »A.U.F.: Auf.«
Dann verfiel er in ein tiefes Schweigen, das Annie nervös machte. Sie spähte um die Ecke, um ihn besser sehen zu können.
Er starrte ins Leere.
Dann traten ihm so plötzlich Tränen in die Augen, daß es Annie einen Stich gab. Seine Verzweiflung schien endlos.
Er seufzte wieder. Das Telefon und das Glas standen neben ihm. Die Geige lag neben dem Notizblock auf dem Boden. Annie spürte die totale Verzweiflung, die ihn mitten unter Dingen, die ihm fremd geworden waren, erstarren ließ.
»Ich – werde – nicht – schreiben«, intonierte er, während er düster auf den Notizblock starrte. »Keine Geschichten mehr. Das nicht mehr, nein.«
Er schloß die Augen. Wieder fiel er in vollkommenes Schweigen. Annie traute sich nicht zu atmen.
Dann drang ein bitteres Lachen aus seinem Mund.

»Rima!« Er schüttelte den Kopf. »Du uralte Hure, du wirst mein Mädchen nicht spielen. Nix da. Basta. Keine wird ... Ich werd' sie töten ...«
Er legte die Hände auf die Lehnen und drückte sich langsam aus dem Sessel hoch. Zweifellos wollte er in die Küche wanken und sich einen neuen Drink holen.
»Keiner darf es wagen, dich zu spielen«, sagte er und hielt in der Bewegung inne. »Und ich – kann dich – nicht schreiben. Komm, wir gehen miteinander aus. Keine Geschichten mehr ...«
Endlich stand er, wackelig wie ein Kartenhaus, mit dem Pilsglas in der Hand.
»Rima, du elende Fotze ...«, begann er zu schreien.
Und da entdeckte er Annie.

30

Sekundenlang schwankte er vor ihr und starrte sie an, als wäre sie ein Geist. Unergründliche Trostlosigkeit und Erschöpfung mischten sich mit der Verwirrung in seinem Blick.
Aber die Wut war stärker.
»Freut mich, Sie zu sehen«, flötete er ironisch. »Bleiben Sie, wo Sie sind, meine Liebe. Ich will nur schnell die Polizei anrufen, dann empfangen wir Sie gemeinsam.«
Er kam drohend auf sie zu. Eigentlich war er ziemlich groß, merkte sie jetzt, fast einsachtzig, und der tonnenförmige Brustkorb und die breiten Schultern ließen ihn sehr stattlich aussehen, vor allem da die Augen, mit denen er sie durchbohrte, vor Wut blitzten.
Er war noch einen guten Meter von ihr entfernt, an der Schwelle zwischen der Veranda und dem Wohnzimmerboden, als er auf sie zusprang. Er wollte sie offensichtlich mit Gewalt ins Zimmer zerren.
Aber Annie trat instinktiv zur Seite.
Rhys hatte zuviel Schwung für seinen angetrunkenen Zustand, er torkelte an ihr vorbei und griff ins Leere. Er brüllte wütend auf und fiel plump auf die Holzbohlen zu ihren Füßen.
Sie stand unsicher über ihm. Er lag auf dem Bauch, heiseres Lachen schüttelte seinen massigen Körper.
»Ich werde Sie dafür verklagen«, gluckste er, amüsiert über die Absurdität seiner Lage. »Für böswilliges – Irgendwas. Böswilliges Beiseitetre-

ten. Sie haben mein Haus zu einer Falle gemacht. Das ist doch bestimmt ungesetzlich.«
Während er sprach, tröpfelte ihm Blut aus der Nase. Der Anblick seiner Verletzung schien ihm zu gefallen.
»Das Blut der Gerechten«, sagte er. »Sehen Sie, was Sie getan haben. Haben Sie denn kein Erbarmen? Was für eine Art Fee sind Sie denn? Eine gute oder eine schlechte?«
Plötzlich hörte er auf zu lachen. Er musterte sie, und Wiedererkennen strahlte gespenstisch aus seinen kleinen Augen.
»Sie waren das«, sagte er. »Sie haben mich an dem Abend, als man mich aus Harvey's hinauswarf, in ein Taxi gesetzt ...«
Sie nickte verwirrt. Ihr fiel auf, daß er sich im verzweifelten Stadium seiner Trunkenheit an gewisse Begegnungen mit ihr erinnerte, während er andere vergaß.
»O Gott«, sagte er, und in seinen Augen stand die nackte Angst. »O Gott.«
»Hier«, sagte Annie und zog ein Taschentuch aus ihrer Tasche. »Legen Sie Ihren Kopf zurück.« Sie kniete sich hin und nahm seinen Kopf in den Arm. Alkoholdunst drang ihr in die Nase.
»Kopf zurück«, seufzte er. »O Gott.«
Einen Augenblick lang schien er sich behaglich an ihrer Brust zu räkeln. Aber dann wurde sein Gesicht ernst, und er sprach leise, beinahe wie zu sich selbst.
»Eine Weile kann man mit dem Alkohol Fangen spielen«, sagte er. »Aber am Ende muß man doch nach seiner Pfeife tanzen. Es ist nur eine Frage der Zeit.«
Er schnalzte mit der Zunge und legte die Hände unter den Kopf.
»Kommen Sie, Miss Sicherheitsgurt«, sagte er zu Annie. »Bringen Sie mich hinein und versuchen Sie, mich aufzuwecken.«
»Soll ich Ihnen Kaffee machen?« fragte sie.
Er lachte. »Sie kennen den Schnaps nicht, junge Dame. Jetzt ist meine Zeit zum Umkippen. Ich will jetzt nicht wach sein. Wären Sie um drei in der Früh gekommen, hätten Sie mich frisch und strahlend gesehen.«
Er ging zur Anrichte und goß sich ein kleines Glas Whiskey ein. Er sah Annie an und wies mit der Flasche auf die anderen Gläser. Sie schüttelte den Kopf.
Er deutete ins Wohnzimmer. Sie ging ihm voraus. Er ließ sich schwer in seinen Sessel fallen. Sie setzte sich auf die Couch ihm gegenüber.
Beide schwiegen. Rhys schwenkte seinen Drink.
»Tut mir leid«, sagte sie schließlich. »Ich wollte nicht ... Ich – nun, ich

mußte einfach kommen. Ich mußte es noch ein letztes Mal probieren ...«

»Der Große und Mächtige Oz«, meinte er zwinkernd, »weiß, warum Sie hier sind.« Er hob das Glas und nippte daran.

Sie saß vor ihm und wußte nicht, was sie sagen sollte. Mit kritischem Blick betrachtete er ihre Beine, ihren Busen, Schultern und Haare. Er schüttelte den Kopf.

Dann langte er nach einer Kopie des Manuskripts, das neben dem Notizblock auf dem Boden lag. Er streckte es ihr hin und sah zu, wie sie es nahm und zur Couch zurückkehrte.

»Szene 64«, gähnte er. Er nippte herausfordernd an seinem Drink, während sie blätterte.

Als sie die Szene gefunden hatte, sah sie ihn überrascht an. Es war die Szene, in der Lianes Sex-Appeal am besten zur Geltung kam, die, in der sie, im Vertrauen auf die Richtigkeit ihrer psychologischen Einschätzung, Terry ins Bett lockt.

Und sie enthielt die Sätze, die Annie als Liane vor dem Spiegel gesprochen hatte.

> LIANE: Wo willst du denn hin? TERRY: *(An der Tür)* Nach Hause. Ich muß jetzt gehen. LIANE: Es ist so heiß. Warum hast du es denn so eilig? *(Sie durchquert die Küche und legt ihm die Hände auf die Hüften.)* Komm. Ist dir nicht auch heiß? *(Sie zieht ihn langsam durch die Küche ins Schlafzimmer.)*

Annie räusperte sich. Rhys sah ihr interessiert zu. Verachtung und Spott glänzten unverhüllt in seinen Augen.

Sie wußte, daß er hoffte, sie nervös zu machen, wenn er sie die Szene ohne Vorbereitung lesen ließ. Einen Augenblick lang zog sie sich in sich selbst zurück. Sie wollte den Mahlstrom schwarzer Übelkeit wachrufen, der in den letzten zwei Jahren der Energiequell ihrer Darstellungen gewesen war. Würde er ihr heute beistehen?

Der Anblick von Rhys' massigem Körper in seinem Sessel bewirkte eine plötzliche Veränderung in ihr. Nein, überlegte sie, sie war es müde, immer nur Opfer zu sein, trotz ihres Talents. Diesmal würde es anders sein. Dieser Mann und seine Skepsis versperrten die Tür zu ihrem Selbst. Heute hatte sie die Initiative. Es gab keine Vergangenheit, zu der sie zurückkehren konnte, und keine Zukunft ohne Damon Rhys. Sie würde ihm die Schuppen der Ungläubigkeit schon von seinen kleinen blauen Augen kratzen, und zwar jetzt. Jetzt!

Sie legte das Manuskript nieder. Ein fremder Körper wuchs in ihr und führte ihr die Hand.
Mit weicher, verführerisch flüsternder Stimme las sie die ersten Zeilen. Rhys kannte Terrys Erwiderung auswendig. Während er sprach, stand sie auf und zeigte ihm ihren Körper.
Lianes zweite Zeile drang aus ihr mit einer subtilen Leidenschaftlichkeit, die mehr dem Moschusduft des weiblichen Geschlechts glich als dem Klang von Worten. Sie ging jetzt auf ihn zu, und ihre leisen Schritte waren wie Zeitlupenbilder eines hungrig heranschleichenden Raubtieres.
Sie kniete sich vor ihn hin, legte ihm die Hände auf die Knie und sah ihn mit Lianes tiefen Augen an. Die letzten Worte flüsterte sie.
»Komm. Ist dir nicht auch heiß?«
Er sah sie unverwandt an. Fasziniert. Nun wußte sie, daß die Flamme in ihr, in Gestalt von Lianes unendlicher Böswilligkeit, ihr Ziel getroffen hatte.
»Können Sie das wiederholen?« fragte er.
Sie durchquerte das Zimmer und begann von neuem. Jede Bewegung war voller neuer Modulationen, die selbst sie überraschten, weil sie anders waren als beim erstenmal, aber um nichts weniger ausdrucksstark.
Erregung knisterte in ihr. Sie wußte, daß sie die Szene ein dutzend-, ja hundertmal wiederholen konnte, und Liane würde sie nie im Stich lassen.
Er schüttelte den Kopf und spitzte die Lippen.
»Verdammt«, murmelte er. Resigniert sah er von dem vollen Whiskeyglas zu dem Mädchen, das zwischen seinen Beinen kniete. »Eigentlich sollte ich ja jetzt schlafen.«
Aber dann nickte er zustimmend.
»Ich glaube, ich nehme jetzt den Kaffee«, sagte er.

Bis fünf Uhr morgens lasen sie miteinander.
Nach den ersten zwanzig Minuten war Rhys' Erschöpfung verschwunden. Dann stand die Begeisterung über seine eigene Geschichte im Mittelpunkt und eine nervöse Heiterkeit, die Annies Darstellung bei ihm hervorrief.
Mit einer neuen, unpersönlichen Achtung sagte er Annie, wie sie den Text lesen solle. Manche Formulierung änderte er sofort und mit nervösen Strichen in seinem Exemplar.
Er stand auf und nahm sie am Arm, zeigte ihr, wie sie als Liane gehen

mußte, ein Buch in die Hand nehmen, einen Aschenbecher, wie sie stehen mußte und wie die Haare zurückwerfen. Obwohl er ihre Sprache nie kritisierte, spürte sie mit der Zeit, wie er wollte, daß Lianes weicher südlicher Akzent klang.

Sie tranken unzählige Tassen des starken Espresso, den er bevorzugte. Immer und immer wieder probierten sie Lianes Schlüsselszenen.

Wenn Rhys nicht in seinem Manuskript schrieb, sah er Annie mit eigentümlich wechselndem Ausdruck an. Manchmal sah er ehrfürchtig aus, manchmal fast krank vor Pein, die sie nicht ergründen konnte. Und manchmal nickte er knapp, mit einem Aufblitzen väterlichen Stolzes in den Augen, bevor er wieder in seine schroffe Konzentration versank.

Für Annie war diese Nacht wie Geburtswehen. Sie merkte nicht, wie die Stunden verrannen. Sie tat alles, was Rhys ihr sagte, aber ihre Sinne horchten auf die geheimen Befehle, die von einer Instanz über ihm kamen.

Es war, als wären drei Personen im Raum. Liane, die Unsichtbare, überraschte beständig die anderen beiden. Rhys schüttelte immer wieder den Kopf und formulierte neu, wo er gewisse Nuancen noch nicht ausgedrückt glaubte, während Annie mit angehaltenem Atem Szene um Szene spielte, so als würde sie an einem ebenso schönen wie gefährlichen Abgrund stehen.

Sie blinzelte erstaunt, als er schließlich auf die Uhr sah und zur Veranda deutete, wo der Sonnenaufgang bereits die Äste der Zedern vergoldete.

»Hilf mir auf«, sagte er.

Sie nahm seine Hände. Er erhob sich und nahm sie langsam in den Arm. Dann strich er ihr bewundernd über die Haare.

»Sie ist eine Blondine.« Er lächelte resigniert, erschöpft.

Dann drehte er sich um, nahm mit einer Entschlossenheit, die sie erschreckte, das vergessene Glas Whiskey und stürzte es mit einem Schluck hinunter.

Er führte sie in die Küche. Die plötzliche Dunkelheit machte sie müde. Er zeigte auf das Telefon, neben dem eine alte Kaffeedose voller Geld stand. Dann zog er sie über den Gang zu seinem Schlafzimmer. Als sie das Moskitonetz über dem großen Bett bemerkte, nahm sie an, daß er ohne Fliegengitter vor den Fenstern schlief.

Er stieg schwerfällig ins Bett und sah zu ihr hoch.

»Nimm dir etwas Geld«, sagte er. »Und ruf dir ein Taxi. Außer du willst hier schlafen.«

Mit einem Blick auf das Bett schüttelte sie den Kopf.

»Nicht mit mir«, erklärte er lächelnd. »Am anderen Ende des Ganges sind noch zwei Schlafzimmer. Conchata hält sie sauber.«

Sie schüttelte wieder den Kopf und erwiderte sein Lächeln. »Mein Auto steht gleich da unten an der Straße.«
»Ach so.«
Sie sah ihn voller Zuneigung an. Irgendwie hatte sie das Gefühl, ihn nach dieser langen, gemeinsamen Nacht sehr gut zu kennen.
»Bin ich angeschnallt?« fragte er, noch immer voller beißendem Humor, aber mit halbgeschlossenen Augen.
Sie nickte und wollte gehen.
»Warte«, murmelte er. »Gib mir einen Gutenachtkuß.«
Er lag vollkommen bewegungslos da und sah sie unverwandt an, während sie sich zu ihm hinunterbeugte und ihn auf die Stirn küßte.
»Ich hatte nie eine Tochter«, sagte er.
Seine Augen waren azurblaue Schlitze.
»Schreib deine Nummer auf den Block neben dem Telefon«, seufzte er. »Und mach dir nicht die Mühe abzuschließen. Die Haustür würde sie sowieso nicht aufhalten.«
Ein letztes Lächeln umspielte seine Lippen. »Gute Nacht, Eindringling. Fahr vorsichtig. Du hörst von mir.«
Noch während sie sich aufrichtete, hörte sie ihn schnarchen. Er war bereits eingeschlafen.
Sie schrieb ihre Adresse und Telefonnummer auf den Block, schloß die Haustür hinter sich und ging durch den taufeuchten Morgen zu ihrem Auto.
Beim Fahren brannte die Sonne in ihre geröteten Augen. Sie war froh, daß die Straßen fast leer waren. Als sie endlich zu Hause ankam, war sie vollkommen erschöpft.
Sie duschte und legte sich ins Bett. Das helle Sonnenlicht stahl sich durch die Jalousien. Die Nacht mit Damon Rhys war wie ein Traum, der, langsam verschwimmend, ihren Verstand umspielte.
Ihr letzter wacher Gedanke war beunruhigend.
Wenn es ihr bereits wie ein Traum vorkam, dann mußte es Rhys noch unwirklicher erscheinen, der betrunken gewesen war, als es angefangen hatte, und am folgenden Abend wieder betrunken sein würde. Von Anfang an hatte sie nie gewußt, an welche ihrer Begegnungen er sich im Augenblick erinnerte.
Er würde nicht anrufen.
Dann eben nicht, dachte sie. Sie hatte ihr Bestes gegeben. Morgen war auch noch ein Tag.
Unheimliche Träume drängten sich in ihre Gedanken und stürzten sie in einen todesähnlichen Schlaf.

31

Daily Variety, 29. September 1969

RHYS BESETZT EXPLOSIVE ROLLE MIT EINER UNBEKANNTEN

Damon Rhys hat's wieder geschafft. Ganz offensichtlich ohne auf den Rat seiner Mitarbeiter, Produzenten und der verblüfften Hierarchie bei International Pictures zu achten, gab er am Dienstag bekannt, daß er die unbekannte Annie Havilland, Schauspielerin und Mannequin, für die heißbegehrte Rolle der Liane, der raubgierigen südlichen Verführerin in seinem neuen Film A Midnight Hour, *vorgesehen hat.*
Miss Havilland, der Öffentlichkeit aus gelegentlichen Modepräsentationen und der Fernsehwerbung vertraut, kennen die Kalifornier vor allem als das sexy, witzige Anschnallgirl in der Werbekampagne des Verkehrsministeriums und davor als Sprecherin für Cantele und Beale Motors, Los Angeles.
Es gibt noch keine Informationen über die Vertragsmodalitäten mit International oder die Art der Tests, die ihr die Rolle verschafft haben. Ein Insider kommentierte die Überraschung: »Mr. Rhys weiß immer, was er will, und was seine Filme angeht, bekommt er es auch meistens.« Eine ganze Reihe von Hollywood-Topstars schienen für die Rolle in Frage zu kommen und hätten Gerüchten zufolge auch ihren rechten Arm dafür gegeben. Für eine Unbekannte wie Miss Havilland bedeutet Rhys' Liane mehr als nur plötzliche Leinwandpräsenz. Es ist eine Schlüsselrolle in einem wichtigen Film, und sie könnte damit über Nacht zum Superstar werden.
Die junge Dame hat eine wirkliche Herausforderung vor sich. In den nächsten paar Monaten werden aller Augen auf sie gerichtet sein, und ihre plötzliche Berühmtheit wird sie nicht eben wenig unter Druck setzen.
Wir wünschen ihr alles Gute. Und denen, die die Liane an sie verloren haben, mehr Glück beim nächstenmal.

Mrs. Ralph Sonderborg schloß die Ausgabe der *Variety* und legte sie zu den anderen Boulevardblättern des Dienstmädchens unter die Küchentheke. Lulu, das Mädchen der Sonderborgs, war ein ehemaliger Seifenopernstar und hielt sich über die Entwicklungen im Showbusiness noch immer gern auf dem laufenden – wie auch Mrs. Sonderborg selbst, für die jedoch das Abonnement eines solchen Blattes in der Gesellschaft von Palm Springs unangebracht gewesen wäre.

Mrs. Sonderborg sah noch schnell in den Spiegel über dem Küchentisch, als das Gespräch aus dem Speisezimmer an ihre Ohren drang. Sie korrigierte ihr Make-up, während Ralph mit seiner dünnen, farblosen Stimme sich redlich abmühte, die Keatings mit eintönigen Geschichten aus seiner Kriegszeit zu unterhalten.

Der Krieg war Ralphs einzige Quelle persönlichen Stolzes. Schon damals war er ein ältlicher Offizier gewesen, wegen seiner Herzrhythmusstörungen an der Front nicht verwendbar. Bei seinem Schreibtischjob in Washington waren kaum Orden zu gewinnen. Aber heutzutage waren Kriegsfilme die einzigen, bei denen er nicht einschlief, und sooft er ein unfreiwilliges Publikum wie die Keatings vor sich hatte, erzählte er mit wehmütiger Stimme immer die gleichen alten Geschichten.

Russ Keating war ein junger Angestellter der Bank, deren Präsident Ralph war. Sein Amt zwang Ralph, den jungen Mann und seine Frau bei sich zu Hause zu bewirten, denn Keating hatte gute Referenzen und war längerfristig als Vizepräsident im Gespräch – das Zuckerbrot, das ihm die First National hinwarf, damit er das lächerliche Gehalt und die lange Arbeitszeit akzeptierte.

Normalerweise haßte Mrs. Sonderborg diese bedrückten und langweiligen Dinners, bei denen ihr ältlicher Gatte den steifen Vorsitz führte. Aber in dem Augenblick, da sie die Keatings leibhaftig vor sich sah, änderte sie ihre Meinung.

Russ war groß, muskulös und gutaussehend – ganz und gar nicht wie das Klischee des bebrillten Bankers. Er war gerissen, aggressiv und aufstrebend. Und seine Seitenblicke interessierten Mrs. Sonderborg sehr.

Seine Frau dagegen war eine übergewichtige Schlampe, deren spröde Haare, bleiche Haut und hängende Brüste der Preis waren für ihre beiden kleinen Kinder – 18 Monate und drei Jahre, hatte sie gesagt – und der es offensichtlich auch gleichgültig war, ob sie nach der Schwangerschaft ihrem Mann noch gefiel.

Sie hatten wohl sehr jung geheiratet und weil es praktisch, vielleicht sogar notwendig gewesen war, dachte Mrs. Sonderborg. Inzwischen war die Ehe natürlich inhaltslos.

In fünf Minuten hatte es die junge Frau zweimal geschafft, auf ihre beschränkten Verhältnisse hinzuweisen – eine Reise, die wegen Geldmangel ins Wasser fiel, die bedrückende Hypothek auf dem winzigen Haus – und sich über die ermüdende Hausarbeit zu beklagen, bei der ihr der Gatte kein bißchen half. Sie war wirklich ein Jammerlappen.
Aber im Blick, den der junge Mann der Frau seines Präsidenten zuwarf, hatte ein Interesse gelegen, das über den pflichtschuldigen Respekt weit hinausging.
Und als sich Mrs. Sonderborg jetzt im Spiegel betrachtete, sah sie, warum Keating interessiert war. Ihre Glieder waren schlank und sinnlich in dem Pucci-Ensemble, das ihr so gut stand. Die Augen glühten im Küchenlicht unter den leicht silbrig gesträhnten Haaren. Die sinnlichen Lippen und die gerade Nase verstärkten noch den Eindruck einer wissenden Sexualität, die sich hinter der stillen Intelligenz verbarg.
Für ihr Alter war sie zweifellos ein betörendes Exemplar ihres Geschlechts; noch immer konnte sie von einem Mann alles bekommen, was sie wollte.
Ralph war natürlich ein Sonderfall. Eine gelegentliche Nacht in seinem Bett mit den richtigen Zärtlichkeiten stellte ihn mehr als zufrieden. Die übrige Zeit bewunderte er sie aus der Entfernung, bezahlte mit Freuden die Kleider, die ihr so gut standen, und verbeugte sich mit höflicher Herablassung vor ihren Teegästen oder Bridgespielern.
Dank des Altersunterschieds hatte er sie von Anfang an auf ein Podest erhoben. In seinen Augen war sie das schöne Mädchen, das er in seiner langweiligen Jugend verpaßt hatte und das ihm nun wie durch ein Wunder als junge Witwe zugefallen war.
Das Arrangement funktionierte hervorragend. Mrs. Sonderborg war das bei weitem attraktivste Mitglied des gesellschaftlichen Kreises, den sie vollkommen beherrschte, und eine echte Stütze des öffentlichen Lebens von Palm Springs. Man bewunderte ihre Wohltätigkeit und lud sie zu jeder Party, die in der Stadt etwas bedeutete. Die ganze Gesellschaft teilte Ralphs Fasziniertheit.
Natürlich brauchte auch Mrs. Sonderborg ihre menschlichen Vergnügungen. Nun paßten aber die nur schlecht zur Vornehmheit ihres öffentlichen Auftretens. Doch Mrs. Sonderborg wußte sie sehr gut vor neugierigen Augen zu verstecken.
Darin, so glaubte sie, machte ihr wirklich niemand etwas nach.
Als sie nun die Tür zum Speisezimmer öffnete und Mrs. Ames zumurmelte, der nächste Gang könne serviert werden, spürte sie etwas von dem Selbstvertrauen eines Chirurgen, der einen öffentlichen Opera-

tionssaal betritt, oder eines geschulten Politikers, der sich seinen Wählern stellt. Sie wußte, daß sie keinen Fehler machen würde. Die Initiative lag bei ihr.

Aber einen Augenblick blieben ihre Gedanken noch bei dem Artikel hängen, den sie in der *Variety* gelesen hatte.

Annie Havilland ...

Wenn sie auch der Name noch nicht vollkommen überzeugte – schließlich legten sich diese Hollywood-Starlets alle möglichen Pseudonyme zu –, das Gesicht, das den Artikel ergänzte, räumte jeden Zweifel aus. Es war ein Werbefoto, wahrscheinlich aus ihrer Modefotomappe. Das Mädchen war bewundernswert sinnlich, mit ihren nachtschwarzen Haaren, den milchigweißen Wangen und den fremdartigen, kristallinen Augen. Auf einen Mann mußte sie wie ein perfekter Engel wirken, so richtig zum Anbeißen.

Mrs. Sonderborg, eine Spezialistin in den Launen der menschlichen Gestalt, hatte sie sofort erkannt. Die philosophische Seite ihres gerissenen Verstandes amüsierte es, daß dieses Gesicht, das sie so lange nicht gesehen hatte, sich vollkommen verändert hatte und doch so gleich geblieben war.

Lächelnd betrat sie das Speisezimmer.

»Oh, Mrs. Sonderborg!« sagte die Keating, die Lippen feucht mit Suppe. »Ihre Köchin ist ein Genie. Ich habe es eben Mr. Sonderborg gesagt, so eine ausgezeichnete Consommé habe ich seit meiner Mädchenzeit nicht mehr gegessen. Ich würde Sie ja gern nach dem Rezept fragen, aber bei uns zu Hause habe ich ja sowieso keine Zeit, was Hübsches zu kochen. Mit dem einen Baby im Arm und dem andern, dem ich durchs Haus nachjagen darf ... Gott sei Dank haben wir ja nicht so viele Zimmer, wo es hinkönnte.«

»Ich werde Mrs. Ames sagen, sie soll es für Sie aufschreiben«, erwiderte Mrs. Sonderborg lächelnd. »Obwohl ich ja nicht glaube, daß Consommé allein bei Ihrem überarbeiteten Gatten viel anschlagen wird ...«

»Wenn das die Hamburger und die Nudeln, die ich ihm vorsetze, nicht schaffen, dann hilft überhaupt nichts«, kicherte die junge Frau. »In letzter Zeit habe ich mehr auf die Kalorien geachtet, das tut uns beiden gut.«

»Na, er sieht mir aber nicht sehr nach Übergewicht aus«, erwiderte Mrs. Sonderborg, während sie die dunklen Augen, den gebräunten Teint und die Konturen seiner athletischen Arme und Schultern unter dem Anzug betrachtete.

Der Präsident saß gedankenverloren am Kopfende der Tafel und merkte

nicht, wie sich die Augen seiner Frau mit denen des jungen Bankangestellten trafen. Sein Blick ließ keinen Zweifel daran, wie er über seine ungepflegte Frau dachte und was er alles zu tun bereit wäre, wenn Mrs. Sonderborg nur mit dem kleinen Finger winkte.
Schließlich lief über Ralph der kürzeste Weg zur Karriere jedes jungen Bankers.
Und Mrs. Sonderborg wiederum war der effektivste Weg zu Ralphs Wohlwollen. Vorausgesetzt natürlich, man schaffte es, sie zufriedenzustellen.
Die junge Keating hatte offensichtlich das kurze Schweigen bemerkt und bemühte sich, es mit Geplapper zu überbrücken.
»Ihr Besteck ist ja so elegant«, sagte sie. »So ein hübsches Silberdesign habe ich noch nie gesehen ...«
Während sie sprach, warf ihr Gatte der Frau seines Arbeitgebers einen letzten, bedeutungsvollen Blick zu und wandte sich dann mit einer respektvollen Frage über Immobiliengeschäfte im Viertel Ralph zu.
Mrs. Sonderborg hörte unkonzentriert dem Geplauder der Frau zu. Ihre Gedanken waren wieder zu Annie Havilland zurückgekehrt, zu der unbekannten Schauspielerin, die jetzt in aller Munde war.
Was für ein außergewöhnliches Glück, in Hollywood als Star eines Films von Damon Rhys zu beginnen. Man mußte sich fragen, wie sie es geschafft hatte. Rhys war natürlich ein Verrückter – aber auch ein Perfektionist.
Und Rhys hatte seiner Figur den Namen Liane gegeben! Wie weit gingen die Zufälle denn noch?
Aber Zufall war vielleicht gar nicht das richtige Wort, dachte Mrs. Sonderborg. Verbindung paßte da besser.
Auf jeden Fall, wie ironisch, wie pikant war es doch, sich die Zukunft vorzustellen, die sich jetzt vor diesem Mädchen öffnete. Eine Zukunft, deren Launen unvorhersehbar waren, die aber sicherlich Feinde ebenso wie Freunde, schmerzliche Überraschungen ebenso wie freudige mit sich brachte. Mrs. Sonderborg kannte Hollywood nur aus der sicheren Entfernung von Palm Springs, aber sie war doch nahe genug an diesem berühmten Dschungel, um dessen barbarische Ausdünstungen zu riechen.
Ja, dieses Mädchen Havilland erwartete ein gefährliches Schicksal.
Ein Schicksal, das Mrs. Sonderborg aus der Entfernung betrachten – oder je nach Laune beeinflussen konnte.
Das war das Verführerische an der Sache.
Auf jeden Fall würde sie ab jetzt die *Variety* genauer verfolgen.

Aber in der Zwischenzeit wollte sie ihre ganze Aufmerksamkeit dem jungen Mann widmen, der ihr gegenübersaß und dessen Blick immer wieder zu ihr zurücksprang, während die jammernde Stimme seiner Frau über den Tisch klang.

Barry Stein saß an seinem Schreibtisch bei Continental Artists Management, Inc., und schüttelte den Kopf.

Annie Havilland hatte es ihm wieder gezeigt.

Hier saß er nun, ihr angeblicher Agent, der Mann, der eigentlich für sie um Rollen kämpfen sollte. Aber statt dessen las er in der *Variety* von ihrem neuesten Triumph und wartete, daß *sie ihn* anrief und ihm die Einzelheiten mitteilte.

Er konnte nur dasitzen und warten, bis sie sich meldete und ihn bat, ihr bei dem Vertrag mit International zu helfen. Es demütigte ihn, nur Laufbursche zu sein und nicht der beschützende Lenker ihrer Karriere – aber er mußte zugeben, daß sie von Anfang an Erfolge in Bereichen errungen hatte, an die er sich nie herangetraut hätte.

Die weibliche Hauptrolle in einem Film von Damon Rhys! Wie um alles in der Welt hatte sie das geschafft?

Vor allem, da in den letzten achtzehn Monaten deutlich geworden war – obwohl Barry nicht den Mut gehabt hatte, es ihr zu sagen –, daß Hollywoods Türen für sie verschlossen bleiben würden.

Na, auf jeden Fall hatte sie es geschafft. Ganz alleine.

An ihrer geheimen Fähigkeit, auch noch im trostlosesten Ödland Oasen der Gelegenheit zu entdecken, war nicht zu zweifeln. Auch hatte es wenig Sinn, darüber zu jammern, daß sie wieder einmal seine Arbeit für ihn erledigt hatte.

Wichtig war jetzt nur, einen günstigen Vertrag auszuhandeln und die Geschichte so darzustellen, daß die Chefetage von Continental Artists Management glaubte, der Coup sei eher seiner Gerissenheit und Expertise zu verdanken denn der des Stars.

Denn das würde sie eines Tages werden.

Ein Star.

Bei diesem Gedanken griff Barry Stein zum Telefon.

Al Cantele lachte.

Das laute Löwengebrüll der Freude hallte durch die Küche. Der Vorspeisenteller, den seine Frau ihm vorgesetzt hatte, stand noch unberührt, das Glas Chianti war halb leer.

Martin Fiore hatte ihm die aufregenden Nachrichten am Telefon mitge-

teilt, und er hatte sich augenblicklich von seiner Sekretärin ein Exemplar der *Variety* bringen lassen.
Jetzt starrte er verzückt auf den Artikel und das begleitende Foto mit Annies lächelndem Gesicht.
»Shirley! Sieh dir das an!« rief er und schlug mit dem Handrücken auf die Zeitschrift. »Unsere Annie hat eine große Rolle ergattert. Eine wirklich große! O Mann! Das ist ja riesig.«
Seine Frau kam zögernd näher und betrachtete mit unsicherem Lächeln den Artikel. Natürlich freute sie sich für Annie, eine der wenigen vernünftigen jungen Leute, die sie seit Beginn dieser schrecklichen, allen Anstand und alle Tradition zerstörenden sechziger Jahre kennengelernt hatte.
Aber sosehr sie Annie mochte, über ihre Anwesenheit im Haus konnte sie sich nicht richtig freuen. Es war einfach zu peinlich, wie sehr Al sie anhimmelte, vor allem da er alt genug war, um ihr Vater zu sein.
Gott alleine wußte, welche Gedanken Al bei diesem Mädchen durch den Kopf gingen. Shirley konnte sich nur im stillen bekreuzigen und auf Annies Rechtschaffenheit vertrauen, wenn Zweifel sie quälten, ob nun wirklich etwas passiert war oder nicht.
Auf jeden Fall, und Gott sei Dank dafür, war Annie jetzt ein großer Star und viel zu beschäftigt, um ihre regelmäßigen Besuche im Geschäft fortzusetzen.
»Schön für sie«, sagte Shirley und klopfte ihrem Gatten auf die Schulter. »Aber jetzt iß auf.«
Al war stolz wie ein Vater auf Annie. Er beschloß, ihr noch heute einen Korb Früchte und eine Flasche Asti Spumante zu schicken.
Im Innersten waren seine Gefühle natürlich zwiespältig. Welche Gedanken ihm bei diesem Mädchen kamen, war wirklich eine Schande. Fast schon inzestuös, wenn man überlegte, wie nahe sie der Familie inzwischen stand.
Gott sei Dank waren diese Gedanken nie Wirklichkeit geworden.
Er verdrängte die beunruhigenden Gedanken und schlug wieder auf die Zeitschrift. Sein Lächeln wurde immer breiter.
»Na, was sagst du jetzt, Shirl? Das ist doch wirklich was!«

Nick Marciano saß in der Badehose vor einem Glastisch neben dem großen Swimmingpool. Der Vormittag war sehr heiß. Nicht einmal die Malibu-Brise brachte Erleichterung.
Aus dem Haus drang Männerlachen und eine Stimme, die rasch ins Telefon sprach.

Auf dem Tisch vor Nick lag geöffnet ein Exemplar der *Variety*. Ein Aschenbecher und ein Glas Wodka hielten die Seiten fest. Feucht von einem Spritzer aus dem Becken, sah Annies Gesicht zu ihm hoch.
Sie hat's also geschafft. Der Gedanke schwebte wie eine Feder durch den entsetzlichen Kater, der in seinem Kopf wütete.
War der Artikel nur ein Traum? War das Bild nur die Verkörperung seines Phantasierens über sie?
In letzter Zeit war alles ein Traum. Die Beruhigungsmittel und der Alkohol waren seine besten Freunde am Abend, aber auch seine schlimmsten Feinde am Morgen. Wenn er in den Spiegel sah, fand er sich nicht mehr wieder.
Es war schon ein eigenartiges Schicksal, eins, das er nie für möglich gehalten hätte bei einem Menschen, den die Schwerkraft am Erdboden hielt. Aber jetzt, da es ihn gepackt hatte, wurde es von Tag zu Tag mächtiger.
Einen Momemt lang schloß er die Augen und öffnete sie dann wieder. Ja, das Bild war immer noch da. Wie wunderschön Annie doch war. Wie rein und frisch und freundlich.
Er würde sich heute zusammennehmen und sie anrufen. Er würde ihr gratulieren, versprechen, sie zum Essen auszuführen, und versprechen, daß er besser auf sich aufpaßte. Alles würde er versprechen.
Wäre er nicht in sie verliebt, wäre er jetzt ruhig. Etwas fraß ihn mit Haut und Haaren, aber ihm war es gleichgültig.
Mach dich doch zur Hure! Die wütenden Abschiedsworte seines Vaters verspotteten ihn, während er über den Pool auf die gleichgültigen Hügel hinaussah. *Geh zur Hölle. Meinen Segen dazu hast du. Von jetzt ab habe ich keinen Sohn mehr.*
Nick lächelte. Bald würde der Fluch Wirklichkeit werden und sein Leiden vorüber sein.
Aber Annie! Sie verdiente ein langes Leben, Kinder, Glück.
Was für ein Mann war Rhys?
Was hatte er von ihr verlangt?
Hatte sie es ihm gegeben?
Nein.
Nein!
Die Frage schmerzte mehr als alle seine Wunden zusammen.
Plötzlich spürte er eine warme Hand auf seiner nackten Schulter.
»Große Neuigkeiten, hm, Nick?« Die Stimme von vorher war herausgekommen und flüsterte ihm jetzt ins Ohr, die Hand glitt tiefer und streichelte ihn langsam.

Nick nickte, sein Blick huschte zu dem Glas mit Wodka.
»Komm, Liebling«, sagte die Stimme. »Gehen wir schwimmen.«

Roy Deran saß an der Theke des überheizten *Chock Full O' Nuts* an der 37th Street und lächelte in sich hinein. Behutsam riß er den Artikel aus der *Variety*.
Annie als Star in einem Film von Damon Rhys!
Am besten fing man immer an der Spitze an, würden manche sagen.
Roy war hin und her gerissen zwischen väterlichem Stolz und beklemmender Angst. Er wußte, daß Annie die Rolle spielen konnte. Sie war zu ihm gekommen als das größte Naturtalent der letzten Generation, und sie hatte an sich gearbeitet. Bereit war sie für die Rolle.
Aber Hollywood würde versuchen, sie aufzufressen, denn sie war ein unbekannter Emporkömmling. Man würde sie hassen, weil sie sich nicht durch den Schmutz hochgearbeitet hatte.
Genau dieses Monster hatte Roy vor fünfundzwanzig Jahren aufgefressen, als er glaubte, in jugendlicher Bestform zu sein.
Achselzuckend verließ er das Café, mit dem zusammengefalteten Artikel in der Tasche seiner Windjacke.
Trotz seiner gemischten Gefühle wirkte der Morgen freundlicher als sonst. Die Taxis waren gelber, die regenfeuchte Straße glänzender, die Neonschilder strahlten heller in ihrem lächerlichen Schein.
Roy fragte sich, was das traurige Gesicht der Erde so reingewaschen hatte. Dann lächelte er. Es war natürlich Annie.
Obwohl er sich um sie sorgte, hatte sie doch doppelt soviel Überlebenskräfte wie er. Ihr Rückgrat war so stark, daß auch die Mächtigsten in Hollywood es nicht brechen konnten.
Er drückte ihr die Daumen in den Taschen seiner Jacke.
Pack sie, dachte er. *Und mach keine Gefangenen.*

Rima Baines saß mitten in Bel Air in einem Gartenstuhl, die *Variety* lag als zerknüllter Haufen neben ihr auf dem Fliesenboden des Poolrandes. Ihre Hand zitterte leicht, als sie die doppelte Bloody Mary an die Lippen führte.
Sie warf einen flüchtigen Blick auf das pinkfarbene Telefon auf dem Tisch neben ihr. In diesem Augenblick klingelte es leise, und sie riß den Hörer von der Gabel.
Es war ihr Agent. Sie begrüßte ihn mit einer kurzen Obszönität.
»Ich nehme an, du hast die Zeitung gelesen«, sagte sie. »Diese Haviland, diese kleine Hure ... Ich wußte gar nicht, daß Rhys so auf willige

Fotzen steht. Ein alter Bock wie er sollte seinen Schwanz für sich behalten ...«

Ihr Agent hörte ihrem Toben schweigend zu. Zwischen Flüchen nippte sie an ihrem Drink.

»Rima ...« Nun versuchte er doch, auch einmal zu Wort zu kommen. Aber sie schnitt es ihm noch sechsmal ab, bevor sie mit einem ärgerlichen Seufzen nachgab.

»Rima?« fragte er diplomatisch.

»Was?«

»Rima, wir dürfen unsere Zeit jetzt nicht mit irgendwelchen Vermutungen über einen kranken Alkoholiker wie Rhys verschwenden. Der Mann ist verrückt, und das seit zwanzig Jahren. Seine Filme spielen gerade die Kosten herein, und das auch nur, weil man soviel Werbung für sie macht.« Er verschränkte die Finger bei der Lüge. »Und nach seinem neuesten Elaborat ist es sicher aus mit ihm. Du bist doch viel zu groß, um dich mit solchen Randprojekten einzulassen. Du bist eine Königin. Der Mann ist doch nur ein Clown.«

Wieder verschränkte er die Finger. Wäre Rima zehn Jahre jünger, so wäre diese Rolle ein Glanzstück geworden. Vielleicht sogar nur fünf Jahre.

Na, wenigstens sieben.

Acht.

»Schon gut«, knurrte sie schließlich. »Ich will jetzt schwimmen. Ich werde dann später mit dir reden. Aber ich warne dich. Du siehst besser zu, daß mein nächster Film aus diesem *Midnight Hour* den Haufen Scheiße macht, der er in Wirklichkeit ist.«

»Natürlich, Rima. Du stehst doch meilenweit über diesem Schrott. Viele Grüße an die Familie. Bis später dann, Liebling.«

Vorsichtig legte er auf und seufzte erleichtert. Der Sturm war vorbei – wenigstens für diesen Vormittag.

Er schüttelte den Kopf, während er in den Barschrank griff.

Zehn Jahre.

Mit dem letzten Rest Frustration knallte Rima den Hörer auf die Gabel. Diese verdammte Hexe. Auf wie viele Arten hatte sie denn mit Rhys gebumst, bis der ihr die Rolle gab?

Und das Schlimmste war, daß sie unmöglich mit den Männern so raffiniert umgehen konnte wie Rima – dazu war sie einfach zu jung.

Aber sie war früher drangewesen.

Verdammt, verdammt, verdammt.

Hal tanzte mit einem Exemplar der *Variety* in der Hand durch sein Penthouse an der Park Avenue. Gläser mit Jack Daniel's standen in unterschiedlich geleertem Zustand im Zimmer herum. Am Abend zuvor hatte Hal mit Freunden gefeiert, und die Putzfrau kam erst um zwei. Mit fliegendem Morgenmantel blieb er plötzlich vor dem Telefon stehen und wählte Kalifornien an, wo es erst zehn Uhr morgens war.
Eine aufgenommene Stimme antwortete.
»Hallo, hier spricht Annie Havilland. Leider kann ich im Augenblick nicht ans Telefon kommen, aber wenn Sie mir eine Nachricht hinterlassen wollen, werde ich Sie zurückrufen, sobald ich kann.«
»Hier spricht Hal, Darling. Wollte dir nur gratulieren. O Mann. Ich wußte doch, daß du diesen Witzfiguren zeigst, was eine Schauspielerin ist.« Hals Augen wurden feucht, während er sprach. »Du bist wirklich die Größte, meine Liebe. Ich bin furchtbar stolz auf dich. Hör zu: Ruf mich an, wenn du kannst. Wir treffen uns ...«
»Hal?« Plötzlich war eine schläfrige Stimme in der Leitung. »Bist du es wirklich? Ich hob ab, sobald ich deine Stimme hörte.«
»Baby«, rief er voller Freude, »ich liebe dich!«
»Ich dich auch, Hal. Freut mich, daß du anrufst. Das Telefon klingelt schon den ganzen Morgen, aber es sind alles nur Leute, die etwas von mir wollen. In dieser Stadt werde ich noch verrückt.«
»Nein, das wirst du nicht, Darling. Du nicht. Hör auf den alten Hal. Er kennt wirkliche Qualität, und du hast sie.«
Er glaubte, was er sagte. Für ein Mädchen, das so gut aussah und so wenig Erfahrung hatte, war Annie wirklich außergewöhnlich klug.
»Hal, wann sehen wir uns wieder?« Das hübsche Lächeln in ihrer Stimme bezauberte ihn.
»Du brauchst es nur zu sagen, Liebling, und ich bin schon unterwegs. Ich habe nächste Woche in Burbank zu tun. Ich ruf dich an, okay?«
»Dank dir, Hal. Vielen Dank.«
»Und jetzt paß gut auf dich auf. Wenn ich rüberkomme, malen wir die Stadt rot an!«
Nachdem Hal aufgelegt hatte, rieb er sich den Bauch und griff nach dem nächsten Glas Bourbon. Annie Havilland war ein Star in einem großen Film. Wenigstens einmal bekam ein anständiger Mensch auch eine Chance.
Natürlich hatte eigentlich er sie auf den Weg gebracht, als er mit ihr den Daisy-Spot riskierte.
Eins kann ich von mir sagen, dachte Hal: Ich habe einen Blick für wirkliches Talent. Das kann niemand leugnen.

Annie ein Star!
Er mußte ein paar Leute anrufen. Heute war ein großartiger Tag für eine Party.

Harmon Kurth saß auf der Terrasse, von der man auf die Koppel hinter seinem Haus hinaussah. Ein Exemplar der *Variety* lag in seinem Schoß. Juan hatte sie ihm wortlos gebracht, das einzige Zeichen seines Wissens war die Flasche mit fünfzig Jahre altem Armagnac gewesen, die er auf das Frühstückstablett gestellt hatte.
Kurth hatte den Artikel nur einmal zu lesen brauchen. Er kannte Damon Rhys, und er wußte, was geschehen war.
Er sah einem Habicht zu, der auf der Suche nach Beute träge über den Hügeln schwebte. Sein Gesicht war ausdruckslos wie das einer Eidechse.
Vom Pool kam gedämpftes Lachen. Rosemary veranstaltete für Tess und Margie und ein paar Freunde ein Picknick. Es war die letzte Gelegenheit, bevor die Mädchen wieder nach Genf in die Schule mußten.
Kurth nippte an einem kleinen Brandy, sein Verstand arbeitete glatt und ohne Eile.
Schließlich nahm er das Telefon und wählte.
»Stellen Sie mir heute vormittag Walter Denenberg durch«, sagte er leise. »Dann Lon Hammer. Myron Shubov. Theo Kirk. Und Paul Ozhinski, denke ich. In dieser Reihenfolge. Ich werde noch eine halbe Stunde hier sein. Anschließend im Auto und dann im Büro. Danke.«
Er legte auf.
Annies Gesicht stand vor ihm, unverändert in den beiden Jahren nach ihrem ersten Zusammentreffen. Die schönen schwarzen Haare umrahmten die Porzellanwangen wie ein Glorienschein.
Er sah fasziniert zu, wie sich das Bild vor seinem geistigen Auge veränderte. An den Winkeln des hübschen Mundes brachen Wunden auf, Blut vermischte sich mit Lippenstift. Erbarmensschreie kamen aus dem blutenden Mund.
Der schlanke Körper schwebte anmutig, er krümmte sich im Licht, während Männerhände sich in seiner Haut verkrallten, Brüste aufrissen, Schenkel, und schießlich das Geschlecht fanden. Die verzweifelten Schmerzensschreie, provozierend in ihrer Verzweiflung, hallten durch die glitzernde Kammer seiner Phantasie wie Hymnen.
Kurth war steif in der Hose, denn der Blutstrom quoll nun zwischen den Beinen hervor, ein dunkelroter Wasserfall, der heftig zu Boden rausch-

te. Das nackte Fleisch zitterte, die Haare waren blutüberströmt, die schmale Taille lag in seinen Händen, während er sein Geschlecht in den empfindlichsten Teil der Wunde trieb.
Er atmete schwer. Noch wenige Sekunden, und es würde in die Hose kommen, so erregte ihn der Gedanke an den weichen Körper, der sich vor Schmerzen wand.
Plötzlich glitt eine kleine Hand in die seine, eine musikalische Stimme flüsterte ihm ins Ohr.
»Daddy?«
Es war Tess.
Erschreckt wandte er sich der Neunjährigen mit ihren süßen kleinen Augen, ihren Sommersprossen und den zu einem Pferdeschwanz gebundenen braunen Haaren zu. Sie lächelte. Wasser tropfte von ihrem hübschen Badeanzug.
»Kommst du nicht?« fragte sie.
Er zog sie an sich und drückte sie, ohne auf das Wasser zu achten, das sein Seidenhemd beschmutzte. Ihre Hand blieb in der seinen liegen, als er sie losließ.
»Heute morgen nicht, Prinzessin. Ich fürchte, ich muß gleich ins Büro. Aber am Nachmittag werde ich mit dir ausreiten. Wie wär's damit?«
Sie lächelte, und ihre Unschuld bezauberte ihn. »In Ordnung, Daddy.«
Er zog ihr das Handtuch enger um die Schultern und küßte sie wieder. Er liebte es, sie in den Arm zu nehmen. Es war, als würde er einen Engel umarmen. Sie und Maggie waren die einzigen reinen und schönen Wesen auf der Erde – zusammen mit ihrer Mutter natürlich. Es machte alles andere erträglich.
»Sei vorsichtig am Pool«, sagte er. »Lauf nicht.«
»Ich paß schon auf. Tschüs, Daddy.«
»Ich hab' dich lieb, Prinzessin.«
»Ich hab' dich auch lieb.«
Er sah zu, wie ihr schlanker Körper über den Rasen lief. Sobald sie hinter der Hecke verschwunden war, wandte er sich wieder seinem Problem zu.
Jeden Augenblick mußte das Telefon klingeln. Shubov und Ozhinski hatten die Neuigkeiten sicher schon erfahren und erwarteten jetzt seine Befehle.
Kurth spitzte die Lippen zu einem vorsichtigen Lächeln.
Es war an der Zeit, etwas zu unternehmen.

Auf der Hal Parrys Penthouse gegenüberliegenden Seite des Central Park las noch jemand anderer den Artikel in der *Variety.*

Schlanke Finger hielten die Zeitschrift, während ein kühler Blick einmal über die Zeilen huschte, dann noch einmal.

Annie Havillands Bild lächelte von der Seite herab, ein elegantes, sinnliches Modefoto. Vollkommen geformte Wangenknochen und feingeschwungene Brauen betonten geheimnisvolle Katzenaugen, deren eigentümliche Offenheit sich mit der Fähigkeit – oder war es der Wunsch? – verband, sich hinter der schlauen Fassade eines großen Schauspielertalents zu verbergen.

Die Augen, die dieses Foto betrachteten, verengten sich.

Sie hatte das Mädchen schon einmal gesehen. Da war sie sich ganz sicher.

Der Artikel sprach von ihrer Modearbeit, ihren Werbespots.

Ach ja: der Daisy-Spot. Ja.

Aber da war noch etwas. Sie hatte dieses Gesicht schon einmal in der Wirklichkeit gesehen.

Wann? Wo?

Die Augen schlossen sich, die goldenen Wimpern legten sich aneinander wie irisierende Fächer. Der Verstand dahinter wurde leer. Er konzentrierte sich, jeden Gedanken vertreibend. Nur eine schwarze Wand blieb übrig, auf der sich die Antwort einprägen würde.

Augenblicke vergingen. Friedliche Leere umschloß sie, schaukelte sie langsam, langsam ...

Plötzlich kam die Antwort.

Ihre Wege hatten sich zufällig gekreuzt. Sie hatte sich damals nichts dabei gedacht.

Ich ließ meine Tasche fallen ...

Es konnte natürlich nicht nur Zufall gewesen sein. Nun nicht mehr. Jemand hatte einmal gesagt, Zufall sei nur eine verhüllte Spielart der Notwendigkeit. Das stimmte sicherlich auch, denn zwei beliebige Planetenbahnen, ganz gleich, wie weit entfernt sie voneinander waren, mußten an einem gewissen Punkt in Zeit und Raum aufeinandertreffen ...

Die Hände ließen die Zeitung los. Sie ging durchs Zimmer, kehrte mit einer Schere wieder zurück und schnitt den Artikel sorgfältig aus. Sie sah ihn noch ein letztes Mal an und brachte ihn dann zu dem Regal mit ihren Büchern.

Sie nahm willkürlich eins heraus und legte den Ausschnitt als provisorischen Einmerker hinein. Als sie eine Seite aufschlug, erkannte sie die

Worte wieder, die sie Hunderte Male gelesen hatte, Absätze, deren Struktur und Syntax ihr vertraut waren wie die Möbel im Zimmer.

Sie ging zum Spiegel und betrachtete ihre Augen. Etwas faszinierte sie, wenn sie an das junge Mannequin dachte, das eben aus der Anonymität in die Berühmtheit einer großen Rolle getreten war, eine Rolle, die der größte aller Künstler geschaffen hatte.

Was hatte diese Annie Havilland wohl gedacht, als sie an diesem Morgen aufwachte und ihr ihr Glück und die plötzliche, neugierige Aufmerksamkeit der Welt bewußt wurden? Kämpften Freude und Angst um die Kontrolle über ihre Gedanken? Spürte sie, daß nun die Zukunft mit einem Vielfachen ihrer früheren Geschwindigkeit auf sie hereinstürzte? Das Foto gab ihr keinen Hinweis.

Nein, einen wichtigen Hinweis gab es doch. Den gleichen, der in ihren lebendigen Augen sichtbar gewesen war an dem Abend, als sich ihre Wege kreuzten.

»Tut mir leid. Ich habe nicht auf den Weg geachtet.«

Eine hübsche junge Frau. Hübsche Augen.

Aber eine geborene Schauspielerin. Diese Augen würden nie mit der Wahrheit herausplatzen. Noch würden sie eben diese Wahrheit in ihrer ungeschminkten Direktheit erkennen. Sie trugen einen komplizierten Schleier, der die Wahrheit veränderte, gleichgültig, ob sie nun von innen oder von außen kam.

Lächelnd wandte sich Christine vom Spiegel ab. Sie bemerkte, daß sie das Buch noch immer in der Hand hielt, und ging zum Regal, um es zu seinen eselsohrigen Kollegen zu stellen.

Ihr Blick blieb einen Augenblick an der kleinen Sammlung hängen, deren Inhalt ihr vertraut war wie ihre eigenen Gedanken.

Die Bücher enthielten eine Welt. Die einzige, die Bedeutung hatte, ohne Zweifel. Und nun war das Schicksal der unbekannten Annie Havilland mit diesen Büchern verwickelt.

Wie bereits Christine verwickelt war.

Es waren die vollständigen veröffentlichten Werke von Damon Rhys.

ZWEITES BUCH

Engel

1

Schon in ihren frühesten Erinnerungen nahmen Aletheas Freunde sie mit ins Bett.

Die drei aßen zusammen – Pizza, Hamburger, Kartoffelsalat –, gingen ins Kino oder zu einer Sportveranstaltung und kehrten anschließend in das Hotel oder das möblierte Zimmer zurück, wo sie schliefen.

Christine hörte dann immer die Liebesgeräusche der Erwachsenen: das atemlose Grunzen des Mannes, Aletheas Stöhnen oder ihr eigenartiges, plötzliches Schweigen. Schon als Baby hatte sie gelernt, sie nicht mit ihrem Weinen zu unterbrechen, denn sie hatte Angst vor den harten, strafenden Schlägen der Mutter.

Wenn Alethea unterwegs war, fickte ihr Freund – einer aus der schier endlosen, gesichtslosen Reihe, kenntlich vielleicht an einem unheimlichen Schnurrbart, einem angenehmen Geruch oder einem fehlenden Finger – Christine.

In diesen Augenblicken wurden die Unterscheidungsmerkmale der Männer unbedeutend, denn der Schmerz, den sie verursachten, war immer der gleiche, ebenso wie ihre knappen Entschuldigungen oder vieldeutigen Warnungen. Sie hielt ihre Augen immer geschlossen.

Es gab Ausnahmen, die sie nicht anrührten. Sie fragte sich, warum, und war beunruhigt. Denn in ihrem kindlich-naiven Verständnis der Erwachsenenwelt nahm sie an, daß man sich von den Männern weh tun lassen müsse, um sich ihre Achtung und ihre Zuneigung zu erwerben. Oder zumindest um Schläge zu verhindern.

In ihrem fünften Lebensjahr war das Fleisch zwischen ihren Beinen in eine Art träumerischer Vergessenheit geraten, ohne Gefühl, weit entfernt von ihrem übrigen Körper und vor allem von ihrem Verstand.

Im siebten hatte ihr ganzer Körper mit ihr selbst sowenig zu tun wie eine Landkarte mit dem Land selbst.

Sie erkannte – denn sie hatte bereits ihre eigenen Kunden –, daß sie ihren Körper sauberhalten und auf ihn achtgeben mußte, schließlich bedeutete er bares Geld für Alethea. Und daß sie bestimmte Tricks mit ihm vollführen mußte, um ihn noch wertvoller zu machen und Bestrafung durch ihre Mutter zu vermeiden.

Aber das alles wurde immer einfacher, denn dieser Körper gehörte ihr ja eigentlich nicht mehr.

Die unterschiedlichen Empfindungen wurden von Gesetzen bestimmt, denen sich Christine mit der kindlichen Fähigkeit des Hinnehmens unterwarf. So konnte sie es angenehm empfinden, wenn sie sich an einem Kronkorken schnitt oder das Knie an einem Tisch anschlug. Aber wenn ein Mann ihr zwischen den Beinen, im Anus oder an den Brustwarzen weh tat, war es, als würde sie in einem Buch lesen, daß die Pest im vierzehnten Jahrhundert in Europa ein Viertel der Leute getötet hatte, oder in einer Zeitung, daß bei einer Massenkarambolage auf der Autobahn zwölf Menschen umgekommen waren.
Freude waren eine Pizza, Krapfen, Fernsehen, dem man zusehen konnte, während sich die Erwachsenen im Zimmer nebenan beschäftigten. Ein warmer Heizkörper im Winter, ein spritzender Hydrant im Sommer, die Stoffpuppe, deren Füllung von Sicherheitsnadeln und Hoffnungen zusammengehalten wurde.
Schmerz war Alethea.

Die Herausforderung des Lebens war eigentlich ganz einfach. Man mußte nur Alethea aus dem Weg gehen, bis ihr Verhalten darauf hinwies, daß man sich ihr gefahrlos nähern konnte.
Aber dieses Verhalten konnte vieldeutig sein, trügerisch. Bei zwei von drei Gelegenheiten konnte man sich täuschen.
Wenn Alethea mit strahlenden Augen ihre Arme ausstreckte und ihre sandfarbenen Locken fröhlich wippten, während ihre Finger winkten, dann mochte man zögernd näher kommen, angezogen von den Verlokkungen der fremdartigen, süßen Liebkosungen, die sie manchmal bot. Aber sobald man dann in ihrer Reichweite war, wurden ihre Augen grausam, ihre Stimme hart, und ein schmerzhaftes Kneifen war der Lohn für die Naivität.
Obwohl man wußte, daß es am besten war, ihr aus dem Weg zu gehen und sie ihre Wut im Streit mit ihrem jeweiligen Freund ausleben zu lassen, verlangte sie doch immer herrisch eine gewisse Anzahl Umarmungen, quasi als Tribut, und machte einem tagelang Vorwürfe, wenn sie sie nicht bekam.
Sie winkte immer mit einer Hand und hielt mit der anderen ein Geheimnis hinter dem Rücken versteckt.
»Rat mal, was Mammi für dich hat?«
Ein kleines Geschenk? Eine Strafe? Man zögerte, gewarnt von früheren Fehlern. Aber Nachdenken brachte wenig, denn Alethea war einem immer einen Schritt voraus.
Wenn man näher kam, sprang die versteckte Hand plözlich vor, packte

einen an der Taille, und leise Verwünschungen klangen einem im Ohr, während Aletheas Hand da kniff und zwickte, wo es am meisten weh tat.

Wenn man sich ängstlich in die Ecke drückte, brachte sie plötzlich einen Schokoriegel zum Vorschein und warf ihn in den Abfalleimer.

»Wenn du deine Mutter so behandelst, dann kann ich es ja wegwerfen. *Ich* mag ja dieses verdammte Ding bestimmt nicht.«

Und da lag dann dieser immer noch verpackte Riegel stunden-, manchmal tagelang griffbereit am Boden des Abfalleimers, eine Versuchung, der man kaum widerstehen konnte. Man konnte es sich spät am Abend oder früh am Morgen holen. Aber wenn man es tat, bemerkte Alethea es sicher und strafte hart.

So ließ man den Köder liegen. Am Ende der Woche verschwand dann die verführerische Süßigkeit zusammen mit dem Abfall.

Während sich Christine die Haare bürsten ließ, die ihr blond und geschmeidig auf die Schulter fielen, hörte sie manchmal die weiche Stimme flüstern: »Du bist wirklich eine Schönheit. Du wirst dich um mich kümmern, wenn ich alt bin, oder?« Und die Finger verströmten eine angenehme Wärme auf ihrer Schulter, die zu betörend war, um ihr widerstehen zu können.

Aber der Gedanke an ihren Verfall hatte Alethea wütend gemacht. Dann riß die Bürste heftig an den Haaren ihrer Tochter, und die nun grausamen Finger packten ihr schmales Handgelenk.

So oft verschwand das letzte Plätzchen, die letzten paar Pommes frites, das letzte Stück Pizza im Abfall, wenn einem der Magen immer noch knurrte! Und Alethea wußte es, sie wußte es immer. Man lernte, den Hunger sogar vor sich selbst zu verstecken, denn sonst öffnete er nur Türen zu einem schmerzvollen Kampf, den man nicht gewinnen konnte.

Durch das Leben mit Alethea wurde man zu einer vollkommenen Taktikerin, die es perfekt beherrschte, auf Eierschalen zu gehen. Obwohl man wußte, daß der Kampf von vorneherein an einen stärkeren und gerisseneren Gegner verloren war, tat man doch sein Bestes, den Schaden so gering wie möglich zu halten und sich kleine Freuden, kleine Vorteile zu verschaffen.

Und man überlebte.

Christine hätte sich nie träumen lassen, daß es auf dieser Welt Kinder gab, für die nächtliche Monster, dunkle Keller, unheimliche Männer und der Tod Gefahr bedeuteten – aber nicht ihre Mutter.

Solche Kinder, wenn sie wirklich existierten, gehörten zu einer anderen Rasse.

So folgte ein Jahr dem anderen.
Während ihre Reisen sie in ein Dutzend Städte von Cleveland bis Baltimore führten, veränderte sich die Umgebung nur unmerklich. Es war immer entweder die graue Straße vor einem Hotel oder einer Pension in der Innenstadt oder die Betonfläche von Autobahn und Parkplatz vor einer Raststätte. Christine freute sich immer auf den Winter in Miami, wo sie am Strand spielen konnte, während Alethea unter den Touristen nach Kunden Ausschau hielt.
Die Tage glichen sich alle. Es gab Krapfen zum Frühstück, Hamburger zum Mittag, unbestimmte Zeiten des Alleinseins, wenn Alethea mit ihrem Freund beschäftigt war – und fremde Männer mit Händen und Mündern und Penissen, die Schmerzen verursachten. Schmerzen, die sie nicht spürte.
Alethea gab ihr nie einen Gutenachtkuß. Bis sie im Fernsehen von Geburtstagen hörte, wußte sie gar nicht, daß es sie gab. Später erfand sie einfach ein Geburtsdatum, damit sie ihre Versicherungskarte bekam.
Es gab kein Thanksgiving und kein Weihnachten, außer wenn einer von Aletheas Freunden beim Essen in einem Restaurant oder im Hotelzimmer eine witzige Bemerkung darüber machte. Halloween, Ostern oder der Vierte Juli waren fremdartige Rituale, die nur die Figuren der Fernsehserien kannten.
Christine hatte von Alethea noch nie ein eingewickeltes Geschenk bekommen. Deren Großzügigkeit beschränkte sich auf ein paar Münzen an Tagen, da sie gut verdient hatte. Geschenke erhielt sie nur von Männern. Kleine Spielsachen, Armbänder, Tand – und so unpassende Dinge wie kleine Schnapsflaschen, Taschenmesser, Schlüsselanhänger, Aschenbecher.
Charlie, der netteste von Aletheas Freunden, zog sich gerne schön an und ging groß zum Essen aus. Er bestellte dann das Kindermenü für Christine, und manchmal lud er sie auch alleine zum Eisessen ein. Sie saß dann immer auf seiner Schulter, während sie in der Schlange warteten. Von ihm bekam sie auch Kaugummis, saure Drops, ein Band für ihre Haare und, sehr feierlich, die Stoffpuppe.
Wenn er sie mit ins Bett nahm, war er zärtlich und langsam.
»Tu ich dir weh?«
Sie schüttelte den Kopf. »Nein.«
Er fuhr ihr gern mit seinen schweren Fingern durch die feinen Haare. In gewisser Weise schien er sie zu vergöttern. Sie wußte nicht, was sie davon halten sollte.

Es gab keine Rollschuhe, keine Puppenhäuser, keine Teddybären. Nur die Kleider, die Alethea sehr sorgfältig aussuchte, damit der schlanke Körper ihrer Tochter auch zur Wirkung kam, die Kämme und Haarnadeln, die winzigen Slips und Strapse – und die Männer.
Christine sah und hörte das meiste, was Alethea mit ihren Kunden tat, und lernte sehr bald, es auch selber zu tun.
Sie merkte, daß die Männer, obwohl ihre Handlungen körperlich waren, alle Träumer waren. Sie kamen zu Alethea, um vorzugeben, sie würden strafen oder bestraft werden. Ihre große Sehnsucht war die nach Schmerz und Erniedrigung. Christine lernte, sie zu erleiden und zu geben.
So gesellten sich ihre Kleider und Schlüpfer, Schuhe und winzige Strümpfe zu den Peitschen und Schnüren und Dornen ihrer Mutter, als Fortsetzung ihrer jungen Genitalien, dem Zentrum ihrer Gleichgültigkeit. Ihre Stimme und ihr Körper gehörten Fremden, die sie in kurzen, säuerlichen Augenblicken genossen und sich dann wieder mit den Schatten außerhalb ihrer vier Wände vermischten.
Was ganz alleine Christine gehörte, war die intime Leere in ihr. Sie machte sie sicher, denn sie machte sie tot.

Mit neun war sie ein Wesen, das nirgends einzuordnen war. Oft verdiente sie pro Woche soviel wie ein bürgerlicher Angestellter; sie kannte viele grundlegende Dinge nicht, mit denen andere Kinder bereits in viel früherem Alter vertraut waren, aber sie wußte von Wahrheiten, die andere Kinder glücklicherweise nie erfahren würden.
Sie wußte, wie sie Männer dazu brachte, ihren Samen in die Hose zu spritzen, indem sie nur ihren Rock ein wenig hob und sie aus halbgeschlossenen Lidern heraus verführerisch ansah.
Sie wußte nicht, wie man Himmel und Hölle spielte.
Sie konnte mit dem Bus, einem Taxi oder der U-Bahn zu einem entfernten Hotel fahren, ein Zimmer finden, in dem ein vollkommen Fremder sie fickte und mit einem Umschlag voller Geld wieder wegschickte, und dann in der Dunkelheit wieder nach Hause zurückkehren.
Sie konnte nicht Fahrrad fahren.
Sie hatte nie Malkreiden besessen oder ein Malbuch, ein Federmäppchen oder ein Sparschwein. Sie wußte nicht, was Ferien waren, eine Pyjama-Party oder ein Ferienlager.
Sie hatte noch nie eine Schule von innen gesehen.
Aber dennoch hatte sie einen klugen, nach innen gewandten Verstand. Auf ihre Art war sie ein Philosoph.

Ihr stummes Starren auf die Fernsehversion der Wirklichkeit ließ sie erkennen, daß die Menschheit als Ganzes ihre Leidenschaften und Schwächen auch nicht besser und nicht schlechter verbarg als ihre oder Aletheas Kunden. Das ordentliche Erscheinungsbild der Welt stand auf einem unveränderlichen Fundament von Gewalt und Hunger, so wie die sauberen Anzüge der Kunden schuldbewußte, schmutzige Gedanken versteckten.

Überleben bedeutete geistige Klarheit. Erfolg bedeutete ein scharfes Auge, um Möglichkeiten zu erkennen, die Illusionen der anderen zum eigenen Vorteil auszunützen.

Christine tat die Arbeit einer Frau mit dem Körper eines Kindes. Es kam ihr nie in den Sinn, daß das Leben ihr die Welt eines Kindes vorenthalten hatte.

Aber während sie reifer wurde, erkannte sie, daß sie die natürlichen Gaben und die Intelligenz besaß, die sie brauchte, um außerhalb Aletheas Welt zu leben.

Sie wußte, daß sie noch zu jung war, um in der Welt allein und ohne einen Freund, der sie beschützte, zu überleben. So wartete sie den richtigen Augenblick ab, konzentrierte sich auf den diplomatischen Umgang mit Alethea und bereitete sich im stillen auf das Leben außerhalb dieser engen Welt, die sie kannte, vor.

Ihr Körper erblühte früh.

Mit zwölf bereits erhöhten pubertäre Knospen den Reiz ihrer reinen, blonden Schönheit.

Alethea wurde immer eifersüchtiger auf sie, war immer mehr versucht, sie zu strafen. Aber sie ließ sich abschrecken von den Augen des kleinen Mädchens, die sie abschätzend zu beobachten schienen, und von dem unbeugsamen Willen, den sie hinter der ruhigen, äußeren Schale spürte. Sie fürchtete, eine wütende Christine könnte sich auf eine Art rächen, die ihr gefährlich werden konnte. So schlug sie sie weniger oft und behielt sie nur scharf im Auge.

Eines kalten Morgens in ihrem dreizehnten Lebensjahr schlüpfte Christine aus dem Motelzimmer in Cleveland, wo Alethea und ihr Freund schliefen. Sie nahm alles Geld mit, das sie fand, und fuhr per Anhalter nach Miami.

Erinnerungen an ihr Leben mit Alethea nahm sie nicht mit. Die Stoffpuppe blieb auf ihrem Bett in dem Motelzimmer. Auch die wertlosen Kleinigkeiten, die Ringe und Glücksbringer ließ sie zurück.

Aber versteckt ganz unten in ihrer Handtasche, unter den Geldschei-

nen, die sie Alethea gestohlen hatte, lag das einzige, von dem Christine sich nicht trennen wollte.
Es war ein Foto.

Mit acht hatte sie es entdeckt. Es steckte lose in einer Seitentasche von einem von Aletheas Koffern. Damals waren sie mit Phil zusammen, ein brutaler Liebhaber bei Christine und ein Mann, der sich mit Alethea verzweifelt um Geld stritt.
Das verblichene Automatenfoto zeigte eine jugendliche Alethea mit einem kräftigen, etwa dreißigjährigen Mann.
Er hatte lange, sandfarbene und ziemlich krause Haare und klare, kleine Augen, die mit einer grimmigen Eindringlichkeit strahlten, obwohl der Mann offensichtlich betrunken war und vor der Automatenkamera mit Alethea posierte.
Er trug ein Wollhemd unter einer Armeejacke. Ein struppiger Bart bedeckte Kinn und Wangen. Die Finger auf Aletheas Schulter waren lang und erstaunlich sensibel.
Christine war beeindruckt von dem eigentümlichen, schwelenden Glanz in den Augen des Fremden. Wenn das Bild die Wahrheit sagte, dann war er etwas Besonderes.
Aber Christine hatte schon in vielen Männeraugen eigenartige Blicke gesehen. Dahinter, das wußte sie, lauerte die unausweichliche, simple Lust.
Sie legte das Foto wieder zurück und dachte nicht mehr daran.
Zwei Jahre später entdeckte sie ein Bild des Mannes in der Magazinbeilage der Chicagoer *Tribune*.
Sie schwärmte für Zeitungen. Als Kind hatte sie sich immer Puppen daraus geschnitten. Es war faszinierend, die Welt zu zerlegen und als Spielfigur wiederaufzubauen. Hinter dem lächelnden Gesicht ihrer Papierpuppe erkannte sie, wie ein Stückchen aus einem Puzzle, Ausschnitte aus Krieg, Hungersnot, Feuer oder Unfall.
Später lernte sie dann, mit einer Art freischwebender Aufmerksamkeit durch die Zeitung zu blättern, und es beruhigte sie, daß die geschäftige Welt an ihren Augen vorbeizog, ohne sie zu berühren. Sie stahl sich immer um sechs Uhr morgens aus dem Zimmer, kaufte sich die Zeitung und saß dann träge lesend im Bett, wenn Alethea und ihr Mann erwachten.
Aber nun plötzlich war der Fremde von dem Automatenfoto in der Sonntagsbeilage der Zeitung. Er sah älter und massiger aus, seine Haare waren grau geworden. Aber er hatte immer noch diesen durchdringen-

den, leuchtenden Blick, der die Kamera fast arrogant zu fixieren schien. Er sei ein berühmter Schriftsteller, las Christine. Damon Rhys hieß er, und sein Roman *Talebearer* hatte eben den Pulitzerpreis gewonnen. Der Autor des Artikels hielt ihn für den besten Schriftsteller Amerikas, ja vielleicht für den größten lebenden Autor der Welt.

Der Artikel brachte auch einige biografische Daten. Rhys befaßte sich seit vielen Jahren mit dem Theater, und er schrieb immer noch Stücke, die so berühmt wurden wie seine Romane. Zwei berühmte Hollywoodfilme waren nach seinen Drehbüchern entstanden.

Danach folgte ein Interview. Rhys hatte eigenartige Ansichten. Sie beeindruckten Christine mehr durch ihre poetische Beredsamkeit als durch ihren Inhalt, der für ihren Kinderverstand noch viel zu abstrus war.

»Die Leute glauben, Mensch zu sein heißt, in einer hübschen, beschützenden Schale zu leben, bis eines schrecklichen Tages der Tod kommt und sie bestraft, indem er die Schale und damit sie selbst zerdrückt«, sagte Rhys. »Aber die Wahrheit ist genau entgegengesetzt: Nur durch den Zerfall und Zusammenbruch der Schale, durch das tägliche Sterben können wir wachsen und lernen und zu einem neuen Menschen werden.«

»Und deshalb«, schloß er, »ist die Welt voller Lügner mit geschminktem Gesicht: Leute, die die Wirklichkeit des Lebens und der Zeit in ihnen selbst leugnen, weil sie wissen, daß sie zerstört, was sie im Augenblick sind, um ein Morgen möglich zu machen. Mit einer Maske vor dem Gesicht verstecken sie sich unter ihren Mitmenschen, weil sie glauben, daß sie zu einer Rasse gehören, deren Mitglieder sich untereinander so ähnlich sind wie Erbsen in einem Topf. Und sie versuchen alles, um zu vergessen, daß ihnen dieses Sterben niemand abnehmen kann und daß ihre Zukunft alleine ihnen winkt, ob sie es nun wollen oder nicht.«

Christine las die Worte unkritisch, wie das Evangelium einer fremden Religion. Sie merkte, daß sie sie auswendig wiederholte, während sie den Artikel ausschnitt. Dann holte sie das Foto aus Aletheas Koffer und bewahrte es zusammen mit dem Artikel im geheimsten ihrer Verstecke auf.

Die Vorstellung, daß Alethea einige Zeit am Theater verbracht hatte, faszinierte sie. Vielleicht hatte sie ihn dort getroffen.

Nach dem Artikel schrieb Rhys oft über sich ausdehnende Lebensbahnen und zufällige Überschneidungen. Christine sah in der Tatsache, daß er, über Alethea und das Foto, ihr Leben berührte, ein mystisches Ereignis.

Aber vielleicht, so phantasierte sie weiter, war diese Überschneidung sogar der Ursprung ihrer Existenz.
Warum eigentlich nicht? Sie hatte blonde Haare, wie Rhys in seiner Jugend offensichtlich auch. Ihre Augen waren blau wie die seinen. Und Alethea, die gleichgültigste aller Frauen, hatte das Foto aufbewahrt. Warum?
Doch nur, weil er ihr etwas bedeutete.
Doch nur, weil er der Vater ihres Kindes war.

Ihr Bewußtsein vergaß diese Theorie wieder, aber sie verbarg sie in sich, so wie sie das Foto an einem Ort versteckt hatte, wo Alethea es nicht finden konnte.
Und sie begann Taschenbuchausgaben von Rhys' Büchern zu kaufen. Obwohl sie viel zu anspruchsvoll für sie waren, las sie sie mit einer gläubigen Hingabe, wie ein Kind, das eben die Religion entdeckt hat, die Bibel verschlingt.
Und wie ein Eiferer, der in einem atheistischen Staat im Untergrund lebt, fürchtete sie, ihre Verwicklung in den verbotenen Glauben könnte entdeckt werden. Sie konnte immer nur jeweils ein Buch sicher verstekken, und so warf sie jedes wieder weg, nachdem sie es einige Wochen oder Monate gelesen hatte, und ersetzte es durch ein anderes.
Die Bücher enthielten Erzählungen, Romane, Dramen und Drehbücher. Sie erzählten sonderbare Geschichten von Besessenheit und Verderben, und einige von ihnen ließen Christine in der Nacht nicht schlafen, denn sie war noch Kind genug, sich von Sachen erschrecken zu lassen, die eher weniger tragisch waren als ihr eigenes Leben.
Je älter und reifer Christine wurde, desto intellektueller und zwanghafter wurde ihre Versunkenheit in Rhys' Welt. Die Verbindung zwischen seinen komplexen Werken und ihrem jungen Verstand war seine Sicht der menschlichen Rasse als geborene Träumer und Heuchler, als Lustsuchende, die in Angst vor der Unordnung lebten, aber den Zusammenbruch der Wirklichkeit hinter ihrer geordneten Welt nicht sahen.
Rhys sah Chaos, wo andere nur kleine, korrigierbare Risse im Panzer menschlicher Kontrolle, menschlicher Macht sahen. Und Christine, die im Fernsehen Bilder bürgerlicher Sicherheit sah und danach grunzende Pädophile befriedigte, die Papierpuppen aus Zeitungen voll von Gewalt und Grausamkeit schnitt, erkannte die Wahrheit, die Rhys beschrieb.
Es war keine Wahrheit, die beschützte und tröstete. Es war eine Wahrheit, die brannte wie Säure und die nichts bot, womit man die Illusionen, die sie zerstörte, ersetzen konnte.

Das heißt, nichts außer der makabren Schönheit der Einsamkeit, des Kopfüberstürzens in ein persönliches Schicksal, das von den anderen weit entfernt war und für sie auch keine Bedeutung hatte. Ein Schicksal, das aus der Zerstörung des augenblicklichen Selbst entstand.

Nur Rhys stellte sich dem Leben, wie es wirklich war. Er sah die menschlichen Schwächen, die das Rohmaterial für Aletheas Beruf waren, die Männer mit ihren Phantasien von Schuld und Erniedrigung zu solchen Frauen trieben.

Rhys wich vor der Grausamkeit des Lebens nicht zurück. Er riß sich selbst auf und ließ das Gift in sich ein, darauf vertrauend, daß Erlösung – oder zumindest Wirklichkeit – genau aus dieser Gewalt entstand.

Christine verschlang seine Bücher eins nach dem anderen, und sie merkte überrascht, daß sie sich so leicht an ihren Inhalt erinnerte wie an den Geschmack eines vertrauten Essens oder an das unverwechselbar stechende Aroma von Gras, Regen und Rauch.

Zum erstenmal in ihrem Leben war ihr Verstand zum Leben erwacht und hatte in der Außenwelt ein Echo ihrer eigenen Erfahrung entdeckt. Innerlich begeistert entschied sie, daß Rhys' Begegnung mit Alethea mehr als nur ein geheimnisvolles Ereignis der Vergangenheit gewesen sei. Sie war der Schlüssel, der die Tür zu ihrem zukünftigen Leben aufschloß.

Als die Zeit gekommen war, Alethea zu verlassen, vernichtete sie den vergilbten Zeitungsausschnitt mit Rhys' Interview. Sie wollte keine Spuren ihrer Verbindung mit ihm hinterlassen.

Denn schließlich gehörte er ja nicht eigentlich zu der Welt, die sie nun hinter sich ließ.

Er war die Zukunft.

Christine sollte erfahren, daß die diplomatischen Fähigkeiten, die sie in den Jahren mit Alethea gelernt hatte, ihr sehr zugute kommen würden. Und daß es nur wenige Probleme im Leben einer Frau gab, die nicht mit dem geschickten Einsatz ihres Körpers zu lösen waren.

Kaum eine Stunde nach ihrer Ankunft in Miami lernte sie Johnny kennen, einen schnellen, jungen Zuhälter, der ihr unter den Touristen, Spielern und dem Servicepersonal Kunden verschaffte. Er bot ihr eine Unterkunft, schlug sie oberflächlich und weigerte sich, ihr Taschengeld zu geben.

Sie blieb so lange bei ihm, bis sie sich eingelebt und ihn mit ihrer kindlich-naiven Art im Bett und ihrer raffinierten Imitation einer unselbständigen Heranwachsenden unaufmerksam und arrogant gemacht hatte.

Sobald der richtige Augenblick gekommen war, lief sie mit allem Geld, das sie von ihm stehlen konnte, weg und fand einen neuen Zuhälter namens Frank, vor dem Johnny, wie sie wußte, Angst hatte, weil Frank die besseren Verbindungen zur Unterwelt von Miami besaß. Über Nacht bekam sie eine neue Garderobe, bessere Kunden und eine gründliche Ausbildung im Erpressungsgeschäft, die ihre Jugend und die Angst der Kunden vor Vergewaltigungsklagen sehr erleichterte.

Die Grundlagen waren geschaffen. Christine blühte auf als junge Frau und als Prostituierte. Ausgestattet mit dem schicksalhaften Talent, nur auf sich selbst zu vertrauen, war sie ihre eigene beste Freundin und Beschützerin.

Sie wußte, daß ihre Verdienstmöglichkeiten über Franks beschränkten Horizont weit hinausgingen. Als er dann mehr zur Behinderung denn zur Hilfe wurde, befreite sie sich von ihm, wobei sie die Miami-Familie dazu benutzte, ihm seine Grenzen zu zeigen, als er sie aufhalten wollte.

Mit sechzehn war sie eine perfekte Professionelle mit einem für ihr Alter erstaunlich analytischen Verständnis ihres Gewerbes. Da sie außerhalb des Gesetzes arbeitete, wußte sie, daß sie sich mit vier verschiedenen Interessengruppen arrangieren mußte: den Zuhältern, den Kunden, der Polizei und der Unterweltbande.

Jeder Zuhälter, das wußte sie inzwischen, hatte seine individuelle Schwäche. Der eine war habgierig, der andere dumm, der eine ein Drogensüchtiger, der andere ein Spieler. Aber alle waren sie egoistisch, arrogant und verachteten die Frauen. Sie glaubten, alle Huren seien von Natur aus fügsam, abhängig und berechenbar. Und das war ihre Achillesferse. Denn eine intelligente Frau konnte sie jederzeit überrumpeln und nach ihrem Gutdünken manipulieren.

Die Kunden waren eigenartigerweise im Grunde aus demselben Stoff wie die Zuhälter. In den Phantasien, die sie mit den Huren auslebten, zeigten auch sie ihre insgeheim gehegten Vorstellungen über die Frauen – sei es nun als spöttische Peinigerinnen mit Peitschen und hohen Absätzen oder als sich windende Opfer. Sie waren leicht zu kontrollieren und später auch zu erpressen, denn die sexuelle Macht ihrer Phantasien lenkte sie von der Realität ab, und sie würden alles tun, um diese Phantasien zu verbergen.

Die Bande war der wichtigste Faktor in dieser Gleichung. Deren Häuptlinge gingen mit allen im Gewerbe ohne Ansehen des Geschlechts um. Eine geschickte Professionelle mußte die Bande mit ihrer Verläßlichkeit, ihrem gesunden Menschenverstand und Gerechtigkeitssinn, ihrer Willigkeit und ihrer Selbstachtung beeindrucken.

Und die Bande kümmerte sich um die Polizei.

Sobald Christine dies begriffen hatte, brauchte sie nur noch auf ihre Fähigkeiten zu vertrauen und konnte im Spiegel zusehen, wie sie von Tag zu Tag schöner wurde.
So oft wie nötig legte sie sich einen neuen Zuhälter zu, entdeckte seine Schwächen und schlug ihn dann in den Bann ihres speziellen Charmes, während sie Abhängigkeit von ihm heuchelte. Wenn er ihr nicht mehr nützte, löste sie sich von ihm. Und wenn dieser Schritt Gewalt in der einen oder anderen Form verlangte, schreckte sie nicht davor zurück.

Dann kam Tony. Zu dieser Zeit hatte sie bereits im ganzen Osten und Mittelwesten einen soliden Ruf als ehrliches, verläßliches Mädchen, die auf sich selbst aufpaßte, sich nicht einschüchtern ließ und Expertin war für hochklassige Prostitution und Erpressung.
Tony hatte einige Schwierigkeiten, sie von Joseph Mancini loszueisen, ein alternder Patriarch, der einige Dutzend Frauen laufen hatte. Sie kostete Tony einige hunderttausend Dollar in Drogen und Einflußsphären. Aber er glaubte, sie sei es wert. Sie war erstaunlich schön, noch gut für mindestens zehn Jahre, eloquent und – das wußte er aus eigener Erfahrung – Dynamit im Bett.
Aber er ahnte nicht, daß Christine seit ihren ersten gemeinsamen Nächten gewußt hatte, daß Tony der Mann war, nach dem sie die ganze Zeit gesucht hatte. Der wilde, gehetzte Blick in seinen Augen hatte sie überzeugt. Er würde mehr tun als sie nur beschützen und über ihre Karriere wachen. Er würde sich von ihr beherrschen lassen.

Inzwischen war Alethea kaum mehr als ein Schatten in ihrem Gedächtnis, ein Bild aus einem anderen, früheren Leben. Seit ihrer Flucht hatte sie nichts mehr von ihr gehört. Es schien alles schon hundert Jahre vergangen zu ein. Die Schmerzen, die Alethea ihr zugefügt hatte, waren längst ausgelöscht von der Kraft ihres entschlossenen Willens und ihrem vorwärtsschauenden Wesen.
Die Vergangenheit hatte für Christine praktisch aufgehört zu existieren. Nur ein Symbol war noch übrig von ihrer Jugend, und es lebte weiter in ihrer Vorstellung.
Es war das Gesicht von Damon Rhys.
Sie hatte sich alle seine Bücher wieder gekauft. Sie las sie sorgfältig, und während die Zeit ihren Verstand immer mehr reifen ließ, begriff sie neue Nuancen seiner Ideen. So wuchs er mit ihr, und die Vervollkommnung seiner Kunst wurde erhöht durch die Veränderung ihres Blicks.
Sie verwarf ihre kindische Vorstellung, daß er ihr Vater sei. Denn wie

sollte man auch aus Aletheas Hunderten von Liebhabern einen einzigen für diese Rolle auswählen? Und außerdem hatte Alethea selbst die blauen Augen und die hellen Haare, die Christine geerbt hatte.
Nein, die Frage nach ihrem Vater würde immer hypothetisch bleiben. Es war am besten, wenn der Mann, der für ihre Existenz auf diesem Planeten verantwortlich war, ein Phantom blieb, dessen Existenz man nicht ernst nehmen konnte.
Außerdem gefiel ihr ihre verwaiste Einsamkeit. Sie bestätigte Rhys' Theorie, daß das Schicksal jedes einzelnen von dem eines anderen unabhängig war und daß man, wenn man nur den Illusionen, an die sich die menschliche Rasse in ihrem Egoismus so erbärmlich klammerte, aus dem Weg ging, den Weg zum persönlichen Schicksal finden konnte. Man mußte nur eine gewisse, diesem Weg inhärente Gewalt akzeptieren.
Und gerade Gewalt kannte sie doch am besten.
Sie pflegte ihren Körper, schulte ihren Geist und sparte ihr Geld. Und sie wartete. Sie wußte, daß sich eines Tages ihre Wege kreuzen würden und daß sie dann erfahren würde, wohin ihr Leben führte.
Bewußt gestand sie sich nie ein, daß trotz all ihrer Vorkehrungen ein winziger Rest kindlichen Träumens in ihr weiterbestand, in dem sie glaubte, daß Damon Rhys doch persönlich in ihr Schicksal und ihre Zukunft verwickelt sei.
Sie redete sich ein, er sei lediglich ein intellektueller Mentor, eine Herausforderung, ein Hobby.
Aber sie las seine Bücher immer und immer wieder. Und das kleine Automatenfoto steckte weiter in einem Winkel ihres privaten Notizbuchs.
Und sie wartete.

Annie

2

The Hollywood Reporter, 12. Oktober 1969

Kaum eine Woche, nachdem Damon Rhys, Hollywoods Genie mit dem Midas-Zug, die Filmwelt schockierte, indem er die unbekannte Annie Havilland für die explosive Hauptrolle in seinem neuen Film A Midnight Hour *engagierte, sicherte er nun seinem Film eine sensationelle Zukunft, indem er als Miss Havillands Partner keinen geringeren als Eric Shain verpflichtete.*
Informierte Quellen berichten, Shain, der absolute Kassenmagnet der letzten zwölf Jahre und ein vielbeschäftigter Mann, sei von Anfang an für die Rolle des Terry in A Midnight Hour *vorgesehen gewesen, habe sie aber wegen anderer Verpflichtungen nicht annehmen können.*
Eine Woche nach den geheimen Probeaufnahmen, die Miss Havilland die Rolle der Liane brachten, änderte Shain offensichtlich seine Meinung, rief Rhys an und probte auf eigene Bitte mit Miss Havilland in den International-Pictures-Studios in Culver City. Die Tests waren elektrisierend, wie man im Gewerbe sagt, und Shains Agenten unterschrieben augenblicklich den Vertrag.
Rhys und seine Stars stellten sich am Donnerstag auf einer kurzen Pressekonferenz den Fragen. Shain, bekannt für seine Scheu vor Reportern, antwortete mit seiner typischen einsilbigen Vieldeutigkeit, zeigte sich aber erfreut, wieder einmal mit dem Schöpfer von Time Will Tell *zu arbeiten, dem fast schon legendären Rhys-Film, der ihn vor neun Jahren zum Star machte.*
Miss Havilland wurde gefragt, wie sie die doppelte Herausforderung meistern wolle, Damon Rhys' sensationelle femme fatale *vor einem Filmpublikum zu spielen, das noch nie von ihr gehört hat, und dies noch dazu mit Hollywoods größtem Star und männlichem Sexsymbol als Partner.*
Miss Havilland, eine gewinnende, höfliche junge Frau, bezauberte die Reporter mit ihrer Offenheit.
»Als ich das Manuskript zu A Midnight Hour *las«, sagte sie, »glaubte ich, der Rolle der Liane die richtige Linie geben zu können. Jetzt, da ich sie habe, bin ich mir nicht mehr so sicher. Aber Gott sei Dank scheint Mr. Rhys das Vertrauen in mich zu haben, das mir fehlt. Wenn nur ein bißchen davon abstrahlt, dann wird es schon funktionieren.«*

Auf die Frage, wie es sei, neben dem Herzensbrecher Shain zu spielen, antwortete Miss Havilland mit unerwartetem Humor.

»Nun«, sagte sie mit einem scheuen Blick auf ihren Partner, »ich nehme die Schauspielerei sehr ernst. Ich glaube versprechen zu können, daß ich bei den Dreharbeiten sehr professionell und verläßlich sein werde. Wenn Eric Shain meine Schulmädchenschwärmerei zwischen den Aufnahmen ertragen kann, werden wir gut miteinander auskommen. Es würde mich allerdings nicht überraschen, wenn er sich in der Mittagspause so weit wie möglich von mir wegsetzt, damit er in Ruhe essen kann.«

Die Produktion von A Midnight Hour *wird noch diese Woche beginnen, nachdem sie offiziell bei einer luxuriösen Party eröffnet wurde, zu der Internationals mächtiger Harmon Kurth eingeladen hatte. Man erwartet, daß Mark Salinger, Rhys' Mitarbeiter bei vier seiner fünf erfolgreichen Filme, Regie führen wird und daß Duncan Worth, dessen Kameraführung ein wesentlicher Bestandteil des sogenannten »Rhys-Looks« ist, in seiner üblichen Funktion dabeisein wird. Rhys selbst wird die Produktion leiten, und sein langjähriger Partner Clifford Naumes wird der Produzent sein.*

Beobachtern zufolge war das Engagement Eric Shains als Terry – ein weiterer in der Reihe der gehetzten, gebrochenen Charaktere, die seine Spezialiät sind – der letzte Stein des Puzzles, den Rhys brauchte, um mit A Midnight Hour *beginnen zu können. Aber es scheint, daß Rhys selbst Liane für den Schlüssel zu der Geschichte hält. Das heißt, daß Miss Havilland, eine erstaunlich attraktive junge Frau mit viel Charme und sehr natürlicher Sprache, eine Last zu tragen hat, um die sie kaum eine Schauspielerin mit ihrer geringen Erfahrung beneiden dürfte. Sie muß nicht nur einen der explosivsten erotischen Charaktere der letzten fünfundzwanzig Jahre spielen, sondern ihrer Darstellung auch genug Tiefe geben, um mit Hollywoods intellektuellstem und komplexestem Star mithalten zu können, einem Schauspieler, dessen berühmter Sex-Appeal eben aus der Subtilität seiner Charakterisierungen entsteht.*

Für eine aufstrebende Schauspielerin, die an Leinwanderfahrung nur ein paar Werbespots aufweisen kann, wird Liane eine fast unlösbare Aufgabe sein und womöglich ein zweifelhaftes Vergnügen.

Damon Rhys, der wie immer nicht aus der Ruhe zu bringen war, wischte alle Fragen nach der Fähigkeit seines neuen Stars, den Druck zu ertragen, vom Tisch.

»Wartet nur, bis ihr sie seht«, war seine knappe Antwort, während er Miss Havilland väterlich in den Arm nahm. »Sie wird euch die Augen öffnen.«

3

Harmon Kurth saß alleine in seinem privaten Vorführraum, der versteckt im Keller eines Flügels seines Hauses lag. Er hatte den Auftrag gegeben, daß man ihn auf keinen Fall stören dürfe. Die Nummer des Telefons, das neben seinem tiefen Ledersessel stand, kannte nur seine Sekretärin.

Auf der Leinwand vor ihm stand das Bild Annie Havillands als Liane, von einer Probeaufnahme, die sie vor zehn Tagen mit Eric Shain gemacht hatte.

Das einzige Geräusch in dem Zimmer kam aus den Lautsprechern zu beiden Seiten der Leinwand. Mit einem scheuen Lächeln auf den Lippen sah sie zu einer Stelle außerhalb des Kamerablickfelds, wo Shain als Terry stand.

Sie trug ein einfaches Baumwollkleid, das ihre Schlüsselbeine frei ließ und sich um ihren Busen spannte. Barfuß und mit vorgereckten Hüften lehnte sie am Küchentisch. Die Haare fielen ihr auf den Rücken wie die Mähne eines Tieres.

Kurth drückte auf den Startknopf. Der Film begann zu laufen.

»Wo willst du denn hin?« rief sie quer über die Leinwand, mit einem singenden südlichen Akzent in der Stimme. Ihre Knie bewegten sich unter dem Saum des Kleides wie winkende Finger.

»Nach Hause. Ich muß jetzt gehen.« Shain, in Großaufnahme, las seinen Text mit seiner üblichen Mischung aus derbem Charme und verhüllter Vieldeutigkeit. Er benutzte sein gutes Aussehen als perfekten Hintergrund für die Schwächen, die er seiner Figur gab.

Kurth nickte mit geschürzten Lippen. Shain war ein hervorragender Schauspieler. Er war es wert, bei diesem Film mitzuspielen, obwohl er die Kosten um fast eine Million erhöhte. Ohne einen großen Namen hätte der Film durchaus ein Flop werden können. Aber Shain war ein Garant für volle Kassen.

Jetzt kehrte die Kamera in der Totale zu Liane zurück.

»Es ist so heiß. Warum hast du es denn so eilig?«

Das Mädchen schnurrte wie eine Katze. Fast unmerklich streckte sie ihre Glieder. Schon die Geschmeidigkeit ihrer Bewegungen wirkte irgendwie gewalttätig, wie der letzte, vorsichtige Blick eines Raubtiers, das gleich sein Opfer anspringt.

Jetzt senkte sich die Kamera zu ihren langen, schönen Schenkeln und an den Knien entlang zu den nackten Zehen auf dem Holzboden. Sie folgte ihren Füßen, als sie zu Shain ging, und hielt bei ihrem Becken an, als es ihn berührte.

»Komm«, flüsterte sie, und die Kamera zeigte ihre Lippen in Nahaufnahme. *»Ist dir nicht auch heiß?«*

Kurth spürte, wie sein Penis in der Hose steif wurde, als sie sich mit der Zunge über die Lippen fuhr.

Langsam zog sie Shain durch die Schatten ins Schlafzimmer, und ihre nackte Haut war so herausfordernd weiß, daß das Kleid an ihr zu nichts zusammenzuschrumpfen schien. Man konnte den scharfen Moschusduft ihres Geschlechts schon beinahe durch die Kamera riechen.

Kurth traute seinen Augen kaum.

Die Annie Havilland, die er vor zweieinhalb Jahren gefickt hatte, war ein sauberes, aufrechtes kleines Mädchen gewesen, dessen strikte Selbstachtung ihr wesentlichster Charakterzug war. Gerade ihre Unschuld hatte ihn erregt. Er würde nie vergessen, wie athletisch sie vor ihm davongesprungen war und wie es ihn erregt hatte, als Juan sie fing.

Aber jetzt, auf der Leinwand, glänzten ihre Augen vor unverhüllter weiblicher Lust. Die verführerischen Zeilen kamen von ihren Lippen wie ein unsichtbares Spinnennetz, mit dem sie ihre Beute fesselte und tötete. Ihre Sinnlichkeit war so böswillig, daß sogar die Kamera lüstern zu zwinkern schien, während sie auf ihr hängenblieb.

Zum fünftenmal spulte Kurth den Film zurück und betrachtete die Szene von Anfang an. Seine Erregung wuchs mit dem Haß auf das Mädchen auf der Leinwand.

Sie war eine gute Schauspielerin. Zweifellos. Sie war gut ausgebildet, intelligent, und bemühte sich vor allem mit Ehrgeiz um ihre Rolle.

Aber ihre Anwesenheit auf der Leinwand war eine unerträgliche Beleidigung für Kurths Macht. Vor zweieinhalb Jahren hatte er sie ausdrücklich aus Hollywood verbannt. Und dieser Bann trug sein persönliches Siegel.

Und jetzt stolzierte sie mit der Unverschämtheit ihrer Jugend und ihres Talents vor ihm herum.

Dank Damon Rhys. Dieser verdammte Rhys. Er war der einzige Mann im ganzen Geschäft, der ihr hatte helfen können, denn er arbeitete nur nach seinen eigenen Bedingungen und war viel zu sehr mit sich selbst beschäftigt, um die Regeln wahrzunehmen, geschweige denn nach ihnen zu handeln.

Rhys war nicht zu kontrollieren. Seine Filme brachten nicht nur wertvolles Prestige für International Pictures – die Academy war ebenso begeistert von ihm wie die New Yorker Filmkritiker und diese Schwulen

in Cannes –, sondern vor allem auch Geld. Kein Studio konnte so einen Mann gehen lassen.
Aber diese Havilland hatte das wahrscheinlich schon im voraus gewußt. Kurth mußte ihre Gerissenheit bewundern.
Als man sie ihm bei der Eröffnungsparty vorgestellt hatte, war sie an Rhys' Arm gehangen. Rhys, von seinem Coup ebenso betrunken wie von dem Bushmill's, den er gläserweise hinunterkippte, hatte vor Freude gestrahlt.
Sie hatte Kurth ohne ein Zeichen des Wiedererkennens die Hand gegeben; ihr Verhalten war ebenso geschäftsmäßig wie ehrerbietig vor seiner Stellung.
»Ich bewundere seit Jahren Ihre Arbeit«, sagte sie. »Es ist für mich sehr aufregend, hierzusein.«
Aber die eisige Beherrschtheit in ihren silbernen Augen hatte Kurth vor der Gefahr gewarnt. Keine Spur von Feindseligkeit oder von Triumph. Nur die einfache, krude Tatsache, daß sie hier war, in seinem Studio, der Star seiner Produktion, wo er ihr doch ins Gesicht gesagt hatte, daß sie nie in Hollywood arbeiten würde.
Und es war ja erst der Anfang. Das war die eigentliche Bedeutung ihres festen Händedrucks. Sie sah ihren Stern in einer Zukunft aufgehen, die seinen unausweichlichen Untergang bedeutete.
Das konnte nur heißen, daß sie irgendwo in dieser Zukunft eine Möglichkeit der Rache sah.

Wieder hielt Kurth den Film bei dem lächelnden Gesicht des Mädchens an.
Er mußte sie zerstören. Das stand außer Frage.
Aber sie hatte die Rolle. Und wichtiger noch, sie spielte sie sehr gut. Kurth, ein abgebrühter Kenner von Schauspielerinnen, war ehrlich erstaunt über ihre Fähigkeit, Gefühle durch die Kamera zu vermitteln.
Kurth war vor allem ein Profi. In seinen Gedanken und seinen Handlungen stand das Studio an erster Stelle.
Dennoch wollten der Haß in seinem Herzen und das schmerzende Kribbeln zwischen seinen Beinen besänftigt werden.
Es gab nur eine Lösung. Dieses eine Mal wollte er von dem Mädchen profitieren und sie dann vernichten. Erst ausnützen und schließlich zertreten wie Ungeziefer.
Die Lösung verletzte seinen Stolz, denn sie bedeutete, daß er von seiner Drohung vor zweieinhalb Jahren abweichen mußte. Aber sie würde zwei Fliegen mit einer Klappe schlagen: Sie würde einen guten Film für

International bringen und eine ernsthafte Bedrohung seiner Autorität beseitigen.

Kurth überlegte sich die Einzelheiten. Die Wege, die Waffen.

Aber er konnte keinen klaren Gedanken fassen, denn noch stand ihr Bild vor ihm auf der Leinwand, reizte ihn mit ihrer lächelnden Schönheit, ihrem Körper, dem peinigenden Wunschtraum eines jeden Mannes.

Sie war jetzt vielfältig, denn in ihren Augen sah Kurth nicht nur Liane, sondern auch das entsetzte, verzweifelte junge Mädchen, mit dem er sich vor zwei Jahren vergnügt hatte – und dann wieder den kühlen, beherrschten Schützling Rhys', der ihm auf der Party die Hand gegeben hatte und dessen Triumph ein Geheimnis war, das nur sie beide kannten. Und sie war eine hervorragende Schauspielerin – was sie sich offensichtlich in den vergangenen zweieinhalb Jahren erarbeitet hatte –, die sich vollkommen in Lianes beißende Sinnlichkeit versenkte. Jede Pore ihrer Haut atmete Gefahr, hungrige Machtgier – und Sex. Vor allem Sex. Sie, die geborene Verführerin, hatte ihre Waffe gefunden und wandte sie gnadenlos an.

Kurth versuchte nun gar nicht mehr, sich zu konzentrieren; seine Lenden standen in Flammen. Er griff nach dem Telefon und wählte eine Nummer.

»Hallo?«

»Sandra?« fragte er und seufzte erleichtert. »Ich bin's. Komm rüber. Sofort.«

»Hm, ich ... ich meine, ich werde woanders erwartet, Mr. ...«

»Vergiß es. Es wird sich für dich rentieren. Wenn du in zehn Minuten hier bist, gibt's einen Tausender extra.«

Er legte auf, ohne auf die Antwort zu warten. Er atmete schwer, als er die höhnische Gestalt des Mädchens auf der Leinwand ansah.

Und er mußte sich mit Sandras vertrautem Körper begnügen, wo es doch Annie Havillands Blut war, was er wollte.

4

Annies Herz hatte nicht mehr zu flattern aufgehört, seit Eric Shain die Szene betreten hatte, um mit ihr zu proben.

»Ich heiße Eric«, hatte er gesagt und seinen Pullover über die Lehne eines Leinenstuhls geworfen, bevor er ihr die Hand gab. »Ich hoffe, der

kurzfristige Termin hat Ihnen keine allzu großen Umstände gemacht. Schön, daß Sie kommen konnten.«
Es war unmöglich, diesen großen, gutaussehenden, aber sehr menschlichen Fremden mit der überlebensgroßen Leinwandpersönlichkeit in Verbindung zu bringen, die seit mehr als einem Jahrzehnt durch ihre Träume und die der meisten amerikanischen Frauen geisterte. Sie konnte nur beschämt freundlich nicken und abwarten, was kommen würde.
Aber es gab keine Zeit für Vorbereitungen. Nach wenigen gehetzten Minuten standen sie im Scheinwerferlicht mit Damon hinter der Kamera, und als Liane kostete sie zum erstenmal Eric Shaines Lippen.
Sie bezweifelte, daß sie so bald wieder festen Boden unter ihren Füßen haben würde.
Doch die Würfel waren gefallen. So unglaublich es auch schien, sie war zusammen mit Eric Shain der Star in einem Film von Damon Rhys.
Ich habe mich da selbst hineingeritten, sagte sie sich immer wieder. *Jetzt kann ich nur noch beenden, was ich angefangen habe.*
Mit überkreuzten Fingern und zusammengebissenen Zähnen versuchte sie ruhig zu bleiben. Aber das war leichter gesagt als getan.

Nur wenige Schauspieler in Hollywood waren so geachtet wie Shain. Und keiner besaß eine so mächtige Aura.
Seine erste Hauptrolle war die eines bedrückten Jugendlichen in einem leidenschaftlichen, erschreckenden Psychodrama mit dem Titel *The Mirror Game* gewesen. Die für seine Jugend ungewöhnliche Gelassenheit, mit der er die Rolle spielte, hatte ihn über Nacht zur Kultfigur gemacht. Seitdem verglich man seine Wirkung auf die Kinobesucher mit der eines Montgomery Clift oder eines James Dean.
Als Mädchen hatte Annie ihn vergöttert und jeden seiner Filme so oft gesehen, wie sie es sich leisten konnte. Tausend pubertäre Träume drehten sich um sein Bild, und ihr eben erwachendes weibliches Herz schlug schneller bei der Erwähnung seines Namens.
Auf der Leinwand strahlte er einen unbekümmerten Charme und eine fast schon morbide Sinnlichkeit aus. Seine knabenhafte Nettigkeit war überlagert von etwas Alterslosem und Traurigem.
Die Zweideutigkeit seiner Persönlichkeit machte ihn nur noch sinnlicher. Millionen von Frauen wollten ihn umarmen und bemuttern, aber auch hilflos in seinen starken Armen schmachten, wollten mit erwartungsvollen Fingern durch seine dichten, struppigen dunklen Haare fahren und ihre erwartungsvollen Lippen seinem unwiderstehlichen

Kuß öffnen. Die komplexen Stimmungen seiner leuchtend blauen Augen hielten zahllose Verehrerinnen in faszinierter Hypnose.
In seiner Jugend war er ein Kinderstar der Bühne gewesen, hatte sich danach aber ganz dem Film gewidmet. Trotz seines unvergleichlichen Erfolgs und seines fraglosen Talents hatte er noch keinen Oscar gewonnen und war nur einmal für die Auszeichnung nominiert worden. Annie glaubte, der Grund dafür sei, daß er seine großartigen technischen Fähigkeiten hinter seinem hübschen Gesicht und seiner intensiven Leinwandpräsenz versteckte. Seine eigene Persönlichkeit war so magnetisch, daß niemand die Kunst hinter seiner Darstellung erkannte.
Obwohl er bei allen wichtigen Produzenten sehr begehrt war, suchte sich Eric seine Drehbücher sehr sorgfältig aus. Als Resultat schuf er mit jedem neuen Film eine neue psychologische Dimension für sich selbst und eine neue Nuance für die Gesamtpersönlichkeit, die seine Berufung zum Schauspieler begründete.
Er war wirklich eine gequälte Persönlichkeit. Alle Charaktere, die er zum Leben erweckte, waren irgendwie innerlich zerrissen, und ihr oberflächlicher Charme und ihre scheinbare Offenheit verbargen manchmal bis zur Selbstvernichtung gemarterte Seelen.
Es war deshalb nicht verwunderlich, daß er vor neun Jahren in seiner Rolle in *Time Will Tell*, Damon Rhys' zweitem Film, seine Schauspielerkollegen in Angst und Schrecken versetzt hatte. Die Seelenverwandtschaft dieser beiden Männer ließ auf der Leinwand Funken sprühen, denn jeder der beiden sagte etwas aus über die unsichtbaren Schwächen der menschlichen Natur, die das Leben mit der Gefahr, die Liebe mit dem möglichen Untergang vereinigt.
Rhys erhielt in diesem Jahr den Oscar für das beste Originaldrehbuch, und in seiner Dankesrede erhob er Shain praktisch zu seinem Mitautor, denn Shains Gestaltung der männlichen Hauptrolle sei für den Erfolg des Films so wichtig gewesen wie das Drehbuch selbst.
Seit dieser Zeit waren die beiden Männer getrennte, aber gleichermaßen erfolgreiche Wege gegangen.
Doch es war nicht überraschend, daß Rhys seinen berühmten Freund nie vergessen und schließlich für die Rolle des Terry in *A Midnight Hour* ausgewählt hatte.
Und nun hatte Shain, nach anfänglichen, scheinbar unüberwindlichen Schwierigkeiten, die Rolle angenommen.

Annie wußte nicht genau, ob sie in einem Alptraum lebte oder ob ein Wunsch in Erfüllung gegangen war. Allein die Vorstellung, mit Shain

die Leinwand zu teilen, war unglaublich. Schließlich war er seit Jahren der absolute Superstar und sie der sprichwörtliche Niemand.
Schlimmer noch, Shain war das größte Sexsymbol seiner Zeit. Und Annie mußte die fatale Verführerin spielen, die ihn im Film zugrunde richten und zerstören sollte. Wie konnte sie hoffen, eine Figur zu schaffen, die stark genug war, es mit ihm aufzunehmen?
Schon bei den kurzen gemeinsamen Proben hatte sie die sexuelle Anziehungskraft gespürt, die von Shains gestähltem Körper ausging, während seine Instinkte sich an Terry herantasteten, ihn fanden und ihn mit erstaunlicher Sicherheit zum Leben erweckten. Die Jahre, in denen sie ihn in Filmen bewunderte, hatten sie nicht auf das viel intimere Schauspiel vorbereitet, seine Kunst leibhaftig Gestalt annehmen zu sehen.
Und nun wußte sie, daß die Gerüchte über ihn stimmen mußten.
Jeder, der nur entfernt mit Hollywood vertraut war, hatte gehört, daß Shain privat ebenso unwiderstehlich war wie professionell bewundernswert. In den letzten zehn Jahren hatte man ihn mit vielen Filmschönheiten in Verbindung gebracht, von jugendlichen Schauspielerinnen bis zu Stars, die zwanzig Jahre älter waren als er. Keine schien seinem Charme widerstehen zu können. Die Presse war stets voll von verhüllten Andeutungen über seine Ausdauer als Liebhaber und seinem unersättlichen Hunger auf das andere Geschlecht.
Annie sorgte sich kaum, daß sie von ihm verführt werden könnte, denn sie bezweifelte, daß jemand, der so weit unter ihm stand wie sie, ihn interessierte. Aber bereits in den wenigen gemeinsamen Augenblicken hatte sie das instinktive weibliche Verlangen gespürt, ihm zu Hilfe zu eilen und ihn zu beschützen, so zart war die Sensibilität hinter seiner Darstellung.
Es war ein verwirrendes Gefühl, denn sie wußte, daß sie ihn als Liane vernichten mußte. Aber eben weil es so unpassend schien, war es um so beängstigender.
Sie gab sich alle Mühe, diese eigenartigen Gefühle abzuschütteln, um den Kopf klar zu bekommen für die Herausforderung, die vor ihr lag. In zwei Tagen sollten unter Damon Rhys die Leseproben mit Shain beginnen. In weniger als einem Monat war dann Drehbeginn. Man hatte ihr die Chance ihres Lebens als Schauspielerin gegeben, und sie mußte sie nutzen.
Denn etwas sagte ihr, daß es ihre letzte sein könnte.

5

Zu seiner Zeit war Harvey Conklin Hollywoods unsichtbarer Zar gewesen und die Stars seine gehätschelten Sklaven.
Weit über vierzig Jahre lang war Harvey Conklin, obwohl mit verschiedensten Titeln in den Diensten der vier großen Studios, die sich beständig um ihn stritten, für die Außenwelt die einzige und wahre Stimme Hollwoods gewesen.
In dieser Zeit waren fast jedes bedeutende Medienereignis, das zwei Stars in Liebe, Freundschaft oder Feindschaft miteinander in Verbindung brachte, und auch die Gerüchte, die die wenigen Glücklichen mit karrierebeendenden Skandalen besudelten, von Harvey Conklin persönlich orchestriert worden.
Es war Harvey zu verdanken, daß Dutzende von Unbekannten über Nacht zu Stars wurden, Hunderte von mittelmäßigen Filmen sich in Goldesel verwandelten und zahllose Produzenten, Autoren und Regisseure zu plötzlichem Reichtum gelangten – nur um dann ihren Lebensunterhalt wie Champagnerblasen wieder schwinden zu sehen, wenn sie bei ihm in Ungnade fielen.
Auf der Höhe seines Ruhms konnte kein Star von einiger Bedeutung auf seine Karriere zurückblicken, ohne irgendwo Harvey Conklins Spur zu entdecken. Harvey, ein unbescheidener Mann, betrachtete Hollywood als seine Schöpfung und dessen Stars als seine Haustiere.
Die Schrecken der McCarthy-Ära konnten ihm nichts anhaben, nicht nur, weil seine Bedeutung für Hollywood als eine amerikanische Institution unermeßlich war, sondern auch, weil er sich in weiser Voraussicht dazu entschlossen hatte, vor dem Ausschuß als Zeuge auszusagen, und weil er dafür sorgte, daß die Freunde, die ihm noch einen Gefallen schuldig waren, das gleiche taten.
Danach feierte man Harvey als großen Amerikaner. Und den Kommunismus verabscheute er ja wirklich. Aber mehr noch verabscheute er die Vorstellung, daß einer seiner Stars politische Überzeugungen haben könnte, die von der Loyalität zu ihren Studios, zur Hierarchie in Hollywood – und natürlich zu ihm – abwichen.
Und so blieb Harvey vier Jahrzehnte lang ein der Filmindustrie wohlgesinnter Oberbefehlshaber für Tratsch, Gerüchte, Glamour und Skandal. Er war der unsichtbare Zeremonienmeister hinter der Traumfabrik Hollywood.
Aber in der letzten Zeit, als die alte Filmindustrie immer mehr unter dem

unaufhörlichen Druck des Fernsehens, dem Aufstieg unabhängiger Produzenten und dem Zusammenbruch des Starkults litt, litt in gleichem Maße auch Harvey Conklins Macht. Er war der Ehrenbürger einer sterbenden Stadt und der größte lebende Meister einer toten Kunst: dem Erschaffen von Stars.
Und so war der einst unberührbare Aristokrat nun, mit 73, nur noch die verletzliche Hülse seines früheren Selbst, der Besitzer von Macht, die zerbrechlich, und von Einfluß, der dürftig geworden war, so wie die Studios in den Konkurs schlitterten und die Stars, die er erschaffen hatte, in der Vergessenheit versanken.
Aber dennoch klammerte sich Harvey an das, was ihm noch geblieben war, mit sturem, wenn auch schwachem Griff.

An diesem Tag saß Harvey Conklin in dem opulenten Wartezimmer vor Harmon Kurths Penthouse-Büro bei International Pictures.
Er saß nun schon seit dreißig Minuten hier – in seiner großen Zeit wäre das undenkbar gewesen. Die Vorladung in Kurths Büro war knapp und wenig feierlich gewesen – und von dessen Sekretärin gekommen. Es waren unter den gegebenen Umständen nicht eben günstige Vorzeichen.
Schließlich bedeutete ihm die Sekretärin hineinzugehen. Kurth kam nicht zur Tür, sondern drehte sich nur in seinem Bürostuhl um, als der Besuch erschien.
»Harvey!« Er lächelte breit. »Setz dich bitte.«
»Morgen, Harm.« Harvey bemühte sich um einen Ausdruck robuster Kameradschaft, als er die Hand ausstreckte. »Freut mich, dich mal wiederzusehen.«
»Das Vergnügen ist ganz auf meiner Seite«, erwiderte Kurth. »Tut mir schrecklich leid, daß ich dich nicht selbst anrufen konnte. Ich hatte eine dieser verdammten Konferenzen mit dem Gouverneur wegen unserer Steuer und der Zahlungsbilanz des Staates. Es ist ja wirklich eine Last, aber ich muß die Sache bevorzugt behandeln, zu unser aller Gunsten. Wie wär's mit einem Drink, Harvey?«
Der alte Herr hob höflich ablehnend beide Hände. Er wußte, daß er für dieses Gespräch einen klaren Kopf brauchte.
»Nie vor fünf«, erwiderte er lächelnd. »Mein alter Magen verträgt's nicht mehr. Was kann ich für dich tun, Harm?«
Harmon Kurth legte die Finger der aufgerichteten Hände aneinander. Sie waren volkommen bewegungslos, während er in Harvey Conklins farblose Augen sah.
»Nun, Harvey, es geht mehr darum, was ich für dich tun kann.«

Er nahm sich absichtlich Zeit, als er seinen Blick auf den Aktendeckel, der aufgeschlagen auf seinem massiven Schreibtisch lag, richtete. Er schien beim Durchlesen das Überraschungsmoment zu genießen.
»Harvey«, sagte er schließlich und schloß die Akte, »soviel ich weiß, bist du sehr gut bekannt mit einem jungen Chauffeur aus Beverly Hills namens –« er öffnete die Akte für einen Augenblick – »namens Tom Pasnek. Stimmt das?«
Seine Augen waren kalt geworden. Aus seiner zusammengesunkenen Position im Besuchersessel mußte Harvey Conklin hochsehen, wenn er Kurths Blick begegnen wollte.
»Harm«, sagte er schwach. »Ich versteh' das nicht.«
»Der junge Mann arbeitet für einen Konzern namens Prestige Livery, wenn ich mich nicht irre«, fuhr Kurth fort. »Nun habe ich eine sehr einfache Frage, Harvey. Kennst du diesen jungen Menschen?«
Der alte Mann rutschte in seinem Sessel hin und her. Er war blaß geworden, und er sah Kurth flehend an.
»Harm ... Ich weiß wirklich nicht, was ich sagen soll.«
Kurth war aufgestanden und ragte jetzt drohend vor seinem Gast auf. Beim Sprechen kräuselte Abscheu seine sinnlichen Lippen.
»Harvey«, sagte er. »Ich will, daß du eins verstehst. Wir stecken heute alle zusammen in diesem Geschäft, und wir wissen, wem wir zu Dank verpflichtet sind. Und International Pictures wird nicht zulassen, daß eine billige Erpressung einen Mann deiner Stellung in unserem Gewerbe in Bedrängnis bringt – einen Mann, mit dem International viele Jahre lang herzliche und für beide Seiten vorteilhafte Beziehungen unterhalten hat. Das ist das eine.«
Er sah nachdenklich aus dem hohen Fenster auf die entfernten Hügel hinter dem Studiogelände.
»Und genau aus diesem Grund«, fuhr er, sich wieder an Harvey wendend, fort, »dachte ich mir, solltest du wissen, daß gewisse Informationen über deine Beziehung zu dem jungen Mann in unsere Hände gelangt sind. Wo sie herkamen, ist gleichgültig. Wichtig ist nur, daß sie über dieses Zimmer nicht hinausgelangen werden. Ich hab' dich nur hergerufen, um dir das zu sagen.«
Harvey Conklin nickte nachdenklich, zu wachsam, um den Seufzer der Erleichterung herauszulassen, der in ihm brannte.
Er hatte Tom Pasnek eines Tages im letzten Winter engagiert, weil sein gewohnter Chauffeur krank geworden war. Während eines geschäftigen Nachmittags in Beverly Hills waren sie einander ziemlich nahegekommen.

Der junge Mann war so entzückend offen in seinen Meinungen, so bescheiden und ehrerbietig, daß es eine erfreuliche Überraschung gewesen war, als sie schließlich nackt in einem abgeschiedenen Hotelzimmer landeten. Wie sich zeigte, war seine Männlichkeit so beeindruckend wie sein hübsches Gesicht.

Seitdem waren sie Liebhaber. Tom war ein netter Junge. Wenn er ein Erpresser war, dann ein sehr behutsamer, der nur ab und zu um einen kleinen Kredit bat oder kleine Geschenke annahm in Form eines Hemds, eines Gürtels, eines Paars Stiefel oder eines Flugtickets zum Lake Tahoe oder nach Las Vegas, wenn Harvey sich dort aufhielt. Die Affäre war sehr freundschaftlich gewesen, bis auf wenige Kräche zwischen Liebenden. Sie war der ideale Flirt für einen gealterten und etwas zerbrechlichen Schwulen, der einen zärtlichen und gehorsamen Liebhaber brauchte.

Harvey war nie auf die Idee gekommen, daß hinter Tom noch andere Leute stehen könnten. Leute, die weniger freundlich, weniger bescheiden, weniger fügsam waren als er.

Bis jetzt.

Harmon Kurth kehrte zu seinem riesigen Schreibtisch zurück und schlug die Akte wieder auf.

»Harvey«, sagte er ernst. »Hollywood ist nicht mehr der Ort, der er früher mal war. Und die Leute hier können nicht mehr sein, was sie früher waren, oder sich verhalten, wie sie sich früher verhielten, wenn sie überleben wollen. Wir merken, daß wir in der heutigen Zeit zusammenhalten und uns umeinander kümmern müssen. Es ist unser gemeinsamer Ruf, auf den wir achten müssen.«

Wieder schloß er die Akte und sah den alten Mann vor sich an.

»Ein Mann wie du braucht Schutz, Harvey«, sagte er. »Und wir von International sind froh und stolz, ihn dir bieten zu können. Drücke ich mich deutlich genug aus?«

Es klang warnend und tröstend zugleich.

»Ich versteh' schon, Harm. Ich kann dir gar nicht sagen, wie dankbar ...«

»Sag nichts mehr, Harvey.« Kurth hob die Hände in gespieltem Mißfallen. »Kein Wort mehr. Ich wußte, daß du es verstehen würdest. Ich versichere dir, du kannst dich auf mich verlassen.«

Er senkte die Stimme, sein Gesicht wurde düster.

»Es versteht sich natürlich auch, daß ich mich von jetzt ab auf deine Diskretion verlassen kann. Keine Fehler, keine Pannen mehr. Vergiß nicht, alter Freund: Heute ist nichts mehr heilig. Nichts ist heute mehr unentbehrlich – und niemand.« Er hob die Schultern. »So ist die Welt, in der wir leben.«

Harvey Conklin verstand die Drohung sehr gut.

»Du kannst dich auf mich verlassen, Harm«, sagte er. Der Schweiß stand ihm auf der Stirn, und das Herz klopfte ihm bis zum Hals.

Trauer mischte sich in seinem Inneren mit Entsetzen. Er dachte an die adonisgleiche Gestalt, die er nun nie mehr berühren, das hübsche, junge Kinn, das er mit seinen faltigen Fingern nie mehr streicheln würde, an die sinnlichen Lippen des Chauffeurs.

Der Schmerz, den er spürte, war mächtig, aber er versuchte, weiter zu sehen.

Wichtig war jetzt nur das Überleben. Und sein Überleben lag in den Händen dieses unmenschlichen, seelenlosen Wesens, das vor ihm stand und auf ihn heruntersah.

»Laß uns nicht mehr darüber reden«, sagte Kurth und schob die Akte angewidert weg. »Wir werden so tun, als wäre nichts geschehen. Wenn du einverstanden bist.«

Der alte Mann nickte eifrig.

»Großartig«, sagte Kurth und lehnte sich lächelnd im Stuhl zurück.

Insgeheim freute er sich, daß er den alten Schwulen nach all den Jahren hatte erniedrigen können. Es war nicht das erste Mal, daß er seine persönliche Art der Erpressung dazu benutzt hatte, Leute innerhalb der International und solche aus allen Bereichen Hollywoods, die vom Studio abhingen, einzuschüchtern.

Aber Harvey Conklin hatte er über ein Jahrzehnt lang verschont, denn er erkannte, daß nur etwas wirklich Bedeutendes Schritte gegen Harvey rechtfertigen konnte. Seine Macht, obwohl sie immer schwächer wurde, war immer noch beachtlich. Man mußte das Material klug anwenden.

»Ausgezeichnet«, wiederholte Kurth, der bereits in Gedanken versunken schien, so als hätte ihn etwas anderes von Harveys Anwesenheit abgelenkt. Er spitzte die Lippen und berührte einen Briefbeschwerer auf seinem Tisch.

»Aber hör zu, Harvey«, sagte er unvermittelt. »Da ist noch eine andere Sache, die ich mit dir besprechen möchte. Was ziemlich Wichtiges. Ich nehme an, daß du uns da helfen kannst.«

»Nur raus damit«, entgegnete Harvey und versuchte, das Zittern in seiner Stimme zu unterdrücken. »Alles, was du willst.«

»Wir haben hier bei International eine etwas pikante Situation«, sagte Kurth stirnrunzelnd. »Eins der Dinge, die auftauchen, bevor man darauf vorbereitet ist. Eigentlich ziemlich ärgerlich. Es betrifft eine junge Schauspielerin. Ihr Name ist Annie Havilland ...«

»Natürlich, Harm«, erwiderte Harvey Conklin und wischte sich mit dem Taschentuch den Schweiß von der Oberlippe. »Wie kann ich dir helfen?«

Kurth lächelte.

»Indem du tust, was du am besten kannst, Harvey. Wie denn sonst?«

Eine halbe Stunde später war Harvey Conklin wieder fort. Kurth hatte ihm gesagt, was man vom ihm erwartete. Und Harvey würde seine Instruktionen peinlich genau ausführen, denn er wußte, daß nun sein Lebensunterhalt von Kurths Wohlwollen abhing.

Einen Augenblick lang saß Kurth alleine an seinem Schreibtisch. Dann griff er zum Telefon und wählte eine Nummer.

Nach mehrmaligem Klingeln antwortete eine männliche, dünne und ziemlich heisere Stimme.

»Dugas-Ermittlungen. Womit kann ich Ihnen helfen?«

»Hier Kurth.«

Einen Augenblick war Schweigen.

»War alles zu Ihrer Zufriedenheit?« fragte die Stimme.

»Ausgezeichnet, ja. Vielen Dank, Mr. Dugas. Ihr Scheck ist bereits in der Post.« Kurth betrachtete die Stuckfassade des Tonstudios 23, während er sprach. »Ich werde mich bei Ihnen melden, wenn wir bei der Angelegenheit Conklin noch weiter Hilfe brauchen.«

»Sehr wohl, Sir.« Die Stimme sprach mit beruflichem Stolz und einer Andeutung ironischer Unterwürfigkeit.

»Dann auf Wiederhören.« Kurth sprach ohne Wärme. Seine Gedanken waren bereits woanders.

Wally Dugas legte auf und horchte auf das Quietschen seines uralten Bürostuhls, als er sich der fensterlosen Wand seines winzigen Büros zudrehte.

An der billigen Holztäfelung hingen ein gerahmtes Diplom und eine Herbstlandschaft aus dem Supermarkt. Vor dem Schreibtisch standen zwei Besuchersessel und ein Standaschenbecher. Die Jalousien vor der Glasscheibe in der Tür, die auf einem Schild seinen Namen trug, waren heruntergelassen.

Es war noch schäbiger und klischeehafter als ein Raymond-Chandler-Büro, und genauso wollte Wally es. Er bemühte sich nie um Klienten. Wenn Leute zu ihm kamen, dann nur aus Versehen.

Wally unternahm alle seine vertraulichen Ermittlungen alleine, und bezahlt wurde er mit Überweisungen auf sein Bankkonto von Leuten, mit denen er ausschließlich am Telefon verhandelte. Sein Name war im Gewerbe kaum bekannt, denn er akzeptierte nur wenige Klienten.

Nur die erfahrensten Profis westlich des Mississippi wußten, daß Wally Dugas vermutlich der gerissenste und schlaueste Detektiv der Gegenwart war. Die meisten großen Agenturen hatten seine Dienste bereits in Anspruch genommen, wenn ihnen für gewisse Aufträge keiner ihrer eigenen Leute gut genug erschien. Auch den Polizeitruppen von einem Dutzend Staaten hatte er inoffiziell schon gute Dienste geleistet.

Seine Kollegen nannten ihn einen Spezialisten für Weiße-Kragen-Kriminalität, aber Wally selbst sah sich als Experte im Entdecken von Geheimnissen. In seinen Augen war die Welt ein komplexes Netzwerk von Tarnungen. Und seine Aufgabe war es, dahinterzusehen.

Mit seinem unschuldigen, übergewichtigen Körper, dem Mondgesicht und seinem hausbackenen Auftreten sah Wally aus wie eine ineffektive Null. Er pflegte dieses Image seit zwanzig Jahren. Sein Auftreten und seine Technik waren nun so perfekt, daß er auch den Schlauesten seiner Gegner in eine Lage manövrieren konnte, in der er ihm genau das sagte, was er eigentlich verheimlichen wollte.

Vor sechs Jahren hatte er Harmon Kurths Auftrag angenommen, einige Manager und Stars aus Hollywood auszuforschen. Die Bezahlung war außergewöhnlich und die Arbeit, nach Wallys Maßstäben, einfach. Die Leute aus Hollywood waren nicht sehr geschickt im Verbergen ihrer kleinen Laster.

Ursprünglich hatte Wally den Job nur aus Spaß angenommen, aber dann beschlossen weiterzumachen, nachdem er Harmon Kurth besser kannte. Das Privatleben von Kurths Opfern interessierte ihn nicht sonderlich, denn ihresgleichen kannte er zu Hunderten. Aber Kurth selbst war etwas anderes. Er war ein seltenes Exemplar seiner Spezies und verdiente genauere Betrachtung.

Harmon Kurth glaubte, Wally für seine eigenen Zwecke zu benutzen wie ein Jäger eine außergewöhnlich gute Waffe.

Er hätte sich nie träumen lassen, daß Wally Dugas seine eigenen Gründe hatte, warum er ihm half sicherzustellen, daß die Sünden wichtiger Leute auf sie selbst zurückfielen.

Und wenn diese Gründe sich je ändern sollten, könnte es gut sein, daß die Waffe, derer sich Kurth bediente, in seinen Händen explodierte.

6

Am Mittwochnachmittag begannen Annie und Eric Shain mit den Proben bei Damon Rhys.

Weil Rhys sie darum bat, fuhr Annie früh zu seinem Haus und aß zusammen mit ihm ein leichtes Mittagessen. Danach saß sie da und starrte ihren Text an, das Herz klopfte ihr bis zum Hals. Sie trug Jeans und eine weiche Bluse, ihr Elfenbeintalisman hing an einer Goldkette an ihrem Hals.

Damon Rhys saß bequem in dem alten Lehnstuhl und spielte sein Lieblingsstück von Bach. Der Chapparalduft strömte herb aus den Cañons durch die geöffneten Fenster. Die Minuten verrannen zäh wie Stunden, während eine träge Nachmittagssonne langsam über die Berge kroch.

Annie glaubte, sie würde ganz einfach den Verstand verlieren, wenn diese Apathie noch eine Sekunde länger dauerte. Sie fragte sich, ob Rhys vielleicht ihre Qual bemerkte und nur nichts sagte, um sie unter Spannung zu halten, damit ihre Darstellung noch intensiver wurde.

Endlich hörte man draußen einen Motor, es läutete. Spontan stand Annie auf und ging zur Tür.

Shain stand alleine auf der Schwelle. Ein Motorrad war in der Auffahrt abgestellt. Augenblicklich wie gelähmt von dem sinkenden Gefühl im Magen, suchte Annie nach Worten, um ihn zu begrüßen.

Mit einem Lächeln kam er ihr zu Hilfe und streckte die Hand aus.

»Na, wie geht's?« fragte er. »Freut mich, Sie zu sehen.«

»Mich auch«, platzte sie mit einem verlegenen Lächeln heraus und beobachtete, wie ihre Hand in der seinen verschwand.

»Überall in der ganzen Stadt hab' ich Ihr Bild gesehen«, sagte er. »Sieht aus, als würden Sie mir schon jetzt die Schau stehlen.«

»Ach, Mr. Shain ...« protestierte sie.

»Eric. Sie haben es versprochen, wissen Sie noch?« Er hielt ihr die Tür auf. »Und machen Sie sich keine Gedanken, daß Sie irgend jemandem die Schau stehlen. Als Liane stehen Sie im Mittelpunkt des Interesses, und das ist auch gut so. Übrigens, wollen wir uns nicht lieber duzen, Annie?«

»Natürlich«, erwiderte sie errötend, als auch schon Damon Rhys in der Tür zum Wohnzimmer erschien.

Die beiden Männer gaben sich die Hand und machten Witze wie zwei alte Freunde, während Shain den Pullover auszog, den er zu seinen ausgewaschenen Jeans getragen hatte. Darunter trug er ein Strickhemd, das harte Brustmuskeln und den flachen Bauch über der schlanken Taille umspannte.

Annie konnte nicht verhindern, daß ihr Blick über seine langen Beine, die muskulösen Arme und den kräftigen Hals unter den dichten, duftenden Haaren wanderte. Wenn er leibhaftig vor einem stand, zeigte er neue, unbekannte Konturen, Farben und Schattierungen, die die Kamera nicht einfangen konnte. Er wirkte harmonischer, mehr in sich selbst ruhend als auf der Leinwand. Seine Einfachheit und Freundlichkeit vervollständigten den entwaffnenden Eindruck.

»Kaffee, Eric?« fragte Rhys. »Tee? Einen Drink?«

»Lieber einen Eistee.«

Damon Rhys verschwand, und die wenigen Sekunden, in denen Shain eine sprachlose Annie anlächelte und sich mit dem Skript aufs Knie klopfte, schienen wie eine Ewigkeit. Als Rhys zurückkehrte, hörte man Conchata in der Küche arbeiten.

Einen Augenblick später erschien sie mit einem Tablett voller Gläser. Rhys zeigte Shain eben seine letzten Änderungen am Text.

»Na?« Rhys lächelte seine beiden Kollegen an. »Sollen wir mit der ersten gemeinsamen Szene beginnen?«

Sie schlugen ihre Manuskripte auf. Annie räusperte sich. Sie mußte als erste sprechen, denn der Filmdialog begann mit der Szene, in der Liane, auf dem Fahrrad wie das Schulmädchen, das sie nicht mehr war, Terry auf seinem Nachhauseweg vom Bahnhof ansprach.

Shain hielt den Blick auf den Text gerichtet und wartete, bis Annie sich in ihre Rolle versetzt hatte und begann.

Sie bekreuzigte sich innerlich.

Ich muß da durch, dachte sie erschaudernd.

Fünfmal lasen sie die erste Szene, bis sie zur nächsten übergingen.

Lianes Text war so zweischneidig wie ihre Regieanweisungen. Sie mußte unschuldig und jugendlich wirken in den frühen Szenen mit Terry, während er sie bis zu ihrem ersten zögerlichen Kuß mit gutmütiger, amüsierter Herablassung zu behandeln hatte. Annies Darstellung mußte so raffiniert sein, daß der Zuschauer, wie Terry selbst, erst zu spät merkte, wie berechnend Lianes Verhalten gewesen war.

Annie gab ihr Bestes und akzeptierte bereitwillig Rhys' barsche, aber nicht ungeduldige Einwürfe.

Unterdessen hörte sie mit immer größerem Erstaunen zu, wie Eric Shain seinen Text las. Es war deutlich zu merken, daß er sich seine Darstellung sehr gründlich überlegt hatte, bevor er zur Probe kam. Er war jungenhaft, verletzlich und nur eine Spur zu aufbrausend. Sein großspuriges Äußeres verbarg die Schatten seines Charakters hinter einer fast unsichtbaren Wand. Wie Annie mußte er mit jedem seiner Worte die Komplexität seiner Motive ausdrücken. Und das gelang ihm auch, aber mit einer meisterhaften Sicherheit in Rhythmus und Modulation, die Annie verblüffte.

Hinter der Maske ihrer Darstellung fühlte sich Annie immer unbehaglicher. Die Akzente, die sie sich an endlosen Abenden alleine vor dem Spiegel mühsam erarbeitet hatte, schienen Shain ganz ohne Mühe zu gelingen. Sie kam sich vor wie ein Amateurmusiker neben einem Virtuosen.

In den Sprechpausen sah sie zu, wie die beiden Männer miteinander sprachen. Mit radarähnlicher Intuition einigten sie sich über die technischen Aspekte von Shains Rolle.

Wofür brauchen die mich überhaupt? überlegte sich Annie traurig. Die beiden waren Genies, Meister ihres Berufs. Sie war das fünfte Rad am Wagen, ein Außenseiter, der es nie schaffen würde, mit ihnen mitzuhalten.

Je länger der Nachmittag sich hinzog, desto schwächer erschien ihr ihre Darstellung der Liane. Nicht einmal mehr der südliche Akzent klappte. Ihr Magen rumorte unkontrolliert, und sie wurde von Minute zu Minute blasser.

»Entschuldigung«, sagte Shain, nachdem sie eine Zeile böse verpatzt hatte. »Da war meine Vorgabe verkehrt. Wenn es dir nichts ausmacht, es noch mal durchzugehen, kann ich dir sicher einen besseren Einstieg geben.«

Rhys sagte nichts und hielt den Blick auf das Skript gerichtet, während sie die Szene noch einmal spielten.

Erstaunlicherweise verschaffte ihr Shains geringfügige Veränderung des Tonfalls einen viel besseren Einstieg in den Rhythmus der Szene. Ermutigt las nun Annie ihren Text mit etwas mehr von dem Selbstbewußtsein, das von ihr verlangt wurde. Aus den Augenwinkeln sah sie Rhys' unmerkliches Nicken.

Ohne es eigentlich recht zu merken, hatte sie eben zum erstenmal Eric Shains Großzügigkeit als Schauspieler erlebt. Mit einem Streich hatte er die Liane verbessert, seine Hauptdarstellerin gestärkt und *A Midnight Hour* auf dem schwierigen Weg zum Erfolg einen Schritt vorwärtsgebracht.

Am Ende des Nachmittags fühlte sich Annie wie eine rudimentäre Galatea in den Händen zweier brillanter Pygmalions. Obwohl sie noch genauso an ihren eigenen, beschränkten Fähigkeiten zweifelte, war sie doch beruhigt, daß Rhys und Shain sie die Liane nicht schwächen lassen würden.

Die lange Probensitzung hatte sie so angespannt und erregt, daß ihre Erschöpfung sie wie ein Hammer traf, als Rhys um halb sechs ein Ende machte.

»Und?« fragte Rhys sie beide, während er sein Skript auf den Tisch warf. »Was haltet ihr davon? Wird das ein Film?«

»Fragen wir doch Annie Havilland«, sagte Eric Shain, lehnte sich in der Couch zurück und fuhr sich mit den Fingern durch die Haare.

»Ich glaube«, erwiderte Annie und nahm allen Mut zusammen, um so unbeschwert zu klingen wie die beiden, »es ist bereits ein großartiger Film. Das einzige, was noch zwischen uns und ihm steht, bin ich.«

Die Männer lachten über ihre Angst. Shain stand auf, um sich zu verabschieden.

An der Haustür gab er ihr die Hand.

»Noch einmal meinen Glückwunsch, daß du die Rolle bekommen hast«, sagte er. »Und keine Angst – Damon täuscht sich nie. Ich weiß, daß du es ausgezeichnet machen wirst.«

Er zog seinen Pullover an und wandte sich zur Tür. »Bis morgen dann.«

»Gute Nacht, Mr. – Eric.«

Er hob beifällig die Augenbrauen und ging zu seinem Motorrad.

»Gute Nacht, Annie.«

Und dann war er verschwunden.

7

Die folgenden vier Monate sollten Annie als die widersprüchlichste Zeit ihres Lebens in Erinnerung bleiben.

Zum einen waren es einsame, erschreckende Monate, die ihre Fähigkeit, selbständig zu leben, bis zum äußersten belasteten.

Zum anderen aber waren sie eine Zeit atemloser Anregung, schwindelerregender Entdeckungen und erregender Nähe zu den Menschen, die um sie waren.

Noch bevor sie als Liane richtig Fuß gefaßt hatte, waren die privaten Proben mit Damon Rhys und Eric Shain vorbei, und es wurde Zeit für die zwölfwöchigen Dreharbeiten. Zwei Wochen drehten sie vor Ort im Tiefland von South Carolina, wo Annie zum erstenmal das hängende Moos und die Magnolienbäume sah, die zu einem wesentlichen visuellen Element des fertigen Films werden sollten.
In den ersten, holprigen Tagen der Dreharbeiten lernte Annie den polternden, rotgesichtigen Produzenten Clifford Naumes kennen, einen sehr unfreundlichen Menschen, der jedesmal verärgert schien, wenn er ein Wort mit ihr wechseln mußte.
»Man braucht ein Tier wie ihn, wenn man die Kosten für einen Film unter dem Limit halten will«, meinte Damon Rhys lachend, als er Annies verletzte Reaktion auf Naumes Menschenfeindlichkeit bemerkte. »Spuck ihm einfach ins Auge, wenn er dich nervt. Er mag das so.«
Rhys arbeitete hinter der Kamera sehr eng mit Mark Salinger zusammen, selbst ein berühmter Regisseur, dessen herausragende Kennzeichen seine Ausgezehrtheit und die Zigaretten waren, die er sich eine nach der anderen ansteckte. Mark war immer sehr höflich, wenn er bei fast jeder Szene um eine Wiederholung nach der anderen bat und die Schauspieler mit seiner Suche nach genau dem Aussehen und dem Rhythmus, den er sich vorstellte, bis zur Erschöpfung trieb.
Der Kameramann Duncan Worth, dessen geschickte Hand für jede dieser Kameraeinstellungen vonnöten war, war von einem ganz anderen Schlag. Trotz seiner fast zwei Meter und einer Vergangenheit als Football-Spieler war er ein einfacher, väterlicher Mann, der Annie Fotos seiner Frau und seiner sieben Kinder zeigte und der sie in die Feinheiten der Beleuchtung, Kameraführung und Bildkomposition einführte. Es war zu einem Großteil Duncans Kunstfertigkeit zu verdanken, daß *A Midnight Hour* seinen einzigartigen düsteren Charakter bekam, noch dunkler und bedrohlicher als Rhys' frühere Filme.
Annie freundete sich bald mit Jerry Falkowski an, dessen Fachgebiet sie am meisten interessierte. Jerry mußte die Milieugeräusche jeder einzelnen Szene aufnehmen und ordnen – eine Aufgabe, die er mit Perfektionismus und Humor meisterte. Seine Ruhe war unerschütterlich, auch wenn es Pannen gab, und er schnitt und klebte dann persönlich und mit der Präzision eines Chirurgen die Bänder. Jerry lernte, nur zum Spaß, Französisch und strapazierte in mancher Mittagspause Annies Schulfranzösich mit amüsant unbeholfenen Unterhaltungen.
Annies engste Freundin während der Produktion wurde die Scriptsu-

pervisorin Aleine deGraw, die den ungewöhnlichen Spitznamen Deedle hatte und die es trotz ihres eigenartig zerbrechlichen, zarten Wesens schaffte, die gehetzte Truppe ruhig zu halten. Während der Arbeit kaute sie oft abwesend an einem halben Hühnchen, und sie bezauberte Annie mit ihrer Freundlichkeit, wenn sie ab und zu an Wochenenden Zeit für einen Einkaufsbummel fanden.

Die ganze Crew arbeitete kameradschaftlich und sehr eng zusammen, und Annie lernte von allen. Doch die individuellen Schrullen des einzelnen wurden überschattet vom lenkenden, gebieterischen Genie Damon Rhys', das jeden Tag mit einem Gefühl des Abenteuers und der Erheiterung auflud, das Annie noch nie erlebte hatte.

Damon kontrollierte alle technischen Aspekte von Annies Darstellung, er brachte ihr Modulation und Timing bei. Aber er sprach nur wenig über seine Vorstellungen von Liane, sondern ließ Annie auf ihre Art in die Rolle hineinwachsen. Seine Regieanweisungen schienen sie immer weiter in das Unbekannte zu treiben und gleichzeitig Orientierungspunkte zu sein, die ihr das Gleichgewicht und Selbstvertrauen gaben, das sie so verzweifelt brauchte.

Jeden Tag brachte er ihr kleine Änderungen am Text der Szenen, die gedreht werden sollten. Manchmal waren sie so minimal – ein Wort hier, eine Geste dort, das Kinn etwas mehr nach links oder rechts –, daß sie ihre Bedeutung nicht verstand. Aber da sie ihr die harte Arbeit an ihrer Rolle etwas zu erleichtern schienen, nahm sie sie gerne an.

Rhys war zwar ein strenger Zuchtmeister, aber er war auch schnell mit einem Lob für eine gutgemachte Szene bei der Hand, und er deutete nie auch nur an, daß er Annie für weniger professionell oder talentiert als die anderen Schauspieler hielt.

Sein Vertrauen in sie wurde ihr immer wichtiger, je eintöniger und spürbar unfreundlicher die Publicity wurde, die sie und ihre Rolle umgab. Ihre Flitterwochen mit den Reportern der Filmpresse schienen vorüber, denn jeden Tag erschien in dem einen oder anderen Blatt ihr Bild mit einer Geschichte, deren säuerlicher Ton Hollywoods offensichtliche Abneigung gegen diese aufstrebende Schauspielerin widerspiegelte, die die Rolle einem etablierteren Talent gestohlen hatte.

SCHAFFT SIE ES? hieß eine Schlagzeile.

HOLPRIGE FAHRT FÜR ANSCHNALL-GIRL, eine andere.

HÄLT DAS ANFÄNGERGLÜCK? fragte schließlich eine dritte und deutete an, daß Annies geringe Professionalität die Produktion verzögere.

Annie dankte ihrem Glücksstern für Damon Rhys. In der schwierigsten

Herausforderung ihres Lebens war er ihr Führer und Mentor, und während der aufreibendsten Stadien der Dreharbeiten wich er nicht von ihrer Seite.
Doch so hilfreich er auch war und blieb, so war doch seine Freundlichkeit ihr gegenüber nie wirklich persönlich. Er war zu sehr mit *A Midnight Hour* beschäftigt, um sie als Mensch wahrzunehmen.
Sie wußte, daß er abends immer viel trank, aber morgens bei Sonnenaufgang erschien er pünktlich und energiesprühend zur Arbeit. Er hatte nichts mehr von einem wütenden, deprimierten Säufer. Aber wenn Annie seinen nervösen Bewegungen zusah und den Blick seiner kleinen, stechend blauen Augen spürte, dann wußte sie, daß er wirklich zu einer fremden Rasse gehörte, die von anderen Tageszeiten, einem anderen Stoffwechsel und vor allem von anderen Gedanken bestimmt wurde.
Ohne Zweifel war sein Film seine einzige Geliebte. Was immer er auch für Annie war, ihr Freund war er nicht. Und wenn sie ihn in den alten Lehnstuhl in seinem Wohnwagen sinken sah, ganz ähnlich wie damals Harry Havilland im Wohnzimmer in Richland, fühlte sie sich deshalb einsamer denn je seit dem Tod ihres Vaters.

Blieb noch Eric Shain.
Einen selbstloseren Kollegen hätte sich Annie Havilland nicht wünschen können. Eric Shain ermunterte sie beständig, er akzeptierte ihre Vorschläge und unterstützte sie wie die seinen, unterrichtete sie aber gleichzeitig in einer Kunst, die neu für sie war.
Ganz im Gegensatz zu dem angespannten, launischen Damon Rhys war er in seiner Arbeit so unpersönlich und gelassen wie ein Arzt, Anwalt oder Banker. Er amüsierte sich im stillen über die kleinen Wehwehchen, die immer wieder in der Truppe vorkamen, aber er hob nie ärgerlich oder unwillig die Stimme.
Am Ende eines Drehtages verschwand er auf seinem Motorrad, wie immer in Jeans und Pullover oder Lederjacke, und sein Winken war so lässig wie seine Kleidung.
Es war ein eigenartiges Gefühl für Annie, die immer noch von dem großen Star fasziniert war, ihm am Abend wie einem guten Freund gute Nacht zu sagen, nachdem sie tagsüber die geschmeidige, sinnliche und mörderische Frau gespielt hatte, die ihn betörte und verführte, die sich mit ihrem halbnackten Körper an ihn schmiegte, ihn mit ihren Zärtlichkeiten lähmte und ihm mit der giftigen Macht ihrer Sexualität das Leben aussaugen wollte.
Fast eine Woche dauerten die endlosen Wiederholungen ihrer gemeinsa-

men Nacktszenen. Immer und immer wieder mußte sie mit ihrem nackten Busen seine Brust streicheln und seine Lippen mit zärtlichen Küssen bedecken, während die Kamera in Nahaufnahme zusah.
Dann wurden die Lichter ausgeschaltet und Körper-Make-up aufgetragen, und in einer neuen Szene fuhr sie mit trägen Fingern über seine Glieder und vergrub sie schließlich in seinen Haaren, während sie von ihm Besitz ergriff.
Der Widersinn des Körperkontakts mit einem so gutaussehenden Exemplar des männlichen Geschlechts machte sie atemlos vor Erschöpfung und unwillkürlicher Erregung. In diesen Augenblicken spürte sie deutlich die Lust in Eric Shains Berührungen und in dem Glanz seiner klaren Augen.
Er scheute sich nicht, auch die körperliche Seite seiner Gefühle zu zeigen. Ja, er aktivierte sie sogar, um der Charakterisierung Terrys mehr Kraft und Tiefe zu geben. Kein Element der unausgesprochenen Biochemie zwischen ihm und Annie blieb ungenutzt. Alles wurde verwendet zum Wohle des Films.
Und Damon Rhys, obwohl Annie das zu der Zeit nicht merken konnte, wußte auch ihre verwirrten Gefühle für Eric Shain sehr geschickt zu nutzen.
Eric war so schrecklich attraktiv, daß sie nicht verhindern konnte, daß ihre Bewunderung für ihn sich mit Lianes rasender Wut, Terry zu verführen und zu zerstören, mischte. Und so wurde hinter Lianes grausamem Vorwärtsdrängen in Annies Darstellung dunkel auch etwas Zärtliches, Nachgiebiges spürbar. Liane wurde komplexer, und die Rolle gewann an Glaubwürdigkeit.
Aus dem gleichen Grund erhielt Lianes selbstsüchtige Persönlichkeit eine weitere Verzierung: Annies Achtung vor Shains hervorragenden Fähigkeiten als Schauspieler sowie ihr Einfühlungsvermögen in seine heimliche Verletzlichkeit hinter seinem einzigartigen Stil.
Und so kam es, daß sich bei Liane, als sie auf der Leinwand lebendig wurde, eine unsichtbare Aura weiblicher Zärtlichkeit unter die heimtückischen Gesten ihres Triumphes mischte. Und auch dadurch gewann die Rolle an beeindruckender Tiefe.
Erst als sich Annie gegen Ende der Dreharbeiten zusammen mit Eric die Aufzeichnungen der früheren Szenen ansah, erkannte sie Sinn und Zweck der kleinen Änderungen, die Damon in seinen langen, einsamen Nächten am Text vorgenommen hatte.
Im ganzen gesehen nahmen sie genau das vorweg, was Annie selbst zu der Rolle beitrug, die unterschwellige Fraulichkeit und Zärtlichkeit, die

dann von Lianes Böswilligkeit überlagert würde. Und so nahmen sie auch die Wirkung vorweg, die Eric Shain auf Annie und ihre Darstellung haben würde.
Rhys war also die ganze Zeit einen Schritt weiter gewesen, er hatte behutsam sein Drehbuch an die Schauspieler angepaßt. Seinen meisterhaften Änderungen war es zu verdanken, daß Liane auf der Leinwand noch entsetzlicher wirkte als auf dem Papier, Terry noch gequälter, und daß überhaupt aus dem Chaos der Dreharbeiten ein Film von nahtloser Perfektion entstand.

Rückblickend würde Annie nie verstehen, wie sie in diesen hektischen Wochen überhaupt hatte schlafen und jeden Morgen um 5.45 Uhr mit einem Lächeln für Andi Ritchie, ihren Maskenbildner, und einem fröhlichen guten Morgen für die schläfrige Crew am Drehort erscheinen können.
Aber irgendwie schaffte sie es. Sie schlief, aß, probte und wiederholte immer wieder die gleiche Zeile, die gleiche Bewegung, bis sie vor Enttäuschung zu platzen glaubte.
Mit jeder Woche spürte sie, wie ihre Darstellung besser und tiefer wurde, und sie wünschte sich reumütig, wieder von vorne anfangen zu können. Aber dazu war es natürlich zu spät. Letztendlich war es die Ironie des Zelluloids, daß mit jeder fertiggestellten Szene auch die Chance dahin war, es besser zu machen.
Es ging alles immer weiter, wurde immer anstrengender und erfreulicher, immer entsetzlicher und immer erregender. Und eben als die grimmige Intensität von *A Midnight Hour* ihren Höhepunkt zu erreichen schien, wie ein fremdartiger Traum, aus dem man nie mehr erwachen kann – da war es vorbei.
Mit ein paar faden Witzen verkündeten Damon Rhys und Clifford Naumes den Abschluß. Für diejenigen aus der Truppe, die noch in der Stadt waren, gab es eine Party. Dann begannen die Nacharbeiten. Rhys und Mark Salinger schlossen sich ein mit der Cutterin Eileen Mahler und ihren Leuten, und Clifford Naumes rannte den Geldgebern bei International die Türen ein, weil sie freiwillig ihre Verpflichtungen und finanziellen Versprechen nie einhalten würden.
Das Team, das *A Midnight Hour* erschaffen hatte, verstreute sich bereits in alle vier Winde, um vielleicht nie mehr miteinander zu arbeiten.
Für Annie war die Sache zu Ende.
Oder fast zu Ende.

8

Annie saß neben Eric Shain im schalldichten Tonstudio von International. Vor ihr lag ein Mischplan mit Lianes Einsätzen. Wie Eric trug sie Kopfhörer.

Der Soundmixer hinter dem Fenster, auch er mit Kopfhörern, hatte ein Gesamtverzeichnis der zu wiederholenden Textzeilen mit Angaben über die Position der jeweiligen Szenen auf dem belichteten Film.

Es war der letzte Tag des Synchronisierens. Annie und Shain mußten synchron den Text wiederholen, den sie ursprünglich in einer langen Szene vor Ort in South Carolina gesprochen hatten, der aber durch Außenlärm verdorben worden war. Der Mixer, ein Meister seines Fachs, würde dann Milieugeräusche hinzufügen, damit die Stimmen natürlich klangen und der hohle Ton des Studios verschwand.

Der Film lief stumm auf der Leinwand vor Annie ab. Er wurde bis zu der entsprechenden Stelle zurückgespult und von neuem angespielt. Aus den Kopfhörern kamen drei Piepstöne. Beim dritten begann Annie synchron mit dem Film und mit genau der Modulation und Stimmung, die die Szene verlangte, zu sprechen.

Dabei rief sie sich die Erschöpfung während der Dreharbeiten wieder ins Gedächtnis zurück. Denn nun mußte sie noch einmal, und auf Befehl, einen winzigen Teil ihrer Figur erschaffen – überzeugend erschaffen.

Nachdem sie ihren Text gelesen hatte, hörte sie Erics Erwiderung über die Kopfhörer. Er steckte wie immer tief in Terrys Persönlichkeit. Sein Rhythmus war perfekt. Annie dankte ihrem Glücksstern für seinen Professionalismus, seine Ruhe unter Belastung und die makellose Präzision, mit der er die Szenen anging.

»Versuchen wir die letzten vier Zeilen noch einmal«, kam die Stimme des Mixers. »Mit ein bißchen mehr Druck, Annie. Nur um sicherzugehen.«

Der Film wurde zurückgespult, neu gestartet, die drei Piepser kamen wieder, und Annie und Shain wiederholten ihren Text.

Annie sah, wie der Mixer nickte. Eileen Mahler saß neben ihm, deren wichtige Schnittarbeit sein fachmännisches Können erforderte. Sie lächelte und hob beide Daumen.

»Alles fertig, ihr beiden«, sagte sie, als sie den Mischraum verließ. »Ihr habt es geschafft.«

Eric Shain stand auf und streckte Annie die Hand hin.

»Miss Havilland, es war mir ein Vergnügen«, sagte er lächelnd. »Ich

freue mich schon auf die Nullkopie – und vielleicht auf eine weitere Zusammenarbeit mit dir.«
Annie gab ihm die Hand. Plötzlich konnte sie das alles nicht glauben.
»Du meinst – jetzt ist wirklich alles vorbei?« fragte sie und überflog im Geiste die beinahe sechs Monate ununterbrochener Arbeit.
»Vorbei«, sagte er und winkte Eileen und dem Mixer zu, während er Annie hinaus in den hellen Sonnenschein führte. »Wenn Damon oder Mark oder Eileen in der Schlußkopie noch einen Fehler finden, werden sie dich noch einmal um Hilfe bitten. Aber vertraglich bist du jetzt fertig, und sie müßten dich wieder neu engagieren – wie mich natürlich auch. Natürlich würden wir ihnen helfen, aber offiziell ist unsere Arbeit beendet.«
Sie gingen zwischen den Stuckhäusern entlang. Annie fühlte plötzlich einen schmerzhaften Verlust. Sie würde die vielen interessanten Leute vermissen, die Damon Rhys für diese lange und schwierige Arbeit zusammengeholt hatte. Jeder einzelne – sogar der immer wütende, nägelkauende Cliff Naumes – hatte sie trotz ihrer Unerfahrenheit akzeptiert und sein Bestes gegeben, damit sie zum Nutzen des Films gut aussah.
Als sie sich jetzt daran erinnerte, wie intensiv der Kontakt mit ihnen gewesen war, verstand sie erst, wie die Leute dazu kamen, die Filmarbeit zu lieben, trotz der langen Arbeitszeit, der geistigen Erschöpfung und des Chaos, wenn die Szenen nicht in der richtigen Reihenfolge gedreht wurden. Es ist eine Gemeinschaftsleistung. Zusammen erschafft man etwas. Und in gewisser Weise vereint sie das fertige Produkt, so wie die Erinnerung an eine Schlacht alte Kriegskameraden in brüderlicher Nostalgie vereint.
Sie hatten alle einen Platz in ihrem Herzen gefunden. Und doch waren sie nun in alle Himmelsrichtungen der Filmwelt verstreut. Auch Eric Shain, der bis zuletzt mit ihr eng zusammengearbeitet hatte, war eben dabei, sich zu verabschieden.
Gemeinsam erreichten sie den Parkplatz. Sie bemerkte Erics Motorrad und lächelte, als sie an Damon Rhys' gelegentliche mürrische Warnung dachte, er werde sich mit dem Ding noch umbringen.
»Nun«, sagte sie und sah in sein hübsches Gesicht. »Ich weiß gar nicht, was ich sagen soll. Es war großartig, mit dir zu arbeiten. Ich habe so viel gelernt ... Mir wird das alles sehr fehlen.«
Ein leiser Glanz legte sich über sein Gesicht.
»Ich möchte dich etwas fragen«, sagte er. »Wenn's dir peinlich ist, sag einfach nein und vergiß es wieder. In Ordnung?«

Sie nickte und strich sich eine Haarsträhne aus dem Gesicht.
Er lächelte nervös.
»Willst du am Freitagabend mit mir ausgehen?«
Annie sah ihn entsetzt an.
»Das meinst du doch nicht ernst?«
Er sah sie entschuldigend an. »Tut mir leid. Ich wollte dich nicht in Verlegenheit bringen.«
Sein Gesicht hatte einen fast verzweifelten Ausdruck, den sie noch nie an ihm gesehen hatte. Er sah furchtbar jungenhaft und verletzt aus und schien selbst richtig verlegen.
»Ich vermute, du meinst es ernst«, sagte sie. »Aber warum – ich meine, warum erst jetzt? Warum hast du mich nicht schon früher gefragt? Ich habe nicht geglaubt ...«
Er hob unbehaglich die Schultern. »Nun ja, ich könnte dir sagen, daß ich den Beruf nicht mit dem Privatleben vermischen oder dein Gefühl für Liane und Terry nicht verwirren und dir das Leben in Hollywood nicht so bald nach deiner Ankunft schon kompliziert machen wollte. Wahrscheinlich stimmt das alles. Aber Tatsache ist, ich wollte dich wirklich fragen. Ich versuchte, den Mut zusammenzunehmen – und konnte es nicht. Aber jetzt, da unsere gemeinsame Arbeit zu Ende ist und ich dich nicht mehr sehen werde, merke ich erst, wie sehr du mir fehlen wirst.« Er lachte. »Jetzt oder nie.«
Verblüfft sah Annie diesen dritten Eric Shain an, von dessen Existenz sie bis jetzt keine Ahnung gehabt hatte. Nicht der coole Profi, nicht der hervorragende Schauspieler, sondern ein zärtlicher, schüchterner Mann, der wirklich mit ihr ausgehen wollte.
»Das ist die netteste Einladung, die ich je erhalten habe«, erwiderte sie lächelnd.
»Es ist schon recht, wenn du nicht willst«, versicherte er ihr schnell. »Ich verstehe das schon. Wir könnten ja einfach ab und zu miteinander zum Essen gehen. Ich meine ... ich würde mich sehr freuen, dich manchmal zu sehen.«
»Nicht so schnell«, unterbrach sie ihn und strich ihm spontan über die Haare. »Noch hat niemand nein gesagt.«
Er strahlte, und das bezauberte sie. Sie fühlte sich angenehm verwirrt. Als Liane hatte sie ihn geküßt und gestreichelt, Dutzende Male ihren nackten Körper an den seinen geschmiegt. Aber plötzlich erschien er ihr vollkommen neu, unerforschtes Gebiet, erregend fremd und einladend.
»Und was ist mit dir?« fragte sie. »Bist du dir auch sicher?«
Er nahm ihre Hände in die seinen und sah sie mit strahlenden Augen an.

»So sicher bin ich mir in meinem ganzen Leben noch nicht gewesen«, sagte er.
»Also dann.« Als sie ihn anlächelte, blies ihr der Wind die Haare ins Gesicht.
»Freitagabend? Sieben Uhr?«
Sie nickte.
»Freitagabend.«

9

Zum vereinbarten Zeitpunkt kam Eric Shain in einem furchtbar teuer wirkenden Sportwagen, den Annie noch nie zuvor gesehen hatte. Wenige Sekunden, nachdem sie auf den Türöffner gedrückt hatte, klopfte er an ihrer Wohnungstür. Sie war schon fast fertig und lachte amüsiert über seine Bewunderung angesichts ihrer Wohnung, während sie sich die Haare richtete und etwas Rouge auflegte.
Sie konnten Miss Hernandez nicht sehen, die sie verblüfft von ihrem Fenster aus beobachtete, als sie in die kühle Nachtluft hinaustraten.
»Du siehst phantastisch aus«, sagte er und hielt ihr die Wagentür auf.
»Du auch«, bemerkte sie unverblümt, während sie seinen gestählten Körper in dem Sportsakko und den weiten Hosen ansah. Schöne Kleidung stand ihm sehr gut, und er war schon des öfteren auf der Liste der bestangezogenen Männer gewesen. Brusthaare kräuselten sich in seinem offenen Hemd, und sein Gesicht wirkte noch brauner als während der Dreharbeiten zu *A Midnight Hour*.
Als sie bei Jean-Marc, einem gemütlichen neuen Restaurant am Wilshire Boulevard, ankamen, bemerkte Annie ein Blitzlicht. Aber einen Augenblick später hatte der Maître d'hôtel sie bereits in ein Nebenzimmer geführt, und der Kellner goß Champagner in hübsche Flötengläser.
»Ich hoffe, du magst Champagner«, sagte Eric und hob sein Glas. »Für mich ist das heute ein besonderer Anlaß.«
»Nicht nur für dich«, erwiderte Annie seinen Toast. »Schließlich passiert es ja nicht jeden Tag, daß ein Mädchen mit Eric Shain ausgeht.«
»Fühl dich doch nicht so geehrt«, sagte er. »So was Besonderes bin ich nun auch wieder nicht.«
»Doch, bist du schon«, verbesserte ihn Annie. »Du bist ein ganz besonderer Schauspieler.«
Er zuckte lächelnd mit den Achseln. »Man muß schon selber einer sein, um einen zu erkennen.«

Annie trank einen Schluck Dom Pérignon und begann, sich zu entspannen.

Nach dem Essen fuhren sie nach Malibu, wo Eric ihr sein geräumiges, aber bescheiden eingerichtetes Haus zeigte und dann mit ihr barfuß am Strand entlangspazierte. Sie trafen andere Spaziergänger, aber in der Dunkelheit schien sie niemand zu erkennen.
Von seinen Fragen ermutigt, erzählte Annie aus ihrem Leben. Nun, da Liane hinter ihr lag, fühlte sie sich eigentümlich mitteilsam und frei, an die Zeit zu denken, seit Harry Havilland sie verlassen hatte.
»Du darfst mich nicht so weiterbrabbeln lassen«, meinte sie schließlich lachend. »Ich muß dich doch zu Tode langweilen.«
»Überhaupt nicht«, erwiderte er ernsthaft. »Du bist für mich wie eine frische Brise. Ich habe mich oft gefragt, wo du eigentlich herkommst und wie dein Leben vor Damon Rhys und dem Film aussah. Ich wunderte mich, wie du die Liane ohne wirkliche Filmerfahrung so eindrucksvoll spielen konntest. Jetzt verstehe ich es. Es war deine persönliche Ausgeglichenheit, die dich den Streß aushalten und gleichzeitig kreativ sein ließ. Du bist ein sehr kluges Mädchen, Annie.«
Sie bedankte sich mit einem Lächeln für sein Kompliment.
»Du wirst deine Klugheit hier auch brauchen«, sagte er und wies auf die Hügel Hollywoods. »Es ist schon ein verrückter Ort.«
»Ich weiß ja gar nicht, ob ich hier lange bleiben werde«, erwiderte sie.
»Ich glaube, du solltest dich langsam auf einen längeren Aufenthalt vorbereiten«, sagte er. »Ich kenne mich aus mit Filmen, und ich habe den Eindruck, daß dich *A Midnight Hour* zum Star machen wird, ob du willst oder nicht.«
Die Vorstellung war so erschreckend, daß Annie auf dem Rückweg in nachdenkliches Schweigen verfiel.
»Noch einen Schlummertrunk?« fragte er. »Ohne Hintergedanken, ehrlich.«
Sie nahm lachend an. Kurze Zeit später saßen sie mit Schwenkern alten Calvados' auf der großen Couch im Wohnzimmer. Annie ließ den Blick über die männliche, etwas unpersönlich wirkende Einrichtung schweifen und sah dann durch die großen Fenster auf den nächtlichen Ozean hinaus.
Als sie sich wieder Eric zuwandte, sah der sie mit unsicherem Blick an.
»Es ist schon komisch«, sagte er. »Vor der Kamera haben wir uns so oft geliebt. Aber das macht es nur noch schlimmer. Ich möchte dich gern küssen, Annie, aber ich traue mich nicht.« Seine braunen Hände lagen nervös auf den Kissen.

»Na, jetzt habe ich aber alles gehört«, erwiderte sie lachend. »Eric Shain hat Angst, Annie Havilland zu küssen ...«
Mit einem flüchtigen Kuß auf die Lippen brachte er sie zum Schweigen.
»Na also«, seufzte er erleichtert. »Vielleicht hat das das Eis gebrochen.«
Jetzt war es an ihr, ihm zärtlich über die Wange und den Hals zu streichen und sein hübsches Gesicht näher heranzuziehen. Erstaunt über die Neuheit seiner Haut, die sie so gut kannte, öffnete sie die Lippen, begrüßte seine Zunge mit der ihren und spürte, wie ihre Sinne unter seiner warmen Zärtlichkeit seufzten.
Es war ein langer, langsamer Kuß, voll gegenseitiger Achtung und sehr vertraut. Danach hielt er sie mit geschlossenen Augen im Arm.
»Ich muß dir etwas sagen«, meinte er und strich ihr über die Haare. »Aber lach nicht«, fügte er hinzu. Sie spürte, wie unbehaglich ihm zumute war.
Sie sah ihn erwartungsvoll an. Ihre Hand lag in der seinen.
»Ich – nun, ich bin kein großer Liebhaber«, sagte er, den Blick abwendend.
Sie schwieg.
»Ich meine ...« Er fuhr sich durch die Haare und schürzte die Lippen. »Wenn ich nicht mit jemand zusammen bin, den ich wirklich mag und dem ich vertraue – na, dann geht's eben nicht.« Er lachte. »Wenn du weißt, was ich meine.«
Jetzt habe ich wirklich alles gehört, dachte sie.
Und mit der gleichen jungenhaften Spontaneität wie zuvor küßte er sie zärtlich. Seine Augen waren voller Verlangen und Einsamkeit.
»Diese Frauen, mit denen du mich in den Klatschblättern siehst«, sagte er. »Das sind nur gute Freundinnen. Eigentlich nicht einmal das. Du kannst mir das glauben oder nicht, aber manchmal wird das wirklich von den Agenten arrangiert.«
Er seufzte. »Einige von ihnen sind hübsche Frauen. Aber nicht mein Typ. Das macht Hollywood aus den Menschen. Sie müssen immer zuerst an sich selbst denken. Ich kann das verstehen. Aber es sind keine Menschen mehr. Keine Mädchen ... Keine Frauen. Ich weiß nicht, was sie sind, aber ich kann sie nicht lieben.«
Er atmete tief durch.
»Es gab einmal ein Mädchen«, sagte er. »Ich mochte sie sehr, und ich vertraute ihr. Die Sache war nur – sie mochte mich nicht.«
Einen kurzen Augenblick lang starrte er in den kalten Kamin, seine Hand lag auf Annies Schulter. Dann sah er ihr in die silbernen Augen. »Ich habe jetzt ein halbes Jahr mit dir zusammengearbeitet«, sagte er.

»Ich kenne dich als Schauspielerin. Aber ich glaube, ich empfinde etwas für das Mädchen hinter der Schauspielerin. Und – ich weiß nicht, wie ich es sonst sagen soll – ich mag dich, Annie. Es ist für mich ein ganz neues Gefühl. Ich mag dich sehr. Ich muß immer lächeln, wenn ich dich sehe. Und wenn ich mir vorstelle, daß ich dich nicht sehe, wird mir ganz elend.«
Er nahm ihre Hand. »Ich kann dir nichts versprechen. In bezug auf mich, meine ich.« Er lächelte. »Aber ich kann dir versprechen, daß ich verdammt dankbar sein würde, wenn du mich jetzt noch einmal küssen würdest.«
Das gedämpfte Rauschen der Brandung war das einzige Geräusch im Zimmer. Annie sah die Lampe an, und ihre Augen sagten Eric, er solle sie ausschalten. Dann legte sich Dunkelheit über sie, sie standen auf und gingen gemeinsam zum mondbeschienenen offenen Fenster.
Sie hielt seine Hände. Dann legte sie die Arme um ihn. Sie öffnete die Lippen, vergrub die Finger in seinen Haaren und zog seinen Kopf zu sich herunter.
Ihre Hände wanderten über seine Brust, die breiten Schultern, und sie roch seinen sauberen, erdigen Duft, während ihre Lippen immer und immer wieder die seinen kosteten.
Plötzlich fühlte sie sich mehr als Frau denn je zuvor. An sich selbst zweifelte Eric. Nicht an ihr.
Er war sehr zärtlich und vielleicht mehr als nur ein bißchen ängstlich, als er sie zögernd näher zum Schlafzimmer schob.
Aber schließlich war sie es, die ihn bei der Hand nahm und ihn im Dunkeln zu seinem Bett führte. Sie umarmte ihn wieder, und ihr Körper zeigte seinen Händen, wo sie hinmußten, denn bald war ihr Kleid geöffnet und glitt an ihr herab wie ein Blütenblatt von einer Blume.
Auch der winzige BH und das Höschen fielen zu Boden, und sie war nackt, ihr Körper vollkommen und leuchtend im Mondlicht.
Sie küßte ihn wieder, und ihre Hände glitten über seinen Bauch zum Gürtel. Sie half ihm aus den Kleidern, und als er nackt war, hob er sie plötzlich mit einer Kraft auf, die sie gar nicht erwartet hätte. Sie seufzte unter der Leidenschaftlichkeit seines Kusses.
Er legte sie auf die weißen Laken und stand vor ihr, eine überirdische Silhouette im silbrigen Licht, so groß und schön und aufrecht, wie sie ihn noch nie zuvor gesehen hatte.
Annie streckte ihm die Arme entgegen.
Er war so zärtlich, daß sie keine Angst hatte, ihn zu berühren, ihn zu führen, sich an seiner Erregung zu freuen und sie mit der ihren zu

erhöhen. Ihre Körper glitten weich übereinander, und ihre Zärtlichkeiten waren eine vollkommene Melodie aus Vertrautheit und Fremdheit, denn sie kannten sich gut und doch auch überhaupt nicht.

Schließlich zeigte sie ihm mit einem leichten Stoß ihrer Hüften, daß sie bereit war. Sie hielt sein Gesicht in den Händen, während sein Geschlecht sich dem ihren näherte. Und plötzlich war sie die seine.

Er fühlte sich so gut an in ihr, daß sie vor Überraschung und Lust stöhnte. Sie legte ihm zärtlich die Hände auf die Hüften und schob ihn tiefer in sich hinein, und die Kraft seines Stoßes zeugte von seiner Erleichterung und Freude, daß er für sie ein Mann sein konnte.

Das ist er, der Zauber des Augenblicks, sann Annie, während das Denken vor der Leidenschaftlichkeit ihrer Sinne wich. Sie fand sich selbst als Frau, rein und weiblich und begehrenswert, und half im gleichen Augenblick ihm, sich selbst zu akzeptieren.

Es war fast unerträglich schön, und so sinnlich, so langsam, daß sie ihm wohl ein dutzendmal ihr Seufzen und Schaudern und ihre Verzückung schenkte, bevor sie spürte, daß sein drängendes Verlangen sie hob, höher und höher stieß, bis fremde Schreie, die sie noch nie gehört hatte, ihr aus der Kehle drangen und unvorstellbare Freude ihr Herz erfüllte.

10

Daily Variety, 10. Juni 1970

Eine Insiderinformation aus den International-Studios: Die Pressevorführung von Damon Rhys' explosivem neuem Film wird heute abend im Dial Theatre in Westwood stattfinden.

Wer sich noch an die sensationellen Begleitumstände des Films, vor allem an Rhys' Engagement der unbekannten Annie Havilland für die Rolle seiner erotischen Heldin und als Partnerin des Superstars Eric Shain, erinnert, wird diese Vorstellung nicht versäumen wollen.

Und auch die nicht, die Gerüchte kennen, nach denen eine geheime Liebschaft zwischen Havilland und Shain bestehe, die unserer Heldin – trotz ihres praktisch nicht existenten Talents – die Rolle überhaupt erst verschafft und bei den Dreharbeiten für nicht eben wenig Reibereien gesorgt habe, weil Damon Rhys, der Perfektionist, seine Stars immer erst aus dem privaten Liebesbett holen mußte, damit sie in das vor der Kamera stiegen.

Wo immer auch die Wahrheit liegt, der fertige Film wird heute abend dem Publikum vorgestellt, und er wird mit Sicherheit die Gerüchte noch mehr schüren, die jetzt schon lauter sind als alles, was diese Stadt an Bühnenklatsch seit langem erlebt hat.

Annie faltete die Zeitung zusammen, warf sie auf den Boden und stützte den Kopf in die Hände.
»O Gott«, seufzte sie, und Tränen stiegen ihr in die Augen. »Hören die denn überhaupt nicht mehr auf?«
Der Artikel war nur der letzte in einer langen Reihe, die in den fünf Monaten seit Drehschluß alle Showbusiness- und Klatschblätter gefüllt hatten.
Zunächst hatten die Gerüchte Annie durch ihre schiere Unwahrscheinlichkeit verblüfft. Sie hatte versucht, sie achselzuckend abzutun. Aber dann erkannte sie, daß sie nicht verstummten.
LIANE HYPNOTISIERT SHAIN, lautete eine Schlagzeile.
WEIBLICHE SVENGALI BEKOMMT, WAS SIE WILL, eine andere.
LIANE: ICH WEISS, WAS MÄNNER WOLLEN, behauptete eine dritte über einem aufdringlichen Foto, auf dem Annie an Eric Shains Arm hing.
Die Angriffe kamen beständig und wurden immer gemeiner. Jeder, der die Geschichten in der Presse ernst nahm, mußte glauben, daß Annies sexuelle Gier, ihr Egoismus und ihr machtbesessener Ehrgeiz Lianes bei weitem übertrafen.
Als untalentierte Schauspielerin, so ging das Gerücht, habe sie Eric Shain um den Finger gewickelt und ihn gezwungen, seinen Einfluß bei Damon Rhys, seinem alten Freund und Arbeitskollegen, geltend zu machen, damit sie die Rolle trotz ihrer offensichtlichen Unfähigkeit bekam.
Und das war noch nicht alles. Man deutete ganz unverblümt an, Annies Erfolgshunger habe kein männliches Mitglied des Produktionsteams von *A Midnight Hour* vor ihrem Charme und ihren Wünschen verschont. Angeblich habe es unziemliche Beziehungen mit dem Produzenten Clifford Naumes gegeben, und auch mit Mark Salinger, Damon Rhys selbst und mit jedem bei International Pictures, vom Präsidenten Harmon Kurth bis zu den Studiopförtnern.
Der plötzliche Wechsel im Ton der Presse, vom bloßen Skeptizismus wegen ihrer Unerfahrenheit zu blühenden Spekulationen über ihre sexuellen Abenteuer, hatte genau bei Drehschluß stattgefunden. Die

erbarmungslose Kampagne hatte ein ungeheures Interesse an dem Film entfacht, während sie gleichzeitig Annie in einer Weise erniedrigte, daß sie schließlich alle Interviews über sich selber und den Film verweigerte und sich richtiggehend versteckte.

Damon Rhys hatte auf die Gerüchte mit höhnischen, verächtlichen Dementis reagiert, wobei er vor allem die einfache Tatsache herausstellte, daß Annies Nominierung für die Rolle der Liane lange vor den Probeaufnahmen mit Shain stattgefunden habe, bei denen sie ihn nachweislich zum erstenmal gesehen habe. Aber für die Presse waren diese Dementis nur Wasser auf ihre Gerüchtemühlen.

Annie merkte, daß sie nichts anderes tun konnte, als zu versuchen, den Sturm heil zu überstehen, bis *A Midnight Hour* angelaufen war. Denn dann würden ihr Talent und die Mühe, die sie auf die Rolle verwendet hatte, sich vor der Öffentlichkeit erweisen.

Sie hoffte inständig, daß Damons Vertrauen in sie gerechtfertigt war. Er war viel zu sehr Perfektionist, so überlegte sie, um von seinen Mitarbeitern weniger als das absolut Beste zu akzeptieren. Als Liane mußte sie einfach gut oder zumindest fähig gewesen sein.

Aber ihr Glaube an sich selbst war schon so erschüttert von dem, was sie las, daß sie nicht den Mut hatte, sich den Rohschnitt des Films anzusehen. Und als Damon Rhys sie vor einem Monat eingeladen hatte, sich die Nullkopie im großen Vorführraum bei International anzuschauen, hatte sie abgelehnt, mit der Ausrede, wenn sie die Liane zum erstenmal sehe, wolle sie in der Gesellschaft von gewöhnlichen Leuten sein.

Nun bedauerte sie die Entscheidung und klammerte sich gleichzeitig unsicher an sie. Wenn an diesem Abend die Liane zum erstenmal auf die Leinwand kam, würde sie mitten unter einem abgestumpften Hollywood-Publikum sitzen. Aber es würde ein Publikum sein, das man unermüdlich mit dem Gerücht bombardiert hatte, daß Annie dort auf der Leinwand gar nicht spiele, sondern einfach ihre schauerliche Sexualität auslebe, die ihr die Rolle überhaupt erst verschafft hatte.

Am liebsten hätte sie sich in einem Loch verkrochen und die nächsten zwanzig Jahre einfach verschlafen. Dann wäre sie vielleicht aufgewacht und hätte sich, weit weg von dieser Zeit und diesem Ort, *A Midnight Hour* in irgendeiner Spätvorstellung angesehen, bei der sie vor neugierigen Augen und häßlichen Geschichten sicher wäre.

Aber sie lebte in der Gegenwart und mußte das Beste daraus machen, obwohl sich die Neugierde der Welt auf ihren verleumdeten Charakter richtete.

Tränen liefen ihr über die Wangen, als sie, den Kopf in die Hände gestützt, den höhnischen Artikel in der *Variety* anstarrte.
Aber dann spürte sie eine warme Hand auf der Schulter, die sie sanft aufrichtete und umdrehte. Sie lächelte durch ihre Tränen, als sie Eric Shain in die Augen sah.
Er nahm sie in die Arme und zog sie neben sich auf das weiche Bett, in dem sie ihm noch vor wenigen Stunden mit ihrem ganzen gequälten Herzen gehört hatte.
»Du mußt da durch«, sagte er mit dem ruhigen, intimen Murmeln, das ihr inzwischen so vertraut war. »Vor der Premiere versuchen sie es mit allen Mitteln. Am liebsten würden sie dich auffressen und wieder ausspucken, Annie. Aber wenn das Publikum heute abend sieht, was du geleistet hast, wird die Presse schon eine andere Melodie anstimmen müssen.«
Sie nickte zweifelnd und verbarg ihr Gesicht in den krausen Haaren auf seiner Brust. Ihre Hände umschlossen seine Taille, sie zog ihn näher an sich. Sie wollte seinen ganzen, warmen Körper an ihrer Haut spüren.
Fünf Monate kannte sie nun schon diese wunderbare Mischung aus Erics tröstenden Worten voller Freundschaft und Achtung und seiner fast übermenschlichen Liebeskunst. Obwohl er die Böswilligkeit der Gerüchte über sie weder wegwischen noch eigentlich erklären konnte, war er zu ihrem unersetzlichen Zuhörer und Berater geworden.
»Seit fünfzehn Jahren schimpft man mich jetzt einen Wüstling«, sagte er oft. »Man kann sie nicht daran hindern. Wenn ich in diesen fünfzehn Jahren alle Frauen gehabt hätte, die sie mir andichten, dann hätte ich nicht einmal eine freie Minute gehabt, um auf die Toilette zu gehen. Annie, das gehört eben dazu. Diese Leute sind Schweine, aber sie sind eine Institution in dieser Stadt. Du mußt es ertragen, bis sie die Lust an dir verloren haben.«
Aber oft, wenn er die Zeitungen ansah, wurde sein Blick erstaunt und besorgt. Annie schämte sich, weil ihre Schande sich auf ihn übertrug. Die Gerüchte ließen ihn eher wie einen hypnotisierten Schuljungen aussehen denn wie den vollendeten Profi, der er war.
Aber er erwähnte diese Seite des Problems kein einziges Mal. Für ihn war nur Annie das Opfer.
»Eric«, sagte sie nun, während sie ihn mit verzweifelter Zärtlichkeit umklammerte. »Ich glaube, ich sollte heute da nicht mit dir hingehen. Es macht alles nur noch schlimmer. Alle werden glauben ...«
»Mach dir nichts draus, was die anderen glauben«, erwiderte er. »Wir werden uns den Film gemeinsam ansehen. Ich will ihre Gesichter sehen,

wenn du auf die Leinwand kommst. Außerdem«, fügte er schlau lächelnd hinzu, »daß wir sie sehen, muß ja nicht heißen, daß sie uns sehen.«
Sie wußte, was er meinte, ohne fragen zu müssen.
Während der vergangenen fünf Monate hatte sie entdeckt, daß Eric Shain im Vermeiden von Reportern ebenso Meister war wie in der Erschaffung von Charakteren vor der Kamera. Und jetzt, da er und Annie ein Paar waren, dehnte er sein Inkognito auch auf sie aus.
Sie aßen in intimen Restaurants zu Abend, wo man Eric und sein Bedürfnis nach Alleinsein sehr gut kannte. Sie gingen zu einer Zeit ins Kino, wenn keiner wach genug war, um sie zu erkennen. Zum Mittagessen gingen sie in laute Delikatessenläden oder abgelegene Cafés, wo der richtige Hut und eine Sonnenbrille sie beschützten.
Und was am lustigsten von allem war: Sie setzten sich getönte Motorradhelme auf und fuhren, triumphierend in ihrer Unkenntlichkeit, den Wilshire Boulevard, Sunset Santa Monica und Rodeo Drive entlang.
Annie klammerte sich an Erics Taille, drückte ihre schlanken Schenkel an seine muskulösen Hüften und ließ Hollywoods Prunk an sich vorbeiziehen.
Dann fuhren sie schnell in die Hügel, wo Eric Cañons kannte, die so abgeschieden waren, daß niemand ihre Einsamkeit störte.
Atemlos standen sie nebeneinander und rochen den Chapparal und den schwachen Geruch des Ozeans, den der Wind in diese entfernten Höhen trug.
Schließlich lagen sie sich in den Armen, und ihr Lachen verstummte unter dem süßen Drängen der Lust. Während Eric lächelnd ihre Ängste beruhigte, führte er sie in Gefilde betörenden Schweigens, zog sie mit zärtlichen Händen, die nun jeden Zentimeter ihres Körpers kannten, aus und liebte sie langsam und wunderbar unter dem herrlichen Himmel.

Aber die Zeit, die sie miteinander verbrachten, half wenig gegen ihre immer stärker werdende Einsamkeit. Denn sie sah Eric nun immer seltener.
Er arbeitete intensiv an einem neuen Film, seine Tage waren ausgefüllt. Annie wartete auf Anrufe von Barry Stein oder freute sich auf seine gelegentlichen Besuche in Hollywood. Sie hatte nicht den Mut, selbst nach Arbeit zu suchen, und als Barry von einer Angebotsflaute sprach, weil die Leute im Geschäft auf *A Midnight Hour* warteten, akzeptierte sie matt seine Interpretation der Ereignisse.

Sie besuchte Beth Holland im Valley, ging mit Deedle deGraw zum Einkaufen, aß mit Norma Crane zu Mittag und versuchte sich von ihrer Sorge und Ruhelosigkeit abzulenken. Aber nichts half. Die Tage krochen vorbei wie quälende Kopfschmerzen.

Doch dann, am Abend, klingelte das Telefon, und Erics Stimme, ihr Rettungsanker, tröstete sie mit ihrer Zärtlichkeit, selbst wenn er sich zu Dreharbeiten in Mexiko aufhielt. Er rief fast jeden Abend an, und seine freundlichen Worte waren das einzige Mittel, das ihre Leiden lindern und ihre Stimmung heben konnte.

War er in Hollywood, überraschte er sie gern, wenn sie ihn am wenigsten erwartete. Er kam dann oft mit seinem Motorrad von hinten herangefahren, wenn sie vom Einkaufen kam, und sie hörte seine Stimme durch die Anita Street hallen.

»Kann ich Sie mitnehmen, meine Dame?«

Oft fand sie auch eine witzige Nachricht in ihrem Briefkasten, manchmal von ihm persönlich eingeworfen und immer mit der Einladung zu einem kleinen Abenteuer, das sie unweigerlich aufmunterte.

Teuer waren ihr auch die Nächte, wenn er sehr spät noch auftauchte, mit einem Hunger in den Augen, der ihr einen Schauder der Vorfreude über den Rücken jagte. Flüsternd tadelte sie ihn wegen der späten Stunde.

»Was tust du denn hier, Eric? Schläfst du denn nie? Du wirst dich noch umbringen.«

Aber schon drückte er ihr die Hand mit zärtlicher Beharrlichkeit, und sie fuhr mit ihm durch die dunklen Hügel, ihre Sinne freudig gespannt. In seinem Haus dann hüllte ihn ihr Seufzen ein, während er sie zum Bett trug. Seine Küsse waren Balsam gegen die feindliche Welt, sie vertrieben ihre Einsamkeit, während er ihr Geist und Seele mit seinem lächelnden Bild erfüllte.

Er bestand darauf, daß sie die Schlüssel zu seinem Haus annahm. Sie würde sie nie benutzen, denn sie könnte es nicht ertragen, in seine Privatsphäre einzudringen. Aber als Kompromiß mußte sie einwilligen, wenigstens ein paar Tage oder ein Wochenende zu bleiben.

Und so saß sie denn manchmal alleine in den frisch duftenden Zimmern seines Hauses und wußte, daß er in wenigen Minuten zu ihr kommen würde. Ihre Einsamkeit machte das sexuelle Verlangen nach ihm nur noch größer; manchmal gab sie deshalb ihren weiblichen Instinkten nach und war bereits nackt, wenn er zur Tür hereinkam.

Er umarmte ihren nackten Körper, der im Licht des nächtlichen Himmels seidig glänzte, und alle ihre Sinne erwachten, wenn er sie mit starken Armen an sich drückte.

Später saß sie dann gerne nackt vor ihm und beobachtete ihn, wenn er sie fasziniert ansah. Sie ließ seine Blicke sie durchdringen und erforschen, wie es wenige Augenblicke zuvor sein Fleisch getan hatte.
Sie studierte die Augen, in denen sie sich selbst gespiegelt sah. Sie waren voller Geheimnisse und kaleidoskopisch blitzender Stimmungen. Sie verlor sich in ihren Tiefen und wollte sich nur durch ihn wiederfinden. Er war wie ein Chamäleon, ein Wesen mit tausend Gestalten, vielfältig und nicht zu greifen, und das war auch der Schlüssel zu seinem erregenden Sex-Appeal, sowohl als Mensch als auch auf der Leinwand. Er war fast schmerzhaft offen und zutraulich in seiner Verletzlichkeit – und doch wußte man nie genau, was man von ihm halten sollte. Humor, Freundlichkeit und ein entsetzlicher, nie vergehender Schmerz kämpften um die Vorherrschaft über diese funkelnden Augen, doch keines konnte gewinnen.
So hielt sie ihn an den Händen und spürte, wie seine Augen sie liebkosten, reizten, fragten und zärtlich antworteten – ohne Worte. Schweigend schweifte ihr Blick über seinen perfekten Körper, von den kräftigen Schultern und der breiten Brust zu den muskulösen Armen, von dem Busch krausen Männerhaares auf dem Bauch zu der kostbaren Stelle zwischen seinen Schenkeln, wo sein duftendes Geschlecht nun entspannt ruhte, das doch so leicht zu erregen war und so erstaunlich in seiner Macht, den Körper einer Frau zu nehmen und in Leidenschaft zu entzünden ...
Und schon bewegte es sich wieder, erregt von ihren Blicken, und die Hände, die sie hielten, zogen sie zu ihm, zu verführerisch in ihren Berührungen, um ihnen auch nur einen Augenblick zu widerstehen. Mit einer Hemmungslosigkeit und Lust, die ihr fast Schrecken einjagte, bedeckte sie ihn mit Küssen, und ihr Haar umhüllte ihre Gesichter, während sie sehnlichst erwartete, daß er wieder von ihr Besitz ergreife.

So leidenschaftlich, wie er nach ihrem Körper verlangte, so unersättlich war auch seine Neugierde auf ihre Vergangenheit, ihre Gedanken, ihre Ideale und Pläne. Schon nach wenigen Wochen der Gemeinsamkeit hatte sie den Eindruck, als würde er alle Winkel ihrer Persönlichkeit durchdringen und sie in sich aufnehmen.
Und er war wirklich ein so guter, konzentrierter Zuhörer, daß sie bald sein Urteil über sie fürchtete. Sie hatte Angst, zu seicht für ihn zu sein, und das sagte sie ihm auch.
Er lachte überrascht, als hätte sie ihn vollkommen mißverstanden.
»Das ist das letzte, worüber du dir Sorgen zu machen brauchst. Du bist

sehr tiefgründig, Annie. Tiefer, als du es vielleicht selber weißt. Das ist der Schlüssel zu deinem Talent.«
»Welches Talent?« fragte sie. »Der Liebling der Klatschspalten zu sein?«
Er schüttelte ernst den Kopf. »Ich werde dir sagen, was ich glaube«, sagte er. »Du bist doch ein viel zu netter Mensch, um an dir selbst den Machthunger und die Selbstsucht, die Liane ausmachten, zu akzeptieren. Aber du hast sie trotzdem zum Leben erweckt, weil du tapfer genug warst, sie irgendwo in dir zu entdecken und sie herauszulassen, Damon zuliebe. Das erforderte Talent und noch etwas mehr als Talent. Das Etwas, das einen erst zu einem richtigen Schauspieler macht.«
Sie lächelte, dankbar für sein Lob, verschwieg aber den komischen Gedanken, der ihr eben durch den Kopf geschossen war. Seitdem im Studio durchgesickert war, daß sie mit richtigem Namen Liane hieß, stürzte sich die Presse begierig darauf, sie mit der Rolle zu identifizieren, die sie gespielt hatte.
Und als Erics Neugier über ihre Vergangenheit ihre Gedanken auf Harry Havilland und ihre Jugend brachte, fielen ihr auch die geheimnisvolle Alice Havilland und die Bilder wieder ein, die sie als Mädchen auf dem Dachboden entdeckt hatte, Bilder, die ihr so viel Angst eingejagt hatten, daß sie in Panik davonstürzte.
Konnte es sein, so überlegte sie, daß in den monströsen Lügen der Presse auch ein Körnchen Wahrheit lag? War sie in ihrer Schlechtigkeit als Liane etwas zu gut gewesen? Hatte die bedrohliche Gerissenheit, die ihr auf den Fotos aufgefallen war, über Liane einen Weg zu ihr selbst gefunden?
Eric konnte sie mit diesen beunruhigenden Gedanken nicht belasten. Vor allem auch, da sie nur zu gut wußte, daß in den Gerüchten über sie und ihn noch ein anderes Körnchen Wahrheit steckte. Denn schließlich waren sie ja wirklich ein Paar, auch wenn die Affäre erst nach Abschluß der Dreharbeiten begonnen hatte.
So mußte sie sich zwingen, ihre Schuldgefühle zu bekämpfen und mehr den äußeren Feind zu hassen, als sich selbst die Schuld zu geben. Sie wußte, daß sie in Hollywood nichts getan hatte, was sie nicht wieder tun würde – vor allem, daß sie Erics Einladung angenommen hatte, die ihr in der Folge nun diese zauberhaften Augenblicke bescherte.

Im Lauf der Zeit erzählte auch Eric ihr von seinem Leben. Und nun schämte sie sich, daß sie sich über ihr Leben so viele Gedanken gemacht hatte.
Sie wußte bereits, wie Millionen seiner Fans, daß er lange vor seiner

Karriere als Hollywood-Star ein bekannter Kinderdarsteller gewesen war, der Sohn einer aggressiven Bühnenmutter. Seine Schwester, einige Jahre älter als er und nun eine geschätzte Broadway-Schauspielerin, hatte mit ihm diese schwierigen Jahre geteilt.

Beide wurden sie wie abgerichtete Tiere einem Produzenten nach dem anderen vorgeführt, ihre zerbrechlichen Egos von den Unbarmherzigkeiten des Showbusiness und der tyrannischen Liebe ihrer Mutter verbogen und zerbrochen.

Sie waren Zeugen ihrer Heiraten und Scheidungen, ihrer vielen Affären, und da ihnen der Vater oder eine beständige Mutter fehlten, klammerten sie sich aneinander.

Auch heute noch telefonierte er mindestens einmal die Woche mit ihr, aber es war auch ein ironisches Zeichen ihrer Verbundenheit, daß sie an entgegengesetzten Küsten wohnten und sich nie besuchten.

Erics frühe Jahre hätten die meisten jungen Männer zerstört. Aber er überlebte die endlose Reihe von Kinder- und Jugendrollen in vergessenen Inszenierungen und nahm als unglaublich gutaussehender und brillanter Zwanzigjähriger Hollywood im Sturm. In den Jahren, die folgten, war er zur Legende geworden.

Er erzählte die Geschichte in kurzen, lakonischen Episoden, mit abgewandtem Blick, während er Annie im Arm hielt. Aber während er sprach, erkannte sie, wie er das Wunder des Überlebens zustande gebracht hatte.

Er hatte es geschafft, indem er schauspielerte. Er hatte gelernt, sich in dem Augenblick der Verwandlung, wenn vor der Kamera ein eingebildeter Charakter in ihm entstand, zu verlieren. Indem er sein Selbst ausschaltete, hatte er es befreit. Und so wurde er ein Meister seiner Kunst.

Es war kein Zufall, daß gequälte, gebrochene Charaktere mit gewaltsamen Schicksalen seine Spezialität waren. Es war seine Art, seine persönliche Geschichte auszuleben, seine Dämonen auszutreiben, ohne von ihnen aufgefressen zu werden.

Diese Art hatte Hollywood-Geschichte und ihn zu einem kulturellen Helden gemacht.

Er zweifelte nicht an seinem Talent, trotz der im Laufe der Jahre ambivalenten Kritikerreaktionen. Er wußte, was er als Künstler wert war, und er begriff die Verkäuflichkeit seines Starseins als Ware. Aber in Gedanken trennte er die beiden rigoros.

Er vergaß nie, daß das Wichtigste in seinem Leben seine Berufung als Schauspieler war.

Und eigenartigerweise fühlte sich Annie genau an diesem Punkt mit ihm verbunden, obwohl sie sich nicht einbildete, ihm künstlerisch ebenbürtig zu sein. Sie waren beide mit einem Gefühl der Stigmatisierung, des schmerzlichen Andersseins aufgewachsen. Und sie hatten dem Impuls, ihre Wunden zu bedecken, sowohl bei der Berufswahl als auch im Privatleben nachgegeben.
Als Schauspieler bis ins Mark »versteckten sie sich in aller Öffentlichkeit«, wie Eric es formulierte. Indem sie Charaktere schufen, konnten sie sich selbst stellen, aber eben indirekt. Ihre Gesichter im Spiegel waren ihnen unbekannt, fremd, nur auf der Bühne oder auf der Leinwand entdeckten sie sich.
Eric ist für mich wie ein Blutsbruder, dachte Annie. Er hatte ihr Schicksal geteilt, wenn auch auf eine viel schmerzvollere Art, denn er hatte nie einen Harry Havilland gehabt, der ihm bedingungslos Vertrauen und Zuneigung bot.
Und als Schwester hörte sie ihm auch zu und tröstete ihn mit zärtlichen Worten, Fingern und Lippen.
Aber als Frau zog sie ihn an sich, nahm ihn zu sich ins Bett, und mit Fingern, die durch die neue Vertrautheit mit seinem Körper und seinem Wesen wissend geworden waren, brachte sie ihn zu heißen Explosionen seiner Männlichkeit, die sie wiederum zu einer wilden Leidenschaftlichkeit trieben, die sie sich auch in ihren heimlichsten Träumen über das andere Geschlecht nicht vorgestellt hätte.
Und als Mann ließ er seinen Blick langsam über sie schweifen, mit Augen voller Achtung und beschützender Zärtlichkeit.
Freund, Kollege, Bruder, Liebhaber, Adam zu Eva, Schatten, der die Vergangenheit auslöschte und in die Zukunft ihres Herzens hineinragte – allmählich wurde Eric Annies ein und alles. Von ihm gewollt zu werden war so neu, so erregend, daß sie sich von seinem Bild einhüllen ließ wie von einem Mantel, der ihre neue Identität enthielt.
Sie kannte sich selbst nicht mehr. Nachdem sie in diesen mystischen Kaninchenbau gefallen war, aus dem dann vor langer Zeit die Erkenntnis ihrer Berufung als Schauspielerin entsprungen war, taumelte sie jetzt wie irrsinnig durch die Schwärze, verwandelt wie damals Alice in ihrem Wunderland.
Aber nun kam die Kraft, die sie in riesige Höhen und unbekannte Proportionen trieb, ausschließlich von Eric. Als übernatürliches Einhorn unter den männlichen Tieren hatte er ihr Zutritt zu seiner Welt gewährt, die sie weder verlassen konnte noch wollte.
Wie vollkommen wäre es gewesen, sich ganz in ihm zu verlieren. Aber

das Leben bietet sichere Häfen nur in Träumen, das wußte sie. Die Verzückung in ihr bildete einen Gegensatz zu dem Gefühl des Vertriebenseins und der Einsamkeit in einer feindlichen öffentlichen Welt, die alles daransetzte, in ihre Privatsphäre einzudringen und zu beschmutzen, was ihr am teuersten war. Sogar die schönsten Augenblicke mit Eric wurden überschattet von den grellen Mißtönen, die ihre Insel des Friedens umbrausten.

So hängte sie sich an ihn mit ihren schwachen Kräften, ohne zu wissen, wohin die Zeit sie trieb, aber voller Angst vor dem, was hinter der nächsten Ecke lauern mochte.

Sie führte ein Doppelleben, die eine Hälfte zu schön, um wahr, die andere zu entsetzlich, um wirklich zu sein.

Eric hatte den Manager des Dial Theatre bestochen, und so waren zwei Sitze für ihn und Annie reserviert. Nachdem alle Plätze besetzt, die Türen geschlossen und das Licht abgedreht war, schlüpften sie hinein und fanden ihre Sitze, ohne daß das erwartungsvolle Publikum sie bemerkte.

Der Raum wurde nun vollkommen dunkel und das leise Zischen des laufenden Films hörbar.

Vor dem schwarzen Hintergrund hörte Annie die körperlose Stimme Lianes leise vor sich hinsingen. Und dann tauchte der Vorspann in Blockbuchstaben vor der Schwärze auf.

INTERNATIONAL PICTURES
PRÄSENTIERT
ERIC SHAIN

Das Publikum hielt gemeinsam den Atem an, als der legendäre Name erschien.

ANNIE HAVILLAND

Wieder gab es eine Reaktion im Saal, aber sie war zu vieldeutig, als daß man sie benennen konnte.

IN
DER CLIFFORD-NAUMES-PRODUKTION
EINES RHYS/SALINGER-FILMS

A MIDNIGHT HOUR

Der Film hatte begonnen.
Annie war beeindruckt von der faszinierenden Musik, die Rhys von Kenju Nishimura hatte komponieren und orchestrieren lassen, einem brillanten jungen Komponisten klassischer Musik. Sie klang gespenstisch über die von Duncan Worths Kamera so düster gezeichnete Landschaft mit ihren Magnolien, immergrünen Eichen und dem hängenden Moos von South Carolina.
Die Namen der Schauspieler und der Crew, die sie nun alle so gut kannte, huschten über die Leinwand, von Eileen Mahler über Jerry Falkowksi und Aleine deGraw zu Andi Ritchie. Zum erstenmal sah sie den Vorspann eines Films und konnte den Namen auch Gesichter zuordnen.
Dann füllte Mark Salingers Name die Leinwand, und der Vorspann war vorbei. Annie drückte Erics Hand, als der Film begann.
Die Kamera folgte Terry auf seinem Weg vom Bahnhof über enge Straßen und schmutzige Gassen zum Haus seiner Familie. Er trug nur einen einzigen Koffer und ging rhythmisch und ohne Eile. Plötzlich tauchte schicksalhaft, wie aus dem Nichts, auf einem Fahrrad Annie als Liane auf. Ein einfaches Kleid bedeckte ihre kostbare Weiblichkeit. Sie stellte sich Terry in den Weg, lächelte und sprach ihn an.
Von diesem Augenblick an sank Annie das Herz.
Wie in einem Alptraum hörte sie ihren Text. Er klang entsetzlich gestelzt, als würde ein Schüler auf einer Zehndollargeige Mozart spielen. Ihre Stimme klang gezwungen, der Akzent absurd. Sie haßte ihr Gesicht, ihren Ausdruck. Jede Bewegung ihrer Gesichtszüge und ihres Körpers wirkte schlecht getimt und amateurhaft.
Die Hände waren ihr feucht geworden, sie atmete schwer.
Sie spürte, wir Eric ihre Hand nur fester packte. Versuchte er nun, ihre irrationalen Ängste zu vertreiben oder sie in ihrer berechtigten Scham zu trösten?
Nach einer Weile stand jemand auf und verließ das Theater. Dann ging ein älteres Paar gemeinsam, wobei er sie am Arm den Gang entlangführte.
Jemand hustete. Ansonsten war die Stille betäubend.
Annie glaubte, sie müsse sterben.
Der Film wälzte sich quälend langsam auf das entsetzliche Ende zu.
Nur wenn Annie nicht im Bild war, traute sie sich, direkt auf die Leinwand zu sehen. Wenn die Kamera auf sie gerichtet war, sah sie weg.
Erics Darstellung eines Mannes, der sich mit der Waffe Liane fast

absichtlich zerstörte, war betörend. Jeder Blick und jede Geste hatte Tiefe, Vieldeutigkeit und dunkle Bedeutung. Er war noch nie so gut gewesen.

Jetzt sah Annie auch die Ergebnisse seiner selbstlosen Versuche, ihre Darstellung zu verbessern. Sie erkannte, daß er sie ganz auf das Wohl des Films abgerichtet hatte.

In einer wichtigen Szene blieb die Kamera nach dem Liebesakt auf Terrys liegendem Körper, während Liane in BH und Slip hinter ihm im Schlafzimmer herumging. Entgegen den Wünschen des Regisseurs hatte Eric darauf bestanden, daß sein Gesicht im Vordergrund unscharf blieb und an der Wand im Hintergrund ein Spiegel aufgestellt wurde, damit er nur als Schemen wirkte, während Liane, die sich nach der Liebe narzißtisch betrachtete, im Mittelpunkt des Bildes stand.

Damon und Mark hatten zugestimmt, und so wurde es auf Erics Art gefilmt. Wie sich nun zeigte, war die verschwommene Gestalt auf dem Bett, dank der Haltung, die Eric ihr gab, unaussprechlich tragisch. Auch wenn er nicht im Brennpunkt der Kamera stand, vermittelte er die verzehrende Besessenheit, die sterbende Vitalität, die Terry ausmachte. Seine Bewegungslosigkeit auf dem Bett, während seine Arme an der Seite lagen, ließ ihn aussehen wie eine Leiche, und Liane, die selbstversunken vor ihrem Spiegelbild stand, wie sein befriedigter Henker.

So ging es weiter. *A Midnight Hour* überraschte Annie immer wieder mit seiner Intensität und Brillanz. Aber gleichzeitig verhöhnte es ihr Bild, ein Makel in jeder Szene, in der sie erschien.

Der Applaus am Ende war höflich, aber verhalten. Annie konnte es nicht ertragen, ihn zu interpretieren.

Mit Eric stand sie in einer dunklen Ecke und sah zu, wie die Zuschauer das Kino verließen. Sie sahen blaß aus, nachdenklich.

Kein Wunder, dachte sie. Das Entsetzen in Damons Geschichte hielt sie immer noch gepackt.

Viele von ihnen nahmen die Kritikbögen, die man ihnen aushändigte, füllten sie aus und warfen sie in die Schachteln, die das Studio bereitgestellt hatte. Annie wagte nicht, daran zu denken, was sie schrieben.

Dann war das Theater leer, und Eric brachte sie nach Hause. Sie klammerte sich an ihn, und die Nachtluft umwehte sie, als sie auf dem Motorrad den Sunset Boulevard entlang zur Coast Highway und nach Malibu fuhren.

Bei der Ankunft zu Hause hatte sie Angst, etwas zu sagen.

»Na?« fragte er und schloß die Tür. »Spann mich doch nicht so auf die Folter. Was hältst du davon?«

Sie versuchte zu sprechen, aber sie fand keine Worte.
»War ich so schlecht?« fragte er.
»Du?« rief sie und mußte trotz ihrer Verzweiflung lachen. »O Eric, wie kannst du mich das fragen?«
Er hatte sie mißverstanden. Nun stand er da und sah sie an und lächelte mit einer Mischung aus Verblüffung und echtem Schmerz.
»Na komm«, sagte er. »Du kannst es dir leisten, großzügig zu sein. Du warst doch wie Dynamit auf der Leinwand. Du hast mir die Show gestohlen, wie ich es vorausgesagt habe. Und das Publikum hast du zwei Stunden lang um den Finger gewickelt. Na komm, Annie, war ich wirklich so schlecht?«
»O Eric.« Sie warf ihm die Arme um den Hals, zu überwältigt von seiner Freundlichkeit, um zu fragen, ob er es auch ernst meine. »Ich liebe dich!«
Er streichelte sie zärtlich, merkte nun, was sie durchmachte, und war bereit, ihr zu helfen, bis das Schlimmste vorüber war.
In wenigen Minuten würde sie wieder genügend Selbstbeherrschung haben, um ihm zu sagen, wie großartig er in dieser komplexen und anspruchsvollen Rolle gewesen war und daß sie das ganze Leben lang ihrem Glück danken würde für das erregende Erlebnis, mit ihm gearbeitet zu haben.
Aber im Augenblick konnte sie sich nur an ihn klammern, ihr Gesicht an seiner Brust vergraben und dem Echo der drei Worte, die ihr eben fast gegen ihren Willen entschlüpft waren, lauschen.

11

Am nächsten Morgen erwachte sie in Erics Armen.
Das Haus war kühl und schlaftrunken. Das leise Rauschen der Brandung verstärkte noch den Eindruck eines rhythmischen, trägen Friedens.
Annie lag da und betrachtete Erics schlafendes Gesicht. Es schien unendliche Welten zu verbergen, in denen nicht zu deutende Dinge geschahen. Welche Traumgedanken, so überlegte sie, ihn wohl im Augenblick beschäftigen, verwirren oder sogar quälen? Sie würde es nie erfahren, und er würde sich nicht daran erinnern, wenn er aufwachte.
Leise schlüpfte sie aus dem Bett und stapfte durch die Küche zur Hintertür.

Auf der Schwelle lagen die Zeitungen.
Sie öffnete dem milden Morgen die Tür, holte die Zeitungen herein und legte sie auf den Küchentisch.
Sie zwang sich, in aller Ruhe Kaffee aufzubrühen, so wie ein Kind am Weihnachtsmorgen sich erst die Zähne putzen muß, bevor es zum Baum darf.
Schließlich setzte sie sich und sah auf die Titelseite der *Times.*
Ihr Blick blieb sofort an ihrem eigenen Bild hängen.
Es war in einem Kasten in einer Ecke der Seite.
SEX-ENGEL VERBLÜFFT PUBLIKUM, lautete die kleine Schlagzeile. EINZELHEITEN UND KRITIK, S. 38.
Noch bevor Annie umblättern konnte, sah sie, daß ihr Bild auch auf den Titelseiten der *Daily Variety* und des *Herald Examiner* war. Der komische Ausdruck *Sex-Engel* tauchte in allen drei Schlagzeilen auf.
Sie blätterte zu der Kritik in der *Times.* Sie stammte von Porter Atkinson, dem einflußreichsten Kinokritiker Hollywoods.
Ihre Augen huschten über die Absätze, die ein großes Bild von ihr in Lianes knappem Kleid und kleinere Fotos von Damon und Eric umgaben. Beim Überfliegen der Sätze bekam sie den Eindruck lauwarmen Lobs für Damons Drehbuch.
Schließlich fand sie die Beurteilung ihrer Leistung.
»Miss Havilland ist vielleicht keine Schauspielerin«, schrieb Atkinson, *»aber sie ist auf der Leinwand so heiß wie schon lange keine mehr. Sie strahlt einen fast unerträglich sinnlichen, heimtückischen Hunger aus, der so in ihrem Körper verwurzelt ist, daß er wie unbewußt erscheint. Man spürt eine monströse Sexualität, die sich ausschließlich ihrem eigenem Triumph, dem reinen Bösen, widmet – und das in dem Körper und hinter dem Gesicht einer Madonna.«*
Beim Weiterlesen runzelte Annie die Stirn.
»Man kann Damon Rhys nur gratulieren, daß er diesen Sex-Engel entdeckt und nach seinen Vorstellungen geformt hat – gleichgültig, welche Kopfschmerzen sie ihm vor und hinter der Kamera bereitet hat. Die Havilland muß man auf jeden Fall gesehen haben, ihre silbrigen Augen, ihre milchigweißen Glieder, ihre erotische Erscheinung. Sie wird möglicherweise zum Sexsymbol dieser Generation, eine würdige Nachfolgerin von Bardot, Monroe, Mansfield und Kolleginnen.«
Annie errötete, während sie die anderen Kritiken las. Wie die erste hatten sie höfliches Lob für Damon Rhys und unterkühlte Achtung vor Eric Shains schauspielerischer Leistung übrig, die üblichen Kritikerphrasen des Lobs.

Aber vor allem zielten sie, auch mit den Fotos, darauf ab, die Aufmerksamkeit auf die starke sexuelle Wirkung des Films zu lenken und auf Annie als deren Mittelpunkt. Aber mit keinem Wort lobten sie ihre schauspielerische Leistung oder erwähnten, daß das, was sie in dem Film getan hatte, überhaupt Schauspielerei sei und nicht nur das einfache Ausleben ihres erotischen, provokativen Egos vor der Kamera.
Es war alles sehr eigenartig. Der Spitzname Sex-Engel aus Atkinsons Kritik in der *Times* tauchte auch im Text und den Schlagzeilen der anderen Zeitungen auf. Warum nur?
Alle drei Kritiken vermittelten irgendwie einen geplanten, dümmlich-fahlen Eindruck.
Annie war blaß geworden. Schuldgefühle überkamen sie, als sie erkannte, daß ihre Darstellung der Liane den ganzen Film in den Schmutz gezogen und die hervorragende Arbeit von Damon und Eric verdrängt hatte. Wenn man die Kritiken las, erfuhr man nicht, um was es in *A Midnight Hour* überhaupt ging.
Die Tiefe, die Damon hineingelegt hatte, wurde nicht einmal angedeutet.
Sie saß noch immer vor ihrem unberührten Kaffee und starrte die abstoßenden Fotos an, als sie eine warme Hand auf ihrer Schulter spürte.
»Du bist doch nicht überrascht, oder?«
Erics Stimme klang sanft. »Mit mir machen sie das seit fünfzehn Jahren. Das ist ihr Job, Annie. Einen Film hochpushen, einen Slogan ausdenken, einem Freund einen Gefallen tun. Der Film selbst ist ihnen gleichgültig, und auch die Arbeit, die wir hineinstecken. Das sind eben Kritiker.«
Verachtung und Überdruß an der Welt lagen in seiner Stimme, als er versuchte, sie zu trösten. Aber als sie aufsah, merkte sie, daß er die Kritiken mit wirklicher Besorgnis überflog, wie auch schon die erbarmungslosen Salven der Publicity, mit denen man sie in den letzten Monaten gehetzt hatte.
Etwas stimmte da nicht, und Annie wußte es.
Und auch er wußte es.
Aber er hatte bereits ihre Verzweiflung gespürt, denn er drehte ihr das Gesicht zu und sah ihr sanft in die Augen. Er kniete sich vor sie, küßte sie und streichelte ihr Schultern, Haare und Wangen.
Sie schloß die Augen und versuchte, verzweifelter denn je, ihn in ihr Inneres zu bringen, wo er herrschen konnte und die Welt vor ihren Blicken verbarg, so daß sie, sogar wenn sie in sich selbst hineinblickte

und sich und ihre Bestimmung suchte, in seine Augen mit ihren hypnotischen Tiefen und wirbelnden Nuancen sah.
Aber sie wußte, daß es keinen Sinn hatte. So leicht ließ sich die Welt nicht aussperren. Diese Welt wollte sie und würde keine Ruhe geben, bis sie ihren Kampf mit ihr ausgetragen hatte.
Ein für allemal.

12

Harmon Kurth stand am Fenster seines Büros und sah auf die Tonstudios und die Freiluftkulissen auf dem riesigen Gelände der International hinaus.
Das Telefon auf seinem Schreibtisch schwieg. Seine Sekretärin im Vorzimmer fing alle Anrufer, die ihm zum sensationellen Erfolg von *A Midnight Hour* gratulieren wollten, ab.
Der Film würde mit Sicherheit fünfzig Millionen bringen. Manager, Speichellecker, Konkurrenten und Freunde wollten Kurth sagen, »daß er es wieder einmal geschafft hatte«.
Howard Mann, Chef von American Studios, und Kurths aussichtsreichster Nachfolger für den unwahrscheinlichen Fall, daß dessen Macht eines Tages nachlassen sollte, war der erste gewesen.
»Harm«, hatte er gesagt, »ich wollte dir nur gratulieren. Das war ausgezeichnete Arbeit. *A Midnight Hour* ist ein schöner, ein wichtiger Film. Eine Feder für deinen Hut und ein Triumph für International. Weiterhin viel Erfolg, Kumpel.«
Kumpel. Das war Manns Lieblingsanrede. Und gleichzeitig war es die unabsichtlich witzigste Fehlbenennung, die er hätte wählen können.
Wenn die Umstände Howards Schakalsnatur begünstigten, würde er der erste sein, der Kurth einen Tritt versetzte. Kurth wußte das seit Jahren, denn er achtete sehr auf subtile Zeichen – strategische Verbindungen Manns, Freunde, die als Kurths Feinde oder Neider bekannt waren –, die nur ein ausgefuchster Profi sehen kann. Mann war der typische Attentäter: ein Mann, der erst zufrieden war, wenn er sich im Blut all derer, die über ihm standen, wälzte.
Aber Mann mußte, wie jeder in dieser Stadt, ob nun Freund oder Feind, anerkennen, daß *A Midnight Hour*, trotz der wilden Gerüchte bei den Dreharbeiten, ein weiterer Triumph für Kurth war. Der Film war eine perfekte und hervorragend verkäufliche Ware und nicht die Peinlichkeit, die Mann und seine Verbündeten erhofft hatten.

Kurth war noch immer an der Spitze. Und er hatte die Absicht, dort auch zu bleiben.

»Vielen Dank für dein Lob, Howard«, hatte er mit vorsichtiger Herzlichkeit erwidert. »Von dir bedeutet das etwas.«

»Wollen wir nächste Woche miteinander essen, Harm? Mal wieder über alte Zeiten reden?«

»Sehr gerne, Howard. Meine Sekretärin wird in deinem Büro anrufen. Und nochmals vielen Dank.«

Die letzte Stunde war Kurth in Gedanken versunken gewesen. Zwanzig Jahre in Stellungen größter Macht hatten ihn gelehrt, daß der Mann an der Spitze für sein Schicksal ganz alleine verantwortlich ist. Seine Entscheidungen mußten makellos sein, denn die, die unter ihm stehen, eines umabhängigen Urteils beraubt, können nur die Entscheidungen ihres Führers wiederholen.

Kurth hatte vor allem eins gelernt: daß man sich nicht auf seinen Lorbeeren ausruhen darf.

Der Plan, den er in den letzten sechs Monaten ausgearbeitet hatte, funktionierte ausgezeichnet. *A Midnight Hour* war Gegenstand überwältigender öffentlicher Neugier. Die vermeintliche Liebschaft seiner Stars – nicht ganz ohne Realitätsbezug, wie sich herausstellte – hatte nur noch Öl in die Flammen gegossen. Und gleichzeitig hatte der Tenor der Publicity diese Havilland erfolgreich diskreditiert.

Aber Kurth hatte sich die Endfassung des Films sehr sorgfältig angesehen. Er war viel zu schlau, um in den Unsinn der Kritiker einzustimmen.

Das Mädchen konnte spielen.

Unter dieser Voraussetzung wurde die Zukunft unsicher. Denn Kurth wußte, der Lauf der Ereignisse fand immer einen Weg, auch noch das Sicherste des Sicheren durcheinanderzubringen.

Mit gespitzten Lippen hob er sein Privattelefon ab und wählte die Nummer für ein Ferngespräch.

Nach mehrmaligem Klingeln wurde abgehoben.

»Dugas-Ermittlungen. Kann ich Ihnen behilflich sein?«

»Hier Kurth.«

»Guten Tag, Sir. Was kann ich für Sie tun?«

»Wir haben hier ein neues Objekt. Eigentlich noch eine unbekannte Größe, aber schon sehr populär. Sie spielt zusammen mit Eric Shain in Damons Rhys' Film *A Midnight Hour* die Hauptrolle.«

»Annie Havilland.« Wie jeder, der sich für das Showbusiness interessierte, hatte auch Wally die sensationelle Vorauspublicity des Films

verfolgt und von der unbekannten Schauspielerin gehört, die man für die weibliche Hauptrolle verpflichtet hatte.
»Ich brauche Hintergrundinformationen über sie.«
»Wird erledigt. Haben Sie etwas, mit dem ich anfangen kann?«
»Nichts Wesentliches. Ihre Studiobiographie und die Akte ihrer New Yorker Agentur. Sie sind ganz auf sich selbst gestellt.« Er unterbrach sich. »Aber eins muß klar sein: Ich will, daß dieser Hintergrund absolut gründlich ermittelt wird. Absolut.«
Wally verstand, was Kurth meinte. Er sollte Informationen finden, die für Annie Havilland so schädlich waren, daß man damit ihre Karriere zerstören konnte.
Ob sie dann wirklich verwendet wurden, war Kurths Sache.
»Wenn etwas da ist, werde ich etwas finden, Sir«, erwiderte Wally in dem schlichten Tonfall, den Kurth nicht mochte.
»Na, hoffentlich«, sagte Kurth. »Es ist wichtig, daß in dieser Situation korrekt und zügig gehandelt wird.«
»Sie können sich auf mich verlassen, Sir.« Wally ließ es wie einen dümmlichen, volkstümlichen Slogan klingen. Kurths mürrische Art ärgerte ihn, und da er genau wußte, wie unersetzlich seine Fähigkeiten waren, machte er sich den Spaß und trug ziemlich dick auf.
Die Verbindung wurde unterbrochen.
Kurth machte sich nie die Mühe, sich zu verabschieden, wenn er etwas wollte.

13

»Guten Abend, meine Damen und Herren. Willkommen bei der Tommy Granger Show!«
Das Orchester spielte Tommy Grangers berühmte Erkennungsmelodie, und der Vorspann lief über den Bildschirm, während der Ansager zum Applaus des Publikums fortfuhr.
»Mit Tommy Granger, Jerry Nichols und seinem Orchester und seiner Wenigkeit, Don Hughes. Und mit den Gästen des heutigen Abends, Ran Siegel, Marilyn Price, dem Songwriter Allen Rubin und – Miss Annie Havilland!«
Der Applaus im Studio wurde stürmisch, als der gutaussehende, lächelnde Tommy Granger die Bühne betrat, die laute Begrüßung mit seinem gewohnten Daumen nach oben beantwortete und schließlich, als das Klatschen seine Einstimmigkeit verloren hatte, um Ruhe bat.

Tommy, ein täuschend unschuldig aussehender Mann mit braunen Augen und graumelierten blonden Haaren, sprach mit einem leichten südlichen Akzent. Er war der beliebteste und einflußreichste Talkmaster der Nation, denn seine gastfreundliche Art und jungenhafte Freundlichkeit lullten Publikum und Gäste gleichermaßen ein und machten sie wehrlos, wenn er sie mit seinem beißenden Witz dann plötzlich unerwartet überraschte.
»Vielen Dank«, sagte er und warf Don Hughes und dem Orchester einen Seitenblick zu. »Aber werden Sie mich danach auch noch respektieren?« Seine Worte riefen Gelächter und erneuten Applaus hervor.
»Es wird eine großartige Show werden heute abend«, fuhr er fort. »Wie Don schon erwähnt hat, wir haben den Meister der Beleidigung hier, Mr. Ran Siegel ...«
Donnernder Applaus ertönte, als der Name von Hollywoods größtem Beleidigungskomiker fiel. Ran Siegel war ein großer, dunkler Mann mit blitzenden Augen und einem wohlberechnet lasziven Auftreten, dessen rasiermesserscharfer Witz und brillantes Timing die Zuschauer stets hilflos machte, weil sie versuchten, den neuen Witz zu verstehen, während sie noch über den alten lachten. Durch eine glänzende Nachtclubkarriere war er vor mehr als einem Jahrzehnt zum Meister des »Las-Vegas-Stils« geworden und war heute das Vorbild für so ehrgeizige Künstler wie Phyllis Diller und Don Rickles.
»Und«, ergänzte Tommy Granger, »wir freuen uns, Marilyn Price hier zu begrüßen, die reizende Sopranistin der Metropolitan Opera. Auch Allen Rubin ist hier, der junge Songwriter, der Hollywood wirklich einheizt ...«
»Und last not least«, schloß er mit einem zuversichtlichen Blick in die Kamera, »jemand, den Sie bereits kennen, außer Sie sind einer der wenigen, die *A Midnight Hour* noch nicht gesehen haben. Glauben Sie mir, diese junge Dame ist ...« Er zeichnete die Umrisse eines weiblichen Körpers in die Luft. »Sie ist wirklich – na, sie ist etwas ganz Besonderes. Miss Havilland ist bei uns zu Gast.«
Der laute Applaus bei Erwähnung dieses Namens übertönte das Ende des Satzes. Er war voller offensichtlicher Erwartung.

Annie saß in dem grünen Zimmer, hörte Tommys Monolog zu und wartete wie auf Kohlen, während die anderen Gäste vor ihr auf die Bühne gingen. Marilyn Price, ein beschäftigter Star, sang zwei kurze Arien und unterhielt sich einige Minuten mit Tommy. Dann war Ran Siegel an der Reihe mit einem sechsminütigen Monolog, der vorwärts-

stürmte wie ein Schwerlaster und das Publikum zu Hysterikern machte. In diesen sechs Minuten schien er mehr als die Hälfte der mehreren hundert Anwesenden beleidigt zu haben.
Anschließend konzentrierte Ran seine Witze auf Tommy, der gar nicht erst versuchte, ihm zu antworten.
Ran schwieg respektvoll, während Allen Rubin sich ruhig mit Tommy über seine Songs und Filmmusiken unterhielt.
Annie wurde immer nervöser. Sie wußte, sie hätte diese Einladung nicht annehmen sollen, auch wenn sie zu der Zeit keine Ahnung gehabt hatte, daß auch Ran Siegel zu den Gästen der Show gehörte. Aber der Erfolg von *A Midnight Hour* war so sensationell und ihre Arbeitsangebote so dürftig, daß Barry Stein sie überredet hatte, sie müsse dem Publikum zeigen, wie sie wirklich sei.
»Als Liane bist du eine Ware«, sagte er, »die kurzfristig eine Menge Umsatz macht. Aber wenn du dir eine Karriere aufbauen willst, Annie, dann muß die Öffentlichkeit eine andere Persönlichkeit als die der Liane mit deinem hübschen Gesicht verbinden. Du kannst dich nicht länger verstecken.«
Vor meiner Schande, meinst du wohl, überlegte sie bitter. Sie hatte alles getan, um Interviews über sich selbst und Liane zu vermeiden, denn sie reduzierten sich alle auf die gleichen zwei lästigen Fragen, die, kaum verhüllt, beständig wiederholt wurden.
Sie sind im richtigen Leben wie Liane?
Wie ist Eric Shain als Mann wirklich?
Mit ihren ausweichenden Antworten und Dementis gelang es ihr natürlich nicht, die Interviewer von dieser doppelten Besessenheit abzubringen, denn sie glaubten, diese Fragen seien das einzige, was ihre Leser an Annie interessiere. Ihre Verkäuflichkeit als Ware, wie Barry das so passend nannte, beschränkte sich auf die lüsterne Neugier der Öffentlichkeit an ihrem Verhältnis zu Eric, und so fragte man sie nichts anderes. Die Situation war lächerlich und unerträglich zugleich.
Heute abend, das wußte sie, würde es nicht anders sein.
Höchstens noch schlimmer.

Sie war an der Reihe.
Der Maskenbildner fuhr Annie noch schnell über das Gesicht, während Tommy sie draußen vorstellte.
»Und jetzt«, sagte er, »für alle, die so freundlich sind, mich noch so spätabends in ihr Schlafzimmer zu lassen: Hier ist der Augenblick, auf den ihr eigentlich gewartet habt. Hier ist die junge Dame, die so viele

Leute mit ihrer erstaunlichen Darstellung in dem erfolgreichen Film *A Midnight Hour* schockiert hat, der im Augenblick überall Wellen schlägt. Wer sich gefragt hat, ob eine Frau im wirklichen Leben so sexy sein kann wie die Rolle, die sie in diesem Film spielte, wird es jetzt herausfinden. Applaus für Miss Havilland!«

Annie warf noch einen flüchtigen Blick auf ihr leichtes Sommerkleid mit dem Blumenmuster. Es war ein Kompromiß zwischen ihrem Wunsch, einen konservativen Hosenanzug zu tragen, und Barrys Drängen nach einem ähnlichen Kleid wie dem Lianes. Sie wollte zwar nicht aussehen wie eine verklemmte Lehrerin, die Angst vor ihrer eigenen Sexualität hat, aber eben auch nicht wie ein hungriges Starlet.

Das gemusterte Kleid sah attraktiv und bequem aus, aber nun hatte sie keine Zeit mehr, sich darüber Gedanken zu machen, denn ein Bühnenarbeiter zog den Vorhang beiseite, und sie trat lächelnd vor das Publikum, das sie mit tobendem Applaus begrüßte. Sie hörte auch Pfeifen neben dem Klatschen, ein lüsternes Zischen, das sie verlegen machte.

Mit der festen Absicht, sie selbst zu sein, wie Barry es ihr eingeschärft hatte, gab sie Tommy die Hand und setzte sich in den Gästesessel neben seinem Stuhl, während er einen flüchtigen Blick auf seine Notizen warf.

»Ich freue mich wirklich sehr, Sie hier zu haben«, begann er mit seiner sanft schleppenden Stimme. »Letzte Woche habe ich mir *A Midnight Hour* angesehen, und das Publikum war wirklich wie elektrisiert. Natürlich ist das ein ernster, tiefer Film – aber Ihre Darstellung für sich ist schon etwas ganz Besonderes. Sagen Sie, wie war das eigentlich, mit zwei so mächtigen Männern wie Eric Shain und Damon Rhys zusammenzuarbeiten? Sind Sie sich irgendwie deplaziert vorgekommen, oder war die Arbeit mit ihnen einfach?«

»Na, eigentlich beides«, erwiderte Annie. »Ich habe mich schrecklich deplaziert gefühlt, weil ich doch ihre Arbeit kannte und seit langem bewunderte. Und sie sind ja bei den Dreharbeiten wirklich sehr eindrucksvoll – vor allem Damon Rhys, der die Atmosphäre die ganze Zeit bestimmt. Er weiß sehr genau, was er will, und bekommt es auch ...«

Das Publikum brach in ein dümmliches, unangebrachtes Kichern aus, das Annie einen Augenblick lang aus der Fassung brachte.

»Eric Shain geht die Sache etwas entspannter an ...«, fuhr sie fort, und das Lachen wurde lauter. »Aber er ist auch sehr anspruchsvoll, ein großer Perfektionist«, sagte sie. »Ich hatte Glück, daß die beiden sehr gut miteinander auskamen, denn sie hatten ja zuvor schon gemeinsam gearbeitet. Und sie taten alles, was sie konnten, damit ich mich zu Hause fühlte ...«

Wieder wurde sie von einer Lachsalve unterbrochen. Mit einem zögernden Blick suchte sie bei Tommy moralische Unterstützung, aber der sah sie, während sie sprach, nur dümmlich staunend an, zur offensichtlichen Belustigung des Publikums. Annie hätte sich am liebsten selbst in den Hintern getreten, weil sie keine Formulierungen fand, die keine, gleichgültig wie weit hergeholte, sexuelle Interpretation zuließen.

Als würde er abrupt in die Wirklichkeit zurückkehren, fragte Tommy plötzlich mit ausdruckslosem Gesicht: »War es eigentlich eine arge Schinderei, diese langen Dreharbeiten in einer so dichten Atmosphäre?«

»Ja, eigentlich schon«, erwiderte Annie mit einem Nicken. »Einen langen Film zu drehen und dabei die Chronologie der Szenen zu durchbrechen war für mich eine neue Erfahrung und am Anfang sehr ermüdend. Aber es war so dicht, wie Sie es nennen, daß ich nach einer Weile gar nicht mehr merkte, wie die Zeit verging. Damons Energie war unerschöpflich, und er trieb uns immer weiter. Es war fast wie in einer anderen Welt. Ich merkte erst danach, wie erschöpft ich war ...«

Sie verstummte, denn ihre Worte gingen in der anschwellenden Heiterkeit des Publikums unter. Diesmal konnte sie wirklich nicht verstehen, was so lustig war.

Sie sah zu Ran Siegel. Wie ein schuldbewußter Schuljunge überdeckte er sein gieriges, wölfisches Starren eilends mit einem ernsten Gesicht. Die Ironie in seinem unschuldigen Blick war unübersehbar.

Nun merkte sie auch, daß alle vier Studiokameras auf die Gesichter von Tommy und Ran gerichtet war, um möglichst viel von ihren lüsternen Blicken einzufangen, während sie sprach. Kein Wunder, dachte sie, daß das Publikum sie dauernd mit Gelächter unterbrach.

»Jetzt beruhig dich wieder, Ran!« befahl Tommy grinsend. »Hast du noch nie ein hübsches Mädchen gesehen?«

Ran hob in gespielter Unterwerfung die Hände. Er wußte, daß sein Ruf und seine Publicity ihn zum Star der Show machten und daß die Kameras mehr auf ihn als auf Annie gerichtet waren. Er konnte ihr die Show stehlen, sooft er wollte.

»Nun«, fuhr Tommy mit einem kurzen Blick auf seine Notizen fort, »das Mädchen, das Sie in dem Film spielten, Liane, ist ja ein unglaublich erotisches und manipulierendes Wesen. Ich muß Sie einfach fragen: Wie schaffen Sie es, so etwas aus sich herauszuholen? Kostet es Sie viel Kraft, oder haben Sie selbst so viel von Liane, daß es ganz natürlich kommt?«

»Nun, ich ...«, begann Annie, aber ihre Stimme ging bereits wieder im Lachen unter. Sie merkte, daß Tommy der Kamera und dem Publikum im Studio einen Blick zuwarf, während der Regisseur ihr Gesicht einblendete.

»Nicht, daß Sie wirklich wie sie sein könnten«, unterbrach er sie. »Ich meine, so etwas schafft niemand – na, dieses gewisse Etwas, das Sie ihr gaben.«

Schallendes Gelächter schüttelte das Publikum. Überzeugt, daß die Kamera nicht auf sie gerichtet war, warf Annie Ran Siegel einen Blick zu.

Was sie sah, schockierte sie. Da er wußte, daß die Kamera nur sein Gesicht einfing und sein Körper auf der Couch nicht sichtbar war, rollte er obszön die Hüften, eine Geste, die zwar die Zuschauer im Studio sahen, nicht aber das Millionenpublikum im Fernsehen.

Verwirrt wandte sich Annie wieder Tommy zu. Mit zusammengebissenen Zähnen versuchte sie, seine Frage ernsthaft zu beantworten.

»Nun, unter Damons Regie versuchte ich Liane als Mädchen zu spielen, für die Macht das Wichtigste ist. Sie ist sehr jung, kommt aus einer armen Familie, und so ist ihre Sexualität ihre einzige Waffe, die sie in dieser Welt hat. Es ist eine Waffe, die sie erst seit kurzem hat, und in gewisser Weise ist sie so neu für sie wie für Terry, den Mann, den sie verführt. Wir versuchten uns auf den Aspekt der Überraschung in ihrem Verhalten zu konzentrieren, und auf die Tatsache, daß Sex eher das Mittel als der Zweck ist.«

»Glauben Sie«, fragte Tommy, das Kinn in die Hand gestützt, »daß das im wirklichen Leben ähnlich ist? In Hollywood zum Beispiel?«

»Hm«, erwiderte Annie unbehaglich. »Ich muß sagen, ich bin ja in Hollywood noch ein ziemlicher Neuling. Ich kann also noch keine sehr fundierte Meinung haben, aber ich bin sicher, daß ein Mensch in fast jeder Situation seinen Sex-Appeal benutzen kann, um andere zu manipulieren ...«

Noch bevor sie richtig merkte, wie peinlich ihr die Frage wirklich war, drang wieder Lachen aus dem Publikum. Sie spürte einen leichten Druck auf ihrer Schulter. Als sie sich umdrehte, sah sie Ran Siegel, der ihr in äffischer Unterwürfigkeit den Kopf auf die Schulter gelegt hatte und die Augen nach oben verdrehte.

»Du kannst mich manipulieren, sooft du willst«, stöhnte er.

Das Publikum explodierte vor Lachen. Annie konnte nur erröten und Tommy tapfer anlächeln.

»Weg da«, drohte er Ran lachend.

Ran setzte sich wieder. Als er sah, daß die Richtmikros sich von ihm abwandten, murmelte er in die Luft: »Nichts da, José. Solange sie hier ist, bin ich dran.«

»Aber jetzt«, sagte Tommy, »erzählen Sie mir doch etwas von Eric

Shain. Er ist natürlich schon zu Lebzeiten eine Legende. Aber wie ist er denn im wirklichen Leben? Natürlich kennen wir die Geschichten über seine Unwiderstehlichkeit, über seinen Erfolg bei Frauen. Ist er wirklich so attraktiv, wie die Leute sagen?«

»Das ist er bestimmt«, antwortete Annie lachend. »Er ist ein wirklich gutaussehender Mann und sehr charmant. Aber er ist auch sehr professionell. Gleich von Anfang an respektierte er die Art, wie ich mir eine Szene oder Textstelle vorstellte. Er war nie herablassend. Und ich glaube, das machte ihn nur noch charmanter. Er wollte genau das, was für den Film am besten war, für mich und natürlich auch für seine Darstellung.«

»Ich habe gehört, daß seine Darstellung nicht nur vor der Kamera ziemlich gut ist«, bemerkte Ran Siegel, ohne Mikro, trocken.

Annie errötete unwillkürlich. Innerlich biß sie die Zähne zusammen, denn es war schlimmer, als sie es sich vorgestellt hatte.

Tommy sah wieder in seine Notizen. »Wer nicht in Kalifornien lebt, weiß das vielleicht gar nicht, aber wir hier an der Westküste kannten Ihr Gesicht ja schon, bevor Sie als Liane in *A Midnight Hour* erschienen. Das Verkehrsministerium hat es uns freundlicherweise gestattet, einen Ausschnitt aus einem Ihrer Werbespots für Sicherheitsgurte zu zeigen. Wenn Sie mal auf den Monitor sehen ...«

Annie hob den Blick und sah sich selbst auf dem Monitor hinter dem Steuer eines Autos.

»Wenn ich fahre«, hörte sie sich sagen, *»will ich Spaß haben. Und nicht verletzt werden. Machen Sie es doch wie ich, wenn Sie sich das nächste Mal hinters Steuer setzen. Machen Sie es sich bequem und sicher.«*

Während der Slogan »MEHR SPASS AN DER SICHERHEIT. SCHNALLEN SIE SICH AN!« auf dem Bildschirm erschien, hörte Annie das Studiopublikum schon wieder lachen, und als sie sich zu Ran Siegel umdrehte, leckte sich der lasziv die Lippen, während er ihr Bild auf dem Monitor anstarrte.

»Ich versuch's ja gern auf deine Art, wenn du es auf meine versuchst«, sagte er, und die Studiomikrofone fingen seine Stimme ein, während die Kamera zur Bühne zurückkehrte.

Sie lächelte ihm gequält zu, während er sie mit seinem unschuldigen Jungenblick ansah.

»Ich liebe es im Auto, du auch?« fragte er süßlich.

Annie spürte, wie sich in ihrem scharfen Verstand eine gefährliche Neigung regte, die sie zu besänftigen versuchte, indem sie sich wieder Tommy zuwandte. Der sah Ran mit gespielter Strenge an.

»Was für ein schlimmer Junge du doch bist«, sagte er. »Man sollte dich wirklich in die Ecke stellen.«
Wie auf ein Zeichen sprang Ran hoch und rannte von der Bühne. Das Publikum tobte, und die Kamera versuchte, ihm zu folgen. Er stürmte den Mittelgang hoch, zögerte kurz bei einer gutaussehenden Frau, die er gierig ansah, und lief dann an den Saaldienern vorbei in eine Ecke, wo er sich gespielt schuldbewußt hinkniete.
Der Schlagzeuger des Orchesters untermalte die ganze Szene mit Trommelwirbeln.
»So.« Tommy grinste Annie an. »Jetzt ist es besser. Erzählen Sie doch, wie Sie überhaupt zu der Rolle der Liane gekommen sind. Es ist ja eine ziemlich interessante ...«
Aber er konnte nicht weiterreden, denn Ran Siegel rief seine Kommentare aus der Ecke, die die Richtmikrofone aufzufangen versuchten.
Mit gespielt jungenhafter Ausgelassenheit lief er auf eine Sitzreihe zu, in der eine korpulente Frau saß, die er kurz zuvor beleidigt hatte. Er warf sich ihr in die Arme wie ein sexgieriger Jugendlicher, sehr zu ihrer und des Publikums Erheiterung.
Dann verließ er sie und kehrte zu dem hübschen Mädchen zurück, bei dem er zuvor stehengeblieben war.
»Nimmst du mich mit zu dir nach Hause?« fragte er theatralisch. »Hier weiß mich keiner zu schätzen. Ich wäre ein großartiger Hausmann. Ich gieße deinen Rasen, sooft du willst ...«
Inzwischen hatte Tommy, der bei dem Spaß mitmachen wollte, seinen Platz verlassen, und Annie saß allein auf der Bühne, während er ins Publikum lief, Ran Siegel wie ein strenger Lehrer am Ohr packte und ihn auf die Bühne zurückzerrte und unsanft auf das entfernte Ende der Couch setzte.
Annie sah auf die Studiouhr. Noch eine Minute dauerte ihr Auftritt, und Ran Siegel hatte ihn total beherrscht. Aber sie war nur froh, daß es nun fast vorüber war.
Während das Publikum noch immer brüllte, kehrte Tommy an seinen Platz zurück und drohte Ran mit dem Finger.
»Sie müssen ihm verzeihen«, sagte er zu Annie. »Ich weiß auch nicht, was heute in ihn gefahren ist.«
Noch blieben knappe 45 Sekunden.
»Frag sie doch, was in *sie* gefahren ist«, rief Ran plötzlich sehr hinterhältig von der Couch.
Annie spürte eine kalte Hand in ihren Eingeweiden, als ihr die Beleidigung bewußt wurde. Sie zweifelte daran, ob es die Millionen Fernsehzu-

schauer überhaupt gehört hatten, aber sicher war sie nicht. Ganz offensichtlich scheute Ran nicht davor zurück, sie ernsthaft zu beleidigen.
»Ich muß mich für meinen unverschämten Freund entschuldigen«, bemerkte Tommy.
Annie sah Ran an, dann Tommy.
»Jungs sind eben Jungs«, erwiderte sie mit einem toleranten Lächeln.
»Ja, er will Ihnen ja nur zeigen, daß er Sie mag.« Tommy nickte mit gespielter Würde.
»Ich möchte mehr tun, als dich zu mögen«, rief Ran und zwinkerte der Kamera schnippisch zu.
»Na, na«, drohte Tommy grinsend.
Aber Ran hatte nur noch knappe dreißig Sekunden bis zur Werbung, und die wollte er nutzen. Er kroch die Couch entlang und warf sich Annie zu Füßen.
»Ich will dein Sklave sein!« rief er. »Vergiß Eric Shain. Was hat er denn, was ich nicht habe?«
Fünf Sekunden blieben.
Die Wut, die sich in sechs langen Minuten ohne ihr Wissen in ihr angestaut hatte, explodierte nun, ohne daß sie etwas dagegen unternehmen konnte.
»Ich weiß nicht«, antwortete sie Ran Siegel mit einem kühlen Lächeln. »Fragen Sie doch Ihre Frau.«
Das Gesicht zwischen ihren Knien wurde rot vor Wut. Für eine Antwort Rans war es zu spät, denn der Pianist spielte bereits eine leise Melodie, und die Kamera blendete aus. Das Publikum, verblüfft von Annies vernichtenden Worten, grölte vor Begeisterung.
»Du kleine Fotze«, zischte Ran Siegel Annie beim Aufstehen zu.
Nur sie konnte ihn hören, denn das Publikum lachte immer lauter. Klatschen und Jubel ertönten, und Tommy räkelte sich vergnügt in seinem Sessel.
In ohnmächtiger Wut wandte sich Ran an den Produzenten, aber der hob nur die Schulter. Annies Erwiderung hatte Millionen von Zuschauern erreicht und ihn in seinem schwächsten Moment getroffen, als er Annie zu Füßen lag. Es war zu spät, um den Schaden zu beheben. Das Live-Fernsehen, Rans wirksamste Waffe, war eben mit einer Wucht gegen ihn gewendet worden, die er nie vergessen würde.
»Das ist eine kleine Welt, du Zicke«, drohte er und brachte sein Gesicht sehr nah an Annies. »Wir sehen uns wieder.«
»Ich freue mich darauf«, sagte Annie, ohne mit der Wimper zu zucken,

während sie in seine gemeinen kleinen Augen sah. »Es ist nett, mit Ihnen zusammenzuarbeiten, Mr. Siegel.«
Mit besorgtem Gesicht wandte er sich ab, während sich das Publikum noch immer vor Lachen bog.

14

In Kleinstädten kannte Wally Dugas sich aus.
Im Lauf seiner Karriere hatte er in Dutzenden von ihnen, über das ganze Land verstreut, hochsensible Ermittlungen durchgeführt. Mit seiner perfekten Maske unkomplizierter, mondgesichtiger Mittelmäßigkeit paßte er hervorragend in die Provinz.
So war seine Ankunft in Richland diskret, aber effektiv gewesen. In der Handelskammer fragte er nach dem Weg, mietete sich im Holiday Inn in der Nähe der Autobahnausfahrt ein Zimmer und fuhr schließlich in das Zentrum des alten Städtchens.
Er wußte, daß alles, was er je über Annie Havilland herausfinden konnte, hier seinen Ursprung haben mußte. Seine Nachforschungen in Manhattan hatten keinen Hinweis erbracht, daß sie vor ihrem großen Sprung nach oben mit Damon Rhys etwas anderes gewesen wäre als ein ehrgeiziges Mannequin und eine angehende Schauspielerin. Es gab keine Drogen, keine Homosexualität, kein Herumbumsen, um Rollen zu bekommen – nicht einmal intime Beziehungen mit irgendwelchen Freunden.
Wally hatte sich seine sadistische Freude nicht ganz verkneifen können, als er Kurth am Telefon von seinen ersten Ergebnissen berichtete.
»Soweit ich das sagen kann, Sir, ist seit ihrem Umzug nach New York und dem Beginn ihrer Mannequin-Karriere in ihrem Leben nichts Skandalöses oder Bemerkenswertes passiert. Außer man zieht ihren Besuch in Ihrem Haus, Sir, vor drei Jahren in Betracht. Der Verdacht auf Vergewaltigung und der Verdacht auf Prostitution könnte von manchen Leuten als Skandal angesehen werden – obwohl es in keiner der Anklagen zu einem Verfahren kam.«
Kurths Schweigen hatte Bände gesprochen.
Nun war Wally in seinem Element: der Vieldeutigkeit eines Privatlebens, das zwar makellos an der Oberfläche war, aber dessen verschleierte Tiefen die Spuren der Vergangenheit trugen.

Denn seine zwanzig Jahre als Detektiv hatten ihm gezeigt, daß niemand ohne Vergangenheit und keine Vergangenheit ohne Geheimnis ist.

Er wandte sich zunächst jenen unscheinbaren Einwohnern des Städtchens zu, die auf der sozialen Leiter so weit unten standen und in ihrem persönlichen Leben so glücklos waren, daß es ihnen Freude machte, von alten Zeiten zu erzählen: alte Männer in Schaukelstühlen auf Verandas, Kneipenstammgäste auf Barhockern, der Portier einer alten Pension, der einzige Taxifahrer der Stadt.
Wally stellte sich zunächst immer als Versicherungsagent vor und zog dann eine Zeitung mit dem Bild von Annie Havilland hervor.
»Ist das hier eigentlich das Richland, in dem sie geboren wurde und aufwuchs?« fragte er.
»Klar doch«, kam dann immer als Antwort.
»Na, ist das nichts?« rief Wally und schob sich den Strohhut in den Nacken. »Ein richtiger Filmstar. Das ist doch unschlagbar.«
Seine Gesprächspartner, stolz auf ihre entfernte Bekanntschaft mit einer wichtigen Persönlichkeit, hatten nichts dagegen, sich auf eine Unterhaltung über das Thema einzulassen. Und wenn sie zurückhaltend waren, weil Annies Ruf in Hollywood im Augenblick nicht der beste war, beruhigte Wally sie, indem er mit weit aufgerissenen Augen seine Bewunderung für ihren Ruhm ausdrückte, dem der augenblickliche Skandal nichts mehr anhaben konnte.
Und als Ergebnis hatten die Leute dann wenig Schwierigkeiten, sich im Gewirr ihrer Erinnerungen einen Weg zu der berüchtigten Geschichte der Annie Havilland zu bahnen.
Es war eine ungewöhnliche Geschichte. Harry Havilland, der älteste Sohn des Landbesitzers Corey Havilland, war während seiner Schulzeit systematisch für eine führende Position im Agrarimperium der Familie, das Landwirtschaft, Immobilien, landwirtschaftliche Maschinen und Einzelhandel umfaßte, aufgebaut worden. Seine Zukunft im Clan der Havillands schien um so gesicherter, als man seinen Bruder Bob allgemein für einen Dummkopf hielt und keiner seiner Cousins Harrys Verantwortungsgefühl besaß.
Nach seinem Abschluß am State University College besuchte er die juristische Fakultät in Buffalo, wie schon sein Vater. An einem heißen Augusttag im Jahr 1945 fuhr er nach Buffalo, um sein Abschlußexamen zu machen. Mit drei Tagen Verspätung kehrte er von seinem Ausflug zurück und überraschte jeden, als er mit einer jungen Frau aus dem Auto seines Vaters stieg und sie als seine Gattin vorstellte.

»Na«, sagte der Türsteher im Poolsalon der Stadt, »das war für fast jeden hier ein Schlag ins Gesicht. Die Havillands hätten von Harry erwartet, daß er eins der Dowling-Mädchen heiratete oder vielleicht Janie Macmillan – sie war seine Schulfreundin gewesen. Diese zwei Familien besaßen so ungefähr alles hier in der Gegend, was nicht den Havillands gehörte. Aber nein – Harry setzte ihnen da einfach seine Braut vor die Nase, ohne sie überhaupt um Erlaubnis zu fragen.«
Wally stellte sich die gezwungen höfliche Begrüßung vor, den Schock für die Familie, die Gespräche hinter Harrys Rücken in den ersten Tagen und die immer stärker werdende Abneigung, die unausweichlich zu einer Konfrontation führen mußte.
»Sie dürfen nicht vergessen«, sagte ein Rentner, der während Harrys Wohnungssuche damals mit dem jungen Paar in der gleichen Pension gewohnt hatte, »daß die Leute hier allgemein glaubten, die junge Alice komme aus niederen Verhältnissen. Wissen Sie, sie war Schauspielerin. Man erzählt sich, Harry habe sich zwischen den Prüfungen in Buffalo ein Theaterstück angesehen und Alice sei bei der Schauspielertruppe gewesen. Nach der Vorstellung trafen sie sich, und dann kam eins zum anderen. Wie sie in den paar Tagen draufkamen zu heiraten, weiß kein Mensch. Harry hat das Geheimnis mit ins Grab genommen. Aber hier in der Gegend nimmt man an, daß Alice auf der Suche nach einem reichen Mann war und Harry ihr vom Geld seiner Familie erzählt hatte.«
»Na, so sind die Menschen eben.« Wally nickte vieldeutig, während er sich mit einem Taschentuch den Schweiß von der Stirn wischte und mit dem Hut Luft zufächelte.
Es war ein schmerzliches Bild, das da zum Vorschein kam. Der junge Anwalt, stur wie seine Familie oder sogar noch sturer, kaufte ein heruntergekommenes Haus in der Elm Street und zog mit seiner jungen Frau dort ein. Ohne sich um Rat und Zustimmung seiner Familie zu kümmern, begann er sein Leben als Ehemann.
Der schwelende Zorn der Havillands mußte irgendwann ausbrechen.
»Was dann passierte«, sagte ein ehemaliger Zugschaffner, der jetzt nur noch den Bahnhof kehren durfte, »das war vielleicht eine Geschichte! Der alte Corey Havilland konnte Harry einfach nicht verzeihen, daß er den Macmillan-Mädchen die kalte Schulter gezeigt hat. Er hatte sich ja darauf versteift, die beiden Familien zu vereinigen. Ein Weile dachte er über die Angelegenheit nach, wurde immer wütender dabei und rief schließlich Harry für ein Gespräch unter vier Augen in das Haus der Familie. Entweder gab Harry diese Alice auf und heiratete eine Frau, der auch Corey zustimmte, oder er verlor sein Erbe.«

Er schüttelte den Kopf, so faszinierte ihn seine eigene Geschichte.
»Na, und Harry wählte genau diesen Augenblick, um, so stolz, wie Sie sich nur vorstellen können, zu verkünden, daß seine Alice ein Baby erwarte. Ich hab' das Gesicht seines Vaters zwar nicht gesehen, aber da bin ich auch froh drum. Er konnte es nicht ertragen, daß man ihn auf diese Art zum Narren hielt, und so sah er Harry in die Augen und wiederholte seine Drohung Wort für Wort. Entweder er ließ sich scheiden, oder er verlor alles, was er von seiner Familie zu erwarten hatte.«
Er hob die Augenbrauen und lachte.
»Und ich kann Ihnen sagen, Mister, unser Harry stürzte sich auf dieses Ultimatum wie auf ein Weihnachtsgeschenk. Er küßte seine Mutter, verabschiedete sich von seinem Vater und ging, ohne sich noch einmal umzusehen. Und Corey hielt Wort. Er hat ihn nicht nur von seinem Testament ausgeschlossen, sondern auch nie mehr mit ihm gesprochen. Zumindest nicht, daß ich wüßte.«
Die Havillands behalfen sich ohne Harry am finanziellen Ruder der Familie und fuhren offensichtlich gar nicht schlecht damit. Harry dagegen eröffnete an der Main Street eine Anwaltskanzlei und versuchte, ins Immobiliengeschäft zu kommen. Er hatte wenig Erfolg, denn die ganze Stadt wußte von der dunklen Wolke, die über ihm schwebte, und nur wenige Richlander hatten Lust, mit einem Mann Geschäfte zu machen, der mit Corey Havilland im Streit lag.
»In einer Kleinstadt ist auch unter günstigsten Umständen nicht viel Geld zu machen«, sagte der Friseur, der Wally die Haare schnitt. »Und wenn man mit den drei reichsten Familien in der Gegend keine Geschäfte machen kann – denn die Macmillans und die Dowlings hielten zu Corey –, dann muß man sich mit dem begnügen, was noch übrig ist. Harry tat das, ohne sich zu beklagen.«
Das Schicksal des widerspenstigen jungen Anwalts war endgültig besiegelt, als acht Monate nach seiner Rückkehr aus Buffalo Annie Havilland im Bezirkskrankenhaus zur Welt kam.
Die Richlander zogen ihre Schlüsse aus den Umständen von Alice Havillands Schwangerschaft, von denen sie auch in späteren Jahren nie mehr abwichen.
»Ich hab' Alice immer an diesem Fenster vorbeigehen sehen«, sagte der Friseur und deutete mit seiner Schere, »fünf- oder sechsmal die Woche. Und sie war ja wirklich eine sehr schöne Frau. Stolz wie ein Pfau ging sie die Main Street entlang, zum Einkaufen oder später mit ihrem Baby im Kinderwagen. Ich glaube, sie wollte gesehen werden. Es war ihre Art

der Rache an den Alten, weil die nichts mit ihr zu tun haben wollten. Sie wußte verdammt gut, daß keine Frau im Umkreis von hundert Meilen so aussah wie sie.«

Er seufzte und schnippelte an Wallys Haaren.

»Sie hatte leuchtende Augen, schöne wellige Haare und eine Wahnsinnsfigur. Und die bekam sie nach Annies Geburt auch gleich wieder zurück. Sie paßte eben gut auf sich auf.«

»Aber mit der Zeit sind die Leute doch bestimmt freundlicher zu ihr geworden«, sagte Wally. »Vor allem, wo dann eine Enkelin da war ...«

»Nein, Sir«, erwiderte der Friseur. »Da kennen Sie die Havillands schlecht. Und der alte Corey war der sturste von allen. Er stand zu seinem Wort. Das Baby war nichts als eine Schande für ihn. Bis zu seinem Tod tat er so, als würde es gar nicht existieren. Harry lebte als Fremder direkt unter der Nase seiner Familie.«

Er hob die Schultern. »Nicht daß die junge Alice sich nicht bemüht hätte, das Eis zu brechen. Das hat sie schon, soviel ich gehört habe. Sie versuchte, sich mit den Leuten anzufreunden. Im Supermarkt sprach sie Meg Havilland an, und in der Kirche stellte sie sich den Cousins vor, sie verschickte Einladungen zur Taufe des Babys – natürlich alles hinter Harrys Rücken. Aber es half nichts. Die Havillands waren ein sturer Haufen – und sind es immer noch.«

Plötzlich verstummte er. Wally spürte, daß hinter den nächsten Worten ein Geheimnis steckte.

»Na, und dann war sie verschwunden. Einfach so. Harry war alleine mit dem Baby und arm wie eine Kirchenmaus, aber er hielt den Kopf aufrecht und ging seiner Arbeit nach, als wäre nichts geschehen. Er kam jede Woche zu mir und saß in dem Stuhl, in dem Sie jetzt sitzen. Vertrieb sich hier die Zeit, während ich ihm die Haare schnitt. Ein netter Kerl. Sehr gebildet.«

Er senkte die Stimme. »Es gab ja das Gerücht, daß Alice jeden Penny seines Geldes, den sie unter die Finger bekam, mitgehen ließ, als sie verschwand. Aber Harry ließ nie etwas auf sie kommen. Der Ausdruck in seinem Gesicht, wenn ihr Name fiel, konnte einem richtig angst machen.«

»Ein anständiger Kerl.« Wally nickte und betrachtete sein Gesicht im Spiegel.

»Das war er, ja«, murmelte der Friseur. »Alice starb dann kurz darauf, müssen Sie wissen. Wie, habe ich nie so genau erfahren. Einige sagten, an Tuberkulose ... Die Gehässigeren meinten, an einer Geschlechtskrankheit. Na, auf jeden Fall geriet dann Harrys Ehe langsam in

Vergessenheit. Aber Harry söhnte sich mit seiner Familie nie mehr aus. Ich glaube, als dann Alice verschwunden war, hätte er die Sache schon wieder ins Lot bringen können, wenn er sich nur mit dem alten Corey zusammengesetzt hätte und ein bißchen diplomatisch gewesen wäre. Aber Harry doch nicht. Er hätte sich nie erniedrigt und wäre auch nie davongelaufen. So sind die Havillands eben. Ruhige Leute, keine Angeber. Aber stolz und streng. Die beugen sich nicht.«

Wally schwieg und zeigte lächelnd seine Anerkennung, während der Friseur ihm die Haare vom Nacken bürstete.

Die Geschichte verdichtete sich, so wie er es erwartet hatte. Sein Instinkt sagte ihm, daß er von der männlichen Bevölkerung Richlands alles erfahren hatte, was die über Harry Havillands Abenteuer und dessen Folgen wußte.

Den Rest mußte er von den Frauen erfahren.

»Ich war die einzige in der Familie, die überhaupt zugab, daß es Harry und Annie gab«, sagte Celeste Havilland, die altjüngferliche Tante, die in einem düsteren, viktorianischen Haus auf einem Hügel hinter der Hill Street lebte. »Die anderen von uns sind Feiglinge und Dummköpfe. Ich hielt Harry für den ersten Mann in der Familie mit ein bißchen Grips. Er hat zur Abwechslung mal was selbständig gemacht. Alice war natürlich schon ziemlich schlimm. Von Anfang an wollte sie nur sein Geld. Das merkte man. Aber wer kann es einem Mann schon verübeln, wenn er sich wegen einer Frau zum Narren macht? So sind sie eben.«

Über den Teller Krapfen hinweg, den sie Wally vorgesetzt hatte, musterte sie ihn scharf. Wenn sie wußte, daß sie die einzige der Havillands war, die mit ihm sprach, dann zeigte sie es nicht. Aber sie war offensichtlich erfreut über die Gelegenheit, ihre Meinung über die Menschen und ihre vielen Schwächen kundtun zu können.

»Hauptsache ist«, sagte sie, »daß er sich nicht unterkriegen ließ. Er wehrte sich gegen Corey und war Alice ein guter Ehemann, solange es dauerte. Danach ließ er nichts über sie kommen und kroch auch nicht der Familie zuliebe zu Kreuze. Er vergötterte Annie und war ihr ein verdammt guter Vater. Er wußte, daß ihr Leben in diesem Kaff nach dem, was er getan hatte, nicht einfach sein würde – aber bei Gott, er behielt seinen Stolz und gab ihn an sie weiter.«

»Dann waren die beiden also ziemlich auf sich gestellt ...« vermutete Wally.

Das Kinn der alten Frau zitterte wie ein Hahnenkamm, als sie den Kopf schüttelte.

»Es gibt kaum einen Menschen in der Gegend, der nicht irgendwie mit uns oder den Dowlings oder den Macmillans verwandt ist«, sagte sie. »Und wer es nicht ist, der schuldet uns wahrscheinlich Geld. Jaja, Mr. Dugas, Harry hatte keine Freunde. Und für die kleine Annie war es nicht einfach. Aber ich sag' Ihnen eins: Sie ist selber eine Havilland. Sie war immer ein fröhliches Mädchen und sehr eifrig. Der Typ, der sich sagt: geschehen ist geschehen.«

Sie zeigte Wally die Weihnachtskarten, die sie im Laufe der Jahre von Annie erhalten hatte. Er sah, wie die kindliche Handschrift mit der Zeit feste, sorgfältige Züge bekam.

»Gleichgültig, was man jetzt über sie sagt, dort in Hollywood«, fuhr Tante Celeste fort, »es sind lauter Lügen. Da gebe ich Ihnen mein Wort drauf. Annie ist die aufrechteste junge Dame auf Gottes Erdboden.«

Sie rümpfte die Nase. »Die Leute in der Gegend werden Ihnen natürlich erzählen, daß dieser Skandal zu erwarten war – bei der Mutter und so weiter. Alles Blödsinn. Ich kenn' die Menschen, junger Mann, und ich bin auch nicht so alt geworden, ohne das eine oder das andere dazuzulernen. Nur weil die Mutter so eine war, muß man nichts Schlechtes von Annie denken. Annie ist ein gutes Mädchen. Die Leute versuchen doch immer, die Fehler ihrer Eltern zu vermeiden. Und ansonsten ist Annie einfach sie selbst. Sie müßten sie so gut kennen wie ich. Sie hat keine unehrliche Faser am Leib.«

Sie seufzte.

»Die Feiglinge in dieser Stadt machten es ihr nicht leicht, natürlich aufzuwachsen«, schloß sie. »Aber ich glaube, das hat sie nur noch zäher gemacht. Nur noch zäher.«

Paula Spicer, die pensionierte Englischlehrerin und Berufsberaterin an der Richlander High School, bestätigte Wallys Eindruck, daß die Schulzeit für Annie nicht angenehm gewesen sei.

»Kleinstädter können sehr engstirnig sein«, sagte sie. »Die verzeihen nicht gern, und sie vergessen nichts. Wissen Sie, Annie hatte so viel von Alice an sich. Ihren Gang, ihre Figur, ihre Schönheit ... und vor allem ihre Augen. Wenn die Leute sie ansahen, dann sahen sie Harry und seine Schande. Niemand hat je die Umstände ihrer frühen Geburt vergessen ...«

Sie zog ein schmerzvolles Gesicht.

»Eigentlich denke ich nicht gern daran«, sagte sie, »weil ich ihr in all den Jahren hätte helfen können und es nicht getan habe. Oh, ich werde nie vergessen, wie ich im Lehrerzimmer gesessen und zugehört habe, wie

diese gehässigen Frauen ihr Gift über Annies Mutter verspritzt haben. Sie war eine gute Schülerin und eine Zierde für die Schule, aber das half ihr nichts. Um jede anständige Note, die sie bekam, mußte sie zweimal soviel kämpfen wie jeder andere Schüler ...«
Sie schüttelte den Kopf.
»Sie hatte ja kaum Freunde ... Sie war so allein, während der ganzen Schulzeit. Ich habe immer ihren Mut bewundert, weil sie den Kopf aufrecht hielt, gleichgültig, was auch geschah. Sie gewann weiter ihre Preise und Auszeichnungen, hatte immer gute Noten und spielte in unserer Theatergruppe ...«
Als Wally ihrem Blick begegnete, sah sie wirklich betroffen aus.
»Ich war damals Beraterin für die National Honour Society«, sagte sie. »Und ich kann Ihnen sagen, Mr. Dugas, ich habe die Kinder immer wieder angefleht. Sogar in Tränen bin ich vor ihnen ausgebrochen. Aber sie nahmen sie nicht auf. Ich glaube, das war die schmutzigste Geschichte, die je in der Society passiert ist. Wenn man daran denkt, daß es ja eigentlich Zweck dieser Einrichtung ist, guten Schülern den Wert unabhängigen Denkens beizubringen ... Ich kann mir das noch immer nicht verzeihen. Ich hätte ihnen sagen sollen, daß ich ihnen den Kopf abreiße, wenn sie sie nicht aufnehmen. Aber ...«
»So sind die Menschen eben«, bemerkte Wally mitfühlend. »Einem armen kleinen Mädchen die Schuld zu geben für das, was ihre Mutter getan hat ...«
Paula Spicer trocknete sich die Tränen mit einem Taschentuch. Das verblichene Leinen schien als Schirm zu dienen, hinter dem sie ihn, trotz ihrer Gefühlsaufwallung, genau beobachtete.
Er wußte, daß das letzte Steinchen des Puzzles noch vor ihm lag.

Mit unfehlbarem Instinkt suchte sich Wally seinen Weg von Zeuge zu Zeuge, bis er, an seinem fünften Tag in Richland, schließlich die Klatschtante der Stadt fand.
Sie hieß Marian Blandish. Als alte Jungfer von über siebzig und von der Arthritis an den Rollstuhl gefesselt, suchte sie verzweifelt nach Gesellschaft. Wally mußte ihr seine Versicherungsmasche zweimal vorspielen und ihr versprechen, ihr so bald wie möglich neueste Broschüren und Prospekte zu schicken. Ihre verkrüppelten Finger waren gerade noch beweglich genug, um ihm Eistee und Plätzchen zu servieren.
Da Annies zweifelhafter Ruhm in Hollywood im Augenblick in aller Munde war, ließ sie sich nicht lange bitten. Höflich hörte Wally dem Klatsch zu, den er bereits kannte, und stellte seine Ohren auf, als sie die Stimme senkte und zum pikanten Teil kam.

»Ich sollte es Ihnen ja eigentlich gar nicht erzählen«, sagte sie. »Aber ich kannte damals ein Mädchen in der Bank – in dem Herbst, als Alice davonlief. Nun, sie nahm jeden Penny ihrer gemeinsamen Ersparnisse mit und plünderte auch noch den Banksafe. Oh, die war wirklich eine Schlimme.«
»Schrecklich«, stimmte Wally ihr zu. »Glauben Sie, daß das wirklich alles stimmt? Ich meine, was die Leute von ihr erzählen?«
Die Augen der alten Dame funkelten böse.
»Sie können mir glauben, junger Mann: Ich *weiß*, daß es stimmt. In einer Kleinstadt wie dieser erfährt man alles, wenn man nur die Ohren offenhält. Alice hatte eine Affäre mit Leon Gutrich, und zwar bis zu dem Tag, da sie verschwand. Auch er war verheiratet.«
Sie spitzte die Lippen und nickte streng und wichtigtuerisch.
»Seine Frau ist ja dann gestorben. Gott sei ihrer Seele gnädig. Was die mit ihm alles durchgemacht hat! Fünfundzwanzig Jahre lang war er der schlimmste Schürzenjäger in der Gegend. Der ist wirklich ein Ungeheuer von einem Mann.«
»Lebt der denn noch?« fragte Wally und nippte an seinem Eistee.
»Immer noch am alten Fleck«, sagte sie. »Schlägt sich eben so durch, soviel ich weiß. Gerade daß er den Boden bestellt. Soll ziemlich viel trinken. Ja, er und Alice, die hatten sich wirklich verdient. Vom gleichen Schlag, wissen Sie.«
»Glauben Sie, daß es da noch andere gab?« Wally klang mißbilligend.
Das alte Gesicht verzog sich vor Abscheu. »Das würde mich nicht wundern, junger Mann«, antwortete Marian Blandish. »Kein bißchen. Sie kam ja ziemlich rum, wissen Sie. Einkaufen und so. Die war wirklich übel, diese Alice. Bei der würde mich nichts überraschen.«
Wally lehnte höflich ein weiteres Plätzchen ab. Es war Zeit weiterzugehen.

Sein nächster Besuch galt der Ärztekammer des Bezirks. Dort entdeckte er, daß der Gynäkologe, der Alice Havilland während ihrer Schwangerschaft betreut hatte, gestorben war, ohne seine medizinischen Unterlagen dem Bezirk zu übergeben. Man konnte sie nirgends finden.
Es war auch nicht sonderlich überraschend, daß das Lokalblatt, eine Wochenzeitung für alle Ortschaften in der Gegend, keine Fotos von Alice Havilland im Archiv hatte. Die Ankündigung von Annies Taufe fand sich in einer Ausgabe vom Mai 1946, aber es gab keine Fotos der Eltern. Alice war zu kurz in der Gegend gewesen und hatte sich zu sehr bedeckt gehalten, um auf Fotos zu erscheinen – von Harry Havillands privater Sammlung einmal abgesehen.

Wally fuhr zum Bezirkskrankenhaus und fand die Akte über Annies Geburt. Harry Havillands Geburtsdatum lautete auf den 5. Juni 1920, Alices auf den 20. Oktober 1925. Nach den Unterlagen wurde sie in Towson, Maryland, geboren.
Annies Geburtsdatum war der 22. April 1946. Wally ließ seine Gedanken zum August 1945, acht Monate vor der Geburt, schweifen.
Er mußte der Juristischen Vereinigung und dem Friedensrichter in den verschiedenen Ortschaften in der Umgebung von Buffalo einen Besuch abstatten – zweifellos auch dem in Niagara Falls.
Annie hatte die Blutgruppe AB, Harry A, Alice B.
Wally überlegte, was ihm der Aufenthalt in Richland gebracht hatte. Er hatte genug erfahren, um ein faszinierendes Porträt von Alice Havilland zu zeichnen – aber nicht mehr. Ihr ganzes Wesen würde er erst kennen, wenn er erfuhr, wo sie hergekommen war, bevor sie Harry Havillands Weg kreuzte, und was nach ihrem Verschwinden aus ihr geworden war. Sein Instinkt sagte ihm, daß es da ein Geheimnis gab. Niemand in Richland hatte auch nur die geringste Vorstellung, wann, wo und wie Alice gestorben war. Der einmütige Glauben in der Stadt war naiv wie ein religiöser Mythos: Sie war verschwunden und gestorben, und das war auch gut so.
Da die Havillands sich geweigert hatten, sie anzuerkennen, konnten nur Harry oder Annie selbst mit Erinnerungen oder Dokumenten weiterhelfen. Aber Harry war schon lange tot, und Annie war noch ein Baby gewesen, als ihre Mutter verschwand. Mrs. Dion, die Annies frühe Jahre mit ihr und ihrem Vater in dem Haus an der Elm Street verbracht hatte, war kurz nach Harrys Herzversagen an einem Gehirntumor gestorben.
In Richland hatte Wally alles erfahren, was er konnte.
Es war Zeit, Alices Spuren zu folgen.
Er machte sich auf den Weg.

Leon Gutrich war ein gut fünfzigjähriger Mann mit beginnender Glatze und einem Bierbauch.
Er stand vor seinem Farmhaus und sah Wally mit leeren Augen an.
Wally zeigte ihm seine Karte, die ihn als Versicherungsdetektiv auswies.
Er sprach in neutralem Tonfall.
»Wir stellen Nachforschungen an bezüglich einer gewissen Alice Havilland«, sagte er. »Und dabei haben wir erfahren, daß Sie mit dieser Dame in Verbindung standen.«
Der Mann schwieg und zertrat bedächtig die Ameisen unter seinem

Stiefel. Während in einem Stall im Hintergrund eine Kuh schnaubte, überlegte Wally, daß Leon Gutrich vor fünfzehn oder zwanzig Jahren ein ziemlich attraktiver Mann und wahrscheinlich ein guter Liebhaber gewesen sein mußte. Er hatte eine ungehobelte Männlichkeit an sich, die gewisse Frauen anzog.
»Kann Ihnen nicht weiterhelfen«, erwiderte Gutrich barsch.
»Ich hatte gehofft, Sie könnten mir einige Laufereien ersparen.« Wallys Stimme wurde zugänglicher. »Eine unserer Versicherten starb vor zwei Monaten. Sie nannte Alice Havilland als ihre Erbin. Ich habe schon mit allen Familienmitgliedern gesprochen, aber niemand scheint zu wissen, wer oder wo Alice ist. Aber dann wiesen ihre Krankenunterlagen hierher. Hier habe ich dann erfahren, daß sie Richland vor ungefähr zwanzig Jahren verließ. Die Leute hier scheinen zu glauben, daß sie tot ist. Aber wenn nicht, dann ist sie jetzt gerade vierzig und würde eine schöne Stange Geld erben. Ich muß herausfinden, was aus ihr geworden ist.«
Das Gesicht des Mannes war eine sonnenverbrannte Maske.
Wally nahm den Hut ab und wischte sich über die Stirn.
»Natürlich ist ihre Zeit hier eine sehr alte Geschichte«, sagte er aufmunternd. »Es ist auch nicht überraschend, daß niemand in der Stadt weiß, wohin sie ging, nachdem sie Harry Havilland verlassen hatte. Aber es springt auch eine kleine Belohnung bei dieser Sache heraus. Für einen Namen, eine Adresse ... Irgendwas.«
»Habe sie nicht gekannt.«
Hinter den kalten blauen Augen Leon Gutrichs lag etwas, das Wally als Furcht erkannte. Ein Körnchen Wahrheit war an Marian Blandishs Geschichte also doch gewesen.
»Na gut«, seufzte Wally und holte eine Visitenkarte aus der Tasche. »Wenn Ihnen noch etwas einfallen sollte, würde ich mich sehr freuen, wenn Sie mich unter dieser Adresse aufsuchen würden. Die Dame wird ganz schön reich, wenn wir sie je finden sollten. Oder Uncle Sam bekommt das ganze Geld.«
Wally verabschiedete sich, fuhr außer Sichtweite, parkte das Auto an einem Feldweg und ging durch den Eichenwald, der das Haus umgab, zurück. Für seine Korpulenz ging er erstaunlich leichtfüßig.
Der Lieferwagen stand noch immer zwischen dem Haus und dem Stall. Wally blieb einen Augenblick stehen und horchte. Er ging um das Haus herum, kehrte dann zur Vorderseite zurück und öffnete behutsam die Haustür.
Im Flur roch es nach Zwiebeln und Tomatensoße. Von etwas weiter hinten kam ein Geräusch, und Wally ging darauf zu.

Es war ein kleines Büro. Drinnen saß Leon Gutrich an dem abgenutzten Schreibtisch und betrachtete etwas. Er trommelte mit den Fingern auf den Tisch. Wally hörte ihn seufzen.
Dann zog er eine Schublade heraus, legte etwas hinein, schob sie wieder zu, verschloß sie und schob den Stuhl zurück.
Wie eine Schlange glitt Wally den Korridor entlang und stand versteckt im Wohnzimmer, als er hörte, wie die Haustür zufiel.
Der Lieferwagen sprang an und knirschte über den Kies.
Wally eilte in das Büro. In wenigen Sekunden hatte er die Schublade aufgestemmt.
Auf einem Stapel Rechnungen und Briefe lag eine verblichene Postkarte mit Gutrichs Namen und Adresse auf der Rückseite.
Die Nachricht war von einer präzisen Frauenhand geschrieben.
Mir geht es ausgezeichnet, stand da. *Ich hoffe, Dir auch.*
Der Poststempel war gut zu lesen. 7. November 1947. Buffalo, New York.
Wally drehte die Karte um. Auf der Vorderseite war eine Abbildung des Excelsior-Hotels, einer Durchgangsstation, die auch schon bessere Tage gesehen hatte. Spaßeshalber hatte sie eines der Fenster mit einem Kreis markiert.
Die Ironie der Nachricht deutete darauf hin, daß sie wollte, daß seine Frau die Karte sah. Sie hatte Gutrich, ihren früheren Liebhaber, verspotten wollen.
Wally betrachtete eingehend beide Seiten der Postkarte und prägte sich das Hotel, das Datum des Poststempels und die Handschrift ein. Dann legte er sie in die Schublade zurück und schob sie wieder zu. Er machte sich nicht die Mühe, sie zu verschließen oder sich zu beeilen, als er durch das Eichenwäldchen zu seinem Auto zurückkehrte.
Er hatte gefunden, was er brauchte.
Alice hatte ihm eine Adresse gegeben.

15

Christine bog auf den Beekman Place ein. Ihr weißer Regenmantel war gegen den Oktoberwind zugeknöpft. Sie trug einen kleinen Regenschirm und eine Einkaufstüte von Bloomingdale's mit einer großen, flachen Schachtel.
Sie ging auf das vertraute Haus zu und klingelte. Der Portier lächelte, als er ihr fröhliches Gesicht und die wehenden blonden Haare sah.

»Freut mich, Sie zu sehen, Miss Whitney«, sagte er. »Ist ja schon eine Weile her.«
»Ich war sehr beschäftigt in letzter Zeit«, erwiderte Christine lächelnd. »Wie geht es Ihrer Familie, Mr. Johnston?«
Johnston hob die Schultern. »Nicht schlecht, Miss. Wir haben unsere kleinen Wehwehchen, meine Frau und ich. Aber unser Junge kommt auf dem College gut voran, und die Tochter ist mit ihren Prüfungen schon fast fertig.«
Sie wies zur Tür. »Ich hoffe, ich habe Doris nicht verpaßt. Ich habe ihr erst sehr kurzfristig Bescheid gesagt.«
»Sie erwartet Sie. Gehen Sie nur hinauf.«
Christine lächelte ihn an und eilte aus der Kälte in das hübsche, mit Walnußholz verkleidete Foyer. Sie stieg in den winzigen Privataufzug und drückte auf 6.
Einen Augenblick später stieg sie im sechsten Stock wieder aus, ging über den dicken Teppich zu einer getäfelten Tür und klingelte.
Eine attraktive Frau Ende Dreißig öffnete und strahlte, als sie Christine sah.
»Darling!« sagte sie. »Schön, daß du angerufen hast. Myra hat heute ihren freien Tag, wir sind also ganz unter uns. Komm doch rein und leg ab.«
Christine legte Mantel und Schirm auf einen der Stühle im Flur und folgte ihrer Gastgeberin mit der Einkaufstüte in die Wohnung.
Die Großzügigkeit und der Luxus des Domizils suchten ihresgleichen. Es bestand aus einer enormen Anzahl von Zimmern, und in jedem standen Möbel von unschätzbarem Wert. Ausgesuchte Teppiche, die meisten davon Perser, bedeckten die Böden. An den Wänden hingen Originalgemälde und Lithografien von berühmten amerikanischen und europäischen Künstlern.
Doris Hastings war die Frau eines der erfolgreichsten Manager Manhattans. Sie selbst hatte ein beträchtliches Familienvermögen geerbt und war seit Jahren eine Institution der gesellschaftlichen Elite. Sie hatte zwei junge Söhne, beide in Privatschulen, und sie freute sich auf deren Besuch an Thanksgiving.
»Wie geht es Charles?« fragte Christine, als sie auf der Couch in dem ruhigen Wohnzimmer saß.
»So langweilig wie immer«, erwiderte Doris lachend. »Seit Wochen sehe ich ihn kaum mehr. Seit diesem Aufsichtsratprojekt kommt er fast nicht mehr nach Hause. Er wechselt nur noch zwischen der Rockefeller und der Wall Street hin und her, mit einem gelegentlichen Abstecher in dieses

verdammte Fitneßcenter.« Sie hob die Schultern. »Aber er ist lieb. Und wie geht's Jack, Chris?«
Christine lächelte. »Bei mir ist's ganz ähnlich. Er will im Frühjahr befördert werden und erledigt jetzt die Arbeit für die halbe Kanzlei. Und ich dachte immer, Anwälte haben wenig zu tun.«
»Wart nur, bis ihr Kinder habt«, entgegnete Doris. »Dann wird's noch schlimmer. Weil wir gerade davon sprechen«, fügte sie mit Verschwörermiene hinzu, »was sagt denn Jack jetzt zu dem Thema?«
Christine schüttelte den Kopf. »Er arbeitet so schwer«, seufzte sie. »Ich komm' gar nicht dazu, ernsthaft mit ihm drüber zu reden.«
»Bring ihn doch dazu, daß er nach Thanksgiving Urlaub nimmt. Wenn du ihn erst mal aus dem verdammten Büro draußen hast, kannst du ihn bestimmt zum Reden bringen.«
Doris stand auf und holte ein Tablett mit Kristallgläsern und einer Karaffe alten Sherrys. Für eine Frau ihres Alters und nach zwei Schwangerschaften war sie erstaunlich gut erhalten. Die Spuren des Gesichtsliftens waren unter der gebräunten Haut gut verborgen, und kleinere Operationen an Schenkeln und Bauch hatten ihr eine Figur gegeben, auf die sie stolz sein konnte. Das kastanienbraune Haar ließ sie sich von Evan Minor frisieren, und Sibyl Dane kümmerte sich um Gesicht und Hände.
Sie war der Inbegriff einer gelangweilten reichen Gattin. Obwohl sie noch immer eine sehr jugendliche Frau war, hatte sie keine Ambitionen mehr außer Wohltätigkeit, der Erziehung ihrer Söhne, Forest Hills und Freundinnen.
Wie Christine.

Sie nippten an ihrem Sherry und unterhielten sich noch eine Weile wie Schulmädchen über ihr Eheleben, als Doris plötzlich die Tasche von Bloomingdale's bemerkte.
»Irgendwas sagt mir, daß du was Aufregendes gefunden hast«, sagte sie. »Willst du's mir nicht zeigen?«
»Natürlich«, entgegnete Christine, holte die Schachtel aus der Tüte und öffnete sie. Sie stand auf und breitete ein hübsches, eng anliegendes Abendkleid aus mit einem verführerischen Schlitz an der linken Seite.
»Mein Gott, das ist ja entzückend!« rief Doris. »Du siehst bestimmt sensationell damit aus. Warte nur, bis Jack es sieht. Dann verbringt er bestimmt nicht mehr soviel Zeit im Büro!«
Christine schüttelte den Kopf.
»Ich hab' es anprobiert«, sagte sie. »Aber irgendwie paßt es nicht zu

meinem Teint. Deshalb habe ich es in deiner Größe gekauft und mitgebracht. Warum ziehst du es nicht an?«

»Aber Chris«, protestierte Doris. »Ich kann doch so was nicht tragen. Ich bin zu alt. Das ist doch viel zu sexy für mich.«

»Unsinn«, erwiderte Christine lachend. »Schau dir doch nur einmal den Stoff an. Es ist wie für dich gemacht, Dorie. Mit deinen Augen und dann noch die richtigen Accessoires ... Komm, probier's doch mal.«

»Hm«, meinte die andere Frau skeptisch. »Ich glaube, du bist verrückt, aber ...«

»Na, komm schon!« Christine rümpfte die Nase und warf sich die Haare über die Schulter, während sie das Kleid hochhielt. »Wo hast du einen Spiegel? Ich helfe dir beim Anziehen.«

Doris war schon auf den Beinen.

»Im Gästezimmer«, sagte sie. »Dort ist der beste.«

Die zwei Frauen betraten das geräumige, verdunkelte Zimmer mit gerahmten Landschaftsbildern an den Wänden, einem großen Bett und einem Wandspiegel neben einem begehbaren Schrank.

Christine sah zu, wie sich Doris ihr Übergangskleid auszog. Dann stand sie in Slip und BH da, streckte die Arme aus, und Christine streifte ihr das Kleid über.

Lächelnd zog Christine den Reißverschluß zu. Sie hatte recht gehabt. Es paßte Doris ausgezeichnet, gab ihr einen jugendlichen Akzent, betonte ihren Sex-Appeal und blieb doch im Rahmen des Ehrbaren.

Doris schaltete die Deckenbeleuchtung ein und drehte sich freudig erregt vor dem Spiegel.

»Chris, du hast es mal wieder geschafft«, sagte sie. »Ich kann's nicht glauben!«

»So«, sagte Christine, während sie Doris die Haare locker auf die Schultern legte und ihr den Stoff an den Hüften glattstrich. »Jetzt brauchst du nur noch die richtigen Schuhe, und Charles wird nicht mehr seine ganze Zeit in diesem Fitneßcenter verschwenden!«

»Du bist wirklich ein Wunder«, sagte Doris. »Du kennst mich viel besser als ich mich selbst. Ich wünschte nur, du würdest meine ganze Garderobe auswählen.«

»Du läßt dich einfach nicht genug gehen«, erwiderte Christine lächelnd. »Du umgibst dich mit zu vielen spießigen Leuten. Und vergißt dabei immer, daß du in Technicolor bist, Dorie – und nicht in Schwarzweiß wie die.«

»Na«, meinte Doris und betrachtete sich im Spiegel von allen Seiten.

»Ich weiß nicht genau, ob das stimmt, aber ich bin auf jeden Fall froh über deinen Geschmack. Warum kommst nicht wenigstens du mit Jack öfters mal vorbei? Wir haben euch beide mindestens schon ein Jahr nicht mehr gesehen.«

Sie schaltete die Deckenbeleuchtung aus und bewunderte das Kleid im Halbdunkel.

»Die Männer«, sagte Christine und half ihr mit dem Reißverschluß. »Die stürmen doch immer nur weiter – und wir müssen ihnen folgen, wo sie uns hinführen.«

Doris seufzte. »Ich weiß, was du meinst.«

Christine strich ein letztes Mal mit behutsamen Fingern an dem Kleid entlang und korrigierte den Faltenwurf an Doris' Hüften und Oberschenkeln. Nach einem letzen Zupfen an der Brustpartie schien sie zufrieden und zog langsam den Reißverschluß wieder auf.

Der graue Tag ließ das Zimmer noch dunkler als gewöhnlich erscheinen. Als das Kleid Doris von den Schultern glitt, schien es fast, als würde sich schon das Zwielicht über die Stadt legen.

Der Reißverschluß war offen. Christine zog Doris das Kleid über den Kopf. Das Rascheln des Stoffes war das einzige Geräusch im Zimmer, als Doris' Slip und BH darunter sichtbar wurden und im Spiegel leuchteten.

Angenehm erregt von dem Gefühl des feinen Stoffes auf ihrer Haut seufzte Doris. Mit halbgeschlossenen Lidern betrachtete sie ihre braunen Glieder, als Christines Finger das Elastikband ihres BHs berührten. Aber sie öffnete überrascht die Augen, als der Verschluß plötzlich offen war und sie warme Hände auf ihren Schultern spürte. Wie gelähmt von der unerwarteten Berührung sah sie in den Spiegel und erblickte Christines geschmeidige Gestalt hinter sich.

Die warmen Hände hatten ihre nackten Schultern nicht verlassen und glitten jetzt langsam und zärtlich an ihren Armen hinunter. Erschreckt begann Doris unter der besänftigenden Liebkosung zu zittern. Sie spürte, wie weibliche Finger über ihre Handflächen huschten und sanft ihre Hüften streichelten.

Sie wagte es nicht, sich umzudrehen, sondern sprach zu dem Bild im Spiegel.

»Chris ... Nicht.«

Aber die Hände waren jetzt an ihrer Taille und glitten über ihren Brustkorb. Wie durch Zauberei löste sich der BH und fiel zu Boden. Doris war verwirrt, sie fühlte sich entblößt.

»Chris, bitte ... Wir sind doch Freunde ...«

Sie schauderte vor unwillkürlichem Entzücken, als sie Christines Finger auf dem Stoff des Höschens zwischen ihren Schenkeln und die sanfte Wärme ihres schönen Körpers an ihren Lenden spürte.
»Bitte«, flüsterte Doris mit halbgeschlossenen Augen. »Ich hab' das noch nie getan, Chris. Kein einziges Mal.«
»Scht«, klang ihr die zärtliche Stimme ermutigend ins Ohr. »Es ist nicht schlimm, etwas zu wollen. Es wird alles gut, Dorie.«
Die Hände streichelten ihren Bauch und glitten sanft zu ihrem Busen hoch. Unter Christines Fingerspitzen stellten sich die Warzen erregt auf.
Fasziniert öffnete Doris die Augen. Sie spürte, wie ihr Slip über die Schenkel hinunterrutschte und das Dreieck zwischen ihren Schenkeln entblößte.
Das zarte Streicheln hatte aufgehört. Vor Erstaunen wie gelähmt sah Doris zu, wie sich ihre junge Besucherin nun selbst auszog. Christines einfaches Kleid fiel zu Boden und enthüllte ihre glatte, duftende Haut. Sie öffnete den BH, dann zog sie ihren Slip aus.
Sie ist eine Göttin, dachte Doris, und ihr stockte der Atem, als die nackte Sylphe nun wieder auf sie zukam und mit ihrer weichen Haut Doris' Schenkel und Hüften berührte.
»O Chris ...«
Schlanke Arme drückten sie zärtlich. »Es ist alles in Ordnung«, kam die beruhigende Stimme. »Du brauchst dich nicht zu schämen, weil du mich willst. Dafür sind wir ja gemacht. Den Männern muß man geben, was sie verlangen, aber ab und zu ist es gut und natürlich, daß wir unter uns sind.«
Sie lachte leise, während ihre Finger zu Doris Brustwarzen huschten. »Es wird Zeit, daß wir uns etwas gehenlassen. Nur ein klein wenig«, sagte sie.
Sie nahm Doris an den Hüften und drehte sie um. Dann drückte sie ihren eigenen Busen gegen den der älteren Frau, und als die Warzen sich berührten, seufzte Doris kapitulierend auf.
Ihre geöffneten Lippen trafen sich. Die Zungen glitten begrüßend übereinander. Doris spürte, wie der goldene Pelz zwischen Christines Schenkeln den ihren berührte. Sie schauderte vor Entzücken, und ein dunkles Stöhnen entrang sich ihrer Kehle, als ihr Kuß leidenschaftlicher wurde.
Unerträgliche Erregung packte sie, als Christine sie enger an sich drückte. Dann plötzlich wurde sie losgelassen, und sie sah zu, wie das bezaubernde junge Mädchen wie selbstverständlich zum Bett ging und sich auf die dunklen Bezüge legte.

Mit angezogenen Knien und vorgerecktem Busen stützte sie sich auf die Ellbogen. Dann legte sie sich auf den Rücken, spreizte die Schenkel und streckte die Arme aus. Ihre weiße Haut leuchtete im Dämmerlicht. Ihr Augen lächelten einladend.
Wortlos ging Doris zum Bett, entsetzt über ihre eigene Hemmungslosigkeit, und legte sich neben sie. Christine drehte sich, sie legte ihr die Arme um den Hals und küßte sie wieder. Ihr zarter Duft, so animalisch wie elegant, hüllte sie beide ein.
Wellen blonden Haares bedeckten Doris' Gesicht, als Christine sie küßte. Dann fiel die duftende Mähne ihr auf Schultern und Schlüsselbeine, während die junge Frau tiefer glitt und an Doris' Brustwarzen leckte und saugte.
Die Lippen, die wissende Zunge huschten über ihren Bauch, verweilten an Nabel und Hüften und öffneten schließlich ihre Schenkel. Doris stöhnte vor Verwunderung und Entzücken.
Ihre erigierte Klitoris pulsierte wild, als die Zunge ihrer Partnerin sie berührte. Dann erkundete sie ihre Vagina, streichelte sie und reizte sie zu immer heftiger werdenden Wogen der Ekstase.
Sie legte die Hände auf Christines Hintern. Die schlanken Beine der beiden Frauen glitten geschmeidig über die Laken, die beiden Körper fanden zu einer noch intimeren Umarmung. Doris schmeckte die seidige Vollkommenheit weiblicher Haut, das krause, vor Leidenschaft duftende Schamhaar und schließlich die schlüpfrig-feuchten Sehnen des weiblichen Geschlechts, das ihre Lippen köstlich benetzte und unter ihrer Zunge zu Leben erwachte.
Vor Lust stöhnend, drückte sie Christine an sich. Die Zunge, die immer tiefer in sie stieß, schickte wollüstige Schauder durch ihren Körper. Sie versenkte ihre Lippen in den köstlichen Pelz und das feuchte Fleisch, das sich ihr darbot, und schlanke Schenkel legten sich um ihren Hals, während das wahnsinnige kleine Tier in ihrem Geschlecht wühlte und sie zu immer wilderer Verzückung trieb.
Und plötzlich explodierte ihre Leidenschaft in heißen, wilden Zuckungen, immer erschreckender, immer atemberaubender, immer schneller, bis schließlich ein leises Seufzen hilflosen Entzückens aus ihrer Kehle drang.
Dann war es vorüber. Sie hielten sich umarmt, Christines Haare auf Doris' Gesicht, und Christine streichelte Doris Schultern, liebkoste ihre Brüste, die sich heftig hoben und wieder senkten, mit zärtlichen Fingern und küßte sie schließlich auf die Lippen.

Nach einer Weile rührten sie sich wieder. Christine stand auf, zog sich an und kämmte sich. Dann half sie Doris beim Anziehen. Die schwüle Trägheit gemeinsam erlebter Lust hing zwischen ihnen. Plötzlich wurde Doris wieder sachlich, als wäre die verbotene Eskapade nie geschehen.
»Es war sehr nett von dir, daß du das Kleid vorbeigebracht hast«, sagte sie und führte Christine in das Wohnzimmer. »Ich will dir einen Scheck ausstellen. Wieviel hat es gekostet?«
»Nur zweihundertfünfundsiebzig plus Steuer«, erwiderte Christine lächelnd. »Es schien mir wahnsinnig günstig.«
Doris suchte in ihrer Handtasche nach dem Scheckbuch. Sie füllte den Scheck aus, riß ihn aus dem Heft und gab ihn Christine, die ihn zusammenfaltete und in ihre Handtasche steckte.
»Willst du noch einen Drink?« fragte Doris. »Oder etwas zu essen?«
»Nein, ich muß jetzt wirklich los.« Christine streckte die Hand aus. »Ich rühr' mich wieder. Schöne Grüße von Jack.«
»Grüß ihn auch von mir. Und halt in den Geschäften deine Augen offen. Charles wird von dem Kleid begeistert sein.«
Die Tür schloß sich hinter Christines athletischem, jungem Körper. Die Schachtel und die Plastiktüte lagen auf der Couch. Doris wollte sie eben aufheben, aber da fiel ihr das Scheckbuch ein. Sie schlug es auf und schrieb etwas auf das Kontrollblatt.
C. Whitney, Schneiderin, schrieb sie.
Die Beträge wechselten. Die Kleider waren von der Stange. Doris fügte dem Betrag, den Christine nannte, einfach fünfhundert Dollar hinzu.
Ihre rituelle Unterhaltung hatte sich aus Doris' Bedürfnissen und Christines fruchtbarer Phantasie entwickelt. Für Doris war es natürlich immer das erste Mal, denn so erträumte sie es sich. Christine konnte nicht wissen, wie viele Dutzende oder Hunderte homosexueller Affären ihre reiche Kundin in ihren siebenunddreißg Jahren schon gehabt hatte, und sie wollte es auch gar nicht wissen.
Und Doris wußte von Christine lediglich, daß Whitney nur ein Deckname war und daß es keinen Jack und keine Anwaltskanzlei gab.
Manchmal mußte sie wochenlang auf Christines Anruf warten. Dann wurde sie verzweifelt vor Ungeduld. Wenn sie nur wüßte, wie sie sie erreichen könnte! Es wäre so wunderbar, irgendwo ein ganzes Wochenende mit ihr zu verbringen.
Aber das durfte nicht sein. Doris mußte sich mit dem begnügen, was sie hatte. Sie mußte schon froh sein, daß sie Christine bei einer zufälligen Begegnung bei Cartier vor eineinhalb Jahren überhaupt kennengelernt hatte.

Alles in allem war die Übereinkunft eigentlich sehr zufriedenstellend. Auch wenn Charles sich die Mühe gemacht hätte, ihr Scheckbuch zu kontrollieren, hätten die Zahlungen an Christine bei ihm keinen Verdacht erregt.
Männer hatten ja keine Ahnung, was Frauen für ein Kleid ausgaben.

16

Annie war auf dem Weg zu Nick.
Es war ihr nicht eben wohl dabei, ihn jetzt zu besuchen, denn seit sechs Monaten hatten sie praktisch keine Verbindung mehr gehabt. Mit den zermürbenden Dreharbeiten hatte ihre Trennung begonnen, und die entsetzliche Zeit seit der Premiere des Films hatte sie nur noch verstärkt. Schuld mischte sich in ihre Traurigkeit über die Entfernung zwischen ihnen, denn sie war seit Drehschluß so ausschließlich auf Eric Shain fixiert gewesen, daß sie kaum die Zeit hatte, über die Vielschichtigkeit von Nicks Schicksal nachzudenken.
Aber trotzdem hatte sie in diesen Monaten Nick oft angerufen, zuversichtlich, daß die Freundschaft trotz ihrer plötzlichen Berühmtheit weiterbestehen würde. Aber Nick hatte sie zwar wie immer ermuntert und zu ihrem Erfolg beglückwünscht, jedoch immer wieder Ausreden gefunden, warum er sie nicht sehen konnte.
Seine Telefonstimme klang hohl und schwach. Der körperlose Klang beunruhigte Annie, denn in einer makabren Weise wirkte er nicht mehr lebendig. Und gleichzeitig sagte sie sich instinktiv, daß er auf Eric Shain eifersüchtig war und auf ihren plötzlichen Ruhm, obwohl er natürlich viel zu stolz war, um seine Gefühle zu zeigen. Er versteckte sich hinter einer spröden Unbekümmertheit, mit der er sie anscheinend abweisen wollte.
Aber schlimmer noch, sie hatte die Episode der Fernsehserie gesehen, in der er zum erstenmal seit seinem Unfall wieder erschienen war. Wie er vorausgesagt hatte, spielte er einen Kidnapper.
Obwohl er einen Geistesgestörten darstellen mußte und ein grelles Make-up und einen struppigen Bart trug, merkte Annie, daß Nick selbst wirklich krank war. Er hatte Gewicht verloren, seine Augen waren leer. Seiner Darbietung fehlte der Glanz. Den stolzen Abenteurer, mit dem sie unter Roy Deran zusammengearbeitet hatte, schien es nicht mehr zu geben.

Sie fragte sich, welche Drogen er in der Nacht des Unfalls wohl genommen hatte. Obwohl die körperlichen Auswirkungen, die man allgemein den heute so weitverbreiteten harten Drogen zuschrieb, sie verwirrten, vermutete sie, daß eine mächtige Mischung aus Beruhigungsmitteln und Alkohol ihn verzehrte.
Aber sie konnte ihn nicht einfach dem Schicksal überlassen, das er selbst verursacht hatte. Wenn Nick Hilfe brauchte, wollte sie sie ihm geben. In ihrer augenblicklichen, persönlich und beruflich erbärmlichen Lage schien es am besten, nicht mehr an sich selbst zu denken, sondern den wenigen Leuten, die ihr etwas bedeuteten, zu helfen.
Sie hatte noch einen zweiten, egoistischeren Grund, warum sie Nick aufsuchte. Eric Shain war nun schon seit fast drei Wochen zu Dreharbeiten in Spanien. Seine Anrufe waren notwendigerweise kurz und unregelmäßig, und Annie fühlte sich sehr einsam.
Nick war der einzige Mensch in Hollywood, der bei ihr die Erinnerung an weniger komplizierte, weniger angsteinflößende Zeiten hervorrufen konnte. Vielleicht waren diese gemeinsamen Erinnerungen gut für sie beide.
Sie konnte es nur hoffen. Denn wenn sie nicht bald einen Ausweg aus dem immer bedrohlicher werdenden Dilemma fand, würde es sie zerreißen.

Die gräßliche Kampagne, mit der man Annie persönlich in den Schmutz ziehen und gleichzeitig für den Film werben wollte, hatte neuen Schwung bekommen durch eine Wendung, die niemand in dieser Form erwartet hatte: die verblüffende Wirkung des Films auf das Publikum. Im Juni war er landesweit in die Kinos gekommen und hatte seitdem erstaunliche Gewinne eingespielt. Bald darauf hatte er auch die Autokinos im Sturm genommen. Und nun, nach über vier Monaten Laufzeit, sah es ganz und gar nicht so aus, als würde er seine schon fast unverschämte Beliebtheit einbüßen.
Die PR-Abteilung von International Pictures hatte es für angebracht gehalten, für den Film mit einem neuen, schockierenden Poster zu werben. Es zeigte Annie als Liane, wie sie, in der prickelnden Verführungsszene mit Eric, nur in BH und Slip, an dem groben Küchentisch lehnte. Sie hat die Hüften vorgeschoben, die sinnlichen Umrisse von Waden und Schenkeln stechen ins Auge, und ihre nackten Füße scheinen auf provozierende Weise den Fußboden zu liebkosen.
Das Poster war nicht nur zum offiziellen Markenzeichen des Films geworden, sondern auch zum Instrument einer Marketingkampagne,

die ausschließlich auf Liane ausgerichtet war. Auch der Posterverkauf in Läden brachte dem Studio immensen Gewinn.
Man munkelte, das Poster sei zur beliebtesten Schlafzimmerdekoration des ganzen Landes geworden und der Film zum größten »Anheizer« in der Geschichte des Autokinos, wo er die sonst üblichen Sex- und Pornofilme verdrängte.
Und alles wegen Annie.
Das sexy Baumwollkleid, das sie als Liane getragen hatte, war zum absoluten Moderenner geworden. Am Sunset Strip konnte man Liane-T-Shirts, -Sweatshirts, und in einem besonderen Laden sogar Liane-Puppen kaufen: kleine, Barbie-ähnliche Dinger in Lianes Kleidern und darunter mit winzigen BHs und Slips.
Es gab sogar abscheuliche Gerüchte über Massagesalons und andere Sexetablissements, die lebensgroße aufblasbare Liane-Puppen herstellten und verkauften.
Aber das war erst der Anfang. Die sexuelle Aura, die Annie umgab, legte sich wie ein tödliches Gift auf jeden Aspekt ihrer Karriere und erstickte alles, was am Wege lag.
Jede Woche rief Barry Stein sie an und unterbreitete ihr lukrative, aber abwegige Angebote. Ein Wäschehersteller, der für seine eindeutig pornografischen Produkte berühmt war, wollte eine Liane-Kollektion herausbringen und Annie als Werbezugpferd gewinnen. Ein Parfümproduzent wollte einen Duft nach ihr benennen, wenn sie zustimmte, für ihn zu werben.
Und gleichzeitig boten alle Herrenmagazine, von den seriöseren Hochglanzblättern bis zu den eindeutig pornografischen, Annie enorme Summen für Nacktfotos. Sie war das heißeste Sexsymbol in Hollywood seit Marilyn Monroe, und man war bereit, Hunderttausende von Dollars für sie zu bezahlen.
Renée Greenbaum hatte Barry mitgeteilt, daß Dutzende von Agenten und Verlegern Cyrena riesige Summen für Annies Portefeuille geboten hatten. Es gab Vorschläge für ausführliche und teure Fotobücher, die mit kunstvollen Montagen der sinnlicheren Cyrena-Layouts Annies Karriere und Persönlichkeit dokumentieren sollten.
Noch bevor Barry und Annie überhaupt über die Vorschläge sprechen konnten, erfuhren sie, daß schlecht gemachte, unautorisierte Bücher des gleichen Typs bereits in Buchhandlungen, Einzelhandelsgeschäften und Supermärkten auftauchten. Daneben lagen dann geschmacklose und ebenfalls unautorisierte Biografien von ihr, meist Konglomerate aus Wunschvorstellungen und allgemein Bekanntem.

Es gab Angebote für Annie-Havilland-Diätbücher mit vorgefertigten Rezepten und Fotos von Annies schlanker Figur, Annie-Havilland-Fitneßbücher, Schönheitstips, Gesundheitstips und natürlich von Ghostwritern fabrizierte Ratgeber, in denen Annie den Frauen verriet, wie man sich Männer fing.
Woche für Woche war Annie auf dem Titelblatt jedes Klatschmagazins und jedes Bildblättchens des Landes. Ihr Foto, das man früher nur mit dem Eric Shains gezeigt hatte, erschien nun in Kombination mit fast jedem wichtigen Hollywoodstar.
Und der entsetzliche Spitzname Sex-Engel hing wie ein Fluch an ihr, er hatte es den Klatschkolumnisten angetan.
SEX-ENGEL SAGT ALLES!
SEX-ENGEL ENTHÜLLT SEIN GEHEIMNIS!
SEX-ENGELS HEIMLICHE TRAGÖDIE!
Es war eine Belagerung ohne Ende. Annie gab schon lange keine Interviews mehr, denn sie war es leid, auf immer die gleichen Fragen mit immer den gleichen Dementis zu antworten, die dann den gierigen Fragern bei dem einen Ohr hinein- und bei dem anderen wieder hinausgingen. Aber die Presse machte auch ohne sie weiter und stützte eben ihre Orgie von Unterstellungen auf ihr Bild alleine.
Annie mußte überrascht feststellen, wie recht Eric gehabt hatte, als er von der Rolle der Agenten bei der Inszenierung berüchtigter Hollywood-Romanzen sprach. Barry wurde von Dutzenden von Agenten männlicher Stars angesprochen, die daran interessiert waren, mit Bild und Namen mit Annie in Verbindung gebracht zu werden, und die sich freuen würden, sie in Discos, ins Theater, Ballett oder, mit Fotografen im Schlepptau, sogar nach Paris, Rom oder Capri begleiten zu dürfen. Die entsprechenden »Gegenleistungen« würden finanziell nicht uninteressant sein.
Barry lachte, während er der schockierten Annie erklärte, daß viele dieser berühmten Herzensbrecher Homosexuelle seien, deren Karriere durch ein öffentlich breitgewalztes Verhältnis mit ihr abgesichert würde.
»Da springt immer was dabei heraus«, scherzte er. »Und du könntest von Anfang an sicher sein, daß sie dir nicht an die Ehre wollen.«

So ging es immer weiter.
Fast täglich erhielt Annie Einladungen, bei lokalen oder landesweiten Talkshows oder Quizsendungen aufzutreten. Auch Tommy Grangers Leute wollten sie wiederhaben, vor allem nach ihrem vernichtenden Sieg über Ran Siegel.

Aber man lud sie nicht ein, nur weil sie eine Berühmtheit war. Sondern als berüchtigte sexuelle Kuriosität. Der Beweis dafür war, daß die betreffenden Produzenten immer baten, bei Annies Garderobe mitbestimmen und bei der Vorstellung die heißesten Szenen aus *A Midnight Hour* zeigen zu dürfen.

Barry hatte Dutzende von Filmangeboten für Annie erhalten, die sich dann aber immer als billige Pornoproduktionen von unabhängigen Filmemachern mit zweifelhaftem Ruf herausstellten.

Je länger der Kampf dauerte, desto mutloser wurde Annie. Sie war in den Händen eines vielköpfigen, unpersönlichen Monsters, das nur für Geld lebte und sich von Menschen nährte. Ein Individuum konnte sich ihm nicht in den Weg stellen. Dank Hollywoods endlosen Möglichkeiten der Ausbeutung waren Annie ihr Gesicht und ihr Körper fremd geworden; andere hatten sich ihrer bemächtigt und sie zu ihrem eigenen Gewinn und um ihrer perversen Lust willen entstellt. Man hatte sie vertrieben aus ihrem Körper, aus ihrem Talent und aus der Welt, in der sie als engagierte Schauspielerin zu leben gehofft hatte.

Aber ihre Einsamkeit war ohne Intimsphäre. Ständig klingelte das Telefon. Auch ihre neue Geheimnummer hatte das nicht verhindern können. Nur ihr Anrufbeantworter bewahrte sie vor andauernder Belästigung.

Die Leute lauerten ihr auf, wohin sie auch ging, und unter ihren Jubel und ihre Bitten um Autogramme mischte sich immer dümmliches Lachen, ein hörbares Geifern, das ihre Gefühle verletzte.

Der Tumult der Aufmerksamkeit, der sie umgab, war ohne Mitleid oder Freundlichkeit. In der Folge von *A Midnight Hour* hatte man sie zu unzähligen Partys eingeladen. Aber sie unterließ ihre Besuche sofort, als sie merkte, daß sie von kriecherischen Agenten und Schnorrern verfolgt und jeder ihrer Schritte von geflüsterten Bemerkungen über ihre befleckte Karriere und dem Gerücht, man habe sie nur wegen der Publicity eingeladen, begleitet wurde.

Annie war das sensationellste Gesicht in der gesamten Filmwelt. Sie hatte einen Bekanntheitsgrad und einen Wiedererkennungseffekt, für die die meisten anderen Schauspielerinnen ihre Seelen verkaufen würden. In Hollywood-Begriffen war sie die »heißeste« Darstellerin der letzten Generation.

Aber dennoch – und darin lag die grausame Ironie –, in diesem Mahlstrom von spähenden Augen, neugierigen Fragen und lukrativen Angeboten konnte Annie ihren gewählten Beruf nicht ausüben.

So unwahrscheinlich wie es schien, aber sie war nicht zu vermitteln.

Sie hatte es kaum glauben können, als Barry ihr sagte, daß ernsthafte Drehbücher für sie einfach nicht mehr eingingen. Mit der Ausnahme von Quiz- und Talkshows und den unakzeptablen Rollen in schmierigen Sexfilmen war kein Produzent in Hollywood bereit, Annie für eine Haupt- oder Nebenrolle in einer wichtigen Produktion in Betracht zu ziehen.
Annie hätte sich sehr gern in einer Komödie, einem Abenteuerfilm oder auch wieder in einer ernsthaften Produktion wie *A Midnight Hour* versucht. Obwohl sie nicht genau wußte, ob es klug war, so kurz nach ihrem Erscheinen auf der Filmszene bereits für das Fernsehen zu arbeiten, war sie doch auch für diesen Bereich offen. Sie spürte, daß ihre Flexibilität als Schauspielerin danach drängte, sich in jedem Fach zu beweisen.
Aber ihre Bereitschaft zur Arbeit war irrelevant, denn es gab ja keine Angebote.
Enttäuscht dachte Annie daran, wieder an den Broadway zurückzukehren. Sie war so arbeitshungrig, daß der Gedanke an eine ernsthafte Theaterrolle, ganz gleich wie bescheiden, wie ein erfrischender Luftzug wirkte. Sie überlegte sogar, ob sie zu Teague MacInnes zurückkehren sollte, unter dessen Führung sie sich wenigstens mit harter Repertoirearbeit ablenken könnte.
Aber Barry sagte ihr, daß sie keine Theaterarbeit annehmen dürfe. Eine Klausel im Vertrag mit International besagte, daß sie mindestens drei Filme für das Studio machen müsse, bevor sie Aufträge von außen annehmen dürfe. Da sei nichts zu machen, meinte Barry. Er hatte der Klausel zustimmen müssen, um das Engagement für *A Midnight Hour* überhaupt zu bekommen.
Aber International Pictures hatte verdächtig wenig Neigung, seinen neuen Star als etwas anderes als ein Werbemittel zu betrachten. Während es als Ergebnis von Annies Ruhm im Geld schwamm, zeigte es ihrer beruflichen Karriere die kalte Schulter.
Annie war alleine. Mit der Ausnahme der Autogrammjäger, Klatschreporter, Agenten und Verleger, die ihr Bild in die Hände bekommen und es zu ihrem Nutzen ausschlachten wollten, beachtete sie niemand.
Es war, als hätte sie als Mensch aufgehört zu existieren und wäre nur noch eine entmenschlichte, stilisierte und beinahe nackte Ikone des weiblichen Geschlechts, unpersönlich und leer. Eigentlich war sie jetzt anonymer als in ihrer Zeit als Mannequin bei Cyrena. Obwohl doch jeder ihren Namen kannte, ihn heimlich flüsterte und verlachte.
»Ich bin nicht sie!« hätte sie den immer verrückter werdenden Reportern

am liebsten zugeschrien, die nichts anderes im Kopf hatten, als sie mit Liane zu identifizieren.
Aber diese Worte waren auf eine viel hinterhältigere Weise wahr. Annie hatte nichts gemeinsam mit der über Nacht entstandenen Berühmtheit, deren Körper und Gesicht als Lustobjekt in Tausenden von Abbildungen auch in die entferntesten Winkel der Welt gelangten und die jeder kannte, aber niemand respektierte. Das war nicht Annie. Das war eigentlich überhaupt niemand.
Es war, als hätte man ihr die Seele gestohlen.

Mit seiner charakteristischen Intuition verstand Eric Shain genau, was Annie durchmachte, vor allem auch, weil er das gleiche Schicksal in einer weniger heftigen, dafür aber beständigeren Gestalt während seiner ganzen Karriere erlitten hatte.
»Die Krankheit, die du hast, heißt Hollywood, Annie«, sagte er. »Sie kann tödlich sein, wenn du sie nicht bekämpfst. Heute nehmen sie dir alles, was sie von dir bekommen, und es ist ihnen gleichgültig, was morgen mit dir passiert. Aber eins darfst du nicht vergessen: Sie können dir dein Talent nicht nehmen. Bleib nur dran. Du wirst es überleben. Du hast doch einen klugen Kopf, und er wird dich nicht im Stich lassen. Du mußt dich nur mit aller Kraft an dein wirkliches Selbst klammern.«
Lächelnd nahm er sie in den Arm. »Und erlaube mir, daß auch ich mich daran klammere«, ergänzte er. »Es bedeutet mir genausoviel wie dir.«
Aber seine Worte waren nicht der Balsam, den er beabsichtigt hatte. Denn Annies kluger Kopf war zu klar, um nicht zu erkennen, daß das Pech, das sie seit Monaten verfolgte, mehr als nur Zufall war.
Ihr früherer Verdacht war ihr nun praktisch zur Gewißheit geworden. Harmon Kurths raffiniertes Spiel war hinter dem Ganzen spürbar.
Wie schlau Kurth doch gewesen war. Mit einem brillanten Schlag, der in Zeitlupe in ungezählten Klatschspalten nachvollzogen wurde, hatte er sich den Erfolg von *A Midnight Hour* gesichert – ein finanzieller Erfolg, fünfmal so groß wie der jedes anderen Films von Damon Rhys – und gleichzeitig die Karriere der jungen Schauspielerin zerstört, so wie er es vor Jahren geschworen hatte.
Rückblickend erkannte Annie, daß sie bei dem launischen, egozentrischen Damon Rhys wahrscheinlich über den einzigen Filmemacher Amerikas gestolpert war, der die Macht und die Freiheit hatte, sie für eine wichtige Rolle zu engagieren, obwohl Harmon Kurth sie auf die schwarze Liste gesetzt hatte.
Wie wütend mußte Kurth gewesen sein, als er sah, daß sie unter seinem eigenen Dach die Liane spielte.

Aber er hatte sich gerächt, und er tat es immer weiter.
Annie brannte darauf, Kurth mit ihrem Wissen über die Vorgänge zu konfrontieren oder ihn sogar vor ein Zivilgericht zu zerren, um ihn für das Leiden, das er ihr zufügte, zur Rechenschaft zu ziehen.
Aber nein. Man würde ihren Anschuldigungen mit einem verbindlichen Dementi begegnen, und ein Rechtsstreit war wohl kaum das Mittel gegen die diffuse, informelle Art der Kampagne gegen sie.
Die Vernunft riet zu einem anderen Weg. Es war ein Kartenspiel, bei dem im Augenblick Kurth noch alle Trümpfe in der Hand hatte. Die Wut war Annies schlimmster Feind. Geduld, Schläue und Ausdauer waren ihre stärksten Waffen. Ihre Karriere stand auf dem Spiel, vielleicht ihre ganze Zukunft. Sie konnte sie nicht leichtfertig verspielen.
Trotzdem wäre sie froh gewesen, wenn sie Eric den wahren Grund ihrer Sorgen hätte anvertrauen können. Aber auch das stand außer Frage. Eric konnte für sie kaum etwas unternehmen – nicht einmal ein Star seiner Größe hatte die Macht, sich Harmon Kurth ohne verhängnisvolle Konsequenzen in den Weg zu stellen –, und er würde sich wegen seiner Unfähigkeit, ihr zu helfen, nur Selbstvorwürfe machen, wenn sie ihm sagte, was wirklich los war.
So nahm sie dankbar seine moralische Unterstützung an und behielt ihre Last für sich. Mit der Zeit sprachen die beiden immer weniger über Annies Kummer und konzentrierten sich statt dessen auf ihre Liebe und die langen, schweigend gemeinsam verbrachten Augenblicke, die Annies Nerven beruhigten und ihre Hoffnung stärkten.
Aber nun war Eric nicht da, und Annie war alleine.

Sie merkte, daß Damon Rhys ihr fehlte. Die Abende vor vielen Monaten fielen ihr wieder ein, da sie in seinem Wohnzimmer gesessen hatte und ihm zuhörte, wie er Bach spielte, und die Augenblicke trägen Schweigens, als sie beide über Liane nachdachten und in gemeinsamer Arbeit versuchten, sie zum Leben zu erwecken.
»Ich hatte nie eine Tochter.« Das war Rhys' wehmütiger, oft wiederholter Witz gewesen, wenn er ihr auf die Schulter klopfte oder ihr durch die Haare strich und sein Duft nach Tabak, Whiskey und Rasierwasser sie einhüllte. In seinem Lehnsessel erinnerte er sie an Harry Havilland, und sie wünschte sich, ihm näher zu sein, ihn zu tadeln und zu bemuttern und sich um sein Wohlergehen zu kümmern wie eine wirkliche Tochter.
Aber Rhys war in seinem Haus in der Wüste, oder vielleicht noch weiter weg, und in seinen einsamen Nächten suchte er nach dem winzigen inneren Funken, der ihn zu seinem nächsten Buch oder Stück führte.

Die Zeitspanne zwischen zwei großen Projekten war ein Alptraum für jeden Schriftsteller, und Rhys machte daraus eine Achterbahnfahrt von einer Sauferei zur anderen. Es war sehr gut möglich, daß seine exzessiven alkoholischen Raubzüge ihn durch den ganzen Südwesten, nach Mexiko oder sogar bis nach Europa trieben.
Rhys war jetzt in seiner eigenen Welt. Er würde immer ein ferner Freund bleiben, an den sich Annie vielleicht wenden konnte, wenn sie ihn wirklich brauchte – aber sie gehörte zu seiner Vergangenheit.
Sie war also alleine. Und deshalb war sie heute abend auf dem Weg zu Nick, obwohl der ganz offensichtlich nicht eben in Stimmung war, sie zu sehen. Gleichgültig, in welchen Schwierigkeiten er im Augenblick steckte, er war doch ihr Verbindungsglied zu glücklicheren Zeiten. Vielleicht tat ihre unerwartete Ankunft, ihre Schulter, an der er sich ausweinen konnte, ihm ebenso gut wie ihr.

Im Foyer des Wohnblocks war es dunkel. Die Klingel schien nicht zu funktionieren. Annie stand neben den Briefkästen, als eine junge Frau in Jeans und T-Shirt, die einen eigenartigen Geruch hinter sich herzog, eilig aus der Tür schlüpfte. Annie konnte gerade noch einen flüchtigen Blick auf die dunkle, ziemlich schmutzige Afrofrisur werfen, bevor das Mädchen aus dem Foyer verschwunden war.
Die Innentür, die in schwachen Angeln hing, war unversperrt: Spontan zog Annie sie auf und schlüpfte hinein.
Der Korridor roch nach verfaulendem Holz und Staub, Katzendreck und Urin. Seit Annies letztem Besuch war das Haus ziemlich zerfallen. Sie ging hinauf zu Nicks Wohnung. Leise Musik drang heraus. Sie klopfte.
Aber niemand antwortete. Achselzuckend drehte sie den Knauf. Auch diese Tür war unversperrt.
Das Wohnzimmer war leer. Eine nackte Glühbirne hing von der Decke und tauchte das Zimmer in grelles, grünes Licht. Auf den Tischen standen schmutzige Gläser und Aschenbecher, die vor Kippen überquollen. Der süßliche, häßliche Gestank von abgestandenem Marihuanarauch hing in der Wohnung.
»Nick?« rief sie. »Bist du da?«
Sie sah in die Küche. Im Waschbecken türmte sich das schmutzige Geschirr. Auf einem Unterteller klebte eine heruntergebrannte Kerze. Unter Annies Sandalen knirschten Essensreste und Abfall.
Vorbei an achtlos abgestellten Flaschen mit billigem rotem Wein und Dosen mit Bier ging Annie ins Schlafzimmer.

Auf dem schmutzigen Bett lag Nick und schlief. Sein Atem ging flach, sein Gesicht war entsetzlich ausgezehrt.
»Nick?« Sie ging näher auf ihn zu.
Der Aschenbecher neben dem Bett war voller Marihuanakippen und Räucherstäbchen. Auf dem abgenutzten Holztisch neben dem Fenster standen noch gefährlichere Gerätschaften: ein winziger Löffel neben einer Kerze, Fetzen von Aluminiumfolie, eine winzige Messingpfeife. Sie entdeckte einen Beutel mit roten Kapseln, einen anderen mit eigenartig gesprenkelten Pillen und verstreut herumliegende weiße Tabletten. Es gab auch noch eine Schublade, aber aus Angst, was sie dort finden würde, wollte sie gar nicht hineinsehen.
»Nick«, sagte sie und setzte sich auf die Bettkante. »Nick, Liebling.«
Er war bleich wie ein Geist, unrasiert und schmutzig. Sie wußte, daß die Drogen ihn betäubt hatten. Sein Atem schien so unregelmäßig, daß sie Angst um sein Leben hatte.
Plötzlich klingelte laut das Telefon in der Küche. Da Nick sich nicht rührte, lief Annie und hob ab.
»Hallo?«
»Candy, bist du das? Wo ist Nick?« Es war eine Männerstimme.
»Tut mir leid«, erwiderte Annie. »Ich bin eine Freundin von Nick. Er ist hier, aber er schläft.«
»Okay, vergiß es.« Die Stimme klang unfreundlich. Dann wurde aufgelegt.
Annie kehrte ins Schlafzimmer zurück und schüttelte Nick vorsichtig an der Schulter. Er bewegte sich nicht. Sie schaltete das Licht an und öffnete ihm die Augen. Die Pupillen reagierten zwar auf das Licht, aber die Lider zeigten keine Reflexe.
Mit spitzen Lippen betrachtete sie die Tabletten auf dem Tisch und dann wieder Nick. Sein Atem roch nach Alkohol. Sie maß ihm den Puls. Er war schwach und ungleichmäßig.
Sie nahm ihren Mut zusammen und versuchte ihn aufzuwecken.
»Nick, wach auf. Ich bin's. Annie. Komm schon, Nick, bitte!«
Aber als Antwort hörte sie nur ein schwaches Stöhnen. Sie hatte ihn noch nie so passiv, so körperlich gleichgültig gesehen.
Sie wußte plötzlich, daß sie etwas unternehmen mußte.
Sie dachte daran, einen Krankenwagen zu rufen. Aber sie wußte, daß Nick wütend werden würde, wenn sie es tat.
Alleine konnte sie ihn nicht bewegen, er war zu schwer. Sie mußte Hilfe holen.
Sie dachte an Eric, an Damon. Keiner, den sie kannte, war in der Stadt.

Schließlich wählte sie Mrs. Hernandez' Nummer.
»Hallo, Regency Apartments.«
»Hallo, Mrs. Hernandez? Hier ist Annie, von oben.«
»Ach, Annie. Was kann ich für Sie tun? Gibt es Probleme mit der Wohnung?«
»Nein, Mrs. Hernandez. Ich bin gar nicht zu Hause. Ich bin bei einem Freund. Es tut mir schrecklich leid, Sie damit zu belästigen, aber ich wußte nicht, an wen ich mich sonst wenden sollte.«
»Was ist denn los, Annie? Wie kann ich Ihnen helfen?«
»Kennen Sie einen Arzt? Ich glaube, es ist dringend.«

Eine Stunde später schloß Dr. Viruet, Mrs. Hernandez' Hausarzt, seinen Arztkoffer und stand von Nicks Bett auf. Er bedeutete Annie, ihm in die Küche zu folgen.
»Wie geht es ihm?« fragte sie. »Ist es schlimm?«
Dr. Viruet sah sie mit ruhigen, weltverdrossenen Augen an. Er war ein attraktiver Mann in den Fünfzigern, mit goldener Haut und einem kleinen Schnurrbart.
»Ihr Freund ist das Opfer einer Barbituratvergiftung«, sagte er und stellte den Koffer auf den schmutzigen Tisch. »Einer anhaltenden und lebensbedrohenden. Von dem, was ihr jungen Leute ›Downer‹ nennt. Die roten Pillen. Alkohol ist auch im Spiel, und wahrscheinlich Kokain, dem Nasengewebe nach zu urteilen. Vielleicht auch Methedrin, wegen der Auszehrung. Eine ganze Apotheke, dieser junge Mann. Haben Sie gesehen, wie er diese Drogen nahm?«
Annie schüttelte den Kopf. »Ich habe ihn mehrere Monate nicht gesehen. Aber ich hatte bei den letzten Malen schon den Verdacht, daß er etwas nahm ...«
Der Arzt nickte.
»Ihr Freund versucht sich umzubringen. Und so wie er aussieht, hat er sein Ziel zu achtzig Prozent schon erreicht.«
Annie rang verzweifelt die Hände. »Was soll ich denn tun?« fragte sie.
»Seine Lebenszeichen sind stabil«, erwiderte der Arzt. »Heute nacht wird er nicht sterben. Dennoch würde ich die Verlegung in ein Krankenhaus befürworten und den sofortigen Beginn eines Drogenrehabilitationsprogrammes.«
Er bemerkte Annies besorgten Blick.
»Wenn ein Krankenhausaufenthalt unmöglich ist«, ergänzte er, »dann lassen Sie ihn für heute nacht, wo er ist. Als Vorsichtsmaßnahme werde ich ihm eine Spritze geben. Bleiben Sie bei ihm. Morgen dann Aspirin.

Kaffee. Essen – soviel, wie er runterbringt. Ein Besuch in meiner Praxis noch vor Mittag. Hier ist die Adresse.«
Er sah sich um. »Ich glaube, man muß ihn auf jeden Fall von hier wegbringen. Wenn Sie sich um ihn kümmern wollen, so würde ich Ihnen das sehr empfehlen.«
»Vielen Dank, Herr Doktor!« rief Annie. »Ich weiß nicht, was ich ...«
»Vertrauen Sie, was Ihren Freund angeht, nicht zu sehr auf die Medizin«, unterbrach er sie. »Die Zeit selbst wird ihn von den Giften befreien, die er heute nacht in sich hat. Die bringen ihn nicht um. Aber der Wunsch zu sterben übersteigt meine Wissenschaft. Keine Drogenklinik kann die heilen, die nicht geheilt werden wollen.«
Er seufzte und sah Annie mit intelligenten Augen an.
»Sie sind da nicht verwickelt?«
Sie schüttelte den Kopf.
»Gut«, sagte er. »Bringen Sie Ihren Freund von hier weg. Versuchen Sie ihm beizubringen, wie man lebt. Sonst ist es für ihn zu spät.«
Annie überlegte schnell.
»Vielleicht erlaubt es Mrs. Hernandez, daß ich ihn zu mir nehme, bis es ihm besser geht«, sagte sie. »Was anderes fällt mir im Augenblick nicht ein. Wenn ich versuche, ihn in ein Krankenhaus oder eine Klinik zu stecken, wird er davonlaufen und mich dafür hassen.«
Der Arzt nickte. »Wenn er aufwacht«, sagte er. »Maria Hernandez ist eine gute Frau.«
Mit seinem Arztkoffer ging er noch einmal ins Schlafzimmer und kehrte ein paar Augenblicke später wieder zurück. An der Wohnungstür drehte er sich zu Annie um.
»Sie sind wirklich sehr schön, Miss Havilland«, sagte er. »Ich habe den Film nicht gesehen, der jetzt soviel Aufregung macht. Ich bin ein vielbeschäftigter Mann mit einer großen Familie. Ich gehe früh zu Bett.«
Annie lächelte erleichtert. »Ich bin froh, jemanden zu treffen, der ihn *nicht* gesehen hat«, sagte sie.
»Aber ich lese Zeitungen. Das Leben kann im Augenblick für Sie nicht sehr angenehm sein.« Er nickte in Richtung des Schlafzimmers. »Denken Sie daran: so nicht. Gott paßt auf diejenigen auf, die auf sich selbst aufpassen.«
»Vielen Dank, Herr Doktor. Vielen herzlichen Dank.«
»Ich finde selbst hinaus. Bis morgen dann.«
Die Tür schloß sich leise hinter ihm. Annie hörte seine Schritte auf der knarzenden Treppe, als sie sich wieder dem schmutzigen Zimmer zuwandte.

17

Harry Havilland machte sein juristisches Examen in Buffalo am 21., 22. und 23. August 1945.
Zu dieser Zeit existierten einige Komödientheater in der Stadt und auch einige örtliche Ensembles. Es gab auch zwei seriöse Theater. Das eine wurde zu dieser Zeit gerade repariert. Das andere, das Civic, hatte *Life With Father* auf dem Spielplan. Gespielt wurde es nicht von einer Wandertruppe, sondern von einem Repertoireensemble, das sich die Dane Players nannte.
In den frühen Fünfzigern wurde die Truppe ein Opfer des Fernsehens. Das Civic Theatre wurde ein Striplokal, dann ein Kino und wurde schließlich abgerissen.
Der Impresario der Dane Players, Lowell Ingram, starb 1955. Über die Mietglieder der Truppe gab es keine Aufzeichnungen. Steuer- und Versicherungskarten der Schauspieler existierten nicht. Man hatte sie meistens bar bezahlt, und in den ersten Jahren nach dem Krieg funktionierte weder das Sozialversicherungssystem noch die Schauspielergewerkschaft.
Aber der Friedensrichter in Batavia, New York, hatte einen Beleg für Harrys Heirat. Das Datum war der 24. August.
Die Braut gab ihren Mädchennamen mit Alice Crawford an, den Geburtsort mit Towson, Maryland, und das Geburtsdatum mit 20. Oktober 1925.
Diese Lügen sollte sie später auch auf der Geburtsurkunde ihrer Tochter wiederholen. Da Wally bereits festgestellt hatte, daß der Geburtsort Towson falsch war, lächelte er nur noch über die verräterischen Zeichen des Zögerns in ihrer sauberen, ordentlichen Handschrift und gestand ihr zu, daß sie in ihren Lügen Harry gegenüber wenigstens konsequent war.
Es war Zeit, nach Buffalo zu fahren.

Das Hotel Excelsior gab es schon seit vierzehn Jahren nicht mehr, man hatte es nach über sechzig Jahren düsterer Geschichte abgerissen. Das heruntergekommene, von Verbrechern beherrschte Viertel, in dem es gestanden hatte, fiel nun der Stadtsanierung zum Opfer. Die meisten Grundstücke waren leer. Hier und dort ragten die Ruinen der Häuser in die Luft wie in einer zerbombten Stadt.
Aber die ein- und zweistöckigen Häuser, die noch blieben, enthielten Kneipen, Billardsalons, Kuriositätenläden und Pensionen, in denen alte

Schnapsnasen, ehemalige Zuhälter und einstige Prostituierte wohnten, die an die Glanzzeiten der Gegend erinnerten.
Hier war Wally in seinem Element. Verschwundene Menschen, das hatte er gelernt, waren nie wirklich verschwunden – außer für diejenigen, die sie zu verlassen beschlossen hatten. Sie hinterließen unauslöschliche Spuren, und wenn auch nur von ihren Bemühungen zu verschwinden.
Wally spürte Alice Havilland in der verwahrlosten Stadtlandschaft, die ihn umgab. Hier war sie zuerst in Harry Havillands Leben getreten, und hier war sie auch wieder aus ihm verschwunden. In der Zwischenzeit war ein Kind geboren worden. Und am Ende des Weges, der hier seinen Ursprung hatte, war Alice gestorben.
Wally mußte herausfinden, wann und wie.

Wally tat seine Arbeit sehr gründlich, er untersuchte buchstäblich beide Seiten der Straße. Er befragte die verarmten Underdogs, die er traf, nicht nach Alice, sondern nach dem Hotel und dem Theater. Wer war alt genug, daß er sich noch an diese längst vergangenen Tage nach Kriegsende erinnern konnte? Und wer noch klar genug, um eine deutliche Erinnerung zu haben?
Er fand seine Spuren ohne Mühe: die Witwe des letzten Hotelmanagers, den Geschäftsführer des Theaters, die bettlägerige Garderobenfrau, einen Hotelpagen und Gelegenheitszuhälter, eine Kellnerin aus dem Café des Hotels.
Niemand erinnerte sich an Alice Havilland oder Harry.
Wally versuchte es weiter. Er verbrachte drei Tage in dem Viertel, schlief in einer schäbigen Pension mit Löchern in den Laken und sorgte sich wegen der Wanzen, die aber nie kamen; er wollte nicht im Holiday Inn wohnen, weil er fürchtete, nicht zur Stelle zu sein, falls eine Kontaktsperson unerwartet auftauchen sollte.
Aber nichts geschah.
Am vierten Tag wollte Wally schon aufgeben, nach Hollywood fahren und sich an Annie selbst wenden. Ein paar klug gesetzte Fragen entlockten ihr vielleicht etwas – eine Erinnerung, einen Namen, ein Foto –, wenn er es nur behutsam anging.
Aber auf der anderen Seite wurde in letzter Zeit so viel Schmutz über sie verbreitet, daß sie womöglich annahm, seine Ermittlungen könnten ihr schaden – was sie ja wirklich taten. Es wäre dann nur logisch, wenn sie sich weigerte, über ihre Mutter zu sprechen, die ja der wunde Punkt ihrer Kindheit gewesen war.

Außerdem standen die Chancen eins zu einer Million, daß das Mädchen überhaupt etwas von der Vorgeschichte ihres Lebens wußte.
Wally würde es sich für später aufheben. Im Augenblick würde er bei den wenigen Spuren weitermachen, die er hatte – und mit einer Intelligenz, die wußte, wie man das Beste aus ihnen machte.
Die Geschichte von Alice Havillands Tod klang so falsch wie ihre Angaben auf der Heiratsurkunde. Sie schmeckte nach einer passenden Lüge, die Harry das Gesicht wahren ließ und die er mit der gesamten Stadt, die Zeuge seiner Erniedrigung gewesen war, teilte.
Sie war eine gesunde junge Frau gewesen, die Geburt war ohne Komplikationen abgelaufen. Wally bezweifelte, daß ihr Tod die Folge einer sich schnell entwickelnden Krankheit war.
Leon Gutrich fiel ihm ein. Als Wally ihn an seine verlorene Geliebte erinnerte, hatte er seinen Schmerz hinter bäurischer Grobheit verborgen.
Alice wußte also, wie sie Männer von sich abhängig machen konnte.
Deshalb auch, so überlegte Wally, die überstürzte Heirat mit Harry.
Aber sie war gestorben.
Nun gut, dachte Wally. Wenn sie Gutrich einen Abschiedsgruß schickte, warum dann nicht auch Harry?
Mir geht es ausgezeichnet. Ich hoffe, Dir auch.
Wie hätte Harry auf so eine Provokation reagiert? Er war doch Anwalt: Auch er hätte Augen gehabt für den Poststempel, so wie Wally.
Er war ein Havilland.
Ruhige Leute, aber streng. Stolze Leute. Die beugen sich nicht.
Angenommen, er suchte sie.
Angenommen, er tötete sie.
Wally saß mit spitzen Lippen in seinem Zimmer und roch die vermischten Dünste von Desinfektionsmittel, verfaulendem Holz, Essen und dem schwach säuerlichen Geruch alter Liebe.
Er dachte an Harrys stillen Stolz nach dem Verschwinden und dem Tod seiner Frau. Er ließ nichts über sie kommen, so hieß es.
Vielleicht deshalb, weil er sie mit eigenen Händen endgültig aus seinem Leben ausgemerzt hatte? Weil er sicher wußte, daß keine weiteren Leon Gutrichs mehr ihren Leib genießen konnten?
Wally seufzte. Das Leben eines Detektivs war nie leicht. Hinter den einfachsten Türen lag ein Labyrinth von Korridoren, die alle ins Ungewisse und vielleicht ins Nichtwißbare führten.
Aber eines war sicher. Annie Havilland hatte eine Vergangenheit.
Im Augenblick blieb nichts anderes übrig, als diese Straßen zu durch-

kämmen und auf Anrufe zu warten, die vielleicht nie kamen. Einfach weil Buffalo der erste logische Schritt war auf dem Weg, den Wally gehen mußte.

Wenn er hier versagte, glitt ihm vielleicht der ganze Fall aus den Händen. Er fürchtete das intellektuelle Versagen viel mehr als die ohnmächtige Wut Harmon Kurths.

Er hätte sich nie träumen lassen, daß der Anfang des Ariadnefadens, auf den er wartete, im Zimmer neben ihm saß.

Er hieß Buster Guthiel.

Er war ein achtzigjähriger Alkoholiker und schlurfte eben in stinkenden, monatelang nicht gewaschenen Hosen und mit dem Rasierzeug in der Hand ins Badezimmer.

Wally, ebenfalls auf dem Weg zum Badezimmer, lief ihm an seinem fünften Morgen in Buffalo über den Weg. Wenige Minuten wachsamer Unterhaltung enthüllten, daß Buster die zwanzig Jahre vor der Zerstörung des Excelsior dort Aufzugführer gewesen war.

Ja, er erinnere sich noch sehr gut an die Zeit nach 1945. Ja, er erinnere sich an die Dane Players. Sie wohnten damals im Excelsior. Die Schauspieler teilten sich die Zimmer.

Und, Wunder über Wunder, er erinnerte sich sehr gut an Alice, das junge, naive Mädchen. Sie war beim dritten Besuch der Truppe in Buffalo dabeigewesen. Nie davor und nie mehr danach.

Ob er sich noch daran erinnere, warum sie die Dane Players verlassen hatte?

»Ja, Sir«, sagte er, nippte an seinem Wein und verfiel wieder in sein verwaschenes Alkoholikergesabber. »Ich erinner' mich an den Kerl, der sie mitnahm. Frischgebackener Rechtsanwalt. Netter junger Kerl. War insgesamt drei Nächte hier. Fuhren dann nach Niagara Falls oder wo diese jungen Leute eben hinfahren, wenn sie heiraten wollen.«

Während er sprach, mischte sich unter seinen Stolz über sein Erinnerungsvermögen ein behutsamer Blick, der Wally andeutete, daß er ihm sein Wissen nicht umsonst preisgeben würde.

»Sie ersparen mir eine Menge Laufereien«, sagte Wally und zog einen Fünfdollarschein aus der Tasche, »wenn Sie sich an ein paar Dinge erinnern können. Es ist natürlich schon lange her, aber jedes winzige Fetzchen hilft.«

»Ich erinnere mich«, erwiderte der Mann mit eigenartig ausdrucksloser Stimme.

»Erzählen Sie mir von diesem Anwalt«, forderte Wally ihn auf.

»Ein sehr stiller junger Mann«, antwortete Buster. »Er wohnte während seiner Abschlußprüfung hier. Gut gekleidet, Nadelstreifen, dunkle Haare, Brille. Sehr seriös.«
Er betrachtete verstohlen den Fünfdollarschein. Er hatte ihn gern verdient, sorgte sich aber, ob das, was er wußte, vielleicht gar nicht soviel wert war – oder sehr viel mehr.
»Na«, fuhr er fort. »In dieser Woche spielte Alice am Civic. Der Kerl war in der Vorstellung gewesen. Auf dem Weg nach oben in meinem Fahrstuhl gratulierte er ihr. Sehr schüchtern war er, Sie wissen schon – sie war ja schließlich Schauspielerin.«
Er nippte an seinem Wein.
»Na, und da merkte ich, daß dieser junge Mann Alice wirklich imponierte. Sie tat richtig ernsthaft mit ihm. Richtig würdevoll, wissen Sie, und so charmant.« Er gluckste heiser. »Es war ja nicht gerade typisch für Alice, aber eine Riesenschau war es doch. Mit dem, was sie da alles brachte, hätte sie sogar den Präsidenten der Vereinigten Staaten vor sich auf die Knie gezwungen.«
»Haben Sie sie je auf der Bühne gesehen?« fragte Wally.
»Ich? Nein. Ich ging nie viel aus. Außerdem war ich abends ja immer beschäftigt.«
Wally lächelte innerlich, als er daran dachte, daß sich in Buster Guthiels Lift wahrscheinlich die menschlichen Leidenschaften und Gemeinheiten in ihrer ganzen Vielfalt abgespielt hatten.
Und der Aufzugführer war wahrscheinlich nicht immer nur Zuschauer gewesen.
»Natürlich«, sagte er und zog den Geldschein ein wenig von dem Mann weg, »ist das alles lange her. Keiner kümmert sich mehr darum. Haben Sie ihr je Männer besorgt?«
Die blutunterlaufenen Augen sahen hungrig und besorgt aus.
»Zwei- oder dreimal«, entgegnete Buster Guthiel. »Nichts Besonderes, Sie verstehen schon. Ab und zu mal ’ne kleine Vorstellung. Ab dann schaffte sie es alleine. Ich hab’ sie ja nie auf der Bühne gesehen, aber bei den Männern war sie eine wahnsinnige Schauspielerin. Sie war immer genau so, wie sie glaubte, daß der jeweilige Kerl sie wollte. Ich hab’ das mit meinen eigenen Augen gesehen.«
Wally schockierte ihn, indem er einen Zehndollarschein hervorzog und neben den Fünfdollarschein legte, den er dann unschlüssig berührte, als wüßte er nicht, ob er ihn wegnehmen oder liegenlassen sollte.
»Ich habe nicht übermäßig viel Zeit«, sagte er. »Ich nehme an, der junge Anwalt hatte da keine großen Chancen.«

Der alte Mann sah jetzt sehr besorgt aus. Was er wußte, war vielleicht noch mehr wert als die fünfzehn Dollar vor ihm – aber er mußte jetzt plaudern, damit Wally nicht das Interesse verlor.
»Er kam von irgendwo aus dem Süden, aus der Gegend von Ithaca, Elmira oder Binghamton. Sehr stolz auf seinen Anwaltstitel, aber er hatte auch ein bißchen Heimweh. Na, und Alice spielte die ernsthafte Schauspielerin. Ernsthaft und glänzend. Die hat den Kerl wie nichts um den Finger gewickelt. Am Abend darauf sah ich sie im Aufzug Händchen halten. Und dann waren sie plötzlich verschwunden.«
»Hat sie jemand vermißt, als sie ging?« Wally stellte die wichtige Frage mit unbewegtem Gesicht.
»Ja, Sir«, erwiderte Guthiel. »Ihr Freund war überhaupt nicht erfreut.« Er zögerte schlau. »Ich kann mich nie an den Namen des Kerls erinnern.«
Wally rührte sich nicht.
Schließlich seufzte der alte Mann.
»Ich glaube, es war Fontaine oder so.« Er gab sich geschlagen. »Mike Fontaine. Ja, so hieß er. Er kam mit der Dane-Truppe. Aber er war kein Schauspieler. Hing einfach im Hotel herum und behielt Alice aus der Entfernung im Auge. Wenn Sie mich fragen, der war ihr Zuhälter. Sah eigentlich recht gut aus, der Kerl. Wie einer der Spieler von den Dodgers, den ich damals kannte ...«
Wally lächelte.
»Was passierte mit Mike Fontaine?«
»Oh, der regte sich mächtig auf, das kann ich Ihnen sagen. Aber so ist das Leben. Die Leute kommen und gehen. Mike war ja ein harter Brocken, aber Alice eben auch. Er wußte, daß sie ihn angeschmiert hatte. Ging dann nach Baltimore. Aber das Komische war, an dem Tag, als Alice zurück ...«
Buster unterbrach sich einen Augenblick zu spät, er hatte gemerkt, daß er eben seinen Trumpf verspielt hatte.
»An dem Tag, als Alice zurückkam, ja?« Wally beendete den Satz für ihn. »Ungefähr eineinhalb Jahre später. Was war da so komisch?«
Geknickt nahm der alte Mann einen tiefen Schluck Wein.
»Ich wollte eben sagen«, erwiderte er, »das Komische war, daß sie dann, als sie wieder auftauchte, sofort nach Mike fragte.«
Er riß bestürzt die Augen auf, als Wally die fünf Dollar wieder einsteckte. Und sah dann bedächtig zu, wie sie durch einen Zehndollarschein ersetzt wurden. Jetzt lagen zwanzig Dollar auf dem Tisch – mehr, als er seit langem gesehen hatte.

»Haben Sie ihr weitergeholfen?« fragte Wally.
»Na, ich hab' sie nach Baltimore geschickt, wenn es das ist, was Sie meinen. Ich glaubte, ich tat damit ihr und Mike einen Gefallen. Schließlich waren sie ja Partner ...«
»Hat sie Ihnen von ihrer Ehe erzählt?«
Der Alte schüttelte den Kopf. »Alice redete nicht über sich. Die sagte immer nur, was sie von einem wollte. So war sie eben.«
»Haben Sie sie wiedergesehen?«
»Nein, Sir. Nie mehr.« Sehnsüchtig betrachtete Buster Guthiel das Geld auf dem Tisch. »Aber ich habe meine Ohren offengehalten.«
»War Alice Crawford ihr richtiger Name?«
Die alten Augen wurden trübe. »In diesem Leben kümmern sich die meisten Leute nicht um richtige Namen.« Er lachte freudlos. »Sie war einfach Alice. Was sie hinten nachstellte, war ihre Sache.«
»Wie finde ich Mike Fontaine?«
»Gar nicht, mein Sohn. Mike ist tot. Schon weit über zehn Jahre. Ein Polacke hatte ihn bei einem Kampf in einer Bar in Pittsburgh umgebracht.«
»Na gut«, sagte Wally. »Hat Alice ihn gefunden, als Sie sie nach Baltimore schickten?«
»O ja.« Der alte Mann strahlte. »Die hat ihn schon gefunden. Unter Leuten wie mir verbreiten sich Neuigkeiten schnell. Hotelleute, mein' ich.«
Es gab eine Pause, beide Seiten waren unschlüssig. Der Verstand hinter Buster Guthiels runzligem Gesicht dachte an Geld. Wally dachte nur an Mord.
Die zwanzig Dollar blieben liegen.
Und wieder verlor das Alter den Nervenkrieg.
»Ja«, meinte Buster seufzend. »Mike nahm sie anstandslos wieder zurück. Ich wette, der war sogar noch dankbar.«
Er bekam einen schrulligen Gesichtsausdruck. »Wissen Sie, Sie hätten sie einmal sehen sollen – so wie sie sich gab. Die hatte schon Klasse, das Mädchen. Die konnte jeden Mann um den Finger wickeln, wenn sie nur wollte.«
Er zuckte mit den Achseln. »Ich glaube, sie hat Mike dann auch bald wieder verlassen. Das war nicht sehr überraschend. Er stellte für sie einfach zuwenig dar. Die hatte was Besseres im Kopf, glaube ich.«
»Und hat sie es gefunden?«
»Na, danach hab' ich ihre Spur ziemlich verloren. Wie gesagt, die Leute kommen und gehen. Aber ich erinnere mich an ein Gerücht, daß sie

nach Cleveland gezogen sein soll zu einem Typen, der mehr Freunde hatte wie Mike. Eine bessere Klasse von Leuten eben. Er hieß ...«
Wally streckte die Hand nach dem Geld aus.
»Es war ein Itakername. Irgendwas Blumiges. Warten Sie mal – klar. Fiorenzo. Sammy Fiorenzo. Hab' den Kerl nie gesehen. Ist für mich nur ein Name. Drum hab' ich mich auch nicht gleich dran erinnert. Aber ich glaube, der hatte in Cleveland ziemlich gute Beziehungen. Mafiabeziehungen.«
»Ist er noch dort?« fragte Wally.
Buster Guthiel lachte heiser. »In dieser Welt gibt's keine Sicherheit, Bruder. Sammy ist tot und begraben. 'ne Bandengeschichte, ist schon lange her. Ich weiß nicht mal mehr, wann. 'ne lange Zeit auf jeden Fall.«
Wally betrachtete den Muskateller im Glas.
»Was geschah mit Alice?«
Der alte Mann lächelte unbehaglich. Wally spürte, daß die Quelle langsam versiegte.
»Irgendwas, das mir weiterhilft, Buster. Lebt sie noch? Wo ist sie?«
Die alten Lippen schürzten sich. Wally beobachtete sie eingehend. Wenn Alice bald nach ihrer Zeit mit Harry Havilland gestorben wäre, mußte Buster Guthiel es wissen.
Wally versuchte einen anderen Weg.
»Hat sonst noch jemand nach ihr gesucht?« Seine Finger kamen den zwanzig Dollar bedrohlich nahe. »Ich muß sie finden.«
Der alte Mann seufzte.
»Mike Fontaine war ein Underdog«, sagte er. »Ein Kerl wie der hatte keine Freunde, niemand, der sich um ihn kümmerte. Aber Sammy, der hatte Freunde und Familie. Leute, denen es etwas ausmachte, ob er lebte oder tot war. Ich glaube, er hatte zwei Brüder. Der eine ist tot, aber der andere lebt noch.«
»Wo kann ich ihn finden?«
»Da haben Sie wirklich Glück, mein Sohn. Stückchen weiter die Straße runter. Sie brauchen nur ins Gefängnis von Attica zu gehen, da können Sie mit ihm reden. Der hat Pech gehabt. Ist ein richtig harter Bursche. Sitzt jetzt seit über zehn Jahren im Hochsicherheitstrakt.«
»Wie heißt er?«
»So wie ich. Buster. Ich weiß nicht, wie er wirklich heißt. Alle nannten ihn nur Buster.«
Wally legte seine Karte neben das Geld auf den Tisch.
»Ich habe gehört, Alice sei tot«, sagte er. »Wissen Sie da was davon?«
Der Alte legte die Stirn in Falten. Er schien jetzt wirklich verwirrt.

»Nein, Sir. Hab' nie gehört, daß sie tot sei. Hab' natürlich auch nicht gehört, daß sie noch am Leben ist. Ich hab' sie das letzte Mal gesehen, als sie zu Mike zurückging. Aber fragen Sie Buster Fiorenzo nach ihr. Das ist Ihr Mann.«

Wally legte noch fünf Dollar auf den Tisch und wies auf die Karte.

»Wenn Sie noch etwas hören, das mir hilft, Alice zu finden«, sagte er, »dann rufen Sie diese Nummer an. Das ist mein telefonischer Auftragsdienst. Dort kennt man dann Ihren Namen. Wenn Sie was Wichtiges haben, schicke ich Ihnen Geld. Okay, Buster?«

»Okay, Sir.« Buster gab ihm die Hand und starrte dabei die fünfundzwanzig Dollar ungläubig und gleichzeitig bedauernd an.

Wenn er nur mehr gewußt hätte!

18

Das Gefängnis von Attica war wirklich nur wenige Meilen von Buffalo entfernt, aber Wally machte auf seinem Weg zu Buster Fiorenzo einen ausgedehnten Abstecher nach Cleveland.

Während des Fluges hatte er Zeit, über seine Mischung aus Glück und Enttäuschung nachzudenken.

Das Pseudonym Alice Crawford blieb ein Geheimnis. Aber die Wirkung, die sie auf andere hatte, war überraschend eindeutig, ja sogar dramatisch.

Wally konnte sich gut vorstellen, wie ein müder Harry Havilland an einem Abend zwischen den Prüfungen das Hotel Excelsior verließ, um sich *Life With Father* anzusehen. Er mußte Alice auf der Bühne gesehen haben und von ihr beeindruckt gewesen sein. Und als er dann später am Abend mit ihr im Aufzug eine Unterhaltung begann und ihre Schönheit aus der Nähe betrachten konnte, fand er sie wohl anziehend.

War er in einer empfänglichen Stimmung, als er sich auf die Rückkehr nach Richland vorbereitete, auf die Heirat mit einem der Macmillan- oder Dowling-Mädchen und auf ein Leben unter der Fuchtel seines Vaters? Gab es einen Funken Rebellion in dieser sturen Havilland-Persönlichkeit? War er einsam in dem fremden Buffalo?

Wenn man davon ausging, daß dies alles die Widerstände seines konservativen Wesens aufgeweicht hatte, dann kam Alice gerade recht. Bei ihrer ersten Begegnung spielte sie die Ernsthafte. Als Profi im Showbusiness war sie natürlich eine erregende, verbotene Frucht – aber auch ein ehrliches, zartes Mädchen mit einem goldenen Herzen.

Hatte sie am ersten Abend die Spröde gespielt? Oder hatte sie ein paar gefühlvolle Stunden im Gespräch mit Harry verbracht, ihm zuviel zu trinken gegeben und sich dann überreden lassen, die Nacht mit ihm zu verbringen?
Gleichgültig, wie sie es mit ihm anstellte, sie war auf jeden Fall ein Sexmonster gewesen. Alles an ihr deutete darauf hin.
Und danach hatte sie sich vielleicht in eine schockierte und schuldbewußte Jungfrau verwandelt. Das hätte dann zu Harrys Ehrgefühl gepaßt.
Es klang einleuchtend. Harry wollte sie nicht entehren. Er wollte sie heiraten, um den Schaden, den er ihr in seiner Leidenschaft zugefügt hatte, wiedergutzumachen.
Aber als echter Havilland wollte er sich selber und die Familie nicht in Schande stürzen, indem er sie als unbekannte Verlobte ohne gesellschaftliche Stellung zu einer peinlichen Hochzeit mit nach Hause brachte.
So bestand er darauf, sofort zu heiraten und erst dann nach Richland zurückzukehren, und glaubte so, einen Kompromiß zwischen zwei Forderungen gefunden zu haben, die eigentlich miteinander unvereinbar waren. Es war seiner Herkunft und seiner Persönlichkeit nach der einzige logische Schluß.
Sie war einverstanden und erzählte ihm zweifellos, sie sei eine Waise ohne Familie. Ihre gefälschte Unterschrift auf der Heiratsurkunde sprach Bände.
Der einzige Fehler der Argumentation lag für Wally in der Entscheidung des Mädchens. Sie war doch offensichtlich eine Herumtreiberin und mußte gewußt haben, wie das Leben in Richland sein würde. Sie würde sich dort doch zu Tode langweilen. Warum sollte sie sich mit einer so trüben Zukunft, wie Harry sie bieten konnte, begnügen?
Nur wegen des Geldes? Vielleicht. Nachdem sie ihm nicht nur den Umfang des Reichtums seiner Familie entlockt hatte, sondern auch, daß er bald einen großen Teil davon kontrollieren sollte, hatte sie im Geiste eben eine Münze geworfen und sich für ihn entschieden. Vielleicht begünstigten auch ihre Jugend und der Wunsch nach einem sicheren Heim ihre Entscheidung.
Vielleicht entsprach die Episode auch nur ihrer Vorstellung von einem Abenteuer, oder sie sah darin einen Versuch, der funktionieren konnte oder eben nicht.
Vielleicht hatte sie einen ganz anderen Grund – einen viel dunkleren und vielschichtigeren.

Auf jeden Fall war das Leben in Richland dann weit schlimmer, als sie es sich vorgestellt hatte, denn schließlich saß sie da mit einem enterbten Gatten, einem zerfallenen Haus am verkehrten Ende der Stadt und einer ungewollten Schwangerschaft.
Nach einer angemessenen Zeit machte sie sich deshalb mit Harrys Geld aus dem Staub und versuchte, in Baltimore mit Mike Fontaine den Faden ihres früheren Lebens wieder aufzunehmen. Sie ließ einen bekümmerten Leon Gutrich zurück. Und sie ließ Harry mit ihrem Kind zurück – einem Kind, das einen Monat zu früh geboren wurde – und mit seinem Ehr- und Pflichtgefühl, seiner Schande und vielleicht seiner Wut. Und vielleicht, ohne daß irgend jemand es wußte, mit einer sturen Entschlossenheit, sie irgendwo und irgendwann wiederzufinden.
Warum war sie nicht tot?
Wenn es nur ein Bild von ihr geben würde!

Die Wächter in Attica setzten Wally vor ein schmutziges, mit dickem Maschendraht verstärktes Fenster. Er hob den Hörer ab und sprach zu dem mürrischen, säuerlichen Gesicht ihm gegenüber.
»Mein Name ist Wally Dugas. Ich suche Informationen über eine junge Frau, die früher Ihrem Bruder Sammy sehr nahestand.«
Buster Fiorenzo – Vasco war sein richtiger Name – warf ihm einen bösen Blick zu.
Wally fuhr lächelnd fort.
»Sie hieß womöglich Alice Crawford, oder Alice Havilland ... Sie war in Baltimore gewesen. Sie war ein sehr hübsches Mädchen, braune Haare, vielleicht blonde. Blaue Augen. Eine ausgezeichnete Figur, soviel ich weiß.«
Das Gesicht im Fenster hatte sich nicht verändert. Die dunklen Augen glühten zornig.
»Mr. Fiorenzo«, sagte Wally. »Ich habe gestern in Cleveland mit Ihrer Schwester gesprochen. Sie vermißt Sie. Sie ist sehr krank, sie könnte Geld gebrauchen. Ich würde ihr gern helfen.«
Der Gesichtsausdruck veränderte sich. Die Erwähnung der Familie hatte das Eis gebrochen.
»Sie muß in medizinische Behandlung«, fuhr Wally fort. »Sie wollte Sie nicht damit belästigen, weil sie weiß, daß Sie kein Geld haben. Nun, ich kenne im Mittleren Westen einige Ärzte. Leute, denen ich in der Vergangenheit geholfen habe. Ich bin mir sicher, daß ich für Ihre Anne-Marie etwas finden könnte.«
»Sie war schlecht.« Buster Fiorenzo sprach ausdruckslos.

Wally zögerte verwirrt. Meinte der Mann seine eigene Schwester?
»Verzeihung?«
»Ali. Ich hab' nie gehört, daß man sie Alice nannte. Nur Ali.«
»Was meinen Sie mit schlecht?« fragte Wally.
Fiorenzo runzelte die Stirn. »Was ist los mit Anne-Marie?«
Wally verzog das Gesicht. »Es ist Brustkrebs. Sie wurde bereits operiert, aber sie braucht noch umfangreiche Nachbehandlungen.«
»Warum sind Sie so an Ali interessiert?« Sein Blick war argwöhnisch.
»Ich muß nur herausfinden, was mit ihr passiert ist. Ihre Familie hat damit nichts zu tun.«
»Na ja«, sagte der Mann. »Aber bei mir sind Sie da an der falschen Adresse, Kumpel. Seit zwanzig Jahren habe ich nichts mehr von ihr gehört. Sie hat meinen Bruder ausgenommen und ist ihm dann davongelaufen.«
»Das ist sehr gut«, entgegnete Wally. »Sie helfen mir bereits weiter. Erzählen Sie mir einfach, an was Sie sich noch erinnern.«
»Klasse hatte sie schon«, meinte Buster achselzuckend. »Sie schien eigentlich ganz in Ordnung zu sein. Sammy nahm sie auf, brachte sie mit den richtigen Leuten zusammen. Sie war 'ne gute Nummer, brachte viel Geld. Wollte immer was Besseres sein. Mochte teure Kleider. Aber nach einer Weile wollte sie nicht mehr arbeiten. Wollte für Sam die Hausfrau spielen und sein Geld ausgeben. Die hatte ihn um den kleinen Finger gewickelt ...«
Buster Guthiel hatte also richtig gehört. Wally war jetzt trotz der unbedeutenden Namensänderung überzeugt, daß sie über die gleiche Frau sprachen.
»Was passierte dann?«
»Sam wurde geschnappt, wegen Verschwörung. Bekam fünf Jahre und saß achtzehn Monate davon ab. Aber diese Fotze wartete nicht auf ihn. Sie packte, was ihr unter die Finger kam, nahm das Kind und machte 'ne Fliege. Ich hab' nie mehr was von ihr gehört. Sam ging's eine Weile ziemlich dreckig. Er hatte sich darauf verlassen, daß sie auf ihn wartete. Wie gesagt, sie war schlecht.«
Wally gab sich alle Mühe, nicht überrascht zu wirken.
»Kind?« fragte er. »Hatte sie denn ein Kind?«
»Klar. Damit hat sie sich Sam überhaupt erst geangelt, wenn Sie mich fragen. Arme Frau mit einem Baby und ohne ein Dach über dem Kopf. Sam hatte eine Schwäche für Kinder. Und Anne-Marie auch. Anne-Marie hätte ihr mit dem Kind geholfen, während Sam im Knast saß. Aber sie hatte eben keinen Familiensinn. Bei ihr zählte nur das Geld. Sie

war nicht gut für Sam. Er machte sich die ganze Zeit nur Sorgen um sie, versuchte, sie bei Laune zu halten. Erst als sie aus seinem Leben verschwunden war, wurde er wieder normal.«

»Das Kind«, sagte Wally und wählte seine Worte mit Bedacht. »Wie nannte sie es denn?«

»Lassen Sie mich mal überlegen ... Liebling, vielleicht. Es war ja nur ein Baby. Ehrlich gesagt, ich wußte gar nicht, daß das kleine Mädchen einen richtigen Namen hatte.«

»Wie sah es denn aus?«

»Weiß auch nicht – wie ein Baby eben. So ein Bams, Sie wissen schon.«

»Haare? Augen?«

Buster schüttelte den Kopf.

»Gibt es Fotos?«

»Wir haben keine Fotos gemacht, Kumpel.«

»Na gut. Mal sehen, ob Sie mir mit Jahreszahlen weiterhelfen können, Mr. Fiorenzo. Über welche Zeit sprechen wir jetzt?«

»Na, '49 oder '50. Fragen Sie mal Anne-Marie. Die behält so was im Gedächtnis.«

Wally nickte. Anne-Marie Paoli, geborene Fiorenzo, lag in einem Clevelander Krankenhaus im Koma, die Metastasen zerfraßen die lebenswichtigen Organe, und sie hatte nur noch wenige Tage zu leben. Die Strafverfolgungsbehörden würden wissen, wann Sam Fiorenzo wegen Verschwörung verurteilt worden war. Damit konnte Wally dann diese Episode zeitlich einordnen.

»Wie lange, würden Sie sagen, war Ali bei Ihrem Bruder?«

Der Gefangene hob die Schultern. »Ein Jahr vielleicht. Eineinhalb.«

»Können Sie mir ungefähr sagen, wie alt das Baby war, als Ali auftauchte?«

Buster schüttelte den Kopf. »Klein. Was weiß ich? Ein kleines Baby. Noch in den Windeln. Mir fällt ein, daß ich sie mal gewickelt habe.«

»Konnte sie schon laufen?«

»Nein.«

Wally nickte. »Vielen Dank für Ihre Hilfe. Ich werde für Ihre Schwester tun, was ich kann. Sie haben also nie gehört, was danach aus Ali geworden ist?«

Das Gesicht hinter dem Glas blieb gleichmütig. »Heute hier, morgen dort. Hoffentlich auf Nimmerwiedersehen. Ich hoffe nur, daß sie bekommen hat, was sie verdient.«

Wally nickte. Das herauszufinden, genau darum ging es ihm.

Als er den Parkplatz betrat und der frische Herbstwind an seinem

Sportmantel zerrte, hatte er das Bild des bebrillten Harry Havilland noch vor sich, wie er eine gesichtslose Maske aus Jugend und Schönheit, die Alice war, verfolgte.
Aber nun warf ein drittes Bild seinen Schatten über die verflochtenen Fäden, die Annie Havillands Schicksal bestimmten.
Ein kleines Mädchen ...
Die Sache wird immer verwickelter, dachte Wally, während der Motor seines Leihwagens ansprang.

19

Eine Woche war vergangen.
Nick war zuerst wütend gewesen, hatte sich dann aber gefügt, als er in Annies Bett, umgeben von ihren alten Möbeln und mit dem Fernseher auf dem Frisiertisch, aufwachte. Nachdem sie ihm erzählt hatte, sie schlafe auf der ausziehbaren Couch im Wohnzimmer, zeigte sich ein Funken seines alten Übermuts in seinem ausgezehrten Gesicht.
»Nach allem, was ich versucht habe, um in dein Bett zu kommen, habe ich es jetzt endlich geschafft – und du schläfst in diesem verdammten Wohnzimmer!«
Sein Humor klang schwach, aber Annie hoffte, daß es ein Schritt in die richtige Richtung sei.
Sie hatte Mrs. Hernandez dafür gewonnen, ihr bei der Pflege Nicks behilflich zu sein und Dr. Viruet über seinen Zustand auf dem laufenden zu halten. Insgeheim sagte sie sich, daß Mrs. Hernandez, da Annie sie ermutigt hatte, in die Wohnung zu kommen, wann immer es ihr paßte, zufrieden war, daß die beiden jungen Leute unter ihrer Aufsicht standen und der Ruf ihres Hauses nicht gefährdet war. Obwohl Mrs. Hernandez den Anschein einer griesgrämigen *duenna* machte, war sie nun Nick ein fröhlicher und sehr intelligenter Freund.
Annie ließ Nick wissen, daß sie nicht die Absicht hatte, Besuche seiner Freunde zu akzeptieren, solange er bei ihr war, und daß sie durchaus bereit war, ihn wie einen Gefangenen zu halten.
»Schließlich«, sagte sie, »habe ich ja Zeit. Ich arbeite nicht mehr als du. Es interessiert dich vielleicht, daß es für mich keine Arbeit gibt. Ich bin wieder einer der berühmten Arbeitslosen im Showbusiness.«
Nick schien plötzlich seine eigenen Probleme zu vergessen, denn er sah zum erstenmal die Ausweglosigkeit von Annies Lage.

»Ich bin wirklich ein Schwein, daß ich mich so lange nicht gerührt habe«, sagte er. »Wenn ich nur gemerkt hätte, was man mit dir macht ... Aber ich glaube, ich war einfach eifersüchtig. Ich dachte mir, du hättest es jetzt geschafft, und irgendwelche Versager hätten vor deiner Haustür nichts mehr verloren. Aber jetzt merke ich, daß man dich auf andere Weise auch ganz schön in die Mangel genommen hat.«

Trotz ihres natürlichen Stolzes ließ Annie sich von ihm bemitleiden, denn sie glaubte, ihn am besten erreichen zu können, wenn sie an seinen Beschützerinstinkt appellierte. Wenn er das Gefühl hatte, auf sie aufpassen zu müssen, konnte sie besser auf ihn aufpassen.

»Ich habe es satt, daß du dich wie ein Fremder verhältst«, sagte sie. »Ich werde dich einfach nicht mehr lassen. Wir gehören jetzt zusammen, Freundchen.«

»Ganz, wie du willst.« Er räkelte sich mit gespielter Behaglichkeit in seinem neuen Bett. »Wenn es dein Liebesleben aushält, daß ich dich ein bißchen einschränke, ich kann eine Pause in meinem sicher vertragen.«

Die Bemerkung war eindeutig zweischneidig, und Annie war das nicht entgangen. Während sie mit ihm aß, Karten spielte, fernsah und seinen beißenden Kommentaren über die Showmaster und die Serienhelden oder dem neuesten Klatsch über die Produzenten zuhörte, stimmte der Blick in seinen Augen sie immer wieder traurig. Er war voller Einsamkeit und verhüllter Verzweiflung. Nur ein Teil Nicks war wirklich hier, das spürte sie. Der Rest war für sie unerreichbar.

Trotzdem war sie zuversichtlich, daß er, solange sie ihn unter ihren Fittichen hatte, sich anständig benehmen würde, denn sein Ehr- und Pflichtgefühl ihr gegenüber war stark. Aber sie fürchtete, daß Freundschaft allein gegen das schreckliche Raubtier, das ihn seit Monaten jagte, nicht ankämpfen konnte.

So blieb Annie viel zu Hause und ging nur zum Einkaufen auf die Straße.

Aber heute mußte sie ausgehen. Sie hatte eine Aufgabe, die nicht warten konnte.

In den letzten paar Tagen hatte Nick ihr immer wieder von Vorsprechterminen für den Pilotfilm zu einer neuen Fernsehserie erzählt. Sie sollte vom TV-Schwergewicht Norman Malkevich produziert werden. Nick selbst hatte schon für eine der männlichen Rollen vorsprechen wollen. Aber Annie interessierte die weibliche Hauptrolle. Der Film war eine romantische Komödie über eine sehr junge Frau, die einen reichen Regierungsbeamten heiratet, der bereits Kinder in ihrem Alter hat. Sie wird ihre Stiefmutter, und aus diesem Mißverhältnis entstehen zahllose komische Verwicklungen.

Es war eine Rolle, die Annie selbst gern gespielt hätte. Aber das kam für sie wegen ihres »Imageproblems«, wie Barry es genannt hatte, nicht in Frage.
Die Rolle paßte jedoch auch hervorragend zum gesunden, kraftvollen Wesen und Aussehen einer ehrgeizigen jungen Schauspielerin, die Annie nie aus dem Kopf ging: Tina Merrill.
Annie hatte Tinas einzigartig dynamischen Stil auf dem Demoband für Hal Parrys Daisy-Spot nicht vergessen. Vielleicht war dies die Chance, auf die sie gewartet hatte, um Tina helfen zu können – um so mehr, als Barry Stein mit Norman Malkevich befreundet war und bereits zwei von Malkevichs Protegés vertrat.
Nachdem Barry ihr versprochen hatte, er werde sich persönlich darum kümmern, daß Tina einen Vorsprechtermin bekam, versuchte sie, Tinas Adresse herauszufinden. Sie fand sie schließlich in Sherman Oaks; Tina war also auf der Suche nach Arbeit nach Kalifornien gezogen.
Hinter Tinas Namen stand in Klammern Skyler Rusch. Sie war verheiratet.
Als Annie bei der angegebenen Nummer anrief, meldete sich ein Kindermädchen, das ihr mitteilte, Mrs. Rusch werde am Nachmittag wieder zu Hause sein. Annie überlegte sich, daß Tina sich für die Schwangerschaft wahrscheinlich eine Pause gegönnt hatte und deshalb in letzter Zeit nicht mehr im Fernsehen oder in Werbespots erschienen war.
Um so mehr würde sie sich jetzt wieder auf Arbeit freuen, dachte Annie. Und etwas freundlichen Einfluß konnte sie dazu wahrscheinlich gut gebrauchen. Wenn Annie sich schon nicht selber helfen konnte, so konnte sie doch wenigstens etwas für jemanden tun, der eine glückliche Wendung verdient hatte.
Sie fuhr auf dem belebten San Diego Freeway durch die Hügel nach Sherman Oaks und fand schließlich in den für sie fremden Straßen den Block mit stuckverzierten Häusern, wo Tina wohnte.
Die Gehwege brüteten in der Sonne, und auch die schwachen, jungen Bäume gaben keinen Schatten; offensichtlich hatte man sie vor weniger als zehn Jahren während der unglaublichen Ausdehnung der Besiedelung im Valley gepflanzt. In den Auffahrten bemerkte Annie Fahrräder, Rasenmäher und preiswerte Kompaktautos, bei denen sie lächelnd an Al Cantele und sein erfolgreiches Geschäft denken mußte.
Tinas Haus unterschied sich in nichts von den anderen, aber die Hausnummer war deutlich erkennbar. Annie parkte das Auto in der heißen Auffahrt und ging zur Vordertür. Als sie klingelte, hörte sie drinnen ein Baby schreien.

Die junge Frau, die die Tür öffnete, riß erstaunt die Augen auf.
»O Mann!« rief sie. »Annie Havilland! Ich kann's nicht glauben ...«
Bevor sie weiterreden konnte, wurde das Schreien von drinnen lauter.
»Na, kommen Sie rein«, meinte sie lächelnd. »Ich muß das Kind holen. Ich weiß zwar nicht, wie wir zu dieser Ehre kommen, aber fühlen Sie sich hier wie zu Hause.«
Einen Augenblick später saß Annie in einem einfachen Durchschnittswohnzimmer. Tina war aus dem Schlafzimmer zurückgekehrt, setzte sich nun und gab einem Baby die Brust, dessen rosafarbenes Strampelhöschen es als Mädchen identifizierte.
»Wie heißt sie?« fragte Annie.
»Natalie – Natalie Ann Rusch«, antwortete Tina. »Mein Mann heißt Skip – eigentlich Skyler. Er ist Immobilienmakler hier im Valley.«
Annie dachte kurz an Beth mit ihrem Michael in Pasadena und sah dann Tina an, die noch all die freundlichen, attraktiven Narben kürzlicher Mutterschaft trug. Sie hatte noch leichtes Übergewicht, ein abgespanntes Gesicht, ihre sommersprossige Haut war etwas fahl, und sie versteckte die Überreste ihres dicken Bauches in weiten Hosen.
Sie war eindeutig nicht in dem Zustand, in dem sie für die Rolle, die Annie im Kopf hatte, hätte vorsprechen können. Sie sah älter aus, nicht mehr mädchenhaft genug.
Sie sah verheiratet aus.
Bei diesem Gedanken wurde Annie plötzlich eifersüchtig. Tina hatte das gesetzte, gelöste Aussehen einer Frau, deren Lenden eine wunderschöne Frucht geboren haben, die Frucht des Liebens und des Geliebtwerdens, die Frucht eines glücklichen Lebens.
»Nun«, sagte sie. »Ich sollte Sie eigentlich gar nicht belästigen. Ich wußte ja nicht, daß Sie ein Baby haben und alles ...«
Tina sah sie neugierig an.
»Wir sind uns schon begegnet, oder?« fragte sie.
»Na ja, nicht so richtig. Wir sind uns mal über den Weg gelaufen, in gewisser Weise ...«
»Ah, jetzt erinnere ich mich!« Sie lächelte, und ihre strahlenden Zähne blitzten, während sie das Baby an sich drückte, das beim Saugen keinen Augenblick die Augen von ihr nahm. »Ich habe Sie einmal gesehen, in Bob Tudors Büro. Ich hatte einen Streit mit denen wegen eines Werbespots. Daisy Cologne ...«
Sie sah Annie mit bezaubernder Direktheit an. »Ich hab' Sie in dem Spot gesehen. Sie waren wirklich was Besonderes.« Sie schüttelte verwundert den Kopf. »Wirklich was Besonderes.«

Annie rutschte unbehaglich im Sessel hin und her. Sie wußte nicht, was sie sagen sollte, ohne daß es irgendwie peinlich klang.
»Sind Sie schon lange verheiratet?« fragte sie. »Ich dachte, Sie wären wegen der Arbeit hierhergezogen.«
»Kaum«, erwiderte Tina lachend. »Obwohl ich über die Arbeit Skip kennengelernt habe. Er hat mich in einer kleinen Off-Broadway-Revue gesehen und ist dann mit mir ausgegangen. Wir haben uns von Anfang an ausgezeichnet verstanden, und er brachte mich dann hierher.« Sie lachte. »Es ist schon komisch – da müht man sich die ganzen Jahre ab, um es nach Hollywood zu schaffen, und jetzt bin ich direkt vor seiner Haustür. Aber wie die meisten Mädchen im Valley werde ich es wohl kaum weiter schaffen.«
Sie sah ihr Baby an. Annie roch den süßen Duft der Windeln und des Babypuders und die einzigartige frische Schärfe von Babyhaut.
»Als wir heirateten, habe ich ganz aufgehört«, sagte Tina. »Seit letztem Winter studiere ich an der Universität von Los Angeles Psychologie. Ich hoffe, den Abschluß zu schaffen, und will dann mit lernbehinderten Kindern arbeiten.« Sie lächelte die winzige Natalie an. »Und sobald die hier laufen kann, will ich noch mehr Kinder. Dutzende!« Sie sah auf. »Mögen Sie Kinder, Annie?«
»Ja, sehr.« Annie nickte eifrig. »Ich hatte zwar keine Geschwister, aber ich habe bei den Nachbarn immer Babysitter gespielt ...«
Das Kind war nun satt, Tina stand auf und gab es ohne viel Umstände Annie. »Na, dann nehmen Sie doch das da mal für 'ne Weile, während ich uns einen Kaffee mache.«
Das weiche, kleine Bündel kuschelte sich an Annies Brust, während Tina in der Küche verschwand. Einen Augenblick lang kämpfte in Annie ein fremdartiges Gefühl des Ausgeschlossenseins mit der Freude, nach so vielen Jahren wieder einmal ein Baby im Arm zu halten. Sie fühlte sich schrecklich einsam.
Tina kehrte mit einem Tablett zurück und sah Annie fragend an.
»Also«, sagte sie. »Was bringt Sie in diese abgelegene Gegend?«
»Na ja«, erwiderte Annie und schaukelte das Baby, »es ist jetzt kaum noch wichtig, da Sie nicht mehr im Geschäft sind und es Ihnen offensichtlich so gutgeht. Ich habe von einer Rolle gehört. Keine, die sie je mir anbieten würden, aber für Sie hätte sie gepaßt – oder so klang es zumindest für mich. Ich wollte mich nur mal erkundigen, ob Sie an einem Vorsprechtermin interessiert gewesen wären.«
Tina lächelte freundlich, aber sehr vieldeutig.
»Das ist furchtbar nett von Ihnen«, entgegnete sie. »Aber wie Sie schon sagten, ich bin nicht mehr im Geschäft.«

Sie sah zu, wie die Fremde ihre winzige Tochter hielt. Ihre grünen Augen strahlten noch heller.
»Aber Annie – ich darf Sie doch Annie nennen? –, Sie kennen mich doch gar nicht. Ich bedeute Ihnen doch nichts. Warum haben Sie sich für mich diese Mühe gemacht?«
Annie errötete. »Tina – ich darf Sie doch Tina nennen?« ergänzte sie lachend. »Ich möchte Sie etwas fragen. Warum sind Sie ausgestiegen? Nur wegen der Heirat? Sie hatten – Sie haben – soviel Talent.«
Tina seufzte. Ihr Lächeln war verschwunden, ein nachdenklicher Blick war an seine Stelle getreten.
»Ich hatte den Eindruck, Talent alleine sei nicht genug«, sagte sie. »Zumindest nicht für mich und für Leute, die so sind wie ich. Man muß sich durch den Fleischmarkt kämpfen. Man muß Ärsche lecken – wenn Sie mir den Ausdruck verzeihen. Ich wußte, daß ich Talent genug hatte, um mit der Arbeit zurechtzukommen, aber nicht mit den Leuten. Wissen Sie, was ich meine? Es war ja schon so ein Kampf, nur einen gerechten Vorsprechtermin zu bekommen.«
Ihr Gesicht hellte sich wieder auf. »Vielleicht versuche ich es eines Tages an einem kleinen, örtlichen Theater wieder – wenn ich die Zeit dazu finde. Ich glaube, das würde mir Spaß machen. Aber wieder ins Geschäft einsteigen – nein, nie mehr.«
Achselzuckend sah sie Annie an. »Aber ich rede von gewöhnlichen Menschen, wie ich einer bin. Für Sie muß es schwer sein, sich in meine Probleme hineinversetzen zu können. Vor einem Monat habe ich mir mit Skip *A Midnight Hour* angesehen. Seitdem ist er ganz verrückt danach. Wie ein Verrückter. Annie, Sie haben so ein besonderes Talent. Sie reißen die Leute von den Stühlen. Vor Ihnen liegt eine große Zukunft. Und Sie sollten stolz darauf sein.«
Sie seufzte.
»Aber für einen gewöhnlichen Sterblichen wie mich ist es nicht besonders vernünftig, seine besten Jahre mit der Jagd nach Werbespots und Fernsehserien zu verschwenden. Nicht sehr gesund. Mir geht es jetzt viel besser, und ich bin viel glücklicher mit einem Mann, einem Haus und einem Haufen Kinder. Ehrlich.«
Bei Tinas einfachen und doch so beredten Worten fühlte Annie sich sehr unbehaglich. Tina wußte so genau, wer sie war und was sie wollte. Und sie war so nachsichtig. Sie konnte ja kaum vergessen haben, daß die Ungerechtigkeit, die man ihr bei dem Daisy-Spot angetan hatte, Annie zum Vorteil gereicht hatte.
Das Baby griff mit seinen winzigen Händen nach Annies Bluse. Sie hörte es schmatzen und merkte, wie es geschäftiger wurde.

»Ich glaube, sie hat noch Hunger«, sagte Annie und gab Tina das Baby zurück.
»Die ißt wie ein Pferd«, erwiderte Tina lachend. »Genauso wie ihr Vater.«
Sie wies mit dem Kopf auf ein Familienfoto auf dem Tisch. Skip Rusch war ein freundlich aussehender Mann, blond und athletisch, mit lachenden blauen Augen.
»Sie hat eine Menge von euch beiden«, bemerkte Annie mit einem Blick auf das Baby.
Tina grinste das Kind mütterlich kritisch, aber voller Zuneigung und Humor an. »Na, Skip meint, sie hat mein Temperament. Ihre Lungen haben Sie ja schon erlebt. Mein Gott – vielleicht wird sie eines Tages Sängerin. Auf jeden Fall schläft sie Gott sei Dank so fest wie Skip. Ich glaube, die würde nicht einmal ein Erdbeben aufwecken.«
Sie gab dem Kind wieder die Brust, es fing augenblicklich an zu saugen. Die beiden waren ein Bild des Friedens.
Nach einem Augenblick schmerzlichen Zögerns nahm Annie ihren Mut zusammen und sagte, was ihr durch den Kopf ging.
»Tina«, begann sie. »Ich habe Ihr Demoband für den Daisy-Spot gesehen. Eines Tages saß ich in Hal Parrys Büro, und weil gerade niemand in der Nähe war, spielte ich es ab. Sie waren – nun, Sie waren hervorragend. Um ganz ehrlich zu sein, das ist der Grund, warum ich nach so langer Zeit heute hier bin. Ich dachte, Sie hätten die Rolle verdient. Und hätten sie auch bekommen sollen. Ich hatte gehört, die Rolle sei bereits vergeben, als ich mich darum bemühte – wie eine Verrückte damals. Ich war verzweifelt zu der Zeit – aber das ist keine Entschuldigung. Wir waren ja alle verzweifelt. Aber danach hatte ich den Eindruck, daß Sie betrogen worden sind. Seitdem sind Sie mir nicht mehr aus dem Kopf gegangen ...«
Wieder wurden Tinas intelligente Gesichtszüge plötzlich ernst. Sie dachte einen Augenblick nach, bevor sie etwas sagte.
»Sie armes Ding«, sagte sie schließlich. »Ich glaube, die Sache hat Ihnen mehr geschadet als mir. Glauben Sie mir, Annie. So ist das Geschäft eben. Jemand muß verlieren, damit ein anderer gewinnen kann. Natürlich habe ich mich damals sehr aufgeregt. Aber dann habe ich gesehen, was Sie aus der Rolle gemacht haben. Es war kein Zufall, daß Sie sie bekamen. Verstehen Sie? Ihr Talent mußte einfach heraus. Sie sollten sich nicht nächtelang den Kopf über etwas zerbrechen, was man sowieso nicht ändern kann.«
Annie spürte die menschiche Wärme in Tinas Worten. Aber sie ging nur

bis knapp unter die Haut und erreichte die Stelle tief drinnen in ihr nicht, wo der Schmerz lag. Sie wußte, daß das, was bei Hal Parrys betrunkener Penthouseparty begonnen hatte, ihr nicht nur den Weg in die Zukunft geöffnet, sondern auch einen Teil ihres Selbst weggenommen hatte. Und dieser Teil war etwas, was sie vielleicht nie zurückerhalten würde.

Sie betrachtete die glückliche, zuversichtliche junge Frau, die mit dem Baby an der Brust vor ihr saß. Wie ironisch war es doch, daß Tina, die scheinbare Verliererin, Annie, eine der sensationellsten Figuren im Showbusiness, zu trösten versuchte.

Ironisch – und doch vollkommen einleuchtend.

Sie hat ihre Narben, dachte sie. *Aber sie ist noch ganz sie selbst. Kann ich das von mir wirklich sagen?*

Es gab keine Antwort auf diese Frage.

»Sie brauchen mich keinen Augenblick zu bedauern«, sagte Tina, und ihre grünen Augen leuchteten, als sie das Baby ansah. »Ich bin dem Geschäft dankbar, weil ich dadurch Skip kennengelernt habe. Und das ist der Bonus.« Sie strich Natalie über die Wange. »Es lief alles so, wie es sollte. Ich habe, was ich will, Annie.«

Wieder stieg in Annie die stumme Frage auf.

Was ist mit mir? Habe ich, was ich will? Werde ich es je haben?

Sie zwang sich zu einem Lächeln.

»Das sehe ich«, entgegnete sie. »Ich beneide Sie, Tina.«

Als Tina nun ihren Gast ansah, glühte in ihren Augen ihr scharfer Verstand.

»Ich lese die Zeitungen«, sagte sie. »Die machen Ihnen ja das Leben zur Hölle. Nichts von allem stimmt, oder?«

Resigniert schüttelte Annie den Kopf.

»Ich wußte es sofort, als ich den Film sah«, sagte Tina. »Sie haben eine enorme Motivation in diese Rolle gesteckt. Jeder Trottel sieht doch, daß Sie ganz und gar nicht so sind wie sie. Sie haben Ihre Technik gerade zum richtigen Zeitpunkt perfektioniert.«

»Vielen Dank«, sagte Annie und erwiderte Tinas Lächeln. »Aus Ihrem Mund bedeutet mir das viel, Tina.«

Es entstand eine Pause.

»Bleiben Sie dabei«, meinte Tina schließlich und wiegte ihr inzwischen schläfriges Baby im Arm. »Ich mußte mir nie über die Fallstricke des Erfolgs Sorgen machen – aber ich sehe, daß diese Hollywood-Menschen mit allen Waffen auf Sie losgehen. Aber lassen Sie sich von denen nicht entmutigen, Annie. Jemand wie Sie hat eine Verpflichtung seinem Talent gegenüber. Es ist ein großes Talent. Pflegen Sie es, und ich bin sicher, daß es Sie auch das durchstehen lassen wird.«

Sie runzelte, zu Annie gewandt, mütterlich die Stirn. »Und sorgen Sie sich um Gottes willen nicht über uralte Geschichten. Wenn ich es vergessen kann, dann können Sie das auch.«
Plötzlich strahlte sie.
»He, warum bleiben Sie eigentlich nicht zum Abendessen? Skip kommt so gegen fünf heim. Der bekommt einen Herzinfarkt, wenn er Sie plötzlich leibhaftig vor sich sieht. Na, was ist?«
Annie stand auf. »Ich wünschte, ich könnte. Es ist sehr nett von Ihnen. Aber ich habe einen kranken Freund bei mir zu Hause – es klingt wie eine Ausrede, aber es ist keine, er ist wirklich krank –, und ich muß ihn im Auge behalten. Aber ich würde gern einmal wiederkommen, wenn ihr alle zu Hause seid«, sie nickte dem Baby zu, »und sehen, wieviel Natalie in der Zwischenzeit gewachsen ist.«
»Abgemacht«, sagte Tina und brachte sie zur Tür. »Aber warten Sie noch einen Augenblick.«
Sie lief in die Küche und kehrte mit Papier und Bleistift wieder zurück. »Geben Sie Skip Ihr Autogramm«, sagte sie. »Er wird wütend sein, daß er Sie verpaßt hat, aber so hat er wenigstens was, was er seinen Kumpeln im Büro zeigen kann.«
Für Skip Rusch, schrieb Annie, *und für seine wunderbare Familie. Mit den besten Wünschen. Annie Havilland.*
»Sag auf Wiedersehen, Natalie.« Tina hielt das Baby hoch, während Annie die Tür hinter sich schloß.
Einen Augenblick später waren das Haus und die Vorortstraße schon nicht mehr zu sehen, und Annie fuhr auf die Autobahn zu.
Sie fühlte sich erschöpft und ohne Hoffnung. Wie sie schon vor langer Zeit vermutet hatte, war Tina eine Person, zu der sie sich spontan hingezogen fühlte und die ihr eine gute Freundin hätte werden können. Aber zum zweitenmal hatte das Schicksal sie getrennt.
Sie bezweifelte, daß sie es je übers Herz bringen würde, noch einmal zu diesem gemütlichen Heim zurückzukehren und sich von Tina trösten zu lassen, inmitten einer Welt, in der auch Annie so gerne gelebt hätte, es aber nicht konnte.
Sie war heute hierhergekommen, um Tina zu helfen, für sie zu kämpfen, sie vielleicht sogar zu bemitleiden.
Aber nicht, um sie zu beneiden.
Annie versuchte, ihren Kummer hinter sich zu lassen. Man konnte die Uhr schließlich nicht zurückdrehen. »Nach vorne«, hieß die einzig vernünftige Richtung. Sie mußte sich um ihre eigene Zukunft kümmern. Aber war es die richtige Zukunft?

Was für ein schmerzhaftes Schicksal, so überlegte sie, ist es doch, endlos vorwärtsdrängen zu müssen, atemlos, ohne Pause, während man doch eigentlich die wie verrückt sich drehende Welt anhalten, sich in einem ruhigen Heim verkriechen und die Tür hinter sich schließen will.
Aber solche Zufluchten gab es nur für die anderen. Nicht für sie. Was sie vor drei Jahren angefangen hatte, ließ sich nicht mehr aufhalten. Denn wenn es außer Kontrolle geriet, dann tat sie es auch.
Den ganzen Nachhauseweg beschäftigten sie diese quälenden Gedanken.
Aber als sie ankam, waren sie plötzlich wie weggeblasen, denn Mrs. Hernandez wartete mit ängstlich besorgtem Gesicht auf sie.
Nick war verschwunden.

20

»Mmh-ja ... ja, komm ... guter Junge ...«
Das Motelzimmer war dunkel. Die beiden Gestalten auf dem Bett hielten sich in der letzten und leidenschaftlichsten Umarmung umschlungen, seine Hüften drückten gegen ihre Lende, sein langer Penis steckte bis zur Wurzel in ihr.
Mrs. Sonderborg genoß es sehr. Es war nun schon das dritte Mal innerhalb der letzten Stunde, und er blieb sehr lange steif. Er kam nur langsam, vielleicht weil er soviel getrunken hatte, und sie hatte bereits zweimal ihr Vergnügen gehabt, bevor sein jugendliches Instrument mit plötzlicher Heftigkeit in sie stieß.
Seine Stöße waren stark, und er war sehr groß. Ein richtiger Hengst, so wie sie es schon an dem ersten Abend beim Essen vermutet hatte. Kein Wunder, daß er seine plumpe, kleine Frau so schnell geschwängert hatte.
»Mmmm«, stöhnte sie. »Ja! Mmmm ... Ja, mehr ... Warte ... Nein ...«
Sie neckte ihn, und ihre gemurmelten Ermutigungen brachten ihn gerade so viel aus dem Takt, daß ihr Vergnügen sich noch erhöhte.
Zum Schluß drang ein leises Lachen aus ihrer Kehle, so wissend, so voller fast manischen Triumphs, daß sie spürte, wie er in seinem letzten Stoß innehielt und sich zitternd gegen sie drückte. Sie griff zwischen seine Beine und kitzelte seine geschwollenen Hoden.
Er keuchte laut, als er in ihr kam, und die letzten Tropfen seines Spermas waren nur der Schlußpunkt unter seiner enormen Leistung von zuvor.

Sie spürte seine Erschöpfung, als er sich auf sie fallen ließ, und die heiße, verweilende Lust zwischen ihren Schenkeln.
Er war ein ungehobelter, fast lächerlicher Liebhaber, und sie hatte ihn behutsam führen müssen, um überhaupt etwas von ihm zu haben. Aber sie hatte es geschafft, und jetzt war sie zufrieden. Heutzutage war es ja nicht mehr einfach, auf einen guten Liebhaber zu treffen, vor allem nicht für eine Frau in ihrer Position.
Nur der Schwanz allein war nicht gut genug für Mrs. Sonderborg, war es nie gewesen. Sie mußte einen Mann besitzen – wenn schon nicht mit Leib und Seele, so doch wenigstens in einem schwachen Winkel seines Charakters –, um mit seinem Körper Befriedigung finden zu können. Und den hier besaß sie. Beinahe.
Als er sich aufrichtete wie ein Ziegenbock, ohne sein Geschlecht aus dem ihren zu ziehen, sah sie die Umrisse seines Lächelns in der Dunkelheit. Er war stolz auf sich. Er stellte sich vor, er habe sie mit seiner Männlichkeit zu einem ekstatisch wimmernden Ding gemacht. Ein starker junger Ritter, der es der Frau des Chefs einmal so richtig besorgt hatte, daß sie dankbar sein mußte.
Sie kannte seine Gedanken besser als er selbst. Und sie wußte, daß er in seiner Arroganz glaubte, von ihr nicht abhängig zu sein. In dieser Hinsicht besaß sie ihn noch nicht.
Dafür würde sie ihn bestrafen.
Schließlich zog er sich aus ihr zurück und legte sich im Dunkeln neben sie; er atmete noch immer heftig, seine Hand ruhte auf ihrem Schenkel. Er schwieg.
Sie wartete, bis er sich erholt hatte. Dann fuhr sie ihm durch die Haare auf seiner Brust und flüsterte ihm bedeutsam ins Ohr.
»So kann es nicht mehr weitergehen«, sagte sie.
Nach einer Weile nickte er, sein Kinn berührte ihre Haare.
»Du mußt sie verlassen«, fügte sie hinzu.
Diesmal war die Pause länger.
Aber dann nickte er wieder.
Sie wußte, daß es eine taktische Einwilligung war. Seit fast drei Monaten bearbeitete sie ihn nun schon, anfangs behutsam, doch mit der Zeit immer drängender. Mit ihrer sexuellen Macht über ihn wuchs auch die ihrer Argumente.
Sie und Ralph, so behauptete sie, könnten ihren Lebensstil nur dank des Geldes ihrer Familie aufrechterhalten. In der heutigen Zeit bedeute Ralphs Gehalt als Präsident der First National so gut wie nichts mehr. Sie stamme aus altem Geldadel und habe auch aus ihrer ersten Ehe ein großes Vermögen mitgebracht.

Sie erklärte, sie habe Ralph zu einer Zeit geheiratet, als der Schmerz sie verwirrt hatte, eine junge Witwe in einem Augenblick der Schwäche, die sich verzweifelt nach Sicherheit sehnte. Aber seitdem bedaure sie die Heirat. Für Ralph sei sie nichts als ein kostbares Besitzstück. Er liebe sie nicht, könne sie nicht befriedigen. Dem gefühlvollen Blick, mit dem sie über ihr Unglücklichsein sprach, konnte man kaum widerstehen.
Aber nun, sagte sie, habe sie Russ gefunden. Ihnen beiden winke jetzt ein neues Leben. Ein Leben geistiger Vertrautheit und sexueller Übereinstimmung. Natürlich sei sie älter – aber eben auch etwas Besonderes. Er wisse das. Im Bett könne ihr keine Frau das Wasser reichen, und sie sei immer noch sehr schön.
Verglichen mit ihr sei es doch ein fettes, kleines Weibchen mit zwei Bälgern und einem dritten in der Röhre nicht wert, dafür sein Leben wegzuwerfen. Es sei eine tragische Verschwendung, wiederholte sie immer wieder. Eine Verschwendung seiner Sexualität, seiner Phantasie, seiner Lebenslust. Eine Jugendsünde, die man korrigieren müsse.
Wenn sie beide frei seien, brauche er sich nicht mehr auf den normalen Wegen in der First National nach oben zu buckeln, sondern könne sich an die aggressive Bankkarriere machen, die er verdiene. Sie würde ihn auf jedem Schritt begleiten, als treuer Lebenspartner, ihm zu Diensten mit ihrer Gerissenheit und Intelligenz, mit ihrem Wissen und auch mit ihrem Geld. Zusammen hätten sie dann ein aufregendes, herausforderndes, romantisches Leben.
Und schließlich hätten sie ja ihr Geld, oder? Unsicherheit würde ihn nicht mehr ablenken, und Armut könne ihm nicht mehr den Weg zu seinem Ziel versperren.
»Du wirst du selbst sein, Russ, zum erstenmal in deinem Leben. Wirklich du selbst. Im Augenblick halten dich Dinge gefangen, die nichts mit dir zu tun haben: Rechnungen, die Familie, die lächerliche Hackordnung in der First National. Das alles ist deiner nicht würdig, und doch hält es dich von dir selbst ab. Wenn wir erst zusammen sind, wird das alles hinter dir liegen. Dann kann dich nichts mehr aufhalten.«
Sie bearbeitete ihn sehr raffiniert, appellierte in einem Augenblick an seinen Stolz, im anderen an seine Habsucht. Sie wußte, daß er gegen diese vereinte Macht keine Waffen hatte, denn er hatte einen oberflächlichen Charakter. Der Schlüssel zu ihm war nicht schwer zu finden.
Nun hatte sie ihn fast da, wo sie ihn haben wollte. Es war eine Herausforderung. Wenn man von seiner Herkunft ausging, waren Frau und Kinder für ihn etwas Natürliches und stellten auch die Zukunft dar, die er für sich geplant hatte. Ihn davon abzubringen war nicht einfach.

Aber sie wußte, wie er funktionierte, und konnte deshalb ihre Manipulationen so auf ihn abstellen, daß sie irgendwann sein Gleichgewicht zu ihren Gunsten kippen würden.
»Bald«, fragte sie nun, und ein drängender, sinnlicher Ton schwang in ihrer Stimme. »Wirst du es bald tun?«
Er seufzte. »Bald.«
Sie streichelte ihm den flachen Bauch unter dem Nabel, stand auf und ging nackt ins Badezimmer, um sich frisch zu machen.
Auf der Kommode bemerkte sie das Exemplar des *Hollywood Reporter*, das er ihr mitgebracht hatte. Sie hatte ihm erzählt, sie lese sehr gerne Klatsch, könne aber solche Blätter nicht zu Hause lesen. So war es zu einem romantischen Ritual geworden, daß er ihr Exemplare mitbrachte, wenn sie sich in Hotelzimmern trafen.
Auch die heutige Ausgabe, das wußte sie, würde voll sein mit den Gerüchten, mit denen man die arme Annie Havilland seit dem Erscheinen von Rhys' Film überschüttet hatte.
Sex-Engel.
Während Mrs. Sonderborg die Badezimmertür hinter sich schloß, dachte sie über die offensichtlich von jemandem inszenierte Kampagne nach. Annie hätte Eric Shain von Anfang an in der Tasche gehabt, behaupteten die Zeitungen. Na, auf jeden Fall wußte sie, wie man an der Spitze anfing.
Aber stimmte es auch?
Mrs. Sonderborg betrachtete ihr Gesicht und ihre blonden Haare im Spiegel und rief sich Annies dunkle Haare und porzellanenen Wangen wieder ins Gedächtnis.
Eine Verführerin, die es schaffte, Shain einzuwickeln und sogar Rhys selbst?
Einerseits würde sie sagen, nein. Mrs. Sonderborg hatte das Mädchen einige Male bei Interviews gesehen. Sie schien eine nette, freundliche Person zu sein. Das paßte auch, wenn man ihre Erziehung berücksichtigte. Ein kleinstädtisches Zuhause, ein besorgter Vater, sie der Sproß stolzer, aufrechter Vorfahren. Sie hatte ja wirklich etwas fast Prüdes an sich.
Aber Mrs. Sonderborg hatte auch *A Midnight Hour* gesehen, und sie hatte sehr auf die Darstellung der jungen Schauspielerin als Liane geachtet. Handlungen, das wußte sie, sprachen oft lauter als Worte. Was auf der Leinwand zum Vorschein kam, war vielleicht grundlegender als das, was ein junges Mädchen im Spiegel sah.
Außerdem mußte Annie mit allen verfügbaren Waffen um diese Rolle

gekämpft haben, sie mußte sehr genau gewußt haben, was sie wollte, mußte sich ihres Talents und ihrer Bestimmung sehr sicher gewesen sein. Wieviel war sie bereit gewesen aufzugeben, um das zu bekommen, was sie wollte?

Die Lady oder der Tiger? Mrs. Sonderborg lächelte. Es war alles eine Frage der Chemie. Oder vielleicht der Alchimie. Annie war nichts weniger als unkompliziert, auch wenn sie das selbst vielleicht gar nicht wußte. Sie war bei weitem nicht das einfache Mädchen, wie sie es behauptete oder sein wollte. Jeder konnte das sehen, Mrs. Sonderborg vor allem. Diese veredelte Orchidee würde nie leicht Wurzeln schlagen wie gewöhnliche Pflanzen.

Es lag eine gewisse Ironie in dem Schmutz, mit dem man ihr öffentliches Image befleckte und gleichzeitig ihre Berühmtheit vergrößerte. Annie auf dem Weg zum Superstar als Sexsymbol, auf der Grundlage dessen, was sie sich von Shain geholt hatte ...

Wie wenig Wahrheit stand doch in einer Zeitung! Das menschliche Wesen, von einer talentierten Künstlerin wie Annie bis zu dem ehrgeizigen Hohlkopf im Bett hinter dieser Tür, war gegen die Wahrheit so allergisch wie das Medium, das zu seiner Unterhaltung existierte. Wenn es in den Spiegel blickte, dann sah es Phantome, Ideale, vielleicht sogar Alpträume – aber nie die Wirklichkeit.

So mußte es auch für Annie sein. Wie würde dieses hübsche kleine Gesicht aussehen, wenn man es mit der Wahrheit – der ganzen Wahrheit – konfrontierte?

Mrs. Sonderborg konnte die Antwort auf diese Fragen finden, wann immer sie wollte.

Mit einem letzten Blick auf ihre Frisur und das Make-up kehrte sie wieder in das Schlafzimmer zurück. Sie hatte noch viel Zeit, sich Gedanken über Annie zu machen und einen Plan zu entwerfen. Im Augenblick war ihr Liebhaber wichtiger.

Morgen wollte sie Ralph bitten, Russ Keating die Beförderung zu gewähren, die sie ihm versprochen hatte.

Es war ein Teil des Plans.

21

Harry Havilland hatte gelogen.
Die junge Frau, die ihn verlassen hatte, war nicht früh verstorben, weder an einer mysteriösen Krankheit noch an einer anderen Ursache.
Natürlich konnte sie tot sein. Sogar schon lange tot. Aber nachdem sie Harry verlassen hatte, begann sie ein neues Leben, das sie weit von seiner Welt wegführte. Wally war überzeugt, daß Harry nie erfuhr, was aus ihr geworden war.
Es war nun klar, daß er die Theorie verwerfen mußte, Harry habe sie mit der Wut des verschmähten Liebhabers verfolgt und beseitigt.
Diese grausame Postkarte mochte es durchaus gegeben haben. Aber wenn es sie gab, dann hatte Harry sie unter seinen privaten Papieren versteckt und seinen Schmerz für sich behalten.
Der Beweis war, daß Alice ohne Belästigung zu Mike Fontaine zurückgegangen war und später zu Sam Fiorenzo. Und ihre Spur führte noch weiter, wie Wally inzwischen wußte.
Harrys Geschichte, die er seinen Freunden und Nachbarn in Richland erzählt hatte, war nur eine Schutzbehauptung gewesen, die es ihm erlaubte, in der Stadt das Gesicht zu wahren.
Und die es seiner Tochter erlaubte, das Gesicht zu wahren.
Wally glaubte zu verstehen, wie der Stolz und die Sturheit der Havillands in Harry gearbeitet hatten. Er hatte den Verlust Alices, ganz gleich, wie schmerzhaft er gewesen war, akzeptiert und seinen unbeugsamen Willen ganz darauf konzentriert, seine Tochter so ehrbar und so normal wie möglich zu erziehen. Als sein Sprößling war sie ihm kostbar, und sie war das lebende Bindeglied zu der Frau, die er geliebt hatte. Deshalb gab er sein Bestes für sie.
Aber was seine Familie betraf, blieb er unbeugsam, er weigerte sich, seinen Vater um Verzeihung zu bitten und die finanzielle Unterstützung anzunehmen, die eine Folge davon gewesen wäre.
So lebte er ein zweischneidiges Leben. Er selbst sah sich wahrscheinlich nicht als Außenseiter. Im Gegenteil, als Havilland war er altmodisch, sich seiner Stellung sehr wohl bewußt und durch und durch hausbacken. Aber auf geheimnisvolle Weise war er auch ein typischer Außenseiter. Von daher auch der Impuls zur Rebellion, der ihn eine Ehe eingehen ließ, die sein ganzes Leben überschatten sollte.
Harry war stolz und aufrecht geblieben in seiner unbeugsamen Treue zu seiner Tochter und ihrer abwesenden Mutter. Für seine Nachbarn war

er zugleich Märtyrer, gehörnter Ehemann und verarmter Volksheld – bis zu seinem frühen Tod infolge einer Herzkrankheit.
Es war eine tragische Geschichte, eine menschliche – und sie klang sehr einleuchtend. Die Elemente paßten mit einer paradoxen Logik zusammen, die Wallys analytischen Verstand befriedigte. Bei Harry Havilland gab es kein Geheimnis. Er war einfach nur ein Opfer.
Alice war da eine ganz andere Geschichte.

Sie war wie ein Komet. Man sah ihren Kern nicht, nur den Schweif, den sie auf ihrem Weg durch die Welt hinter sich herzog. Je besser Wally sie zu verstehen glaubte, desto mehr verblüffte sie ihn. Sie schien im gleichen Augenblick deutlicher und undeutlicher zu werden.
Vor ihrem Auftreten als hübsches, naives Mädchen bei den Dane Players konnte er kein Lebenszeichen von ihr entdecken. Sie hatte keinen Gewerkschaftsausweis, keine Sozialversicherungsnummer. Keinen Führerschein und keine Versicherung. Die Information auf ihrer Heiratsurkunde war falsch, ebenso ihre Lebensgeschichte auf den Krankenblättern des Richlander Bezirkskrankenhauses, wo sie von Annie entbunden wurde.
Aber für Wally war noch wichtiger, daß keine Polizeiakten über sie existierten. Die Strafverfolgungsbehörden, die er befragte, wußten trotz ihrer neuen Computer, auf die sie so stolz waren, überhaupt nichts über sie.
Aber Buster Guthiel hatte sich in seiner Einschätzung Alices nicht getäuscht. Wahrscheinlich hatte sie schon vor Harry Havilland von Männern gelebt und mit Sicherheit danach. Dies und ihre Jugend zwangen sie, bei immer neuen Zuhältern Schutz zu suchen. Und Wally mit seinen subtilen Fähigkeiten hatte es geschafft, einige von ihnen aufzuspüren.
In Toronto gab es einen Mann mit Namen Pat Chereck, einen billigen Gauner und Gelegenheitseinbrecher, der sich in den frühen Fünfzigern mit Alice eingelassen hatte. Er war vor etwa zehn Jahren ohne erkennbaren Grund ermordet worden.
In Tampa lebte Alice ein halbes Jahr bei einem gewissen Peter Zlatkin, einem kleinen Zuhälter, der später in einem Bundesgefängnis an Lungenentzündung starb.
Ein paar stürmische Wochen lang arbeitete sie in Philadelphia mit Bert Raddich, einem bewaffneten Räuber und mutmaßlichen Frauenschänder, dem Wally im Besucherzimmer des Gefängnisses in Folsom eine wenig aussagekräftige Beschreibung abpressen konnte.

Diese Männer hatten alle nur eine Sache gemeinsam, aber die war wesentlich: ihre absolute Mittelmäßigkeit. Sie waren als Kriminelle noch weniger erfolgreich als Sam Fiorenzo, das zeigte schon ihr gemeinsames Schicksal. Für Leute mit so wenig Talent war die Unterwelt ebenso gefährlich wie die Polizei.
Die meisten waren gestorben oder verschwunden. Jeder hatte Alice auf dem Weg zu seinem persönlichen Zusammenbruch kennengelernt und hatte sie nach wenigen Wochen oder Monaten unsicheren Zusammenseins wieder ziehen lassen müssen.
Wally hätte wahrscheinlich keinen von ihnen gefunden oder Alices Spur über Sammy Fiorenzo hinaus weiterverfolgen können, wäre da nicht eine schicksalhafte – und unverständliche – Sache gewesen, die sie aus der Masse der gesichtslosen, herumstreifenden Prostituierten herausgehoben hätte.
Das Kind.

Jeder erinnerte sich, unter dem einen oder dem anderen Spitznamen, an das Mädchen als das allgegenwärtige Gepäckstück in Alices Leben. Aber keiner hatte auch nur die geringste Ahnung, warum sie auf der Welt war und woher sie kam.
Und ihre Anwesenheit, auch wenn sie die Verfolgung Alices erleichterte, erschwerte nur das Verständnis ihrer Persönlichkeit.
Es war einleuchtend, daß Alice, nachdem sie Harry Havilland verlassen hatte, sich in Baltimore auf die Suche nach Mike Fontaine machte. Sie versuchte, die Fäden ihres früheren Lebens wiederaufzunehmen. Mike war ein alter Schuh, ein verläßlicher früherer Verbündeter, der sie mit Freuden wiederaufnehmen würde.
Es war ebenso einleuchtend, daß sie, als ehrgeizige junge Frau, Mike bald wieder fallenließ und sich nach einer besseren Begleitung umsah. Die sie dann in Sam Fiorenzo fand.
Aber die Zeit zwischen den beiden Episoden war wie ein schwarzes Loch, und Wally wußte noch nicht, wie lange sie gedauert und wo Alice sich aufgehalten hatte.
In dieser Zeit hatte sie das Kind bekommen.
Und genau da legte sich ein Schleier über ihre Persönlichkeit.
Es war nur logisch, daß eine Frau ihres Typs, nachdem ihr Experiment mit Harry Havilland nicht funktioniert hatte, ähnliches nach einer angemessenen Zeit wieder versuchen würde. Sobald der Lebensstil einer herumziehenden Prostituierten sie ermüdete, würde sie sich mit ihren beträchtlichen Talenten einen wohlhabenden Ehemann angeln.

Aber statt dessen hängte sie sich in einer Zeit wüster Hurerei an dumme, brutale Männer. Ein Leben ohne jede Aussicht auf Aufstieg.
Und ihr zweites Kind, ein gesichtsloses kleines Mädchen mit den wechselnden Namen Liebling, Tippy, Tina und Chris begleitete sie auf Schritt und Tritt.
Wally hätte ihre Anwesenheit der mütterlichen Laune einer unberechenbaren Frau zugeschrieben und sie zugunsten seines drängenderen Interesses an Annie Havilland vernachlässigt – wäre da nicht eine wesentliche Sache gewesen.
Alle, die sich an Mutter und Tochter erinnerten, stimmten in zwei wesentlichen Punkten überein. Zum einen, und das gab jeder Zeuge bereitwillig zu, war das kleine Mädchen außerordentlich hübsch – so hübsch, daß Alice mit ihr praktisch von Kindesbeinen an Kinderpornografie und -prostitution trieb.
Der zweite Punkt, den sich Wally aus überraschend vorsichtigen Andeutungen der Leute, die überhaupt davon wußten, zusammenreimen mußte, war noch schockierender: Alice Havilland war ohne Frage eine der entschlossensten und sadistischsten Kinderschänderinnen, die Wally in seiner Karriere als Detektiv kennengelernt hatte.
Und das kleine Mädchen war ihr Opfer.

Sie schlug sie dauernd, aber so, daß keine Narben und kaum blaue Flecken blieben. Gleichzeitig wurde Alices jeweiligen Freunden, die mit ihrer Tochter schlafen wollten, dieses Privileg nicht verweigert – obwohl deren Begeisterung für sie oft zu eifersüchtigen Streitereien mit der Mutter führte. Bald hatte das Kind natürlich eigene Kunden, von denen viele Sadisten waren.
Das Szenario stürzte Wally in Verwirrung. Warum hatte Alice das Kind denn überhaupt zur Welt gebracht und auf ihren Reisen mitgeschleppt? Ein Baby machte sie doch nur langsamer und engte sie ein. Das Kind mit Harry Havilland hatte sie zweifellos als Glied der Kette gedacht, die ihn an sie binden sollte. Aber das zweite Kind gehörte allein ihr.
Es ergab einfach keinen Sinn.
Allmählich stellte sich Wally Alice als komplizierte junge Frau vor, bei der das Abenteuer mit Harry Havilland, diese kurze Konfrontation mit der Ehrbarkeit, eine unsichtbare innere Explosion in Gang gesetzt hatte. So als hätte sich in der Zeit mit Harry ein heimliches und vielleicht uneingestandenes Verlangen in ihr aufgestaut, ein Verlangen, das von Leon Gutrich und Konsorten nicht befriedigt werden konnte. Und in dem hatte sie sich dann jahrelang gesuhlt.

Aber war es mehr als nur Lust?
War es Wut?
Wie sonst sollte man das selbstzerstörerische Sicheinlassen mit dummen, brutalen Zuhältern erklären? Die Weigerung, ihre natürlichen Talente zu benutzen, um in der Welt vorwärtszukommen? Die chaotische Wanderung durch ein Leben, das so billig und so grausam war wie nur möglich?
Wallys Gedanken kehrten zu dem kleinen Mädchen zurück. Wenn Harry Havilland der letzte geistig gesunde Aufenthalt auf ihrer Reise gewesen war, so war die mysteriöse Geburt der Tochter der Ausgangspunkt für das, was danach kam.
Nur ein oberflächlicher Beobachter konnte annehmen, daß Alice ein Kind als Stachel in ihrem Fleisch betrachtete und sie nur aus Haß strafte. Nein: Wenn sie nur ihre Freiheit gewollt hätte, dann hätte sie es schon als Kleinkind ausgestoßen.
Es schien im Gegenteil Wally so, als wäre das Kind der Schlüssel zu Alices Verhalten. Sie trieb es durch ein abscheuliches Leben, schlug es und unterwarf es grausamster Ausbeutung. Aber sie hielt es immer nahe bei sich und ließ es nie aus den Augen.
Warum?
Die Frage ließ Wally keine Ruhe. Während er unbeirrt Alices Spuren folgte, dachte er immer wieder darüber nach. Denn nach zwei Jahrzehnten als Detektiv wußte er, daß die Vielfalt menschlicher Gier und Perversität mit wenigen Ausnahmen in eine Handvoll Gruppen und Untergruppen eingeteilt werden konnte.
Alice war eine Ausnahme.
Rätselhaft wie kein Objekt, das er seit Jahren verfolgt hatte, nahm sie seine Phantasie immer mehr in Anspruch.
Er konnte nicht wissen, daß er bei der nächsten Station seiner Reise ihr Gesicht sehen würde.

22

»Komm schon, Candy. Mach's mir endlich.«
Nick lag auf dem zerwühlten, schmutzigen Bett einer möblierten Wohnung an der Poinsettia Avenue, an der Kreuzung mit der Melrose, praktisch im Schatten der Paramount-Studios.
Es war eine unpersönliche Unterkunft, in der Partys gefeiert, Drogen

verkauft und konsumiert wurden. Nick war an diesem Abend gleich hierhergekommen, denn er wußte, daß Annie ihn in seiner Wohnung suchen würde.

Nachdem sie ins Valley gefahren war, wartete er, bis Mrs. Hernandez mit den Kindern zum Einkaufen ging. Dann zog er sich hastig an.

Er warf noch einen letzten Blick auf Annies ordentliche, saubere Wohnung, die Wohnung, die er selbst ihr vor nicht gar so langer Zeit besorgt hatte. Sie hatte nur wenig hinzugefügt, dazu war sie zu beschäftigt. Bis auf das silbergerahmte Foto ihres Vaters, das schon in New York auf ihrem Schreibtisch gestanden hatte, gab es keine Bilder.

Er dachte vage an das Geld, von dem er wußte, daß er es ihr doch nicht stehlen würde, und durchsuchte wehmütig ihren Schrank. Ihre Kleider, Röcke und Blusen auf den Bügeln rochen frisch, Jeans, Oberteile, BHs und Slips lagen ordentlich zusammengefaltet in den Fächern.

Seine Augen füllten sich mit Tränen, als er an die reine, schöne junge Frau dachte. Eine Frau, die Hollywood mit allem Schmutz überhäufte, den es zwischen die Finger bekam.

Aber er wußte, daß sie überleben würde. Sie war zäh.

Er strich zärtlich über ihre Höschen. Was hätte er dafür gegeben, ihr so eins ausziehen zu dürfen. Nur einmal ...

Aber nachträglich schien es fast besser, daß er sie geliebt hatte, ohne sie mit seiner Lust zu beflecken. Die Welt hatte ihr so schon genug angetan. Er war froh, daß seine leidenschaftlichen Hände nicht dazu beigetragen hatten.

Außerdem war ihr Schicksal viel wichtiger als das, was nun mit ihm geschehen würde. Roy hatte das schon vor langer Zeit in ihr gesehen, und Nick ebenfalls.

Alleine würde es ihr bessergehen.

So schrieb er ihr nur noch eine letzte, kurze Nachricht – *Du bist eine großartige Florence Nightingale, aber ich bin ein furchtbarer Patient. Tausend Dank, Baby. Versäum mich im Herbst bei* The FBI *nicht. Ich werde ein hervorragender Frauenschänder sein.* – und ging, ohne sich noch einmal umzusehen.

Aber nicht, ohne zuvor Candy angerufen zu haben und sie auf eine Party in das Haus an der Poinsettia einzuladen.

»Na, komm schon«, sagte er ungeduldig, krempelte den Ärmel hoch und wickelte sich ein Gummiband um den Bizeps. »Seit zehn Tagen habe ich nichts mehr gehabt. Das ist meine letzte Chance. Ich muß morgen vorsprechen.«

»Jetzt reiß dich zusammen, ich komm' ja schon.« Mit einer Injektionsnadel kam sie auf ihn zu, die krausen Haare standen ihr unordentlich vom Kopf weg. Unter ihrem T-Shirt zeichneten sich die kleinen Brüste ab, die zu dünnen Hüften drückten sich knochig durch die Jeans.
Methedrin war ihre Schwäche. Es brachte sie langsam um. Nur zur Entspannung nahm sie manchmal zusammen mit Nick oder anderen Quaaludes, Downer, Kokain und Heroin. Aber Speed war ihre Nahrung und ihr Leben.
Behutsam stach sie ihm die Nadel in die Vene. Der Ansturm des Stoffs auf sein Hirn war für ihn eine Wohltat.
Sie saß über ihm und sah ihm mit Humor und wirklicher Zuneigung in die hohlen Augen.
»Du verrückter Kerl«, sagte sie lachend. »Zum Vorsprechen bist du doch morgen viel zu fertig.«
Er lächelte wegwerfend und legte ihr die Hand auf den Schenkel. »Scheiß doch drauf.«
Er betrachtete sie. Es schien, als würde er Annie sehen, die ihm Suppe brachte, sich auf die Bettkante setzte, ihm zu essen befahl und ihm mit sanften Fingern über die Schläfen strich.
Dann verwandelte sie sich wieder in Candy, die, auf ihre Weise, auch wie eine Krankenschwester war. Auf mythologische Weise waren die beiden vom gleichen Blut. Nur daß die eine versuchte, einem das Leben zu retten, während die andere dabei half, ihn umzubringen. Aber beide waren behutsame, geduldige Helferinnen.
Nick wußte, welche der beiden er im Augenblick mehr brauchte.
»Komm, laß uns noch was schnupfen«, sagte er.
Aber sie holte eine Halbliterflasche Whiskey, und sie tranken gemeinsam.
»Ah«, seufzte er, während der scharfe Alkohol sich mit den Downern vermischte, die er genommen hatte, ohne ihr was zu sagen. »Warte, ich muß mal auf die Toilette.«
Er schloß die Tür hinter sich, entdeckte die Quaaludes und spülte sie mit Wasser hinunter. Dann erleichterte er sich zitternd, er konnte kaum aufrecht stehen.
Als er ins Schlafzimmer zurückkehrte, saß Candy mit überkreuzten Beinen auf dem Bett. An ihren Augen merkte er, daß sie sich einen Schuß gesetzt hatte.
»Komm, Baby«, sagte er und stellte die Stereoanlage an. »Noch 'ne schnelle Nummer.«
Sie zog sich gehorsam aus, während er beiläufig seine Kleider abstreifte. Überrascht sah sie, daß er trotz des Heroins sehr steif war.

»Liebling, was ist denn mit dir passiert?«
»Berufsgeheimnis«, sagte er, und seine Augen funkelten, während er sich langsam in sie schob und mit dem letzten Rest seiner Kraft ihre Lenden bearbeitete. Annies Gesicht wich nicht von seinem inneren Auge.
Wenigstens bin ich nicht allein, dachte er. Millionen von Männern fickten in dieser Nacht Frauen und dachten dabei an Annie.
Er war froh und fast stolz, daß er auch dazu gehörte. Dieser letzte Tribut mußte reichen, denn er hatte sie nie berührt und würde sie nie mehr wiedersehen.
»Du bist ja so ein Hengst«, seufzte Candy, als es vorbei war.
»Komm«, sagte Nick ruhig. »Laß uns jetzt schlafen. Ich hab' doch morgen diesen Termin. Weck mich nicht vor acht. Oder stell mir den Wecker, wenn du vorher gehst.«
»Klar, Liebling. Schlaf jetzt.«
Sie drückte ihn gegen ihre Brust. Er roch ihre säuerliche, ungesunde Ausdünstung und den Schweiß ihrer Achselhöhlen. In ihr war sein Sperma, schon im voraus abgetötet von ihrer Antibabypille.
Perfekt, dachte er, dankbar für die Chemikalien, die das Verlassen dieser Welt so erleichterten.
Langsam kam eine mächtige, dunkle Erleichterung über ihn. Jede Zelle seines Körpers fiel und schwebte an schwarzen Wänden vorbei durch den Schuß und die Pillen, vorbei an den Händen und Mündern und Stimmen, die seinen Körper benutzt hatten, vorbei an den lächerlichen, unangebrachten Hoffnungen, die nun in ihm erstarben.
Er sah ein letztes Mal auf und entdeckte in weiter Entfernung, am Ende des Tunnels, ein Licht.
Es war Annies lächelndes Gesicht, unendlich weit entfernt, noch immer vorwurfsvoll, doch zärtlich und vergebend.
Tut mir leid, Baby, sprach er lautlos. *Aber ich durfte das nicht verpassen.*
Er schloß die Augen.
Leb wohl.

23

Charles Grzybek stand, wie jeden Tag seit über zehn Jahren, hinter der Bar im Tip Top an der Grove Street in Scranton, als der Fremde das Lokal betrat.

Es war eine typische Eckkneipe, mit Neon-Bierreklame im Fenster, einer Musikbox, Billardtisch und Flipper, einem Popcornautomaten, Faßbier und Arbeitern als Stammgästen. Die meisten kamen jeden Abend um die gleiche Zeit, einige direkt von der Flaschenfabrik, die nur zwei Blocks entfernt lag.

Charlie war ein freundlicher Barkeeper und ein so geduldiger Zuhörer, daß er die Probleme seiner Kunden besser kannte als der Pfarrer – es war ein katholisches Viertel.

Charlie, ein korpulenter, sanfter Mann von unbestimmbarem Alter, wurde nie laut. Falls es Freitag oder Samstag nachts einmal Probleme geben sollte, warfen seine treuen Stammgäste den Unruhestifter gemeinsam hinaus und ersparten so Charlie die Mehrkosten für einen Türsteher und das persönliche Unbehagen, sich mit einem streitsüchtigen Betrunkenen anlegen zu müssen.

Charlie hatte weder den Mut noch die Böswilligkeit, anderen weh zu tun. Es verschaffte ihm viele Freunde.

Die Bar war an diesem Nachmittag fast leer, als der kleine Mann mit dem Strohhut hereinkam und ein Bier bestellte. Sein freundliches Auftreten verleitete Charlie zu einem Gespräch.

»Sind wohl neu in der Gegend, Mister?« fragte Charlie.

»Nur auf der Durchreise.« Der Fremde hatte helle Augen, seine Stimme klang etwas heiser, fast einschmeichelnd.

»Vertreter?« fragte Charlie lächelnd. »Sie sehen mir aus wie ein Mann, der verkaufen kann. Beruferaten ist mein Hobby.«

»Nein, Mr. Grzybek«, erwiderte der Fremde und streckte ihm plötzlich seine kleine Hand entgegen. »Ich bin kein Vertreter.«

Verunsichert gab Charlie ihm die Hand. Der Fremde ließ sie nicht mehr los. Er lächelte weiter, aber sein Händedruck wurde immer fester.

»Ich bin Detektiv«, sagte er. »Ich suche zwei Leute, die Sie kannten. Eine Frau und ein kleines Mädchen. Ali oder Alice hieß die Frau, und das Mädchen ... Na, ich nehme an, Sie werden mir sagen, wie Sie sie nannten.«

Der kleine Mann wirkte plötzlich so gebieterisch, als hätte er von Charlies Seele Besitz ergriffen. Charlie räusperte sich ängstlich.

»Wie kommen Sie darauf, daß ich ...?« setzte er an.
»Gewisse Leute wußten von Ihnen drei«, sagte der Mann. »Sie haben es mir erzählt. Und ich habe Sie gesucht.«
Sein freundlicher Gesichtsausdruck kehrte so unvermittelt zurück, wie er verschwunden war. Er ließ Charlies Hand los. »Ich heiße Wally Dugas. Der Fall, an dem ich arbeite, betrifft Sie nicht direkt, Mr. Grzybek. Ich brauche nur Ihre Hilfe.«
Charlie sah schlecht aus. Er sah den Fremden besorgt an und ging dann in die Küche. Mit der Schürze in der Hand kehrte er wieder zurück.
»Danny kümmert sich eine Weile um die Bar«, sagte er. »Gehen wir in meine Wohnung. Es ist nicht weit.«
»Vielen Dank.«
Wally legte einen Dollar neben das unberührte Bier auf die Bar.

»Alethea hieß sie. Oder so sollte ich sie zumindest nennen.«
Charlie Grzybek stellte zwei Flaschen Bier auf den Tisch in seiner möblierten Wohnung, die keine zwei Blocks vom Tip Top entfernt lag.
»Und das kleine Mädchen?« fragte Wally.
»Chris«, seufzte Charlie. »Für mich Chrissy.«
Seine Augen wurden feucht, als Wally von seinem Auftrag erzählte, das Schicksal von Mutter und Tochter aufzudecken. Er nahm dabei kein Blatt vor den Mund und berichtete genügend Details, um seine Vertrautheit mit dem Fall zu beweisen. Charlie bekam es mit der Angst, das war deutlich zu sehen, und Wally wußte, daß er kooperieren würde.
»Sie waren mit ihnen zusammen – wie lange gleich wieder?« fragte er.
»Ein Jahr. Vielleicht etwas weniger«, erwiderte Charlie und spielte nervös mit seiner Bierflasche. »Frühjahr und Sommer 1955 ... Ich erinnere mich noch, daß wir immer ins Stadion gingen ...«
»In Philadephia«, warf Wally ein.
»Ja, und eine Weile auch in Baltimore. Alethea zog gern herum. Ich war Barkeeper, wie üblich ...«
»Haben Sie ihr Kunden verschafft?« Wieder klang der befehlende Ton aus Wallys weicher Stimme.
Charlie nickte und sah seinen Gast angsterfüllt an.
»Nicht viele«, sagte er. »Und da fingen dann auch die Schwierigkeiten an, wenn Sie die Wahrheit wissen wollen. Ich war für Alethea einfach nicht aggressiv genug. Bin eben eher ein ruhiger Typ. Ich glaube, ich war ihr zu langweilig.«
Er schüttelte den Kopf.
»Sie konnte sich schrecklich aufregen, wenn ihr etwas nicht paßte. Es

waren oft nur Kleinigkeiten – ein tropfender Wasserhahn, daß das Auto nicht ansprang, die Farbe meiner Krawatte – aber sie gab keinen Millimeter nach. Sie war eigentlich kein schlechter Mensch. Nur eben schrecklich aufbrausend.«

Er machte ein verlegenes Gesicht. »Um Ihnen die Wahrheit zu sagen, Mr. Dugas, seit der Zeit bin ich den Frauen ziemlich aus dem Weg gegangen. Zumindest nichts Festes. Alethea hatte mich schon genug Nerven gekostet.«

»Erzählen Sie mir ein bißchen von ihr«, sagte Wally. »Ich meine, wie war sie körperlich und so.«

»Na, sie sah schon sehr außergewöhnlich aus. Ein schönes Mädchen. Glatte Haut, blaue Augen wie zwei Sterne. Wellige, blonde Haare. Eine großartige Figur.«

Sein Blick war eine Mischung aus Nostalgie und Entsetzen.

»Sie – sie flößte einem Angst ein. Als Frau, meine ich. Wenn man ihr zu nahe kam. Sie übernahm die Kontrolle. Das machte mich immer ziemlich nervös.«

Er hob die Schultern. »Nicht, daß sie nicht gut war. Mit Männern war die phantastisch. Die konnten nicht genug von ihr kriegen. Ich glaube, die hat sich was Besseres gesucht, nachdem sie mich verlassen hat. Ich war ja nur 'ne kleine Nummer. Und werd's wahrscheinlich immer bleiben. Es ist mir ja sowieso ein Rätsel, warum sie überhaupt was mit mir angefangen hat. Aber wie gesagt, sie war ungewöhnlich.«

»Mit dem kleinen Mädchen hat sie's ziemlich bös' getrieben, oder?«

»Woher wissen Sie das?« Charlie schien besorgt.

Wally schwieg.

»Na«, meinte Charlie, »es hat ja wahrscheinlich wenig Sinn, bei einer so alten Geschichte zu lügen. Sie war sehr hart zu Chris. Schlug sie viel, zwickte sie. Die explodierte oft, wenn man es am wenigsten erwartete. Das war ihre Art. Mir gefiel das nicht – aber ich kam ja nicht gegen sie an. Ich versuchte immer, die Wogen zu glätten – Friedensstifter zu spielen.«

»Das kleine Mädchen ging auch auf den Strich, oder?« Wally ließ seinen Gastgeber nicht aus den Augen, während er an seinem Bier nippte.

Charlie hatte Tränen in den Augen, als er nickte.

»Wie gesagt, ich kam gegen Alethea nicht an. Ich wußte, was los war, aber ich konnte es nicht verhindern. Wenn ich etwas gesagt hätte, wäre sie auf mich losgegangen wie eine Wildkatze. Da hab' ich lieber den Mund gehalten.« Er schüttelte den Kopf.

»Wissen Sie, Mr. Dugas, das war einfach nicht meine Kragenweite. Ich war kein Zuhälter und werde auch nie einer sein. Irgendwie – kam es einfach so. Zumindest dieses eine Jahr lang. Alethea wollte das, und, mein Gott, dann hat sie's eben bekommen.« Er lehnte sich müde zurück. »Ich war erleichtert, als sie mich verließen. Ein bißchen traurig schon, daß sie gingen – aber erleichtert.«

Eine Pause entstand.

»Haben Sie mit dem kleinen Mädchen geschlafen?« Es war mehr eine Feststellung als eine Frage. Wallys Stimme war ruhig.

Charlie schwieg. Aber sein Gesicht sprach Bände.

Schließlich seufzte er.

»Ich versuchte, ihr zu helfen«, sagte er. »Nett zu ihr zu sein. Sie müssen sich ihr Gesicht vorstellen. Erst acht Jahre oder so ... Ein kleiner, blonder Engel.«

Seine Augen wurden wieder feucht. »Sie war so würdevoll, so ernst. Sie ließ Alethea nie die Oberhand über sich gewinnen. Mein Gott, die hatte einen Willen, der war so stark wie der ihrer Mutter. Und ich glaube, Alethea hat das immer gewußt. Ja, ich glaube, das hat sie.«

Er wischte sich den Schweiß von der Oberlippe.

»Ich ging ihnen immer aus dem Weg, wenn sie zusammen waren. Aber wenn ich mit Chrissy allein war, brachte ich ihr immer Geschenke oder nahm sie mit in den Süßwarenladen. Verdammt, ich hätte ihr die Haare gekämmt, wenn Alethea mich gelassen hätte. Aber nein. Das war ihre Sache. Und wie sie das Kind anzog! Sie gab sich da viel Mühe. Das war sehenswert, wenn die beiden zusammen ausgingen.«

Sein Gesicht verfinsterte sich.

»Aber danach gab's dann immer Probleme. Ich glaube, in gewisser Weise war Alethea eifersüchtig. Sie war ja selber schon sehr schön – aber Chris war nicht von dieser Welt. Ich sag's ja nicht gern, aber die verdiente eine Menge Geld. Und je mehr sie ihrer Mutter brachte, desto wütender wurde die.« Er schüttelte den Kopf. »Ich konnte es einfach nicht mehr ertragen.«

Wally nickte bedächtig.

»Haben Sie sie geliebt?«

Welche?

Die Frage steckte wie ein Pfeil in der Wunde, die in der letzten halben Stunde in Charlie aufgebrochen war. Keiner der beiden Männer hatte einen Zweifel, welche der zwei Frauen gemeint war.

Charlie stand auf, ging zum Schrank, öffnete eine Schuhschachtel und kehrte mit einer Fotografie zurück. Er legte sie vor Wally auf den Tisch.

»Die ist aus jenem Sommer«, sagte er. »Wir fuhren zur Küste. Ich hatte mir zufällig eine Kamera ausgeliehen. Alethea haßte es, fotografiert zu werden, aber diesmal gab sie nach.«

Wally verbarg seine Erregung, als er das Foto betrachtete. Es war das erste Mal, daß er Alice zu Gesicht bekam.
Das Foto zeigte eine sehr attraktive, knapp dreißigjährige junge Frau mit welligen Haaren und großen Augen, einer schmalen, geraden Nase und einem zarten Kinn. Die Figur in dem dünnen Sommerkleid war wirklich beeindruckend.
Ihr Gesichtsausdruck war zwiespältig. Sie war offensichtlich verärgert, weil sie fotografiert wurde. Aber sie zwang sich zu lächeln, wahrscheinlich wegen möglicher Bewunderer, die zufällig vorbeikommen konnten. Aber es lag noch etwas anderes in diesen Augen, die auf dem Schwarzweißfoto hell glänzten. Mehr als nur Verlegenheit, mehr als nur Entgegenkommen, ein verhülltes Funkeln, weder ironisch noch böswillig, sondern genau dazwischen.
Wally verstand es sofort. Es war das Funkeln ihrer Macht über den Fotografen, das Leuchten ihrer Tatkraft und ihres unbeugsamen Willens, der schon fast an Wahnsinn grenzte.
Und es war das Bewußtsein, daß Charlie das Kind an ihrer Seite bewunderte.
Im Hintergrund war die Bucht zu sehen. Der Wind zerzauste die flachsblonden Haare des kleinen Mädchens. Es war schlank und blaß, in einem hübschen Trägerkleid, das für den Anlaß fast etwas zu förmlich war, mit vollkommenen Gesichtszügen und schöngeformten, kindlichen Gliedern.
Die Mutter hatte ihrer Tochter besitzergreifend den Arm um die Schultern gelegt, ihre langen Finger lagen über dem kleinen Schlüsselbein. Man meinte fast, das Kind würde zusammenschrumpfen.
Dann sah Wally in die Augen des Kindes.
An der Oberfläche waren sie weich und sanft und nicht ohne die Andeutung eines scheuen Lächelns.
Aber genau die Zerbrechlichkeit dieser Oberfläche faszinierte den Betrachter. Darunter lag eine große Wachsamkeit. Keine Furcht, sondern eine Vorsicht, die ebenso erschreckend war wie das Funkeln des Triumphs in den Augen ihrer Mutter.
Und noch weiter unten, in der Tiefe ihres Wesens, lag ein Blick, den Wally zuerst nicht benennen konnte. Er dachte darüber nach, während er sich tiefer über das Gesicht beugte.
Er schüttelte den Kopf, der Blick fesselte ihn zu sehr, als daß er ihn hätte beschreiben können.
Und plötzlich wußte er es.
Geduld.

Das war es. Es waren geduldige, abwartende Augen. Das Lächeln, das sie für den Fotografen aufbrachten, war nichts als ein Schatten, der über den Tiefen ihrer friedlichen, leeren Geduld tanzte.
Es war ein Bild wie aus einem Alptraum. Mutter und Tochter an einem Sommernachmittag am Meer. Peiniger und Opfer in der Freizeit, vereint in einer Umarmung.
Die Gefangene sah in die Kamera wie auf einen Fluchtweg, der schon unzählige Male versperrt worden war, und zwar immer in dem Augenblick, wenn die Flucht möglich schien und die Freiheit winkte.
Der Strand war ein Käfig, die Bucht und der Himmel seine Gitter, die Sonne eine müde Komplizin in einer Welt, aus der Glück und Frieden für immer ausgeschlossen waren.
»Ich möchte mir davon gern einen Abzug machen lassen«, sagte Wally. »Ich werde vorsichtig damit umgehen.«
»Darum möchte ich Sie auch bitten«, erwiderte Charlie, der auf tragische Weise noch hilfloser wirkte als zuvor. »Ich möchte es nicht verlieren, Mr. Dugas. Es ist mein einziges.«

Am nächsten Morgen war Wally wieder im Tip Top. Über die glatte Oberfläche der Bar schob er Charlie das Bild zu.
»Nur noch eins«, sagte er. »Aletheas Mißbrauch ihrer Tochter ... Ging sie da eigentlich je zu weit?«
Charlie wurde blaß und hielt den Blick auf das Foto gerichtet.
»Einmal«, sagte er. »Es mußte mehrere Tage gedauert haben. Chrissy sah entsetzlich aus. Ich machte mir Sorgen und brachte sie zu einem Arzt in Philly. Ich hatte Angst, daß sie blutete – innerlich, wissen Sie. Nun, der Doktor war einer, auf dessen Verschwiegenheit man sich verlassen konnte. Der kümmerte sich um die Mädchen, kontrollierte den Tripper, trieb ab und so weiter. Er untersuchte Chrissy für mich. Und sagte dann, man habe sie brutal geschlagen, aber sie sei stark. Stark für ihre Größe und ihr Alter. Keine inneren Blutungen. Er sagte, ich solle gut auf sie aufpassen ...«
Er verfiel in ein Schweigen, das so verzweifelt war, daß Wally seine Hand nahm.
»Sie würden es mir doch sagen«, fragte Wally, »wenn Sie wüßten, wohin sie gegangen sind, oder? Wenn Sie etwas von ihnen gehört hätten?«
Charlie hatte wieder Tränen in den Augen.
»Wenn Sie sie je finden sollten«, antwortete er. »Ich – nun, ich hoffe nur, daß es ihr gutgeht.«
Es war offensichtlich, daß er sie sich nie als die erwachsene Frau

vorgestellt hatte, die sie inzwischen sein mußte. In Charlies Augen war sie noch immer das tapfere, wehrlose kleine Mädchen, das er geliebt, dem er aber nicht geholfen hatte.
»Ich werde sie finden«, erwiderte Wally. »Soll ich sie von Ihnen grüßen?«
Charlie schüttelte den Kopf. »Nein, tun Sie das nicht. Ich glaube nicht, daß sie sich noch an mich erinnert. Um ehrlich zu sein, ich glaube, es ist auch besser so.«
Wally wandte sich zum Gehen. Aber dann drehte er noch einmal um.
»Der Arzt ...«, sagte er.
Charlie hob die Schultern. »Der ist eingesperrt wegen Drogenhandel. Er war ja selber süchtig. Er hatte keine Unterlagen, wissen Sie.«
Wally nickte.
»Ja, ich weiß.«

24

Hätte Annie nicht so verzweifelt nach Nick gesucht, sie wäre die letzte gewesen, die die Wahrheit erfuhr.
Seine Leiche wurde von zwei Stammgästen in der Wohnung in der Poinsettia Street gefunden, die so entsetzt über ihre Entdeckung waren, daß sie flüchteten, ohne einen Krankenwagen zu rufen.
Candy Resnick, die den Wecker gestellt hatte, bevor sie in den frühen Morgenstunden die Wohnung verließ, war es schließlich, die Nick kurz vor Mittag fand und mit einem anonymen Telefonanruf die Polizei von Los Angeles informierte.
Annie, die das Schlimmste befürchtete, hatte seit der vergangenen Nacht ständig bei den Behörden angerufen und war schließlich ruhelos in der Wohnung herumgelaufen, nachdem man ihr gesagt hatte, daß die Ermittlungen erst beginnen konnten, wenn Nick vierundzwanzig Stunden verschwunden blieb.
Im Verlauf des Abends hatte sie alle Krankenhäuser der Stadt angerufen, nur wenige Stunden geschlafen und dann von neuem telefoniert. Erst am frühen Nachmittag erfuhr sie bei der Notaufnahme des Hollywood Presbyterian Medical Center von einem Drogentoten, auf den ihre Beschreibung zutraf.
Der Mann bat sie, am Apparat zu bleiben, und kam schließlich nach den drei quälendsten Minuten ihres Lebens wieder zurück.

»Nach seinem Ausweis, Miss, ist es Ihr Nicholas Marciano. Ich wäre Ihnen sehr dankbar, wenn Sie vorbeikommen und ihn identifizieren könnten. Es würde uns sehr helfen.«

Annie identifizierte den Klumpen menschlichen Fleisches, der einmal Nick gewesen war.

Sie traute ihren Augen kaum. Ihr Vater war der letzte Tote gewesen, den sie gesehen hatte. Aber damals war sie wegen Harrys langer Krankheit darauf vorbereitet gewesen. Schon Jahre vor seinem Tod war er ein schwaches, bleiches Gespenst gewesen, das mit einem Fuß im Grab stand.

Nick jedoch war ein blendend aussehender junger Mann gewesen, den die Drogen und der Alkohol in weniger als einem Jahr verzehrt hatten. Was da auf dem Tisch des Leichenbeschauers vor ihr lag, wies keine Ähnlichkeit mehr auf mit dem sinnlichen, muskulösen Kindmann, der in Roy Derans Klasse brilliert, der sie mit seinem Humor bezaubert und in den Arm genommen hatte und dessen Kuß in ihr ein Verlangen entfacht hatte, das sie weder leugnen noch erfüllen konnte.

Er war so sehr ein Mann gewesen, so bereit für die Liebe und das Leben ...

Sie wußte auch, was ihn getötet hatte. Hollywood hatte sich in das Innerste seines männlichen Wesens gefressen, hatte ihn seinen Körper für Arbeit verkaufen lassen und ihm dann die Drogen gegeben, mit denen er diesen Körper tötete, als sein unnachgiebiger Stolz nicht mehr zuließ, daß er sich selbst verzieh.

Und nun – so bald und so nutzlos – hatte sich ihr Nick selbst von allen Gefahren erlöst.

Es blieb Annie überlassen, sich vom Krankenhauspersonal die Namen von Nicks Eltern geben zu lassen und dann mit zurückgehaltenen Tränen das Ferngespräch nach Newton, Massachusetts, zu führen.

Am Anfang, und es war ein quälender Augenblick für Annie, war Mrs. Marciano so begeistert, am Telefon mit der berühmten Annie Havilland zu sprechen, daß es eine Weile dauerte, bis sie verstand, daß es eine Unglücksbotschaft war, die der Star ihr überbrachte.

In diesem Augenblick wurde die entfernte Stimme zu einem hilflosen Heulen. Dann war Stille, und schließlich kam Nicks Vater an den Apparat. Er sprach ruhig, neutral, und er versicherte Annie, daß seine

Frau und er mit dem nächsten Flugzeug kommen würden, um ihren Sohn nach Hause zu holen.
Sie holte sie am Flughafen ab und fuhr sie zum Krankenhaus. Nicks Mutter, eine kleine, zierliche Person, war ganz offensichtlich erschüttert. Sein Vater war ein harter, dunkler Mann, gutaussehend wie Nick, aber schwerer und überraschend jugendlich mit seinen graumelierten Haaren. Mit zusammengebissenen Zähnen, entschlossen, sich nicht gehenzulassen, erledigte er die Formalitäten, er rief ein Beerdigungsinstitut in Boston an und traf eine Vereinbarung mit der Fluggesellschaft, die Leiche beim Rückflug mitzunehmen.
»Standen Sie ihm nahe?« fragte er, und sein Blick ruhte auf Annie.
Sie nickte.
»Wußten Sie, was los war?«
»Es war alles mein Fehler«, sagte sie schuldbewußt. »Vor zehn Tagen habe ich ihn das erste Mal seit Monaten wiedergesehen. Er war so krank, daß meine Hauswirtin und ich uns um ihn kümmerten. Ich werde mir nie verzeihen, daß ich ihn an diesem letzten Nachmittag aus den Augen gelassen habe. Er war so deprimiert, aber er hätte sich wieder erholt, wenn ich auf ihn aufgepaßt hätte, wenn ich ihn ermutigt hätte ...«
Mr. Marciano legte ihr die Hand auf die Schulter. Seine harten Augen wurden sanfter. Nun waren es Nicks leuchtende, hintergründige Augen.
»Miss Havilland«, sagte er. »Als mein Sohn von zu Hause wegging, um Schauspieler zu werden, verbot ich ihm, je wieder zurückzukommen. Seine Mutter versuchte, mir Vernunft beizubringen, aber ich hörte nicht auf sie. Nun ist genau das geschehen, was ich befürchtet hatte. Aber daran muß ich mir selbst die Schuld geben. Wenn Nicholas das Gefühl gehabt hätte, eine Familie zu haben, ein Heim und Menschen, die ihn genauso akzeptierten, wie er war – dann wäre dies nicht geschehen. Machen Sie sich keine Vorwürfe, weil Sie versucht haben, ihm zu helfen, und es nicht geschafft haben. Denken Sie daran, wie es für mich ist, zu wissen, es nie versucht zu haben. Kein einziges Mal.«
Er umarmte seine Frau, die noch immer zu erschüttert war, um sprechen zu können.
Annie brachte sie zum Flugzeug nach Boston. Sie blieb in der Abflughalle bei ihnen, erzählte von Nick, von ihrer gemeinsamen Zeit in New York, der Arbeit mit Roy Deran, von Nicks Gedanken über die Schauspielerei.
Sie versuchte alles, seine Geschichte darzustellen wie die eines starken, gesunden, engagierten Schauspielers, dessen Tod ein tragisches Unglück war, eine göttliche Fügung.

Nachdem Mrs. Marciano sie ein letztes Mal an sich gedrückt und Nicks Vater sie kurz vor dem Abflug auf die Wange geküßt hatte, lief sie hastig durch die Gänge zum Parkplatz, fuhr, ohne auf den Verkehr zu achten, nach Hause, lief die Treppe hinauf und verschloß die Tür.
Jetzt fand sie Zeit, um Nick zu weinen. Nach dem Telefongespräch mit dem Notfallarzt war ihr Gesicht tränenüberströmt gewesen, seitdem hatte sie sie zurückgehalten.
Wenn nur Eric hier wäre. Er würde alles verstehen. Er kannte Hollywood, seinen böswilligen Rachen und die giftigen Versuchungen besser als irgend jemand anderer.
Aber Eric kehrte erst am Sonntag aus Europa zurück. Sie wollte ihn nicht anrufen und ihn mit ihrem Kummer belasten, wenn er mitten in einer schwierigen Arbeit steckte.
So stand sie alleine in dem stillen Zimmer und spürte, wie etwas Entsetzliches in ihr aufstieg. Es schmerzte immer mehr, aber es konnte nicht explodieren, sondern knotete sich nur immer fester zusammen.
Lange betrachtete sie ihr Gesicht im Spiegel. In den letzten Wochen hatte sie an Gewicht verloren. Sie war blaß und erschöpft, hatte keinen Appetit mehr. In den Tagen, als sie Nick zum Essen zwang, hatte sie selbst kaum etwas hinunterbringen können. Und im Wahnsinn der letzten sechsunddreißig Stunden hatte sie überhaupt nichts gegessen.
Während sie sich im Spiegel in die Augen sah, dachte sie an Nick und Tina Merrill, die beide Opfer des Showbusiness waren, die eine aber eine glückliche Überlebende, während der andere für immer aus diesem Leben geschieden war.
Hatte Nick Gefallen daran gefunden, zu wissen, daß er sich zerstören konnte, wann es ihm paßte? Hatte ihm das am Ende wenigstens etwas Frieden gebracht? Konnten die, die ihn verloren hatten, Trost finden in dieser trüben Erkenntnis?
Verbargen sich hinter der Abscheulichkeit des Todes Geheimnisse, die für die Lebenden unsichtbar waren, die aber diejenigen, die das Schicksal mit ihrer vorzeitigen Vernichtung konfrontierte, erspähen konnten?
Das war ihr letzter Gedanke, als ihr Gesicht im Spiegel verschwamm. Bevor die Tränen kommen konnten, fiel sie ohnmächtig zu Boden.

25

Als sie wieder zu sich kam, fächelte ihr Mrs. Hernandez nervös Luft zu und rieb ihr die Schläfen. Ihr kleiner Sohn stand unter der Tür, Bestürzung stand in seinem Kindergesicht geschrieben.
Annie versuchte eine Entschuldigung zu stammeln, weil sie so viele Unannehmlichkeiten verursache, aber sie hatte kaum angefangen, als Dr. Viruet mit seinem schwarzen Arztkoffer zu Tür hereinkam. Er maß ihr die Temperatur, hörte Herz und Lungen ab und schüttelte dann schnell den Kopf.
»Sie kommen mit mir«, sagte er und half ihr beim Aufstehen. »Wir gehen in meine Praxis.«
Er half ihr die Treppe hinunter und fuhr sie in seine überfüllte Praxis, in deren Wartezimmer sie vor zehn Tagen gesessen hatte, während Nick im Behandlungsraum war. Widerspruchslos ließ sich Annie von einer Schwester in ein Untersuchungszimmer führen, zog sich aus, ließ sich den Blutdruck messen und saß dann in einem Papierkittel auf der gepolsterten Pritsche.
Nach einer Weile, die ebensogut aus fünf Minuten wie aus einer Stunde hätte bestehen können, kam der Arzt und untersuchte sie gründlich von Kopf bis Fuß. Danach sagte er, sie solle sich wieder anziehen, und ließ sie in einem Plastikstuhl ihm gegenüber Platz nehmen.
»Sie befinden sich in einem Zustand der Erschöpfung, der schon fast an Auszehrung grenzt«, sagte er. »Sie sind unterernährt. Sie leiden unter Depressionen und Angstzuständen, und Sie haben sich diese Belastungen selbst nicht eingestanden.«
»Erzählen Sie mir etwas, was ich noch nicht weiß«, erwiderte Annie bitter lächelnd.
»Das habe ich vor«, sagte der Arzt. »Sie sind schwanger.«
Annie war sprachlos.
»Der Test wird meine Untersuchung in wenigen Tagen bestätigen«, sagte Dr. Viruet. »Die Symptome sind eindeutig. Mindestens schon vier Wochen, vielleicht schon fünf. Haben Sie nicht bemerkt, daß Ihre Periode ausblieb?«
Annie hob die Schultern. »Die war schon immer unregelmäßig. Und seit dieser Sache – der Publicity und alles, diese letzten Monate –, na, ich habe mich irgendwie komisch gefühlt. Die Periode kam sprunghaft«, seufzte sie. »Ich glaube, in gewisser Weise wollte ich mich nicht wie eine Frau fühlen.«
Die ganze Wahrheit konnte sie ihm nicht sagen. Die ungute Stimmung

der letzten Zeit hatte viel mit Eric zu tun. Das Gefühl der Vertrautheit mit Eric war ebenso stark wie die Tatsache, daß sie, wenn sie nicht bei ihm war, es nicht ertragen konnte, überhaupt an Sex zu denken. Dafür war ihr Ruf in ihren eigenen Augen viel zu befleckt.
Sie hatte sich in sexueller Hinsicht vor sich selbst versteckt und sich nur in Erics Armen als Frau wiedergefunden; bei ihm fühlte sie sich beschützt, gleichzeitig gereinigt, wenn er von ihr Besitz ergriff.
Der Arzt sah sie streng an. »Dieser junge Mann, dieser Nick. War er der Vater?«
Sie schüttelte den Kopf.
»Aber Sie wissen, wer der Vater ist.«
Sie nickte.
»Hat Nick Sie dazu verleitet, irgendwelche Drogen zu nehmen?«
»Nein!« rief Annie. »Er hat es nicht einmal erwähnt.«
»Es gibt ja so viele Drogen in Hollywood«, meinte Dr. Viruet. »Haben Sie vielleicht in den letzten sechs Wochen irgendwas genommen? Beruhigungsmittel? Aufputschmittel? Eine Schlaftablette? Oder was Stärkeres?«
Annie schüttelte den Kopf. »Nichts.«
»Das ist gut. Von jetzt an nehmen Sie nichts mehr ohne meine Empfehlung. Wenn Sie jetzt nach Hause kommen, müssen Sie sich ausruhen. Mrs. Hernandez wird auf Sie aufpassen. Jetzt sind zur Abwechslung mal Sie der Patient. Schlafen Sie soviel, wie Sie können. Rufen Sie mich an, wenn Sie nicht schlafen können. Essen Sie Suppen, bis Sie sich stärker fühlen. Dann Sandwiches, heiße Mahlzeiten. Keinen Alkohol. Leiden Sie an morgendlicher Übelkeit?«
»Nein – ja. Ich meine, ich weiß nicht genau. Ich habe mich nicht sehr gut gefühlt, aber ich vermutete, es sei nur ...«
»Keine Vermutungen mehr. Rufen Sie mich an, wenn es Ihnen wieder schwindlig wird. Und was Ihre Depressionen wegen Ihrem Freund und Ihre Angst angeht, ich kenne da einen verläßlichen Psychiater. Soll ich für Sie einen Termin vereinbaren?«
Annie schüttelte den Kopf. »Ich komme schon wieder in Ordnung.« Sie zwang sich zu einem Lächeln. »Ich verspreche es.«
»Versprechen Sie es nicht mir«, entgegnete der Arzt. »Versprechen Sie es sich selbst. Verstehen Sie sich selbst. Ist das klar? Sie haben jetzt einen neuen Menschen in Ihrem Körper. Das ist eine große Verantwortung. Sind Sie stark genug, um sie auf sich zu nehmen?«
Annie nickte. Seine strenge Art ernüchterte sie ebenso wie die ihr nun langsam dämmernde Erkenntnis, daß sie Mutter wurde.

»Noch drei Fragen«, sagte er und sah auf die Uhr. »Zunächst: War diese Schwangerschaft geplant? Oder war sie ein Versehen?«
Sie nickte. »Letzteres.«
»Wollen Sie das Kind?«
»Ich ... Ja!« Überraschung und plötzliche Freude klangen in ihrer Stimme.
»Gut. Was glauben Sie, wie sich der Vater dazu stellen wird?«
Mit weit aufgerissenen Augen sah sie ihn an.
Diese Frage war ihr noch gar nicht in den Sinn gekommen.

26

Wally erhob sich von der Kirchenbank in Saint Catherine an der Lorain Avenue in Cleveland und folgte dem Pfarrer in die Sakristei, während die anderen Gläubigen auf den Friedhof zugingen.
Anne-Marie Paoli, geborene Fiorenzo, war nach sechs Wochen im Koma an Krebs gestorben. Wally hatte das Versprechen nicht vergessen, das er Buster Fiorenzo im Gefängnis von Attica gegeben hatte, und hatte sich über die tödliche Krankheit der Schwester auf dem laufenden gehalten. Er wollte dem Gefangenen einen letzten Gefallen tun.
»Vater«, hielt er den Priester an. »Ich möchte Sie um einen Gefallen bitten. Mrs. Paolis Bruder sitzt im Bundesgefängnis von New York. Ich dachte mir, ich könnte ihm vielleicht eine Locke von ihren Haaren als Erinnerung bringen.«
Vater Daniel Trombetta sah Wally ohne Überraschung an. Die Fiorenzos, eine sehr gläubige Familie, hatten im Laufe der Jahre viele ihrer Mitglieder ins Gefängnis geschickt. Es gehörte zum Leben der Fiorenzo-Frauen, auf Männer zu warten, die hinter Gittern saßen.
»Wenn die Familie nichts dagegen hat«, sagte er. »Ich werde eine der Schwestern bitten, Ihnen zu helfen.«
»Das ist sehr freundlich von Ihnen«, entgegnete Wally.
»Woher kennen Sie Vasco?« Er sprach Busters Vornamen sehr vertraut aus.
»Ich bin Detektiv«, antwortete Wally. »Ich habe ihn im Zusammenhang mit einer Ermittlung bezüglich einer Lebensgefährtin seines verstorbenen Bruders Sam befragt. Eine Frau namens Alice. Sie hatte ein Kind ... Aber damit brauche ich Sie nicht zu belästigen, Vater. Buster – Vasco – hat mir sehr geholfen, und ich habe versprochen, auf seine Schwester aufzupassen ... Gott sei ihrer Seele gnädig.«

Der Priester nickte bedächtig.
»Ich kann mich an Alice sehr gut erinnern. Und an das Kind natürlich. Ich habe es getauft.«
Wally blieb fast die Luft weg. Er hätte nie gedacht, daß die Religiosität der Fiorenzos auch etwas mit Alice und ihrer Tochter zu tun haben könnte.
»Verzeihen Sie meine Überraschung, Vater«, sagte er. »Sie haben mich nur etwas schockiert. Ich hatte ja nicht gewußt ...«
Der Priester hob die Schultern. »Ich bin jetzt seit über dreißig Jahren der Priester der Fiorenzos. Was da passiert ist, hat mich nicht überrascht. Als Sam die Frau unter seinen Schutz nahm, bestand er darauf, daß das Kind sofort getauft werde. Er war sehr religiös. Die Mutter hatte nichts dagegen.«
Wally dachte schnell nach.
»Haben Sie den Taufschein noch?« fragte er. »Er könnte mir viel helfen, Vater.« Gemeinsam gingen sie durch die Sakristei zum Kirchenbüro, wo das Pfarreiarchiv aufbewahrt wurde. In wenigen Minuten hatte Vater Daniel den Taufschein herausgesucht.

Hiermit wird bestätigt, daß Christine Marie Smith, geboren am 4. Juli 1948 in Towson, Maryland, als Tochter von Daniel Harry Smith und Alice May Crawford, am 8. September 1948 nach katholischem Ritus von Reverend Vater Daniel Trombetta getauft wurde. Als Taufpaten waren anwesend Samuel J. Fiorenzo, Anne-Marie Fiorenzo und Rose Fiorenzo, wie sie im Taufregister dieser Pfarrei verzeichnet sind.

Wally prägte sich den Text der Bescheinigung ein. Dabei bemerkte er die Spuren von Alices gewohnheitsmäßiger Verlogenheit. Den häufigen Namen Smith hatte sie aus offensichtlichen Gründen gewählt; Daniel, der Name des vermeintlichen Vaters, kam wahrscheinlich von dem Priester. Es war ein Beispiel für ihren Sinn für Ironie, wie wahrscheinlich auch das angegebene Geburtsdatum: Der Vierte Juli, der amerikanische Nationalfeiertag.
Towson, Maryland, war die Stadt, die Alice auf der Heiratsurkunde mit Harry Havilland als ihren eigenen Geburtsort angegeben hatte. Nun hatte sie ihn auch als den ihrer Tochter aufgetischt, wahrscheinlich war er ihr im Gedächtnis haftengeblieben. Der zweite Vorname Maria für die kleine Christine war zweifellos von Sam Fiorenzos Schwester geborgt. Und der Harry des fiktiven Daniel Smith kam aus einer offensichtlichen Quelle.

Wally fiel wieder ein, daß sich Buster Fiorenzo nicht mehr genau an den Namen des Babys erinnern konnte. Er hatte geglaubt, sie hätte sie einfach Liebling genannt. Vielleicht brachte Alice die Tatsache, daß das Kind in einer katholischen Kirche getauft wurde, auf den erstaunlichen Einfall, es Christine zu nennen. Man konnte ja nie wissen ...

Auf jeden Fall war alles falsch. Jedes Wort.

Aber die Daten waren wichtig.

»Vater«, sagte Wally, »ich belästige Sie ja nur sehr ungern. Aber können Sie sich an dieses Baby, diese Christine, erinnern?«

Der Priester runzelte die Stirn.

»Ja«, sagte er nach einigem Nachdenken, »ich kann mich tatsächlich noch an sie erinnern. Ein reizendes Kind. Blond, blaue Augen. Ich erinnere mich daran, weil ihre Mutter so erstaunlich schön war und ich die beiden vor und während der Zeremonie miteinander verglich. Die Ähnlichkeit sprang ins Auge.«

»Lassen Sie mich noch eins fragen, Vater«, sagte Wally. »Mrs. Smith gab den 4. Juli 1948 als Geburtstag ihrer Tochter an. Dann wäre sie also gut zwei Monate alt gewesen, als Sie sie tauften.«

»Es ist nie zu spät.«

Wally lächelte. »Was ich meinte, war, ob das Kind wie ein zweimonatiges Baby aussah?«

Vater Daniel hob resigniert die Hände. »Ich taufe so viele ...«

»Sie nehmen nicht an«, bohrte Wally weiter, »daß es sich bei dem Datum um einen Irrtum gehandelt haben könnte? Daß sie älter war als zwei Monate? Vielleicht fünf oder sechs?«

Plötzlich leuchtete die Erinnerung im Gesicht des Priesters auf.

»Nein«, sagte er bestimmt. »Jetzt erinnere ich mich. Ihrem Gewicht und ihrer Größe nach war sie zwei oder drei Monate alt. Aber ihre hübschen blauen Augen – sie waren noch nicht so koordiniert oder so belebt wie die eines älteren Kindes. Ja, ich hatte wirklich den Eindruck, daß sie etwa zwei Monate alt sein mußte.«

Wally nickte, sein Verstand arbeitete sorgfältig.

»Was war mit dem Vater des Kindes?« fragte er.

»Soviel ich wußte, war er tot«, antwortete Vater Daniel. »Aber dafür kann ich mich natürlich nicht verbürgen. Wir Priester sehen so vieles ...«

»Ich verstehe. Dann war es also so, daß Mr. Fiorenzo die Taufe von Mrs. Smiths Baby wollte, mit sich selbst und seinen Verwandten als Paten.«

»Genau.«

Wally zog das Foto von Alice und Christine am Strand der Chesapeake Bay aus seiner Brusttasche.
»Ist das die Frau, die Sie damals bei der Taufe sahen?«
Der Priester sah sich den Schnappschuß durch seine Bifokalgläser eingehend an.
»Ja, ich glaube schon. Etwas älter ... Und dieses Mädchen, ist das Christine ein paar Jahre später?«
»Was glauben Sie?« fragte Wally.
»Möglich. Blond, sehr hübsch ... Sieht der Mutter noch immer sehr ähnlich. Sie könnte es sein.«
Er sah sich das Bild noch einmal an. Besorgnis mischte sich unter den Ausdruck aufmerksamer Neugier auf seinem Gesicht. Als er es wieder zurückgab, waren seine Augen voller Weisheit und Überdruß.
»Gibt es sonst noch etwas, Mr. Dugas?«
»Nein, Vater«, erwiderte Wally und steckte das Foto wieder ein. »Sie haben mir sehr geholfen. Vielen Dank.«
Wally verließ die Kirche und seufzte erleichtert, als er daran dachte, wie schicksalhaft seine Reise zu Anne-Marie Paolis Beerdigung gewesen war, und er machte sich Vorwürfe, daß er nicht schon früher an diese Möglichkeit gedacht hatte.
Na, Ende gut, alles gut, dachte er. Obwohl Christines Geburtsdatum sicher gefälscht war, hatte sich der Priester doch sehr präzise erinnert. Am 8. September 1948 war das Kind nicht mehr als zwei oder drei Monate alt. Das bedeutete, daß es im Juni oder Juli zur Welt gekommen war.
Eine Frage blieb noch offen. Wally verfluchte sich, weil er die Antwort darauf noch nicht wußte.
Um sie zu finden, mußte er noch einmal nach Richland, New York, fahren.

27

Die nächsten achtundvierzig Stunden waren wie ein Traum.
Annie unterwarf sich dankbar Maria Hernandez' Fürsorge und aß ihre selbstgemachten Suppen mit einem Appetit, der sie erstaunte. Sie las, sah fern, hörte ihren Anrufbeantworter ab und erwiderte einige Anrufe. Ihr Geheimnis aber behielt sie für sich.
Die Bestätigung des Labors von Dr. Viruets Diagnose war für sie keine

Überraschung, sondern eine Wohltat. In den zwei Tagen seit ihrem Besuch beim Arzt hatten Annies Zweifel, ob es klug sei, ein Kind zu bekommen, der Angst Platz gemacht, daß die Symptome falsch sein könnten.

Am liebsten hätte sie ihre Freude von allen Dächern geschrien.

Ein Baby, sagte sie sich immer wieder und wollte die Hände gar nicht mehr vom Bauch nehmen. *Erics Baby.*

Sie dachte an Tina Merrill und an die entzückende kleine Natalie, an ihr Gurren, ihren frischen Duft und die winzigen Arme und Beine. Waren die eigenartigen Gefühle, die sie bei Tina überfallen hatten, vielleicht Signale gewesen, mit denen ihr Körper ihr sagen wollte, daß sie schwanger sei?

Die Welt war so verwirrend, ihre ironischen Wendungen so unergründlich. Mitten in ihren Schmerz über den Verlust Nicks brach die Freude über diese unglaubliche Neuigkeit. Aus der Asche der größten Zerstörung wuchs die größte Schönheit. Wie konnte man die Welt wegen ihrer Grausamkeit hassen, wenn sie einen so mit unerwarteter, unverdienter Gnade überschüttete?

Sie trug neues Leben in sich.

Das Kind ihrer Liebe zu Eric.

Am liebsten hätte sie ihr Glück vor aller Welt laut herausgelacht, wäre vor Entzücken wie eine Irre herumgesprungen, aber ihre Schwäche zwang sie zu einer ruhigen Freude.

Welche Karrieresorgen konnten sie jetzt noch bedrücken? Wie konnten die neugierigen Augen der Reporter sie jetzt noch aufregen, die geflüsterten Gerüchte ihr schaden? Sie wurde Mutter!

Während Mrs. Hernandez sich eifrig um sie bemühte und beständig den Arzt wegen Dingen anrief, die sie bereits vorher wußte, dachte Annie im stillen über Eric nach.

Den ganzen ersten Tag lang konnte sie sich nicht auf das Problem konzentrieren, wie sie es ihm am besten beibrachte, so dankbar war sie ihm für die einfache und doch so schicksalhafte Tatsache, daß er sie erst im schönsten Sinn zur Frau gemacht hatte – indem er sie begehrte, besaß und ihr schließlich den Samen einpflanzte, der sie allein vollständig und vollkommen machen konnte.

Nachdem sie sich so weit beruhigt hatte, daß sie wieder einen klaren Gedanken fassen konnte, beschloß sie sehr schnell, daß sie gar nicht versuchen wollte, es Eric sofort zu sagen. Am Sonntag würde er aus Europa zurückkehren, das war früh genug.

Nur ganz kurz überlegte sie sich, wie er wohl reagieren würde. Dann erkannte sie, daß sie sich keine Sorgen zu machen brauchte. Die Freude gehörte nur ihr und ebenso die Verantwortung. Sie hatte keine Angst, sie anzunehmen und allein mit ihr fertig zu werden.
Natürlich dachte sie nicht im Traum daran, ihn mit dem Geschehenen zu konfrontieren, als würde ihm daraus eine Verpflichtung erwachsen. Sie respektierte seine Freiheit, über seine Zukunft selbst zu bestimmen, wie sie wußte, daß er auch die ihre respektierte. Sein Kind durfte nie zu einer Behinderung werden oder zu einem Preisschild, das ihrer Beziehung anhaftete.
Nein! Es war eine freudvolle Überzeugung, denn Eric hatte bereits mehr als ihre Träume erfüllt. Das Leben in ihr war die Frucht ihrer wunderbaren Gemeinsamkeit und des fast mystischen Gefühls der Vertrautheit, das sie in diesen Monaten an ihn gebunden hatte.
Sie dachte jetzt an diese Intimität, an die langsamen, liebevollen Bewegungen ihrer Hände, Lippen und Augen, an ihr Liebesgeflüster – und an die geheime Macht ihrer, Annies, Liebe, einer Liebe, die so stark war, daß sie wachsen und gedeihen konnte, ohne je erklärt worden zu sein, und die auch nicht von einer ähnlichen Liebe erwidert werden mußte, sondern sich selbst genügte.
Was konnte sie denn für Eric noch empfinden, was über diese Liebe und ihre unsterbliche Dankbarkeit hinausging?

Aber trotzdem fiel ihr ein, daß sie ihn betrügen würde, wenn sie die Neuigkeit nicht sofort mit ihm teilte – denn vielleicht war es ja auch für ihn die schönste Botschaft, die er erhalten konnte.
Ja, vielleicht verletzte es ihn, daß sie gezögert hatte, ihm ihr Glück anzuvertrauen. Er war ein sensibler Mann, es konnte ihn treffen, daß sie ihm womöglich unterstellte, er wolle seinen Anteil an dem Wunder, das an ihr geschehen war, nicht anerkennen.
Mehr noch, vielleicht hatte Eric den starken Wunsch, an dem Leben in ihr teilzuhaben. Vielleicht schmerzte ihn der Gedanke, sie wolle alleine die Verantwortlichkeit für etwas übernehmen, das sie gemeinsam erschaffen hatten.
Denn wer konnte schließlich die Zukunft vorhersehen? Vielleicht überraschte sie Erics aus freien Stücken getroffene Entscheidung.
Zum erstenmal kam es Annie in den Sinn, daß das leidenschaftliche Leuchten in den Augen, die in den vergangenen Monaten so oft auf ihr geruht hatten, der sichtbare Beweis sein konnte, daß Eric sich ihr tiefer verbunden fühlte, als sie bemerkt hatte.

Hatte er ihr nicht gleich am Anfang ihrer Beziehung gestanden, sie sei anders als die Frauen, die er vor ihr gekannt hatte? Daß sie ihn glücklich machte und auf eine Art menschlich, die er zuvor noch nie erlebt hatte? Daß sie für ihn in einem besonderen Sinne wirklich war?
Gab es da nicht die Chance, die Hoffnung womöglich, daß seine erste Reaktion auf die Nachricht die Frage sein konnte, ob sie mit ihm ein gemeinsames Leben verbringen wolle?
Und wie würde sie auf diese Frage antworten?
Der Gedanke blendete ihren Verstand. Sie wagte gar nicht, bei ihm zu verweilen, aus Angst, das Herz, das so schon überfloß, würde ihr zerspringen.
Sie beschloß, sich weder von Hoffnung noch von Angst von ihrem Glück ablenken zu lassen. Da sie sich entschieden hatte, Eric von allen Verpflichtungen zu entbinden, die er nicht freiwillig auf sich nahm – wovor sollte sie sich da noch fürchten? Ihre Überraschung würde einfach das Angebot eines Geschenks sein, an dessen Schönheit er auf jede Weise teilhaben konnte, die ihm beliebte.
Denn was war von einem Geschenk des Himmels zu befürchten?

Die wenigen Tage vergingen; Annie kämpfte frohgemut mit ihren Gedanken und sehnte sich entsetzlich nach Eric.
Am Freitag kam ihr eine Idee. Sie wollte ihn in Malibu überraschen, wenn er am Sonntagmorgen nach Hause kam. Wie oft hatte er sie schon in der Vergangenheit gebeten, ihn in seinem Haus zu erwarten, wenn er aus dem Studio zurückkehrte!
Diesmal würde sie ihm den Wunsch erfüllen. Aber ihre Überraschung würde tausendmal freudiger sein, als er es sich vorstellen konnte.
Sie probte immer wieder, was sie sagen wollte. Sie wollte ihn beruhigen, ihm zu verstehen geben, daß sich nichts zwischen ihnen geändert habe, daß ihre Gefühle für ihn noch die gleichen waren wie zuvor – und erst dann wollte sie ihm sagen, was geschehen war und wie überglücklich es sie gemacht hatte.
Vielleicht, vielleicht würden sie sich lieben – bevor sie ihm die Neuigkeit zu sagen wagte, oder danach, wenn er wußte, wieviel sein Körper und seine Zärtlichkeiten nun bedeuteten ...
Ihr Kopf war noch ganz wirr von dem Kampf zwischen Kummer und Freude, doch Annie bereitete sich schon ungeduldig auf die Überraschung ihres Lebens vor.

28

Es war eine lange, langsame Entwicklung mit vielen Höhen und Tiefen gewesen. Aber für Christine war das nichts Ungewöhnliches.
Zuerst hatte der junge Mann ihre Erpressungsforderungen in hilfloser Frustration gezahlt – das Verlangen nach ihr war stärker gewesen als seine Skrupel und seine Angst. Und als sie dann mehr verlangte – Beträge von einigen Hunderten –, als Mittel, um Tony von der Verwendung der Bilder, die er immer noch hatte, abzuhalten, funktionierte ihre List.
»Eigentlich erpreßt er mich ja mehr als dich«, sagte sie dann immer. »Er versucht, mein Leben zu beherrschen, meinen Ruf zu zerstören. Wenn ich ihn nicht wenigstens so lang hinhalten kann, bis ich einen Schutz gegen ihn finde, wird er uns beiden eine Menge schaden.«
Sie sprach über Pläne, Tony zu drohen, ihn aus ihrem Leben zu beseitigen, ihn mit anderen Profis abzuschrecken. Alles kostete Geld.
Im ersten Jahr preßte sie ihrem Opfer über zwanzigtausend Dollar ab. Sie hatte das Gefühl, aus der Situation das Beste zu machen.
Dann verschwand er.
Sie versuchte, sein Büro in der Firma seines Vaters in der kleinen Stadt westlich von New York anzurufen. Niemand hob ab. Einmal versuchte sie es sogar zu Hause. Mit dem gleichen Ergebnis.
Sie wartete und befahl auch Tony zu warten.
Neun Monate vergingen. Die Dauer einer Schwangerschaft.
Plötzlich war er wieder da, mit Geld in der Tasche und zum Bersten aufgestauten Phantasien. Befriedigt über ihre eigene Geduld, machte sich Christine daran, das Netz zu verfestigen, mit dem sie ihn umgarnt hatte.
Wenige Monate später verschwand er wieder. Aber diesmal war das Intervall bis zu seiner Rückkehr kürzer. Nur acht Wochen.
Natürlich liebte er sie, das wußte sie. Es war eine Leidenschaft in ihm, auch wenn er nur, in ihrer Unterwäsche, masturbierte oder sich von ihr masturbieren ließ. Obwohl seine Gedanken weit weg schienen, gefangen in seinen Phantasien, zeigte ihr der Blick in seinen Augen, daß sie sich in seiner Seele eingenistet hatte.
Seine Geldquellen, das wußte sie, waren praktisch erschöpft. Er hatte das Haus nicht gekauft, wie sein Vater es erwartet hatte. Seine Wertpapiere waren aufgebraucht. Sie vermutete, daß er während seiner langen Abwesenheiten Himmel und Erde in Bewegung gesetzt hatte, um sich mehr Geld zu beschaffen.

Bei seiner nächsten Reise versuchte er, sich von seinem Vater selbst Geld zu borgen. Wenn er das geschafft hatte – zum Preis einer Erniedrigung, über die Christine ihn hinwegtrösten würde –, dann würde sie ihre Forderung um mindestens das Vierfache erhöhen.
Natürlich mußte er sich eine Lüge einfallen lassen. Spielschulden wären eine angemessene Entschuldigung. Christine selbst wollte sie ihm vorschlagen.

An diesem Abend hatte er sie aus einem ihr nicht bekannten Motel in Queens angerufen, wo er, wie er zugab, verzweifelt Geld aufzutreiben versuchte. Sie versprach, ihn nach diesem schweren Tag zu trösten.
Auf ihr leises Klopfen öffnete er die Tür. Wortlos betrat sie das Zimmer, hängte ihren Wintermantel auf und wandte sich ihm zu. In Hemdsärmeln stand er vor ihr.
»Wie geht's dir?« fragte sie.
»Gut.« Er wirkte ruhig. Sein Gesicht hatte den resignierten Ausdruck gewisser Kunden, deren Willen schon lange von dem richtigen Mädchen gebrochen worden war.
»Gut siehst du aus«, sagte sie und legte die Hände an die Hüften. Das Gewicht auf ein Bein verlagernd, betrachtete sie ihn in dem trüben Licht. Die Haare fielen ihr in eleganten Wellen auf die Schulter. Das enge Oberteil ihres Kleides spannte sich um ihren Busen. Der kurze Rock zeigte bestrumpfte Schenkel.
»Natürlich«, meinte sie lächelnd, »siehst du aus, als hättest du mich vermißt.«
Er setzte sich aufs Bett.
»Ich meine«, ergänzte sie, »du siehst ganz einfach ein bißchen geil aus. Wenn du mir den Ausdruck verzeihst.«
Er schien mit sich zu kämpfen.
»Hast du vielleicht schon wieder komische Gedanken über mich?« fragte sie und rollte langsam die Hüften. »Schlimmere, als du zugeben willst, hm?«
Plötzlich stand er kopfschüttelnd auf und kam zu ihr. Er nahm sie bei der Schulter und flüsterte ihr ins Ohr.
»Nicht so«, sagte er. »Nicht heute nacht. Ich will es so, wie es am Anfang war. Bitte. Zieh dich einfach aus.«
Er küßte sie unvermittelt und mit plötzlicher Zärtlichkeit. Etwas aus der Fassung gebracht, ließ sie sich von ihm beim Ausziehen helfen. Er hakte ihren BH auf und küßte sie auf den Busen, dann zog er ihr den Slip aus. Er nahm sie in den Arm, und seine Hände glitten über ihre seidige Haut

wie die eines Schlafwandlers. Sie folgte seinem Beispiel und streichelte ihm über Nacken und Haare, sie erwiderte seinen Kuß, mit jeder ihrer Bewegungen züchtig fragend wie eine junge Braut.
Sie knöpfte sein Hemd auf, öffnete den Gürtel und zog den Reißverschluß auf. Dann stand er vor ihr, mit angehaltenem Atem, offenem Hemd und hartem, erigiertem Geschlecht, und hielt sie an der Schulter. Sie führte seinen Penis zwischen ihre Schenkel und küßte ihn zärtlich, während er sein Hemd auszog.
Dann schob sie ihn zum Bett und zog ihn zu sich hinunter. Sie küßten sich lange. Er saugte an ihren Brustwarzen und fuhr ihr mit Lippen und Zunge über den Bauch. Mit seinen großen Händen umklammerte er ihre Taille.
Ihre Überraschung über seine komische Rückkehr zur Normalität hatte sie bereits überwunden. Wenn sie ihn so noch enger an sich binden konnte, dann sollte es eben so sein.
Hungrig seufzend versenkte er sich bis zur Wurzel in ihr und vögelte sie mit langsamen, tiefen Stößen. Seine Hände waren in ihren Haaren, an den Wangen und zerrten dann heftig an Hüften und Schenkeln, rissen sie hoch zu ihm, während sein Geschlecht noch tiefer in sie stieß.
Sein Gesicht hatte den entrückten, melancholischen Ausdruck, an den sie gewöhnt war, wenn er sie anflehte, ihn auszupeitschen. Aber seine Augen sahen mit einer fast tragischen Intensität und Leidenschaft in die ihren.
Sie spürte das erste, zögerliche Schaudern seiner Lust. Seine Hände zerwühlten ihre Haare und fielen dann auf das Kissen neben ihren Kopf. Er stöhnte und stieß die Hüften gegen sie.
Jetzt gehört er mir, dachte sie, trotz der Alarmklingel, die in ihrem Hinterkopf schrillte. *Er will mein Gatte sein.* Der Gedanke war zu egozentrisch. Er lullte sie einen Augenblick zu lang ein, da sie doch auf der Hut hätte sein müssen.
Sie hatte ihm die Hände liebevoll auf die Hüften gelegt, und sie war arglos, als er plötzlich das Kissen packte und es ihr fest auf Mund und Nase drückte, während sein Penis tief in sie stieß.

29

Dämmerung hatte sich über die Hügel gelegt, ein Duft nach Eukalyptus und Zitronenbäumen hing in der Luft. Annie fuhr zum Coast Highway und dann nach Malibu, die warme Brise strich ihr zärtlich über die Wangen, und das scharfe Aroma des Meeres erfüllte das Auto.
Die Nacht war wie aufgeladen von Annies Erregung. Sie hatte eine kleine Reisetasche dabei mit ihren Sachen für die Nacht, und sie wollte Eric bei seiner Rückkehr im Bett erwarten. Ein mädchenhaftes Vergnügen an der Überraschung gesellte sich zu ihrer tieferen, inneren Freude, als sie an das neue Leben dachte, das in ihrem Schoß entstand.
Erst jetzt, so schien es, hatte sie Nicks Tod verwunden. Die Zukunft stellte sich gebieterisch vor ihren Schmerz und erfüllte sie mit neuer Hoffnung.
Annie fühlte sich ganz und vollständig wie nie zuvor.
Beim Anblick des kalten und leblosen Nick, mit den Gedanken noch bei Tina Merrill und ihrem ehrlichen, hart erarbeiteten Glück, war ihr die entsetzliche Idee gekommen, daß alle Entscheidungen, die sie in ihrem Leben getroffen hatte, von Versagen und Schwäche überschattet waren. Es schien, als würde ihre ganze Energie sie immer nur noch weiter von Tinas Glück wegtreiben, weg von Heim und Herd, die sie verdient hätte, wenn sie sich anders verhalten hätte.
Weit von alledem ... Aber wohin? Einsamkeit, Verstoßensein, ein leerer Gang, der sich vor ihr erstreckte, schwarz und unergründlich wie das Fallen, das sie empfand, seit sie zur Schauspielerin geworden war.
Falsch. Falsch. Die einfachste Wahrheit des Universums, verkörpert in Tinas wunderbarem Baby und Nicks vorzeitigem, entsetzlichem Tod, schien eine Warnung zu sein, daß Annies halsbrecherische Jagd nach Erfolg ein Fehler und die Verschwendung ihres Lebens sei.
Aber nun hatte sie ein neues Ziel.
Nun trieb sie etwas anderes an als nur Frustration und verrückter Ehrgeiz, und dieses Etwas vertrieb den Schmerz und die Häßlichkeit. Sie war auf dem Weg zu ihrem Geliebten, dem wunderbarsten Mann der Welt, und in sich trug sie das Ergebnis ihrer Liebe, ein neues Leben mit seiner eigenen Bestimmung.
Und tatsächlich fuhr sie nun zu mehr als nur zu einem Haus und einem Mann. Es schien, als würde nun endlich die wirkliche Annie Havilland, die sie seit langem suchte, ihr aus der verzauberten Nacht zuwinken.

Das Haus war dunkel, wie sie es erwartet hatte.
Sie parkte das Auto in der Auffahrt. Als das Motorengeräusch verstummte, hörte sie das leise Rauschen der Brandung.
In einem der hinteren Fenster bemerkte sie ein schwaches Leuchten, aber da sie wußte, daß Eric noch nicht zu Hause war, hielt sie es für einen Widerschein von der Straße.
Mit ihrem Schlüssel öffnete sie die Haustür. Das Wohnzimmer war dunkel, aber aus der Küche kam gedämpftes Licht. Eine Vorsichtsmaßnahme gegen Einbrecher, dachte sie.
Schnapsflaschen standen auf der Küchentheke. Annie blieb wie angewurzelt stehen. Irgendwie roch das Haus nicht unbewohnt.
Der Gedanke an Eindringlinge erschreckte sie. Dann fiel ihr ein, daß Eric das Haus vielleicht Freunden überlassen hatte.
Warum auch nicht? Er war ja schließlich niemandem Rechenschaft schuldig. Es gab viele Bereiche seines Lebens, von denen sie nichts wußte. Vielleicht mischte sie sich in einen von ihnen ein, wenn sie einfach in das Haus hineinplatzte.
Sie verfluchte sich, weil sie beim Eintreten nicht geklopft oder gerufen hatte. Wenigstens jetzt sollte sie sich bemerkbar machen und sich versichern, daß alles seine Ordnung hatte.
Zögernd ging sie den Korridor entlang. Die Tür zum Schlafzimmer stand einen Spalt offen. Ein Lichtstrahl fiel auf den Fußboden.
Das Murmeln von Stimmen kam aus dem Zimmer. Und ein Geruch, den sie kannte. Ja, da waren Leute drin.
Sie ging einen Schritt auf die Tür zu, sie wollte ja niemanden stören. Nach einem Augenblick des Zögerns klopfte sie vorsichtig.
»Entschuldigung ... Ist da jemand?«
Der Zufall wollte es, daß sie durch den Türspalt einen idealen Blick auf das Bett hatte, wie durch ein Fernrohr.
Drei Gestalten waren auf dem Bett, alle drei nackt. Beim Klang ihrer Stimme stand eine auf.
Die Tür öffnete sich weiter. Ein nacktes Mädchen stand in der Öffnung. Hinter ihr, im Bett, lag Eric. Neben ihm ein junger Mann, ebenfalls nackt.
Das Mädchen sah verärgert und verlegen aus.
Aber Annie hatte nur Augen für Eric.
Seine Augen hatten einen Ausdruck, den sie noch nie zuvor gesehen hatte, fremd wie der eines Außerirdischen. Es war Erics Gesicht, aber dahinter lebte ein anderer Mann.
In Sekundenbruchteilen veränderte es sich, verwandelte sich wie eine

Maske. Annie bemerkte Sorge, Bedauern, Wut und mehr als nur Sympathie in diesen vertrauten Augen. Aber noch während sie zusah, verfielen sie in das leere Starren reiner Gleichgültigkeit, eine Leere, die vielleicht von Drogen beeinflußt war, vielleicht aber auch tiefer ging, als jede Droge reichen konnte.

»Tut mir leid«, sagte Annie in den Raum und sah das Mädchen an. »Ich wollte nicht ... Tut mir leid.«

Niemand sagte ein Wort, als sie sich umdrehte und ging.

30

Der Druck auf Christines Gesicht war heftig und schmerzhaft. Die Nase wurde ihr gegen die Wange gepreßt. Ihr Mund stand offen, die Lippen wurden grob gegen die Zähne gedrückt. An der Zunge spürte sie das trockene Leinen des Kissenbezugs.

Sie versuchte zu atmen und merkte, daß sie nicht konnte. Das vertraute Filmmotiv von Frauen, die mit Kissen erstickt wurden, hatte sie nie ernst genommen, aber nun merkte sie, daß die starken Männerarme, die sie niederdrückten, ihr keinen Platz zum Atmen ließen.

Der steife Penis in ihr bewegte sich, als sie nach oben griff. Sie ertastete harte Schultern und erkannte, daß ihre Arme nicht lang genug waren, um das Gesicht zu erreichen. Verzweifelt versuchte sie, ihren Kopf zur Seite zu drehen. Aber er hatte ihr Gesicht in dem Kissen eingeklemmt wie in einem Schraubstock.

Mit den Fingernägeln kratzte sie ihm über Schultern und Brust. Sie spürte die Brustwarzen und zwickte. Am Zucken seines Körpers merkte sie, daß es ihm weh tat, aber hören konnte sie nur ihr eigenes, atemloses Ächzen.

Ihre Lungen brannten. Sie wußte, daß ihr nur noch wenige Sekunden blieben. Sie versuchte, die Knie zu beugen und ihn zu treten, es ging aber nicht, weil er noch in ihr steckte. Ihre Beine waren nutzlos flatternde Waffen.

Sie hieb nach seiner Brust und seinen Armen und zerrte mit einer Kraft, die die Panik ihr verlieh, an seinen Ellbogen. Aber es half nichts. Die Stärke des Drucks auf ihrem Gesicht sagte ihr, daß er die Absicht hatte, sie zu töten.

Schon wurde ihr schwindlig, und einen Augenblick später wäre sie ohnmächtig geworden, wenn ihr nicht im letzten Augenblick der rettende Gedanke gekommen wäre.

Sie griff mit der Hand unter sich und an dem harten männlichen Schenkel vorbei, der gegen ihren Brustkorb drückte. Dann spürte sie seine zitternden Hoden in der Hand.
Sie packte sie und drückte zu, so fest sie konnte.
Die Beine, die ihr in die Seiten drückten, wurden schlaff. Der Druck auf das Kissen ließ nach, sie hörte einen lauten Schrei. Sein Körper fiel auf den ihren. Die blutrote Wolke, die sich hinter ihren Augen ausgebreitet hatte, wurde zu einem wilden Kreischen in ihren Ohren, während sich ihre Lungen mit Luft füllten.
Sie fühlte sich zu schwach, um sich bewegen zu können. Aber mit verzweifelter Entschlossenheit kroch sie unter ihm hervor, ihr Atem ging rasselnd. Sie wußte, daß er sich in wenigen Minuten wieder erholt haben und sie mit seinem Gewicht auf das Bett nageln würde.
Sie warf das Kissen beiseite und sah ihn an. Er hatte die Augen verdreht und hielt sich die Hände zwischen die Schenkel.
Sein Hals war entblößt. Christine richtete sich eilig auf, holte tief Luft und zwang sich, die Faust zu ballen. Sie hob sie und schlug ihm, so fest sie konnte, auf die Luftröhre.
Er atmete belegt und rasselnd. Jetzt wußte Christine, daß sie im Vorteil war. Ihre Gedanken rasten schneller, als der Sauerstoff ins Gehirn zurückkkehren konnte
Sie mußte wissen, warum. Warum in dieser Nacht und an diesem Ort. Sie mußte es erfahren, bevor sie ihn tötete – oder beschloß, ihn am Leben zu lassen. Es konnte ein schwerwiegender Fehler sein, ihn umzubringen.
Nackt stand sie auf und sah ihn an. Er rang nach Atem, seine Hände huschten über die Laken. Während sie zum Schrank lief und seine Anzugjacke suchte, ließ sie ihn nicht aus den Augen.
Es überraschte sie nicht, eine kleine Pistole in der Innentasche zu finden. Es war eine .32er Automatik.
Sie durchsuchte die Jacke nach Papieren. Aber da waren keine. Sie kniete sich neben die zerknitterte Hose auf den Boden und fand seine Brieftasche. Zwischen den Geldscheinen steckte eine Notiz.
Vergebt mir, stand da. *Ich liebe euch alle.*
Die Notiz trug keine Unterschrift.
Christine überlegte sorgfältig. Es war offensichtlich, daß er neben dem Mord an ihr noch anderes vorhatte. Hatte er beabsichtigt, sich selbst zu töten und dann neben der Leiche einer Prostituierten gefunden zu werden?
Sie bezweifelte es. Sogar im Tod würde sein Ehrgefühl noch so stark

sein, daß er den Schein wahren mußte. Er hätte ihre Leiche hier zurückgelassen oder sie fortgeschafft, bevor er sich umbrachte.
Oder aber er überlegte sich, nachdem Christine aus dem Weg war, die ganze Sache anders und beschloß, es mit seinem Leben doch noch einmal zu versuchen.
Sie sah zum Bett. Er hatte die Augen geöffnet und rang noch immer nach Luft.
Sie nahm die Pistole am Lauf, kniete sich über ihn und schlug ihm kräftig auf die Schläfe. Seine Augen wurden trüb. Er erschlaffte, aber atmete noch.
Nackt saß sie neben ihm auf dem Bett und überlegte, welche Möglichkeiten ihr blieben. Sie maß ihm den Puls.
Schließlich traf sie eine Entscheidung.
Sie wollte ihm seinen Willen lassen.
Sie nahm seine schlaffe Hand, legte sie um den Pistolengriff und führte den Lauf an die Schläfe, wo sie ihn geschlagen hatte. Sie deckte sorgfältig das Kissen als Schalldämpfer darüber und drückte ab.
Das Geräusch war nicht viel lauter als das Platzen eines Luftballons. Als sie das Kissen wegzog, war es voller Blut. Sie legte es ihm unter den Kopf, wo der Strom aus der offenen Wunde es bald durchtränkte.
Sie sah sich im Zimmer um. Die Polizei würde bald darauf kommen, daß er mit einer Frau zusammengewesen war. Sie würden Haarsträhnen von ihr finden. Ihr Speichel war auf dem Kissen, ihr Parfüm hing in der Luft.
Wie er so auf dem Rücken im Bett lag, sah er aus, als hätte er sich selbst erschossen. Und die Detektive konnten leicht nachprüfen, daß er den Abschiedsbrief selbst geschrieben hatte.
Ihr Versuch, das Geschehen zu rekonstruieren, würde keine schlüssigen Ergebnisse bringen. Aber sie würden die Prellung an seiner Luftröhre nicht übersehen und mit aller Sorgfalt ermitteln. Sie würden die Frau suchen, mit der er zusammen war, als wichtige Zeugin für seinen Geisteszustand und vielleicht als Mordverdächtige.
Niemand hatte Christine beim Betreten des Zimmers gesehen. Sie hatte ihre üblichen Vorkehrungen getroffen.
Aber dennoch konnten die Ermittlungen der Polizei zu ihr führen, wenn sie nur hartnäckig genug waren. Sie mußte deshalb darauf drängen, daß Tony die Bilder sofort zerstörte.
Sie wischte ihre Fingerabdrücke von den wenigen Gegenständen, die sie im Zimmer berührt hatte, stellte sich neben das Bett und sah auf ihn hinunter.
Die Leiche lag mit ausgestreckten Händen und offenem Mund auf dem Rücken.

Einen Augenblick lang dachte sie über die Folgen des Geschehens nach. Er war ihr in den Tod entkommen. Und wie der Zufall so spielte, würde seine Familie nie die Wahrheit über ihn erfahren.
Christine und Tony entgingen die sechzig- oder siebzigtausend, die er womöglich noch gezahlt hätte.
Was soll's? Geschäft ist Geschäft.
Christine war ruhig, als sie sich anzog, das Zimmer in Ordnung brachte und ging.

31

Annie sah den Schlüssel in der Zündung nicht, nicht das Aufleuchten der Scheinwerfer, und sie hörte auch nicht, wie der Motor ansprang. Sie wußte nur, daß der Coast Highway bereits hinter ihr lag und die Verlängerung des Sunset Boulevard in die Hügel hinein, ein hektisches, von gelben Lichtern beleuchtetes Band, viel zu schnell an ihr vorbeistürzte.
Sie dachte nur an Flucht, während die Hügel vor ihr auftauchten und vorbeihuschten. Die Kurven nahm sie mit verzweifelter Geschwindigkeit, und sie merkte gar nicht, wie ihr Körper, weil sie vergessen hatte, sich anzuschnallen, im Sitz hin und her rutschte. Zwischen Kreuzungen drückte sie das Gaspedal bis zum Anschlag durch.
Sie wußte nicht, wohin sie fuhr. Sie nahm an, daß Eric sie vielleicht zu Hause suchte oder in diesem Augenblick schon auf der Autobahn verfolgte.
Und in gewisser Weise war das am schlimmsten. Sie mußte fliehen. Sie mußte alleine sein. Es war besser für sie, viel besser, wenn er ihr nicht folgte. So viel besser war es, wenn niemand sie suchte, niemand bei ihr war ...
Und plötzlich fiel ihr ein, daß es das größte Glück für sie wäre, wenn sie ihr Ziel nie erreichte. Wenn sie sich von dem Menschengeschlecht verabschiedete, ohne je wieder hilfesuchend nach ihr die Arme ausstrekken zu müssen.
Ja, das Nirgendwo wäre ein wunderbarer Ort für sie.
So floh sie vor Eric mit ganzem Herzen, und Übelkeit brannte in ihr wie eine Säure, die alle Hoffnung, die sie je gehabt hatte, ausmerzte.
Immer die letzte, die es erfährt. Der alte Spruch traf sie mit seiner vollen, so brutalen wie erniedrigenden Wucht.
Hatte sie denn nicht endlose Geschichten über Erics Sexualleben und

seine legendäre Promiskuität gehört? Und hatten denn nicht Gerüchte, die zu einmütig waren, um ausschließlich auf Illusionen zu beruhen, ihn mit einer Schauspielerin nach der anderen in Verbindung gebracht?
War er nicht, trotz seines raffinierten Leugnens, einer der besten Liebhaber der Welt, wie Annie aus eigener Erfahrung wußte?
Die letzte, die es erfährt.
Das Bild seines Gesichts im Bett, der leeren Augen, seiner Nacktheit und der Requisiten menschlicher Lust kam nun zu ihr zurück, ein wildes, gefräßiges Etwas, das sie aus der Unermeßlichkeit seiner Selbstversunkenheit heraus anstarrte.
Überwältigt vom Ekel, wollte sie das starrende Gesicht zertreten, es vernichten mit einer Wildheit wütenden Rachedursts, den sie sich selbst kaum vorstellen konnte. Denn dann löste sich vielleicht ihre Schande in der Zerstörung auf, die sie brachte.
Und ich wollte ihn HEIRATEN, dachte sie und trat noch heftiger aufs Gas. Sie versuchte verzweifelt, sich von diesen Augen im Bett zu befreien, aber sie blieben bei ihr und trieben ihre saturierte Trägheit und entsetzliche Gleichgültigkeit wie Haken des Hohns in ihr Fleisch.
Nicht weniger angetrieben vom Haß auf den Mann im Bett als von Verachtung für das gedemütigte, dumme Mädchen, das ihn begehrt und ihm vertraut hatte, fuhr sie immer schneller. Sie jagte über die Hügel und durch die Täler, schleuderte um Kurven, die sie heftig gegen die Tür warfen. Die Scheinwerfer huschten über den Chapparal, Wasserfälle des Lichts über der geduckten Vegetation, und kehrten dann wieder zum Kiesbankett zurück.
Sie sah nichts davon.
Wie konnte sie nur so unverzeihlich dumm gewesen sein, überlegte sie. War es nur ein raffinierter Verführungstrick Erics gewesen, als er seine Manneskraft in Frage stellte? Casanova, der vorgab, impotent zu sein! Und sie war darauf hereingefallen, sie hatte ihre Mutterinstinkte bereitwillig in den Dienst seiner Lust und ihres verzweifelten Liebesbedürfnisses gestellt!
Aber nein, dachte sie und fand ein perverses Vergnügen daran, die Schuld alleine bei sich selbst zu suchen. Was konnte sie Eric schon vorwerfen? Hatte er je etwas getan, das sie verletzte oder ihr Vertrauen mißbrauchte, außer zu Hause zu sein, in der Intimität seines Hauses, als sie mit neugierigen Blicken dort eindrang?
War es denn ein Verbrechen, ein oder zwei Tage früher als erwartet aus Europa zurückzukehren? Und sich auf seine Art Lust zu verschaffen, bevor er sie anrief? War er denn ihr Eigentum?

Während dieser ganzen kostbaren Monate war er ihr treuester Freund gewesen, ihre einzige Quelle intimer Zuneigung, ein Partner, wie es kein anderer Mann je sein konnte. Konnte sie ihm vorwerfen, daß der schmale Korridor, der ihre beiden Persönlichkeiten verband, an verschlossenen Tüen zu zurückgezogenen Orten vorbeiführte, die sie nicht kannte und auch kein Recht hatte kennenzulernen?
Hatte er ihr denn nicht sein Bestes gegeben, bedingungslos und vom ersten Tag an, da sie unter Damon Rhys' Ägide aufeinandertrafen, hatte er ihr denn nicht eigentlich erst das Spielen beigebracht? Hatte er sie in diesem entsetzlichen Jahr nicht mit sanften Worten und Zärtlichkeiten getröstet und nie mehr dafür verlangt als das Vergnügen ihrer Gesellschaft?
Fast überzeugt von der Logik ihrer Selbstzüchtigung, nickte sie in die Schwärze hinter der Windschutzscheibe. Was konnte sie Eric schon vorwerfen? Nichts.
Nichts!
Aber warum erfüllte sie dann dieses kleine Wort mit einer solchen Wut? Warum stach es dann, als Komplize des satten, viehischen Gesichts im Bett, auf ihr tiefstes Inneres ein und schnitt ihr wie ein lachendes Messer auch noch den letzten Rest Selbstachtung heraus?
Und ich wollte ihn heiraten ...
Plötzlich ängstigte sie die Macht ihrer Wut, und sie schüttelte den Kopf, um wieder zu klarem Verstand zu kommen. Schließlich hatte das, was sie an diesem Abend gesehen hatte, es für sie leichter gemacht, Eric zu verstehen und Mitleid mit ihm zu haben.
Von Beginn ihrer Beziehung an hatte sie gespürt, wie er sie mit Blicken verzehrte, wie er sie mit seiner unersättlichen Neugier über ihre Vergangenheit, ihre Gedanken und Träume zu ergründen suchte. Er schien alles von ihr nehmen zu wollen, was er von ihr bekommen konnte, alles von ihr verstehen zu wollen, was er verstehen konnte.
Und vielleicht steckte auch in der Behauptung seiner mangelnden Manneskraft ein Körnchen Wahrheit. Vielleicht waren das nackte Mädchen und der nackte Junge seine Art der Stimulation, mit der er gegen eine Impotenz tief in seinem Inneren ankämpfte, eine Impotenz, die ihn zu einem so großartigen Tragöden machte, die ihn so hungrig auf Annie machte, auf alles Wirkliche – als hätte seine entsetzliche Jugend sein Leben für immer entleert.
Ja, dachte sie, das alles stimmt zweifellos. Eric war selbst eigentlich nicht wirklich. Und er hatte den Mut gehabt, das die ganze Zeit vor ihr zu verbergen, er hatte ihr erlaubt, sich auf seine starke Seite zu stützen, und

ihr gleichzeitig die Erkenntnis erspart, daß er weder für sie noch für eine andere Frau ein ganzer Mann sein konnte. Konnte sie ihm seine Beschränkungen vorwerfen? Nein.
Aber dennoch war das Bild nackter Mädchen und sexbereiter Jungen in zerknitterten Laken ihr letzter Rahmen für den Blick seiner leeren Augen, Augen, die sie aus unmenschlicher Ferne kühl betrachteten ...
Eigentlich war es gleichgültig, sagte sie sich nervös. Gleichgültig, was geschehen war oder noch geschehen würde, sie hatte auch weiterhin einen Menschen, dem sie vertrauen, auf den sie sich stützen und verlassen konnte – sich selbst.
Gleichgültig, was geschah.
Aber warum stieg dann diese Wut wieder mit solcher Kraft in ihr hoch, machte sich lächerlich über ihre armseligen Versuche, vernünftig zu denken, und füllte sie wie mit einem giftigen Gas, das die Welt auslöschte?
Sie wußte es nicht.
Sie wußte auch nicht, seit wann das alles so war, seit wann sie sich in bitterer Einsamkeit nur auf sich selbst stützte und sich die Außenwelt vom Leibe hielt, als würden ihre Greifarme ihr das Leben abdrücken, wenn sie sie zu nahe kommen ließ. Sie wußte nur, daß es beinahe länger zurückreichte als ihre Erinnerung. Es war Annie Havilland, die einzige Annie, die sie kannte, und vielleicht die Frau, die sie sein wollte.
Ja, sie hatte die Kraft aus sich selbst. Sie war eine alte Bekannte, die Rüstung hinter dem Lächeln, mit dem sie sich der Welt entgegenstellte. Aber war sie wirklich je sie selbst gewesen? Hatte denn nicht die ganze Geschichte ihres Lebens gezeigt, daß sie nicht wußte, wer sie war?
War denn die Leere in ihr nicht ebenso schlimm wie die in Eric? War denn sie als Mensch nicht ebensosehr eine Fehlkonstruktion wie er? Und war das nicht der wahre Grund für die Sehnsucht und die Scham, die sie vor Tina Merrill in ihrem bescheidenen Heim verspürte?
Ja, das war es. Das war die Quelle des Zorns, der nun in ihr explodierte und der sie in ihrer Jagd durch die Nacht zu immer größerer Geschwindigkeit trieb.
War Annie Havilland so wirklich, wie sie es sich in all den Jahren immer eingebildet hatte? War denn nicht der feste Boden, auf dem sie ging, so spröde wie das dünnste Eis?
Was war wirklich? Ihre Liebesgeschichte? Lianes Charakter, der nicht der ihre war, aber den man der Welt vorsetzte wie eine abscheuliche religiöse Ikone? Die leeren Augen des Mannes im Bett zwischen seinen beiden Gespielen?

Was war je wirklich gewesen? Das Leben in Richland, mit seinem verlogenen Anstrich typisch amerikanischer Vornehmheit? Harry Havillands leise, falsche Geschichten über die Vergangenheit? Ihre Erregung, wenn sie sich als Schauspielerin in der falschen Haut unwirklicher Charaktere wiederfand, die nie existiert hatten?

Nichts davon, beschloß sie. Sie selbst am wenigsten. Indem sie nur an sich selbst glaubte, hatte sie sich längst verloren. Indem sie, wie hypnotisiert von Arbeit, Erfolg und Rache, den Blick aus den Scheuklappen ihrer Persönlichkeit nur auf die Zukunft richtete, hatte sie den Blick für die Welt verloren. Sie war nie ganz, nie wirklich gewesen – und würde es nie sein.

Plötzlich schien das gehetzte Vorbeijagen der Straße unter ihren Rädern auf eine tröstliche Weise alles andere zu verdrängen. Vergänglich und stofflos glitt der Asphalt endlos von ihr weg, immer weiter nach hinten. Die Scheinwerfer beleuchteten mit wütendem Eifer die Nacht, nur um sie dann dunkel und triumphierend die Welt hinter ihr schlucken zu lassen.

Und nun lag der harte Glanz einer Desillusionierung, die sie so noch nie empfunden hatte, auf den dunklen Zielen, um die sie gekämpft hatte, auf den Dingen, von denen sie geglaubt hatte, sie könne sich auf sie zurückfallen lassen.

Zurückfallen ...

Natürlich, dachte sie. Sich auf etwas stützen bedeutet fallen. Der Mensch in dieser Welt braucht Unterstützung, weil er fällt, ewig fällt. Das war die Grundlage seines Lebens, falsch, niederträchtig, aber elementar.

Der Gedanke tröstete sie mit seiner Hoffnungslosigkeit. Die Straße stürzte vorbei, Pflanzen, Hügel und Sterne stiegen vor ihr auf und verschwanden wieder wie alles Gegenständliche in der Leere und dem Schweigen hinter ihr.

Je schneller, um so besser, dachte sie mit einer eigenartig faszinierten Gleichgültigkeit. Je schneller, um so weniger wirklich. Soll der Planet sich immer schneller drehen und seine Kreaturen in die stille Leere wirbeln ...

Ohne zu wissen, warum, war sie unvermittelt und mit quietschenden Reifen in den Benedict Canyon Drive eingebogen und raste jetzt tiefer in die Hügel. Schmalere Straßen liefen nun auf sie zu, und plötzlich bog ihr Auto wieder scharf ab. Sie war auf einer steilen, gewundenen, häuserbestandenen Straße.

Sie hörte das entsetzte Aufkreischen einer Hupe und sah den Strahl der

Scheinwerfer, die den ihren kreuzten, als ein Auto vorbeiraste. Sie jagte einen Hügel hinunter, schwarze Bäume ragten drohend in den nächtlichen Himmel, und plötzlich wußte sie, wohin sie fuhr.
Damon Rhys' dunkles Haus stand plötzlich vor ihr. Es war leer. Er war nicht zu Hause, sondern irgendwo in der Wüste oder in einer abgelegenen Kneipe. Sie lächelte bei dem Gedanken, daß sie an einen Zufluchtsort floh, wo kein menschliches Leben war.
Plötzlich sah sie das Schild ENDE DER STRASSE, die hölzerne Absperrung, die Bäume, die sie in den Abgrund dahinter lockten.
Das Kreischen der Bremsen war nur ein schwaches Rufen, das Pedal machtlos unter ihrer Sandale. Zu spät und vergebens kämpfte die Vernunft gegen eine Wut, die ihren Willen bereits durchgesetzt hatte. Entsetzt versuchte Annie, das Auto unter Kontrolle zu bringen.
Es gab einen Stoß, das Geräusch zerberstenden Holzes und das verführerische Gefühl von Fallen und Vergessen. Dann das Knirschen sich verbiegenden Metalls und ein plötzlicher, stechender Geruch im Auto, in ihrem Kopf, unangenehm wie der brackige Gestank dunklen Moorwassers, das einen ertrinkenden Mund für immer verschließt.
Zu spät dachte sie an das Kind.

32

Um 9.30 Uhr klingelte das Telefon. Harmon Kurth, alleine in seinen Privatgemächern, hob ab.
»Ja?«
»Hier Dugas, Sir.«
»Danke, daß Sie anrufen. Haben Sie etwas für mich?«
»Ich glaube schon. Wie ich schon berichtet habe, kehrte die unter dem Namen Alice Havilland bekannte Frau in ihr früheres Leben zurück, nachdem sie Harry verlassen und sein Geld mitgenommen hatte. Sie hinterließ ihm seine Tochter, die möglicherweise einen Monat vor der Eheschließung gezeugt wurde. Mir ist es noch nicht gelungen herauszubekommen, wer Alice wirklich ist oder woher sie kam. Daran arbeite ich noch. Aber ich bin mir ziemlich sicher, daß sie nicht starb, wie Harry behauptete. Ich habe Beweise, daß sie zumindest acht oder neun Monate, nachdem sie ihn verlassen hatte, noch lebte.«
Kurth schwieg.
»Aber was die Situation noch komplizierter macht«, fuhr Wally fort,

»ist folgendes: Einige Zeit, nachdem Alice Harry verlassen hatte, tauchte sie in Cleveland mit einem Baby wieder auf. Einem kleinen Mädchen. Ich habe zufällig ein Bild von den beiden gesehen, das einige Jahre später aufgenommen wurde. Es ist ganz klar ihr Kind. Die Ähnlichkeit ist unübersehbar.«

»Mr. Dugas ...« Kurths Stimme klang ungeduldig.

»Lassen Sie mich erst zu Ende kommen. Man muß hier etwas Psychologie anwenden. Wenn man Alice kennt und die Hindernisse, die sich ihr in Richland in den Weg stellten, ist es nur logisch, daß sie sich auch von Annie befreite, als sie Harry verließ. Warum sollte sie sich von einem Kind einengen lassen? Diese Ehe war ja schließlich nur ein Experiment. So weit, so gut. Aber dann taucht sie überraschenderweise mit einem zweiten kleinen Mädchen auf, das sie in den folgenden Jahren schwer mißhandelt, aber nie aus den Augen läßt. Warum hat sie dieses Kind nicht abgetrieben oder zur Adoption freigegeben oder einfach auf eine Türschwelle gelegt? Für eine Frau ihres Typs wäre das doch die naheliegende Lösung. Das ist eben hier die Frage.«

Es entstand ein Schweigen. Kurth mit seinem natürlichen Gespür für eine gute Geschichte war neugierig geworden.

»Sie konnte es nicht nur getan haben, um das Mädchen zu bestrafen«, sagte Wally. »Für was sollte sie es denn strafen? Natürlich machte Alice dem Mädchen das Leben zur Hölle – trieb sie zu Kinderpornografie und Prostitution, ließ ihre Freunde sie haben, wenn sie wollten, schlug sie wie ein Profi –, aber ich glaube, es gibt auch einen Grund dafür. Und für diesen Grund braucht man einen Menschen. Jemand hinter dem Kind, sozusagen. Können Sie mir folgen?«

»Fahren Sie fort.« Es war ein barscher Befehl.

»Nun, bis jetzt habe ich die Blutgruppe des Mädchens noch nicht herausgefunden. Wenn ich die erst habe, hilft mir das vielleicht weiter. Aber ich habe mich bereits um die zeitliche Bestimmung gekümmert. Alices Zuhälter in Cleveland war zufällig ein religiöser Kerl, der darauf bestand, daß das Mädchen getauft wurde. Zu der Zeit war es etwa zwei Monate alt. Das war im September '48, und das heißt, daß das Mädchen im Juni oder Juli geboren wurde. Ich kehrte dann noch einmal nach Richland zurück. Es war zwar nicht einfach, aber ich habe es geschafft, einen Blick in die Unterlagen über Harrys gemeinsames Konto mit Alice während ihrer Ehe zu werfen. Nach den Unterlagen hatte Alice am 3. November 1947 Konto und Bankfach geplündert. Sie verbrachte einige Zeit in Buffalo und tauchte im folgenden Sommer mit dem Baby im Schlepptau in Cleveland auf.«

»Kommen Sie zur Sache, Mr. Dugas.«

»Bin gerade dabei. Die betreffenden Daten hatten mich zunächst verwirrt. Ich nahm an, daß dieses zweite Kind, Liebling oder Tippy oder Chris oder welchen Namen sie ihr gerade gaben, gezeugt wurde, nachdem Alice Harry verlassen hatte. Vermutlich in Baltimore. Ein kleiner Fehler, nachdem sie wieder ins Hurengeschäft eingestiegen war. Wenn das der Fall sein sollte, hat das Kind für Sie natürlich keine Bedeutung. Aber angenommen, es wurde gezeugt, *bevor* Alice Harry verließ. Weiter angenommen, sie ist Harrys Tochter. Das würde bedeuten, daß Alice, nachdem sie ihm schon das Geld genommen und ihn verlassen hatte, dadurch eine Gelegenheit hatte, ihn noch mehr zu verletzen: indem sie sein zweites Kind behielt und es mißhandelte, soviel sie konnte.«

Er machte eine Pause, um den Gedanken wirken zu lassen.

»Sehen Sie«, sagte er dann, »das würde auf eine sehr ästhetische Art von Grausamkeit hinweisen. Zuerst läßt sie ihn mit Annie alleine, als öffentliche Demütigung. Sie wußte, daß Annies verfrühte Geburt in Richland allgemein bekannt war. Aber nun erkennt sie – vielleicht erst nach ihrem Weggang –, daß sie sein zweites Kind trägt. Vielleicht war die Schwangerschaft unbeabsichtigt. Auf jeden Fall beschließt sie, das Kind zu gebären und aufzuziehen. Um es dann zu ruinieren, zu zerstören.«

»Wie sieht dieses zweite Mädchen aus?« fragte Kurth.

»Blond. Sehr hübsch. Nach ihrem achten Lebensjahr habe ich keine Spur mehr von ihr, aber sie könnte Harrys Tochter sein. Harry war zwar dunkel, aber unter den Havillands gab es viele Blonde. Und Alice hatte natürlich helles Haar.«

»Das klingt ja nach einer ziemlich krankhaften Art, es Mr. Havilland heimzuzahlen«, bemerkte Kurth skeptisch.

»Nun, Sir, ich glaube, wir reden über eine ziemlich kranke Frau«, erwiderte Wally. »Wie Alice ihre zweite Tochter behandelte, war pervers, aber so sprang sie auch mit ihrem eigenen Leben um. Ihre Auswahl von Zuhältern und Freunden, die Verschwendung ihres Talents ... Von Natur aus war sie eine sehr aufstrebende Frau, aber in diesen ganzen Jahren lebte sie wie eine billige Nutte. Bis ich die Bankauszüge sah, dachte ich, sie wollte einfach etwas hinter sich bringen, nachdem sie Harry verlassen hatte – auf ihre eigenen Kosten, wenn notwendig, aber mit Sicherheit auf Kosten des kleinen Mädchens. Aber mich verwirrte, daß sie das kleine Mädchen überhaupt behielt. Jetzt glaube ich es zu wissen. Die Tatsache, daß sie es behielt, ist der Schlüssel zu allem. Der

Grund, warum sie so lebte, wie sie lebte. Alles wegen ihrer Tochter: die billigen Zuhälter, das armselige Leben, die Pornos – alles.«
Kurth räusperte sich.
»Was genau wollen Sie nun sagen, Mr. Dugas?«
»Nun, Sir, wenn die Dinge so liegen, wie ich es mir vorstelle, dann würde ich sagen, Annie Havilland hat eine Schwester.«
Es gab eine Pause.
»Eine Schwester«, ergänzte Kurth, »die von einer kranken, perversen Mutter zur Prostituierten erzogen wurde. Und die heute vielleicht noch irgendwo lebt.«
Ein langes Schweigen herrschte in der Leitung, währenddessen beide überlegten. Wally wägte Tatsachen ab. Kurth, das wußte er, überlegte sich Strategien, suchte nach Waffen.
Als dann Kurths Worte aus dem Hörer kamen, waren sie für Wally keine Überraschung.
»Finden Sie sie.«

DRITTES BUCH

Etwas Schockierendes

1

Los Angeles Times, 11. Dezember 1970

Die Schauspielerin Annie Havilland, durch ihre Rolle in dem neuen Film von Damon Rhys A Midnight Hour *allgemein bekannt, wurde gestern abend bei einem Unfall in einem Cañon in der Nähe von Mr. Rhys' Haus in den Hollywood Hills schwer verletzt. Nach Polizeiangaben war kein anderes Auto an dem Unfall beteiligt.*
Beamte des Polizeireviers von Beverly Hills berichteten den Reportern, Miss Havillands Auto habe eine Absperrung durchbrochen und sei dann einen steilen Abhang hinuntergestürzt. Mr. Rhys' Haus war zu diesem Zeitpunkt nicht bewohnt.
Sprecher des Universitätskrankenhauses bezeichneten Miss Havillands Zustand als kritisch. In den frühen Morgenstunden mußte sie sich einer Operation des Bauchraums unterziehen; das Ergebnis wurde noch nicht bekanntgegeben. Berichten zufolge erlitt sie Verletzungen an Gesicht, Nacken und Rückgrat sowie mehrfache Knochenbrüche.
Nach Angaben der Polizei von Beverly Hills war Miss Havilland zur Zeit des Unfalls nicht angeschnallt.

Mrs. Ralph Sonderborg faltete die *Times* zusammen und legte sie auf den Tisch. Der Aufreißerartikel über Annie Havilland stand in einem Kasten auf der Titelseite und sah zu ihr hoch, während sie ihren Gatten anlächelte.
Ralph ging es an diesem Morgen blendend. Er freute sich auf seinen wöchentlichen Aufenthalt im Club, wo man ihn umsorgte und massierte und er mit einem achtzigjährigen Freund etwas arthritisch Squash spielte.
Sie gab vor, ihn von seinen sportlichen Aktivitäten abhalten zu wollen, weil sie seinem schwachen Herzen nicht gut bekämen – in den letzten Tagen war er sehr blaß gewesen, der Arzt hatte seine Besorgnis darüber ausgedrückt –, aber eigentlich war es ihr gleichgültig, was er mit seinem Körper anstellte.
Auf jeden Fall fühlte er sich heute ausgezeichnet. Und sie auch.
Annie Havillands Karriere war vorüber.

Mrs. Sonderborg liebte Katastrophen. Sie liebte es zu wissen, daß sie passierten, in der ganzen Welt, und vor allem Leuten, die sie interessierten. Es stimulierte sie und bot ihr unerschöpfliche Unterhaltung. Denn die Welt war grausam.
Was hatte man denn getan, daß die kleine Annie diesen Abhang hinuntertrieb? War es diese unaufhörliche Publicity gewesen?
Nein. Das spürte Mrs. Sonderborg instinktiv. Kollektive Grausamkeit allein hätte dem Havilland-Mädchen nicht das Rückgrat gebrochen. Sie war zu stur, zu fixiert auf ihre Zukunft.
Es mußte etwas anderes gewesen sein. Etwas, das sie näher anging und das sie an einem schwachen Punkt getroffen hatte, von dem die Welt nichts wußte.
Nun ja. Mrs. Sonderborg hatte sich etwas ausgedacht für die Havilland, vielleicht schon für diesen Frühling – aber der Unfall änderte dies. Nun mußte sie sich etwas Neues einfallen lassen.
Mrs. Sonderborg wandte sich ihrem Gatten zu. Ihr feines Gespür für Ironie, für Verbindungen und Gleichklänge sagte ihr, daß nun der Zeitpunkt gekommen war, diesem Keating-Jungen den Gnadenstoß zu versetzen. Sie hatte Ralph schon seit Wochen dafür präpariert, und jetzt war es Zeit.
»Darling«, sagte sie. »Ich habe über das nachgedacht, was du über Russ gesagt hast.« Sie verwendete den Vornamen mit Absicht.
Ihr Mann wurde rot. Er legte das *Wall Street Journal* nieder und sah sie wütend an.
»Ich fürchte, du hast recht gehabt«, sagte sie und verstärkte seinen Kummer. »Ich glaube nun doch nicht, daß er vertrauenswürdig ist. Daß er sich von seiner Frau hat scheiden lassen, mit den drei Kindern ...«
»Um das geht es nicht«, platzte Ralph heraus, dessen Stimmung sich nun endgültig verdüstert hatte. »Ich habe gesagt, daß es darum nicht geht. Das Privatleben eines Mannes geht mich nichts an.«
Vor einigen Monaten hatte sie damit begonnen, kurz vor der Trennung der Keatings. Sie hatte Ralph die peinliche Tatsache gestanden, daß Russ ihr gegenüber an dem Abend, da sie bei den Keatings zum Essen eingeladen waren, in einem unbeobachteten Moment ziemlich zudringlich geworden sei.
Ralph wollte ihn auf der Stelle feuern, aber sie hatte sich für den Jungen ins Zeug gelegt, wahrscheinlich sei sie einfach nur überempfindlich und die Episode sehr unschuldig, vielleicht habe sie seine Ausgelassenheit nach ein paar Drinks einfach nur falsch verstanden.
Insgeheim freute sie sich darauf zuzusehen, wie sich Keating eine Weile wand.

Deshalb hatte sie ihn vor Ralphs Zorn gewarnt. Sie erzählte ihm, eine ihrer Freundinnen, eine alte Klatschbase, habe sie mit ihm im Auto gesehen und es geschafft, Ralph argwöhnisch zu machen.
Sie hatte sich von Russ deshalb versprechen lassen, daß er bei Ralph nichts zu seiner Verteidigung unternehme. Sie selbst werde sich darum kümmern, versicherte sie ihm.
Aber in den folgenden Wochen wirkte sie immer besorgter. Sie sagte Russ, die Scheidung von seiner Frau habe Ralph nur noch mißtrauischer gemacht. Ralph verdächtige ihn der Unzuverlässigkeit, ja, der Promiskuität. Ralph sei, was Sex angehe, sehr spießig und habe nun wenig Absicht, Russ' Beförderung zum Vizepräsidenten zu empfehlen – die Beförderung, für die sie so lange und so schwer gearbeitet habe.
Gleichzeitig brachte sie Ralph zu Hause immer noch mehr in Rage, so daß sein Verhalten Russ gegenüber in der Bank wirklich kühl und bedenklich wurde.
Sie aber spann ihre Intrige weiter, ermahnte Ralph, in seinem Urteil nicht zu streng oder übereilt zu sein, während sie gleichzeitig immer wieder andeutete, Russ sei ein arroganter junger Schwerenöter, der ganz heiß darauf sei, Mrs. Sonderborg ihre teuren Seidenhöschen auszuziehen.
Ralph war von Natur aus zu träge und zu phlegmatisch, um leicht eifersüchtig zu werden, aber sie schaffte es, ihn an seiner schwachen Stelle zu packen. Inzwischen war er besessen von Russ, und nur sie war es, die den gefährdeten jungen Mann auf seinem Job hielt. Mit ihrer Duldung klammerte er sich daran, er zahlte Alimente für Frau und Kinder und wohnte selbst in einem billigen Appartement in der Stadt. So wartete er darauf, daß Mrs. Sonderborg ihn erlöste, er glaubte ihrer Behauptung, sie stehe kurz vor der Scheidung von Ralph, wolle dann ihn heiraten und mit ihm glücklich werden.
Jetzt war also ihr großer Augenblick gekommen.
»Wenn ich es mir recht überlege«, sagte sie zu ihrem Gatten, »dann glaube ich, du hast recht gehabt, Darling. Ich fürchte, Russ hatte wirklich etwas Unanständiges vor. Und sein Verhalten mir gegenüber seit diesem Vorfall war – nun, unziemlich. Ich sag' das wirklich nicht gern, weil ich ihn doch immer verteidigt habe, aber ich glaube, dein Gefühl war von Anfang an richtig gewesen.«
Ralph strahlte erleichtert. Er war so stolz auf sie! Sie war sein engster Ratgeber, der einzige Mensch, dessen Urteil er vollkommen vertraute. Und jetzt bewies sie ihm, daß er die ganze Zeit recht gehabt hatte. Dieser junge Keating war eine Niete, ein Gigolo, der glaubte, er könne mit

seinem Aussehen die Welt erobern. Na, der würde sich nicht zur Spitze der First National vögeln. Er war offensichtlich labil und egoistisch. Seine Scheidung bewies es.
»Ich werde mich gleich Montag darum kümmern«, sagte er entschlossen. »Montag wird sein letzter Tag.«
»Bist du dir ganz sicher, Liebling?« fragte sie mit furchtsamer Stimme, als würde ihr seine Macht Angst einjagen.
»Ich habe mich entschlossen. Mach dir deswegen keine Sorgen mehr, meine Liebe. Den Advocatus Diaboli hast du jetzt lange genug gespielt. Der wollte dich doch nur ausnützen.«
»Nun gut ...«, stimmte sie gehorsam zu.
Während sie noch sprach, warf sie einen flüchtigen Blick auf die Schlagzeile über Annie Havilland. Sie stellte sich das zerschlagene Gesicht hinter all den Bandagen vor. Die Schmerzen ... Das Mädchen war ein hilfloser Krüppel, verstümmelt und dem Tode nahe.
Zwinkernd lächelte sie ihrem Gatten zu.
»Warum machen wir es uns denn heute abend nicht wieder einmal gemütlich, Liebling?« fragte sie. »Nur wir beide. Ich werde Mrs. Ames den Abend freigeben. Du hast mir gefehlt in letzter Zeit. Du hast immer so schwer gearbeitet ...«
Wieder strahlte das alte Gesicht. Ralph Sonderborg war entzückt. Nicht nur, daß heute sein Clubtag war und er endlich diesen Keating losgeworden war, nein, heute abend würde es wieder einmal zu den seltenen Intimitäten mit seiner Frau kommen, die ihn immer erst richtig zum Mann machten. Das raffinierte Funkeln der Verlockung in ihren Augen ließ daran keinen Zweifel.
Aber hinter diesen Augen hatte Mrs. Sonderborg nur Verachtung für ihren Gatten übrig. Heute abend würde sie Ralph etwas geben, das ihn glücklich machte. Es war ja wenig genug als Gegenleistung für das Vergnügen an Keatings Zerstörung.
Die Jagd hatte ihr Spaß gemacht. Aber jetzt war die Maus tot, und die Katze hatte das Interesse verloren. Jetzt war es Zeit, sich erst einmal auszuruhen.
Dann würde sie sich nach etwas Neuem umsehen.
Wieder fiel ihr Annie Havilland ein. Das Mädchen war natürlich am Ende. Den Trick, den sie sich für sie ausgedacht hatte – einfach, aber effektiv –, würde sie nun nicht mehr brauchen.
Vielleicht.
Vielleicht.

Harmon Kurth bekam die Nachricht von seiner Chefsekretärin, die seit den frühen Morgenstunden mit dem Krankenhaus in Verbindung stand.
»Wie schlimm ist es?« fragte er.
»Schlimmer, als öffentlich bekanntgegeben wird«, antwortete sie. »Die Halswirbel sind das große Fragezeichen. Sie ist ohnmächtig, und deshalb kann man noch nicht mit Bestimmtheit sagen, ob sie gelähmt ist. Außerdem hat sie sehr schlimme Gesichtsverletzungen. Einen Kieferbruch, schwere Abschürfungen an Nase und Stirn. Eine kosmetische Operation wurde bereits gestern nacht vorgenommen, und es werden noch mehr kommen.«
»Unsere Versicherungslage?«
»Sie ist versichert. Sie war bei uns unter Vertrag. Aber da sie im Augenblick nicht an einem Projekt von International arbeitet, sind keine Zivilklagen zu befürchten.«
»Vielen Dank.« Harmon Kurth legte auf.
Er saß bewegungslos da und malte kleine Kreuze auf die Schreibunterlage vor ihm. Er dachte nach.
Es ist gut möglich, überlegte er, daß dieser Unfall mein Problem gelöst hat.
Bei diesem Gedanken überkam ihn ein kurzes Bedauern, daß es die raffinierte, sinnliche Annie Havilland, die von *A Midnight Hour* unsterblich gemacht worden war, wahrscheinlich nicht mehr geben würde. Kosmetische Operationen veränderten das Gesicht.
Sex-Engel.
Kurth lächelte. Seine Hunde konnte er jetzt zurückpfeifen.
Aber dann runzelte er die Stirn. Man konnte nie vorsichtig genug sein. Diese Maxime war der Grundstein seiner Karriere.
Annies schauspielerische Leistung in dem Rhys-Film hatte er nicht vergessen. Das Talent, das sie da gezeigt hatte, mußte er fürchten.
Und er erinnerte sich an den Tag, als sie ihm bei dieser Party die Hand gegeben hatte, mit vollkommen kalten Augen und einem Lächeln, als hätte sie ihn nie zuvor gesehen.
Der eiserne Ehrgeiz hinter diesem Lächeln – und der Haß – hatten auf Kurth Eindruck gemacht. Zusammen mit ihren beträchtlichen beruflichen Fähigkeiten bildeten sie ein Rüstzeug, das sehr wohl den Verlust ihrer Schönheit wettmachen konnte.
Dann würde man Dugas besser nicht zurückpfeifen. Er sollte dranbleiben.
Irgend etwas sagte Kurth, daß dieses Mädchen noch nicht erledigt war.

Damon Rhys lag besinnungslos betrunken in einer Pinte in Cuernavaca, als ihm ein Junge die Nachricht von Conchata, der einzigen, die immer wußte, wo er sich gerade aufhielt, überbrachte.
»*Señor*«, sagte er und zupfte den bewegungslosen Mann am Ärmel. »Eine Nachricht für Sie. Sehr wichtig. *Por favor, Señor.*«
Erst die vereinten Anstrengungen des Barkeepers, des Jungen und des Friseurs von nebenan schafften es, Rhys wiederzubeleben.
Als er wach war, las er die Botschaft, ließ sich von dem Jungen eine Zeitung bringen und erkannte, was geschehen war.
Trotz seines Katers spürte er eine ohnmächtige Wut in sich aufsteigen. *Shain*, dachte er. *Du gottverdammter Hurensohn ...*
Er hätte wissen müssen, daß so etwas passieren würde.
Aber warum Eric Shain die Schuld geben? Er konnte ja nichts dafür, daß er so war, wie er war.
Schuld hatten doch diese Arschlöcher bei International mit ihrer getürkten Publicity-Kampagne, die sowohl Annie als auch seinen Film in den Schmutz gezogen hatte. Ja, natürlich hatten sie für ihn viel Geld gemacht – und weiß Gott, für sich selber auch –, aber sie waren wahrscheinlich auch mitverantwortlich für den Unfall.
Trotzdem gab er vor allem sich selbst die Schuld.
Seit fünfunddreißig Jahren war er nun allein auf sich gestellt. Er war es nicht mehr gewohnt, gebraucht zu werden. Ja, er hatte sich sein Leben als Schriftsteller und Alkoholiker eingerichtet, indem er die Leute wissen ließ, daß er es als sein verbrieftes Recht betrachte, sich auf ihre Geduld und Hilfe verlassen zu können, ohne zu einer Gegenleistung verpflichtet zu sein.
Und jetzt war Annie dem Tode nahe.
Zweifellos war sie auf dem Weg zu ihm gewesen.
Er kannte diesen Abhang. Vielleicht war sein dunkles, leeres Haus das letzte gewesen, was sie sah, bevor sie hineinstürzte.
In seinem persönlichen Chaos nach *A Midnight Hour* hatte er nur an sich selbst gedacht und an das quälende Intervall bis zu seiner nächsten Inspiration. Es war für ihn immer die schrecklichste Zeit, in der er seinen kindischsten und zerstörerischsten Launen nachgab.
So hatte er sie sich selbst überlassen und kaum einen Gedanken an sie verschwendet, während die ganze Stadt über sie herfiel.
Sie hatte ihn gebraucht und war hilfesuchend zu ihm gekommen. Wenn er sich anders verhalten hätte, wäre sie jetzt gesund und sicher.
»Felipe«, rief er dem Barkeeper zu, »hilf mir auf die Beine. Bring mich zum Telefon.«

Zehn Minuten später war er in seinem Hotel und packte seine Sachen für den Flug nach Los Angeles. *Verdammter Säufer,* dachte er. *Verdammter, nutzloser Säufer. Laß sie bitte am Leben, bis ich bei ihr bin.* Seine Finger zitterten. Er hatte Magenschmerzen. Kopfweh. Die Welt hatte noch nie so verkatert ausgesehen.
Verdammter Säufer.

2

Tiefer, tiefer, tiefer.
Wie zum Spott erstreckte sich die Treppe vor ihr immer weiter, sie dehnte sich wie eine Ziehharmonika, während sie darüberlief. Ihre Beine bewegten sich wie im Wasser.
Aber nun war sie in dem übelriechenden Wohnzimmer, sie zerrte an der Hand ihres Vaters, versuchte vergebens, ihn aufzuwecken. Er würde nicht aufwachen, und sie wußte es. Er war ein Fremder.
Die Hand, an der sie zerrte, gehörte dem kleinen Mädchen, und sie zerrte immer weiter, obwohl sie bereits wußte, daß es ihr Untergang sein würde.
Das hübsche Mädchen öffnete auch wirklich die Augen, und das Feuer entsprang ihnen. Annie versuchte sich loszureißen, aber die schwachen Hände packten sie immer fester, sie nahmen ihr die Kraft, besudelten sie, teerdampfend, wie abscheulicher, zäher Kleister.
Und die Flammen leckten langsam an ihren Beinen, fraßen an ihrem Nachthemd, während das Haus um sie herum einstürzte, sein berstendes Krachen war gedämpft wie ihre Schreie.
Und das kleine Mädchen lächelte, während sie Annie näher zog, immer näher ...

Dann war es vorbei. Die heißen, leckenden Flammen und das donnernde Krachen verschwanden, und auch die ekligen Gerüche und die makabre kleine Henkerin.
Aber ihnen folgte eine dunkle Flut, die plötzlich zu reinem Schmerz wurde, einem Schmerz, so entsetzlich, daß Annies Schrei zu einem hilflosen Flattern ihrer Kehle wurde.
Unvermittelt öffnete sie die Augen. Sie merkte, daß ihr Gesicht von einer engen, erstickenden Maske umgeben war. Als sie versuchte, die Hand zu bewegen und sie wegzureißen, spürte sie, daß enge Armfesseln an beiden Seiten sie bewegungsunfähig machten.

Ihr Mund war verdrahtet, kein Wunder, daß ihr Schrei in der Kehle steckengeblieben war. Ein Schlauch hing ihr aus der Nase. Sie konnte den Kopf nicht bewegen, denn eine Klammer hielt ihn fest, die sich in ihren Schädel zu bohren schien.
Auch ihre Beine waren gefesselt, aber die konnte sie nicht mehr sehen. Sie spürte nur, daß sie dick umwickelt waren – Bandagen, vielleicht Gips.
Diese Eindrücke, wie auch die Infusion auf dem Galgen neben dem Bett, waren verwirrende kurze Blitze, immer wieder verdrängt von Schmerzwellen, die so unvermittelt kamen, daß sie mit ihrem Willen nicht dagegen ankam.
Laßt mich sterben. Bitte, laßt mich sterben.
Es war der logischste Gedanke, den sie je gefaßt hatte, und zugleich ihr innigstes Flehen.
Aber für ihre Umgebung war es nur ein unverständliches Jammern.
Denn es waren Leute in der Nähe. Ihre Stimmen klangen wie drängende Echos über dem Meer des Schmerzes.
»Es ist alles in Ordnung«, rief eine Schwester Annie ins Ohr. »Der Doktor kommt schon. Gleich geht's Ihnen wieder gut. Bleiben Sie nur schön ruhig.«
Fast im gleichen Augenblick gesellte sich eine männliche Stimme zu der weiblichen. Sie hörte sie besänftigen, protestieren, fragen. Aber gegen die Macht ihres Schmerzes und ihrer Verzweiflung kam sie nicht an.
»Dann geben wir ihr eben Morphium ... Ein Viertel Gran ... Ja, sie hat starke Wundschmerzen ...«
Es war ihr angenehm, daß sie nicht länger mit ihr sprachen. Die Stimmen klangen geschäftsmäßig und dennoch besorgt.
Annie spürte irgendwo an ihrem unsichtbaren Arm den Einstich einer Nadel. Es schien so lächerlich unbedeutend. Die Stimmen klangen einen Augenblick lang klar und dann wie aus weiter Ferne.
Eine riesige Wattewolke der Taubheit wuchs in ihr, überrollte alles, was ihr in den Weg kam, und reduzierte die Welt zu einem apathischen Horizont unter und hinter ihr. Vor diesem Horizont sah sie entsetzliche Visionen, unheimliche Gestalten, grausame Gesichter, schwärende Wunden, zerfallendes Fleisch. Aber es war ihr gleichgültig.
Der Schmerz verschwand nicht, sondern zog sich nur in einen Winkel des Alptraums zurück und blieb dort, er verhöhnte sie mit seiner Beharrlichkeit. Dabei spürte sie zum erstenmal, wo seine Zentren lagen: im Unterleib und im Gesicht. Von dort rankte er sich zum Rückgrat, zum Nacken, den Hüften, zur rechten Schulter und zum rechten Arm, zur linken Hüfte.

»Miss Havilland, ich bin Dr. Reid«, kam nun die männliche Stimme wieder. Das Gesicht eines bebrillten Arztes Mitte Dreißig hing direkt vor ihren Augen. »Ich werde mich heute vormittag um Sie kümmern. Sie sind im Universitätskrankenhaus von Los Angeles, Miss Havilland. Wissen Sie, warum Sie hier sind? Können Sie sich noch erinnern, was mit Ihnen passiert ist?«
Sie versuchte, frustriert den Kopf zu schütteln, aber eine Hand hielt sie davon ab.
»Nein, Miss Havilland. Versuchen sie nicht, Ihren Kopf zu bewegen. Das ist sehr wichtig. Ihr Kopf wurde mit einer speziellen Klammer ruhiggestellt, weil wir uns wegen möglicher Halsverletzungen Sorgen machen. Ich möchte, daß Sie zwinkern, einmal für ja und zweimal für nein. Können Sie mich verstehen?«
Annie zwinkerte. Und dabei sah sie plötzlich das schwarze Moorwasser, das in dem Augenblick über ihr zusammenzuschlagen schien, als ihr Auto die Absperrung durchbrochen hatte.
ENDE DER STRASSE stand auf dem Schild ...
»Sie hatten einen Unfall, Miss Havilland. Wissen Sie noch?«
Sie zwinkerte gleichgültig.
»Das war vor sechsunddreißig Stunden«, sagte der Arzt. »Inzwischen wurden Sie operiert, um die verletzte Milz zu entfernen und einige innere Blutungen zu stoppen. Das erklärt die Schmerzen im Bauch. Ihr Mund ist verdrahtet, weil Sie sich den Kiefer brachen, als Sie mit dem Kopf gegen die Windschutzscheibe stießen. Wegen der Schnitte und Abschürfungen im Gesicht haben Sie eine spezielle Maske auf. Die Infusion an Ihrem Arm und der Schlauch in Ihrer Nase sind notwendig, um Ihren Zustand stabil zu halten und Sie mit Nährstoffen zu versorgen, aber die kommen bald weg. Haben Sie mich soweit verstanden?«
Sie schloß die Lider und mußte sich anstrengen, um sie wieder zu öffnen.
»Ihre Hüfte, Ihr linkes Bein und die rechte Schulter liegen in speziellen Gipsschalen, damit sie unbeweglich bleiben, bis wir die Brüche operieren können. Das gleiche gilt für Ihr Rückgrat. Sie sind eine ziemlich dick bandagierte junge Dame, Miss Havilland, aber Sie kommen schon wieder in Ordnung. Im Augenblick ist nur wichtig, daß Sie absolut ruhig bleiben, außer wenn wir Sie bitten, den einen oder den anderen Körperteil zu bewegen. Ich weiß, daß das unbequem ist, aber es ist sehr, sehr wichtig. Verstehen Sie das?«
Die Verzweiflung hinter ihrem langsamen Zwinkern spürte nur sie selbst.

»Und nun«, sagte er, »möchte ich, daß Sie ein paar Sachen für mich tun, wenn Sie so freundlich sind. Ich werde jetzt Ihren rechten Fuß berühren, und ich will, daß Sie die Zehen krümmen ...«
Er lobte sie, während sie Zehen, Finger und Augen nach seinen einfachen Anordnungen bewegte. Dann fragte er sie nach den Schmerzzentren. Verzweifelt zwinkerte sie ein Ja auf fast alle seine Fragen, denn es war unmöglich, ihm zu sagen, daß er überall war, überall ...
Sie trieb von ihm weg auf der kahlen Wattewolke der Droge, als sie plötzlich etwas zurückholte. Ein Wort entschlüpfte ihren Lippen, gedämpft von der elastischen Maske und den Drähten, aber trotzdem verständlich, denn sie wußte, daß der Arzt es erahnte.
»Baby ...«
Sie spürte, wie er ihre Hand nahm. Er schüttelte den Kopf.
»Es wird andere Babys geben, Miss Havilland. Versuchen Sie, es nicht zu schwerzunehmen. Wichtig ist jetzt nur, daß Sie das hier gut überstehen. Wir haben keine ernstlichen Verletzungen an Ihren Fortpflanzungsorganen gefunden. Wenn Sie mit uns zusammenarbeiten, können Sie wieder ganz gesund werden. Wollen Sie das für mich tun?«
Die Schwärze kehrte zurück wie ein Balsam, sie schaltete die Stimme ab. Die Droge schien ihre Verzweiflung zu verstehen und überdeckte alles. Sie vermutete, daß der Arzt sie über ihre Genesungschancen belogen hatte. Der Gedanke war ihr angenehm. Die Welt war ein Ort, den sie gern verließ.
Schon jetzt war sie wie eine Mumie, ein schuldiger Geist, der für seine Launen mit ewigem Schweigen, Bewegungslosigkeit und Schmerz bestraft wurde. Die Infusion neben dem Bett konnte ebensogut Einbalsamierungsflüssigkeit sein.
»Baby ...« Sie hörte das Echo ihrer krächzenden, nicht zu entziffernden Hoffnungen.
Dann tauchte sie durch Tiefen der Übelkeit in den Schlaf.

3

Als sie wieder erwachte, lag das Zimmer im Dunkeln. Aber sie merkte, daß es Tag war, denn durch die Jalousien fiel in Streifen das Sonnenlicht. Obwohl es nur schwach war, stach es ihr ins Hirn wie Messer.
Noch bevor sie richtig denken konnte, stöhnte sie schon. Sie stellte sich vor, daß irgendwo an der Seite ein Alarmknopf sein mußte, aber mit

ihrem ruhiggestellten Kopf konnte sie nicht danach suchen. Die Heftigkeit der Schmerzen in Gesicht und Bauch ließen sie keinen klaren Gedanken fassen.
Eine männliche Hand mit langen, gelb verfärbten Fingern kam plötzlich in ihr Gesichtsfeld und drückte auf den Knopf.
Sie hob den Blick und sah Damon Rhys über sich stehen. Seine blauen Augen funkelten im Halbdunkel.
»Hier ist er, Liebling. Halt dich daran fest. Du wirst ihn brauchen.«
Die vertraut grummelnde Stimme war wie eine ohnmächtige Zärtlichkeit inmitten von Verwüstung.
Sie dachte daran, daß sie eigentlich lächeln müßte, aber die Maske machte eine solche Begrüßung unmöglich. Nur mit den Augen konnte sie ihre Dankbarkeit ausdrücken.
Sie versuchte, ein Hallo zu murmeln, aber er schüttelte den Kopf.
»Ruhig, Baby«, sagte er; er verstand ihre Notlage. »Versuch gar nicht erst zu reden. Versuch auch nicht, dich zu bewegen. Diese Bauchaufschneider haben dich eingewickelt wie eine Mumie, und du hast überall Gips und Klammern. Die nehmen dich im Augenblick ganz schön her, aber du wirst es schaffen.«
Die Schwester erschien, gefolgt von einem Arzt.
»Brauchen Sie Medikamente?« fragte der Arzt und sah schnell von Annies gequälten Augen auf einen Monitor, der irgendwo hinter dem Infusionsgalgen stand.
Braucht ein Ballon Luft? dachte sie mißmutig.
»Natürlich braucht sie Medikamente«, hörte sie Damon bellen. »Sie wissen, wie lange es her ist. Mann Gottes, geben Sie ihr doch nicht das Gefühl, antworten zu müssen. Geben Sie ihr einfach den Stoff, und zwar schnell!«
Sie spürte seine Hand zärtlich auf der ihren, während der Arzt die Spritze vorbereitete.
»Ganz ruhig, Baby. Sorg dich nicht. Ich bin bei dir.« Damons Stimme war sanft, ein leichter Zorn über den Arzt schwang darin mit.
Dieses Erwachen war so schmerzhaft wie das erste, aber irgendwie erträglicher, weil es schon vertraut war. Annie spürte, wie der Schmerz von den Armen und Beinen zum oberen Teil des Rückgrats kroch und dann wieder zurück. Die entsetzlichen Bauchschmerzen und das Bleigewicht ihrer Verzweiflung drückten sie zu Boden.
Plötzlich wurde ihr erschreckend bewußt, daß ihr Kiefer gebrochen war, und sie fragte sich, ob ihre Zähne in Ordnung waren. Die monströ-

se Streckmaske auf ihrem Gesicht war wie der Griff eines Dämons. Sie spürte die Katheder in ihrem Inneren nicht, aber der Schlauch in ihrer Nase war ausgesprochen unangenehm.
Man gab ihr eine neue Spritze, und wieder kamen das makabre Gefühl des Verfaulens und die Wahnbilder gieriger Raubtiere und unnatürlicher Wunden über sie. Die Folgen der Medikamente waren fast ebenso alptraumhaft wie die Schmerzen, die sie bekämpften. Sie wußte plötzlich, daß dies nur logisch war. Nur die Hölle konnte es mit der Hölle aufnehmen.
Mit den Augen signalisierte sie Damon Rhys, der geduldig auf sie herabsah, ihre Hilflosigkeit.
»Ganz ruhig«, sagte er. »Ich pass' auf diese Jungs schon auf. Du hast die kritische Phase überwunden, mein Schatz, und du wirst immer kräftiger. Man hat dich am Bauch operiert, und jetzt funktioniert wieder alles bei dir. Sie haben deine Brüche geschient und dich am Rücken operiert, aber sie sind noch nicht ganz fertig mit dir. Heute nachmittag kommt der Orthopäde. Und ich bleib' die ganze Zeit bei dir.«
Sie zwinkerte dankbar. Sie überlegte sich, wie lange er wohl schon hier war.
Etwas in seinem Lächeln sagte ihr, daß er ihr Geheimnis kannte.
»Ich verlor das ...« Ihre Stimme war nur ein Krächzen, sie konnte die Lippen kaum bewegen.
»Ich weiß, mein Liebling, ich weiß.«
Er sah sie so zärtlich an, wie sie es nie für möglich gehalten hätte.
»Jetzt konzentriere dich erst mal darauf, daß du diesen Schlamassel so geduldig wie möglich durchstehst«, sagte er. »Deine Zukunft ist ein offenes Buch. Du kannst so viele Baby haben, wie du willst. Denk daran und vergiß nicht, ich bin immer bei dir. Zwinkerst du einmal für okay?«
Als Antwort schloß sie die Augen und schlief ein.

4

Weder der müde, gedankenverlorene Damon Rhys noch das zerschlagene Mädchen in dem Bett vor ihm bemerkten, daß unter der gesichtslosen Masse der Ärzte, Schwestern und Sanitäter einer war, der nicht dazugehörte.
Die Verkleidung war einfach gewesen: Ein weißer Arztkittel, ein Namensschild, ein Stethoskop.

Auf der Suche nach Unterlagen oder beim Versuch, mit eingeschlossenen Patienten zu reden, war Wally Dugas schon oft in Krankenhäuser eingedrungen. Die Sicherheitsvorkehrungen waren immer sehr lax, denn man kümmerte sich mehr um die Pflege der Patienten als um die Abwehr unwillkommener Besucher. Die meisten Schwesternzimmer waren unterbesetzt und bei Notfällen praktisch verlassen. Mit ein wenig Vorsicht bekam man fast immer, was man wollte.

Diesmal war Wally direkt in das Privatzimmer gegangen, in das man Annie Havilland nach einer Woche auf der Intensivstation verlegt hatte. Wie er erwartet hatte, führten die Schwestern, die dort Dienst taten, ein gesondertes Krankenblatt.

Pro forma begrüßte er die Patientin mit leiser Stimme und maß ihr den Puls. Sie hatte die Augen offen und starrte ins Nichts. Auf seine Anwesenheit reagierte sie nicht. Es war spät nachts, und sie stand wahrscheinlich unter Schmerzmitteln.

Es war das erste Mal, daß er sie leibhaftig vor sich sah. Ihm wurde schmerzlich klar, daß er die ursprüngliche Annie Havilland nie mehr sehen würde. Die war für immer verschwunden. Die Maske über ihrem Gesicht ließ daran nur wenig Zweifel.

Aus dem Krankenblatt erfuhr er dann den Rest, eine jammervolle Geschichte. Gebrochene Nackenwirbel und Rippen, Oberschenkel und Hüfte in einer Gipsschale, Bruch und Verrenkung der rechten Schulter, gebrochener rechter Oberarm. Nierenquetschungen, ein Milzriß, schwere innere Blutungen in der ersten Nacht.

Und das Schlimmste, ein Kieferbruch und tiefe Schnittwunden an Stirn und Gesicht. Man mußte schon froh sein, wenn die Ärzte ihr überhaupt wieder ein menschliches Aussehen geben konnten, an Damon Rhys' berüchtigten Sex-Engel war da nicht mehr zu denken.

Wally sah von der Gipsschale an der Hüfte zu der Klammer, die ihren Kopf ruhigstellte, und zu den Streckverbänden am rechten Ellbogen und am linken Bein. Dann blätterte er im Krankenblatt zu den Angaben über die Medikamente. Morphium, 15 Milligramm alle vier Stunden.

O Gott, dachte er. *Jetzt ist sie wirklich dran.*

Nach dem Krankenblatt hatten die akuten Unterleibsschmerzen bald nach der ersten Operation nachgelassen, aber die starken Bruchschmerzen blieben. Noch schwieriger zu behandeln waren die Genickschmerzen von den gebrochenen Nackenwirbeln. Wegen der Gefahr eines Ödems und der Belastung des Rückenmarks konnte nicht operiert werden. Das mußte noch mehrere Monate warten.

Wally blätterte zur ersten Seite zurück, denn er erinnerte sich an etwas, das er zuvor überlesen hatte.
Sie war schwanger gewesen.
Und hatte das Baby verloren.
Wally versuchte, die Situation zu rekonstruieren. Er hatte den Unfallort selbst untersucht und mit einigen Kontaktmännern im Polizeirevier von Beverly Hills gesprochen. Nach deren Angaben war sie nüchtern gewesen, als sie die Kontrolle über das Auto verlor.
Nüchtern, aber nicht angeschnallt.
Wally zählte zusammen, was er von dem Mädchen wußte. Der Druck der Publicity-Kampagne in der Folge von *A Midnight Hour* hatte ihr das Leben zur Qual gemacht. Schließlich war sie ja noch eine Anfängerin, und sie hatte in Harmon Kurth den unversöhnlichsten Feind, den eine junge Schauspielerin haben konnte.
Aber Wally vermutete, daß nicht einmal Kurth sie zu dem getrieben haben konnte. Dafür war sie zu zäh.
Nur die Liebe konnte sie dazu bringen, so etwas zu tun.
Die Liebe und das Wissen, daß sie schwanger war.
Wally war überzeugt, daß Shain irgendwie dafür verantwortlich war. Sie war ihm sehr nahegestanden, er war zweifellos der Vater des toten Embryos. Eine diskrete Nachfrage würde das bestätigen.
Wally kannte Shains Sexgewohnheiten, eine Ermittlung vor einigen Jahren hatte sie am Rande berührt.
Hatte Shain sie abgewiesen? Hatte er sich geweigert, das Kind anzuerkennen? Hatte er ihr die Schuld an der Schwangerschaft gegeben?
Wally würde es schon herausfinden. Ein Blick auf die mumifizierte Gestalt in dem Bett sagte ihm, daß es keine Eile hatte.
Beim Schließen des Krankenblatts bemerkte er die Blutgruppe. AB negativ. Der Universalspender. Sie war nichts Neues für ihn, er kannte sie ja schon aus ihrer Geburtsurkunde in Richland.
Während er das Krankenblatt an seinen Platz zurücklegte, dachte er an die unbekannte Schwester. Eines Tages, entweder bevor er sie fand oder danach, würde er auch ihre Blutgruppe bestimmen.
Und dann hätte er die Hand am Steuer.
Vielleicht.
Er schürzte die Lippen und sah die erbärmliche Gestalt noch einmal lange an. Es war eigenartig, daran zu denken, daß er sie vielleicht besser kannte als sie sich selbst. Er wußte, was sie von ihrem einsamen, unbeugsamen Vater geerbt hatte und was von ihrer gierigen Schauspielermutter. Annie war ja selbst eine hervorragende Schauspielerin, sehr ehrgeizig und sehr unbeugsam. Ja, sie hatte etwas von beiden.

Und auch etwas von ihrer Schwester.
So hatte sie es also in Rekordzeit auf den Gipfel des gefährlichsten Berges der Welt geschafft – und dabei ihren Todfeind umgangen –, nur um dann einen Abhang hinunterzustürzen.
Aber irgendwann in diesem komplexen Geflecht hatte sie sich von ihren Vorfahren verabschiedet und war Annie Havilland geworden. Das war das ewige Rätsel, wegen dem Wally Detektiv blieb. Auf dem Weg zu einem Schicksal, das alleine ihr gehörte, endete sie hier in diesem Krankenbett. Hatte sie je vermutet, daß die Straße, auf der sie reiste, hierherführen mochte?
Nein, dachte Wally traurig. Solche Dinge lernt man immer einen Augenblick zu spät.

5

In den folgenden Tagen wurde sich Annie ihrer Umwelt und der Leute, die sie umgaben, immer deutlicher bewußt. Sie erfuhr, was es hieß, ein schwerer Fall in einem sehr beschäftigten Krankenhaus zu sein, und vor allem lernte sie die Feinheiten der Behandlung von chronischen Schmerzen.
Die Eisenzangen an ihrem Kopf hatte man durch eine Kopf- und Nackenstütze ersetzt, aber die Streckverbände blieben weiterhin an den Knochen befestigt. Alle paar Stunden mußte eine Schwester die Stellen, wo die Stifte durch die Haut stachen, mit Wasserstoffperoxyd reinigen und mit einem Antibiotikum eincremen – eine sonst schmerzhafte Prozedur, die sie aber unter den gegebenen Umständen kaum bemerkte.
Der Schlauch steckte weiter in ihrer Nase und die Infusionsnadel in ihrem Arm, wo sie bis vierzehn Tage nach dem Unfall auch bleiben mußte. Obwohl sie ab und zu Flüssigkeiten mit einem Strohhalm trinken konnte, würde es noch Wochen dauern, bis sie auch nur weiche Nahrung essen konnte.
Ihr Gesicht blieb weiterhin zweiundzwanzig Stunden am Tag verbunden, damit ihre massiven Schnittwunden und Prellungen abheilen konnten und ihr Kiefer unbeweglich blieb. Der obere Teil ihrer Stirn war taub, weil die Nerven beim Aufprall des Kopfes auf die Windschutzscheibe verletzt worden waren.
Der Rest ihres Körpers blieb weiterhin beständigen Schmerzen unterworfen, die so unerträglich waren, daß sie sich, unterstützt vom Mor-

phium, in einen abgeschiedenen Winkel ihres Ichs zurückzog und von der Wirklichkeit, die sie umgab, sowenig Notiz wie möglich nahm.
Das Physiotherapieteam unter der Leitung einer lebhaften jungen Frau namens Judy Hagerman hatte diese Reaktion vorausgesehen. Während sie Annie mit einfachen Übungen anfangen ließen – die Hand heben, die Zehen krümmen –, bekämpften sie gleichzeitig ihre postoperative Depression, indem sie sie von ihrer Besessenheit mit dem Schmerz weg- und in die Wirklichkeit hineinzogen.
Für Annie war es schwierig, mit mehr als wenigen Seufzern auf Judys freundliche Bemerkungen und Fragen zu reagieren, aber trotzdem mochte sie es, wenn die andere Frau mit ihren blonden Haaren und ihren funkelnden Augen jeden Morgen bei ihr erschien. Es war angenehm zu spüren, daß sich jemand darum sorgte, ob sie lebte oder starb, auch wenn sie selbst es nicht tat.
Aber sie wußte bereits, daß ihr in dieser Beziehung nichts fehlte. Denn in dem Spiegel über ihrem Bett sah sie Damon Rhys zu jeder Tages- und Nachtzeit neben dem Fenster sitzen. Er kümmerte sich nicht um die vorgeschriebenen Besuchszeiten und wich nie von ihrer Seite. Sie wußte nicht, wann oder wo er schlief. Sie wußte nur, daß er immer da war, wenn sie die Augen öffnete, in einer Zeitung oder einem Buch las oder schrieb.
Und immer wenn sie sein Bild im Spiegel ansah, schien er es zu spüren, denn er erwiderte ihren Blick. Dann hob er aufmunternd den Daumen, stand auf und kam ans Bett, erkundigte sich, wie es ihr ging, und kehrte wieder zu seinem Stuhl zurück. Wenn er meinte, es gehe ihr besonders schlecht, rief er eilends nach einem Arzt. Und wenn das Personal nicht schnell genug war, hörte sie sein drohendes Grummeln auf dem Gang.
Er hatte drei spezielle Schwestern angestellt, die im Acht-Stunden-Wechsel über sie wachten, denn er traute es dem überarbeiteten und unterbesetzten Pflegepersonal des Krankenhauses nicht zu, in einem Notfall sofort verfügbar zu sein. Zu allen dreien war er auf rauhe Art freundlich, und bald vereinte sie eine häusliche Vertrautheit, die Annie an Conchata und das Haus im Benedict Canyon erinnerte.
Manchmal roch Annie trotz ihrer verwirrten Sinne etwas, das nur Whiskey sein konnte, aus dem Winkel, wo Damon saß. Er hatte sich hinausgeschlichen, um irgendwo etwas zu trinken, oder vielleicht in der abgenutzten Aktentasche, die er immer bei sich trug, eine kleine Flasche mitgebracht.
Immer wenn ein Spezialist, der Orthopäde, der Allgemein- oder der Schönheitschirurg, der Physiotherapiespezialist, hereinkam, um Test-

ergebnisse zu überprüfen oder nach ihren Fortschritten zu sehen, folgte Damon ihnen danach auf den Gang. Sie hörte sein tiefes, bei diesen Gelegenheiten fügsameres und vertraulicheres Grummeln, wenn er bat, über ihren Zustand informiert zu werden. Ein Hauch von väterlicher Besorgnis lag in seiner Stimme, wenn er über sie sprach.

Oft spürte er instinktiv, daß ihre Schmerzen unerträglich wurden, obwohl sie es hinter zusammengebissenen Zähnen und einem leeren, gequälten Blick zu verbergen versuchte. Er kam dann ans Bett und zwang sie, Medikamente zu akzeptieren.

»Na komm, Liebling«, sagte er dann immer, »jetzt wollen wir dir mal ein Demerol besorgen. Verdammt, du brauchst dich doch nicht zu schämen, danach zu fragen. Jetzt ist nicht die Zeit für irgendein Aspirin. Du bist zu hart zu dir selber.«

Wenn sie es dann nicht mehr aushielt, gab sie nach. Sie hatte sich nie vorgestellt, daß es solche Schmerzen überhaupt geben konnte. Die Welt war ein lebender Alptraum und ihr Körper dessen Zentrum. Immer wieder überwältigten sie Depressionen und füllten ihre gequälten Augen mit Tränen.

Damon hatte wohl gespürt, was Judy Hagerman bereits wußte: daß es notwendig war, Annie eng an die Wirklichkeit zu binden und sie so beschäftigt wie möglich zu halten. Deshalb las er ihr oft und lange aus Zeitungen und Magazinen vor und würzte seine Vorträge mit bissigen Kommentaren, die sie zum Lachen gebracht hätten, wäre diese körperliche Tätigkeit unter den Umständen nicht unmöglich gewesen.

»Hör mal, Liebling, die drei Priester und die Nonne, die im Gefängnis sitzen, weil sie Kissinger entführen wollten, beteuern immer noch, daß sie es wieder tun würden. Kannst du dir das vorstellen? Würdest du nicht gern ein Mäuschen in dem Zimmer mit den drei Priestern, der Nonne und Henry Kissinger sein? Über was, um alles in der Welt, würden die wohl reden? Jetzt haben sie also Charlie Manson und seine Freundinnen wegen dem Mord an Sharon Tate und den anderen verurteilt. Das ist schon eine komische Welt, Baby. Die Gewalt dreht unseren Erdball. Vietnam, der Mittlere Osten, baskische Separatisten, Separatisten in Quebec ... Ach, und in Uganda hat's einen Staatsstreich gegeben. Ein gewisser Idi Amin hat die Macht übernommen. Ob der wohl besser ist als der andere ... Blut, Chaos, Mord ... Und was gibt's Neues? Nach Nixons Rede zur Lage der Nation ist es uns noch nie besser gegangen. Wenn ich der wäre, würde ich es wahrscheinlich genauso sehen. Wenn sich nur diese gottverdammten Cowboys nicht von Baltimore hätten schlagen lassen – ich habe hundert Dollar bei diesem Spiel verloren ...«

Er erzählte ihr von seinen Plänen, sie zur Rekonvaleszenz in sein Haus zu holen, sobald sie das Krankenhaus verlassen dürfe.
»Wir haben ein Krankenhausbett in das hintere Schlafzimmer gestellt«, sagte er. »Von dort aus kannst du die Berge sehen. Ich habe einen Farbfernseher für dich hineingestellt und eine kleine Stereoanlage – aber für die Musik hast du ja mich und meine Geige. Die drei Schwestern werden nach deiner Pfeife tanzen, und Conchata wird für dich kochen – das ist das Wichtigste. Im Keller wird gerade ein Whirlpool eingebaut und die ganzen Geräte für deine Physiotherapie. Der ganze Keller sieht aus wie ein verdammtes Fitneßcenter. Und Mrs. Guenther von nebenan meint, du darfst ihren Swimmingpool benutzen, sooft du Lust hast. Es wird dir großartig gehen, mein Liebling.«
Etwas aus der Fassung gebracht von der Intensität seiner Bemühungen um sie, ließ sie eines Morgens, während sie ihn mit verzweifelten Augen ansah, ihre Depression aus sich sprechen.
»Warum tust du all das?« brachte sie mühsam heraus. »Ich weiß doch, wie beschäftigt du bist. Warum tust du nicht deine Arbeit und vergißt mich? Ich habe mein Leben ruiniert. Und ich will nicht auch noch deins ruinieren.«
Er kam näher und nahm ihre Hand.
»Ich hatte nie eine Tochter«, erwiderte er mit einem dünnen Lächeln. »Laß mich doch so tun, als würde ich gebraucht werden, bitte, Baby. Du tust mir damit einen großen Gefallen.«
Ein schwaches, ergebenes Flackern ihrer Lider war die einzige Antwort. Aber dankbar ließ sie ihre Hand in der seinen ruhen.

Jan, die älteste und erfahrenste der drei Spezialisten, schüttelte eines Abends, als sie sich mit der Stationsschwester unterhielt, den Kopf.
»Ich habe schon Schlimmes gesehen«, sagte sie, »aber so etwas wie dieses arme Mädchen noch nicht. Wenn die es durchsteht, dann ist sie wirklich einzigartig. Die meisten Patienten in ihrer Lage wären am liebsten tot.«
»Wie ist ihre Stimmung?« fragte die Stationsschwester.
Jan runzelte nachdenklich die Stirn.
»Es ist komisch«, erwiderte sie. »Eigentlich will sie sterben. Nicht einmal Mr. Rhys kommt da so richtig an sie ran. Aber etwas in ihr klammert sich weiter ans Leben. Es wartet einfach. Wartet darauf, was kommt. Ob etwas kommt, das es wert ist, dafür zu leben. Irgendwie hat sie den Mumm zum Durchhalten. Und der ist stärker als ihre Depressionen. Ich glaube, mit dem wird sie es durchstehen.«

Ihr Gesicht erhellte sich. »Wie ist die Besuchersituation?«
Die Stationsschwester hob die Schultern. »Unverändert. Jeden Morgen ein Anruf von diesem Roy Deran aus New York. Später am Tag dann eine Karte von ihm. Fast jeden Tag höre ich auch von diesem Autohändler, Cantele. Der reißt sich wegen der ganzen Sache die Haare aus. Und jeden Nachmittag, wie ein Uhrwerk, von zwei bis drei kommt eine Freundin namens Aleine deGraw und setzt sich ins Wartezimmer. Sitzt einfach da. Sie macht Kreuzworträtsel und unterhält sich mit den Schwestern. Sie ist eine sehr nette Frau, die Hälfte der Mädchen haben ihr schon ihre Probleme erzählt. So eine Freundin hätte ich auch gern.«
Jan runzelte die Stirn. »Was ist mit Shain?« fragte sie. »Hat der sich schon gerührt?«
Die Stationsschwester grinste schief. »In der ersten Woche ist er mal aufgetaucht – mit seinem ganzen Gefolge. Man ließ ihn natürlich nicht zu ihr. Soviel ich weiß, hat Mr. Rhys dem Personal gesagt, er würde Shain persönlich den Kopf abreißen, wenn der auch nur einen Fuß in das Zimmer setzt.« Sie hob die Schultern. »Seitdem habe ich nichts mehr von ihm gehört.«

Annie lag in ihrem Zimmer und sah über den Spiegel fern. Damon starrte schläfrig und abwesend ins Nichts, ab und zu huschten seine verquollenen Augen zu Annie.
Das Regal am Fenster war übervoll mit Glückwunschkarten. Der Platz, der auf dem Tisch noch frei blieb, war immer belegt von einem der vielen Blumensträuße, die Fans und Freunde ihr schickten. Den Rest, von Damon aus Platzmangel abgewiesen, verteilten die Schwestern an bedürftigere, einsamere Patienten.
An diesem Tag bestand das schönste Gebinde aus exotischen Blumen wie Hibiskus, Anthurien, wilden Orchideen und Paradiesvogelblumen. Jan hatte nicht widerstehen können und dem Gebinde den Ehrenplatz gegeben, obwohl es ohne Karte von einem unbekannten Spender aus Miami stammte.
Sie hatte es erwähnt, als sie die Blumen auswickelte, aber auch Annie hatte sie nicht aufklären können.
Sie kannte niemanden in Miami.

6

Alice Havilland war in der Welt des Normalen verschwunden. Ihre Gerissenheit, die sich nun in voller Größe zeigte, war zuviel für Wally. Aber das Ereignis, das ihr Verschwinden beschleunigt hatte, war der Schlüssel, der ihn überzeugte, daß er sie richtig eingeschätzt hatte.
Vor etwa zehn Jahren – das kleine Mädchen mußte zwölf oder dreizehn Jahre alt gewesen sein –, entwischte es plötzlich Alices Obhut.
Sonny Ruggiero, ein Gelegenheitserpresser und Spieler, Alis damaliger Freund, saß nun im Gefängnis von Illinois. Er erinnerte sich noch deutlich an den Vorfall.
»In diesem Winter war es in Cleveland saukalt«, erzählte er Wally durch das Besucherfenster. »Wir wohnten in einem Motel in der Innenstadt. Eines Morgens, als wir noch schliefen, verschwand das Mädchen. Hat überhaupt nichts mitgenommen. Nur die Klamotten, die sie anhatte. Sie ließ ein paar Spielsachen und Bücher zurück. Ich war überrascht – so ein kleines Mädchen. Wo sollte denn die schon hingehen?«
Er lächelte gedankenverloren.
»Aber wenn ich es mir recht überlege, sie konnte wirklich auf sich selbst aufpassen, das kann ich Ihnen sagen. Und, o Mann, wie sie aussah. Die war wirklich etwas Besonderes.«
Das hinterhältige Funkeln in seinen Augen sagte Wally, daß er ihren Charme im Bett kannte.
»Und wie hat Ali es aufgefaßt?« fragte Wally.
»Na.« Der Mann runzelte die Stirn. »Ich weiß nicht recht, wie ich es sagen soll. Es war irgendwie untypisch für sie. Sie war, na – irgendwie nachdenklich. Hat's nicht einfach mit einem Achselzucken abgetan, wissen Sie. Aber sie wurde auch nicht wütend. Und sie verfolgte das Mädchen nicht. Sie wirkte einfach nachdenklich.«
»Wie war sie vorher?«
»Nun ja, sie hat viel gelacht. Hatte einen ziemlich bissigen Humor. Und sie explodierte, wenn man sie falsch anfaßte. Die war ganz schön zäh.« Er sah Wally mit zusammengekniffenen Augen an. »Das Kind hatte es ziemlich schwer gehabt bei ihr ... Sie war zu streng.«
Er hob gleichgültig die Schultern.
»Dann hat sie also nicht versucht, das Mädchen wiederzufinden«, sagte Wally. »Was ist dann passiert?«
Der Mann lächelte.
»Sie verschwand. Ließ mich einfach auf dem trockenen sitzen. Plötzlich

war sie weg. Eines Tages in diesem Frühling kam ich von der Rennbahn nach Hause, und sie war nicht mehr da – seitdem habe ich sie nicht mehr gesehen und auch nichts mehr von ihr gehört.«
Mit einem schrulligen Grinsen zog er an seiner Zigarette.
»Ich hab' mich noch manchmal nach ihr umgehört ... Aber da kam nichts dabei heraus. Die war wie vom Erdboden verschwunden. Ich wette vier zu eins, daß sie nicht mehr lebt. Sonst hätte ich was von ihr gehört. Man bekommt immer heraus, wo jemand ist. Aber das ist jetzt schon zehn Jahre her.«
Er seufzte.
»Nein«, schloß er, »ich würde sagen, Ali hat's sich entweder irgendwo bequem gemacht, weit weg von den Leuten, die wir kannten – oder sie ist tot. Eins von beiden.«
»Warum gerade diese beiden?«
»Man muß sie kennen. Sie hat sich entweder einen Kunden geangelt, vielleicht 'nen reichen alten Knacker, vielleicht sogar einen Ehemann – oder sie hat jemand so wütend gemacht, daß der ihr den Hals umdrehte. Eins von beiden. Glauben Sie mir.«

Wally glaubte es.
Auf seine unbeholfene Art hatte Sonny Ruggiero Alices Wesen genau erkannt. Wally, der sie langsam so gut kannte wie sich selbst, war überzeugt, daß sie keine Prostituierte mehr war.
Aber nicht, weil sie älter war. Für Frauen ihres Alters gab es immer noch genügend Arbeit.
Sonny hatte recht mit seiner Vermutung, daß sie nach Christines Verschwinden dieses Leben hinter sich gelassen hatte. Aber er irrte sich, wenn er dies für ein zufälliges Zusammentreffen hielt.
Alice hatte aufgehört, *weil* Christine ihr entwischt war.
Zum hundertstenmal betrachtete Wally Charlie Grzybeks Foto mit Mutter und Tochter am Strand von Chesapeake. Die Frau hatte dem Kind die Hand mit Bedacht auf die Schulter gelegt – nicht, um sie zu beschützen, sondern um sie in Beschlag zu nehmen.
In Beschlag zu nehmen und zu strafen.
Als das kleine Mädchen kurz vor der Pubertät ihr entwischte, hatte Alice – oder Alethea, wie sie sich von gewissen Männern nennen ließ – keinen Grund mehr, das befremdlich selbstzerstörerische Leben weiterzuleben, das sie geführt hatte, seit sie Harry Havilland verlassen hatte.
Ein Leben, in dem sie sich nur gesuhlt hatte, um ihre Tochter dessen Schrecken zu unterwerfen.

Es gab verschiedene Gründe, warum sie das Mädchen nicht verfolgte. Da sie außerhalb des Gesetzes lebte, hatte sie kein Recht, als ihre Mutter um sie zu kämpfen. Das Mädchen war frei. Alethea konnte sich nicht an die verhaßte Polizei oder andere Behörden wenden, damit die sie ihr zurückbrachten.

Aber sie wollte sie auch nicht auf inoffiziellen Wegen zurückholen. Nicht, weil sie sie nicht liebte – Liebe hatte mit der eifersüchtigen Wacht der vergangenen zwölf Jahre nichts zu tun –, sondern weil sie genug von ihr hatte. Sie hatte erreicht, was sie sich vorgenommen hatte.

Es gab vielleicht noch einen dritten Grund. Nach allem, was Wally über Christine erfahren hatte, war es durchaus möglich, daß Alethea inzwischen gehörige Angst vor ihr hatte.

Wally versuchte sich ihre »Nachdenklichkeit«, wie Sonny Ruggiero es genannt hatte, nach Christines Verschwinden vorzustellen. Es war nur natürlich, daß sie sich die vergangenen zwölf Jahre durch den Kopf gehen ließ.

Aber auch das, was vor ihr lag. In dieser kurzen Zeit hatte sie ihre Zukunft geplant.

Nun war sie frei, ihre beträchtliche Intelligenz wieder dem Plan zuzuwenden, den sie vor langer Zeit aufgegeben hatte: sich einen sicheren und lukrativen Platz in der normalen Welt zu suchen.

Wally lächelte, als er das Bild ansah. Sie mußte auch heute noch eine attraktive Frau sein. Er zweifelte nicht, daß sie gut für sich gesorgt hatte. Eine Frau, die einen Zuhälter nach dem anderen an der Nase herumführen konnte und zusah, wie sie alle ins Gefängnis wanderten, während sie immer eine reine Weste behielt, hatte sicher keine Schwierigkeiten, einen reichen Manager oder Bankpräsidenten zu finden, der sie heiratete.

Und wer wußte es schon? Vielleicht war sie, wenn sie über ihre verlorene Tochter nachdachte, stolz darauf, daß die Gewalt, die sie ihrer Tochter angetan hatte, möglicherweise fruchtbare Wirkung zeigte, als aus dem Kind eine Frau wurde. Vielleicht trug sie Früchte des Lasters, sowohl in der Außenwelt als auch in Christines verdrehter Psyche. Denn so wirkte die grimmige Fruchtbarkeit des Bösen.

So oder ähnlich dachte ein Mensch wie Alethea. Wally zweifelte nicht daran.

Er bezweifelte auch nicht, daß er sie eines Tages finden würde, wenn er nur die Muße hatte, ihr lange genug nachzuspüren. Aber hinter ihrer Maske der Normalbürgerin mit einer neuen Identität, die sich in Kreditkarten, Bankkonten und Versicherungspolicen manifestierte, würde sie

nur schwer zu finden sein. Doch um seiner selbst willen wollte er sie einmal leibhaftig sehen, auch wenn es Jahre dauerte.
Die Tochter war etwas ganz anderes. Viel einfacher natürlich. Und vielleicht auch viel gefährlicher.
Liebling, Tippy, Tina, Christine.
Gleichgültig, wie sie sich mit zwölf oder dreizehn nannte, sie kannte nur diese Art von Leben. Allein im kühlen Cleveland und nach der Erziehung, die sie genossen hatte, war sie wohl kaum geneigt gewesen, sich den Behörden zu stellen. Vermutlich hatte sie den Staat instinktiv als ihren Feind betrachtet.
Die Augen auf dem Foto waren voller Intelligenz und Gerissenheit, die fast so erschreckend wirkten wie ihre Geduld. Sie war ein ganz ungewöhnlicher Mensch, sehr brillant. Und eine Expertin hatte ihr die vielen Spielarten der Prostitution beigebracht.
Was tat sie also an diesem kühlen Morgen in Cleveland?
Nachdem sie ihr ganzes Leben lang zugesehen hatte, wie ihre Mutter von einem Beschützer zum anderen zog, wußte sie sicher, daß auch sie einen solchen Beschützer brauchte.
Aber die Suche nach einer solchen Verbindung mußte in einer wärmeren Klimazone beginnen.
Südkalifornien, Arizona, Miami. Die Liste ihrer möglichen ersten Aufenthaltsorte war nicht lang.
Und da sie im Osten und Mittelwesten aufgewachsen war, würde sie Miami wählen.
Sie würde nicht schwer zu finden sein – wenn sie noch am Leben war.
Wally war zufrieden mit der Entwicklung, die seine Ermittlungen bis jetzt genommen hatte. Seine Suche nach Annie Havilland – jetzt nur noch eine zerschundene Gestalt ohne Zukunft in einem Krankenhausbett – hatte direkt zu einer Frau ohne Vergangenheit geführt, die jeder, der Annie kannte, schon für lange tot gehalten hatte. Aber sie war nicht tot. Und ihre geheimen Wanderungen hatten zu einem dritten Menschen geführt, dem geheimnisvollsten von allen: Christine.
Die mußte er finden, und zwar bald.
Denn das Gesicht auf dem Foto, dieser Blick aus einem Inneren absoluter Leere unter der Herrschaft ihrer Mutter, war sein eigenes.

7

Harmon Kurth stand auf, als der Besucher sein Büro betrat.
Der dunkelblonde Mann war etwa dreißig Jahre alt. Für sein Alter sah er weder jung noch alt aus. Er war groß, etwa einsfünfundachtzig, muskulös. Sein Händedruck war fest, aber nicht aggressiv.
»Frank McKenna, Sir. Freut mich, Sie kennenzulernen.«
»Das Vergnügen ist ganz auf meiner Seite, Frank«, erwiderte Kurth lächelnd. »Nehmen Sie doch bitte Platz.«
Während der Fremde seine langen Glieder im Besuchersessel verstaute, studierte Kurth seine Augen. Es waren ruhige, hellbraune Augen. Obwohl ihr Ausdruck zuvorkommend, ja ehrerbietig war, wirkten sie doch sehr vorsichtig und enthüllten nichts von den Gedanken dahinter. Sie vermittelten den Eindruck von Beherrschtheit, Intelligenz und vielleicht von Geheimnissen, die er ganz instinktiv für sich behielt.
Die Augen brachten Kurth zu der Überlegung, ob er überhaupt der richtige Mann für ihn war. Er mußte es herausfinden.
»Nun«, sagte er. »Martin Farrow hat mir viel von Ihnen erzählt. Soviel ich weiß, sind Sie ein juristischer Spätzünder.«
»Das stimmt, Sir.« Der Fremde gab keine Erklärungen, aber Kurths Unterlagen besagten, daß er sich jahrelang abgemüht hatte, eine alte Familienschuld abzutragen, bevor er sich in der Juristischen Fakultät in Stanford einschrieb.
»Aber ich sehe, der späte Start hat Sie nicht behindert«, sagte Kurth. »Examen in Stanford ... Und die erste Anstellung gleich bei Farrow, Farrow und Pierce. Das sind hervorragende Referenzen.«
Der Besucher hob, leicht verlegen, zustimmend die Schultern. Ganz offensichtlich sprach er nicht gerne von sich.
»Aber Sie sind nicht hier wegen Ihrer offiziellen Qualifikationen«, fuhr Kurth fort. »Marty Farrow hat mir persönlich versichert, daß Sie ein Mann sind, auf dessen Diskretion und Gründlichkeit man sich verlassen kann. Deshalb war er auch bereit, Sie mir für eine kleine, aber wichtige Angelegenheit zu überlassen.«
»Ja, Sir.« McKennas Hände lagen bewegungslos auf den Lehnen des Sessels, dessen bewußt ausgesuchte Übergröße es nicht schaffte, seine große Gestalt unscheinbarer wirken zu lassen.
»Wir haben hier bei International eine Schauspielerin«, begann Kurth und legte die Fingerspitzen in spitzem Winkel aneinander. »Annie Havilland heißt sie. Ich kann mir denken, daß Sie schon von ihr gehört haben.«

»Ja, Sir, das habe ich.«
»Nun, wie Sie vielleicht wissen, hatte sie einen entsetzlichen Unfall. Sie ist im Krankenhaus und kämpft buchstäblich um ihr Leben. Sie hat schreckliche Schmerzen, ihre Zukunft ist sehr unsicher. Es ist eine furchtbare, schreckliche Sache.«
Kurth schüttelte den Kopf. »Wir von International waren von der Nachricht sehr erschüttert. Es kam so überraschend. Annie bedeutet uns persönlich und professionell sehr viel. Wir wollen, daß sie sich in dieser schwierigen Zeit unserer Unterstützung absolut sicher sein kann. Aber sie ist nicht stark genug, um viele Besucher empfangen zu können, und offen gesagt, sie will nicht, daß Leute aus dem Geschäft sie in ihrem Zustand sehen. Sie ist vollkommen bewegungsunfähig und über und über bandagiert ... Annie ist eine stolze Frau. Und so, sehen Sie, leidet sie praktisch alleine.«
Er sah McKenna an. »Nun, und hier kommen Sie ins Spiel, Frank. Ich darf Sie doch Frank nennen? Ich brauche jemand, dem ich vertrauen kann, jemand Verläßlichen mit viel Takt, der Annie ab und zu im Krankenhaus besucht und nachsieht, wie es ihr geht. Und gleichzeitig möchte ich, daß Sie, als mein Repräsentant, sich ihre Therapie genau ansehen und dafür sorgen, daß sie die richtige Behandlung erfährt.«
Er hob die Schultern. »Oh, ich weiß, wer ihre Ärzte sind, lauter hervorragende Spezialisten. Das ist ja selbstverständlich. Aber ich will mehr wissen über das Zimmer, in dem sie liegt, wie man sie pflegt – den gefühlsmäßigen Aspekt sozusagen. Ich befürchte, daß das Personal dort sie deprimierter macht, als gut für sie ist. Krankenhäuser sind ja so unpersönliche Orte ...«
Er spitzte besorgt die Lippen. »Ich muß einfach sicher sein, daß alles Menschenmögliche für sie getan wird. Und Ihre Berichte würden mich da sehr beruhigen, Frank. Ich würde ja selbst gehen, aber ich weiß, daß sie mich nicht sehen will. Sie will sich verstecken. Ich fürchte, sie ist auf gefährliche Weise äußerst depressiv. Und deshalb brauche ich Sie, Frank: um mich zu beruhigen, wenn möglich – oder mir die ungeschminkte Wahrheit zu sagen.«
Er lachte. »Wie Sie sich vielleicht vorstellen können, findet der Chef eines Studios, der nur von Jasagern umgeben ist, nur schwer einen solchen Menschen. Nun? Wollen Sie mir diesen Gefallen tun?«
Ein Augenblick des Zögerns auf seiten des Fremden machte deutlich, daß er über diese ungewöhnliche Bitte nachdachte und sie eigenartig fand. Warum ließ Kurth so eine einfache Sache nicht von seinen eigenen Leuten erledigen?

Aber McKenna stand erst am Anfang seiner Karriere in der berühmten Kanzlei und konnte es sich nicht leisten, eine von Martin Farrow überbrachte, persönliche Bitte Harmon Kurths auszuschlagen. Wenn er auch nur ein bißchen Verstand hatte, mußte er einwilligen. Außerdem war die Bitte so geringfügig ...

»Ja, Sir«, erwiderte McKenna schließlich. »Ich werde tun, was ich kann.«

»Ausgezeichnet.« Kurth war aufgestanden. »Ich wußte, daß ich mich auf Sie verlassen kann. Marty hat Sie sehr gelobt. Es sieht aus, als hätten Sie eine große Zukunft als Anwalt vor sich.«

Es war ihm nicht eben angenehm, daß McKenna im Stehen viel größer war als er selbst. Obwohl McKennas Augen ganz und gar nicht überheblich wirkten, schien er mit seinem Auftreten doch unbewußt den Raum um ihn zu dominieren.

»Und vergessen Sie nicht«, schloß Kurth beim Händeschütteln, »das ist eine sehr kostbare junge Dame. Sie ist eine großartige Schauspielerin, aber sie ist auch ein ganz besonderer Mensch. International hat ihr viel zu verdanken, und wir sind entschlossen, ihr mit allen unseren Mitteln zur Seite zu stehen, bis sie wieder gesund ist und spielen kann. Suchen Sie einen Weg, ihr diese Depressionen zu nehmen, Frank. Einen Weg, sie wieder ins Leben zurückzubringen. Und berichten Sie mir alles, was Sie sehen. Ich will alles Menschenmögliche für sie tun.«

»Ich werde mein Bestes tun, Sir.«

Leise verließ McKenna das Zimmer.

Kurth setzte sich zufrieden und sah aus dem Fenster.

Wenn Martin Farrow recht hatte, dann war McKenna genau der Mann, den er brauchte. Jemand von außerhalb des Studios. Jemand Verläßlicher, aber ohne Macht oder eine gehobene Position.

Und vielleicht auch noch ein junger Mann, der es als Auszeichnung betrachtete, mit einem so berühmten Star wie Annie Havilland in persönlichen Kontakt treten zu dürfen.

Ein Spion, der nicht wußte, daß er ein Spion war.

Ein Agent, der Kurth in gutem Glauben, es geschehe zu Annies Bestem, berichten konnte und sich nie träumen ließ, daß seine Arbeit ihr unausweichlich schadete.

8

Während der ersten zwölf Wochen nach ihrem Unfall mußte Annie im Bett bleiben. Die Notwendigkeit, ihr beschädigtes Rückgrat ruhigzustellen, machte praktisch jede Bewegung unmöglich.

Sie war dankbar für die neue Kopf- und Nackenstütze, die es ihr erlaubte, den Kopf etwas zu drehen, und auch dafür, daß man die verhaßten Streckverbände durch normalere, weniger unbequeme Methoden zur Stabilisierung ihrer Brüche ersetzt hatte. Die Infusion und der Nasenschlauch waren entfernt worden, sie konnte jetzt selbständig Nahrung zu sich nehmen. Nach acht Wochen hatte man ihr auch die Verdrahtung von ihrem verheilten Kiefer abgenommen, und sie konnte jede weiche Nahrung essen, die sie mochte – darunter Conchatas mexikanische Spezialitäten und liebevoll zubereitete Nudelgerichte von Shirley Cantele.

Die groteske Elastikmaske vor ihrem verletzten Gesicht gehörte nun auch der Vergangenheit an. Aber ihr Schönheitschirurg bedeckte die Wunden weiterhin mit Verbänden, die unerwünschtes Licht abhielten, die heilende Luft jedoch durchließen. Sie war froh über diese Verhüllungen, denn sie wußte, daß noch einige plastische Korrekturen notwendig waren, um ihr wieder ein einigermaßen vorzeigbares menschliches Gesicht zu geben, und sie hatte Angst, das verunstaltete Rohmaterial anzusehen, das jetzt noch hinter diesen Bandagen lauerte.

Die Hüftschale, die ihre linke Seite ruhigstellte, sollte nach zwölf Wochen aufgeschnitten werden, um Röntgenaufnahmen zu ermöglichen. Aber die gebrochene und verrenkte rechte Schulter durfte sie noch lange Zeit nicht belasten. Die Rehabilitation würde langsam und schmerzhaft werden.

Während der ganzen Zeit war sie deprimiert und zurückgezogen, aber sie kooperierte mit den Ärzten, Schwestern und Physiotherapeuten. Die starken Schmerzen an den Brüchen, vor allem an der Halswirbelsäule, ließen sie nicht zur Ruhe kommen. Während ihr Körper kräftiger wurde und sich von dem ursprünglichen Trauma erholte, wurde der Schlaf immer unmöglicher. So warf sie sich in der Beschränkung ihrer Verbände hin und her, fiel vielleicht für ein oder zwei Stunden in einen unruhigen, alptraumhaften Schlummer und dämmerte dann endlose Stunden vor sich hin. In einsamer Verzweiflung verbrachte sie ihre Nächte, wütete innerlich gegen ihr Wachsein und wünschte sich, wenigstens lesen zu können, brachte aber die Konzentration dazu nicht auf.

Trotz ihrer standhaften Weigerung, sich laut über die Knochenschmerzen zu beklagen, waren sie nur schwer zu bekämpfen. Der Versuch der Ärzte, Morphium durch das leichtere Demerol und schließlich durch das kodeinhaltige Darvon zu ersetzen, war fehlgeschlagen. Der Schmerz verweigerte die Mitarbeit. Oft mußte man auf Percodan und Talwin zurückgreifen und manchmal auch, wenn es ganz schlimm wurde, auf Demerol oder Dilaudid, die sie stumpf, benommen und nur noch deprimierter machten.
Man beschloß, sie in wenigen Monaten noch einmal am Rückgrat zu operieren, um die lähmenden Nackenschmerzen zu lindern. Aber es gab nur eine dürftige Hoffnung auf Erfolg. Für die Zwischenzeit diskutierte man Elektrostimulation, Nervenblockierungen und sogar Akupunktur, denn der Schmerz widersetzte sich jeder Behandlung.

Gegen Ende der zweiten oder Anfang der dritten Woche im Krankenhaus – sie hatte an diese frühe Zeit keine klaren Erinnerungen – bemerkte Annie ein fremdes Gesicht im Spiegel über ihrem Bett.
Es war ein großer Mann mit dunkelblonden Haaren und klaren, rehbraunen Augen. Er trug einen konservativen Anzug und sah ausdruckslos auf sie herunter.
»Miss Havilland«, sagte er. »Ich hoffe, ich störe Sie nicht. Ich heiße Frank McKenna. Ich wollte nur sehen, wie es Ihnen geht.«
Annie murmelte eine beiläufige Begrüßungsfloskel aus ihren Verbänden hervor. Sie hielt ihn für einen der unzähligen Krankenhausmenschen, die seit vielen Tagen an ihrem Bett vorbeizogen.
»Ich bin im Auftrag Ihrer Kollegen von International Pictures hier«, sagte er. »Sie wollen sich nur erkundigen, ob man Sie auch gut behandelt. Das Studio macht sich große Sorgen um Sie. Ich wollte nur eben vorbeischauen ...«
Aber bei der Erwähnung von International hatte sie störrisch die Augen abgewandt. Die Worte des Fremden verhallten.
Er spürte die Kälte hinter ihrem Schweigen. Sie hatte sich ganz und gar in sich selbst zurückgezogen. Sie war ganz offensichtlich nicht bereit, mit ihm zu sprechen.
Er konnte die Gedanken hinter ihrem bandagierten Gesicht nicht sehen. *Kurth*, dachte sie. *Er überlegt sich, wieviel ich das Studio kosten werde.* Die vorgeschützte väterliche Besorgnis des Studios war zweifellos nur eine Maske für Kurths Angst, es könne ihr in den Sinn kommen, irgend jemanden zu verklagen – das Krankenhaus, die Versicherungsgesellschaft, International selbst –, wenn sie die Behandlung für ungenügend

oder falsch hielt. Dieser Frank war wahrscheinlich der erste Spion, den Kurth aussandte, um sicherzustellen, daß sie keinen Grund zum Klagen hatte.

Aber sie hatte nicht die Absicht, ihm anzuvertrauen, wie sie sich fühlte. Sie schloß die Augen und stellte sich schlafend.

Wenige Sekunden später war dank der Drogen in ihren Adern aus dem Spiel Wirklichkeit geworden. Annie war in einen tiefen, narkotisierten Schlummer gesunken.

Beim Aufwachen stellte sie überrascht fest, daß der Fremde noch immer da war. Er saß, ziemlich steif in seinem dunklen Anzug, am Fenster und sah sie an.

Sie seufzte verärgert über seine Anwesenheit. Er stand auf und kam zu ihr ans Bett.

Er schien sich nicht eben wohl zu fühlen über sein Eindringen in ihre schmerzgebeutelte Privatsphäre. Aber dennoch strahlte er eine solide Ruhe aus, die sie beeindruckte.

Sie spürte eine wunderliche Eigenschaft in ihm, eine männliche Unmittelbarkeit, der sein schüchternes Auftreten wenig anhaben konnte. Seine Augen schienen der Mittelpunkt zu sein. Es waren beherrschte Augen – Augen, die absolut nichts preisgaben, was über Franks rein physische Anwesenheit hinausging. Sie schienen seine Eigenständigkeit zu signalisieren, und die fast fremdartige Unabhängigkeit seines Urteils, aber sie waren auch zu gelassen, um im geringsten aggressiv zu sein.

Ja, sein Blick war so neutral und direkt, daß sie ihn durchaus als tröstend empfunden hätte, wie das besänftigende Verhalten eines erfahrenen Arztes am Krankenbett – wenn sie nicht gewußt hätte, daß er von Kurth kam.

Dieses Wissen zwang ihr nun ärgerliche Worte auf die Lippen.

»Sie brauchen Ihre Zeit nicht damit zu verschwenden, hier herumzulungern«, sagte sie, wütend, weil die Drähte und Verbände ihre Sprache behinderten. »Die Ärzte werden es Ihnen schon mitteilen, wenn es mir schlechter geht. Ich bin sicher, Sie haben im Studio genug Arbeit.«

Er schüttelte den Kopf.

»Ich bin nicht bei International Pictures angestellt«, erwiderte er. »Ich bin Anwalt in einer Kanzlei, die für International gearbeitet hat.«

Dann geh zu deinen Gesetzesbüchern zurück und laß mich allein. Die Worte lagen Annie auf der Zunge, aber eine Welle der Erschöpfung und ihr strenger Höflichkeitssinn brachten sie zum Schweigen.

Als Antwort hob sie die Hand ein wenig und ließ sie seufzend wieder aufs Bett fallen. Ihre Resignation schien bodenlos.

»Verzweifeln Sie nicht«, hörte sie seine Stimme als schwaches Echo in der leeren Weite ihrer Existenz. »Sie müssen Geduld haben.«
»Ich will es versuchen«, murmelte sie kaum hörbar mit abgewandtem Gesicht.
Etwas später hörte sie, wie er leise die Tür hinter sich zuzog.

9

Der Fremde namens Frank kam wieder. Im nächsten Monat besuchte er Annie zweimal. Jedesmal, wenn er kam, verließ Damon seinen Wachposten am Fenster, und die beiden Männer unterhielten sich kurz auf dem Gang.
Annie konnte sich gegen die gelegentlichen Besuche des Fremden schlecht wehren, da Damon so offensichtlich bereit war, sie zu gewähren. Ja, die beiden Männer kamen sogar gut miteinander aus, und so schien es wahrscheinlich, daß Frank seine Besuche in der nächsten Zukunft auch fortsetzen würde.
Annie beschloß, sie zu tolerieren, und gab ihm ab und zu sogar einsilbige Antworten auf seine Fragen nach der Behandlung, dem Krankenhausalltag und der Arbeit der extra eingestellten Schwestern. Aber sie hatte nicht die Absicht, sich mit ihm über ihr Unglück zu unterhalten.
Da er sie nicht sofort nach ihren verstümmelten Wortwechseln verlassen wollte, saß er noch einige peinliche Minuten am Fenster, als warte er auf ein Gespräch, das aber nie zustande kam. Annie machte sich einen Spaß daraus, ihn mit störrischem Schweigen zu strafen, bis ihm keine andere Wahl blieb, als zu gehen.
Aber in diesen stillen Minuten betrachtete sie ihn immer genauer.
Seiner großen Gestalt standen die hervorragend geschnittenen Anzüge, die er trug, sehr gut. Die dunklen Nadelstreifen und seine Größe gaben ihm eine eigenartig formelle Ausstrahlung.
Mit seinem eckigen Gesicht und der kräftigen Nase war Frank nicht eben ein hübscher Mann. Außer wenn man ihn, als seine Frau, in seinen frisch gebügelten, ausgezeichnet passenden Anzügen bewundert.
Aber irgend etwas sagte Annie, daß er nicht verheiratet war.
Sexy wirkte er auf Frauen sicher, dachte Annie. Wegen seiner ruhigen, ausgeglichenen Kraft, seiner langen Glieder und der großen Hände, die still in seinem Schoß lagen – und wegen dieser Augen, mit ihrem ruhigen

Blick, der keine Gedanken verriet und einen zärtlich musternd ansah. Aber diese körperliche Anziehungskraft verstärkte nur noch die innere Abneigung, die sie gegen ihn empfand, vor allem, wenn sie daran dachte, daß er sie für International beobachtete. Für ihn war sie nichts als ein beschädigtes Eigentum, das die Unkosten des Studios vergrößerte.

Hinter seiner natürlichen Knappheit spürte sie seine Absicht, ihre Schale zu durchdringen, und das menschliche Unbehagen, das sie ihm mit ihrer störrischen Zurückgezogenheit bereitete. Vor dem Unfall hätte sie Mitleid mit ihm gehabt, wäre vielleicht sogar neugierig auf ihn gewesen. Wo kam er her? Warum war er Anwalt geworden? Warum war ein so attraktiver junger Mann unverheiratet? Oder hatte sie sich in diesem Punkt vielleicht doch geirrt?

Aber Annie war eben nicht wie vor dem Unfall, vor ihre natürliche Neugier hatte sich eine Wand des Schmerzes geschoben. Soll doch Frank an ihrer Zerstörung ebenso leiden wie sie selbst, dachte sie bitter.

So schwiegen sie sich weiter an. Aber Franks wachsame Augen hielten statt seiner Stimme Kontakt mit dem Mädchen im Bett.

Sie spürte, wie sie auf ihr ruhten, ein beständiger Blick, der sie wütend machte, denn sie fühlte sich dabei noch schwächer, als sie sowieso schon war. Schließlich war Frank so stark und muskulös, ruhte so sicher in sich selbst, während sie in ihren Bandagen nur ein bleiches Gespenst war, ein hilfloses Wrack.

Sie kam sich auch eigentümlich nackt, unbekleidet vor, wenn diese ruhigen, dunklen Augen sie betrachteten – und genauso wollte sie sich in ihrer Lage eben nicht fühlen.

In gewisser Weise war alles an diesem Mann ein Affront. Er war einfach zu höflich, zu vorsichtig, zu ruhig, zu stark – eben zu sehr Frank.

Frustriert starrte Annie den leeren Fernsehschirm an der Wand an und ließ Frank am Fenster stehen, bis Langeweile und Verlegenheit ihn zum Gehen zwangen.

Aber ein Teil von ihr war dem Gedanken an seine Rückkehr nicht unbedingt abgeneigt. Seine Aura fast mechanischer Verläßlichkeit, ohne Humor und ohne Verstellung, war Welten entfernt von der lärmenden Unaufrichtigkeit der Hollywood-Gestalten, die sie besuchen würden, wenn sie es zuließ. Franks stumme Ernsthaftigkeit schien wie ein Beruhigungsmittel zu wirken, trotz des Aufruhrs, den ihr sein Eindringen verursachte.

Und da der Feind, der ihr Leben verzehrte, unsichtbar und unberührbar war, war es nett, jemanden um sich zu haben, den man hassen konnte.

Eines Tages blieb er an ihrem Bett stehen, bevor er ging.
»Sie wirken heute stärker«, sagte er. »Meinen Glückwunsch.«
Sie erwiderte seine Worte mit einem fast unmerklichen Achselzucken und schwieg.
»Ich habe *A Midnight Hour* einige Male gesehen«, meinte er lächelnd. »Sie waren hervorragend in dieser Rolle. Sie können wirklich stolz auf sich sein. Ich weiß jetzt, wie hart Sie daran gearbeitet haben.«
Tränen traten ihr so plötzlich in die Augen, daß eine ihr unter der Maske über die Wange rollte, ohne daß sie es verhindern konnte. Ein gequältes Stöhnen würgte sie.
»Habe ich was Falsches gesagt?« fragte er. »Ich meinte doch nur, ich weiß jetzt, daß Sie ganz anders sind als Liane – jetzt, da ich Sie ein bißchen kenne – und daß Sie sehr tief graben mußten, um sie zum Vorschein zu bringen. Verzeihen Sie mir, wenn ich taktlos war.«
Du kennst mich doch nicht. Die gehässigen Worte lagen ihr auf den Lippen, aber sie sprach sie nicht aus.
Statt dessen rollte sie nur verwundert die Augen und wies wortlos auf ihren augenblicklichen Zustand.
»Sie müssen sich Zeit lassen«, sagte er sanft. »Sie sehen wirklich schon besser aus.«
Sie spürte seine Größe neben ihrem Bett. Sein frischer Duft hing über ihr und verdrängte die antiseptischen Gerüche des Krankenhauses. Seine Hand war nur wenige Zentimeter von der ihren entfernt, er schien sie berühren zu wollen, zögerte aber.
Entschlossen, ihn nicht zu ermutigen, sah sie schweigend weg und wartete mit zusammengebissenen Zähnen, bis er ging.
Als er dann die Tür endlich hinter sich schloß, spürte sie auf ihren Wangen heiße Tränen, die nun ungehindert fließen konnten.
Nun war McKenna doch zu ihr durchgedrungen. Sie hoffte, daß er jetzt zufrieden war.
Als er zwei Wochen später wiederkam, wartete ihr Schweigen schon auf ihn.

10

»Blond ... Sehr jung ... Sehr schön ...«

Es war erstaunlich einfach. Wally hatte mit seiner Vermutung, sie sei nach Miami gegangen, recht gehabt.

Überall fand er Spuren des kleinen Mädchens. Die Leute erinnerten sich an sie als eine der fähigsten Kinderhuren der Geschichte, eine Fickmaschine, die schon vor ihrer Pubertät Tausende von Dollars täglich verdienen konnte.

Aber Wally mußte nun sehr vorsichtig vorgehen, denn die Leute, die ihm von Christine erzählten – so nannte sie sich jetzt –, sprachen nicht über eine Gestalt der Vergangenheit. Sie kannten sie als erwachsene Frau. Sie war im Geschäft – aktiv und erfolgreich.

Und gefährlich.

Wally bewegte sich mit Umsicht und vermittelte jedem Zuhälter, Spieler und jeder Prostituierten den Eindruck, er suche Christine nur, weil er selbst mit ihr schlafen wolle. Wenn er seine Fragen stellte, klang seine Stimme fasziniert, und seine Augen hatten einen besessenen Blick.

Er hatte seine Nachforschungen breit gestreut und wollte von den einzelnen Quellen immer nur wenig wissen. Die Informationsstückchen über Christines erstaunliches Berufsleben setzte er dann wie ein Puzzle zusammen.

Er erfuhr von Ray D'Angelo, seiner kurzen Zeit als Zuhälter der jungen Christine und von seinem Tod unter den Händen des Detroiter Syndikats. Er erfuhr die erschreckende Geschichte von Nunzio Lunetta, der selbst ein gefürchteter Mann war, dessen mysteriösen Tod durch Erwürgen man aber den schlanken, nur scheinbar so schwachen Händen Christines zuschrieb.

Er erfuhr auch, daß Christine, im Gegensatz zu Alethea, sich nicht perversen und womöglich wahnsinnigen Launen hingab. Deshalb gab sie sich auch nicht mit heruntergekommenen Erpressern, Spielern und kleinen Gaunern als Beschützer für sie und ihre Karriere zufrieden. Sie suchte sich ihre Zuhälter sehr sorgfältig aus und hielt sich beim Wechsel immer nur an Männer, die mächtiger waren als ihre Vorgänger – Vorgänger, die sich nicht zu rächen wagten, weil sie wußten, daß ihre Nachfolger ihnen an Verbindungen und Kraft überlegen waren.

Christine war intelligent. Doch im Gegensatz zu ihrer Mutter war sie nicht exzentrisch. Wenn sie Spuren von Wahnsinn in sich hatte, dann blieben sie verborgen und beeinflußten nicht ihren Aufstieg und ihre Karriere.

Vor allem hatte sie einen erstaunlichen Mut.
Alle Informanten Wallys erzählten im wesentlichen die gleiche Geschichte: Sie behauptete sich gegen ihre Zuhälter und kam damit durch. Dies war ein wesentlicher Bestandteil ihres Rufs in der Unterwelt und der Achtung, die ihr alle entgegenbrachten, die sie kannten.
Sie sparte ihr Geld, pflegte sich sorgfältig, sie war verläßlich. Sie hatte keine Vorstrafen. Ihre Beziehungen zur Unterwelthierarchie waren ausgezeichnet, sie beruhten auf einem Netz von Gefälligkeiten, die sie gegeben und empfangen hatte. Sie war unauffällig, manipulierte andere, wie sie es für nötig hielt, und war eine meisterhafte Erpresserin.
Es gab keine Fotos von ihr.

Knappe zwei Wochen nachdem Wally herausgefunden hatte, wie und wann Christine Alethea entwischt war, führten ihn die verschiedenen Stränge ihrer Spuren zu Tony Pietranera.
Joseph Mancini aus Miami erzählte befriedigt von dem Handel, den er mit Tony wegen Christine abgeschlossen hatte. Und dabei lieferte er ein weiteres Steinchen zum Puzzle ihrer Persönlichkeit.
»Sie ist ein hervorragendes Mädchen«, sagte er. »Eine der besten. Auf ihre Art vielleicht sogar die beste. Aber mit so einem Mädchen kann man nicht arbeiten, wenn man ein richtiger Mann ist. Sie ist nicht gewohnt zu gehorchen. Ein intelligenter Mann merkt gleich, daß sie einem irgendwann die Kehle durchschneiden wird. Nur ein Trottel beachtet das nicht.«
Er seufzte asthmatisch und nippte an seinem Kaffee.
»Und da ist noch etwas«, fuhr er fort. »Um einen Mann noch besser zu beherrschen, bringt sie ihn dazu, daß er sich in sie verliebt. Ich merkte, daß mir selber das passierte, und habe mich von ihr getrennt, bevor es zu spät war.« Er machte eine nachdenkliche Pause. »Wie soll man ihre Tricks beschreiben? Eine gewisse Würde und Liebenswürdigkeit ... die Art, wie sie ihre Handtasche schloß oder wie sie sich in den Nacken griff, um eine Halskette zuzuklipsen. Kleinigkeiten. Aber die gehen einem unter die Haut. Und ans Herz. Da will man sie dann in den Arm oder auf den Schoß nehmen ...«
Er hob warnend den Finger und runzelte ironisch die Stirn. »Aber genau diese Dinge muß ein weiser Mann erkennen. Das sind Haken, die aus ihrem Hirn kommen, nicht aus ihrem Herzen. Die schlägt sie einem in die Eingeweide und zerstückelt einen langsam damit.«
Er schüttelte den Kopf.
»Mit so einer Frau muß man aus der Entfernung umgehen, wie mit

angesehenen Mitgliedern anderer Familien. Wenn man ihr zu nahe kommt, ist sie gefährlich. Und deshalb habe ich sie, nachdem sie eine Weile für mich gearbeitet hatte, an Tony verkauft. Ein dummer Kerl. Mittelmäßig. Die perfekte Beute für sie. Er tut mir leid. Ich habe ja sogar versucht, ihn zu warnen. Ich habe ihm von ihren Gefahren erzählt. Er hörte zu mit dem Gesicht eines Mannes, der sich langweilt. Ich will Ihnen eins sagen: Der hatte sich bereits von ihr einfangen lassen. Am Ende wird er dafür bezahlen.«

Er hob die Schultern. »Aber jeder Mann wählt sich sein Gift selber.«

»Wo kann ich sie finden?« fragte Wally.

Der alte Mann lächelte.

»Sie brauchen sich nur umzusehen. Die arbeiten an der ganzen Küste entlang, von Boston bis Miami. Auch Chicago, Detroit ... Aber jetzt ist Winter. Die reichen Männer machen alle in Florida Urlaub. Dort werden Sie Christine finden.«

Wieder runzelte er warnend die Stirn.

»Aber seien Sie vorsichtig«, sagte er. »Sie wird Sie so weit bringen, daß Sie sich in sie verlieben. Sagen Sie nicht, ich hätte Sie nicht gewarnt.«

Wally machte sich nicht die Mühe, Joseph Mancini zu erzählen, was er schon eine geraume Zeit wußte. Er war ja bereits in Christine verliebt. Aber nicht wie ein Mann in seine Geliebte.

Eher wie ein Bruder in seine Schwester.

Unzählige Male hatte er das kleine Mädchen auf dem Foto bemitleidet. Die Kälte hinter ihrem Blick erzählte von Wahrheiten, die er sehr gut kannte.

Mißhandlungen, das wußte er, konnten Kinder nicht zerstören. Die Natur hatte sie mit Verteidigungsmitteln ausgestattet, die keine Grausamkeit überwinden konnte.

Aber die Mißhandlungen zerstörten unweigerlich die Erwachsenen, zu denen sie sich entwickelten – und das war das letztendlich Böswillige daran.

Christine hatte die ganze Kindheit auf eine Befreiung gewartet, die nur Leere brachte, als sie endlich eintraf. Die Qualen, die sie jetzt durchlebte, waren stille, unsichtbar für andere und sogar für sie selbst.

Deswegen liebte er sie.

Und einmal, nur einmal mußte er sie sehen.

Wally arbeitete noch immer für Harmon Kurth. Aber er wußte, er riskierte sein Leben, wenn er diesen Auftrag zu Ende brachte. Sein Schicksal lag irgendwo dort draußen in der Nacht, bei der rätselhaften

Blume, die aus dem Samen von Alice Havillands mörderischem Haß gewachsen war.
Eine Blume, die schöner war als alle anderen.
Er wußte, wenn er sie fand, schwebte er in Gefahr.
Und dies zog ihn am meisten an.

11

Los Angeles Times, 5. Mai 1971

Fünf Monate nach dem Autounfall, der Annie Havilland fast das Leben gekostet hätte, bleibt der Zustand der Schauspielerin auch weiterhin sehr ernst.
Wie verlautet, wohnt Miss Havilland nach ihrer Entlassung aus dem Krankenhaus vor sieben Wochen nun im Haus ihres Freundes und Mentors, des Schriftstellers Damon Rhys, wo ihr alle Behandlungsmöglichkeiten eines Krankenhauses geboten werden. Sie muß sich infolge mehrfacher Knochenbrüche einer Physiotherapie unterziehen, eine plastische Korrektur ihrer Gesichtsverletzungen und möglicherweise eine Rückenmarksoperation stehen ihr noch bevor.
Unterrichtete Kreise berichteten den Times-*Reportern, daß Miss Havilland wegen ihrer chronischen Schmerzen von Narkotika und Schmerzmitteln abhängig sei. Die mit Miss Havillands Rehabilitation betrauten Ärzte und Pfleger wollten diese Angaben weder bestätigen noch kommentieren.*

Damon Rhys saß in dem Sessel neben dem Schlafzimmerfenster, sah zu, wie Annie schlief, und horchte auf das Heulen eines entfernten Kojoten, während er leise die Zeitung zusammenfaltete.
Er wußte, daß ihre Schmerzen und auch ihre Depressionen in gleicher Stärke zurückkehrten, wenn sie aufwachte. In all den Monaten hatten seine Versuche, sie aufzuheitern, es nicht geschafft, bis zu der Verzweiflung durchzudringen, die sie vor ihm und allen anderen versteckte.
Fast fünf Monate lang mußte er schon mit ansehen, wie sie auf verlorenem Posten gegen die unerträglichen Schmerzen und ihre hinterhältigen Verbündeten, die Narkotika, ankämpfte. Es war ein ungleicher Kampf, denn während die Schmerzen ihr die Kraft nahmen, die sie zur Erholung brauchte, trieben sie die Medikamente in eine benommene Apathie, die stärker war als der Wille, gesund zu werden.

Aber Damon spürte, daß ihre physische Kapitulation – gestern hatte sie gerade noch vierzig Kilo gewogen – nur eine Folge einer inneren Verzweiflung war, die sie langsam auffraß. Den Grund für diesen allmählichen Zusammenbruch vermutete er im Verlust ihres Babys. In ihren Augen hatte sie sich selbst ihre größte Chance vermasselt, und so hatte die Zukunft für sie nicht mehr Reiz als ein drohender Alptraum. Es war um so entsetzlicher, zuzusehen, wie sie von Woche zu Woche mehr verfiel, als er wußte, daß ihr Lebenswille innerlich sehr stark war. Sie war eine Kämpferin, eine geborene Überlebende. Schon bei ihrer ersten Begegnung hatte er bemerkt, daß sie es nicht ertragen konnte, sich einem Schicksal zu unterwerfen, das sie nicht selbst bestimmen konnte. Sie zwang sich, die schöne Seite des Lebens zu sehen – oder wenigstens die, die sie beeinflussen konnte. Die reine Kraft ihrer Entschlossenheit nicht weniger als ihr Talent hatte ihn veranlaßt, ihr die Rolle der Liane zu geben.

Und seitdem hatte er, der selbst ein eher depressiver Charakter war, sie genau wegen dieser vorwärtsdrängenden Energie geliebt und bewundert. Bewundert, wie er seine eigene Tochter bewundert hätte, ein Produkt seiner Lenden, aber ausgestattet mit stärkeren inneren Verteidigungsmitteln als er.

Doch nun, da er still in dem verdunkelten Zimmer saß, schmerzte ihn dieser Vergleich wie nie zuvor. Er gab sich selbst die Schuld für ihren Zustand. Wäre er in dieser entsetzlichen Nacht zu Hause gewesen, um ihre seelischen Wunden zu pflegen, wäre ihr dieses körperliche Unglück wahrscheinlich nie passiert.

Laß mich doch so tun, als würde ich gebraucht werden ...

Nun, sie hatte ihn ja wirklich gebraucht. Aber als sie ihre Hand vergeblich nach ihm ausstreckte, war er besinnungslos in einer Bar in Cuernavaca gelegen ...

Aber Damon war Künstler genug, um sich zur Objektivität zu zwingen. Er wußte, daß nicht er das Auto durch die Absperrung und den Abhang hinuntergefahren hatte. Das war Annie gewesen.

Hatte sie sich töten wollen? Bewußt sicher nicht. Sie nicht.

Nein, aus Wut und Verzweiflung war sie zu schnell gefahren und war vom Weg abgekommen, weil sie sein leeres Haus abgesucht hatte.

Aber unbewußt ... Das war eine andere Frage.

Er schürzte die Lippen. So wenig wußte er von ihr! So wenig von ihrer Vergangenheit, ihrem geliebten Vater, der Mutter, von der sie nie sprach. Wie konnte er da erraten, was sie angetrieben hatte?

Aber eins war sicher. Ihre Schwangerschaft bewies, daß sie wegen Eric in dieser Nacht in dieser Verfassung war.

Eric, der schlau genug gewesen war, sich nach seinem ersten, vergeblichen Versuch, Annie zu besuchen, rar zu machen, aber dessen Bild auch jetzt noch auf den Titelseiten der Klatschblätter stand, begleitet von Geschichten, wie traurig er sei über das Schicksal seiner einzigen großen Liebe ...

Während der Dreharbeiten zu *A Midnight Hour* hatte Damon instinktiv gewußt, daß Eric und Annie nichts miteinander hatten. Sogar in den Liebesszenen hatte er ihre professionelle Zurückhaltung gespürt.

Damals hatte er erleichtert aufgeatmet, froh, daß Shains unwiderstehlicher Charme die Dreharbeiten nicht noch komplizierter machte. Die dummen Gerüchte der Presse über die beiden waren genau das Gegenteil der Wahrheit gewesen.

Aber als Damon nach dem Ende mit den Schauspielern nichts mehr zu tun hatte, hatte er Annie und Shain vollkommen vergessen. Da er nur an sich und den Film dachte, hatte er sich nicht die Mühe gemacht, die Augen offenzuhalten und sich um Annie zu kümmern.

Er hätte es tun sollen.

Eric Shain war ein Freund, ein zweimaliger guter Kollege, sicherlich einer der besten Schauspieler seiner Generation – und seelisch krank, wie es Damon noch nie erlebt hatte. Im Vergleich zu Eric war er selbst ein Musterbeispiel seelischer Gesundheit.

Aber Eric versteckte seine Krankheit hervorragend. Und dies machte auch sein Genie als Schauspieler und als Mensch aus – und es war der Schlüssel zu seinem legendären verführerischen Reiz.

So war Annie also seinem Charme zum Opfer gefallen. Warum auch nicht? Schließlich lebte man ja in einem freien Land. Sie hatte ihre eigene Wahl getroffen.

Damon glaubte Annie gut genug zu kennen, um die weisen, scharfen Augen ihres Geistes und ihre praktische Intelligenz zu sehen. Shains sexuelle Vorlieben waren allgemein bekannt. Und nach zehn Wochen gespielter Liebesszenen mit ihm hätte sie durch die Maske seiner Professionalität hindurch doch seine entsetzlichen Fehler sehen müssen, die ihn für die Rolle des Terry prädestinierten.

Wie hatte sie dann so blind sein und ihn trotzdem mit ins Bett nehmen können?

Frauen waren nun mal eben kapriziös. Was Männer anging, war Rationalität nicht gerade ihre Stärke. Ein Verführer wie Shain kriegte die meisten Mädchen herum.

Aber da mußte noch etwas anderes sein. Ein privater Schlüssel zu ihrer Schwäche für ihn. War es vielleicht genau ihr Mitleid mit den Rissen in

seiner Rüstung? War sie gerührt gewesen, weil die Rolle des Terry so gut zu ihm paßte? War es ihr Mutterinstinkt?
Vielleicht. Aber auch wenn es das war, dann verbarg es etwas vor ihr, das viel weniger unschuldig und viel gefährlicher war: ihr Verlangen, verletzt zu werden.
Denn warum sonst sollte sie den am wenigsten wirklichen Mann, den unzuverlässigsten Liebhaber auswählen?
Und ihn zum Vater ihres Kindes machen.

Damon stand auf, ging zum Bett und betrachtete das zerschundene, ausgezehrte Mädchen unter der Maske von Verbänden. Ihr Atem ging flach, sie lag bewegungslos.
Er hatte einen entsetzlichen Kater und brauchte unbedingt etwas zu trinken. Aber er mußte noch bis zum Abend warten, wenn Jan ihn ablöste, erst dann konnte er ausgehen und sich besinnungslos betrinken. So wie damals in Cuernavaca ...
Er schüttelte den Kopf, wie um die Spinnweben der Schuld aus seinen Gedanken zu vertreiben. Etwas an dieser Gestalt, die da ausgestreckt vor ihm im Bett lag, zerrte an ihm, befahl ihm, hellwach zu sein, um sie nicht mißzuverstehen.
Ja, sie konnte als Shains unschuldiges Opfer durchgehen. Aber in Wirklichkeit war sie ebenso kompliziert wie Shain. Sie merkte es nur nicht.
Beide hatten sie etwas sehr Wesentliches gemeinsam: Sie waren beide Schauspieler. Nicht nur auf der Leinwand – auch im richtigen Leben.
Eric war ein Scharlatan vom Scheitel bis zur Sohle. Bei gewissen Geliebten zeigte er Launen, die er bei anderen verbarg. Aber eigentlich lebte er nur für das Vergnügen seiner eigenen Leere und die Faszination einer Unwirklichkeit, die die Welt tötete.
Eines Tages würde sein Körper zweifellos seiner Seele in die Zerstörung folgen. Für das Kino würde es ein Verlust sein, aber nicht für die Menschheit.
Annie war komplexer, gesünder. Sie glaubte wirklich zu sein, was sie schien: ein vernünftiges Mädchen, das in ihrem Beruf aufging, mit der festen Absicht, das Leben zu genießen und glücklich zu sein. Und diese etwas starre, etwas blinde Haltung war eigentlich das Wesen der Normalität. Waren denn nicht alle glücklichen Menschen in eben diesem Sinne Schauspieler? Leute, die sich weigerten, unglücklich zu sein, die das Chaos leugneten, der Verzweiflung aus dem Weg gingen?
Aber aus Annies trüben Tiefen war die Liane entstiegen. Ja, sie war wirklich ein Rätsel.

Und kaum hatte sie als Liane Terry getötet, da drehte sie sich um und fiel im wirklichen Leben Eric zum Opfer. Vertauschte Rollen.
Aber als sie auf dieser dunklen Straße zu schnell und ohne Sicherheitsgurt – sie, ausgerechnet sie! – zu eben seinem Haus fuhr, hatte sie gezeigt, daß etwas in ihr war, das ihr viel gefährlicher wurde als alle Erics der Welt.
Damon wußte, daß sie das nie zugeben, nie darüber reden würde – aus dem einfachen Grund, weil sie von dessen Existenz nichts wußte.
Aber es war da. Namenlos, unergründlich ... Es war da.
Hinter dem Lächeln, hinter diesen Silberaugen, vielleicht sogar im Herzen ihres Mutes – das eine, das sie an sich nicht akzeptieren konnte. Es war nicht nur ein wesentlicher Teil ihrer Lebenskraft, sondern aus ihm war auch auf geheimnisvolle Weise das Baby entstanden.
Das Baby, das es nun nicht mehr gab.
Damon hielt den Atem an. Zum erstenmal hatte er einen winzigen Funken der Wahrheit über Annie erspäht. Aber es war auch eine Wahrheit über ihn, vielleicht über alles. Die einzige Wahrheit, die es wert war, daß man sie wußte.
Plötzlich erkannte er, wo er war und wo er gewesen war.
Warum war er in dieser schicksalsträchtigen Nacht in Cuernavaca gewesen? Weil er auf einer Sauftour war. Und warum war er auf einer Sauftour? Weil er zwischen zwei Projekten stand. Weil *A Midnight Hour* abgeschlossen war und weil er an dem unerträglichen Warten auf die nächste Idee, die nächste Inspiration litt – ein Warten, das noch immer nicht zu Ende war.
Es war der schlimmste Teil seines Lebens. Immer wenn er einen Film, eine Geschichte, ein Drama abgeschlossen hatte, war er innerlich überzeugt, es sei sein letztes. Die Inspiration hatte ihn bereits öfter besucht, als sein armes Fleisch verdiente; er konnte einfach die Arroganz nicht aufbringen, zu glauben, daß da noch mehr kommen würde.
Deshalb floh er. Und trank.
Deshalb war er nicht für Annie dagewesen.
Aber nun, da er auf sie herabblickte, da ihrer beider Leben von dem nicht zustande gekommenen Zusammentreffen in dieser Nacht für immer verändert worden war – nun rührte sich etwas, kam etwas.
Es kam von Annie. Von ihrem zerschlagenen Körper, ihrem spröden Willen, von ihrer festen Absicht, für den Tag zu leben, während ihre Wurzeln in der Nacht steckten. Von ihrem klugen Kopf und ihrem gebrochenen Herzen. Von dem furchteinflößenden Schatten hinter ihren klaren Augen, den Augen, die Filmgeschichte machten, als Liane plötzlich aus ihnen hervorsprang.

Sie sieht es nicht ...
Kraftfelder vermengten sich, Welten trafen sich und warfen sich aus der Bahn in Damons Kopf. Das Unbekannte schien näher zu kommen, sich in sanften Windungen um ihn zu legen.
Er hatte eine Idee.
Kopfschüttelnd drehte er sich um, er wollte zu seinem Sessel zurückkehren und schreiben, ganz gleich, was es war ...
Aber dann sah er Annie noch einmal an. Ein letzter, prüfender Blick, wie es ihr gehe, bevor er seine Idee aufschrieb, bevor er den ersten Schritt zu seinem nächsten Werk unternahm. Film? Drama? Roman? Wer wußte es? Aber es war da, es wuchs und regte sich in ihm.
Ihr schlafendes Gesicht fesselte ihn. Sie stand im Mittelpunkt des Ganzen. Das erkannte er jetzt. Aber es war so viel größer ...
Größer als die schwachen Verteidigungsmittel des menschlichen Willens, größer als die heimlichen Triebe, die wußten, wie man es überlisten konnte – aber undenkbar ohne die beiden. Denn nur beide zusammen konnten die Seele auf die Reise über die gewundenen Pfade schicken, die das Gesicht des Wesentlichen umrissen.
Größer als Annie Havilland vielleicht. Aber nicht größer als ihr Schicksal.
Wie betrunken von seinen Gedanken und seiner Arbeitsgier, kam sich Damon so selbstsüchtig vor wie damals in Cuernavaca. Er war so eingehüllt in sich selbst wie Annie in ihren Schmerz und ihre Verbände. Aber das Etwas, das in ihm zum Leben erwacht war, ließ sich nicht aufhalten. Davon erhielt er jetzt seine Marschbefehle, und er mußte folgen, wohin sie ihn führten.
Mit einem letzten Blick auf Annie ging er von ihr weg.

12

Eine Stunde vor dem Mittagessen entspannte sich Christine neben dem Pool.
Sie hatte heute drei Verabredungen, zwei mit Pensionären und eine mit einem Urlauber, den sie in der vergangenen Woche kennengelernt hatte. Tony hatte in Orlando zu tun, sie war also alleine.
Ihr Blick fiel auf einen jungen Mann mit Frau und Kindern auf der anderen Seite des Beckens. Er sah aus wie ein attraktiver, aufstrebender Manager oder Rechtsanwalt. Er mußte Geld oder ein Spesenkonto haben, um sich den Aufenthalt hier leisten zu können.

Sofort beim Eintreten hatte er Christine bemerkt, und seine Augen waren in den letzten zwanzig Minuten immer wieder zu ihr hingewandert. Seine Frau saß in einem Liegestuhl und las einen Liebesroman, ein Einteiler verhüllte die Wölbung ihres Bauches.
Es dürfte nicht allzu schwer sein, ihm am Nachmittag über den Weg zu laufen.
Da Christine alleine war, ging sie ihrem Gewerbe nach. Für jeden Pensionär, der starb, brauchte sie einen neuen Kunden, für jeden, den sie mit Erpressung in den Ruin getrieben hatte, brauchte sie ein neues Opfer.
So saß sie in ihrem Netz wie eine geduldige Spinne, las ein Buch und betrachtete durch ihre Sonnenbrille die Leute in ihrer Umgebung.

Sie bemerkte einen rundlichen, unscheinbaren kleinen Mann, der am Pool entlang auf sie zukam. Er trug ein kariertes Sportsakko, das ihm überhaupt nicht paßte, und eine Fliege, mit der er aussah wie ein Clown. Trotz des Strohhuts war er nicht für das warme Wetter angezogen. Mit seinem Mondgesicht, den blonden Haaren und den kleinen Haselnußaugen sah er aus wie ein Vertreter, der schon bessere Tage gesehen hatte. Offensichtlich verwirrt ging er zwischen den Liegestühlen umher.
Aber er kam auf Christine zu.
»Verzeihung«, sagte er mit einem zögernden Lächeln, als er schließlich vor ihr stand. »Könnte ich wohl ein paar Worte mit Ihnen sprechen, Miss ...?«
Christine sah neugierig durch die Sonnenbrille zu ihm hoch, sie überlegte, wer er war. Ein Hoteldetektiv? Ein privater Schnüffler? Sein Auftreten verriet nichts.
»Wie kann ich Ihnen helfen?« fragte sie höflich.
»Nun«, sagte der Mann, »um es kurz zu machen, es geht um eine vermißte Person. Ich bin ein Ermittler. Dugas ist mein Name. Nennen Sie mich Wally.« Mit einem breiten, unschuldigen Lächeln streckte er ihr die Hand entgegen. Sie nahm sie vorsichtig, schweigend.
»Ich suche ein Mädchen«, sagte Wally, »das schon eine ganze Weile verschwunden ist. Ich habe mit einigen Leuten gesprochen, die meinten, daß Sie ihr begegnet sein könnten. Die Geschichte ist wirklich sehr dünn, Miss, aber es würde mir trotzdem helfen, wenn Sie mir ein wenig von Ihrer Zeit opfern könnten.«
Christine schwieg weiter und musterte ihn hinter ihrer Sonnenbrille.
»Ich würde Sie ja gar nicht belästigen«, sagte der kleine Mann. »Ich nehme an, Sie kennen Tony Pietranera. Eigentlich glaube ich ja, daß er

mir alles sagen könnte, was ich wissen muß. Aber da er nicht in der Stadt ist, dachte ich, ich könnte mich einfach hier mit Ihnen unterhalten. Dann müßte ich Sie beide nicht mehr belästigen.«
Diese erste, versteckte Drohung beeindruckte Christine nicht. Sie hatte keine Angst davor, daß man Tony befragte. Aber als Eröffnungszug verbarg sie vielleicht noch weitere Munition, und sie wollte wissen, was das sein konnte.
»Nun«, sagte sie, »ich weiß nicht, ob ich Ihnen helfen kann, Mr. –«
»Wally«, beharrte er. »Ich mag's nicht gern so förmlich. Aber ich nehme an, das sieht man.« Er wies auf seinen lächerlichen Aufzug.
Christine bewegte sich leicht auf ihrem Lehnstuhl. Die sexuelle Ausstrahlung ihres Körpers, ihrer Stimme und ihrer Haltung sollte ihn verwirren.
»Wollen Sie sich nicht setzen?« Sie wies auf den Stuhl neben sich.
»Sehr freundlich von Ihnen«, erwiderte er und setzte sich unbeholfen auf den Sonnenstuhl. »Entsetzlich heiß hier«, fügte er hinzu, brachte ein Taschentuch zum Vorschein und wischte sich den Schweiß von der Stirn.
»Vielleicht wissen Sie von der ganzen Sache gar nichts«, sagte er. »Dieses Mädchen wurde ihrem Vater vor vielen Jahren genommen, wahrscheinlich schon vor ihrer Geburt. Der Vater ist inzwischen tot, aber ein Bekannter der Familie will das Mädchen, wenn möglich, finden. Sie ist ungefähr in Ihrem Alter ...«
Christine nickte unmerklich.
»Sie verbrachte ihre Kindheit bei der Mutter«, fuhr Wally fort. »Die Herkunft der Mutter ist ein ziemliches Rätsel. Ihr Vorname lautete Alice, Ali, Alethea – oder so ähnlich. Sie müssen die Ungenauigkeit entschuldigen, Miss, aber die ganze Lage ist etwas verworren.«
Er wischte sich wieder über das Gesicht.
»Wollen Sie eine Limonade, oder ein Bier vielleicht?« fragte Christine gastfreundlich.
»Oh, das ist sehr nett von Ihnen.« Wally strahlte dankbar. »Etwas Eistee wäre sehr schön.«
Christine winkte dem Kellner und gab die Bestellung auf.
»Also«, fuhr Wally fort, »das Mädchen, nach dem ich suche – inzwischen natürlich eine junge Frau –, hatte verschiedene Namen. Liebling, Tippy, Tina, Chrissie ... Soweit ich weiß, kennt sie weder ihren Vater noch dessen Familie. Vor, na, ungefähr zehn Jahren lief sie ihrer Mutter davon. Mit gutem Grund, wenn ich das hinzufügen darf. Die Mutter war entsetzlich.«

Christine lächelte. »Tippy, Tina ... Wie hieß sie denn mit Familiennamen?«
Wally hob dümmlich die Schultern. »Na, da haben Sie mich schon wieder blank erwischt. Diese Leute verwenden eine Menge Namen. Crawford, Thompson, Thomas, Davies ... Was Sie wollen.« Er lächelte. »Es ist eine ziemlich komplizierte Geschichte, mit der ich Sie gar nicht langweilen will, sondern ich will Ihnen nur sagen, daß es für die junge Dame nicht zu ihrem Schaden sein wird, wenn sie mit der Familie ihres Vaters Kontakt aufnimmt.«
Er hob leicht spöttisch die Brauen. »Außerdem«, ergänzte er, »wenn ich mich nicht sehr täusche, wird sie sie wahrscheinlich gern kennenlernen wollen. Vor allem ihre Schwester.«
Christines Gesicht war eine Maske höflichen Interesses.
Sie saßen schweigend, während der Kellner den Eistee auf einer Serviette neben Wally abstellte.
»Nun, Mr. Dugas – Wally«, erwiderte dann Christine lächelnd, »die Namen, die Sie erwähnen, sagen mir, wie Sie zuvor bemerkten, gar nichts. Ich kenne eine Menge junger Mädchen, aber wissen Sie, die hatten alle Familie. Normale Leute ...«
Wally nickte und trank einen Schluck von seinem Tee.
»Das ist genau mein Problem«, sagte er. »In gewisser Weise ist das eine sehr unnormale Situation. Die Frau, die Mutter – wir wollen sie Alice nennen – heiratete in eine kleinstädtische Familie ein. Sie bekam ein Baby, und als sie dann ihren Gatten verließ, ließ sie das Baby bei ihm. Ein kleines Mädchen. Und bald darauf bekam sie ein zweites Kind, ebenfalls ein Mädchen. Und nach dem suche ich.«
Er schwenkte den Eistee in seinem Glas.
»So kam es«, sagte er, »daß das erste Kind beim Vater aufwuchs und das zweite bei der Mutter. Die Mutter stammte aus ärmlichen Verhältnissen, deshalb kam die Familie nicht mit ihr aus und deshalb ging sie auch. Der Vater lebte danach mit seiner Familie im Streit, aber er kümmerte sich bis zu seinem Tod sehr um seine kleine Tochter.«
Er sah Christine an.
»Diesem ersten Mädchen ging es im späteren Leben sehr gut. Sie ist jetzt im Showgeschäft und sehr berühmt. Von der Mutter hat man seit Jahren nichts mehr gehört. Es geht also eigentlich darum, daß die Familie das zweite Mädchen vermißt und mit ihm wieder Kontakt aufnehmen will, wenn Sie wissen, was ich meine.«
»Hat diese Familie einen Namen?« Christines Stimme klang sehr ruhig.
»Nun, das muß ich im Augenblick noch vertraulich behandeln«, enteg-

nete Wally. »Wie übrigens auch alles, was Sie mir sagen sollten, streng vertraulich behandelt wird.«
Er lächelte. »Außerdem hat das Mädchen, nach dem ich suche, mit ziemlicher Sicherheit weder von ihrem Vater noch von seiner Familie etwas gehört. Das macht die Suche auch irgendwie aufregend. Fast wie bei *Das ist Ihr Leben*. Die Suche nach verloren geglaubten Verwandten und so.«
Er trank seinen Tee in einem Zug aus und wischte sich dann mit dem Taschentuch über den Mund.
»Eigentlich kann ich Ihnen nur folgendes sagen«, fuhr er dann fort. »Das Mädchen, das ich suche, ist jung, blond, schön – sie sieht wahrscheinlich so ähnlich aus wie Sie, Miss. Wenn ich Ihnen das Kompliment machen darf. Erzogen wurde sie von einer kranken, perversen Mutter. Noch als Kind lief sie davon und ist seitdem auf sich gestellt. Ich glaube nicht, daß das Leben sehr einfach für sie war ...«
Er drehte den Hut in den Händen.
»Es ist eigentlich traurig, wenn man drüber nachdenkt«, sagte er. »Das eine Kind wuchs bei einem liebenden Vater auf – er starb an einem Herzleiden, als sie etwa achtzehn war – und die andere bei einer grausamen Mutter, einer Mutter, die möglicherweise verrückt war. Die beiden Mädchen wissen nichts von der Existenz des anderen. Das eine hatte Glück, und das andere ...«
Er schüttelte langsam den Kopf.
»Irgendwie muß man die menschliche Natur bewundern«, sagte er. »Die zweite Tochter, nach der ich suche, hat auch etwas aus ihrem Leben gemacht. Sie ist eine Professionelle, und eine sehr geachtete. Eine der besten in ihrem Bereich. Sie kann gut mit Menschen umgehen, und sie ist eine ziemliche Perfektionistin. Aber wissen Sie – natürlich können Sie so etwas gar nicht wissen –, das kommt bei mißhandelten Kindern sehr häufig vor. Mit Leuten gut umgehen können, immer die Beherrschung behalten ... Es liegt sozusagen in der Natur der Sache. Schon als Kinder müssen sie kleine Politiker, kleine Diplomaten sein, um Schläge zu verhindern.«
Er sah sie vieldeutig an. »Und wenn sie dann erwachsen werden, haben sie vor fast nichts mehr Angst. Sie sind sehr beherrscht. Nichts kann sie erschüttern. Der Schmerz ist nur innerlich ...«
Christine sagte nichts.
Wally seufzte. »Wenn ich daran denke, was diese Welt mit kleinen Mädchen macht ... Natürlich spielt dabei auch das Glück eine große Rolle. Ein kleines Mädchen verbringt eine glückliche Kindheit und trägt

ihren Vater im Friedhof der Stadt zu Grabe, während das andere mit ihrer Mutter von einer Stadt zur anderen ziehen muß, praktisch immer auf dem Sprung lebt und Mißhandlungen ertragen muß, die sich die meisten Leute gar nicht vorstellen können ...«

Seine Stimme verhallte.

Christine hatte sich nicht bewegt. Die Sonne beschien ihre makellose Haut, auf der Sonnenöl feucht glänzte. Ihre klaren Augen unter den blonden Haaren sahen zu Wally hoch. Der winzige Bikini, den sie trug, zeigte viel Haut, deren Duft die Luft parfümierte. Wally betrachtete nachdenklich seinen Hut, aber sie spürte, daß ihn ihre Ausstrahlung nicht gleichgültig ließ.

»Ich will Ihnen was sagen«, schloß er. »Vielleicht sind Sie ihr begegnet, ohne es zu wissen. Vielleicht nannte sie sich damals anders. Wahrscheinlich hatten Sie keine Ahnung, wer sie war. Aber in einem Fall wie diesem bin ich gezwungen, solchen Spuren nachzugehen. Wenn es Ihnen nichts ausmacht, möchte ich mich einfach mit Ihnen zusammensetzen und etwas in Ihrer Erinnerung kramen. Orte, an denen Sie waren, Leute, die Sie gekannt haben. Alles natürlich streng vertraulich – das ist ja selbstverständlich. Vielleicht könnten wir gemeinsam zu Mittag essen ...«

Christine sah ihren plumpen Besucher lange an. Es lag ein Flehen in seinem Verhalten, aber auch eine deutliche Drohung. Sie wog beide sorgfältig gegeneinander ab. Und gleichzeitig bemerkte sie noch etwas anderes an ihm, etwas in der Art, wie er über eine Familie, einen Vater, eine Schwester sprach, etwas, das sie faszinierte.

Sie beschloß, auf seinen Vorschlag einzugehen, aber mit Vorsicht.

»Ich bin im Augenblick schrecklich beschäftigt«, sagte sie. »Auch wenn es nicht so aussieht«, fügte sie lächelnd hinzu. »Ich habe heute noch Verpflichtungen, und ich weiß nicht, wann ich da wegkomme ... Sagen Sie mir doch, wo Sie wohnen. Vielleicht kann ich dann heute abend ...«

Dankbar nannte ihr Wally die Nummer seines Motelzimmers.

»Das ist sehr freundlich von Ihnen«, sagte er. »Sie werden es sicher nicht bereuen.«

Er stand auf, gab ihr die Hand und watschelte dann weg. Im Rücken spürte er ihre Blicke.

Sobald er den Bereich des Pools verlassen hatte, wandte Christine die Aufmerksamkeit wieder dem jungen Vater zu, der mit seinen Kindern im Wasser spielte. Sie prägte sich sein Gesicht ein, denn sie hatte nicht die Absicht, ihn laufenzulassen.

Aber ihre Gedanken blieben bei dem kleinen Detektiv mit seiner gespielten Naivität und den intelligenten Augen.

Wie zwei natürliche Feinde, die auf den unausweichlichen Kampf warteten, hatten sie sich in diesen zwanzig Minuten umkreist.
Nun war es Zeit für die Schlacht.

13

Wally konnte nicht wissen, wieviel von dem, was er Christine erzählt hatte, wirklich neu für sie war. Sie war schlau genug, um schon während ihrer Jugend alles mögliche in Erfahrung gebracht haben zu können. Aber er mochte wetten, daß sie es nicht getan hatte. Er mochte auch wetten, daß Alice ihrer zweiten Tochter nichts über ihre Zeit bei den Havillands erzählt hatte. Zum einen hätte sie ja befürchten müssen, daß Christine eines Tages von dem Wissen profitierte. Ihre Selbstsucht ließ das nicht zu. Zum anderen schottete sie Christine ganz instinktiv ab. Eltern, die ihre Kinder mißhandelten, waren immer verschwiegen. Sie hielten die verschiedenen Teile ihres Lebens voneinander getrennt, verbargen sie hinter Vieldeutigkeit.
Das Mädchen hatte sich einverstanden erklärt zu kommen. Das bewies, daß sie erfahren wollte, was Wally noch auf Lager hatte.
Aber die Frage war, ob er sie, indem er ihr soviel sagte, wie er es getan hatte, nicht mit Waffen versehen hatte, die er nicht vorhersehen konnte.
Er untersuchte das Motelzimmer. Er mußte vorsichtig sein, wenn sie kam. Sie war gefährlich. Er würde sie überzeugen müssen, daß er ihr nichts Böses wollte. Und das war nicht einfach.
Aber sein Plan hatte nun über Wochen hinweg Gestalt angenommen. Er war zuversichtlich, daß er funktionieren würde.
Er betrachtete sich im Spiegel. Die kleinen Augen waren wachsam, abwartend.
Von dem Augenblick an, da er sie aus der Nähe gesehen und ihre Stimme gehört hatte, hatte sein Herz schneller geschlagen. Es war schwer für ihn gewesen, seine Rolle zu spielen. Sie war noch schöner, als er sich vorgestellt hatte.
Und in ihrem Inneren war diese Leere, die ihr Leben bestimmte und die ihn mit ihr verband.
Er wußte, daß es für Harmon Kurth von Vorteil sein konnte, wenn er erfuhr, daß dieses Mädchen hier war, daß sie eine Prostituierte der Spitzenklasse und wahrscheinlich Annie Havillands leibliche Schwester war.

Aber was er an diesem Abend vorhatte, war nicht für Harmon Kurth. Es war für Wally Dugas.

Sie rief ihn um neun an und sagte ihm, sie werde um zehn eintreffen. Wally hatte das Zimmer vorbereitet. Gläser waren da und Eis, Flaschen mit Sodawasser, etwas Bourbon. Erdnüsse und Salzbrezeln.
Seine Pistole trug er in einem Spezialhalfter versteckt am Rücken. Wenn sie ihm Killer schickte, anstatt selbst zu kommen, dann war er darauf vorbereitet.
Mit Ausnahme der Pistole war nichts im Zimmer, das als Waffe benutzt werden konnte. Von dem Augenblick an, da Christine das Zimmer betrat, mußte er darauf achten, immer einen Meter von ihr entfernt zu bleiben und ihre Handtasche nicht aus den Augen zu lassen.
Er warf einen letzten Blick auf den Tisch. Auf der Resopalplatte, zwischen dem Aschenbecher und den kleinen Schalen mit Erdnüssen und Brezeln, stand das Foto der achtjährigen Chrissie mit Alice am Strand von Chesapeake.

Sie kam pünktlich.
Das leichte Sommerkleid stand ihr gut. Sie brachte einen wunderbaren Duft mit ins Zimmer, frisch und sehr feminin. Die winzigen Jadeohrringe paßten zu ihrer Halskette. Nackte Knie und Waden kamen wohlgeformt unter dem Kleid zum Vorschein, die schmalen Bänder ihrer Sandalen betonten die Zartheit ihrer Figur. Sie sah aus wie eine schöne, junge Ehefrau, die sich für einen sommerlichen Abend mit ihrem Gatten zurechtgemacht hatte.
Sie trug eine mittelgroße Handtasche und einen Chiffonschal. Wally wußte, daß sie auf dem Weg hierher niemand gesehen hatte. Als Professionelle und dazu noch eine, die auf der Hut war, hatte sie sicher ihre Vorkehrungen getroffen.
»Sie müssen entschuldigen, wenn ich Sie ein bißchen anstarre«, sagte er und hielt ihr die Tür auf. »Aber Sie sind ja wirklich eine außergewöhnlich schöne junge Frau.«
Mit leisen, katzengleichen Bewegungen betrat sie das Zimmer. Wally deutete auf den Tisch.
»Wollen Sie etwas zu trinken? Ein Soda vielleicht ...«
Aber sie hatte das Bild entdeckt und stand jetzt bewegungslos vor dem Tisch.
»Bitte«, sagte Wally und schloß leise die Tür. »Setzen Sie sich doch.«
Sehr langsam setzte Christine sich.

Wally ging zum Sessel ihr gegenüber, seine Augen wanderten von der Tasche und dem Tuch zu ihren blauen Augen, die unter goldenen Wimpern noch immer auf dem Bild ruhten.
Er ließ sie es lange betrachten. Er wußte, daß sie blitzschnell überlegte. Aber er wußte auch, daß sie ihr eigenes Gesicht sah und das Leben, das sie zu dem gemacht hatte, was sie heute war – ein Leben, das sie wahrscheinlich mit allen Kräften zu vergessen suchte.
Er begann zu sprechen.
»Ich war ein dickes Kind«, sagte er. »Mein Vater nannte mich Slim. Oft seufzte er und sagte: ›*Ich weiß gar nicht, warum ich mich mit dir abgebe, Slim.*‹ Ich war unbeholfen. Noch viel mehr als andere Kinder.«
Er lächelte.
»Es stand zwei gegen einen. Beide tranken, und wenn sie tranken, dann stritten sie. Ich bekam dann immer die Schläge ab. Ich ging immer von einem zum andern, aber meistens hatte ich mich verschätzt und bekam die Schläge trotzdem.«
Er seufzte.
»Mein Vater schlug fest zu, aber sie wußte, wie sie mir mehr weh tun konnte. Vermutlich, weil ich ihr mehr traute. Die gebrochenen Rippen spüre ich noch immer. Und in meinem rechten Ohr pfeift es bis heute ...«
Er betrachtete ihre Augen. Sie hingen weiter an dem Bild auf dem Tisch, aber ihre Tiefen schienen sich auszubreiten, während er sprach. Die Iris schillerte in vielfältigen Schattierungen und Farben, so exotisch wie ein Abend in einem fremden Land.
»Ich war nie bei einem Kinderarzt«, fuhr er fort. »Mein Vater war Arzt. Chirurg. Der paßte schon auf. So erfuhr niemand etwas. Die blauen Flecke, die Risse ... Alle dachten, ich sei einfach nur unbeholfen. Oh, da gab es einmal diese Lehrerin. Ich war in der vierten Klasse. Sie machte sich Sorgen und rief die Kinderfürsorge. Aber mein Vater war ein wichtiger Mann, ein Professor an der Medizinischen Fakultät. Der wußte, wie er damit umgehen mußte.«
Sie sah noch immer das Bild an. Irgendwie wußte Wally, daß sie dem kleinen Mädchen in die Augen sah, die Augen, die sich geduldig in der engen Umarmung der Mutter öffneten.
»Erst nach der High School kam ich von zu Hause weg«, schloß Wally. »Es ist schwer, sich von Leuten loszureißen, die man liebt ... Na, auf jeden Fall wurde ich dann sofort Detektiv, aus Gründen, die Sie vielleicht verstehen können. Ich brauchte die Kontrolle. Ich hatte genug davon, am Leben teilzunehmen. Ich wollte es aus der Entfernung betrachten.«

Ein kurzes, dünnes Lachen entschlüpfte ihm.
»Später«, sagte er, »erfuhr ich, daß sie sich hatten scheiden lassen. Er heiratete eine junge Frau, die nur halb so alt war wie er. Sie heiratete einen pensionierten Geschäftsmann und lebt jetzt auf Hilton Head Island.«
Er hob die Schultern. »Ich bin die ganzen Jahre alleine geblieben«, sagte er. »Einmal, es ist schon eine ganze Weile her, war da ein Mädchen. Ich lernte es bei einer Ermittlung kennen. Ihr Vater hatte die Familie verlassen, und ich fand ihn für sie. Sie verliebte sich in mich, und ich mochte sie auch. Sie hätte mich genommen ... Aber ich konnte nicht. Konnte mich nicht einlassen. Wissen Sie, was ich meine? Wenn es verschwunden ist, dann ist es verschwunden. Diese Türen kann man nicht öffnen.«
Christine hatte sich nicht bewegt. Obwohl ihr Gesicht ausdruckslos war wie das einer Statue, sahen die Augen unter den goldenen Wimpern aus wie die eines Kindes.
»Meine Arbeit tut heute vielen Leuten weh«, fuhr Wally fort. »Manchmal den falschen. Ich habe es mir zum Prinzip gemacht, mich nicht darum zu kümmern, wer sie sind. Das ist nicht richtig, ich weiß. Aber immer auf der richtigen Seite zu stehen ist ein Luxus, den sich nicht jeder leisten kann.« Er seufzte. »Aber die andere Art hat eben auch ihren Preis. Das ist ja das Problem.«
Er schwieg einen Augenblick.
»Aber in diesem Fall«, sagte er schließlich, »wird es nicht das Mädchen sein, über das wir am Pool gesprochen haben. Ich muß sie nur finden. Ich werde ihr nicht weh tun. Verdammt, wie könnte man ihr auch weh tun? Aber was ihre Schwester angeht, das Mädchen, das in der Kleinstadt bei ihrem Vater aufwuchs – ich war da nicht ganz ehrlich zu Ihnen. Sie hat nämlich in ihrem Leben auch ein paar Schläge abbekommen. Einen von dem Mann, für den ich arbeite.«
Es entstand eine lange Pause. Christine hatte bis jetzt noch kein Wort gesprochen. Seit dem Vormittag hatte er ihre Stimme nicht mehr gehört.
»Wenn Sie mich entschuldigen«, sagte Wally. »Ich muß mal kurz ins Bad. Bitte fühlen Sie sich ganz wie zu Hause. Ich brauche nur etwa fünf Minuten. Und wenn ich zurückkomme, können wir vielleicht Ihre Erinnerungen etwas durchforsten. Das Leben ist kompliziert ... Vielleicht sind Sie ihr doch begegnet.«
Er ging ins Badezimmer, drehte den Wasserhahn auf, daß er tröpfelte, setzte sich auf den Deckel der Toilette und sah auf die Uhr. Er hörte gedämpfte Geräusche aus dem anderen Zimmer, die er aber wegen des tröpfelnden Wassers nicht unterscheiden konnte.

Nachdem der Sekundenzeiger siebenmal seine Runde gemacht hatte, drückte er die Spülung, drehte das Wasser ab und verließ das Badezimmer.
Sie war natürlich verschwunden.
Das Bild stand nicht mehr auf dem Tisch.

Wally ging sehr sorgfältig vor. Er untersuchte das Zimmer vom Boden bis zur Decke, von den Vorhängen bis zum Schrank, aber er ließ alles an seinem Platz.
Dann goß er sich einen Schluck Bourbon ein und stockte ihn mit Soda auf. Er setzte sich aufs Bett, sah wieder auf die Uhr und wartete.
Nach fünfundvierzig Minuten hob er den Hörer ab und ließ sich von der Rezeption ein Ferngespräch vermitteln.
Nach mehrmaligem Klingeln wurde das weit entfernte Telefon abgehoben.
»Hier bei Mr. Kurth.«
»Hier spricht Wally Dugas. Ist Mr. Kurth zu Hause?«
»Einen Augenblick bitte.«
Es entstand eine längere Pause. Schließlich meldete sich eine tiefe Stimme.
»Warum benutzen Sie diese Nummer?«
»Ich habe es bei Ihrem Privatanschluß versucht, Mr. Kurth.« Wally sprach sehr deutlich. »Aber der ist anscheinend außer Betrieb.«
»Ich werde ihn überprüfen lassen. Was gibt es denn? Haben Sie sie gefunden?«
»Nein, Sir. Sie ist nicht zu finden. Aber ich habe das andere Ende der Spur entdeckt.«
»Was soll das heißen?« Kurths Stimme klang ungeduldig.
»Ich rufe aus Miami an. Sie war hier in der Gegend eine geachtete Prostituierte und Erpresserin. Sie wurde vor eineinhalb Jahren bei einem Bandenkampf getötet. Nichts Persönliches. Sie geriet da eben mit hinein. Sie schnitten ihr die Kehle durch und ließen sie von der Flut an Land spülen. Ich habe mir beim Leichenbeschauer die Fotos angesehen.«
Kurze Zeit schwiegen beide.
»Und welche Schlüsse ziehen Sie daraus, Mr. Dugas?« Verärgerung und Ironie schwangen in Kurths Stimme.
»Nun, der Leichenbeschauer hat versucht, bei der Autopsie die Blutgruppe zu bestimmen. Es ist nicht hundertprozentig, aber sie legt die Vermutung nahe, daß sie nicht Annie Havillands leibliche Schwester

war. Aber ich glaube, es ist nicht zu leugnen, daß sie die Tochter von Alice Havilland war. Ihr Vater war vermutlich einer der Liebhaber der Mutter in Richland oder einer, den sie traf, nachdem sie Harry verlassen hatte. Auf jeden Fall, ich habe mit Leuten gesprochen, die Christine, die zweite Tochter, kannten. Alles, was sie wissen, ist, daß sie eine fähige und verläßliche Professionelle war und daß die Männer, mit denen sie umging, sie in Schwierigkeiten brachten.«

Kurth seufzte.

»In Ordnung, Mr. Dugas.« Kurths Stimme klang säuerlich. »Ihre Arbeit hat meine Geduld jetzt lange genug strapaziert. Sie können nach Hause zurückkehren und mir Ihre Rechnung schicken. Aber ich will eins klarstellen. Dieser Autounfall bedeutete vielleicht das Ende von Havillands Karriere. Zumindest als Sexsymbol. Auf der anderen Seite macht er sie womöglich zur Märtyrerin, und das ist eine ausgezeichnete Publicity. Ich nehme Sie beim Wort, daß, abgesehen von der Episode mit Shain, die bereits ausgeschlachtet wurde, in ihrer Vergangenheit nichts gefunden werden kann, das von Nutzen sein könnte. Deshalb werden Sie von nun an ihr privates und sexuelles Leben überwachen. Ohne Zeitbegrenzung. Und Sie berichten mir wie üblich.«

»Jawohl, Mr. Kurth.«

Wally legte auf.

Einige Minuten saß er auf dem Bett und dachte über Kurth nach und darüber, was ihm wohl an diesem Abend durch den Kopf gehen mußte. Andere Möglichkeiten, wie er Annie Havilland etwas anhaben könnte ... Pläne für den Fall, daß sie sich wieder so weit erholte, daß sie die Schauspielerei wieder aufnehmen konnte ... Kurths Rachedurst war unersättlich.

Wally stand auf und mixte sich einen zweiten schwachen Bourbon-Soda. Normalerweise haßte er Schnaps, aber diesmal gab es etwas zu begießen.

Nun hatte er Christine endlich doch getroffen, sie leibhaftig vor sich gesehen.

Jetzt wußte er, wie sich Immigranten fühlen, wenn sie lange Reisen in das weit entfernte Land ihrer Vorfahren unternehmen und dort vollkommen Fremde treffen, die ihren Namen tragen. Blut von ihrem Blut ...

Er hatte sie gefunden. Und er hatte ihr den einzigen Gefallen getan, zu dem er in der Lage war.

Und noch etwas mehr, für sich selbst.

Er stand auf und schraubte den Hörer auf. Die kleine Wanze war

ziemlich gewöhnlich, aber professionell. Das ganze Gespräch mit Kurth war aufgenommen worden.
Er stand auf, ging zum Fernseher und entfernte die zweite Wanze von der Schalttafel.
Sie war gut vorbereitet gekommen. Die sieben Minuten hatten gereicht, um die beiden Dinger zu installieren, das Bild an sich zu nehmen und zu verschwinden.
Er saß da und betrachtete die winzigen Mikrofone. Er fragte sich, was geschehen wäre, wenn sie die Situation anders aufgefaßt hätte. Wenn sie einfach davongelaufen wäre oder ihm jemanden geschickt hätte, der ihn bedrohte oder tötete. Oder wenn sie mit einer Waffe gekommen wäre, um ihn selbst zu töten ...
Aber nein. Es war anders gelaufen.
Wally hob das Glas auf sich und seine Besucherin.
Er bezweifelte, daß er sie je wiedersehen würde. Aber das eine Mal war genug gewesen. Sie hatte gestrahlt wie die Sonne in seinem düsteren Zimmer. Ihr Duft war wie der seltener Orchideen.
Joseph Mancinis Worte fielen ihm wieder ein. Ja, sie konnte den Widerstand eines jeden Mannes brechen. Einigen, vielleicht sogar vielen hatte sie den Tod gebracht. Eine seltene und giftige Blume.
Auch Wally hatte viele verletzt, einige getötet. Sie war seine Blutsschwester, sie trug die gleiche Krankheit in sich wie er. Die Krankheit, die die Seele tötet, während sie den Körper stärkt.
So war es auch beinahe etwas wie Liebe, mit dem er sich ihre sanften, blau und vielfarbig schimmernden Augen wieder in Erinnerung rief. Ihr zu helfen war viel wert gewesen.
Aber dadurch hatte er möglicherweise noch mehr Schaden über die Welt gebracht. Denn er hatte sie genau mit der Waffe ausgestattet, die sie gesucht hatte.
Und sie würde auch abdrücken.

Eine Stunde später dachte er noch immer über diese Frage nach und wünschte ihr in seinem Herzen, in das sie etwas Wärme gebracht hatte, Glück, als es plötzlich leise an der Tür klopfte.
Mit der Pistole in der Hand öffnete er.
Sie stand im Gang, ein leises Lächeln umspielte ihre Lippen. Das Tuch war verschwunden. Sie hatte eine winzige Tasche unter dem Arm, trug aber noch dasselbe Kleid.
»Tut mir leid, daß ich davongelaufen bin«, sagte sie. »Aber jetzt hätte ich wirklich gerne diesen Drink.«

Er machte einen Schritt zurück und sah zu, wie sie eintrat. Sie ging zum Tisch, öffnete ihre Tasche und stellte das Bild auf die Resopalplatte.
»Behalten Sie es«, sagte er und schloß die Tür. »Ich habe noch einen Abzug. Mit Ihrer Erlaubnis würde ich ihn gerne behalten. Das Foto hat eine bestimmte Bedeutung für mich – wie für Charlie Grzybek.«
Im Aschenbecher lagen die Wanzen, die Wally aus dem Telefon und dem Fernseher entfernt hatte. Ohne sie anzusehen, drehte sie sich zu ihm um.
»Danke«, sagte sie.
»Danke, Wally«, korrigierte er sie.
»Wally.«
Sie kam langsam auf ihn zu und küßte ihn auf die Lippen. Die Berührung ihrer duftenden Haut war wie zarte Blätter, die im Abendwind raschelten.
Die verbotene Wärme in ihm loderte plötzlich auf und breitete sich in seinem ganzen Körper aus.
Zum erstenmal seit zwanzig Jahren hatte er Angst.
»Danke«, wiederholte sie und griff zur Lampe. Sie verlosch.
Übergossen vom silbrigen Mondlicht stand sie da und griff hinter sich. Das Kleid fiel zu Boden, sie war nackt. Ihre Schönheit war unwirklich, unmöglich.
Er legte die Arme um sie. Winzig und zerbrechlich lag sie an seinem Bauch. Sie war warm und weicher, als er sich vorgestellt hatte.
Plötzlich traten ihm Tränen in die Augen. Er spürte den Schmerz einer langen Trennung und die Freude des Wiedersehens. Die Haut, die er berührte, war so fremd und doch so vertraut, daß er verwundert aufseufzte. Sie schien zu verstehen, was mit ihm geschah. Mit der Sanftheit einer Pflegeschwester zog sie ihn aus, half ihm ins Bett und schenkte ihm die Freude ihres Körpers.
Jeder ihrer Küsse öffnete eine Wunde und schloß sie wieder mit dem gleichen grausamen Schmerz und Trost. Jedes Seufzen, jedes Erschauern war ein Hymnus, denn es bedeutete für Wally, daß er nicht alleine war. Sie war eine von seiner Rasse, sie gehörte ihm in dieser Nacht, und ihr Fleisch war durchtränkt von dem Wissen über ihn und vom Wiedererkennen.
Zum zweiten- und letztenmal öffnete er sich der Welt und spürte, wie ihr Überfluß ihn umarmte, warm, erbarmungslos, schön.

Eine Stunde später war er alleine.
Sie war still aus seinen Armen geglitten, hatte ihre Sachen genommen

und ihn mit einem letzten Kuß verlassen. Seit ihrem geflüsterten »Danke« hatten sie kein Wort mehr miteinander gesprochen.
In seinem Verstand und seinem Herzen glaubte er, daß er sie nie wiedersehen würde. Diese Nacht war ihr Abschied gewesen.
Und vielleicht deshalb nahm er die Bettbezüge mit, als er am nächsten Morgen das Motel verließ.
Für Harmon Kurth hatte Christine aufgehört zu existieren.
Für Wally blieb noch eine Aufgabe zu erledigen.

14

Los Angeles Times, 9. August 1971

Gestern mußte sich die Schauspielerin Annie Havilland in der Universitätsklinik von Los Angeles einer Rückenmarksoperation unterziehen. Wie der Sprecher der Klinik mitteilte, war die Operation wegen chronischer Nackenschmerzen und der Schwächezustände als Folge des Autounfalls, den Miss Havilland letzten Dezember erlitten hatte, notwendig geworden.
Der Chirurg Leonard Blair, der die Operation durchführte, erklärte den Reportern, der Eingriff »solle den Druck auf die Nervenenden lindern und der Patientin ein relativ schmerzfreies und aktives Leben ermöglichen.«
Aus Angst vor postoperativen Schwellungen, die Miss Havillands Rükkenmark schädigen und eine Lähmung hätten hervorrufen können, hatte das Ärzteteam unter Leitung von Dr. Blair beschlossen, den korrigierenden Eingriff in den ersten Monaten nach dem Unfall nicht durchzuführen. Aber nun sei, so Dr. Blair, wegen der heftigen Nackenschmerzen, die jeder anderen Therapie widerstanden hätten, dieser Eingriff angezeigt gewesen.
»Unter den gegebenen Umständen«, so sagte er den Reportern, »hatten wir den Eindruck, daß das Risiko diesmal eher zu rechtfertigen sei. Die unerträglichen Schmerzen der Patientin haben auf keine unserer Behandlungsmethoden reagiert, aber sie ist in der Zwischenzeit kräftig genug, um die Operation durchzustehen. Wir erwarten eine vollkommene Wiederherstellung.«
Der Arzt fügte hinzu, man beabsichtige, die eher konservative Therapie, die bereits bei Miss Havilland angewandt werde, auch weiterhin fortzusetzen, darunter vor allem strenge Ruhe, lokale Hitzeapplikationen,

muskelentspannende und beruhigende Präparate, um Krämpfe zu verhindern, sowie ein rigoroses Trainingsprogramm.
Auf Fragen nach Berichten, nach denen Miss Havilland in den Monaten nach ihrem lebensbedrohenden Unfall von Narkotika und Schmerzmitteln abhängig geworden sei, verweigerte Dr. Blair die Auskunft.
Man nimmt allgemein an, daß in Miss Havillands Fall keine weiteren orthopädischen Operationen versucht werden. Die endgültige kosmetische Korrektur der Gesichtsverletzungen, die sie bei ihrem Unfall erlitten hatte, ist jedoch für den kommenden Winter geplant.

Dr. Len Blair schüttelte resigniert den Kopf, als er den Artikel in der *Times* las. Er hatte Annies Fall mit allem Optimismus, den er aufbringen konnte, beschrieben.
Er alleine kannte die ganze Wahrheit. Sobald er sie aufgeschnitten hatte, erkannte er, daß die Operation nichts bewirken würde. Im besten Fall würde es ihr etwas leichter fallen, den Kopf zu heben und ihn nach rechts und links zu drehen, ohne vor Schmerzen aufzuschreien. Aber die chronischen Nackenschmerzen würden nicht verschwinden.
Die wachsamen Reporter wußten verdammt gut, daß ihr Leiden sie von starken Drogen abhängig gemacht hatte, die ihre Gesundung behinderten, aber die Schmerzen kaum lindern konnten. Seine Aussageverweigerung wurde mit ironischem Lächeln aufgenommen.
Sie wußten, daß es schlimm stand. Aber nur Len Blair erkannte, daß die Medizin hier nichts mehr ausrichten konnte.
Annie war jetzt auf sich selbst gestellt. Der Schmerz war alleine ihr Problem.

15

Tony Pietranera stand alleine in seiner Wohnung in der West Side. Sein Blick glitt über die eintönigen Wände mit ihren billigen italienischen Landschaften.
Er hatte ein gut gefülltes Glas Scotch in der Hand, das er nun kurz schwenkte und in einem Zug hinunterstürzte. Dann ging er zur Bar und goß sich ein neues ein.
Er konnte nicht ruhig sitzen. Er mußte herumgehen, sich bewegen. Er fühlte sich wachsam und gespannt wie eine Dschungelkatze, aber eingesperrt und hilflos.

Christine war verschwunden.
Er trank auch das zweite Glas aus und zögerte einen Augenblick nachdenklich, bevor er sich ein drittes eingoß.
Wenn es soweit war, mußte er einen klaren Kopf haben.

Draußen vor dem Fenster lag eine Stadt mit zehn Millionen Menschen. Auf der anderen Seite des Flusses, der die Insel flankierte, ein Land mit über zweihundert Millionen. Dutzende großer Städte. Zahllose Orte, wo man sich verstecken, und Identitäten, die man annehmen konnte.
Christine war verschwunden.
Wie sollte er sie wiederfinden?
Tony dachte über sein Dilemma nach. Sein Einfluß bei den verschiedenen Familien an der Ostküste war beschränkt. Ein paar Gefälligkeiten, die er ihnen erwiesen und die man ihm bereits erwidert hatte. Im Mittelwesten hatte er überhaupt keine Stellung.
Ein Zuhälter, der sein Mädchen nicht halten konnte, wurde als Hahnrei betrachtet. Schon der Versuch, die Organisation um Hilfe zu bitten, würde ihn zum Gespött der Leute machen.
Was sollte er also tun?
Man mußte sie fangen, zurückholen und schwer bestrafen. Das Gesetz und die Tradition verlangten es. Wenn es ihr gelang, ihn zu demütigen, war seine Glaubwürdigkeit als Profi zerstört.
Bei jedem anderen Mädchen wäre Entstellung oder sogar Tod die Strafe für ein solches Verbrechen. In Christines Fall waren solche Maßnahmen aus praktischen Gründen natürlich unangebracht.
Er verfluchte sie. Allein ihr Verschwinden drängte ihn schon in die Defensive. Sie hatte ihn zum Sklaven ihrer Abwesenheit, der Arroganz ihrer Eigeninitiative gemacht. Er konnte nur folgen. Er konnte nicht mehr befehlen.
Hatte nicht Joe Mancini ihn vor vier Jahren vor diesem Ausgang gewarnt?
Sie ist zu unabhängig. Ich will sie loswerden. Aber wenn du sie beherrschen kannst, ist sie Millionen wert.
Tony hatte sich taub gestellt gegenüber der Warnung des alten Mannes.
Er war gierig, er wollte Christine haben.
Jetzt zahlte er für seine Habgier.
Es war einfach nicht recht. Christine beging eine unverzeihliche Ungerechtigkeit, wenn sie ihm seinen Lebensunterhalt raubte, indem sie ihm davonlief. Die Hunderttausende von Dollar, die sie zu verdienen in der

Lage war, gehörten zum Großteil ihm. Sie hatte ihm sein Eigentum gestohlen.
Er mußte sie also finden.
Der Gedanke war ermutigend, weil es keine Alternative gab. Er goß sich seinen dritten Drink ein.
Nach einem großen Schluck, der das Zittern unter seiner Haut beruhigen sollte, wagte er einen Blick in den Spiegel.
Was er sah, entsetzte ihn.
Es war nicht das Gesicht eines kalten, entschlossenen Geschäftsmannes, der die Absicht hatte, einen widerspenstigen Angestellten gerecht zu bestrafen.
Es war das Gesicht eines zerstörten, verlassenen Liebhabers.
Er wandte sich entsetzt ab.
Es war eine Sache, sich seines Grolls, der Frustration, ja sogar der Erniedrigung bewußt zu werden, während man sich Wege überlegte, sie zurückzubekommen.
Aber es war eine ganz andere, sich diese Wohnung ohne das leise Rascheln ihrer Röcke, ihren frischen Duft, ihre leichtfüßigen Schritte vorzustellen. Sich all die Hotelzimmer vorzustellen, die in ihrer gemeinsamen professionellen Zukunft auf sie warten würden, die aufregenden Reisen mit ihr, die tausend Erscheinungen und Schattierungen ihrer bezaubernden Schönheit.
Und den unbeschreiblichen Anblick ihrer Nacktheit, die Zärtlichkeit ihrer Haut, die Wärme ihres Fleisches, das ihn umgab, ihn nahm und besaß.
Was, wenn es nie mehr so sein würde?
Ohne daß es sein einfältiger Verstand merkte, wurde Tony eben eine Erfahrung gewährt, die man sonst bei einem Mann seiner Herkunft, ja eigentlich bei jedem Mann, für unmöglich hielt: der Schmerz einer verschmähten Frau.
Das mystische Wesen, dem er sich freudig mit Herz und Seele hingegeben hätte, hatte ihn verlassen.
Er ging zur Bar zurück, zögerte aber dann. In seinem Verstand war kein Platz für Gedanken, für eine Entscheidung, sondern nur für unendliche Verzweiflung, grenzenlosen Schmerz.
Sie hatte ihn verlassen.
Schließlich kehrte er zum Spiegel zurück. Das Gesicht, das ihn daraus ansah, war verhärmt, ausgezehrt.
Ja, er kannte die Schande und die Hilflosigkeit einer verschmähten Frau.
Aber nun stieg ganz langsam die dunkle Seite dieses Zustands in ihm

hoch, funkelte in seinen Augen und brachte das Blut in seinen Adern zum Sieden.
Es war Wut.

16

Eines Morgens erwachte Annie und sah zum Fenster hinaus auf die Hügel. Sie wußte, daß es Zeit war für ihre Pille. Fast an jedem Morgen nahm sie eilig eine aus der Flasche neben dem Bett und spülte sie dankbar mit Eiswasser aus der Karaffe vom Tisch hinunter.
Sie betrachtete die Landschaft. Der Chapparal war versengt. Es war die Santa-Anna-Zeit, und die Behörden hielten aus Angst vor einem plötzlichen Feuer in den Bergen, das dann wochenlang unkontrolliert brannte, den Atem an. Es war eine Zeit der Gefahr, aber es lag auch ein stechendes Aroma der Hoffnung in der Luft, denn die trockenen Pflanzen hatten ihren eigenen, scharfen Duft.
Sie betrachtete die kleine Flasche mit Tabletten. Sie wußte, daß, wenn sie erst einmal eine genommen hatte, sich ein Schleier vor diesen frischen, scharfen Morgen legen würde, ein wattiger Vorhang, hinter dem sie in ihrer inneren Verzweiflung Schutz fand, so daß weder die Welt noch der Schmerz bis zum Zentrum ihrer Nerven durchdringen konnte. Damit sie nicht zu leben brauchte. Damit sie den Rest ihrer Tage als Rekonvaleszent im Schatten dessen, was sie sich angetan hatte, verbringen konnte.
Sie hielt die Flasche in der Hand. In komprimierter Form stellte sie dreihundert Tage vergeblichen Kämpfens dar – ein Schritt vorwärts, zwei Schritte zurück – seit der Nacht des Unfalls.
Sie stellte auch den lustlosen Umstieg von Morphium auf Demerol, Percodan und die anderen Präparate seit ihrer Rückenoperation dar – eine Operation, deren vollkommene Erfolglosigkeit ein Geheimnis war, das sie wortlos mit ihren Ärzten teilte.
Und vor allem stellte die kleine Flasche ihre Bestürzung und ihren Abscheu vor ihrem Schicksal dar, den unheilbaren Schmerz, gewesen zu sein, wer sie gewesen war, und sich angetan zu haben, was sie sich angetan hatte.
Ja, dachte sie, die Tabletten waren ihre Strafe. Und die freudlose Unwirklichkeit, die sie brachten, war ihr selbstauferlegtes Gefängnis, aus dessen Mauern, das wußte sie jetzt, keine Flucht möglich war.
Sie schüttelte sich eine Kapsel in die Hand.

Für die geschäftige äußere Welt war ihr Unfall, ja sogar ihre Existenz nur noch eine Erinnerung.

A Midnight Hour stand nicht mehr im Sperrfeuer der Öffentlichkeit. Nach dem Erfolg der ersten Spielzeit ging es als kommerzielles Phänomen unter den ernsthaften Filmen in die Geschichte ein, als potentieller Klassiker und als Triumph für International Pictures.

Auch der Eindruck, den Annie als Liane auf das Filmpublikum gemacht hatte, gehörte nun der Geschichte an. Und Annie selbst war in der launischen Welt der Publicity und des Starkults schon längst wieder vergessen. Ihr berühmtes Gesicht existierte nicht mehr, und so schien es, als sei es mit ihrer Karriere vorbei. Es war nicht weiter wichtig, mit welchem Mann man sie in Verbindung bringen könnte, und es war sinnlos, Skandale über sie zu erfinden. Den Leuten im Gewerbe war ihre Zukunft gleichgültig.

Genau so wollte sie es. Sie genoß ihre Anonymität, vor allem die Tatsache, daß niemand bei Damon Rhys mit Nachrichten für sie anrief – Barry Stein am allerwenigsten. Ja, es gab Genesungswünsche, und Annie beantwortete sie einen nach dem anderen, aber auch die wurden immer spärlicher.

In diesen Tagen fühlte sie sich weniger wie eine Invalide als wie eine Rentnerin. Das Leben lag hinter ihr, mit seinen Sorgen und Schocks ebenso wie mit seinen Freuden und Herausforderungen. Sie lebte in den Tag hinein, humpelte durch Damons Zimmer, unterhielt sich mit Conchata und half ihr kochen, zwang sich, das ausgezeichnete Essen, das sie gemeinsam zubereitet hatten, hinunterzuwürgen, und sie lächelte trotz ihrer Schmerzen. Sie begrüßte Judy Hagerman und trainierte gehorsam mit ihr, versuchte sogar kleine Gespräche. Sie saß in ihrem Zimmer oder auf der Veranda, ließ ihren Blick über die Hügel schweifen und dachte an den Abhang am Ende der Straße, wo alle ihre Sorgen begonnen hatten.

Und sie wartete auf die nächste Medizin.

Ihr Verstand arbeitete in einem Vakuum, klar, aber unfähig, sich auf einen Gedanken zu konzentrieren, und erst recht nicht auf Überlegungen, wie sie ihre Notlage überwinden könnte. Wie ein Opiumraucher trieb sie in ziellosem Nachdenken dahin, zu schwach, um einen Finger zu rühren.

Ideen, Meinungen und Wahrheiten zogen vor ihrem inneren Auge vorbei und wurden dann von den Drogen vertrieben. Sie blickte zurück auf ihre Karriere und verstand, warum sie so an ihr gehangen hatte. Die Fähigkeit, aus dem Nichts Charaktere zu schaffen, zuzusehen, wie

fremdes Fleisch und Blut in der eigenen Stimme, den eigenen Gesten entsteht – wirklich ein anderer Mensch zu sein –, war kostbar gewesen. Sie würde sich immer dankbar daran erinnern.
Vielleicht konnte sie, so überlegte sie, wenn sie sich von ihrem augenblicklichen Zustand erholte, irgendwo in den Nebenbereichen des Showbusiness Arbeit finden. Sie dachte an Jerry Falkowski und seine leidenschaftliche Besessenheit von allem, was mit Ton und Tonwiedergabe zu tun hatte. Vielleicht konnte sie Tontechnikerin werden, Beleuchterin oder Cutterin. Diese Leute brachten sich oft ebenso in einen Film ein wie die Schauspieler oder der Regisseur und zogen auch ebensoviel Befriedigung aus dem fertigen Produkt.
Als ehemalige Schauspielerin konnte sie vielleicht sogar lernen, Regie zu führen. Wenn schon nicht beim Film, dann wenigstens in einem bescheidenen Winkel des Theaters. Sie hatte vom Zusehen, wie Damon Rhys und Mark Salinger arbeiteten, genug gelernt, um zu wissen, daß sie das auch konnte. Schließlich hatte sie dem Allerbesten, Damon Rhys, ein ganzes Jahr lang zugesehen.
Aber diese Gedanken verschwammen so schnell wieder, wie sie ihr in den Sinn kamen. Sie waren für eine andere Annie Havilland bestimmt, eine gesunde und aktive, die es wahrscheinlich nie mehr geben würde. Warum sollte sie sich von ihnen verhöhnen lassen, wenn sie sie doch gar nicht betrafen?
So lehnte sich Annie in ihre nachdenkliche Melancholie zurück.
Aus Langeweile begann sie mehr und mehr zu lesen, nicht nur über Theater und Film, sondern alles, was ihr gerade in den Sinn kam. Sie las die Romane, von denen sie gehört hatte, für die sie aber nie Zeit gehabt hatte. Sie las Biografien, geschichtliche Abhandlungen, Bücher über Botanik und Atomenergie, Politik, Musik und chinesische Kunst. Das Lesen wurde zu ihrer wirksamsten Ablenkung vom Schmerz.
Manchmal mußte sie enttäuscht feststellen, daß sie sich an absolut nichts von dem, was sie gelesen hatte, erinnern konnte, so verwirrt war sie zur Zeit der Lektüre gewesen.
Aber wenigstens war dabei die Zeit vergangen. Denn die Zeit war ihr Feind, den sie töten mußte.
Aber vieles von dem Gelesenen blieb ihr trotzdem im Gedächtnis. Und sie merkte, daß sie in sich gekehrter wurde, als sie es je gewesen war.
Sie dachte über ihr Leben nach, von der verdorbenen Kindheit in Richland bis zu ihren Schuldgefühlen wegen Liane und der entsetzlichen Sex-Engel-Kampagne. Sie erkannte die ironische Kontinuität ihrer Erfahrungen. In ihrem ganzen Leben war das Gefühl der Entfremdung

von anderen Menschen, die Überzeugung, daß sie irgendwie nicht zu dieser Welt gehörte, ihr größter Feind gewesen.
Und die Welt hatte sie in dieser Illusion noch bestärkt. Das Verbrechen ihrer Schönheit hatte man in Richland gegen sie gewendet, wie auch ihr Talent und die Arbeit, die sie in Liane gesteckt hatte, von der Publicity-Maschinerie gegen sie gewendet worden war.
Eine Maschinerie, die von Harmon Kurth angetrieben wurde. Sie lächelte, wenn sie daran dachte, welche Befriedigung er über ihren Unfall empfunden haben mußte. Er hatte sicher angenommen, daß der Druck der skandalösen Gerüchte über sie, zusammen mit ihrer Nichtvermittelbarkeit als ernsthafte Schauspielerin, zu diesem Unglück beigetragen hatte. Vielleicht hatte er sogar recht.
Nun würde sie sich an Kurth nie mehr rächen können. Aber es war ihr gleichgültig. Denn schließlich waren Männer wie Harmon Kurth sich selbst die schlimmsten Feinde. Abgeschnitten von den Menschen, lebten sie in einer Hülle der Selbstsucht. Sie mußten für ihre Sünden nicht bestraft werden. Die Sünden selbst waren Strafe genug. Wichtig für normale Menschen war nur, daß sie den Kurths dieser Welt aus dem Weg gingen und sich auf ihr eigenes Menschsein, ihre Liebesfähigkeit konzentrierten.
Es war falsch gewesen, das erkannte sie jetzt, ihre Karriere auf der Absicht, Kurth zu bestrafen, aufzubauen. Sie hätte besser daran denken sollen, ihre Seele zu retten. Das war ihr eigentlicher Fehler.
Aber dennoch war es gerade dieses halsbrecherische, unaufhörliche Nach-oben-Stürmen gewesen, das sie zu Damon gebracht und die Liane zum Leben erweckt hatte. Eine Rolle dieser Tiefe war etwas, auf das jede Schauspielerin stolz sein konnte. Und als Schauspielerin, die sich wohl selbst kaum für ein Genie hielt, war es ein unschätzbares Privileg, so eng mit Damon Rhys zusammenzuarbeiten, daß ein wenig von seinem »Midas-Zug« auf sie abstrahlte.
Nein, man sollte seine Vergangenheit nicht zu sehr bereuen. Das Leben hatte seine Lichtblicke, aber sie waren meist für die unsichtbar, die noch mittendrin standen. Aus der grausamen Fülle der Welt konnte man nicht nach Belieben auswählen. Man sollte erst gar nicht versuchen, die Zeit zurückzudrehen. Beim zweitenmal würde es dann vielleicht nur noch schlimmer.
So verbrachte also Annie ihre Tage allein mit ihren Gedanken. Wenn sie Lust hatte, ließ sie sie zu einer unendlichen Hoffnungslosigkeit anwachsen, denn sie wußte ja, daß niemand sie sehen konnte. Sie waren ihre private Welt der Erinnerungen, der Alpträume und, manchmal, des Akzeptierens.

Sie dachte an alles und jeden – nur nicht an das Baby, das sie verloren hatte.
Mit der Zeit schienen ihre Gedanken eine neue Klarheit zu bekommen, schienen in einer unbekannten Richtung Gestalt und Kohärenz anzunehmen, als würde sie nun wirklich stärker werden und bereit, vom Gedanken zur Tat zu schreiten – wenn da nur nicht der quälende, unaufhörliche Schmerz wäre, der von ihrem Körper Besitz ergriffen hatte, und der Nebel der Drogen, der ihren Verstand umwölkte.
Aber genau dieser Nebel war es, den sie nicht aufgeben wollte, denn er verhüllte etwas, dem sie nicht ins Gesicht sehen konnte.
Doch heute, da sie mit der Tablette in der Hand in die duftenden Cañons hinaussah, hob sich plötzlich der Schleier.

Mit spitzen Lippen betrachtete sie die Kapsel. Sie konnte das Pulver darin sehen. Die farbige kleine Hülle lag verführerisch wie ein Kinderbonbon in ihrer mageren Hand.
Wenn sie sie erst einmal geschluckt hatte, würde sich die Gelatine auflösen, und das Pulver würde sich den Weg zu ihrem Hirn und ihren Nerven suchen, ihr die Sinne betäuben und ihr die Kraft zum Denken, zum Fühlen und zum Hoffen nehmen.
Und heute würde sein wie gestern und morgen wie heute. Nichts würde sich ändern am müden Frieden ihres abgeschlossenen Lebens.
Solange sie es zuließ.
Bei diesem Gedanken stand Annie auf. Sie nahm die Flasche mit den Tabletten und ging ins Badezimmer.
Dabei erinnerte sie sich an das tote, graue Fleisch Nick Marcianos auf dem Tisch im Leichenschauhaus, das erbärmliche Denkmal einer verzweifelten Suche nach Frieden, die in einer verlausten Wohnung geendet hatte, in der der Tod viel zu schnell nach der ausgestreckten Hand seines Opfers griff. Wie endgültig war doch das Licht der Liebe und des Lachens in diesen Augen hinter den bleichen Lidern verlöscht!
Annie sah in die Toilettenschüssel. Langsam öffnete sie die Flasche und ließ die Tabletten herausfallen und hörte, wie sie mit leisem Platschen ins Wasser fielen. Dann holte sie auch die anderen Flaschen aus dem Medizinschränkchen und leerte sie eine nach der anderen. Sie sah zu, wie die Gelatine zu einem schmutzigen, klebrigen Brei aufschwoll, und zog dann die Spülung.
Als schließlich nur noch Aspirin im Medizinschränkchen stand, kehrte sie ins Schlafzimmer zurück. Tief atmete sie die frische Morgenluft ein, betrachtete mit klaren Augen die Hügellandschaft und setzte sich ans Fenster.

Es war an der Zeit, wieder sie selbst zu sein.
Ihre Sturheit kam ihr zu Hilfe wie eine alte Bekannte, als sie über ihre Entscheidung nachdachte.
Ich werde mit diesen Schmerzen leben. Ich werde mein Leben wieder so einrichten, wie ich es will. Ich will nicht länger das Opfer meines Zustandes, meiner Vergangenheit oder meiner Verzweiflung sein. Ich will den Ärzten nicht die Grenzen ihrer Wissenschaft vorwerfen und mir selbst nicht die Fehler, die nicht mehr rückgängig zu machen sind. Mein Schicksal liegt jetzt in meiner Hand, ganz allein in meiner.
Sie hörte einen Vogel singen. Sie roch die Zedern, den Jasmin und den Eukalyptus. Sie schlug ihr Buch auf und las eine Seite. Sie ging in die Küche, goß sich ein Glas Orangensaft ein und trank ihn mit Verwunderung.
Das Leben war nun wieder das altvertraute – ruhig, gleichmäßig und wunderbar: ein Geschenk der großzügigen Vorsehung. Nun mußte sie sich nur noch auf die Schönheit und Vielfalt um sie herum und in ihr selbst konzentrieren, dann konnte sie aus ihrem Loch herauskriechen und sich freuen, wieder Annie Havilland zu sein.
Aber etwas gab es noch zu tun.
Sie mußte ihr Baby begraben.

Sie machte einen langen Spaziergang zu einem einsamen Hügel. Dort grub sie mit bloßen Händen ein kleines Loch in die Erde. Sie legte den Anhänger in Gestalt eines Sonnenaufgangs hinein, den Harry Havilland ihr eine Woche vor ihrer Abschlußprüfung, eine Woche vor seinem Tod, geschenkt hatte. Acht Jahre lang war er ihr Glücksbringer gewesen.
Leb wohl, sagte sie zu ihrem ungeborenen, namenlosen Kind. *Ich liebe dich.*
Die Tränen, die nun unkontrolliert aus ihr herausbrachen, wirkten wie ein reinigendes Bad. Sie flossen aus unsichtbaren Wunden, die jetzt ungehindert bluten und vernarben konnten, da ihr Verlust ganz ihr gehörte.
Lange saß sie auf dem Hügel und spürte, wie die Zeit verrann und die Erde sich drehte. Sie berührte den Erdboden wie etwas, das sie verloren und wiedergefunden hatte.
Schließlich kehrte sie nach Hause zurück.

An diesem Nachmittag lächelte sie Judy an. Conchata bemerkte ihre ungewohnte Fröhlichkeit. Damon hob, überrascht von ihrer freundlichen Begrüßung, die Brauen, als er aus dem Büro zurückkehrte.

Sogar Dr. Blairs Sprechstundenhilfe erhielt ein paar freundliche Worte, als sie anrief, um Annies nächsten Termin zu bestätigen.
In dieser Nacht legte sich Annie ins Bett und konzentrierte sich auf die Zwielichtzone wacher Gedanken und Traumvorstellungen, die der lange Tag ihr brachte. Sie war selbst überrascht, schon nach einer halben Stunde einzuschlafen.
Am nächsten Morgen wachte sie erfrischt wieder auf.
Ja, dachte sie, vielleicht war die Tontechnik wirklich kein schlechter Beruf. Sie würde jetzt in die Bücherei gehen und etwas darüber lernen. Sie konnte auch Jerry Falkowski anrufen und ihn bitten, ihr zu helfen.
Es war an der Zeit, wieder zu leben.
Annie war auf dem Weg dazu.

17

Es wurde Zeit, die Maske abzunehmen.
Dr. Mahoney, ein rosiger Ire mit überraschend ruhiger Stimme und ebensolchem Verhalten, hatte in der Nacht von Annies Unfall ihr den gebrochenen Kiefer selbst verdrahtet und die tiefen Schnitte gereinigt und genäht. Er war die ganze Zeit bei ihr gewesen und war zu einem wichtigen Freund und Vertrauten geworden, als die Zeit näher rückte, wo sie sich ihrem neuen, endgültigen Gesicht stellen mußte.
Aber auch er konnte ihr die Angst vor diesem neuen Gesicht nicht nehmen. Denn als Experte auf dem Gebiet der Kältechirurgie, der Hautabschleifung und der zur Narbenkorrektur wichtigen Radiotherapie wußte er sehr wohl, daß die plastische Chirurgie für Annie alles getan hatte, was in ihrer Macht stand. Ein Jahr und drei Monate nach ihrem Unfall würde das Gesicht, das sie nun im Spiegel sah, ihr endgültiges sein.
Der Arzt kam selbst in Damons Haus, um die Verbände der letzten Operation zu entfernen. »Der Berg kommt zum Propheten«, meinte er humorvoll, während er die Jalousien in Annies Zimmer bis zur Hälfte herunterzog und sie vor die Lampe setzte.
»Nun, die Narben werden Sie vielleicht erschrecken«, sagte er und begann, die Binden aufzuschneiden, »aus dem einfachen Grund, weil sie noch da sind. Aber Sie dürfen nicht vergessen, daß die anderen sie kaum bemerken werden. Die werden mehr auf die Gesamtwirkung Ihres Gesichts achten.«

Wenn sie nicht entsetzt davonlaufen, dachte Annie mit sprödem Humor, der aus der Angst entstand.
»Ist der Zuschauerbereich bereit?« meinte der Doktor lächelnd zu Damon, der hinter Annie am Fenster saß. Sein Lächeln und seinen hochgereckten Daumen sah sie nicht, denn sie hielt den Blick angsterfüllt auf die nackte Wand hinter der Lampe gerichtet.
»So, das wär's dann.« In überraschend kurzer Zeit waren die Bandagen abgenommen, und Annie spürte die Morgenluft kühl und erfrischend auf der blassen Haut.
Der Doktor nickte anerkennend, ein leichtes Lächeln umspielte seine Lippen.
»Na?« rief Damon von seinem Platz. »Darf ich es nicht sehen?«
»So kommen Sie doch.«
Annie hörte ihn näher kommen. Sie spürte seine Hand in der ihren, während seine buschigen Augenbrauen in ihr Gesichtsfeld kamen. Wie ein schuldbewußtes Kind sah sie zu ihm hoch, der Beweis ihrer Untat stand ihr im Gesicht geschrieben.
Er runzelte die Stirn. Er nickte. Seine kleinen blauen Augen zwinkerten mit einer Intensität, die sie nicht ergründen konnte.
»Spiegel«, sagte er barsch und griff nach dem Handspiegel, den Conchata auf das Nachtkästchen gelegt hatte.
»Oh-h-h«, jammerte Annie, trotz ihrer Angst mit einem schwachen Lächeln auf den Lippen. »Muß ich wirklich?«
Er drückte ihr den Spiegel in die Hand. Mit einem tiefen Seufzen sah sie hinein.
Das Gesicht, das sie sah, war das einer Fremden.
Es stimmte, die Narben waren kaum zu sehen. Das Fleisch, das sich in dem Glas spiegelte, war vorzeigbar wie das eines gewöhnlichen Menschen, einer jungen Frau. Aber es hatte keine Ähnlichkeit mehr mit der Annie Havilland, die sie ihr ganzes Leben lang für selbstverständlich gehalten hatte.
Die Wangenknochen schienen höher zu stehen. Natürlich war auch die Kieferform verändert. Die Stirn, die am schlimmsten verunstaltet gewesen war, wirkte fremd, unbegreiflich. Die Nase, obwohl kurz und unauffällig, war nicht die ihre.
Aber vor allem war eigenartig, daß sich am meisten die Augen verändert hatten. Sie lagen tief und hatten den Glanz durchlittener Schmerzen. Verschwunden war der sinnliche Schatten der Verlockung, der ihr als Kind soviel Kummer bereitet und der später die Liane ausgemacht hatte. Verschwunden war auch das helle Licht des ungetrübten Optimismus,

der Annie ausgemacht hatte. Es waren die Augen einer Frau, nun ohne alle Grillen der Mädchenhaftigkeit, erleuchtet von Gedanken, die so fremd waren wie die entferntesten Sterne.
Annie schloß sie, zu erschrocken, um weiter hinzusehen, sie spürte, wie sie sich mit Tränen füllten.
Sie wußte nicht, was sie mit diesem Gesicht machen, wie sie hinter ihm leben sollte. Sie fühlte sich, als hätte man ihr die Seele gestohlen und sie durch die einer Fremden ersetzt.
Damons Hand auf ihrer Schulter war voller Trost und Befehl.
»Mach die Augen auf, Baby«, sagte er. »Sieh hin. Hab keine Angst.«
»Ich bin entsetzlich«, sagte sie. »Nicht?«
»Du bist anders«, erwiderte er streng. »Du wußtest, daß du es sein würdest. Nun komm, mein Kind. Du wußtest doch, daß du dich verändern würdest, oder? Früher oder später. Wolltest du immer so bleiben, wie du warst? Wir bestehen nur aus Veränderungen. Wir können nicht wachsen, wenn wir nicht verlieren, was wir einmal gewesen sind. Anders bedeutet nicht schlechter.«
Wenig überzeugt, zwang sie sich, wieder in den Spiegel zu sehen. Sie wollte das neue Gesicht aus einem rein ästhetischen Blickwinkel beurteilen, so als würde es ihr gar nicht gehören. Aber die Augen, die sie ansahen, schienen eher selbst zu prüfen denn geprüft zu werden. Und sie jagten ihr noch mehr Angst ein als zuvor.
Damon kam näher und betrachtete sie mit kritischem Blick.
»Ich sehe da Möglichkeiten«, sagte er. »Möglichkeiten, die ich zuvor nicht gesehen habe. Nimm dir etwas Zeit. Du wirst sie auch sehen.«
Sie warf den Spiegel beiseite und umklammerte mit aller Kraft seinen dicken Bauch. Er klopfte ihr sanft auf die Schulter, während Dr. Mahoneys Stimme ihr ans Ohr drang.
»Sie können in Maßen an die Sonne«, sagte er. »Aber nehmen Sie die Lotion, die ich Ihnen verschreiben werde, und zwar mindestens eine Dreiviertelstunde, bevor Sie nach draußen gehen. Sie können sich wie gewöhnlich waschen, aber verwenden Sie Schönheitsseife. Nichts Scharfes. Feuchtigkeitscreme wäre auch nicht schlecht. Meine Sprechstundenhilfe wird Ihnen eine Liste mit Geboten und Verboten schikken.«
Der Arzt sah sie zufrieden an und wollte sie schon allein lassen, damit sie sich an sich selbst gewöhnen konnte.
Aber Damon wandte sich bereits zum Flur.
»Frank!« rief er. »Kommen Sie rein. Ich will, daß Sie sich das ansehen.«
»Nein!« rief Annie mit plötzlicher Heftigkeit, entsetzt über die Vorstel-

lung, daß Frank im Haus war. »Was ist – was tut er denn hier? Damon, ich kann nicht ...«
»Er erledigt ein paar Sachen für mich, auf meinen Wunsch«, entgegnete Damon und wiederholte damit seine Erklärung für die Besuche, die Frank McKenna dem Cañonhaus seit Annies Entlassung aus dem Krankenhaus abgestattet hatte. »Auf jeden Fall bin ich froh, daß er zufällig da ist. Ich will dich doch vorzeigen.« Er sah wieder zur Tür.
»Nein!« wiederholte Annie impulsiv. »Warte ... Mein Gott ...«
Er hielt sie überrascht auf Armeslänge von sich.
»Was ist denn los?« fragte er. »Erzähl mir doch nicht, daß du dir Gedanken machst, was Frank McKenna von dir halten wird. Jetzt komm, Kind. Denk daran, wer du bist.«
Das Herz klopfte ihr bis zum Hals. Die Vorstellung, von Franks kühlen, prüfenden Augen betrachtet und beurteilt zu werden, war unerträglich. Aber es war zu spät, um zu protestieren, denn sein Schatten verdunkelte bereits die Schlafzimmertür. Sie richtete sich auf und drehte ihm das Gesicht zu.
Zu ihrer Überraschung ließ er sich nicht anmerken, was in ihm vorging. In Anzug und Krawatte stand er in der Tür, groß und unerschütterlich wie eh und je. Seine Augen verrieten nichts. Überhaupt nichts.
Aber er war so taktvoll, nicht näher zu kommen. Er stand einfach da und sah sie an. Ein Hauch frischer Luft von draußen schien ihn zu umwehen. Die hellen Haare waren vom Wind zerzaust und gaben ihm ein reizvoll zerknittertes Aussehen.
Annie rüstete sich für das Kommende. Soll er denken, was er will, beschloß sie tapfer. Schließlich bedeutete er ihr ja nichts.
»Na, sagen Sie's endlich«, sagte sie. »Ich weiß, wie ich aussehe. Ich bin ein erwachsenes Mädchen. Ich hab' es mir selbst eingebrockt. Sie brauchen mich nicht zu schonen.«
Er blieb unbeweglich, den Blick auf ihre Augen geheftet. Der Augenblick dehnte sich, bis sie es kaum noch ertragen konnte.
Schließlich sprach er.
»Ich habe Ihr Aussehen auch früher schon bewundert, Miss Havilland«, sagte er. »Ich will Sie nicht beleidigen, aber so gefallen Sie mir besser.«
Annie wurde rot. Sie wollte keine falschen Komplimente.
Aber sein Blick war ernst.
»Gewisse Dinge an Ihnen«, fuhr er fort, »sieht man jetzt besser. Nicht, daß sie zuvor nicht da waren ... Aber man mußte genau hinsehen, um sie zu entdecken. Aber jetzt dringen sie durch die Oberfläche.« Er lächelte. »Sie strahlen.«

Verunsichert wandte Annie sich an Damon. Er nickte zustimmend.
Wie aufgehängt an einem unsichtbaren Seil zwischen den beiden Männern, versuchte Annie, ihre Haltung wiederzufinden. Konnte ihr denn wirklich etwas anderes als Schande im Gesicht geschrieben stehen?
Aber noch bevor sie die Antwort darauf finden konnte, kam ihr plötzlich und unvermittelt eine andere Erkenntnis.
Die Angst, mit der sie diese ganzen Monate gelebt hatte, bezog sich nicht nur darauf, was sie selbst denken würde, wenn der Verband abgenommen war.
Sondern auch darauf, was Frank denken würde.
Frank, der zu einem so seltenen Gast geworden war, dessen Gegenwart aber, nachdem er Annies Leben betreten hatte, nicht mehr zu verschwinden schien.
Ausgerechnet er ...
Der Gedanke war beinahe witzig. Und das Gefühl, das irgendwo in ihrem schwachen Körper dabei entstand, war eigentümlich angenehm. So angenehm, daß sie es schaffte, Franks ruhige braune Augen anzulächeln.

18

Eine Woche, nachdem die Verbände abgenommen worden waren, verließ Damon Annie.
»Mach dir keine Sorgen«, sagte er. »Ich mache keine Sauftour. Du solltest froh sein, daß die Zeit meiner Sauftouren dir zuliebe vergangen ist. Nein – es ist wieder Zeit für mich zu schreiben. Niederzuschreiben, meine ich.«
Sie wußte, was er meinte. Während der letzten chaotischen Monate hatte er unter vielen Mühen die Idee, die in ihm wuchs, zu einer durchstrukturierten und mit Figuren versehenen Geschichte entwickelt.
Erst wenn dieser innere, kreative Prozeß abgeschlossen war, machte er sich Gedanken über das letztendliche Genre des Projekts – ob nun Drama, Film, Geschichte oder Roman.
Annie wußte sehr genau, daß sich seine gegenwärtige Arbeitspause wegen seiner Fürsorge für sie nach ihrem Unfall zu gut einem Jahr ausgedehnt hatte, und sie hatte deswegen ein schlechtes Gewissen.
Aber sie vermutete auch, daß Damon nach dem Streß von *A Midnight Hour* insgeheim froh gewesen war, daß sein Beschützerinstinkt den

Selbstzerstörungstrieb verdrängt hatte, der ihn schon so oft an den Rand der Vernichtung getrieben hatte. Vielleicht hatte er diesmal eine längere und ruhigere Pause wirklich nötig gehabt.

Auf jeden Fall war es nun Zeit, »niederzuschreiben«. Und das tat Damon nicht ganz allein. Er fuhr nach Manhattan, wo sein alter Freund und früherer Theaterkollege Abe Feingold wohnte und noch immer als Dramatiker und Drehbuchautor arbeitete.

Die beiden schlossen sich dann immer wochenlang in Abes höhlenartigem Wohnstudio ein. Damon schrieb tagsüber und las am Abend Abe laut vor. Der hörte mit geschlossenen Augen zu und widersprach, wenn ihm eine Formulierung nicht gefiel.

»Er hat das beste Gespür für Prosa auf der ganzen Welt«, erzählte Damon Annie. »Du kannst ihm einen Absatz aus *Madame Bovary* in Französisch vorlegen, und er zeigt dir genau die Stelle, wo Flaubert Rhythmus und Klang noch hätte verbessern können. Und dabei kann er kaum Französisch. Bei einer Shakespearerede ist es das gleiche, bei einer Zeile von Yeats oder sogar bei einem Vers von Dante. Er liest es und verbessert es. Es ist ein Instinkt.«

Abe war ein korpulenter Mann mit schütterem Haar, der selbst raffinierte, kleine Thrillerkomödien und Kriminalstücke schrieb. Seine Stärke waren Romanadaptionen für den Broadway und Drehbücher. Mit seiner Arbeit verdiente er eine Menge Geld, aber er war ein bescheidener, schlichter New Yorker – ein Fan der Met seit der sensationellen Saison 1969 – und alles andere als intellektuell in seinem Auftreten.

Abes Geschmack in einfachen wie komplexen Dingen zeigte ein Streben nach einer ästhetischen Verfeinerung, die nur wenige Leute zu würdigen wußten.

Immer wieder wechselte er Drucke und Bilder an den Wänden, weil gewisse Farben und Kombinationen ihm in den Augen schmerzten, wie er behauptete. Bei den Möbeln war er wie ein Hypochonder, er stellte sie fortwährend um, warf weg, kaufte neu, änderte Bezüge. Aber er hatte dabei ganz und gar nicht die Absicht, seine wenigen Besucher zu beeindrucken, sondern wollte nur die Räume seinem fast übermenschlich feinen Geschmack und Sinn für Proportionen anpassen.

Er hörte ausschließlich Mozart, wobei ihm dessen Musik als Beruhigungsmittel, Stimulantium und Allheilmittel diente. Beethoven war für seine Ohren viel zu neurotisch und sogar Bach zu befangen symmetrisch und intellektuell. (Dies war ein permanenter Streitpunkt zwischen ihm und Damon, denn für Damon waren Bachs Fugen und Partituren die einzig mögliche Art, Musik zu machen.)

Er sah sich nie die Stücke oder Filme an, die er schrieb. Aufführungen an der Met waren sein einziges wirkliches Hobby. Zur Entspannung spazierte er wie in Trance durch die Straßen, ohne auf den Verkehr, die Passanten oder potentielle Straßenräuber zu achten.
Er kannte jeden Feinkostladen und jedes Milchgeschäft von der Lower East Side bis zur Bronx, und er wurde nie müde, sich zum Mittagessen Corned beef oder eine Kaisersemmel zu bestellen. Sein sensibler Gaumen vergnügte sich an Kartoffelsalaten, und das genaue Rezept neuer koscherer Mixed Pickles war für ihn wie eine Religion.
Er sprach einen starken Brooklyner Akzent, roch nach aus der Mode gekommenem Kölnisch Wasser und trug Anzüge, die so schlecht saßen, daß er eher wie ein ärmlicher Ladenbesitzer eines heruntergekommenen Viertels aussah als wie einer der erfolgreichsten Stückeschreiber des Landes.
Er hatte drei Geliebte, jüdische Frauen in mittleren Jahren, die für ihn kochten, ihm den Rücken kratzten und wußten, wie sie seine Wohnung sauberhalten konnten, ohne die raffinierten Arrangements von Büchern, Aschenbechern und Kissen zu stören, die so wichtig für seine Nerven waren.
Rose spielte Mozart auf dem Klavier. Vera las ihm am Abend mit beruhigender Stimme vor. Sascha, eine der angesehensten Porzellandesignerinnen der Welt, versorgte ihn mit Massagen, die, wie er behauptete, das einzige Mittel gegen seine Migräne waren, die ihn regelmäßig wie ein Uhrwerk alle neun Tage heimsuchte.
Alle drei Frauen waren hervorragende Köchinnen. Sie stritten wie wilde Tiere, wenn sie sich zufällig in seiner Wohnung über den Weg liefen, was Abe möglichst zu verhindern suchte. Wie Damon überrascht feststellte, sahen sich die drei so ähnlich, daß man sie für eineiige Drillinge hätte halten können. Aber dennoch waren sie nicht miteinander verwandt: Auch hier waltete wieder Abes geheimnisvoller Geschmack.
»Wie geht's den Frauen?« fragte Damon immer, wenn er aus Los Angeles anrief oder Abe besuchte.
»O Gott, du weißt doch«, seufzte Abe dann. »Die Frauen heutzutage ... Aber Gott sei Dank sind wir alle gesund.«
Es war vielleicht nicht nur Abes instinktives Gespür für sprachliche Musikalität, sondern auch seine reiche jüdische Tradition, die sich mit Damons südlichen Wurzeln vermengte und die beiden so hervorragend zusammenarbeiten ließ. Die Gedanken der beiden waren gegenseitig so aufeinander eingestimmt, daß Abe seine Änderungsvorschläge nur selten laut aussprechen mußte, wenn Damon ihm vorlas. Er bewegte sich

lediglich im Stuhl, hob die Brauen oder kratzte sich – und Damon, der diese Signale intuitiv verstand, änderte dann schnell seinen Text, las ihn vor und achtete auf Abes Reaktion.
Als Gegenleistung kontrollierte Damon Figurencharakterisierung und Psychologie in Abes Stücken. Es waren Abes Schwachpunkte beim Schreiben, und das wußte er auch. Damon merkte sofort, wenn Abe es nicht gelungen war, eine Rolle auszufüllen, eine Modulation zu präzisieren oder eine Szene mit entsprechenden unbewußten Motiven zu unterlegen.
Seine Kommentare waren dabei fast so lakonisch wie Abes.
»Laß sie aufstehen. Sie ist nervös wie eine Katze ...«
»Laß sie einen Augenblick warten. Du mußt auch das Interesse der hintersten Reihe wachhalten ...«
»Laß sie nicht so leicht aufgeben, Abe. Ein kräftiger Klaps auf den Mund und dann zurück ins Schlafzimmer ...«
Im Laufe der Jahre hatte die Symbiose der beiden Männer sie zu kreativen Alter egos gemacht. Die Öffentlichkeit wußte nichts von ihrer Beziehung. Keiner schrieb seine Originalität dem anderen zu, und so dachten sie gar nicht daran, die Zusammenarbeit öffentlich zu erwähnen. Es war einfach so, daß der eine nicht ohne den anderen arbeiten konnte.
Sollte eines Tages einer von beiden sterben, müßte der andere alleine weitermachen und versuchen, seine Arbeitsgewohnheiten aus der Zeit vor ihrer Beziehung wiederaufzunehmen, fast so, wie ein Ehepartner plötzlich wieder so zu leben sucht, wie er es vor vielen Jahren, bevor der andere in sein Leben trat, getan hatte.

Nun stand Damon also mit seiner alten Aktentasche in der Hand vor Annies orthopädischem Stuhl und lächelte sie an.
»Ich geh' dann, meine Kleine«, sagte er. »Conchata wird auf dich aufpassen. Trainiere schön weiter. Ich habe Frank McKenna gebeten, ab und zu vorbeizuschauen. Sei nett zu ihm. Ansonsten bist du ganz auf dich gestellt.«
Annie sah ihn mit großen silbrigen Augen an, aus denen noch immer der Schmerz sprach. Ihr Lächeln war ein menschliches Glühen, das das fast übernatürliche Leuchten dieser Augen umgab. Obwohl Damons Blick nichts verriet, glaubte er, sie noch nie so schön gesehen zu haben.
Er hatte etwas vor mit diesem Gesicht.
»Ja, Meister«, antwortete sie und streckte ihm die Hände entgegen.
Er half ihr auf die Beine und nahm sie schnell in die Arme.

»Ich hatte nie eine Tochter.« Wohl zum hundertstenmal wiederholte er diesen Spruch mit einer Mischung aus Zuneigung und Humor.
»Das merkt man«, erwiderte sie lächelnd und strich ihm über die krausen Haare. »Du würdest einen entsetzlichen Vater abgeben. Keine Disziplin. Du bist viel zu nachgiebig.«
»Hmm«, grummelte er. »Ruf mich bei Abe an.«
»In Ordnung, Dad.« Humpelnd begleitete sie ihn zur Tür.
Mit einer eigenartigen Passivität bestieg er das Taxi, als wäre es die Fähre, die ihn über den Styx in den Hades brächte. Er winkte matt.
Dann war er verschwunden.
Annie war auf sich selbst gestellt.

19

»Acht ... Neun ... Zehn ... Tut das weh?«
Annie antwortete nicht. Die Anstrengung nahm ihr den Atem. Wie ein gefangenes Tier an die Kraftmaschine gefesselt, drückte sie die Knie zusammen, und ihre Schenkelmuskeln kämpften mit den Andruckpolstern.
Die Spanndrähte hinter ihr knarrten. Als sie die Schenkel wieder spreizte, klapperten die Gewichte.
»Elf ... Nur noch einmal ... Tut es weh?« Frank saß im Stuhl neben ihr und sah ihren Anstrengungen zu. Seine Stimme klang neutral.
Nur noch einmal, dachte sie verärgert. *Glaubst du, ich weiß das nicht?* Es gibt immer ein »Noch einmal«.
»Umpf ...« Sie konnte nur frustriert ächzen.
Wieder sprangen die Andruckpolster auseinander. Annie spürte, wie eine lähmende Erschöpfung an Schenkeln und Rücken hochstieg. Nach Dr. Blairs Anweisung hatte Frank vor Beginn ihrer Übung zusätzliche Gewichte aufgelegt. Nach dem achten Mal hatte sie sich schwächer gefühlt als sonst. Beim zehnten war sie fast verzweifelt. Sie glaubte nicht, daß sie das letzte Mal noch schaffte.
Aber sie wußte, daß Frank einfach schweigend warten würde, bis sie sich für die letzte Anstrengung genug erholt hatte. In seiner zurückhaltenden Art war er der strengste Lehrmeister; zwar tadelte er sie nicht, wenn sie vor Schmerz stöhnte oder sich über ihre Erschöpfung beklagte, aber er beobachtete sie beständig und wartete, bis sie ihr möglichstes getan hatte.

Mit geschürzten Lippen und feuchten Haaren, die ihr trotz des Stirnbandes ins Gesicht hingen, krallte Annie seufzend die Hände in den Sitz und drückte ein letztes Mal die Polster zusammen. Das Leder rieb ihr die Innenseiten der Knie wund. Die Spanndrähte ächzten widerstrebend.
Diesmal schien die Qual über jedes vernünftige Maß hinaus verlängert. Zentimeter für Zentimeter rückten die Knie zusammen, sie zitterten wie verrückt, und die ganze Maschine erbebte unter ihren Anstrengungen. Der Schweiß lief ihr den Rücken hinunter, als die Polster sich schließlich berührten.
Dann hatte sie keine Kraft mehr und ließ sie auseinandersausen, die Gewichte krachten zu Boden, und sie verfluchte die Maschine und den Mann, der ihr schweigend zusah.
»Autsch!« rief sie plötzlich, als ihr unvermittelt ein heftiger Schmerz in den Oberschenkel knapp über dem Knie fuhr. »Verdammt ...«
»Was ist los?« fragte Frank. »Haben Sie sich einen Muskel gezerrt?«
Als Antwort konnte sie nur den Kopf schütteln. Sie mußte erst zu Atem kommen.
»Ruhen Sie sich einen Augenblick aus.« Besorgnis verdüsterte seinen Blick.
Was glaubt der wohl, was ich tue? dachte sie und starrte die nackten Kellerwände an, als wäre er überhaupt nicht da.
So kurz angebunden Frank auch war, hatten seine knappen Bemerkungen seit Beginn der Übung doch auf eine ärgerliche Weise überflüssig gewirkt. Soll er doch gleich ganz den Mund halten, dachte Annie, wenn er es nicht schafft, irgendwas Hilfreiches zu sagen.
Keuchend saß sie vor ihm, mit wirren Haaren und gerötetem Gesicht. Sie war beinahe dankbar für das Stechen des gezerrten Muskels, denn es verdrängte den üblen, beständigen Schmerz, der sich in ihren Knochen eingenistet hatte, dieses allgegenwärtige Gewicht, das sie von der Wirklichkeit trennte und in die dauernde und ausschließliche Beschäftigung mit ihrem Körper trieb. Diese kleine Zerrung war wenigstens eine ehrliche Unannehmlichkeit, ein deutliches Signal aus der äußeren Welt.
Sie spürte Franks trockene Hände an Hüften und Bauch, als er den Gurt an ihrer Taille löste. Er half ihr aus der Maschine und setzte sie auf den gepolsterten Tisch unter den Neonlampen.
Von oben kam das entfernte Singen der Cañonvögel. Draußen mußte ein schöner, vielleicht etwas diesiger Morgen sein. Conchata hatte heute ihren freien Tag, und während sie sich hier unten unter Franks Blicken abkämpfte, lag das Haus in einem trägen Schlummer.
Sie betrachtete sein gebräuntes Gesicht im grellen Licht der Deckenlam-

pen. Seine ordentlich gebundene Krawatte stand in einem absurden Gegensatz zu ihrer verschwitzten Unordentlichkeit.
Wie es der Zufall wollte, hatte er gerade diesen Morgen gewählt, um ihr einen der von Damon verlangten Besuche abzustatten, und er hatte sich eben etwas verlegen mit Annie beim Kaffee unterhalten, als Judy anrief und sagte, daß sie heute nicht zum Training kommen könne. Besorgt wegen der Gefahren der schweren Kraftgeräte, hatte Frank darauf bestanden, sie an Judys Stelle zu betreuen, und Dr. Blairs Instruktionen sehr sorgfältig durchgelesen, bevor er mit ihr in den Keller hinunterstieg.
Wahrscheinlich aus Verlegenheit wegen seiner geringen Vertrautheit mit dem Trainingsablauf und der unerwarteten Nähe zu Annie war sein sowieso schon distanziertes Verhalten noch förmlicher geworden. Die ganze Zeit war er dagestanden wie eine Steinstatue, seine unerschütterliche Ruhe ein lächerlicher Kontrapunkt zu Annies wütenden Anstrengungen.
Ihr kam dieses komische *Tête-à-tête* schon etwas sehr albern vor, denn alleine hätte sie ihr Pensum in der halben Zeit geschafft. Aber Frank, der viel zu penibel war, um zuzulassen, daß ihr während seiner zufälligen Anwesenheit irgend etwas passieren könnte, nahm seine Aufgabe sehr ernst und schien nun wirklich besorgt über ihre offenbare Verletzung.
»Legen Sie sich doch hin«, sagte er und legte sie behutsam auf das Vinylpolster.
»Gerne.« Erschöpft sah sie zur Decke.
Er warf einen flüchtigen Blick in Dr. Blairs Anleitung, legte sie dann weg und sah auf Annie hinunter.
»Sie müssen mir sagen, wenn es weh tut.« Er bückte sich und streckte ihr linkes Bein, wobei er die Kniesehnen dehnte. Sie spürte ein kurzes Alarmsignal und hielt den Atem an, aber der stechende Schmerz kehrte nicht zurück.
Sie schüttelte den Kopf. »Eigentlich nicht, nein.«
Er betastete die Bänder über dem Knie. Sie schüttelte den Kopf, er griff unter das Knie und zog es behutsam an.
»Tut das weh?« fragte er.
Aber bevor sie antworten konnte, schoß eine Empfindung von der nackten Haut ihres Schenkels den Rücken hoch, die sie am ganzen Körper erzittern ließ und ihr den Atem nahm.
»Was ist denn los?« fragte er erschrocken, seine Hand erstarrte.
»Nichts«, antwortete sie forsch. »Machen Sie weiter. Damit wir endlich fertig werden.«

Sie errötete unwillkürlich und sah an seinen fragenden Augen vorbei zur Decke, während er die verdächtige Sehne entdeckte und sie vorsichtig abtastete. Es schmerzte leicht, aber das war unbedeutend im Vergleich zu dem Schock der unwillkürlichen Lust, der ihr noch in den Knochen steckte.

Sie nickte, gefangen in seinem Griff. »Es tut ein bißchen weh. Aber nicht sehr.«

Mit entsetzlicher Verlegenheit spürte Annie seine warmen Finger auf ihrer Haut, nur wenige Zentimeter von ihrem Geschlecht entfernt. Sie wünschte, sie hätte eine Strumpfhose unter ihrem Dreß angezogen, aber es war an diesem Morgen so warm gewesen, daß sie ihre Übungen lieber mit nackten Beinen machen wollte.

Sie verfluchte ihre mangelnde Voraussicht und versuchte sich einzureden, daß sie schließlich kaum hatte wissen können, daß Frank gerade diesen Tag für seinen Besuch auswählen würde. Er war ein vielbeschäftigter Mann, und von ihr konnte man kaum erwarten, daß sie ihre Zeiteinteilung auf seine unregelmäßigen Besuche abstimmte, die er zwar Damon ankündigte, aber nie ihr.

Aber andererseits konnte sie auch nicht leugnen, daß ihre Gefühle Frank gegenüber in den vergangenen Monaten viel komplizierter geworden waren, als sie es gewollt hatte – und auch viel gefährlicher.

Angefangen hatte es an dem Tag, als ihr der Verband abgenommen wurde und sie erkannt hatte, daß ihr Franks Urteil über ihr neues Gesicht ebensoviel oder noch mehr bedeutete als ihr eigenes.

Sie fragte sich, wie die Verärgerung und die Verächtlichkeit, die immer ihre Gefühle bestimmt hatten, wenn Franks schweigsames Gesicht auftauchte, sich so unmerklich und doch so massiv verändert haben konnten. Frank war der letzte Mann auf der Welt, den sie als Lustobjekt, geschweige denn als ihren Wunschpartner betrachtet hätte.

Aber dennoch hatte sie seit ihrem Einzug in Damons Haus gemerkt, daß sie sich auf seine gelegentlichen Besuche freute und in seiner Abwesenheit gerne an ihn dachte. Wenn er dann kam, fast immer mit einem juristischen Rat für Damon, der seit Jahren die Unfähigkeit seiner Anwälte beklagte, fragte sie sich, wieviel seines Besuches ihr galt. Schließlich legte er großen Wert darauf, immer mehr Zeit mit ihr auf der Veranda oder im Garten zu verbringen, obwohl seine ursprüngliche Aufgabe im Interesse von International Pictures inzwischen praktisch vergessen war.

Zu Anfang hatte sie seine verbindliche Aufmerksamkeit amüsiert, und sie hatte sich vor seinen Augen darüber lustig gemacht. Aber schon kurz

darauf ertappte sie sich dabei, wie sie ihn mit einer fast schon erotischen Frechheit aufzog, die, das mußte sie zugeben, von ihrer früheren, stummen Gleichgültigkeit Welten entfernt war.
Franks Selbstbeherrschung, seine unumstößliche Selbstsicherheit gingen ihr unter die Haut. Sie spürte das verbotene Verlangen, die Hand auszustrecken und ihn zu berühren. Nicht nur, um ihr Bedürfnis nach menschlicher Nähe zu befriedigen, sondern auch, um seinen Panzer nur ein wenig zum Schmelzen zu bringen.
Wenn er in ihrer Nähe war, berauschte sie sich an seinem sauberen, erdigen Geruch und an der erregenden Wärme seiner langen Arme, die dazu geschaffen schienen, ihren zarten Körper zu umschließen und die Kälte ihrer Einsamkeit zu vertreiben.
Wie es wohl wäre, Frank zu küssen?
Zunächst war das nur eine verrückte Idee ohne konkrete Vorstellung gewesen. Sie hatte sie vorübergehen lassen, ohne darüber nachzudenken.
Aber schon bald kehrte sie wieder zurück, sie verhöhnte sie wie eine kleine, duftende Rose am Herz ihres Schmerzes, sie blühte und sandte ihren Duft durch ihren gequälten Körper.
Eine Zeitlang war sie froh gewesen, daß der Gedanke auf diese Art zu ihr zurückkam, denn zumindest lenkte er sie von den Schmerzen ab, beschäftigte ihren Geist und nahm ihrem Leben etwas von seiner Monotonie. Er gab Franks ursprünglich glanzloser Gestalt etwas Pikantes und Unerwartetes, und das amüsierte und unterhielt sie.
Aber die Vorstellung war immer drängender geworden, und in schwachen Augenblicken stellte sie Annies Selbstheherrschung auf eine harte Probe.
Und die hinterhältigen Impulse, die seine Nähe bei ihr auslösten, ließen sie nicht zur Ruhe kommen. Etwas Mädchenhaftes und unmäßig Vorlautes versuchte immer wieder, von ihren Sinnen auf die seinen überzuspringen, ihn zu necken und sich an ihn zu klammern, und es frustrierte sie mit seiner Dreistigkeit, während es ihn, trotz ihrer Versuche, es zu unterdrücken, liebkoste.
Doch Frank bemerkte nichts. Kein einziges Mal.
Sechzehn Monate waren seit ihrem Unfall vergangen, sechzehn Monate, seitdem sie als Frau berührt worden war oder sich als etwas anderes gefühlt hatte denn als einen schmerzgequälten Leichnam.
Die meiste Zeit hatte sie an ihre Weiblichkeit gar nicht denken wollen. Sie hoffte sogar, daß der Rest ihres Lebens vorübergehen würde ohne weitere Ausflüge in die verbotene Welt verrückter romantischer Hoff-

nungen und ungerechtfertigter Freuden, die sie ja erst zu dem Abhang am Ende der Straße getrieben hatten.
Gleichgültigkeit und drogenbetäubtes Vergessen waren ihr zunächst als die einzigen Verbündeten im Kampf gegen die unerträgliche Wirklichkeit erschienen. Aber nun, da sie eisern dafür kämpfte, die menschliche Fähigkeit zu anderen Gefühlen als der Selbstversunkenheit im Schmerz zurückzugewinnen, wurde ihre Abwehr gegen die anderen Instinkte, die in ihrem Körper erwachten, immer schwächer.
Sie wurde wieder lebendig – aber wie eine Weinranke, die ihre hungrigen Triebe um Franks starken Körper winden wollte.
Doch Frank wußte nichts davon.
Und sie konnte es nicht zeigen.
Aber dennoch wurde es von Tag zu Tag immer stärker, aus einer Laune war Konzentration und schließlich Besessenheit geworden, aus dem winzigen Aufblitzen eines Gefühls ein permanentes Bad der Empfindung und schließlich ein glühendes Verlangen, das immer wieder, wie eben, zum Ausbruch kam und das so eindeutig war, daß sie sich schon fragte, warum Frank nicht amüsiert über ihren Zustand lächelte.
Wie schuldig hatte sie sich eben noch gefühlt, als sie, an die Maschine gefesselt und mit Frank neben ihr, vor Anstrengung keuchte und stöhnte und ihre kleinen Seufzer und Schreie den Lauten der Liebe so peinlich ähnlich klangen!
Aber Frank hatte wie immer nichts gehört und nichts gesehen oder sich absolut nichts anmerken lassen. Und seine rätselhafte Ruhe schien Annie nur noch mehr zu erregen.

Inzwischen stand sie jeden Abend nackt vor dem Spiegel und betrachtete sich. Trotz der Narben und der noch immer deutlichen Magerkeit war sie eigentlich kein schlechter Anblick.
Ihre Figur bekam allmählich wieder etwas von ihrer ursprünglichen Form, die langen, jugendlichen Schenkel und Hüften wurden wieder hübsch und weiblich, der Busen hob sich zart von dem noch immer knochigen Brustkorb und den zerbrechlichen Schultern ab.
Die Haare flossen üppig über ihre Haut, eine pechschwarze Mähne, die nichts von ihrem Glanz verloren hatte. Und das fremde Gesicht, das sie aus dem Spiegel ansah, wurde mit seinen wohlgeformten Wangenknochen, den feingeschwungenen Brauen und den klaren, von innen heraus leuchtenden Augen allmählich zu einem Gesicht, an das sie sich gewöhnen und dessen Qualitäten sie bewundern konnte.
Ihm fehlte die rauchige, mädchenhafte Sinnlichkeit, die sie für Cyrena

und die raffinierte Liane prädestiniert hatte, aber es hatte eine erhabenere, geheimnisvollere Ausstrahlung, die Annie zuvor nicht besessen hatte. Unheimlicher und gleichzeitig auch fraulicher, war es ein faszinierender Anblick.
Und Frank hatte gesagt, ihm gefalle das neue Gesicht besser als das alte.
Findet er mich vielleicht attraktiv?
Versteckt er es vielleicht nur?
Schließlich besuchte er sie ja weiterhin. Er verbrachte lange, träge Augenblicke mit ihr im Garten, und sein Blick ruhte ernst und verstohlen auf ihr, während die laue Luft von den Bergen sie in einem fast feierlichen Schweigen vereinte. Auch war er nicht verheiratet, wie Damon ihr vor einigen Monaten mitgeteilt hatte.
Benutzte Frank vielleicht seine offensichtliche Freundschaft mit Damon – eine eigenartige Symbiose zwischen zwei so unterschiedlichen Männern – nur als Vorwand, um weiterhin mit Annie in Kontakt bleiben zu können? Verbarg sich hinter seiner natürlichen Schüchternheit vielleicht ein Interesse, das sein Anstand ihn nicht zeigen ließ?
Sie verfluchte ihre Wunschvorstellungen und erinnerte sich brutal daran, daß sie ein körperliches Wrack war, an dem vitale Männer wohl kaum Gefallen fanden.
Aber ihre Träume verschwanden nicht, und die Vorstellungen, die sie begleiteten, quälten ihren Geist, während das Verlangen in ihren Sinnen sie nicht zur Ruhe kommen ließ.
Wie wäre es denn, wenn sie sich nun, da die Atemlosigkeit ihrer Übungen Frieden und Bereitschaft Platz gemacht hatte, auf diesen gepolsterten Tisch zurücklegen und ihre Glieder für ihn öffnen würde, wenn dann das glatte Gesicht dieses Mannes mit seinen ruhigen, sinnlichen Augen immer näher käme, wenn sie die Zärtlichkeit seiner Hände spürte und seine Lippen an den ihren, hier in diesem kühlen, unterirdischen Zimmer, wo niemand sie sah?
Was würde dann aus ihrem Schmerz werden?
Und was aus ihrer Einsamkeit?

Aber diese verbotenen Gedanken waren wie kindische Tagebucheintragungen eines Schulmädchens, denn sie konnte auch nicht das geringste Anzeichen entdecken, daß er sie erahnte, geschweige denn ihre unsichtbare Anwesenheit in der Luft zwischen ihnen spürte.

Manch glänzend Stein so freundlich reinen Glühens
In unermeßlich dunklen Meerestiefen ruht ...

Ganz plötzlich fielen ihr die Zeilen aus Grays *Elegie* wieder ein, die sie an der High School in Mrs. Spicers Englischstunde auswendig gelernt und seitdem längst wieder vergessen hatte.

Manch Blütenkelch muß ungesehn erblühen,
Und seine Lust verschwenden in der Wüstenglut.

Ihr Zauber war verschwendet, ihre Verlockungen fruchtlos: Annie fühlte sich wie diese arme, einsame Blume.
Und nun klopfte Frank ihr auf die Schulter, und seine starken Hände spürten nichts von der Erregung, die sie auf ihrer Haut zum Leben erweckten.
»Lassen Sie mich Ihnen nach oben helfen«, sagte er und faßte sie um die Taille, während sie auf die schmale Treppe zugingen. »Für heute hatten Sie genug.«
Der starke Arm lag sanft um Annies Taille, als sie die Stufen hinaufstiegen. Trockene Finger lagen auf ihrer Hüfte, und mit nacktem Schenkel strich sie an dem glatten Stoff von Franks Hose entlang. So nah wie nie spürte sie sein erdiges, männliches Aroma, den Duft, der seit Wochen und Monaten durch ihre Träume zog. Die frische Schärfe nahm ihr beinahe die Besinnung.
Er mußte ihren Zustand bemerkt haben, denn am Treppenabsatz wandte er sich ihr zu und legte die Arme um sie.
»Vielleicht sollten Sie sich hinlegen«, sagte er.
Mit dir ...
Sie seufzte, entsetzt über den Gedanken, und spitzte die Lippen.
»Machen Sie sich um mich keine Sorgen«, sagte sie. »Mir geht's gleich wieder gut. Ich werde mich jetzt duschen. Sie können gehen, wann Sie wollen.«
Aber ihre spitzen Worte konnten den besorgten Ausdruck in seinem Blick nicht mindern. Sie spürte, wie er sie beobachtete, während sie über den Gang zu ihrem Zimmer ging.

Die Dusche hatte den Tumult in ihren Sinnen nur noch schlimmer gemacht. Als sie, nur mit einem Bademantel bekleidet, aus dem Badezimmer kam, erwartete sie, das Haus leer vorzufinden.
Aber Frank stand verlegen, mit dem Sakko über dem Arm, im Wohnzimmer.
»Sie sind ja immer noch da!« bemerkte sie, und ohne daß sie es wollte, klang ihre Stimme etwas schelmisch.

»Ich werde jetzt gehen«, erwiderte er. »Ich wollte nur sichergehen, daß Sie auch wirklich in Ordnung sind.«
»Mir ging's nie besser«, sagte sie und drehte sich, die Hand an der Hüfte, wie ein gehorsames Mannequin. »Sehen Sie?«
Aber die Bewegung verursachte ihr ein heftiges Stechen im Schenkel, der neckische Ton ihrer Worte erstarb ihr auf den Lippen, und sie stützte sich haltsuchend an der Wand ab.
»Kommen Sie«, sagte Frank und faßte sie unter dem Arm.
Er führte sie über den Gang zu ihrem Bett, legte sie nieder und breitete die Steppdecke aus.
In ihren Augen funkelten unsichtbare Sterne, als er sich auf die Bettkante setzte. Er war so groß, ein mächtiger Schutzwall, und sie eine schmächtige Sirene, wie sie so unter ihm lag ...
Sie war verwirrt vom Feuer ihrer Leidenschaft. Was er wohl jetzt denkt? Spürte er denn nichts von dem Sturm, der sie gepackt hatte? Wie konnte er es nur diese ganzen Monate nicht bemerkt haben ...
»Glauben Sie, ich sollte Dr. Blair anrufen?« fragte er und besah sich ihr schmales Knie. »Vielleicht sollte er davon erfahren.«
Sie schüttelte den Kopf. »Das ist schon oft passiert. Judy läßt es mich dann immer für ein paar Tage ruhigstellen. Wir legen nicht einmal Eis drauf, solange es nicht anschwillt ...«
Die Heiserkeit hinter diesem Protest trieb ihr die Röte ins Gesicht.
Behutsam strich er ihr nun mit den Fingern über das Knie, mit sanftem Druck suchte er die Sehnen.
»Tut das weh?« fragte er.
Sie unterdrückte ein Stöhnen und schüttelte den Kopf.
»Seien Sie ehrlich ...« Wieder spürte sie seine Berührung auf den Innenseiten der Schenkel, noch zärtlicher als zuvor.
Plötzlich legte sich ihre Hand über die seine. Sehnsuchtsvolle Finger hielten sein Handgelenk, und eine Stimme, die er noch nie zuvor gehört hatte, säuselte.
»Nein, du Dummkopf«, sagte sie. »Es tut nicht weh.«
Die Hand auf ihrem Knie schien verwirrt innezuhalten, als wäre sie erstaunt, von weiblichem Fleisch gefangengehalten zu werden, das so schwach und gleichzeitig so voller fremder Kräfte war. Wie außer sich klammerte sich Annie an die harten Sehnen seines Handgelenks, sie atmete heftig.
Sie spürte, wie er sich ihr zuwandte und ihre Blicke sich trafen. Er sah das Flehen in ihren Augen und erwiderte es mit einem Blick voller Sorge und, vielleicht, Mißbilligung – aber ohne Überraschung, wie ihr schien.

Das Zimmer war still und dunkel hinter geschlossenen Vorhängen. Ein unermeßliches Warten vereinte sie, als stünden sie gemeinsam an einer Klippe, die noch schwindelerregender war als der Abgrund davor. Annie wäre vor diesem männlichen Blick, der sie in ihrer Schuld betrachtete, am liebsten zusammengeschrumpft, und gleichzeitig wollte sie in ihm ertrinken, zu ihm gehören.
Sie merkte, daß es zu spät war. Sie hatte den Fehler gemacht, zu lange mit ihm auf diese Art alleine zu sein. Es war allein ihr Fehler, denn in ihrer Stimmung war sie viel zu empfänglich.
Zu spät ... Sie war zu lange alleine gewesen, hatte Frank zu lange widerstanden, zu lange gegen die Schmerzen, die Enttäuschung und das Verlangen angekämpft.
Jetzt war es an der Zeit, den Kampf aufzugeben.
Ein letztes, vergebliches Zucken ihres Willens versuchte, die Flut einzudämmen, die in ihr anstieg. Aber es war zwecklos. Ihre Anstrengung führte nur dazu, daß sie ihn an der Hand zog, wie flehend, er möge doch in ihre Arme kommen.
Und wirklich! Wie durch ein Wunder des Schicksals, tausendmal größer als ihre Hoffnungen, näherten sich seine Lippen nun wirklich den ihren. Sie seufzte ergeben, als sie die Wärme seiner ersten Berührung spürte. Der Schatten seines großen Körpers bedeckte sie, und sie zog ihn näher zu sich.
Erstaunt, ihn nun endlich in den Armen zu halten, kostete sie ihn mit gierig erforschender Zunge, und eine Erregung jagte ihr den Rücken hinunter zu den Lenden, die sie erschaudern ließ.
Sie würde nie wissen, es auch nicht zu wissen brauchen, wie ihre Hände zueinander fanden und ihr den Bademantel auszogen. Wie durch einen Zauber fiel er aufs Bett, und plötzlich war sie auf den Knien, ihre Finger in seinen Haaren, und sein wunderbarer Duft umhüllte sie, während sie ihn immer leidenschaftlicher küßte.
Sein riesiger, muskulöser Körper schien sich in der Dunkelheit ungeheuer anzuspannen, obwohl er sie zärtlich hielt wie eine Porzellanpuppe. Sie spürte seine großen Hände auf ihrem Rückgrat, und schon drückten zarte Wellen weiblichen Verlangens ihren Körper gegen seine Brust.
Die Hitze des Augenblicks schürte die Leidenschaft unter ihrer Haut, und sie hätte sie davongetragen, hätten nicht plötzlich Angst und Schuld sie gepackt.
»Ach«, murmelte sie und wich zurück. »Du kannst mich nicht wollen.«
»Ich will dich.«

Die tiefe Stimme in ihrem Ohr war wie eine Flamme, die an ihrem innersten Wesen leckte und es in Brand setzte.
Sie umarmte ihn mit aller Kraft, und ihr Fleisch nahm ihn mit einer Begeisterung an, die sie nicht mehr kontrollieren konnte. Der steife Stoff seines Jacketts rieb an ihren Brustwarzen mit einer kitzelnden Rauhigkeit, die sie unsäglich erregte. Ihre Finger huschten über seine Krawatte, sein Hemd, sie öffneten, streichelten. Voller ungestümer Freude über ihre Schamlosigkeit küßte sie ihn wieder, und kleine Lustschreie drangen aus ihrer Kehle.
Es war keine Zeit, sich zu überlegen, ob auch er in diesen letzten, einsamen Monaten an sie gedacht, sie gewollt hatte oder ob die wahnsinnige Gier ihres Körpers ihn erschreckte. Denn plötzlich und unvermittelt kam der Hunger dieses Mannes triumphierend über sie, stahlharte Muskeln drückten sie an seinen Körper, und sein Drängen nahm ihr fast den Atem.
Nun war es an ihr, ihn vollständig auszuziehen, ihre Lippen huschten über die duftende Haut, die sie entblößte, und leise raschelnd fielen seine Kleider zu Boden.
Dann bedeckte sie seine glatte, trockene Haut, sie spürte seine Kraft im leichten Spiel der Muskeln. Und sie akzeptierte freudig sein Gewicht, während jede Faser ihres Körpers um seine Berührung flehte.
Die Finger, die zuvor noch ihr Knie mit behutsamem Respekt untersucht hatten, waren nun lebendig vor Leidenschaft, sie trafen ihre Lust und vermehrten sie, sie streichelten mit so vollkommen natürlicher Weisheit, als hätte er ihr innerstes weibliches Wesen schon von Anfang an gekannt.
Konnte es sein? Konnte das fremdartige, einfühlsame Leuchten seiner Augen ihre Geheimnisse durchschaut haben?
Die Antwort war ein schwindelerregendes Aufblitzen, als ihre weichen Hände, wie aus eigenem Antrieb, unter dem verzweifelten Stöhnen ihres Verlangens ihn fanden und in sie führten.
Ja, ja, jubilierte sie still, als sie das Wunder spürte, von ihm besessen zu werden. Ja, er wollte sie. Er umhüllte sie, füllte sie aus, und sie spürte seine riesige Fruchtbarkeit in ihr brennen, eine unendliche Kraft, zu schaffen, zu erzeugen und weibliches Fleisch zu neuem Leben zu bringen.
Es war schnell vorüber. Die Zuckungen ihrer Lust kamen mit verblüffender Plötzlichkeit. Und doch schien es Annie ewig zu währen, wie ein gigantisch sich ausbreitender Augenblick, der alles einnahm, der ihre Vergangenheit auslöschte und sie mit einer Ekstase erfüllte, wie Licht-

jahre von ihrem Selbst entfernt, ein fremder Äther unaussprechlicher Intensität.

Und doch hatte sie keine Angst, denn sie war nicht allein. Sie konnte sich in der vollkommenen Fremdheit dieses Mannes in ihr verlieren, denn sie wußte, er würde ihr auf dem Altar ihrer Intimität ihr eigenes Selbst zurückgeben.

So lauschte sie erfreut dem Seufzen ihrer Unterwerfung, sie drückte sich an ihn mit schwachen Armen, zog ihn näher und näher, so als würde sein Fleisch, wenn er nur tief genug käme und sie vollkommen beherrschte und besäße, neue Welten hervorbringen, die ihre Zukunft enthielten.

20

Am 10. April, nach fast zwei Monaten in New York, kehrte Damon nach Hause zurück.

Annie war aufgeregt wie ein kleines Kind. Nun war er endlich wieder mehr als nur eine körperlose Stimme am Telefon, die sich über die anstrengende Arbeit mit Abe beklagte und über das hektische Leben in Manhattan säuerliche Witze riß. Nun war er wieder wirklich, mit seiner gewaltigen, brummenden Stimme, seinen väterlichen Umarmungen, seiner geliebten Violine und der unsichtbaren Elektrizität, die durch jedes Zimmer schoß, das er betrat.

Paradoxerweise vermißte sie ihn nicht wegen der Außergewöhnlichkeit seiner Persönlichkeit, sondern wegen der Stabilität, die er ihr brachte. Seit dem schicksalhaften Morgen vor sechs Wochen, als ihr Training mit Frank zu ihrem ersten, unerwarteten Zusammensein geführt hatte, lebte Annie in einem Mahlstrom wild wechselnder Gefühle, die sie schwindlig und ängstlich machten.

Nach diesem ersten, gestohlenen Morgen hatte sie wie auf Kohlen und mit flammendem Herzen gewartet, ob Frank sie anrufen würde. Wie jede Frau, die zu ihrem Erstaunen und ihrer Freude erfahren hatte, daß man sie einmal begehrt hatte, konnte Annie vor bangem Hoffen, ob man sie wieder begehren würde, kaum atmen.

Und wirklich, eines Abends, als sie alleine in Damons Lehnstuhl in dem schläfrig-düsteren Wohnzimmer saß, war der Anruf gekommen. Franks Stimme klang höflich, fast schüchtern, als er sie zum Essen einlud. Er konnte den warmen Schein nicht sehen, mit dem seine Worte aus der Entfernung sie erfüllten, und auch die totale Verwandlung nicht, die

seine Stimme über Damons leeres Haus brachte. Aber Annie spürte sie, als sie sich, den Hörer am Ohr, umsah.
Es wurde ein ruhiges Abendessen, beide waren sie etwas scheu und zurückhaltend. Der angenehme Abend, der folgte, fand dann, zu Annies Erleichterung und Freude, in Franks bequemer Wohnung in West Hollywood ein Ende.
Die wenigen Minuten des Gesprächs, die sie über einem Schlummertrunk verbrachten, vergingen wie im Traum. Annie wußte gar nicht so recht, wo sie war, bis sie – ein Himmelsgeschenk, das sie gar nicht zu erflehen gewagt hatte – wieder in seinen Armen lag. Und als sie sich schließlich in seinem weichen Bett wiederfand und sich ihm mit ganzem Herzen hingab, wußte sie, wie nur eine Frau es wissen konnte, daß die Verwandlung, die er in ihr bewirkt hatte, für immer ihre Spuren hinterlassen würde.
Nach dieser Nacht glaubte Annie, schon mehr Glück gehabt zu haben, als sie nach so vielen Monaten verzweifelter Einsamkeit verdient hatte. Aber dennoch konnte sie die Furcht nicht unterdrücken, während sie auf seinen nächsten Anruf wartete. Die Angst, die sie da fühlte, war ebenso neu wie verwirrend. Einerseits schien Frank sie erfüllt und vervollständigt zu haben, so daß sie mit neuem Mut ihre eigene Zukunft angehen konnte. Doch andererseits sagte ihr das ängstliche Drängen ihres inneren Verlangens, daß die Zukunft nichts wäre ohne Frank.
Er rief wirklich an, und sie sahen sich wieder. Vom Beginn bis zum heutigen Tag hatte sie sechs Nächte mit ihm verbracht, und jede war intimer als die vorhergehende gewesen. In den Zeiten dazwischen hatte sie Agonien des Zweifels durchlebt, war jeder vernünftige Gedanke aus ihrem Kopf verschwunden, wurde jedes normale Gefühl von ihrem Warten verdrängt.
Annie hatte nicht die Zeit, ihre Gedanken zu sammeln, ihre Freuden oder Ängste auszuloten. Sie wußte nur, daß die Vergangenheit nun hinter ihr lag, daß jede Faser ihres Körpers vor Freude und Verlangen explodieren wollte, daß sie in ihrem Inneren eine Grenze überschritten hatte, über die sie nie mehr zurückkehren konnte.
Sie wußte nicht, ob sie sich von Frank etwas erhoffte. Sie wußte nur, daß seine ruhige Stimme, seine warmen Arme Magnete waren, die ihren Leib und ihre Seele anzogen. Und wegen dieser Revolution in ihrem Inneren stand der Rest der Welt kopf. Das Leben stürmte auf sie ein mit all seinen frischen Aromen und Gerüchen und Anblicken, es machte sie hungrig auf mehr und immer mehr – aber sie konnte keinen festen Boden unter ihren Füßen finden.

Damon war das Verbindungsglied zu einer geordneteren, wenn auch schmerzhafteren Zeit. Sie betete, er möge sie auf die Erde zurückholen, ihr wieder ein Gefühl für Beständigkeit und Zweck geben und sie die pure Wildheit, die in ihr rauschte wie ein Wasserfall, vergessen lassen. Ihren eigenen Gefühlen traute sie nicht länger, denn sie waren zu stark, zu verwirrt.

Aber sie traute Damon.

Und sie war froh, daß er zurückgekehrt war.

So half sie denn voller Vorfreude Conchata, das Mittagessen zu bereiten, mit dem sie ihn begrüßen wollte, wenn sein Fahrer ihn vom Flughafen heimbrachte.

Es war eben zwölf, als Annie das Auto in der Auffahrt hörte. Sie trug Shorts und ein Baumwolloberteil, die Haare fielen ihr lose auf den Rücken.

Als sie die Tür öffnete, zahlte Damon, mit dem Rücken zum Haus, den Fahrer. Annie zögerte überrascht, als sie sah, daß er nicht alleine war. Neben ihm stand eine junge, gut zwanzigjährige Frau, deren feurig rotblonde Haare im Sonnenlicht glänzten.

Sie trug schwarze Hosen und eine leuchtend gelbe Bluse, und die Haare hatte sie mit einem passenden Schleifchen im Rücken zusammengebunden. Neben ihr auf dem Asphalt stand eine Aktenmappe.

Während der Fahrer das Gepäck aus dem Kofferraum holte, bemerkte das Mädchen Annie und lächlte sie zur Begrüßung freundlich an. Sie hatte fröhliche Augen und ein dynamisches Auftreten, das ihr außergewöhnlich gutes Aussehen noch mehr zur Wirkung brachte.

Mit ausgebreiteten Armen lief Damon auf Annie zu. Sie konnte gerade noch feststellen, daß er sehr blaß und etwas dünner als sonst war, dann nahm er sie in die Arme und küßte sie.

»Mmm, da ist ja mein Mädchen«, sagte er, und das bekannte Aroma von Tabak, Rasierwasser und Whiskey hüllte sie ein. »O Mann, du siehst ja blendend aus«, rief er und hielt sie auf Armeslänge von sich, während er dem Mädchen zunickte, das mit der Aktentasche näher kam. »Oder nicht, Margot? Gütiger Himmel ...«

Voller Freude sah er von der einen zur anderen, dann legte er den Arm um Annie und wies auf seine Begleiterin.

»Annie Havilland«, sagte er stolz, »ich will dir Miss Margot Swift vorstellen. Aus Iowa, ob du es glaubst oder nicht. Ich habe sie mitgebracht, damit sie für mich arbeitet. Sie wird eine Weile bei uns bleiben.«

Das Mädchen hatte die Aktentasche abgestellt und streckte die Hand aus. Annie nahm sie und hatte dabei das eigenartige Gefühl, Margot

Swift sei ihr vollkommen fremd und gleichzeitig auf eigenartige Weise vertraut.
»Sie braucht man nicht vorzustellen«, sagte Margot mit einem freundlichen Lächeln. »Ich bin schon lange ein Fan von Ihnen, Miss Havilland. *A Midnight Hour* habe ich ungefähr neunzigmal gesehen.«
»Ach, sagen wir doch du zueinander. Ich bin Annie«, sagte Annie lächelnd. »Damons Freunde sind auch meine Freunde. Du willst also sagen, daß du mich wirklich wiedererkannt hast?«
»Aber klar doch«, lachte Margot. »In Wirklichkeit siehst du ein bißchen anders aus als im Film, das gebe ich zu, aber immer noch ziemlich überlebensgroß. Ich hab' zuvor noch nie einen Filmstar getroffen.«
Sie hatte die Sonnenbrille abgenommen, und Annie sah jetzt die tiefen grünen Augen, die aus ihrem ebenmäßigen Gesicht herauszulächeln schienen. Obwohl von Natur aus schlank und athletisch, wirkte sie gut genährt und ohne Angst davor, eher wie ein Mensch auszusehen als wie ein Mannequin. Ihr gesundes Aussehen gab Annie das Gefühl, besonders ausgezehrt zu sein, denn trotz des ganzen Trainings wog sie immer noch nur gute 45 Kilo.
Margots Lächeln war so mühelos geradeheraus, daß einen nicht einmal das fast übermenschliche Feingefühl verlegen machen konnte, mit dem sie die offensichtlichen Veränderungen in Annies Gesicht nach dem Unfall überspielte.
»Die da«, meinte Damon, auf Margot weisend, während er den Arm nicht von Annies Schultern nahm, »ist der beste Fund, den ich seit Jahren gemacht habe. Sie ist nicht nur eine fleißige Arbeiterin, sondern sie kennt auch meine Bücher viel besser als ich. – Weil wir gerade davon reden«, sagte er zu Margot, »warum zeigen wir Annie eigentlich nicht unser kleines Baby?«
Mit verschwörerischem Lächeln öffnete Margot die Aktentasche und zeigte Annie ein dickes, von Ringen zusammengehaltenes Bündel fotokopierter Seiten.
Annie las die Titelseite.

THE FERTILE CRESCENT

Ein Film von Damon Rhys

Sie umarmte Damon.
»Dann hast du es also wieder geschafft, hm?«
Er nickte und klopfte auf das Manuskript. »Alles fix und fertig.«

»Du«, tadelte Annie ihn. »Du hast mir erzählt, du würdest dir mit Abe Feingold die Haare raufen, und kein Licht am Ende des Tunnels. Ich wußte ja nicht einmal, daß du eine richtige Idee hattest.«
»Na, es war schon ein bißchen eine Überraschung«, entgegnete er. »Wenn du es liest, wirst du wissen, warum. Aber jetzt laß uns ins Haus gehen und sehen, was Conchata Gutes gekocht hat. Margot hat noch nie in ihrem Leben ein anständiges mexikanisches Essen probiert.«
Sie gingen auf das Haus zu. Damon hatte sich bei beiden Mädchen untergehakt und strahlte. Annie merkte nichts von seinem schnellen Seitenblick, mit dem er das unmißverständliche Strahlen, das während seiner Abwesenheit über ihre Züge gekommen war, registrierte. Wenn er den Grund dafür ahnte, so ließ er sich nichts anmerken.

Während sie ausgelassen das ausgezeichnete Mittagessen, das Conchata zur Feier von Damons Rückkehr vorbereitet hatte, verspeisten, hatte Annie Gelegenheit, Margot genau zu beobachten, die selbstsicher die neue Umgebung und die neuen Leute mit weit aufgerissenen Augen verschlang und die über ihre einfache Herkunft ganz ungezwungen lachte.
Annie, die sie sofort ins Herz geschlossen hatte, fragte sie, wie sie Damon kennengelernt habe.
»Na.« Margot rümpfte ihre hübsche Nase und warf Damon einen flüchtigen Blick zu. »Ich habe in New York bei Doubleday gearbeitet und nebenbei an der Uni studiert. Ich hatte die vage Vorstellung, einen Millionär zu heiraten oder wenigstens meinen Magister zu machen und dann irgendwo zu unterrichten. Ich kam in der großen Stadt nicht sehr gut zurecht, aber ich tat eben, was ich konnte, und – aber warum erzählst du nicht den Rest?« fragte sie Damon.
Als Annie den Blick Damon zuwandte, kam ihr Margots Silhouette so bekannt vor, daß sie beschloß, herauszufinden, ob sie beide zur gleichen Zeit in New York gewesen und sich vielleicht irgendwo begegnet waren.
»Nun«, sagte Damon und schwenkte ein Glas mit Bushmill's Irish Whiskey, »es war schon ein verdammter Zufall. Abe und ich hatten eben in einem dieser koscheren, vegetarischen Restaurants, die er so gerne mag, zu Mittag gegessen und versuchten nun, in einem Taxi zu seiner Wohnung zurückzufahren, als die da«, er zeigte auf Margot, »an einer Ampel zum Fenster hereinsah, mich fragte, ob ich Damon Rhys sei, und mich um ein Autogramm bat. Weißt du, das passiert mir nicht jeden Tag.«

Er zuckte mit den Achseln und hob zufrieden die Brauen.
»Der Verkehr kroch natürlich dahin, aber trotzdem wäre sie umgekommen, wenn sie gewartet hätte, bis ich ihr etwas geschrieben hatte, und so luden wir sie ein, mit uns zu fahren. Wir kamen ins Gespräch, und nach ungefähr drei Minuten merkte ich, daß sie jedes verdammte Wort gelesen hatte, das ich je geschrieben habe, und sich auch noch daran erinnerte. In ihrer Tasche hatte sie zwei eselsohrige Taschenbuchausgaben von mir, überall unterstrichen. Das war natürlich zuviel, und so nahmen wir sie mit in Abes Wohnung, gaben ihr Kaffee, und sie erzählte mir von ihrem Plan, ihre Abschlußarbeit über mich – gerade über mich! – zu schreiben.«
Er sah seine Reisegefährtin mt väterlicher Zuneigung an.
»Eins führte dann zum andern«, fuhr er fort, »und ich überzeugte sie, daß sie viel mehr lernte, wenn sie Abe und mir bei der Fertigstellung von *The Fertile Crescent* half, als wenn sie den Rest des Jahres über bei Doubleday arbeitete. Sie stimmte zu, sobald ich versprochen hatte, ihr mehr zu zahlen als den Hungerlohn, den sie dort erhielt. Und ich kann dir eins sagen, sie lieferte uns genau das Quentchen Organisation, das Abe und mir leider abgeht.«
Er zeigte auf das ordentlich getippte Manuskript.
»Wir haben es in der Hälfte der Zeit, die wir ohne sie gebraucht hätten, geschafft«, sagte er. »Na, und da ich ein Auge für was Gutes habe, habe ich ihr so lange zugeredet, bis sie einverstanden war, für die Produktionsvorbereitungen zu *The Fertile Crescent* als meine Sekretärin und Assistentin mit hierherzukommen. Wenn es ihr Spaß macht, kann sie hier die Universität besuchen und so viele Abschlußarbeiten schreiben, wie sie will, sobald wir mit dem hier fertig sind. Na, und hier sind wir also.«
Margot lachte.
»Aber was er nicht sagt«, fügte sie hinzu, »ist, daß ich seit diesem ersten Nachmittag nicht mehr auf die Erde zurückgekommen bin. Wenn Abe Feingold und seine drei ›Frauen‹ nicht gewesen wären, die mich immer wieder in die Wirklichkeit zurückholten, wäre ich vor Aufregung, Damon Rhys kennengelernt zu haben, glatt gestorben. Als ich meinen Eltern von dem Umzug nach L. A. erzählte, meinten die, ich würde vom Fegefeuer direkt in die Hölle steigen. Aber ich habe gemerkt, daß sie sich für mich gefreut haben.«
Sie erzählte Annie von ihren Eltern und den drei älteren Brüdern, die auf der Farm in Iowa geblieben waren, die sie vor fünf Jahren verlassen hatte. Auf Annies Bitten brachte sie ein Familienfoto zum Vorschein,

das sie im Kreise von drei riesigen jungen Männern, ihrem grauhaarigen Vater, der viel kleiner war als seine Söhne, und ihrer attraktiven Mutter zeigte.

Auf dem Foto sah Margot dünner aus, aber es mußte erst kürzlich aufgenommen worden sein, denn sie hatte die gleiche Frisur, und in ihren grünen Augen war das gleiche ausgelassene Funkeln.

»Das war letzte Weihnachten«, sagte sie. »Seitdem habe ich sie nicht mehr gesehen, aber an Thanksgiving fahre ich wieder heim. Ich muß ihnen doch zeigen, daß mich die große Stadt nicht bei lebendigem Leib aufgefressen hat.« Sie hob die Schultern. »Außerdem fehlen sie mir sehr. Man bringt eben das Land nicht aus dem Mädchen, wie mein Vater sagt.«

Einige Augenblicke später, Margot hatte sich entschuldigt, um auszupacken und sich zu erfrischen, vertraute Damon Annie an: »Sie ist noch viel unglaublicher, als es scheint. Sie ist fast ebensosehr mein Alter ego wie Abe. Sie weiß, was ich denke, was ich zu tun versuche, fast bevor ich es weiß. Ich habe ihr gesagt, sie solle selber Stücke schreiben, aber davon will sie nichts hören. Will nur heiraten und irgendwo im Mittelwesten Lehrerin werden.«

Er seufzte. »Ich hätte es gern, wenn sie in der nächsten Zukunft bei mir bleiben würde. Ich hab' ihr gesagt, wenn diese verdammten Unis mich in ihre Literaturgeschichtsbücher hineinschreiben wollen, dann kann sie sich doch als meine Sekretärin und Lektorin einen Namen machen. Und wenn sie unbedingt diese Arbeit schreiben will, dann kann sie es doch über die Varianten zu *The Fertile Crescent* tun.«

Er berührte Annies Hand.

»Du wirst sie mögen, mein Liebling. Sie verehrt dich – aber das wird sie dir noch selber sagen. Sie ist sehr geradeheraus. So bodenständig, wie's nur geht, aber schlau wie ein Fuchs, und sie wird alles für dich tun. Du wirst schon sehen.«

Damons außergewöhnliches Lob für die abwesende Margot beeindruckte Annie sehr, denn sie wußte, daß er nicht eben leicht für Leute zu begeistern war.

Aber es schien zuzutreffen, denn schon bei der ersten Begegnung hatte sie bei Margot eine brillante Intuition entdeckt, die ihren Takt hervorragend ergänzte. Indem Margot ihre Achtung vor anderen förmlich hervorsprudelte, bewahrte sie diese vor einer unbequemen und allzu intensiven Beschäftigung mit ihren außergewöhnlichen intellektuellen Fähigkeiten.

Diese selbstlose Großzügigkeit zeigte sich aufs neue, als Margot, nachdem Damon sich in seinen Lehnstuhl gesetzt hatte, um wegen *The Fertile Crescent* in der Stadt herumzutelefonieren, Annie fröhlich anbot, ihr an den Kraftmaschinen im Keller Hilfestellung zu leisten und mit ihr zu trainieren.

Die Übungen verlangten, daß Annie Margot das Wesentlichste über ihre Verletzungen erzählte. Margot hörte taktvoll zu und fragte ab und zu freundlich wie eine Krankenschwester nach, ohne sich auch nur die geringste Neugier über den Grund des Unfalls anmerken zu lassen – obwohl Annie doch spürte, daß sie, von Frau zu Frau, dessen tragische Umstände erahnte. Margot hatte eine außerordentlich feine und freundliche Art, das Gespräch von jedem Thema abzulenken, das Annie vielleicht peinlich sein könnte, und dafür über sich selber Witze zu reißen.

Als sie von Annies Rückenverletzungen und den speziellen Massagen hörte, die sie täglich von Judy erhielt, leuchteten ihre Augen auf.

»Sag nichts mehr«, sagte sie. »Welcher Wirbel?«

»Ich habe immer noch Probleme mit dem vierten und fünften Brustwirbel«, erwiderte Annie, »ganz zu schweigen von den gerissenen Bändern im Lendenbereich. Über die Halswirbel wollen wir gar nicht reden, es würde nur Dr. Blair verletzen, aber ich weiß, daß mein Nacken nie wieder der alte sein wird.«

»Na, da bist du bei mir an der richtigen Stelle«, meinte Margot lächelnd. »Oder vielleicht sollte ich besser sagen, ich bin an der richtigen. Im College in Iowa habe ich als Physiotherapeutin gearbeitet. Ich habe es gelernt, als mein Bruder Bob sich beim Fußball verletzte und ein halbes Jahr krank dalag. Leg dich mal hin und paß auf, ob dir das bekannt vorkommt.«

Mit kundigen, sanften Fingern begann sie Annie zu massieren.

»Oh!« rief Annie. »Ich glaube, du kennst dich aus. Genauso hat Judy es auch gemacht.«

»Klar«, murmelte Margot mit ihrer besten Schwesternstimme. »Vielleicht kann ich zwei Leuten in diesem Haus was Gutes tun; und nicht nur einem.«

Danach ließ sie sich von Annie zeigen, wie die Kraftmaschinen funktionierten. Obwohl sie zweifelte, die Übungen selber schaffen zu können, sah Annie, daß sie körperlich ausgezeichnet in Form war. Sie hatte eine ausgezeichnete Figur, von den geraden Schultern über die langen Schenkel bis zu den schlanken Waden. Und darüber hinaus besaß sie, ohne die geringste Andeutung von Narzißmus, eine Eleganz der Bewegung, der

Stimme und des Körpers, die von ihrem bodenständigen Humor und den strahlenden Augen jedoch in den Hintergrund gerückt wurde.
So smaragdgrün waren ihre Augen, daß sich Annie eine Bemerkung darüber nicht verkneifen konnte.
»Kein Wunder, daß du sie bemerkt hast«, entgegnete Margot lachend. »Es sind getönte Kontaktlinsen. Eigentlich bin ich ja gesund wie ein Pferd, bis auf meine Augen. Ich habe einen schlimmen Astigmatismus und eine üble Fotophobie, die sich schon als Kind bei mir zeigten und dann nicht mehr weggingen.«
Sie lachte. »Abe und ich haben uns oft darüber unterhalten, denn wenn er seine Migräne kriegt, hat er immer so ein entsetzliches Blinken vor den Augen und erträgt dann lange Zeit kein Tageslicht. Und außerdem«, schloß sie, »sind meine Augen eigentlich ziemlich häßlich erbsengrün, und so haben die Dinger noch den Vorteil, daß ich mit ihnen besser aussehe. Und ohne sie sehe ich die Hand nicht vor Augen.«
Die wie Edelsteine funkelnden Pupillen paßten so hervorragend zu Margots rötlichblonden Haaren, daß Annie an Tina Merrills irisch mädchenhaftes Aussehen denken mußte, nur daß Margot die Sommersprossen fehlten.
Aber wo Tina bezaubernd menschlich und unaffektiert war, hatte Margot eine komplexere Ausstrahlung, die ihrer fast ausufernden Großzügigkeit noch größeren Reiz verlieh. Mit jedem Augenblick wurde sie interessanter, faszinierender.
Trotz ihres beißenden Humors und ihrer beängstigenden Intelligenz fühlte sie sich offensichtlich in ihrer Haut wohl und war mit ihrer Identität mehr im reinen, als Annie es je gewesen war.
Margot war die starke Schulter, an der man sich ausweinen konnte, und sie gab einem das Gefühl, daß sie für sich selbst nichts brauchte und verlangte als das Vergnügen, jemandem zu Diensten sein zu können.
Aber dennoch spürte Annie intuitiv, daß auch Margot ihre Probleme mit dem anderen Geschlecht gehabt hatte. In ihren Augen lag eine verhüllte Tiefe, die daran keinen Zweifel ließ.
Vielleicht war sogar eine unglückliche Liebschaft der Grund, weshalb sie ihre geliebte ländliche Heimat gegen einen so weit entfernten Ort wie Manhattan eingetauscht hatte. Oder vielleicht hatte in New York ein Mann sie sitzenlassen, und vielleicht hatte sie deshalb so bereitwillig ihre Zelte abgebrochen und war Damon gefolgt.
Ob so oder so, Annie fühlte sich instinktiv zu diesem munteren, unverblümten, aber sehr intelligenten Mädchen hingezogen. Als sie gegen Ende des Nachmittags wieder aus dem Keller hochstieg, hatte sie

das Gefühl, eine Freundin fürs Leben gefunden zu haben, und sie freute sich schon darauf, am nächsten Morgen mit Margot unter dem gleichen Dach aufzuwachen.

Ihr feierliches Wiedervereinigungsmahl in *Ma Maison* war eine etwas groteske Angelegenheit, denn die Zeitverschiebung und der Whiskey hatten Damon in eine prekäre Stimmung versetzt. Er unterhielt Margot mit wüsten Witzen über die anwesenden Berühmtheiten, und auch Annie kam aus dem Lachen nicht mehr heraus. Aber hinter seinem Humor war die Angespanntheit spürbar.

Margot schien sich auf Damons komplizierte Trinkgewohnheiten ebenso gut eingestellt zu haben wie Annie, denn nach dem Essen wußte sie, daß es für ihn nun Zeit und ein weiteres Gespräch mit ihm unmöglich war. Sie unterhielt sich noch eine Weile mit Annie in ihrem neuen Schlafzimmer, während von unten Fetzen seiner geliebten Bachpartitur heraufklangen. Doch die lange Reise und die ungewohnte Umgebung hatten sie ermüdet, und sie ging bald ins Bett.

Nachdem Margot sie verlassen hatte, ging Annie ins Wohnzimmer und kuschelte sich in Damons Schoß. Vielleicht, so dachte sie, hatte Margot die Absicht gehabt, diesen Augenblick zu erleichtern.

»Ich mag sie«, sagte sie. »Sie ist nett.«

»Ich lasse nur nette Mädchen an mich hin«, erwiderte Damon lächelnd. »Ja, mein Liebling, ich glaube, sie ist ein guter Mensch. Ein tiefer – obwohl sie das nie zugeben würde –, aber ein sehr guter.«

Etwas an seinen Worten machte deutlich, daß er auch für sie eine väterliche Zuneigung entwickelt hatte, ganz ähnlich der, die Annie bei ihm genoß. Aber Annie war nicht eifersüchtig, es war ihr eher so, als hätte sie eine Schwester gewonnen, die sie nie gehabt hatte.

»Ich glaube, ihr hat irgend jemand sehr weh getan«, sagte sie leise.

»Ich hatte auch den Eindruck«, erwiderte Damon. »Aber mit einem alten Suffkopf wie mir spricht sie über so was nicht. Vielleicht wird sie sich bei dir aussprechen, Baby. Sie hat eine sehr dicke Haut.«

Dann schwiegen sie lange. Er strich ihr zart über die Haare, und sie genoß seine Berührung und seinen Geruch. Endlich wieder zu Hause! Wie schön war es doch, ihn wieder hierzuhaben ...

Aber schließlich überraschte er sie, indem er sie hochzog und ihr in die Augen sah.

»Wenn es dir paßt«, sagte er, »möchte ich, daß du dir *The Fertile Crescent* einmal ansiehst, bevor du dich schlafen legst. Ich muß wissen, was du davon hältst.«

Er lachte, als er ihr Kinn berührte. »Du bist jetzt so lange meine bessere Hälfte gewesen, daß ich mich gar nicht mehr traue, ohne deine Einwilligung etwas niederzuschreiben.«
Sie stimmte in sein Lachen ein.
»Es wird mir ein Vergnügen sein.«

Um elf nahm sie das Manuskript mit in ihr Zimmer, während Damon, für den es zwei Uhr morgens war, mit einem gutgefüllten Glas an seiner Seite im Lehnstuhl döste. Obwohl auch Annie selbst sich sehr müde fühlte, war sie aufgeregt, sein neues Werk zu sehen.
Sie las die ersten beiden Seiten, hielt dann inne und schüttelte den Kopf. Dann fing sie von vorne an.
Nach drei weiteren Seiten tat sie das gleiche und kehrte wiederum an den Anfang zurück.
The Fertile Crescent war anders als alle Bücher von Damon Rhys, die sie bis jetzt gelesen hatte.
Eigentlich war es anders als alles, was es gab.
Obwohl die für Damon typische Drehbuchsprache einfach und leicht verständlich war, so war doch das Gefühl dahinter so vollkommen fremd, so einzigartig, daß man eine Zeit brauchte, bis man sich daran gewöhnt hatte.
Scharf und stark, menschliche Saiten anschlagend, die nie zuvor erklungen waren, wirkte es wie der Geschmack von Austern, von feinerem Kaviar: eigenartig zunächst, dann unverwechselbar, dann überwältigend einzigartig.
Aber die Geschichte hatte mehr als nur eine einzigartige, gequälte Schönheit. Sie besaß auch Wahrheit. Vielleicht keine, die in logischen Gleichungen auszudrücken war. Aber nach dreißig Seiten schien sie die einzige Wahrheit der Welt zu sein.
Annie verschlang das Manuskript in fünfundvierzig Minuten gierigen Lesens und fing dann wieder von vorne an; diesmal wollte sie es etwas leidenschaftsloser lesen.
Aber es war unmöglich. Der Zauber, der von der Geschichte ausging, machte sie ganz schwindlig, und sie konnte nur wieder mit dem gleichen Gefühl der Verzückung über die Seiten eilen.
Charakteristischerweise war Damons Geschichte sehr einfach. Die Heldin trug den ungewöhnlichen Namen Eurydike, man nannte sie aber nur Daisy.
Sie war ein typisch amerikanisches Mädchen, die der klassischen Tragödie sukzessiver Ehen mit Männern, die sie mißhandelten und sitzenlie-

ßen, zum Opfer fiel. Ihre drei Gatten trennten Verschiedenheiten, die nur auf den ersten Blick wichtig waren, denn eigentlich waren alle drei nur Verkörperungen eines Mannes, eines Schattenwesens, das ihre Phantasie beherrschte.

Das Drehbuch führte sie von der High School, wo trotz ihrer Schönheit der eine Junge, den sie wirklich wollte, sie verschmähte, über das College zu ihrer ersten Heirat und Scheidung und schließlich zu ihrer zweiten und dritten Ehe.

Im Verlauf der Geschichte gebar sie drei Kinder, von denen ein jedes auf geheimnisvolle Art einen Teil von Daisys Persönlichkeit und einen Aspekt ihres Schicksals verkörperte.

Am Ende starb Daisy einen gewaltsamen Tod, genau in dem Augenblick, als sie sich vom destruktiven Muster ihres Lebens befreit zu haben schien.

Bei der Todesursache stockte Annie der Atem.

Es war ein Autounfall.

The Fertile Crescent war eine komplexere Geschichte als *A Midnight Hour*, vor allem wegen der längeren Zeitspanne, Daisys drei Ehen und der geheimen Verbindungen zwischen ihren Gatten und den Kindern. Aber dennoch verlor das Drehbuch nie die vollkommene Einfachheit seiner Wirkung. War es an der Oberfläche so alltäglich wie irgend möglich, schillerte es darunter unglaublich exotisch – obwohl man eigentlich die magische, hinterhältige Droge Damons, die einen von der ersten Zeile an verzauberte, gar nicht richtig lokalisieren konnte.

Annie sah auf die Uhr. Es war drei Uhr morgens. Sie war gleichzeitig erschöpft und überdreht. Leise stand sie auf und ging über den Gang ins Wohnzimmer, wo noch Licht brannte.

Damon saß in seinem alten Lehnstuhl, er hatte ganz offensichtlich auf sie gewartet.

Sie setzte sich auf die Lehne, umarmte ihn und küßte ihn zärtlich auf die Wange.

»Du bist ein Genie«, sagte sie. »Ich habe es dreimal gelesen. So etwas habe ich noch nie gesehen. Ich kann's nicht glauben.«

Er hob die Brauen. »Ernsthaft?«

Sie nickte und machte sich gar nicht die Mühe, beredte Worte für ein angemessenes Lob zu finden.

Was er nun sagte, traf sie wie ein Schlag in den Magen und wischte ihr das Lächeln vom Gesicht.

»Glaubst du, daß du sie spielen kannst?«

Sie starrte ihn ungläubig an.
»Oh-h-h«, machte sie. »O nein.«
»Ich habe es für dich geschrieben.« Wieder hob er die Brauen. Sie merkte, daß er vollkommen nüchtern und todernst war.
»Wenn du mich jetzt im Stich läßt«, warnte er, »muß ich das ganze verdammte Ding für eine andere Schauspielerin umschreiben.« Er hob die Schultern. »Aber so gut wie jetzt würde es nicht mehr werden.«
»Damon, nein«, erwiderte Annie, und ihr sank das Herz. »Ich kann doch nicht spielen. Bitte. So etwas darfst du nicht einmal sagen.« In ihrer Verwirrung packte sie ihn bei den Schultern.
Aber er schüttelte nur unversöhnlich, ja sogar kalt den Kopf.
»Ich habe es für dich geschrieben. Ich weiß, was das Beste für den Film ist.«
»Aber, Damon. Fünfzehn Jahre im Leben einer Frau ... Ich kann das nicht. Ich würd' es nie schaffen.«
Seine durchdringenden Augen waren auf unheimliche Weise auf sie gerichtet.
»Vor deinem Unfall«, sagte er, »hättest du es nicht tun können. Aber jetzt kannst du es. Deshalb habe ich es für dich geschrieben. Willst du mir sagen, daß ich mein Geschäft nicht verstehe?«
»Oh, mein Gott«, sagte sie und strich ihm in ihrer Furcht geistesabwesend über die Haare. »Du machst mir angst. Ich will nicht mehr spielen, Damon. Ich kann es einfach nicht. Seitdem ich aus dem Krankenhaus entlassen bin, wollte ich mich immer nur in einem Loch verkriechen und allein gelassen werden. Ich war froh, daß die Leute mich vergaßen und aufhörten, immer über mich zu reden und zu reden und zu reden. Verstehst du das denn nicht? Ich war *glücklich*, daß meine Karriere vorüber war. Es hat mir Freude gemacht, über andere Dinge nachzudenken ...«
Mit einem leisen Lächeln schüttelte er den Kopf.
»Das war deine Art der Rekonvaleszenz«, sagte er. »Du mußtest dich in dir selbst verkriechen, um sowohl deinen Körper als auch dein verletzliches Herz zu heilen. Aber deine Karriere war nie vorüber, mein Liebling. Das alles war doch erst der Anfang gewesen, die Aufwärmphase. Und jetzt ist es Zeit. Du kannst doch nicht deiner Zukunft den Rücken zudrehen, nur weil sie unsicher ist, oder? Nur weil sie verlangt, daß du über dich selbst hinauswächst? Ich weiß, daß eine Abschußrampe nicht gerade der angenehmste Aufenthaltsort ist. Aber für manche Leute ist es das Leben selbst. Du bist so jemand. Denk einmal darüber nach. Du bist doch kein Feigling, oder?«

»Doch«, rief sie ungestüm. »Doch, ich bin ein Feigling! Ich dachte immer, ich könnte Berge besteigen, nur weil ich es wollte ... weil ich das Gefühl hatte, ich müßte. Aber alles, was ich jetzt noch tun kann, ist, auf festem Boden zu stehen.«
Sie dachte an die Schmerzen, die auch weiter in ihren Gliedern wüteten, und die Distanz, in der die Wirklichkeit während ihres langen Kampfes verschwommen war.
»Ich besteige keine Berge mehr. Ich kann es nicht, Damon. Ich kann nicht ...«
»Ich bin froh, daß du das sagst.« Er nickte unerschütterlich. »Das ist genau die Qualität, die ich für die Daisy brauche. Eine Unsicherheit über die Beständigkeit der Oberfläche dieses Planeten. Ja, ein Mißtrauen gegen die Sicherheit des aufrechten Gangs.«
Sein Lächeln war ironisch und gebieterisch zugleich. »Nein, ich täusche mich nicht, Annie. Du wirst die Rolle spielen. Zuvor hättest du es nicht gekonnt, da warst du Liane – aber jetzt kannst du es. Und du wirst.«
Sie schüttelte den Kopf. Eine Träne lief ihr über die Wange. Er verlangte das Unmögliche. Aber er war der letzte, den sie im Stich gelassen hätte. Seine Enttäuschung wäre mehr, als sie ertragen könnte.
»All diese Jahre«, sagte sie. »Drei Ehen ... Und Kinder. Man braucht so viel Tiefe dafür. Ich habe sie nicht. Was habe ich denn je in meinem Leben getan, als nur sogar die einfachsten Dinge durcheinandergebracht ...«
Sie verstummte unglücklich, als sie merkte, daß sie ihm in die Falle gegangen war.
Er klopfte ihr sanft auf die Schulter.
»Wir werden sehen«, sagte er. »Nächste Woche probieren wir es. Ich habe heute mit Mark darüber gesprochen. In New York unterhielt ich mich mit Dunc Worth. Es ist alles vorbereitet.«
Eine kleine Ewigkeit hielt sie den Atem an. Dann seufzte sie tief vor Verzweiflung und Kapitulation.
»Du wirst enttäuscht sein«, warnte sie.
Damon Rhys erwiderte nichts, sondern strich ihr einfach über die schmale Schulter wie ein liebevoller Vater.
Er wußte, daß er die letzte Schlacht für *The Fertile Crescent* gewonnen hatte.

Christine in ihrem dunklen Zimmer am Ende des Ganges lag wach und lauschte dem Murmeln aus dem Wohnzimmer.
Annie stimmte zu. Sie hörte es am ergebenen Ton ihres Protests.

In ihrer Verkleidung als Margot Swift hatte sie die ganze Zeit gewußt, wie wichtig dieser Augenblick war. Bei jeder Zeile, die Damon in New York geschrieben hatte, hatte er nur Annie im Sinn gehabt. Während sie zusammen mit ihm und Abe am Drehbuch arbeitete, war vor ihr ein Abbild von Annies unsichtbarem, narbigem, vom Unfall veränderten Gesicht entstanden. Deshalb war Margot auch nicht überrascht gewesen, daß ihr Gesicht mit dem früheren Bild in der Öffentlichkeit so wenig zu tun hatte.

Christine lächelte in der Dunkelheit. Jetzt hatte Damon seinen Willen. Und sie den ihren.

Das zusätzliche Gewicht, die neue Haarfarbe und die grünen Kontaktlinsen hatten sie so verändert, daß hinter Margots sonniger Persönlichkeit niemand ihre eigene wiedererkennen würde.

Da ihre professionellen Aktivitäten auf die Ostküste und die großen Städte des Mittelwestens beschränkt gewesen waren, war sie nur in New York, als sie sich an Damon heranmachte, Gefahr gelaufen, erkannt zu werden. Jetzt, in Kalifornien, war sie vollkommen sicher – solange nicht jemand aus ihrer Vergangenheit nach Westen kam.

Das war eine Brücke, die sie überqueren mußte, wenn es dazu kam.

Es war alles erstaunlich einfach gewesen. Von den Fremden, die sie für Margots Familienfoto engagiert hatte, bis zu der Taxibegegnung mit Damon und Abe im eiskalten Februarwind.

Einfach.

Und jetzt war sie da, wo sie sein wollte.

Der nächste Schritt war offensichtlich. Einfach zusehen und warten. Abwarten, was als nächstes passieren würde.

Christine war auf alles vorbereitet.

Sie würde Annie näher kennenlernen, ihr und Damon bei dem Film helfen und ihr eigenes Schicksal Gestalt annehmen lassen. Denn dieses Zimmer, dieses Haus und diese Leute waren ihr Schicksal.

Sie hatte keine Angst vor dem Unvorhersehbaren. Sie akzeptierte, was immer auch kommen mochte, denn sie vertraute darauf, daß die Zukunft die Wirklichkeit bringen würde, auch wenn sie dabei Hoffnungen zerstörte.

Natürlich mußte sie in nächster Zeit noch ein schmutziges Geschäft aus eigenem Antrieb erledigen.

Aber das würde einfach sein.

21

Daily Variety, 14. April 1972

In einem Schachzug, der die Filmszene schockierte, hat Damon Rhys seinen früheren »Sex-Engel«-Superstar Annie Havilland für die Hauptrolle in seinem neuen Film The Fertile Crescent *nominiert.*
Miss Havilland, deren sinnliche Darstellung der Liane als Eric Shains Partnerin in Rhys' A Midnight Hour *vor zwei Jahren zu einer Sensation wurde, hatten Insider bereits abgeschrieben, als sie bei einem beinahe tödlichen Autounfall schwer verletzt wurde, danach, wie verlautet, von schmerzstillenden Drogen abhängig war und ihr Gesicht durch plastische Chirurgie eine totale Veränderung erfuhr.*
Rhys machte die Ankündigung bei International Pictures alleine. Miss Havilland lebt seit ihrem Unfall in strenger Zurückgezogenheit, von ihrem Gesicht gibt es keine neuen Fotos.
Auf Fragen skeptischer Reporter nach den Qualifikationen seines Stars für die allgemein als schwierig betrachtete Rolle reagierte Rhys aggressiv. »Wenn ihr sie als Daisy seht«, sagte er, »werdet ihr euren Augen nicht trauen. In A Midnight Hour *wurde sie auf lächerliche Weise unterschätzt; und seit ihrem Unfall ist sie eine noch viel bessere Schauspielerin. Viele Leute auf eurer Seite des Mikrofons werden zu Kreuze kriechen, wenn dieser Film in die Kinos kommt.«*
Insider, die Zeugen der Probeaufnahmen bei International Pictures in dieser Woche waren, hatten im vertraulichen Gespräch unterschiedliche Meinungen über Miss Havillands neues Gesicht. Man beschrieb es als »gewöhnlich«, »angenehm«, »hübsch«, »faszinierend« und sogar »schön«. Übereinstimmung scheint nur darüber zu bestehen, daß es nichts mehr mit dem Gesicht zu tun hat, das die kollektive Libido des Filmpublikums in A Midnight Hour *zum Sieden brachte.*

Harmon Kurth wirbelte in seinem Drehstuhl herum und warf sein Exemplar der *Variety* auf den Schreibtisch. Daneben lag das Manuskript von *The Fertile Crescent*, das ihm Rhys am Tag seiner einsamen Pressekonferenz arrogant mit der Studiopost heraufgesandt und mit dem er Kurth so vor vollendete Tatsachen gestellt hatte.
Einen Augenblick lang saß Kurth schweigend und gedankenversunken da.
Diese kleine Fotze, dachte er. *Diese alte, verbrauchte Fotze.*
Ihre Karriere war schon zu Ende gewesen. Kurths Spione hatten es ihm

versichert. Aber Rhys hatte einen Weg gefunden, sie wieder ins Geschäft zu bringen. Rhys war der Grund für ihre neun Leben. Eines Tages würde es notwendig werden, ihn auszuschalten, um an sie heranzukommen – wenn es nicht der Alkohol schon vorher besorgte.

Aber in der Zwischenzeit war entschlossenes Handeln nötig, um die Situation unter Kontrolle zu bringen.

Kurth wußte, daß er es Rhys schwierig, ja unmöglich machen konnte, Finanzmittel und Produktions- und Gewerkschaftsvereinbarungen für *The Fertile Crescent* in den Vereinigten Staaten zu bekommen.

Das würde ihn natürlich nicht davon abhalten, in Übersee zu drehen. Aber dort würde er ohne seine gewohnten Leute arbeiten müssen. Und Kurth besaß die Macht, die Verbreitung in allen wichtigen Kinoketten zu blockieren. Der Film müßte dann in Filmkunsthäusern gezeigt werden, und dort würde er kaum viel Geld einspielen. Vor allem, da die Havilland nicht länger ihr Aussehen als Verkaufsargument hatte.

Aber würde dies alles reichen? Würde es reichen, um Rhys für seine Unverschämtheit zu bestrafen und die Havilland endgültig zu zerstören?

Vielleicht. Vielleicht auch nicht.

Auf jeden Fall bereitete sich Kurth auf den Kampf vor. Er hatte International Pictures zu dem gemacht, was es jetzt war, indem er in seinen zwei Jahrzehnten an der Spitze noch viel blutigere Schlachten gewonnen hatte als diese hier.

Diese Leute waren ihm nicht ebenbürtig. Er würde sicher Mittel und Wege finden, beide zu zerstören.

22

»Na, komm schon, Annie. Den letzten beißen die Hunde!«

Margot Swift stand auf den gesprenkelten Fliesen neben Vivian Guenthers nierenförmigem Swimmingpool und winkte Annie zu, die in ihrem Bikini trotz der trockenen Wärme des Nachmittags zitterte.

Damons verwitwete Nachbarin war im Haus und vertrieb sich wie gewöhnlich die Zeit am Telefon. Sie hatte bereitwillig zugestimmt, Margot und Annie den Pool zur Entspannung und zur notwendigen Physiotherapie zu überlassen, und dabei Damon erzählt, daß das Bekken, wenn die beiden es nicht taten, überhaupt nicht benutzt würde, weil alle ihre Freunde zu alt oder zu faul zum Schwimmen seien.

»Ich muß mich doch erst einmal daran gewöhnen«, jammerte Annie und ging vorsichtig zum Beckenrand. Seit der Tortur mit den Schmerzen und den Medikamenten konnte sie nur sehr warmes Wasser ertragen. Sie hatte immer noch fünf Kilo weniger, als sie sollte, und ihr war ständig kalt, so daß sie oft auch an den wärmsten Tagen Pullover trug.
Margot lächelte. »Schau mir zu! Ich zeig' dir, wie's geht.«
Sie ging zum Ende des niederen Bretts, hüpfte ein paarmal mit der Unbekümmertheit eines Schulmädchens auf und ab, drehte dann dem Becken den Rücken zu und tauchte mit einem anmutigen Kopfsprung rückwärts ins Wasser, so wie es Annie damals als Kind in Richland bei ihren Freunden im Schwimmbad gesehen hatte.
»Na, komm!« rief Margot, als sie wieder auftauchte und sich mit einer sonnengebräunten Hand die nassen Haare aus dem Gesicht strich. »Um Himmels willen, Annie, es ist warm wie Badewasser. Komm schon. Mach den gleichen Sprung wie ich.«
»Nein«, sagte Annie bestimmt, setzte sich an den Rand und ließ die Beine ins Wasser baumeln. »Ich würde den Sprung nie schaffen.«
»Du machst wohl Witze«, meinte Margot strampelnd und spuckend. »Und du willst in der Schule Turmspringmeisterin gewesen sein? Daß ich nicht lache!«
»Du hast ja recht, es ist komisch«, erwiderte Annie und legte verwundert die Stirn in Falten. »Ich hätte es eigentlich können sollen. Aber wir haben diese Übung nie gemacht, und ich hatte als Kind immer Angst davor. Erstaunlich. Ich hab' sie nie gemacht.«
»Dann mach sie jetzt!« warf ihr Margot lachend entgegen. »Beug dich einfach zurück, schau zum Himmel und drück dich ab. Ist doch ganz einfach. Ein Kinderspiel.«
Sie schwamm zum Beckenrand.
»Da«, sagte sie und bespritzte Annies Schenkel mit Wasser. »Spürst du, wie warm es ist? Ich werde dich schon dran gewöhnen.«
»Also gut.« Annie gab nach, aber sie zitterte, als sie sich das Wasser über Schultern und Brust spritzte. »Wahrscheinlich hast du recht.«
»Du schaffst es«, beharrte Margot. »Komm, probier's mal.«
Zögernd ging Annie zu dem Brett, stellte sich mit dem Rücken zum Pool auf und federte.
Sie erinnerte sich an die ungezählten anderthalbfachen Einwärtsdrehungen, die sie in der Schule gesprungen war, an die Schraubensprünge, die ihre Spezialität gewesen waren und ihr ein Regal voller Trophäen eingebracht hatten.
Einen Augenblick lang stieg in ihr unangenehm die Erinnerung hoch –

das erwartungsvolle Schweigen von der Tribüne, nicht nur von der gegnerischen Seite, sondern auch von der der Richlander High School, hüllte sie ein.
Und Harry saß im Publikum, er sah ihr zu und horchte auf das verstohlene Geflüster ...
Sie sah in den blauen Himmel über Mrs. Guenthers Sandpalmen. Keine Wolke störte das Blau. Nur der schwache Dunst über den Hügeln färbte es am Horizont grünlich grau.
Entschlossen, die Erinnerung und auch ihre Unfähigkeit zu verdrängen, stellte sie sich sorgfältig in Position, beugte sich zurück und drückte sich vom Brett ab.
Himmel und Bäume stürzten an ihr vorüber, dann, auf dem Kopf stehend, Margots hübsches Gesicht und ihre winkende Hand. Und plötzlich umschloß sie das kühle Wasser, es strömte triumphierend über ihr Gesicht, zwischen den Brüsten und die Schenkel entlang bis zu den pumpenden Füßen, während sie wieder an die Oberfläche kam.
»Na also«, hörte sie Margot lachen, während sie die chlorgeschwängerte Luft einatmete. »Und du willst mir erzählen, du hättest nicht gewußt, wie man es macht, du Lügnerin!«
»Ich wußte es wirklich nicht«, erwiderte Annie, strampelnd und atemlos lächelnd. »Es ist erstaunlich, wie der Verstand gewisse Sachen voneinander trennt. Damals dachte ich immer, ich würde diesen Sprung nie schaffen, obwohl er nach den anderen ja eigentlich einfach gewesen wäre. Er ist wirklich kinderleicht.«
»Jetzt sprichst du wie ein echter Proustianer«, sagte Margot und setzte sich an den Beckenrand, wo sich Annie festhielt. »Hast du je Proust gelesen?«
Annie schüttelte den Kopf. »Kein einziges Wort.« Dann lächelte sie. »Bis auf einen Absatz, den Damon mir vor langer Zeit einmal vorgelesen hat. Über Frauengesichter, die sich verändern.«
»Damon wäre enttäuscht von dir«, sagte Margot lächelnd. »Proust ist sein ein und alles. Weißt du, Proust glaubte, daß jeder Mensch aus Tausenden von ›kleinen Ichs‹, wie er es nannte, bestehe. Und jedes wurde zu einem Zeitpunkt, der in irgendeiner Weise wichtig war, zum Leben erweckt. Sie existieren nebeneinander, ohne Verbindung und ohne überhaupt zu wissen, daß das andere existiert.«
Beim Sprechen ließ sie die Beine träge ins Wasser baumeln.
»Der Grund, warum Leute sich in ihren Meinungen und Handlungen und all dem selbst widersprechen können, liegt darin, daß ein kleines Ich oder eine Gruppe von kleinen Ichs gewohnheitsmäßig so und so handelt

und denkt, während ein anderes, das zu einer anderen Zeit entstanden ist, sich genau entgegengesetzt verhält, so als wäre es der einzig mögliche Weg.«

Sie strich sich eine nasse Strähne von der Wange.

»Proust würde sagen, daß ein paar deiner kleinen Ichs eine ganze Menge von Sprüngen kennen, daß sie wissen, wie es war, für die Schule zu springen und so weiter – aber daß es eins gibt, aus deiner Kindheit, das immer noch am Leben ist und das glaubt, daß nur die größeren Kinder diesen Rückwärtssprung können. Verstehst du, was ich meine?«

Annie runzelte die Stirn, sie war verwirrt von dem, was sie eben gehört hatte. »Ich glaube schon«, sagte sie.

»Nimm die Daisy aus ›The Fertile Crescent‹«, erläuterte Margot. »Ein Teil von ihr hat seine Lektion gelernt, nachdem Daniel in der High School sie sitzengelassen hatte. Dieser Teil würde sich nie mehr mit einem so narzißtischen Kerl einlassen. Aber ein anderer Teil – ich glaube, derjenige, der sich an ihren Vater erinnert und ihn auch weiterhin bewundert – wird sich die Niederlage nie eingestehen, sondern sich einen Daniel nach dem anderen aussuchen, gleichgültig wie viele Leiden das kostet. Bei jedem Mann, den sie liebt und verliert, lernt sie ihre Lektion, aber eben nur auf einer Ebene. Auf der anderen macht sie weiter wie zuvor.«

»Ich verstehe, was du meinst«, erwiderte Annie. »Ja, auf eigenartige Weise wächst sie. Sie verändert sich. Die Kinder beweisen es, und die Art ihrer Liebe zu ihnen. Am Ende könnte sie unmöglich einige der Fehler wiederholen, die sie am Anfang gemacht hat – glaubst du nicht auch?«

»Jetzt redest du vernünftig«, antwortete Margot lächelnd. »Weißt du, die kleinen Ichs können verkümmern und sterben, entweder im Laufe der Zeit oder ganz plötzlich. So wie vor ein paar Minuten der Teil von dir, der dachte, er könne diesen Sprung nicht, einfach abgestorben ist. Wie die Zellen des Körpers. Einige sterben und werden schneller als andere wieder ersetzt. Manchmal bewirkt ein Unfall oder ein zufälliges Ereignis die Veränderung – wie zum Beispiel ich dich gerade zum Springen verleitet habe.«

Sie schüttelte den Kopf, und Wassertropfen spritzten aus den Haaren.

»Und so kann ein Mensch fast über Nacht Meinungen annehmen, die er ein Jahr zuvor noch für absurd gehalten hat, oder etwas tun oder jemanden auswählen, das oder der ihm zuvor nie in den Sinn gekommen wäre. Man sagt, alte Gewohnheiten sterben langsam – aber erstaunlicherweise sterben sie eben doch. Und wir werden zu jemand Neuem, gleichgültig, wie sehr wir uns an das Alte klammern.«

Als Annie nun ihre Freundin ansah, wirkte sie noch nachdenklicher. Margot lachte und hob die Schultern. »Nun rede ich schon wieder«, sagte sie. »So langsam klinge ich wie ein Professor. Ich sollte mich wohl etwas mehr beherrschen.«
»Nein«, erwiderte Annie; sie war fest entschlossen zu verstehen, was Margot gesagt hatte. »Ich glaube, du hast recht. Gleichgültig, wie streng Daisy mit sich selbst und ihren Ehemännern während der ganzen Geschichte ist, sie hat sich scheinbar unmerklich verändert – auf eine Art, die ihr selbst gar nicht bewußt ist. Und die Tragödie liegt doch darin, daß sie genau in dem Augenblick umkommt, in dem sie für etwas völlig Neues bereit ist. Frei zu sein nämlich.«
»Genau«, stimmte ihr Margot ernsthaft zu. »Es ist das Ende ihres Lebensbogens. So wie ich es sehe, ist ihre Lebenskurve, so wie wir sie verfolgen, der Ausschnitt aus einem Kreis. Natürlich schneidet ihn der Unfall für immer ab. Aber auch wenn er weitergeführt hätte, wäre er nie zu einem perfekten Kreis geworden, der sich dann ewig wiederholt hätte. Statt dessen wäre er vom Ausgangspunkt abgewichen und hätte in einer etwas veränderten Richtung weitergeführt.«
Sie hielt inne und suchte nach Worten.
»Wie die Planetenbahnen in Damons früheren Büchern«, fuhr sie dann fort. »Es waren nie perfekte Kreisbahnen, sie brachen immer in andere Richtungen aus. Ins Unbekannte. Diese Bahnen sind für Damon wie eine Menge kleiner Ichs, die sich bei Proust langsam verändern. Ich glaube, Damon ist ein sehr proustianischer Denker. Ja, wirklich.«
Annie nickte, und ihr neutrales Lachen verbarg den Gedanken, der ihr eben gekommen war.
Margots Gedanken über Daisy und ›The Fertile Crecent‹ war tiefer in Annies Innere vorgedrungen, als die Freundin wissen konnte.
Es war nun schon beinahe vier Monate her, daß Annie und Frank ein Paar geworden waren. Obwohl Franks Besuche tagsüber immer seltener wurden, sah sie ihn nun an mehreren Abenden pro Woche.
Fast an jedem faulen Nachmittag, den sie mit Conchata oder Margot im Haus verbrachte oder in Gedanken an Daisy und die neue Bestimmung, die Damon ihr gegeben hatte, sehnte sie sich insgeheim nach dem nächsten Abend mit Frank. Und wenn er dann anrief oder sie abholte, löste sich die Spannung, die sich in ihr seit ihrer letzten Begegnung aufgebaut hatte.
Die gemeinsamen Abende führten unweigerlich in seine freundliche Wohnung mit den Ledermöbeln und dem dicken Teppich, und dort dann in das dunkle Schlafzimmer, das das leise Flüstern ihrer Liebe schon erwartete.

Je besser Annie Franks Körper und Zärtlichkeiten kannte, desto tiefer schien der Zauber, der von ihm ausging. Nun kannte sie seinen Geschmack, die harte Glätte seiner Haut, den Rhythmus seiner Lust so gut wie sich selbst. Die Wärme seiner langen Glieder, die sie früher aus der Entfernung begehrt hatte, war ihr zu einem wunderbaren Heim geworden, in das sie sich mit berauschter träger Behaglichkeit kuschelte.

Sein Schweigen, das sie früher so verärgert hatte, war nun zu einer liebevollen, wortlosen Aufmerksamkeit geworden, die sie in der Ruhe nach ihrem intimen Beisammensein umschloß. Nun liebte sie es, denn es zeugte von der ruhigen Kraft seines Charakters und seiner Hingabe an ihre Freude und ihren Schutz.

Das gleiche traf auch zu auf Franks gedämpfte Unterhaltung während ihres Zusammenseins. Obwohl keiner von beiden über die Zukunft ihrer Beziehung sprach, die noch so jung und nun umgeben war von dem Chaos der Veränderungen in ihrem Leben, schien doch die tiefe Offenheit in Franks Stimme zu versprechen, daß er die Beziehung zu ihr nicht auf die leichte Schulter nahm, sondern sie mit der ganzen Kraft seines starken Willens gesucht hatte.

Frank hatte eine entschlossene Zielgerichtetheit an sich, die Annie mehr und mehr beeindruckte. Wie sie hatte er eine ärmliche Kindheit erlebt und war aus ihr mit einer Persönlichkeit hervorgegangen, die von Gründlichkeit und Verantwortungsgefühl bestimmt war. Aber sein Opfer war viel größer gewesen als alle, die sie hatte auf sich nehmen müssen.

Frank war ein ehrgeiziger Student gewesen, mit einer brillanten Zukunft als Konzernmanager vor Augen, als das kleine und ewig unsichere Einzelhandelsgeschäft der Familie an den Rand des Bankrotts getrieben wurde.

Frank ließ seine eigenen Träume fahren und widmete ein ganzes Jahrzehnt unermüdlichen Strebens mit all den Fähigkeiten seines gerissenen, innovativen Geschäftsgeistes der Wiederherstellung der Firma. Aber danach hatte er gemerkt, daß die Enge des Lebens in diesem Geschäft ihm nicht zusagte, und beschlossen, als Jurist sein Glück zu versuchen. Obwohl nur ein Anfänger in einer prestigeträchtigen Anwaltskanzlei, hegte Frank keine Zweifel über seine Ziele und seine Fähigkeit, sie zu erreichen. Im Gegensatz zu Annie, deren Ehrgeiz von Kräften bestimmt war, die sie nicht verstand, und auf eine Zukunft zutrieb, die außerhalb ihrer selbst lag, beschritt Frank einen Weg, den er sich selbst durch eine Wirklichkeit bahnte, die keine Schrecken für ihn hatte. Seine Ausgeglichenheit war für Franks Persönlichkeit ebenso wesentlich wie Annies schleudernder Schwindel für die ihre.

Seine Eltern lebten noch in Südkalifornien, und er sprach sehr warmherzig von ihnen, obwohl der Tenor seiner Bemerkungen doch deutlich machte, daß er ihnen nicht sehr nahestand.
Als Annie eine Bemerkung über die eindrucksvolle Sohnestreue machte, die er an den Tag gelegt und die ihn in seiner Karriere so viele Jahre zurückgeworfen hatte, zuckte er nur mit den Achseln.
»Na, man hilft eben Leuten«, sagte er unpersönlich, »wenn sie in Not sind.«
Diese wenigen Worte drückten eine moralische Strenge und ein Verantwortungsgefühl für andere aus, die es einem leichtmachten zu verstehen, warum Frank schließlich Anwalt geworden war.
Annie wagte nicht, die andere Frage zu stellen, die seine Erinnerungen in ihr wachgerufen hatten: warum er nicht verheiratet war.
Sie spürte, daß innere Maßstäbe, die ebenso unbeugsam waren wie seine beruflichen, der Grund dafür sein mußten. Er hatte während seiner Zeit im Geschäftsleben sicherlich viele Frauen kennengelernt. Aber keine, so vermutete Annie, hatte die persönliche Kraft und Würde besessen, die er von einer Lebensgefährtin erwartete.
Insgeheim fragte sie sich, ob sie wohl je vor Frank bestehen könnte.
War sie denn nicht eine beschädigte Ware, im wahrsten Sinn des Wortes? Eine Frau, die aus eigener Schuld zerbrochen war, ein Opfer ihrer eigenen Labilität und der schlechten Entscheidungen, die sie für ihr Leben getroffen hatte?
Sie wußte, daß Frank der wahre Grund ihres Unfalls kaum entgangen sein konnte. Manchmal, wenn er gedankenverloren wirkte, mußte sie sich einfach fragen, ob er wegen Eric Shain und der schicksalhaften Rolle, die er in ihrer Vergangenheit gespielt hatte, eifersüchtig war.
Aber irgendwie wußte sie auch, daß viel weniger die Eifersucht, sondern sehr viel mehr seine Mißbilligung, daß sie sich einen Mann wie Eric überhaupt ausgesucht hatte, sie in seiner Achtung sinken ließ. Sicherlich überlegte sich Frank manchmal, ob er eine Frau haben wollte, die geglaubt hatte, einen Mann wie Eric Shain lieben zu können.
Eine Frau, die sich aus Wut und Verzweiflung einen Abhang hinunterstürzen konnte, die sich selbst und ihr Kind verletzte, als sie den wahren Eric Shain erkannte ...
Die Frage quälte Annie täglich mehr. Und Franks taktvolles Schweigen über ihre Beziehung machte ihre Sorgen nur noch schmerzlicher.
Sie wußte, daß sie und Frank Menschen sehr unterschiedlichen Temperaments waren, die total verschiedene Lebenswege verfolgten. Vielleicht hatten sich ihre Wege nur gekreuzt und strebten nun in Richtung auf ihre

notwendigerweise unterschiedlichen Ziele wieder voneinander weg. Vielleicht verriet Franks Schweigen seine heimliche Überzeugung, daß sie nicht die Richtige für ihn war und nie sein könnte.
Aber Annies Verzweiflung ging noch tiefer, denn diese Zweifel waren für sie ja nicht nur theoretische Fragen. Auch wenn sie anders als Frank war, so war sie doch auch anders als die Frau, die sie gewesen war, bevor sie ihn traf. Sie war nicht mehr das verzweifelte Opfer, das er im Krankenhaus kennengelernt hatte, oder die eigensinnige Rekonvaleszentin, die sich während ihrer schmerzvollen Gesundung über seine Schweigsamkeit lustig gemacht hatte.
Sie war jetzt eine neue Frau, eine neue Annie, die sie selbst noch nicht so recht kannte, denn sie nahm ja erst allmählich Gestalt an. Und geformt wurde sie nicht nur von ihrer Rückkehr zur Schauspielerei, sondern noch viel grundlegender von Frank selbst, dessen zärtliche Umarmungen, dessen ruhige Blicke und sanfte Worte ihr sagten, daß sie einen – wenn auch schwachen – Platz in seinen Gefühlen hatte.

Der Ausgangspunkt der Reise ist zugleich auch das Ziel.

Diese geheimnisvolle Zeile aus einer von Damons Geschichten, die sie verwirrt hatte, als Margot sie vor einiger Zeit zitierte, war nun vollkommen einleuchtend, sie schien das Wesen ihres Dilemmas zu beschreiben. Denn genau die Frau, die von Frank begehrt und beschützt wurde, die nur lebte, um die seine zu sein, genau diese Frau wollte sie sein, mehr als alles in der Welt und für alle Zeit.
Die Wahrheit war zu schön, zu verführerisch, um sie leugnen zu können. Annie verliebte sich wieder.
Ein Teil von ihr wollte das Blühen ihrer Gefühle in jedem Wort und in jedem Lächeln heraussingen. Aber der Rest war entsetzt über ihren inneren Aufruhr.
Während ihrer einsamen Genesung hatte sie versucht sich einzureden, daß sie nie mehr solchen unvorsichtigen Gefühlen zum Opfer fallen würde, die ja dieses schreckliche Ereignis vor zwei Jahren erst verursacht hatten. Von nun an würde sie sich mit aller Kraft an das geordnete Leben klammern, das man ihr, an einem dünnen Faden hängend, gewährt hatte. Sie hatte genug vom Tanz auf einem Seil über einem brodelnden Abgrund.
Aber wenn sie an Frank dachte, schien ihr Entschluß zu schmelzen wie Eis in der warmen Frühlingsluft. Sie konnte sich an ihre früheren Pläne, ihre hochgehaltenen Entschlüsse kaum noch erinnern, so bezaubert war

sie von dem Gedanken an Frank, von den Sorgen um ihn und von der zärtlichen Sehnsucht nach ihm.
Und als sich so ihr Herz öffnete, hungrig und unkontrollierbar in seinem Verlangen nach Liebe, mußte sie erkennen, daß sie selbst, wie Damons Daisy, eine unsterbliche Leidenschaft in sich trug, die in Männern viel mehr sah als Sexualpartner und beiläufige Liebhaber.
Ihr Körper konnte keine Wahl treffen, wenn das Herz nicht beteiligt war, dessen Sehnsucht nach der endgültigen und ewigen Zugehörigkeit zu einem Mann, dem einzigen Mann, nicht anders konnte, als sie in jeder Beziehung, die sie einging, in der Spannung zwischen Paradies und Katastrophe zu halten.
Sie fragte sich, ob – ungeachtet ihrer Skrupel – der sichere Hafen von Franks Armen nicht nur das neueste Gesicht des Abgrundes war, der schon einmal versucht hatte, sie zu verschlingen.
Als Ermutigung versuchte sie sich ins Gedächtnis zu rufen, daß Frank und Eric so verschieden waren wie Tag und Nacht. Eric war für sie ein schwacher, verletzlicher Bruder gewesen, ein schwieriger Junge, dessen Verführungskraft von den Mutterinstinkten herrührte, die er in ihr wachrief.
Frank dagegen war eine Grundfeste ruhiger Kraft, die sie nährte und beschützte, auch wenn sein starker Körper ihre Sinne zur Ekstase trieb. Wenn der Beschützerinstinkt Franks Wesen ausmachte, so kam aus seinem innersten Kern fruchtbarste Männlichkeit. In ihren intimsten Träumen spürte sie, wie sein Samen wie ein mystischer Quell des Lebens in sie floß, voller künftiger Kinder mit ihren Gesichtern, Stimmen und unergründlichen Schicksalen.
Diese Vorstellung hegte Annie in ihrem Herzen, ein Versprechen der Erfüllung, das ihr den Atem nahm, denn es öffnete eine Leere in ihr, die eben dieses Überfließen nur noch vergrößerte. Sie konnte sich mühelos vorstellen, daß Frank wunderschöne Kinder zeugte und sich mit einer Geduld um sie sorgte, wie sie nur wenige Männer hatten.
Aber sie wagte es nicht, sich in diesem Bild neben ihm zu sehen oder darauf zu hoffen, daß diese Kinder ihrem Schoß entsprangen.
Verwirrt von diesen quälenden Überlegungen, gab sie den Versuch auf, zu verstehen, was in ihrem Inneren geschah.
Wenn sie lange, warme Minuten über still in Franks Armen lag oder ihm zusah, wie er mit würdiger Ruhe durchs Zimmer ging, quälte sie die Versuchung. Denn seine enorme Kraft schien ihr zu bedeuten, sie solle sich ihr ausliefern, solle bei ihm die Ausgeglichenheit und den Mut suchen, die sie in sich selbst nicht mehr fand. Sie spürte Regungen

weiblicher Gefügigkeit, Hilflosigkeit, die sie empörten, denn sie hatte doch so lange auf eigenen Füßen gestanden ...

Aber diese Füße standen nicht mehr auf festem Boden. Frank hatte das bewirkt. Wie die taumelnden Planetenbahnen, von denen Margot sprach, wirbelte Annie ihr Leben aus den Händen. Und das einzige Ziel, auf das sie ihre Schritte richten konnte, war der Mann, der eben diese Schritte von Tag zu Tag unsicherer machte.

Aber Frank konnte von alledem nichts wissen. Zweifellos verbarg sein Schweigen auch seine vollkommene Unwissenheit über das Doppelleben, das er in ihr erschaffen hatte, ein Leben, das zerrissen war zwischen der Wiedergeburt ihrer Karriere und einer neuen Sehnsucht nach etwas, das weit über ihrem Ehrgeiz, ihrer Schauspielerei und allem anderen stand.

So mußte sie damit leben, daß sie eigentlich Frank freigeben wollte, damit er sein eigenes Leben lebte, und gleichzeitig merkte, daß sie von Tag zu Tag immer mehr zu ihm gehörte.

Es war die schwerste Aufgabe, die sich ihr je gestellt hatte, und sie schien durchaus Annie in Stücke reißen zu können, wenn sie es zuließ.

Aber nun konnte sie nicht mehr umkehren, denn sie hatte sich von Frank McKenna bereits viel zu sehr in Bann schlagen lassen.

Margot runzelte die Stirn, denn sie merkte, daß es Annie trotz des warmen Wassers fröstelte.

»Komm heraus«, sagte sie und half Annie aus dem Wasser. »Ich glaube, das reicht für heute.«

Mit überraschend starken Armen zog sie Annie aus dem Wasser und breitete für sie ein Badetuch auf den Fliesen aus.

»Hast du irgendwelche Schmerzen?« fragte sie und griff nach der Flasche Massageöl in ihrer Leinentasche. »Sag ehrlich.«

»Na, bei deinem verrückten Kopfsprung habe ich einen Schlag auf die Stirn abbekommen«, murmelte Annie, während eine kühle Hand die Lotion auf ihren Schultern verrieb.

»Ernsthaft?« Margot achtete sehr auf das, was Annie sagte, gleichgültig, wie witzig es gemeint war.

»Blödsinn«, gab Annie zu. »Mir geht's großartig.«

»So gehört sich's auch«, ermutigte Margot sie und verrieb das Öl auf dem schmerzenden Teil des Rückens über Annies Bikinislip.

Während die sanften Bewegungen sie entspannten, überlegte Annie, daß die Margot, die sie inzwischen so gut kannte, an diesem Tag eine sehr charakteristische Stimmung zeigte. Margot ermutigte Annie zu immer

anstrengenderer körperlicher Aktivität und hatte gleichzeitig deswegen ein schlechtes Gewissen, obwohl sie wußte, daß ihr Rat gesundheitsfördernd und wohlüberlegt war.
Oder sie schweifte zu diesem oder jenem intellektuellen Thema ab, das Damons Arbeit oder Annies Interessen berührte, und entschuldigte sich dann, daß sie Annie langweilte – was sie nie tat.
Sie dachte ganz eindeutig nur an Annie, an deren geistiges und körperliches Wohlergehen. Inzwischen kannte sie auch deren verletzten Körper sehr gut, und die raschen, behenden Bewegungen, mit denen sie Annie massierte, waren wirkungsvoller denn je. Sie strahlte eine zartfühlende Aufmerksamkeit, eine beständige Besorgtheit aus, die das Wesen der Freundschaft auszumachen schien.
Manchmal fragte sich Annie, ob es Margot leichtfiel, so übermenschlich freundlich und aufmerksam zu sein – vielleicht wegen des heimlichen, niemand anvertrauten Kummers, den sie in sich trug. Vielleicht weigerte sie sich, über sich selbst nachzudenken, und war deshalb froh, sich im Dienst an anderen verlieren zu können.
Vielleicht war es so.
Oder vielleicht war Margot einfach ein Genie der Freundlichkeit – oder ganz einfach der freundlichste Mensch auf der Welt.
Annie wußte es nicht.

Aber was sie wußte, war, daß Margot in den vergangenen Wochen in mehr als einer Hinsicht ein Geschenk Gottes gewesen war – in Wochen, die ohne sie eine Tortur gewesen wären.
Ihre Bemerkung über Proust war nur das letzte Beispiel einer Entwicklung, aus der eine wirkliche Zusammenarbeit bei der Vorbereitung zu Annies Darstellung der Daisy geworden war. So wie sie Damon bei der Niederschrift des Drehbuchs zur Seite gestanden hatte, so half sie nun Annie, Daisys zu einem Großteil selbstzerstörerischen Charakter aus sich herauszuholen und gleichzeitig ihr persönliches und berufliches Selbstvertrauen wiederzufinden.
Es war eine doppelte Herausforderung, die Annies Nerven belastete und von Margot ein Höchstmaß an Takt und Intelligenz verlangte. Aber diese gemeinsame Last brachte sie einander noch näher.
Die beiden jungen Frauen waren bereits mehr als Freundinnen. Und in der Tat war die schwesterliche Beziehung, die Damon ihnen mit seinen humorigen Andeutungen, er habe nun zwei Töchter statt einer – »Kommt, Kinder«, sagte er oft –, auferlegte, in besonderem Maße passend.

Wie viele Schwestern vertrauten sie sich nie ihre innersten Geheimnisse an, aber sie hatten ein so feines Gespür füreinander, daß sie viele stille Stunden miteinander verbringen konnten, in denen kaum ein Wort nötig war.
Annie sprach mit Margot nie über Eric Shain, obwohl sie wußte, es konnte Margot kaum entgangen sein, daß er der Grund ihres Unglücks war.
Margot dagegen gab vor Annie nie zu, daß ihr sorgenloses, bodenständiges Leben in Iowa von einem Schatten verdüstert sein konnte, obwohl Annie überzeugt war, daß sie im Innersten ähnlich verletzt war wie sie selbst und daß deshalb ihre natürliche Ähnlichkeit und Zuneigung bis ins Tiefste ihrer Herzen reichte.
Ja, dachte Annie. Es war für beide ganz natürlich, daß sie sich scherzhaft »Schwester« riefen, so wie sie Damon mit »Pop« aufzogen oder in letzter Zeit mit »unser Dad«, der britischen Vertrautheitsbezeugung, die Margot von Lawrence und anderen Autoren entlehnt hatte.
In diesen kurzen sieben Wochen war aus ihnen eine Ersatzfamilie geworden, die für Annie fast so wirklich war wie ihr Trio mit Harry Havilland und Mrs. Dion in den alten Tagen in Richland.
Damon war wirklich wie ein Vater, mit seinen Witzen und seiner Neckerei, den trüben Stimmungen, der Schlaflosigkeit und seinen gelegentlichen alkoholisierten Ausbrüchen, nach denen die beiden Mädchen ihn ins Bett bringen mußten wie zwei tadelnde, mütterlich um ihn besorgte Töchter.
Am »Morgen danach« sah er sie dann beide schuldbewußt, aber immer noch ironisch an und bat sie um Verzeihung. Sie lachten darauf, überhäuften ihn mit Zärtlichkeiten und Tadel und gestanden ihm zu, daß er hoffnungslos, aber liebenswert sei.
Sie brauchten diesen Schein des Familienlebens dringend, denn wenn Damon nicht von Margot und Annie gehätschelt wurde, lebte er in einer beständigen Wut, die seine Sauferei und seine Laune noch schlimmer machte.
International Pictures verzögerte, aus Gründen, die niemand in Damons Nähe zu verstehen schien, Finanzierung und Produktion von *The Fertile Crescent* und vertröstete Damon von Woche zu Woche mit schwachen Ausreden über Inflation, Gewerkschaftsprobleme, Ölinvestitionen des Studios und so weiter – was Damon aber keinen Augenblick glaubte.
»Diese Arschlöcher haben noch was in der Hinterhand – entschuldigt meine Sprache, Mädchen«, wütete er, »aber ich werde ihnen das nicht

durchgehen lassen, und wenn es das letzte ist, was ich in meinem verdammten Leben tue. Bei Gott, wenn ich zu Paramount oder Columbia oder sogar zu MGM gehen muß, dann tu' ich's eben. Die nehmen mich doch mit Handkuß. Seit elf Jahren verdienen sich Harmon Kurth und seine verdammten Jasager doch eine goldene Nase an mir. Wenn die mich jetzt in den Arsch ficken wollen«, knurrte er und vergaß sein nie gehaltenes Versprechen, weniger ungehobelt zu reden, »dann mach' ich meine Geschäfte eben woanders.«

Trotz seiner Prahlerei war er außerordentlich besorgt, das wußten Annie und Margot. Er hatte Clifford Naumes als Stimmungsbarometer zu allen wichtigen Studios geschickt und erfahren, daß es leise, aber eindeutige Widerstände gegen *The Fertile Crescent* mit Annie Havilland in der Hauptrolle gab.

Obwohl Damon es nicht zugeben wollte, schien es doch die unausgesprochene Übereinstimmung unter den Filmleuten zu geben, daß Annie trotz ihres Talents nun, da ihr ursprüngliches Talent der Vergangenheit angehörte, nichts mehr zu bieten hatte. Trotz der Neugier der Öffentlichkeit auf ihre neue Erscheinung könne sie wohl kaum bei einem Film für entsprechende Einspielergebnisse sorgen, vor allem, wenn ein Name wie der Eric Shains neben dem ihren fehle.

Außerdem war *The Fertile Crescent* eine so dunkle und tragische Geschichte, daß keiner allzu großes Interesse zeigte, sich finanziell zu engagieren. Hollywood, das inzwischen von Konzernriesen beherrscht wurde, die großes Interesse am finanziellen Erfolg, aber keine Ahnung von der Qualität eines Films hatten, tendierte immer weiter weg von Damons grausamem, intellektuellem Stil und hin zu Heile-Welt-Filmen.

Aber dennoch – Damon wurde nie müde, es zu wiederholen – gab das Geld den Ton an. Jeder seiner bisherigen Filme war ein großer geschäftlicher Erfolg gewesen. Er murmelte etwas von einer Verschwörung gegen ihn und ließ sich weder von Clifford Naumes noch einem anderen diesen Verdacht nehmen.

Annie wurde ganz betrübt, als sie ihn so leiden sah. Sie wußte, daß seine fixe Verschwörungsidee gerechtfertigt war – aber sie richtete sich gegen sie, nicht gegen ihn.

Sie wußte, daß Harmon Kurth mit unverminderter Macht an der Spitze der Finanzhierarchie Hollywoods stand. Und sie war intelligent genug, um zu erkennen, daß Kurth, den ihre unerwartete Nominierung für die Rolle der Daisy überrascht hatte, mit all seinen Möglichkeiten den Film zu verhindern suchte.

Natürlich konnte sie Damon das nicht sagen. Er würde sie entweder für verrückt erklären oder mit einem Schlachtermesser in der Hand und Mord im Herzen in Kurths Büro stürmen.
Aber sie konnte einwerfen – und tat dies auch –, daß das mangelnde Vertrauen der Studios in sie als Hauptdarstellerin gerechtfertigt war. Mit einer anderen Schauspielerin als Daisy, so sagte sie Damon, hätte *The Fertile Crescent* keine Probleme.
Aber er wollte nicht hören.
»Da liegst du ganz falsch, mein Kind«, erwiderte er. »Die Leute werden *wegen* dir, nicht trotz dir in die Kinos strömen. Du bist ebensosehr mein Verkaufsargument wie mein Star. Nein, mein Liebling: Du bist nicht mein Problem.«
Aber sie war es.
Und sie wußte es.

Unter diesen Umständen war Margot für Damon unentbehrlich. Mühelos schien sie sein immer launischeres und labileres Benehmen unter Kontrolle halten zu können. Sie besänftigte ihn mit ihrem Humor, ihrer Ausgeglichenheit und ihrem unfehlbaren Organisationstalent.
So schien es, daß Margot, sooft Annie sie traf, für Damon telefonierte, seine Korrespondenz erledigte, seinen Terminkalender zusammenstellte, ihm den Rücken massierte – ihre berühmten Rückenmassagen waren zu einem geheiligten Bestandteil seiner Abende geworden, denn sie entspannten und erfreuten ihn nicht nur, sondern, Margot hatte das bemerkt, ließen ihn auch weniger trinken –, oder sie sortierte seine Papiere, kümmerte sich um seine Manuskripte und verhandelte sogar mit seinem Agenten. Das Geklapper der Schreibmaschine klang den ganzen Tag über durchs Haus.
Und wenn Margot nicht mit seinen Angelegenheiten beschäftigt war, ging sie mit Annie spazieren, fuhr Rad, schwamm oder trainierte mit ihr, sie hielt sie permanent beschäftigt, damit die immer größer werdende Anspannung vor den Dreharbeiten ihr nicht das Selbstvertrauen nahm.
Es war ja wirklich nur ein sehr sprödes Selbstvertrauen. Annie vertraute Margot inzwischen so instinktiv, daß sie sich nicht scheute, ihr auch ihre trüben Stimmungen und Ängste zu zeigen, so wie sie auch während ihrer Trainingsstunden im Keller vor Schmerz und Frustration jammerte. Margot war eine ausgezeichnete Zuhörerin und immer auch ein wenig die Therapeutin, wenn sie über Annies Sorgen die Nase rümpfte und ihr half, an die Wiedergeburt ihres Talents zu glauben.

Es schien fast, als wäre Margot nur auf der Welt, um Annie und Damon den Rücken zu stärken, für etwas, das für beide zu einer entsetzlichen Prüfung werden sollte.

Je vertrauter Annie mit Margot wurde, um so freier erzählte sie ihr von ihren wohlbehüteten Erinnerungen an Harry Havilland. Zwar sprach sie kaum, und dann nur vieldeutig, von der geisterhaften Mutter, wegen der sie das Leben einer Ausgestoßenen hatte führen müssen und die sie in den Träumen ihrer Jugend verfolgte, aber sie berichtete sehr freimütig von den Jahren der Einsamkeit und entdeckte dabei überrascht, daß Margot sie vollkommen verstand und ihre Bitterkeit mit ihr teilte.
»Ich kenne diese Kleinstädte«, sagte Margot. »Jeder kennt jeden. Man glaubt zu ersticken. Ich glaube, ich habe gelernt, daß der einzige Ort, wo man wirklich akzeptiert wird, die Großstadt ist, wo niemand weiß, wer du bist, und sich auch niemand darum kümmert. In der Anonymität liegt das Höchstmaß an Toleranz«, bemerkte sie in ihrer eigentümlich beredten Ausdrucksweise. »Wenn du nirgends dazugehörst, kannst du dir einbilden, überall dazuzugehören.«
»Na, jetzt aber«, warf Annie ein. »Du hast doch deine wunderbare Familie. Ich weiß doch, wie gern du zu ihr zurückkehren würdest.«
»Auf Besuch«, korrigierte Margot sie lächelnd. »Ich könnte dort eigentlich nicht mehr leben. Ich glaubte immer, ich wollte als Lehrerin dorthin zurückkehren, aber so ist es nicht mehr. Ich habe schon zu viel gesehen. Es ist jetzt ein Teil der Vergangenheit. Und dort bleibt es auch besser.« Sie lachte. »Ich glaube, Damon hat nun doch das Land aus dem Mädchen herausgebracht.«
»Aber trotzdem«, sagte Annie, »hattest du eine glückliche Zeit, auf die du zurückblicken kannst.«
»Das schon.« Margot nickte zustimmend. »Die meiste Zeit hat es sehr viel Spaß gemacht. Als kleines Kind hatte ich diese drei riesigen Brüder, die mich verhätschelten. Da war ich fast wie eine Prinzessin im Land der Riesen. Aber als ich dann etwas älter wurde, ärgerte es mich, daß ich immer die Jüngste war. Ich konnte nicht die gleiche schwere Arbeit tun wie meine Brüder, und ich wollte doch so gern auch ein Junge sein wie sie.«
Sie schüttelte lachend den Kopf.
»Gott, was war ich mit elf für ein Wildfang. Ich will gar nicht mehr daran denken. Aber ein paar Jahre später schloß sich dann der Kreis wieder, ich wurde die hübsche, kleine Prinzessin der High School, und meine drei stolzen Brüder paßten auf mich auf. Ich kann dir eins sagen,

aus Angst vor meinen Brüdern trauten sich die Jungs in der Schule nicht, mich an meinen Zöpfen zu ziehen.«
Sie hob die Schultern. »Und weißt du, mein größter Schwarm war Carl, der älteste. Er ist ja jetzt sechsunddreißig und sieht immer noch verdammt gut aus. Aber mit achtzehn, da war er im Basketballteam und ein richtiger Herzensbrecher. Was ganz Besonderes.«
Sie bemerkte Annies wehmütigen Blick.
»Hab' ich bei dir einen Nerv getroffen?«
»Ich glaube schon«, erwiderte Annie lächelnd, wie aus einem Traum erwachend. »Ich versteh' es auch nicht, aber auf ganz komische Art erinnerst du mich an meinen Dad. Oder du bringst mich zumindest dazu, daß ich an ihn denke.«
Sie sah nachdenklich drein. »Es ist natürlich schön. Ich mag es ... Aber die meiste Zeit versuche ich, es nicht zu tun. Es macht mich traurig. Ich versuche nicht darüber nachzudenken, daß ich alleine auf der Welt bin.«
»Na, du hattest einen guten Vater«, sagte Margot, die oft Harrys sanften, nachdenklichen Gesichtsausdruck auf dem Foto auf Annies Schreibtisch bewundert hatte. »Und dafür mußt du dankbar sein. Das gibt es nicht jeden Tag. Aber vergiß nicht, Schwester«, ergänzte sie und strich Annie über die Haare, »du bist nicht alleine auf der Welt. Du hast doch jetzt uns. Damon und mich.«
Annie lächelte dankbar. So gern hätte sie Margots Worte in ihrer ganzen Bedeutung geglaubt – aber sie konnte es nicht.
Seit dem Tag von Harrys Tod hatte sie ihre Unabhängigkeit und Freiheit von Richland mit einem tiefen Gefühl der Einsamkeit, die nichts gänzlich verdrängen konnte, bezahlt.
Bis auf das Spielen, das sie das ganze Dilemma, eine Ausgestoßene dieser Welt zu sein, vergessen ließ. Denn das Spielen erlaubte ihr, sich vollkommen in ihrer Rolle zu verlieren.
Aber das Spielen lag in der Vergangenheit – und, vielleicht, in der Zukunft.
In der Zwischenzeit hatte sie vor, Margot durchaus beim Wort zu nehmen. Nach allem, was Annie und Damon Rhys miteinander durchgemacht hatten, war er ihr so sehr ein wirklicher Vater, wie es ein Mann je sein konnte.
Und Margot, so klug und so stark und so tapfer, war eine vollkommene Schwester – höchstens vielleicht etwas zu liebenswürdig für diese Rolle.

23

»Was war das, Margot? Ich dachte, ich hätte was gehört.«
»Ich auch. Ich glaube, es ist Annie. Ich werde mal nachsehen.«
Margot legte den Stift nieder und stapfte barfuß durchs Wohnzimmer zum Flur. Damon verfolgte ihre Bewegungen mit müdem Blick.
Es war drei Uhr morgens. Sie hatten es sich angewöhnt, schweigend dazusitzen, während die Nacht langsam der Morgendämmerung, ihrer Schlafenszeit, wich.
Margot hatte gelernt, Damon in seinen bizarren Stunden Gesellschaft zu leisten, während Annie in noch immer unruhigem Schlaf lag. Sie saß dann immer auf der Couch gegenüber seinem Lehnstuhl, mit dem Notizblock neben sich, und las, während er in nachdenklichem Schweigen auf und ab ging.
Manchmal platzte er mit einer seiner plötzlichen, unzusammenhängenden Ideen heraus, die sie notierte und am nächsten Morgen ordentlich in die übrigen Querverweise in ihren Unterlagen einsortierte.
Sie waren versunken in ihre wortlose, abwartende Kommunikation, als das Echo eines leisen Stöhnens aus Annies Zimmer sie unterbrach. Nun eilte Margot den Gang entlang und fand Annie in den Fängen eines Alptraums.
Als sie Annie berührte, schreckte sie entsetzt hoch und starrte Margot an, ohne sie richtig zu erkennen.
Schließlich sank sie mit tränenfeuchten Augen wieder in die Kissen und ließ sich von Margot die Haare glätten.
»Psch«, flüsterte Margot. »Es ist alles wieder gut. Du hast nur schlecht geträumt.«
Einen Augenblick lang betrachtete Annie die hübsche Gestalt in der Dunkelheit. Das Licht von der Flurlampe legte einen Glorienschein um ihre glänzenden Haare.
»Ich glaube, ich habe den Traum schon das ganze Leben lang«, seufzte sie schließlich. »Das Haus brennt, ich laufe ins Wohnzimmer, und dort sitzt mein Vater mit diesem fremden Mädchen. Es ist, als wäre er gar nicht er selbst, aber er ist es doch – und sie ist ich, und dann wieder nicht. Und plötzlich berühre ich ihre Hand, um sie aufzuwecken, und die Flammen kommen aus ihren Augen, und sie packt mich an den Händen, ich kann mich nicht mehr losreißen und brenne und brenne ...«
Sie schauderte. »Dann wache ich immer auf.«

»Na, jetzt geht's dir aber wieder gut«, sagte Margot sanft. »Dad und ich sitzen mal wieder spät wach, wie gewöhnlich, Gott ist im Himmel, und in Bevery Hills ist alles in Ordnung.«
Annie lächelte beruhigt.
»Hattest du je Alpträume?« fragte sie.
»Keine, die immer wiederkehrten.« Margot schüttelte den Kopf. »Wenigstens weiß ich nichts davon. Aber eigentlich kann ich mich nie richtig an meine Träume erinnern.«
Sie legte die Stirn in Falten.
»Aber weißt du«, sagte sie dann, »es ist schon komisch, daß du gerade ein Haus erwähnst. Denn ab und zu träume auch ich von einem Haus. Aber es ist ein glücklicher Traum. Der schönste Traum, den ich je hatte.«
»Erzähl«, forderte Annie sie auf.
»Nun ja«, begann Margot, während sie weiter Annie über die Haare strich wie eine nachsichtige Mutter, »es ist ein großes Haus. Ein riesiges Haus. Vielleicht am Meer. Alles ist weiß: die Wände, die Möbel, die Fenster – große, alte Fenster mit riesigen Glasscheiben. Draußen vor den Fenstern ist es weiß, ganz rein weiß, und die Vorhänge wehen im Wind.«
Sie lächelte.
»Das Haus ist voller Kinder, sie laufen durch die Zimmer, spielen mit Spielzeugen und mit den anderen. Sie laufen und krabbeln und spielen mit würdiger Anmut, ganz langsam ... Es ist ein glückliches, friedliches Gefühl, weil sie alle sicher und gesund und sorglos sind, und sie wissen es ...«
»Wo bist du?« fragte Annie.
»Das ist ja das Komische«, sagte Margot. »Ich bin überhaupt nicht da. Als ich noch jünger war, hat mich das verwirrt. Aber schließlich habe ich es verstanden. Ich bin das Haus. Ich bin ganz weiß und alt und hübsch und stark, und wegen mir sind die Kinder sicher und brauchen sich um nichts zu sorgen ...«
Ihre Stimme verklang, während sie Annies Stirn streichelte. Annie lächelte und war schon wieder beinahe eingeschlafen. »Schön ...«, murmelte sie.
Christine hinter ihrer Maske spürte ein Stechen der Ironie, als sie auf das reine, ehrliche, aber sorgengequälte Mädchen hinuntersah.
Annie würde nie erfahren, daß Christine ihr eben den einzigen Traum ihrer vierundzwanzig Lebensjahre anvertraut hatte.
Auch würde sie wahrscheinlich nie erfahren, wer es wirklich war, der sie hinter dem Schleier der Margot Swift tröstete und stärkte.

Aber warum sollte sie auch?
Christine stand auf und ging zur Tür. Sie sah noch einmal zum Bett. Das Lächeln auf ihren Lippen war ganz allein für sie. Es war ein zärtliches Lächeln.
Arme Annie. Ihre einfache, durchschnittsamerikanische Vergangenheit, die manche Leute als sicheres Bollwerk gegen Leiden und Mühen betrachten mochten, hatte sie kaum davor bewahrt, zur Zielscheibe raffinierter Attentäter zu werden, die alles in ihrer Macht Stehende taten, um ihr soviel zu schaden wie nur möglich.
Und die erste und böswilligste von ihnen hatte sie bei ihrem Eintritt in diese Welt mit offenen Armen empfangen.
Wie lange waren die beiden allein, bevor man Annie befreite?
Lange genug, kein Zweifel. Mutter und Tochter ...
Annies Narben, die sichtbaren und unsichtbaren, waren sowohl ihren Knochen und Sehnen wie auch ihrem Gedächtnis eingegraben, während Christine alle in ihrem Herzen hatte. Aber ihre Narben machten sie zu Geschwistern. Schmerz und Überleben waren die Verbindungsglieder dieser Schwesternschaft.
Nein, Annie verdiente keine Strafe für ihre Vergangenheit. Man hatte sie schon viel zu gründlich bestraft.

Als Margot in das Wohnzimmer zurückkkam, sah sie, wie Damon erschöpft in die Luft starrte. In dem Augenblick, bevor sein Gesicht sich erhellte und er nach Annie fragte, war deutlich zu erkennen, was die andauernden Schwierigkeiten mit der Produktion von *The Fertile Crescent* ihm antaten. Er sah vollkommen kraft- und hoffnungslos aus.
»Wie geht's unserem Mädchen?« fragte er.
»Sie hatte nur einen Alptraum. Jetzt schläft sie wieder.«
»Gut«, sagte er müde.
Margot zerwühlte ihm liebevoll die Haare und setzte sich dann wieder auf die Couch. Taufeuchte Nachtluft strömte durch das Haus. Sie schlug ihr Buch auf, eine kritische Studie zum Roman des neunzehnten Jahrhunderts, und begann zu lesen.
Christine in ihrem Inneren beobachtete Damon sorgfältig aus den Augenwinkeln.
Das Leben floß aus ihm. Sie spürte es, denn sie war Expertin in der Alchimie der Hoffnungen der Männer. Wenn er nicht bald mit *The Fertile Crescent* vor die Kamera konnte, trieben ihn der Alkohol und seine Depressionen in den Untergang.

Es war Zeit zu handeln.
»Damon«, sagte sie. »Ich muß Freitagabend ausgehen. Du und Annie, ihr beide werdet alleine sein.«
Er blickte abwesend auf.
»Ein Freund?«
Sie neckte ihn mit einem schnippischen Lächeln.
»Das sag' ich nicht«, erwiderte sie.

24

Christine hatte keine Schwierigkeiten, sich am Freitagabend Zugang zu der Party im Haus Larry Niemans, des bedeutenden Produzenten, in Bel Air zu verschaffen.
Sie wußte, daß auch Kurth sich dort zeigen würde, denn er hatte eine Menge Geld in ein Projekt Niemans, einen Fernsehfilm mit Serienpotential, gesteckt.
Christine kannte Kurth von Fotos her, und sie entdeckte ihn ohne Probleme. Ihre raffinierte Körpersprache genügte, um ihn, eine halbe Zimmerlänge entfernt, von den beiden Männern abzulenken, mit denen er gerade sprach. Sie wartete, bis er auf sie zukam, und stellte sich dann ganz ruhig als Margot Swift, Damon Rhys' Assistentin und Sekretärin, vor.
Das machte ihn aufmerksam.
Sie trug ihr bestes und sinnlichstes Parfüm. Ihr enges Kleid zeigte die sanft geschwungenen Linien ihrer Hüften und ihres Busens. Die Haare fielen ihr duftend auf die nackten Schultern.
Bei der Begrüßung hielt er ihre Hand einen Augenblick zu lang. Seine Augen huschten über ihre Figur.
Sie brachte ihn dazu, das Nieman-Projekt zu erwähnen, und verwickelte ihn in ein Gespräch über die Langweiligkeit der gegenwärtigen Kinofilme.
»Die Liebesszenen sind heutzutage so fad«, sagte sie, mit einem hübschen Lächeln auf den Lippen. »So zahm. Ich glaube, Liebe sollte aufregend sein, grausam, verrückt. Sie sollte einen umwerfen – auch wenn es weh tut. Glauben Sie nicht auch, Mr. Kurth?«
»Nenn mich Harm.«
Er musterte sie mit gierigen, wachsamen Augen.
Als sie zur Bar gingen, berührte sie wie zufällig seine Finger.

Zwei Stunden später waren sie in einem Hotel, nachdem Margot sich geweigert hatte, zu Kurth nach Hause zu gehen, weil sie eine anonyme Umgebung bevorzuge, wie sie sagte.
Sie hatte seine Trinkgewohnheiten sorgfältig beobachtet. Auf der Party hatte er mindestens drei Brandys gehabt, und sie hatte ihm als Einstimmung auf ihr Schäferstündchen noch zwei Gläser Champagner aufgedrängt. Aber die Verführungskünste, mit denen sie ihn in den letzten zwei Stunden gereizt hatte, würden ihn schon hochbringen.
Der Rest würde dann ein bißchen komplizierter sein.
Aber sie war sich ihrer Sache sicher. Nachdem sie ihn dazu gebracht hatte, von seiner Frau und seinen Töchtern zu erzählen, verstand sie ihn bereits. Viel besser, als er sich selber verstand.
Langsam zog sie sich vor ihm aus. Das Licht des stummen Fernsehers war die einzige Beleuchtung im Zimmer. In Kurths Augen, die nervös von ihrem Busen zu ihrem Becken sprangen, glomm bereits die Wut.
Sie wand sich in scheinbarer Furcht vor seinem erigierten Penis, den sie zwischen seinen Schenkeln sah. Ihr Slip fiel zu Boden, und sie war nackt.
Augenblicklich war er auf den Beinen. Er zerrte sie grob zum Bett und zwang sie auf den Bauch. Ein kleiner Schrei freudigen Erschreckens entschlüpfte ihr.
Ohne weiteres Vorspiel drang er, Obszönitäten flüsternd wie Hymnen, anal in sie ein.
Sie wand sich unter ihm, krallte die Finger ins Kissen, trommelte ohnmächtig mit den Fäusten aufs Bett, und ihr Stöhnen war eine aufreizende Mischung aus Schmerz und Lust.
»O, Harm«, schrie sie in die Laken, »warum tust du mir das an? Oh! Oh ...«
Er kam in einer langen, wütenden Explosion, die Hände in ihre schmalen Schultern verkrallt. Sie wußte, daß sie am nächsten Morgen wund sein würde.
Aber sie war bereit für mehr.

Sie goß ihm einen Drink ein aus der Flasche, die sie mitgebracht hatten, und bot ihm das Glas demütig, auf den Knien wie ein Bittsteller, an. Während er trank, streichelte sie seine dicken Schenkel und betrachtete ehrfürchtig seinen schlaffen Penis, der in ihr gewesen war.
Dann begann sie scheu flüsternd zu reden, sie neckte ihn und spielte Angst vor seinen Grausamkeiten. Sie schien ihn dazu herauszufordern, sie so zu quälen, daß ihr Schmerz die Lust überwältigte und sie um Mitleid flehte.

In wenigen Minuten war er wieder hart, ihre Worte und das zärtliche Spiel ihrer Finger hatten ihn wieder steif gemacht. Wütend, weil sie ihn so manipulieren konnte, drückte er sie brutal auf das Bett und begann ihr weh zu tun. Sie spürte seinen Biß in ihrem Busen, seine harten Hände zwischen ihren Schenkeln und an ihrem Schoß.

»O Harm«, stöhnte sie schmeichelnd. »Es tut weh ... Es tut weh ... Hör auf ... Bitte, hör auf ...«

Sie wand sich unter seinen groben Zärtlichkeiten, ihr Duft hüllte ihn ein, ihre Hände fanden seine Erregung und luden ihn sanft streichelnd zu noch mehr Grausamkeit ein. Sie glitt und zuckte unter ihm, ans Bett geheftet von seinem Gewicht, sie ächzte unter seiner Grobheit, und ihre Schreie klangen fast wie Spott, ihr Zittern war voller Lust.

Sie wimmerte vor Schmerz und Ermutigung, als er mit harten Fingern ihre Möse drückte und zwickte und nach ihrer Klitoris tastete. Als er sie brutal auf den Rücken warf und sich in ihrem zarten Geschlecht verbiß, waren ihre Angstschreie voller Triumph.

»Nein! Da nicht ... Harm, bitte. Ich flehe dich an ...«

Sie spürte, wie er ihr Blut leckte. Die scheue Rebellion in ihrer Stimme wich entsetzter Lust. Dann war er schnell in ihr, und sie brachte ihn mit erfahrenen Bewegungen zum Höhepunkt. Er fiel schwer auf sie, die Kraft seiner mittleren Jahre hatte ihn verlassen.

Sie war schweißnaß und am ganzen Körper zerschlagen. Morgen würde sie grün und blau sein.

Aber sie empfand keinen Schmerz. Eigentlich spürte sie gar nichts, außer dem leisen Triumph ihres Willens über den seinen.

Trotz seiner Erschöpfung brachte sie ihn mit anzüglichen Worten und raffinierten Variationen ihres Verhaltens dazu, daß er sie in dieser Nacht noch zweimal fickte.

Um drei Uhr morgens trennten sich dann ihre Wege, denn Christine hatte darauf bestanden, im eigenen Taxi nach Hause zu fahren.

»Ich melde mich wieder«, sagte sie und küßte ihn.

Was sie auch tat.

25

Frank McKenna saß im Besuchersessel vor Harmon Kurths Schreibtisch und sah zum Fenster hinaus auf das Studiogelände von International Pictures. Er hatte nicht erwartet, diese Aussicht wiederzusehen; es war schon über ein Jahr her, seit Kurth ihm für seine Mühe bei der Überwachung von Annies Krankenhausaufenthalt gedankt und ihm, zum letztenmal, wie er damals annahm, die Hand geschüttelt hatte.
Aber nun hatte Kurth ihn ohne Angabe von Gründen wieder zu sich gebeten. Er saß hinter seinem Schreibtisch und nippte an einer Tasse Kaffee, während die von Frank unberührt neben ihm stand.
»Sie werden sich sicher fragen, warum ich Sie heute wieder zu mir gebeten habe, Frank«, sagte Kurth. »Schließlich ist Annie ja seit langem aus dem Krankenhaus entlassen. Wir sind übrigens alle sehr froh über ihre wunderbare Wiederherstellung.«
Frank sagte nichts, sondern hob nur höflich fragend die Augenbrauen.
»Nun, es gibt eigentlich keinen dringenden Grund«, fuhr Kurth fort. »Das ist bei jedem ›Post mortem‹ so – aber das ist wohl kaum der richtige Ausdruck dafür. Ich weiß, daß Sie sowohl Damon als Annie sehr nahestehen – Sie müssen entschuldigen, wenn ich zugebe, was meine Spione mir mitgeteilt haben –, und ich wollte einfach mal wissen, wie's ihr geht.«
Franks Gesichtsausdruck blieb unverändert. Er überlegte sich, was Kurth ihn wohl fragen konnte, das der nicht bereits wußte.
»Nun, Sir ...«, begann er.
»Bitte, nennen Sie mich doch Harm.«
»Natürlich.« Frank räusperte sich. »Damon und Annie geht es beiden gut, soweit ich weiß. Sie sind natürlich aufgeregt wegen des neuen Films – und besorgt wegen der Probleme, die es dabei gibt ...«
»Ach ja, ich weiß schon.«
Frank war einigermaßen überrascht, als Kurth plötzlich heftig mit der Faust auf den Tisch schlug. »Wissen Sie, Frank, Hollywood kann ein richtiger Alptraum sein. Kaum hören wir die großartige Nachricht, daß Annie wieder so weit ist, daß sie die Hauptrolle in Damons neuem Film übernehmen kann, mäkeln die begnadeten Finanziers, von denen wir leider abhängig sind, auch schon an *The Fertile Crescent* herum.«
Er seufzte aufgebracht. »Wir müssen heutzutage mit Bankiers verhandeln, die von Filmen keine Ahnung haben. Die meisten von ihnen sind in den Händen von Ölgesellschaften und Konzernen – und ihr einziges

Interesse ist der Profit unterm Strich. Natürlich verlieren sie öfter Geld, als sie es verdienen ... Aber man kann einfach nicht mit ihnen reden. Und Damons Werk ist gerade kontrovers genug, um ihnen Angst einzujagen. Ich arbeite Tag und Nacht, um die Dinge zu beschleunigen und den Film endlich zur Produktion zu bringen. Aber es geht alles sehr langsam ...«

Er seufzte philosophisch und lächelte dann.

»Aber Sie sagen, daß es den beiden dennoch gutgeht. Das ist die Hauptsache, Frank. Man darf sich von solchen Sachen nicht einschüchtern lassen. Aber sagen Sie, wie ist Annies Zustand? Wie fühlt sie sich?«

Frank merkte, wie sich Kurths Augen verengten, während er nach den richtigen Worten suchte.

»Sie wirkt stark«, sagte er schließlich. »Immer noch ziemlich dünn, aber stark. Die Therapie scheint ...«

»Nun, sie ist ein tapferes Mädchen«, unterbrach ihn Kurth. »Das haben wir immer gewußt. Ich bin gar nicht überrascht, daß sie es trotz allem nun wieder so weit gebracht hat. Kein bißchen. Nun, und Damon?«

Frank hob die Schultern.

»Er ist ungeduldig ... Er will endlich mit dem Film anfangen.«

»Das kann ich ihm nicht verdenken.« Kurth nickte bedeutungsvoll. »Aber mit Produktionsverzögerungen müssen wir alle leben. Es gehört eben zum Geschäft, und das weiß Damon auch. Ich bin sicher, es wird nicht ewig so weitergehen.«

»Ich hoffe nicht.«

Kurth nickte weiter, mit nachdenklichem Gesichtsausdruck. Er hatte mit Absicht vermieden, Margot Swift zu erwähnen, deren Berichte der letzten Wochen eine ganz andere Geschichte erzählten. Er wußte, daß Annies Selbstvertrauen erschöpft war und daß Rhys immer mehr trank und immer unberechenbarer wurde, je länger für *The Fertile Crescent* keine Geldmittel aufzutreiben waren.

Kurth hatte nicht die Absicht preiszugeben, wieviel er von Rhys' Lebensumständen wußte. Statt dessen sah er Frank wachsam mit seinen grauen Augen an.

»Wissen Sie«, sagte er, plötzlich mit einem vertraulichen Ton in der Stimme, »ich persönlich mag Annie ja unwahrscheinlich gern. Sie haben sie natürlich ursprünglich durch mich kennengelernt ... Ich weiß ja nicht, wie gut Sie sie inzwischen kennen –«

Wieder war Franks höflicher Blick seine einzige Antwort.

»Na, auf jeden Fall«, fuhr Kurth fort, »was ich damit sagen wollte: Annie ist der größte Überlebenskämpfer, den es in diesem Geschäft je gegeben hat. Ich hatte gehofft, daß Damon bei seinem nächsten Drehbuch an sie denken würde, da die beiden im ersten Film ja so brillant zusammenarbeiteten. Er bringt in ihr etwas zum Vorschein, das einzigartig ist. Eine Intensität, eine Sexualität ...«

Ein leichtes Lächeln lag auf seinen Lippen.

»Natürlich«, sagte er dann, »habe ich das schon vor Jahren erkannt. Ich kenne sie ja sozusagen schon lange. Sie ist eine ganz ausgebuffte Schauspielerin.«

Er lachte etwas dümmlich.

»Eigentlich sollte ich Ihnen das gar nicht sagen, Frank ... Aber diese Mischung aus Verwegenheit und Sinnlichkeit, die sie hat – nun, die hat sie auch hinter der Leinwand. Sie ist nicht nur eine große Schauspielerin, sondern auch eine tolle Nummer im Bett.«

Frank konnte den Blick, der kurz in seinen Augen aufblitzte, nicht unterdrücken.

Als Kurth ihn bemerkte, winkte er entschuldigend ab.

»Sie müssen mein Männergewäsch entschuldigen«, sagte er. »Das war vor langer Zeit – eine ganz alte Geschichte. Annie kam als Anfängerin zum Vorsprechen für einen Film mit dem Titel *Three In One*. Ich lud sie zu mir nach Hause ein, um mit ihr die Rolle durchzusprechen. Na, sie war schrecklich freundlich und liebenswürdig – und da führte eben eins zum andern. Ich hatte nachher ein furchtbar schlechtes Gewissen deswegen – ich bin ja eigentlich ein guter Familienvater und habe für schnelle Nummern mit Starlets nichts übrig – aber ich konnte ihr einfach nicht widerstehen.«

Nostalgische Erinnerungen und Bewunderung verklärten seinen Blick.

»Ich hatte noch nie etwas so Frisches, Schönes und Spontanes wie diese junge Frau gesehen«, sagte er.

Er seufzte. »Sie war eine erstaunliche Liebhaberin. So clever, so kreativ ... Ein echter Sexteufel in dieser züchtigen Schale. Da war wirklich was los. Für die Rolle war sie aber leider nicht die Richtige, wir mußten sie einer anderen geben. Ich sagte ihr, sie dürfe nicht aufgeben – na, und diesen Rat hat sie befolgt. Als sie damals aus New York kam, um für die Liane Probeaufnahmen zu machen, da war sie wie ein Wunder. Alles an ihr war beherrscht, diszipliniert ... Sie war eine reife Schauspielerin, trotz ihres Alters. Ich war so stolz auf sie, freute mich so für sie ...«

Plötzlich wurden seine Augen feucht.

»Wenn man daran denkt, was dieser schreckliche Unfall aus ihrem großartigen Gesicht, ihrem Körper gemacht hat«, meinte er traurig. »So eine Verschwendung ... Wissen Sie, Frank, ich habe viel über Eric Shain nachgedacht und mich gefragt, wieviel er mit der ganzen Sache zu tun hatte. Sie standen sich ja sehr nahe ... Aber bei zwei solchen Menschen war die Reaktion unvermeidlich. Wahrscheinlich werde ich die ganze Wahrheit niemals erfahren. Vermutlich gar niemand. Ich glaube, Annie hatte sich da in etwas hineingeritten, das einfach zuviel für sie war. Hollywood ist so ein Dschungel ...«

Er sah Frank mit väterlich weisem Blick an.

»Ich bin schon lange in dieser Stadt, Frank«, sagte er. »Ich hatte mit Hunderten von Schauspielerinnen zu tun, und mit ein paar der wirklich guten – den Annies dieser Welt. Die sind nicht wie gewöhnliche Leute. Sie leben auf einer Ebene der Leidenschaft, der Intensität, die die meisten von uns umbringen würde. Ich glaube, das hat manchmal fast etwas Selbstmörderisches. Sie wollen alles sofort, sie können nicht warten, sie können ihre Launen nicht zügeln. Sie müssen einfach alles raushängen lassen – wie die jungen Leute sagen.«

Er seufzte, und sein Blick glitt über die Oscars auf den Regalen seines Büros.

»Ich wußte natürlich aus erster Hand, daß sie es mit vielen trieb«, fuhr er dann fort. »Deshalb war ich auch nicht sonderlich überrascht, als die Gerüchte über sie während *A Midnight Hour* plötzlich überhandnahmen. Das Studio tat natürlich alles, um sie einzudämmen, aber ohne Erfolg. Vielleicht war es Damons Liane, die das alles mit Annie anstellte – während der Dreharbeiten war sie geil wie eine Katze, so habe ich zumindest gehört. Na, auf jeden Fall, wenn man zu viel herummacht, kommt man früher oder später unweigerlich in Schwierigkeiten. Ich war am Boden zerstört, als ich von dem Unfall hörte.«

Er holte tief Atem und lächelte tapfer.

»Aber wichtig ist nur, daß sie jetzt wieder auf der Höhe ist. Das Studio hat in ihrer schlimmsten Zeit zu ihr gehalten, und jetzt steht sie wieder auf eigenen Füßen. Ich bin überzeugt, daß sie ihre Zukunft noch vor sich hat. Und ich hoffe, sie ist es auch. Deshalb habe ich Sie auch hergebeten, Frank. Um Ihnen zu sagen, wenn Sie sie ermutigen können, wie Damon es getan hat, sich nicht aufzugeben und in ihrem Leben und ihrer Arbeit weiterhin nach den Sternen zu greifen, dann hoffe und wünsche ich, daß Sie es auch tun.«

Frank nickte. »Ich glaube«, sagte er vorsichtig, »es würde ihr sehr helfen, wenn *The Fertile Crescent* endlich beginnen würde ...«

Kurth hob einen Finger. »Machen Sie sich darüber keine Sorgen, Frank«, sagte Kurth bestimmt. »Es mag sein, daß Damons Filme nicht mehr automatisch Produktionsgelder bekommen oder automatisch

Kassenschlager werden. Aber er ist seit langem eine Zierde des Studios, und ich werde mich persönlich darum kümmern, daß er bei uns bleibt, bis das Publikum seine Filme nicht mehr sehen mag. Und ich hoffe, daß dieser Tag nie kommt.«
Er schüttelte eigensinnig den Kopf. »Nein, Frank, ich habe schon schwerere Schlachten als diese geschlagen und gewonnen. Ich kämpfe für *The Fertile Crescent* und werde nicht aufgeben.«
Seufzend stand er auf.
»Nun«, sagte er und kam um den Tisch herum, um Frank die Hand zu geben, »ich wollte Ihnen nur von meinen Sorgen erzählen und Sie wissen lassen, wie froh ich bin, daß es Annie so gutgeht. Es ist unsere Aufgabe, dafür zu sorgen, daß es auch so bleibt, und sie zu den großen Leistungen zu ermutigen, zu denen sie fähig ist. Ich hoffe, Sie werden mir dabei helfen. Unterstützen Sie sie, wenn sie es braucht. Erinnern Sie sie daran, daß wir ihr Talent für unser Geschäft brauchen. Und geben Sie ihr zu verstehen, daß alles gut wird, wenn sie nur an sich glaubt.«
Frank spürte Kurths festen und trockenen Händedruck. Einen Augenblick lang trafen sich die Blicke der beiden Männer, beide waren voller gegenseitiger Wertschätzung und verrieten weder Gefühle noch Absichten.
»Ich werde mein Bestes tun, Sir.« Mit einem Nicken verließ Frank das Büro.
Kurth wandte sich wieder dem Fenster zu und sah mit hinter dem Rücken verschränkten Händen auf die Hügel hinaus.
Er hatte recht gehabt bei McKenna. Nun war er sich ganz sicher.
Und bei Rhys.
Und auf subtilere Weise auch bei Annie.
Alle drei waren genau da, wo er sie haben wollte.
Kurth war zufrieden mit sich. Zweifellos, so dachte er, war kein Mann in Hollywood mächtig genug, ihn vom Thron zu stürzen. Er hatte ihn bestiegen, weil er besser als seine gerissensten Feinde die menschliche Natur und die menschlichen Schwächen verstand. Und er würde ihn nur aufgeben, wenn er selber es wollte.
Kurth fühlte sich fast übermenschlich, als er nun auf das sonnenbeschienene Land hinunterblickte, das unter seiner Macht stand. Fast übermenschlich, fast unsterblich.
Aber auf eine sehr erfreuliche Weise fühlte er sich auch sehr menschlich. Denn heute abend traf er sich mit Margot Swift.

26

Dreimal trafen sich Kurth und Christine in der nächsten Woche und zweimal in der übernächsten.

Was Frauen betraf, war Kurths Geschmack ziemlich abgestumpft, aber Christine wußte, wie sie ihn immer wieder überraschen konnte, mit gewissen Raffinessen ihres Verhaltens, überraschenden Varianten ihrer Lustschreie und leise geflüsterten Vorschlägen, so daß der Gedanke an sie ihn mehr erregte als irgendeine Frau seit Jahren.

Außerdem war sie als Margot eine hervorragende Spionin, die ganz offen von Damon Rhys' immer größer werdender Verwirrung wegen der Schwierigkeiten mit *The Fertile Crescent* berichtete. Ein grausames Funkeln kam in ihre Augen, wenn sie von Annies vergeblichen Versuchen erzählte, sich auf ein Film-Comeback vorzubereiten, das mit jedem Tag unwahrscheinlicher wurde.

All diese Informationen wurden zu einer raffinierten Art des Vorspiels und erregten Kurth zu immer ausgefalleneren Perversionen.

Sie ließ sich von ihm auf jede Art ficken, die er wollte, und oft kehrte sie mit Prellungen und Kratzern an Rippen, Rücken, Lenden und Brust nach Hause zurück.

Aber hinter der Maske ihrer zitternden Unterwerfung blieb sie ihr kaltes Selbst. Und dies zog Kurth mehr an als alles andere an ihr.

Sie war seit langem Meisterin in der Kunst, einen Schläger glauben zu machen, sie winde sich unter seinen Bestrafungen, sie genieße sie wegen ihrer Grausamkeit und akzeptiere sie freudig, weil sie gerechtfertigt waren – während sie ihn doch fast unmerklich spüren ließ, daß er weniger Mann war, als er sein sollte, daß seine Schläge sie mehr amüsierten denn verletzten und daß er sie trotz seiner Brutalität nie befriedigen konnte.

Das gleichmütige Ertragen von Schmerzen war das einzige, was ein Schläger bei einer Frau nicht ertragen konnte und nach dem er doch heimlich lechzte, denn es bewies seine Unfähigkeit. Christine würzte diese Haltung mit kleinen Prisen schlauen Hohns, gespielter Panik und theatralischen Fluchtversuchen. Sie kroch über den Boden und rüttelte an verschlossenen Türen, während Kurth sie in die Dunkelheit zurückzerrte, sie weinte vor Schmerz, wenn er sie in die Brustwarzen biß und mit tierischen Lauten an ihren Wunden schnüffelte.

Bald hatte sie ihn dort, wo sie ihn haben wollte.

Aber sie brauchte noch etwas mehr. Kurths sexuelle Einfachheit, die

Dummheit seiner Lust schränkte ihren Spielraum ein. Er verlangte nach wenig mehr als dem Geschmack des Blutes einer Frau und ihren Schmerzensschreien, wenn er sie in die Klitoris zwickte oder anal in sie eindrang.
Christine mußte da noch etwas nachhelfen.
Sie brachte ihm ihre Fessel- und Marterinstrumente, damit er sie damit quäle. Da waren Handschellen, Seile, Messer und Knüppel, womit er sie schlagen und in sie eindringen konnte.
Sie brachte ihn dazu, schwarze Stoffe an seinen Genitalien zu tragen und sie in eine enge Maske zu zwängen. Sie verführte ihn zu rituellen, immer stilisierteren Worten und Handlungen. Und sie gab nicht eher Ruhe, bis er Andeutungen auf seine Frau und seine Töchter in diese Tiraden einflocht – ihr wichtigstes Instrument.
Ihr Flehen um Gnade wurde immer verzweifelter und lebensechter, wenn sie sich nackt vor ihm wand, während seine gemurmelten Flüche und Beleidigungen immer passender und unmenschlicher wurden, denn sie waren direkte Ausflüsse seiner kranken Phantasie.
»Ach, Harm«, weinte sie tränenüberströmt, während sein Geschlecht sie durchbohrte. »Du bringst mich um. Warum tust du das mit mir? Hab doch Mitleid!«
»Nicht für dich, du Fotze«, lachte er und stöhnte, als es ihm kam. »Nicht für dich, du verfickte Fotze.«
Und mit jedem Stoß gehörte er ihr ein Stückchen mehr.

27

Die Zeit war knapp.
Kurth war ein mächtiger und in vieler Hinsicht auch sehr raffinierter Mann. Aber Christine genoß die Herausforderung, ihn in nur drei Wochen zu unterwerfen.
Über einen New Yorker Kontaktmann, der ihr noch einen Gefallen schuldig war, erfuhr sie von einem geeigneten Hotelzimmer. Auf dessen Empfehlung setzte sie sich mit einem Tontechniker und Kameramann in Los Angeles in Verbindung, der in dieser Arbeit Erfahrungen hatte.
Sandy Tatera hieß der Mann. Er war ein unscheinbarer Mittvierziger mit einem hängenden Schnurrbart und sanfter Stimme. Christine zahlte ihm die Hälfte des Honorars im voraus und erklärte ihm genau, was sie wollte. Er versprach ihr, sein Bestes zu geben.

Christine hatte keine Probleme, Kurth in das vorbereitete Zimmer zu locken, denn es war ihnen zur Gewohnheit geworden, fremde Motels zu frequentieren.
Sie sorgte dafür, daß alle seine sadistischen Utensilien bei der Hand waren. Gleich von Anfang an gab sie sich alle Mühe, ihre hilflose Unschuld zu übertreiben und ihn zu seinen melodramatischsten Gesten und seiner lächerlichsten Grausamkeit zu treiben. Und sie vergaß vor allem nicht, seine Familie so oft wie möglich zu erwähnen.
»Bitte, Harm! Du bist doch ein Familienvater. Wie kannst du eine Frau nur so behandeln? Hab doch Mitleid! Sei gnädig!«
»Nicht mit dir, du süße Fotze«, kicherte er.
Sie zog alles in die Länge, sie neckte ihn und machte ihn wütend mit ihrer Unterwerfung, sie ließ nicht nach, bis er an ihren Brustwarzen Blut saugte, sie jammerte vor Schmerzen, als er das blutige Fleisch zwischen ihren Beinen leckte.
Außer sich vor Erregung kauerte Kurth vor ihr, er überhäufte sie mit Beleidigungen und malte ihr aus, wie er mit seinem großen, grausamen Kolben ihren winzigen After verletzen würde. Er warf sich mit seinem ganzen Gewicht auf ihren sich windenden Körper, er spreizte ihr die Schenkel, zwängte Finger und Zunge in sie und saugte mit tierischer Lust an ihrem Blut.
Um sicherzugehen, fickte Christine ihn dreimal in dieser Nacht. Danach keuchte er vor Befriedigung. Er duschte, schenkte ihr tausend Dollar und ging.
Christine saß alleine im Höschen auf dem blutbefleckten Bett.
»Okay, Sandy«, sagte sie zur Wand.
Ein kurzes Flackern des Fernsehschirms war die Antwort.

28

Vier Tage später erhielt Harmon Kurth über einen Boten in seinem Büro bei International ein Päckchen.
Es war ein Videoband.
Kurth war neugierig und legte es in den Recorder in seinem Privatzimmer ein. Nach wenigen Sekunden hielt er es an und nahm den Telefonhörer ab.
»Stellen Sie keine Anrufe durch. Und keine Besucher.«
Er zog die Vorhänge zu und sah sich das ganze Band an.

Margot Swifts schönes Gesicht mit den schreckgeweiteten Augen war in Nahaufnahme zu sehen, und an ihrem Ohr Kurths Mund, der ihr Obszönitäten zuflüsterte.
Sie wimmerte und jammerte und wand sich hilflos in den Arm- und Beinfesseln, während er mit erigiertem Penis vor ihr kauerte, sie biß und schlug und seine sadistische Litanei knurrte.
Die nächste Szene zeigte dann Kurths düsteres, wütendes Gesicht in Großaufnahme. Die Kamera schwenkte langsam an seinem dicken Bauch hinunter zu seinem Penis, der in Margots Hintern steckte. Er fluchte und wütete, während er sie an den Haaren zog und sie auf Brust und Lenden schlug.
Eine gesonderte Kamera fing seine Finger ein, die sie in die Klitoris zwickten, während er in ihren Hintern eindrang.
Brust und Scheide trieften vor Blut. Die Kamera zeigte, wie er, heftig stöhnend und pervers kichernd, daran leckte.
Und immer wieder richtete sich sein Penis auf, um sie unter seinen wütenden Stößen leiden zu lassen. Hier war nichts zu merken von ihrem raffinierten Necken, den geflüsterten Aufforderungen und dem feinen Spott. Nur die Angst eines kleinen Mädchens drang durch, das sich dem Sadismus eines kauernden Monsters gegenübersieht.

Kurth sah fasziniert und amüsiert zu. Es war eigenartig, seine eigenen Phantasien auf Film zu sehen. Im Verhältnis zum Medium wirkten sie gräßlich verzerrt. Das mußte er sich für die Zukunft merken.
Angst hatte er keine. Ja, die Vorstellung, daß die arme, kleine Margot Swift den Mut hatte, ihn erpressen zu wollen, reizte ihn sogar zum Lachen. Wahrscheinlich ein naiver Versuch, Rhys zu helfen, vermutete er.
Er würde sie zertreten wie eine Küchenschabe.
Doch das nächste Bild wischte das Lächeln von seinen Lippen.
Die Kamera fuhr von seinen Hoden, die gegen Margots Hinterbacken stießen, in die Totale und zeigte nun, daß das Bild auf einen großen Fernsehschirm projiziert war.
Nun kam der ganze Fernsehapparat in Sicht; er stand auf einem Tisch vor einer Couch.
Auf dieser Couch saßen Kurths Frau Rosemary und seine beiden Töchter.
Entsetzt wandte Rosemary die Augen ab. Maggie, der Jüngsten, liefen die Tränen über die Wangen. Tess starrte das gräßliche Geschehen auf dem Bildschirm an, ihr Gesicht war vor Abscheu verzerrt.

Kurth stockte der Atem.
Er wußte, daß die drei in Palm Springs Urlaub machten und darauf warteten, daß seine Arbeit ihm erlaubte, ihnen zu folgen. Das Videoband konnte erst in den letzten paar Tagen, ja vielleicht sogar erst in den letzten Stunden, zusammengestellt worden sein.
Das bedeutete, daß, während er hier saß, Rosemarie sich darauf vorbereitete, ihn zu verlassen und die Mädchen mitzunehmen. Natürlich hatten sie nicht angerufen.
Vorsichtig wie er war, ließ Kurth seine Sekretärin schnell in dem Hotel in Palm Springs anrufen. Einen Augenblick später meldete sie sich über die Sprechanlage.
»Sir, sie haben das Hotel verlassen, ohne eine neue Adresse anzugeben.«
Kurth sah von dem Bild auf dem Bildschirm auf die Schachtel, in der das Band gekommen war.
Ein .32er Revolver lag darin. Ohne Erklärung.
Kurth überlegte sorgfältig, mit wachem Verstand wie ein Raubtier, das sich unerwartet einem mächtigeren Feind gegenübersieht.
Gab es noch einen Ausweg? Nein: Tess und Maggie hatten das Band bereits gesehen. Hatten *ihn* gesehen.
Er nahm den Revolver, hielt ihn sich an die Schläfe, überlegte es sich aber dann, öffnete den Mund und steckte den Lauf hinein.
Er zögerte. Warum eigentlich nicht zuerst diese Swift töten? Warum nicht zuerst Blut fließen lassen, bevor er sich verabschiedete, nun erst recht?
Dann fiel sein Blick auf das Papier, in dem der Revolver eingewickelt war. Eine maschinengeschriebene Liste mit Namen stand darauf.

Los Angeles Times
Hollywood Reporter
Los Angeles Herald-Examiner
Daily Variety
National Enquirer

Für den Bruchteil einer Sekunde dachte Kurth an den Einfluß, den er bei den Medien hatte. Auch wenn sie das Band kopiert und den Zeitungen auf der Liste geschickt hatte, konnte er die Veröffentlichung vielleicht verhindern. Im ganzen Land gab es keinen Verleger oder Herausgeber, der nicht in seiner Schuld stand und Grund hatte, sich zu fürchten.
Aber da war noch ein sechster Name auf der Liste: *Howard Mann*

Kurth lächelte. Diese Swift hatte wirklich an alles gedacht. Das war nicht zu leugnen. Mann würde sich persönlich darum kümmern, daß das Band an die Öffentlichkeit kam. Und Kurths Ruf würde einen solchen Schlag nicht überstehen. Es wäre sein Ende.
Seine Zeit war abgelaufen.
Er steckte den Revolver wieder in den Mund und hielt den Lauf mit den Zähnen fest.
Seufzend drückte er ab.

29

Angesichts der Tatsache, daß Kurth Selbstmord begangen hatte, fiel sein Begräbnis sehr protzig aus. Jeder, der in der verwirrten Hollywood-Hierarchie etwas darstellte, war anwesend.
Die Grabrede hielt Howard Mann, sein größter Konkurrent der letzten fünfzehn Jahre und sein wahrscheinlichster Nachfolger auf dem Thron des zerbröckelnden Reiches, das nur Kurths eiserner Wille zusammengehalten hatte.
Er lobte Kurths außergewöhnliches Wissen über den Film und die Filmleute sowie sein Gespür für die Launen des Marktes.
»In einer Zeit, in der immer mehr außenstehende Finanziers unser Medium kontrollieren«, sagte er mit bewegter Stimme, »blieb Harm Kurth ein Filmmann bis ins Mark. Als er International Pictures übernahm, war das Studio ein chaotischer Koloß am Rande des Ruins, und er modernisierte es und machte es stärker denn je. Seine solide Produktionspolitik, sein finanzielles Verantwortungsbewußtsein und die faire Behandlung der Leute, die für und mit ihm arbeiteten, machten dies möglich.«
Seine Rührung zwang ihn zu einer Unterbrechung.
»Der Stempel von Harms ausgezeichnetem Geschmack und großem Talent«, fuhr er dann fort, »ist Hunderten von Filmen aufgeprägt, die das Studio in den Jahren seiner Leitung drehte. Sein Name wird in der Geschichte neben denen von Mayer, Cohn, Warner und Thalberg stehen. Ich kann mir keinen besseren Weg vorstellen, sein Andenken zu ehren, als zu sagen, daß er ein Familienvater im besten Sinn des Wortes war – zunächst und vor allem natürlich für Rosemary und seine geliebten Töchter Tess und Maggie, aber schließlich auch für die große Familie, die International Pictures Inc. war und ist.«

Gramgebeugt nahm Howard Mann seinen Platz unter der in der Kirche versammelten Trauergemeinde wieder ein.
Die Abwesenheit von Kurths Frau und seinen Töchtern bei dem Begräbnis erklärte ein Sprecher mit deren außergewöhnlicher emotionaler Erschöpfung als Folge des Verlustes.

Entspannt an einem schalen Bier nippend, las Wally Dugas den ausführlichen Bericht der *Times* über die Beerdigung. Dann machte er sich seine eigenen Gedanken.
Für Kurths Selbstmord wurde kein Grund angegeben. Die Filmwelt reagierte so, als wäre er eines natürlichen Todes gestorben.
Das war auch kein Wunder. Die Industrie war abhängig vom makellosen Ruf ihrer Führungsschicht, und Kurth hatte schließlich an der absoluten Spitze gestanden. Hätte er noch fünf Jahre länger gelebt, wäre es ihm wahrscheinlich geglückt, auch die Fernsehgesellschaften unter seinen Einfluß zu bringen und so als der mächtigste Mann aller Zeiten in die Geschichte der Unterhaltungsindustrie einzugehen.
Aber das war nun vorbei.
Wally legte die Zeitung weg und betrachtete die Wände seines Büros.
Wie sie es wohl geschafft hat?
Er war sich sicher, daß Christine dafür verantwortlich war. Sie hatte, in ihrer Verkleidung als Margot Swift, nicht nur gewußt, welche Gefahr für Damon Rhys und Annie Havilland von Kurths finanziellem Terror gegen *The Fertile Crescent* ausging, sondern sie war Kurth persönlich begegnet und hatte sich mit ihm in Hotelzimmern getroffen, wie Wallys lockere Beobachtung in den letzten paar Wochen ergeben hatte.
Die Abwesenheit von Rosemary und den Mädchen bei dem Begräbnis war der Schlüssel. Christine mußte es gelungen sein, sie über Kurths sexuelle Perversionen zu informieren.
Wally kannte Christine. Sicher hatte sie erst gar nicht versucht, Kurth zu erpressen oder in irgendeiner Form mit ihm zu verhandeln. Sie begriff sein Wesen.
Auf professioneller Ebene war sie so erbarmungslos wie er und gab keine Handbreit nach.
Sie hatte ihn einfach von der Bildfläche verschwinden lassen. Nun, da Kurths Macht über die Produktionsgesellschaften beseitigt war, würde Rhys' Film bald Geldgeber finden.
Wally überdachte die letzten Monate. Als er damals mit Christine in Miami zusammengetroffen war und sie sein Telefongespräch mit Kurth hatte mithören lassen, hatte er gewußt, daß er mehr tat, als nur Christine

vor Kurths Neugier zu bewahren und Annie die Peinlichkeit zu ersparen, mit ihrer gesetzlosen Schwester in Verbindung gebracht zu werden. Nein, es war viel mehr als das. Wally wußte, daß er Christine Informationen gab, die aus ihr die böswilligste und unversöhnlichste Feindin machten, die sich Kurth je entgegenstellen konnte.

Und nun war Kurth also tot.

Wally hatte keine Schuldgefühle wegen seines Verrats oder der Vernichtung seines Arbeitgebers. Er war ausgesprochen erleichtert, daß Kurth aus dieser Welt verschwunden war. Es war, als hätte man ihm einen wuchernden Krebs aus dem Körper geschnitten, als hätte man die Welt von einem gut Teil Grausamkeit der menschlichen Rasse befreit.

Und er war von neuem neugierig auf Christine.

Es hatte ihn nicht überrascht, daß sie alles stehen- und liegenließ, um zu Annie Havilland zu gelangen. Denn ihr Blick in dem Hotelzimmer in Miami hatte ihn überzeugt, daß sie von ihrer Familie nichts wußte.

So blieb ihr logischerweise nur eine Möglichkeit: Sie mußte Annie finden, sie kennenlernen und so langsam ihre eigene Vergangenheit verstehen.

Wally glaubte nicht, daß sie Annie etwas antun wollte.

Außer wenn sie der Ansicht war, daß Annie selbst eine Bestrafung verdiente.

Bewundernd hatte Wally zugesehen, wie plötzlich die hübsche Margot Swift mit Damon Rhys aus New York kam. Wie schlau war Christine doch gewesen! Mit einem raffinierten Streich war sie sozusagen mitten in der Familie.

Und als nun diese Familie von Kurth bedroht wurde, hatte sie ihren privaten Zeitplan verkürzt und Kurth mit der Wachheit ihres Verstandes und ihrem Reichtum an sexuellen Tricks beseitigt.

Wie erstaunlich doch die Wendungen des Schicksals waren. Wären Wally, sein verwanztes Telefon und sein Abend mit Christine vor sechs Monaten nicht gewesen, so würde Kurth jetzt noch leben, und Christine würde an der Ostküste ihren lukrativen Geschäften nachgehen, ohne je davon zu träumen, daß zwischen ihr und Annie Havilland eine heimliche Verbindung bestand.

Wally empfand keinen besonderen Stolz darauf, daß er seine Rolle so gut gespielt hatte, sondern eher eine leise Verwunderung über die verschlungenen Wege der Zeit. Diesmal war er der Initiator der Entwicklung gewesen. Beim nächstenmal konnte er ein Opfer sein.

Aber es war die Mühe wert gewesen, Kurth auf so poetische Weise sterben zu sehen.

Aber noch gab es für ihn etwas zu erledigen.
Die Laken und der Kissenbezug, den er aus dem Hotel mitgenommen hatte, stellten ihn nicht zufrieden.
Christine hatte die Blutgruppe 0.
Die Blutgruppen A und B waren die einzigen, aus denen sowohl 0 wie auch AB entstehen konnten. Annie war AB. So hätte Harry Havilland Christines Vater sein können.
Wally war unbehaglich zumute bei dem Gedanken, daß Leon Gutrich oder ein anderer von Alice Havillands Liebhabern oder Zuhältern Christines Vater sein könnte. Aber Gutrich, das erfuhr er aus den Krankenhausunterlagen, hatte die Blutgruppe B. Das schloß ihn aus. Von den anderen hatte er nur die irrelevante AB von Mike Fontaine in Erfahrung bringen können.
Die Annahme war also gerechtfertigt: Harry war der Vater beider Mädchen. Aber Annahmen sind keine eindeutigen Beweise.
Wenn er nur Christines genaues Geburtsdatum wüßte. Und den Ort ...
Aber vielleicht wußte das überhaupt niemand.
Außer Alice selbst.

30

Damon ging nervös im Wohnzimmer auf und ab, ohne zu merken, daß die beginnende Dämmerung die Winkel des Zimmers beinahe unsichtbar machte.
»O Gott«, murmelte er. »O Gott ...«
Annie und Margot lagen faul auf zwei Sofas, und ihre kurzen Röcke zeigten hübsche, lange Beine, die im immer schwächer werdenden Licht schimmerten. Beide schienen gedankenverloren, aber ihre Blicke folgten Damon auf seiner Wanderschaft durch das Zimmer.
»Na, was soll's«, sagte er mit seiner brummelnden Stimme. »Scheiße. Wir müssen alle sterben ...«
Er dachte an Harmon Kurth und die entsetzliche Nachricht von seinem Selbstmord. Damon hatte über die Jahre eine behutsame Grußbeziehung zu Kurth gepflegt, und er war offen verwundert über die Selbstvernichtung eines so mächtigen Mannes.
Aber seine Künstlerinstinkte ließen ihn über die unsichtbaren Fäden der Gefahr, der Macht und vielleicht des Wahnsinns nachdenken, die hinter Kurths verbindlich väterlichem Äußeren ihr Netz gesponnen haben

mochten. Er konnte ein gewisses klinisch-psychologisches Interesse an dem vorzeitigen Ereignis nicht unterdrücken.
Wie immer öffnete der Tod bei Damon innere Türen seiner Phantasie, er war in angespannter, empfänglicher Stimmung. Selbstmord war schließlich das beherrschende Thema seiner Arbeit und seines Seelenlebens. Kurth noch vor ihm diesen Weg beschreiten zu sehen war für ihn wie ein Blick in seine eigene selbstgewählte Zukunft.
»Scheiße...«, wiederholte er und blieb vor einem Tisch mit einem Glas Whiskey stehen. »Der Mann war ein Arschloch. Ich wußte es. Hinter seiner Marmorfassade war er ein Schlächter. Aber das ist es ja: Ein Schlächter nimmt sich nicht selbst das Leben. Der klammert sich mit aller Gewalt daran ... Na ja.«
Margot schwieg. Sie wußte, daß Damon an diesem Abend mehr als gewöhnlich trinken und wahrscheinlich kurz vor Mitternacht mit einem schrecklichen Kater aufwachen würde, über den er dann bis zum Morgengrauen fluchte. So machte er es immer, wenn er sich über etwas besonders aufregte. Während der problembeladenen Arbeit an *The Fertile Crescent* hatte sie es oft genug erlebt. Sie hatte die Absicht, ihm mit Aspirin, einer Rückenmassage und moralischer Unterstützung beizustehen, wenn er in der Nacht aufwachte.
Christine hinter der Maske war ruhig. Sie wußte, daß Damons Versenkung in seine unheimlichen Gedanken nur von kurzer Dauer sein würde. Bald würde er wieder arbeiten – denn nun, da Kurth aus dem Weg war, würde International oder ein anderes Studio Finanzierung und Produktion von *The Fertile Crescent* anbieten.
Die eine Hälfte ihrer Aufgabe war erledigt. Die andere Hälfte war und blieb im Kopf des Mannes, der vor ihr auf und ab ging.

Annie dagegen beobachtete Damons Wanderung durch das Zimmer mit einem halben Lächeln und lauschte melancholisch dem Echo seiner Worte in der Dunkelheit. Der Klang seiner Stimme war ihr so lieb wie die Unordnung dieses alten Hauses. Aber nach Kurths Tod wirkte beides schwach und bedroht.
Natürlich nicht, weil es eine wirkliche Bedrohung gab. Im Gegenteil, Kurths Tod bedeutete aller Wahrscheinlichkeit nach den Beginn von Damons letzter und größter künstlerischer Phase.
Aber dennoch schien der Tod an diesem Abend über alles seine bleiche Kälte zu werfen. Nichts war sicher oder ewig. Auch die solidesten Grundfesten zerbröckelten unter der harten Faust der Zeit.
Annie hatte fünf Jahre im Kampf gegen eine unsichtbare Armee, deren

Führer Kurth war, verbracht. Sie hatte schier hoffnungslose Schlachten gewonnen und bittere Verluste einstecken müssen. Davon waren ihr für immer Narben geblieben.

Und jetzt war Kurth einfach nicht mehr da. Ausgelöscht von Kräften, die sie nicht kannte, sich nicht einmal vorstellen konnte. Wenigstens war sie jetzt vor seinen böswilligen, grundlosen Verfolgungen sicher. Und er war für immer von seiner Wut auf ihre eigensinnige Karriere erlöst.

Aber an diesem Abend empfand Annie keine Erleichterung. Und sie teilte auch Damons Ehrfurcht vor den makabren Überraschungen nicht, die das Leben für die Arglosen auf Lager hat.

Statt dessen empfand sie eine Leere, die zu tief drinnen und zu total war, um sie Damon und Margot mitteilen zu können, eine Leere, die das Schicksal allein für sie reserviert hatte.

Es war schon beinahe zwei Wochen her, daß Frank McKenna angerufen hatte, um eine Verabredung zum Essen abzusagen. Seitdem hatte er sich nicht wieder gemeldet.

Seine Stimme an diesem Abend hatte nach endgültigem Abschied geklungen. Sechs Tage lang hatte sie versucht, es nicht zu hören, aber es tönte wie die Glocke ihres Schicksals in dem Schweigen, das folgte.

Sein Echo hallte triumphierend in der Leere ihres Herzens. Eine Leere, die noch vor wenigen Tagen erfüllt gewesen war von einem Glück, das zu schön war, als daß sie es sich hätte eingestehen können.

Natürlich mußte sie immer wieder über die Gründe nachdenken. Aber sie war froh, daß sie an dem Abend nicht schnell oder verzweifelt genug gewesen war, um danach zu fragen. Eine Frau beschleunigt nicht noch ihren Untergang, indem sie nach dem Grund fragt.

Er würde nicht mehr kommen. Das wußte sie jetzt.

Annie war wieder alleine.

31

Sandy Tatera lag auf dem Bett in seiner Wohnung im Osten von Los Angeles und genoß die Aura, die ihm von Christine geblieben war. Sie liebkoste ihn von den Genitalien bis zu den Lippen und Fingern.

Was für eine Frau! Wie großzügig und professionell war es von ihr gewesen, ihn zusätzlich zu den dreitausend Dollar, die sie ihm schuldig war, auch noch mit ihrem Körper zu bezahlen. Auf diesen Job würde er immer mit der sinnlichen Befriedigung eines Mannes und dem Stolz

eines Handwerkers zurückblicken. Sie war zweifellos die beste und reizendste Nummer im Bett, die es auf der ganzen Welt gab.
Und was für eine Schauspielerin! Was sie mit Kurth da vorgeführt hatte, war einfach meisterhaft. Sie hatte ja nicht nur ihre Rolle meisterhaft gespielt – und dabei nicht unbeträchtliche Schmerzen ertragen –, sondern Sandy auch beim Schneiden beraten, so daß sie dann auf dem Band wirkte wie ein verängstigtes Schulmädchen in den Händen eines Sadisten.
Bei der Operation in Palm Springs hatte Sandy dann nicht mehr mitmachen wollen. Aber Christine hatte ihn überzeugt, daß seine Anwesenheit mit einer verborgenen Kamera wesentlich sei, während sie sich um die Frau und die Töchter kümmerte.
Und das hatte sie auf bewundernswerte Weise getan, indem sie die drei mit einer angeblichen Überraschung von Daddy aus dem Studio köderte und dann die entsetzlichste Szene gerade lange genug abspielte, damit Sandy ihre Reaktionen aufnehmen konnte, bevor sie entsetzt aus dem Zimmer flohen. Es war eine Angelegenheit von Sekundenbruchteilen gewesen, und es hatte hervorragend funktioniert. In der nachfolgenden Verwirrung war Christines und Sandys Verschwinden dann ein Kinderspiel gewesen.
Als Sandy nun daran zurückdachte, war er doppelt beeindruckt, wie gut Christine mit den Kindern umgegangen war. Sie benahm sich wie eine Spaß liebende Tante oder eine große Schwester – bis sie sich dann wegschlich, als das Band zu spielen begann.
Es war grausam gewesen, die ganze Sache zu beobachten und aufzunehmen. Aber man mußte Christine bewundern. Sie war eine große Schauspielerin und ein sehr kluger Kopf.
Und nun machten die Nachrichten von Kurths Begräbnis deutlich, daß der sich in dem Augenblick erschossen hatte, da er das Band erhielt. Ob das Christines Absicht gewesen war oder vielleicht ihren Plan einer Erpressung durchkreuzt hatte, ging Sandy nichts an.

Denn das war die Pflicht jedes guten Profis: zu wissen, was ihn etwas anging und was nicht. Die Arbeit gut zu tun und sich ansonsten nur um seine Angelegenheiten zu kümmern. Sich Freunde zu schaffen und sie auch zu behalten.
So lautete Sandys Ehrenkodex. Man mußte seinesgleichen und der großen Organisation, von der alle abhingen, Gefallen erweisen. Niemand ist eine Insel.
Er hatte für Christine gearbeitet, und sie hatte ihn dafür bezahlt.

Aber damit war die Sache noch nicht erledigt. Schließlich mußte er auch sehen, wo er selber blieb, so wie Christine es auch tat.
Es war nun schon einige Monate her, seit er davon gehört hatte, daß die Coronas hinter Christine her waren. Sie hatte wenig von sich verraten, als sie an ihn herantrat. Aber die Beschreibung paßte ausgezeichnet. Und Sandy wußte, wer sie war, in dem Augenblick, da er sie bei der Arbeit sah, denn er kannte ihren Ruf.
Es bedeutete zweitausend Dollar für ihn, wenn er Sam Corona wissen ließ, daß sie hier sei.
Und ein Gefallen für die Coronas konnte noch viel mehr wert sein als die zweitausend Dollar.
Niemand ist eine Insel. So ist das Geschäft eben. Das Wohl der Allgemeinheit ist wichtiger als der Vorteil des einzelnen.
Sandy griff zum Telefon.

32

Wenige Tage nach Harmon Kurths vorzeitigem Tod überprüften die besorgten Manager von International Pictures Aktiva und Verbindlichkeiten des Konzerns.
Diese Männer, die Kurth zu einem Großteil aus der Geschäftswelt herübergeholt hatte, wußten wenig von der kreativen Seite des Filmgeschäfts. So konnten sie zum Beispiel die beharrliche Weigerung des Studios nicht verstehen, *The Fertile Crescent*, den Film eines sehr erfolgreichen Autors, zu finanzieren.
Man konferierte über Annie Havillands Einspielpotential und die Qualität des Drehbuchs. Niemand fand Einwände gegen die Verkäuflichkeit des Produkts. Natürlich war in Hollywood nichts mehr sicher – aber Rhys' Projekt schien zu solide, um es sich entgehen zu lassen.
Es wurde beschlossen, in diesen unsicheren Zeiten den konservativen, erprobten Weg einzuschlagen. International sollte *The Fertile Crescent*, im Vergleich zu einigen in letzter Zeit produzierten Monstern ein verhältnismäßig billiges Projekt, finanzieren und vertreiben, und man würde dann auf den für Rhys typischen Gewinn von dreißig oder vierzig Millionen Mark hoffen.
Man ließ auch nicht unerwähnt, daß Rhys' neuer Film, nach dem Riesenerfolg von *A Midnight Hour* und bei den Sensationen, die Annie Havillands von dem Unfall überschattete Karriere umgaben, vielleicht

sogar zu einer unerwarteten Goldgrube wurde. Das Publikum würde wahrscheinlich in Scharen in die Kinos strömen, um Havillands neues Gesicht zu sehen.
So wünschten die trauernden hinterbliebenen International-Manager sich und dem Projekt Glück und informierten Rhys von ihrem Entschluß.

Damon reagierte wie elektrisiert.
Er gab Cliff Naumes das Okay für die Produktionsvorbereitungen, engagierte Mark Salinger für die Dreharbeiten, die in sechs Wochen beginnen sollten, und verhandelte mit Agenten wegen der drei Schauspieler, die er von Anfang an als Daisys Ehemänner im Kopf gehabt hatte.
Es stellte sich heraus, daß die Produktion um mindestens zwei Wochen verschoben werden mußte, weil Duncan Worth, der wichtige Kameramann, bis September andere Verpflichtungen hatte. Und ohne ihn wollte Damon nicht drehen.
Die meisten anderen waren leicht zu bekommen. Kenji Nishimura komponierte die Filmmusik, Jerry Falkowski stand als Tontechniker zur Verfügung, und Eileen Mahler war trotz eines Brustkrebses bereit, den Film zu schneiden.
Die meisten Außenaufnahmen sollten im Mittelwesten, einige wenige auch in Chicago gedreht werden. Dort würde man in den folgenden Wochen sondieren müssen. Der Film würde weder teuer noch technisch schwierig werden.
Aber die schauspielerischen Aufgaben waren eine Herausforderung. Schon jetzt konnte Damon die Qualen der Wiederholungsaufnahmen beinahe riechen.
Und schließlich gab es auch noch Annies Make-up zu beachten. Ihre frühere Arbeit hatte sie nicht auf das vorbereitet, was sie nun würde durchstehen müssen. Man mußte nicht nur ihre Unfallnarben überdekken, sondern sie auch von siebzehn bis vierunddreißig altern lassen.
Na gut, dachte Damon. Es würde für sie also zur Hölle werden. Aber Schauspieler wußten ja, wie man durch die Hölle ging und heil und gesund wieder herauskam.

Eine beschwingte, fast manische Atmosphäre legte sich über das Cañonhaus, als jedem klar wurde, daß *The Fertile Crescent* nicht mehr nur eine Idee auf dem Papier war, sondern ein richtiger Film, an dem etwa zweihundert Leute beteiligt waren und der in weniger als einem Jahr abgeschlossen sein mußte. Alle waren aufgeregt, nervös und froh.

Damon nahm wieder seinen offiziellen Arbeitsrhythmus an, und das bedeutete eine andere Zeiteinteilung und weniger Alkohol, oder doch zumindest eine fast schon unheimlich andere Art, ihn zu vertragen.
Er stand jeden Morgen früh auf, telefonierte mit International, aß jeden Tag mit dem Chef des Besetzungsbüros, dem Produktionsdirektor oder mit Schauspielern, die für Nebenrollen vorgesehen waren, und ihren Agenten zu Mittag. Die Nachmittage verbrachte er in seinem Büro im Studio fast ausschließlich am Telefon.
Das Abendessen reservierte er eifersüchtig für »die Familie«, für Annie und Margot also, die nun nicht mehr nur wie liebende Töchter, sondern wirkliche Arbeitskolleginnen waren.
Margot begleitete Damon den ganzen Tag über und war auch abends zu Hause; ihr Intermezzo mit dem unbekannten Liebhaber hatte anscheinend nicht funktioniert. Sie war so fröhlich wie eh und je, und so machten sich weder Damon noch Annie Sorgen wegen der in die Brüche gegangenen Beziehung.
Bei Annie war das etwas ganz anderes. Sie spürte sehr deutlich, daß Damon und Margot, trotz ihres taktvollen Schweigens, vom Ende ihrer Beziehung zu Frank McKenna wußten und daß dieser Verlust sie ganz und gar nicht gleichgültig ließ.
Sie war zerrissen zwischen dem Verlangen, sich in ihrer Einsamkeit an die beiden zu klammern, und dem noch stärkeren Drang, der Peinlichkeit, Ziel ihrer besorgten Sympathie zu sein, zu entfliehen.
Und gleichzeitig spannten die Vorbereitungen auf die Rolle der Daisy ihre Nerven so an, daß nicht einmal die häusliche Routine sie beruhigen konnte.
Während der letzten Wochen hatte sie viel Zeit mit Tina Rush, der kleinen Natalie und ihrem neuen Brüderchen Davis verbracht und häufig auch Norma Crane und ihre Enkeltöchter besucht. Sie wollte so viel Kontakt mit Kindern wie irgend möglich haben, um sich in die Rolle der Daisy hineinversetzen zu können, einer Frau, die sich mit fast verzweifelter Hingabe in ihre Ehe und das Kinderkriegen stürzte.
Es war ein schmerzlicher Prozeß. Daisy war auf ihre Art Annie ebenso fremd, wie Liane es gewesen war, und sie besaß Eigenschaften, die Annie ein Leben lang an sich selbst geleugnet hatte. Und als wäre die kreative Krise nicht schon genug, blieb da auch noch die beängstigende Frage, wie ihr neues Gesicht auf der Leinwand wirken würde. Allein die Vorstellung, wieder vor einer Kamera zu stehen, erfüllte sie mit Angst.
Der Druck wurde ihr einfach zuviel. Annie konnte diese Zeit nicht durchstehen, ohne allein zu sein und in Ruhe über alles nachdenken zu können.

Deshalb überwand sie auch ihren Widerwillen, erzählte Damon und Margot von ihrem Vorhaben und verließ das Cañonhaus. Trotz eines quälenden Gefühls der Trennung, dessen Stärke sie überraschte, kehrte sie in ihre Wohnung in Hollywood zurück.
An dem Tag, als sie zu Eric Shain gefahren war, um ihm von ihrer Schwangerschaft zu erzählen, war sie das letzte Mal in diesen bescheidenen Räumen gewesen.
Es war ihr eigenes kleines Heim oder was davon übrig war. Obwohl ihr das Zusammensein mit Damon alles bedeutete, wußte sie, daß sie sich der Einsamkeit stellen mußte, um Daisy zum Leben erwecken zu können.
Und dazu kam auch das eigenartige Gefühl, sie müsse ihrer so unglücklich beendeten Beziehung mit Eric, dem verlorenen Kind, das ein Teil ihres Körpers gewesen war, und auch der neuen Leere, die Frank in ihrem Leben hinterlassen hatte, näher sein, um Daisy wirklich entstehen lassen zu können.
Sie mußte nach Hause.

Margot half ihr, die wenigen Habseligkeiten hinüberzuschaffen, und saß dann mit ihr in dem einst vertrauten Wohnzimmer mit der Couch, dem Kaffeetisch und den alten kalifornischen Landschaften an der Wand.
Sie waren sich beide schmerzhaft bewußt, daß Annie in dieser fast prähistorisch wirkenden Umgebung mit Eric telefoniert, seine Nachrichten erhalten, auf ihn gewartet hatte – und auf ihn vertraut hatte als starken Turm, der sie vor einer feindlichen Welt beschützte.
Nachdem sie Damons und Margots Einladung, sie zum Abendessen auszuführen oder sie wenigstens mit einem von Conchatas Festmahlen auf den Weg zu schicken, abgelehnt hatte, verabschiedete sie sich am Vormittag, denn sie wollte am Nachmittag einkaufen gehen und sich dann selbst ein Abendessen kochen. Sie brauchte jetzt wieder die Einsamkeit, die ihr früher so vertraut gewesen war.
Sie mußte sich den Geistern dieser Wohnung stellen: Eric, dem Baby und Nick vor allem, der ihr die Wohnung ja ursprünglich besorgt hatte.
Margot hatte ihr beim Einräumen geholfen. Nun sah Annie sich im Schlafzimmer um.
»Etwas fehlt«, sagte sie. »Was habe ich vergessen?«
Die beiden Mädchen betrachteten das Schlafzimmer.
»Ich weiß«, sagte Margot plötzlich. »Du hast das Foto von deinem Dad vergessen.«

»Du hast recht.«
Annie merkte nun, daß Damons Haus ihr so sehr zu einem Heim geworden war, daß sie Harrys Foto als unbewußten Ausdruck ihres Widerwillens gegen den Auszug zurückgelassen hatte. Damon war nun ihr Vater, und ein Teil von ihr glaubte fest, daß sie zu ihm gehöre – aber der andere, nun beinahe wieder ganz gesunde Teil brauchte Unabhängigkeit und Privatheit.
»Kein Problem«, sagte Margot. »Ich bring' es dir morgen vorbei.«
Annie wußte, daß Margot auf sie aufpassen wollte, um sicherzugehen, daß es ihr an nichts fehle und die möglicherweise sehr einsame Wohnung sie nicht deprimiere.
»Okay.« Sie nickte. »Ich mach' uns dann ein Mittagessen.«
Margot ging zur Tür, blieb aber mit der Hand auf der Klinke stehen. »Bist du sicher, daß du es hier aushalten wirst? Du wirst uns fehlen.«
»Und ihr werdet mir auch fehlen«, erwiderte Annie und drückte ihre neue Freundin fest an sich. »Aber ich muß jetzt allein sein. Anders geht es nicht. Ich komme schon zurecht. Paß du nur auf unseren Dad auf!«
»Das überlaß nur mir.« Margot verzog leicht lächelnd das Gesicht, als sie daran dachte, wie schwierig es war, mit Damons halbverrücktem Leben umzugehen. »Bis morgen dann?«
»Ja, bis morgen.«

Man hatte vereinbart, daß Annie bis zu Beginn der Dreharbeiten auch weiterhin regelmäßig in Damons Keller trainierte und in Mrs. Guenthers Pool schwamm und danach versuchen sollte, es zu tun, wann immer sie dazu kam. Die schmerzhafte endgültige Trennung von Damons Haushalt mußte also bis nach dem Ende der Dreharbeiten verschoben werden.
Nach den vergangenen sechzehn Monaten schien es fast unmöglich, an so eine Trennung überhaupt zu denken, aber Annie konnte nicht leugnen, daß der Schritt, den sie jetzt unternommen hatte, wahrscheinlich ihr erster in Richtung auf ein unabhängiges Leben war. Das Gefühl war unheimlich, aber unvermeidlich.
In gewisser Weise fühlte sie sich etwa wie die ältere Tochter, die zeitweise das Haus verläßt, während Margot, die jüngere, zu Hause beim Vater bleibt.
Aber auch Margots Zukunft mit Damon war unsicher. Annie und Damon zweifelten beide, daß sie sein auch weiterhin bestehendes Angebot, für ihn als Sekretärin, Lektorin und persönliche Assistentin zu arbeiten, annehmen würde.

Obwohl er vielleicht »das Land aus dem Mädchen gebracht hatte«, wie Margot immer sagte, hatte sich doch an ihrem Entschluß, Lehrerin zu werden, nichts geändert. Den Plan, einen Abschluß zu machen, wollte sie nicht aufgeben. In dieser Hinsicht war sie so unabhängig wie Annie. Und früher oder später würde sie zweifellos den richtigen Mann finden und heiraten.
Annie mußte lächeln, wenn sie an die rührende Auflösung von Damon Rhys' eingebildeter Familie dachte. Wenn beide Mädchen das Haus verließen, würde Damon wie ein richtiger Vater ihnen auf seine mürrische Art Glück für ihren weiteren Lebensweg wünschen, ihre Briefe erhalten und sie vielleicht mit seinen wüsten ironischen Anekdoten und Klagen über die Literatur- und Filmwelt beantworten – und sich vielleicht auch eines Tages auf ihre Besuche mit Enkelkindern freuen, die er nie gehabt hatte.
Aber all dies lag in der Zukunft. Im Augenblick hatten drei unabhängige Menschen in schweren Zeiten beieinander ein Zuhause gefunden. Und Annie war die erste, die sich aus diesem Ort der Geborgenheit und Wärme herauswagte.
Die Daisy und die unpersönlichen Augen der Filmkameras waren ihre Bestimmung. Sie mußte sich dem alleine stellen.

Nachdem Margot gegangen war, saß Annie einige Minuten mit diesen wehmütigen Gedanken alleine und ging dann nach oben, wo Mrs. Hernandez sie mit einer Tasse Kaffee und einem Schwall von Fragen und Neuigkeiten aus der Familie begrüßte. Annie war froh, daß Mrs. Hernandez, die sie in den vergangenen Monaten ab und zu gesehen hatte, bereits an ihr verändertes Aussehen gewöhnt war und sich Annie gegenüber deshalb so verhielt, als sei sie nur auf einer längeren Reise gewesen.
Andererseits aber war dieses veränderte Aussehen ein Vorteil für Annie, als sie im Lebensmittelgeschäft um die Ecke Milch, Kaffee, Brot, Müsli und Aufschnitt für das Mittagessen mit Margot einkaufte. Auf der Straße und im Geschäft kannte sie niemand.
Stunden später, nach einem einfachen, einsamen Essen und einem Abend, an dem sie Daisys Text auswendig gelernt und sich Damons Anweisungen wieder ins Gedächtnis gerufen hatte, lag sie im Bett und ließ sich von den leisen und langsam wieder heimelig vertraut werdenden Geräuschen der Anita Street vor dem Fenster einlullen.
Während sie den Schatten der Bäume zusah, die über die Wand krochen, fiel ihr plötzlich die Zeit wieder ein, als Nick noch am Leben war und ihr

alles andere in den Schatten stellender Drang, Schauspielerin zu werden, sie vorangetrieben hatte.
Wie lange war das schon her! Und doch zog sie diese Zeit mit einem fremdartigen Zauber an und zwang sie, an vergessene Monate und Jahre zurückzudenken, deren Vergehen sie wegen ihres täglichen Überlebenskampfes kaum bemerkt und über deren Verschwinden sie keine Träne vergossen hatte. Die Vergangenheit war um ihr und in ihr, sie war lebendig, zwar nicht so, als würde sie noch darin leben, aber auf andere, faszinierende Art ...
Sie dachte an die tausend natürlichen Schocks, die das Leben in Stücke reißen und es mit kaleidoskopischer Unvorhersehbarkeit wieder zusammensetzen. Nun hatte sie das Gefühl, sich nie so wenig selbst gekannt zu haben wie in diesem Augenblick. Sie war ohne ihren alten Zeitplan, ohne ihren Haß auf Harmon Kurth, ohne den alles bestimmenden Optimismus, der ihr früher zu eigen gewesen war, und ohne das Baby, das zum Mittelpunkt ihrer Zukunft hätte werden können.
Aber sie hatte Daisy und *The Fertile Crescent*.
Proust fiel ihr ein und dessen »kleine Ichs«, die Margot ihr erklärt hatte, und Roy Derans Leitspruch, daß ein Schauspieler sich nur durch seine Rollen selbst finden könne. Vielleicht stand sie an einem unsichtbaren Wendepunkt, der sie von altvertrauten Gewohnheiten wegbrachte und ihr Leben von Grund auf änderte. Die innere Unruhe, die sie an diesem Abend verspürte, schien auf eine radikale Umwälzung hinzudeuten.
Konnte es sein, daß Roy ein Prophet gewesen war? War die Rolle der Daisy der wichtigste Schritt zu Annie Havillands neuer Inkarnation?
Warum eigentlich nicht? Manchmal konnten fiktive Charaktere so große Wirkung auf das Leben eines Menschen haben wie wirkliche Leute. Oder sogar noch größere. Denn wirkliche Menschen blieben voneinander getrennt, in ihrem persönlichen Schicksal verwurzelt. Aber eine Rolle, unwirklich und doch unsterblich und überall gleichzeitig, wie sie war, konnte einen Schauspieler für immer verändern, so daß es keine Umkehr mehr gab ...
Doch Daisy ließ sich nur schwer fassen, so flüchtig war ihre zerstückelte Persönlichkeit. Und Damon hatte aus ihr ein Phantom gemacht, bei dem auch die fähigsten Schauspielerinnen Alpträume bekamen. Annie war wie gelähmt vor Angst, sie könnte vor dieser größten aller Herausforderungen versagen, wo doch Damon soviel Vertrauen in sie setzte. Und wenn sie es nicht schaffte, Daisy zu fassen, würde sie einen Teil ihrer selbst verlieren.
Dennoch war sie wieder zu Hause – ein bittersüßer Gedanke. Das früher

vertraute Bett nahm sie gastfreundlich wieder auf, die dunklen Wände ragten vor ihr auf wie beschützende alte Freunde. Sie schienen sie in einen Schlaf zu führen, der sie von ihren Sorgen reinigte und sie für einen neuen, vielversprechenden Tag stärkte.

Und wirklich schwebte sie bereits in diesen mythischen Gefilden, zu denen nur die Träume den Schlüssel hatten. Ihr Körper, desorientiert von dem Ortswechsel, der ihn wie nach einem Ritt auf einem fliegenden Teppich hierhergebracht hatte, durchsuchte nun die Winkel seines Gedächtnisses nach Signalen, die ihm das Gleichgewicht wiedergeben konnten. Sie kamen aus Richland, aus Manhattan, aus Damons Cañonhaus, aber sie waren alle verändert, verzaubert vom Schlaf, der aus ihnen Kutschen statt Stationen machte, wirbelnde Kreisbahnen, die sich um sie versammelten, um sie wegzutragen, weg, weg ...

Annie schlummerte bereits, ein leichtes Lächeln auf den Lippen, als sie plötzlich merkte, daß das Telefon klingelte.

Sie schrak hoch. Aber das Klingeln hatte schon wieder aufgehört. Bevor sie noch überlegen konnte, wie viele Klingelzeichen sie verschlafen hatte, hörte sie schon das Klicken des Anrufbeantworters, der den Anruf aufnahm.

Nun fiel ihr wieder ein, daß sie den Apparat am Nachmittag angestellt hatte. Während ihrer langen Abwesenheit von der Wohnung war er abgestellt gewesen, denn bei Damon hatte sie keinen gebraucht, weil Conchata oder er selbst die Anrufe entgegennahmen.

Aber da war er nun, ein standhafter Soldat, den man in Dienst gestellt hatte, er nahm die Nachricht des Anrufers auf und schaltete sich dann selbst mit einer Reihe von Klicks und Piepsern wieder ein. Nach einer Weile schwieg er, und Annie sah das grüne Licht aufleuchten, das einen Anruf meldete.

Sie sah auf die Uhr. Mitternacht. Sie hatte also schon mindestens eine Stunde geschlafen.

Sie drückte die Abspieltaste und sah zu, wie das Band zurückspulte. Es schien sich sehr lange zu drehen. Sie wunderte sich, ob der Apparat in der langen Ruhepause vielleicht eingerostet war oder sie nur den Rhythmus seines Funktionierens vergessen hatte.

Dann begann das Band zu spielen. Annie drehte in der Dunkelheit die Lautstärke auf.

Die Stimme, die sie nun hörte, nahm ihr den Atem.

»Hallo, Annie«, sagte sie. *»Ich bin's. Ruf mich doch mal an. Du hast mir sehr gefehlt.«*

Annie setzte sich auf.

Frank ...
Sie hatte die Hand schon fast am Gerät, um noch lauter zu drehen, damit sie die Stimme deutlicher hörte. Aber als sie dann das Timbre wiedererkannte, packte sie das Entsetzen, und sie schaltete die Maschine ab, damit sie die Stimme nicht mehr zu hören brauchte.
Das Blut war ihr zu Eis erstarrt.
Es war Eric Shains Stimme, nicht Franks. Annie lehnte sich gegen die Wand und drückte das Kissen eng an sich.
Was sie gehört hatte, war unmöglich. Eric würde sie nach all der Zeit nicht anrufen.
Aber eine verrückte Logik ihrer schläfrigen Benommenheit sagte ihr, daß der Anruf in gewisser Weise einen Sinn ergab. Schließlich war sie nun wieder hier in dem Zimmer, wo sie sich Eric hingegeben hatte, wo sie einsame Tage lang auf seinen Anruf gewartet hatte, wie auf ein Heilmittel, das allein die Kraft besaß, sie von sich selbst loszureißen und sie an einen Ort der Sicherheit und Vollkommenheit zu bringen. Es war also kein Wunder, daß seine Stimme sie in dieser Nacht begrüßte.
Aber es war einfach nicht möglich. Was sie da gehört hatte, war die Stimme eines Geistes. Sie zweifelte bereits, ob sie sie überhaupt gehört hatte. Das grüne Licht blinkte nicht mehr. Der Apparat hatte sich schon wieder zurückgespult.
Annie sah den kleinen Kasten in der Dunkelheit an und überschlug im Geist die Möglichkeiten. Vielleicht, so überlegte sie, hatte sich die Maschine weiter zurückgespult als nur bis zu dem Anruf von vor wenigen Augenblicken und ihr eine frühere Nachricht vorgespielt. Eine Nachricht aus der Nacht ihres Unfall, aus ferner Vergangenheit ...
Ruf mich doch mal an. Du hast mir sehr gefehlt.
Schaudernd dachte sie an Eric, an diese letzten, fatalen Augenblicke vor ihrem Unfall, an die Szene in Erics Schlafzimmer und an seinen Blick, der ihr die Türen zur Vergangenheit und zur Zukunft zugeschlagen hatte. Konnte seine Stimme noch aus dieser verdrängten Zeit stammen und sie wieder in ein Leiden zwingen, das sie in zwei langen Jahren schon beinahe überwunden hatte? Konnten das Schicksal und der Zufall so launisch sein, daß sie sie auf diese Weise erschreckten?
Nein, sagte sie sich. Wahrscheinlich hatten ihr die Nerven einen Streich gespielt. So etwas passierte nicht.
Sie war nun ganz wach und schaltete das Licht an. Sie bezwang das Zittern ihrer Hand und drückte ein zweites Mal auf die Abspieltaste.
»Hallo, Annie«, kam es aus dem Apparat. Nun hörte sie einen oberflächlichen, fast dümmlichen Ton in dieser Stimme, eine Fremdheit, die

ihr zuvor nicht aufgefallen war. *»Ich bin's. Ruf mich doch mal an. Du hast mir sehr gefehlt.«* Ein kurzes Lachen folgte, dann wurde eingehängt.
Nun endlich dämmerte ihr die Wahrheit. Es war die Stimme eines vollkommen Fremden, der zufällig ihre Nummer gewählt hatte. Wer immer es auch gewesen war, er hatte sich nur aus Neugier ihre Stimme auf dem Anrufbeantworter angehört und aus einem Jux heraus darauf geantwortet. Wenn sie jetzt genauer hinhörte, merkte sie, daß er sogar leicht angetrunken war.
Ein vollkommen Fremder.
Annie atmete auf, als sie die Maschine wieder anstellte. Dann legte sie sich in der Dunkelheit ins Bett zurück und zog die Decke hoch, denn sie fröstelte trotz der warmen Nachtluft.
Einen Augenblick lang lächelte sie über die Absurdität des Vorfalls. Sie mußte zugeben, daß sie wirklich geglaubt hatte, Erics Stimme zu hören. Dann ließ ein Kloß im Hals ihr Lachen verstummen. Tränen traten ihr in die Augen. Zuerst unterdrückte sie sie tapfer, aber dann gab sie nach und spürte, wie sie ihr über die Wangen liefen und auf das Kissen tropften, das ihr früher so vertraut gewesen war.
Warum sollte sie sich vor der Wahrheit verstecken? In dieser Nacht war Eric in ihr lebendig und auch die alte Annie, die ihn mit ihrem naiven, zutraulichen Herzen geliebt hatte. Und der Verlust war so frisch in ihr wie die Qual, die ihr die Brust zusammendrückte.
Aber ihr Leiden war nicht nur auf eine Wunde beschränkt. Denn in dieser Nacht gab es mehr leidende Annies als noch vor zwei Jahren. Frank McKenna, dessen Stimme ihr noch vor der Erics im Ohr geklungen hatte, hinterließ eine zweite Leere in ihr, die so schrecklich war wie die erste.
Frank, der diese Wohnung nie gesehen hatte, dessen Stimme nie aus diesem Telefon gekommen, nie von diesem Apparat aufgenommen worden war ...
Ja, die Leere in ihr war so tödlich, wie es nur der Tod selbst sein konnte. Und ihre schreckliche Macht kam aus der Tatsache, daß im Herzen nichts stirbt, daß kein Geliebter wirklich verschwunden ist, keine Wunde je heilt. Mochte das schwache Gedächtnis auch das wache Ich trösten, die Qual, die tiefer geht als die Erinnerung, währt ewig. Einen Mann, dem man einmal wirklich das Herz geöffnet hat, kann man nicht mehr daraus verdrängen.
Der Schmerz, den Annie nun spürte, war schlimmer als alle, die sie nach ihrem Unfall durchlitten hatte, denn er kam aus ihrem inneren Wesen

und nicht aus der äußeren Welt. Er war wie ein eingeschworener Feind, der zugleich ihr einziger Freund und ältester Bekannter war, der Herrscher der verbotenen Regionen ihres Selbst.
Stunden vergingen, in denen sie sich ins Kissen verkrallte, das Zimmer um sich herum vergaß und sich kopfüber ins Nichts treiben ließ von einem Gedankenstrom, den man nicht in Worte fassen konnte, in dessen Zentrum aber der Verlust stand.
Als der geduldige, graue Schein der Morgendämmerung in den Bäumen vor dem Fenster hing, flogen ihr neue Träume zu, sorgenvoll und hinterhältig, die Wächter eines erschöpften Schlafes.
Aber bevor ihr Geist sich von der traurigen wachen Welt verabschiedete, wurde er noch belohnt von einem neuen Gedanken, der sie tröstete und am anderen Ende des dunklen Tunnels, den sie nun betrat, eine winzige Tür zu öffnen schien.
Die lange Nachtwache, die sie nun durchgestanden hatte, war nicht unbelohnt geblieben.
Denn nun wußte Annie, daß sie die Daisy spielen konnte.
Sie hatte sie in dieser Nacht gefunden.

33

Carmine Gamino war der vielleicht gefürchtetste Killer östlich des Mississippi. Mit seinen achtundvierzig Jahren hatte er Hunderte von Aufträgen für Familien in sechs Städten ausgeführt und genoß eine einflußreiche Stellung in Sam Coronas Organisation in Miami.
Seine Karriere hatte er in Detroit als Mann der Straße begonnen, er hatte verletzt und getötet, wenn die Hafen- und Kreditgeschäfte seines Chefs es verlangten. Seine bevorzugte Waffe in dieser Zeit war ein Karateschlag, den er in Korea gelernt hatte. Er konnte bewegungsunfähig machen, verstümmeln oder töten, je nachdem, welchen Körperteil er traf.
Carmines Präzision war berühmt, ebenso wie die Schnelligkeit seiner Reflexe, die er mit hartem Training und einer Vielzahl abenteuerlicher Spiele in Freizeitparks und Arkaden wachhielt.
Aber eines Tages passierte ein Unfall.
Carmine half einem Kollegen in der Werkstatt bei der Reparatur einer Mafialimousine, als der Mittelfinger seiner linken Hand in eine Metallpresse geriet.

Die Ärzte im Detroit General konnten den zerquetschten Finger retten, aber trotz zweier Operationen blieb er in allen drei Gelenken steif. Er stand kerzengerade von der Hand weg, wie ein ironisches Leck-mich an die Welt.

Carmine gefiel es. Und bald hatte er auch eine Idee.

Er lernte, den harten, steifen Finger wie eine Waffe zu benutzen.

Sein ganzes Gewicht auf den einen Finger gestützt, machte er einarmige Liegestützen. Er zertrümmerte Bretter und Ziegel damit, obwohl es schmerzte. Die Sehnen wurden hart wie Stein.

Er entwickelte einen nach oben gerichteten, stechenden Schlag, der sein neues Markenzeichen wurde. Er jagte den Finger seinen Opfern unvermittelt in die Genitalien, die Rippen oder den Magen. Um jemanden sofort zu töten, brauchte er nur die Luftröhre oder ein Auge zu treffen. Je nach Geschwindigkeit, Härte und Richtung des Schlages waren auch alle anderen Stadien der Folter möglich.

Carmines Ruf eilte ihm voraus, wohin er auch ging. »Der Finger« war eine Berühmtheit. Oft genügte schon der Anblick seines verhornten, steifen Fingers, um seine entsetzten Gegner zur Aufgabe zu zwingen.

Carmine, ein Mann ohne Phantasie, aber mit einer hartnäckigen Intelligenz und ohne jedes Mitleid, war stolz auf seine Leistungen und die Flexibilität seiner Kunst. Ihm gefiel die grausame Verachtung, die sein Finger der Welt zeigte, und der Respekt, den er unter Gleichgesinnten genoß.

Wie der Mann, der nun in seinem dunklen, dreiteiligen Nadelstreifenanzug und der Aktentasche aus Alligatorleder vor ihm stand.

Es schmeichelte Carmine, für so wichtig gehalten zu werden, daß nur die sehr dringenden Geschäfte dieses Mannes es rechtfertigten, daß Sam Corona, zweifellos zu einem enormen Preis, ihn auslieh.

Er lächelte und hob höflich fragend die Augenbrauen.

»Ich bin froh, daß Sie es einrichten konnten, Carmine«, sagte Tony Pietranera. »Nur Sie können diesen Job wirklich gut erledigen.«

»Wenn Sie es sagen«, erwiderte Carmine mit gespielter Bescheidenheit und hob sein Glas Barolo mit der linken Hand, so daß der steife Finger direkt auf seinen Gesprächspartner zeigte.

»Es ist eine sehr delikate Angelegenheit«, sagte Tony. »Ich will, daß Sie mir eine Frau zurückbringen. Sie hat früher für mich gearbeitet. Sie schuldet mir noch was, ist mir aber davongelaufen. Sie darf nicht verletzt werden. Ich brauche sie gesund. Aber ich kann kein Risiko eingehen. Sie ist kein gewöhnliches Mädchen.«

Carmine sah Tony mit ausdruckslosen Augen an. Er kannte Tony als unbedeutende Figur ohne Rückhalt, ohne wirklichen Respekt – einen Schaumschläger. Aber – *noblesse oblige* – er mußte seine Verachtung verbergen und dem Mann, in Sam Coronas Namen, mit Höflichkeit begegnen.

»Glauben Sie mir«, beharrte Tony, weil er Carmines leeren Blick mißverstand. »Wenn ich irgendeinen Tölpel schicken würde, um sie mir zurückzubringen, würde sie dem die Eier abschneiden und sie mir in Küchenkrepp eingewickelt zurückschicken. Sie ist schlau und gefährlich. Sie hat schon einige Männer getötet.«

Er räusperte sich.

»Was ich also brauche, ist Festigkeit, Carmine. Festigkeit und Disziplin. Bringen Sie sie mir einfach nur zurück, damit sie versteht, daß ich ihr nichts nachtrage, solange sie ihre Verpflichtungen erfüllt. Daß alles wieder wird wie früher. Ich habe Sam um den Gefallen gebeten, mir Sie zu schicken, weil ich weiß, daß ich mich absolut auf Sie verlassen kann, und weil niemand sonst Ihr Format hat.«

Carmine nickte und hob die buschigen Brauen über den geröteten Wangen ein wenig in Anerkennung des Kompliments. Seine Verachtung für Tony wurde immer stärker. Der Mann redete zuviel, schmeichelte zuviel und hatte Angst vor einer Frau. Carmine wunderte sich, daß Sam Corona sich überhaupt dazu herabließ, einer solchen Null einen Gefallen zu tun.

Tony räusperte sich wieder, aber diesmal klang es nervöser. Er hatte körperlich Angst vor Carmines Erscheinung. Mit seinen knappen Einsachtzig und wahrscheinlich fünfundneunzig Kilo stand Carmine da wie ein behauener Fels. Keine Spur von Mitgefühl oder Menschlichkeit lag in seinen leeren schwarzen Augen. Es war deutlich, daß er nicht aus Lust tötete und auch nicht wegen des Geldes, sondern aus Stolz – dem Stolz eines Raubtieres.

Obwohl er sich in Gegenwart eines solchen Tieres unwohl fühlte, spürte Tony, wie Wut über Christines Verschwinden und der Schmerz der Eifersucht nachließ. Jetzt hatte er Waffen gegen sie. Er war nicht alleine. Denn vor ihm stand in menschlicher Gestalt die Autorität und die wilde Macht der Organisation selbst. Dagegen kam sie auch mit ihren Schlichen nicht an.

Dank der Coronas und ihrer Kontakte war Christines Aufenthaltsort inzwischen bekannt. Wenn Carmine sie erst einmal zurückgebracht hatte, würde Tony ihr zu verstehen geben, daß sie bei Todesstrafe bei ihm bleiben müsse – aber daß alles vergeben und vergessen sei, wenn sie wie früher ihre Pflicht erfüllte.

Bei dem Gedanken, sie zurückzubekommen, hüpfte sein Herz. Es war ihm gleichgültig, was die Zukunft mit ihr wohl bringen mochte, oder ob der tödliche Zauber, mit dem sie ihn verhext hatte, je gebrochen würde. Er wußte nur, daß sie zurückkam.

»Ist das der richtige Ort?« Carmine zeigte ihm ein Blatt Papier.

Tony nickte. »Aber da sind diese ganzen Berühmtheiten, mit denen sie zusammen ist. Ich glaube, es ist wichtig, daß man sie mit möglichst wenig Aufsehen von dort wegbringt. Man darf diese Leute nicht erschrecken. Dieser Rhys ist ein mächtiger Kerl, er hat wahrscheinlich viele Freunde. Lassen Sie sie still und leise verschwinden. Ein paar Zeilen zum Abschied vielleicht – aber sonst nichts.«

Carmine nickte, und seine Augen waren undurchdringlich wie Kohlen.

»Aber was Sie auch tun«, ergänzte Tony, »sobald Sie sie gefunden haben, dürfen Sie sie nicht aus den Augen lassen. Keine einzige Sekunde. Okay?«

»Okay.« Carmine lächelte.

34

Wally Dugas war in einer Zwangslage.

Dank seiner Bemühungen war die Vergangenheit, auf die Harmon Kurth so neugierig gewesen war, auferstanden und hatte ihn gefällt. Der Skorpion war durch sein eigenes Gift umgekommen. Aber ohne Kurth hatten auch Wallys Nachforschungen über Annie Havilland keine Rechtfertigung mehr. Inzwischen beschäftigten ihn zwei neue, gleichlaufende und schwierige Fälle. Es war höchste Zeit, den alten abzuschließen.

Aber noch immer plagte ihn die Frage nach der Blutsverwandtschaft zwischen Annie und der geheimnisvollen Christine. Er war überzeugt, daß die Frage nach den Vätern der beiden Mädchen der Schlüssel zu der ganzen Geschichte war. Lange hatte er sich einzureden versucht, daß Alice, auch wenn er sie fand, wahrscheinlich gar nicht wußte, welcher ihrer ungezählten Liebhaber Christines Vater gewesen sei, aber schließlich hatte er es aufgegeben. Sie mußte es einfach wissen.

Oder es zumindest vermutet haben. Denn sonst hätte sie das Baby überhaupt nicht zur Welt gebracht.

Und was sah sie in Christines kindlichen Augen, ihren Haaren und Gesichtszügen, das bis zu ihrem grausamsten Wesen durchdrang und sie zu dem Entschluß brachte, das Kind aufzuziehen?

Was war es, was Christines Schicksal besiegelt hatte, damals vor vierundzwanzig Jahren, in der Kinderstation eines unbekannten Krankenhauses?
War Christine neugierig auf diese Dinge? Dachte sie an diesen unbekannten Harry Havilland und an die Tochter, die er in Richland, New York, aufgezogen hatte? Fragte sie sich, was wohl an ihm gewesen war, das seine Frau, nachdem sie ihn verlassen hatte, dazu brachte, aus reiner mörderischer Neugier auch sein zweites Kind zur Welt zu bringen und es, launisch wie die Göttin des Hasses, zu behalten und zu zerstören, anstatt es irgendwo auszusetzen?
Dachte Christine, während sie nun an der Seite ihrer Schwester lebte, an diese Laune, die ihr Leben zerstört hatte, wo sie doch im Frieden des Niegeborenseins hätte ruhen können?
Natürlich vorausgesetzt, daß Harry ihr Vater war.
Vorausgesetzt, daß die beiden Schwestern waren.
Die Frage gärte in Wallys Seele. Und nur Alice kannte die Antwort.
Er *wußte*, daß sie noch am Leben war. Er spürte ihre Anwesenheit in der Welt.
Ja, Alice: hinter einer ehrbaren Maske, weit weg von den Leuten, mit denen sie früher umgegangen war, Welten entfernt von den Ereignissen, die früher ihre Tage ausgefüllt hatten, praktisch ohne Spur, die ihn von ihrem Früher zu ihrem Jetzt führen konnte.
Wally betrachtete das Foto mit ihr und Christine am Strand. Es war ein Alptraum, ansehen zu müssen, wie die Augen dieses Kindes mit vollkommener Leere und Geduld eine böswillige Welt betrachteten, während die Mutter sie in ihren Klauen hielt.
Aber es war auch ein Dokument. Auch wenn die Zeit Christines Aussehen verändert hatte, mußte Alice immer noch leicht wiederzuerkennen sein. Erwachsene, die nicht mehr wie die Kinder sich permanent überstürzenden Verwandlungen unterworfen sind, ändern sich nur langsam. Und Alice war noch immer eine junge Frau.
Ich werde dich finden, dachte Wally. Ja, Kurths Tod machte die Angelegenheit nur noch dringender. Er mußte sie zu einem Abschluß bringen.
Aber dazu brauchte er Zeit. Muße. Vielleicht Jahre.
Na und. Dann dreht sich eben die Erde ein paarmal. Der Geduldige erreicht alles.
Aber Wally sollte zu seiner Überraschung erleben, daß diesmal Geduld unnötig war.
Er war mit einem Auftrag in West Los Angeles, als ihm ihr Bild in die Augen sprang.

35

Daily Variety, 16. September 1972

Gestern begannen in Culver City die Dreharbeiten zu Internationals streng geheimem neuem Knüller The Fertile Crescent *von Damon Rhys. Der Drehort war abgesperrt, und so hatten die Reporter keine Möglichkeit, den Star Annie Havilland bei ihrem Versuch zu beobachten, einen Charakter zu schaffen, den Rhys selbst als seinen kompliziertesten bezeichnet.*
»Kompliziert« scheint nun wirklich ein Understatement zu sein. Die Havilland muß Rhys' Heldin in verschiedenen Altersgruppen, von siebzehn bis vierunddreißig, spielen. Die Make-up-Spezialisten müssen bei ihrer schwierigen Arbeit mit dem »neuen« Gesicht der Schaupielerin beginnen, das nach ihrem katastrophalen Unfall vor zwei Jahren mit Hilfe plastischer Chirurgie radikal verändert wurde. Angeblich hat die Havilland ein eigenes Skriptgirl, das sich nur um ihr Make-up und ihr fiktives Alter in jeder Szene kümmert.
Die Dreharbeiten werden sicherlich zu einer Qual für den noch immer schwachen Star, der nach der langen Rekonvaleszenz auch weiterhin an Untergewicht und beständigen Schmerzen leidet.

Frank McKenna legte das Boulevardblatt nieder und sah aus dem Fenster seiner Wohnung auf die dunstige Skyline von West Hollywood, die noch nie so deprimierend auf ihn gewirkt hatte.
Annie war also auf dem Weg.
Die Bürogebäude in den Flats schienen sich düster unter dem braunen Mittagshimmel zu ducken. Dahinter, im Smog verborgen, lagen die Paläste einer Hollywood-Bruderschaft, deren eigenartige Bräuche und Laster Welten entfernt waren von der Zukunft, die Frank für sich selbst geplant hatte. Es war eine Treibhauswelt, die sich hinter einer Leinwand versteckte, und ihre Helden und Heldinnen waren Strahlen projizierten Lichts in einem dunklen Kino, erfüllt von den Träumen derer, die dafür zahlten, um sie zu sehen.
Eines Tages vielleicht würde Annie dort ganz an der Spitze stehen.
Frank ballte frustriert die kräftige Hand zur Faust. Er hätte am liebsten dieses oberflächliche Blättchen zu Brei zermalmt und wütend Löcher in die gleichgültigen Wände seiner Wohnung geschlagen, als wären sie Sinnbilder der weniger faßbaren, aber noch unüberwindlicheren Mauern, die ihn von Annie trennten.

Mit diesen Händen hatte er seit seinem letzten Anruf bei ihr unzählige Male zum Telefon gegriffen. Er hörte noch den entsetzlichen Klang der Enttäuschung und des Erschreckens, der in ihrer Stimme schwang, als sie seine Erklärung akzeptierte und ihm Lebewohl sagte. Der Klang dieser leisen Stimme war wie ein Messer, das in seinen Eingeweiden wühlte.

Frank lebte in letzter Zeit in einer beständigen, leisen und doch kaum zu beherrschenden Wut. Es war Wut auf sich selbst, weil er Gefühle hatte, die sich unversöhnlich gegenüberstanden. Wut auf die Vergangenheit, weil sie aus Annie ein Wesen gemacht hatte, das nicht ihm alleine gehören konnte. Wut auf Annie selbst, weil sie ihm so unfaßbar war.

Er hatte es schon lange aufgegeben, sich zu fragen, ob sie ihn vermißte und ob er grausam und unehrenhaft gehandelt hatte, weil er sich so unvermittelt aus ihrem Leben entfernte. Es war zu spät für solche Zweifel. Außerdem waren sie mehr, als er ertragen konnte.

Aber er dachte immer noch wie besessen an Harmon Kurth und an den ironischen Stachel der Zeit. Er mußte einfach daran denken, wie die Zukunft ohne dieses letzte Gespräch in Kurths Büro ausgesehen hätte. Wenn Kurths mysteriöser Tod wenige Tage früher gekommen wäre und ihm das Schicksal, die Augen geöffnet zu bekommen, erspart hätte.

Aber was geschehen war, war geschehen. Und wenn Frank versuchte, sich vorzustellen, wie das Leben hätte aussehen können, wenn die scharfen Krallen der Wahrheit ihn nicht gepackt hätten, dann brachte ihn sein Stolz sehr unsanft wieder auf die Erde zurück. Er war auf eine grimmige Weise froh, daß er nie in einem Narrenparadies gelebt hatte.

Aber dennoch hätte das Leben mit Annie eine solche Demütigung vielleicht erträglich gemacht. Frank spürte einen Funken Verständnis für die großen, erniedrigten Liebhaber der Literatur und des Films, die ihre Abhängigkeit von einer *femme fatale* oder einer gleichgültigen Schönheit mit fast übermenschlichem Gleichmut ertrugen und noch ihr Leiden genossen, solange es nur von der Geliebten kam ...

Aber er war zu einem solchen Schicksal nicht bestimmt. Sein Stolz ließ das nicht zu.

Doch in Frank brodelte es. Mit zusammengebissenen Zähnen und geballten Fäusten durchlebte er seine Tage, er war unterkühlt höflich zu denen, die mit ihm arbeiteten, und wünschte sich heimlich, einen Sündenbock zu finden, ein passendes Opfer, das er mit seinen großen Händen zermalmen konnte, um nur die Anspannung seiner Nerven ein wenig zu lindern, bis der entsetzliche Schmerz allmählich schwächer würde.

Wieder betrachtete er die *Variety* vor ihm. Er stellte sich Annies geschäftige Drehtage vor, ihre Schauspielerkollegen, die hektische Ouvertüre zu ihrem künftigen Ruhm. Obwohl er nie erlebt hatte, wie Annie Damon die Rolle der Daisy vorlas, wußte er doch aus dessen Berichten, daß sie ein wunderbares Feingefühl für die neue Rolle besaß. An einem war nicht zu zweifeln. Annie fand sich selbst wieder. Und ihr neues Gesicht war ganz und gar keine Behinderung, sondern ein wesentlicher Bestandteil der neuen Karriere, die ihre alte bei weitem übertreffen würde.
Die Zukunft hatte für Annie keine Schranken.
Und was vergangen war, war vergangen.
Er spürte noch die sanfte Wärme ihres zerbrechlichen Körpers in seinen Händen, in allen Sinnen, ihren feinen, zarten Geschmack auf seinen Lippen, er erinnerte sich an die leuchtenden Silberaugen, die ihn mit zärtlicher Offenheit angesehen hatten.
Er zwang sich, den Blick durch die Zimmer schweifen zu lassen, in denen sie mit ihm gewesen war, in denen er ihren behutsamen Schritt, ihre freundlich stillen Bewegungen gesehen hatte, über die Couch, auf der sie gesessen und ihn angesehen hatte, und über den Schrank, in dem sie ihren Mantel so ordentlich aufgehängt hatte, bevor sie ihm die Arme entgegenstreckte.
Die Erinnerung war zugleich Rettungsleine und Fluch. Denn die Wirklichkeit, auf die sie hindeutete, die einzige, in der es wert war zu leben, war auch die, die er ein für allemal von sich gestoßen hatte.
Wie vertraut war ihm dieser geschundene kleine Körper geworden, seine blassen, glatten Umrisse und seine feine Anmut! Alles an ihm war Frank vertraut, bis auf den Schmerz im Innern, den Schmerz, den sie ohne jedes Klagen ertrug.
Ein Schmerz, der so unergründlich war wie die Lust, die ebenfalls ihr eigen war, eine geheime Lust, die er nicht begreifen konnte, die ihr aber vielleicht unersetzlich war ...
Er schüttelte den Kopf und kämpfte gegen die Enttäuschung an, die diese Gedanken in ihm aufsteigen ließen.
Nun war sie wieder da, wo sie hingehörte, sagte er sich: vor der Kamera und bald in Millionen von Bildern in der ganzen Welt verbreitet, angebetet und teilweise auch besessen von Millionen von Zuschauern, Millionen von bewundernden Männern – aber doch eigentlich von keinem wirklich besessen.
Diese vervielfältigte Verbreitung war es, die einen Star von gewöhnlichen Menschen unterschied. Nicht zu besitzen, nicht zu begreifen ... In dieser Hinsicht hatte Kurth recht gehabt.

Hätte Frank sie dazu gebracht, ihr Schicksal an das seine zu binden, so hätte ihr flüchtiges Wesen ihn mit der Zeit getötet. Denn die ganze Vergangenheit hätte in seinem Verstand gespukt als ein weiterbestehender Lebensbereich, in dem sie so vielen anderen gehörte und sich denen vielleicht ebenso bereitwillig hingab wie ihm.
Und wenn die Vergangenheit schon sein törichtes Verlangen, sie nur für sich haben zu wollen, verhöhnte, dann konnte die Zukunft mit ihren Versuchungen nicht weit hintanstehen. Dann würde bald die Zeit selbst zu seinem Feind werden, ein unsterblicher Alptraum, in dem sie Bedürfnisse hegte, die er allein nicht befriedigen, Sehnsüchte, die er nicht mit ihr teilen konnte, und in dem sie Wege beschritt, auf denen er ihr nicht folgen konnte.
Nein, sagte er sich: Eine solche Frau kann man nicht besitzen. Er hatte sie in dem schmerzlichen Intervall zwischen ihrer ersten und der zweiten Karriere kennengelernt, und er würde für immer zu diesem Intervall gehören. Er war nur eine Episode in ihrem Leben gewesen. Und vielleicht hatte sie genau das in dieser Zeit gebraucht – etwas, jemand, der mit den Polen ihres Schicksals nichts zu tun hatte.
Jemand, auf den sie sich eine kurze Zeit lang verlassen konnte, den sie ein wenig mit ihrem besonderen Licht bestrahlen konnte, aber ohne Verpflichtungen, ohne feste Bindung.
Er hatte einfach Pech gehabt, überlegte er, daß er ihr begegnet war, als ihr Körper und ihr Geist in den Klauen des Todes lagen, und daß er erlebt hatte, wie sie sich ins Leben zurückkämpfte mit einem hartnäckigen, eisernen Willen, der sofort von seinem Herzen Besitz ergriff.
Denn trotz ihres geheimnisvollen Wesens war Annie menschlich, mehr als menschlich. Ihr Mut hatte das gezeigt.
Und deshalb war sie die einzige Frau für ihn und würde es immer sein. Das war die grausamste Ironie.
Was soll's, es war nun einmal geschehen. War es nicht wenigstens tröstlich, daß nichts und niemand ihm dieses gestohlene Intervall, währenddessen er sie gekannt hatte, nehmen konnte, da es sicher in der Vergangenheit ruhte?
Nein, dachte er. Nein! Das reichte nicht, nie würde ihm das reichen. Denn Annie hatte diese Unersättlichkeit in ihm zum Leben erweckt, diese immer tiefer werdende Leere, die das Leben von Tag zu Tag unerträglicher machte.
Es ist besser, geliebt und die Liebe verloren, denn nie geliebt zu haben. Dieser alte Spruch sprang plötzlich vor sein inneres Auge wie ein Krüppel, dessen Schicksal niemand interessiert.

Schwacher Trost. Vergebliche Weisheit.
Frank warf die Zeitung in den Papierkorb.

36

Die Würfel waren gefallen.
Die Dreharbeiten waren in vollem Gange und würden ihren Verlauf nehmen, bis der Film in etwa drei Monaten fertiggestellt war.
Für Annie hatte die Arbeit auf die schlimmstmögliche Art begonnen.
Wegen Vertragsproblemen und der zeitweiligen Unabkömmlichkeit ihrer Schauspielerkollegen konnte Annie nicht mit ihren Szenen als jugendliche Daisy beginnen, auf die sie sich seit Wochen vorbereitet hatte. Statt dessen mußte sie mitten in Daisys zweiter Ehe anfangen, zu dem Zeitpunkt, als sie schon ein Baby zur Welt gebracht hat und mit dem zweiten schwanger ist und darüber hinaus bereits von der Untreue ihres zweiten Gatten weiß.
Es war ein komplexer, für die Entwicklung der Geschichte sehr wichtiger Zeitpunkt, und Annie mußte sich fast über Nacht auf eine präzise und einleuchtende Darstellung von Daisys Motivation vorbereiten. Sie merkte, daß sie auf die Beziehung zu Eric Shain und das verlorene Baby zurückgriff, und hatte dabei wohl zum hundertstenmal das unheimliche Gefühl, daß die Rolle der Daisy ihre eigene geistige Gesundheit bedrohe.
Aber Damon hatte es so geplant, und so mußte es auch ausgeführt werden. Annie spielte die Szene, so gut sie konnte, während makabre Gefühle auf sie einstürzten. Niemand schien zu bemerken, daß irgend etwas nicht stimmte, und so ging sie jeden Tag mit überkreuzten Fingern zur Arbeit.
Aber ihre Probleme waren nicht nur künstlerischer Natur. Da sie seit dem Unfall ihr Normalgewicht noch nicht wieder zurückgewonnen hatte, mußten Andi Ritchie und ihre Make-up-Kollegen Himmel und Erde in Bewegung setzen, bis sie schwanger aussah.
Noch schlimmer war, daß die Belastung der Dreharbeiten die Nacken- und Rückenschmerzen auf unerwartete Weise verschlimmerte. Man besorgte ihr für die Ruhepausen einen orthopädischen Stuhl. Sie war zwar dankbar dafür, aber gegen die Schmerzen richtete er wenig aus. Sie wagte es auch nicht, zu starken Schmerzmitteln zu greifen, aus Angst, sie könnten ihre Konzentration stören. So biß sie nur die Zähne zusammen und gab ihr Bestes.

Die Hektik der Dreharbeiten, ihre Sorgen wegen Daisy und das mangelnde Selbstvertrauen während der Arbeit ließen sie kaum zum Schlafen kommen, so daß sie bald übermäßig müde und ausgezehrt aussah.
»Liebling«, sagte Mark Salinger, nachdem er sich die Schnellkopien des eben vergangenen Drehtages angesehen hatte, »wir wollen, daß du erschöpft aussiehst, aber das hier ist lächerlich. Du siehst krank aus. Warum ruhst du dich nicht für ein paar Tage aus, während wir einige Außenaufnahmen drehen?«
Sie schüttelte den Kopf. »Ich nehme heute abend eine Tablette. Dann geht's schon wieder.«
Sie zwang sich, unter schwierigen Bedingungen für Daisy ihr Äußerstes zu geben, nicht nur, weil sie Damon und die anderen nicht enttäuschen mochte, sondern auch, weil sie selbst es mit aller Leidenschaft wollte. Die fast unheimliche Aura von Damons Inspiration hatte bereits die ganze Mannschaft angesteckt, so wie schon bei *A Midnight Hour*. Jeder saß gefühlsmäßig wie auf Kohlen und stürzte sich auf die Arbeit mit einer Besessenheit, die von Damon ausging.
Dahinter stand der allgemeine Eindruck, daß *The Fertile Crescent*, auch im Vergleich mit Damons früheren sechs Filmen, etwas Besonderes war, das einen Sonderplatz in der Geschichte des Films verdiente. Jeder wollte sein oder ihr Bestes leisten, und Annie war da keine Ausnahme. Als deshalb der fehlende Kollege nach zehn Tagen endlich zur Verfügung stand und die Dreharbeiten in Daisys Schulzeit zurücksprangen, stürzte sich Annie mit jedem Gramm ihres Talents und ihres Engagements in die Verwandlung. Sie wurde über Nacht jünger. Ihr Gang, ihr Lächeln und ihre Stimme strahlten eine Offenheit, eine hungrige Unschuld aus, die sie in den Szenen, die erst vor wenigen Tagen abgedreht worden waren, nicht besessen hatte.
Inzwischen hatte sie erkannt, daß sie nur die Wahl hatte, die Dreharbeiten irgendwie durchzustehen oder bei dem Versuch zu sterben. Jeden Tag hatte sie von neuem das Gefühl, ein gewisses Quantum geistiger und körperlicher Erschöpfung irgendwo in ihrem Inneren abzulegen, wo es warten mußte, bis die Arbeit erledigt war. Sie hatte Angst, zu einem späteren Zeitpunkt dafür die Zeche, etwa in Form eines Nervenzusammenbruchs, zahlen zu müssen.
Sie fragte sich auch, ob der Film *sie* um fünfzehn Jahre altern lassen würde, so wie sie es mit Daisy machte.
Aber die Rolle trieb sie immer weiter. In ihrem eigenen Blut spürte sie Daisys morbides Verlangen nach Abhängigkeit, die Sehnsucht nach ihrem Vater, den Hunger nach Männern, die Erlöser waren, die ver-

zweifelte Liebc zu den Kindern und das schwache, aber beständige Streben nach wirklicher Unabhängigkeit.
Daisy war ein Schlachtfeld, das der stumme Kampf zwischen Selbsterkenntnis und Selbstzerstörung verwüstete. *The Fertile Crescent* war ein Wettrennen dieser beiden unversöhnlichen Feinde, an dessen Ziellinie der Tod wartete. Wie alle anderen, die an dem Film mitarbeiteten, konnte Annie nichts gegen den Eindruck tun, daß das hinterhältige Schicksal, das Damon seiner Heldin zugedacht hatte, an ihnen allen Spuren hinterließ. Die Spannung bei der Arbeit entstand nicht nur aus der Aufregung, sondern auch aus Angst.
Aber nun gab es kein Halten mehr.

37

Die Straße protzte noch mehr mit ihrer Würde als die meisten anderen in Palm Springs. Das Haus, im Neo-Tudor-Stil mit leichten spanischen Anklängen an Simsen und Fensternischen erbaut, roch noch mehr und stolzer nach altem Geld als alle anderen. Die Berge lugten hinter dem dichten Blätterwald der Bäume hervor, die das Pflaster säumten. Die Wüste war nirgends zu sehen.
Wally bog in die kreisrunde Einfahrt ein. Dabei warf er einen letzten Blick auf den Artikel, den er letzten Donnerstag aus dem *Southern California Bulletin* ausgeschnitten hatte. Das Foto daneben zeigte eine Gruppe von Damen der Gesellschaft, die für ihre wohltätige Arbeit in den Indianerreservaten der Cahuilla und Soboba vom Staat ausgezeichnet wurden.
In der hinteren Reihe stand sie, unverkennbar.
Sie sah älter aus, anders – aber Wally erkannte sie so mühelos, daß er selbst erstaunt war.
Es war ein Schnappschuß, und das erklärte vermutlich, warum sie sich überhaupt hatte fotografieren lassen. Vielleicht war sie einen Augenblick unaufmerksam gewesen, oder sie hatte sich nicht weigern können, ohne peinliche Aufmerksamkeit zu erregen. Oder sie war in ihrem neuen Leben einfach arrogant geworden.
Es war ja wirklich ein bequemes Leben. Vor neun Jahren hatte sie einen Bankmanager aus Palm Springs namens Ralph Sonderborg geheiratet. Im Augenblick war er Präsident der First National Bank und bereitete sich auf einen partiellen Rückzug aus den Geschäften und einen Sitz im Aufsichtsrat vor.

Wallys eilige Nachforschungen vor seinem Besuch hier hatten ergeben, daß sie, Freunden zufolge, Sonderborg auf dem Golfplatz kennengelernt und sich als Witwe vorgestellt hatte, der es der Schmerz unmöglich machte, über ihre Vergangenheit zu reden. Bald darauf hatte man geheiratet, die Ehe verlief ereignislos, wenn man von regelmäßigen Reisen nach Europa und Mexiko einmal absah.
Sie hatte eine Bridgerunde, arbeitete für wohltätige Zwecke, hatte verschiedene Positionen in Frauenvereinigungen inne und war aktives Mitglied der Republikanischen Partei.
Und sie war Alice Havilland.

Wally stieg aus dem Auto. Ein Chauffeur stand träge neben einem Silver Cloud jüngeren Baujahrs in der Auffahrt. Durch das offene Garagentor war ein grauer Mercedes zu sehen.
»Kann ich Ihnen helfen, Sir?« fragte der Chauffeur, ein gut gebauter Mittvierziger, der, wie das gesamte übrige Personal, wahrscheinlich auch als Leibwächter fungierte. Der dritte Stock des Hauses sah aus wie das Dienstbotenquartier.
»O ja, vielen Dank«, antwortete Wally. »Ich fürchte, Mrs. Sonderborg erwartet mich nicht. Ich komme eben aus San Francisco und habe es sehr eilig. Aber wenn Sie einen Augenblick für mich Zeit hätten, würde mir das sehr helfen. Vielleicht könnten Sie ihr meine Karte überreichen ...«
Er gab sie ihm.
Vorn auf der Karte stand unauffällig *Dugas Investigations* und die Telefonnummer.
Auf der Rückseite standen drei Namen.
Wally hatte es sich lange überlegt, wann und wie er sie überraschen wollte.
Der Chauffeur betrachtete die Karte. Seine dunklen Augen verrieten nichts von seinen Gedanken.
Er drehte sich wortlos um, klingelte und gab die Karte nach drinnen.
Wally ging zu dem Silver Cloud hinüber, die Wüstenhitze brannte auf seinen Schultern. Er war dankbar für seinen Hut.
»Kein schlechtes Gefährt«, bemerkte er. Der Chauffeur reagierte nicht.
Zehn Minuten vergingen. Wallys Auto hatte keine Klimaanlage, es war sinnlos, dort vor der Sonne Schutz zu suchen. Er zögerte, in die Garage zu gehen, und suchte eben den Garten nach einem schattigen Plätzchen ab, als die Haustür geöffnet wurde.
»Mrs. Sonderborg wird Sie jetzt empfangen«, sagte ein hochmütiges Dienstmädchen in gestärkter Uniform.

Sie führte ihn durch ein Wohnzimmer voller Antiquitäten und teuer aussehender Landschaftsansichten. Der Perserteppich hatte wahrscheinlich mehr gekostet als der Rolls vor der Tür. Alles wirkte so übertrieben am richtigen Fleck, daß man beinahe Angst hatte, ein Staubkörnchen von der Büste auf dem Kaminsims zu blasen, weil sonst die ganze Illusion einstürzen könnte.

Es war ein Denkmal, nicht nur für Reichtum, sondern für die altkalifornische Vorstellung von Lebensart, das Scarsdale wie eine Hippiekommune aussehen ließ.

Wally folgte dem Mädchen in eine kleine, verglaste Sonnenterrasse an der Rückseite des Hauses. Sie war angefüllt mit Hibiskus, Paradiesvogelblumen und Oleander in hübschen Keramiktöpfen.

»Nehmen Sie bitte Platz.« Die Haushälterin wies auf eine bequeme Couch hinter einem Kaffeetischchen. Durch die Fensterfront sah Wally eine riesige Rasenfläche, auf der in Form geschnittene Büsche und Bäume einen Springbrunnen verdeckten. Gute fünfzig Meter entfernt war ein Tennisplatz zu sehen.

Wally setzte sich. Fünf Minuten vergingen. Ein zweites Mädchen erschien und fragte ihn, ob er Limonade oder Eistee wolle.

»Eistee wäre sehr freundlich.«

Nachdem der Tee da war und Wally ein paar erfrischende Schlucke getrunken hatte, war er schon beinahe dreißig Minuten in Ralph Sonderborgs Haus. Die Aufregung und die Klimaanlage hatten es geschafft, ihm das Blut tiefer in den Körper zu treiben, und so war es ihm an Fingern und Zehen etwas kalt.

Sie bereitet ihre Rede vor, dachte er leise lächelnd und sah zu, wie das Kondenswasser von den geeisten Wänden seines Glases in den Tee tropfte.

Schließlich waren im angrenzenden Korridor leise Schritte zu hören. Eine erstaunlich gutaussehende Frau in einem konservativen Sommerrock mit Bluse erschien in der Tür, und ihr Lächeln war ebenso beherrscht wie ihre Umgebung.

»Mr. Dugas.« Sie kam näher, ohne die Hand auszustrecken. »Bitte bleiben Sie sitzen. Womit kann ich Ihnen dienen?«

Sie ist jünger als ich. Der Gedanke traf Wally wie ein Schlag. Mit sechsundvierzig sah er bedeutend älter aus als diese gut erhaltene und sehr hübsche Frau. Aber er hatte so lange über sie in fast prähistorischen Begriffen nachgedacht, daß er erwartet hatte, sie sehe uralt und unheimlich aus.

Aber in der Tat war sie sehr jugendlich und fast zu wirklich. Sie trug ihr

neues Ich wie ein Symbol der Unmöglichkeit, daß sie je zu der abscheulichen Vergangenheit gehört haben konnte, die Wally so sorgfältig ermittelt hatte.
Aber er hatte zwei Fotografien in der Tasche, die bewiesen, daß sie es war. Sie und niemand anders.
Was für eine Schauspielerin!
Und dazu sehr attraktiv. Wally wußte, daß Ralph Sonderborg schon hoch in den Sechzigern war. Er mußte ein leichtes Opfer für sie gewesen sein.
Ihre Augen wirkten erstaunlich sanft und einladend. Der Blick schien Wally die Kraft zu entziehen, ihn aus dem Gleichgewicht zu bringen.
»Nun«, sagte er. »Ich bin mir gar nicht sicher, ob ich Sie überhaupt belästigen soll, Madam, mit etwas, das Sie kaum etwas angeht. Es ist nur eins der Dinge, die wir eben verfolgen müssen, wenn Sie verstehen, was ich meine. Gewisse Hintergründe.« Er sagte wörtlich das, was er sich vorgenommen hatte, obwohl er dabei bewußt hüstelte und sich räusperte, um ihre Reaktion besser beobachten zu können.
»Ich ermittle sozusagen eine Person für eine andere«, fuhr er mit einem dümmlichen Lächeln fort. »Nichts Ernstes oder Illegales. Aber wenn Sie mir mit ein paar Erinnerungen weiterhelfen könnten, würde mir das eine Menge Lauferei ersparen.«
Sie setzte sich behutsam in den mit Blumenmusterstoff bezogenen Sessel, der im rechten Winkel zu ihm stand. Seine Karte hielt sie in der Hand, ohne sie anzusehen.
»Alles, was in meiner Macht steht«, sagte sie.
»Nun«, begann Wally und schwenkte den Eistee im Glas, »Ich werde versuchen, mich kurz zu fassen, um Sie nicht zu lange aufzuhalten.« Er sprach absichtlich, ohne seine Notizen zu Hilfe zu nehmen. »Bitte korrigieren Sie mich, wenn ich mich irre. Im April 1946 brachten Sie eine Tochter zur Welt. Den Vater hatten Sie in Buffalo kennengelernt, wo er sein Juristenexamen machte und Sie am Theater spielten. Nach einigen Jahren zerbrach Ihre Ehe, und Sie gingen Ihre eigenen Wege.«
Sie erwiderte nichts. In ihren Augen war noch die gleiche aufmerksame Freundlichkeit, obwohl sie ein gewisses argwöhnisches Funkeln dahinter nicht verbergen konnte. Das konnte kein Mensch.
Aber sie gab sich alle Mühe. Wally hätte ebensogut ein Versicherungsagent oder ein Lieferant sein können, so gelassen blieb sie.
»In den darauffolgenden Jahren«, fuhr Wally vorsichtig fort, nachdem er an seinem Tee genippt hatte, »reisten Sie viel herum, wie ich von einer Anzahl Freunden und Kollegen erfahren habe. Sie bekamen ein zweites

Kind, auch ein Mädchen. Sie blieb bei Ihnen, bis sie etwa zwölf oder dreizehn war. Trifft das in etwa zu?«
Er sah ihr unverblümt in die Augen. Er wußte, daß seine wenigen Sätze, zusammen mit den Namen auf der Karte, ihr einen großen Schrecken einjagen mußten. Denn er zweifelte nicht, daß niemand in ihrem gegenwärtigen Leben etwas von ihrer Vergangenheit wußte.
»Nun«, sagte er dann mit seiner erprobten Provinzstimme, »wie gesagt, Madam, der Fall, an dem ich arbeite, betrifft nicht Sie direkt. Aber ich muß eben gewissen Dingen nachgehen, und deshalb erzähle ich jetzt einfach weiter, und Sie sagen mir, ob Sie mir helfen können.« Er lächelte. »Ich nehme nicht an, daß Sie noch viel Kontakt mit den Leuten unten in New York haben? Wo Ihre erste Tochter aufgewachsen ist, meine ich ...«
Sie bewegte sich im Sessel, und er roch das teure Parfüm, das sich mit dem Duft der Blumen mischte. Ihre Beine, das sah er jetzt, waren mehr als nur attraktiv. Sie hatte eine erstaunliche Figur.
Sie schwieg. Ihre Augen waren ruhig wie Teiche.
Wally räusperte sich.
»Und das zweite Mädchen? Wissen Sie, wo sie ist?«
Er hatte schon einiges von seinem Pulver verschossen. Ihre lächelnden Augen wurden unmerklich härter. Sie hatte die Hände im Schoß und schwieg.
»Wissen Sie, was aus Mr. Leon Gutrich geworden ist?« Er nannte den ersten der drei Namen auf der Rückseite der Karte.
Sie schwieg.
»Mr. Mike Fontaine?«
Ihr Blick war so undurchdringlich wie ihr Schweigen.
»Was ist mit Mr. Charlie Grzybek?«
Ein leicht verwundertes, aber vollkommen bedeutungsloses Lächeln erschien auf ihren Lippen.
Er hatte ihr genug erzählt. Jetzt war es Zeit für ein sichtbares Indiz. Er holte das Foto von ihr und Christine auf dem Strand von Chesapeake heraus und legte es vor ihr auf den Tisch. Sie rührte sich nicht, sondern senkte nur die Augen, um es anzusehen.
»Mr. Dugas, ich bin nicht sicher, ob ich Ihnen weiterhelfen kann. Aber vielleicht, wenn Sie mir etwas mehr von Ihrem Untersuchungsgegenstand erzählen ...«
Ihr Blick brachte Wally einen Augenblick lang aus der Fassung. Dahinter lauerte eine erbarmungslose, instinktive Bereitschaft, das Ruder in die Hand zu nehmen. Sie hatte den hübschesten Schutzpanzer, den er je an einem Raubtier gesehen hatte.

Mit Ausnahme von Christine.
»Wie gesagt«, erwiderte er, »es ist nichts, was für Sie persönlich irgendeine Bedeutung hätte, Madam. Aber ich kann natürlich nicht den Namen meines Kunden oder die Art der Untersuchung preisgeben. Und in gleicher Weise werde ich selbstverständlich auch alles, was Sie mir sagen, streng vertraulich behandeln. Die Vertraulichkeit meiner Quellen ist mein eherner Grundsatz«, fügte er ernsthaft nickend hinzu.
Sie betrachtete wieder das Foto. Er sah Christine in dem Hotelzimmer in Miami vor sich, wie sie dasselbe Foto ansah, mit ihren blonden Wimpern wie goldene Fächer vor ihren Augen.
Wie die Mutter, so die Tochter. Die Freundlichkeit des Blicks, die verhüllte Absicht, ein innerer Reflex, der so schnell war, daß kein Opfer ihm entkommen konnte. Wäre diese Frau nicht auf perverse Weise stolz, wenn sie erführe, wie schnell ihre Tochter sich des großen Harmon Kurth entledigt hatte?
Aber Wally sah auch die Liane aus *A Midnight Hour*, deren Augen Eric Shain abtasteten und deren Lippen gleich die Worte der tödlichen Verführung aussprechen würden.
Wie die Mutter, so die Tochter. Hier war es also: das fehlende Glied, der mystische Teil.
Für Wally war sie noch mehr. Viel mehr. Sie war ein Teil des Schattens, der sein eigenes Leben bestimmte.
Nun lag ihr Blick auf seinem Gesicht. Sie musterte ihn so eindringlich, daß er das Gefühl hatte, als würden harte Finger über seine Haut fahren.
»Ich kann Ihnen einige der Antworten geben«, sagte er mit seinem freundlichsten Lächeln. »Mike Fontaine wurde bei einem Kampf in einer Bar getötet, vor etwa siebzehn Jahren. Charlie Grzybek arbeitet heute in einer Kneipe im Osten. Vor kurzem habe ich auch mit Leon Gutrich gesprochen. Er war gesund und immer noch Farmer. Er scheint sich an Sie nicht mehr zu erinnern, aber er besaß noch eine Postkarte, die Sie ihm einmal geschickt hatten. Aus einem Hotel in Buffalo.«
Ihr Blick wurde noch hypnotischer. Wally hielt ihm nur unter Schwierigkeiten stand. Sie anzusehen war wie ertrinken.
»Was den jungen Anwalt betrifft, den Sie geheiratet hatten«, fuhr er fort, »er starb vor etwa acht Jahren. Das Herz. Er ist im Familiengrab auf dem Friedhof der Stadt begraben.«
Sie spielte mit seiner Karte, wie eine Katze mit einer sterbenden Maus spielt.
»Ihre beiden Töchter sind ziemlich alleine auf der Welt«, sagte er. »Keine Mutter, keinen Vater. Wie gesagt, geht es mich natürlich nichts

an, Mrs. Sonderborg. Aber es würde mich nicht überraschen, wenn sie Interesse hätten zu erfahren, wo Sie sind.«
»Mr. Dugas«, erwiderte sie nun endlich nach einem Blick auf die Vorderseite seiner Karte, »mein Gatte hat Anwälte ...«
Er hob die Hände. »Ich sehe keinen Grund, warum wir Ihren Gatten mit dieser Sache belästigen sollten«, protestierte er. »Überhaupt keinen Grund. Wie gesagt, es ist nicht sehr wichtig – eigentlich eine alte Geschichte –, und ich weiß doch, daß Mr. Sonderborg ein vielbeschäftigter Mann ist.«
Der Blick in ihren Augen hatte sich nicht verändert.
»Andererseits«, sagte sie, »scheinen Sie sich Ihre Fragen ja selbst ziemlich gut beantwortet zu haben. Wenn also sonst nichts mehr ist ...?«
»Nur noch eins. Eine Kleinigkeit. Aber es hilft mir vielleicht ein großes Stück weiter. Erspart mir Laufereien, wie gesagt. Wenn Sie mir nur sagen könnten, wer der Vater Ihrer zweiten Tochter ist, Mrs. Sonderborg. Nur dieses eine.«
Er wartete. Das einzige Geräusch im Zimmer kam von der Karte, die an dem Stoff über ihrem Schenkel entlangstrich. Ihre Vorsicht machte sie verblüffend schön. Ohne Zweifel war sie in die Enge getrieben. Sie wußte, daß ihr schlimmster Feind sie eingeholt hatte: ihre Vergangenheit.
Und aus diesem Grund war Wally hier. Sie so weit zu bringen, daß sie sich wand. Um sie wissen zu lassen, daß die Vergangenheit noch nicht hinter ihr lag und es auch nie tun würde. Um diesen Blick ihrer Augen zu sehen, das freudlose Schlangenlächeln, das Christine unzählige Male gesehen haben mußte, in den Jahren, als sie noch zu klein war, um sich zu verteidigen.
Um zu sehen, wie sie die Giftzähne ausfuhr und spritzte.
»Mr. Dugas«, sagte sie nachdenklich. »Ich glaube, hier liegt ein Irrtum vor. Ich glaube nun wirklich nicht, daß ich Ihnen helfen kann. Aber ich darf doch anmerken, daß bei bestimmten Leuten und unter bestimmten Umständen die Information, die Sie suchen, einfach nicht existiert.«
Sie lächelte ihn mit ihrem freundlichsten Gastgeberlächeln an. Es legte sich über ihr Gesicht wie ein Vorhang.
»Nun dann«, sagte er und klopfte sich, während er aufstand, auf die Schenkel, »Sie wissen ja, was man über uns Detektive sagt. Wir sind auf der Welt, um Leuten auf die Nerven zu gehen und ihre Zeit zu verschwenden. Sieht aus, als hätte ich mich umsonst herbemüht, Madam. Aber so ist eben unsere Arbeit.«

»Es tut mir leid, Ihnen nicht helfen zu können«, sagte sie und erhob sich, um ihn hinauszubegleiten. »Sind Sie sicher, daß das alles war?«
Er spürte, wie sie die Giftzähne wieder einfuhr, ihre Türen sich wieder verriegelten. Sie war erleichtert.
»Mit Sicherheit«, erwiderte er gedehnt und drehte den Strohhut in den Händen. »Es genügt zu wissen, daß Sie hier sind, in bester Gesundheit, und daß Sie es schön haben. Das ist ja in unserer Welt nicht eben leicht.«
Er ließ seine Worte wirken. Dann, während er den Hut aufsetzte, sah er sie mit ausgesucht freundlicher Höflichkeit an.
Er hatte ihre Nummer, und sie wußte es.
Und nun warf sie ihm den Blick zu, auf den er gewartet hatte. Es war ein Funkeln triumphierender Grausamkeit und einer Drohung, scharf wie ein Rasiermesser, hinter dem kühlen Lächeln. Er kannte das, hatte es schon oft gesehen. Aber seine letzte, verhüllte Drohung war nötig gewesen, um es ihr zu entlocken.
»Ich werde Ihnen den Weg zeigen«, sagte sie und wies ins Wohnzimmer. Ihre Stimme klang fast wie eine Liebkosung.
»Nicht nötig«, erwiderte er lächelnd. »Ich finde schon hinaus. So ein Wohnzimmer habe ich nicht mehr gesehen, seit ich einmal das Weiße Haus besichtigt habe. Bemühen Sie sich nicht, Mrs. Sonderborg. Einen schönen Tag noch.«
Die Haushälterin stand hinter dem Fenster und beobachtete ihn, als er über den Rasen zu seinem Auto ging. Der Chauffeur stand schweigend neben dem funkelnden Rolls, als er die Straße hinunterfuhr.
Im Haus klangen leise Schritte durch den ersten Stock. Eine Schublade wurde geöffnet und wieder geschlossen.
Ein Gesicht betrachtete sich im Spiegel. Die Pupillen erweiterten sich im Licht, die Iris spannte sich. Plötzlich blitzte eine Absicht in den vorsichtigen Tiefen auf und verschwand dann wieder hinter einer Maske.

38

Annie war nicht die einzige, die ratlos war.
Keine Dreharbeiten hatten Damon Rhys je soviel Kummer bereitet wie die zu *The Fertile Crescent*.
Zunächst glaubte er, der Hauptgrund seines Unbehagens sei Annie selbst. Obwohl er die Daisy für sie erschaffen hatte, war er doch nicht

vorbereitet auf die Grausamkeit, ihr beim Spielen der Rolle zusehen zu müssen.
Sie kam immer pünktlich zum Drehort, ihre engelsgleichen, schmerzerfüllten Augen leuchtend und faszinierend, und sie warf sich mit solcher Macht in die selbstzerstörerische Passivität Daisys, daß es schmerzte, ihr zuzusehen. Um so mehr als er, wenn er ihren zerbrechlichen Körper ansah, ihre verlorene Liebe, den Unfall und das tote Kind nicht vergessen konnte.
Die Szenen mit den Kinderschauspielern, die Daisys Kinder spielten, brachen einem das Herz. Man spürte Annies Liebe für ihr ungeborenes Baby in jedem Lächeln und jeder Geste.
Zuzusehen, wie sie in *A Midnight Hour* aus ihrer sauberen, freimütigen Persönlichkeit Lianes Schlechtigkeit herausbrachte, war eine Sache gewesen. Damals war Eric Shain das Opfer. Aber nun, nachdem Annie selbst zum Opfer geworden war, versank sie in der stillen Katastrophe, die Daisy ausmachte – und sie tat es für ihn, für Damon.
Er fragte sich langsam, ob er sich diesmal nicht mehr vorgenommen hatte, als er bewältigen konnte.
Nach den ersten Wochen merkte er, daß es nicht nur Annie war, die ihm Mut und Kraft nahm. Es war das unsichtbare, unwägbare Chiasma zwischen *The Fertile Crescent* und seinem inneren Leben als Künstler. Er konnte es nicht leugnen: Dieser Film konnte durchaus seine letzte Arbeit sein. Er wurde älter, und die Intensität der Arbeit wurde ihm langsam zuviel.
Die Veränderungen, die er in jeder Nacht an seinem Skript anbrachte, wirkten auf sein Ich wie kleine Verbrennungen und giftige Injektionen, sie manipulierten und befeuerten ihn auf eine Weise, die er nicht verstand.
Die Inspiration war nicht länger in ihm, sondern außerhalb seiner selbst, sie schwebte in den Schatten des Hauses, wehte durch die offenen Fenster herein und hinaus, sie verhöhnte ihn und war nie ganz greifbar, doch auch nie ganz außer Reichweite – aber immer war sie schmerzlich, immer gefährlich. Sie war in gewisser Weise eine unpersönliche kreative Kraft, die mit ihm eigentlich nichts zu tun hatte. Er war lediglich das schwache menschliche Glied, das sie brauchte, um sich selbst zu erschaffen.
Er sehnte sich verzweifelt nach einem Saufgelage, das er sich im Augenblick nicht leisten konnte. Er war auf einem Karussell, das er nicht verlassen konnte, bevor es sich ausgedreht hatte. Denn seine Künstlerfinger ertasteten zitternd etwas Größeres und Wichtigeres als alles, was er bis jetzt versucht hatte. Doch er wußte nicht, warum.

Er war vollkommen ratlos, er trieb in einem Gärungsprozeß und einer Verantwortlichkeit dahin, die er nicht länger ertragen konnte.
Es war beinahe paradox, daß genau zu diesem Zeitpunkt ein eigenartiges neues Bewußtsein wie aus dem Nichts kam und von seinen Gedanken Besitz ergriff, zunächst nur an den Rändern, doch immer mehr auch im Zentrum seiner Phantasie.
Es betraf Annie und Margot.

Margot war es, die ihn jeden Tag nach den anstrengenden Dreharbeiten nach Hause fuhr und Conchata in der Küche half, während er trank und Geige spielte, die Anrufe für ihn entgegennahm und schließlich auch früh zu Bett ging, damit sie mitten in der Nacht wieder wach war, um seine Änderungen an dem Skript zu notieren.
Annie ging nach Hause in ihre Wohnung, um ihren Text zu lernen und zu schlafen, so gut sie konnte. Wie gewöhnlich kam sie an den Wochenenden ins Haus, trainierte mit Margot und neckte Damon in den Pausen zwischen den intensiven gemeinsamen Diskussionen über das Drehbuch mit erstaunlicher Fröhlichkeit.
Genau in diesen Augenblicken geschah es, daß Damon, während die eine Hälfte seines Verstandes konzentriert war auf die morbide Eindringlichkeit von *The Fertile Crescent*, auf die Hektik der Dreharbeiten und den langen Nachproduktionsprozeß, der noch vor ihnen lag, mit der anderen Hälfte ausführlich die beiden Mädchen betrachtete, die seine geistigen Töchter geworden waren.
Zunächst war es nichts als väterliche Bewunderung und ein Vergleichen, wie es sein Künstlerauge verlangte.
Annie und Margot waren vollkommen verschieden, aber sich zugleich auch erstaunlich ähnlich. Beide waren stark, tapfer, entschlossen, und sie beschützten sich gegenseitig. Annies rein körperliche Zähigkeit war inzwischen für Damon beinahe legendär. Und hatte er nicht gesehen, wie Margot, ohne an die Gefahr zu denken, auf der Terrasse hinter dem Haus in der Wüste mit der Ferse ihrer Sandale einen Skorpion zertrat, den sie neben Annies Liegestuhl entdeckt hatte?
Beide lernten schnell. Annie aus Langeweile und Margot aus reiner Hilfsbereitschaft hatten Conchatas Kochmethoden gelernt, und beide nähten für Damon, der aus Aberglauben nie seine alten, fadenscheinigen Kleider wegwarf. Margot konnte jedes Gerät, jede Apparatur reparieren und hatte Damon auf diese Weise wahrscheinlich schon einige hundert Dollar an kleineren Reparaturrechnungen erspart. Und ihre Rückenmassagen waren der Beweis für die Kraft ihrer Hände und ihres Wissens um den Körper.

Sie waren beide reine, intelligente junge Mädchen, zäh in ihren Egos und ihren Verteidigungsmechanismen, nicht bereit, sich vom Unglück oder der Verzweiflung überwältigen zu lassen. Beide trugen sie ihren Schmerz als geheime Last: Margot ihre geheimnisvolle Wunde von den Händen eines unbekannten Mannes und Annie ihre ganze sorgenvolle Vergangenheit, das Unglück, in das Eric Shain sie gestürzt hatte, ihr totes Kind, ihr körperliches Leiden und in letzter Zeit auch den Bruch mit Frank McKenna, einen Schlag, dessen Heftigkeit Damon als Außenseiter gar nicht ermessen konnte.

Wie Schwestern waren sie sich ähnlich – und doch verschieden, wie Schwestern es sein mußten. Annie war die ältere, von Natur aus komplexere, und wie geschaffen für die Schauspielkunst, die unermeßliche Tiefen des Charakters verlangt, deren sich der Schauspieler selbst nie ganz bewußt ist und deren er auch nie ganz Herr wird.

Margot dagegen war die psychologisch einfachere der beiden, deren ruhige Oberfläche des Lebens nie von Tragödien erschüttert worden war, der Liebling ihrer Eltern und der drei riesigen Brüder. Naturverbunden, zuversichtlich und von Natur aus freundlich, ging sie im vollkommenen Gleichgewicht über dicke Schichten schwarzer Erde, während Annie über gefährlich dünnes Eis dahinschlitterte.

Aber auch Margot war nicht so unkompliziert, wie sie vorgab. Sie war eine geborene Intellektuelle, verstandesorientiert und forschend. Das zeigte sich in ihrem fast unheimlichen Verständnis seiner Werke und in ihren verblüffenden, brillanten Beiträgen zu *The Fertile Crescent*.

Damon war überzeugt, daß die Quellen ihrer Kreativität tiefer lagen, als sie selber wußte. Wie ein besorgter Vater hatte er sie gewarnt, ihr Talent nicht als Lehrerin zu verschwenden, die über die Bücher anderer Leute Vorlesungen hielt. Er wollte, daß sie selbst Stücke schrieb und vielleicht auch Romane und Kurzgeschichten.

Aber wie eine eigensinnige Tochter, die ihre innere Beschaffenheit dazu verurteilte, sich von der Unsicherheit der Kunst abzuwenden, hielt sie an ihrem Plan des Unterrichtens fest und widerstand mit starkem Willen allen Ermahnungen.

Und gleichzeitig akzeptierte sie geschmeidig und wie selbstverständlich die Sinnlichkeit ihres wunderbaren Frauenkörpers, ganz im Gegensatz zu Annies behutsamer, fast gequälter Art, sich zu bewegen und zu sprechen.

Ja, die Unterschiede zwischen den Mädchen waren eigenartig verteilt. Margot, die kühle Intellektuelle, war weniger kompliziert als Annie, erdiger, und gleichzeitig analytischer – und dann auch wieder viel offensichtlicher erotisch.

Annie dagegen war weniger intellektuell, aber eine große Künstlerin, sie besaß sowohl Talent als auch eine Sexualität, die aus unsichtbaren Tiefen in ihr aufzusteigen schien. Und genau diese Divergenz der verschiedenen Ichs, diese Vielfalt war es, die Damon ursprünglich dazu gebracht hatte, sie als Liane zu engagieren, denn sie war unendlich erotisch und provozierend, um so stärker, je weniger sie von ihrer Macht wußte.
Ein komisches Duo: die Schauspielerin und die Intellektuelle, das getriebene Talent und das lächelnde, ach so menschliche Mädchen vom Lande, die betörende Sirene und die gelassen erotische Frau aus Iowa.
Ja, sie waren wie Schwestern. Wenn sie in Haus und Garten in Shorts, T-Shirts und Sandalen oder Turnschuhen herumliefen und ihre langen, rötlich-blonden und glänzend schwarzen Haare im Wind wehten, bemerkte Damon, daß sie beide mit langen, schönen Beinen gesegnet waren, mit schlanken Fesseln und kräftigen Hüftknochen, bezaubernden Schultern und festen, kleinen Brüsten.
Manchmal nahm es ihm fast den Atem, wenn die beiden, strahlend in ihrer Jugend und Gesundheit, im gleichen Augenblick ins Zimmer kamen, auf ihn zugingen und ihn auf die geröteten Wangen küßten. Sie waren wie zwei großartige, lebendige Puppen, geschaffen aus dem gleichen Grundstoff und doch so erfreulich verschieden.
Und er hatte das Gefühl, daß eine geheimnisvolle nachträgliche Laune des Schicksals ihn zum Vater dieser beiden bestimmt hatte. Wenn er Witze riß, er habe nie Töchter gehabt, neckten sie ihn mit Spitznamen wie »Dad« oder »Pop«, oder Margots »Unser Dad«, den sie besonders mochte, weil er so hausbacken war.
Damon wurde eigenartig erregt, wenn er über seine symbolische Vaterschaft nachdachte, während er ihre blühenden jungen Körper betrachtete und dem Klang ihrer Stimmen zuhörte. Er lächelte, als er bemerkte, daß es seine Alterslibido auf sublime Art reizte, sie unter seinem Dach zu haben, ihre lächelnde Zuneigung, die töchterlichen Küsse und Liebkosungen und Margots Rückenmassagen zu spüren.
Warum auch nicht? Es tat gut, und es war vollkommen unschuldig. Er war schon vor langer Zeit zu dem beruhigenden Entschluß gekommen, nur noch mit Frauen seines Alters zu schlafen, und das tat er auch weiter, hier in New York und auch in der Wüste, wo eine freundliche Farmersfrau seine Besuche erwartete.
Trotzdem war es ihm eine Lust, diese Parade jugendlicher Sexualität fast täglich vor sich zu sehen. Er erhielt wie ein Vater die Gelegenheit, gewollt und gebraucht zu werden und ein Beschützer zu sein – und gleichzeitig auch verwöhnt und bemuttert zu werden. Und er spürte

auch wie ein Vater ein geheimes inzestuöses Prickeln, wenn er sich an seinen Töchtern erfreute.
Aber alles war anders, seit Annie gegangen war.
Es war, wenn man in der Familienmetapher blieb, als hätte von seinen beiden Töchtern Annie, die ältere und selbständigere, das Haus verlassen und würde jetzt ihr eigenes Leben leben, beschäftigt mit ihrer Arbeit, ihren privaten Sorgen und den Höhen und Tiefen ihres Liebeslebens.
Aber die jüngere, die Damon körperlich und gefühlsmäßig mehr ähnelte, die sinnliche, natürliche Blondine, die blieb zu Hause.
Mit ihm alleine.
Es war natürlich nur ein müßiger Gedanke. Eine künstliche Vorstellung. Aber irgendwie brachte er sie, nachdem er sie einmal gedacht hatte, nicht mehr aus dem Kopf. Wie ein heimtückischer Samen rührte und öffnete sie sich und erblühte zu einer Besessenheit.

Sein Blick folgte Margot, wenn sie allein im Haus waren.
Oft saß sie mit untergeschlagenen Beinen auf der Couch und notierte seine Gedanken auf ihrem gelben Klemmbrett. Wenn sie am Schreibtisch saß und tippte, überkreuzte sie die Beine auf dem Stuhl wie ein Schulmädchen. Manchmal lag sie, den Kopf in den Arm gestützt, mit einem Buch auf der Couch, und ihre langen Haare flossen üppig über den alten Stoff.
Wie eine Katze schlich sie geräuschlos durchs Haus, auf bloßen Füßen, und warf sich dann in einen Sessel, die Beine über der Lehne, ihre langen Schenkel nackt unter den Shorts oder dem Minirock, der ihre geschwungenen Hüften umspannte.
Er roch ihre Nähe, wenn sie ihm Kaffee einschenkte oder den Arm um ihn legte. Ihr moschusartiger weiblicher Duft ging ihm unter die Haut.
»Was hast du denn da für ein Parfüm, Sis?« Er versuchte, es mit einem Lachen abzutun. »Das riecht ja irre. Da werden dir die Männer nur mehr zu Füßen liegen.«
»*Baiser* heißt es, wenn du es unbedingt wissen willst. Ich bin froh, daß du es magst«, erwiderte sie. »Teuer genug war es ja.«
»Im Französischen ist das ein schmutziges Wort«, informierte sie Damon.
»Wirklich?« fragte sie. Ihr linguistisches Interesse war erwacht. »Ich dachte, es heißt Kuß.«
»Umgangssprache, Baby. In der Umgangssprache. Schau nach.«
Am nächsten Tag schlug sie ihm zärtlich auf die Wange, nachdem sie die

unverblümt sexuelle Bedeutung in ihrem Französischlexikon nachgesehen hatte.

»Was für schmutzige Gedanken du hast, Pop.«

»Die Parfümhersteller auch«, grunzte er.

Sie lachten unbeschwert und arbeiteten weiter wie eine gut geölte Maschine, flüsternd während der Dreharbeiten oder schweigend in den frühen Morgenstunden im Wohnzimmer.

Aber langsam und unmerklich, von Rückenmassage zu Rückenmassage, von Zärtlichkeit zu Zärtlichkeit, löste sich Margot aus dem hübschen Duo, das sie mit Annie gebildet hatte.

Und während Annie in der Daisy und in der Arbeit an *The Fertile Crescent* versank, kam Margot immer näher, sie nahm den Rand seines Gesichtsfeldes ein und das Zentrum seiner Träume.

In meinem Hirn geht hin und her,
Als wäre dies ihr eigner Raum,
Eine Katze, zahm, sanft und schwer.
Wenn sie miaut, man hört es kaum,
So sittsam ist ihr Ton und weich ...

Damon war sich nicht sicher, ob er Baudelaires Verse richtig zitiert hatte. Aber nachdem er *sie* für das absurde französische Maskulinum eingesetzt und sich die Katze korrekt als weiblich vorgestellt hatte, setzte sich das Gedicht in seinen Gedanken fest, sobald Margot in der Nähe war.

Aus ihrem braun und blonden Fell entweicht
Ein Duft so süß, daß ich wie trunken war,
Als ich am Abend einmal nur ganz leicht,
Ein einzig Mal nur, hinstrich übers Haar ...

War sie nur in seinem Haus oder auch in seinem Gehirn? Er wußte nur, daß sie seine Gedanken beherrschte. Gedanken, die nicht mehr zu unterscheiden waren von der immer stärker werdenden Erregung seiner Sinne.

Nun, da er mit ihr alleine war, schien sie den Raum nicht nur mit ihrer eigenen, unbeschwerten Attraktivität zu erfüllen, sondern auch mit einem Teil von Annies mystischem Charme. Die beiden waren wie Alter egos, zwei Hälften der gleichen kostbaren Nymphe, und so trug die eine Züge der anderen.

Daß die beiden oft Kleider tauschten, verstärkte diesen Eindruck nur noch. Obwohl Margot fünf Kilo schwerer war, vor allem nach Annies traumatischer Auszehrung, hatten sie von Natur aus die gleiche Größe, und das meiste ihrer Garderobe paßte beiden.
Die Kleider der einen erhöhten den Reiz der anderen. So als übertrügen sie ein wenig vom Wesen der anderen. So brachte eine den Charme beider in jedes Zimmer, das sie betrat.
»Na komm, Sis«, sagte er oft zu Margot. »Nimm mich in den Arm.«
Und wenn sie dann kam, so rein und hübsch, sich neben ihn kniete und ihn küßte und streichelte, wenn sie ihm durch die krausen Haare strich und bettelte, sie ihm schneiden zu dürfen, bemerkte er, daß das Top oder die Shorts, die sie trug, Annie gehörten. Und eine namenlose Vielfalt kam dann über seinen fruchtbaren Verstand, die zwar die Klarheit vertrieb, aber den Dichter in ihm erweckte, den Liebhaber von Paradoxen und Rätseln.
Ja, je mehr Margot sich von Annie löste, desto mehr wirkte sie paradoxerweise wie von Annies Fleisch und Blut, und sie erfüllte seine Sinne mit Annie, wenn sie ihn liebkoste.
Aber je mehr Margot Annie ähnelte, desto deutlicher unterschied sie sich auch von ihr. Um so blonder wurde sie im Vergleich zu Annies dunklen Haaren, um so offensichtlicher sexy im Gegensatz zu Annies komplexer, verhüllter Sexualität, um so verfügbarer, während ihre abwesende Schwester sich immer mehr in ihr eigenes Leben hüllte.
Je getrennter, um so unzertrennlicher. Je ähnlicher, um so verschiedener. Es war verwirrend. In Margots grünen Augen spiegelte sich eine Andeutung von Annies silbernen. Ein Zug von Margots kräftigem, kantigem Kinn war auch in Annies ovalem Porzellangesicht zu entdekken.
Und dennoch, und dennoch – beide im Haus zu haben, von beiden als der derbe, autokratische »Dad« anerkannt zu werden, hieß, daß er von Tag zu Tag einer, nur einer, immer näher kam.
Margot.
O Mann, wütete Damon mit sich selbst und versuchte, seine Vorstellungen in den Griff zu bekommen. *Ich werde ja langsam senil.*
Aber die Selbstvorwürfe brachten ihm nichts ein.
The Fertile Crescent zog ihn immer tiefer in seinen Mahlstrom wie der Wal den fluchenden Ahab.
Und das Etwas, das seine Sinne gepackt hatte, ließ ihn nicht mehr los. Mit jedem Tag wurde sein Griff fester, süßer und gefährlicher.

39

Die Schauspieler und das Drehteam von *The Fertile Crescent* waren erschöpft.
Sie drehten eben die schwierige Szene, in der Daisy ihr zweites Kind vom Krankenhaus nach Hause bringt, und alles ging schief. Durchfall und Reizbarkeit des Babys, mit dem Annie spielen sollte, behinderten die zwei Einstellungen. Probleme mit dem Strom hielten die Dreharbeiten über eine Dreiviertelstunde auf, in dieser Zeit kamen Damon Zweifel an Annies Text, und er probierte eine neue Version aus.
Mitten in dieser Verwirrung verließ Margot den Drehort, um in Damons Büro nach einer Skizze zu suchen, von der er glaubte, daß sie ihm helfen würde.
Als sie, gegen die Sonne blinzelnd, auf das Verwaltungsgebäude zuging, packte sie plötzlich eine kräftige Hand am Arm.
Sie drehte sich um und sah einen schweren, gut vierzigjährigen Mann, der sie aus leeren schwarzen Augen anblickte.
Sie wußte nicht, wer er war. Aber sie wußte sofort, was er war.
»Gehen wir, Christine«, sagte er. »In New York ist ein Mann, der mit dir sprechen will.«
Sie zögerte, ihre Gedanken überstürzten sich.
»Hören Sie ...«, flüsterte sie, um bei den Vorübergehenden keinen Verdacht zu erregen.
»Da gibt's nichts zu hören«, erwiderte der Mann und lockerte den Griff. Sie bemerkte den grotesk versteiften Finger an seiner linken Hand. Er stand vor wie eine Obszönität. »Jetzt mach keine Dummheiten. Du willst doch den Leuten hier nicht verraten, wer du wirklich bist, oder? Komm jetzt. Ich werde dir nicht weh tun. Ich bringe dich nur zu Tony zurück. Wenn wir erst mal dort sind, kannst du mit ihm machen, was du willst.«
Christine überlegte sorgfältig. Sie hatte den Finger gesehen und wußte nun, wer der Mann war. Jeder kannte seinen Ruf.
»Woher weiß ich denn«, fragte sie ängstlich, »daß du mir nicht weh tun wirst? Was ist, wenn ich schreie? Hier gibt's Sicherheitspersonal.«
»Glaubst du, ich hätte dich hier abgepaßt, wenn ich dir weh tun wollte?« Er lächelte. »Du hättest gestern abend schon tot sein können, wenn ich gewollt hätte. Sei jetzt vernünftig. Du kannst dich ja mit Tony aussprechen. Mein Job endet in New York.«
Langsam ging sie mit ihm auf das Tor zu, blieb dann aber plötzlich stehen.

»Sie werden mich vermissen«, sagte sie und drehte sich zu ihm um. »Sie werden mich suchen. Ich will nur eine Nachricht hinterlassen. Du kannst sie ja selbst schreiben.«
»Das ist alles schon erledigt. Rhys' Sekretärin hat die Nachricht. In deiner Familie hat es einen Krankheitsfall gegeben. Du wirst dich wieder melden.«
Er lächelte wieder, aber seine Augen blieben kalt wie die einer Eidechse. »Gehen wir?«
Er hatte an alles gedacht. Oder besser Tony. Sie hatte keine andere Wahl, als mitzugehen.
Christine ließ sich von ihm zum Tor führen.

40

»Wie fühlst du dich?«
Mark Salingers dünne Stimme drang an Annies Ohr, während die Bewegungen der Hilfsarbeiter und Techniker vor ihren halbgeschlossenen Augen vorbeizogen.
»Schmerzen?«
Sie schüttelte den Kopf. »Ich bin in Ordnung. Danke.«
Er klopfte ihr auf die Schulter, und die Zärtlichkeit seiner Berührung verbarg, daß er vorwiegend mit den Vorbereitungen beschäftigt war, die hinter ihm abliefen. Er war bereit, die Crew anzubrüllen, denn er wollte unbedingt die Krankenhausszene noch an diesem Tag fertigstellen. Schließlich wußte er ja, wie schwierig es sein würde, tags darauf wieder die gleichen Drehbedingungen herzustellen.
Das Baby hatte sich von seiner Mutter beruhigen und vier Wiederholungen der beiden Einstellungen mit Annie über sich ergehen lassen. Aber Damon, der sich wegen ihres Textes noch immer nicht sicher war, hatte, immer die Augen auf der Uhr, drei Versionen ausprobiert und war dann schließlich weggegangen, um Margot zu suchen.
Jetzt standen alle in erschöpfter Lethargie herum und warteten, daß er zurückkehrte, warteten auf etwas, das ihnen neue Arbeitsenergie gab.
Annie schloß die Augen ganz, lehnte sich in ihrem orthopädischen Stuhl zurück und hörte zu, wie Mark mit Dunc Worth über die Beleuchtung für die nächste Szene sprach.
Sie hatte gelogen wegen der Schmerzen. Hüften und Rückgrat taten heftig weh. Aber sie wußte, daß sie noch genug Konzentration hatte, um den Rest des Tages durchzustehen.

Nun, da die Dreharbeiten eine Ebene andauernder Intensität erreicht hatten, bedeuteten Annie ihre persönlichen Gefühle, ob nun positiv oder negativ, nicht mehr viel. Daisy hatte sie gepackt, ein fremdes Wesen, das sie Hals über Kopf in Sehnsüchte und Impulse stürzte, die sie nicht verstehen und denen sie nicht entfliehen, die sie nur vor der Kamera ausleben konnte.

Die Anstrengung erschöpfte sie mehr als alles, was sie bisher erlebt hatte, und lud sie gleichzeitig mit unfaßlichen Wellen verzweifelter Energie auf, so als sei *The Fertile Crescent* ein launisches Gespenst, das sich durch sie erzeugen wollte, bevor es sie achtlos fallenließ.

Auch jetzt spürte sie das Pulsieren dieser verzehrenden inneren Spannung, einer Macht, die nur allzu bereit war, sie für die nächste Szene wieder auf die Füße zu bringen, und sie so weit brachte, daß sie sich, trotz ihrer Erschöpfung, nach der Aufregung des rollenden Films sehnte.

Doch nun wurde sie von Damon unterbrochen, der mit besorgtem Gesicht vor ihr stand.

»Liebling«, sagte er und beugte sich über sie. »Margot ist verschwunden.«

Annie sah besorgt auf. »Was ist passiert?«

Er zeigte ihr einen zusammengefalteten Brief.

»Krankheit in Iowa.« Er schüttelte den Kopf. »Sie werde sich wieder melden. Es sei alles in Ordnung.«

Aber er sah nicht sehr zuversichtlich aus. Sie hatte ihn im Gegenteil noch nie so besorgt gesehen.

Oder so alt.

41

Es war zu spät, um noch am gleichen Abend einen Direktflug nach New York zu bekommen. Sie fuhren im Taxi zu Carmines Motel, nachdem er ihr nicht erlaubt hatte, ihre Sachen aus Damons Haus zu holen.

»Was du jetzt trägst, ist alles, was du brauchst«, sagte er. »Tony wird sich um dich kümmern, wenn du nach Hause kommst.«

Sorgfältig durchsuchte er ihre Handtasche und ließ sie keine Sekunde aus den Augen.

»Bedauerlich«, bemerkte er lächelnd. »Aber so ist es eben.«

Er hatte mit Tony eine gewisse Förmlichkeit des Verhaltens gemeinsam, ebenso wie die Neigung zu Formulierungen, die nicht zu seinem Bildungsstand paßten. Er war berühmt dafür, sich auf sadistisch elegante Weise bei seinen Opfern zu entschuldigen, bevor er sie tötete oder verstümmelte.

»Du wirst heute nacht bei mir bleiben«, sagte er zu Christine. »Wir fliegen dann am Morgen gleich mit dem ersten Flugzeug.«

Er sah sie mit einem Blick an, in dem Argwohn und Belustigung miteinander kämpften. Sein Gesicht sah aus, als wäre es aus sonnenverbranntem Stein gehauen, so rot waren seine platten Züge.

»Ich bekomme meine Periode«, sagte sie, ohne vor dem Taxifahrer die Stimme zu senken. »Ich brauche ein paar Sachen aus der Drogerie.«

Die schwarzen Augen sahen sie mit der Ruhe eines Reptils an, träge und von unmenschlicher Geduld.

»Außer du ziehst eine Schweinerei in deinen Laken vor.«

Nun kam doch ein winziger Schimmer von Besorgnis in seinen Blick.

»Fahrer«, sagte er, ohne den Blick von Christine zu wenden. »Halten Sie an der nächsten Drogerie.«

Das Taxi blieb vor einer großen Drogerie stehen, und Christine berührte den Türgriff. Eine eiserne Faust packte sie am Gelenk.

»Wir gehen beide«, sagte Carmine. »Fahrer, warten Sie bitte.«

Sie betraten die Drogerie und gingen auf die Ladentheke im Hintergrund zu.

»Ich hoffe, du hast Geld«, sagte Christine. »Du kannst die Sachen auch selbst besorgen. Ich brauche eine Schachtel Tampons, eine Schachtel Slipeinlagen, eine Dose Intimdeodorant und ein paar Reservehöschen. Warte, ich sage dir die Marken.«

Carmine verzog angewidert den Mund. Er gab ihr einen Zwanzigdollarschein. »Hol dir, was du brauchst«, sagte er. »Ich warte vorne.«

Sie ging zu der hinteren Ladentheke, wo sich die Verkäuferin gelangweilt die Nägel feilte. In dem konvexen Deckenspiegel sah Christine, wie Carmine auf die Regale mit den Zeitschriften zuging.

Die Verkäuferin sah uninteressiert hoch.

»Was kann ich für Sie tun?«

Christine nannte ihr die Artikel und rechnete gleichzeitig mit, was es kosten würde. Sie spürte den Zwanzigdollarschein in der Hand und öffnete ihre Handtasche.

Carmine blätterte in einem Abenteuermagazin, aber sein Blick kehrte mit abscheulicher Regelmäßigkeit alle fünf Sekunden zu Christine zurück.

Christine betrachtete die Artikel, die vor ihr lagen. Sie hatte jetzt vierzig

Dollar in der Hand. Mit einem Blick auf Carmines Bild im Spiegel verlangte sie noch einen weiteren Artikel.
Einen Augenblick später ging sie durch den Laden auf ihn zu. Alle Einkäufe, bis auf einen, hatte sie in ihrer Tasche verstaut, damit er sie überprüfen konnte.

42

Sie fuhren über den San Diego Freeway, vorbei an Vierteln der Stadt, die Christine schon oft gesehen hatte, wenn sie als Margot Damon zum Flughafen von Los Angeles begleitete.
Aber jetzt fuhren sie weiter in südlicher Richtung nach Inglewood, wo der Fahrer, nur wenige Minuten vom Flughafen entfernt, vor einem bescheidenen Motel anhielt.
Sie vermieden die Rezeption und gingen direkt in ihr Zimmer. Sobald die Tür geschlossen war, zog Carmine eine kleine Flasche heraus und goß sich einen Drink ein, ohne aber Christine etwas anzubieten. Er schaltete den Fernseher ein, nippte an seinem Drink und schwieg.
Anscheinend hatte er vor, sich das Abendessen von einer Pizzeria liefern zu lassen und Christine während der ganzen Nacht im Auge zu behalten. Wahrscheinlich würde er weiterschweigen bis zum Morgen.
Wie er so mit seinen dunklen Brauen und der gebogenen Nase den Fernseher anstarrte, sah er aus wie ein wildes Tier. Wenn er das Glas hielt, stand der steife Finger vor wie die groteske Parodie einer Frau, die geziert den kleinen Finger wegstreckt, hart und wie ein Dorn. Es gefiel ihm ganz offensichtlich, die Mißbildung so oft wie möglich zu zeigen, und er bemühte sich gar nicht, sie mit der gesunden Hand zu verbergen.
Christine lag auf dem Bett und stellte sich fünfundvierzig Minuten lang schlafend, während ihr Verstand wie besessen arbeitete.
Sie kannte Carmines Ruf nur zu gut. Er war einer der gefährlichsten Männer in seinem Gewerbe. Tony hätte ihn nicht für diesen Job ausgewählt, wenn er Christine nicht unverletzt, aber eingeschüchtert zurückhaben wollte – und wenn er sie nicht für so gefährlich hielt, daß nur ein Experte mit ihr umgehen konnte.
Sie schwieg, denn sie wußte, daß es keinen Sinn hatte zu versuchen, Carmines eisiges Äußeres mit Freundlichkeit zum Schmelzen zu bringen. Das würde ihn nur noch argwöhnischer machen.
Nein, ihr Angriffsplan war viel raffinierter.

Sie war froh, als er, wie sie vorausgesehen hatte, telefonisch eine Pizza bestellte. Er wollte kein Risiko eingehen, indem sie das Zimmer verließen. Und sie auch nicht. Sie war ja bereits einmal in seiner Gegenwart gesehen worden – von dem Taxifahrer. Das war einer zuviel.
Andererseits kam ihr natürlich ihre Verkleidung als Margot zu Hilfe. Vielleicht würde sich der Taxifahrer gar nicht mehr an sie erinnern. Es gab ja so viele hübsche Mädchen in Hollywood ... Ganz sicher hatte vor allem Carmine Eindruck auf ihn gemacht.
Zur Sicherheit hatte sie sich seinen Namen und die Lizenznummer gemerkt. Wenn das hier erst einmal vorüber war, wollte sie das Notwendige tun, um sich zu schützen.
Natürlich nur, wenn sie dann noch lebte.

Um sieben kam die Pizza. Christine zwang sich, ein Stück zu essen, während Carmine langsam an seinem kaute und dabei die ganze Zeit den Fernseher anstarrte, ohne einmal umzuschalten. Manchmal rülpste er leise, ohne sich dafür zu entschuldigen.
Christine säuberte sich mit der Bürste, die sie gekauft hatte, die Zähne, setzte sich dann eine halbe Stunde aufs Bett, sah fern und wartete, bis Carmine mit dem Essen fertig war.
Dann stand sie auf und zog den Reißverschluß ihres Rockes auf.
»Ich werde jetzt baden«, sagte sie. »Soll ich die Tür offenlassen?«
Ohne ein Wort zu sagen, stand Carmine auf, ging in Hemdsärmeln ins Bad und schaltete das Licht an. Fenster gab es keins. Die Wanne war sauber, auf dem Rand lag eine in weißes Papier gewickelte Seife. Christine hatte ihre wenigen Toilettenartikel zusammen mit den Tampons und den Slipeinlagen auf das Frisiertischchen neben dem Waschbecken gestellt.
Carmine, der noch immer an einem Stück Pizza kaute, kehrte ins Zimmer zurück.
»Tür offenlassen«, sagte er, ohne sie anzusehen.
Sie leerte das Fläschchen mit ihrer Badelotion in die Wanne und ließ das Wasser einlaufen.
Carmines Augen hingen schon wieder am Bildschirm. Christine kam in Unterrock und BH aus dem Bad und legte den zusammengefalteten Rock auf das Bett.
Sie hakte den BH auf, ließ ihn über die Arme gleiten und legte ihn neben den Rock.
Dann zog sie den Unterrock aus. Barfuß, mit nackten Schenkeln stand sie vor dem Bett und legte das seidene Wäschestück zu den anderen.

Sie warf die Haare zurück, suchte in ihrer Handtasche nach einer Spange und steckte sie zusammen. Ihr Busen, von den hochgestreckten Armen angehoben, zeichnete sich im Licht aus dem Bad ab.
Schließlich zog sie auch ihr Höschen aus und warf es ebenfalls aufs Bett. Nackt drehte sie dann Carmine den Rücken zu und ging leise ins Badezimmer.
Carmine goß sich langsam noch einen Fingerbreit Whiskey in den Hotelbecher. Er sah kein einziges Mal vom Fernseher weg.
Im Bad wurde das Wasser abgedreht. Das Flüstern des Fernsehers war das einzige Geräusch, bis Carmine schließlich ein Platschen hörte, als Christine ins Wasser stieg. Einen Augenblick später sagte ihm ein leises Gurgeln, daß sie nun im Wasser lag.
Nach wenigen Minuten stand Carmine auf, trank den Whiskey aus und ging ins Badezimmer, nur zur Sicherheit.
Die Wanne war voller duftendem Schaum, der Christine bis auf Knie und Schultern bedeckte. Mit tausend leisen Plopps zerbarsten die Bläschen.
Christines Gesicht war rosig und weich, die wohlgeformten Knie und Schultern ein phantastischer Anblick.
Sie bewegte sich nicht. Sie sah ihn nur freundlich an.
»Wie du siehst«, sagte sie, »außer mir ist hier niemand.«
Ihr Gesichtsausdruck war zutraulich und gehorsam. Aber unmerklich, tief in ihren Augen, lauerte etwas.
Sie senkte den Blick zu seiner braunen Hand.
»Carmine«, sagte sie dann ruhig, »wie ist das mit dem Finger passiert?«
Leise lächelnd streckte er ihn hoch. Sie sah, wie sehnig er war. Der Nagel war dick und verhornt.
»Ein kleiner Unfall«, erwiderte er stolz. »Schon lange her. Hat überhaupt nicht weh getan.«
Christines Augen bekamen einen gierigen Glanz.
»Ich wette, du hast einigen Kerlen damit weh getan«, flüsterte sie. »Oder?«
Er nickte bescheiden und drehte den Finger in der Luft.
Sie bewegte sich im Wasser. Die Brustwarzen ragten rosig und hart aus den Schaumbläschen.
»Darf ich ... ihn berühren?« fragte sie.
Sein Blick verdüsterte sich.
»Nur einmal«, neckte sie. »Tony hat sicher nichts dagegen.«
Carmines Stolz war stärker als seine Vorsicht, er setzte sich auf die

Toilette und legte die Hand so auf den Wannenrand, daß der hochgereckte Finger auf Christine zeigte.
Zögernd näherte sie ihre schlanke Hand, so als sei sie von dem schrecklichen Finger fasziniert und entsetzt zugleich. Schließlich berührte sie ihn, zuerst nur leicht darüber streifend, dann aber zärtlich streichelnd.
»Er ist so hart«, flüsterte sie ehrfürchtig. »Wie ein Stein.«
Sie seufzte. Langsam schloß sie die feuchte und von der Seife schlüpfrige Hand um den steifen Finger und fuhr zärtlich an ihm auf und ab.
Sie atmete heftig.
»Hast du es je«, fragte sie mit einem schüchternen Lächeln, »einem Mädchen damit besorgt?«
Carmine hob die Brauen. Das nackte Mädchen in der Wanne hatte seinen Finger nicht losgelassen, mit weiblicher Besitzgier hing sie daran, so als würde seine Brutalität sie anziehen.
Er sagte nichts. Aber er zog auch den Finger nicht zurück. Ihre Handfläche glitt langsam an den steifen Gelenken auf und ab.
»Er fühlt sich toll an«, sagte sie. »So hart und gerade ...«
Sie sah ihm in die Augen. In der undurchdringlichen Schwärze regte sich offensichtliches Interesse.
»Würdest du ... es mir damit besorgen?« fragte sie.
Er nahm den Blick nicht von ihren Augen. Ihre Hand glitt flink und behende über seinen Finger.
»Tony hat nichts dagegen«, ermunterte sie ihn. »Du hast das Recht dazu – wenn du willst ...«
Einen Augenblick lang schien er wieder in seine reptiliengleiche Ruhe zu verfallen, als würde er überlegen, was er tun solle. Dann knöpfte er langsam mit der anderen Hand die Manschette auf und krempelte den Ärmel hoch.
Er warf einen Blick auf die Packungen mit Hygieneartikeln auf dem Frisiertisch und sah dann wieder Christine an. Ihre Augen lächelten hungrig und ermutigend.
Zärtlich zog sie seine Hand unter Wasser und zwischen ihre Schenkel. Er sah ihr beständig in die Augen, während er mit dem Finger in sie eindrang. Sie drückte seine Handfläche gegen ihr Geschlecht und schob seinen Finger in ihrem Loch hin und her. Leise stöhnend wand sie sich im Schaum.
Er spürte, wie sie feucht wurde. Seine Hand glitt über den sanften Bogen ihrer Schenkel und Hinterbacken, als sie sich bewegte, aufgespießt auf seinem Finger wie eine milchige lebendige Puppe, mit rosigem Busen, der in Schaumbläschen zitterte.

»Oh«, seufzte sie, während ihre Klitoris sich unter seinen Berührungen aufrichtete. »Oh.«
Sie sah, wie sein Blick sich trübte, während ihr Körper sich im Wasser bewegte. Die Umrisse seiner Erektion zeichneten sich in der Hose ab und drückten gegen den Reißverschluß.
»Nein«, stöhnte sie und zog seinen Finger mit einem hungrigen Keuchen aus ihrer Möse. »Ich will dich ganz.«
Carmine runzelte die Stirn. Sein Atem kam stoßweise, während er Christine ansah. Sonst war nur das Platzen der Bläschen, die ihren Körper umhüllten, zu hören.
Er war plötzlich unentschlossen. Das Mädchen gehörte Tony. Carmine war stolz auf seine Gründlichkeit und absolute Verläßlichkeit. Sie waren die Grundlage seines makellosen Rufs. Eigentlich durfte er Christine nur anrühren, wenn Tony sie ihm anbot.
»Carmine, bitte«, stöhnte das erregte Mädchen. »Tony hat sicher nichts dagegen. Er würde mich dir als Belohnung geben, weil du mich zurückbringst. Komm ...«
Ihre feuchte Hand war auf seinem Knie. Er sah den vollkommenen Bogen ihres Rückens, ihren schlanken Brustkorb unter dem festen Busen, als sie sich zu ihm herüberbeugte.
Jetzt war ihre Hand zwischen seinen Schenkeln. Wie durch Zauberei war plötzlich der Reißverschluß offen, der Gürtel. Mit der Behendigkeit eines Taschendiebes entblößte sie sein Organ. Er spürte, wie die heiße Luft des Zimmers darüberstrich.
Ihre Augen klebten an seinem Glied, sein steifer Finger lag in ihrer Hand.
Wieder wanderte Carmines Blick zu den Schachteln auf dem Frisiertisch. Sie schienen ihn zu einer Entscheidung zu bringen. Die Hose fiel zu Boden. Über seinen erigierten Penis hinweg sah er Christine in die Augen.
Erwartungsvoll blickte sie von seinem steifen Finger zu seinem Geschlecht zwischen den Schenkeln.
»Komm«, säuselte sie. »Mach's mir mit allem, was du hast. Spann mich nicht auf die Folter.«
Langsam und voller Stolz auf seine doppelte männliche Kraft zog Carmine sich aus und stellte sich vor Christine hin, die Arme vor der muskulösen Brust verschränkt, die breiten Schultern gerundet. An seinem kurzen, dicken Penis glitzerten kleine Tropfen, die an der Unterseite entlang zu den Hoden liefen.
»O Gott«, flüsterte sie ehrfürchtig. »Du bist schön ...«

Während sie mit hochgerecktem Busen ihre Arme ausbreitete, spreizten sich langsam ihre Schenkel im Schaum.
Er stieg behutsam zu ihr ins Wasser. Sofort fand ihr Geschlecht seinen Penis und schluckte ihn. Sie saugte liebevoll an seinem Finger, ihre Zunge glitt hungrig an ihm entlang.
»Oh«, wimmerte sie, und der Finger zwischen den Lippen verzerrte ihre Worte. »Du bist so sexy.« Ihre Muskeln und Sehnen reizten wissend seinen Penis. »So sexy ...«
Carmine hatte schon Hunderte von Prostituierten gehabt. Aber noch nie hatte er eine Nummer erlebt, die so raffiniert und sinnlich gewesen war wie das Winden und Zucken dieses Mädchens, das Saugen ihrer Lippen und die sanfte Musik ihrer Worte. Er beneidete Tony und verstand jetzt, warum er sie unbedingt wiederhaben wollte.
Erregt stieß er mit kurzen, selbstbewußten Bewegungen in sie, begeistert von der Art, wie ihre weichen Sehnen seine Eichel reizten.
»Mmmm«, lächelte sie, die Hände an seinen Hüften, seinem Hintern, und stieß ihn immer tiefer in sich hinein.
Sie spürte das erste, schwache Beben seines Orgasmus. Behende ließ sie ihre linke Hand zwischen seine Schenkel gleiten und tastete nach den Eiern hinter seinem stoßenden Penis. Sie drückte und kitzelte sie zärtlich und hörte ihn vor Lust aufstöhnen, während sie mit der freien Hand unter Wasser nach ihrer Waffe suchte.
»So sexy«, hauchte sie und küßte und nagte an dem Finger zwischen ihren Lippen. »So sexy ...«
Er stieß immer heftiger jetzt, seine Hoden in ihrer Hand schwollen an.
Unter dem Schaum verborgen kroch ihre Hand langsam vorwärts.
»O Gott«, rief sie, und ihr ganzer Körper erschauderte. »O Gott ...«
In dem Augenblick, da sein Samen aus ihm herausbrach, stieß sie zu.

Das Rasiermesser war aus gehärtetem Stahl. Beinahe zwanzig Dollar hatte es gekostet. Sie hatte es zwar nirgends abziehen können, aber sie vertraute der Schneide.
Es durchtrennte mühelos den Hodensack, den sie fest in der linken Hand hielt. Ein kurzer, heiserer Schrei drang aus Carmines Kehle, dann fiel er schwer auf sie; sein Körper wurde schlaff, sein Penis schrumpelte sehr schnell in ihr zusammen.
Er hatte einen Schock. Christine wußte, daß sie einige Sekunden Zeit hatte, bevor er wieder zu Sinnen kam und sie trotz seiner Schmerzen erwürgte.
Als Expertin in der männlichen Anatomie hob sie das Rasiermesser

schnell an seinen Hals, fand den Puls und durchtrennte mit einem tiefen Fleischerschnitt die Halsschlagader.
Das Blut lief ihr über Gesicht, Haare und Schultern, als die Arterie explodierte. Aus Carmines Kehle drang ein leises Röcheln.
Vorsichtig glitt sie unter ihm heraus. Er lag auf dem Bauch, den Kopf im blutroten, noch schäumenden Wasser. Als würde er seine durchtrennten Hoden betrachten, die ihm an einem Faden zwischen den Schenkeln hingen. Christine zog den Stöpsel heraus und sah zu, wie das Wasser langsam ablief. Dabei drehte sie beide Hähne auf und wartete, bis das herausfließende Wasser warm wurde.
Sie stand auf und stellte auf die Brause um. Dann stand sie auf schwachen Beinen über dem sterbenden Mann in dem langsam abfließenden Wasser und ließ das Duschwasser über sich perlen. Einige Sekunden lang spülte sie die Haare, griff dann nach dem Shampoo, das sie gekauft hatte, und wusch sie gründlich. Der Schaum tropfte auf Carmines stämmige Waden.
Sie wusch sich den Oberkörper, dann ihre Schenkel und sah zu, wie das Wasser auf den Wannenboden unter ihren Füßen spritzte und das Blut wegspülte.
Zuletzt wusch sie sich die Füße und stieg aus der Wanne. Der Strahl aus der Dusche prasselte Carmine auf Kopf und Nacken. Es lief weiter, während sie sich abtrocknete, ins Schlafzimmer ging und sich anzog.
Sie suchte das ganze Zimmer nach ihren Fingerabdrücken ab, wischte gründlich über jede Oberfläche und entfernte einzelne Haare aus dem Bett. Dann kehrte sie ins Bad zurück.
Carmines Kleider lagen in einem Haufen auf dem Boden. Sie überlegte kurz und beschloß dann, sie dort liegenzulassen.
Die Toiletten- und Hygieneartikel packte sie in eine Papiertüte und stellte sie neben die Tür. Es war inzwischen Nacht geworden. Niemand würde ihr Verschwinden bemerken.
Sie ging noch einmal ins Bad.
Carmine lag auf dem Bauch in der Wanne, das Wasser lief über ihn. Aus den Wunden an Geschlecht und Hals sickerten jetzt nur noch zwei kleine, blutrote Rinnsale.
Christine betrachtete ihn ruhig. Seit dem Nachmittag hatte sie sich auf diesen Augenblick vorbereitet. Sie wußte, was sie zu tun hatte.
Vorsichtig, um sich nicht mit Blut zu bespritzen, drehte sie die Leiche um und setzte sie auf.
Dann kniete sie sich mit dem Rasiermesser in der Hand hin und vollendete ihre Arbeit.

43

Um 22.30 Uhr erhielt ein besorgter Damon Rhys einen Anruf von Margot.
»Sis!« bellte er in den Hörer. »Wie geht's dir? Deine Nachricht klang so komisch ... Was ist denn los?«
»Kein Problem, Pop«, antwortete eine fröhliche Stimme. »Mama hatte Schmerzen in der Brust, und die ganze Familie spielte verrückt. Ich bin jetzt im Krankenhaus. Ihr fehlt nichts, was eine Woche Ruhe nicht heilen könnte. Aber ich bleib' noch ein paar Tage hier, um auf die Männer aufzupassen, wenn du nichts dagegen hast. Ohne Frau im Haus sind die doch wie kleine Kinder.«
»Aber natürlich, Liebling, klar doch. Irgendwie werden wir es auch ohne dich schaffen. Aber willst du nicht länger bleiben?«
»Ich glaube nicht. Es war ja nur falscher Alarm. Hör zu, Damon, am Sonntag gibt es einen Nachtflug, der um 4.30 Uhr in L. A. International ankommt. Würdest du mich abholen?«
»Natürlich. Ich kann doch mein Mädchen nicht alleine in Flughäfen herumwandern lassen. Welche Nummer hat der Flug?«
»United 346 aus Des Moines.«
»Okay, Darling, okay«, murmelte Damon, während er nach einem Stift suchte, um die Nummer aufzuschreiben.
»Bist du sicher, daß es dich nicht aus dem Rhythmus bringt?« fragte sie, mit einem mütterlichen Klang in der Stimme, der ihn sehr beruhigte.
»Aber nein, Baby«, sagte er und war sich trotz seiner Trunkenheit bewußt, daß er das erste Mal über eine so große Entfernung mit ihr sprach. »Ich freu' mich schon. Ich lad' dich dann zum Essen ein.«
»Klingt gut. Bis dann.«
»Tschüs. Und paß auf dich auf.«

Christine legte langsam den Hörer auf und sah sich in dem Hotelzimmer in Long Beach um, von wo sie angerufen hatte.
Auf dem Zettel vor ihr stand die Flugnummer, die sie von den Auskunftsbüros der Fluglinien erfahren hatte.
Wenn der Flug 346 keine Verspätung hatte, würde sie einfach mit dem Taxi zum L. A. International fahren und Damon dort treffen.
Aber wenn der Flug Verspätung hatte, würde sie das von der Fluggesell-

schaft erfahren, Damon dann zu Hause anrufen und ihn bitten, auf sie zu warten.

Sie hatte richtig vorhergesehen, daß er sie nicht fragen würde, in welchem Krankenhaus ihre Mutter lag oder wohin er eine Grußkarte schicken sollte. Damon war zu sehr mit sich selbst beschäftigt, um sich viel um die Probleme Fremder zu kümmern, vor allem nun, da er nur *The Fertile Crescent* im Kopf hatte.

Auch kannte er weder ihre angebliche Adresse in Iowa noch die dortige Telefonnummer. Nach dieser Episode würde sie eine erfinden müssen und sie ihm geben. Aber im Augenblick war sie sicher. Er würde vollkommen ahnungslos am Sonntag auf das Flugzeug warten.

Sie sah auf die Uhr. In den nächsten vier Tagen konnte sie nichts tun, als hier herumzusitzen und fernzusehen.

Und Zeitungen lesen.

44

Am Donnerstag entdeckte die Polizei im Shelton Motor Inn in Inglewood die Leiche eines Mannes, der im Ruf stand, ein berüchtigter Killer zu sein.

Die Polizei identifizierte die sterblichen Überreste als die von Carmine Gamino, der, nach Ansicht der Bundesbehörden, unter verschiedenen Pseudonymen ein einflußreiches Mitglied des Corona-Clans in Miami gewesen war sowie ein berüchtigter Profikiller, den man der Beteiligung an Dutzenden von ungelösten Verbrechen der letzten fünfzehn Jahre verdächtigt.

Man fand Gamino nackt und zum Teil verstümmelt in der Badewanne seines Motelzimmers. Nach Angaben der Polizei deutet die Art seines Todes auf einen typischen Racheakt des Milieus hin.

Die Detektive am Tatort sagten der Polizei, sie hätten noch keine Verdächtigen ...

Der Reporter der *Times* beendete den Artikel mit den üblichen Formulierungen.

»Okay«, sagte er dann dem Laufjungen, der an seinem Tisch vorbeiging. »Bring es zu Stan und dann in die Setzerei.«

Als er die vor ihm liegenden Notizen betrachtete, schüttelte er den Kopf. Nun hatte Carmine Gamino schließlich doch bekommen, was er verdiente.

Der Mord war kaum eine Überraschung. Zum einen war nicht bekannt, daß Carmine sich je in Geschäften so weit nach Westen gewagt hätte. Er war weit weg von seinen gewohnten Gefilden gewesen, als es ihn schließlich erwischte. Man hätte eher erwartet, daß es ihn in Miami oder Baltimore traf.

Auf jeden Fall war Carmine der Beste der Besten gewesen. Wahrscheinlich hatten sie ein ganzes Bataillon gebraucht, um ihn zur Strecke zu bringen.

Der Reporter knüllte seine Aufzeichnungen zusammen und warf sie in den Papierkorb. Er zuckte mit den Achseln. Natürlich hatte er die Geschichte etwas entschärfen müssen. Die Polizei hatte es sicher wenig überrascht, einen Gangster wie Gamino mit seinen Eiern im Mund vorzufinden. Denn auf diese Art hatte man ihn erledigt.

Aber für die Öffentlichkeit konnte man das nicht schreiben. Es wäre nicht gut für die Zeitung.

45

Damon verbrachte den Freitag- und den Samstagabend alleine, er spielte Geige und trank eher mehr als sonst, nachdem Conchata gegangen war. Verabredungen zum Essen mit den Produktionsleuten hatte er für beide Abende abgesagt, er wollte die Einsamkeit genießen, obwohl er eigentlich gar nicht genau wußte, warum.

Seit über einem Jahr war das Haus nicht mehr so leer gewesen. Nur das entfernte Heulen eines Kojoten durchbrach die Stille.

Damon wäre sich einsam und verlassen vorgekommen, wenn er nicht gewußt hätte, daß Margot wieder nach Hause kam.

Sie kam wieder nach Hause! Es war fast ein Vergnügen, daß sie weg war; so konnte er ihre Rückkehr genießen. Die Stille um ihn war wie eine Liebkosung, denn in weniger als vierundzwanzig Stunden würde sie wieder leise durch diese Zimmer huschen.

Damon dachte über sein Verlangen nach. Er nippte am Whiskey. Er spürte das Kribbeln in seinen Sinnen, wollte es ergründen, gab es aber dann auf.

Sicher waren diese Gefühle nur ein Ergebnis des Drucks während der Dreharbeiten. Vielleicht machten die Zweifel wegen seines Alters, seiner Kreativität und seiner Zukunft als Schriftsteller alles nur noch schlimmer.

Nichts sonst. Nur das.
Und doch, und doch ... Der Klang ihrer Stimme am Telefon war wie ein Lebenselixier gewesen, so fröhlich, so schnippisch und so bezaubernd. Wie konnte sie jetzt nur so unglaublich sinnlich auf ihn wirken, nachdem er bereits Monate mit ihr gelebt und sie immer nur als attraktive Sekretärin und symbolische Tochter gesehen hatte?
Was war geschehen?
Warum so plötzlich?
Während aus der Samstagnacht ein Sonntagmorgen wurde, wanderte Damon wie auf glühenden Kohlen durch seine Zimmer und wußte, daß seine untauglichen Versuche, über sich selbst nachzudenken, erstickt wurden von dem sich immer weiter ausbreitenden Gas, das sein Warten auf Margot war.

Am Sonntagmorgen ließ er sich zum Flughafen fahren, um sie abzuholen.
Sie wirkte etwas dünner, verständlich, da sie sich um ihre Mutter gesorgt und sich wahrscheinlich für die Familie abgearbeitet hatte.
Ihre Frisur war verändert, was ihn überraschte. Die Haare waren weniger wellig und fielen ihr mit strengerer Eleganz auf die Schultern. Sie wirkte dadurch gesetzter, was ihn wiederum an Annie erinnerte. Auch war sie etwas blasser, und das verstärkte den Eindruck noch. Aber auch das war verständlich, im gottverlassenen Mittelwesten war es ja inzwischen ziemlich kühl.
»Bei Gott, Margot«, sagte er und nahm sie beim Arm. »Du siehst verändert aus. Wie können vier Tage einen Menschen nur so verwandeln? War es vielleicht doch schlimmer, als du gesagt hast?«
»Aber nein«, erwiderte sie lachend. »Zu Hause war es mir langweilig, und so habe ich meine Frisur verändert. Außerdem habe ich beschlossen, eine Schnelldiät zu machen, weil ich mir meine Lieblingscousine Cindy angesehen habe, und die war so dünn, daß ich mir vorgekommen bin wie ein Ballon. Ich muß jetzt bei Conchatas Enchiladas ein bißchen aufpassen. Wie gefällt dir meine Frisur?«
»Großartig«, antwortete er, und ihr verführerisches Parfüm stieg ihm in die Nase, während er ihr Gepäck nahm.
Im Auto auf dem Nachhauseweg wirkte sie etwas gedrückt, sie lächelte ihn freundlich an, sprach aber wenig. Ihr gewohnter trockener Humor schien einem Ernst Platz gemacht zu haben, der ihn faszinierte und ihm zugleich die Frage aufdrängte, ob sie wirklich ganz in Ordnung war. Als er sie deswegen ansprach, wurde sie schnell fröhlicher und zeigte

ihm wieder ein wenig von ihrem früheren Wesen, sie strich ihm durch die Haare, neckte ihn wegen seines abgetragenen Hemds, verfiel aber dann wieder in Schweigen.
»Hat es dir gefallen?« fragte er und hielt ihre Hand.
»Ja«, entgegnete sie lächelnd. »Aber ich muß zugeben, daß ich wirklich froh bin, wieder hierzusein. Ich hab' nicht mehr viel vom Land in mir, Dad. Gestern hatte ich ziemlich genug von Iowa. Wenn ich je meinen Abschluß schaffen sollte, möchte ich an der Uni in Los Angeles oder New York unterrichten – wenn sie mich nehmen.«
Sie drückte seine Hand.
»Na, auf jeden Fall ist es schön, fünfzehnhundert Meilen zu reisen und doch nie von zu Hause weg zu sein«, sagte sie.
»So ist's recht«, brummte Damon. »Du weißt, wo du gebraucht wirst. Es wartet eine Menge Arbeit auf dich. Verdammt, es war das reinste Irrenhaus ohne dich.«

Seine Einladung, im Restaurant zu Abend zu essen, schlug sie aus, weil sie eine Überraschung für ihn habe, wie sie sagte. Nachdem sie ausgepackt hatte, hörte er sie in der Küche herumkramen, und er spielte Geige und trank, während sie für ihn kochte.
Es gab auf südliche Art gebratenes Hähnchen mit Honig und Maischips, frischen Kürbis aus Iowa und einen Pekannußkuchen, der Damon verblüffte.
»Na, was hältst du davon?« fragte sie nach dem Essen.
»Unglaublich«, antwortete er. »Ich wußte ja gar nicht, daß du so was kochen kannst.«
»Das ist typisch für Iowa«, meinte sie. »Ich konnte überhaupt nichts anderes kochen, bevor Conchata mich in die Schule nahm. Das Hähnchen ist ein Rezept meiner Mutter. Und der Kuchen von Tante Winnie.«
»Ich glaube, Tante Winnie hat sich da selbst übertroffen. Weißt du, ich habe seit zwanzig oder dreißig Jahren keinen Pekannußkuchen mehr gegessen. Ich hatte mal eine Freundin, die ihn immer aus einer Fertigmischung machte. Nicht so wie du natürlich, aber damals hat er recht gut geschmeckt.«
Sie sah ihn mit einem bezaubernden Zwinkern ihrer grünen Augen über den Tisch hinweg an. Draußen legte sich die Dämmerung über die Landschaft, und der Schein der Kerzen gab ihren Wangen einen warmen, goldenen Ton.
»Wie war sie denn?« fragte sie.
»Wer?«

»Die Frau. Deine Freundin.«

Er hob die Schultern. »Ach, wer kann sich da heute noch daran erinnern? Eine Schauspielerin. Ich hab' ja damals noch viel herumgebumst. Wir hatten eine Zeitlang ein Verhältnis. Auf ihre Art war sie schon was Besonderes. Ziemlich hinterhältig. Sie kam aus gewöhnlichen Verhältnissen – übrigens auch aus dem Mittelwesten. Aber schon damals hatte sie ziemlich viel von einer Hure an sich. Danach habe ich sie nie mehr gesehen. Wahrscheinlich hat sie irgendeine Stütze der Gesellschaft geheiratet oder auch ein Bordell geführt. Für solche wie sie ist da kein großer Unterschied. Beim Theater trifft man ja alle möglichen Leute.«

Er runzelte die Stirn. »Komisch«, sagte er nach einer Weile. »Wir haben ja nur so rumgeblödelt. Aber dann zeigte sich, daß sie sich an mich klammern wollte. Ich hab' sie natürlich ausgelacht und auch kein Geheimnis daraus gemacht. Für mich war sie nur eine – na, du weißt schon, was.« Er hob die Brauen in ironischer Ehrerbietung vor Margots Feingefühl. »Aber es würde mich gar nicht überraschen«, fügte er dann hinzu, »wenn sie mich deswegen richtig gehaßt hätte. Weil ich sie nicht ernst genug nahm. So was merkt man ja meistens nicht gleich.«

Er seufzte. »Auf jeden Fall war ihr Kuchen nicht halb so gut wie deiner.«

»Schön.« Sie hatte ihr Stück nur zur Hälfte gegessen und schwenkte nur den Wein im Glas, während sie ihn ansah.

»Du siehst ziemlich nachdenklich aus, Mädchen«, sagte er und fühlte sich ihr in dieser Stimmung sehr nahe. »Einen Penny für deine Gedanken.«

»Ich bin einfach froh, wieder hierzusein. Froh, wieder bei dir zu sein.«

Sie bestand darauf, selbst den Tisch abzuräumen und das Geschirr zu spülen. Er saß im Wohnzimmer mit einem großen Brandy und war sehr unruhig. Er hatte kein Licht gemacht. Wie Eindringlinge krochen die Schatten aus dem Cañon ins Zimmer.

Unvermittelt schaltete er die Stereoanlage ein. Wie gewöhnlich lag die Szeryng-Einspielung der Partita in d-Moll auf dem Plattenteller. Wenige Sekunden lang füllte der reife, kehlige Klang der Geige das Zimmer. Perfekt, dachte Damon wehmütig.

Aber dann schien Bach plötzlich einen falschen Ton in Damons Seele anzuschlagen, und er stand auf, um wieder abzuschalten.

»Laß mich«, sagte Margot, die barfuß, in Shorts und einem rückenfreien Oberteil, ins Zimmer kam und sofort wußte, was er wollte. »Ausschalten?«

Er nickte und sah bewundernd zu, wie sie auf ihren jungen Beinen lässig auf ihn zukam und sich auf ein Sitzkissen fallen ließ.

Das unsichtbare Leuchten guter Gesundheit und reiner, junger Sinnlichkeit, mit dem sie das Haus schmückte, war typisch nur für sie. Aber ihr gedämpftes Verhalten reizte wieder einmal seinen Sinn für Vergleiche.

»Weißt du, Sis«, sagte er, während das fruchtige Aroma des Brandys sich mit ihrem Duft mischte, »ich glaube, ich werde langsam senil. Ihr beide seht für mich wirklich aus wie Schwestern.«

»Ich und wer noch?« fragte sie.

»Annie natürlich«, erwiderte er. »Sonst gibt es hier doch keine, die ich mit dir vergleichen könnte.«

»Ich und Annie?« Es lag etwas fast Provokatives in ihrer Überraschung. »Na, ich glaube nicht, daß mir diese Ähnlichkeit in dieser Saison irgendwelche großen Rollen verschaffen wird.«

Damon bebte innerlich, wenn er sie ansah. Sie war so sanft und unschuldig in ihren Shorts und dem Oberteil. Ihre Haltung war sorglos wie die eines Schulmädchens. An diesem Abend schien sie Annies zerbrechlichen Charme zu besitzen, ohne deswegen weniger sie selbst zu sein. Seine Erleichterung über ihre Rückkehr wurde zu einer Woge demütiger Dankbarkeit. Es war schön, sie zu brauchen, sie nahe bei sich zu spüren.

Aber plötzlich blieb sein Blick an den festen jungen Brüsten im rückenfreien Top und an der Wölbung ihres Hinterns hängen. Er erahnte das weiche, duftende Geschlecht in diesen Shorts. Sie war wie eine Blume, frisch, strahlend und betörend.

Sie bewegte sich auf dem Sitzkissen.

»Ich erinnere dich also an sie, hm?« fragte sie. Das Spielerische in ihrer Stimme liebkoste ihn.

Er fand keine Worte, um ihr zu antworten.

»Mir ist das schon recht«, sagte sie, »wenn du mich deswegen magst.«

Er lachte. »Dich mögen? Aber Herz, ich vergöttere dich! Du bist unersetzlich ...«

Plötzlich merkte er, wie unangebracht seine Worte waren. Sie verklangen traurig, während der Anblick ihrer Schönheit ihm die Zunge lähmte.

O Gott, laß mich sie nicht begehren.

Noch bevor er dieses stille Gebet beenden konnte, kam sie zu ihm und legte ihm spontan und unbefangen wie ein kleines Mädchen den Kopf in den Schoß.

Es war schrecklich peinlich. Sie war so offen und ohne Falsch in ihrem Verlangen nach Nähe – aber sein Geschlecht war steif und bereit unter dem Gewicht ihres Kopfes.

Mit ihrer Feinfühligkeit mußte sie seine Notlage gespürt haben – denn sie setzte sich auf und lächelte, als sei nichts geschehen. Ihr Gesicht leuchtete schwach in der Dunkelheit.
Damon sah ihr in die Augen. Worte fand er keine. Etwas Unbeschreibliches hatte sein Wesen gepackt. Er wartete, bis der Bann gebrochen würde, weil er nicht den Willen hatte, es selbst zu tun. Seine Hand griff unsicher nach dem Drink.
Aber er erstarrte mitten in der Bewegung, als Margot plötzlich die Arme hob, als wolle sie ihren Nacken massieren. Das Nackenband ihres Oberteils löste sich und vor seinen verblüfften Augen entblößten sich volle junge Brüste.
Damon rührte keinen Muskel. Auf seinen Lippen versuchte sich ein Protest zu bilden, der aber bei ihrem Anblick verstummte. Er suchte nach Worten, um sie von der Entblößung dieser perfekt geschwungenen Glieder abzuhalten, sie zu stoppen, bevor es zu spät war.
Aber sie drehte sich unbeschwert auf dem riesigen Sitzkissen, und das Oberteil fiel zu Boden. Sie knöpfte die Shorts auf, ließ sie an ihren Beinen hinabgleiten, bis nur noch der Slip wie eine Blüte an dem milchigweißen Fleisch ihrer Lenden hing. Sie lag vor ihm wie ein Geist aus Alabaster, ihr Haar glänzte im Halbdunkel.
Damon rang nach Atem, um ihr zu sagen, sie solle aufhören, um sie mit einem brüsken Lachen zu zwingen, sich wieder anzuziehen.
Aber er konnte nicht.
Sie zog den Slip aus und kroch auf ihn zu. Dann setzte sie sich auf ihn, fuhr ihm durch die Haare und zog mit einer Bewegung, die ein sanftes Flehen und gleichzeitig ein strenger Befehl war, sein Gesicht an das ihre. Ihr Duft hüllte ihn betörend ein. Ihr Haar fiel über ihrer beider Gesichter, während sie ihm ihre köstliche Zunge in den Mund schob.
Ein tiefes Seufzen schüttelte ihn. Es war, als würde er von einem Engel geküßt.
Ihre Hände, nun plötzlich sehr raffiniert, hatten ihm das Hemd aufgeknöpft und streichelten seine Brust. Dann waren sie plötzlich an seiner Stirn, den Wangen, glitten über seinen Bauch hinunter und machten sich am Gürtel zu schaffen.
Endlich fand er den Atem, um sie abzuwehren. »Liebling ...«
Aber sie brachte ihn mit einem Kuß so voller Leidenschaft zum Verstummen, daß er beinahe fürchtete, es würde ihm schon in der Hose kommen.
Er sah hilflos zu, wie sie an ihm hinabglitt und ihm Hose und Unterwäsche auszuziehen begann. Die duftende Mähne ihres Haares lag auf

seinem Schoß wie eine Satindecke, als sie ihn überraschend, doch ohne zu zögern, in den Mund nahm und behutsam an ihm saugte.
Während er den Blick über ihren Rücken und die schlanke Taille zu den langen, wunderschönen Beinen gleiten ließ, erkannte er, wieviel von seiner Sexualität in den vergangenen Jahren in seine Arbeit eingeflossen war, während er sich damit brüstete, die Wechseljahre hätten ihn von dem kindischen Verlangen befreit, jüngere Frauen verführen zu wollen. Er hatte sich getäuscht!
Sein Körper stand in Flammen, als sie ihren hübschen Kopf über seinem Penis auf und ab bewegte. In ihrer kindlichen Natürlichkeit spielte sie mit ihm wie mit einem Spielzeug, sie leckte und saugte und ließ zärtliche Finger an ihm entlanggleiten, während er verwundert und entzückt stöhnte.
Dann kroch sie wieder auf seinen Schoß, und ihre Hände auf seinen müden, alten Schultern machten ihn wieder jung und stark und männlich, während sie ihn in sich aufnahm und ihn langsam, mit unglaublich raffinierten und starken weiblichen Sehnen fickte.
O Gott. Sie waren wie Hände, diese schlüpfrigen Wände in ihrem Innern. Sie zitterten und neckten und hielten, sie liebkosten jeden Millimeter seines Penis in zartem, fast musikalischem Rhythmus.
Sie küßte ihn wieder, und ihre Haare bedeckten seinen Körper. Er strich ihren Rücken entlang, fand ihr Geschlecht und spürte dessen Feuchtigkeit an seinen Fingern.
Dann sah er ihr in die Augen. Sie waren nur schräge Schlitze, und sie sah ihn an mit einem verzückten Blick voll kindlicher Freude.
Ihr heiseres Stöhnen hüllte ihn ein, und plötzlich wurde das Drücken und Kitzeln ihres Fleisches so drängend, daß er nur noch explodieren konnte und sich in einem heißen Schaudern in ihr ergoß.
Dann lag sie auf ihm, während er in ihr langsam erschlaffte. Zärtlich, tröstend strich sie ihm über Gesicht und Hals. Er spürte ihr Lächeln an seiner Wange. Sie küßte seine Augen. Als sein Penis schließlich aus ihr herausglitt, seufzte sie leise bedauernd.
»Rühr dich nicht«, flüsterte sie. »Ich bin gleich zurück.«
Einen Augenblick später war sie mit einer Schachtel Papiertücher wieder da, wie eine Sylphe huschte ihre nackte Gestalt durch die Schatten. Sie säuberte ihn zärtlich und küßte dabei seinen Bauch, die Schenkel und den schlaffen Penis. Der Geruch von Sex füllte das Zimmer wie Regen.
»Baby«, seufzte er, nachdem sein Willen, zu spät, zurückgekehrt war. »Warum hast du mich dazu gebracht? Es tut mir so leid ...«
»Es braucht dir nicht leid zu tun, Daddy. Du hast mich sehr glücklich gemacht.«

»O Gott ...«
Er streichelte sie zärtlich, während sie sich in seinen Schoß kuschelte. Gefühle des Wahnsinns überfielen ihn. Sie war nicht nur für seine alternde Libido eine engelsgleiche, fast heilige Erlösung gewesen und hatte jede Faser seines Körpers gereinigt, die sie berührte – sondern er war auch auf eine eigenartige Weise stolz auf sie. So als hätte sie, als die Tochter, die er nie hatte, ihm die vollkommene Offenherzigkeit und gesunde Weiblichkeit gezeigt, die die Frucht seiner Lenden waren, sein Stolz und seine Freude.
Und Stolz auch, mit ihr geschlafen zu haben, als wäre sie seine Tochter! *Ich bin verrückt.* Nur ein Verrückter konnte solche Gedanken haben. Aber sie ließen sich auch nicht vertreiben, während Margot sich an ihn kuschelte und ihn küßte, dieses kleine Mädchen vom Lande, die ihn bewunderte und ihm das Kostbarste geschenkt hatte, was sie besaß.
Träge vergingen die Minuten. Ihre alte, intuitive Vertrautheit machte Worte überflüssig, auch in einem so außergewöhnlichen Augenblick. Damon spürte, wie ihr Schoß sich gegen den seinen drückte. Besitzergreifend wie ein Mädchen umklammerte sie ihn mit den Beinen. Immer und immer wieder streiften ihre Küsse seine Lippen.
Eine unsägliche Ruhe kam über seine müden Glieder, so süß, wie er sie noch nie empfunden hatte, als hätte ihm dieses reizende Wesen in seinen Armen gewährt, wonach er sich das ganze Leben gesehnt hatte.
Vor seinem inneren Auge fiel wieder ihr Oberteil zu Boden, die festen, jungen Brüste sprangen hervor, der zarte Brustkorb und die schlanken Hüften boten sich ihm mit dem verführerischen Lächeln jungfräulichen Fleisches dar ...
Wie hatte das nur passieren können? Wie hatte sie nur so schlau, so außergewöhnlich schlau sein können, daß sie genau wußte, wann er wehrlos und sein Ehrgefühl hilflos gegen ihre Schliche war?
Bei diesem Gedanken richtete sich plötzlich sein Penis wieder auf und drückte gegen ihre Schenkel. Ihre zarten Küsse wurden leidenschaftlicher. Und mit einer Bewegung, die so behende und schön war, daß er gar nicht daran dachte, sie davon abzuhalten, hatte sie sich unter ihn auf die Couch gelegt und ihn wieder in sich eingeführt.
»Mmm«, flüsterte sie. »Denk dir nichts. Mach's mir noch einmal.«
Und das tat er auch. Erstaunt über seine Manneskraft stürzte er sich gierig auf sie und stieß in sie mit langsamen Bewegungen seines schweren Körpers, während sie sich eng an ihn klammerte. Wieder spürte er, wie ihr Geschlecht ihn zärtlich neckend umspannte, und er roch ihren reinen, jungen Duft, der nun durchzogen wurde vom scharfen Aroma der Liebe.

Sie murmelte zärtliche Worte der Ermutigung und Zuneigung wie eine junge Lehrmeisterin, und ihre Stimme liebkoste ihn so zärtlich wie ihre Hände.

»Mehr, Damon. O bitte. Es ist so schön.«

Einen Augenblick lang spürte er ihre Finger an seinem Hintern, dann lagen sie an den Innenseiten seiner Schenkel. Wie außer sich kam er in einem mächtigen Zucken, einem Orgasmus, den sie ihm mit ihrem Geflüster, ihrer Schönheit und unglaublichen Willigkeit entrissen hatte. Ein tiefes Stöhnen entrang sich seiner Kehle, während sich die letzten Tropfen seines Samens in ihre warmen Lenden ergossen.

Dann lag er erschöpft auf ihr, sein noch immer harter Penis zuckte und zitterte in ihr. Sie spielte zärtlich mit seinen Haaren.

»Daddy«, seufzte sie. »Danke.«

Innerlich schüttelte Damon den Kopf. Es war ihm, als hätte er zweimal an die Tür zur Katastrophe geklopft. Um seiner geistigen Gesundheit willen müßte er nun eigentlich auf den Hacken kehrtmachen und fliehen, solange noch Zeit war. Aber die zärtliche kleine Möse, die ihn hielt, wollte ihn nicht gehen lassen, und er würde weiter an diese Tür klopfen, bis sie sich öffnete. Er wußte es.

Ihre Beine umklammerten seine Hüften, die Arme seinen Rücken. Ihre Lippen benetzten mit kühlen Küssen seinen Hals.

Er betrachtete die alten Kissen seiner Couch wie ein schwarzes Kristall, dessen Tiefen sein Schicksal verbarg.

Ihre Augen konnte er nicht sehen; sie waren offen und blickten ruhig und strahlend in die Nacht.

46

Am Montag, den 8. November erhielt Tony Pietranera über einen Boten ein Paket. Es trug keinen Poststempel.

Er legte es auf den Tisch und sah es lange an. Es war ziemlich schwer, mindestens drei oder vier Pfund.

Schließlich öffnete er es und warf das Packpapier in den Abfalleimer.

Drinnen war ein dicker Stapel Papiere, die meisten davon Fotokopien. Daneben lag ein kleines, extra eingewickeltes Päckchen.

Tony wurde blaß, während er die Papiere durchblätterte. Es war eine detaillierte Aufstellung seiner Erpressungen und Wuchergeschäfte der letzten vier Jahre, mit Fotokopien von Schecks, Briefen, kompromittierenden Fotos und Drohungen.

Es war genug Material, um Tony für dreißig Jahre hinter Gitter zu schicken.

An dem obersten Blatt hing eine Notiz.

Es gibt einige Leute, die die Originale und Kopien dieses und anderen Materials haben, stand da. *Sie werden entsprechende Maßnahmen ergreifen, wenn mir irgend etwas zustößt.*

Leb wohl, Tony.

Es stand keine Unterschrift da.

Wut und Hilflosigkeit wühlten in Tonys Eingeweiden, während er die Papiere anstarrte. Aber mächtiger noch war die Traurigkeit, die ihn nun überfiel.

Denn er hatte Christine ja zurückhaben wollen, nicht um sie zu bestrafen, sondern um sie zu lieben.

Und jetzt würde er sie nie mehr sehen.

Nie mehr.

Einen Augenblick stand er mit geschürzten Lippen da, dann fiel sein Blick auf das kleinere Päckchen.

Beim Auswickeln drang ihm der rauchige, beißende Gestank von Trockeneis in die Nase. Der Atem stockte ihm, als er die Styroporschachtel öffnete.

Drinnen lag, bleich und blutleer, Carmine Gambinos steifer Finger.

47

Nach fünfzehn anstrengenden Wochen wurden Schauspieler und Drehteam von *The Fertile Crescent* entlassen. Die Dreharbeiten waren zu Ende.

Die ganze Mannschaft war zu Tode erschöpft. Keiner konnte sich erinnern, daß ein Film je so viel Unsicherheit und Verwirrung verursacht hatte.

Annies Make-up als älter werdende Daisy war eine so komplizierte Aufgabe gewesen, daß Andi Ritchie ein dickes Logbuch mit Fotos führen mußte, um bei den Szenen auf dem laufenden zu bleiben.

Mark Salinger war nervlich am Ende; er hatte insgesamt mit sieben Kinderdarstellern arbeiten müssen, die Daisys Kinder in verschiedenen Lebensaltern spielten.

Und Damon Rhys' irrsinnige, aber leidenschaftlich beharrliche Änderungen an unzähligen Stellen des Drehbuchs hatten alle fast zur Verzweiflung getrieben.

Nun, da es vorbei war, betete Damon, mit der Hilfe von Eileen Mahler und ihren Cutterinnen eine Nullkopie zusammenflicken zu können, die seinen Erwartungen entsprach. Er hoffte inständig darauf, aber die Komplexität der Motive des Films machte es unmöglich, zuvor schon wissen zu können, ob er und Mark den richtigen Ton, das richtige Aussehen und den perfekten Rhythmus geschaffen hatten.
Es gab für Damon nur eine rettende Gewißheit: Annie war großartig gewesen in der Rolle der Daisy.
Als er die Rohfassung sah – der schrecklichste Moment für einen Filmemacher, wenn er alle Szenen vor sich liegen hat, aber noch nicht geschnitten und ohne Farb- und Tonkorrekturen –, wußte er sofort, daß Annie den Film tragen würde.
Sie hatte die Rolle mit einer Feinfühligkeit geschaffen, von der er nicht einmal zu träumen gewagt hätte; Daisy war zu einer spröden jungen Frau geworden, die sich weigerte, ihr Unglücklichsein und ihr unbewußtes Verlangen anzuerkennen, sich selbst durch die Männer, die sie heiratet, Schaden zuzufügen.
Annie war es gelungen, bestimmte Zeilen mit einer eigenartigen Fröhlichkeit zu sprechen, einem fast humorvollen Unterton, der ihre Traurigkeit verdeckte und sie gleichzeitig mit ihrer ganzen Wucht auf das Publikum wirken ließ. Es war die großartigste Darstellung des Unterbewußten, die Damon je gesehen hatte, und Annie hatte sie rein aus ihrem Inneren heraus entwickelt, so daß sie wirkte wie eine zarte Orchidee, die im Augenblick des Verblühens auf Film gebannt wurde.
Es brach einem fast das Herz, dabei zuzusehen, denn Annie hatte einen so eisernen Lebenswillen, während Daisy so entschlossen selbstzerstörerisch war. In jedem Augenblick ließ Annie im Zuschauer Hoffnung für Daisy aufkeimen, während die Welt, die Damon erschaffen hatte, auf schmerzliche Weise deutlich machte, daß diese Hoffnung nicht gerechtfertigt war. Daisys immer über ihr hängende Vernichtung bekam dadurch eine bittersüße Schönheit, die einem im Gedächtnis blieb wie eine Obsession.
Wie Annie es schon in der Nacht, als sie das Drehbuch zum erstenmal las, empfunden hatte, war *The Fertile Crescent* wirklich wie Kaviar. Der Film hatte einen scharfen, einzigartigen Geschmack, an den man sich zunächst nur schwer gewöhnen konnte, der aber dann unvergeßlich wurde.
Sie hatte – im Gegensatz zu Damon – nicht erkannt, daß ihr Talent der Schlüssel zu diesem einzigartigen Meisterstück war.

In den ersten Wochen nach Drehende stand Damon kurz vor dem Zusammenbruch, er wanderte unstet zu allen Tages- und Nachtzeiten im Haus herum, spielte ein paar Takte auf seiner Geige und verfiel dann in Schweigen, er sprach wenig und schleppte sich nur mühsam ins Büro. Margot wich nicht von seiner Seite, sie achtete darauf, daß er aß, überwachte sein Trinken, stand mitten in der Nacht auf, um bei ihm zu sein, nur um sicherzugehen, daß er sich nicht aus einem Impuls heraus auf eine seiner Sauftouren begab. Sie spürte, daß seine kreative Energie nach den Qualen von *The Fertile Crescent* erschöpft war. Depressionen waren eine beständige Gefahr. Er brauchte Lebenshilfe.

Doch sie hätte sich wegen einer einsamen Sauftour keine Sorgen machen müssen. Dafür brauchte er sie viel zu sehr.

In den Wochen nach ihrer schicksalhaften Rückkehr aus Iowa hatten sie jeden Tag miteinander geschlafen. Margot hatte einfach ihrer beständigen Sorge um Damon ihre Zärtlichkeiten und die sanfte Hingabe ihres Körpers hinzugefügt.

Sie liebten sich in den frühen Morgenstunden, wenn er aufgestanden war, um zu arbeiten und zu meditieren. Wenn er von seinem Sessel aufblickte, sah er sie mit ihrem Schreibbrett sitzen, aufmerksam wie immer, aber mit Gliedern, die noch nach seiner Leidenschaft dufteten, und einer glatten Haut, die noch die Spuren seiner Zärtlichkeiten trug. Manchmal raubte ihm sein plötzlicher Hunger nach ihr den gewohnten, alkoholbetäubten Schlaf um zehn oder elf Uhr, und er betrat dann etwas verlegen ihr Zimmer, weil Conchata doch erst vor wenigen Minuten gegangen war.

Er sah auf Margot hinunter, hörte ihren ruhigen Atem, und es tat ihm leid, sie zu wecken. Aber sie wußte intuitiv, daß er da war, und zog ihn mit schlanken Armen an sich.

An den Wochenenden, wenn sie alleine waren und der Druck der Dreharbeiten Damon launisch und impulsiv gemacht hatte, liebten sie sich zu jeder Tageszeit – mittags, wenn er ihr die Arme um die schlanke Taille legte, während sie das Mittagessen vorbereitete, an den stillen Nachmittagen vor der Cocktailstunde, und am schönsten, gleich am Morgen, wenn die Vögel in den Cañons sangen.

Manchmal, wenn sie allein waren, nahm Margot Damon mit in ihr Bett und behielt ihn die ganze Nacht bei sich und hielt ihn im Arm, während er schlief. Wenn er dann erwachte, sah er sie verwundert an und fragte sich, warum ihm nur das Schicksal diese Göttin unter den Mädchen gesandt hatte, um das Leben mit ihm zu teilen zu einer Zeit, da er schon geglaubt hatte, junge Frauen wären ihm für immer versagt.

Während die schwersten Tage der Arbeit an *The Fertile Crescent* sich langsam vorüberwälzten, wirkten ihre Liebenswürdigkeit, ihre permanente Verfügbarkeit auf ihn fast wie eine Droge. Wenn er ihre Küsse kostete, verzückt ihren frischen weiblichen Duft roch und verwundert die perfekten Linien ihres Körpers betrachtete, regten sich fremde Gefühle in ihm.

Dreißig Jahre lang hatte er darüber Witze gerissen, daß er keine Kinder hatte. Er hatte sein Leben in Vielweiberei und Hurerei verschwendet, sagte er immer, und würde der Nachwelt statt Kindern seine Bücher und Filme hinterlassen. Er glaubte, daß die meisten Eltern ihre Kinder ungerechtfertigterweise als ihre Unsterblichkeit betrachteten – und er wollte keine Unsterblichkeit.

Aber wenn er nun diese liebliche Nymphe ansah, die seine Seele fast besser kannte als er selbst und die ihr ganzes Leben seinen Bedürfnissen gewidmet hatte, spürte er das verbotene Verlangen, Kinder mit ihr zu zeugen und sie an seiner Seite zu halten, bis unweigerlich der Verfall ihm die Gesundheit, seinen Körper nahm.

Warum auch nicht? Er brauchte sie nur zu heiraten, sie zu lieben, wie er sie bereits liebte, das Wunder zu erleben, wie die Frucht seiner Lenden aus diesem wunderbaren Geschlecht entsprang – und ihr dann genug von seinen beträchtlichen Ersparnissen zu hinterlassen, damit sie und seine Kinder nach seinem Tod versorgt wären.

Tod? Aber er war doch erst neunundfünfzig! Er würde mit ihr alt werden ...

Aber nein: Der Schnaps fiel ihm ein. Er erwartete nicht, daß er alt wurde.

Warum dann also nicht Margot etwas hinterlassen?

Die Versuchung war stark.

Was Annie anging, so wußte sie, daß die Anstrengung, ihr ganzes Wesen in einen fiktiven Charakter geworfen zu haben, nun in Tausenden von Metern belichteten Films begraben war, endgültig und nicht mehr zu verändern, wenn auch noch zerstückelt in ungezählte Fragmente.

Annie wußte nicht, wohin sie sich mit ihren Gefühlen, ihren wunden Nerven, ihrem verbrauchten Talent wenden sollte. Sie konnte nur stillsitzen und spüren, wie ihr inneres Uhrwerk ablief wie bei einer mechanischen Puppe.

Die Leere, die Daisy in ihr hinterlassen hatte, war so total, daß sie jeden Kummer verdrängte, den sie vielleicht über ihre persönliche Tragödie empfunden haben mochte. Und dieses Gefühl war eigentlich gar nicht so unangenehm. Denn sie hatte sich selbst verwirklicht in dem Versuch, Daisy darzustellen – der schwierigste und mühseligste Versuch, den sie je unternommen hatte.

Sie wußte nicht, ob sie je wieder spielen würde. Aber sie wußte, daß sie diesmal alles gegeben hatte, was sie konnte. Sie hatte alle Quellen ihrer Inspiration als Schauspielerin für Daisy erschöpft . Und darin lag eine tiefe, wenn auch makabre Befriedigung.

In der Zwischenzeit fand sie Trost und Beschäftigung in der Familie. Die meiste Zeit verbrachte sie im Cañonhaus, wo sie sich mit Damon und Margot auf die schwierigen Nacharbeiten zu *The Fertile Crescent* konzentrierte.

Sie betrachteten die Rohfassung, quälten sich mit dem Schnitt und fragten sich laut, ob man manche Szenen nicht hätte besser timen, besser drehen, besser spielen können. Sie tranken Dutzende Tassen Kaffee und Tee, gingen unruhig auf und ab und aßen ihre Mahlzeiten in einer Stimmung entspannter Kameradschaft und gleichzeitig intensiver Konzentration auf »den Film«.

Wenn sie es dann nicht mehr aushielten, gingen sie miteinander aus, einfach um ihrer gemeinsamen Besessenheit für wenige Stunden zu entfliehen. Sie fuhren in ein Autokino, wo Damon Whiskey aus einem Flachmann trank und die Mädchen Popcorn und Schokoladenriegel naschten. Sie fuhren zu einem Minigolfplatz, einem Vergnügungspark, einem Spiel der Lakers und einmal auch zum Rollerderby, wo Damons Kommentare die Mädchen noch mehr zum Lachen brachten als das Ereignis selbst. Sie gingen in ein Herrenbekleidungsgeschäft, wo Damon nach einer Stunde den Überredungskünsten der Mädchen nachgab und sich ein neues Sakko kaufte, um die fadenscheinige alte Tweedjacke zu ersetzen, die er seit zwanzig Jahren zum Essen in Restaurants anzog.

Inzwischen ging Damon auch oft zu Mrs. Guenthers Pool hinüber, wenn Annie und Margot dort schwammen. Er stand dann immer am Rand, hörte ihrem Lachen und dem Planschen ihrer schlanken Körper in dem sonnenbeschienenen Wasser zu und lächelte stolz wie ein Vater. Aber es lag noch mehr als Stolz in diesem Lächeln. Ein wehmütiger und sehr intimer Glanz, den Annie oft bemerkte, kam nun in seine Augen, wenn er Margot ansah. Annie spürte, daß etwas ihre kleine Dreiecksbeziehung verändert hatte, etwas, das sie näher zusammenbrachte, das aber auch ausgesprochen schmerzlich war, weil es bedeutete, daß sie vor einer Veränderung standen, die nicht mehr aufgehalten werden konnte.

Na gut, dachte sie. Die Zeit ist eine zu strenge Gebieterin, als daß sie auf die Wünsche bloßer Sterblicher Rücksicht nehmen würde. Wir sind doch jetzt zusammen, oder nicht? Und das ist das einzige, was zählt. Sie hielt Damons Hand, fuhr ihm durch die Haare, arbeitete und spielte mit ihm und Margot, sie betrachtete beide mit liebevollen Blicken und spürte, daß das Leben, das sie mit ihnen geführt hatte, von ihr verlangte – zumindest für den Augenblick –, so zu tun, als würde es ewig währen. Aber sie hätte nie gedacht, daß die Zeit bald zu einem Mahlstrom werden würde, der sie in die Tiefe riß.

48

The Hollywood Reporter, 20. März 1974

Heute nachmittag wird ein neues Paar Fußabdrücke den Zement vor Grauman's Chinese zieren, als Symbol für eine der faszinierendsten und außergewöhnlichsten Episoden in der Geschichte Hollywoods.
Wiederauferstanden aus der Asche einer umstrittenen Karriere, die ihr ebensoviel Schande wie Ruhm brachte, bot Annie Havilland dieses Jahr in Damon Rhys' The Fertile Crescent *eine Leistung, die ihr ganz Hollywood zu Füßen legte – wo es auch hingehört.*
Der Film, der letzten Herbst gerade noch rechtzeitig für die Oscar-Nominierung für 1973 herauskam, wird sicher ein halbes Dutzend erhalten, wurde er doch bereits jetzt als großartigster Film einer ganzen Generation gewürdigt. Und Miss Havilland, die ihre Nominierung bereits erhalten hat, wird zweifellos die erste in der Reihe sein – denn die Kritiker stimmen darin überein, daß die Verbindung der Talente von Damon Rhys und dieser außergewöhnlichen Schauspielerin durchaus zum Höhepunkt ihrer beider Karrieren werden könnte.
Einige mögen annehmen, daß erst Miss Havillands mutiges Comeback nach einem lebensbedrohenden und scheinbar ihre Karriere beendenden Unfall sie zu einem so großen Star gemacht hat, daß sie heute ihren Platz in Sid Grauman's Pantheon erhält. Und zweifellos bewundert Hollywood ihren unbezähmbaren Geist und liebt es, die Tapfersten seiner Stars für ihren körperlichen Mut zu belohnen.
Experten sind inzwischen jedoch der Überzeugung, daß die beiden Filme Annie Havillands, A Midnight Hour *und* The Fertile Crescent *– so unterschiedlich und in der Demonstration ihrer unvergleichlichen Fähigkeiten sich gegenseitig ergänzend sie auch sind –, ihren unsterblichen Ruhm als eine der besten Schauspielerinnen – und Damen – in der Geschichte dieses Gewerbes mehr als rechtfertigen.*

»Da sind wir, Sis. Gehen wir.«
Margot stieß die Tür auf, zog Annie aus der Limousine und ging Händchen haltend mit ihr und Damon im Blitzlichtgewitter, umringt von Hollywoods Würdenträgern und Hunderten erregter Schaulustiger, zu dem Quadrat nassen Betons.
Der Vertreter von Grauman's Chinese und des Konsortiums, das Annie für diese Ehrung ausgewählt hatte, begrüßte sie und führte sie zu dem etwas ironischen Heiligtum des Starkults. Unter tosendem Applaus und dem Klicken der Fotoapparate zog Annie die Schuhe aus.
Sie sah von der lächelnden Margot zu Damon, der mit eigenartiger Würde nickte, als befehle er ihr, nun den Triumph und das Rampenlicht zu akzeptieren, deren sie sich viel zu lange für unwürdig gehalten hatte. Sie schürzte die Lippen zu einem kleinen, verlegenen und dankbaren Lächeln und stieg dann vorsichtig in den nassen Zement.
Der Applaus wurde stärker, die Leute riefen in liebevoller Begeisterung ihren Namen.
»Annie!«
»Annie!«
»Wir wollen Annie!«
Sie winkte, während sie gleichzeitig versuchte, nicht das Gleichgewicht zu verlieren, und stieg dann aus ihren Fußabdrücken, um mit einem speziellen Instrument, das der Zeremonienmeister ihr reichte, ihren Namen in den Beton zu schreiben.
Während sie sich niederkniete, sah sie, vorbei an den vielen anderen, schon lange harten und verwitterten Betonplatten, hoch zu der tobenden Menge vor ihr.
»Annie!«
»Annie!«
Verwirrung überdeckte ihre Aufregung, denn sie erkannte ganz plötzlich, daß sie sich nun selbst in die Reihe der menschlichen Geister einreihte, die Hollywood in diesem spröden Beton »unsterblich« gemacht hatte – und deren Existenz in einer großartigen Vergangenheit sie an die Geografiebücher ihrer Schulzeit erinnert hatte, als sie diese Stadt das erste Mal betrat.
So fest wirkte diese sich langsam verhärtende Mischung. Und so dauerhaft wirkte der Ruhm auf solche, die ihn suchten.
Aber leider waren die Menschen, die mit ihrem Körper diese Platten markiert hatten, so vergänglich wie die Blitzlichter um sie herum ...
Wie recht hatte doch Damon mit seinen unberechenbaren Kreisbahnen der menschlichen Seele, deren Abweichungen Unmöglichkeiten möglich machten!

Die Annie Havilland, die zuversichtlich aus New York hierhergekommen war, nur um in Harmon Kurths Klauen zu landen, und die mit Rache im Herzen an ihrer Karriere gearbeitet hatte, stand nun kurz davor, für sein Studio einen Oscar zu gewinnen.
Aber Kurth lebte nicht mehr. Er war nur noch Erinnerung, und die Rolle, die er in ihrem Leben gespielt hatte, kannte nur sie.
Und die nackten Füße, die eben ihre Abdrücke in dem Beton hinterlassen hatten, waren nicht mehr die der ersten Annie, denn sie hatten gelitten bei dem Unfall, der auf *A Midnight Hour* folgte, dem Unfall, der entstanden war aus dem schicksalhaften Zusammentreffen von Liane, Terry, Annie und Eric Shain.
Der Unfall, der Annie das Baby nahm, das ihre Zukunft hätte werden können. Denn wie viele Rollen, wie viele Filme, wie viele Oscar-Nominierungen würde sie nicht in den Wind schreiben, nur um es wiederzubekommen und ihm ihr Leben und ihre Liebe widmen zu können.
Die Zeit war wirklich eine grausame und doch großzügige Herrscherin, sie entriß dem Menschen die Träume und zwang ihn gleichzeitig, Schwellen zu überschreiten, hinter denen unfaßbare Überraschungen, Geschenke, Freuden und neue Sorgen lagen.
Wie konnte ein Mensch das alles verstehen? Wie konnte sie den Sinn dieser unsichtbaren Wendepunkte und unheimlichen Verwandlungen ermessen und annehmen, die sie immer unvermutet überfielen, ihr die Grundlagen ihres innersten Wesens nahmen und doch gleichzeitig der einzige Boden waren, auf dem sie stehen konnte?
Vielleicht war es weder möglich noch erstrebenswert, sie zu verstehen. Vielleicht war der Verstand nicht dazu da, ihr Eintreffen zu verarbeiten. Vielleicht erkannte nur das Herz ihre Signale, hörte ihr Flüstern und bewahrte ihre Geheimnisse.
Ja, es war wirklich so, wie Roy Deran immer sagte, das eigene Ich gehörte einem nicht. Es kam von außerhalb. Es war ein Geschenk, kein Besitz. Und wenn es am Ende nicht anderen gehörte, wie Margot, Damon und Frank – und wie den Leuten, die ihr nun mit dem glücklichen Lächeln der Hoffnung und der Bewunderung zusahen –, dann war es nichts wert.
Die Zeit würde ihr nie gestatten, ihr Ich alleine zu besitzen und für sich zu behalten. Dann sollen also andere es nehmen, für alles, was es wert ist. Sollen Liane und Daisy und die Menschheit es besitzen und damit machen, was sie wollen.

Nach Beendigung der kurzen Zeremonie scharten sich die Fotografen der Magazine, Zeitschriften und Presseagenturen der ganzen Welt um Annie. Sie beantwortete ihre vielen Fragen so höflich und knapp, wie sie konnte.
Sie war viel erschöpfter, als sie es erwartet hatte, nicht nur, weil die Anstrengung des langen Stehens ihre alten Verletzungen schmerzen ließ, sondern weil die Zeremonie eine emotionale Niedergeschlagenheit zum Ausbruch gebracht hatte, von der sie gar nicht wußte, daß sie in ihr steckte. Es schien, als wäre nun eine lange Odyssee beendet, ihre Zukunft aber ein unlösbares Rätsel.
So klammerte sie sich schutzsuchend an die warmen Hände von Damon und Margot, die während des ganzen Interviews neben ihr standen. Immer und immer wieder blitzten die Lichter auf, während die 35-Millimeter-Kameras ihr Bild für ihre eigenen Zwecke einfingen.
Aber nun standen beschützend die Menschen neben ihr, die sie am meisten liebte und brauchte.
Und auf mehr als einem Bild, das an diesem Nachmittag aufgenommen wurde, starrten die kleinen blauen Augen Damons mit arroganter Eindringlichkeit in die Kamera, während die grünen Margots, an das Rampenlicht nicht gewöhnt, amüsiert über den Anlaß und in unerschütterlicher Treue zu den beiden Menschen neben ihr lächelten.

49

Los Angeles Times, 22. März 1974

ANNIE: EINE FRAU, EINE KARRIERE, EINE LEGENDE.
Der heutige Unterhaltungsteil ist ausschließlich der Karriere Annie Havillands gewidmet, die wahrscheinlich bei der Oscar-Präsentation nächste Woche ihren ersten Höhepunkt erreichen wird. Wir laden die Leser ein zu einem Rückblick auf die frühen Jahre, die zu dem erstaunlichen Aufstieg dieses Stars führten.

Erklärung zu den Fotos: (Von links im Uhrzeigersinn) Annie mit sieben, auf dem Schoß ihres Vaters, des Anwalts Harry Havilland aus Richland, New York. Annie mit sechzehn, die zweite von rechts, als Mitglied des Schwimmclubs der High School von Richland. Annie beim Schulabschluß. Ihr erstes Foto für Cyrena, New York, 1964. Annie bei ihrem erfolglosen Test für die International-Pictures-Produktion *Three*

In One, zwei Jahre vor ihrer Hauptrolle in *A Midnight Hour*. Annie als provozierendes Werbegirl für Cantele und Beale. Annie als Sprecherin des Verkehrsministeriums. Annie als Liane in einer Szene mit Eric Shain aus *A Midnight Hour*. Das berüchtigte Szenenfoto als Liane in Slip und BH. Die ersten Schlagzeilen über ihren Unfall. Das erste Publicity-Foto von International nach der Gesichtsoperation. Annie als jugendliche Daisy in *The Fertile Crescent*. Daisy in ihren Zwanzigern. Daisy vor dem tödlichen Unfall. Annie bei den Dreharbeiten mit Mark Salinger. Mitte: Annie vor Grauman's Chinese Theatre, nachdem sie ihre Füße in den berühmten Beton gedrückt hat. Neben ihr Damon Rhys und Margot Swift, eine junge Studentin aus Iowa, Rhys' Sekretärin und Assistentin bei *The Fertile Crescent* und Annies beste Freundin.

50

31. März 1974

Zwei Tage blieben noch bis zur Oscar-Verleihung.
Christine erwachte allein im Cañonhaus. Eine Nachricht von Damon sagte ihr, daß er nicht, wie gewöhnlich, um fünf hatte einschlafen können und deshalb ins Büro gefahren sei.
Sie wußte, daß das Warten auf die Zeremonie seine Nerven bis zum Zerreißen anspannte. Das gleiche galt auch für Annie, die sich nun schon einige Tage in ihrer Wohnung eingeschlossen hatte und zwar telefonischen Kontakt hielt, aber sich weigerte, zum Essen oder Schwimmen herüberzukommen.
Christine streckte sich und seufzte. Sie hatte gut geschlafen. Ihr Körper roch noch nach Damons Zärtlichkeiten. Träge blieb sie länger als gewöhnlich im Bett liegen und überlegte sich, was sie mit dem Vormittag anfangen sollte. Damon würde sie erst zum Mittagessen wiedersehen.
Dann ging sie nackt ins Badezimmer und drehte in der Dusche das Wasser auf. Ihr vormittägliches Training wollte sie heute ausfallen lassen und dafür am Nachmittag ausgiebig schwimmen.
Lange stand sie unter dem fließenden Wasser und spürte, wie ihre Sinne langsam erwachten. Anschließend zog sie ihren kurzen Frotteemantel an, wickelte sich ein Handtuch um die nassen Haare und ging in die Küche.
Sie goß sich eben ein Glas Orangensaft ein, als es klingelte.

Sie ging zur Tür und öffnete.
Die Frau, die auf der Schwelle stand, sah sie mit gehobenen Brauen an.
»Lange nicht mehr gesehen, Baby.«
Christine war sofort hellwach und musterte die gutangezogene Frau vor ihr.
Alethea hatte sich verändert. Sie war zu einer vornehmen Mittvierzigerin geworden. Ganz offensichtlich lebte sie jetzt in der legalen Welt.
Die neue Rolle paßte zu ihr. Und auch die gekünstelte Eleganz ihres Auftretens, der Kleider und Accessoires. Sie stand im Einklang mit der grundlegenden weiblichen Eleganz, die sie schon immer, auch unter den entwürdigendsten Umständen, besessen hatte.
Aus dem luftigen Frühlingskostüm, das sie trug, sprach der Rodeo Drive. Dann lebte sie also an der Küste ...
»Darf ich eintreten, meine Liebe?« fragte sie.
Christine dachte an Carmine und an Tony. Nach einem Augenblick des Zögerns trat sie beiseite und ließ ihre Mutter ein.
Was kann sie denn schon tun?
Christines bloße Füße, noch feucht von der Dusche, huschten über den Fliesenboden, als sie die Tür hinter Alethea schloß. Sie warf einen schnellen Blick in die Einfahrt. Dort stand ein großes Auto, aber kein Fahrer.
Alethea blieb auf halbem Weg zum Wohnzimmer stehen.
»Hübsches Haus, was Damon hier hat«, sagte sie. »Er hat's weit gebracht, wie ich sehe. Aber das habe ich ja damals schon von ihm erwartet. Der strebte ja schon immer nach Höherem.«
Christine dachte an Conchata. Glücklicherweise hatte sie heute ihren freien Tag.
Nun drehte sich Alethea um und musterte Christine vom Kopf bis zu den Füßen. Ihr Blick blieb bewundernd an den langen Beinen hängen, die sie ja noch nie in erwachsener Reife gesehen hatte.
»Und du bist jetzt also ein Teil des Ganzen«, bemerkte sie eisig. »Na, ich muß schon sagen, du bist ja zu einer richtigen Schönheit geworden. Das Bild in den Zeitungen wird dir nicht gerecht.«
Das Foto von uns dreien.
Jetzt verstand Christine alles. Außer vor einigen Tagen mit Damon und Annie nach der Feier vor Grauman's Chinese hatte sie sich nie fotografieren lassen. Das kalkulierte Risiko war ein Fehler gewesen.
»Ich habe dich natürlich sofort erkannt«, fuhr Alethea fort, und ein leichtes Lächeln kräuselte ihre Lippen. »Eine Mutter kennt ihre Tochter. Das gehört sich doch so, meine Liebe, oder?«

Sie wies auf die Couch im Wohnzimmer. »Willst du mir nicht einen Platz anbieten?«
Christine hatte noch kein einziges Wort gesagt. Sie beobachtete ihre Mutter sorgfältig, in ihren Augen lag kein Haß, sondern Berechnung und Bereitschaft.
Welche Macht hat sie?
»Du hast ihnen also erzählt, du seist ein braves Landmädchen aus Iowa«, sagte sie. »Das ist aber nicht sehr nett, meine Liebe. Man sollte andere Leute nicht so ausnutzen.«
Christine schwieg weiter. Sie wußte, daß Alethea noch früh genug zeigen würde, welche Waffen sie hatte.
»Das ist aber nicht die Art, wie ich meine Tochter aufgezogen habe«, fuhr sie fort. »Ich glaube, mit Ehrlichkeit fährt man immer noch am besten. Findest du nicht auch, meine Liebe?«
Das war es also.
Zu spät tadelte sich Christine, daß sie die Möglichkeit eines solchen Augenblicks nie vorausgesehen hatte. Sie hatte immer nur spontan reagiert und Bedrohungen ihres Lebens in diesem Haus dann abgewehrt, wenn sie auftauchten. Und da Tony nach dem Tod Carmines, seiner stärksten Waffe, neutralisiert war, hatte sie sich sicher geglaubt. Aber hier war nun Alethea, mit nichts als der Wahrheit, aber die wollte sie Damon enthüllen.
Christine erkannte, daß sie das nicht geschehen lassen durfte.
Sie schwieg weiter. Wie, so fragte sie sich, kann Alethea Damon nur so gut kennen, daß sie seine Reaktion auf ihre Enthüllungen abschätzen kann? Wie kann sie so sicher sein?
Die nächste Äußerung ihrer Mutter beantwortete diese Frage.
»Damon und ich, wir kennen uns schon lange«, sagte Alethea. »Falls du das nicht gewußt haben solltest.« Sie lachte, das gefährliche kleine Kichern, das Christine als Kind so oft gehört hatte. Ein melodiöses Kichern, das immer der Strafe voranging.
Na und? dachte sie, während die Wut in ihr hochstieg. *Zeig's doch. Zeig doch, was du hast.*
»Weißt du«, erklärte Alethea und bewegte den immer noch wohlgeformten Knöchel in den hochhackigen Pumps, »wir haben uns beim Theater kennengelernt. O ja, ich kannte Damie in- und auswendig. Ein sehr leidenschaftlicher Kerl, aber das weißt du ja sicher selbst.«
Sie verstummte und beobachtete die Wirkung ihrer Worte.
»Nach der Geburt deiner Schwester«, fuhr sie dann fort, »hatte ich das Glück, Damon wiederzutreffen. Ziemlich zufällig, als ich mit der

Kleinen in Buffalo einkaufen war. Das Leben war ja damals für mich so langweilig ... Ich war sehr froh, mit ihm einen Nachmittag verbringen zu können.«
Sie lächelte.
»Ich fürchte, die arme Annie hat da etwas gesehen, was sie nicht sollte«, sagte sie. »Aber alles in allem betrachtet, war es das wert – und noch mehr.«
Sie lächelte.
»Nun, und nach der entsprechenden Zeit kamst dann du auf die Welt, meine Liebe«, sagte sie. »Zu der Zeit hatte ich schon meine Zelte abgebrochen und war weit weg von Annie und ihrem langweiligen Vater. Aber ich wußte natürlich sofort, wer und was du warst. O ja.«
Sie sah Christine tief in die Augen, als wollte sie herausfinden, wieviel von dem, was sie erzählt hatte, für sie neu war. Sie nickte anerkennend, als sie den leeren Blick sah, der nichts von den Gedanken ihrer Tochter verriet.
Jetzt klang Triumph in ihrer Stimme.
»Du hast seine Augen, weißt du«, sagte sie, und ihre Worte trafen Christine wie ein Schlag in den Magen. »Eine kleine orangene Sichel im Zentrum der Iris. Wie ein Halbmond in einem blauen Himmel.«
Unsichtbar aufkeimende Entschlossenheit ließ Christines Gesicht ebenso ruhig wirken wie noch Sekunden zuvor.
»Es ist doch ziemlich ironisch, oder nicht, daß sich unsere Wege nach so langer Zeit wieder kreuzen?« fragte Alethea. »Es macht einiges komplizierter, oder? Kreisbahnen, die sich nie wieder hätten überschneiden dürfen, wie Damon sagen würde ...«
Ihr Lächeln verhärtete sich.
»Andererseits«, fuhr sie fort, »geschieht nichts nur durch Zufall, was meinst du, meine Liebe? Wenn du darüber nachdenkst, wirst du merken, daß es eigentlich dein Fehler war. Hast du geglaubt, deine Mutter hätte es nicht gemerkt, als du dieses lächerlich kleine Foto fandst und angefangen hast zu träumen? Glaubst du, ich hätte es nicht vermißt? O doch. Alethea hat es gemerkt. Alethea weiß.«
Sie lachte und drehte den Absatz auf den Fliesen.
»Ich hab' dich einfach weitermachen lassen«, sagte sie. »Das ist ja der Spaß am Leben. Leute weitermachen zu lassen und zuzusehen, was sich daraus entwickelt. Als du zum Beispiel wegliefst und dieses Foto mitnahmst, da wußte ich, daß das irgendwann irgendwohin führen würde. Weil ich dich kannte, meine Liebe. Und Männer sind ja solche Dummköpfe ...«

Christine stand knappe zwei Meter von ihrer Mutter entfernt, schweigend und zu allem bereit.
»Ich habe mich dann einfach zurückgesetzt und die Sache laufen lassen«, fuhr Alethea fort. »Und jetzt schau, wie interessant sich alles entwickelt hat! Unsere Annie hat es doch tatsächlich geschafft, zu Damon zu finden, ausgerechnet zu ihm. Das könnte man nun wirklich als Zufall bezeichnen. Oder vielleicht auch nicht.«
Sie legte nachdenklich den Finger an die Lippen. »Vielleicht gibt es so etwas überhaupt nicht. Auf jeden Fall wußte ich, daß sie hier war, wie es alle wußten. Ja, ich habe die Situation beobachtet. Aber bei dir, meine Liebe, brauchte ich noch etwas Glück. Und dieses kleine Foto letzte Woche in der *Times* lieferte mir dann den letzten Puzzlestein.«
Träge ihre Handtasche schwenkend, wandte sie sich Christine zu.
»So«, sagte sie dann. »Und hier bin ich.«
Sie betrachtete Christine eingehend.
»Meine Güte«, bemerkte sie. »Ein Bild kann manchmal wirklich mehr wert sein als tausend Worte.«
Sie hob anerkennend die Augen.
»Du hast mit ihm gebumst, oder?«
Sie ließ die Worte wirken, bevor sie theatralisch mitleidsvoll seufzte.
»Ich glaube, er mag dich«, sagte sie. »Das glaube ich wirklich. Natürlich wird es ihn sehr mitnehmen, wenn er die Wahrheit erfährt. In mancher Hinsicht ist er ja ein sehr sittenstrenger Kerl, unser Damon. Aber er hat ein Recht, es zu erfahren, meinst du nicht auch?«
So.
Während Christine im Herzen verzweifelte, übernahm ihr kalter Wille die Macht.
Alethea hatte alle Trümpfe ausgespielt.
»Weißt du«, schloß sie und schwang immer noch die Handtasche, »keiner von euch hat mich je zum Narren halten können. Und keiner von euch war je wirklich außerhalb *meiner* Kreisbahn. Denn Alethea ist immer in der Nähe, und Alethea weiß alles. Ich habe nie daran gezweifelt, daß ich, wenn ich mir nur die Mühe mache, euren elenden Existenzen auf der Spur zu bleiben, eines Tages die Gelegenheit bekommen würde, euch zu ruinieren. Aber ich muß sagen, ich bin froh, daß ihr es alle geschafft habt, ein bißchen was vom Glück mitzubekommen, bevor ich euch über den Weg lief. So wird es noch viel pikanter.«
Nun sprach auch Christine.
»Warum setzt du dich nicht?« Sie wies ins Wohnzimmer. Aber Alethea war von dem neutralen Ton ihrer Stimme gewarnt und lehnte ab.

»Nein, danke«, sagte sie, während sie den Blick über Couch und Tisch schweifen ließ. »Ich muß jetzt wieder los. In angemessener Zeit werde ich ...«

Aber in dem Augenblick, da sie sich umdrehte, riß sich Christine das Handtuch von den nassen Haaren, drehte es eilig zu einem behelfsmäßigen Strick und zog es mit einem Satz über die Fliesen ihrer Mutter fest um den Hals.

Alethea ließ die Handtasche fallen. Sie griff sich an den Hals. Ihr Körper warf sich hin und her.

Einen Augenblick lang war der Kampf unentschieden, Alethea in hochhackigen Schuhen gegen Christine auf feuchten, bloßen Füßen. Aber Alethea war älter, weicher und kein Gegner für Christines Kraft. Sie schnappte nach Luft, während Christine immer fester anzog. Hilflos wedelte sie mit den Händen.

Dann kam ihr ihre Intelligenz zu Hilfe. Sie dachte an die einzige Waffe, die ihr zur Verfügung stand, und trieb ihren linken Absatz mit aller Kraft in Christines nackten Fuß.

Der Schmerz blitzte blutrot hinter Christines Augen auf, sie hörte einen Knochen brechen. Taubheit schoß ihr das Bein hoch und wurde zu unerträglichem Schmerz. Sie verlor den Halt auf dem linken Fuß, ersetzte ihn aber schnell mit der Kraft ihrer Arme und hängte sich mit aller Kraft an Aletheas Hals.

Die beiden Frauen fielen zu Boden. Alethea schlug mit Kinn und Bauch auf den Fliesen auf. Einen Augenblick lang schien sie keine Luft mehr zu bekommen.

»Du kleine Närrin«, sagte sie schließlich mit blutigen Lippen und abgebrochenen Zähnen. »Du kleine Närrin ...«

Christine zog an dem Handtuch, so fest sie konnte. Aber es war zu weich, um sich eng genug zu spannen. Alethea bekam noch immer Luft.

»Ich kann dir helfen«, keuchte sie, mit der List der Verzweiflung in ihrer Todesangst. »Er braucht es ja nicht zu erfahren ...«

Christine suchte nach einer neuen Waffe. Sie entdeckte die Fruchtbarkeitsstatue nur einen halben Meter von ihr entfernt auf dem Tisch, packte sie hastig und schlug sie Alethea brutal auf die Schläfe.

Die ältere Frau kämpfte weiter. Blut sickerte ihr aus dem Ohr.

Nein. Nicht noch mehr Blut.

Plötzlich bemerkte Christine die altertümliche Garrotte auf dem Tisch. Blitzschnell ließ sie das Handtuch los, packte das Instrument und legte Alethea den dicken Strick um den Hals. Dann zog sie mit aller Kraft an den Handgriffen.

Alethea fühlte den Tod nahen und rang nach Worten.
»Deinen eigenen Vater zu ficken ... Du dummes Ding ...«, Blut lief ihr aus dem Mund. »Er erfährt es so und so ... Er wird dich hassen ... Männer vergeben nichts ...«
Ruckartig zog Christine den Strick fester. Mit einem trockenen, krachenden Geräusch zerbrach Aletheas Luftröhre. Ihre Hände auf dem Fliesenboden zuckten.
Ihr Mund formte noch immer Worte, aber ihre Stimme war nur noch ein unverständliches Krächzen. Christine zog fester und sah, wie ihre Mutter blau anlief. Sie roch Fäkalgestank.
Der Körper unter ihr wand sich plötzlich, zuckte noch einmal heftig und lag dann still. Aus Aletheas Ohren tröpfelte Blut auf die Fliesen.
Behende wie eine Katze griff Christine nach dem Handtuch, legte es Alethea unter den Kopf, zog den Bademantel aus und wischte das Blut damit auf. Es hatte Gott sei Dank auf den Fliesen noch keine Flecken hinterlassen. Der Fransenteppich unter dem Tisch war nicht bespritzt.
Christine lief in die Küche und kehrte mit Lappen und Schwämmen zurück. Sie legte Alethea auf den Bademantel und wischte dann gründlich den Boden.
Die Fruchtbarkeitsstatue hielt sie unter fließendes Wasser, um das Blut abzuwaschen. Ebenso machte sie es auch mit der Garrotte, die an verschiedenen Stellen bespritzt war.
Dann kehrte sie ins Wohnzimmer zurück, das bereits den Geruch von Tod und Blut und Fäkalien angenommen hatte.
Sie wußte, daß sie jetzt schnell handeln mußte.
Sie eilte ins Badezimmer, fand einen übrigen Duschvorhang, kam zurück und wickelte Alethea darin ein.
Dann stand sie, immer noch nackt, auf und sah sich im Zimmer um.
Das Telefon klingelte, sie fuhr zusammen.
Sie stand da und horchte. Es klingelte sechsmal, achtmal, zehnmal.
Es war Damon. Er nahm wahrscheinlich an, sie sei draußen im Garten, und er ließ ihr die Zeit, das Klingeln zu hören und ins Haus zu kommen. Aber sie konnte unmöglich abheben.
Sie sah auf die Küchenuhr. 10.15 Uhr. Plötzlich schien es möglich, ja sogar logisch, daß Damon seine Absichten geändert hatte und nun sofort nach Hause kam.
Christine sah aus dem Fenster zu dem fahrerlosen Auto. Gott sei Dank war Alethea alleine gekommen.
Deinen eigenen Vater zu ficken ...
Sich zur Konzentration zwingend, suchte Christine in der Tasche, die

auf dem Boden lag, nach den Autoschlüsseln. Dabei fand sie auch eine kleine Brieftasche. Hinter dem Plastikfenster steckte der Führerschein.

Mrs. Ralph Sonderborg
1818 Somerset Drive
Palm Springs, Cal. 92263

Sie hatte also hier in der Gegend gelebt. Vielleicht schon lange. Christine fragte sich, wer wohl Ralph Sonderborg war.

Jetzt wurde alles klar. Wäre das Bild in der *Times* nicht gewesen, hätte Alethea womöglich nie herausgefunden, daß Christine noch lebte, vor allem nicht in der Verkleidung als Damon Rhys' Sekretärin. Aber das Foto hatte ihr eine Waffe in die Hand gegeben und sie hatte sofort erkannt, daß nun, vor der Oscar-Verleihung, ihr großer Augenblick gekommen war.

Aber was sie nicht wußte, war, daß durch Christines eigene Schuld ihre Waffe doppelt soviel Macht besaß, als sie angenommen hatte.

Denn Christine war schwanger.

Plötzlich wurde der Schmerz in ihrem gebrochenen Fuß unerträglich. Ein Schwindelgefühl verwirrte ihre Gedanken.

Aber sie hatte noch soviel zu tun.

Nackt wie sie war, hob sie das Telefon ab und wählte die Nummer auf Aletheas Führerschein.

Eine forsche Stimme antwortete. Weiblich, englisch oder walisisch.

»Bei Sonderborg.«

»Kann ich bitte Mrs. Sonderborg sprechen?«

»Sie ist einkaufen, Madam. Wollen Sie eine Nachricht hinterlassen?«

»Nein, so dringend ist es nicht. Wann kann ich sie wohl am besten erreichen?«

»Heute nachmittag ist sie sicher zu Hause, Madam. Sie hat heute ihre Bridge-Runde.«

»Vielen Dank. Dann versuche ich es später noch einmal.«

»Sehr wohl, Madam.«

Christine atmete langsam und bedächtig. Niemand wußte, daß Alethea heute hierhergekommen war. Es war durchaus einleuchtend, wenn man bedachte, was sie vorhatte.

Die Schmerzen im Fuß wurden immer schlimmer. Eigentlich müßte sie sich schleunigst behandeln lassen. Aber zunächst hatte sie noch etwas anderes zu erledigen.

Einen Augenblick lang lehnte sie sich mit geschlossenen Augen gegen die Anrichte und versuchte, einen klaren Kopf zu bekommen. Ein Teil von ihr war bereits zu der Überzeugung gekommen, daß alles verloren war. Aber der andere glaubte, daß mit zügigem Handeln die Situation noch zu retten sei.

Schließlich öffnete sie die Augen. Aletheas Leiche war ein grotesker, stinkender Haufen in dem Duschvorhang.

Christine humpelte ins Schlafzimmer, zog sich schnell Jeans und ein T-Shirt über, holte dann die Autoschlüssel aus Aletheas Tasche und ging hinaus, um das Auto in die Garage zu fahren.

51

Es war spät. Das Büro war leer.

Frank McKenna saß an seinem Schreibtisch und betrachtete die Fotomontage von Annies Karriere in der *Times*. Schon seit über einer Woche lag das Exemplar in seiner Schublade. Er hatte es noch nicht fertiggebracht, es wegzuwerfen.

Es war schon so lange her, daß er Annie das letzte Mal gesehen hatte. Aber diese Bilder von ihr, vor allem die aus den Jahren, bevor er sie gekannt hatte, schienen sie vor ihm ein dutzendmal wieder lebendig werden zu lassen. Und während er sie ansah, überfiel ihn von neuem der Schmerz, den die Zeit schon geheilt zu haben schien.

Annie mit sieben, auf dem Schoß ihres Vaters ...

Einmal hatte Frank das Foto von Harry Havilland gesehen, das in Annies Zimmer in Damons Haus stand. Das Foto war an dem schicksalhaften Tag dagewesen, als sie sich zum erstenmal, nach der Trainingsstunde im Keller, geliebt hatten.

Sie hatte nur wenig von ihrem Vater erzählt – war er nicht Anwalt gewesen? –, aber mit einer Verehrung, die Frank beeindruckt hatte.

Auf dem Foto war sie eine unschuldige Siebenjährige mit neugierigen, schelmischen Augen. Aber schon hatten sie diesen fremdartigen Glanz, der ihr noch soviel Ruhm einbringen sollte. Annie hatte eine ganz besondere Ausstrahlung, fast wie ein Glorienschein, der sich über ihre Züge legte.

Diese Augen hatten Frank während ihrer gemeinsamen Zeit mit soviel Vertrauen und Leidenschaft angesehen ... Die Erinnerung ergriff von ihm Besitz.

Annie mit sechzehn ...

Was für eine Sirene war sie doch in ihrem dunklen Badeanzug! Und schon damals besaß ihre Figur, obwohl noch voller als zu der Zeit, da er sie kennengelernt hatte, diese eigenartige Zartheit, die er liebengelernt hatte, als sie ihm jede Faser ihres Körper mit seinem einzigartigen Gefühl und Geruch anbot.
Frank ballte die Hand zur Faust. Wie Peiniger quälten die Bilder seine Augen. Er beschloß, die Zeitung zu schließen und wegzuwerfen, denn der Schmerz in seinem Inneren wurde immer unerträglicher.
Aber dann warf er noch einen letzten Blick darauf.
Annie bei ihrem erfolglosen Test für die International-Pictures-Produktion Three In One *zwei Jahre vor ihrer Hauptrolle in* A Midnight Hour ...
Das Bild faszinierte Frank noch mehr als die anderen. Es hatte etwas Unheimliches, denn es sah der Annie, die er kannte, sehr ähnlich und war doch auch wieder sehr anders.
Es war natürlich eine frühere Annie, vor ihrer Schauspielausbildung bei Roy Deran und ihren Bühnenerfahrungen in New York. Bevor sie ihr Ich als Schauspielerin gefunden und Hollywood als Rhys' Liane im Sturm genommen hatte ...
Ja, es war wie eine vergessene Inkarnation eines vertrauten Gesichts. Und doch war das Bild erst vor fünf kurzen Jahren aufgenommen worden. Warum wirkte es dann so eigenartig?
Plötzlich hatte er die Lösung. Das Bild war ihm fremd aus dem einfachen Grund, weil Annie nie den Test für *Three In One* erwähnt hatte. Kein einziges Mal.
Aber warum nicht? Schließlich war es doch ein grundlegendes Ereignis in ihrem Leben und ihrer Karriere gewesen. Und sie hatte ihm doch während ihrer gemeinsamen Abende, ihrer langen Gespräche in seiner Wohnung alles andere erzählt. Er wußte von Cyrena, von Hal Parry und dem Parfüm-Spot, von Annies Zeit bei den Autohändlern Cantele und Beale ...
Nein, *Three In One* hatte sie nie erwähnt.
Aber Harmon Kurth.
Sie war so liebenswürdig, ich konnte ihr nicht widerstehen ...
Ich bin ja eigentlich ein guter Familienvater ...
Für die Rolle war sie leider nicht die Richtige, wir mußten sie einer anderen geben ...
Frank schloß die Augen, denn die Worte schmerzten noch immer so sehr wie damals in Kurths Büro. Er versuchte zu denken und durch seinen Schmerz zur Wirklichkeit zu stoßen.

Warum hätte sie ihm wohl nichts von dem Test erzählen sollen? Schämte sie sich wegen dem, was in dieser Nacht mit Kurth passiert war?
Aber nein. Warum sollte sie sich wegen einer so unwichtigen Nacht in ihrer Vergangenheit schämen sollen, wenn sie doch, wie Kurth sagte, schon so viele Männer gehabt hatte?
Wie Kurth sagte ...
Verwirrt ging Frank in seinem Büro auf und ab. Er versuchte zu glauben, daß Annie nur aus Verschwiegenheit ihm nichts von dieser Episode erzählt hatte, da sie Assoziationen hervorrief, von denen sie wußte, daß sie für ihn schmerzlich wären.
Aber vielleicht steckte noch mehr dahinter.
Plötzlich fand sich Frank vor dem Aktenschrank der Sekretärin wieder. Spontan suchte er nach K, öffnete die Schublade und nahm den Ordner KURTH, HARMON heraus.
Er schaltete Ursulas Schreibtischlampe ein und blätterte den Ordner durch. Er war voller Geschäftspapiere, Beschäftigungsverträge, Versicherungspolicen, Spendenverzeichnisse und Unterlagen über Kurths weitverzweigte Besitztümer.
Auf der Innenseite des Deckels entdeckte er einen kleinen roten Punkt, der einen Querverweis markierte.
Frank wußte, was dieser Punkt bedeutete. Er verwies Ursula auf eine vertrauliche Akte in Martin Farrows Büro, eine Akte, die sie und die anderen Sekretärinnen nur mit Martins Erlaubnis einsehen durften.
Einen Augenblick dachte Frank nach. Dann kehrte er achselzuckend in sein Büro zurück, um den Arbeitstag abzuschließen.
Aber noch immer lag die Zeitung aufgeschlagen auf seinem Schreibtisch. Er sah die Fotos von Annie.
Three In One ...
Plötzlich fiel ihm Kurths Selbstmord ein. Ein Selbstmord, der nur wenige Tage nach ihrer schicksalhaften Unterhaltung über die Zeit von *Three In One*, über Annies Vergangenheit passiert war ...
Selbstmord ...
Frank ging zu Martin Farrows Tür. Sie war verschlossen.
Er eilte zu Ursulas Tisch. Sie hatte die Schlüssel zu allen Türen.
Er fand sie in der Schublade.
Er sperrte Martin Farrows Büro auf und öffnete dann mit einem anderen Schlüssel den Schrank mit den vertraulichen Akten.
Nach kurzem Suchen fand er den Ordner mit der Aufschrift KURTH HARMON. VERTRAULICH. NUR ZUR DURCHSICHT.
Die Akte war überraschend dick. Frank öffnete sie und fing an zu

blättern. Aber schon nach wenigen Seiten hielt er inne und las sorgfältig eine Seite nach der anderen.
Ohne den Blick von der Akte zu nehmen, ging er zu Martin Farrows Schreibtisch, setzte sich und schaltete das Licht ein.

52

1. April 1974, 9.12 Uhr

Am nächsten Morgen saß Damon in trister Einsamkeit in der Küche und trank Espresso mit Brandy.
Er war betrunken nach Hause gekommen und hatte kaum geschlafen. Margots plötzliche Abreise nach Iowa hatte seine Nervosität wegen der Oscars nur noch verschlimmert.
Sie hatte ihn tags zuvor im Büro angerufen und gesagt, daß ihre Mutter wieder krank sei und daß sie ihn am folgenden Abend aus Iowa anrufen würde.
Diesmal hatte sie besorgter geklungen, und er hatte auch versprechen müssen, nicht anzurufen, um die Lage in der Familie nicht noch komplizierter zu machen, sondern zu warten, bis sie sich bei ihm meldete.
Damon war ganz durcheinander. Er hatte mit Annie eine Verabredung zum Mittagessen und war wirklich froh darüber, aber seine Nerven waren zum Zerreißen gespannt.
Er wollte den Oscar, mehr für Annie als für sich selbst. Sie brauchte ihn für ihre Zukunft. Er war sich nicht sicher, ob er selbst noch eine hatte. Er fühlte sich, als hätte *The Fertile Crescent* in ihm eine unsichtbare Sehne zum Zerreißen gebracht. Noch nie hatte er sich innerlich so vollkommen erschöpft gefühlt. Was er jetzt brauchte, war eine lange Erholungspause und eine gigantische Sauftour – aber er würde vielleicht nie mehr der Schriftsteller sein, der er einmal gewesen war.
Wenige Minuten später blätterte er abwesend in der *Times*, als er eine Schlagzeile über einen Mord entdeckte.

MORD IN DEN OBEREN ZEHNTAUSEND

Die am Donnerstagmorgen von der Polizei in Beverly Hills entdeckte Leiche wurde als die von Mrs. Ralph Sonderborg, wohnhaft in 1818 Somerset Drive, Palm Springs, identifizert.

Die Polizei, alarmiert von den Eltern zweier ansässiger Teenager, die die unbekleidete Leiche auf einem Hügel in der Nähe des Lower Franklin Reservoir entdeckt hatten, gab Erwürgen als wahrscheinliche Todesursache an. Einige Indizien deuten auf ein Sexualverbrechen hin.
Mrs. Sonderborg, die Frau des Präsidenten der First National Bank, verließ am Montagmorgen das Haus, um einkaufen zu gehen, kehrte aber dann nicht mehr zurück. Um 18 Uhr informierte die Haushälterin die Behörden von ihrem Verschwinden. Die silberne Mercedes-Limousine, in der sie fuhr, wurde noch nicht gefunden.
Die genauen Umstände von Mrs. Sonderborgs Entführung sind noch unbekannt. Nach Angaben eines Polizeisprechers sei es für Spekulationen über das Motiv für das Verbrechen noch zu früh. Es gibt noch keine Verdächtigen.
Mrs. Sonderborg, eine herausragende Figur in den gesellschaftlichen Kreisen von Palm Springs, hinterläßt keine Kinder ...

Neben dem Artikel war ein Foto. Auch einem uninteressierten Betrachter mußte es auffallen, daß es mindestens zehn oder zwölf Jahre alt war; in dem Artikel wurde Aletheas Alter mit sechsundvierzig angegeben. Auf dem Foto war sie kaum gealtert. Sie sah aus wie die junge Frau, die er vor langer Zeit gekannt hatte. Ihre hellen, hinterhältigen Augen hatten einen Schein der Ehrlichkeit, der fast zu überzeugend war. Wenn er Alethea richtig einschätzte, hatte sie dieses Foto nicht wegen ihrer Jugendlichkeit, sondern wegen der einstudierten Offenheit ausgewählt, um sich damit der Öffentlichkeit zu präsentieren.
Immer vorsichtig, immer auf ihren Vorteil bedacht ...
Die Frau eines Bankpräsidenten! Nun, überraschend war es ja nicht. Sie war zu unbescheiden, zu gewinnsüchtig gewesen, um sich mit weniger zufriedenzugeben.
Damon durchmaß in Gedanken eine Zeitspanne, die ihm plötzlich immens erschien.
Alethea ermordet, nach all den Jahren. Lag darin nicht eine gewisse poetische Gerechtigkeit?
Aber von einem vollkommen Fremden ...
Alethea, die geschmeidige kleine Teufelin, die ihn so amüsiert hatte, während er versuchte, seine ersten Stücke auf die Bühne zu bringen. Manipulation war ihr wesentlichster Charakterzug, und der erstreckte sich bis in das weiche Fleisch ihrer Finger, ihrer Lippen und ihrer Möse. Was für ein Ende. Die Frau eines Bankpräsidenten, ermordet von einem namenlosen Vergewaltiger. Zwei Unwahrscheinlichkeiten, die am Ende einer fünfundzwanzigjährigen Parabel zusammentreffen ...

Alethea tot.
Ein unheimliches Gefühl kam über seine erschöpften Glieder, wenn er an das sinnliche Fleisch dachte, das er früher mit jeder Faser gekannt hatte und das jetzt auf einer Bahre in der Leichenhalle lag.
Wieder betrachtete er die Augen auf dem Foto. Man mußte sie sehr gut kennen, um das Funkeln der Verlockung zu bemerken, das hinter dieser Maske der Aufrichtigkeit lauerte.
Und wie hatten diese Augen während ihrer wenigen gemeinsamen Monate seine Sinne gereizt! Übersprühend vor Hunger hielten sie seinen Blick wie Magneten fest, bevor sie hinunter zu seinem Geschlecht wanderten.
Und einmal, nur einmal hatte er das mörderische Wesen hinter dieser Sinnlichkeit gesehen. Es war an dem Tag gewesen, als er sie abwies. Er hatte ganz plötzlich verstanden, daß sie eigentlich nur heiraten wollte. Und als er ihr ins Gesicht lachte, hätte sie ihn beinahe getötet, wurden plötzlich in ihren starken Händen auch die unschuldigsten Gegenstände zu Waffen.
Es hatte ihm Angst eingejagt, und er war froh, sie los zu sein.
Aber es gab dann noch eine weitere Begegnung, als sie bereits verheiratet war.
Sie hatten sich zufällig getroffen und sich einen Nachmittag lang in einem Hotelzimmer eingeschlossen. Sie tat so, als wäre es ein glückliches Wiedersehen und alles verziehen ...
Damon rieb sich mit Daumen und Zeigefinger die Stirn. In seiner Erinnerung war irgend etwas Unangenehmes an dieser letzten Begegnung. Etwas lief schief an diesem Tag. Aber es war schon zu lange her, als daß er sich genau hätte erinnern können. Vielleicht war er betrunken gewesen.
Er gab es auf. Aber das unheimliche Gefühl breitete sich aus. Er dachte an Aletheas letzten Kampf, wie ihr starker Wille von einem fremden Mann überwältigt wurde, von einem Mörder, der kein Interesse an ihren Schlichen hatte ...
Requiescat ...
Schließlich war sie ja für ihn mehr als nur eine Erinnerung. Während vieler Jahre hatte sie einen Platz in seinen Gedanken gehabt. Ja, verhüllt war ihre Anwesenheit in einigen der Charaktere zu spüren, die er geschaffen, und in einigen der Texte, die er geschrieben hatte.
Vielleicht sogar bei Liane, wie ihm nun einfiel.
Komm schon. Ist dir nicht heiß?
Ja, sie hatte sein Andenken schon verdient.

Er trank seinen verstärkten Kaffee aus und füllte die Tasse mit purem Brandy. Er fühlte sich schrecklich.
Wenn nur Margot hier wäre!
Am Telefon hatte sie erzählt, sie habe sich im Keller den Fuß verletzt und würde wahrscheinlich noch hinken, wenn sie zurückkehre. Sie klang, als hätte sie Schmerzen.
Ihre schlanken, wohlgeformten Zehen ... Er hatte sie unzählige Male geküßt, er vergötterte jeden Zentimeter ihres Körpers. Sie war so lebendig, so voller Jugend.
Er merkte, daß er die Zeitung noch immer in der Hand hielt. Alethea sah zu ihm hoch mit ihren schön geschwungenen Wangenknochen, den hellen Brauen und den herzförmigen Lippen.
In ihrem ganzen Leben hatte es kein Gramm Wahrheit gegeben. Wer konnte sich vorstellen, wie viele Leute sie in ihrer Zeit auf diesem Planeten belogen, betrogen und ihnen Schaden zugefügt hatte?
Aber jetzt schwieg sie für immer, diese gerissene Stimme ...

Es mußte schwer gewesen sein, sie zu töten. Sicher hatte sie sich nicht leicht von ihrem Leben, dem Hunger auf das Böse getrennt. Sicher hatte sie sich noch an den letzten Strohhalm der Hoffnung geklammert.
Bei diesem Gedanken sah Damon sich um und merkte erst jetzt, daß er, den Brandy in der einen, die Zeitung in der anderen Hand, wie benommen ins Wohnzimmer gewandert war.
Er rümpfte die Nase. Das Haus roch stark nach Wachs und Desinfektionsmittel. Er nahm sich vor, Conchata deswegen zu befragen, wenn er sie sah.
In seiner Trunkenheit in der letzten Nacht hatte er den Geruch nicht bemerkt. Oder doch?
Er betrachtete das Wohnzimmer. Alles war unverändert.
Wie betäubt ging er über den Gang zu den Schlafzimmern.
Auf der Schwelle zu Margots Zimmer blieb er stehen. Ihr Bett war ordentlich gemacht. Seit mehreren Tagen hatte niemand mehr darin geschlafen. In der Nacht vor ihrer Abreise hatte sie in seinem Doppelbett geschlafen.
Er betrat das Zimmer, warf die Zeitung auf den kleinen Schreibtisch und ging zum Schrank. Er öffnete ihn und strich zärtlich über ihre Kleider, Blusen, Röcke und Hosen. Sie alle hatten ihren weichen, kühlen Duft.
Spontan zog er eine Schublade heraus und betrachtete die pastellfarbene Vielfalt ihrer Höschen. Wie süß sie doch waren – und jedes trug eine Spur ihres sanften jungen Geschlechts.

Er dachte an ihr unkompliziertes Leben, so voller Gesundheit und Energie, im Vergleich zu Aletheas dunkler, heimlicher Existenz.
Wenn nur Margot hier wäre. Er fühlte sich so leer ...
Ein Stückchen Strumpf unter den Höschen am Boden der Schublade zog seinen Blick an. Er wußte gar nicht mehr, wann er Margot das letzte Mal in Strümpfen gesehen hatte. Sie war viel zu hübsch und athletisch, um sich damit abzugeben.
Abwesend schob er die Höschen beiseite, um das durchsichtige Nylon zu betrachten. Dabei spürte er den Kartoneinband eines Heftes unter den Fingerspitzen.
Neugierig schob er den Stoff beiseite und entdeckte ein liniertes Schulheft am Boden der Schublade.
Margots private Gedanken? Ihre persönlichen Aufzeichnungen?
Damon spürte ein schuldbewußtes Schaudern, weil er in die Intimsphäre seiner Geliebten eindrang. Er begann, Strümpfe und Höschen wieder an ihren Platz zurückzulegen.
Aber ein Impuls, der stärker war als seine Skrupel, ergriff plötzlich von ihm Besitz, und mit spitzen Lippen nahm er das Notizbuch in die Hand. Sein Künstlerinstinkt sagte ihm, daß er sich auf gefährlichen Grund begab. Es war genau der Augenblick, in dem ein alternder Liebhaber verrückt wurde, wenn er die Geheimnisse seiner jugendlichen Geliebten entdeckte. Aber er wollte es ja so.
Die Angst konnte ihn nicht zurückhalten. Es war, als hätte er etwas begonnen, das nun nicht mehr aufzuhalten war.
Er ging zum Bett und wollte sich setzen. Angetrunken und übermüdet, wie er war, ließ er das Heft fallen.
Es fiel auf den Boden. Ein Foto, das sich von einer Seite gelöst haben mußte, flatterte hinterher.
Damon kauerte sich verwirrt auf Hände und Knie und starrte das alte Foto an.
Es war ein Automatenfoto.

Lange saß er unbeweglich. Die Rädchen in seinem Hirn drehten sich rostig knirschend, verlangsamt vom Alkohol und seiner geistigen Erschöpfung. Aber aufhalten konnte ihre Bewegung nichts.
Über fünfundzwanzig Jahre hinweg sah er seine krausen Haare, den struppigen Bart, den er damals trug, die hellen Augen. Auch damals war er betrunken gewesen, das sah er jetzt – aber auch so schrecklich voll von Hoffnung, Zuversicht und jugendlicher Hingerissenheit.
Dann betrachtete er Alethea. Ein phantastisches junges Ding mit welli-

gen Haaren, auch ihr Blick verschleiert von Alkohol und Fröhlichkeit, aber immer noch klarer als der seine, so vorsichtig und gerissen.
Er blieb auf Händen und Knien, in absurder Haltung, der Brandy in der Kaffeetasse stand neben ihm auf dem Fransenteppich.
Er nahm das Notizbuch, blätterte ein wenig.
Es waren persönliche Aufzeichnungen. Privat und sehr intellektuell. Und sie hatten alle sehr viel mit *The Fertile Crescent* zu tun.
Sie rührten ihn, denn es waren Margots eigene Gedanken, ebenso ein Teil von ihr wie ihre milchigweißen Schenkel, ihre duftenden Haare und wissenden Hände.
Aber dann fiel ihm das Foto wieder ein, und er sah es verwirrt an.
Wie, zum Teufel ...?
Das Warnsignal, das in seinem Unbewußten läutete, blieb unbeantwortet, während er weiterblätterte. Fast augenblicklich fiel noch ein zweites Foto heraus.
Es war größer als das andere. Es zeigte Alethea, noch immer als junge Frau, in einem einteiligen Badeanzug an einem Strand, im Arm ein junges Mädchen.
Die Offenbarung vertrieb alle Gedanken aus Damons Verstand. Er beugte sich tiefer über das Foto.
Die Augen des jungen Mädchens stachen wie Fischerhaken in sein Fleisch. So makaber war ihr Blick voll kalter Geduld, daß er sie eine Zeitlang wie hypnotisiert anstarrte, bevor er erkannte, wer sie war.
Dann schloß er die Augen, schüttelte den Kopf wie ein Boxer, der bis acht angezählt wurde, und studierte von neuem das Foto.
O Gott ...
Weil er nicht mehr sehen wollte, was da vor ihm lag, ließ er den Blick zurück zu dem Notizbuch wandern. Die letzten Seiten wölbten sich über einem Gegenstand. Automatisch blätterte seine Hand zu der Stelle. Ein dünner Ratgeber für schwangere Frauen kam zum Vorschein. Daneben lag ein zusammengefaltetes Rezept für ein Medikament, dessen Namen er nicht kannte.
Gegen morgendliche Übelkeit, bei Bedarf einzunehmen, hatte der Arzt dazugeschrieben.
Die letzte Seite von Margots Tagebuch lag unter dem Ratgeber und dem Rezept. Sie enthielt keine zusammenhängenden Sätze, sondern nur eine Liste von Namen, die alle verändert und schließlich durchgestrichen worden waren bis auf einen.

Deborah Anne Rhys

Damon betrachtete die Gegenstände vor ihm. Seine Hand tastete zögernd nach dem Brandy, er verlor das Gleichgewicht und stützte sich am Boden ab.
Er kämpfte um Klarheit. Aber die Informationen, die ihm da aufgedrängt worden waren, verlangten nach Handlung, bevor sie überdacht werden konnten.
Er stand auf, ging ins Bad und versuchte zu urinieren, konnte aber nicht und betrachtete statt dessen lange sein Bild im Spiegel.
Dann ging er in die Küche, wo das aus der *Times* ausgeschnittene Foto von ihm mit Annie und Margot auf einem Korkbrett hing.
Unbeholfen zog er die Heftzwecken heraus, nahm das Foto ab und trug es über den Gang zu Margots Zimmer. Er legte es neben das Notizbuch auf den Boden und ließ sich ächzend wieder auf Hände und Knie nieder.
Er verglich die Fotos. Annie, er selbst, Margot, Alethea, er vor fünfundzwanzig Jahren – und das kleine Mädchen.
Das kleine Mädchen, das Margot war.
Er zwang sich, sie genauer anzusehen. Er betrachtete ihre Haare, die Form der Brauen, Nase und Wangen. Dann wandte er sich wieder den Augen zu, er stürzte in sie wie ein Verurteilter in die geöffnete Falltür des Galgens, der Erdboden war ihm entrissen von dem, was er nun wußte.
Gott im Himmel. Sie ist meine Tochter.
Entsetzt wandte er sich ab, bemerkte die Zeitung auf dem Schreibtisch, packte sie und legte sie neben die Fotos. Hier war wieder Alethea, Jahre nachdem er sie verlassen hatte, Jahre vor ihrem Tod gestern oder vorgestern.
Alethea in der Kamerakabine, Alethea am Strand mit dem Kind ... Sie schien überall zu sein, triumphierend sogar noch im Tod, und aus ihren Augen sprachen Zeichen und Wahrheiten, die sein Verstand weder begreifen noch ihnen entfliehen konnte.
Einige Indizien deuten auf ein Sexualverbrechen hin...
Einen Augenblick rätselte er, was in seinem Hirn vorging. Er war kein Detektiv. Aber er war ein Dramatiker. Der Zweifel wurde von fataler Sicherheit verdrängt, als er nach dem gerahmten Foto von Margot mit ihrer Familie griff und es zu den anderen auf den Boden legte.
Sein Blick jagte von einem Bild zum anderen. Der Brandy war längst vergessen. Ein Droge, die stärker war als der Alkohol, raste in seinen Adern.
Schließlich stand er auf, ging ins Wohnzimmer und setzte sich neben das Telefon in den Lehnsessel. Er suchte in seinem Telefonverzeichnis nach

einer Nummer und wählte sie. Als der Anrufbeantworter einer Telefongesellschaft in die Leitung kam, hängte er auf und saß gedankenverloren da.
Er sah sich im Zimmer um und roch wieder den Gestank von Desinfektionsmittel. Abwesend griff er nach der alten Garrotte auf dem Tisch und spielte damit, während er die Ferngesprächsvermittlung anwählte.
Welche Stadt bitte?
»Linden, Iowa, bitte.«

53

11.14 Uhr

Annie zog sich eben für das Mittagessen mit Damon an, als seine Sekretärin aus dem Büro anrief.
»Hallo, Annie«, sagte Helen. »Hör zu, Damon läßt sich entschuldigen. Er mußte in sein Haus in der Wüste, um dort jemand zu treffen. Er hatte wieder eine seiner Launen, und so hat er mir nicht gesagt, was eigentlich los ist. Aber er meinte, wir sollen uns keine Sorgen machen, und er würde sich wieder melden. Er versprach, bei der Oscar-Verleihung wieder hierzusein, um dich begleiten zu können.«
»Oh«, erwiderte Annie enttäuscht. »Schon gut, Helen. Danke für den Anruf. Laß es mich doch bitte wissen, wenn du irgend etwas Ungewöhnliches von ihm hörst, ja?«
»Klar, Annie. Mach's gut.«
Annie ließ sich schwer auf die Couch fallen. Ihre fröhliche Laune war verflogen. Da Margot so plötzlich aus der Stadt verschwunden und Damon in der Wüste war, saß sie hier nun ganz alleine.
Und alleine wollte sie in dieser bedrückenden Zeit vor der Zeremonie wirklich nicht sein.
Sie zog sich wieder aus. Das schöne Kleid war jetzt nutzlos. Sie holte eine Jeans aus der Schublade.

54

Christine fuhr ziellos in dem kleinen Leihwagen durch die Gegend. Die Hügel Hollywoods zogen am Fenster vorbei. Dann die Küstenstra-

ße, Malibu und schließlich der Sunset Boulevard in Richtung auf die Straßen in der Nähe von Damons Haus in den Hügeln.
Es zog sie unablässig nach Hause zurück, aber jedesmal, wenn sie sich Damons Straße näherte, zwang sie ein Impuls, einen anderen Weg einzuschlagen.
So fuhr sie ziellos weiter. Zuerst auf dem Wilshire nach Beverly, dann wieder hinunter in die Innenstadt und schließlich, im stockenden Verkehr, wieder hinauf in die Hügel. Sie fühlte sich beschützt in der Armada der anderen Fahrer, die alle eingesperrt waren in der Einsamkeit ihrer Fahrzeuge.
Nachdem sie Aletheas Leiche in den Hügeln abgeladen hatte, war sie mit dem Mercedes bis nach Santa Monica gefahren, hatte ihn auf einem Parkplatz abgestellt und war dann zu einer nahe gelegenen Kneipe gehumpelt. Auf ihre raffiniert taktvolle Art hatte sie dort den Barkeeper nach einem Arzt ausgeforscht, der ihren Fuß behandeln würde. Jetzt trug sie eine Bandage.
Nach einer Irrfahrt in verschiedenen Bussen war sie schließlich in einem billigen Hotel abgestiegen, wo sie die Nacht verbracht hatte. Am Morgen mietete sie sich dann das Auto.
Gegen Mittag hielt sie an einer Buchhandlung am Hollywood Boulevard an und suchte in der antiquarischen Abteilung nach einer Taschenbuchausgabe von Damons altem Roman *Talebearer*. Auf dem Umschlag war ein Bild von ihm von kurz nach dem Krieg. Sie hatte die Aufnahme schon oft gesehen. Und das Buch kannte sie fast auswendig.
Sie setzte sich in ein Café und las lange in dem Buch, während der Tee neben ihr kalt wurde.
Dann ging sie zum Auto zurück.
Sie wußte, daß sie Damon jederzeit anrufen konnte. Aber die Vorstellung, mit ihm über das Telefon verbunden zu sein, erschreckte sie ebensosehr wie die, ins Haus zurückzukehren. Sie brauchte noch Zeit, um sich zu sammeln.
An einer Telefonzelle hielt sie an und wählte Annies Nummer.
»Hallo«, kam die Antwort vom Band. *»Hier spricht Annie. Ich kann im Augenblick nicht zum Telefon kommen, aber wenn Sie eine Nachricht hinterlassen wollen ...*
Christine hängte ein, verließ die Telefonzelle und stieg wieder ins Auto.
Sic fuhr immer weiter. Der Gedanke, daß Damon und Annie in der Nähe waren, aber sie sie nicht erreichen konnte, schmerzte sie. Zum erstenmal in ihrem Leben fühlte sie sich einsam wie ein verlorenes Kind. Diesmal kam ihr nicht einmal ihr scharfer Verstand zu Hilfe, denn er enthielt Gedanken, die sie nicht bewältigen konnte.

Bei einem Spielplatz in der Nähe einer Grundschule hielt sie an und beobachtete die Kinder, die auf Gerüsten herumkletterten und sich gegenseitig auf einem Karussell anschubsten. Sie strich sich abwesend über den Bauch.

Dann fuhr sie zur Küste. Es war ein dunstiger, für die Jahreszeit zu heißer Tag. Aber Christine war kalt wie Eis. Die Finger waren wie erfroren. Der Fuß schmerzte.

In wenigen Stunden würde sie sich ein neues Motel suchen müssen. Der Gedanke deprimierte sie. Es schien besser und friedlicher, einfach herumzufahren. Kein Ziel konnte ihr jetzt Schutz bieten. Keine Richtung zu haben war die beste Richtung.

Aus einer müden Laune heraus rief sie schließlich Damons Antwortdienst an.

»Wir haben eine Nachricht für Sie, Miss Swift. Mr. Rhys wartet in seinem Haus in der Wüste auf Sie.«

»Das verstehe ich nicht«, erwiderte Christine. »Ich bin doch nicht in der Stadt. Ich habe ihm doch erklärt, daß ich einige Tage ...«

»So lautet die Nachricht, Miss Swift. Er sagte, er werde Sie heute abend erwarten. Er meinte, Sie würden schon verstehen. Mehr weiß ich nicht.«

Christine dachte nur kurz nach und fuhr dann sofort zum Cañonhaus. Sie untersuchte das Foyer und das Wohnzimmer. Es roch noch immer nach Desinfektionsmittel. Auf der Küchentheke stand eine von Damons angeschlagenen Kaffeetassen, halb voll mit Brandy.

Sie ging in ihr Zimmer. Das Bett war noch ordentlich gemacht, aber der Schreibtisch erregte ihre Aufmerksamkeit. Die Morgenzeitung lag darauf, aufgeschlagen auf der Seite mit dem Artikel über Aletheas Tod. Daneben lag Christines Tagebuch, die Seite mit den Namen war fast zärtlich aufgeblättert. Das Rezept und der Schwangerschaftsratgeber lagen unter dem Foto von ihr und Alethea am Strand.

Sie kehrte ins Wohnzimmer zurück. Auf dem Tisch neben dem Telefon stand das Bild mit ihr und den Fremden, die sie für je zwanzig Dollar angeheuert hatte, um als ihre Familie zu posieren.

Das Telefonverzeichnis war auf der Seite mit der falschen Nummer in Iowa aufgeschlagen, die sie Damon gegeben hatte.

Schweigend und gedankenverloren stand sie da.

Dann ging sie durchs Haus und sah sich die vertrauten Gegenstände noch ein letztes Mal an. Sie berührte einige und genoß die Struktur ihrer Oberflächen.

Schließlich kam sie in ihr Schlafzimmer. Sie räumte die Sachen vom Schreibtisch, öffnete ihr Tagebuch und begann zu schreiben.

Liebe Annie,

Lange fand sie keine Worte. Dann kam plötzlich Frieden über sie, sie verstand nun ihre Lage und wußte, was zu tun war.

Liebe Annie,
Ich weiß, daß Du dies nie lesen wirst. Ich verabschiede mich von Dir auf die Art, die mir am besten erscheint, hier in meiner Einsamkeit, aus der meine Worte Dich nie erreichen können.

Beim Schreiben lächelte sie leise. Mehrmals klingelte das Telefon, aber sie reagierte nicht.
Danach legte sie das Heft in die Schublade, packte eine kleine Reisetasche und ging zur Haustür, ohne eine Nachricht zu hinterlassen.
Es hatte ja keinen Sinn.
Sie war auf dem Weg zu Damon.

55

Annie wurde langsam wahnsinnig.
Damon fehlte ihr mehr, als sie gedacht hatte. Sie sehnte sich nach seinen väterlichen Schrullen, seinem scharfen, männlichen Geruch und vor allem nach der brummigen Stimme, die sie mit ihren hämischen Witzen von dem Warten auf den Oscar abgelenkt hätte.
Und Margot war jetzt so weit weg, im Schoß einer Familie, die sich ängstlich gegen die Außenwelt verschloß. Vielleicht war der Zustand ihrer Mutter diesmal wirklich ernst ...
Annie fühlte sich wie ein Zombie. In den letzten vierundzwanzig Stunden hatte sie nicht mehr als ein halbes Sandwich gegessen.
Obwohl sie sich dagegen wehrte, bereute sie die Entscheidung, alleine zu bleiben, wo sie doch im Cañonhaus hätte sein, Damon beim Geigespielen zuhören, mit Margot im Keller trainieren oder bei der Nachbarin schwimmen und Conchata beim Kochen hätte helfen können.
Denn jetzt waren sie durch einen unglücklichen Zufall alle verschwunden, und sie war alleine.
Sie schaltete den Fernseher ein und auch gleich wieder aus, weil sie nur Seifenopern und Spielshows fand. Sie öffnete das Buch, das sie letzte Woche zu lesen begonnen hatte, aber sie konnte sich nicht darauf

konzentrieren. Dann beschloß sie unvermittelt, auszugehen, und hatte sich schon eine leichte Jacke angezogen und ihre Handtasche unter den Arm geklemmt, als sie erkannte, daß sie weder ein Ziel hatte noch den Mut, in ihrer augenblicklichen Stimmung ziellos durch bevölkerte Straßen zu laufen.

Aus verzweifelter Langeweile heraus rief sie schließlich bei Damons Antwortdienst an. Vielleicht wußten sie dort etwas Neues von Margot. Da die Leute dort es auf Damons Anweisungen hin gewohnt waren, Nachrichten zwischen den dreien weiterzugeben, würden sie nicht zögern, ihr alles Wichtige mitzuteilen.

»Hallo, hier spricht Annie. Haben Sie eine Nachricht von Damon für mich?«

»Überhaupt nichts, Miss Havilland. Nur, daß er in Arizona ist und sich wieder meldet.«

»Trotzdem vielen Dank.« Annie wollte schon auflegen, überlegte es sich aber dann anders. »Hat er vielleicht etwas von Margot gehört oder ihr eine Nachricht hinterlassen?«

»Warten Sie ... Ja, hier ist etwas. Eine Nachricht für Miss Swift. Er sagte, sie solle ihn so bald wie möglich im Haus in der Wüste treffen.«

»Das ist ja eigenartig«, erwiderte Annie. »Margot ist doch in Iowa, oder?«

»Nun, nach meinen Aufzeichnungen rief sie an und bekam die Nachricht, obwohl ich nicht sicher bin, wann das war. Ich weiß nicht, ob sie sich danach richten wird, aber sie hat sie auf jeden Fall erhalten.«

»Vielen Dank.«

Noch verwirrter als zuvor, legte Annie auf. Was ging denn hier vor? Erst Damon und jetzt Margot ...

Wollten sie ihr vielleicht einen Streich spielen?

Oder war etwas Ernstes passiert?

Wenn es in dem Haus in der Wüste nur ein Telefon gäbe! Aber Damon war es wichtig, für niemanden erreichbar zu sein, wenn er sich dort draußen aufhielt.

Es war nur noch etwas mehr als ein Tag bis zur Oscar-Verleihung. Annie gefiel es ganz und gar nicht, hier hilflos neben dem Telefon zu sitzen, auf einen Anruf von Damon oder Margot zu warten und mit ihrer eigenen Angst zu kämpfen.

Aber was konnte sie denn sonst tun?

Plötzlich fiel ihr Margots Nummer in Iowa ein.

Sie zögerte. Dort hatte sie noch nie angerufen. Und Damon hatte gesagt, es sei ein ländlicher Gemeinschaftsanschluß. Margot hatte ihn gestern

gebeten, nicht anzurufen, sondern zu warten, bis sie sich meldete. Deshalb auch die Nachricht für sie beim Antwortdienst.
Aber jetzt war alles anders. Annie konne diese Ungewißheit keinen Augenblick länger ertragen.
Sie setzte sich neben das Telefon, suchte in ihrem Adreßbuch nach der Nummer und wählte.

56

Im Jahre 1947 erkannte Rhys langsam die endgültige Richtung, die sein Talent einschlagen mußte.
Die Fragen, die er in seinen Artikeln, Geschichten und Essays aufwarf, mündeten alle in einer kleinen Gruppe von Antworten. Und sein eindrucksvolles Parabola *riß auf der Bühne viele der Themen an, die ihn in den Fünfzigern und Sechzigern beschäftigen sollten, den Zufall etwa, oder Berührungen, Überschneidungen und Negation.*
Da Rhys zu der Zeit im West Village in New York wohnte, freundete er sich mit vielen der damals modernen, brillanten Dramatiker und Romanciers an und wurde deren intellektueller Führer. Auch bereiste er den Osten und traf sich gelegentlich mit den Theatertruppen, die Parabola *in ihrem Repertoire hatten: die avantgardistische Omega Group, die später wegen marxistischer Tendenzen verboten wurde, und das traditionellere Dane Theater, dessen Impresario Lowell Ingram ein Theaterpurist war, der Rhys' fast unglaubliche Technik sehr zu schätzen wußte.*
Rhys reiste zu Aufführungen seines Stücks in Provinz- und Stadttheatern und achtete dabei immer sehr genau auf das Timing seiner Zeilen, auf die Art, wie die Szenen gespielt wurden, und auch auf etwaige Schwächen in ihrer thematischen Feinstruktur.
Diese Reisen führten ihn nach Syracuse, Rochester, an die Cornell University in Ithaca, nach Toronto und nach Buffalo ...

Toronto, Syracuse, Buffalo ...
Wally Dugas schloß die Augen und blieb lange so. Sein fotografisches Gedächtnis focht zusammen mit seinem Intellekt einen langsamen Kampf gegen die Verwirrung in seinem Hirn.
Die neue kritische Biografie lag geschlossen in seinem Schoß, mit dem Finger an der Stelle, die er eben gelesen hatte.

Auf dem Schreibtisch vor ihm lagen das Zeitungsfoto der ermordeten Mrs. Ralph Sonderborg und das Foto von Rhys mit Annie Havilland und Margot Swift aus dem Unterhaltungsteil der vergangenen Woche. Mrs. Sonderborg und Miss Swift. Alethea und Christine.

Wally verfluchte seine Begriffsstutzigkeit. Er hatte doch alle wichtigen Informationen. Er wußte, wer diese Leute waren und welche Motive sie hatten. Aber sein Verstand arbeitete eher grüblerisch, an schnelle Reaktionen war er nicht gewöhnt.

Doch er hatte das komische Gefühl, daß eine schnelle Reaktion im Augenblick das Allerwichtigste war.

Er versuchte, alles, was er wußte, zu einem faßbaren Ganzen zusammenzustellen.

Christine hatte Alethea getötet. Er zweifelte nicht daran. Die Hinweise auf ein Sexualverbrechen sollten das nur vertuschen. Von seinem Kontaktmann im Leichenschauhaus hatte er erfahren, daß kein Samen oder andere Spuren männlichen Kontakts vorhanden waren.

Natürlich gab es auch keinen Zweifel an Christines Fähigkeit, die Tat auszuführen.

Nur um sicherzugehen, hatte Wally sich in der Umgebung von Damons Cañonhaus umgehört. Und wirklich hatten zwei Gärtner und ein Hausmädchen Aletheas Mercedes am Morgen ihres Verschwindens dort gesehen.

So hatte sich Christine also auf die einzige Art verteidigt, die sie kannte. Alethea hatte sicher das Foto in der *Times* gesehen und dadurch erfahren, wo und unter welchem Namen Christine jetzt lebte, und dann nichts Eiligeres zu tun gehabt, als ihren Platz in Rhys' Leben zu zerstören.

Vielleicht hatte sie vorgehabt, auch Annie etwas anzutun. Aber es war gleichgültig, weil Christine sie zum Schweigen gebracht hatte.

Oder vielleicht doch nicht?

Es paßte auf jeden Fall alles perfekt zusammen. Zwei Motive, ein Verbrechen. Aber noch fehlte Wallys gründlichem Verstand die letzte Klarheit.

Wenn Alethea, nachdem sie das Foto gesehen hatte, Christines Glück, oder was sie dafür hielt, zerstören wollte, mußte sie etwas in der Hand haben, das wirkungsvoll genug war, um das zu erreichen.

Aber was?

Nur die Tatsache, daß Christine keine Studentin aus Iowa war, sondern eine Hure aus Miami? Wie konnte Alethea sicher sein, daß sowohl Damon als auch Annie, jeder auf seine Art, das nicht mit einem Lächeln abtun und Christine trotzdem akzeptieren würden? Schließlich bedeutete sie ihnen ja etwas. Sie war eine Freundin.

Ohne die schwere Biografie loszulassen, beugte Wally sich über die Fotografie mit Rhys und den beiden jungen Frauen. Christines Gesicht zog ihn instinktiv an, seine Augen begegneten den ihren.

Soviel war in ihnen zu sehen ...

So brillant, wie Annie auf der Leinwand spielte, tat Christine es im richtigen Leben. Sie spielte die Margot mit ganzer Seele.

Aber für jemanden, der ihre wirkliche Identität kannte, konnte das Foto Christines vorsichtigen Blick hinter dem fröhlichen Margots nicht verbergen. Er verriet die Besorgnis, die sie empfand, weil man sie fotografierte.

Und noch tiefer, noch hinter der Aufmerksamkeit lag die leere, ruinierte Geduld, die das Strandbild so gespenstisch faszinierend machte. Wie ein entfernter Donner an einem kühlen Nachmittag war dies die wirkliche Christine in all ihrer düsteren Herrlichkeit.

All dies sah Wally deutlich, weil er Christine kannte. Aber da war noch mehr in dem Bild. Eine eigensinnige kleine Nuance, die seinen Blicken widerstand ...

Aber gleichgültig, was es war, er war überzeugt, daß Alethea es gesehen hatte.

Er holte ein Vergrößerungsglas aus der Schublade und studierte das Bild sorgfältig.

In Rhys' Augen, strahlend vor väterlichem Stolz über Annie, lag ein verstohlenes Funkeln, das nur für Margot bestimmt war. Und zweifellos wurde dieser Blick irgendwo an der Grenze zwischen Margot und Christine erwidert. Unsichtbar für die Fotografen, für Annie, für alle außer den beiden, existierte dieser Blick.

Unsichtbar auch für Alethea?

Wally spitzte nachdenklich die Lippen. Langsam ließ er das Glas über das Foto wandern.

Ja, die beiden liebten sich. Aber – was für ein erstaunlicher Trick der stummen Sprache des Fotos – Rhys schien nicht zu wissen, wer Christine war. Er glaubte ihr die Maske.

Warum auch nicht? Sie war eine Meisterin der Verstellung. Als Margot hatte sie ihn verführt. Es war der einzige logische Weg, den sie beschreiten konnte.

Aber da mußte noch mehr sein. Etwas hatte Alethea auf den Plan gerufen, und zwar mit einer so gefährlichen Waffe, daß Christine sie töten mußte, um sie aufzuhalten. Und das war sicher nicht nur die

Drohung mit Enthüllung. Christine, gelassen wie sie war, hätte gewußt, wie sie das ohne Gewalt verhindern konnte.

Aber war sie gelassen? War sie noch sie selbst?

Plötzlich schlug Wally auf die Tischplatte. Aber natürlich. Seine eigenen toten Eingeweide hatten ihn blind gemacht für die unwahrscheinliche Tatsache, daß es Rhys gelungen sein konnte, in Christine Gefühle zu erwecken.

Schließlich war Rhys allem Anschein nach ein sehr außergewöhnlicher Mann.

Ja. Dieses Strahlen war unmißverständlich. Die beiden waren nicht nur Geliebte, sondern Christine empfand wirklich etwas für ihn. Vielleicht Liebe. Die blieb für ihn das wirkliche Geheimnis hinter diesem Blick.

Aber wenn es stimmte, dann mußte es eine Revolution gewesen sein, auf die Christine durch ihre Vergangenheit nicht vorbereitet gewesen war. Und in diesem Fall wäre Aletheas Erscheinen wirklich eine Bedrohung gewesen ...

Wally mußte lächeln. Was für eine Wendung für Christine! Sie, die abgebrühte Profifickerin, befand sich im ältesten romantischen Dilemma, das der Liebesroman kannte. Nachdem sie mit einer falschen Identität einen Mann verführt und sich in ihn verliebt hatte, fürchtete sie nun die entsetzliche Enthüllung ihrer wahren Identität, eine Enthüllung, die ihn auf den Gedanken bringen müßte, sie habe ihn benutzt, und wegen der sie seine Liebe verlieren würde.

Es war fast nicht zu glauben. Aber nachdem sich die Vorstellung erst einmal in seinem Verstand gebildet hatte, zeigte es das Bild überdeutlich.

Wally dachte über die feine Ironie nach, die das Leben für diese vorsichtigste aller Frauen reserviert hatte. Trotz all ihrer Voraussicht und Professionalität war sie einen Augenblick unachtsam gewesen, und die Welt hatte nicht gezögert, mit tödlichen Krallen nach ihr zu greifen.

Er stellte sich Aletheas triumphale Ankunft und die wüste Reaktion ihrer Tochter vor. Unter den gegebenen Umständen war das Verbrechen in Notwehr geschehen. Aber es war auch eine Hinrichtung gewesen, Rache für ein ganzes Leben.

Und Mutter und Tochter fochten es quasi direkt unter Rhys' Nase aus.

Es hätte nicht perfekter sein können, selbst wenn Alethea und Rhys Geliebte gewesen wären. Dann wäre das Dreieck vollendet gewesen.

Bei diesem Gedanken stockte Wally der Atem.

Er sah das Buch in seinem Schoß an.

Kein Wunder, daß es die ganze Zeit dort gelegen hatte, wie ein Knoten

um seinen Finger, der ihn an das erinnern sollte, was sein Unterbewußtsein schon die ganze Zeit geahnt hatte.
Rhys reiste zu Aufführungen seines Stücks in Provinz- und Stadttheatern ...

Diese Reisen führten ihn nach Syracuse, Rochester, zur Cornell University in Ithaca, nach Toronto und Buffalo ...

Das Dane Theater. O Gott! Er hatte doch die ganze Zeit gewußt, daß Alethea bei dieser Truppe gewesen war, als sie Harry kennenlernte.
Wally rieb sich die müden Augen. Er hatte schon gedacht, er hätte nun alle Fäden miteinander verbunden. Motive, Gelegenheit, Notwendigkeit ... Aber es schien immer noch mehr zu geben.
Alethea eifersüchtig auf die eigene Tochter ... Alethea vielleicht sogar alarmiert von Wallys kürzlichem Besuch. Hatte er ihr unbewußt Waffen gegen Christine in die Hand gegeben?
Sie hatten beide mit dem gleichen Mann geschlafen. Die Tochter erst kürzlich, und die Mutter vor langer Zeit, in einer vergessenen Zeit ...
Während Wally den Absatz in der dicken Biografie ein zweites Mal las, wählte er mit der rechten Hand eine Nummer.
In Rhys' Cañonhaus hob niemand ab.
Wie konnte er Christine finden? Wenn sie nicht zu Hause war, wo konnte sie sein?
Er rief in Rhys' Büro bei International Pictures an. Die Sekretärin sagte ihm, Rhys sei nicht zu erreichen, nannte aber keine Einzelheiten. Miss Swift sei in einer Familienangelegenheit verreist, eine Krankheit habe ihre plötzliche Abreise notwendig gemacht.
Wally klappte die Biografie zu und betrachtete die Farbfotografie von Rhys auf dem Umschlag.
Während er eine weitere Nummer wählte, ließ er das Vergrößerungsglas beiläufig über das Foto gleiten.
»Mr. Rhys' Antwortdienst. Haben Sie eine Nachricht für ihn?«
»Ja. Ich habe eine ziemlich dringende Nachricht für Mr. Rhys, kann ihn aber in seinem Haus in Hollywood nicht erreichen. Wissen Sie, wo ich ihn erreichen kann?«
»Er ist nicht in der Stadt, Sir. Und er wird auch vor morgen nicht zurück sein. Telefonisch ist er nicht erreichbar, aber er meldet sich bei uns. Wenn Sie ihm also eine Nachricht hinterlassen wollen ...«
Das bedeutete, daß er in dem Haus in der Wüste war.
Wally richtete die Lupe auf die strahlenden blauen Augen auf dem Umschlag.

Eine plötzliche Eingebung beschleunigte sein Denken.
»Nun, vielleicht können Sie mir helfen«, sagte er. »Die Sache ist ein bißchen kompliziert und wirklich sehr dringend. Die Nachricht ist für Miss Swift, seine Assistentin. Wegen eines Krankheitsfalls in ihrer Familie. Ich kann wirklich nicht darauf warten, bis er sich bei Ihnen meldet. Miss Swift muß diese Nachricht sofort erhalten ...«
»Sir, für Miss Swift kann ich nicht sprechen. Wir sind Mr. Rhys' Antwortdienst ...«
»Ist sie im Augenblick bei ihm?«
»Sir, ich kann wirklich nicht ...«
»Nun, ich will es mal so sagen. Angenommen, es ginge bei der Nachricht für Miss Swift um Leben und Tod. Würden Sie es für eine gute Idee halten, wenn ich auf schnellstem Wege zu dem Haus in der Wüste fahren würde?«
»Nun, Sir – ja, Sir. Ich glaube, das wäre am besten. Oder ein Telegramm ...«
»Danke. Vielen Dank.«
»Wenn er anruft, wen soll ich ...?«
Wally legte auf. Seine Gedanken jagten gleichzeitig in hundert verschiedene Richtungen. Etwas sagte ihm, daß er kurz vor der Antwort auf die letzte Frage stand, daß sie ihm aber für immer entgleiten würde, wenn er jetzt nicht sofort zupackte.
Angenommen, Alethea hatte nicht nur Rhys die Augen öffnen, sondern auch Christine selbst etwas sagen wollen. Angenommen, sie hätte zwei Fliegen mit einer Klappe schlagen wollen ...
Wallys Gesicht berührte schon fast die Tischplatte. Rhys' Augen kamen immer näher, zuerst das eine, dann das andere.
Aber es waren Christines Augen, die sein Gedächtnis ihm zeigte, mit denen sie ihn in dem Motelzimmer in Miami angesehen hatte. Diese Augen hatten sich ihm eingeprägt.
Sie waren heller als die von Rhys, eher türkis im Vergleich zu seinem Pfauenblau. Sie waren auch ruhiger, kalt wie Eis, abschätzend, während in Rhys' Augen nervöse Eindringlichkeit funkelte.
Aber sie hatten eins gemeinsam. Wally hatte es nicht gesehen, solange er nur an den unterschiedlichen Weltblick dieser Augen dachte und sich auf ihre physische Oberfläche beschränkte. Das Geheimnis lag in den unruhigen, meeresgleichen Sprenkeln der Iris.
Es sah Wally aus dem Vergrößerungsglas heraus an und tauchte gleichzeitig aus seiner Erinnerung an die Augen auf, die zu dem nackten Körper gehörten, der sich in der Dämmerung abzeichnete.

Im Herzen all diesen Blaus ...
Die kleine orangefarbene Sichel.

57

Mit der fertig gepackten Reisetasche ging Annie durch die glühende Nachmittagshitze zu ihrem Auto.
Diese Ungewißheit, in der sie sich seit gestern befand, konnte sie keinen Augenblick länger aushalten.
Die Telefonvermittlung von Iowa hatte keine Spur von Margots Nummer oder von ihrer Familie. Wenn man die reden hörte, hätte sie ebensogut gar nicht existieren können.
Damon und Margot waren wie von der Außenwelt abgeschnitten. Annie konnte sie nicht erreichen.
Die angespannten Nerven und die Einsamkeit ließen sie handeln. Die lange Fahrt nach Arizona würde bis in den späten Abend dauern. Aber es war ihr gleichgültig. So würde wenigstens die Zeit vergehen.
Sie hoffte nur, daß sie nicht störte.
Aber wobei konnte sie schon stören? Die beiden Menschen, die ihr in der ganzen Welt am nächsten standen, waren in der Wüste. Sie wollte bei ihnen sein.

58

Frank bog vom Benedict Canyon Drive in die steile Sackgasse zu Damons Haus ein. Er erwartete, daß Damon zu Hause war.
Er mußte mit Rhys sprechen. Länger konnte er nicht mehr warten. Nachdem er den ganzen Abend in Martin Farrows Büro Kurths Akte gelesen und den Rest der Nacht über die neuen Informationen nachgedacht hatte, war er zu der Überzeugung gekommen, daß nur Rhys Annies Rolle in dem Gelesenen erklären konnte. Aber den ganzen Vormittag waren Klienten in sein Büro geströmt, so daß er sich erst jetzt hatte freimachen können.
Die Akte in Farrows Büro hatte auf alles ein neues Licht geworfen. Auf Kurth, auf Frank selbst – und vor allem auf Annie.
Dutzende von Berichten in der Akte belegten, wie Kurth junge Schauspielerinnen, Callgirls und sogar unschuldige Opfer, die nichts mit dem Showbusiness zu tun hatten, verfolgt hatte.

Dutzende von Schweigegeldzahlungen, Dutzende von Anzeigen wegen Belästigung ...
Kurth hatte die Mädchen zuerst körperlich angegriffen und vergewaltigt und sich dann mit Geld ihr Schweigen erkauft, sie erpreßt oder eingeschüchtert und manchmal sogar wegen Prostitution angezeigt. Martin Farrow und seine Kollegen hatte er dabei fünfzehn Jahre lang als Mitverschwörer und juristische Schlägertruppe benutzt.
Sein lilienweißer Ruf verbarg eins der schmuddeligsten Privatleben in Hollywoods Geschichte. Beim Gedanken an die Leiden seiner Opfer wurde Frank schlecht.
Und Annie war eins von ihnen.
Man hatte sie vergewaltigt, geschlagen und sie der Prostitution beschuldigt, damit sie die Klage gegen Kurth fallenließ. Man hatte ihr unterderhand zehntausend Dollar Entschädigung angeboten, die sie – wie durch das, was Frank von ihr wußte, vorauszusehen war – abgelehnt hatte.
Frank verbrachte eine schlaflose Nacht in ohnmächtiger, rachedurstiger Wut, er wünschte, er könnte Kurth aus dem Grab zurückholen, um ihm eigenhändig das Leben abzupressen.
Bleich vor Zorn hatte er über Annies Leiden nachgedacht, über ihre Erniedrigung. Es war ein privater Schmerz, den sie wahrscheinlich keinem Menschen anvertraut hatte – und sie hatte ihn beinahe noch als Jugendliche erlitten, als Neuling in Hollywood und im Erwachsenenleben.
Er dachte an ihre Rückkehr nach New York nach dem entsetzlichen Erlebnis mit Kurth. Er dachte an ihre verbissen entschlossene, hervorragende Arbeit mit Roy Deran, ihre Bühnenkarriere, ihre Werbespots und schießlich an ihre Rückkehr nach Hollywood als Damons Hauptdarstellerin in *A Midnight Hour*, eine Nominierung, die bei International Pictures hohe Wellen geschlagen hatte.
Rückblickend verstand Frank nun, warum es ausgerechnet Rhys hatte sein müssen. Er war der eigensinnigste, unkontrollierbarste und mächtigste Filmschaffende in Hollywood, ein Talent, dessen Beziehung zu International sicher immer sehr problematisch gewesen war ...
Frank bekam eine Ahnung von Annies heimlicher Wut, vom Plan ihrer Rache. Hatte sie nur zufällig zu Rhys gefunden, oder war er von Anfang an ihr Ziel gewesen? Er konnte sich die wütende Entschlossenheit vorstellen, mit der sie um die Rolle der Liane gekämpft und schließlich gewonnen hatte.

Da sie Kurths verächtliches Schweigegeld abgelehnt hatte, stand sie sicher auf seiner schwarzen Liste. Er hätte ihr nie gestattet, in Hollywood zu arbeiten, hätte er gewußt, was sie vorhatte.
Aber sie hatte ihn ausgetrickst. Rhys, der Außenseiter, hatte sie trotz allem engagiert.
Stolz auf Annie gesellte sich zu Franks Wut, während er ihren entschlossenen Aufstieg und den Sieg über Kurth trotz seiner ganzen Macht abwägte.
Aber nun fiel ihm die häßliche Pressekampagne wieder ein, die Annies Privatleben in den Schmutz gezogen und gleichzeitig *A Midnight Hour* zu einem Bombenerfolg gemacht hatte. Schon damals hatte sie künstlich, eigenartig gewirkt – vor allem wenn man Annies subtile und intelligente schauspielerische Leistung sah.
Und erst recht, wenn man sie als Mensch kannte – wie Frank sie im Krankenhaus kennengelernt hatte.
Seine einsame letzte Nacht war sehr schmerzhaft gewesen. Die Schuppen waren ihm von den Augen gefallen, aber zu langsam, zu sporadisch. Er war verwirrt.
Er hatte den Verdacht, daß Kurth durchaus einen Grund gehabt hatte, warum er ihn damals unter einem so lächerlichen Vorwand zu sich bestellt hatte. Einen Grund für das Treffen und für die Zeit.
Aber welchen?
Und warum hatte Kurth Selbstmord begangen?
Wenn Kurth die Absicht gehabt hatte, die Beziehung zwischen Frank und Annie zu zerstören, so war ihm das mit Sicherheit gelungen. Seine Waffe hatte noch über den Tod hinaus gewirkt, hatte sie doch die ganze Zeit Franks Gedanken und Handlungen bestimmt.
Frank schüttelte verwundert den Kopf. Konnte ein menschliches Wesen so hinterhältig sein, so böse?
Er mußte mit Damon Rhys sprechen.

Er parkte das Auto in der Einfahrt. Dabei fiel ihm ein, daß er hätte anrufen sollen, um zu erfahren, ob Rhys überhaupt zu Hause war. Er hatte einfach angenommen, daß er sich vor der Oscar-Verleihung hierher zurückziehen würde. Aber natürlich könnte er auch in seinem Büro bei International sein und die Glückwünsche zur Nominierung entgegennehmen.
Na, was soll's, dachte Frank. Jetzt klopfen wir erst einmal.
Er verlangsamte den Schritt, als ihm einfiel, daß Annie vielleicht bei Damon war.

Aber dann ging er achselzuckend weiter. Für Haarspaltereien war es jetzt zu spät.

Conchata, die attraktive Haushälterin, die Frank ab und zu Kaffee serviert hatte, öffnete die Tür.
Unverständlicherweise sah sie besorgt aus, als sie ihn begrüßte.
»Ist Mr. Rhys zu Hause?« fragte er.
»Ich ... Nein, Sir, er ist nicht zu Hause.« Voller Furcht kam ihr Blick aus dem dunklen Inneren des Hauses.
»Ist er in seinem Büro?« fragte Frank weiter. »Ich möchte wirklich gern mit ihm sprechen. Vielleicht hätte ich zuerst anrufen sollen.«
Sie schüttelte den Kopf. »Er ist nicht im Büro. Ich ...« Sie zögerte unbehaglich.
»Ist etwas passiert?« wollte Frank wissen.
Sie seufzte.
»Mr. McKenna«, sagte sie schließlich, »ich weiß nicht, ob ich Ihnen das erzählen soll. Aber ich weiß auch nicht, wem sonst. Ich habe bereits Mr. Rhys' Sekretärin angerufen ... Aber kommen Sie doch bitte herein.«
Frank betrat das Foyer und betrachtete das Wohnzimmer. Er war lange Zeit nicht mehr hiergewesen. Es schien sich nichts verändert zu haben. Die gleichen alten, abgenutzten Sofas mit den mexikanischen Überdekken, die gleichen unheimlichen Kunstgegenstände auf dem Beistelltisch neben Rhys' Büchern und Klemmbrettern, die runden Flecken von ungezählten Whiskeygläsern ...
»Was ist denn los?« fragte er nun wieder.
»Irgend etwas ist passiert«, erwiderte Conchata. »Es gibt ... Veränderungen im Haus. Ich bin vor etwa einer Stunde angekommen ... Hier, ich will es Ihnen zeigen. Sie sind Anwalt ... vielleicht wissen Sie, was ich tun soll.«
Er folgte ihr über den Gang in Margots Zimmer. Sie wies auf den Tisch. Eine zusammengefaltete Zeitung lag darauf. Und daneben ein Schulheft. Er sah kurz die Zeitung an und hob die Schultern. Dann schlug er das Heft auf. Einige Papiere fielen heraus, darunter ein Rezept und ein Foto mit einer Frau und einem Kind am Strand.
Er überflog die Seiten des Heftes. Sie waren bedeckt mit einer ordentlichen Handschrift. Es waren private Aufzeichnungen, persönlich und sehr intellektuell. Das war durchaus einleuchtend: Sie waren von Margot.
Frank blätterte zur letzten Seite. Er sah eine Liste mit Namen, die er nicht verstand, und schließlich einen Brief.

Liebe Annie,
Ich weiß, daß Du dies nie lesen wirst. Ich verabschiede mich von Dir auf die Art, die mir am besten erscheint, hier in meiner Einsamkeit, aus der meine Worte Dich nie erreichen können ...

Er las den Brief sehr sorgfältig. Dann untersuchte er eingehend das Heft und die Papiere und wandte sich schließlich wieder Conchata zu.
»Hat Damon dies alles gesehen?« fragte er.
»Ich weiß es nicht.«
Zitternd sah sie Frank an. »Ich habe bei Mr. Rhys' Antwortdienst angerufen«, sagte sie. »Aber die hatten keine Nachricht für mich. Sie haben mir nur gesagt, daß er in sein Haus in der Wüste gefahren ist und daß er für Miss Swift hinterlassen hat, sie solle ihn dort treffen. Ich dachte, sie sei bei Verwandten in Iowa ... Ich bin ganz durcheinander. Aber ich muß Ihnen noch etwas sagen, Mr. McKenna.«
Er hob fragend die Brauen. Sie sah wirklich sehr unglücklich aus.
»Ich kann das nur Ihnen im Vertrauen sagen, weil ich sonst niemand habe«, sagte sie. »Es ist etwas, das vielleicht nicht einmal ich wissen sollte. Sie kennen vielleicht die Gerüchte über Mr. Rhys' Absicht, sich – sich – wenn er nicht mehr weiterleben will ...«
»Ja.«
Frank hatte von diesen Geschichten gehört, aber sie eigentlich nie so recht geglaubt, vor allem, seit er Damon persönlich kannte. Ein langsamer Selbstmord mit Alkohol schien der Weg zu sein, den Damon sich aus dieser Welt gewählt hatte. Er war nicht der Typ, der sich wirklich mit einer tödlichen Waffe umbringen würde.
»Es stimmt, Mr. McKenna. Ich arbeitete bereits für Mr. Rhys, als das Haus in der Wüste gebaut wurde. Im Keller stehen Kanister – Gas. Ich weiß nicht, wie es heißt. Sehr gefährlich. Sie stehen in einem speziellen Schrank und sind mit der Heizung des Hauses verbunden. Aber man braucht einen Schlüssel, um den Schrank aufzusperren und das Ventil zu öffnen. Der Schlüssel wird hier in Hollywood aufbewahrt – ich glaube, als Vorsichtsmaßnahme gegen eine unüberlegte Handlung von Mr. Rhys, wenn er in der Wüste ist und, zum Beispiel, zuviel getrunken hat.«
Frank nickte. Es schien ihm eine verständliche Sicherheitsmaßnahme für einen Trinker zu sein, der nie genau wußte, welche Launen ihn in den verschiedenen Stadien seines Rausches überfielen.
»Nun«, seufzte Conchata, »der Schlüssel fehlt. Als ich heute hierherkam, schien das Haus irgendwie verändert. Bestimmte Dinge standen

nicht an ihrem Platz, und dann waren da diese Papiere, die ich Ihnen gezeigt habe. Ich machte mir Sorgen und sah nach dem Schlüssel. Aber der war verschwunden. Ich habe eben noch mit Mr. Rhys' Sekretärin telefoniert. Sie weiß nichts. Und ich weiß nun nicht, was ich machen soll. Vielleicht die Polizei anrufen ...«
Frank überlegte schnell.
»Seit wann sind Sie hier?« fragte er.
»Seit eins. Oder kurz danach.«
Vor neun oder zehn war Rhys sicher nicht aufgestanden. Es war noch genügend Zeit.
Oder vielleicht nicht?
Eins stand fest. Rhys hatte die Papiere in Margots Zimmer entdeckt. Deshalb war er verschwunden. Und inzwischen mußte er schon auf halbem Weg nach Arizona sein.
»Schon gut, Conchata«, sagte Frank. »Ich bin sehr froh, daß Sie mir das erzählt haben. Ich werde mich gleich darum kümmern. Nur noch eins: Wo ist Annie?«
Sie hob die Schultern. »Zu Hause in ihrer Wohnung, denke ich. Aber ich weiß es nicht.«
Er ging zum Telefon und wählte.
»Hallo.« Es war der Anrufbeantworter. *»Hier spricht Annie. Ich kann im Augenblick nicht zum Telefon kommen. Aber wenn Sie eine Nachricht hinterlassen wollen ...«*
Frank schloß die Augen und versuchte, sich an den Namen von Annies Hauswirtin zu erinnern. Aber dann gab er es auf.
Als er die Augen wieder öffnete, stand Conchata unsicher vor ihm; sie wartete offensichtlich darauf, daß er die Initiative übernahm.
»Also gut«, sagte er. »Sie bleiben hier. Beim Telefon. Wenn jemand anruft, melden Sie es dem Antwortdienst und sagen ihnen, sie sollen es mir sagen, sobald ich mich melde. Ich werde Sie anrufen.«
»Wo gehen Sie jetzt hin?« fragte sie.
»In die Wüste«, antwortete er.
»Was wird jetzt passieren?« fragte sie.
Frank drehte sich kopfschüttelnd zur Tür.
Er kannte die Antwort nicht.

59

Wegen der früh einsetzenden Stoßzeit auf den Straßen hatte Wally den Flug um 17.45 Uhr nach Las Vegas verpaßt.
Wie auf Kohlen saß er in der Abflughalle, die Zeit verging quälend langsam.
Wenn Rhys in diesem verdammten Haus in der Wüste nur ein Telefon hätte. Dann wäre dieser melodramatische Schritt nicht notwendig geworden. Im Augenblick hatte Wally noch keine Ahnung, was er Christine sagen wollte, wenn er dort eintraf. Wenn alles in Ordnung war, wäre sein Eindringen unangebracht und peinlich.
Aber das unheimliche Gefühl in seinem Innern ließ ihn nicht zur Ruhe kommen. Er fürchtete, daß Christine und möglicherweise auch Rhys Informationen besaßen, die für sie lebensgefährlich waren – je nachdem, wie der eine oder der andere von beiden damit umging.
Wally warf einen Blick auf die Fotos, die er in seiner Aktentasche mitgebracht hatte.
Er dachte über Annies Herkunft nach. Konnte auch sie mit Rhys in Verbindung stehen? Schließlich wurde sie ja nur acht Monate nach Harrys Hochzeit geboren ... am 22. April 1946.
Aber nein: Sie mußte einfach Harrys Tochter sein. Die Fotos logen nicht. Die Stirn, das Kinn, die dunklen Haare ... Es waren die Züge der Havillands. Bis auf die Augen natürlich.
Es gab keinen Zweifel: Sie und Christine waren Halbschwestern und Alethea die gemeinsame Mutter. Zwei großartige Schauspielerinnen mit einer Schauspielerin als Mutter. Zwei Sexsymbole von einem Sexgenie. Und die Verteilung der Gene exakt an der Linie zwischen Gut und Böse ...
Die Blutgruppen hatten ihn lange Zeit verwirrt. AB für Annie, 0 für Christine, A für Harry, B für Alice. Erst hätte er gedacht, die beiden Mädchen wären Vollschwestern.
Er hatte zwar keine Zeit mehr, es zu überprüfen, aber Rhys hatte sicherlich 0.
Er erinnerte sich an Rhys' Geburtsdatum aus der Biografie: 19. März 1915. Und Harrys: 5. Juni 1920. Auf der Heiratsurkunde hatte Alethea ihr Geburtsdatum mit dem 20. Oktober 1925 angegeben.
Eine Fälschung?
Vielleicht.
Wenn er nur wüßte, wann und wo Christine geboren wurde. Aber

Alethea hatte diese Information mit ins Grab genommen – wenn sie sich überhaupt noch daran erinnert hatte.
Aber welchen Unterschied machte das jetzt noch? Christine war Rhys' Tochter. Wally wußte es, und Alethea hatte es auch gewußt.
Und die Theorie, die seine ganzen Ermittlungen beherrscht hatte, war am Boden zerstört. Nicht aus Haß auf Harry hatte Alethea ihr zweites Kind mißhandelt und gequält – sondern wegen Rhys.
Warum? Was hatte er ihr angetan?
Vielleicht hatte er sie in seiner wilden Jugend einfach sitzengelassen. Oder sie gekränkt ...
Vielleicht gab es überhaupt keinen Grund. Wally hob die Schultern. Es konnte durchaus sein, daß die Gesetze hinter Aletheas Handlungen so unverständlich waren wie die der launischen Götter aus den perversen Tragödien der Griechen. Vielleicht war es gar nicht wichtig, Leute wie sie zu verstehen, sondern vor ihnen zu fliehen, so schnell die Füße einen trugen, und zu beten, daß sie einem nie wieder über den Weg liefen.
Aber das Schicksal war nicht immer so vorhersagbar. Oft ließ der Zufall das Unerwartete geschehen.
19. März, 20. Oktober, 22. April, 5. Juni ... Wallys skeptische Beschäftigung mit Astrologie wandte sich nun höhnisch mit komischen Gleichungen gegen ihn. Fische, Waage, Stier und Zwillinge. Aber zweifellos wichtiger noch, eine Hochzeit am 24. August 1945, dem ersten Tag der Jungfrau.
Jungfrau wurde von Merkur regiert, dem Unberechenbaren. Wo stand Merkur an diesem Tag?
Dafür war es nun zu spät. Aber eins war sicher. Zu Damons Haus fuhr Alethea mit der Absicht, eine Familie auseinanderzureißen. Und darum ging es eigentlich bei der ganzen Geschichte: um eine Familie, deren verschiedene Zweige darum kämpften, sich nach vielen Jahren der Trennung wieder zu vereinigen, deren Wege sich beharrlich immer wieder kreuzten, bis sie sich schließlich gegenseitig und endgültig die Richtung änderten.
Vielleicht waren Geschehnisse wie diese wirklich nur mit Okkultismus zu begreifen. Der dürftige Pragmatismus eines Detektivs schien dafür kaum auszureichen.
Und heute ... Heute war der 1. April 1974.
Tag der Narren.
Wally verfluchte sein Pech. Wenn er nur den Flug um 17.45 Uhr erreicht hätte!

60

Damon ging methodisch vor und ohne Eile.
Er wußte, daß Margot gegen Abend eintreffen würde. Aber der Flug nach Las Vegas und die Fahrt über die 93er ließen ihm Zeit genug zur Vorbereitung.
Sie würde sich natürlich beeilen. Wenn sie seine Nachricht erhielt, würde sie sicher denken, er brauche sie.
Er brauchte sie ja wirklich.
Mit dem Schlüssel öffnete er den Schrank im Keller und kontrollierte noch einmal die Leitungen von den Kanistern zum Brenner. Alles war bereit.
Dann traf er seine letzte Entscheidung. Er stellte den Timer ein, schaltete ihn aber noch nicht an. Das mußte warten bis zu Margots Ankunft.
Sobald der Timer angeschaltet war, dauerte es vierzig oder fünfundvierzig Minuten, in denen sich das Haus mit brennbarem Gas füllte, bis der Boiler im Keller ansprang.
Es würde kein Stein auf dem anderen bleiben.
Warum sollen sie uns hier finden, steif wie Fleisch in der Tiefkühltruhe? fragte er sich, während er sich einen Drink eingoß. *Außerdem brauche ich das Haus sowieso nicht mehr.*
Als dann alles bereit war, legte er die Szeryng-Einspielung der Partita auf, setzte sich mit seinem Whiskey in einen Stuhl und wartete auf Margot.

61

Annie seufzte erleichtert auf.
Als etwas unsichere Fahrerin hatte sie sich durch dichten Verkehr bis zur Route 15c kämpfen müssen und von dort zur 40er, die in die Wüste führte.
Aber nun war die Autobahn leer und ihre einzigen Begleiter die Salbeisträucher und die riesigen Säulenkakteen, die sich in der Dämmerung abzeichneten.
In eineinhalb Stunden würde sie in Needles eintreffen, der Stadt, deren Namen Damon immer so amüsierte. Dann über den Colorado

nach Kingman und in das wilde Hügelland, in dem einsam das Haus lag.
Es war eine unzugängliche Gegend, glühend heiß unter Tags und eiskalt in der Nacht. Dem Menschen war sie alles andere als freundlich gesinnt.
Aber an diesem Abend würden dort Leute sein.
Leute, die sie freudig aufnahmen.

62

Frank trommelte mit den Fingern auf die Tischplatte, während er auf das Klingeln am anderen Ende der Leitung horchte.
Endlich wurde abgehoben.
»Hangar 12, Jerry am Apparat.«
»Hier ist Frank McKenna von Farrow, Farrow & Pierce. Ich brauche sofort einen Privatjet nach Arizona. Es ist dringend.«
»Die Jets sind alle unterwegs, Mr. McKenna. Wir sind die ganze Woche ausgebucht. Wenn Sie einen reserviert hätten ...«
Frank spitzte die Lippen. »Was habt ihr sonst noch?«
»Ein oder zwei Pipers – und die Cessna. Die ist etwas schneller. Ich kann Sie fliegen, wenn es wichtig ist.«
»Wie schnell?«
»Wo in Arizona?«
»Nördlich von Kingham.«
»Zweieinhalb Stunden vielleicht, je nach Wind.«
Frank sah auf die Uhr.
Sein überstürzter Besuch in Annies Wohnblock war ergebnislos geblieben. Die Hauswirtin hatte ihn nur widerwillig in die Wohnung gelassen, als Annie auf das Klingeln nicht reagierte. Es gab keine sichtbaren Anzeichen dafür, daß Annie verreist war. Sie hätte ebensogut beim Einkaufen sein oder einen Besuch machen können.
Aber bei seinem letzten Anruf beim Antwortdienst hatte er erfahren, daß sie von Annie gehört und ihr gesagt hatten, Damon wolle Margot in der Wüste treffen.
Frank genügte das.
»Tanken Sie die Cessna auf«, sagte er in den Hörer. »In fünfzehn Minuten bin ich bei Ihnen.«
Kopfschüttelnd legte er auf. In zweieinhalb Stunden war es vielleicht schon zu spät.

63

»Meine Damen und Herren, wir bedauern die Verzögerung, aber wir müssen noch einige Minuten warten, bis wir starten können.«
Die Stimme des Kapitäns kam als ohnmächtiges, vom Dröhnen der Belüftungsanlage des Flugzeuges übertöntes Krächzen aus dem Lautsprecher.
»Tatsache ist«, erklärte er, »wir müssen auf etwa siebzig Mahlzeiten warten, die noch nicht geliefert wurden. Ich hasse es ja, wenn Dinge sich verzögern, aber da dies ein Dinnerflug ist, will ich nicht, daß Sie mir auf der Reise zu einem hübschen Wochenende in Las Vegas verhungern. Mit etwas Glück sind wir in circa zwanzig Minuten startbereit.«
Beeil dich, dachte Wally und rechnete verärgert die Zeit nach, die er brauchen würde, um zu den Leihwagenschaltern in Las Vegas und von dort zum Parkplatz zu gelangen, und für die lange Fahrt auf der Route 93 durch die Wüste.
Er würde spät dort ankommen. Vielleicht zu spät.
Beeil dich.

64

Das Haus war hell erleuchtet.
Wie eine festliche Oase stand es am Ende der langen, ungeteerten Zufahrt, wo Christine das Auto abstellte. Kakteen und Salbeibüsche standen unheimlich und drohend in dem kühlen Abend.
Sie nahm ihre Reisetasche, stieg aus dem Auto und ging zur Haustür. Sie klopfte, benützte dann aber ihren Schlüssel.
Mit letzter Willensanstrengung setzte sie ein Lächeln auf. Sie wußte natürlich, was ihr bevorstand, aber sie wollte das Haus an diesem Abend als Margot Swift betreten, als Damons junge Geliebte und Mutter seines Kindes.
Damon im Wohnzimmer sprang auf und streckte ihr die Arme entgegen. Sie stellte die Tasche ab und ging zu ihm.
»Mein Liebling«, sagte er und drückte sie an sich. »Willkommen zu Hause.«
Sie barg ihr Gesicht an seinem Hals und roch seinen einzigartig scharfen Duft. Seine Arme um ihren Körper waren warm und stark, sein Bauch drückte gegen ihre Brust.

»Willst du dich frisch machen?« fragte er.
Sie schüttelte den Kopf und nahm seine Hand. Sie war bereit, sich von ihm führen zu lassen.
»Wollen wir uns nicht setzen?« fragte er.
Er wies auf das riesige Sofa.
»Einen Drink?«
»Das gleiche wie du.«
Er ging durch die anderen Zimmer und schaltete alle Lichter aus. Einen Augenblick lang war er verschwunden. Christine konnte weder hören noch sehen, wie er in den Keller ging und wieder heraufkam.
Aber schließlich drang das Klirren von Eis in Gläsern an ihr Ohr, er kehrte zu ihr zurück.
Er stellte die Drinks auf den Tisch, griff sich in die Brusttasche seines Jägerhemds und legte das winzige Automatenfoto vor sie auf den Tisch.

Christine rührte das Foto nicht an. Sie sah von dem Bild zu Damon, und in ihrem Blick lag Unterwerfung.
In seinem Lächeln war kein Zorn zu entdecken.
»Wie heißt du?« fragte er.
Sie zögerte nur kurz.
»Christine.«
»Christine.« Er nickte väterlich. »Ein wunderbarer Name. Die Gesalbte. Ein schöner Name für ein schönes Mädchen.«
Er stellte seinen Drink ab, nahm sie in den Arm und küßte sie. Dann lehnte er sich mit ihr im Arm in die Kissen.
Er berührte ihr Knie über dem verletzten Fuß und betrachtete das Foto auf dem Tisch.
»Ich nehme an, du mußtest es tun«, sagte er dann.
Sie nickte, den Kopf an seiner Brust vergraben.
»Sie ließ mir keine andere Wahl«, erwiderte sie. »Sie wollte alles zerstören. Nur deswegen war sie auf der Welt, verstehst du?«
»Ja, ich verstehe es, mein Liebling«, sagte er und strich ihr über die Haare. »Wirklich.«
Er trank einen Schluck und seufzte tief.
»Hatte sie genug Zeit, um dir zu sagen, was sie sagen wollte?«
Christine nickte.
Er seufzte. »Du darfst dir keine Vorwürfe machen. Ich weiß, wer verantwortlich ist. Ich hätte schon vor langer Zeit an so etwas denken müssen. Aber weißt du, Liebling, wir denken immer, wir könnten die Vergangenheit hinter uns lassen. Aber wir können es nicht. Sie wartet immer auf uns. Das ist ihr Geheimnis.«

Er hob traurig die Schultern. »Sie bedeutete mir so wenig. Und ich glaubte, sie wäre längst verschwunden. Verschwunden in trüben Gassen, in die ich nie stolpern würde. Aber jetzt, zu spät, erkenne ich meinen Fehler. Die Sünden der Väter, Baby. Die Sünden der Väter.«
Er hielt ihr Gesicht in den Händen, seine Augen waren voller Schmerz. »Wenn ich nur daran denke, daß du bei ihr aufwachsen mußtest ...«
Sie schüttelte den Kopf. »Es ist schon gut«, sagte sie. »Ich habe dich doch gefunden, oder?«
Er nickte, aber er war nicht überzeugt. Nun füllten sich auch ihre Augen mit Tränen. Sie schienen sie zu befreien, denn sie konnte sich nicht erinnern, je geweint zu haben.
»Daddy, ich liebe dich.«
»Und ich liebe dich.« Er nahm ihre Hände in die seinen.
Ihr wurde komisch im Kopf, fast schwindlig. Das Schluchzen, das ihr die Kehle hochstieg, war so neu für sie, daß sie lächeln mußte.
Dann wurde ihr Blick flehend.
»Glaubst du nicht«, fragte sie, »glaubst du nicht, ... wir ... könnten ... irgendwie ...«
»Nein, mein Liebling.« Sein Ausdruck war ergeben und friedlich, was auf dem sonst so eindringlichen Gesicht fast kurios aussah. »Aber du kannst gehen, wenn du willst. Dann mußt du aber sofort gehen. Du verstehst doch, was ich meine, oder?«
Sie strich ihm mit der Hand durch die krausen Haare.
»Ich bleibe.«
Er zog sie wieder an sich. Dankbar lehnte sie den Kopf gegen seine Brust, denn ihr wurde immer schwindliger. Alle ihre Schutzwälle fielen, er war das einzige, was sie noch hatte.
Das Zimmer schien in einer unwirklichen Klarheit zu glitzern. Sie fragte sich, ob sie die Welt zum erstenmal sah.
Vielleicht, dachte sie. Aber sicher zum letztenmal.
Der Gedanke entlockte ihr ein Lächeln. Seine Ironie hätte Damon Rhys interessiert.
»Dann verabschieden wir uns also gemeinsam, Sis?« Seine rauhe Stimme klang ruhig. »Nur du und ich?«
»Ja«, flüsterte sie. »Nur wir beide.«
Abwesend streichelte er ihr die Haare.
»Warst du mit ihr alleine?« fragte er. »Als du klein warst ...«
Sie nickte. »Ich hatte eine Schwester, aber sie war nicht bei uns. Ich – habe sie eigentlich gar nicht gekannt.«
Seine leises Seufzen war wie eine Liebkosung. »Das ist schon in Ord-

nung. Man weiß so wenig von den Menschen ... Sogar von denen, die einem am nächsten stehen. Es ist eigentlich nur ein schmaler Ausschnitt. Aber wenn sie uns wichtig sind, ist das das einzige, was zählt. Und das reicht auch.«

Seine Hand glitt zu der weichen Stelle zwischen ihren Schenkeln und dem Nabel und streichelten sie sanft fragend.

»Deborah Anne Rhys«, sagte er.

Sie nickte und küßte ihn auf die gerötete Wange.

»Sie wäre ein Teil von dir gewesen, Daddy. Sie gehörte ganz dir.«

»Uns, mein Liebling. Uns.«

Christine versuchte, den Blick klar zu bekommen. Sie sah kaum noch etwas. Aber die Bilder, die sie umwogten, waren vollkommen deutlich. Sie kamen von innen und strömten durch ihre Haut in das glitzernde Zimmer.

Damons nächste Worte klangen sehr ernst.

»Als sie kam«, sagte er, »da hatte sie etwas, oder? Etwas, mit dem sie dir beweisen konnte, daß sie wußte. Was war es?«

Als Antwort sah sie ihm in die Augen. Ein kleines Bedauern durchzuckte sie, daß sie am Morgen zuvor vergessen hatte, Margots grüne Kontaktlinsen einzusetzen. Sie lagen noch im Badezimmer im Cañonhaus. Nach dem Geschehenen hatte sie wohl unbewußt begriffen, daß sie nicht länger notwendig waren.

Deshalb sah sie ihn also nun mit ihren blauen Augen an, mit einem Blick voller Liebe und Flehen, und in den eisig glänzenden Strahlen seiner Iris sah sie ihre Zukunft.

Er spürte, was sie sah, und zog sie näher an sich. Einen Augenblick lang betrachtete er ihre Augen mit einer Mischung aus Neugier und Entsagung, und sein Verstand war zufrieden, noch während seine Hoffnung starb.

Dann zog er sie zärtlich noch näher und küßte ihre geschlossenen Lider.

»Ich bin so stolz auf dich«, sagte er. »Ich weiß, daß es ein langer, langer Weg war. Aber am Ende hast du ihn überstanden.«

Er küßte sie auf die Stirn, und noch ein zweites Mal. »Ich habe so oft gesagt, daß ich nie eine Tochter hatte. Ich bin froh, daß du es warst, Baby.«

Sie drückte seine Hand fest. »Ich bin so froh, daß du es warst, Daddy.«

»Dann können wir uns ohne einen Blick zurück verabschieden.«

Seine Stimme kam wie aus der Ferne. Sein Gesicht schien immer weiter weg. Es versetzte ihr einen Stich, als sie an das Leben in ihrem Bauch dachte und an die Pein, es zu verlieren. Sie wußte nun, wie Annie nach ihrem Unfall zumute gewesen sein mußte.

Damon sah ihr Leiden und drückte sie an sich.

»Wir sind zusammen«, sagte er und seine Intuition ließ ihr »Bleib jetzt bei mir« verstummen.

Sie klammerte sich schwach an die Stimme, die ihr nun durch die Finger glitt. Damon entfernte sich weiter und weiter. Das Zimmer glitzerte weiß wie Schnee und sonnenbeschienene Eiszapfen. Seine braune Hand war die Rettungsleine, die sie auf der Erde festhielt, während die Wände des Hauses wegschwebten.

Die Welt versank in ihren lange verlorenen Zustand leerer Vollkommenheit, geräuschlos und schweigend, ohne menschliche Stimmen oder Berührungen.

Christines Qual erreichte in dieser Leere den Höhepunkt und verging dann. Denn das Haus kam zurück. Aber es war das Haus ihres Traumes, das sich weiß und herrlich um sie erhob und dessen prächtige Einzigartigkeit die kalte Verwirrung der Welt verdrängte.

Die riesigen Fenster war weit geöffnet. Der Himmel war so weiß wie die Wände. Die Vorhänge, zart und durchsichtig wie der Wind, bauschten sich.

Die Kinder bewegten sich langsam durch die Zimmer, sie krochen wie Autos, aus einem Flugzeug gesehen. Versunken in süßer Faszination, spielten sie in vollkommener Sicherheit. Niemand war in Gefahr, niemand weinte, niemand sorgte sich.

Damon war jetzt sehr weit weg. Sogar die Hand, die sie hielt, löste sich langsam auf. Sie konnte nicht atmen. Aber es schien, als brauchte sie gar nicht zu atmen.

Nur die Kinder blieben. Christine spürte, wie sie sich ausdehnte und die Zimmer anfüllte, zum Wind und den bauschenden Vorhängen wurde. Die Kinder brauchten nicht aufzusehen, ob sie noch auf sie aufpaßte, denn sie war ihre Augen, ihr Spiel.

Sie war überall gleichzeitig, weich und sanft und bauschend.

Sie war die Welt.

Und so konnte sie sich verlieren in diesem ruhigen Außen, das kein Innen mehr ließ, denn es war alles.

Damon war verschwunden. Aber sie war seiner nicht beraubt. Denn wo sie war, konnte sie nicht alleine sein.

Die Weiße wuchs und blühte, als Christine sich aufgab

65

Annie war müde.
Sie merkte nun, daß sie in den vergangenen Tagen viel zuwenig geschlafen hatte. Die unendliche Wüstenstraße machte sie gefährlich schläfrig. Die Scheinwerfer strichen über die triste Landschaft, und sie fühlte sich so allein wie nie.
Aber sie lächelte, weil sie wußte, daß sie auf dem Weg zu Damon und Margot war. Die Anonymität von Los Angeles und der Hügel von Hollywood lag hinter ihr. Vor ihr lag die Familie.
Sie versuchte sich zu überlegen, wie sie sie überraschen sollte und was sie sagen würde, wenn Damon die Tür öffnete.
»Haben Sie eine Pizza bestellt, Sir?«
Der Gedanke munterte sie auf.
Sie sah auf die Uhr. 22.15 Uhr.
Noch eine halbe Stunde.

66

95, 98, 100, 98 ...
Wally klopfte das Herz bis zum Hals, als die verlassene Route 93 vor seinen Scheinwerfern dahinbrauste. Er war noch nie ein mutiger Fahrer gewesen, aber er wußte, daß er sich beeilen mußte.
Auf Geschwindigkeitsbegrenzungen achtete er nicht. Wenn man ihn anhielt, würde er die Streife überreden, ihn zu begleiten. Bei der Polizei von Arizona und Nevada hatte er einen makellosen Ruf, er hatte beiden schon Gefallen erwiesen.
Aber nun packte ihn die nackte Angst. Christine war dort draußen in der Dunkelheit, er spürte, wie die Gefahr sich ihr immer mehr näherte, eine Gefahr, die sie nicht erkennen konnte, weil sie sie nie zuvor erlebt hatte. Sie bewegte sich auf einem Boden, den sie noch nie zuvor betreten hatte. Das war eben die Gefahr.
Und in gewisser Weise traf das auch auf Wally zu.
Die Straße war leer und gerade. Er konnte weit sehen. Aber es machte ihn wütend, daran zu denken, daß diese gerade Linie, weil Zeit und Geometrie es so verlangten, zwei Punkte voneinander trennte, die sich nicht schnell genug vereinen konnten.

»Scheiße«, rief er in die Einsamkeit und trat wütend auf das Gaspedal. »Scheiße!«

67

»Da ist der Co[illegible], sagte der Pilot und deutete auf das breite, schwarze Band des Flusses im Mondlicht.

»Wie lange noch?« fragte Frank und sah auf die Uhr.

»Noch zwanzig Minuten bis zum Flughafen«, gähnte der Pilot und nippte an seinem Kaffee. »Dann besorgen Sie sich ein Auto ...«

Frank packte den Mann am Arm.

»Wir fliegen nicht zum Flughafen ...«

Der Pilot sah ihn erschreckt an.

»Hören Sie, Mr. McKenna. Es gibt Vorschriften. Ich habe einen Flugschein zu verlieren. Sie können doch nicht einfach ...«

»Wir haben keine Zeit«, sagte Frank. »Folgen Sie meinen Anweisungen. Es wird Ihr Schaden nicht sein.«

»O Gott ...«

Nervös sah der Pilot aus dem Fenster auf den hinter ihm zurückbleibenden Fluß.

68

Von der Straße aus sah Annie das Haus.

Fast alle Lichter waren ausgeschaltet. Das einzelne Licht im Wohnzimmer ließ das Haus aussehen, als stünde es auf einem weit entfernten Planeten.

Sie parkte das Auto hinter einer anderen Limousine, die sie für Margots Leihwagen hielt. Mit der Reisetasche in der Hand stieg sie aus.

Sie versuchte, die Haustür zu öffnen. Aber der Riegel war vorgeschoben.

Überrascht klopfte und klingelte sie. Nichts geschah.

Sie ging um das Haus herum und blieb dabei auf dem Pfad, um nicht auf Kakteen oder Nachttiere zu treten.

Auch die Hintertür war verriegelt.

Verwirrt begann Annie, durch die Fenster hineinzusehen.

Beim Wohnzimmer mußte sie auf und nieder hüpfen, um etwas zu sehen. Die Vorhänge waren vorgezogen, aber durch die Spalten war die Couch zu sehen.
Damon und Margot lagen nebeneinander darauf. Ihre Haltungen wirkten unnatürlich.
Annie packte plötzlich die Verzweiflung. Sie stellte ihre Tasche ab und nahm einen Stein in die Hand.
Sie warf ihn durch das Fenster neben der Haustür, griff hinein und löste den Riegel.
Einen Augenblick später war sie im Wohnzimmer.
Das Haus wirkte eigenartig. Ihr wurde langsam schwindlig. Sie ging zur Couch.
Sie berührte Damon an der Schulter, dann sein Gesicht. Er war kalt. Sie schüttelte ihn heftig, aber er rutschte auf der Couch nur weiter nach vorne, wobei sich seine Hand aus der Margots löste.
Sie berührte Margot. Sie war so kalt und unbeweglich wie Damon.
Auf dem Tisch waren Drinks und ein kleines Foto. Annie versuchte, den Blick auf das Bild zu konzentrieren, aber es schien sich in der glitzernden, wie taufeuchten Atmosphäre zu verlieren, die das Zimmer erfüllte. Alles hatte einen unpassenden, irgendwie ironischen Glanz, der Annie ganz benommen machte. Sie spürte ein Lachen in sich hochsteigen, ein gräßliches, unmenschliches Lachen ohne Humor, das aus ihr herausbrechen wollte wie ein böser Geist. Sie konnte gerade noch den Atem anhalten.
Verstört wandte sie sich an Damon um Unterstützung. Sie schüttelte ihn mit aller Kraft, ihre Finger zerrten an seinem Jägerhemd. Aber er rührte sich nicht.
Sie wandte sich Margot zu, der leichteren der beiden bewegungslosen Gestalten. Sie beugte sich hinunter, faßte sie unter die Arme und zerrte sie von der Couch. Aber die schreckliche, höhnische Fröhlichkeit in ihr wurde von Augenblick zu Augenblick stärker, sie schien ihr die Kraft zu entziehen, ihren Willen zu verzehren. Margot wirkte plötzlich unglaublich schwer.
Annie bekam keine Luft mehr. Tränen flossen ihr über die Wangen. Die Luft glitzerte wunderschön und tödlich, die Gegenstände im Zimmer wirkten immer entfernter.
Schwer fiel sie auf den Teppich, mit Margots kaltem Körper im Schoß.
Sie betrachtete das Foto auf dem Tisch. Es war ein altes Automatenfoto.
Die Gestalten waren unkenntlich und drehten sich von ihr weg.
Mit tauben Fingern tastete sie nach Margots Haar und Wange. Sie

wußte, daß etwas Schreckliches passierte, aber sie konnte schon längst ihr eigenes Entsetzen nicht mehr finden, geschweige denn ihren Willen. Irgendwo in den Ohren hörte sie ein entferntes Dröhnen, deutlich und doch unwirklich. Irgendwie gelang es ihr, Margots Kopf auf den Teppich zu legen. Doch dann sank sie bewegungsunfähig neben sie.
Die Entferntheit ergriff von ihr Besitz. Über den Teppich hinweg sah sie Margots Gesicht an. Sie nahm deren Hände in die ihren, versuchte ein letztes Mal, sie aufzuwecken.
Das Dröhnen wurde stärker und verschloß ihr die Augen. Mit letzter Willenskraft öffnete sie sie wieder und sah Margots Hände in den ihren.
Und plötzlich kam der uralte Traum wieder. Sie sah das Feuer dem Mädchen aus den Augen springen, um sie zu verschlingen, sie spürte, wie die kleinen Hände das Lebensblut aus ihren Fingern saugten.
Sie begann zu verschwinden.
Wie hinterhältig die Welt doch ist, sann sie, während der Schrecken langsam zur Bewußtlosigkeit wurde. Der Boden glitt ihr unter dem Körper weg, die Leere überspülte sie und ließ im gleichen Augenblick nichts mehr von ihr übrig, ließ sie alle im Nirgendwo zurück, wie das Untier, das die Welt auffrißt und dann sich selbst.
Sie sah, wie das Kind noch einmal die Augen öffnete. Aber diesmal waren sie keine Flammen, sondern kühles, blaues Wasser, das Wasser, in das sie als Schulmädchen immer so freudig getaucht war und sich dabei überlegt hatte, ob es sie verschlingen und nie mehr loslassen würde.
Freudig erregt stürzte sie sich hinein, und das kristallklare Blau nahm sie auf.

69

In der Entfernung sah Frank den Grand Canyon, der das Land zerteilte wie ein monströser Abgrund. Am Horizont ragte der Mount Tipton auf. Der Mond erhellte die Straße unter ihnen.
»Landen Sie hier«, sagte er.
»Wo denn, Mann? Sie sind ja verrückt.« Der Pilot hatte Angst.
»Auf der Straße. Tun Sie, was ich Ihnen sage.«
»Mann, wir kommen um dabei. Lassen Sie mich nach Berry fliegen. Sie schaffen es schon noch rechtzeitig. Und lebendig, verdammt noch mal.«
»Ich weiß, wo wir sind«, sagte Frank. »Der schwache Schein dort unten ist das Haus. Landen Sie, oder ich breche Ihnen das Genick und lande selbst.«

Mit einem großen, ärgerlichen Seufzer landete der Pilot das winzige Flugzeug zwischen den Hügeln.
Gespenstisch, mitten auf der verlassenen Straße, kamen sie zum Stehen. In der Entfernung waren Scheinwerfer zu sehen, aber sie hatten noch genügend Zeit.
»Na, los jetzt«, befahl Frank zwischen zusammengebissenen Zähnen. »Die Auffahrt hoch.«
Der Pilot ließ das Flugzeug bis zum Ende der Auffahrt rollen. Frank löste den Sicherheitsgurt, stieß die Tür auf und rannte auf das Haus zu. Er bemerkte den Mietwagen und Annies kleines Auto. Ihre Reisetasche lag auf der Seite mitten in der Auffahrt.
Er sah durch das Fenster neben der Haustür. Dann stieß er die Tür auf. Damon lag zusammengesunken auf der Couch. Die beiden Mädchen lagen auf dem Boden, die Gesichter einander zugewandt, die Hände der einen locker in denen der anderen.
Er befühlte bei allen dreien die Haut. Damon und Margot waren kalt, Annie noch nicht.
Frank erkannte augenblicklich, daß das Haus voller Gas war. Damons Kanister fielen ihm ein, aber er hatte jetzt keine Zeit mehr, gegen sie etwas zu unternehmen.
Er stieß die Wohnzimmertür auf, stürzte zurück, kniete sich neben Annie und nahm ihren schlaffen Körper in die Arme wie eine Stoffpuppe.
Ihm wurde bereits schwindlig. Er mußte sie schleunigst nach draußen schaffen.
Hals über Kopf rannte er mit ihr durch die Tür.
Die Nachtluft war wie ein kostbarer Zaubertrank nach der giftigen Atmosphäre im Haus.
Wenige Meter von der Schwelle entfernt legte er Annie auf den Boden, warf einen Blick auf das Flugzeug, das so absurd auf der Straße stand, sah ein Auto näher kommen und wollte eben wieder ins Haus stürzen, um Damon und Margot zu holen.
Doch dann fiel ihm Damons Timer ein.
Er hob Annie auf und lief mit ihr, so schnell er konnte, auf das Flugzeug zu.
Der Pilot stand ungläubig da und kratzte sich am Kopf, als Frank auf ihn zurannte.
Plötzlich wurde die Nacht von einer Explosion zerrissen, wie Frank sie noch nie gehört hatte. Er sah, wie sich die aufschießenden Flammen in den Augen des Piloten spiegelten.

Als er sich umdrehte, sah er das Haus in einem riesigen Aufbäumen gegen den Mond zerbersten und dann brennend zusammenstürzen.
Wie gelähmt stand er da, erschüttert von der Erkenntnis, daß nur Sekunden das lebende Wesen in seinen Armen vor der Auslöschung bewahrt hatten.
Er sah einen korpulenten kleinen Mann in einem Sportsakko von dem Auto, das neben dem Flugzeug angehalten hatte, auf sich zukommen. Frank konzentrierte sich viel zu sehr auf den schwachen Puls, den er an Annies Hals spürte, um über die ersten Worte des Fremden überrascht zu sein.
»Rhys und das andere Mädchen?« fragte der.
Frank schüttelte den Kopf.
»Zu spät.«

EPILOG

Annie saß neben Frank im Publikum des Dorothy Chandler Pavilion und hörte David Niven zu, der Charlton Heston und Susan Hayward als diejenigen präsentierte, die den Umschlag mit dem Namen der besten Schauspielerin des Jahres 1973 öffnen würden.

Sie verstand die Worte und auch die etwas steifen Witze nicht, die die Spannung lösen sollten.

Trotz der entsetzlichen Nachricht über Damon Rhys und seine persönliche Assistentin lief die Zeremonie wie geplant ab. Die Begräbnisse sollten erst übermorgen stattfinden.

Vor fünfzehn Minuten hatte man Damon posthum den Oscar für das beste Drehbuch für *The Fertile Crescent* verliehen. Etwas früher am Abend hatte man eine hastig zusammengestellte Montage mit Szenen aus seinen inzwischen legendären Filmen und einige Fotos aus seinem Leben und seiner Karriere gezeigt.

Mit Tränen in den Augen hatte Mark Salinger Damons Oscar entgegengenommen, die wenigen Dankesworte im Namen seines toten Freundes waren ihm kaum über die Lippen gekommen.

Annie klammerte sich fest an Franks Hand.

Ihre Welt schien zerstört ohne Damon und Margot. Der Verlust war um so schlimmer, als sie den Grund nicht verstand.

Erst gestern noch hatte sie sich auf ein Mittagessen mit Damon gefreut und auf gute Nachrichten von Margot aus Iowa gehofft. Dann hatte das Entsetzen sie alle überwältigt und beinahe auch ihr Leben beendet. Was war geschehen?

Bei ihren letzten Telefongesprächen hatte Damon nicht verzweifelt geklungen. Aber die Zeitungen spekulierten, die Depressionen nach Fertigstellung des Films hätten ihn in Verbindung mit unbekannten Umständen zu dem Entschluß gebracht, seinen alten Selbstmordplan auszuführen. Man nahm an, Margot sei durch ein tragisches Mißverständnis mit hineingeraten.

Aber Annie wußte, daß Damon Margot hinterlassen hatte, sie solle ihn im Haus in der Wüste treffen. Hoffte er im letzten Augenblick auf Rettung vor seinen eigenen Dämonen?

Annie würde es nie erfahren.

Sie wußte nur, daß sie tot waren.

Und daß sie hier war.

Frank saß neben ihr, unbeweglich wie ein Fels, er wußte, daß seine starke Hand für sie jetzt sehr wichtig war.
Wally Dugas hatte ihm alles erzählt, während sie vor der Notaufnahme in Kingman ängstlich warteten, weil noch nicht sicher war, ob sich Annie von ihrer Beinahevergiftung erholen würde.
Der Detektiv schien ein schier enzyklopädisches Wissen über den Teil von Annies Leben zu haben, der Frank vollkommen unbekannt war. Er bestätigte nicht nur, was Frank aus Martin Farrows Akten über das entsetzliche geheime Treiben Harmon Kurths wußte, sondern auch seine Vermutungen bezüglich der Pressekampagne, die Annie so in den Schmutz gezogen hatte.
»Das ist alles erfunden«, sagte er. »Vor dem Film kannte sie Shain nicht. Und er war der einzige Mann in ihrem Leben, Mr. McKenna.« Er lächelte. »Außer Ihnen natürlich.«
Der Detektiv schien sich mit seiner Rolle in Kurths jahrelangen Schikanen abgefunden zu haben, und er sprach auch nicht weiter darüber. Frank sah, daß die Trauer über Margots Tod die einzige tiefe Empfindung in ihm war.
Annie war Dugas zwar nie begegnet, aber er zeigte doch ein außergewöhnlich intelligentes Verständnis ihrer Vergangenheit und der Wirkung auf ihre Persönlichkeit.
Die beiden Männer kamen überein, daß sie die Wahrheit über die Explosion, die sie beinahe getötet hätte, nicht erfahren solle. Die Geschichte war zu monströs, als daß man sie damit belasten könnte.
»Sie wird immer überleben«, sagte Wally. »Und dazu braucht sie diese Dinge nicht zu wissen. Sie kann auch ohne sie leben.«
Er schüttelte den Kopf. »Bei Christine war das etwas anderes. Sie wußte alles. Mußte alles wissen. Sie wußte, daß es auf sie zukam, und sie hatte keine Angst vor den Folgen. Sie hatte schon vor langer Zeit genug vom Leben. Was Rhys angeht, da weiß ich nicht, wie er sich am Ende fühlte.«
Frank sah dem Detektiv in seine kleinen Augen.
»Stolz, könnte ich mir vorstellen«, sagte er.
Und vielleicht, dachte Frank, waren es genau der Stolz und Christine an seiner Seite, die Damon bis zum Ende durchhalten ließen. Zu viel von seinem Leben war absolute Einsamkeit gewesen, mit nichts als dem Schnaps als Begleiter. Vielleicht lag für seinen unergründlichen Geist Wärme in dieser letzten Verbindung so unterschiedlicher Wesen.
Frank würde es nie erfahren.
Aber er wußte, daß Annie lebte.

Im Krankenzimmer hatte er dann lange schweigend ihre Hand gehalten, bevor er ihr von seinen Gefühlen erzählte und sich für die lange Trennung entschuldigte, die aus seinem mangelnden Vertrauen entstanden war. Er könne verstehen, sagte er, wenn sie nun ihm dieses Vertrauen nicht mehr entgegenbringen könne, das er ihr versagt hatte.
»Ich liebe dich«, sagte er. »Und ich will dich heiraten. Du brauchst mir jetzt keine Antwort zu geben, ich will nur, daß du es weißt und daß du weißt, daß ich auf dich warte, wenn du mich willst.«
Als Antwort hatte sie ihn einen endlosen Augenblick lang mit aller Kraft in die Arme genommen und wollte ihn nicht mehr loslassen, bis ihre Schwäche sie in die Kissen zurückzwang.
Aber er wußte nicht, was diese Umarmung bedeutete.

»Die Kandidaten für den Titel der besten Schauspielerin sind Joanne Woodward in *Summer Wishes, Winter Dreams* ...«
Die Kandidaten wurden aufgezählt und kurze Ausschnitte aus ihren Filmen gezeigt. Annie sah die Daisy aufblitzen, festgehalten von Mark Salingers Kamera, geschaffen von Damons Auge.
Dann war es soweit. Das ganze Publikum schwieg. Zuschauer in hundert Ländern sahen Susan den Umschlag öffnen.
In ihren Augen kämpften Tränen mit der Freude.
»Die Gewinnerin ist Annie ...«
Tosender Beifall übertönte ihre Worte. Das Publikum stand auf. Die Kameras konzentrierten sich auf Annies Gesicht.
Sie wandte sich Frank zu und küßte ihn auf die Wange. Er half ihr auf, und sein Blick sagte ihr, daß er sie auf die Bühne bringen würde, wenn sie wollte. Aber sie schüttelte den Kopf und ging unter Jubelrufen allein zum Podium.
Susan umarmte sie und flüsterte. »Es tut mir ja so leid, Annie. Sei tapfer. Damon ist stolz auf dich, wo immer er auch ist.«
Dann stand Annie da, mit der Statue in der Hand, und sie lächelte, so gut sie konnte in die erbarmungslosen Augen der Kameras. Immer lauter hallte der Applaus von den Wänden.
Eine plötzliche Klarheit verdrängte ihre Aufregung, während sie den Blick über die Menge schweifen ließ. Klatschend, als würde der heutige Abend nie enden, und selbst so vergänglich wie fallende Blätter, verströmten die Bewohner dieses Orts der Träume ihre Zuneigung, deren Echo bald in der Abendluft verklingen würde, sie richteten ihr Lächeln auf eine Bühne, die bald wieder leer sein würde. Aber genau diese Vergänglichkeit machte alles noch viel schöner, wie die Märchen, die für eine bedürftige Menschheit auf Zelluloid gebannt wurden.

Der Gedanke schien Damon zu gehören, obwohl er ihrem eigenen, müden Verstand entsprungen war. Und so fühlte sie sich weniger allein. Er war nun nicht mehr da. Und er, vor allen anderen, verstand, daß alles und jeder vergehen muß, daß es den Fingern entgleitet, noch während die grüne Erde sich den Augen und Händen als etwas Ewiges darbietet. So war das Leben für Damon. Und so war es nun auch für Annie, um so schmerzlicher, weil er und Margot sie so früh, so ungerecht früh verlassen hatten.

Als der Applaus schließlich nachließ, setzte sie zu sprechen an.

»Vielen Dank für eure Freundlichkeit«, sagte sie. »Und für euer Lob, das mir mehr bedeutet, als ich sagen kann.«

Die Rührung nahm ihr den Atem.

»Alle die wunderbaren und engagierten Leute, die an *The Fertile Crescent* mitarbeiteten«, sagte sie, »wußten von Anfang an, daß es Daisy und ihre Geschichte nie gegeben, ja daß sie nie auf die Leinwand gekommen wäre, wenn Damon nicht gewesen wäre mit seinem Genie und seiner unerschöpflichen Tatkraft. Aber nur wenige Leute wissen, daß Margot Swift, Damons Assistentin und Freundin, wesentlichen Anteil an der Entstehung des Drehbuchs hat, auf dem dieser Film basiert. Als Margot zu Damon kam, stand sie am Beginn ihrer Karriere, er dagegen am Höhepunkt der seinen. Die beiden bedeuteten einander sehr viel, und ich nehme diese Auszeichnung an als Anerkennung ihrer Liebe, die sie füreinander und für mich unersetzlich machte.«

Mit tränenfeuchten Augen betrachtete sie das schweigende Publikum.

»Heute abend«, fuhr sie fort, »fühle ich mich, als hätte ich eine Familie verloren. Damon Rhys war ein Vater für mich im schönsten und tiefsten Sinn des Wortes. Er gab mir den Stolz und den Mut, mir selbst zu helfen, als ich glaubte, unrettbar verloren zu sein. Ich liebte ihn von ganzem Herzen ...«

Der Kummer überwältigte sie. Einen Augenblick lang versagte ihr die Stimme.

»Und Margot«, sagte sie dann, »war in jeder Hinsicht die Schwester, die ich nie hatte. Sie unterstützte mich mit jeder Faser ihrer großen Kraft, und sie verstand mich vielleicht besser, als ich mich je verstehen konnte. Ich werde immer mit gebrochenem Herzen an die Zukunft denken, die ihr genommen wurde, aber mit Dankbarkeit an den Teil von ihr, den ich kennenlernen durfte.«

Sie unterbrach sich, ein zartes Lächeln auf den Lippen.

»Wie ihr alle«, sagte sie dann, »leide ich heute abend entsetzlich unter dem Verlust von Damon und Margot. Aber ich fühle mich nicht alleine.

Ihr seid ja alle bei mir. Ab jetzt seid ihr meine Familie. Eure Zuneigung und eure Ermutigung bedeuten mir mehr, als Worte auszudrücken vermögen. Und nun, da ihr sie mir gegeben habt, verspreche ich, euch nie zu enttäuschen. Von nun an werde ich euch immer mein Bestes geben – und diesen Abend, diesen Augenblick werde ich mein ganzes Leben nicht vergessen.«

Während der Applaus anhob und in brausenden Wogen zum Kuppeldach des Saales stieg, verließ Annie die Bühne.

Als sie den Gang entlangschritt, sah sie Hunderte tränenüberströmter Gesichter, die sie anlächelten, und Tausende von klatschenden Händen.

Und sie sah Frank warten.

Das Pressekorps hatte Mitleid mit Annies Gemütsverfassung und ersparte ihr die obligatorischen Interviews nach der Zeremonie.

Eine halbe Stunde nach ihrer Rede war der Abend zu Ende. Nachdem sie im grünen Zimmer Dutzenden von Gratulanten die Hand geschüttelt hatte, war sie nun mit Frank alleine. Gemeinsam gingen sie durch die Nacht zu seinem Auto.

Schon spürte man den Sommer in der Luft. Der Geruch des fernen Ozeans mischte sich in der sternenübersäten Nacht mit dem Duft von Eukalyptus, Jasmin und dem Aroma von gemähtem Gras, von Leuten und von Autos. Annie konnte sich an eine ähnliche Atmosphäre erinnern, als sie mit Beth Holland die Fountain Avenue entlangschlenderte, unwissentlich auf dem Weg zu ihrem ersten, zufälligen Zusammentreffen mit einem Fremden namens Damon Rhys.

Das war jetzt fünf Jahre her. Annie schien es wie hundert. Aber es war noch die gleiche Luft, die gleiche Stadt. Und schon damals hatte sie sich verwundert und erschreckt gefragt, ob das Schicksal ihr diese Straßen als Heimat bestimmen würde.

Frank trug die Figur in der einen Hand. Die andere lag auf ihrer Schulter.

Am Auto drehte er sich zu ihr um.

»Wohin?« fragte er.

»Du weißt schon.«

Er beugte sich zu ihr und küßte sie auf die Wange. Sie beide wußten, daß die stillen Zimmer seiner Wohnung nun auf sie warteten. Nichts trennte Annie mehr von ihnen oder von Frank.

Er hielt sie auf Armeslänge von sich entfernt und sah sie mit halbgeschlossenen Augen leise schwanken, eine müde, zerbrechliche Sylphe im Schatten seiner enormen Kraft.

»Und nach heute nacht?« fragte er.
Schmerz mischte sich unter die Sehnsucht in ihren Augen.
»Kannst du mich wirklich wollen?« fragte sie. »Ich weiß nicht, wer ich bin, Frank. Ich glaube, ich habe nie gewußt, woher ich komme oder wohin ich gehe. Kannst du das verstehen?«
»Ich weiß, wer du bist.«
Verwirrt und voller Zärtlichkeit sah sie zu ihm auf. Vielleicht hatte sie ihr ganzes Leben lang versucht, etwas allein zu tun, was kein menschliches Wesen allein schaffen kann. Vielleicht konnte sie ihr Ich nur finden, wenn sie es diesem Mann hingab. Vielleicht war die Annie Havilland, die sich in seinen Augen spiegelte, die einzig wahre.
Während sie ihr Gesicht an seiner Brust vergrub, schien sich das Warten in ihrem Innern nun endlich zu verflüchtigen. Was gab es noch, auf das sie zueilen mußte? Was gab es noch, vor dem sie fliehen mußte? Die Hast legte sich zur Ruhe, während die Zukunft sich vor ihr erstreckte, unergründlich wie immer, aber nicht ohne ihren eigentümlichen Schein der Freundlichkeit.
Einen Augenblick später saßen sie im Auto, mit der Figur auf dem Rücksitz. Mühelos reihten sie sich in den nächtlichen Verkehr ein.
Franks Hand lag auf der von Annie, und sie schloß die Augen, froh, sie endlich ausruhen zu können. Zu viel Ringen um klare Sicht, zu viele Tränen hatten sie müde gemacht.
Wie ein seufzender Ozean zog die Straße unter ihnen hinweg, und ihre Unebenheiten schaukelten Annie in kostbaren Schlaf. Franks Hand war ihr Rettungsanker, und seine Augen würden heute nacht über sie wachen.
Sie drückte seine Hand zögernd. Als Antwort hielt er sie noch fester.
So blieben sie den ganzen Heimweg.

Knaur

Wo die Liebe hinfällt...

(2054)

(3232)

(60015)

(2893)

(60045)

(60007)